編年体大正文学全集

taisyô bungaku zensyû 第十三巻 大正十三年

1924

編年体　大正文学全集　第十三巻　大正十三年　1924

目次

創作

小説・戯曲・児童文学

評論

評論・随筆・記録・ルポルタージュ

詩歌

詩・短歌・俳句

［詩］

編年体　大正文学全集　第十三巻　大正十三年　1924

ゆまに書房

創作

小説
戯曲
児童文学

逃れたる人々

藤森成吉

1

逃げて来る人間達は限りもなかつた。

煤けた浴衣掛け一枚で、青い風呂敷包みをひツかついで来る男、白い腰巻きも泥だらけに、赤んぼを負《おぶ》つて、もう一人子供の手を引ツ張つて来る女、四五人も一緒くたに載せられて、荷物のやうに手車で曳かれて行く老婆達、何か大声で喚きながら、その混雑の中を分けてゆく。埃で真ツ黒けな職人風の若者……。

「きいて見ましたらね、落合の方に親類があつて、そこへ頼つて行きなさるんですツて、……御親切さまに、有難う存じます、なんて、丁寧に礼を仰つて行きましたわ。」

とぼとぼと、さも疲れたやうに足をひきずつて行く老人夫婦に追ひすがつた春子はがつかりしたやうに戻つて来た。

「そうか、――今頃つこゝらまで落ちのびて来る人は大抵目当があるのかも知れない。なんなら、そこの学校で訊いて見やうか。」

なかなか思ひ切つて訊きがたく、きくとしてもどの人間を選んでいいか途方にくれて了つた青木は、決心した。

「そうしませう。」

早速賛成して、彼女は雪雄の手をひいた青木と一緒に、避難者救護所と筆太く書いた紙を門へ貼りつけて、その横手で盛んに炊き出しの釜の火を燃やしてゐる小学校の方へ寄つて行つた。

「ちよツと伺ひますが――」

入口の小さな「受附」のテエブルのうしろに控ゑた、教師らしい短い髭を生《は》やした、――三十恰好の男に、青木は遠慮勝ちに云ひ出した、――此の中に、誰か特別に困つてゐる人とか、又は足腰の立たない病人とか云つた人間はゐないか、うツちやつておけば見す見す死んで了ふと云ふやうな、……幸ひ自分の家は大した被害もなく、室もあるから、もしそんな人があつたら二三人位世話をしたく思ふが――。

「それはありがとう存じます、いや、お言葉に甘へて、一つ早速たづねて見ませう、どうぞ御一緒においで下さい。」

若い教師は率直な好意を見せて、わざわざ彼の足もとへ上草履など持つて来ながら、コンクリイトの叩きの上を先きへ立つた、白い上蔽ひを被つて、ぐるりとテエブルをかこんで立ちながら、真ツ白い湯気のもくもくと立つてゐる炊き出しを、さも忙しそうに握り飯にかためてゐる束髪の婦人達の横手をとほつて、二人は一番奥の講堂らしい建物の方へ行つた。

「えゝと、どなたかひどく身体の悪い方はおいでになりませんか、たとへば、起きていらツしやれないと云つた方は?」

突きあたりの講壇の両側に掲げた、「忠」「孝」とすばらしい大字の刷り抜き紙の下から、入口の二人の足もとまで、蓆や布切れの上へ一杯ごちやごちやと入り乱れてゐる黒い人だかりの上で、教師は号令のやうな高い声を立てた。

「――。」

人々は一様に暗い顔をあげた。

「いらツしやつたら、遠慮なく仰つて下さい。」

教師は再び見廻した。

「誰もゐないな。」

呟くやうな声が一つ二つ起つた。

「ト、ここにはもうゐないやうです。つい今朝までは、一人二人ゐた筈ですが――ぢやあ向ふの護国寺の方へ行つてきいて来ませう。あつちには、たしかひどい病人の家族が一組居りましたツけ。」

「済みません。」

じろじろ見あげてゐる避難者達から顔をそらして、ほつとしたやうな青木は又学校のそとへ出た。

「失礼ですが、御宅は御近所で御座いますか。」

「じき近くです。」

青木は自分の家の番地を云ひながら、初めて思ひついて袂から名刺を出した。

「あなたも一緒に行つて御覧になつたら?――。」

もうそろそろ夕暮れの迫つて来た往来傍《ばた》の妻子のそばに居残つて、相変らず潮のやうにざわめき流れて行く群集をぼんやり眺めてゐる青木へ、春子は云つた。

「行つて見なくちやアいけなかつたかな。」

急に自分の無力に気がついたやうに、彼は斜向ひに高いこんもりした松の枝を聳えさせてゐる寺の方へ、むつと息のこもつた流れを横切つた。

古びた瓦葺きの仁王門――その前の柵にも、いろんな人の名前を書いた紙の一杯貼られてゐる――を潜りぬけると、いつもがらんとした静かな中庭には、何百匹とも知れない軍馬がまるで馬市のやうに群つてゐた、高い又低いいななき、地面を蹴る蹄の反響、鼻を鳴らす音、それらに混つて、かつかつと云ふ佩剣の物々しいひびき……それは、二三日前に布《し》かれた戒厳令に依つて集つて来た憲兵の一隊らしかつた、いつもと打つて変つた光景におどろかされながら、青木は敷石道を真ツ直に歩いて行つた。と、本堂の方から降りて来る広い、高い、夏の初めにはいろんな色のつつじが厚い毛氈のやうに両側に咲き乱れる石段の上から、スタスタとさツきの教師がくだつて来て声をかけた。

「この方がそうで御座います、このお連れ合ひが病気で、今枕もあがらずに寝たツきりなんですが、お子さんが二人御一緒です。」

云ひながら、背後について降りて来た、身体の肥つた、色の浅黒い、小さな髷に結《ゆ》つた内儀さん風の女を指し示した。

「その病気つて云ふのが。」言葉をつづけながら、彼は声を一段低めて、

「肋膜なんださうです、何でも乾性の奴で、もうずツと寝たまんまだツたのを、やつとまアここまで背負つて逃げて来なさつた様子です、そんな病人でも、如何でせう、御世話下さいませうか。」

「初めてお目にかかります、わたしが今村の家内で御座んすが、今先生からのお話で——。」

その時、内儀さんが——それまで忘れてゐたやうに掛けてゐた細いタスキを両手ではづしながら、丁寧に頭をさげた。それは声のガラガラした、鼻の低い、顔の大きく平べツたい、身体と一緒に雪達磨のやうな恰好の女だつた、何のわけか青木はすぐと「菓子屋のお内儀さん」を連想した。

「初めて——。」

青木も挨拶をかへした。

「これが今ここ一番の重病人で、正直のところ、ここにゐたんぢやアとても手が届きかねるんですが、もし御世話を願へましたらどんなに病人達の仕合はせかわかりません。」

「結構です、——よろしかつたら、どうかいらしつて下さい。」

半分は教師へ、半分は内儀さんの方へ向いて青木は云つた。

「左様で御座んすか。」

まだ充分信じ切れないやうに、彼女は教師と彼の方を等分に見較べた。

「どうもありがとう存じます、で、すぐでもよろしう御座いますか。」

「直ぐいらしつて下さい、何か荷物でもあつたら御一緒に持ちませう。」

「では何分よろしく。」

教師はそのまま、急ぎ足に仁王門の方へ去つて行つた。

「御病気は肋膜だけですか。」

並んで石段をあがりなざら、青木は思ひ切つてきいた。

「いんえ、その外にまだ胃が悪くて、一向食べ物が頂けませんもんですから、余計弱つて了つてます、ほんとにまア、飛んだ御迷惑さまで。」

「いや、まア出来るだけの事はしますから、あなたがたの方でも自分の家《うち》のつもりで、どうか御遠慮なさらないで下さい。」

彼は困惑の色を見せまいとして、思はず顔を俯伏せて、波のやうに足もとに高まつて行く灰色の石段に眼をそそぎながら呟いた。

石段ばかりでなく、彼は自分も——世界全体が——急に灰色になつたやうな気もちがした。

全く思ひもよらなかつたやうな大地震、大火災、あはれな変死者や傷病者の見聞、その最初の日からもう三日の上も過ぎてゐながら、一体どこからどこへ行くのかと思はれるやうな、毎

日引きも切らず雲霞のやうに街を溢れて行く罹災者達、そのあひだにあつて、幸ひ屋根や壁や柱の破損だけで済んだ青木の家では、彼も春子も毎日何かに済まないやうな気もちばかりしつゞけた、覿面《てきめん》、玄米飯を食べたり、野菜や砂糖さへ碌になくなつて、この後まだどんな困難に襲はれるかもわからない不安を一方に感じながら、一方には、良心と義務の呵責に似た心を経験した、生憎《あいにく》、下町の方に知り合ひの尠い彼の家へは、待つてゐても誰一人避難して来る人間もなかつた。

「こんな事をして、自分ばかり気らくにしてはゐられないわ、誰か困つてる人を世話してあげませうよ。」

　とうとう我慢し切れなくなつて春子の方から言ひ出した。

「うむ……。」

　考へ惑つてゐるやうに、青木は曖昧に応じた。じつとしてゐられない気もちは、彼は彼女にも負けない気がした、がその申しわけなさの感情が、果して一時の義務的な感激でないかどうか、見究めがつかなかつた、もしいきなり人の世話なぞを引き受けて、あと熱がさめて来ると一緒に、反つて互ひに怨んだり怨まれたりするやうな事になつては、好意が反対になつては、――それつ位なら初めからやめた方がいい、――と思ふと一緒に、細君の身体の弱さも気がかりだつた。彼女の根気さへ、今までいろんな人間の世話の経験上確かには信じられなかつた。

　が、とうとう彼女の繰り返しての言葉と、自分の堪えられない感じとに彼は打ち負かされた。そうして、どんな事があつても出来るだけの助力を困つてゐる人達に与へやうと決心して、今日彼女と一緒に出かけて来たのだつた、――がまさかこんなふうな病人……云ふならば非変災的、半永久的な……にいきなりぶツつからうとは予想してゐなかつた。

　肋膜、然かも乾性と云へば、もうそれはあきらかに結核性のものだつた、一方には、一年ばかり前肺炎をわづらつて一緒に海岸へ行つてやつとなほして来たやうな春子、常々から弱い子供達、……そう考へて来ると、無限のおそろしい暗《くら》やみが――余計な御せつかいと偽善的義務心の報酬として――この後自分達の前途へひらけて来るかも知れない怖れが彼の身に沁みた。何と云ふ軽はづみだ、飛んでもない、そうして今更取り返しのつかない誤りだ、……その恐ろしい新しい突嗟に定められた境遇の中から、一思ひに逃げ出さうか、と何度も彼は思つた、が、今となつては、もういくら何でもあとへは引けなかつた、まるで、一歩一歩居所へ曳かれて行く羊のやうに、硬ばつた。が、不随意に機械的に前の方へ動いて行く脚先きに導かれて、彼は蒼白くなるほど唇を嚙みしめた、だから云はないこつちやアない、これも一つは春子のせいだ、どうなつたとこで云はばあれの自業自得だ、――そんな自暴《やけ》らしい気もちと一緒に、かうなればもう一切を見えない手に任せ切るよりほか仕様がない、と云つた一種の忍従と決心が、幽かに心の奥で輝き出した、細君なぞの幼稚な犠牲的なヒロイツクな考へかたなぞからは夙《とく》に蝉脱してゐる気がしながら、彼は又今更、自分が限りなく無力で弱く小さい人間の感じがした。

「ありがとう、何て御親切さまな事《こツ》てすか、――まアやつと玆まで逃げ延びちやあ来ましたもんの、もう迚も自分は長くは生きられねえ、でも、お寺の御本堂で眼を瞑りやあ、火事や地震の中で死ぬより、どの位冥利に尽きた死にかたか知れねえ、なんて病人もあきらめ切つておりましたに、まアふんとに夢のやうな。」

「お宅はどこでした?」

「今まで神田の皆川町におりました。お父《とつ》さんは、寝つく前まですつと車力をして稼いでましたが、一年ばかり前梶棒で胸を突いてそれがもとで骨がくさつて肋膜になツちまひました。痛い痛いツて云ひながら、でも初めのうちは相変らず働いてましたけれど、そのうちだんだん弱つて来て、去年の十二月頃からもう寝たツきりになりました、今年の五月に、慈恵病院で診て頂いて、こりやあ入院して切らなくちやアいけないツて仰るもんで、一月ばかり入つて、手術して腐つた所をすつかり切り除《と》つてお貰ひ申してから大分らくになりましたが、今度は又胃の方が悪くなりましてね。」

「神田から逃げてらしツたんですか、その御病人を連れて……。」

　そんな機械的な原因からの発病か、なら、あんまり病気の伝《う》染《つ》るやうな心配もないかも知れない、……彼女の話でやや心を休めながら――と云ふよりは我から休めながら、彼はびつくりしてきいた。

「えゝ、背負ひどほし背負つて、――いい按配に、丁度一月ばかり前二階を貸した方が手伝つて下さつて、何度も戻つちやあ荷物を出して下さり、子供は又子供で、姉の方が男の子の手を引ツ張つて逃げて来ました。」

　さくさくと気さくな調子でしやべりながら、いつか彼女は石段を登り切つて、台石から五寸ばかりも滑り出た大仏や総崩れに、まるで乱暴者の手で押したほされたやうに無残に転げた寄進の沢山の石燈籠なぞの横手をとほつて、正面広場にそそり立つた本堂の方へ行つた。

　緑色の広いゆたかな反りを打つた屋根もそのまんまに、古い木造の大本堂は、瓦一枚、木片一つくづれた様子もなく寂び黒ずんで黙々と前どほり聳えてゐた、が、開け放された階段の上には、沢山の避難民らしい人間の姿がうようよし高い手摺りや土台石のあたりへかけて、懸けつらねられたぼろぼろの襤褸が万国旗のやうに翻つてゐた。

　大階段をあがると、いつも暗い須弥壇の上に蠟燭の火の輝いてゐる静かな面影はすつかり消えて、背後には、一面に黒い葵の紋のついた白い幔幕を張り廻し、その前の何十畳もの畳敷きの上へは、隙間もなく黒い人間の塊りが蠢いてゐた、大きな古びた柱の上の、手の込んだ牡丹や獅子の彫刻や金具と対照して、それは何とも云へず不思議な光景だツた。天井の高いせいか周囲の静寂の為めかてんでに、人間が動いたりしやべつたりしてゐながら、その全体は奇妙な静けさを帯びてゐた。

「あそこに臥てゐるのがうちの病人で……。」

畳敷きの手前で下駄をぬぎながら、内儀さんは薄暗い奥の方を指し示した。青木は眼を凝らした、向ふの、銀地へ豪宕な筆触で墨絵の雲龍を描いた大きな衝立ての前に、なるほど一人分の小さな夜具の横はつてゐるのが、沢山の人間の群つてゐるなかですぐ眼についた。

「御免下さい、御免下さい。」

足の踏みどころもない混雑のなかを跨ぎ跨ぎ、内儀さんはそつちの方へ歩いて行つた。青木もあとにつづいた。

「母《カア》ちやん！」

急に傍で子供の高い声が起つた。

「静かにおしなさい、――お父《とつ》さん、此の方がその親切に云つて下さる旦那ですよ。」

いきなり取つつく、五六歳の男の子を制しながら、彼女は病人の枕もとに頭をくつつけた。

「ああ、そうか。」

病人はやつと首を廻すやうにして、傍へうづくまつた青木の方を眺めた。それは、胸部の病人に特有な、顔色のすつかり蒼白く、眼や頬のゲツソリと落ち窪んだ、すつかり傷々しく痩せ衰へた、老けて見えながら実際はまだ五十をそう越してはゐまいと思はれる老人だつた。よく光線の透らない堂の中で、大きく見ひらいた、が、力のない両眼は、まるで二つの白い穴のやうだつた。

「充分お世話が出来るかどうかわかりませんが、よろしかつたら御いで下さい。」

青木は、前に内儀さんに云つた言葉を繰り返した、こりやア、とても此のまま居ちやあ助からない、……まるで燃え尽きやうとする蠟燭そのまんまの感じの老人の姿を眺めて、見る見る憐憫の感情に圧倒されてゆく心を彼は感じた。と一緒に、この世話がキツカケとなつて、彼の一家が端から病み斃れて行く悲惨な光景が、再び意識的にパツと脳裏に描き出された。

「切角そう仰つて下さるに、ぢやアお父さん、御厄介になることにしませうね。」

「ああ。」

かすかに、息のやうに病人は答へただけだつた。

「ぢやあ、今病人を負つて御一緒にまゐりませうか。」

「いや、俥をすぐ一台たのんで来ます。」

「いんえ、病人は私が脊負つて行きます、その方が、俥より反つて揺れなくてよう御座んすで、……けれど、これだけ道具や蒲団なんかが茲にありますが、――それは何なら、御宅へ病人を置かせてお貰ひ申してから、……。」

内儀さんは思ひ惑ふやうに云つた。

「いや、そんなら御病人は負つて行つて頂くとして、荷物だけあとで俥で運ばせませう。」

「ぢやアどうか、――俥賃は私の方で払ひますで。」

「母《かア》ちやん、どこへ行くの。」

「もう御握りを貰つて来る時間ぢやアないの？」

傍から姉と弟と二人の子供が口を揃へて云ひ出した、

「これから此の旦那のお家《うち》へ行くんだから、みんなおとなしくしなくちやアいけないよ、お前達二人は、母《かア》ちやんがお父《とう》さんを負つて行つて来るまで、荷物の番をして待つといで。邦ちやんは、そのあいだに御むすびを貰つて来て。」

「いやだい、いやだい。」

男の子は、母親の言葉半に早口で遮つた。

「又そんなことを、……そんな事ばつかり云ふと、もう母ちやんは一人で行つちまうよ。」

おどしつけるやうに云ひながら、彼女はうすい掛蒲団をまくつてそろそろと病人を助け起した。

「いいんですか、出来るだけしつかり肩におつかまりなさいよ。」

「ああ」

山火事のあとの枯木のやうに白ざけた、骨と皮ばかりの身体を倒れるやうに女房の背中へもたせかけて、赤ん坊のやうに無力に病人は両手で彼女の肩へ取りすがつた。

「ぢやあ僕、蒲団をかついで行きませう。」

あとの黒つぽい唐草模様の煎餅蒲団を手早くたたんで、青木はいきなりひつかつついだ、もうかうなつたら、病気が伝染《うつ》るも伝染らないもこころ任せだ、——そう云ふ気に彼はなつてゐた。

「どこへいらつしやるの？」

傍から不意に女の声がきいた。そつちを青木は振りかへつた、と、まだ生れたばかりの赤んぼを小さな赤い蒲団を被せて仰向けに寝かせて、その傍に、白手拭で鉢巻をした、髪のほつれた、痩せて青白い産婦が、疲れたやうに半分膝をくづしてキヨトンとした眼つきで見上げてゐた。

「ア、……今度この方の御宅へ行くことになりました、もう一遍荷物を取りに戻つて来ますで、済みませんが、それまで子供をお願ひ申します。」

内儀さんは負傷兵を運ぶ兵士のやうに、身体ぢうに力をこめながらたのんだ。

「さうですか、まアそれは結構ですこと。」

産婦の傍に坐つてゐた、彼女達の看護者らしい、初老に近い色白な女が、露《あら》はな羨望の色を顔に浮べて云つた。やつれた産婦の顔のうへにも、嫉妬に似た弱々しい表情があらはれた。

「母ちやん、じき帰つて来るの？」

先刻からむづかつて、姉から何か云ひ聞かされてゐた男の子は、その時又高い声できいた。

「ああ、すぐ帰つて来るからおとなしく待つてるんだよ。」

云ひ云ひ、内儀さんは人々の中をよろけながらやつと外縁《そとえん》まで出た、一種湿つぽい古夜具の匂ひを鼻先きに嗅ぎながら、青木は彼女と一緒に本堂を降りた。

と、横手から眼の前の広場へ、七八人の人間のかたまりがドカドカと現れた。刑事らしい鳥打帽を被つた男が、一人の労働者風の男の手をぐんぐんその真中で引つ張つてゐた。

「どうしたんだ?」

「何をやつたんだよ?」

「毒薬を向ふの井戸へ入れやうとしやアがつたんだつてさ、水が飲みたいが、この辺に井戸はありませんか、つて聞きやアがつて、傍へ寄るなりいきなり袂から紫の粉を出して投げ込まうとしたとこをいい按配に警戒の私服に摑つたんだとさ。」

「ぢやア朝鮮人か。」

「太《ふて》え野郎もあつたもんぢやアねえか。此の下にやあ一杯憲兵がゐるに、よくも大胆不敵な……。」

「やツつけちまへ、叩ツ殺しちまへ!」

口々に罵り合ひながら、その黒い塊りは石段を流れ落ちていつた。

「何かあつたか?」

ほそい力のない声で、背中の上の病人がたづねた。

「誰か毒を井戸へ入れやうとしたんですツて、——茲には井戸は一つツきりなくて、その水をみんなで飲んだり使つたりしてるのに、ふんとに恐《こは》御座んすねえ。」

病人と青木へ半々に内儀さんは云つた。

「ほんとですかね。」

青木は不審そうに眉をひそめた。

彼等が仁王門のところまで行くと、そこには春子と雪雄が注意深く待つてゐた。

「このかた?」

春子は逸早くきいた。

「うん、——これが女房です。」

蒲団の下から、青木は内儀さんに紹介した。

「まア左様で御座んすか、今度はふんとに思ひも寄らない御世話様で……。」

病人の重荷の下に首を扭じ曲げて、そのうへ低く腰を屈めやうとして彼女はよろよろとした。

「まあ、そんな御挨拶はあとで……。」

春子はいそいで彼女の身体を抱きとめた。

「あの病人はね——。」

そのあと眼くばせして、少し病人達の先の方へ春子を誘つて歩きながら、青木は声を低めて病症を話した。

「そうきいてドキリとしたが、然し今更外のもツと軽い病人を、つて云ふわけにも行かないしね。」

彼は細君の様子をうかがつた。

「そう、——でも仕方ないわ、勿論、今更そんなこと愚図々々云へやしませんわ。」

春子も、最初の夫の一句に思はず蒼白くなつた、が、すぐ思ひ返して、自分の決心を固めやうとするやうに答へた。

「まだ、よつぽど遠《とほ》御座んせうか。」

背後から、人混みの中で内儀さんは少し息をはづませながらきいた。

「もうじきです。」

「ほんとに大変で御座んせう、何なら、少し代つて差しあげませう。」

春子は内儀さんの傍へ寄つて行つた。

「い丶え、い丶え、飛んでもない……。」

内儀さんは、あはてて横へ飛び除いた。

「あんなふうならいい按配に世話が出来るかも知れない。」

細君の様子にやや心を安めながら、青木は狭くなつた坂道を一人先きへあがつて行つた。

2

高台の青木の家へ担ぎ込まれた病人は、すぐと六畳の一間へ蒲団を敷いて寝かされた。もうほとんど暮れて了ひながら、まだ電気の点かない（地震以来）彼の家は、乏しい蠟燭の光でやつと頼りなく薄明るくされた、病人の室へは、特別に秋草を描いた古い盆燈籠が釣るされて、夢のやうに淡い光がそこいらに漂つた。

「お寺の中とちがつて、何て静かで御座いますか、……お父さん、これなら落ちついてよく寝られるでせう。」

病人の枕もとに顔を摺り寄せて、内儀さんは礼心交《ごころまじ》りに云つた。

「ああ、ここならゆつくりやすめる。」

病人は、視力の弱つた眼であちこちを見廻した。

「私達まで、あそこぢやアよく寝られませんでしたからねえ、ガヤガヤ夜どほし騒いで、——ぢやあ、もう一遍お寺へ戻つて荷物や子供を……。」

「僕も行きますよ。」

内儀さんと一緒に、再び青木は家を出た。

道々、おもんは——それが内儀さんの名前だつた、——朔日《ついたち》の地震の日から逃げたあらましを、人を避け避け青木に話して聞かせた。彼女の借家は、神田皆川町の露路の奥にあつた、周囲に家が建て込んでゐるので、昼間もよく日が当らないじめじめと埃《ごみ》つぽい窮屈な場所だつた。内儀さんは前から本の紙折りの内職をしてゐたが——流石に神田だけあつて、その辺の女の内職と云へば大抵みんな紙折りだつた。——亭主が寝込むやうになつてから、とてもそれ位では生活が追ツつかなくなつたので、二階の間貸を始めた。下四畳半と二畳の二間のほか、六畳の二階室《べや》があつたのだ。ところが、生憎質《たち》の悪い間借り人ばかりに入られて、二三人代つたが、みんな碌に室代《へやだい》も払はずに行つて了つた、最後に若い左官職人が来たが、地震があると間もなく主人の用事で丁度そとへ出かけてゐた彼は、店へも帰らずにすぐその足で下宿の方へ廻つて来た。幸ひ、彼女の家は瓦や壁が落つただけ、潰れてはゐなかつた。

「なアに暇ん時、壁はみんなあツしが塗つてあげまさア。」

そんな事を云つてゐるうちに、火事が廻つて来た、職人は自分の荷物はみんなうツちやつて、一生懸命彼女達の道具を運び出した、一時安全な場所へ持つて行つては、何度も戻つては又かつぎ出した。そのうちドンドン火事が迫つて来るので、彼女等は焼けてゐる所を避け避け、やツと半蔵門前まで逃げて来て、そこで野宿した、が、やがてそこも四方から火に押しつつまれた、その四方真赤な熱い壁の中で一夜をあかした時の恐ろしさ、——翌日、まだカツカと熱い焼け跡を踏んで、やうやく彼等は小石川の、東京でのたつた一軒の親類をたよつて行つて見たが、もうそこは立ち退いた跡の祭りだつた。家は別に何ともなかつたが、今度の天災にすつかり悸《おじけ》気立《だ》つて、もう東京の生活はいやになつたからと、今朝匆々一家ぢう国へ立つて行つた。と云ふ近所の話だつた。

仕方なく、その晩は護国寺の門前まで辿りついて、みんな又一晩を明かした、翌日初めて、本堂の方で世話が受けられるときいて、そつちの方へ引き移り、又一晩泊つた明くる日の今日、思ひがけなく青木達の世話を受けることに定《きま》つたのだつた。

「で、その同居の方はどうしました？」

「そのかたは、これでまあやつとあつしも一安心したから、これから外の知り合ひの見舞ひや見届けに廻る。それから一旦秩父の自分の家へ帰つて、又二三日うちに野菜物でも持つて出かけて来る、と云つて今朝出なさつたんです。帰つて来なさつたら、さぞびつくりなさるでせう、もし又来てわからないといけませんから、お隣りのかた達によく頼んだり、紙へも書いて貼つて置きませう。」

そう云ふ内儀さんを本堂へ戻らせて、丁度寺の門横の車溜りに一人の車夫の姿を見つけた青木は、いそいで寄つて行つた。

「一つ本堂の中から荷物を運んでくれ給へ。」

「いや、どうかもう勘弁して下さい、今日は散々運ばされて、もうとても敵《かな》はんから。」

まだ二十を二つ三つ越したばかりかと思はれる、すばしこそうな、軽々としたいでたちの若い車夫は、いきなり手を振つてことはつた。

「まあそう云はないで、じきそこ迄だから。」

青木は自分の家の番地を云つた。

「本堂からつて、誰か避難民でも引き取るんですか。」

「そう、病人でね。」

青木は当惑したやうに答へた。

「——よう御座んす、ぢやあ行つてあげます。」

じつと青木の顔を見つめてから、車夫は思ひかへしたやうに傍の車の方へ行つた。

石段の下で車夫を待たせておいて、青木はあがつて行つた、そうして内儀さんと一緒に、赤みがかつた色で塗つたつづらだの、蒲団の包みだのを持つて降りて、若者に手伝つて車へ積み込んだ、まだ子供の始末や、寺への挨拶などで居残つた内儀さんと別れて、車に附き添つて、青木は前の坂道とちがつた、別の広いゆつたりした方の道を廻つて家へ戻つて行つた。

「僕は昼間はH大学へ通つて、夜はかうして車を引いて稼いでるんですがね、地震と火事で学校も丸焼けでさ、どうせ今は学校どころの騒ぎぢやアねえから、一日ぢうかうやつて引つ張り廻してるんですが、お蔭で一遍に成金になつちやつた、……その代り、今夜はこれから木剣を持つて夜警に出てやるんです、毎晩徹夜でさア。」

元気のいい調子でしやべつて来た若者は、内儀さんの様子から青木にきいて、それが知り合ひでも何でもないあかの他人の世話だとわかると、金を云はずにズンズン帰つて行かうとした、呼びとめて、見計らつた――と云つても充分な見積りを青木が渡すと

「ぢやあ貰つときます、又暇ん時に、いつか話にやつて来ます。よう御座んすか。」

一寸はにかんだやうに考へ込んでから、若者は眼を輝かせてきいた。

「どうか来てくれたまへ。」

青木は微笑しながら家へ入つた。

やがて帰つて来たおもんさんと子供達と一緒に、青木達はみんなで夕飯を食べた、彼がとめたにも係はらず、おもんは自分達四人分の配給の握り飯を貰つて来て、漬物に舌鼓を打ちながらボリボリそれを嚙つた。病人へは、わづかに粥を煮て真つ先きにすすめた。

「お寺も電気が点《つ》かなくてさぞ暗いんでせうね。」

「電気どころか、用心が悪いからつて蠟燭もつけさせませんし、又朝鮮人が入つて来るからつて、夜はまはりの障子をみんな立てつちまひますから、あの広い中ぢう真つ暗で、おまけに人いきれでそりやあ蒸し暑う御座います。」

それから思ひ出しでもしたやうに、おもんは配給飯のつらかつた話なぞをしやべり出した――。

切符を貰つて、それと引き替へにめいめい握り飯を取りに行くのだつたが、玄米の炊き出しなぞ、初めから醬油を混ぜて炊くので変に硬くぼろぼろして、どうしても喉へ通らなかつた、又一度はわざわざ群馬県から送つて来た白米のむすびを貰つたが、何しろ自働車などで時日が手間取り、暑気がらではあり、それに黄粉《きなこ》をまぶつてあるので、もうすつかり「来て」了つてゐた、腹は減つてゐるし、寺の係りへそう云つて行くと、お気の毒だがそのまま棄てておいてくれ、あとでわかると自分達の落度になるからどうか見えない所へそつと棄ててくれと云ふ返事だつた、

その前、半蔵門前でまんじりともせず明かした朝の話も出た、――見ると、向ふに置いてあつた避難者の一台の手車が、いつか荷物もろともすつかり焼け落ちてゐた、その持ち主達が何かよろこんで騒いでゐるので、見ると、荷物と一緒に積んで来た雞や家鴨が丸焼けになつて、その肉を早速の朝飯のお菜にしてゐるのだつた……。

「そんなにして、よくまア逃げて来ましたね。」

春子は眼を見張つた。

「ふんとに運がよかつたんだつて、皆さん仰つて下さいます、そのうへ又こんなにして引き取つて頂くなんて――」

飯のあとで、春子は青木を自分の居間へ呼んで行つた、そうして、病人の世話をすると云つても、ここでは迚も充分な事は出来ないし、いつそ、近所の大学病院分院に頼んで見たらどうか、此の際でもあり、避難者のことでもあり、大抵――此の前と同じやうに無料で――引き受けてくれるだらうと思ふが、……と云ひ出した。

「うむ。」

青木は曖昧に答へた。

「でも、切角世話してあげるつてつたのに、そんな事しちやぁ悪いでせうが。」

「そりあ構やあしないだらう、ぢやあ聞いて見やう！」

暫く考へたあとで、青木は云つた――。

そう云ふ彼女の言葉にはかげがあつた、……もう二年前になるが、或る日晩く散歩の帰りに、青木は一人の憐れな病人を拾つて来た。

当時まだ二十だつたその島崎と云ふ若者は、小さい時から不思議な顔面の腫物に悩まされてゐた。あと分院長の診察で、それは象皮病の一種だ。とわかつたが、半面の恐ろしい膨脹の為めに彼の眉も眼も鼻も口も――それはすつかり肉の下に蔽はれてゐた、――みんな片ツ方へヒン曲つて了つて、化物《ばけ》のやうな顔つきになつてゐた。いろいろ訊ねて、彼が今は両親も親戚も何もないあはれな孤児で、その晩も青木の出会つた上野公園でもう一寸で首でも縊らうかとしてゐたのだつたことがわかると、青木は自分の手で出来るだけの世話をしやうと約束して、自分の家へ引つ張つて来た。

翌朝、すぐに青木は近所の大学分院へ島崎を引つ張つて行つた、と、院長は一目見て、此の「世界的畸病患者」の為めに施療で入院させやうと云ひ出した、思ひがけない言葉に青木はためらつたが、いろいろきいてやつと安心して、入院や手術は無料でして貰ひ、その外の附き添ひ費や雑費は、一切彼の方で受け持つことになつた。

それから丸一年のうへ、島崎は十何たびかの手術を受けた。腫物はひどく小さくなつたが、然しやつぱりとても普通の顔立ちにはなれなかつた。その後病院の親切で――医者達と青木と相談したうへ――島崎は病院のなかの試験用動物の飼育小屋で気らくに働くことになつた、彼は残らずの医者や看護婦達に知られて、愛嬌者扱ひに可愛がられて、初めしばらくは青木の家から通つてゐたのを、まもなくもとの病室の中の一つのベツドを無断で自分の住家《すみか》にしてくらしてゐた、青木夫婦もそんな事からすつかり外科の医者や看護婦達と顔馴染みなつてゐたのだつた。

「ぢやあすぐ私、これから行つて頼んで見ますわ、もし怪我人や火傷の人なんかで病室が一杯だつたら、島崎にそう云つてべツドをあけて貰つて、あの人は家へ泊つて貰ひますわ。」

云ふなり、早速彼女は角々に自警団の物々しい見張りの出来てゐる網の目のやうな道を突きぬけて、三四丁の向ふにある大学分院へ出かけて行つた。

病院の前まで行くと、彼女はおどろかされた、いつももう夜は大門を閉め切つて、寂《しん》と静かな筈の大きな病院の前に今夜は物々しく一杯椅子を置いて、白い上ツ張りを着た医者や看護婦達がズラリと半円形に並んでゐた、――それは、あとからあとから運ばれて来る震災の怪我人達を待ち構へてゐる外科の医者達なのを、一目で春子は知つた。

「御免下さい。」

彼女は眼ざとく、嘗て島崎の治療の主任をした若い浅黒い顔の医学士をその中に見つけて、真ツ直ぐに進んで行つた。

「急なお願ひで済みませんけれど……。」

彼女は手短く今村の病状を告げて、入院をさせて貰へまいかときいた。

『そりや困りますね、いくら罹災者だつて、今そんな内科の方の病人なんぞ――それに、今んところ病室は一杯です、少しは空いたベツドがあつても、それはこれから来る怪我人の分に取つて置かなけりやアいけませんから。」

びつくりしたやうに、が、外科の医者達に共通な、何か怒つてでもゐるやうな不愛想な調子で医学士は答へた。

「そんなら、どうか島崎の分をお貸し下さい、あの人は、そのあひだ私の方から通はせますから。」

思ひ込んだ調子で、すぐと彼女はつづけた。

「………。」

医者は当惑したやうに眼をしばたたいた。

「ぢやあ、中へ入つて行つて、一つ内科の先生に聞いて見て下さい。構はずお通りになつてよう御坐んす。」

先刻からみんな春子に視線を鍾めてゐた医者や看護婦の中から、一人の医者がその時口を出した。

春子は早速門を通り抜けて、正面の玄関から、玆ばかりは早くも疎らな星のやうに明るく電気の点《と》つた（市電は、丁度その晩から点《つ》き初めたのだつた）広い廊下を早足に歩いて行つた、どこに内科の医者達はゐるのか、あつちから来かかつた看護婦に訊かうとすると、丁度向ふの内科の病室の白いドアの一つがパツと開け放されて、恐ろしく背の低い、黒縁の大きな眼鏡をかけた、太い美事な髯をピンと生やした一人の医者が、診察道具の入つた箱を持つた二三人の看護婦を従へて慌てたやうに飛び出した。

「今時分廻診してらつしやるのかしら。」

びつくりしながら、春子はいそいで傍へ馳け寄つた、そうして病人の入院のことを頼んだ。

「ア、ア、ア、ア……。」

彼女の一句ごとにせかせかと合の手を入れて、両足を互ひちがひに踏みかはして、如何にももどかしくて堪らないやうに聞いてゐた医者は、彼女の言葉の終るか終らないに叫び出した。

「勿論、勿論です、……勿論、その病人はこつちでお引き受けします、すぐよこして下さい、何なら今晩、——いや、今すぐでも結構ですよ。」

「いゝえ、今夜はもう晩う御座いますし、一晩位は家でゆつくり寝かしてあげたく思ひますから、では明日の朝——。」

「結構です、結構です、ぢやあきつと、明日の朝お待ちしてますよ。」

まるで蝗やバツタのやうに短い脚を大股にひろげて、三跳びか四跳びで、云ふなり、小さな医者は次の病室のドアのとこまで飛んで行つて、その扉を引き放して跳り込んだ。

「又どなたかお世話なさいますの。」

春子と見知り越しの一人の看護婦が、あとへ寄りながら微笑した。

「沢山、内科にも患者が御座んすか。」

彼女も何故かあはてていた。

「いゝえ、こつちはそれほどの事もないんですけど、でも朔日《ついたち》から先生達も私達もずつとみんな徹夜ですの、だもんでもう疲れちやつて仕様がありませんわ、やつと今夜から交替に寝ることになりましたけれど。」

春子は彼女の言葉で、初めて病院ぢうの一種いつもとちがつた空気や、殊に今の医学士の異常な昂奮の理由がわかつた気がした。


再び厳《いか》めしい医者達の勢揃ひの傍を過つて、礼を述べて、春子は自分でも不思議な位な早足で家へ帰つて来た。

「どうだつた？」

「まア私、びつくりしましたわ。」

すぐききかけた青木の問ひには答へずに、彼女は生き生きと眼を見ひらいて、いきなり門前で食ひとめられたおどろきをしやべつた、それからやつと、何もかも定《きま》つた報告をした。

「そうか、——やつぱり前から顔を知つてたから、それですぐと運んだんだな。」

青木はちよつと信じられないやうに呟いた。

「そうですわ、でなかつたら、とても今夜なんか中へ入れては貰へなかつたんでせう、でも、早くてよう御座んしたわね。明日だつたら、もうどうだつたかわかりやアしませんわ、これでやつと病人の方も、子供や私達も安心ですわ」

3

翌朝、おもんは又病人を背負ひ、青木が傍に附き添つて、病院へ出かけて行つた、——昨夜すぐ入院の話をすると、おもんも病人もひどく喜んで承知したのだつた、普通の営利病院とちがつて、医者も看護婦もみんな親切で、おまけに病室が奇麗で、清潔で、明るくて、本院の方よりずつと気もちがよく、何の心配も要らない、——などと、春子は詳しく説明して聞かせてゐた。

「ちよつと、ちよつと、今は外来は駄目ですよ。」

青木が先きへ立つて、門横の受附けの硝子窓の前を通らうとすると、眼鏡をかけた老人がいきなり中から呼びとめた。

「いや、昨夜お願ひして今朝入院するんです。」

彼はおもん達を指して見せた後、やつと許されて通り越した。

玄関から上草履に替へてあがると、すぐ通りすがりの一人の看護婦に、彼は医者への伝言を頼んだ。

「あアそうですか、そこの腰掛けで少し待つて下さい、今じきお迎へに来ますから。」

看護婦は、病室へ通じる廊下の、片方の窓際に据ゑつけた一台のベンチのところへおもん達を連れて行つた。

まはりを見廻しながら、青木はひどくおどろかされた、いつもの病院とちがつた、地震によつての荒廃の感じが到るところに現れてゐた、平生隅から隅まで雑巾掛けをして、埃一つ見つからないやうに、奇麗な廊下は、今は土足で遠慮なく歩き散らした跡の埃だらけだつた。白く塗つた壁や天井は、ところどころ無残にボロボロと崩れ落ちてゐた。ベンチの向ふの薬局の中では、硝子窓から覗くと、いろんな棚の薬瓶が落ちて壊れたのを片づけてゐるらしく、散乱した壜や硝子の破片の中で、二人ばかり男が黙々と背中を曲げてゐた。いつも一杯立つたり腰かけたりしてゐる沢山の外来患者は影も形もなく、朝の明るい日光が、まるで廃墟のやうに寂《しん》とした木造の建物の中へ、これもあつちこつち割れた硝子戸越しにさびしい金色の縞をつくつてゐた。

「大きな病院だね。」

肥つた女房の膝へ頭を載せ、痩せ細つた身体をベンチの上へ長く横たへた病人は、涙に潤んだやうな眼の色をしながらひとり語《ごと》の如く呟いた。

「ぢやあ、これへ乗つて下さい。」

やがて、一人の看護婦が軽々とゴム輪の運搬車をすべらせて来た。

おもんに抱きあげられて車の上へ移されると、そのまんま、病人は廊下を内科の一室へ運ばれて行つた。

それは、そとと同じやうに青白いペンキで一面に塗りあげた、二列に十台ばかりのベツドの並んだ、広々とした明るい病室だつた、どのベツドにもみんなじつと患者が寝てゐた、ただ一つ、一番隅に空いてゐる寝台の真つ白い床《とこ》の上へ病人は静かに仰向けにされた。

「割合静かでせう。」

青木はおもんに云つた。

「ふんとに、東京の中たア思へないやうで御座んすね。」

混雑に満ちた東京、殊に二三日前のあの恐ろしい火の東京はどこへ行つただらう、……怪訝《けげん》に堪えないやうに彼女はキヨロキヨロ周囲を見廻した、大きく剝落したままの天井、割れた壁、——青木の眼は、が、そこにもまざまざと凄い変りざまを見つけた。

すぐあとから医者がやつて来た、それは前夜春子が会つたとは別の、すらりと背の高い、縁無しの眼鏡をかけた、髭のない若い医学士だつた、病人へ向つて、彼は今までの症状を詳しくたづねた。衰弱してゐるにも係はらず、病人は低いゆつくりした声で、かなりハツキリと今までの経過を答へた、時々質問が聞き取れないらしくつかへると、傍からおもんが引き取つた。

「何しろ御飯がちつとも頂けませんから、こんなに痩せて骨と皮ばかになつちまひました、……昨夜は、この方のお家《うち》で初めてゆつくり寝かして頂いて、お蔭さまで今日は大へん気分がいいつて云つてます、……えゝ、五月には慈恵病院で、その時も無料《ただ》で療治して頂きました、――ふんとに何て運がいいんですか、今度は又、見ず知らずの方にかうして連れて来て頂いて……。」

彼女は、あたりの様子があんまり立派なので、もし施療でなくされて、此のうへ青木達へ厄介を掛けるやうな事でもあつてはと、ひどく恐れたやうに、一生懸命彼女達が今まで貧乏で、又青木と何の関係もない人間なことをしやべつた。

「はア、はア……。」

丁寧な調子でき流しながら、医者は検温器を調べたり――熱は七度に足りなかつた――聴診器を隈なく当てがつたり、病人を起して頸や背中の様子を見たり、又ベツドから両脚を垂れさせて、何度となく叩いては質問したりした、その合間々々に、傍の看護婦の捧げてゐる箱の中のインキ壺へペンを突ツ込んで彼は片手の紙を幾枚も幾枚もドイツ語で埋めた、ほとんど一時間ばかりもの念入りな診察のあとで、医者は軽く頭をさげて出て行つた。

「一寸、……あの病人の模様はどんなやうでせうか。」

すぐあとを追ツかけて廊下で、青木は医者にたづねた。

「勿論肋骨カリエスですが、その方はまだ大したことは御座いません、まだ外のいろんな病気が一緒になつて、ひどく衰弱してゐますから、あんまり安心が出来ません、胃が大へん悪くなつてますし、脚気もかなり来てますし……。」

若い医者は、相変らず静かな慇懃な調子で説明した。

礼を云つて廊下を戻りかかると、丁度蓬々と草の茂つた中庭へ向ふ窓越しに、白い上ツ張りの衣嚢《かくし》へ両手を突ツ込んで、動物舎の方から向ふ道をぶらりぶらりと歩いて行く島崎の姿を彼は見つけた。

「島崎君、島崎君！」

いそいで窓から大声で呼んだ。

びつくりしたやうに振りむいて、やがて彼を見つけると、島崎は相変らずゆつくりした歩調で窓下の階段のところまで歩いて来た。前には如何にも弱々しそうだつた彼の蒼白い皮膚は、今は鳶色に日に焦けてさも丈夫そうに変り、半分位にちぢまつた半顔の腫物まで、まるで新しいパンの皮のやうに艶々した光を帯びてゐた。小さな眼を臆病そうに瞬きながら、彼は挨拶代りに黙つて、一寸小柄の腰をまげた、青木は手短《てみぢか》に新しい病人のことを話して、この後時々見舞つてくれるやうに頼んで、そのまま病室へ引ツぱつて行つた。

「ぢやアこれから帰つて、女房に薬罐や茶碗なんぞの道具を持つて来させますからね。」

　青木はおもんに告げた。

「ありがとう、――私は、始終傍にゐてやらなくちやアいけませんでせうか。」

「いや、時々いらツしやるだけで結構でせう。今医者にきいて見たら、看護婦が充分世話するから附き添ひも要らないツて話でした、それに――この人が時々見舞に来てくれますから、御用があつたら遠慮なく頼んで下さい。」

　青木は、うしろにつくねんと突ツ立つてゐる島崎を、おもんにも病人にも紹介した。

「まア左様で御座んすか、……どうかよろしく。」

　おもんは島崎の顔を見てびつくりしたやうに、が、丁寧に挨拶した、ドギマギしたやうに、島崎は何か口の中で低く呟きながら、――それが癖の――片手で顔の瘤を撫で廻した。

　ズウーン……ガタガタガタツ……その時、余震とは思へないやうな大きな地震が、いきなり病室ぢうを二三度揺つた。「アツ――」と云ふ叫び声がベツドのあちこちに起り、幾人かの人間が起きあがつたり立つたりした。

「まあ恐いこと。」

　おもんは思はず病人の寝台へ片手を突きながら唇をふるはせた。

4

　その夜、おもん達を助けて無事に一緒に逃げさせた若い左官職人――太田が、不意に青木の家へ訪ねて来た。前日おもん達を青木に引き合はせた小学校教師が、提灯をつけて彼を連れて来てゐた。

　知り合ひの家を廻つた後、太田は又護国寺へ戻つて来た、と、いつかおもん達も道具類も影も形もなく、今まで彼女達のゐたところには見知らない人間達が代つて坐つてゐた。彼はびつくりして、その辺の人達に彼女等の行方をきいたり、もしや貼り紙でもあるかと探したりした、が、誰も知らず、又貼り紙のなかにも今村一家の名前は見つからなかつた。寺番に聞いても要領を得なく、とうとう下の小学校まで降りて来て、初めて教師の持つてゐた名刺で、みんな青木の家へ避難してゐることがわかつたのだつた。

　まだ夕飯前だと云ふ言葉に、早速玄米の飯へ真ツ黒く煮た茄子の菜を添へて春子達はすすめた。

「ぢやあ遠慮なしに頂きます。」

　太田はドツカリ胡坐を組んで、まるで奇術師のやうに軽々と大きな手の中で茶碗を廻しながら、おもんの甲斐々々しい給仕で何杯も丸嚥みの如く掻ツ込んだ。やがて済ますと、蛙のやうな不恰好なお辞儀を一つした。

「よく、あんなに荷を持ち出したものですね。」

ゆらゆら揺れる一本の蠟燭の暗い火をめぐつて、青木達はこの珍客の話をきき出した。

「御自分の物は何一つ出しなさらなかつたんですよ。」

太田の横に坐りながら、おもんは感謝のこころを繰り返した。

「どうせ碌なもんはなかつたんだから――だが、とうとう本をみんな焼いちやツた。」

「太田さんは、本好きでいろんな本を持つてなさつたんですよ、職人らしくなく、算盤でも何でも出来て、それに正直なもので、店の方でも今まで会計の方をおもにさせられてなさつたんです。」

おもんは説明した。

「おかみさん、店の方へも行つて見ましたよ。」

「やつぱし焼けてましたか。」

「いんや、焼きやアしねえが、とてもひどいもんだつた。」

大きな真ツ黒い顔をした、筋骨の逞しく隆々とした勇士は、眼ばかり白く光らせながら、おそろしい主人一家の運命をみんなにしやべつてきかせた。

赤坂の方に住んでゐた彼の主人――彼の言葉によれば、腕にかけては「日本一」の左官屋だツた、――は店も大きくつい二三年前鉄筋コンクリイトで新築したばかりの厳丈な家だつたが、今度の地震で一堪りもなく潰れた、主人のほか内儀さんも、娘も、主人の母親も、女中も、家にゐた者残らずその下敷きになつて死んで了つた。丁度金庫の前に坐つてゐたおかげで主人はただ一人生き残つたのだツた、が、崩れ落ちた土や鉄ですつかり四方を塞がれた為め、ほとんど身動きも出来なかつた。勿論いくら呼んでも助けに来てくれる者は誰もなかつた。家族の死骸を傍に、燃えひろがつて来る火におびやかされ、三日二晩一口も飲まず食はず、そうやつて彼は金庫の前に閉じ込められてゐた、三日目の夕方になつてやつと一人の男が呻き声をききつけて掘り出した時、彼はもうすつかり気が狂つてゐた。そうして、わけのわからない事をわめきながらあばれ廻つて仕様がないので、みんなで今警察の方へ保護を頼んである、……と云ふ話だつた。

「何と恐ろしい話でせう、気がちがふのも無理アありませんわ。」

春子は身ぶるひするやうに嘆息をついた。

「本所や吉原の方へも行つて見たが、どこもかも死人だらけで、ほんとにいやになつちまう……ああ、そう云へばお内儀さん、病人が梨を食べて見たい見たいと云つてたから、わツしやあ随分あつちこつち探して見たよ、今日も一日探したんだけれど、とうとう見つからなかつた、どうか勘弁しておくんなさい。」

ヒヨコリと、突然若者は頭をさげた。

「何のそんなこと、お頼みしたわけでも何でもないのよ、お気の毒な――。」

おもんはおどろいたやうに云つた、

「一ツつでもいいから、どうかして手に入れてえと思つて一生懸命歩いたんだけど。」

　そう云はれても自分の気に済まないやうに、彼はさも残念そうに繰り返した。

「今は梨どこか、御まんまさへ頂けるかどうかわからない時ですもの、そんな贅沢な……。」

　おもんは申しわけなさそうに呟いた。

5

　翌朝起きぬけに、太田はおもんと一緒に病院へ見舞つたが、戻つて朝飯を済ますと、これからひとまづ秩父の家へ帰ると云つて大きな握り飯をつくつて貰つて出かけた。

「今朝行きましたらね、ひとりぢやあ寂しくつていけないから、やつぱり誰か傍にゐてくれつて、病人が云ふんです。看護婦さんにお聞きしても、別に附き添つてる必要はないツて云ふし、お父《とつ》さん、大丈夫だよ、ツていくら云つてきかせても、どうも心細がりますから、昼間のうち邦子をやつて、夜は私が行つて泊ることにしやうと思ひますが、旦那、どうでせう。」

　壁の割れ目を渋紙でまに合はせに貼り散らかした春子の居間に青木達がゐる時、おもんがやつて来て云つた。

「そう、ぢやアそうなさつたらいいでせう。」

「お子さん達がゐらツしやるに、ふんとにお手伝ひもしないで済みませんけれど、——それから、病人には今まで始終少しづつお粥と牛乳を飲ませてたんですが、何だか病院のお粥は固くツて、どうしても喉へ通らないツて云ふんです、御親切さまに丁度重湯《おもゆ》を（それは炊き立ての飯から取つた一番いい部分を今朝春子がわざわざ病院へ届けさせたものだツた）頂いて、お蔭さまで少しはいけましたが、ついでに牛乳を少しばかり取つて頂けませんですか。」

「病院では牛乳をくれません？」

　春子はきき返した。

「えゝ、地震からこツち、病院へも牛乳が来ないツて話です。」

「ぢやあ仕様がありませんわね、……さア、うちへ配つてくれる牛乳屋は、いい按配に地震でも家が何ともなかつたんで、毎朝すみ子の分だけは置いてツてくれるんですけれど、でもお得意さまだけやツと特別に配つてる、それに壜が足りないからツて、そのたんびドシドシ前の壜を持つてかれちやう位ですの、ですから、うまく持つて来てくれるかしら。」

　春子は思はず眉をひそめた。

「何しろ、もう少し何か食物が頂けるといいんですが、あれぢやアたアだ弱るツきりですから。」

　おもんは春子の当惑に耳を貸さないやうにつづけた。

「普通なら、どの患者へもきつと一本づつはくれるんですがね、——一遍牛乳屋にきいて見たらいいだらう。」

　青木は春子に云つた。

「えゝ、見るだけは見ますわ。」

春子は、いよいよ不興げに言葉を切つた。

あんまりお内儀さんも勝手なことばかり云ふと、彼女は思つたのだツた、――重湯は勿論、彼女は病人の食べ物についても出来るだけ心配してゐた。牛乳も、普通の時なら決して取つてやらないことはない、が、今は病院でさへ配れず自分の家でも、やつとすみ子の分だけ貰つてありがたがつてゐるやうな時だ、その牛乳を見つけて、おもんはそんな請求もするのだらう。が、まだ生後一年にもならないすみ子は、一体胃腸が弱くて、重湯さへ遠慮してゐる位の子だ、いくら何でもその子供の分は分けてやれない、それともおもんは病人の世話の為めなら、赤んぼの口からたツた一つの飲み物を奪ふのも当然だ、と考へてゐるのだらうか、……それどころか、今まで護国寺にゐると思つて見るといい、握り飯ばかりで、お粥さへなかつた時のことを考へたら、病院のお粥がまづいの何のと、そんな贅沢は云へた義理ぢやあるまい、人間は心一つだ、うんとお腹が減りさへすれば、どんな物でも食べられないことはないとも聞いてゐる、喉もと過ぎれば熱さを忘る、と云ふ諺どほり、少しでも安心すれば、もうそんなふうに人間は我がままになるものだらうか。

――

母親の本能と一緒に、人から要求されてしてやれないと云ふ気もちが、余計彼女の心を焦立たしく不快にした。

思ひがけなく――と云ふよりは半分予期どほり、今まで何でもよろこんでしてくれた青木達が牛乳のことで渋つたのを見て、おもんの方でも悲しくなつた、……今の時、たとへ五勺の牛乳でも獲がたいことは彼女にもよくわかつてゐた。が、見す見す眼の前に衰弱してゆく亭主を見ればこそ、傍で眺める辛さに堪えられなければこそ、強ゐてもそう頼んで見たものを……彼女もそれなり黙つた。

一時近く、午飯を食べに病院から戻つて来た邦子は、病人がやつぱり寂しがつて、午過ぎからは母親に来てくれと云つてゐることを告げた。

「仕様がないねえ。ふんとに。」

そう云ひながら、母親は又青木達に病人の附き添ひに代らうと云つた。

「勇ちやんも行く。」

傍で聞いて、早速甘ツたれたやうに男の子はすがりついた。

「ぢやアおいで、お前は、いくら云つても坊ちやんと喧嘩ばかりしてるんだもの。」

一つはそれをしほに、一つ年下の雪雄と自分の男の子との喧嘩をおもんは避けやうと思つた。

全く、それは彼女に取つて最初から何よりの気苦労だつた。

――今年六つの末ツ子の勇は、小さい時から弱かつただけ、自分でもどうしても外の子供達のやうにシツカリとは育てあげられないと、前から彼女はあきらめてゐた、親から見てもわからずやで、泣き虫で、云ふ分なしの「母《かア》ちやん子」で、どこへ行くにも彼女から離れなかつた、一寸便所に立つと云つても、くさい、用のない中へ一緒について来る有様だつた、最初寺から病人を背負つて出て、門の前に待つてゐた春子と雪雄の姿を見た時から、彼女の胸にはこの後厄介になるについての心がかりがひらめいた。が、まだ一日も経たないうちに、その心配は実現されて了つた。二人の男の子は、何度となく喧嘩を繰り返した、玩具を取つて投げつけては泣き、一台の三輪車を奪ひ合つては叩き合ひ、やつと仲がなほるかと思ふと、もう悪口を云ひ合つた。

「よくまア喧嘩ばツかりする人達ね。」

さすがに春子もびつくりしながら、不思議に彼女は割合平気だつた。

「年上のくせに、お前が悪いんだ。」

たとへ春子がさうでも黙つてはゐられないやうに、表面だけでもずつと今までよりきつくおもんは自分の子に当つた。

「何しろあんな処で育つたもんですから、まるで言葉やお行儀を知つてません。それも親の教育が悪いばつかりで、ほんとにお恥しい話ですが。」

「手前《てめえ》」だの「何でえ」だの「知らないやい」だの、如何にも町ツ子らしい荒つぽい子供の言葉も、今更彼女は気にかかつた。

「なアにそんなこと。」

出来るだけ余計の気苦労をさせまいとして、青木は無雑作に笑つてゐたが……。

「その前、一つどうか、はがきを二三枚書いてお願ひ申します。」

病院へ行かうとして、急に思ひ出したやうにおもんは青木に頼んだ。

「はがき？」

「あとで買つて御返ししますで、無事でこちらの御厄介になつてるつて云ふことを、一筆甲府と、千葉と、四ツ谷とへ……。」

彼女達の故郷は甲府在だつた。丁度十年前国の方でいろんな事をして失敗した今村は、思ひ切つて家をたたんで東京へ移つて来たのだつた、当時邦子はまだ二つの子供で、その上に四人の息子や娘がゐた。長男の順吉は、本郷の雑貨商へ奉公にやつてあるうち兵隊に取られて、今千葉の聯隊へ行つてゐ、次男は肺病で死に、今年十六の三男の平吉は四ツ谷の酒店に勤め、娘は、二三年女工になつて印刷局へ通つてゐたが、今年の春やつぱり肺をわづらつて十九歳の花盛りをなくなつて了つた。国の方には、今村の兄が今一寸した店をひらいてゐた。その義兄と二人の男の子とへ、おもんは取りあへず——一つは安心させる為め、一つは、もし出来たら訪ねて来て貰ひたい為め——落ちついた知らせを出したかつたのだつた。

「いや、はがきなんぞいくらでもありますが……。」

よく彼女の気もちはわかりながら、青木は何となく臆劫《おつくう》な気がした。

彼も国に両親や親類を持ちながら、地震以来まだ一度も電報もはがきも書いてゐなかつた。電報は中央郵便局まで、はがきでさへ、伝通院傍《そば》まで持つて行かなければいけない面倒臭さもあつた。が、それと一緒に、そんなことをするのが済まないやうな気もちが不思議に彼はした。今度の事変では、東京だけでも何万の人間が無残な死にかたをしてゐた、その人達のことを思へば、生きてゐる者は無事なだけでも何よりの幸せだツた、人の不幸も知らず顔に、臆面もなく一家無事の知らせを出してやるなぞとは――。

「いろんなお願ひばツかりして、ふんとに済みませんけれど。」

おもんは又窮屈な心もちになつた。

「ごたごたして、僕もまだ国の方へは知らせてないんです。」

弁解するやうに青木は立つてはがきを五六枚取り出した。

「ただ一言で結構で御座んす。」

自分の分さへ書かないのを、と云はれた気がして、おもんはなほ硬くなつた。

云はれれば云はれるだけ、――それを機会に自分も書かうと片方に思ひながら――いよいよ青木は気が変に進まなくなつた、出来るだけ自分の家でおもん達に気がねをさせないやうに、居づらく感じさせないやうに――それは何より彼自身に苦しい為め、――と思ふ一方の力で、一生懸命それと戦ひながら、彼はやつと三枚のおもんのはがきを書いた。

そのあと、妙に憂鬱な気分になりながら、――おもんが自分で出しに行くと云ふのをとめて――崩れた町並みを一時間ばかりも歩いて、彼は伝通院傍の郵便局まではがきを出しに出かけた。地方へのはがきは受けつけられたが、市内はまだ配達しないからと、四ツ谷への一枚はことはられた。それを袂へ入れたまま、又ぶらぶらと、長くひび割れた地面や、道傍一面につくられた避難者の仮小屋の横を彼はとほりすぎて行つた。

6

午過ぎの分を牛乳屋が配つて来た時、もう五勺でも一合でもいいから増して貰へないか、と春子は呼びとめて頼んだ。

「五勺なんぞツては、今配達しません。……さア、一合でもどうですか。」

出来たら持つて来ると云つたまま、翌朝はやつぱりいつもの分きり置かなかつた。その代りに、春子は又取り立ての温い重湯を病院へ邦子に持たせてやつた。

相変らず病人がいやがるからと云つて、おもんは朝飯にも帰らずに、自分達二人分の握り飯を邦子に病院へ持つて来させた――。

その午近く、青木は知人の見舞ひかたがた下町の方へ出かけて行つた。下谷から、浅草吉原の方までくるりと廻つて到るところ焦《や》け土の匂いと灰と埃とにむせ返りながら、凌雪橋から――その橋の前は谷のやうに落ち窪んで、高く懸つた鉄橋の裏に、まるで蜘蛛か鳥のやうに避難民が空に巣をつくツてゐるのが仰がれた、――上野の山へのぼつて、丁度博物館横まで戻りかかつた時、思ひがけなく彼は、その塀の根ツこに大声で叫んでゐる梨子売りを見つけた。最初、うそではないかと思つたほど心をおどらせて価をきくと、一ツ「大安売り五銭」だつた、出来るだけ多く病人へ持つて行つてやりたい気がしながら、半日あまり焼け跡を歩きつづけて、その時彼はもう疲れ切つてゐた。荷にならない用心に、そのよく熟した中位の果物を二つだけ買つて、もう蒼くたそがれかけた公園の中を、彼は竹の台から入り口の方へ突つ切つて行つた。と、清水堂の手前、一杯叢の生ひ茂つた崖のなかに、ふと一ツの小屋掛けに眼をとめた。

その近所にもいくつかの汚い仮小屋がつくられてゐたが、それは特別にみぢめなものだつた。四方、破れた古蓆をつづり合はせた畳半畳ほどの低い小屋には、焼けトタン一枚、ボロ板一枚載ツかつてゐなかつた。そうして、中にうづくまつてゐる一人の若い女の肩から上がすつかり見えてゐた。

蓬《ほう》けた埃だらけの叢、迫つて来る夕闇、……その中にあはれなその姿を見つけると、青木は思はず足を停めた。しばらくじつと彼は見つめた。何と云ふ気の毒さだ、きいて見やうか、そうして、もしただ一人ツきりで逃げてでもゐて、誰も頼る人間も行く処もないやうだつたら、うちへ連れて行つて今村と一緒にくらして貰はうか、もしあのまま夜を明かすのだつたら、若い女の身空にどんなに恐ろしくも、又不安だらう——。

思はず一足崖の方へ彼は寄つた。が、それなり又立ちすくんだ。彼は自分を振り返つた、まだ若い——三十そこそこの男が、こんな薄暗くなりかかつた時刻に、いきなりひとりで若い女に様子をきくなぞとは、そうして、何なら自分の家へ一緒に来ないかなぞと云ふのは、あんまり無鉄砲すぎはしないだらうか、彼女は果して信じてくれるだらうか。

もう少し自分が年を取つてゐたら、それとも二人か三人連れだつたら。……暫く立ちつくした彼は、とうとう内気に打ち負かされて了つた、温い寝床、雨は漏つてもとにかく蔽ひのある自分の室、——それをまざまざと彼女の為めに思ひ浮べながら、彼は崖の方へ呼びかけた。

「どうです、梨子を一ツあがりませんか。」

女はびつくりしたやうに、白い顔を木下闇からこつちへ向けた。

「梨子を？ ……抛《ほう》つてあげますよ！」

小屋の端を目がけて彼はいきなり手の中の梨子の一つを抛り投げた。黒い鳥でも飛んだやうなあとを描きながら、バサリと音を立てて果物は小屋からやや離れた草のなかへ堕ちた。

女は一寸あつけに取られたやうに見えた。が、軽く頭をさげると、ごそごそと蓆小屋の中から匍ひ出してそツちの方へ探しに立つた。様子を見定めると同時に、あたかも見てはならないものを避けるやうに、半ば馳け足に彼はそこを去つて了つた——。

夜おそく帰つて来ると、早速彼は残りの一つの梨子を邦子にやつて、明日の朝病院へ持つて行くやうに云つた。

「そう……。」

彼女は色白な顔を半分微笑させた、――邦子は、あんまり口数をきかない、おとなしい、が、物を云ふ時は変にぞんざいな言葉を使ふ女の子だつた。同時に、その声音が一向子供らしくなかつた。妙に嗄れて、まるで年寄りの女のやうに可愛げがなかつた。兄や姉が二人までも肺で死に、父親が又肋膜に悩んでゐるところから推して、どうやらそれは彼女の不幸な肉体的徴候らしく見えた。

午後、青木は初めて病院へ見舞ひに出かけた。

「今朝は、ふんとに梨子をありがとう御座んした。」

彼の顔を見るなりおもんは礼を云つた。

「丁度見つかつたもんですからね、――少しはいけましたか。」

「大よろこびで、今朝半分も一度に食べて、さつきがた又みんな頂きました、こんなにいけた事は、地震からこツち初めてです。」

「そりやアよかつた。ぢやあ又見つかつたら買つて来ませう。」

よろこばされながら彼は病人に挨拶した。

「今日《こんち》は。」

まるで誰か見知らない他人でもあるやうに、仰向けに寝た病人は低く素つ気なく呟いた。

「お父《とつ》さん、旦那ですよ、今朝わざわざ梨子を頂いたのに、お礼でもお云ひなさい。」

おもんが傍から云つた

「ああそう……。」

病人は横へ身体を曲げて、と、起きあがらうとするやうな恰好を示した。

「どうかそのままゐて下さい。」

青木はあはてて押しとめた。

「いろいろ御親切さまにあづかつて、此の御恩は、……一生子供達に忘れさせません、――もう私共は何ですが……。」

病人はもとどほり仰向けになつてゆつくりと途切れ途切れに云つた。

「恩なぞツて、……此の際お互ひさまの事ですよ。」

「今朝もそう云つてるんです、もう自分達にやアとても御恩は返せまいがつて――でも、やつぱりどうしても今死にたくはないと見えて、もう一遍何とかしてもとどほりの身体になつて働いて見たい。せめて子供達が一人立ちになる迄はなんてひとり言見たいに云ふんですよ。」

「そうですとも、その後、医者は何とか云ひましたか。」

「先生は、もしかしたらなほるかも知れないなんて仰つて下さいますがね、今朝二度ばかり注射して頂いて、そのあとがまだ痛い痛いツて云つてます、でもいい按配に、あんなふうにウトウトし始めてますから、これでいい工合に落ちついてくれたらと思ふんですが、……ゆうべは始終ぐづぐづ云つて私も夜ツぴて寝られませんでした。」

おもんは云ひわけらしく云つた。

青木は思はずベツドの向ふの、床へ敷いた呉座のうへのおもん達の夜具を眺めた。まだ蚊もゐるべきに蚊帳も釣らず狭い床板の隅へ子供と一緒に寝ころんで毎晩あかしてゐる彼女の看護が、深く思ひやられた。と一緒に、自分の家の様子も浮んだ。

　地震以来、飲み食ひの物がすつかり不自由になつてゐた。野菜と云へば茄子が手に入るきり、水道がとまつた為めに水は三軒置いて隣りの家の井戸まで始終貰ひに出かけ、瓦斯の代りに、炭で毎日飯も炊き物も煮るのだつた。が、それ位はまだよかつた。何よりの米が、もうそろそろその時なくなつてゐた。前から多く買つてなかつたところへ、急に今までの倍近くもの人数になつた為め、見る見る玄米の分も減つて行つた。一二日前から調べを受けて、避難民への配給米として、毎日一人分一合づつの米を貰つて来るやうな運びにはなつてゐたが、それ位ではとても追つつきやうはなかつた。パンを売る処もなく粉を買ふ店もなかつた、いざとなつたら一日や二日は絶食しても我慢する心でゐながら、その先きの不安がいつ迄つづくかもわからない気がした。そんな困惑に加へて、穢いことだが、まだおもん達が来て幾日にもならないのにすつかり便所がたまつて、臭気が絶へず室の方まで流れて来てゐた。勿論当分汲み取り手が来る筈もなく、もう臭気止め位では間に合はなかつた――。

　いくら何でも、それ位のことでおもん達の世話をやめやうとは青木も思ひつかなかつたが、そんないろんな困難に加へて、先きにそれほどの見込みもない病人の世話なぞに今更外の人間達が見す見す疲れて行くのは、如何にも無益な気がした。なほるものなら格別、もしどうせ駄目と定つた寿命なら、いつそ早く死んで、みんなの気づかひや手数を尠くしてくれたほうが……ハツと、彼は思はず自分を振り返つた。

　何を自分は考へてゐるのだらう、病んでゐる人間の世話をしながら、然も、少しでも早くその面倒から逃れたいと思つてゐるこの心は！

「今朝からやつと、牛乳を病院でも下さるやうになりました。配つてなんかやれないから、自分々々で容れ物を持つて取りに来るやうにつて、仰つてですが、お蔭さまで今朝牛乳も少し飲ませてやりました。」

　又うとうとし始めたやつれた病人の顔を眺めながら、おもんは疲れたやうに話した。

7

　翌朝、――もう大地震の日から九日目になつてゐた、――邦子がまた病院へ握り飯やお菜《かず》を持つて行つて、それなりブラブラ遊んでやつと午飯に戻つて来ると、青木はすぐ病人の容態をきいた。

「今朝又二度注射したの。」

　邦子は、いつもどほり半分微笑するやうに答へた。

「馬鹿につづけてやるね、……どんな薬だつたの、それは。」

　少し不安になつて、青木は重ねてきいた。

「さア、――知らない、よく見なかつた。」

父親は、然し今別に苦しそうなふうもなく静かに寝てゐる。母親も何とも云はなかつた、と云ふ彼女の言葉に、青木は一旦ひそめた眉をひらいた。そんなら格別なこともなく、反つて注射で病人が落ちついて行くなら、いい徴候かも知れない、……彼は自分勝手に気がかりを打ち消して了つた。

が、午後三時ごろ、丁度訪ねて来た帝大の懇意の学生——それは武井と云つて、彼より七つばかり年下の、同じく哲学の方を勉強してゐる青年だつた、——と、彼が居間で話をしてゐると、突然ガラガラと玄関の格子戸をあけて、島崎があはてふためいて馳け込んで来た。

「あら、どうして?」

いつもゆつくりとしてゐる彼にも似ず、顔を真ツ青にしてせいせい息を切りながら、然もあんまり飛びつけた為め直ぐには口がきけないらしく、上り框に片手を突いて、片手で胸を押へてただ眼を白黒させてゐる島崎を見て、春子はびつくりしてきいた。その様子に、青木達も室から出て来た。

「今ね、——えゝと、——今……あの病人のひとの様子が変つたから、——すぐ来て下さいつて。」

「誰が云つたんだ!」おどろいて青木はきき返した。

「あのお内儀さんが?」

「えゝ……お内儀さんが、——ああ苦しい!」

「あなたはどうして? どこか悪い、それともいそいで走つたから?」

春子は島崎の肩へ手をかけた。

「い、い、いそいで来たからです。」

島崎はそのまんま突つ伏した。

「仕様がない人だなあ、……ぢやあ一寸蟇口を出して! もし何か又要るかも知れないから。」

島崎を見やりながら、青木は自分も顔の色を変へて細君に怒鳴つた。

青木がいそいで金を入れた蟇口を受け取ると、へたばつた島崎をそのまんまに、青木はいそいで病院へ馳けつけた。

「もし、もし、何か用ですか。」

何度でも同じやうに呼びとめる受附けの老人に

「危篤の病人のとこへ行くんです。」

と云ひ棄てたまんま、彼は今村の病室のドアをあけて入つた。病人のベッドの頭の方には、その時四つ折りばかりの白ッぽい低い屏風が立て廻されて、丁度寝台をみんなで蔽ひかくそうとしてゐるやうに、そのこつち側にかねて見覚えのある主任の医学士、看護婦、おもん、子供達が並んで立つてゐた。

「御苦労さまです。」

低く医者に挨拶した青木の言葉で、おもんは初めて振りむいた。

「いろいろ御世話さまになりましたけれどもねえ……。」

彼女の両方の眼は、涙で白く一杯だつた。

「駄目ですか。」

息を抑へながら、じつと青木は仰向けに寝た病人の顔を眺めた。

もう身動きもしなければ、蒼白い顔色は余計白く蠟のやうに、いつも光の薄い眼は、まるで死んだ魚の眼のやうにぼんやりと気味わるくひらいたまんまだつたが、然し、病人の呼吸はまだ絶えてはゐなかつた、しまりなく半分開いた口の中から、最後の息が風のやうに静かに出てゐた。が、見てゐるうちに、その息の音は潮でも引くやうにいよいよゆるやかに、いよいよかすかになつて行つた。

「今朝はいつもになく元気があつて、食《しょく》もいけ、自分でも、此の分ならなほれるかも知れない、ただ身体が痛いから少うし横にさせてくれ、なんて云つてましたにね、やつぱり、もうそれがいけなくなる印しだつたんでせう。」

おもんは腰をかがめて、片方の平手で涙を押しぬぐひながら、片手の指の腹で、もう亭主の眼をねむらせやうと頻りに瞼を押しさげてゐた。が、ゆるんで了つてゐる筈のその薄い皮は、思ひのほか容易に彼女の意に従はなかつた。如何にも降りるのをいやがるやうに、切角眼の上へかぶさるかと思ふと、手が放れるなり又釣りあがつた。まるで餅でも捏ねるやうな手つきで、おもんは繰り返し繰り返し、閉じまいと逃げ廻る眼をあはれにふさいだ、邦子や勇は、その傍で小さなガーゼに水を浸して断末魔の父親の蒼ざめた唇を濡らした。

息の音一つ立てずに、その様子を真面目な顔つきで見まもつてゐた若い医師は、やがて、ふとどこかから命令でもかけられたやうに、静に腰をかがめて敬礼をした。と、看護婦も忝々しく頭をさげた。

「とうとうおなくなりです。」

次におもんや青木達の方へ向いて、医者は鄭重な口調で云つた。

「ほんとにありがとう御座いました。」

泣きながら、おもんは医者達に礼をいつた、青木も口を添へた。

「今何時頃でせう?」

おもんは青木にたづねた。

「丁度三時半です。」

医師は、手頸の腕時計を静に眺めて代つて答へた。そうして又軽く会釈をすると、コツコツと靴の音を立てて出て行つた。

「お父《とう》ちやん、死んぢやつたの?」

その時不思議そうな顔つきをして、勇が母親に声高くきいた。

「死んぢやつたの。」

鸚鵡返しに邦子が引き取つた。

「あなたにもいろいろ親切にして頂いて……。」

おもんは、あとに残つた看護婦に改めて礼を述べた。

「ほんとにお気の毒さまで御座いました。」

彼女は丁寧に挨拶を返した。

「やつぱり、もうこれだけの寿命だつたんで御座んせう、これだけ皆さんから手を尽して頂いて、それでいけなかつたんですから、さぞ死んで行つた者も本望で御座んせう。」

何か云はなくてはゐられないやうに、おもんは又青木に話しかけた。

「いい按配に、ちつとも苦しみなさらなかつたやうですね。」

彼女の言葉に思はず自分の心を突かれたやうに、青木は口をそらした。死人に対する今までの自分の気もちが、彼の心の中に再び鋭くふりかへられた。自分はほんとうに、死人に対して「心を尽した」らうか、どんなにしてでもなほしたいと思つてゐたらうか、否、それどころか、むしろ早く死んで厄介払ひをして貰ひたいやうな心もちに動かされてはゐなかつたか、そんな自分の気もちからでも、こんなに早くあはれな病人が死んで行かなかつたと、どうして云へやう。

心から愛してゐなかつたばかりか、手当ても果して充分だつたか、まだ尽そうと思へば尽せることを、自分達はやらなかつたと云へないだらうか、……強い良心の責めと痛みを感じて、我知らず頸を垂れ眼を瞑ぎながら、彼は死人の前に許しを祈つた。

「ほんとに楽《らく》往生でした。おしまひまでまだ自分ぢやあ死ぬつもりがなくつて、いつ死んだかも知らずに眠るやうに行つたんで御座んすからね、これもきつと御手当と一緒に、平生お父さんが正直で、信心をしてゐたお蔭でせう。」

まだ片方の眼をかすかに開いて、一寸見たところでは眠つてゐるか死んだかわからない。何の苦悶の影もない安らかな亭主の顔を見つめて、おもんは又涙をふいた。

「これから、身体をお拭きしますから。」

そこへ、もう一人の看護婦がバケツやらガーゼの包みやらを運んで来て云つた。甲斐々々しく腕をまくりあげた看護婦が、死人の顔を拭いたり、胸や背中をひろげたり、肛門へ綿をつめたりするのに手伝つて、おもんもガーゼをしぼつた。

「あなたがたはあつちイ行つておいで、いい子だから。」

ぼんやりベツドの傍に立つてゐる子供達をそとの廊下へ連れ出して、青木はしばらく湯灌を眺めてゐたが、やがて思ひついて、家へ戻つて甲府や息子達のところへ知らせを出すことをおもんと話した。

頼りなさそうにしてゐる子供達の前をとほつて、玄関の方への廊下を来かかると、看護婦室の前のベンチに彼は子と島崎の姿を見つけた、島崎は、身体を蝦《えび》のやうに前へ曲げて、鳩尾《みぞおち》のあたりを片手で押へてゐた。

「どうしたの、まだ苦しい?」

青木は傍へ寄つてきいた。

「今度は、何だかお腹が痛くなつちやつて……。」

びつくりしたやうに見あげながら、彼は嘆息交りに呟いた。

「薬を貰つて飲みたまへ、何なら、そんなにいつ迄も悪くちやあいけない。」

「え、、今になほるんですけれど。」

彼は顔を歪めて、はづかしそうに坐つて見せた。

家へ戻ると、かねておもんの書いておいた所番地の紙片を青木は引き出した。

「甲府へは勿論電報だが、千葉の兵隊さんはどうかしたら戒厳令で今こツちへ出て来てゐないだらうか。」

「そうかも知れないわ、ああ、丁度坂下に兵隊の駐屯所があるでせう、あそこへ行つて、わたしきいて来ますわ。」

春子は昂奮して早速出かけて行つた。

「やつぱりこツちへ来てなさるんですツて。すぐ配備図を調べてくれて、その隊は今深川の砂村の方へ来てゐるから、用があつたらそつちへ行つてお探しなさい、ツて云つてくれましたわ。」

「そうか、が、そいつア大変だな。」

思はず青木が眉をひそめた途端、丁度門の戸があいて、見知らない、在郷軍人らしいカーキイ色の服を着た一人の若い男が入つて来た。

「私は、三の橋の御宅からの御言伝《ことづて》で参つた者ですが……。」

男はそう云つて、こつちへ来るついでに春子の麻布の実家から見舞ひを頼まれたこと、何か用があつたら遠慮なく云つて貰ひたいことを告げた。

「ぢやあ、その深川の方をお願ひしませうか。」

春子は青木に云つた。

「さあ、が、そんな事までは——。」

ためらふ青木の云ひ終るのも待たず、男は丁度手があいてゐるし自転車があるから、いくらでも用を足す、と重ねて云ひ出した。

「そんなら御願ひします。」

思ひがけなく降つてでも来たやうな男に、青木はすぐと今村の長男の名前と、所属部隊とを紙に写して、短い知らせと一緒に渡した、甲府への電報も、その深川からの帰りに中央郵便局でついでに出すからと、(電報は、まだ東京ぢうそこ以外では扱はなかつた)強つて云つてくれる男の好意に任せて、彼は別の紙へ、甲府の宛て名や電文を書き初めた。

「おや、ちがつてますよ、ヤマナシケンでせう。」

先刻から傍に見てゐた学生の武井がその時注意した。

「そうさ、なぜ?」

「ああそうか。」

「だつて、それぢやあヤマシナケンぢやありませんか。」

「あら、又ちがつたわ。」

青木はいそいで消して又書き出した。

春子が今度は口を出した。

「何が?」

「コウフシ、ヤマダマチでせう。」

「ヤマダマチよ、……ああ、ヤダママチと書いたんか。」

云ふなり、青木は又その部分を真ツ黒に消して了つた。

「消さなくツたつて、ちよつと引ツ返しをお附けになりやアいいぢやありませんか、急いでらつしやる癖に。」

「どうしたんだ一体、――どうかしてるな、おれは今日は。」やつと気がついて、青木はいきなり拳骨をかためて自分の頭をなぐつた。

「四ツ谷の息子さんの方は、僕が行つてあげますよ。」

その様子を見て噴き出しながら、武井が口を出した。

「ビツテ、ビツテ（独逸語、どうか）！」

思ひがけない好都合に喜ばされながら、青木は二人の使者に紙を渡して送り出した。

「まあ、不思議なやうにいい工合に行きましてね。」

春子は溜め息をついた。

「全く。」

そのまま青木は又病院へ取つてかへした。

病室へ行くと、もう屍体は片づけられて、空《から》の寂しいベツドの横におもんや子供達が並んでぼんやりと腰をかけてゐた。

「旦那、今看護婦さんが来ましてね、入院料の書附けだつてツて、これをよこしましたが、すると、やつぱり無料《ただ》でやつて頂いたわけぢやアないんで御座んせうか。」

彼の顔を見るなり、待つてゐたやうにおもんは一枚の書附けを出した。

「なんなら、私のとこは十円ばかしお金がありますから、それで……」

彼女は怪訝と心配のごつちやになつた顔つきで懐へ片手を入れた。

「いや、いや、そんな御心配は要りません、勿論みんな僕の方で払ひますから、――この方が、さつぱりしてずツといい気もちですよ。」

いそいで遮ると、彼はすぐと看護婦の溜りへ出かけて行つて、かねて春子から受け取つた蟇口のなかの金を差し出した。

「ぢやあ、今判《はん》と一緒に死亡証明書を貰つて来ますから、一寸お待ち下さいまし。」

看護婦は早速立つて行つたが、なかなか戻つて来なかつた。彼は思ひついて、外の看護婦にたづねて、丁度レントゲン室にゐた主任医のところへ案内して貰つた。

「いろいろ親切にして頂いて、まことにありがとう御座んした。」

改めて彼が礼を述べると、相変らず医者は丁寧に悔みを云つた。周囲の真ツ赤な壁の真ん中に、顔も手も白い上ツ張りも火のやうに染めながら、医者は、最後はやつぱり脚気からの心臓麻痺だつたこと、が、注射のせいか、少しも普通の苦しみがなかつたことなどを話した。

その室から出ると、丁度看護婦が受取りと証明書を持つてやつて来た。二通同じやうに書いた証明書の病名欄には、「肋骨カリエス、幽門狭搾症、脚気」と、三つたてつづけに書き込まれてゐた。

それをおもんにも見せてから、廊下の真中の階段伝ひに、夏草の丈高く茂つた中に犬ころ（それは島崎の受け持つてゐる動物舎の住人の一部だつた）が二三疋夢中になつてふざけ廻つてゐる中庭を通つて、彼は構内の片端の屍室へ行つた。

まるで物置きのやうな、剥げた白いペンキ塗りの小さな平屋建てのドアを押しひらくと、セメントで叩いた冷たそうな床《ゆか》の上に、二つトタン張りの寝台が並んで、その一つの上へ鼠色の着物をきた今村の身体が長く乗つかつてゐた、顔には白い布《きれ》がふわりと被せられ、防水布で張つた青つぽい枕もとには、よごれた土器の線香立てに、心づくしの線香が二本ばかり細々と点り、魔除けの刀代りに錆びた庖丁形の刃物が横に一つころがつてゐた、その全体が陸揚げをされた大きな鮫の死体か何かのやうだつた。

線香立てのそばの包みから線香を一本取つて、静かに頭をさげてから、彼はそつと顔の蔽ひを取り去つて眺めた。

今村の顔は先刻と少しも変つてゐなかつた、薄い額のぬけあがつた柔かそうな髪、げつそりと痩せた頬、弱々しく閉じた眼。綿を鼻の穴へ詰められてゐる為め、少し息苦しくあけたやうにぼんやりとおだやかに開いた口、蒼白んで萎びた皮膚、……ふと、彼はよく似た顔をどこかで見た気がした、そうしてピクリとした。それは、今まで何枚かの絵で見知つたキリストの死顔だつた。見れば見るほど、キリストの最後の面ざしにそれは似かよつて来るやうに思はれた。

「何から何まで、ちやんと出来てるんで御座んすね。」

再び死人の面《おもて》を蔽つて顔をあげた青木へ、おもんはさも感心したやうな次の室《へや》を指さして見せた。

それは、セメントの床《ゆか》と並んで作られた六畳敷きばかりの座敷だつた。もうかなり畳は傷《いた》んでゐたが、その奥にちやんと観音びらきの仏壇が据ゑつけられて、金銀の蓮花や供物の器で飾り立てられてゐた。邦子は、女の子らしく遠慮してその畳の端に腰をかけてゐたが、勇はもう上へ飛びあがつて、犬ころのやうにそこらをころげ廻つてゐた。

「お通夜なぞも出来るやうになつてるんですね。」

かねて島崎からきいてゐたことを、青木は思ひ出した。

「ぢやあ……ここで今夜はお通夜しませう。」

「いや、今夜はひとまず僕の家へ死体を引き取つて——。」

「いんゑ、そんな手数をして頂かなくても、どこだつてもう同じこつてすから、玆からすぐ明日にでもお寺へ持つて行きませう、子供達も、明日までには、来られるもんならきつと来ませうから、あんまり長く置いてもこんな陽気で臭くなつて困りますしね。」

「そうですか、が……。」

「なんの、もう此の際ですから——ただ、死ぬ前お父さんがいつも云つてたことですが……。」

おもんは言葉をついで、此の春娘がなくなつた時、どうせ此の後いるものだからと思ひ切つて、かなり安く日暮里の方へ一つ墓地を買つたこと、その時は火葬にして了つたが、もし自分が死んだら、是非焼かずにそのまんま娘の傍へ葬つてくれろと、かねがね今村が口癖にしてゐたこと、を話した。

「ぢやアその遺言どほりにしませう。」

青木はうなづいて、さぞ看病でおもんも疲れたらう、が、これだけ尽してやれば、病人も彼女も心残りはあるまい、死んで行つた者はもう仕方ないから、あんまり気を落してあと病気になつたりしないやうに。幸ひ子供達もああして丈夫でゐるし、――そう云つて彼女を慰めた。

「いゝえ、私アもうがつかりはしません、どうせ寿命ですし、それにこんなに何から何までして頂いてらくらくねむつて行つたんですもの、此のうへ不服なんぞ云つたら罰があたります。」

心から満足してゐる彼女の言葉に、青木は再び自分の心を刺される気もちがした。

おもんの言葉どほり、明日のうち寺の方へ持つて行くことに大体定《き》めて、彼は病院を出て、すぐと前手の俥屋へ寄つて、棺桶や運搬人夫を明日までは用意しておいてくれるやうに頼んだ。

「ようがす、仰つてさへ下さりやあ、いつでもすぐ運びます。」

病院の死亡者の仕事を受け負つてゐる、デツプリとした赤ら顔の、ボタンのはづれたシヤツのあいだから濃い胸毛を覗かせた、如何にも飲んだくれらしい俥宿の亭主は、一言のもとに承知した。

「すぐ家がわかりましたよ、――一緒に今来てくれました。」

彼が家へ帰ると、すぐあとからドヤドヤ足音がして、四ツ谷へ行つた武井が戻つて来た。

「仲々大きな家でね、今度の火事で、やつぱり京橋の方の店や倉庫はみんな焼けちやつたんだつて、大勢一杯家にゐましたよ、丁度主人も支配人もゐて、是非あがつてくれつて、大へん丁寧にもてなしてくれました、坊や、お土産！。」

青木と一緒に出た雪雄へ、武井は貰つて来た菓子の紙包みをいきなり突き出した。

「御免下さい。」

小柄な、はしつこそうな、如何にも小店員らしい下駄穿きの少年と、加藤酒店と白く前へ抜いた法被を着込んだ、靴足袋を穿《は》いたがつしりした身体《からだ》つきの二十五六の若者とが、あとから顔を出した。

「どうかあがつて下さい。」

一旦上り框へ腰をおろした彼等を、強ゐて青木は座敷へあげた。

「今度は、みんなで飛んだ御世話さまになりまして……。」

少年の平吉はキチンと坐つて、繰り返して礼を述べた、その傍で、兄貴分の若者は、主人からくれぐれもよろしく申しつかつたことを云つた。

「前に一遍、御通知のはがきを郵便局まで出したかつたんですが――。」

青木は、初めから今村の臨終の模様までを掻いつまんで話した。そうして、自分もやつと間に合つた位で、つい生きてゐるうち平吉達に一日会はせられなかつた詫びを云つた。

「今一緒に御案内します。が、粗末な飯ですが、その前に一杯あがつて下さい。」

みんなまだ飯前だときいて、青木はすぐ彼等に夕飯をすすめ、自分も食べた。

「主人から何度も申されましたが、葬式一切の費用は、是非共私の方へ受け持たせて頂くやう、又今村さんの御一家は今後私共の方へお引き取りしたう御座いますから、どうか御承知下さいますやうに、つてでした。」

「いや、今までの引きつづきですし、先きへ行つたら兎に角、仏のいろんな供養もある事ですから、まア当分はこのままにして置いて下さるやうに御返事して下さい。」

番頭の言葉を青木は遮つた。

食事が済むと、すぐ彼は二人を病院の屍室へ連れて行つた。

「平吉かい。」

青木のあとへ従つた息子の顔を見て、おもんは呼びかけた。

「どうも暫くで……。」

平吉は鳥打ち帽子を取つてヒヨコリと頭をさげた、それから父親の死骸の方へ寄つて行つて、線香をともしたり神妙に両手を合はせたりした、やがて畳敷きの端へ戻つて来て腰をかけると、彼は、今まで神田の焼け跡へ何度もたづねて行つて、立て札に依つてみんな護国寺へ逃げたことを知り、そつちへも三四度も行つて探して見たがついにわからなかつたことを云つた。

「此の前の太田さんて云ひ、まアどうしたんだらうね、たしかに貼り紙をして来たんだけれどねえ。」

母子が何もかもごつちやにしやべり出した時、戸があいてヌツと島崎が顔を出した。

「用?」

青木はきいた。

「いゝえ、寂しいから、僕もお通夜を少ししやうかと思つて……。」

賑かな中の様子にどきまぎしたやうな彼は平手で頬を撫ぜた。

「それはどうも……コリやあ島崎君と云つて僕の親類のやうに懇意にしてゐる人です。」

異様な顔つきにびつくりしてゐる平吉達に、彼を青木は紹介した。

「ああそうですか、今村の息子の平吉ツて云ふ者ですが、此の後よろしく。」

如何にも厳しくしつけられたやうに、平吉は御《お》店風《たなふう》なキチンとした御辞儀をした。

人々のざわめきで、線香の白い二すじばかりの煙が、まるで絡み合ひながら天上する小さな籠のやうに、たツた一つだけ点つた薄明《うすあか》るい電気の光の中に立ちあがつてゐた。

8

その晩青木達が寝つくと間もなく、つづけて「御免下さい」

と誰か呼びながら門を叩き初めた。

「四ツ谷の加藤で御座いますが……。」

門に近い室の春子がきき返すと、そう云ふ返事が青木の枕もとまでひびいて来た。彼は寝衣のまま春子につづいた。

「夜分おそく出ましてまことに相済みません、私は加藤の支配人の小島と申す者で御座いますが、――。」

一枚あけた雨戸の隙から、一人の大柄な、顔色の赤い、眼鏡をかけた羽織姿の男が入つて来て、上り框へ両手を突きながら云ひ出した、彼のうしろには、まだ幾人かの人間の姿が動いてゐた。

春子等のすすめる座蒲団も取らず、小島は少し酔つてでもゐるやうなもつれた言葉つきで、然し今まで平吉の親達が思ひもよらない厄介を受けた礼を、順序を立てて厚く述べ立てた。

「かねがね先生の御高名はうけたまはつておりましたが、この度の御取り扱ひにつきましては、いや、何とも御人格のほどまことに恐れ入りました。失礼ながら、ほとほと敬服に堪えません、――かねて御謦咳の一端にでも触れたいと思つておりましたところ、かうした御縁によつて図らずも今晩お目にかかれましたことは、いや、まことにわたくし、身に取つてしんからうれしく存じます。どうせ此の後、折りにふれてよろしく御指導御教訓下さいますやう、是非ともお願ひ申したいと存じます、つきましては……。」

主人からの言葉もあり、この後今村の遺族を自分の方へ引き取つて世話をしたいから、と云ふことを、涙でもこぼしそうな真ツ赤な顔つきをしながら、支配人は申し出した。

「いや、まアそのことはもう暫くお待ち下さい。」

どうしても一杯飲んで来てゐるらしい、が、万更ふざけてゐるのでもない相手の様子にすつかり面喰つて、青木は答へた。

「いや、御精神のほどはただ景仰に堪えません。実は、只今病院の方へ一寸寄つてお線香も供へてまゐりましたが――」

云ひながら、彼は何か合図でもするやうに背後へ赤い頸を廻した。と、二人ばかりの屈強な若者の手で、いきなり大きな袋が持ち出された。

「これは、先日店の者が千葉の方へ行つて手に入れて来た白米で御座います。かやうな物を差しあげますは、普通なれば甚だ失礼至極ではありますが、此の際のこと、もし幸に先生に於いて御受納下さいますならば……。」

青い豆絞りの、重そうな奇麗な長い袋を前に置いて、支配人は又ももももぢやした髪の頭をさげた。

「それはどうも、――切角の御志ですから、ぢやア遠慮なく頂きます。」

びつくりしながら青木は礼を云つた。

「なほ葬儀万端のことは、何卒私共にお任せ下さいますやう……。」

くどくどと附け加へた後、小島はやうやく出て行つた。

「まア、面白いかたね。」

春子はあとで吹き出した。

「まゐつたなあ、『御謦咳の一端に触れたい』か。」

無邪気に青木も笑ひ出した。

「でも、随分沢山お米を持つて来て下さつてね、二斗位ありますわ、これこそほんとに大助りですわ、わたしもうどうしやうかと、蔭で心配してたのに、――この袋も、きつとわざわざ縫はせて持つてらしつたんですわよ。」

ズツシリと重い袋にさはつて、春子はさもよろこばしそうに云つた。

9

翌朝、平吉と一緒におもんは久しぶりに朝飯を食べに青木の家へ戻つた。

昨夜の通夜には、もう十二時前からみんな眠つて了つたが、その前加藤の連中の為めに一騒ぎした。支配人達は自働車で乗りつけたが、何しろ晩くはあり、病院の方では、どうしてか警視庁から急に自働車で取り検べに来たのだと間ちがえて、みんな大騒ぎした、と彼女は話した。昨夜支配人が青木の家を叩いた時、平吉も一緒について来てゐたのだつたとも云つた。

平吉達の話では、支配人はやつぱり丁稚から叩きあげた人間だが、よく物のわかつた、思ひやりの深い、店の者達の信望を一身に集めてゐる人物だ、と云ふことだつた。

もう棺が出来て届けられてゐる、と聞いて、朝飯を済ますと又青木達は屍室へ行つた。そうして真新しい四角な棺の中へ、みんなで一緒に寝台の上の死体を納めた、やや小さくはないかと気づかはれた箱は、少し死人の腰を押して倚つかかせるやうにすると、いい按配にすつかり頭まで入つた。頭陀袋をかけたり数珠を持たせたり、穴開き銭や草鞋を入れたり、すべて型の如く済ませて、もし来るかも知れない長男の順吉の為めにただ蓋だけを取り除けておいた。

そこへ丁度やつて来た加藤商店の二人の番頭と手順をして、一人は寺へ知らせかたがた行つて貰ひ、青木は、おもん達と家へ戻つて来た、途中又俥屋へ寄つて、棺の詰め袋を請求した。

「何しろ、かう云ふ時期だもんですからな、……いや、然し出来るだけ探させます、が、もしなかつたら、どうか一つ新聞紙で御勘弁ねがひたいもんで、――その代りこつちから詰めにあがりますから。」

肥つた亭主は、狡猾そうな片頬笑ひをしながら弁解した。

「この前娘さんの時には、どんな工合に寺へ礼をなさつたんです、遠慮なく仰つて見て下さい。」

帰ると、青木はおもんにきいた。そうして、その時の覚えを云ふ彼女の言葉に従つて、御経料、卒塔婆料、百ケ日供養料……なぞと、十円あまりの金を娘の時どほり紙に包み分けた。

午後の二時まで待つてゐたが、とうとう長男の兵隊はやつて来なかつた、――酒店の方からも今朝早く深川の方へ知らせに行つたから、もし来られるものならもう来なければならない筈だ。が、何しろ戒厳令の時は戦時と同じ取り扱ひだから、親が死んでも暇は許されないかも知れない、（前のはがきの知らせにさへ返事のない甲府の方からは、勿論誰も出て来る気づかひはなかつた）と云ふ人々の言葉に、青木はとうとう寺へ行くことに定《き》めた。

　黒い幌のかかつたゴム輪のさつぱりとした寝台車へ、まづ棺を積んで、それへ案内かたがた平吉を附き添はせて先きに寺へやり、あとからおもんと青木と加藤の番頭とが、一緒に電車を利用して行くことになつた。

　それは、鬱陶しい雨模様の日だつた。おもんと番頭は着のみ着のまま、青木はかたばかりのセルの袴を穿き、線香を二束ばかり持つて、こまかく霧のやうに降る雨のなかをやつと、春日町まで通つてゐる無賃の電車に乗り、それから先きは、三橋《みはし》から動坂までの電車に又乗り移つて、やがて途中で降りると、両側に崩れかかつた家の並んだ狭い路次を幾つとなく曲つて行つた。

「この夏の初め、神田の家から電車に乗つて、一遍邦子と勇とたつた二人つきりで御墓詣りに来たことがありましたつけが……。」

　はかない昔の追憶のやうに、おもんは傘を傾けて、泥をよけよけそんな話をあとの方の青木に聞かせた。

　やがて路次を突きぬけて、彼等は古い小ぢんまりした寺の前へ出た、きつと、葬りに来る大勢の人達に売る為めだらう、門前で傘を立てかけてチユウチユウ油くさい揚物の露店をひらいてゐる商人の前を突つ切つて、本堂前の広場へ入つて行つた。と、もうそこにはちやんと寝台車と平吉と、昨日彼と一緒に青木の家を訪ねた番頭とが待つてゐた。

「もう穴を掘らせておきました。」

　そう告げる番頭に礼を言つて、青木はおもんに寺へ金を出させた。

「こんな時ですから、式つて別にお寺の中ではしないで、すぐお墓の前へ行つて、そこで和尚さんが御経をあげて下さるんですつて。」

　薄暗い庫裏の方から戻つて来ると、彼女は報告をした。

「ぢやアすぐ棺を埋めちまひませう。」

　番頭は、かねて頼んであつた二人の墓掘りに手を貸して、本堂の横手から裏山の墓地へ棺を運んで行つた、かなり高く坂道や石段を曲りくねつて、一番上の、そこから向ふは高台の邸に垣根で隔てられてゐる閑静な場所にのぼると、まだ掘りあげた土も新しく、小さな石碑の群りのあいだに一つのかなり深い茶色の穴があいてゐた。

　荒縄を引つ張りながら、棺をその中へ釣りおろすと、丁度まはりの土の壁と擦れ々々にうまく四角の木箱は落ちついた、かねて掘り出してあつたらしい、娘の白い小さな骨壺がその棺の上へ、丁度父親の頸ツ玉へおぶさつたやうに置かれた。

「いい工合に行きましたね。」

口々に言ひ合ひながら、人々は土を手ですくツて投げ込んだ。そのあとから、人足達はドシ〳〵鍬で棺も壺も穴も埋めつくして、その上へ小さな山を築いた、すぐとその頂辺へ塔婆が立てられ、花や線香が供へられた。

「とうとうお父《とつ》さんも埋つちまツた。——南無阿弥陀仏、南無阿弥陀仏。」

おもんはなつかしそうに、念仏を唱へながら卒塔婆へ手を合はせた。

「こりやア高くて広くていい所ですね、水がちつともないから棺も水に浸る心配はありませんし。」

若い番頭は傍の青木へ話しかけた。

「それに静かで木が多くて、これならゆツくり眠られそうですね。」

如何にも安心したやうに、——思はず自分の埋められる日のことを想像しながら——青木も周囲の木立を見廻した。

火のやうな真赤な袈裟をつけた、まだ若い、あまり心の落ちつきも分別もなさそうな僧が、そこにただ一人、裾をかかげて濡れた坂道をあがつて来た、土饅頭の前へ立つと、彼は早速御経を唱へ出した、その間を見計らつて、おもんを最初にみんなが順々に土へ薬鑵の水をそそいで、最後の合掌をした。

湿つた土の匂ひと、蒼ひ煙をあげる静かな線香の匂ひに混つて、濡れた木や草の香《にほ》ひが、如何にも爽かに人々の周囲を取り囲んだ。

10

途中で酒店の二人に別れて、青木はおもんと平吉の三人連れで家へ帰つた。

邦子や勇達と待つてゐた春子は、子供達にも大人にも、——丁度武井や島崎もそこに来合はせてゐた。——パンを三つづつ配つた、それは、小さな笠を二つ重ね合はせたやうな菓子で、恰好が似てゐる為め、弔ひの饅頭代りに今朝彼女がわざわざ菓子屋へ註文して作つたものだつた。

「ああ、お位牌の名がなくちやアいけなかつたね。」

何となく物足りない室の様子に気がついて、もうたそがれて来た雨のなかを、おもんのとめるのもきかず青木は再び出かけていつた、かなり遠くの葬具店へ行つて、小さな白木の位牌台を買つてから、彼は又花屋へ廻つて一束仏前の花を手に入れた。

「地震があつても、花だけはこの通り何の変りもありません。」

意味深そうに笑ひながら、花屋の亭主は百日草や石竹の美事に咲いた莖を選んだ。

帰ると、いつも春子の使ふ、横板へ桐の花の彫り抜かれた古い文机を、おもん達に宛てられた六畳の居間の片隅へ彼は持つて来て、その上へ、黒い漆塗りの置物台を置き、おもん達が寺から貰つて来た戒名の紙を軽く貼りつけた位牌名を、真中へ立てた、台の前には、線香立ての赤い土器、その両側へは水茶碗と飯茶碗、なほ横へ寄つて、サイダアの空き瓶へさした供への花、……線香の煙がゆるやかに立ち始めると、まに合はせながら、その全体が如何にも亡つた人を弔ふ感じになつて来た。

「おこわツてツても、今餅米もありませんしね、せめて気もちだけ、青豆を入れ御飯をたきましたわ。」

その時春子が、ほかほかと白い温い湯気の立つ豆飯を飯茶碗へ盛つて来て、仏へ供へた。

「まアそんな御面倒なことを……。」

おもんの声はさもうれしそうにひびいた。

「やア、おいしいなあ、うまいなあ。」

仏前へチヤブ台を据ゑて、みんなで一緒に食べ始めると、勇は不意に大声でわめき立てた。

「行儀の悪いイサちやん！」

邦子が姉らしく傍からたしなめた。

「お国の方ではどうですの、――私達の国では、御葬式のあと黒豆の入つたおこわへ饅頭を添へて、来て下さつたみなさん達にあげますの。」

春子はおもんにきいた。

「頂きます。」

固ツ苦しく坐つて、平吉は丁寧に頭をさげた。

11

その晩母親達と泊つて、翌朝十時近くに平吉が店の方へ帰ると、ほとんど入れちがひに、最初平吉と一緒に来た番頭に連れられて突然長男の順吉が訪ねて来た。

「どうして今ん頃？」

びつくりしたやうに母親は迎へた。

「此のたびは、父達が思ひもよらない御世話様になりまして、此の御恩は一生決して忘れないつもりであります。」

座敷へ出て来た青木へ向つて、順吉は如何にも改まつた軍隊口調で礼を云つた、それは、額やコケた頬のあたりの紅く日に焦《や》けた、父親に似て五分刈りのほそい柔かそうな髪の、眼の小さくやさしい、如何にも従順そうな兵隊だつた。身体にくらべてやや大きすぎるカアキイ色の軍服の膝をキチンと折り曲げて、青木がすすめてもどうしても崩さなかつた。

礼のあとで、彼は母親の方へ振りむいた、そうして、前の彼女のはがきはつい受け取らず、今度の知らせも、加藤の方からの使ひでやつと届いた、丁度父親の最後の日の一日前、彼の隊はもう千葉へ帰つて了つてゐたから。――戒厳令の際でもあり、一体ならば到底外出は許されない筈のところ、平生自分を可愛がつてくれる上官の特別の取り計らひで隊の用務と云ふ名儀で暇を貰つてやつて来た。ただし今日一日、それも午後六時までに帰隊しなければいけない、……そんなことを、父親や妹によく似た、妙に低く嗄れた声で話した。

「これが、その許可証であります。」

順吉はわざわざ衣嚢から、大事そうな証明書を取り出して青木達の前へひろげて見せた。

「これはおとなしい子ですから、皆さんに好かれましてねえ。」

母親はうれしそうに自慢した。

順吉はつづけて、今朝早く千葉を出て、まづ四ツ谷の加藤に寄り、そこで母親達がみんな青木の家にゐることを聞かされて「番頭さん」に案内して貰つて廻つて来た、と丁寧な口調で云つた。

「もう少しお待ちすればよかつたんですが……。」

青木は埋葬の云ひわけをした。

「ではこれから、お墓へお詣りして来ます、帰りに、もう一遍お寄りいたします。」

切りつめた厳重な時間にせかれるように、間もなく順吉は立つて、佩剣をガチヤガチヤ鳴らせながら、番頭と一緒に出かけて行つた。

千葉の方へ帰るには大廻りになるにも係はらず、彼は二三時間後また青木の家へ寄つて、今後の世話をたのんで、あがりもせずに燕のやうに去つて行つた。

12

それから二十日足らず、なほおもん達は青木の家に厄介になつてゐた。

彼女の心は、そのあいだハツキリと定まらなかつた……。

すつかり青木の家になじんで了つた平吉は、その後もたびたびやつて来ては加藤からの伝言をした、前からの言葉どほり、自分の方の店があるのに、此のうへ、今まで見ず知らずの青木の家へ母親達を預つて貰ふことは出来かねるからすぐみんなでこつちに引つ越して来るやうに、と云ふ主人や支配人の勧めだつた。

「お前はどう思ふ？」

おもんは息子にきいた。

「わしは別にどうツて事はないが、あつちの方へかへツてつても、今店や倉庫が焼けちまつたからそつちの方の人達がみんな来てゐて、随分混雑してるよ。」

兄とちがつて勝気の平吉は、あんまり母親達に来て貰ひたくない口吻だツた、……特別な時ではあり、まだ子僧ツ子ではあり、彼女達と一緒に主人の家に厄介になることは、彼にはひどく肩身が狭い気がした、まるきり今まで知らなかつた間柄の、義理も因縁もない青木にかける世話なら、反つて気安く自由だツた、いづれは年《ねん》をあけて店を分けて貰ふ身の、この後いつまでも主人達に恩に着せられるのも重荷だつた。

「そんな中へ子供連れであがるつてつてもね。」

大勢の中にくらす恐れと一緒に、如何に息子の主人の家とは云へ、今まで一遍も閾を跨いだこともない他人の家へ、切角落ちついた青木の家から又引き移つてゆく臆劫さが、おもんの心をもためらはせた。が、重ね々々の主家からの勧めであつて見れば、無下にことはるわけにも行かなかつた。

「ぢやあ初七日が済んだら、四ツ谷の方へ御厄介に……。」

加藤の方へも青木達へも、ひとまづ彼女は云つてゐた。

じきにその日はやつて来た、平吉は、その朝早く又青木の家へたづねて来て、墓詣りに行つたり、母親や妹達としやべつたりして一日をくらした、丁度彼岸をかねて、春子は黄粉や小豆《あづき》のお萩をつくつて、——その頃になつて、やつとそろそろいろんな食物が不自由なくなつてゐた。——毎朝どほり最初に位牌の前へ供へた。

「お父さんは、これが何よりの好物で、時々こしらへてくれこしらへてくれつちや云ひましたつけが。」

母親も平吉もどつさり食べたが、夕方帰つて行く時には、やつぱり平吉一人きりだつた。

翌日の午後から、おもんは一人で加藤の家へ礼に出かけて行つた。晩がたちかく、彼女は何枚もの着物や子供への菓子なぞを貰つて戻つて来た。

「どうかよろしくつて仰つてでした。——そうしてやつぱり明日からでもこつちへ来るやうにつて、何度も仰つて下さいました」

が、彼女はやつぱりそれなり移らうとはしなかつた。

青木夫婦は、初めつから、先方が主家先きであるだけ、余計行かない方がいいと主張した、殊に青木は、今村が死んで以来なほ更、彼女達を生《なま》半可に見棄てるわけには行かない気がした、中途で世話を人に奪はれるいやさではなく、切角みんながなずんで来たものをと思ふと、今更別れるのがひどく寂しかつた、——よかつたらいつ迄でも家のつもりで気楽に一緒にゐるやうにと、夫婦は一緒になつて引きとめた。

「ありがとう、……わたしも、出来ることならずつと此のまんまゐたいんですけれど——。」

然し彼女として見れば、二人の子供を擁へていつ迄ものんべんだらりと、如何に青木達の言葉とは云へ、厄介になつてはゐられなかつた。青木の家も、決してそう裕《ゆた》かではなささうに見えた、もう一年あまり立てば、長男も軍隊から戻つて来、その時一緒に行く先き先きのことも相談しやう。が、それまでのあいだを、何とかして少しでも自分で働いて子供達を養はなければ、——そう考へる一方に、時々帰国のことも彼女の胸へ浮んだ。が、それはどうしても気が進まなかつた。

「何しろ田舎は、こつちに較べちや万事窮屈で、面倒で御座んすからね、やれ滑つたの、ころんだのつて、箸のあげおろしにも周囲《まはり》がうるさくて、とても又帰つて行く気もちにやアなれません、それにもう、十年も一遍も帰つたことがありませんし、今村の兄さんて云ふ人はいい人ですが、嫂《あによめ》がそりやあ薄情な頼りにならない人ですから……。」

彼女は青木達にさへも愚痴をこぼしてゐた。

「何か、一つこつちで仕事はないもんでせうか。」

或る晩、彼女は思ひ切つて青木達に相談した。

「さア、何しろ今の東京ぢやあ、……一人前の立派な男でも、みんな職がないつて云ふんだから。」

「わたし、大道あきなひでもやつて見せうかしら、あんな食べ物屋位だつたらわけなく出来て、おまけにうんと今お金が儲かりさうですから。」

おもんは、此の前寺へ埋葬に行つた時、途中の本郷通りの両側なぞにビツシリ露店をひらいて、寿司、すゐとん、ゆであづき、野菜の揚げ物、菓子、酒なぞ、ありとあらゆる食べ物の匂ひを一杯にみなぎらせ、その前には、いろんな種類の客が真つ黒く蠅のやうにたかつてゐた不思議な光景を思ひ出して云つた。

「あれならすぐ出来るでせうけれど、でもやつぱり子供連れではね。」

春子が口を出した。

「ふんとに、……此の子つたら、こんなにちつとも離れませんから――。」

初めて気がついたやうに、自分の膝へかじりついてゐる勇を彼女は見やつた。

いつまでも世話になつてゐる彼女の心苦しさの一つは、その子供だつた。邦子の方は何の心配もなかつたが、勇は相変らず我がままを云つたり――あれだけの火の中を経て来ながら、又貧しい中に育ちながら、どうしてその甘つたれすぎる癖がなほらないのか、それは青木にも不思議な気がした、――雪雄と喧嘩したりして母親を手古ずらせた、玩具を奪ひ取つて、その揚句、雪雄の頭をいきなり力まかせに枕へ叩きつけたり、かと思ふと、さも憎々しそうに、「すみちやんは可愛いけれど、雪ちやんなんかゐない方がいいやい、ねえお母《かア》ちやん！」などと云ひながら唾を吐きかけたりした。

「ふんとに、お前みたいなわからずやつてありやアしない。」

叱るたんびに――青木達が何とも云はないだけ、余計彼女は心苦しい気もちがした。

おもんの気もちを察して、青木もあちこち仕事の手づるを胸の中で探した。が、方面ちがひの生活をしてゐる彼に取つては、てんで何の当も見つからなかつた。

「一遍国へ帰つたほうがいい、あつちにやあ伯父さんや伯母さん達が大勢ゐるし、それに田舎だから、きつといくらでも仕事はある。」

時々やつて来る平吉は、主人の方への手前もあり、一方でしきりに帰国をすすめ出した。

「全く、あかの他人の青木達でさへこんなにしてくれるものを、いくら薄情な親類だつて、こんな場合、何とかしてくれない筈はない、あつちへ行きさへすりやア、それこそ駄菓子屋の店でも何でも出来るだらう。」

丁度或る日、その辺の世話人と一緒に巡査が来て、いろいろ彼女達の身の上をきいたうへ、もし子供をここで就学させやうと思ふなら、すぐ近所の小学校へ云つて出るやうに、と云はれた時、彼女の心は急に定つた、もう一年で尋常六年の終へる邦子の学校の為めにも、彼女はひとまづ国へ落ちつくより外に道はないと考へた。

その決心を彼女が打ちあけた時、青木達は一遍反対した。が、もうすつかり思ひ定めて了つた彼女の様子を見て、強ゐてとめやうとする気もちを棄てた、いづれは弱い人間の力の、最後は運命の意志に静かに従ふよりほか途はない、見えない自然の力は、又どんな新しい幸福を彼女達の先きへ開いてくれるかも知れない、と彼等は考へた。

「だが、又こつちへ出て来るやうなことがあつたら、是非寄つて下さいな。」

青木達は云つた。

「その時にやあ是非ともお願ひいたします、こちらより外に、もうどこへ頼つて来るところもありませんですから、……せめて一年のうへもゐたら、又こつちへ出て来たう御座んす、どうか行李や蒲団は、当分御邪魔でもお預りなすつて——。」

帰郷の前に、彼女はもう一遍加藤の家へ暇乞ひに出かけた、青木達からの菓子折りを持つて行つた彼女は、戻つて来ると、何十人からの店の者からの餞別として、支配人がくれたと云ふ五十円の紙包みを出して見せた、平吉は区役所へ行つて、汽車無賃の為めの罹災民証明書を貰つたり、まだ途中半里足らず徒歩聯絡の鉄道の時間表を調べたりして、出立の前夜は青木の家へ泊つた。

× × ×

みんな五時前から起きて支度をして、翌朝六時頃、新宿まで平吉に見送られておもん達は青木の家を立つた。

「いいえ、飛んでもない、それどころじやあ御座んせん、どうかもうこれは御置きなすつて。」

立ちがけに青木の渡した餞別の包みを、おもんはムキになつて押し返した、そうして自分も背負ひ、子供達にもみんな一つづつ、片肩から脇へかけて斜めに風呂敷包みを背負はせて、裾端折り甲斐々々しく、丁度雨模様の灰色の空の下を洋傘を杖に踏み出した。

「ぢやアお大事に。」

すぐ下の坂のところまで、あとから青木は見送つて行つた。

「さやうなら。」

「おぢちやん、チヤヨなら！」

口々に云ひ合ひながら、親子四人の姿は彼の前から離れた。まだ人通りは稀れの、牛乳配達の車やら、ゴトゴト重さうな車輪の音を立てて何台も馬に曳かれて来る濡れとぼつた荷車やらの蔭に、かくれたり又見えたりしながら、泥田のやうに捏ね返した泥濘の道を彼等は進んで行つた、めいめい大きさのちがつたその背後の白い風呂敷包みが、まるで蝸牛の殻のやうだつた。

足もとに気を取られて了つたのか、誰一人うしろを振り返る者もなかつた、遠ざかるに従つて、彼等の黒つぽい着物は周囲の灰色の空気の中へ融け込み、ただ真つ白い風呂敷包みだけが、道をあつち側へ寄り、こつちへ寄り、が、いつも一緒にピタリと寄り添つて、まるで生き物のやうに動いて行くのだつた。

12　11

（「改造」大正13年1月号）

他人の災難

正宗白鳥

（一）

村田仙吉の妻のきた子は、跛足《びつこ》をひきながらもひとり歩きが出来るやうになつたのを喜んだ。もう一週間か二週間此処で静養してゐたなら、身体がぐつとよくなつて、夫《をつと》のあとを追つて東京へ帰つて行かれると、思つても胸の踊るほどの楽みを覚えてゐた。家財の焼失や自分の手足の負傷や、避難の道中の困難なども、昔の思出として記憶に残つてゐるだけで、もはや心の疼みにはならなかつた。両親の慈愛は、地震から受けた彼女の物質上の損害をも精神上の損害をも略々償つてくれたのであつた。そして、山国の秋日和は、市街のうちに住んでゐても、快く彼女の耳目に触れた。朝日の光や夕映えの雲の色や富士の姿や、亭々と何処かの庭に聳えてゐる銀杏樹や、さういふ見馴れてゐるものによつても今度は、幼い頃の懐かしい追憶をそゝられて、久振りに美しい夢に浸つてゐるやうなこともあつた。

彼女は二十五歳の今日、世の中へ生れ変つて来たやうな気持がした。数年の間頭のなかに巣くつてゐたさま〲な不平や煩悶の塵芥は、地獄の烈火で焼尽くされて、心魂は秋空のやうにスガ〲してゐた。空を破つてゐる百舌《もず》の声の冴えてゐること。軒近く寄つて来る雀の囀づりの元気のいいこと。彼女は離れの静かな二階に気儘に身を置いて、時を過してゐる間に、窓外の鳥声人語を音楽のやうに思つて聞いてゐたが、この二三日来は裏隣りの乾物屋の奥座敷から、無気味な唸き声が聞えて来るので苦しめられた。母親に訊ねると、それは、横浜から焼出されて逃げて来た少年の声であつた。隣家では、ある知人に頼まれて、引取つて店僮として使つてゐたのであつたが、先日《こなひだ》の晩十三夜のお月見に、この少年も団子や柿や栗などを、人並みに飽食したゝめに、罹災当時の不摂生で弱つてゐた胃腸を害ねて、医者の手当のしようのないほどに悩まされてゐるといふのであつた。

「痛いよう。誰れか来て呉れよう」と、少年は苦しげに叫んでゐた。

「可愛さうね、どうかして癒せないものかしら」と、きた子は窓から顔を出して、声のする方を見下した。

「お薬を無理に飲ませても受付けないで、直ぐに戻してしまふんだつて」と、母親は云つて、「あんな病人を脊負ひ込んぢやお隣りでも困るだらうよ」

「二日も三日もあんなに疼み続けちや助からないかも知れないわね」

きた子は、唸き声の止む時が少年の死ぬる時であらうと、哀れを感じてゐた。それで、まん丸くなつた月の虧《か》けだした夜、畳の上に流込んだ柔しい光を浴びて寝そべつた時に隣りの苦悶の声がパツタリ止んだのに気づくと、いよ〲少年の生命《いのち》の糸が切れたのかと察して、あの世の幸福を祈つてやる気になつたが、あとで聞くと、少年の父親が田舎から迎へに来て俥に乗せて連れて帰つたのであつた。

「仮病《けびやう》だなんて云つてるけれど、まさかさうでもあるまいよ。自分の家へ帰ることに極ると直ぐに起きて衣服を着替えて、ニコ〲して俥に乗つたつて云ふけれどね」と母親が云ふと、

「仮病であんな声が出せるものですか。地震の当時に私はあんな声を方々で聞いたのよ。今でも耳にこびりついてゐるやうなの。人間も少し苦しい目に会ふとあんな声を出すのだからいやなものね」と云つて、きた子はあの際に耳に入れたさま〲な苦悶の声を思出して眉を蹙めた。

隣りでは、唸き声のかはりに、庭の方で若い店員の気軽な唄声がしてゐた、「森の狸の腹皷、ポコ〲ポン〲」

何年となく見たことのないほどに月は美しかつたし、例年より時候が遅れてゐるのか、秋の夜風も肌寒くはなかつたので、きた子は、遊び心をそゝのかせて、夜の町の散歩を思立つた。そして、外出の口実として、昵近《ぢつこん》な鈴川の家へ、たび〲見舞を受けた答礼に行きたいと云つて、両親の許しを得た。誰れか

家の者が附添つて行かうとするのを堅く断つて、手早く身じまひをして独りで出掛けた。昼間でも伜で病院へ通ふ外には、滅多に外出をしたことのなかつた彼女は、久振りに平和な明るい夜の町を見て恍惚とした。かねて田舎のちつぽけな都会として侮つてゐた甲府の町が、こんなに煌々と燈火《あかり》が耀いて繁華になつてゐるのが不可思議にさへ思はれた。

彼女はまだいくらか残つてゐる足の疼みをも忘れて、山奥から出て来た人のやうに、物珍らしげに左右の商店を覗いたり露店の前へ立つたりした。露店のうちには震災の絵葉書を売つてゐるのもあつた。活動館でも震災の実況の映画を呼物にしてゐた。きた子は罹災者の一人として、自分だちの悲惨な遭難を売物にされてゐるのに、些少の不快を感じたが、今度の大災難に会はなかつたこの辺の人々は、時代おくれの田舎つぺいであるやうにも思はれた。

鈴川の家は盛り場を稍々離れた町にあつた。そこには、きた子の女学校時代の同級生で特別に親しくしてゐたまさ子が、きた子とは一つちがひの二十四歳にもなつてゐながら、まだ良縁が得られなくつて親の側にゐるのであつた。幾人かの罹災者がその家にも一時は寄寓してゐたが、まさ子の伯母にあたるおえいといふ老女は、中風を病んでゐて、手足の自由が利かないので、外の人々がそれ〴〵に一身の処置を考へて立帰つた今日でも、なほ居残つてゐた。

きた子は、東京では一度も会つたことはなかつたが、自分と同じ焼出され仲間だといふのに同情して、この老女にも今夜は会つて、言葉の上だけでゞも慰めてやらうと思つてゐた。

「先つきお宅から電語が掛つたから、此処でお待受けしてゐたのよ。大変お手間が取れたわね。お怪我はもうよくおなりなすつたの」店先の片隅に立つてゐたまさ子は、きた子の姿を見つけると、急いで側へ寄つて、足元に目を留めながら云つた。

「えゝ、もう大丈夫」

きた子は、店員に見られるのを煙たがつて、無理にも足を早めて、自分の方から先に立つて薄暗い土間を奥へ進まうとすると、まさ子は、後からその肩を捉へて、

「そちらはいけないのよ。此方から私の居室へ御案内するわ」

と、小声で云つて、表へ出て、壁際の細い薄暗い路次を通つて、裏口から家の中へ入つて、裏梯子を伝つて二階の居室へ客を導いた。きた子にはその居室が自分の居室よりも遥かに陰鬱に見えた。電燈の光が弱くて笠にはほこりが溜つてゐた。

「土間の方から来ると、伯母さんに見つかつて、あなたが煩い思ひをなさるだらうと思つて。……伯母さんはこの頃は誰れにでも会ひたがつて、しよつちゆう茶の間へしや〳〵り出て為様がないのよ」と、まさ子は客に座蒲団を勧めながら云つた。そして、きた子の近況を訊くに先立つて、矢継早に伯母に対する不平を洩らした。

「伯母さんと云つたつても、私は十年の余も会つたことないんですからね。私は手紙一本やり取りしたこともなければ、私が

東京へ行つてる間にも一度も訪ねて行かなかつたくらゐで、今度のやうな災難がなかつたら、一生会はなかつたかも知れないやうな関係だつたのよ。私だちの方で災難に会つて手頼つて行つたつて、決して世話をしてくれるやうな人ぢやないの。それが、今度は家が丸焼になつたつて、四人も五人もの家族が、めい〳〵に生命《いのち》だけ持つて、乞食見たいな服装《なり》をして、私の家へドカ〳〵と駆込んで来たんですからね。私吃驚《びつくり》しちやつたわ。お母さんはこの頃こそ、疎遠になり勝ちになつてゐても血を分けた姉妹《きやうだい》だし、お父さんは気が弱いんだから、気の毒に思つて、最初《はな》のうちは、大切なお客様扱ひして、何から何まで気をつけて上げたのよ。お父さんが柄にない義俠心を出して、親船に乗つた気で安心してゐらつしやいなんて云つたものだから、みんながいゝ気になつて、家の者同様にしてお御輿《みこし》を据ゑちやつたの。東京者は図々《づう〳〵》しいのね。それで言艸が癪に触るぢやありませんか。不断帝劇だの三越だのと、贅沢をして遊び歩いた罰が当つたのでせうつて。ガラクタ商《あきな》ひをして年中ピイ〳〵してゐた癖に、帝劇も三越もあつたものですか。先月の月末までに外の人だちはやうやく引上げたのだけど、伯母さんだけはいつ立つか分らないの。帰つた人がバラックでも建てたら迎へに来ることに話は極つてゐるのだけど、容易に実行しさうぢやないんです。手足の不自由な人を連れて行つちや厄介だから、一日でも永く此方へ置いとかうといふ腹なんでせう。実の子供が二人も三人もあるのに、みんな勝手なことをして、不断でも親のところへは寄付かないんですつて。子供でさへ世話をしたがらないやうな人を、私の家でいつまでも世話をするつて法はないと、私思ふのよ。そりや困るんですよ。寝床の上下《あげおろ》しから衣服を着るにも、人手《ひとで》を借りなきやならないんですからね。それに病気のせいだか、お小用が近くつて、夜中にも屹度一度は便所へ連れて行かにやならないんだから、どんな世話好きの人だつて、世話をしきれやしませんわよ。時々は蒲団の上へ粗相《そさう》することもあるの。それを利かない手でこつそり洗つたりなんかしてるんだからたまらないの。中風なんていやな病気ね。私病気になるにしても、あんな病気だけは真平《まつぴら》だわ。あれでは人困らせに生きてゐるやうなものよ。でも、伯母さんはしやあ〳〵してるの。女が歳を取ると図太《づぶと》くなるのね。病人は病人らしく隅つこでぢつと寝てればいゝのに、退屈するのかヨチ〳〵足を曳摺つて茶の間へ出て来て、しかも長火鉢の上手《かみて》に御隠居様然と坐つて、横柄に下女を使つたりするんだから呆れつちまふわ。あれで、も一度転んで、半身不随が全身不随にでもなつたら、帰るにも帰れず、返へすに返へせなくなつて私の家で一生伯母さんを見て上げなければならなくなるかも知れないんですからね」

「今度はどこの家でも避難者が来たゝめに迷惑をしてゐるのね。でも、自分の家が災難を免れたと思へば、諦めがつくぢやないの」きた子は、相手のいきり立つた不平を笑ひ〳〵聞いてゐたが、やがて、口軽く言葉を挿んで、「私だつて避難者の一人だから、あなたにさう云はれると、ちよつと耳が痛いわね」

「あなたは違ふわよ」まさ子は、胸に溜つてゐた鬱憤を晴したあとのすが〳〵しさを覚えながら、「あなたはもうすつかりよくおなりなすつて？……でも、よかつたわね。若いうちから手足の自由が利かなくなつちや生命《いのち》があつても生甲斐がないでせうからね」

「私もさう思つたのよ。此方《こちら》へ逃げて来る時にも、村田の肩に摑まつたり、村田に背負つて貰つたりして、二人ともそれはお話にならない苦労をしたのです。此方の伯母さんはそんな不自由な身体《からだ》をしてゐらしつて、よく無事に此処までゐらつしやれたことね」

「伯母さんも乗物のない所はお連合《つれあひ》におんぶして貰つたのでせう」まさ子は若い女にしろ老いた女にしろ、夫に背負はれて大道を歩くのをいやらしいことのやうに思つて、冷笑的に云つた。それをきた子は勘付いたので、

「あの時分は誰れしも生命懸《いのちが》けだから、体裁なぞ構つちやゐないんですよ」と、弁護するやうに云つた。

「生命《いのち》に障《さは》りがなければ災難に会つて見るのもいゝのぢやないかと、私この頃思ふことがあるのよ。こんな田舎にゐて避難者のお世話をして日を暮らすは詰らないと、私思つてるの。それで、あなたの身体《からだ》がよくおなりなすつたら、一晩泊りでいゝから、諏訪の温泉へあなたを誘つて行つてゆつくりお話をしたいと、独りで極めてゐるの。あなたの為めと云ふよりも実は私の為めなんだけど同意して下さらない？　私一人では何処へも出られないのだから、かういふ時にあなたをダシに使つて、一日でも保養したいと思つて、お父さんの承諾を得てゐるのよ。成べく二人つきりで行きたいの」

「さうね。私久振りで温泉にも入りたいけれど、近かに東京へ帰らなきやならないから、お伴が出来ないかも知れないわ」と、きた子は気乗りのしない返事をした。

「でも、私楽みにしてゐたのですから。……私と温泉へゐらつしても、村田さん何とも仰有りやしないでせう」

「それは云はないでせうけど、私いつまでも実家《さと》の厄介になつてゐちやいけないから、身体がよくなり次第帰らうと思つてゐるんです。家も郊外の方に借りたさうですの」

「いくら混雑してゐても、東京のお家がよくおなりなすつたのね。伯母さんなぞバラツクはいやだの焼跡へ帰るのはいやだのと云つて、優待もしない私の家で、一日でも余計に暮らしてゐたがつてるんですよ。毎日他人の家の御飯を饗《よ》ばれて平気でゐるやうになつちや、人間も末だけれど、女も自活するだけの腕を持つてゐなければ、一生誰れかの厄介になつて食べさせて貰はなければならないのだから、伯母さんも他の女も、五十歩百歩見たいなものね」

「でも、女の自活なんか駄目ですよ。東京の職業婦人なんていやなものよ」

「どんな所がいやなものなの？」まさ子は目をきらめかして訊ねたが、きた子はハツキリした返事は出来なかつた。そして、

ふと気付いたのは先日会つた時に、まさ子が職業婦人にでもなりたがつて雑誌などを読んでひそかに研究してゐるらしい口吻を洩らしてゐたことであつた。

「きた子さんも、以前こちらへ帰つてゐらしつた時に、女も独立の出来るくらゐな藝を身につけとかなければいけないと、私にしみ〴〵話してゐなすつたぢやないの」と、まさ子は言葉を押付けた。

「今だつてさう思はないぢやないけど、私なんぞ何を習つたつて駄目なのよ」

「そんなことないわよ。私でさへ、一心に稽古したら大抵なこと出来なかないとこの頃思つてゐるんですもの。学校を卒業してから三年も五年も、ゴタ〴〵した詰らない家の用事に追廻されて、一生の役に立つやうな藝は何一つ覚えないで来たことが、泣きたいほどに後悔されてよ。あなたは後悔なんてことはしたことないのでせう」

「私なんぞ、馬鹿だから。しよつちゆうヘマなことをしちや後悔してゐるわ」

ここで二人の話は暫く止切れた。まさ子は妹に呼掛けられたので階下《した》へ下りて行つた。負傷して以来正座するに悩んでゐるきた子は、足をいたはりながら立上つて、窓を開けて外を眺めた。此処でも月は屋根から屋根へ美しく照つてゐた。隣は小料理屋で、其処には三味線の音が響いてゐた。

この部屋も子供の時分によく遊びに来た所で、思出は多いのであつたが、無思慮な結婚の後悔をまさ子に向つて洩らして、まさ子がまだ独身で、将来の身の振り方も自分の心まかせであるのを、真心から羨んだ時のことが、ふと思出されて、甘酸《あまずつ》ぱいやうな感慨に打たれた。

自分一人であんな災難に会つたらどんなだつたらう？　と、彼女は、梁《はり》で右足を圧されて悲鳴を揚げてゐたところを夫に助けられてからのことを、飽きもしないでまた思出したが、思出すたびに、夫は自分の神様仏様であるやうに思はれた。かういふ夫に嫁いだことは自分の一生のうちの最大の幸福なので、仮りにも結婚を後悔したり、夫に対する不平を他人へ洩らしたりしたことは、罰当りの所業であつたやうに思はれた。

そこへ、まさ子の母親が、葡萄や饂頭などを持つて、湯上りらしいテカ〳〵光つた顔して入つて来て、いろ〳〵とお愛想を云つたが、話のうちに、厄介者の仕末のつき次第、母子《おやこ》二人連れて東京へ焼跡の様子を見に行くことになつてゐると云つて、

「運がいゝのだか悪いのだか、不思議なことが御座いましたよ。まさ子がお話したかも知れませんが、ある方のお世話でまさ子も東京の何とか云ふ大きな会社へ出てゐらつしやる方と縁談が纏りかけてゐたのでした。その方はまだお若いのに重役とかになつてゐらつしやつたんださうです。話が極つたら、十月匆々式を挙げると、先方では大変急いでゐらつしやつたのですが、それが、あなた、あの地震で、その方は会社が崩れたために、煉瓦の下敷になつてお亡くなりになつたのださうです」

「まあ、お気の毒な。そんなお話は私ちつとも承りませんでしたわ」

「先様《さきさま》はほんとに御気の毒なんですけれど、結婚式がも少し早く運んでゐたなら、まさ子もどんな悲しい目を見たかも知れないんで御座いますよ。それにつけても、物事は急ぐのがいゝのか、ゆつくり構へてゐるのがいゝのか、一寸さきのことは人間業では分りませんです」

「さうですとも」

きた子はしみ〲同感するとともに、自分の幸福をまた新たに感じてゐたが、そこへ、まさ子が入つて来たので、

「今はじめてお母さんに承つたところなのよ。あなたもガツカリなすつたでせうね」と、同情したつもりで云ふと、まさ子は鼻の先で笑つて、

「縁談のこと？　嘘ですよ。……お母さんは何が面白くつて詰らないことを吹聴するんでせう」

「だつておきたさんには隠さなくつてもいゝじやないか」

「きた子さんにこそいゝ加減な話はしない方がいゝの。そんな話をしたつて自慢になりやしないわよ」

母親は面皮を剝がれたやうな不快を感じて、コソ〲と階下《した》へ下りて行つた。

「あなたはなぜお母さんにツンケンするの？」と、きた子が非難すると、

「老人《としより》は詰らないことを大袈裟に吹聴するからいやになつちまふわ。縁談があつたにはあつたのでせうけど、私の方で結婚する意志はなかつたのだから、はじめから問題にはならなかつたのよ。なぜ問題にしなかつたかと、あなた聞かないで頂戴ね。……今度はいつあなたにお目に掛れるか知れないから、身の入つたお話をしてきたいと思ふんですけど、かうして顔を突合せて見ると、別段話すこともないものね」

「でもいろ〲なことを承つたぢやないの。……あなたは近にお母さんと御一しよに、焼跡見物にいらつしやるさうだから、さうしたら是非私どもの新宅へ寄つて下さいね。どうせ狭苦しい間に合せの家なんでせうけど、大喜びでお宿くらゐしますよ」

「焼跡見物もどうなることやら分らないわ」まさ子はふと陰気な口調で云つて、「私ね、焼跡のうちでたつた一ケ所よく見ときたいところがあるのよ。被服廠の跡でも浅草でもないんです。誰れも見物に行きさうな所ぢやないのだけれど、私其処へ行つて、灰が残つてゐれば灰を掻捜して見たいと思つたりしてゐるの。私この頃は其処の夢をよく見るんですけど、夢と真実《ほんとう》とは全くちがふかも知れないわね」

「何処を御覧になりたいの？　写真なんかを見て想像の出来るよりは余程ひどくつて真実《ほんとう》の焼跡は、それは汚ならしいいやなものなのよ。どんな立派な家だつて焼けると見窄《みすぼ》らしくなつちやつて。……」

「さうでせうね。でも、私その見窄らしい、汚らしい所を見た

くてならないのよ。想像とは違ふつてあなたは仰有るけれど、私其処の焼跡をいゝ夢に見てゐやしないんですよ。烏が屍骸を突ついてゐたり、臭い火が燃えてゐたり、悪魔の玉子が灰の中にうぢや〱涌いてゐたり、焼焦げた人間の魂が焼土《やけつち》の中で呻いたりしてゐるのを、夢に見てゐるのよ。それで、行つて見て実際がさうでなかつたら何だか詰らなかないかと思ふこともあるの」

「あなたは考へ方が一風変つて来たのね。……でも、悪魔の玉子が灰の中で踊つてるといふあなたの考へは当つてゐるかも知れないわね」

「私詩人気取りでそんなことを云ふのぢやないの。夜の夢にだけさういふ夢を見るのぢやなくつて、昼間にでも、家の用事を片附けてこの部屋で休んでゐると、東京の焼跡がそんなやうに見えて凄くなることがあるんですよ。それで、以前はさうでもなかつたけれど、伯母さんの顔がこの頃は、焼跡から出て来た怨霊見たいに見えだして、私気味が悪くつて為様がないの。御飯を頂く時には、五本の指をヒヨロ〱させて、箸を持つて左の手を右の手首の突《つゝ》かい棒にして、口のはたからはお汁を垂らしたりするのを見てゐると、私一しよに食べてゐて御飯が喉へ通らない気がするのよ。妹だつて弟だつて、いやがつてるんですけど、伯母さんは特別に私をいやがらせてゐるんぢやないかと、私には邪推されるのよ。介抱は大抵はお母さんの役になつてゐるんだけれど、時々は私が夜の便所のお伴をすることもあるんですがね、さういふ時の気味の悪いことつたら……母や妹なぞは、伯母さんにいつまでゐられちや、手が掛つて為様がないと零《こぼ》すだけなのだけれど、私は伯母さんは私に祟つて私がこの家にゐる限りは、此処にゐようと腹を極めてるんぢやないかと思はれてならないの。……私あなたにだけこんなことを打明けるんですけどね。……四方八方から大火が燃ゑて来るなかを、あの不自由な身体《からだ》でどうして無事に逃げ出せたのでせう。先つきお話したやうに、実子があつても不断から寄付かないくらゐで、危険を冒してまで母親を助けようつていふ孝行心を起す訳はないんですからね。それこそ厄介払ひをするくらゐに思つてゐたに違ひないの。御亭主だつても、老人《としより》のくせに浮気者で、随分伯母さんを邪慳にしてゐたらしいの。……伯母さんはどうしてかすり傷一つしないで、この私の家まで逃げて来たんでせう。私不思議に思はれてよ」

「でも、非常の場合には、病人でも不思議に元気が出るんですよ。それに、傍《はた》の人だつて、今度のやうな大きな災難に会ふと、犠牲的な考へを起して、自分を棄てゝも人を助けようて気になつたんでせう。新聞にもさういふ実例がよく出てゐたぢやないの」

きた子は、自分が見聞した涙ぐまれるやうな美はしい相互扶助の実例を二三話した。まさ子もそれを聞くと感動したが、しかし、伯母一族の上には関係がないやうに思ひながら、

「あの人だちに限つて犠牲的の考へなぞ、爪の垢ほども持つて

ゐやしませんよ」と断言して、「今でも、手紙の文句や口先でばかりうまいことを云つて、伯母さんをいつまでも私の家へ押付けて置くやうに企んでるんだから、あの人だちに人情のないことはよく分つてゐるわ」

まさ子がいやにしつこく伯母の事に拘つて悪態を吐くのを、きた子は不思議にも思ひ浅間しくも思つて、多少反抗的に、

「私今夜は伯母さんにも是非お目に掛つて行きたいと思つてるのよ。私と同じ避難者なのだから、知らん顔してゐられないでせう」と云ふと、

「会ひたければ会つていらつしやいな。同じ災難に会つても、あなたはどんなに幸福だつてことが分つて、お宅へのいゝお土産話になりますよ。……それから、伯母さんは私の母の姉だけあつて、余計なお喋舌《しやべり》にかけても母よりは上手《うはて》なのだから、あなたに会ふと、屹度私のことを話しますよ。母が都合のいゝおまけをつけて、自慢で話したことを伯母さんは、意地の悪い興味で話すでせうけれど、どちらも正味《しやうみ》の事実を見透してゐやしないんだから駄目なの」

やゝ窶れてゐるまさ子の骨張つた顔面に、焦立たしい神経がきらめいた。話しつ振りが賑かだつたので、はじめのうちは気づかれなかつたが、その目顔に以前の快活さが薄らいでゐるのが、きた子には次第に気づかれだした。

「それは、さつきちよつとお母さんから承つた縁談のことなのね」きた子は微笑して乗出して、「ぢや、あなたの口から正味の事実を話して下さいな。私が聞いたつて何の足しにもならないかも知れないけど、真心《まごころ》だけは持つてゐるんですからね」と、改つた口調で云つた。

「さう改つて訊かれちや困つてよ。諏訪の温泉にでも行つてのびのびと手足を伸したなら、そつくりお話することが出来るかも知れないけど、此処ぢや駄目。事の筋道がなかなか入組んでゐるんですからね」

まさ子は思はせ振りに云つて口を噤んだ。そして、相手の顔をまじまじと見てゐたが、ふと骨張つた頰へ一しづくの涙を落した。

「馬鹿々々。……」と、自分の弱さを叱るやうに云つて、「私もきた子さんのやうに、いつになつても奇麗な濁らない気持をもつて生きてゐられるといゝんですけれどね。私悪人になつたのよ。東京が大火事になつて、××町が焼けたつて聞いた時には、自分が望んでたことが本当になつたと思つて喜んだのですからね。これで胸がせいせいしたと思つてたところへ、間もなく、伯母さんの一組がヒヨイと店先へやつて来たの」

また伯母さんのことか、もう沢山ときた子は対座してゐるのがいやになつたので、「さあ、私もうお暇《いとま》にしませう。家で心配してるかも知れないから」と、ふと慌たゞしく云つて腰を浮かした。

明るくつて静かな自分の部屋へ早く帰つて、重つたるい足を気儘に伸したくなつたきた子は、もはや伯母さんなどに会つて

面倒な思ひをする気はなくなつたので、まさ子の両親にだけ挨拶して、直ぐに行過ぎようとしたが、茶の間の長火鉢の側に根をおろして、関所の番人のやうに絶えず土間の通路に目を注いでゐた伯母さんは、黙つてきた子を通らせなかつた。

呼留められたきた子は、拠なく上り口に腰をおろして、互ひの災難を語合ひ慰め合つたが、同時に東京で生死の境をくゞつて来た同士であるから、まさ子などゝ話してゐるよりも、却つて話に熱が通つて面白かつた。何処の路をどう通つて何処で火を避けたといふことだけでも、自分の経験に照らして興味をもつて聞かれた。

「あなたももつと此方で御保養なすつたらよろしいぢや御座いませんか。焼跡に灰がもや〳〵立つてる東京へは、私のやうな身体《からだ》の弱い老人《としより》は当分帰らない方がいゝだらうと思つてゐますのですよ。どこかの温泉へでも入つて身体をよくして、来春《らいはる》花の咲く時分になつて帰ることにしたいと思つてるので御座います」と、伯母さんは、罹災者らしい屈託のなさゝうな呑気な口を利いたので、側にゐたまさ子は、意味ありげな冷笑を浮べてきた子に目くばせした。

「それはよう御座いますね」と、きた子は真面目な受答へをした。こんな弱々しい青褪めた顔した老人を、生活の設備の整はない東京へ帰らせるのは、いた〳〵しくて忍ばれない気がした。そして、「私の家へも一度お遊びにいらつしやいましな」と云ふと、伯母さんは喜んで、「毎日家にばかりゐるのは退屈でなりません。天気のいゝ日には俥に乗つて市中を見物したいと思ふこともあるので御座います」と、明日にも訪問しさうな気振りを見せた。

（二）

きた子は再び夜の町を見て家へ帰つた。避難以来はじめて独《ひと》り歩《ある》きをしたり、他人の家へ行つたりしたので、足にも頭にも疲労が感ぜられた。このくらゐなことで疲れるのは、災難の打撃がまだ癒えないためなんだらうから、帰京しても繁忙な働きには堪えられないかも知れないと稍々悲観しながら、家族の団欒《まどゐ》に加はつて鈴川一家の様子などを話した次手に、

「まさちやんに縁談があつたんでせうか」と訊ねたが、母親をはじめ誰れもそんな噂は聞いたことがないと答へた。

「あの人は何だか変よ」と云ふと、

「縁が遠いから、自分でも気を腐らすんだらうよ」と、母親は云つた。

きた子は自分の部屋へ行つて寝仕度をした。月はます〳〵冴えて、遠くの方は煙つて、近づいては遠ざかつて行く汽車の音も、いゝ音楽のやうに響いて来た。何と云つてもまさ子よりは自分の方が遥かに幸福なのに違ひないと喜びながら、軟かい蒲団の上に横たはつた。そして、まさ子が焼跡の灰を掻捜して見るなんて気取つたことを云つてゐたのを、ふと思出して噴きだした。

あくる日は夫の仙吉からい丶音信《たより》が来た。郊外は秋の眺めがよくなつて、狭くつても前の家よりは住心地がい丶。焼失した市内にもバラックなどが続々建てられて復興の気分が盛んである。自分の勤め先の店も再興の準備が着々歩を進めてゐる。と、文字を読んでゐても胸の踊るやうなことが書かれてあつた。身体がよくなつて帰京する時には、成べくかういふ者を買つて来てくれと、鰹節けずり、洗面器、フライパンなど、台所道具の名が十幾種、夫の妹の手で書添えられてあつた。きた子は、新世帯を持つ幸福を感じて、母親と一しよに町へ買物に出掛けた。

傷跡は肉がついたので、毎日思ふ存分に湯に浸つて罹災後の汚れた身体を磨き立てた。

永い間徒歩連絡を余儀なくされてゐた中央線も、幸ひに全通したので、「××日に帰京する」といふ手紙を出して置いて、帰り仕度に取掛つて、その日には、弟を連れて甲府の停車場から汽車に乗つた。県庁の役人の転任の見送り人でプラットホームが混雑してゐたので、乗車の際には気づかなかつたが、汽車が動きだしてから、ふと見ると、同室の中にまさ子の伯母さんが坐つてゐた。贈り物をされたり見送られたりするのを好まなかつた上に、先夜の訪問によつて、まさ子に対する隔てなき親しみがや丶薄らいでゐたので、帰京の日取りを鈴川家へは知らせなかつたのだが、今日偶然伯母さんと同車したのは、同じ時に同じ土地へ逃げて来た罹災者として因縁があるやうに思はれた。それで、手荷物の整理をしてしまふと弟に座席を守らせて置いて、自分は、可成り距つてゐる伯母さんの席へ寄つて行つて挨拶した。匹偶《つれあひ》と思はれる老人が保護者として附添つてゐた。

「これはい丶お伴《つ》れが出来て」と、伯母さんは喜んで、席を空けてきた子を側へ坐らせた。顔は先日と同じやうに窶れて青褪めてゐたが、衣服は借り物だか貰ひ物だか、小さつぱりしたものを着けて、頭髪《あたま》は奇麗に解付《ときつ》けて、足袋でも下駄でも新しくつて、罹災者らしいところは見えなかつた。

「鈴川では、是非もつとゐてくれつて留めたんで御座いますけれど、甲府にも飽き〳〵しましたから、急に東海道の方へまゐることにいたしました。静岡の近くの××といふ村に、私どもの身内の者が行つてゐまして、是非来てくれと申しますから、あちらは冬が温くつて魚《さかな》もよく捕れるところで、弱い者の保養には甲府よりはよろしいだらうと思ひまして、急に出掛けることにいたしました」と、伯母さんは、先日の晩の話とは辻褄の合はないことを云つたが、きた子は気にも留めないで、

「それは結構で御座いますこと」と、この厄介な焼出されの病人を置いて呉れる所が、外にもあるのを、他人事《ひとごと》ながら心強く思つた。

「鈴川の家では母親が子供を甘やかして育てたものですから、どの子も出来のよろしい方ぢや御座いません。私ども今度久振りで会つて呆れましたのです。おまさは小さい時にはもつと素直な性質《たち》のい丶子だとばかり思つてゐましたのに、あ丶我儘になつちや、どこへ縁付いても辛抱が出来ますまいよ」

早速かういふ話が、半身不髄のお喋舌《しやべり》の老女の口から出て来たので、きた子は聞耳を立てたが、傍の老人は、

「その話はまあ止したらい丶だらう」と、眠つたさうな目に微笑を浮べて云つた。

「おまさのお友だちのこの方に、因縁があればこそお目に掛つたのですもの」と、伯母さんは遠慮なしに話を続けた。

「私も内々《ないく》でおちか（まさ子の母親）に頼まれて、永いことおまさの嫁入口を捜してゐたので御座いますが、写真うつりが悪いのか、写真を見せると、いつも二の足を踏まれるので、当人を東京へ寄越せとたび〳〵云つてやりましたのです。子供の時分にはそんなに不器量な女ぢやなかつたのにどうしたのだらうと不思議に思つて、私ども丶一度当人に会つて見ようと思つたのでしたが、どういふものか、おまさは東京へ出ても私の家へは寄付きません。見合ひをすることも嫌つて、一度仲に立つた方を困らせたこともあつたと、おちか丶申して居ました。妹も年頃になつてゐるのに姉の方がいつまでも片付かなくつちや困ると、母親一人でヤキモキしてゐたやうでしたが、それが馬鹿ぢや御座いませんか。訴訟沙汰で鈴川の家で頼んでゐた代言人に母子ともスツカリたぶらかされて、その代言人の親分の息子と縁組みが出来ると思込んで、代言人に余程のお金を捲上げられたらしいんです。用心をして世間へはまだ内証にしてるけれど、今度は見合ひまでしたから確かだつて、私の所へおちかが知らせて来ましたから、私どもにはどうも腑に落ちませんので、貪縁《つて》をたぐつて段々先方の様子を調べて見ますと、お話にもならない大間違ひなんで御座いまして、先方の親御は錦町に立派な事務所をもつてゐらつしやつて、御本宅は目黒にあつて大きな西洋造りで、息子さんは洋行帰りのチヤキ〳〵で、どうして田舎の小商人《こあきんど》の娘なんぞと縁組みをしさうなお家ぢやないのです。見合ひをしたと云つても、本当の息子さんと見合ひをしたのやら、贋物と見合ひをしたのやら、分つたものぢやないと、私どもは大変心配いたしまして、早速鈴川へ詳しい手紙で注意をしてやりました。ところが、余計なおせつかいとでも思つたのでせうか、暫く返事も呉れなかつたので御座いますよ。ぢや、勝手にするがい丶、身内の為めだと思つて暇を潰して穿鑿してやつたことを悪く取られるやうぢや詰らないと、さう思つて暫く打遣らかしてゐるうちに、先日の大地震が起つたのです。私どもは生命《いのち》だけ助かつて、夢中で此方へ逃げて来たのですから、おまさの縁組みのことなんぞ、当時は忘れてゐましたのですが、四五日たつて心がいくらか落着いてから訊ねますと、錦町の事務所が地震で潰れた上に丸焼けになつて、先方の親御も息子さんも御一しよにお亡くなりになつたと、代言人から知らせて来たと云つて、おちかは大変に残念がつてゐました。私どもの云ふことは取上げさうで御座いませんから、そこは避難民のなさけなさで、上べは調子を合せて、おくやみも云つてやりましたが、代言人は地震をい丶幸ひに、自分の詐欺の尻尾《しつぽ》を割らないで奇麗に済まさうとしてるのに違ひ御座いませんです。こちら

でも詐欺に掛つたと分つて娘を晒《わら》はれ者にするよりは、相手の男が地震で死んだとしといた方が気持がいゝでせうから、それで済まされるものなら済ましとくに越したことは御座いますまいが、若しも先方の息子さんが無事に生きてゐらつしやるやうでしたら、余程変なものだと私どもには思はれるので御座いますよ。」

　伯母さんは力の弱い声で、自分の話すことに何の感じをももつてゐないやうな平板な調子で、ゆつくり〳〵話続けたが、きた子にはそのゆつくりした話にいくつもの針を含んでゐるやうに思はれ、聞いてゐる耳に、針で突かれる痛さが感ぜられた。

「それで、まさ子さんはどう思つてゐらつしやるんでせう?」

と、訊ねると、

「あの子は打明けては何も申しませんが、母親ほどのお人よしぢや御座いませんから、ちつとは勘付いてゐるやうで御座いますよ。それで逆恨《さかうら》みに私どもを恨らんでゐますのです。先方の息子さんが死んだのか死なゝいのか、代言人の云つたことが真《ほん》実《とう》なのか詐欺なのか、私どもの知つたことぢやないのに、私どもの所為のやうに思はれちや、ほんとに迷惑いたします」

「お前もいゝ加減な当推量を人様に申上げるものぢやないよ」

　先つきから、目を瞑つて眉根に皺を寄せて、何かの考へ事をしてゐたらしい匹偶《つれあひ》の老人は、ふと伯母さんを顧みて、叱るやうに云つた。

「何が当推量なものですか。おまさは地震でもなかつたら、悪代言人の詐欺に掛つて、取かへしのつかないひどい目に会つたかも知れなかつたのです。替え玉と知らないで見合ひをしたゞけで、身体《からだ》に間違ひが出来なかつたのは、運がよかつたのですよ」と、伯母さんは匹偶《つれあひ》に云つて、「私、口が渇いて為方がない。葡萄でも買つてくればよかつたのに。この時節に甲府へ来て葡萄さへろくに食べずじまひになつたぢやありませんか」

「おれも葡萄の一籠くらゐは買つて帰りたいと思つたのだが、お前の方を手離せないものだから」

「葡萄ならこの次の勝沼で売つてゐますでせう」と、きた子が口を出すと、

「いや、病人を連れてゐて荷物を殖やすのは困りますから」と、老人は慌てゝ言訳をした。

　風呂敷包一つの外に手荷物らしい物を、彼等は持つてゐなかつた。きた子は気の毒になつて、自分の席へ行つて、車中で食べる筈だつた一袋の葡萄を持つて来て、伯母さんの手へ持たせてやると、伯母さんはペコ〳〵頭を下げて、葡萄の方へ口を持つて行つてはしやぶりついた。汁が口端から垂れて膝を汚すのを、匹偶《つれあひ》ははたから拭いてやつた。きた子は目を外した。

「大変おいしう御座いました」と、伯母さんは、慾しいだけ食べてお礼を云つて、残りを匹偶《つれあひ》に勧めた。向う側では、役人の妻君が書生に籠を開けさせて、紅い色をした柿を出して皮をむいて夫に勧めてゐた。きた子はそれらを見るにつけても、夫の側へ帰つて行く楽みを覚えた。役人は色の浅黒い凛々しい働き

ものらしい顔をしてゐるのに、妻君は豚のやうに肥つて鼻がぺたんこで下品なのが、きた子には気になつた。そして、釣合ひが取れても取れなくつても、若くつても歳を取つても、夫婦といふものは、互ひに情愛があるものか知らと、今更のやうに感心した。

「静岡にはお灸の上手な人がゐるさうですから、あちらへまゐりましたら、灸をすゑて貰ひませう。さうして冬のうち温かい土地で保養したなら、私の身体もよつぽどよくなるだらうと思はれます。花の咲く時分には東京へ帰りますから、あなたのお宅へも一度寄せて頂くかも知れません」

伯母さんは苦のない人のやうにさう云つて、きた子の新宅の在所《ありか》を訊ねた。

「どうぞ遊びにいらして下さいまし」

きた子はさう云つて頭を下げたが、それを機会に伯母さんの側を離れて、自分の席へ戻つた。まさ子の縁談の真相はどちらであつたにしろ、気の毒には違ひなかつたが、飽きるほど耳にした地震の惨話を思出すと、まさ子の不幸などは些細なことのやうにも想はれた。

「御覧なさい。紅葉が奇麗ぢやないの」と、きた子は窓の外を見ながら弟に云つて、「私だちは生命懸《いのちが》けでこの辺を通つて来たのよ」

「東京から逃げて来た人は、みんな生命懸けで来たつて云つてるよ」弟はさういふ言葉は聞飽いてゐて、何の感じも起さゝれなかつた。

「あなたも一度生命懸けの経験をして御覧なさい。こんなに気楽に坐つてゐて秋の景色を見てゐられるだけでも、ほんとうに有難いと思はれるやうになつてよ」

「地震や火事に追廻されて苦労しなくつたつて、面白いものは面白いよ。たまに旅行にでも出ると、僕はいつだつて面白いよ。生命懸けの自慢なんか詰らないことぢやないかな」と、弟は笑つて、「さつき姉さんと話してゐた老婆《おばあ》さんも、焼出されの自慢話でもしてゐたのだらう。あの老婆さんの顔は見てると気味が悪くなるよ。東京にはこの頃あんな人ばかりがウロ〳〵してるんだらうか。……そら、老婆さんは姉さんの方を見てるよ」

「大きな声で悪口を云つちやいけないよ」きた子は弟を戒めながら、われ知らず向うの方へ目をつけた。伯母さんは小さな目で此方を見据ゑてゐた。弟の云ふやうに気味が悪いときた子も思つた。そして東京へ着くまであの目で見られてゐるのはいやなことだと、同じ車室へ乗合せたのを悲んでゐたが、暫くしてそちらを見ると、伯母さんは匹偶《つれあひ》の膝を枕にして眠つてゐた。

（三）

勤め先からの帰りに停車場に出迎へに来てゐてくれた夫の仙吉に連れられて、東中野の新宅へ着いた時は日暮前だつたが、予想してゐたやうな郊外の静かさとはちがつて、あたりは市中のやうに賑かだつた。新宅も掘立小屋見たいな安普請で、秋草などで庭を色取られてゐる瀟洒たる住居《すまゐ》は、彼女が先月うち見てゐた夢の中に存在してゐたのに過ぎなかつた。焼失したいろ〳〵な家財調度が新たに彼女の心に浮んだ。家を見廻りながら考へてゐると、

「不平さうな顔して見てゐるね。だけど、こんな家でも、焼跡のバラックなんかよりは有難いんだよ」と、夫に云はれたので、

「不平どころぢやないのよ」と、きた子は慌てゝ云つて、仮りにもそんな顔を夫に見せてはいけないと自から戒めて、「明日《あす》から私も働きますよ」と快活に云つた。

一時心淋しい思ひをしたきた子も、夫の妹や自分の弟などゝ一しよに、新しいちやぶ台を囲んで、間に合せの食器で、賑かな笑話をしながら食事をしてゐると、実家にゐた間とはちがつた潑溂たる気持になつた。夫も顔だけは知つてゐるまさ子の縁談についても面白づくで話した。

「あの人は容色《きりよう》が悪いから売れが遠いんだね。高望みをしないで、いゝ加減なところで極りをつければいゝんだ」

仙吉は醜い田舎娘の身の上には何の興味も寄せられなかつたので、さう云つて簡単に片附けた。

「当人にさう云つたら、利かん気のまさ子さんはどんなに怒るでせう。……あの人近かに東京へ見物に来るやうなこと云つてたから、若しかすると私の家へ寄るかも知れないの。その時はあなたも親切にあしらつて下さいね。境遇が気の毒なんだから」と、きた子は来訪を予期してはゐないのに念のために、夫に注意した。仙吉は首付《うなづ》いた。

諸方の焼跡の復活しつゝある経路は、仙吉によつて語られて、弟は好奇心を寄せて明日《あす》にも被服廠や浅草などを見に行かうとした。

「私も一しよに行つて見ようか知ら。元の家の跡も見たいし」

きた子は、今の幸福な気持を強くしたいためにも、生死の苦しみをさゝれた所を訪れたくなつた。

「行つて見るといゝ。お前が足を敷かれて唸つてたところには、焼土《やけつち》が盛上つてるばかりで、まだバラックも何も建つてやしないよ」

「今に家が建続いたら分らなくなるから、早く行つて見ときませう。自分の一生の紀念によく見てよく覚えとかなければならない」

「お互ひに不平が起つたらあの時のことを思出すんだね」

かういふ睦まじい話を、仙吉の妹やきた子の弟は、反感も同感も寄せないで、無心で聞いてゐた。

翌日は、朝のうちは三人がゝりで拭掃除をして、家具調度の置場所を都合のいゝやうに直した。甲府から買つて来た新しい世帯道具や家庭用のいろ〳〵な材料は、鉄道の貨物が輻輳してゐるために、容易につきさうでないので、働くにも働きようのない今のうちに焼跡見物でもしようと思立つて、きた子は、弟を連れて市中へ出掛けた。

あの時の大混乱の光景が思出されると共に、市中が穏かに

なつて、みんながそれ〴〵に働らいてゐるのが、涙ぐまれるほどに悦しかつた。最初に靖国神社境内のバラツクを見て、それから、元住んでゐた町の方へ足を向けて、九段の坂を下りかけたが、神田全体の新光景を見下してゐるうちに、ふと錦町の事務所とかいふ者を次手に見たくなつた。知らない人の白骨が山をなしてゐるといふ悲惨な被服廠よりも、親しいまさ子の縁談の相手にされたといふ××の息子の圧死された跡を見る気になつた。

　九段下から電車通りを通つて行くと、表通りこそ小さなバラツクなどが出来てゐたが、裏の方は焼けた時そのまゝのやうであつた。

「焼跡は汚いものだなあ」と、弟は何方を向いても、活動写真などで見て想像してゐたやうな趣味のある焼跡は見られなくつて、埃《ほこり》つぽくて臭くて穢《むさく》るしいばかりなのに失望して、「どこもこんなのか知ら。もつと変つたところはないのだらうか」

「火事で焼けるのに変つた焼け方つてあるものかね。あなたは焼けない前のこの辺の事を知つてゐないから、見てゐても詰らないのよ。その角には大きな洋服屋があつて、義兄《にい》さんの夏服も冬服もそこで拵えたのに、今はあんなになつちやつた」

　きた子は、夫の洋服もそつくり焼失せたことを思出して、洋服屋の方を顧みながら心を暗くした。伯母さんから聞いた言葉に導かれて錦町の方へ歩いて行くと、きた子がかつて鼻の治療のために数週間入院をした病院が石の門だけ残して焼けてゐるのが、立札によつて分つた。で、足を留めて、自分が入つてゐた病室のあたりを心当てに見てゐたが、弟に注意されて目を転じると、まさ子に違ひない若い女が向うから歩いて来たので、きた子は吃驚《びつくり》した。何となく此処で出会ふのは避けたくなつたが、急に横へ外れるのも後目《うしろめ》たかつたので、近よつて声を掛けると、まさ子は顔色を変へて立留つて、直ぐには口が利けなささうだつた。

「いつこちらへ入らしつたの？　あなたおひとり？」と、きた子が訊ねると、

「昨夕《ゆうべ》の夜行で来たのよ。伯母さんは昨日《きのう》立ちましたよ」と、まさ子は稍々落着いてから打解けて云つた。

「さう？」きた子は後で分ることを白ばくれてゐてはいけないと思つて、「私昨日《きのう》伯母さんと汽車で御一しよになつたの」

「ぢや、伯母さんのお喋舌《しやべり》をお聞きになつたのね。あの人、今度東海道へ新奇の避難所を見つけたつて、急に、私だちの持成《もてな》しが悪いやうなこと云つて出て行つたのです」まさ子は嶮しい目をして云つたが、相手が、返事に迷つてゐる間に、わざとらしい馴々しさを顔に現はして、

「母と一しよなんですけれど、吉村さんのお家へ母を預けといて、私だけが焼跡見物に来ましたのよ」

　その時二人の目に一度期に映つたのは、耳鼻科の病院の側の、「××事務所」といふ立札であつた。そこには焼煉瓦が積重ねられてあるだけで、まだ改築されるらしい様子は見えないで森

閑としてゐた。温い日が焼土《やけつち》に光つてゐた。此処が伯母さんの話してゐた家なら、入院中に廊下に立つてたび〳〵見てゐたのだと、きた子は、さほど立派ではなかつた焼失前の家を記憶から惹出してゐたが、

「どつち向いてもこんな風だと恨みつこはない訳ね」と、まさ子は空々しく口を利いて、「母が待つてゐますから私此処でお別れしますわ」と云つて行過ぎた。

きた子は何か云はうとして気おくれがしてゐるうちに相手の姿は遠くへ離れた。好奇心からこんな所を見に来て、まさ子の気持を傷つけたことを後悔するとともに、被服廠などを見物に行く興味はすつかり消失たので、焼残つた山の手の町で買物をして、自分の家へ帰りを急ぐことにした。弟も快く同意をした。

まさ子に会つたことは夫にさへ話さなかつたくらゐで、彼女のことはそれつきりきた子の頭の中に薄らいだのであつた。知つたつて何の足しにもならない、人の縁談の真相を強いて知らうとする熱心も起らなかつたので、手紙を一本出さうともしなかつた。幼な友だちのうちで最近まで親しみを寄せてゐた唯一人のまさ子とも、これでお別れになつたやうな気がしたが、自分の新宅が日に〳〵整頓して住みよくなるので、きた子の世の中は明るくつて賑かだつた。

意外にも伯母さんからは代筆の端書が来た。「先日は失礼いたしました。都合により昨日帰京いたしましたから、お通掛りの時にはお立寄り下さい」とあつた。

きた子は、弱い心をさゝれるやうなかういふ端書は貰ひたくもなかつた。そして、夫に誘はれても焼跡など決して見に行かうとはしないで、さういふ暇があつたら、自分の家をよくするやうに努めようとした。

（「中央公論」大正13年1月号）

或る社会主義者

長与善郎

辰三は間借りしてゐる自分の家の前の空地がある富豪に買はれたと聞いた時とうとう怖れてゐた事がきたと思つた。そしてガツカリすると共に腹を立てた。「どこのどいつが何の権利で俺達からあの神聖な場所をふんだくりやがつたんだ！」まだ廿五であつた彼はハタに聞こえるほど大きな声でかう独り言つた。「俺達」と云ふのはさし当り彼とその恋人との事であつた。

それは俗に○○原と呼ばれて、八千坪以上もある、その界隈での唯一の「野天倶楽部」であり、「公園」であつた。

そこには数本の桜と、十五六本の太い樫と榎とがあつた。人々はその十五六本の樹木の一団を「森」と呼んだ。桜は春には花を咲かせ、秋には葉を紅葉させた。夏の昼には「森」のこかげが人々の休息と、昼寝と、針仕事との場所になり、夜には若い恋人同士の媾曳にい丶所となつた。子供らは一日中その原でとんぼをつつたり、紙凧を上げたりし、家の中でくさ〳〵する苦労者はそこへ息を吐きに行つた。町に住む人間にとつて、殊に子供にとつて、「原つぱ」は何たる楽園であらう。しかもそれは楽園である上に又、火事や何かの災難の折の避難所でもあつた。そして何よりもまづ、その原の存在のためにそれに面する数百軒の家には朝から晩まで陽があたり、広い青空が見えるのだつた。

辰三はその界隈での病人が自然多く直接その原に面しない裏の家々に発生する傾きがあるのを見ると、日光や、い丶空気のやうな「只」のものでもやはり公平には分配され難いもんだと云ふ事を思はされないわけにいかなかつた。

しかしその「公園」は今やある個人に買はれた。毎日一人の立派な紳士がその細君や、お嬢さんをつれて自働車でそこの下検分に来た。紳士は葉巻らしい紫の煙をくゆらしながらキラ〳〵と日に輝く銀の柄のステツキを掩いて、毛の襟巻に美しい頸をうずめてゐる細君に何か腹案の説明をし、歩を量つて見たりしてゐた。細君とお嬢さんとは楽しみらしく又いろ〳〵の提議を持ち出してゐるらしかつた。日曜には十二三の男の子と、大学の制服を着けたその兄さんらしい青年と、書生とが来た。そしてそれらの人々が我物顔にその原つぱを横行濶歩するのを界隈の人々は怨めしげに、にく〳〵しげに立つて眺めてゐた。「畜生。馬鹿にしやがるな。ぬす盗奴。」と男達はつぶやいた。

その中に技師が来、測量師が来た。原には縄ばりがされ、「無用の者入るべからず」となつた。人々はその縄をブチ切つて入つた。そしてそこでなほ前の如く楽しまうとし、自然の営養を取らうとする者を、今度は「主人達」がにらみつけた。

「まアいゝ。ほゝつておけ。あまりやかましく云はんほうが後々のためにいゝ。」

主人はかう低く云つて叱らうとする運転手を制した。しかし細君は「どうも困るわねえ。かう乱暴に這入つて来られちや。」とこぼして書生に文句を云はせた。

人々はさう云はれゝばどかないわけに行かなかつた。

「ロハで見るものと一緒ぢや高え金をはらつて見る者は割が合はねえつてわけだらうよ。ふむ。」と或る者は云つた。「人が這入りや地所が減ると思つてやがる。」

「どうも社会主義は起らねえわけに行かんなあ。」と辰三は考えた。

図取りがきまると地形がはじまつた。毎日数十人の女労働者がそこへ来て卑猥な謡をうたいながら地盤堅めの縄を曳いた。或る印刷所へ通つてゐた辰三は朝早く家を出て、夕方に帰るため、その嫌いな謡をあまり聞く事はなかつたけれど、石や材木を運ぶ馬力がにはかにふへたため、道がひどくわるくなつただけでも彼には不快だつた。

「こんな途方もねえ広い地所に一体幾人の人間が住まうつてんだ。」と近所の男が云つた。

「広い地所を占領する者はいつだつて小人数ときまつたもんだ。下男、下女つて云はれる奴をあはせたつて知れたもんだ。だが何万坪つて邸の持主に比べれや八千坪位はまださう広い方ぢやねえかも知れねえ。」と隣りの親方が云つた。

だがどう考えて見てもたしかにそれは広すぎる。八千坪と云ふ地所は一家族や二家族の占領すべき面積ではない。と辰三もそこへ入つて合槌をうつた。そして室へ帰るとかう考えた。

一体地球上の全陸地のうち、人間の居住に適する土地の全面積は大凡どの位のものか。それを大凡にでも測量しておく必要がないものだらうか。それが分ればそれを世界の人口で割つて、一人の人間が大抵どの位の土地を占めるのが相当かわかる。そこにいろ〳〵の事情が生ずるにしてももとに角それを単位として、大体はそれに従ふのを原則とする必要がある。先きへ行つたらさう云ふ事にきつとならずにはすむまい、と。

家は出来上つた。それは二階建であつたがアメリカ式の赤い瓦の西洋館で、屋根が高いために、普通の日本家の四階にもあたつた。原に面して、今まで吸へるだけ吸つてゐた日光は最早その西洋館の陰になる家々に「まるつきり当らない」ことになつた。事実町は暗くなり、寒くなつた。彼は林檎のやうに紅い頬をしてゐた近所の子供達が不健康相に顔が蒼くなつたやうな気がした。

せめてあの原の景色だけでも垣根からのぞかせてくれたつてよささうなものと温和しい女はつぶやいた。しかしそれは冷たい鼠色の高いコンクリートの塀のために完全にかくされて了つた。

「物持ち共通のケチな心持ちからだ。人がのぞくとな、景色が減つて、自分らだけの楽しみがソガれる気がするんだ。」

「当り前だ。人とわかち合はうなんて殊勝な心持ちがあれや始めつから一人で物をふんだくりやしねえや。」

しかし勿論、そんな事を云い合ふ連中自ら人の事こそ云へ、決してその「ケチな心持ち」や「ふんだくる」気の無い連中ではない事を欲望に於ては金持ちと些かも変りのない事を辰三は認めないわけには行かなかつた。それでその事を或る時一寸しやべつて、彼等の反省を促さうとした。

「ぢや、お前は何かい。自分が立つてゐれや後ろの者の見物に邪魔になるからつてんで、芝居を見やうとはしないのかい。お前が立つてゐれやそれだけ後ろが日蔭げになるつてんでお前は日向ぼつこをしやうとはしないつてのか。」とある皺の多い爺が彼に云つた。「そんな事云つてたら俺達や生きて行けると思ふか。俺達はかうして此処に立つて話してる中にだつて蟻の二匹や三匹は踏みつぶしてるかも知れねえ。それがいけねえつて云ふなら俺達はどこにどうして身をおきやつゝんだね。ものゝわかつた人間はそんなえらそうな無理は云はねえもんだ。只な、人と一緒に物を見物しやうつて時には唐傘をひろげるなつて云ふだ。自分の頭は出してたつてい丶が、只あんまり肱を突つ張らねえやうにしろつて云ふだ。頭を出しちやいかんとは云やしねえ。」

「ちがいない」と辰三は感服した。

しかしその「唐傘」をひろげてゐる家の主人は昔は一介のプロレタリアであつたのが、今は堂々たるブルジョアとして一方の尊敬をうけてゐるのだつた。で、辰三は自分の室へ這入ると、遂そこに変な矛盾を感じた。一プロレタリアから身を起して、立志談の中にブルジョアとなる。人はそれを成功者として、立志談の中にかぞへ、尊敬する。そのくせブルジョアたる事は悪い事になつてゐる。それは別問題であるかも知れぬ。人の感心するのは謂はゞ、そのブルジョアジーにあるのではなくて、その人間の不屈不撓な意志や、時機を見る慧眼さにあるのだとも云へるだらうから。しかし理屈はさうつくものゝ実際に於て、それはおかしなもんだと彼は思つた。

しかしある雨上りの日曜の夕方、彼は女工であるその恋人と町を歩いてゐた。と、一台の自働車がぬかるみを馳つて来て彼女の着物にひどいハネを浴せかけていつた。それは彼女が只彼とかうして歩きたいだけのために無理をしてやつとこしらへた一張羅のめいせんであつた。彼は思はず、後から「おい!」と自働車を呼びかけたほど腹を立てた。

「まあ、このハネ!　にくらしいわねえ。」彼女は着物を見ながらくやしさうに云つた。「だけど、まあ、仕方がないワ。」

彼は返事をしなかつた。そして暫く黙つて歩いた後云つた。

「とに角活動を見やう。そして出てから天ぷらでも食はう。それとも鰻にするか。」

彼女はその奢りに反対する事や、どつちでもい丶と云ふやうな答へが、沈んだ感じを彼に与へはしないかと云ふ気遣いからわざと快活に天ぷらを主張した。彼は財布の底までハタいて彼女と御馳走を食つた。すると彼女はハラ〳〵と気をもみながらも争つてまで自分で勘定を払はうとする事をひかへた。

「何でもものは相対的だからな。お前のそのめいせんを羨ましさうに見てる女も多勢ゐたよ。」二三杯の酒にもう顔を真赤にして彼は云つた。

「まさか」とまじめに云いかけたが、すぐ陽気な調子にかへて彼女は云つた。「だつて実際妾達は贅沢ですものね。もつと贅沢な人も世間には沢山ゐると云ふだけの事で、そんな人達と無理に比較して考えさへしなければ、これでもどうして中々ブルジヨアの中ですわ。」

そして二人は愛の幸福感のために涙ぐむほど笑ふのだつた。

帰りがけに二人はとある宝石商の前にさしかゝつた。彼女は本能的にふつとその眩ばゆいシヨーウヰンドウに引きずりよせられた。そしてわるい事をしたと思つた。どうせ買へもしないそんなものを見る事は自分には平気以上只面白いのであるが、彼を苦しませる事だと彼女は知つてゐたから。それですぐ何げない体で歩き出した。

「どうだ。一つ買つてやらうか。ほしいやうなのがあるかね。」

そつと体をくつつけて手を握りながらかう云つた彼の言葉にはその「残酷な」言葉を滑稽に聞かさうためのわざとらしい露骨な冗談さがあつた。

「えゝ、買つて頂戴よ。あのダイアのを。三千五百円！」

鋭く彼の眼をのぞきこみ乍ら甘へるやうにかう云ふと、彼女は呑気相にカラ〳〵と笑つて見せた。

が、その時その店のドアが開き、一人の美しい貴婦人と、白狐のシヨールを被た背の高い令嬢とが店員に送られながら出て来た。二人は歩道の窪みにたまつた水を大袈裟に褄をとつてヒヨイ〳〵と二三歩跨ぎ、そして自働車へ乗つて去つた。

辰三と恋人は顔を見合せた。それは前の大きな家の細君とその娘であつたので。

「買つたのね。届けると云つてゐたわ。」と恋人は云つた。

「あゝ云ふ人達が欲しいものを買へるのはいゝこつた。決してわるい事ぢやない。只俺達が買へないのがわるいことなんだ。」

辰三はやがてかう云つたもの、その不公平に憤慨を感ぜずにはゐられなかつた。少くとも——その城廓のやうに自分らの家の前に立ちふさがつた家の為めに、見す〳〵自分らの家に日が当らなくなり、青空が減り、彼女との恋の紀念である神聖な森が奪はれ、しかもそこからは毎日のやうに令嬢がピアノにあはせて唱ふ「御自慢の声」や、甘つたるい子供の唱歌が「ばか〳〵しい」笑い声や、喝采と共にきこえる。それらはその広々とした室の中のいかにも「のんき」な明るい幸福さと、贅沢な華やかさとを「無遠慮に」想像させるのだつた。そしてその想像がそれと余りにちがひすぎる自分の周囲の生活と対照して考えられる時、——彼は「あの人達があんな風に幸福である事は至極いゝ事なんだ。決してわるい事ぢやない。只俺達が同じやうに幸福でない事がわるい事なんだ。」と冷静にのみ考える事は出来なかつた。そして世はさま〴〵だと只云つてすましてはゐられない気になるのだつた。

「でも人の幸福をにくむのはよくない事だわ。」とある時彼女が云つた。「あの人達だつて別にわるい人達ぢやないでせうし。」

「わるくもよくもない奴らだらう、多分。しかし皆があいつらを憎むのは当然で仕方がないんだ。」と彼は答へた。「なぜつてあいつらはつまり勝つたのだからね。仮りに俺がもしあいつらの富や幸福をぶち倒したとすれや、その時は俺が又あいつらの代りに勝利者として皆から憎まれてゐる時なんだ。」

――人生は幸福の奪い合いだ。それは一定の分量に於て地上に与へられた一般の物質と同じく、或る者が多く取れば、他の者の頒け前が減り、或る者が太る事はそれだけ他の者を痩せさせる事である。事実その城廓のやうな家が占領してゐる分量の日光だけ周囲の者は日光を奪はれてゐるやうなものである。彼に日光を奪はれまいとすればそれ以上高く広い家を自分で建てるよりない。更にそれ以上高い家が次々と建てられる迄。そして怨む者は常にその後ろに絶える事がない。――

此目前の実感と、物質の窮迫とが彼をだん〴〵卑近な唯物主義に導いて行つた。従つて人生はキリのない物質の争奪戦で、自分が怨むか、人に怨まれるか、呪ふか、呪はれるか何れかの運命を免れられぬ憎悪の転々たる修羅場であると云ふのが彼の人生観の全部となつて行つた。どうせ凡ては敵であり、凡ては争闘である。勝つか敗けるかだ。

「君の説は凡そ古い。カビが生へてゐる程陳腐にして、且つ平凡なりだ。」とある友が冷やかした。

「つまりそれはそれほどに動かない事実だと云ふ事ぢやないか。」

彼は肩をそびやかして答へた。彼にはだん〴〵同主義の友が出来た。

しかし思いがけない事が起つた。

或る日突然異様な大音響と共に彼は活字の組み立ての機械から突きのめされるやうに床に投げ倒された。そして起き上らうとしても起き上れなかつた。彼の体の上に活字の棚がおつかぶさつたのであつた。彼は無我夢中であつた。そしてどうしてそこから体をぬけ出させたかを知らなかつた。彼は悪夢のやうに恐ろしい人々の悲鳴と叫びとを聞きながら転げてゐる者の体の上を踏み、よろけ乍ら往来へ出た。そして目の前に家が倒れ、火が燃え上つてゐるのを見た。

それは大地震とその為めの火事であつた。彼は恐怖に全身が顫へおののき、何をしていゝのか分らなかつた。併しその瞬間彼の頭に彼女の事が浮んだ。「あの人はどうしたらう？」かう思ふと、心配の本能は恐怖の本能よりも遥かに強くなつた。そして満身の勇気が立ちどころに彼に命じた。「あの人の処へ行け！」と。

彼は走り出した。大地は猶ほ波の如く揺れ、往来の両側の家はくずれ、高い壁や、煉瓦は瓦と共に降るやうに彼の身辺に落ちた。その砂煙りと、危険の中をひた走りに走りつゞけて彼は怖れを感じなかつた。家の事も考えなかつた。只彼女が屋根やハリの下敷になり、血を流して、悲鳴を挙げ、助けを呼んでゐる姿や、それよりももつと無残な姿だけが眼に見るやうに想像されるのだつた。おゝもしもさうだつたら？　彼は拳を握りしめて、頭を打ち、そして祈つた。

何に？　彼は祈る対象をもたなかつた。しかし祈らずにはゐられなかつた。

しかし彼女は助かつてゐた。彼と彼女とが出てゐる二つの工場の丁度まん中頃にある公園の前迄彼が辿りついた時、人波を押しわけて髪を乱し、裾をからげ、跣足のまゝ走つて来る彼女を彼は見た。

二人は物も云はず抱き合ふと泣いた。そして再び彼は何かに祈らずにはゐられなかつた。

「とに角お前の家へ行かう。」と彼は云つた。「多分彼方は大丈夫だらう。」

とまつてゐる電車道を二人は又そつちへと急いだ。併し途中まで行つた時、彼らは彼女の家が到底助かつてゐない事を覚つた。濛々とした火焰の潮は彼女の家の方面を既に舐め尽して此方へと向つて来るのだつた。二人は呆然とそこに立ちつくし啞の如く黙つて、子供の手を曳き乍ら逃げて来る避難者に突き飛ばされた。そして誰も彼女の町の様子を訊く彼等に答へるほど閑な者はなかつた。

しかし家の事を心配してゐる間に自分らの体に火がつき相な事に二人は気がついた。

「命にはかえられない。あきらめちまふんだ！」

と彼はガッカリしてゐる彼女を叱るやうに云つた。「俺の家の方へにげやう。あつちならきつと大丈夫だ。」

二人は又方角をかへてそつちへと向つた。

「あの家はどうしたらう。あの大きな家は。」

歩きながら彼はふつとこんな事を考えて、彼女の気をまぎらすためにさう云つた。しかし「あんな家こそまつさきに焼けちまふといゝんだ。」と云ふ露骨な気持ちは恋人にももらさなかつた。

実際その方面はまだ安全である事がそつちへ〳〵となだれ行く避難者の潮によつて知れた。そして五六丁の手前まで来た時彼は安心した。

「大丈夫だ！　さあ、もう一あし！」彼は元気よくかう恋人を励ました。

しかし彼の間借りしてゐた家はピシヤンコにつぶれてゐる軒並みの家の一つだつた。そして婆さんの主婦は屋根の下敷になつて死んでゐた。

「まあ、どうしたらいゝでせう！」

かう云つて恋人は泣きかけた。

彼は呆然と口を噤んだ。しかし前の大きな家を見た時、近所の人々がその破壊されたコンクリートの塀を越えどんどん中に侵入してゐるのを見た。

「皆はあの家へ這入つて行く。かまはないんだ。さうだ！　あの家へ行かう。」

そして彼は彼女の手を曳いてその「焼けちまふといゝ」と思つた家の中へ入つた。虫の死骸よりは毛物の死骸の方がむごたらしいやうに、その大きな、立派な家の破壊された状は小さな家のそれよりも一層無残な感じのものであつた。おびたゞしい金と、努力とをかけたその美事な人工物が無残にぶちこはされてゐる事の「いたましい」と云ふ絶対の感じの為めに人々はさう云ふ贅沢な生活に対する非難を発するよりさきにまづ「まア、なさけない！」とか、「惜しいもんだなア」とか「勿体ないねえ」とか口々に云つた。そして何か取るものはないかと露骨にさがしあつてゐた。

早くもそこでは一方小さな争奪戦が起り、他方では主人の云いつけで壁のおちたまゝ近所の負傷者の収容にあてゝある残つた室の一部から呻き声が聞こえた。

「妾、とてもあの声を聞いちやゐられないわ。」と彼女は耳をふさいで云つた。「どこかそとへ行きませうよ。第一家の中はあぶないわ。」

「さうだ。森があつた！」と彼は答へた。「久しぶりにあの思い出の「森」でお前と一夜をあかすのもわるかない。」

しかし森には主人達が避難してゐた。そして二人がその森へ行くより先きに辰三はかう云ふ主人の叫び声を聞いた。

「風はこつちへ向いたぞ。もうお仕舞だ。にげろ！」

そしてたちまち火の潮は疾風の速さで彼等の方へ突進し、火の粉は吹雪のやうにそのさんざん呪はれた挙句、その呪つた人々の避難所となつた家の上にふつた。

二人は又その家を後にして走つた。今度は「主人達」の仲間と一緒であつた。

「えらい事になりましたなア。貴方々はどつちへゆかれるのか知らないが、とに角お互助け合つて行かうぢやありませんか。」

主人が辰三にかう云ひかけた。

「ふむ。弱音をふきやがるぜ。心細くなりやがつたもんだから。遅すぎら。」辰三は片腹いたく思つた。「こんな時になつて助け合はうもよく云へたもんだ。人を溺れた時の藁だと思つてやがる。普段は平気で踏みつけておいて。又陸へ上りや洟もひつかけやうとしやがらねえくせに。」

彼は冷笑をうかべた皮肉な顔つきで一寸恋人の方を見かへつたゞけで、主人には返事をしなかつた。

主人達は八つになる子供までめいめい背負へるだけ、提げられるだけの荷物を担いでゐた。小さい子供は何遍もころびさうになつたり、ころんだりした。

「そんなものは捨てゝ、おしまい。邪魔だ。又買つてやれるからね。」父親にかう云はれても子供は自分の荷物——玩具や人形を捨てなかつた。

「お父さん。どこ迄行くのよう?」子供らは心細さうに訊いた。

「分らない。安全な処まで行くんだ。」

子供らは運命を覚悟したやうに黙つて、我慢してついて行つた。併し或る坂の途中まで来た時何遍もころんだ子供は膝をすりむいて血を出し、足が痛いと云つて遂に泣き出した。誰かゞその子供をおぶらなければならなかつた。しかし誰も荷物を持ちすぎてゐた。

「貴方何か一つ持つておやりにならない?」彼女が見かねたやうに辰三に云つた。「少し気の毒だわ。妾達は手ぶらだから。」

「いやだ。持つてやる必要はない。」辰三は冷たく答へた。「自分で持てないものは捨てるがいゝんだ。要る者が拾ふだらう。」

「さあ、先きへ行かう。こんなお相伴でぐずぐずしちやゐられない。」

彼はかう云つて急ぎ出した。

しかし「主人達」と別れて郊外へ出た時彼は人々がかう噂してゐるのを聞いた。「○町は全滅だ。」
○町は彼がさし当りそこへ避難しやうと考えてゐたふだん余り仲のよくない彼の一人の兄がゐる処であつた。
彼らは失望のために顔を見合はせて立ちどまつた。

「まあ、ぢや一体どこへ行つたらいゝんでせう。」と彼女は云つた。

「人の噂は百の中九十九迄は嘘ときまつたもんだ。とも角行つて見やう。全滅なんて事があるもんか。」

しかし彼等はそこへ行く迄に殆んど全く文字通りに全潰、又は全焼してゐる二三の町を通過し、血みどろの怪我人と、死人と、泣きまどう女子供や、発狂者を見つゞける事に麻痺しなければならなかつた。

「何だか妾、こんなにして自分の体の安全ばかり気にして逃げるのが気がとがめて来たわ。あんまり薄情のやうで。」

やゝとげとげしく聞こえる声で彼女が漸く云つた。

「だつて、仕方がないぢやないか!」彼はもぢもぢと、しかし苛立しく答へた。「一人や二人の事ぢやなし。俺達がこんな目に逢つたにしたつて誰が助けてなんぞくれるもんか。」

しかしさう云ひ乍ら、自分にそんな屁理屈を云はせ、自分のエゴイズムをむき出しに意識させる彼女に彼は不服で、いらいらした。で、二人は互の気まづさと、心細さと、自分の気の咎めと、外部からの強すぎる刺戟の連続の為めに口を利き合はず、只黙々としててんでに歩いた。

気がたつてゐるために二人はくたびれず、日の暮れまで殆んどぶつ通しに猶ほ五里の道を歩いた。

「そら見ろ。全滅なんて嘘だ。あんなにまだ家がのこつて明りがついてゐる!」
○町へ着いた時彼ははじめて凱歌をあげるやうにかう云つた。
「見ろ。肉屋もあれば、すしやもある。御馳走が食へるぞ。」

実際そこにはまだ殆んど半数の家がのこり、つかへ棒をかつたまゝ早くも避難者の群をあてこんだいろ〳〵の飲食店が出され、景気よく賑かに明りが点けられてゐた。

「まあでもなんて云ふ呑気さでせう。不公平なもんだわねえ。」と彼女はつく〴〵感じたやうに云つた。

「まつたくなア。」と彼も云つた。「世の中はすべてこの通りさ。」

が、口ではさう云い、心にもさう感じながらも彼等はよろこんでゐた。彼は兄の家を訪ねた。

「おゝ、助かつたか。心配してた。」

飛びだして来た兄は口早にかう云つた。

「僕も。」

彼もかう口ごもつた。彼はふだん兄弟とは思へぬほど遠々しく冷たくしてゐる此一人の兄を訪ねる事に拘泥してゐたのだつた。彼が訪ねて行けば兄は舌打ちをしながら「此厄介な不義理者が。おまけに二人でか！」といふいやな顔を見せるものとのみ想像してゐた。しかし事実の邂逅はちがつてゐた。

兄のいかにも自然にうちとけて、よろこんでゐる顔を見、声を聞いた時彼も亦本能によつてすぐその愛を信じた。彼は兄の意外な態度をその時些しも不思議に思はなかつたほど、自分自らもしんではこの兄に愛をいだいてゐる事を今さら自覚した。そして今までそれをさとらずに互に憎みあつてゐるものとばかり思つてゐた事を感じた時、彼はある不思議な感情のために胸が一杯になつた。もし今までこの兄を愛し、又愛してゐると楽に自覚してゐたならば彼は此時胸が一杯にはならなかつたであらう。

「お前がこゝへ逃げてくれやいゝと思つてゐた。」

兄はさう云つた。それは「だがお前の事だから来るとは思はなかつた」といふ風に辰三には聞こえた。彼はすなほに自分の邪推や、我まゝをあやまりたいやうな気がした。

「こゝもやつぱり相当にやられちやゐるんですね。」

辰三は眼ににじむ涙をかくすためにこんな事を云いながらそこらを見廻した。

兄と彼ら二人との三人は壁がぽつくりと落ちてこまいかきの間から赤い夕空がすけて見える室で茶に喉をうるほしながら話しあつた。彼はあまりに恐ろしい目に遭い、此世のものとも思へぬ無残すぎる光景を見すぎて来たので、その対比から此町へ来た時はホツとしたが、それと共に不公平なもんだと感じたと話した。

「不公平にやちがいないが、だがその不公平のおかげで俺達は又かうして逢つてよろこべたと云ふもんぢやないか。」兄は笑いながら云つた。「これでもしどこもかも〇〇市同様全滅全焼になつてゐたら俺達はどこへ行つてその不公平をこぼせるんだね。不公平をこぼせる処があるのはまだしもその災難者の仕合せと云ふもんだらうよ。」

蠟燭をつけながらかう云つて兄は彼らにその「不公平」のための御馳走をしやうと云つたが、二人は断つた。事実彼らは空腹のくせに御馳走を食い度い気にはなれないのだつた。

「だが、此町だつても保証づきの安全地帯と云ふもんぢやないからな。腹だけはこさへておけよ。万々一の用意のためにな。」

兄はかう云ふ武士気質をもつてゐる男だつた。三人は蠟燭の灯をかこみ、にぎり飯と漬物との「御馳走」を喫べた。彼は今この兄に対するうちとけた親愛さを示したく思つた。しかし異常に感情が昂ぶつてゐて、楽に物が云へなかつた。そしてやつとの事で一つのにぎり飯を砂を嚙むやうに嚥み下した。

「かう云ふ時は食へないもんだ。此頃お前胃はどうだ。」兄は訊いた。

「どうも、やつぱり……」と辰三はにぎり飯に味のつくほど垂れた鼻水をすゝりながら答へた。「……よくないんで。」

「こんな時は腹は殊さら大事にしないといけない。……」

しかし兄がかう云い畢るより早くけたゝましい半鐘の音に彼らは顔色を失つた。

原因は分らなかつたが、その町にも小火《ぼや》がおこり、小火《ぼや》は烈風のために見る〳〵手のつけやうのない大火となつたのであつた。

「この風ぢやいよ〳〵此町も不公平をこぼさなくつちやならないかな。」

兄はかう云つて立ち上つた。障子は空の火焔を映してまつ赤になつた。

「どこまでしつつこく残酷な真似をしやがるんだらう。気違い自然奴。」

辰三は怨めし相に外をにらみ乍ら溜息をついて云つた。

「なあに、この位のいたづらじやあまだ寝返り一つうつたほどにも感じちやゐない。」兄はすばやく外套を着ながら云つた。

「だが俺は行かなくつちやならない。お前たちはこれをもつてにげるがいゝ。」

そして兄は二人に毛布をくれた。

辰三は今又「逃げる」と云ふ気にはなれなかつた。それよりも若い彼はその破壊者と闘いながら兄と一緒に何かその町の人々のために一働きしたい気になつてゐた。彼はヘンに度胸がすはり、海嘯のやうに押しよせる火を見ても恐ろしさを感じるよりむしろ興奮した勇気や、一種奮闘の興味をさへそゝられるのであつた。そして自分の内にそんな不思議な本能のある事を意識して彼は子供のやうによろこんだ。

「いくらでもする事はあるでせう。消防でも何でも僕はしますよ。」彼は兄に云つた。

「まあ、お前が一番責任の重い此人を安全な場処へうつしてからする事があつたらするがいゝ。」と兄は云つた。「そんな気がお前に起つたと云ふだけで、それや無意味ぢやない。まあ、今はその人と一緒に逃げろ。」

そして兄は二人に逃げる方角と場所とを教えた。二人は兄の言葉に逆ふ事は出来なかつた。

「寒いぞ。風邪を引かないやうにな。ぢや又会はう。」

さう云つて兄は出て行つた。

二人は兄に教へられた河原迄ゆつくり逃げて来、そこで野宿する事にした。ふりかへつて逃げて来た方をのぞむと、まつ赤な火焔と黒煙の雲の上に血のやうに赤く、しかし、しかし湖水のやうに静かに月が照つてゐた。

「何と云ふ静かさだ。すごいほどしやあ〳〵とおちつきはらつてやがる。」

月を見ると二人はまづ此感にうたれた。しかもそれは唯「冷やか」と云つたのみでは足りない、冷やかではあるが、かと云つて反感をもつ事の出来ない感じであつた。二人は何か考える事を強ゐられる如く、吸ひよせられる如く、夢みる如く、河原の上に並んですはつて恍惚とそれを仰ぎ見てゐた。

「まるで夢の夢のやうだわねえ。たつた今日一日の間にまあ何て云ふ天地の変り方でせう。」

暫くして彼女が体をふるはし乍らかう沈黙をやぶつた。「ねえ、一体どう云ふ事になつて行くんでせう。貴方。」

「分るもんか。俺に。」彼はむつつり答へた。

二人は腹の底から淋しさがこみ上げて来た。が、その時向ふから黒い人影が幾つとなく此方へ来るのを二人は見た。

「此処に此白い毛布をかぶつて待つてゐろ。」と彼は起ち上つて云つた。「俺はあの人達が此処へ来るやうに教えて来てやる。此処には芝生もあれば乾いた砂もあるからな。」

「えゝ、みんな呼んでいらつしやいよ。早く!」と彼女はせき立て、云つた。

「もうどこもかも全滅でさ。人間の家ばかりか林も森もつる〳〵坊主の禿げ頭で世話はありませんや。」

そこへ来た避難者はかう云つて自棄笑ひをした。

「でもA市や、B市はいゝでせう。あつちの方は。」

A市やB市はそこから三百里も遠くにある都会であつた。しかし辰三はムキになつて三百里も遠方の土地の安否をこの知つてゐる筈もない男に問いかけずにはゐられなかつた程心細くなつてゐたのだつた。

彼等は体が綿のやうに疲れてゐるにもかゝはらずその晩中殆んどまんじりともしなかつた。寒さのためもあつたが、それよりも感情がたかぶり、頭が恐ろしく緊張してとめどなく働くからであつた。

「どうも分らない事ばかりだ。一体あの兄貴の奴はどうしてあんなにやさしくしやがつたんだらう。そして俺も亦。あの嫌いな奴に対して。まるで二人は仲がわるいからなほ愛し合ふとでも云ふやうに。水つ鼻まで垂らしてよ。」

この考えがと角彼の頭につきまとつてゐた。

「分りきつた事だ。俺達や、それほど気が弱くなつてゐたんだ。」と彼の一方の頭が答へた。「丁度体が健康で、仕事の景気もいゝ時はハタへも寄りつけないほど鼻息が荒くつて不愉快な奴でも、大病にでもなつた時は急に気が弱くなつて善人らしくなるのと同じだ。こんな天災に度胆をぬかれてお互意気地のなくなつた時の人間が一寸善人らしくなつたからつて感心する事はねえ。勇気が出てくれやすぐ又元の敵同士だ。」

しかしその後で彼は五分間ばかりとろ〳〵とした。そしてその五分間の間に彼は恐ろしく長い感じのする夢を見た。

――何でも彼が例の通りに印刷場の輪転機に向つてゐると、大きな大砲のやうな音を聞いた。「いよ〳〵始つたナ」と彼は思つた。彼は多勢の労働者達と工場の前の広場へ出た。もう群衆は一杯そこに集つて整列してゐた。見なれない軍服を着た者が皆に爆弾のやうなものをくばつてゐた。彼は不安になり、来る処を間違へたかと思つた。しかしその軍服を着た者の後ろにロベスピエールや、マラーや、レーニンや、トロツキーに似た顔のゐるのを発見して、矢つ張りこゝでいゝんだと思つた。そして彼も幾つかの爆弾を渡されるまゝにポケツトへねじこんだ。

彼等は黒い旗を押し立て、隊伍堂々と市街へねりこんだ。町の人々は彼等を見ると悲鳴を挙げて逃げ出した。しかし一番まつ先に馬に乗つて進んで行く指揮官は三日月形の剣を抜いて号令した。そして張り子のやうに両側に並んでゐる大きな家々に爆弾をなげつけろと叫んだ。ポン〳〵と皆は投げた。張り子のやうな家はガラ〳〵と面白いやうにくずれた。土煙りと一緒にパツと火があがる。あつちにもこつちにも。ふと見ると赤瓦の七階建の大きな家の窓から、彼の前の家の奥さんが、八つになる子供を抱いたまゝ助けてくれと叫んでゐる。鉄砲の音がして子供は七階から歩道の敷石の上に落ちて頭を割つた。逃げる者はバタ〳〵と前へ倒れる。呻る。叫ぶ。泣く。子供は母を呼び、母は子を呼び、夫は妻や子を呼びながら倒れて行く。そしてその累々たる死骸の山と、怪我人と、手を合はせて拝む者と、血の海の中を群衆は蹴散らし、踏みこえながら進んで行く。彼も進んで行く。――彼はうなされて彼女に揺り起こされた。見ると朝日が照つて、露をおびた草木は金色に生き〳〵とかゞやいてゐた。

しかし彼女は反対に夢か、夢であれと願つた恐ろしい昨日の一日が夢でなく、現実であつた事を見出して茫然とガツカリしてゐた。

彼は黙つて、流れの方へ顔を洗いに歩いて行つた。そして一人の花を持つて泣いてゐる少年に会つた。

「どうしたんだ。」彼は訊いた。

「僕は花屋なんです。」と少年は答へた。「町へ花を売りに行つてなぐられたんです。」

「それや、こんな時に花なんぞ持つて行つたらなぐられるだらう。」

「こんな時だからこそと思つて僕はなほ持つて行つたんでした。しかし馬鹿でした。」

そして少年は去つた。

しかし彼にはこの馬鹿な少年よりもその少年をなぐる忙しい人達の方がより多く人間を愛するものとは思へなかつた。そして彼が何かしら此馬鹿な少年の言葉によつて考えさせられながら戻つて来ると彼女は云つた。

「妾い、事を考えたの。あそこにゐる人達はこれからK町まで行つて、汽車でB市へ行くんですつて。で妾も汽車で一旦A市まで帰らうと思ふわ。」

A市は彼女の郷里であつた。

「妾はA市の家で一時落ちついて、時を俟つ事にしませう。さうすれば貴方はお一人で自由に働く事が出来ますわ。」

「ところが俺には一体働くと云ふ事が食ふ為め以外には何だか目的が分らなくなつて来たよ。お前と分れてまで働いたつて要するに始まらないよ。」

しかし何かする事がなければならなかつた。それで彼はA市へ行く事には賛成した。そして二人は又とぼ〳〵とK町へ向つて歩き出した。

K町へ行く道々には矢張り多くの破壊されてゐる村があつた。そして美事な木の黒い骸骨だけがにゆう〳〵と立つてゐる林の焼け跡には死人を焼いてゐる臭い煙が立つてゐた。それらの惨鼻な光景は彼に昨夜の夢をさながらに思い出させた。すると彼はひどく自分で不愉快になつて来た。

「もし革命や、或る主義が、——戦争は云ふまでもないが、——人間の状態を一時的にもせよこんな風にするものだとすればそれはたとへどんな名義のもとだらうと、問題にならなく悪だ。」彼は心底までかう感じた。「人間がたとへどんな場合のどんな条件の下にも、人間をこんな風にする権利があると誰が考へ得やう。あつてたまるものか。」

一人の腰巻き一枚で寒さにふるへながら乳飲児を抱いて、——母を見失つたのであらう——途方にくれてゐる十二三の娘を見た時、彼は殆んど考える暇もなく、自分の毛布を与へた。しかし彼女が「妾のもやつてお了いなさいよ。」と云つた時彼は赭くなつて答へた。「まあい、。あんな人はいくらでもゐるんだから。」

彼は自分の折角の——無一文の彼自身では一寸おどろく程の——行為が彼女の一言によつて光りを消された事、そしてそれを承認しないわけに行かない事の為めに、彼女と自分とに業をにやしていら〳〵した。

しかし、殊にこんな場合の恋人同士の間が、再びうちとけるのはわけはなかつた。

K町で二人は群衆のなだれと共に無蓋の貨物列車にのつた。丁度発車には間もなかつた。寒い秋風が吹いてゐたが立錐の余地もない人いきれのために彼女は額に汗をかき、手が出せずにそれを拭く事も出来ない事を彼に眼で知らせてほゝ笑むでゐた。と彼は又その彼女がいやにキレイに見へるのでついほゝゑみを返へしてしまふのだつた。

その時プラツトホームを後から〳〵と走つて来る人々の中に彼女は或る顔を見つけて云つた。「まあ、あの人達よ。」と。

それは昨日も道づれになつた例の大きな家の一族であつた。主人は草鞋穿きに変つて子供をおんぶし、金ぶちの眼鏡が鼻の頭までずり下つてゐた。彼等は玉のやうな汗を流し息をきりながらそこ迄来たが車は人であふれてゐた。

「もう一杯だ〳〵。これ以上詰め込んだら窒息しちまふ。」と人々は少し野次り気分で云つた。

「こゝへ入らつしやい。」突然辰三はかう云つて了つた。「まだは入れますよ。」

彼は腕をさしのべて昨夜の夢では頭を割つた事になつてゐる子供をうけとつた。彼は細君やお嬢さんの手を取つてやりたかつた。しかし人から助兵衛と思はれるのが煩さいのと、気が引けてそれが出来なかつた。そして後から押し上げられてやつと其処へ這入つた主人や女達を見るとホツとしたが、その人達が心からうれし相に礼を云つた時にはやゝ気まりわる気に知らぬふりをして横を向いてゐた。

運命と云ふ奴は何と云ふ訳の分らない、又訳の分らぬ事を人にさせるもんだらう。――彼はその金持ちの人々と自分との不思議な因縁を考えながら思つた。「俺はすべてかう云ふ奴等に反感をもつてゐた。今だつて決して厚意をもつてゐるんぢやない。さうかと云つて俺が先刻あの子供をうけとつてやつたのは決して偽な気持ちからでもなかつた事はたしかなんだ。」

しかし彼は凡て神秘主義的な物の考え方が嫌いであつた。それで、憎みと云ふ意識よりも、感情よりも、もつと深くかくれた処から来る一つの超意識な力がどこかにあり、それは恐らく愛とは又別なものかも知れないが、とに角憎みよりは強く、深い力をもつたものである。その力が自分を自分の意志に超えて勝手に引きずり廻はし、玩具のやうに操つてゐるがために自分はこんな訳の分からぬ事をさせられるのだ、――と云ふ風には彼は考えなかつた。

「昨夜あんな夢を見たからな。識らず〳〵罪亡ぼしと云つたやうな気持ちになつてゐたと見へる。」彼はかう思つた。「それにやつぱり気が弱くなつてゐるんだ。こんな災難の場合には自然の奴めが人間の気を弱くして、又建設させやうために助け合はせるんだ。」

彼等は二日二晩その汽車の中にゐた。到る処の停車場ではたすきがけした女や娘達がいそ〳〵とにぎり飯をくばり、水を与へてゐた。彼らは三度々々その誰からでもない飯をもらつて飢を感じなかつた。

三日目に彼らは漸くA市に着いた。そこは彼等の予想どほり、微震の影さへもなく、平然と繁栄の様を示してゐた。人々は活き〳〵として、健全な明るい顔に見へ、皆ちやんと相当なりをしてゐるやうに見へ、あらゆる店は華々しくさかへてゐるやうに見へ、電車や、種々の車は賑かに走り、並木の樹木は青々としてゐた。

○町に来た時不公平なもんだと云つた彼女は今それを見ると「まあ、うれしい！」と叫んだ。「まあ、なんてみんな幸福相に見へるでせう！」

「本当になア！」彼も躍り立つやうにかう云つた。「実にありがたいぢやないか！　見ろ。皆な平気なもんだ。それがたつた此処へ来ただけでかうなんだ。世界は広い。人類はビクともしてやしない。しちやたまらないが。」

彼等は今や心からその「不公平」をよろこんだ。そして――二日二晩も足をのばす事も出来ずにゐたので、――無暗と町中を歩き廻はつた。

或る家の前へ来かゝると中から音楽が聞こえた。

「ちよつと、貴方。ピアノが聞こえるわ！　ほら！」

かう云つて彼女は立ちどまつて彼をつつ突いた。

「おゝ！　なるほど！」彼もほゝ笑むで云つた。「なんと云ふキレイないゝ音だらう！」

二人は其の瞬間その「贅沢」を少しも贅沢とは感じなかつた。

「まあ、こんなに妾達は音楽を好いてゐたんでせうか。キレイなものに飢へてゐたんでせうか。」

「なんでもものは時と場合だからな。だが、俺にややつとある事が分つたよ。」と彼が答へた。

「俺達が今あの音を聞いてあんなによろこんだのはなぜだと思ふね。それはあの音楽その物の効果だけぢやなかつたんだよ。あの音楽と一緒に聯想されるあの家の幸福さ、さう云ふ幸福を持つてゐる人がゐてくれる事がうれしかつたんだ。有りがたかつたんだ。他人の幸福と云ふもの、価値。お前さう思はないか。」

「まあ、本当に。さうですわね！」と彼女も力をこめて云つた。「他人の幸福つてものが、自分の幸福にとつてどんなに大事なものか、どんなに妾達は知らず〳〵それを頼りにしてゐるものかつて事が、今貴方にさう云はれて、やつと妾にもわかりましたわ。」

彼らは幾つかの「ブルジヨワ」の家の前を通つた。その中には辰三の家の前のあの大きな家の二倍もあるやうに見へる邸宅もあつた。併し彼はもうそれを「呪ふ」心持ちにはなれなかつた。

彼女はその都会の兄の家におちついた。辰三も避難民としてその家にとめられた。

彼は毎日町を歩き、見晴らしの可い、公園の丘に上つて腰をかけた。

眼の下に――彼らがその町へ来た時のやうに、黒山のやうな避難民を満積した汽車が一方からどん〳〵その町へ入つて来るのが見へる。と、又此方からは同じやうに黒山をなす救護隊を満積した汽車が殆んどひつきりなしにポツポツと出て行く。その玩具のやうな汽車の可愛さ。或る汽車には看護婦の一群がぎつしりとのつてゐる。それが日に輝いて白い鷗の群のやうに見へる。子供達が出征の兵を送るやうに万歳を唱へて旗をふつてゐる。

辰三はどんな悲惨なもの、むごたらしいものを見ても泣きはしなかつた。気違いのやうになつて泣きながら子供の名を叫んで焼跡をうろついてゐる母親を見てさへも泣くよりは只苦しむだ。しかし今、腰をかけ乍らこの人間的な光景を見てゐた彼の眼から涙が流れて来た。

　行つてくれ。行つてくれ。
天使のやうなやさしい軍隊
いさましい鳩の軍隊
あの可愛さうな父や母や、妻や、子のところへ
飛んでゆけ
あの黒い焼け跡のきたならしい死と灰の上を
羽のやうに軽る〳〵とかけめぐる
君達の白い姿
それはどんなにいさましく、うつくしく
神々しく見へるだらう
眼に見へるやうだ。
お丶私もあとから行きますよ
　何かの仕事をさせてもらいに

こんな詩がおのづから彼の内にわいた。彼は立ち上つた。彼にはもう働く事は「詰まらない事」とは思へなかつた。翌日の朝一番で彼は彼女に停車場までおくられてA市を立つた。再び○○市へ。

　その後彼のその友達が再び変つた。
　彼は今の社会でのブルジヨワとプロレタリアとの関係を依然肯定する事は出来なかつた。しかし同時に彼はもう社会主義者でもなくなつてゐたから。

――一二、一一、一九――

（「中央公論」大正13年1月号）

震災余譚（一幕）

菊池　寛

人物
河村吉太郎。年三十三。洋服屋
妻おとよ。　二十六。
おしん。　吉太郎の母。
吉三。
およし。──彼等の子。
岡野茂助。　おとよの父親。鳶頭。
吉次郎。　吉太郎の弟。二十九。
弟子。
時。十二年九月五日。
所。小石川区初音町。

情景。電車通より、狭き路次を三間ばかりは入りたる家。入口が土間になつてゐ、直ぐ六畳がある。ミシン台、大小の型を交へ五つ六つ一隅へ取り片づけてある。土間にも、腰かけてやる踏みミシン台を置いてゐる。おとよ、小柄な善良さうな女、蠟燭に火をともし、ミシン台の上に立てる。灯影で老母のおしんが片隅に坐つてゐるのが分る。午後七時頃。弟子甲斐々しく身つくろひをし、手に棒を持つて帰つて来る。


弟子。お神さん、朝鮮人が湯島天神の井戸へ毒を入れたので、六十人ばかり死んださうですよ。

おとよ。（眉をひそめる）まあ。おそろしい事をするんだね。

弟子。松坂屋が焼けたのも、やつぱり朝鮮人ださうですよ。松坂屋へは、どうしても火が点かないので、前の岡野へ爆弾を投げ込んださうですよ。

おしん。おゝ恐い！　恐い！　此方へも、来やしないかね。

弟子。本郷と小石川丈は、何うも出来ないのが、残念だと云つてるさうですよ。

おとよ。あんなに下町を焼いときながら、まだ足りないのかしら。

弟子。でも、もう此方だつて、警戒してゐるから大丈夫ですよ。先刻も、こんにやく閻魔のところで、朝鮮人が一人捕まつたさうですよ。

（その時、家かすかにゆれる。）

弟子。おや、ゆれてゐますね。

おしん。本当にいやになつてしまふね。妾も今年で六十一だけども、こんな恐しい目に逢つたことは初てだよ。

おとよ。本当に、いつが来たら安心が出来るのだらう。まだ電燈は来ないし……水道は出ないし……豆腐屋さんの井戸は大丈夫かしら……。

弟子。大丈夫ですとも。あの井戸は、寝ず番をしてゐるんですもの……お神さん。何か喰物はありませんかね。どうもお腹がすいちやつて……。

おとよ。あゝさうさう。いつか、本所のお母さんに貰つたほしいかゞあつたよ。

（おとよ、立つて、簞笥の開き戸棚から、鑵を出してやる。）

弟子。こいつは、ありがたい！ 少し貰つて置きますぜ。ぢや、行つて来よう。

おとよ。お前今晩は、十二時から先きぢやないのかい。宵の裡寝てゐたらどうだ。

弟子。気が立つてゐて、ちつとも寝られませんや。今日は夜になつたら、通行する人を、一々調べるんですよ。

おとよ。今日もぞろ〳〵随分通つたはねえ。一体何処から何処へ行くんだらう。

弟子。春日町へ行つて御覧なさい。この前の通の三倍位、通つてゐますよ。一旦逃げた人達が、自分の家の焼跡を見に行くんですよ。中には、乞食のやうな恰好をしてゐるのが沢山ゐますよ。

おしん。焼けた人達に比べたら妾達は仕合せだね。

弟子。仕合せどころか、お殿さまですよ。親方は遅いな、今日あたり何とか、手がかりがあればいゝですね。……さあ、出かけよう。

おとよ。お前親方が帰るまでは、あんまり遠方に行かないでおくれ。

弟子。大丈夫ですよ。角の薬屋の前に居ますよ。

（弟子出てゆく。）

おとよ。やつぱりお母さんと兄さんは被服廠へは入つたんでせうか。

おしん。さうだね。何とも分らないけれど、お前のお母さんにしろ兄さんにしろ、落着いて居る方だから、案外たすかつてゐるかも知れないよ。

おとよ。ほんとうに、お母さんは何うしてお父さんと手を離したんでせう。……あゝ、孰ちらかにきまつてくれないとじつとして居られませんよ。

おしん。ほんとうに察しますよ。でも、今日は何とか手がゝりがありますよ。

（子供の吉三とおよしと帰つて来る。吉三は七つ位、およしは五つ。）

おとよ。お前達、何してゐたの！ 日が暮れるまで、何処へ行つてゐたの。先刻もあんなに云つたぢやないか。家の前に居なければいけないつて。

吉三。だつて、おつ母さん。お閻魔さまへ炊出しを貰ひに行つてゐたのだもの。

おとよ。（直ぐおだやかになつて）まあ、おむすびを呉れたのかい。

（兄妹、右の手を差し出す。二人とも大きい玄米のむすびを持つてゐる。）

おとよ。（前よりはずつとやさしく）でも、日が暮れる前に帰らないといけませんよ。

吉三。（うなづく。）……

おとよ。そんなに、大きいおむすびなら、一つをお前達二人で半分わけにして、一つの方はお婆さんにお上げなさい。

吉三。うん。よし子お前のをお婆さんにお上げ、兄さんがお前に半分やらう。

（よし子、おしんに渡さうとする。おしんそれをさへぎる）

おしん。妾は、けつこうだよ。折角お前達が、貰つて来たものだから、お前達でお上り。

おとよ。お母さん。いゝぢやありませんか。こんなに、大きいのですもの。

おしん。ぢや、半分丈貰はうかね。お前に、半分上げませう。

おとよ。妾は結構ですよ。

おしん。そんなに云はないで、お前も半分お上り。

おとよ。さう。ぢや半分いたゞきませう。

（おとよ、おしんの分けたむすびを受取る）

おしん。でもかうして、みんなが揃つて、おむすびをいたゞけるなんて、ほんとうにありがたいよ。

おとよ。ほんとうに、さうですわねえ。

吉三。（戸外を見てゐたが）お父さんだよ。

おとよ。（そゝくさと立ち上りながら出迎へる）お帰りなさい！　あなた何うして。

吉太郎。（頭を振りながら）駄目々々。いくら探しても駄目だ。まだお父さんは帰つて来ないか。

おとよ。えゝ、まだ。一所ぢやなかつたの。

吉太郎。今日は両国を渡ると、二手に別れて探さうと云ふもんだから、別れたんだよ。

おとよ。まあ、さう。

吉太郎。いくら、探してもとても駄目だ。

（上りがまちへ、へたばるやうに腰を下す。）

おとよ。（涙ぐんでゐる）まあ！　さう。

吉太郎。今日はお前、兵隊さんに頼んで、被服廠へ入れて貰つて、探したがあれぢや分りつこはないなあ。

おとよ。まあ。

吉太郎。十の死骸が、八つまでは黒こげで、男だか女だか年寄だか若い者だか、かいくれ分らないんだもの。

おしん。南無阿弥陀仏〳〵。

吉太郎。被服廠を出てからも、大川の岸をずつと探してみたが、あれぢやとても分りつこはないや。

おとよ。明日は、妾が行かうかしら。

吉太郎。俺も、もう二三日は行くつもりだから、お前もあきらめのために一緒に行かう。

おとよ。えゝ、連れて行つて下さい。

吉太郎。俺達のやうな居職の者は、一日あるくと、とても堪らない。足が、木のやうになつてしまふ。でも、ひきがへるのやうな恰好をして、大川を流れてゐる仏に比べると、俺達は幸せだよ。

おとよ。お母さんや兄さんなんかも、そんな恰好をしてゐるのかしら。

吉太郎。そら分らないよ。

おとよ。あゝいやだ。いやだ。考へた丈でも、ぞつとするわねえ。

吉三。お父さん、僕死人が見たいな。

吉太郎。何を云つてやがるんだい。この小僧め！

吉三。水道橋のとこにも居たつてねえ。

吉太郎。うん、彼処にも四五人ゐたよ。

よし子。お父さん、馬の死人も居るんだつてねえ。

吉太郎。馬の死人つて奴があるかい。馬の死骸だよ。馬の死骸ならあるよ。吾妻橋の手前に、馬の死骸に石灰をかけてあるので、何うしたかつて、訊いたら、罹災者が肉をすつかり喰つてしまつたので、見つともないから、石灰をかけたんだつて。

おとよ。まあ、お腹がすくと、獣のやうになるんだね。……さあ、御飯を喰べませうか。

吉太郎。喰べてもいゝが、鼻の先にまだ死骸の臭が喰ついてゐるやうで、飯がのどを通らないや。

おとよ。ぢや、少し待ちませうか。私達は、九時に喰べることにしたのよ。

吉太郎。うむ、俺も道で一杯十銭の牛乳と、梨をかぢつたので、胸が変につかへてゐる……それよりも、横にならう。お父さんは、遅いね。

おとよ。何うしてゐるんでせう。一人で大丈夫かしら。

（吉太郎、奥へゆく。電車道から、さはがしい声や警笛の音がきこえる。）

吉三。おつ母さん。一寸電車通へ行つてもいゝ。

おとよ。いけないつたら。

（吉三。叱られて、つまらなさゝうに横になる。）

よし子。（突然歌ふ）小さい子！ 小さい子！ お前は何をしてゐます。

おとよ。いけません。こんなときに、歌なんか歌つちや。

（よし子、だまつてしまふ。おしん、南無阿弥陀仏〳〵と、ほのかに唱へる。急に戸外が、さはがしくなる。「此方だ」「此方だ」「此方へつれて来りや分るんだ。」などと四五人の声がする。弟子を先頭に、自警団の人々、銘々に提灯を下げて、一人の罹災民らしい男を連れて来る。）

弟子。お神さん。この人知つてゐますか。

おとよ。（駭きながら、近づいて提灯の光で見る。）いえ知りません。

自警団の人々。それ見ろ！ 怪しい。……曲者だ！ やつつけてしまへ！ 警察へ渡せ！

その男。怪しい者ぢやない。本所の罹災民だ。

自警団の人々。ウソを付け！　ぢやなぜ、お神さんが知らないのだ。

その男。茲は、たしかに河村吉太郎さんの家ですか。

弟子。さうだよ。俺の家なんだ。ねえ、お神さんこの人が、本所から焼出されて此方を訪ねて来たと云ふんですが。お神さん、御存じありませんか。

おとよ。知りませんね。もしや、貴君は岡野茂助の家の人々から、何かことづてを聞いて来たのぢやありませんか。

その男。い丶え、違ひます……私はあのう……あのう……

おしん。（片隅で、ぼんやり聞いてゐたが、このときふと何かを認めたやうに上りがまちへ近づく）一体、何うしたの……

おとよ。おつ母さん。貴女、この方知りませんか……

おしん。え丶……どの人ですつて……

（おしん、眼鏡を取り出さうとする）

その男。（急に）おつ母さんぢやありませんか。

おしん。え丶つ（見つめて）誰！

その男。吉次郎です！　おつ母さん。

おしん。吉次郎だつて……え丶……（よく見る。駭く）ほんとうに、吉次郎ぢや。吉次郎ぢや。まあ、何うおしだの。まあ何うおしだのえ。吉太郎や、吉次郎が帰つて来ましたよ。

吉次郎。兄さんは、御無事ですか。

おしん。お丶奥に居ますよ。吉太郎や。

自警団の人々。ぢや、やつぱり此方の身寄の方ですな。それで安心しました。さあ、行かう。

（皆去る。弟子、ジロ〳〵吉次郎を見てゐたが同じく去る。）

おしん。まあ、お前何うしたんだい。お前東京に居たのかい。

吉次郎。本所に居たのです。（オド〳〵しながら）おつ母さん。兄さんは。

おしん。吉太郎おいで。吉次郎が、帰つて来ましたよ。

吉太郎。（無言のま丶出て来る。激しい憎悪の色）……。

吉次郎。兄さん、お久しう。御無事でけつこうです。何のおかはりもなく。

吉太郎。手前は、なぜ帰つて来たのだい。

吉次郎。兄さん、すみません。私が悪うございました。

吉太郎。何がすみませんだい。手前は、お天道さまが、ひつくり返つたつて、帰つて来られた義理ぢやないぞ。こんな地震位で、帰つて来られる義理ぢやないぞ。

吉次郎。よく分つて居ます、兄さんの仰つしやることは、一々御尤もです。どんな事があつたつて、この家の敷居を跨げられる義理ぢやありません。でも兄さん、本所の被服廠で命からがらの目にあつて、女房子は眼の前で焼け死ぬし……

おとよ。まあ……。

吉次郎。外にたよる所がないものですから、それにお母さんや兄さんのお身の上も心配になつて久し振りで……

吉太郎。（や丶意とけて）お前、東京に居たのかい。北海道に居ると云ふことは、聞いてゐたが……。

吉次郎。去年の暮に、東京へ出たのです。死んだ父ちやんや兄さんに迷惑をかけて、家を飛び出したもの、い、ことがありませんや。でも北海道で、住み込んでゐた料理屋の主人がね、たいへん私に目をかけてくれましてね。去年の四月に女房を持してくれたのです、そして私が口ぐせのやうに、東京へ帰りたいと云ふものですから、到頭去年の暮に暇をくれて、商売の元手として七百両ばかり呉れたのです。

おしん。それで、お前東京へ帰つて来たのかい。

吉次郎。さうです。去年の暮に帰つて、本所へ小料理屋を出しまして、この頃ではやつと得意も出来、どうかかうか店らしくなつて来ましたので、一人前になつたら、兄さんの所へお詫びに来ようと思つて、それぱつかりを楽しみにしてゐると、今度のさはぎでせう。女房と今年の春生れたばかりの男の子を、ムザ〳〵と眼の前で殺してしまつたのです。(……とすゝり泣をする)

おとよ。まあお気の毒ですね、貴君も被服廠ですか。私の里の母も兄もやつぱり被服廠ですよ。父丈母や兄と別れて、被服廠へ行かないで、両国橋を渡つて、逃げたものですから助かつたのです。

吉次郎。なるほど、……あゝ貴君は、嫂さんですか。初めまして、私は吉次郎です。もう八年ばかり前に、兄貴にも父さんにも不義理をして、家を飛び出したものです。……どうぞ、嫂さん! 何分ともによろしく。

おとよ。なあに、そんな御挨拶に及びませんよ。こんなときは、他人だつて助け合ふんですもの。まして、親兄弟ですものいくら、不通だからと云つたつて……ほんとうによく来て下さいましたね、さあ、どうぞお上りなさい。

(吉太郎、尚黙然としてゐる)

吉次郎。ねえ、兄さん貴君は、まだ気持が悪いかも知れませんが、どうぞ勘忍してやつておくんなさい。もう、私も来年は三十でさあ。女房子も持つて、地道に世の中を渡らうと思つてゐた出鼻を、この地震でせう……少しばかり出来かゝつてゐた家財道具もめちやくちやで、スツカラカンになつてしまつたのです。その上、二十二になつたばかりの女房と誕生日も来ない悴とが、私の目の前……あゝいけない! いけない!(眼の前の怖しい幻影を振り払ふやうにする)

吉太郎。手前改心してゐたと云ふのは、本当かい。

吉次郎。本当ですとも兄さん。私が、どんなに地道に働いてゐたかを、兄さんに見せたかつた位ですよ。

吉太郎。本所は、何処だつた。

吉次郎。えゝ。亀沢町……

おとよ。おや、亀沢町……ぢや、妾の里の近くですわねえ。

吉次郎。(少しく狼狽して)えゝさうですか。貴女のお家も亀沢町ですか。何丁目です。

おとよ。貴君のお宅は……。

吉次郎。私の家ですか……えゝと、交叉点がありますね。

おとよ。え丶ありますよ。

吉次郎。あれから錦糸堀の方へ向つて行くと……。

おとよ。右側ですか、左側ですか。私の家は右側ですよ。

吉次郎。私の家は、左側の横町ですよ。

おとよ。ぢや、横田と云ふ写真屋さんの横町ですか。

吉次郎。さうです。さうです。あの写真屋の横町です。

おとよ。ぢや、私の里の向横町ですよ。彼処に小料理屋が出来てゐたとは気がつきませんでしたわねえ。尤も妾は今年になつて、一二度しか行かないんだから。

吉次郎。ほんとうに、嫂さんのお里があの近くにあると知つたら、直ぐに御挨拶に出るのでしたのに、失礼しました。

おとよ。それは、お互ひ様ですよ。……さあ、どうぞお上りなさい。

吉太郎。吉次郎！

吉次郎。はい。

吉太郎。手前よく聞いておけ。父さんが死ぬときにな。あんな不孝ものは、たとひ俺が死んだ後でも、一足でも家の敷居を跨すことぢやねえと、繰り返して云つたんだ。手前、さう云はれたつて文句はないだらう。

吉次郎。尤もです。

吉太郎。が、手前も、地道に世の中を渡つて行かうと云ふ出鼻を、この地震でめちやくちやに叩きつぶされて、親《しん》は泣きよりと、泣き込んで来たからには、今度丈は勘弁してやらう。

吉次郎。兄さん。ありがたう。ありがたう。

吉太郎。手前が身の振方が着くまでは、置いてやらあ。その代り、以前のやうなことが一寸でもあると叩き出すよ。

吉次郎。はい。解りました。よく解りました。

おしん。（欣んで）それでもよく無事で帰つて来ましたねえ。妾も北海道に居ることとばかりと思つてゐたんだよ。

吉太郎。井戸端へ行つて、足を洗つて来い。少し遠いぜ。あ丶吉三、お前案内してお上げ。手前一人で、井戸端なんかをウロ〳〵してゐると、また自警団にとつつかまつちまふ。

吉次郎。本当に、先刻はびつくりしました。白刃を突きつけるのですから。

吉三。伯父さん、此方だよ。水道が出ないから、井戸までは半町もあんだよ。

（吉次郎と吉三と出てゆく。）

おとよ。あれが、いつか云つてゐた弟さんですか。

吉太郎。極道で仕様のない奴だつたんだが……

おとよ。でも、不思議ですわねえ。里の直ぐ近所に店を出してゐたなんて。

吉太郎。（黙つてゐる）……

おしん。吉次郎が帰つて来たので急に気がつよくなつたやうな気がしますよ。

おとよ。ほんとうに頼もしいですわねえ。

（おとよの父茂助帰つて来る。袢纏を着た五十五六の元気な

老人）

おとよ。お父さん、お帰りなさい。

吉太郎。お帰りなさい。

茂助。（だまつてうなづく）……

おとよ。どうして、何か手がゝりがあつて……

茂助。駄目だ。駄目だ。

吉太郎。お父さんの方も駄目でしたか……

茂助。念のために、枕橋の方も探してみたが駄目だつた。やつぱり被服廠かな……あの中で、黒こげになつたんぢや、分りつこはないや。

おとよ。そんなこともありませんよ。今もね、宅の長い間不和になつてゐた弟さんが、やつぱり被服廠に馳け込んのだが、お神さんや子供さんは焼け死んだけれども、御自分丈は、助かつたと云つて、たよつて来たのですよ。

茂助。そいつは、……そんな運のいゝ人もあるんだな。（吉太郎の方へ向いて）そいつは、おめでたう。

おとよ。それがね、ちよいとお父さん。家の向ふ横町ね、写真屋さんの横町で、小料理屋を出してゐたんですつて。

茂助。あすこに小料理だつ……て……。

吉太郎。そんな家がありましたかね……

茂助。えゝと、……そいつは……いつからです。

吉太郎。去年の暮からですつて。

茂助。そんな筈はないな。あの横町は、袋になつて、十軒ばかりしか家がありやしない。それに、地震の直ぐ後に、俺は商買柄一軒一軒、見舞を云つて歩いたんですからね……。

おとよ。横町が違つてゐるのぢやないかしら。

吉太郎。たしかに写真屋の横町と云つたぢやないか。

おとよ。たしかにさう云つたわね。

茂助。あの横町は、踊りの師匠が一軒あるばかりで、後はしもたやばかりだが。そいつは不思議だね。

吉太郎。（考へ込んでゐたが。憤然とする）おのれ！　まだ根性骨が直つてゐないな！（立ち上らうとする）

おとよ。（すがりついて止める）どうしたのです。あなた。

吉太郎。あの野郎、このドサクサまぎれに出鱈目を云ひやがつて、俺の家へ帰つて来ようとしてやがるんだな！　まだ根性が曲つてゐやがるんだ！　畜生！　叩き出してやる。

（夜警に用ゐるらしい木剣を取り上げる。）

おとよ。だつて、それやお前さん横町が違つてゐるかも知れませんよ。

茂助。本当だ、こんなときだ。みんな気が動転してゐるんだ、考へ違ひ思ひ違ひだ。

吉太郎。先刻、なんだか言葉をごまかしてゐると思つたが、あいつの昔からの出鱈目なんだ。自分の住んでゐる所を思ひ違へるなんて、そんなべらぼうなことがあるものか。野郎、北海道あたりで喰ひつめやがつて、揚句の果に出鱈目を並べて、ドサクサにつけ込んで帰つて来ようとしやがるんだ。何が被服廠だ！　何が、女房子だ！　馬鹿にしてやがら。帰つて来てみろ、叩き出してやる。

茂助。俺《わし》が云つたことから、そんな事になつちや、俺の立場がなくなるぢやありませんか。まあ、もつとよく落着いて他人だつて仲をよくするこの際だから。

吉太郎。だつて、出鱈目もほどがあるぢやありませんか。着物は汚いが、ちつともやつれてゐないと思つたら、被服廠どころか何処に居たんだか分りやしない。

おしん。（オロ〳〵してゐたが）でも、吉太郎。小料理屋をやつてゐたのが、嘘にしてもやつぱりお前、妾達の身を案じて何処からか来てくれたんだよ。いくら義絶になつてゐても、東京大地震だと云ふことを聞いて、私達の身を案じて帰つて来たのですよ。

おとよ。さうですわ。ほんとうに、おつ母さんの仰しやる通ですよ。

茂助。さうだとも、そんなに悪気があつて、こんな所に飛び込んで来る訳はないや。

おしん。それがお前、普通では足踏みが出来ないもんだから、あんな嘘を吐いたのですよ。あの子は、嘘つきでなまけもんだけれども、さう悪気のある子ぢやありませんよ。

吉太郎。だつて、おつ母さん……。

茂助。まあ、いゝぢやありませんか、吉太郎さん。この地震で、俺等初め、世間の人達は、替換のない親兄弟を失くしてゐるんですよ。お前さん丈ぢやないか。この地震で兄弟が出来たのわ。

吉太郎。……。

茂助。今度の地震で親兄弟の情愛のありがたいのが、皆分つたのぢやないか。弟さんだつて、東京全滅と聞いて、お前さん達の安否が気になつて飛んで帰つたのだよ。

吉太郎。…………。

（この時、吉次郎と吉三と一緒に帰つて来る。初対面の伯父甥は、もう可なり親しくなつてゐる）

吉三。伯父さん、それからその馬を何うしたの。

吉次郎。さうさ、群衆の中を荒れるもんだから、女子供などはをどろいてきやつ〳〵泣き出すんだらう。

吉三。それで……

吉次郎。だから、伯父さんが荷物を放り出して、その馬に飛びついて、やつと四足を繋いで倒したんだ……

吉三。ほう……伯父さん、偉いなあ。恐くなかつたの。

吉次郎。伯父さんは、北海道の牧場で、何百疋と云ふ裸馬を手がけたことがあるんだもの……馬なんか、犬ころのやうにしか思はないや。……只今。

（吉次郎皆に挨拶する）

おとよ。お帰りなさい。

（一座白けて、おとよの外誰も挨拶しない。吉次郎は、茂助に一寸目礼した後、上りがまちに腰をかける）

吉三。（伯父にまつはりながら）それから、被服廠へは入つたの。

吉次郎。さうだよ。被服廠の中が、また大変だつたよ。

吉三。どんなだつたの。

吉次郎。とても、お話にはならないよ。黒い煙で、一間先が見えないんだよ。旋風が吹いて来る度に、真赤に焼けたトタン板が、何枚も〳〵ビユー〳〵飛んで来るんだよ。それが、人の首に当ると人間の首がスツ飛んでしまふんだよ。

吉三。ほんとう！

吉次郎。ほんとうだとも、伯父さんは嘘なんか云はないよ。

吉三。旋風つてこはいの！

吉次郎。恐いとも、人間がビユー〳〵木の葉のやうに吹き飛ばされるんだよ。

吉三。自動電話が、空へ捲き上つたつて本当！

吉次郎。自動電話どころか、自動車が捲き上つたんだよ。

吉三。運転手が乗つてゐたの……

吉次郎。（ドキツとして）乗つてゐたとも。

吉三。お客は！

吉次郎。お客なんか乗つてやしない！

吉三。先刻、一間先は黒煙で見えないなんて、そんなもの丈は見えるの。

吉次郎。（ドギマギして）そら、お前……そらお前……旋風で黒煙が吹きは払れてしまつたんだ……


（みんな苦い顔をして聞いてゐる。）

おとよ。吉三、早く行つてお寝。よし子は寝てしまつたんだもの。

吉三。だつて、被服廠のこと、もつと伯父さんに話して貰ひたいんだもの。

茂助。貴君が弟さんですか。俺は、このおとよの父です。初めまして。

吉次郎。初めまして。

茂助。大変御近所に住んで居られたやうなお話ですが、ちつとも知らなかつたものですから。

吉次郎。いゝえ、手前こそ。

茂助。今さう云つてゐるのですよ。この地震で、親や兄弟を失くしたものが多いのに、疎遠になつてゐた兄弟が廻り合ふなんてどんな目出度いことだが分りやしないつて。

吉次郎。ほんとうですとも。私ね、東京へ帰つて商売をやつてゐたものゝ、親兄弟に会へないのが、どんなに心細く思つてゐたか分らないのですよ。それが、この地震で詫びが叶つて、こんなうれしいことはありませんや。（涙ぐむ）地震前から心を入れ替へてゐたのですが、この地震ですつかりやり直すつもりですから、父さん貴君もどうぞ、兄貴同様にお心やすく。

茂助。ようがすとも、
吉三。伯父さん、それからどんな事があつたの……。

吉太郎。吉三、ねろつたら。

（吉三。ベソをかきながら、奥へゆく。）

吉次郎。兄さん私は、どんなことでもやりますよ。どんなことでも……。

（弟子あはたゞしく帰つて来る。）

弟子。親方、とても手が足りないんですよ。もう一人出てくれろつて。

吉太郎。よし、疲れてゐるけれども……

（立ち上らうとする）

吉次郎。兄さん、私が行きますよ。私にやらせて下さい。

吉太郎。（黙つてゐる）…………

吉次郎。兄さん私にやらせて下さい。その木刀を借して下さい。

吉太郎。（先刻の木刀をまだ持つてゐる。暫く考へてから）これかい。（かしてやる）

吉次郎。（弟子に）さあ行きませう。

（二人出て行く）

おとよ。でも吉次郎さんは、疲れてやしないかしら。被服廠で……

吉太郎。馬鹿！　お前まで、そんなことを信じてゐるのか。

おとよ。おほ……（かすかに笑ふ）でも直ぐ役に立つてくれるわねえ。

茂助。さうだとも、地道に働く男手ならこれからの東京で、いくらでも入用だよ。一寸面倒を見てやりや、直ぐ一本立になれるよ。

吉太郎。あいつは単衣一枚だつたな。おとよ俺のシヤツでも持つて行つてやれ。

おとよ。はい。

（奥へゆく。）

おしん。私はこれで何だか心丈夫になりましたよ。…………おやまた揺れてゐるのでないかね。

（三人天井を仰ぐ）

……幕……


（「中央公論」大正13年1月号）

不安のなかに

徳田秋聲

一

十時《とき》はその時姉の家の茶の間にゐた。一昨日の夜の十二時に妻と子供に送られて東京を立つて、昨日の午前にこゝへ落着いたばかりであつた。兄の家にしようか、姪の家にしようかと、彼は仕事をするのに落着のいゝところをと思つて、暫くの予定ではあつたけれど、居所を定めかねてゐたのであつたが、用事のために来たその用事が姉の一家のうへに係ることなので、余り落着の好い家ではなかつたけれど、とにかく一旦そこへ落着くことにしたのであつた。

立つ前に彼は幾日も〳〵不愉快な、腹立しい自分の心を凝視めるのに飽きはてゝゐた。勿論妻に対する或る不満から来たことであつたが、孰《どつち》も頑な心の持主《もちぬし》であつたので、さうして睨み合つてゐることを疎ましく思ひながら……そして又今更らそれが何うなるものでもないので、好い加減に胡麻化して行くより外ないことだとは知りながら、やはりさう出来ないのであつた。しかし十時が立つ前には、滞在のあひだ必要だと思はれるものを、彼女はいつものやうに、ちやんと鞄につめ、兄や姉達や姪達に贈るべき土産なども取揃へ、鍵をかけないばかりにしておいてくれたのであつた。そして来なくともいゝといふのに、停車場まで送つて来たのであつた。寝台の下がなくなつてゐたので、十時は子供に上を取らせた。彼はしばらく腸をわるくして、歩行するのも頼りがなかつた。

「下がないのか知ら。何だか危うござんすね、大丈夫ですか。」彼女はそこへ上つて行く十時を見上げながら言つた。

発車間際になつた。十時は開いた窓から足を出して、歩廊に立つてゐる三人を見下してゐた。

「何だかそこから墜ちさうでやつぱり上は可けませんね。」

言つてゐるうちに、汽車が出てしまつた。

「ぢや、行つていらしやい。」子供が言つた。

十時《とき》はさうやつて出てみると、又何だか留守が気にかゝりながら、いくらか気分が安易になつて、何うかするとによき〳〵出て来る彼女の厭な性癖や、それに拘りがちな自分の苦しみから解放されるのであつた。

十時が今度来た用事といふのは、姪の悦子の結婚についてであつた。去年十時が母の法要に来た時も、別れぎわに姉から一寸その話が出た。姉は良人の没後、あいてゐる部屋へ学生を置いたりしてゐた。その時も郡部から出てゐる学生が二人、づつと前からゐて、家族的に暮してゐるらしく、その親達とも親類同様に附合つてゐたのであつたが、その一人と悦子との間にいつとはなしさうした愛が柔かい根をおろしはじめてゐた。

「今度はどうもさういふ風になるかと思ふ。先もその積りらしい。」

十時を送つて来た姉の千代子は、瀬戸物屋の陳列を見てゐる傍へ来て、その青年の聡明なこと、前途に期待の多いこと、子のやうに自分に昵《なじ》んでゐることなぞを話した。

「若しさういふ事にでもなつたら、おしらせなさい。しかし親達や親類もあるし、とかく破れがちのものだから。」十時はさう云つて、軽率《かるはづみ》なことのないやうに警告を与へて別れたのであつた。

今年になつて、気軽な千代子が其の事で十時の帰国を促しに、七月末の或日にひよこ〳〵と遣つて来て、事態の切迫してゐる事と、十時が行つてさへくれゝば、先方は訳なく納まる筈だと言つて、挨拶をするかしないうちに、いきなり十時の承諾を求めたのであつた。十時もその時は直ぐにも行くつもりであつたが、落着いて考へてみると、其も軽率《かるはづみ》のやうに思はれたので、其の話が破れた時のことをも予想において、わざと悦子の父方の従兄にあたる人に、一応話をしに行くやうに計はせたのであつた。しかし先方では親類に不同意の人もあつたけれど、結局は、親達の意志に基いて、結婚が承認されることに成つたので、今はたゞ十時の来るのを待つばかりだといふのであつた。十時は健康がすぐれなかつたのだが、漸と忙しいなかを都合して、東京を立つたのであつた。

で、昨日お昼前に着いたばかりの十時は、その午後早速懐かしい上の姉や兄の家を訪ねて、今日は東京では行く隙のなかつた床屋へなぞ行つて、帰りに公園をぶらり〳〵して来たところであつた。彼はまだお粥を食べてゐた。そして歩いたために疲れが出たので、腹這ひになつて千代子や悦子と話してゐた。学生は二人ともまだ来てゐなかつた。二階の十二畳も、下の六畳もがら明きであつた。裏には孟宗の藪があつて、白い粉を吹いたやうな竹と、其の枝葉が二階の十二畳と下の六畳とを薄暗くしてゐた。

「こゝは何うです。」千代子は十時と一緒に二階へあがつて、仕事をするやうな位置を考へたりしたが、十時には其の座敷よりも、上り口の明い三畳の方が好かつた。そこには悦子の兄の小机に、本箱に収まつた謡曲本、尺八の譜などがあつて、その傍の尺八掛に尺八が立かけてあつた。兄貴の宗一は、小学の五六年時代から、白髪など生えて、頭脳が悪かつた。十時の家へ来てゐた頃は、写真だの簿記だのやらせたこともあつたが、それで生活するほどの技術はなかつた。彼は自分の生活費にも足らない月給で、或る会社へ勤めてゐた。十時には真実の一人の姉の子であるこの兄妹が一番心配であつた。彼等はその父の亡くなる前に、永く住みなれたその家を離れてゐた。

十時は去年来た時も、兄妹で尺八と琴の合奏をやつてゐる処へ来合せて、余り好い感じがしなかつた。亡くなつた父親からしてが、職を失つてから碌に収入もないのに、床に花を生けたり、謡や碁に耽つたり、苗や朝顔を作つたりする方であつた。彼は町の敗残者の一つの型であつた。

しかし宗一ももう四十であつた。十時は小言を言つても追つかないと思つた。まだしも尺八でも吹いてゐられる彼の幸福を悦んでやりたかつた。

「好い尺八があるな。」十時は手に取りあげて、袋を払つてみた。

「それ好《い》いのですよ。なか〳〵高い。不思議に尺八が好きでね、もう少し詰めてやると、物になるさうだけれど。」

「それで御飯がたべて行けるやうだつたら。どうせ頭脳のいることは駄目な宗一のことだから。」

十時はそんな事を言ひながら、又下へおりて何か食べようかと思つて、横になつてゐた処へ、微動を感じたのであつた。

「地震だ。」敏感な十時はさう言つて、電燈を見上げた。千代子も悦子も、同じく見上げた。そして初めて気がついた。

「あら金魚の水が……。」悦子は簾戸格子のところにある金魚鉢の水のだぶ〳〵波立つてゐるのを見ながら言つた。

少し止んだかと思ふと、まだゆら〳〵と揺れてゐた。微動ではあつたけれど、その揺れ方が気味がわるかつたので、十時は下駄を突かけて外へ出た。二人とも後から続いた。往来の人は誰も気づかぬらしかつた。隣の家では、絞りの浴衣を着た上《かみ》さんが外へ出てゐた。十時は暫くして入らうと思ふと、まだ揺れてゐるらしいので、大分長く道の真中へ出て跪坐《しやが》んでゐた。

内へ入つてから、十時は姉と濃尾の地震の話などをしてゐた。其は父の死んだ年であつた。十時はその前に、夜中に医者を迎へに駈出した時、紺絣の単衣の藍の匂ひが、鼻にしみたことを覚えてゐる。十時は近頃のやうに地震を恐れもしなかつたので、机の前に坐つてゐた。大阪から来てゐた長兄が、地震嫌ひの母が何うしたらうかと思つて、奥へ入つてみると、母の姿がみえなかつた。そして暫らくすると、低い垣根の壊れたところを超えて、庭つゞきの余所の竹藪からのこ〳〵彼女が出て来たのであつた。十時が母を東京へ迎へなかつたのは、地震の心配もあつたからであつた。

「どこだらう震源は……。」十時はぼんやり思つてみたきりであつた。

が、何だか不安を感じた。

「東京に地震があつたかも知れん。」

「東京のはこゝまで来ん。」

二

その日七時頃配達された夕刊に、横浜に大地震があつて、町が盛んに焼けてゐると云ふことと、鈴川で汽車が顛覆したとか、東海道線が名古屋以東不通になつたとか云ふ極簡短な大阪からの電話が載つてゐるのを見ただけでは、十時の頭脳には東京にも同じやうな地震のあつたことは、はつきりとは浮ばなかつたのであつたが、しかし不安は感じた。

「東京もきつとやられてゐる。」十時は呟いた。悦子達が傍からそれを打消すので、十時もその気になりながら、矢張り気にかゝつた。彼は年取つてから、長いあひだ振顧ることをしなかつた、故郷が年々好くなつてゐた。そして帰る度びに未知の自然や数ある温泉へ行つて見ようと思ひながら、いつも忙しいので果さなかつたので、今度は少しゆつくりして、子供のをり行つた記憶のある白山の裾にある美しい谿谷だの、二三の温泉場などを巡つて見ておかうと思つて、今朝もそれらの土地の地理や汽車の時間や、交通の便などを折角研究してゐた処であつたが、もうさうしてゐられないやうな気がした。そして東京の事情が何か少しでもわかり次第何時でも出発できるやうに、目的の用件を片着けておかなければならないことを感じた。それにはその青年が帰省中である田舎の家へ出向いて、親達と親戚の人に逢はなければならないのであつた。その前に、瀬踏の役を勤めてくれた悦子の父方の叔父の松木にも逢つて、一応先方の意嚮を聞いておく必要もあるのであつた。何よりも自分の胃腸を早く癒さなければならなかつた。

「今夜松木へ行かう。」十時は夕飯のとき、お粥を食べながら少し焦燥気味で言つた。

「いゝですわ。貴方が行かなくとも、お出でることになつてゐるから。もう役所へ電話をかけた。」千代子が言つた。

その晩方に一人の方の学生が出て来て、竹藪に臨んだ下の六畳に荷物を持込んでゐた。十時は木村と云ふその青年に逢つて、悦子の愛人の浜野の家の周囲関係を聴取つたりした。七月に姉の千代子が来たとき、「おれが東京へ行つて叔父さんに話をする」と言つて意気こんでゐたと云ふその青年が、木村なのであつたが、十時が逢つてみると、田舎の町の医師の一人子息で、親達の死んだ後は、老祖母と二人きりで暮してゐるといふ彼は、何処か坊ちやん〳〵した、丸顔の口数の少ない穏和な青年であつた。しかし木村の唯一の大切な胤《たね》であるところから、学問なぞにはさう激まない彼の輪廓が大まかで、ふつくらしてゐる割りに、頭脳の好いことは、その晩皆なで花を引いたとき、十時に解つたのであつた。

夜になつてから、十時は気分を紛らせるために、彼等と二階で花を遊んでゐた。こんな事をしてゐて可いのか、と彼は気に咎めたが、仕方がなかつた。

そこへ松木が来てくれたので、十時は下へおりて逢つた。

「私も忙しいものですから、漸と都合して行つたやうなことで……。」温良な松木は言ふのであつた。

「先方では、私が行くと、東京から来たかと言つて聞かれたくらゐで、貴方の来られるのを待つてゐるのです。私が逢つた姉さんのお婿さんだと云ふ人が、ちよつと首《かむり》をふつてゐるらしいので、少しむづかしいことを言つてゐたのですが、今はその人も表面へは出ないことになつて、手紙で申上げたとほり板谷と云ふ本人の従兄とかに当る人から、円満解決の旨を言つて来たのです。いや何うも、汽車をおりてからが、随分遠うございましてね、朝夙くだから、足袋も袴も草の露でべと〳〵になつて……しかしK—駅まで乗つてお出になれば、車もあるさうで。」

松木は話がすむと、子供の話などして直きに帰つて行つた。

「あんな素直な人見たことがないと云つて、松木の叔父さん先方へ大変受けがい丶さうでね。」姉は後で噂した。

「僕もあの人が適任だと思つたんだ。」十時も言つた。「僕はさうは行かないから、自分でも用心したんだ。」

十時はまた二階へあがつて、花の仲間に加はつた。

「さあ、こんな事をしてゐて、東京はどうかな。」十時は時々呟いてゐた。何か未曾有の物凄いことが起つてゐるやうにも思はれたが、横浜だけのやうにも思へた。

そこへ蒔絵をやつてゐる、一人の甥の信吉がやつて来た。骨董などに目が利くので、彼はその時も自分の作品と茶器を一点もつてゐたが、少し酒気を帯びてゐた。彼は長いあひだ東京で蒔絵の権威について修業したので、叔父の十時に何かと心配もかけたし、一緒に下宿にゐたこともあるので、十時の故郷へ来るのを誰よりも懐かしがつてゐたし、十時もまた何か食べに行く場合なぞ、信吉と一番話が合つてゐた。

「何だかもつてるやうだね。ちよつと見せないか。」十時は花札をつかんでゐながら、解らないながらにさう云ふものにも興味をもつてゐたところから、さう言つてその包みを見てゐた。

「いや、詰らんもんです。」信吉は笑つてゐた。

「信ちやんはやらないかね、花を……。」

「その方はちつとも遣りません。」

「花は花でも、お上品な方だね、お茶もやつぱり遣つてるの。」

「ほんの時々。」信吉はやつぱり笑つてゐた。

そこへ又田舎の方へ片着いてゐる十時の妹がやつて来た。彼女は町の方に家をかりてそこから子供を中学に通はせてゐた。十時は花を引き〳〵をり〳〵信吉や妹と断片的な話の遣取《やりとり》をしながら、気を紛らせてゐたが、やはり胸に痞《つか》へでもするやうで気分がはづまなかつた。もつて来た仕事を取上げる気には尚更なれなかつた。

裏の竹藪に爽やかな夜風の音がして、露虫が高い植物性の声で啼いてゐた。そして皆なが帰つてしまふと、十時はがらんとしたその部屋に釣られた蚊帳に入つて、独りで寝たが余りのう〳〵した気持ではなかつた。

三

明朝早く起きて新聞を見たけれど、東海道筋のことが出てゐるだけで、東京の様子ははつきりわからなかつた。しかし大なり小なりの影響のあることは確かであつた。彼は粥を食べると、袴をはいて家を出た。悦子のためにも、少し長くゐて、事によつたら後から妻にも出て来させて、式を挙げさせようと思つてゐたのであつたが、今は先方へ顔を出すのが精々であつた。電車に乗つても、彼の心は鉛のやうに重かつた。ざわ〳〵した停車場の群衆のなかへ入つても、名状しがたい気懈《けだる》さを感じた。それが単に盲目な本能的の不安であつたゞけに尚更不快なのであつた。

「もう何うかなつてしまつてゐる。」彼はぼんやりした想像をめぐらして見たが、それが何程の程度で何うかなつてゐるか、見当のつけやうもなかつた。進歩した科学の智識を以てしても、何程のこともわからない空間的にも時間的にも無辺際な自然界が、いつも感ずるとほりにあるものとは勿論思へなかつた。四時の風物などに本能的な敏感をもつてゐる十時の感じうる処だけで見ても、この二三年の自然の現象は、それ以前の季節々々の陽気に比べて可也な変化を見せてゐた。科学者でない十時は、それを学問的に考察する余裕をもたなかつたけれど、いつもあつたやうな初夏の爽かな気分のかはりに、秋風のやうなあわたゞしい冷い風が、柔かに萩の若葉を裏返へらせたり、長いあひだの経験では、菊日和の好晴がつゞく筈であるのに、梅雨期のやうな淋雨が降りつゞいたりした。勿論それは一時的のものかも知れないし、太陽の熱が目にみえて弱くなつたとか、地熱が冷却したなぞと云ふ、大きな変動でもなかつたけれど現在の生命に限りのある自然界が、刻々《こく〳〵》死滅か新らしい他の生命かに向かつて、変化しつゝある途中の出来事であることは明かであつた。そしてこれは随分原始的な人間の恐怖には違ひないけれど、十時はいつ何時何んな目に逢はされるかも知れないと云ふ気がして、一日一日生きてゐる心が竦みがちであつた。人間が残らず平均に富んで、皆なが平和なお人好しばかりである社会が、どんなにか無興味な怠屈なものであらうかの如くに、暴風雨や雷霆や海鳴のない好晴つづきの自然がいかに刺戟のない慵いものであるかは、想像するだけでも、不愉快になるのだが、親しみ易いだけそれだけ可怕《こわ》い自然界のことだから、いつ何んな力を出して踏ん反り返らないとも限らないのである。十時には殊にも大地が不安であつた。彼は不断から足の下がゆら〳〵してゐるやうな気がしてならなかつた。一生のうちに一度は投り出されるやうな気がしてゐた。自分の一生に来なければ、子供達の代に来るかも知れなかつた。そして其が今遣つて来たのではないかと思はれた。

「来たなら来たでもいゝ。」十時はさう思つたと同時に、今迄遭遇して来た「国民難」と云つたやうな色々の出来事を回想した。

　停車場の気分は不断と変りはなかつた。十時は自分と同じ心配をもつてゐる人があるかと思つて、色々の人の顔を見た。東京から来る途中、場末の女優のやうな女が、変な洋服を着た茶目を二人つれて、町が近くなつた頃に、舞台の衣裳のやうな安価な、しかし其がよく其の女の顔に映る着物を大きなバスケツトから出して着込んだり、窓枠に鏡をかけて、熱心にお化粧をしたりしてゐた。茶目が母親の叱るのを面白がつて、窓へ足をかけたり何かして、人をはらはらさせた。それは乗客に取つて、不時の急窟凌ぎであつたが、あの女なども、好い時に来合せたのだと、十時はその女が町のどこへ紛れこんでゐるかを想像したりした。

汽車は鈍かつたが、結局予定どほりにK—町へついた。十時はそこから俥を傭《やと》つた。彼は俥のうへで、今ステーションで買つた大阪の新聞を繰拡げた。俥は寂しい町を走つてゐた。海辺から来るやうなそよ〳〵した風が、まともに吹くので、新聞を拡げるのに骨がをれた。その新聞では東京のことは矢張り漠然としてゐた。警視庁が焼けたとか、宮城に火が移つたとか、内閣員の親任式の最中首相が泡を喰つて逃出したとか、某の元老が圧死したとか、誰某の行方が不明だとか、丸ビルや三越で幾百の死傷があつたとか、其の他学校、病院、官衙、銀行、会社などの重立つた建造物の震害と火災などが大業ではあるが簡短に報告されてあるばかりで十時の頭脳に映じた印象は都べて混沌《こんとん》としてゐたけれど、一昨夜まで其の中に平気で暮してゐたあの東京が今は容易ならぬ大動乱の渦中にあることだけは、やゝ彼の感覚に輪廓づけられて来た。十時は詳しく読むのも厭なやうな気がしたので、其儘膝の上に新聞をたゝんでしまつた。

俥は長いあひだ走り続けた。荒廃した町堺から広い平野へ出ると、澄みわたつた大空の碧や、黄《き》ばみかゝつた稲穂にそよぐ微風などが、遽かに心の痛みを拭き取るやうで、富裕らしくは見えながら、夢のやうな静かさの湛へられた平凡な村邑の、森から森へと繋がつてゐるのが、如何にも平和な感じを与へた。

十時は何はともあれ、地に俯して働いてゐる者の幸福さを感じたが、若しも東京が一朝にして滅茶苦茶になつて、総ての生活が虚無に帰してしまふとなると、懐かしい故郷其物すらが、今迄もつてゐた意義を失つて、彼が見棄てた時の住み辛い三十年前の其よりも、頼りない寂しいものであるに過ぎなかつた。そこに生活の根をもたない十時は、甥の信吉や宗一や、其他の多くの町の人が、兎にも角にも持つてゐるやうな何物をも所有してゐないのであつた。

「若しも自分が産れたとき、父がくれてやる約束をした貧しい農夫につれられて、こんな土地に百姓の子として育つてゐたとしたら……。」十時はそんな事を思つて苦笑した。

樫や高野槙などの垣根の多い村へ入つて来た。道傍に穀物が干されてあつたり、鶏がくく と餌を猟つてゐたりした。俥は藪蔭の道を通つたり、無花果の熟した枝葉と、十時の帽子が摺れ〳〵になつたりした。

浜野では十時の来るのを今日も待受けてゐたやうに、老婆が彼の姿を見ると「おいでぢや」と言つて奥へ駈込んだ。十時は綺麗に拭込んだ板の渡されてある広い土間から、炉が切つてある茶の間へあがつて挨拶したが、間もなく書院作りの奥へ通された。髪の毛をのばした、目の澄んだ小柄の青年が、帷子をきてゐて、「板谷へ行つて来ましたか」と聞くから、「後で伺ふつもりで……」と答へると、彼は従兄の板谷を呼びに行つたらしく、お茶など飲んでゐると、其の人がやつて来て、「お互ひに角目立つてゐる場合でないから、詰らない感情を棄て、本人達の幸福を図つてやるやうに、御同感であるなら結婚させたい」といふ意味を、親しみのある打釈けた調子で話し出した。

「さういふふうの御見解だと、私の方も非常に有難いんです。」十時も安心したやうに同感の旨を述べた。

水の迸りさうな紅い西瓜が、そこに盛られてあつた。

「さあ、お暑いですから何うぞ。何にもないところで、西瓜が名物でして。」

話がきまつたところで、一献汲まうといつて、杯盤が持出され、年取つた父親や本人もそこへ連なつた。

「悴も一粒種《だね》ですので、さう学問の方を深入りさせる積りではなかつたのぢやが、幸か不幸か幼い時分から頭脳が好い方で、私も卒業まで生きられるか何うか、心細いとは思ひますが、まあ仕方がないと思つて、……悴もそれを心配して、医大の方なら東京まで行かんでも済むから、医者にならうといふので、今度その方へ入学しましたが、まだ先きが四年もあるさかへ、結婚は早いが、さうも言うてをれんで、式は卒業の時として、とにかく内祝言のやうなことにして、極めておきさへすれば、却つて落着いてゐゝかもしれんと、かう思うて……。」耳の少し遠い、実直と几帳面その物のやうな老人は、煙管に煙草をつめながら、微声で話した。

「それで念には念を入れておきたいのは、町に育つた娘さんのことですもんだからこんな田舎は不自由で居辛からうし、厭にもならうと思ひますので、私はそれが案じられる。」

「いや、本人はその点十分承知してゐるやうです。いつぞや私が東京へ連れて行つたことがありましたが、若い女には珍らしい、東京が嫌ひで、何うしても居つかうとはしなかつた位ですから。」十時は答へたが、それは彼のお座なりではなかつた。それに浜野は志望が大きかつた。博士論文の下準備さへ、もう頭脳《あたま》に描いてゐるくらゐで、開業などする意志もないらしかつた。行く〳〵は町で暮すか、それとも東京へ出るか、勿論洋行なども一度はしないではゐないだらうと思はれた。

飯の仕度をするから、袴でもとつて寛いでくれと、勧められたけれど、十時はさうしても居られなかつた。

「また重ねて。何しろ東京の方が、生死のほども判りませんので。」

十時も暇がないし、文字通りに杯だけさせることにして――それも姉の家の二階で、ひつそり遣ることにして、その日取りを、十時は明日にもと思ひながら、つひ明後日といふことに決めて帰つた。

数十分すると、彼はK―町の停車場へ入つた。停車場には何となく、慌忙《あわたゞ》しい不安の気が漂つてゐて、今そこへ地方新聞の号外売りが出て行つたり、一頁大のその号外を見てゐる軍人があつたりしたが、十時がそこへ寄つて行つた時分には、軍人達は号外をもつて出て行つた。十時は胸がわく〳〵した。そして誰か号外をもつてゐる人はないかと思つて待合室を覗いたり、構外の広場へ出て見たりした。寄り〳〵地震の噂をしてゐる者もあつた。十時は傍に寄つて行つて耳を傾けた。

すると間もなく、入口の方で、多勢の人が一枚の号外に集まつてゐるのが目についたので、十時は急いで寄つて行つた。ふいに、「ポンペイ最後の日――東京は今や焦土と化しつゝあり」と云ふ大きな活字が、彼の微弱な心臓に強い衝動を与へた。そして「神田、本郷被害甚大」といふ文字が目についた時には、彼は目がくら〳〵して、体を支へるのがちよつと困難のやうであつた。彼は辛うじて自から支へることができた。

四

それからは来る報道も来る報道も、たゞ恐ろしいことばかりであつた。悪いことにしても好いことにしても、新聞の報告はとかく誇張になりがちなことは十時も知つてゐたが、彼は何時でも「もつと酷いことがある」と云つたやうな気持で、それを受取るほど、本質的に用心深く産れついてゐた。しかし実世間的には可なりルーズな生活気分もあつて、それによつて、今まで彼は生きて来たのだと思はれた。今度のことなぞも、姉や悦子の気休めでは安心することはできなかつたが、どこまで悪くなつて行くか知れないやうな、各方面の情報に接する毎に、彼は全く今迄踏込んで考へようとしたこともない禍が、自分達のうへに落ちて来たことを感じた。押詰め〳〵して考へてゐた以上に、彼は次第に押詰められつゝあることを感じた。

さうして概括的な、或は部分的な各種の報道のなかで、火災の悲惨な事実を最も、よく描写したものは、何《なん》といつても東京の街々を見てあるいた記者の報告で、そのなかには覿面《てきめん》に十時の目の前へ、妻や老人や多勢の子供達が火焰に追はれて、そここゝと逃げ惑ひ、幼いものは路上に棄てられて群衆に踏にじられ、若いものは若いもので、足腰の不自由な老人や、不断から病気がちで、よく外で卒倒したりすることのある母や、幼い弟妹たちに引かされて、手足の自由を失つたり、火煙に蒸されたり、人波に押隔《おしへだ》てられたり、死骸に躓いたりして、散々《ちり〳〵》離々になつて、辛い思ひで生死の境に呻吟き苦しんでゐるであらう活きた図を、まざ〳〵と見せてくれるやうなのもあつて、それによつて色々の場合や光景を想像すればするほど、彼は頭脳が磨ぎすましたやうに鋭くなるばかりであつた。彼はたゞ溜息を吐くより外なかつた。

「ひどい事になるもんだな。」十時は号外のうへに顔を伏せながら、冷笑的に呻吟いてゐた。人と口を利くのも慵《だる》かつたし、手や足にも力がなかつたが、しかし又折角楽しんで来た故郷の温泉の匂ひもかゞず、いつもお預けにして帰つたので、今度こそは仕事の隙々《ひま〳〵》に行つてみようと思つてゐた、町の料理屋へも行かずに、このまゝ帰つてしまふのが、残り惜しいやうな、妙に低徊的な気分が、滓《かす》のやうにどこかに、こびりついてゐるやうにも思はれて、彼は不思議な自分の心理を、底から見透かし得るやうな疎ましさを感じた。それに東京に残して来たものは、故郷の土の匂ひのなかにさうした肉親の人達に囲まれてゐる十時の感じでは、みんな他人だと云ふ気さへするのであつた。子供ですらが、より多く母体の系統を引いてゐる、当然母方の肉親たちに属すべき性質のもの、やうに思へるのであつた。

午後から夜へかけて、十時が病人顔《びようにんづら》をして浴衣がけで坐りこんでゐる茶の室へ、上の姉や信吉や妹やが入替り立替りやつて来て、姉と悦子は送迎に忙しかつたが、大抵の人は東京か横浜か鎌倉かの孰かに関係をもつてゐた。十時の一人の甥は横浜に店をもつてゐて、去年山の手の方に邸宅を新築した。二人は東京にゐた。信吉の姉の長女は、或る物産会社員に片着いて、柏木に住んでゐた。嫂の弟の子達は鎌倉の別荘にゐた。そして其の嫂が伺ひをたてた結果によると、何《ど》れもこれも安全なものはなかつたが、十時の家族だけは、家は少し傷《いた》んだけれど、打揃つて無事でゐると云ふのであつた。それには上の姉の見て来たト者の言葉と符合するところがあつた。

「それで、急いでお立ちになるのは危険ださうで、一両日のうちに急度何かの知らせがくるから、それまで立つのをお見合せになるやうに。当てにもなりますまいけれど、不思議によく中りますので。」嫂は言ふのであつた。

しかし十時は仮りの盃をするために、浜野の人達に約束した翌々日まで、同じ懊悩のうちに時を過すのが、堪へられない苦痛であつたので、遽かにそれを明日に繰りあげてもらふことに電報を打たせておいて、その晩は少しでも体を安めておくために、十時頃に二階へ上つて寝ることにした。勿論帰るにしても、迚も一人では駄目だと思つた。皆んなもそれを気遣つた。兄の家では人夫を、姉達のうちでは信吉や宗一を附けてくれることになつてゐた。

翌日は朝から雨が降つてゐた。窓から見ると、北国らしい空一面に漠々とした雨雲が瀰漫して、東南の方だけが微かに明《あ》いてゐた。悦子が浜野青年と盃をすることは、まだ兄の宗一には話してなかつた。十時は初めからそれを不思議に思ひながら、早く打明けることを姉に勧めてゐた。「それなら叔父さんが話して下さい。」姉は言ふのであつた。

「それでもい、が、さういふ事がいけないと思ふね。いくら無能でも、総領は総領だから。親類一同へも、秘し隠しに隠しておかないで、皆なに話すがい、。己がい、やうにする。」十時は言つてゐたが、しかし姉も悦子も、何故かそれを躊躇してゐた。勿論この零落れた一家だけが、孤立の形になつてゐることも事実であつた。

十時はその朝新聞にさはるのも厭であつたが、しかし矢張り気になつた。大分色々のことが判つて来たらしかつたが、饑渇に苦しんでゐる市民は、更らに又鮮人の騒ぎなどで、まるで無政府状態におかれてあることなどが、十時の心を新しく傷けた。昨夜彼は、疲れた神経が、不愉快な幻覚に苛まれて、それから寝られなくなつたところで夜なかに寂しい二階をおりて、茶の室で空の白むのを待つてゐた。末の女の子を振返り〳〵何処へともなく歩いて行く妻の姿が、硝子に映るやうに浮んだ。長男が力味返つて、拳を固めて何かを打破らうとしてゐる半身が見えて、その掛声で十時は目がさめたのであつた。彼は霊魂の不滅などを信じなかつたが、死の前後、意力の惰性で、しばらく中空にふわ〳〵してゐるくらゐのことは有りさうに思へた。十時は夜の白む頃に再び、二階へ上つて蚊帳のなかへ入つたのであつたが、彼はその時ほど、心が死に近づいていつたことはなかつた。彼は呪はしい生活破壊を今迄幾度考へてみたか知れなかつたが、思ひがけない自然の暴力で今その家庭が虚無に帰したときの、彼の姿を思ふと、寂しい行脚僧なぞよりも、死を択んだ方が優《まし》だと思はれた。

　午後になつても雨は遏まなかつた。信吉が来て、上京するには身元の証明が必要だと告げてくれたので、彼はどしや降りのなかを、裾を蹇げて市役所まで出向いて行つた。公園の下の道を通ると、雨水が河のやうに流れて、電車の線路が洗ひ晒れたやうになつてゐたが、いつも時代に置いて行かれてゐる此の町も、今は無上の楽土だと思はれた。市役所では手続きが面倒だつたので彼は更に警察の方へ行つてみた。証明を取りに来てゐる人が、殺到してゐた。そして証明書には写真の貼附が必要だと言ふので、更らにそこから十町ばかり先きにある、早取の写真屋を教はつてそこへ行つた。

「翌日の午後一時ですな。」写してから写真屋は言つた。

　暫らくすると、十時は又人々の集まつた茶の室にゐた。そこへ山からおりて来た兄が俥でやつて来た。

「どうも今度は大変なことになつたものだね。」兄はヅボンをたくし上げるやうにして坐りながら、

「しかし心配することはないぞ。己は本郷は大丈夫だと思ふ。各区のことが出てゐるけれど、未だ本郷のことは一向出てをらんぢやないか。新聞で見てゐると、大変なことのやうに思ふけれど、色々綜合的に想像してみてもわかるが、安全な処も其中にはあるに決まつてゐる。若し又焼けたとしたところで、大きい子供もゐるし、人も来てくれてゐるだらう。」と言つて、極力慰めるのであつた。

「いや、なか〳〵さうぢやないらしい。」十時は首をひねつた。

「かういふ目に逢つた子供は好くなるぞ。」

　兄はそれから、どうせ途中だから立つなら寄るやうにと言つて、直ちに他の方面へまはつて行つた。

　直きに四時頃になつた。姉は今朝から今日の仕度に奔走してゐたが、もう其の時分には雨のふるなかを、料理を入れた籠をかついだ男がやつて来て、姉は一つ〳〵それを台所の方へ運びなどしてゐた。やがて浜野青年と、その従兄の板谷とが雨に濡れながら遣《や》つて来て、挨拶がすむと、町で仕立てゝ来た柳樽や、熨斗《のし》や鯣や結納の包みなどを、別の部屋で取り飾つて、十時と姉との前へ、容を更めながら差出した。その中には黒い水引をかけた、仏前の一包みもあつた。十時はこつちがぬかつてゐたことに気がついて、ちよつと狼狽したが、しかしそれは何うで

もなることだと思ひながら、苦しい弁解をしたりした。

「いや、何にも知りませんもので、……まあ親達の申しつけ通りに」と板谷も謙遜してゐた。

　人の出入りがあるので、二人はやがて二階へ上つて行つた。

「なか〳〵ちやんとしてゐるね。」十時は姉に私語いた。

「何と言つても、はづむ時にははづむ人達だから。」姉も気が引けるやうに言つた。

　十時はそれらの品と礼服とを、バスケツトや風呂敷包みにして、二人で背負つて来たことなどで、殊にも好い感じを与へられた。

　日の暮れ方に、宗一が会社から帰つて来た。十時は今迄の経過と、今日のことを告げて、松木も二日の晩、社長が東京にゐるので、若い人達と一緒に上京して、他に列なる人もなかつたので、宗一だけは列席さしたいと姉が遽に気を揉むので、気軽に姉から話してみさせることにした。薄暗い奥の納戸で、姉は宗一の前に一切を打明けた。

　十時は今まで無気力な宗一が、何一つ自分の意志らしいものを表明したことを聞かなかつたし、人と人との交渉で、少しでも自己らしいものを出した例を曾て知らなかつた。仏のやうなお人好しであつた。勿論尺八なぞ吹くほどだから、時代の空気とも没交渉で、遺伝的に少し許り手の器用さはもつてゐたけれど、強ひてそれを発揮しようともしないのであつた。障りにはならない代りに、頼りにもならなかつた。十時はまだ子供のやうに思つてゐたが、姉に聞くと彼ももう四十であつた。

「埒があかん。何うしても出ようと言はんもの。」姉は十時の傍へ来て言つた。

「何うして……。」十時は袴の紐を結びながら、「承認しないとでも言ふのかね。」

「まあさうや。」姉は溜息を吐いた。

「尤も今迄秘しておいたのは悪い。しかし宗一はそんな男かね。」

「あの人には困る。言出すと頑固で。」姉は途方に暮れたやうな顔をして、「実のところは、今迄打明けようと思うても、私も悦子も可怕《こわ》うて言出せんのや。浜野さんも可怕《こわ》がつてや。」

「乱暴でもするかね。」

「そんな事もないけれど。」姉は今更十時に見えをしても仕方がないと思つて、

「浜野さんを二階からおろして、悦子と一緒に謝罪らせろと言うて、肯《き》かんのでね。」

　十時は信じられなかつた。

「一体何ういふのだね。それには何か原因がありさうだが。」

「そや、原因と言ふほどのこともないけれど、会社の仲間で、妹をくれゝば宗ちやんにお嫁さんを世話するといふ人もあるし、あれは去年やつたか、宗ちやんの知つてゐる憲兵隊の将校さんからも話があつて、宗ちやんは悉皆乗気になつてゐたけれど、そんな人軍縮で駄目でせう。任地が朝鮮では尚更厭だし。宗ち

やんは、その時大変に怒つて、己の言ふことを聞かないなら、家におかないから、何処かへ行つてしまへと言うてね。そんなことで長いこと紛紜して、悦子が夜なかに家を飛出したこともある。」

「まるでお話にならん。」十時は思つたが、今夜の処を穏かに済ますには、悦子に手を突かせでもするより外はなかつた。

「わたし可怖《こわ》い。」悦子は躊躇してゐたが、納戸へ入つて行つた。

暫らくすると、悦子の泣声が微かに洩れて来た。十時は仕方なし納戸へ入つて行つたが、その時は宗一はその先きの藪蔭の六畳にゐて、椅子に腰かけて、木彫のやうな無表情な可怕い顔をしてゐた。十時はその傍へ寄つて、下から優しい言葉を以つて、硬張つた彼の気持を釈しなだめようと努めたが、彼はじつと目を据ゑたきりで、口を利かうともしないのであつた。十時は又悦子や母親の立場を説明して、誰れに頼るところもない悦子の、それが当然択ぶべき道であると同時に、それを成立たせるのが、宗一の責任だと云ふやうな意味を、繰返し説いてみたが、彼はびくともしないのであつた。童蒙な目が血走つたやうに光つてゐた。

「とにかく出ることにしよう。己もそんな処ぢやないんだ。出るだらう。」

宗一の唇が漸と動いた。

「どうも出られん。親類へ極りも悪いし、莫迦々々しくて。」

宗一はにやりとして言つた。

十時はまた其の事が、宗一の考へてゐるやうに、極りの悪い理由のない事と、親類へも公開する旨を話したが、其時心臓が苦しくなつて来たし、その場の光景が芝居じみてゐるのに興ざめがして、そこを出て、濡れ手拭で冷しながら、暫らく横になつてゐた。そして気分が快くなつたところで、二階へ上つて行つた。

大分たつてから、急《せ》かしに下へ降りてみた。

「宗ちやんが乱暴して、お吸物の鍋を引くらかへしたもんやさかえ。これには困る。悦の着物だつて、みんなあの人引裂いてしまうから、家《うち》におかんやうにしてをる。」白足袋に紋附を着た姉はさう言つてお膳立に忙しかつた。

五

十時は翌日にも立たうと思つたけれど、証明が間に合はなかつた。それに大宮口などは、竹槍騒ぎで近寄れないから今二三日見合すやうにと、皆なに引止められた。

宗一は昨夜浜野たちが帰つたあと、皆なが寝てから、鎖《さ》した戸をあけてから〱と下駄を鳴して出て行つたきり、帰らなかつた。

「あいつ何うしたらう。」十時は言ひ出すと、

「さあ、何処へ行つたのやら。」と、悦子も笑つてゐた。

「宗一はあゝいふ男かね。」

「まだ〳〵酷い。皆んなこわがつてや。」

で、姉や悦子の話によると、いつも皆んなから除外されてゐる孤独な彼の生活も、可なり荒み気味であることが想像された。俸給なども、大部分飲食ひに費ふらしかつた。

「けれども何うして、悦子の邪魔をするだろ。嫉妬ぢやないか。」

「さうかね。」姉も首を傾げてゐたが、

「それやから早く嫁をもたさうと思ふけれど、それには余程働きのある人でなければ……。昨夜もあれから色々話してみたけれど、宗ちやんは、明日にも悦子を余所へ出せと言ふて肯かん。其ができなければ、自分で出るといふのやけれど、此の前だつて、直きに謝罪つて来たさかへ。」姉は笑つた。

「それは浜野さんも、謝罪つても可いと言ふておいでのやけれど、」

十時はもうその問題に深入りしても、仕方がないと思つた。

十時は昼頃家を出て、大阪新聞の支局を訪問したり、支那の詞曲通で京阪や東京にも交友の多い旧友のH氏を訪ねたりして、四時頃に家へ帰つて来た。警察へもまはつて見たが、立つのは暫らく見合せろと言つて、署長までが引止めたので、明日はと思つてゐた決心が鈍つて来た。

四時頃に信吉が来て、散歩に誘はれたので、十時はこの間《ま》に墓参でもしておかうと思つて、家を出た。途中信吉の姉の家へ寄つて見たりした。そこでも不安の気が漂つてゐた。お産をして、つひ近頃帰つたばかりの淀橋の娘夫婦よりも、何かの力になつてくれてゐる横浜の義弟の方が、余計気遣はれた。

十時はどこへ行つても落着いてゐる瀬はなかつたが、歩いてゐても妻子の姿が、頭脳にこびりついてゐて、離れなかつた。

「お寺なら、こゝから抜けませう。」信吉はさう言つて、彼の叔母さんの家の格子戸を開けて、入つて行つた。

いつか見た時よりも、その家は一層綺麗になつてゐた。娘夫婦に子がないので、軍人の娘さんなどに、琴や花などを教へて、悠楽《いうらく》に暮してゐた。

「御心配でございませうね。」娘も老母も出て来て、お見舞を言つた。

十時はかう云ふ世界もあるのかと、羨ましく思ひながら、長い土間を通りぬけて、庭の木戸をあけて貰つて、裏通りへ出た。静かな町であつた。とつてんかん〳〵と箔を打つ音などが、微かにしてゐた。貸席の電燈を出した洒落れた家などが、目についた。

十町ばかり川添ひの町を行くと、そこにお寺があつた。近年眤みになつた住職はゐなかつたが、お経料をおいて、墓地へ入つて行つた。可也な広さの十時の先祖の墓所に、幾基かの墓が立つてゐて、そこに父や母や長兄が眠つてゐた。目をつぶつてゐると、過去の幻影が浮き出して来た。

帰りに川に沿つた料理屋へあがつた。どの部屋も〳〵がらんとしてゐた。十時と信吉は、汗を流すために、瀟洒な露次庭の飛石をわたつて、湯殿へ入つて行つた。それから湯をうめたりして、浸らうとしてゐる処へ、信吉の妹婿から電話がかゝつて来て、信吉が行つてみると、今日五時に、第一回の避難民が四百ばかり着くから、若し其のなかに十時の家族がゐるか何うか、見に行つては何うかと言ふのであつた。

信吉は湯殿へ復つて来て、

「いかゞです、行つてごらんになつては」と勧めた。

勿論十時が宗一をつれて行くことになれば、皆なを此処へ引揚げさせるやうにとの説もあつたし、昨日あたりもぽつ〳〵帰つて来るものもあつて、十時の気分では、妻や子供が自分のところへ遣つて来るのが、さう不自然だとも思へなかつた。

「だが、万に一つその中にゐるとして、誰と誰とが生き残つてゐるか。」十時はさう思つた。

二人は急いで着物を着て、ステイシヨンへ向つた。ステイシヨン前は、群衆で身動きができなかつた。そして三四十分もすると、避難民を載せた列車が入つて来たが、勿論十時の子供達の居やう筈もなかつた。もつと近いところに、妻の田舎があるのであつた。

夜はまた姉の家の茶の室で、十時は色々な人に逢つたが、此等の人達が帰つてから、宗一もそこへ来てお茶を飲んでゐた。宗一は不断と少しも変らない調子で、十時に話しかけた。まるで昨夜のことは忘れたやうであつた。そのうちに話がまた昨夜の問題に移つて行つた。

「今まで何遍私は悦子に警告したかわからん。その度に悦は鼻で笑つてをつたんだ。浜野だつて無礼だ。人の横間から人の妹を褫つておいて、私《わし》に一言の断りもしないんだからね。今度のことは皆んなで共謀《ぐる》で、私を出しぬいてしまうたんだ。こんな莫迦々々しいことはありやしない。」宗一は言出した。

「それは悪かつた。だから己がお前に陳弁してゐるんだが、除外されても仕方のないことがお前にもあるんぢやないか。お前は今まで悦のために何をしてやつたんだ。」

「それと是とは別問題だ。」

「それで、何うしてもこの話を打壊すといふなら、打壊しても可い。お前は後始末をつけるかい。」

「後始末といふと。」

「先方へ行つて、話をつけるのさ。そして悦子の体の処置をするのさ。」

「そんなこと言つたつて……それあ弱いもの窘《いぢ》めといふもんで……。」宗一はしほ〳〵した目を細くして笑つた。

十時は怒れもしないと思つた。

宗一はやがて二階へ上つて行つた。

「お話にならんとこと。」姉も悦子も笑つてゐた。

「誰に似てゐるのかな。」十時は宗一と自分の顔に、相似点のあることを知つてゐたが、気質も共通してゐるやうに思へてならなかつた。

「あれはお父さんにも、あゝ云ふところがあつた。京都の叔父さんは、もつと酷い。」姉は言つた。

二階では尺八を吹きはじめてゐた。十時はその音を余り好かなかつたけれど、宗一の吹くのは彼のために好いと思つた。子供の時分から持つてゐる姉の三味線が二階の床脇のところにおいてあるのも思ひ合されて、近頃の彼女の気分がわかるやうに思へた。この一家族がいつも気遣はれてゐた十時もいくらか安易を感じた。


（「中央公論」大正13年1月号）

指

広津和郎

夕方店をしまつて、東京駅から電車に乗る前に、彼は夕刊を買ふ癖があつた。

『三枚五銭――』

さう云ひながら、駅の入口で、沢山の子供の夕刊売達が、彼のまはりを取りかこんで来る。彼はそこでいつも買ふ事にしてゐた。

その中に、或夕方、彼がいつものやうに、自分の前に一番先に夕刊をさし出したものから買つてゐると、

『ちえツ、俺から買つてくんないのかなあ、気の利かねえ小父さんだなあ。俺のは同じ夕刊でも、特別上等の別誂へなんだ！』そんな事を側で云つてゐる子供があつた。

彼はそつちを振向いて見ると、十一二の頬の赤い、明るい、快活な顔をした子供が、にこにこ笑ひながら、彼の顔を見て立つてゐた。ませた冗談を云つた時に子供がよくする、一寸首を縮めるあの恰好をしながら、それでも人見知りをしないのびの

びした様子で、にこにこ笑ひながら立つてゐた。

　彼は思はずその子供の顔を見て微笑んだ。

『よしよし、明日からお前のを買つてやるよ』

『ああ、買つてお呉れよ、屹度だよ、小父さん』

　子供は人なつこさうに彼の微笑に応じて頬笑みながら、念を押すやうに云つた。

　彼はそのまま別に気にも止めずにゐたが、その翌日は、彼が店から帰りがけに、東京駅前に来ると、その子供は他の子供達を追ひ抜けて、最初に彼の前に駈けて来た。

『小父さん、今日は約束だよ』

『よしよし』彼はかう答へて、その子供の手から夕刊を買つた。

　その時から彼は、その子供から夕刊を買ふ習慣になつた。

　それは見れば見る程、怜悧な、明るい、快活な子供だつた。顔付も、目鼻立が整ひ、敏捷な、併し人なつこい眼をしてゐて、何処かに品もある。他の子供達を追ひ抜けて、逸早く通行人の側に走りよつて、新聞をさし出す時の機敏さには、頭の好い子供を見る時に感ずる愉快を感じさせられる。

　その時分、彼の店はかなりの難関に陥つてゐた。それは彼と彼の知人の二人がやつてゐる小さな合名会社で、Kビルデイングの中にその店があつた。雑貨の輸入が本来の商売であつたが、ふとしたきつかけで、満州の方から或国の軍隊が使つてゐた荷物自動車を三十台程引受けた。それはかなり立派な好い機械だつた。新しく注文すれば、一台七千五百円も取られる位のものだつた。それが一台三千円で手に入つたので、捨売りにしても四千円には売れる、そんな計算で全部引取つてしまつたものだつた。ところが、小さい荷物自働車《トラック》ならば、買手がいくらもあるが、それが二頓半だつたので、此東京のやうな道路には不向きな事が直ぐ解つた。買手が少しもつかなかつた。そこで思わくがすつかり外れて、彼の店はかなりの苦境に陥つてしまつたのだつた。何しろ倉敷料ばかりでも、月に千円近くも取られると云ふ形だつたので。

　そんな事が彼の頭にいつぱいだつた。もともと彼の発意で引取つたものではなく、彼と合名会社をやつてゐる今一人の男の発意で引取つたものであるだけに、彼は一層残念な事をしたやうな気がした。もつとも、よく調べもしないで、賛成してしまつた彼も、十分迂闊であつたし、その迂闊の責任は負はなければならなかつたけれども。——そんな風で彼は考へたり、いらいらしたりしてゐる事が多かつた。

　そんな時、

『小父さん、今日はどうしたんだい？　素敵に考へ事をしてゐるぢやないか』と例の子供の夕刊売の声に、ふと我に帰されて、知らない間に、自分が東京駅の方へ店から帰りかけてゐたのだと云ふことに、気がつく事などがあつた。

『夕刊買つてお呉れよう、先刻《さつき》から新聞をさしつけてゐるのに、小父さん、今日は知らん顔をしてゐるのだもの』

『さうかい、それは悪かつたね。よし、買つてやらう』彼は急に元気な声を出して、かう云つて、ポツケツトから金を出した。『ありがたうよ』子供はいつものやうににこにこ笑ひながら、新聞を彼の手に渡すと、『小父さん、悲観しちや駄目だぜ』さうませた口の利き方をして、そして身体の三分の一位ある新聞籠を小脇に抱へながら、すたすたと他の通行人の方へ駈け出して行つてしまつた。

彼は自然と頬笑まずにゐられなかつた。

『なるほど、悲観しちや駄目だ』不思議な程明るい気持になつて、彼は独語した。『あの子供の云ふ通りだ。悲観しちや駄目だ』

彼は自分の表情が、それ程屈托してゐるやうに見えたのか知らん、と今更のやうに反省させられる気がした。

彼はその子供が、そんな事があつてから一層好きになつた。どんなに忙しい場合でも、頭の中が店のいろいろの事でいつぱいになつてゐる場合でも、その子供の顔を見ると、彼は自然に微笑を浮べて見せずにゐられなくなつた。

『あの子供は不思議に自分の心持を転換させて呉れる——可愛らしい慰安者だ……』彼はこんな風に思つたりした。

その中に、月日がだんだん経つて行つた。その子供の顔を見覚えるやうになつてから、三四ケ月経つた。そこに例の九月一日の地震——大正十二年九月一日のあの大地震が来たのである。

その地震の時、彼は丁度Kビルデイングの店にゐた。轟々と云ふ音響と、壁土の崩壊から濛々たる煙の中に、彼は椅子や卓子と一緒に、三十分ばかり転げまはつた。震動が一時おちついた時に、人々が泣き叫びながら我先に外へ出やうとする廊下や階段を押しつ押されつしながら、彼は東京駅前の広場に出た。LビルデイングのＭの物凄い倒壊、MビルデイングやYビルデイングやそれから彼の店のあるKビルデイングや、さう云ふ丸の内の大ビルデイングの外廓が、大破損してゐる光景を、彼は人々と同じやうに夢心地でながめた。

彼は中野の自分の家まで歩いて行つた。家も家族もみんな無事だつた。結婚してまだ間もない彼の妻は、近所の人々と一緒に、畑の中に避難してゐたが、彼の顔を見ると、『まあ御無事で』さう云つて、人前も憚からず、嬉し泣きに泣き崩れたりした。

だが、それから引続いての三日三晩の東京中の大火事、大都会の惨憺たる破滅——彼はその煙の中に急ごしらへした小屋の中に、近所の人々と一緒に暮しながら、無我夢中だつた。一体何がどうなるかが、他の人と同じやうに解らなかつた。彼は例の荷物自働車の事を考へた。それは三ケ月の間に二台売れた。そして三台は或新聞社に貸してあつた。それだから二十五台は、深川の或るところに未だそのまゝ置いてあつたのだが、地震から一週間して、それがみんな焼けてしまつた事が解つて来た。

彼は或日中野から、半ズボンにシヤツに足袋はだしと云ふ、あの震災当時のいでたちで、その自働車の預けてあつた深川の倉庫まで見に行つた。人々の黒焦になつた屍体がぽつぽつと横たはつてゐる焼けた町々を通つて、何処が何処やら総ての目印がなくなつてしまつたものだから、一つところを右へ行つたり左へ行つたりして、やつとの事でその倉庫のあつたところに辿りついて見ると、二十五台の荷物自働車は、鉄が半ば以上どろどろに溶けながら、焦土の中に、まるで馬の背骨が並んでゐるやうな恰好に並んでゐた。

それを見ながら、彼は暫くぼんやりしてゐた。

『併し荷物自働車なんかが何だ！　今はそんな問題ではない』

彼は確かに昂奮してゐた。震災当時の一般の人々と同じやうに、人間の命以外の総ての事は、みんな些末だと云つた、あの感じが胸に強かつた。損害と云へば無論損害だが、併しその三十台の荷物自働車は、未だ全部の金を先方に渡してはない。損害と云つても厳密に云へば払つただけの金である。それが今かうして品物が焼けてしまつた以上は、先方だつてもう後の金を請求しようがあるまい。

併しまたそれだけの損害でも、小さな合資会社には随分の傷手だつた。荷物自働車問題が起つてから、無理に無理をし抜いてゐた。苦しい負債で八方がふさがつてゐた。

『だが、地震前の借金は……』と一般の人々が当時さう思つたやうに、彼も軽く思つてしまへるものだと思つてゐた。

そこに持つて来て、例のモラトリアム。——彼はこれが長く続く事をどんなに望んだか知れなかつた。

彼の協同者は彼よりももつと若い青年だつたが、その青年が彼をたづねて来たのは、九月の二十日に近かつた。

二人は顔を見合せて、わつはと笑ひ合つた。

その青年は下町の方に住んでゐたので、今度の地震で小さな妹を一人失つてゐた。母と三人暮しだつたその青年は、母を仙台の方の親戚に預けるために帰郷して、そして再び出京して来たのであつた。

『これで僕は足手纏ひなく働ける！』そんな事を云ひながら、未だ子供気の抜けない頬の赤い顔を、崩して無理に笑つた。

店の復興と云ふ事について、併し二人は何の成算もなかつた。

『兎に角、お互ひにやらうぢやないか。此処を一つふん張つて、しつかりやらうぢやないか』

そんな事を、気がつまつた沈黙が二人の間に来ると、どちらかが、思ひ出したやうに附元気に云つた。

結局二人は何とかして金をこしらへなければならなかつた。

そのために各自《めいめい》が最善の努力をする事になつた。

経済界の復活の曙光は意外に早く見えて来た。恐らく今年いつぱいは続くであらうと思はれた支払延期令《モラトリアム》も、一ケ月で撤廃される事になつた。——もう愚図々々してはゐられなかつた。

十月の二日に、彼は故郷に帰つて行つた。到底駄目だと思つてゐた金策が、七八分通り意外にも実現された。彼は直ぐそれを持つて東京に戻つて来た。

東海道線が通じないので、清水から横浜行きの船に乗つたが、その中で彼は向島の方の革屋と乗合せた。

それが彼の幸運だつた。現金を欲しがつてゐた革屋は、坪二十二銭も地震前にしたセーター革を、坪十二銭で手放す約束を彼にしてしまつた。

『これで何かがやれる！』彼はその革をどうしようと云ふ予想のつかない前から、妙に直覚的にそれに依つて儲けられると云ふ気が胸に強く来た。

東京に帰ると、彼は手袋工場を駈けまはつた。手内職の広告を新聞に出した……

彼と彼の協同者の青年とはそれから一生懸命に働いた。

そしてその仕事はめきめきと成功して行つた。製品の捌け口は、震災地ばかりではなかつた。東北地方、北海道、そんな方面からの注文も毎日のやうに、彼の店に来た。

『何が幸福になるか解らない』とんとん拍子にうまく仕事の行くのを眺めながら、彼は幾度も心の中で呟いた。つい一ケ月前まで、全然見当のつかなかつた混沌の中から、どうして自分がかうも早く乗り出せたか、思へば総てが偶然の幸福だつたやうな気がした。

総てが現金取引の震災後の事なので、品物が出来上れば、直ぐそれは金だつた。而も七割位の利益のついた金だつた。

彼と協同者とは、その幸運を語り合つては感激した。

大晦日の晩に、此二人の協同者がKビルデイングの店を出たのは、もう十一時近かつた。

恐れてゐた大晦日と云ふ難関も、非常に易々と通り越せた。朝から晩まで、いろいろの事に眼がまはる忙しさを経ながら、二人は少しも疲れてゐなかつた。

『どうだい、少し散歩しようぢやないか。僕は今晩ほど嬉しい晩はないんだ。今年の最後の祝盃――我が△△会社の復興を兼ねた祝盃を、何処かで挙げようぢやないか』

若い協同者は、とてもぢつとしてはゐられないと云つたやうな調子で云つた。

『ああ、さうしよう。今晩は夜通し飲んだつて構はないよ。――そして帰りには僕のところに来給へ。君は独身者だから何処に行つたつて差支へないぢやないか。明日は僕のところで一緒に正月をしよう』

二人は鍛冶橋から第一相互の前に出て、そこから銀座通の方へ歩いて行つた。

銀座の復活は眼覚ましかつた。十二月の初旬に銀座を見た人は無論の事、たとひ十二月の二十五日に銀座を通つた人でも、大晦日に此やうに銀座が復活してゐようとは思ひも寄らなかつたらうと思はれる程の完全な復活だつた。バラツクはすつかり立揃ひ、何処に地震があつたかと思はれるやうに総ての装ひが出来上つて、夜店の並んだ人道には、身動きも出来ないやうに人々が歩いてゐる。そして何処とも知れず人の心を湧き立たせるやうな活気が溢れてゐる。

京橋の橋の上から、空をぽつと薄赤く染めてゐる程の銀座のまばゆい電燈と雑閙とを見た時、

『お丶！』二人は思はずこんな風に叫んだ程だつた。

『愉快だね』

『ああ、愉快だね。九月のあの廃墟のやうな姿を思ひ出すと、実際考無量だね』

『ああ、僕は涙が出て来るよ』と若い協同者は実際に涙が出かかつてゐさうな感激した声で云つた。『僕はよくさう思ふんだよ。あすこに立つてゐる交番の巡査ね、あの巡査にその感想を語らせたら、随分それこそ考無量だらうと思ふんだよ。あの九月以来、毎日々々こんな風な銀座が出来上るまで、ぢつと見守つてゐた巡査に語らせたら……』

京橋の橋の畔の交番の前には、真黒な服に真黒な外套を著た巡査が、ぽつねんと一人、銀座通の方を向きながら立つてゐた。寒いと見えて、時々靴をこつこつと踏み鳴らしてゐた。

『なるほどね』彼もそれを見ると、友の言葉に、思はず頬笑まずにゐられなかつた。
○町の角のLカツフエに二人は這入つて行つた。二階建のバラツクと云はれない位に立派なそのLカツフエの建物が建つたのも、極最近の事だつた。かなりの広さのある土間に置かれた卓子は、何処も此処も客でいつぱいだつた。――一隅にひかへた音楽隊が、酒や珈琲を飲んでゐる人々の心持を、わくわくする程浮立たせてゐた。
二人は自分達の席を見つけるまで、暫く佇んでゐなければならなかつた。

『僕は強い方がいいな。うんと酔つて見たいからな』若い協同者は、やつとの事で一つの卓子が空くと、それに腰かけながら、かう云つて笑つた。『ウヰスキイがいゝ。君だつて今晩は飲んでもいゝだらう』

『ああ、飲むとも』と酒の飲めない彼も、快く云つた。『マンハツタン・カクテエル位ならつき合へさうだよ』

『ほんたうを云ふと、先づ三鞭酒が抜きたいところだがね。余り嬉しがるのも少々恥しいからね、近辺の人達に……』

二人はめいめいのコツプが来ると、かちりとそれをかち合はせて、顔を見合はせながら頬笑み合つた。

二人の話はいつもする以外に出なかつた。地震以後、何も彼もが訳が解らなかつた時分の事、もう二人の合名会社は到底立直る望がなささうに思はれた事、それがどうしてこんなに早く立直つたかと云ふ事、而も心配し切つてゐた歳末の難関が、如何に楽に、安々と過せたかと云ふ事……かう云ふ度々繰返された話ばかりが何度でも懲りずに二人の唇に上つた。そして繰返される度にその話は新しく、繰返される度に二人は生々として行つた。

『来年は素敵だぞ。来年は！』

マンハツタン・カクテエルを三杯立て続けて飲んだ彼は、もうすつかり酔つてゐた。日本のセーター革では碌なものは出来ないが、亜米利加に注文した革が這入つて呉れゝば、どんなに上等なものが出来るかと云ふ事を、彼は年少の友達に向つて、熱心に説いてゐた。彼の計画ではそれで春著のオオバアを作るつもりだつた。レエンコート兼用の春著のオオバアを。

『愉快、愉快！』と若い協同者はコップでこつこつと卓子を叩きながら、大声に叫んだ。『そして三越、白木屋から注文が来たら、三越特製、白木特製と云ふマークだけつけてやりや何の事はない！　愉快々々！』

この飽く事を知らない話を、杯を重ねる度に、二人は益々熱心になつて、喋り合つて、感激し合つて、昂奮し合つてゐた。

近辺の卓子の人達もみんな酔つてゐた。

『愉快々々！』とこつちで云ふと、

『さうだ、愉快だ愉快だ！』何処かでこんな風にそれに応じて叫んでゐる男があつた。

『こんな愉快な大晦日はない。地震後の大晦日、生き残つたものの大晦日！』と遠方の方でかう叫んだ男もあつた。

『さうだ、生き残つたものの大晦日、違えねえ！』二人の側にたつた一人で腰かけて、さつきからチビリチビリと飲んでゐた五十位の請負師風の男は、突然叫んで、あつははと一人で大きな声を出して笑つた。

それに釣られて、近辺の者達も、はつははと大きな声で笑つた。

酒場の上の時計が十二時を指すと、いきなり外国人の一団が、彼等からずつと離れたところで立上つて、何やら歌ひながら踊り出した。その中の一人が酒場の台の上に飛び上つて、その踊の音頭を取り出した。その踊は訳の解らない踊だつたが、快活で元気があつて、とても愉快な踊だつた。ステツキを持つて、歌に合はせながらぴよいぴよいと空中に飛び上つて、そして最後にヒツヒツと云ひながら、そのステツキを三四度振る……そんな踊だつた。

踊が終るとその外国人達は、方々の卓子にゐる日本人達に握手をしてまはつた。『ハツピイ、ニユウ、イヤア、おめでたう』『ハツピイ、ニユウ、イヤア、おめでたう』こんな風に云ひながら、順々に握手をしてまはつた。その有様にカツフエ中が拍手した。

それが一層人々を浮き立たせた。

『ハツピイ、ニユウ、イヤア、おめでたう』

『ハツピイ、ニユウ、イヤア、おめでたう』

しまひには日本人も外国人もなかつた。知つてゐる人も知らない人もなかつた。向う此方で握手し合つては、『おめでたう、おめでたう』を連発してゐた。

二人の協同者がそこを出た時には、もう二時も過ぎてゐた。ウヰスキイをめちやくちやに飲んだ若者は、もうすつかり正体を失つて、足がひよろひよろしてゐた。『おつとあぶない、おつとあぶない！』彼は両手を拡げて、それをかばふやうにしながら、絶えず口でかう呟いて、友の後からついて行つた。さういふ彼自身も十分に酔つてゐた。

時々若者は立止つて、いきなり両手を挙げて万歳と叫んだ。さうすると彼も万歳と叫んだ。銀座通は、さすがに少し人足が減つてゐた。それでも未だ十分賑かだつたが。

『数寄屋橋まで行かう、数寄屋橋まで行かう。数寄屋橋からタクシイに乗らう！』と彼は友達の後から押して歩きながらかう叫んだ。そして二人ともよろよろしながら、尾張町の角から一二間数寄屋橋の方へ行きかけた。

『小父さん、莫迦に好い機嫌ぢやないか！』突然かう呼びかけたものがあつた。彼は聞いた事のある声だと云ふ気がした。そこで振向いて見た。

道端に薄暗い蠟燭をともして、一人の子供が蜜柑を売つてゐた。沢山の蜜柑を並べる台もないと見えて、五つ六つの箱を並べて、その中から摑み出して売つてゐるやうな貧しい夜店だつた。その子供の側には、その母親らしい四十五六の眼のしよぼしよぼした女が、行火をかかへてぽつねんと坐つてゐた。

『小父さん、あたいだよ』

子供はにこにこ笑ひながら、快活に云つた。

彼はその顔を見た。それは東京駅の前で始終夕刊を買つたあの新聞売の子供だつた。

『ああ、お前か！』と彼は突然の邂逅にびつくりして叫んだ。

『どうしたい、その後は？』

彼は地震以後、すつかり此子供の事を忘れてゐた。さう云へば、あの後東京駅の入口で此子供が彼を呼ばなかつた。そんな事さへ、不思議にも何とも思はなかつた程、彼は自分の忙がしさに紛れて、此子供の事を忘れてゐた。

『小父さん、蜜柑買つてお呉れよう、残つて困つちやつてるんだよ』と子供が云つた。いつも夕刊を売る時のあの調子だつた。

『負けとくぜ』

『よしよし、買つてやるとも。』さう云ひながら、彼はポッケツトに手を突つ込んで、札を摑み出して、それを子供の前に投げ出した。『さあ。だけど、蜜柑は持つて行くのが大変だから預けて置かう……』

彼は前を見ると、彼の友が五六間先の電信柱に頭をもたせて、もどしてでもゐるように見えたので、それが気が気でないので、そのまま歩き出した。

『それぢや、好い年をお取り。又来年会はうよ』振返りながら、彼はかう云つた。

二三間行きかけると、

『小父さん！』と云ひながら、その子供が追つかけて来た。

『小父さん、こんなに貰つちや済まないよ。間違ひぢやないのかい。阿母さんが済まないからお返ししておいでと云ふんだよ』

『いや、構はないんだ、構はないんだ！』彼はいくらの金を与へたものか、見ないで与へたので、知らなかつた。

『だけど、余り多いんだもの。貰つちや済まないよ』子供は彼の前にまはつて、彼の眼の前に金をさし上げるやうにした。それは十円札だつた。

『いいんだよ、いいんだよ』と彼はその十円札を見ながら云ひかけたがその時、その十円札をつまんでゐる子供の手に気がついた。ぎよつとした。――子供の手は小指と薬指とが無かつた。

『どうしたんだい、お前、指は？』と彼は急き込んで訊いた。夕刊を買つた時分には、確にこんな手はしてゐなかつたと思つた。

『地震だよ、地震でやられたんだよ』

『えツ、地震で？　お前は家は何処だつたんだい？』

『深川だつたんだよ』と子供は相変らずのにこにこした快活な調子で答へた。

『それぢや、下敷になつたのかい？』

『ああ、すつかり下敷になつちやつたよ。だけど助けて貰つたんだよ。阿母さんに……！』

　三ケ月前の地震が、彼はまざまざと眼の前に浮んで来る気がした。彼の知らない間に、この子供はこんな目に会つてゐたのだ。彼は急にこの子供がいとほしくなつた。無論酒の力もあつたが、彼は子供を抱へ上げて頬ずりをしないではゐられなかつた。

『さうかい、それは気の毒だつたね。そして阿父つあんは？』

『死んぢやつたよ。出られない中に火が来たんだよ』

『えツ、死んぢやつた？　その時に？……』彼は一層感激して、力限り子供を抱きしめた。

『苦しいよ、小父さん』と子供は足掻きながら云つた。『だけれど、阿父つあんが死んで、暢々したよ。――飲んだくれで、のらくら者で仕方がなかつたんだもの』

『だつてお前……』

『ううん、近所の人もさう云つてゐるよ。阿父つあんが生きてゐた間は、阿母さんが可哀さうだつたつて。だつて毎日々々朝から阿母さんは撲られ通しだつたんだもの……甚しいよ、小父さん、もうお放しよ』

　彼は子供の身体を放した。

『それぢや、お前がああやつて阿母さんを養つてゐるんだね？』

『うん、さうだよ』と子供はそんなつまらない事を訊くなよ、とでも云つたやうな調子で云つた。『それぢや、小父さん、これ貰つて置くよ。ありがたうよ。……』

　そしていそいそとしながら、小走りに母親の側に走つて行つた。彼はそれをぢつと見送つてゐた。子供が何か話すと、母親がこつちを見て、低く頭を下げるのが、蠟燭の火にぼんやり見えた。

『何と云ふ勇気のある事だ！』彼は踵をめぐらして歩き出しながら考へた。胸が感動にいつぱいだつた。何とも云はれない涙ぐましい喜が、心の底でふるへてゐた。人間と云ふものの悄げない力強さ、さう云つたものをはつきりと眼の前に見た気がした。『どんな事があつても、子供が厭世家にならないのは素敵な事だ！』彼は胸の中の感動を、口に出してこんな風に呟きながら、電信柱にもたれてゐる友の方へ歩いて行つた。（十三年一月）

（「改造」大正13年2月号）

震災見舞（日記）

志賀直哉

九月一日、午後、電柱に貼られた号外で関東地方の震害を知る。東海道汽車不通とあるに、その朝特急で帰京の途についた父の上が気にかかる。列車へ電報をうつ為、七条京都駅へ行く。もう列車には居られますまい。案内所の人に云はれ日暮れて粟田へ帰る。

それ程の事とも思はず寝る。

翌朝、家人に覚され、号外を見せられる。思ひの外の惨害に驚く。麻布の家、心配になる。父の留守、女ばかり故一層気にかかる。

上京するにしても何の道から行けるか見当つかず。兎も角、山科のH君を電話で呼び、一緒に行くことにする。箱根に避暑中の人を気遣ひ焦慮つてゐるK君に電話で相談すると、鉄道は何の道も駄目と云ふ返事で、不得止、神戸から船といふ事に決める。

日曜で銀行の金とれず、S君とN君に借りる。

信越線廻りで川口町まで汽車通ずる由、H君聴いて来る。H君は一度山科へ帰り、途中の食料を用意し、停車場で再び落ち合ふ事にして別れる。

病床の妻、所謂前厄と云ふ自分の年を心配し、頻りにかれこれ云ふ。大丈夫〳〵と自分は繰り返す。

T君に送られ、三時何分の列車にてたつ、客車の内、込まず、平日と変りなし、窓外の風物如何にも平和。瀬田の鉄橋を渡る時、下に五六人の子供、半身水に浸つて魚漁りをしてゐた。

伊吹山。

やがて名古屋に着く。名古屋に来り初めて幾らか震災の余波を見るやうに思ふ。停車場は一杯の人だつた。

父が来る時泊つた志那忠支店により、消息を訊ねたが帰りは来ぬと云ふ。

八時四十分、臨時川口町直行と云ふに乗る。旧式な三等車の窓際に陣取つたが後から〳〵乗つて来る人で箱は直ぐ一杯になつた。皆東京へ行く人だ。名古屋を中央線で出端れようとする辺に新式な公園があり、其所の音楽堂のイルミネーションが此場合何となく気持に適はなかつた。

短いトンネルを幾つとなく抜け、木曾川について登る。

塩尻でも、松本でも、篠ノ井でも、下車して次の列車を待つて呉れと云はれる。然し乗客達は直行を引返へさす法はないと承知しなかつた。その度、長い間、愚図々々と待たした揚句汽車はいや〳〵さうに又進んで行く。

篠ノ井では信越線の定期を待つ人々が歩廊《プラットホーム》に溢れて居た。歩廊には反対側から乗り込まうとする人々が線路に沢山立つて居る。

何の停車場でももう食物を手に入れる事は困難になつて居た。H君は篠ノ井で汽車の停つて居る間に町へ行き出来るだけ食料品を買ひ込んで来た。自分の為に蕎麦を丼ごと買つて来て呉れた。

車中の人々は皆幾らか亢奮して居るが、その割には何所か未だ暢気な空気が漾つてゐた。もう皆灰になつて居るでせう。火葬の世話がなくていい。こんな事を云ふ人にも本当に打ち砕かれた不安な気持は見えなかつた。

自分としても、麻布の家、叔父の家、その他親類友達の家々を考へて、何といふ事なし、何れも無事と云ふ気がし、それより嘸驚いた事だらうと思ふ方が強かつた。

三十一日、妻と子供二人を残して来たと云ふ若い人が、家は深川の海近く、地震、火事、津波、かう重つては希望の持ちやうがないと、眼をうるませ、青い顔をしてゐた。直ぐ遠く立退いて呉れればいいが、あの辺をうろうろしてたんぢや迚も助かりつこありません、と云つてゐた。此人の不安から押しつぶされて行く気持が変に立体的に自分の胸に来た。

かう云ふ場合、現場に近づき確な情報を得るに従ひ事実は新聞記事より小さいのが普通だのに、今度ばかりは反対だ、それが不安でかなはぬと云ふ人があつた。

汽車は停つて二時間余りになるが却々出さうにない。吾々は京都を出て一昼夜になる。

やがて信越線の定期が着いたが、客車は既に一杯以上の人だつた。五六百人の人々はそのまま歩廊《プラットホーム》に立尽くさねばならぬ。間もなく定期よりも先に吾々の列車が動き出した。此方の乗客達は歓声を挙げ、手を拍つて騒いだ。

信州の高原には秋草が咲き乱れてゐた。沓掛辺の別荘の門前で赤いでんちを着た五つ六つのお嬢さんが霧の中に三輪車を止め、吾々の汽車を見送つて居た。

客車の中は騒がしかつた。窓から入つて来た男と其所にゐた東京者とが喧嘩を始め、東京者が「何いやがるんだ、百姓」と云つたのが失敗で、他の連中まで腹を立て大騒ぎになつた。

軽井沢、日の暮。駅では乗客に氷の接待をしてゐた。東京では鮮人が爆弾を持つて暴れ廻つてゐるといふやうな噂を聞く。が自分は信じなかつた。

松井田で、兵隊二三人に弥次馬十人余りで一人の朝鮮人を追ひかけるのを見た。「殺した」直ぐ引返して来た一人が車窓の下でこんなにいつたが、余りに簡単過ぎた。今もそれは半信半疑だ。

高崎では一体の空気が甚く嶮しく、朝鮮人を七八人連れて行くのを見る。救護の人々活動す。すれ違ひの汽車は避難の人々で一杯。屋根まで居る。

駅毎高張提灯をたて、青年団、在郷軍人などいふ連中、救護につとむ。

汽車での第二夜、腰掛けたつきりで可成り疲れてゐる。飯も得られず、ビスケットとチーズでしのぐ。

大宮。歩廊《プラットホーム》に荷を積み一家一団となつてゐる連中多し。それだけの人数と荷物では込み合つて汽車に乗り込めないのだらう。

四日午前二時半漸く川口駅着。夜警の町を行く。所々に倒れた家を見る。

H君の家に女中に来て居たと云ふ人の家に寄る。その女、魚河岸にゐて、火の為め彼方此方に追はれ、前夜漸く此川口町に帰る事が出来たと云ふ。兄なる人、妹を探す為め町々を歩き市中の様子に精しく、此人の口から二人の家の無事を聞き、安堵する。

吾々が庭の椅子で久しぶりの茶を飲み、さう云ふ話を聴いてゐると近所の老婆来て、今晩大きな地震ある由、切りに云ふ。兄なる人五月蝿《うるさ》さうにして、相手にならず。

此所を出て、堤を越え、舟橋にて荒川を渡る。其辺地面に亀裂あり、行く人、逃れ出る人、往来賑ふ。男のなりは色々だが、女は一様に束ね髪に手拭を被り、裾を端折り、足袋裸足。時々頭に繃帯を巻いた人を見る。

赤羽駅も一杯の人だつた。駅前の大きなテントには疲れ切つた人々が荷に倚つて寝てゐた。自分もきたない物の落ち散つた歩廊に長々となる。何時か眠る。

H君に起され、急いで日暮里行きの列車に、窓から乗り込む。入谷から逃れ、又荷を取りに帰ると云ふ六十ばかりの女と話す。火にあふられ、漸く逃れ、井戸を見つけて飲まうとすると、毒を投げ込んだ者があるから飲めぬと云はれた時は本統に情けない気がした、など云ふ。

汽車の沿道には焼けたトタン板を屋根にした避難小屋が軒を並べてゐた。

日暮里下車。少し線路を歩き、或所から谷中へ入る。往来の塀といふ塀に立退先、探ね人の貼紙が一杯に貼つてある。所々に関所をかまへ、通行人の監視をしてゐる。日本刀をさした者、錆刀を抜身のまま引きずつて行く者等あり。何となく殺気立つてゐた。

谷中天王寺の塔がビクともせず立つてゐる。露伴作、「五重塔」といふ小説が此塔の事を書いたものではなかつたかといふやうな事を思ひ、見上げながら過ぎる。

上野公園は避難の人々で一杯だつた。上野の森に火がつき避難民全滅といふやうな噂を高崎辺で聴いたが嘘だつた。避難小屋の間を抜けて行くとすえ臭い変な匂ひがした。

交番の傍に人だかりがしてゐる。人の肩越しに覗くと幾つかの死体が並べてあり、自分は女の萎びた乳房だけをチラリと見てやめる。

三宜亭《さんぎてい》といふ掛茶屋の近くにある、あの大きな欅の洞が未だ弱々しく燃えてゐた。煙と共に小さい火の粉と細かい灰を時々吹き上げてゐた。

　山から見た市中は聴いてゐた通り一面の焼野原だつた。見渡すかぎり焼跡である。自分はそれを眺める事で心に強いショックを受けるよりも、何となく洞ろな気持で只ぼんやり眺めて居た。酸鼻の極、そんな感じは来なかつた。焼けつつある最中、眼の前に死人の山を築くのを見たら知らない。然しそれにしろ、恐らく人の神経は平時《ふだん》とは変つて了つてゐるに違ひない。それでなければやりきれる事ではないと自分は後で思つた。それが神経の安全弁だと思つた。此安全弁なしに平時《ふだん》の感じ方で、真《ま》正面《とも》に感じたら、人間は気違ひになるだらう。入りきれない水を無理に袋に入れようとするやうなものだ。袋は破裂しないわけに行かぬ。安全弁があり、それから溢れるので袋は破れず、人は気違ひにならずに済む。

　自分はそれからも悲惨な話を幾つとなく聴いた。どれもこれも同じやうな悲惨なものだ。どの一つを取つても堪らない話ばかりだ。が、仕舞にはさういふ話を自分は聞かうとしなくなつた。傍でさう云ふ話をしてゐても聞く気がしない。そして只変に暗い淋しい気持が残つた。

　自分は一体「方丈記」をさう好かない。余りに安易に無常を感じてゐるやうな所が不服だつた。人の一生にはそれだけの事は最初から計算に入れてゐてい丶。その心用意なしには生きられないのが現世で、その現世をありのままに受け入れるのが吾々の生活であると、こんな風に思つてゐた。勿論人間の意志の加はつた不幸、人間の意志で避けられる不幸はありのままに受け入れる事は出来ないが。

　然し自分は今度震災地を見て帰り、その後今日までに変に気分沈み、心の調子とれず。否応なしに多少方丈記的な気持に曳き入れられるのを感じた。

　広小路の今は無いいとう松坂の角で本郷へ行くH君に別れ、電車路をたどつて行く。焼けて骨だけになつた電車、焼け錆びて垂れ下つた針金、その下をくぐつて行く。

「松のみどり」と云ふ名代の化粧油を売る老舗の壊れた倉の中で鞴《ふいご》で吹かれた火のやうに油が燃えてゐた。然しそれを見てゐる人はなかつた。

　黒門町、万世橋、須田町、此所の焼けて惜しくない銅像は貼紙だらけの台石を踏まへ反りかへつて居た。

　駿河台と云ふ高台を自身の足元から、ずつとスロープで眺めるのは不思議な感じがした。

　ニコライ堂は塔が倒れ、あのいい色をした屋根のお椀がなくなつて居た。

　神田橋はくの字なりに垂れ下つて渡れない。傍の水道を包んだ木管の橋を用心しい〳〵渡る。

　二昼夜の旅と空腹で自分は可成り疲れて居る。所々で休み、魔法壜の湯を呑む。

　そして大手町で積まれた電車のレールに腰かけ休んでゐる時だつた。丁度自分の前で、自転車で来た若者と刺子を着た若者とが落ち合つた。二人は友達らしく立話を始めた。
「――叔父の家で、俺が必死の働きをして焼かなかつたのがある――」刺子の若者が得意気にいつた。
「――鮮人が裏へ廻つたてんで、直ぐ日本刀を持つて追ひかけると、それが鮮人でねえんだ」刺子の若者は自分に気を兼ね一寸此方を見、言葉を切つたが、直ぐ続けた。「然しかう云ふ時でもなけりやあ、人間は斬れねえと思つたから、到頭やつちやつたよ」二人は笑つてゐる。ひどい奴だとは思つたが、平時《ふだん》さう思ふよりは自分も気楽な気持でゐた。

和田倉、馬場先、あの辺の土手の上、商業会議所あたりの歩道、立往生の電車、何所にも巣をかまへてゐた。電車の胴は掲示場に利用された。壊れた石垣を伝つて、青みどろの濠水で沐浴をしてゐるのはその後の新聞の写真で見た通りだつた。

日比谷公園も避難の人々で一杯だつた。酸え臭い匂ひと、何か得体の知れぬ変な匂ひとがする。池では若い連中が腰まで入り、棒切れで浮び上る鯉を叩いてゐた。腐つた飯が所々に捨ててある。

疲れた身体を漸く赤坂福吉町のS君の門まで運ぶ。S君は日本橋の蒲鉾屋で福吉町に私宅を持つてゐる。S君は亢奮して遭難の模様を話す。S君は自分の訪ねた事を非常に喜んだ。

然し此辺に来るともう、それは日頃の此辺と変りがなかつた。この事が何となく不思議にも亦当然のやうにも思はれるのだ。

氷川神社の前から坂を下り、坂を上り、麻布の家に近づく。向うから父が四日前京都駅で別れた儘の姿で、俥に乗つて来る。父は自分を認めず、門を入つて行つた。

麻布の家は土塀石塀等は壊れたが、人も家も全く無事だつた。二番目の妹の婚家が焼け、皆で来てゐる。只鎌倉の叔父と横須賀の叔母と保土ヶ谷に置いて来た二番目の妹の娘の安否だけが知れなかつた。

父は清水から汽船で前日横浜に上陸し、他の連中はそのまま日づけに入京したが老年の父は荷を皆捨ててついて行つたが直ぐ後れ、一人川崎の労働者の家の框に一夜を過し、翌朝漸く俥を得て帰つて来たと云つた。疲れ切り、よごれ切つてゐるが水道が来ぬので湯に入れない。然し皆は互に皆の無事を喜び合つた。最初男つ気のなかつた麻布の家は其日から従弟のKさんが万事世話を焼いてゐた。その他、避難して来た親類の男の人、出入りの男などが皆よくしてゐる。

午後、Kさんに牛込の妻の実家と、武者のお母さん達の立退先に行つて貰ふ。その間自分は熟睡した。

夕方、柳が兼子さんと共に見舞ひに来てくれる。柳の家も無事、(後で房州にゐる兄さんの不幸を知る)兼子さんの実家も無事といふ事だつた。二人の帰りを送りがてら一緒に出る。柳が朝鮮人に似てゐるからと離れる事を兼子さん気にする。

六本木で柳と別れ、後から来たH君と新竜土の梅原君を訪ねる。皆無事。日頃身ぎれいにしてゐる人が、今日はすすけてゐた。流石に将棋でもなく、然し気楽に話す。有島兄弟達の無事を聞く。京都への簡単な伝言を聞き、夜警の往来を帰つて来る。
H君麻布に泊る。二人共熟睡。

鮮人騒ぎの噂却々烈しく、この騒ぎ関西にも伝染されては困ると思つた。なるべく早く帰洛する事にする。一般市民が鮮人の噂を恐れながら、一方同情もしてゐる事、戒厳司令部や警察の掲示が朝鮮人に対して不穏な行ひをするなといふ風に出てゐる事などを知らせ、幾分でも起るべき不快な事を避ける事が出来れば幸だと考へた。さういふ事を柳にも書いて貰ふ為、Kさんに柳の所へいつて貰ふ。

T来る。Tの上渋谷の家は小さい川の傍で余り地盤がよくもなささうに思へ、心配してゐたが、人も家も共に無事だつたとの事。

「随分驚いたらう?」

「それがあんまり驚かないんだよ」かういつて変な顔をしてゐた。その時Tは丁度銀座にゐたのだ。話を聴くと可成り驚いていい筈なのが、驚かなかつたといふ事が如何にも暢気なTらしく、同時に如何にも大地震らしく思へた。

焼跡

田山花袋

一

四日は鮮人さわぎで、あたりが物騒で、とても家を明けることなどは出来なかつた。私達は唯わくわくと暮した。郊外にゐたSはそれからも度々やつて来て、いろいろな報告を持つて来たが、M侯爵の死んだのは虚構であつたことだの、何処も彼処も鮮人さわぎでまごまごして歩いてゐてはどんな眼に逢ふかわからないといふことだの、いろいろなことを話して行つたが、しかし本所深川の方面のことになると、『さア、そつちのことはちつともわかりませんね。何でもひどいにはひどいといふ話ですけれども…………』Sもかう言ふより他為方がなかつた。

私は益々心配になつた。じつとしてはゐられないやうな気がした。五日の朝は私は万事を放擲して出かけた。

焼跡を真直に行く方が近いと思つたけれども、何にしてもあのほこりがひどいので、風でも立つたりすると、とても眼を明けて歩いてはゐられないので、出来るだけ山の手を歩いて、本郷台から浅草の方へと出て行かうと私は決心した。

それでも新宿の停車場の側を通つた時には、一杯ではあるが、無蓋貨車に避難民を乗せて、省線が動いてゐるのを眼にしたので、具合よく行けば、乗れるかもしれないと思つて、雑踏を分けて一度プラツトフオムまで下りて行つて見た。しかし、とても乗れさうには思れなかつた。日暮里まで行くのにすら、大騒ぎをして辛うじて乗つたところで、半日かゝるか一日かゝるかわからないといふ状態なので、思ひ切つて、雑踏をわけて、再びもとの通りにと出て来た。

私はつとめて昔歩いた路――近路を近路をと選んで歩いて行くことにきめた。私は新宿の大宗寺の傍から左に入つて、細い通りを大久保の抜弁天の方へと出て行つた。そこらは昔よく歩いたところだ。Mの宅がその近所にあつたので、K君などとよくやつて来たところだ。その時分は田圃にぽつりぽつり人家があるぐらゐなものであつたが――街道筋がちよつとした町になつてゐるくらゐなものであつたが、今は狭い通りが長く長くつゞいて、何処が何処だかさつぱり様子がわからなかつた。しかも、このあたりにも、到るところに被害があつて、二階家が倒れて全く道を塞いでゐたりしたため、わざわざ畠の中を廻り路して行かなければならないやうなところが二三箇所あつた。

ぬけ弁天から若松町に出て、それから弁天町へと行つた。横町の通りもかなりに混雑してゐた。私は横町から横町へと入つて行つた。それからK君の自殺した天神町の家のある傍を山伏町へと抜けて、それから赤城下町を改代町の方へと行つた。そこはひどかつた。家は家と重り合つて倒れてゐた。二階がペシヤンコに潰れてゐるやうな家もあれば、一気にのめつて滅茶苦茶に倒れてゐるやうな家もあつた。山の手では、被害はこゝあたりが一番ひどくはないだらうかと思はれた。

石切橋をわたつて小石川に入つた。そこ等はことに警戒が厳重であつた。昼間であるにも拘らず、また別にあやしい格好もしてゐないのに、到るところで私は誰何された。何処に行くかときかれた。十文字に縄が張られて、その一ところ絶えたところには、必ず自警団が一人か二人椅子を持ち出して番をしてゐた。『安藤坂の方に行くんですが……』かう何遍も言つて私は辛らうじてそこを通り抜けた。

安藤坂の此方の大きな邸宅では、赤十字の救護班が開かれたり、何聯隊本部の標旗が掲げられてあつたりした。角の撒水井には、手桶やバケツを抱えた人が一町も列をつくつて並んでゐて、その井の折れ曲つた口からは、美しい水が滝津瀬のやうに流れ落ちてゐた。午前の日影がそれにキラキラと映つた。

伝通院前の通りは、避難民で一杯であつた。それを抜けて春日町の方へ下りて行くのにすら私は一方ならぬ困難を感じた。もはやその時分には、行衛不明になつた人達の名前を大きく紙の旗に書いて、それを持つて尋ねて歩いてゐるものなども沢山にあつた。何処からかう人が出て来たかと思はれるほどそれほど雑遝と混雑とがつゞいた。

春日町から本郷台へと私はのぼつて行つた。人と車と自動車とは益々多くなつて行つた。日蔭になつてゐる涼しい側を歩きたいと思つても、とてもそれは出来なかつた。どんなに暑い日に照されても、車や人について左側を歩いて行くより他為方がなかつた。本郷三丁目の角に来た。次第にすさまじい焼跡が私の眼の前にあらはれて来た。

猿飴から湯島天神の前あたりは、それでも少しは残つてゐたが、之れを向うに出ると、最早あたりは一面の焼野原で、何と言つて好いかわからないほどそれほどあたりは惨憺とした光景を呈してゐた。池の端の仲町——昔、青年時代によく漢詩や漢文の本をさがして歩いた仲町もすつかり焼けて、不忍の池の向うに上野の森の塔の高く聳えてゐるのがはつきりと目に立つて見えた。私はいよいよ心配になつた。

『吾妻橋はわたれるでせうか？』

私は向うの方から来る人を捉えてはかう度々訊いて見た。

しかし一人として要領を得た答をするものはなかつた。或ものは、『昨日は通れたが、今日は何うですか』と答へた。またあるものは『とても通れないでせう？　吾妻橋はすつかり焼け落ちたんだから』と言つた。かと思ふと、『通れますよ……。車も通つてゐるでせう』などと言つた。巡査ですら、『何うなつてゐますかな？　何しろ状況が少しもわからないんすから』と言つて、さも連日の奮闘に労れ果てたといふやうに剣を引摺るやうにして歩いて行つた。

焼野原になつて了つては、何処も彼処もすべて同じであつた。賑かな通りも何もなかつた。大きなデパアトメント・ストアも何もなかつた。唯、ところどころに、焼残つた鉄筋の残骸が無気味に立つてゐるだけで、その向うは、東京湾の蒼波までずつとひろく続いてゐるのであつた。

それはさう大して風の吹く日でもなかつたけれども、それでも焼ほこりがすさまじくあたりに漲つて、ともすれば、眼も明いてゐられないやうな濛々とした光景となつた。あまつさへ、街上には電信や電車の線が縦横に焼け落ちてゐるので、注意しないと、すぐそれに引かゝりさうになつた。

『厩橋も落ちてゐるか、何うかわかりません！』かう言つたけれども、しかも、其処まで行つて見なければ丸きり様子がわからないので、兎に角そこまでは行つて見ることにして私は歩いた。私は気が気でなかつた。《焼けたかしら？　焼けないでゐて呉れゝば好いが？　いや、あゝいふ狭い、あゝいふ地盤の低いところだから、地震で一破にやられて了ひはしないか。火より前に潰されて死んでしまいやしないか？》

しかしそんなことを思つたところで、何うにもならなかつた。一刻も早く行つて見ることが第一で、それより他に何うすることも出来なかつた。私は急いで歩いた。

楽山堂病院の角あたりからは、浅草の観音堂の焼け残つてゐるのがそれと指さゝれて見えた。大きな本願寺の御堂は、すつかり焼け落ちて了つたと見えて、その微かな残骸をすら見出すことが出来なかつた。

やつと私は浅草の厩橋の通りのところまで行つた。

二

忽ち私は群集の一列に並んでゐるのを、混雑した停車場などでをりをり見かけるのと同じやうな状態で一列に並んでゐるのを眼にした。橋はわたれるにはわたれても、一人づゝしか通れないらしかつた。白地の浴衣と麦稈帽子と大きな包を負つた人の姿とが此方からと向うからと往つたり来たりしてゐた。

橋の袂には銃剣をつけた兵士があたりを警戒して立つてゐた。『女の人には、ちよつと無理だ……。わけはないから廻つて両国橋をお渡んなさい……。それは此処はえらい橋ですよ。やつと渡るんですからね……』そこにゐる中年の女にかう言つて教へてゐるものなどもあつた。否、向うから渡つて来た人達も、『や、えらい橋だ……。丸で命がけだ……』などと言つてほつと呼吸をついてゐた。次第に橋の危く破壊されてゐるのが、半ば焼けて了つてゐるのが、とても楽にはわたれないのが私にも飲み込めて来た。《さアな。何うしやうな？　危ない橋をわたつて、もしものことがあつては大変だ……。いつそ両国橋を廻つて行かうか。少しぐらゐ遠くつても、その方が安全だが——》そんな風にも考へて見たが、折角長い間待つて、漸くその順番が七人位か八人目になつてゐるのに、それを捨てゝあらためて両国に廻るのも馬鹿々々しい。《なアに構ふものか。同じ人間がわたつてゐるのだ！　自分にだつてわたれないことがあるものか！》かう決心して、私は一人々々その順番の近くなつて来るのを待つた。

私の頭にはふと万葉集にあるひとつの歌が思ひ出されて来た。しかも私はその歌をそのまゝはつきりと覚えてゐるのではなかつた。唯その歌の意味を覚えてゐるばかりであつたが、何でもそれは、橋が壊れたのなら、その桁にすがつてなりと、妹のもとに行かう！　何うしても行かずにはゐられない！　といふ意味であつたのを覚えてゐるが——昔、青年時代に友人と恋の話をして、万葉時代の恋は熱烈なものだ、橋の桁をわたつてまでも女のもとには行かずに置かないと言つてゐるが、恋もそれまで真剣になつたものでなければ本当でないなどと言つた覚えがあるが、今は現にそれではないか。今は現に焼けた橋の桁をわたつて行くではないか。私は不思議な気がせずにはゐられなかつた。さうかうしてゐる中に、次第に私の番が近づいて来た。

それにしても、何といふ危険な橋であつたらう？　私はいつさうした危険を経験したであらうか。私達は焼け残つて幅三尺ばかりの瓦斯管の上を、それもをりをりは壊れてぐらぐらしてゐる上を、大川の水が目眩しいばかりにキラキラと流れてゐる上を、手と足との平均を失つてそこから落ちたが最後、命がなくなるのを覚悟しなければならないやうなところを、或は細い電線をたよりに、或は大きな鉄の橋欄《きやうらん》をたよりに、一歩々々辛うじて辿るやうにして渡つて行かなければならないのであつた。否、それればかりではなかつた、場所に由つては、それをのみ命の綱として渡つて来た電線が、中途でぽつつり絶えて、弥次郎兵衛か何かのやうに、取つた平均だけで辛うじて渡らなければならないやうなところが二三箇所以上もあつたではなかつたか。そしてそのあたりには、水に浸つた青ぶくれの死屍が、四つも五つも落ちた橋の桁に引か丶つてふわ〳〵と漂つてゐたではないか。私は橋をわたつてほつと呼吸をついた。

三

忽ち私はそこにすさまじい何とも言はれない光景を眼にしたのである。そこには川に添つて舟が五隻も六隻もあつたが、その舟は皆な焼けて、半分以上やけて、その舳のあたりに、手を挙げて救助を求めるやうな格好をして、仰向けになつて黒く焦げて死んでゐる死屍が五つも六つも横はつてゐたのであつた。否、縦横に通じた電車の道にも、一間おき二間置きに、子供とも女ともつかないやうな比較的小さな死屍がそこにもこ丶にもころがつてゐたのである。否、そこに来た時には、その河岸の光景の悲惨さが私の眼に滲るやうなのを感じた。

川をわたらない中は、同じ焼跡でもまだ残つたものがあつたり、人間の慌て丶遁れ去つた跡が残つてゐたりしたが、こ丶では遁げることも何うすることも出来ずに、火に焼かれたり水に溺れたりした気勢がはつきりそれと指された。物の焦げた、否、人間の屍体が焼けた臭気が、鼻を掩はずには通れないやうな、一種何とも言はれないにほひを私に与へた。

私はいよいよ心配になつて来た。これでは何うなつてゐるか知れないと私は思つた。

『小梅から向島あたりはどうなつてゐるでせう。』かう私は何遍となく聞かうとした。しかし私はそれを強てしなかつた。私は恐れた。私は自分で眼にしない前に他の人達からそれを聞くことを恐れたのである。こ丶まで来た以上、その真相は行きさへすればわかる。私はかう思ひながら歩いた。

私の前には中年増の女が姐さん冠りをして喪心したやうにして歩いて行つた。足は草履を穿いたま丶である。手には棒見たいなものを持つてゐる。かと思ふと、子供を伴れた女が何か言ひながら歩いて行つた。

『お婆さんは、本当に何処に行つたらうね？　被服廠に入つたのかね？』

かうその女が言ふと、

『さうだよ、お婆さんはお豊と一緒に被服廠に入つたんだよ』

十歳くらゐのその男の児は、別に心配するといふ風でもなしに言つた。

『お前、確かに見たのかねえ？』

『だつて、お豊がお婆さんを負つて彼方の方に遁げたもの……』

『寺島の方へ遁げて行つてゐて呉れれば好いがねえ？』

母親らしいその女は、こんなことを言ひながらすたすた歩いた。焼跡の黄い埃が風の起る度にぱつと颺つた。

《何うしたらう？　死屍になつてかの女がこの眼の前にあらはれて来はしないか。さうしたら何うしたら好いだらう？》私の頭にはまたしてもこんなことが往来した。一方では頻りにそれを打消したが、しかもあたりの惨憺とした光景を見ては、それを打消し切つて了ふことは出来なかつた。

川は静かに、否、静かといふよりは、むしろ荒涼として流れてゐるのを私は眼にした。いつもならば、何んな時でも、モウタアボウトが動き、ランチが動き、櫓の音と共に伝馬や荷舟が動き、水もそれにつれて脈を成したり影をつくつたりして流れて行つてゐるのに――岸に並んだ白壁の土蔵だの、二階の欄干だの、石を組み上げた塀だの、物干に干してある女の着物の色彩だのがチラチラと水に映つて動いてゐるのに、今はさうしたものもなしに、一隻の舟だになしに、丸で原始時代にでも戻つたかのやうにわびしく荒々しく流れて行つてゐるのを私は眼にした。

と、私の眼の前にはいろいろなイリユウジヨンが掠めて通つて行つた。中でも私は柳橋から舟で闇夜を上流に上つて行つた時のことを思ひ起した。舟の中には小雪といふ美しい雛妓などもゐて、あの厩橋の下を通つたが、その時、いきなり橋の上から石をその舟の中に落したものがあつた。その石が大きくなかつたから好かつたものの、えらいことをする奴があると言つて皆、なして怒つたことなどがあつたことを思ひ起した。そしてあの美しい小雪も、それから数年経つて、帝劇の役者のTの子を産んで、そのため若くて死んで行つたことなどを私はつゞいて思ひ出した。――今宵は雨か、月さへも、かさ着て出づるおぼろ夜に、ぬるゝ覚悟の舟の内、粋にもやひし首尾の松――かうした小唄をその時その舟の中で唄つたことがあつたが、それから思ふと、この今の光景は？

あまりに対照がかけ離れてゐるので、さうした追想は決して長く私の頭に留つてはゐなかつた。私はやがて吾妻橋の半ば焼け落ちて鉄筋ばかりになつてゐるのに眼を瞬つた。

四

吾妻橋から枕橋に行く間――こゝにある札幌ビイルの大きな建物の曲り角は、あそこだのけ切り取つたやうにはつきりと私の眼に映つた。

私はそこに半ば焼けた家具や衣類の縦横に散乱してゐるのを見た。簞笥の金物や、カンや、引手だの一杯に落ちてゐるのを見た。もはや重な死屍は片附けたあとだと言はれてゐたけれども、しかもそこに此処に手を挙げ足をあげて惨めに倒れて死んでゐる人達を見た。馬が三匹も四匹も大きくふくれた腹を見せてころがつてゐるのを見た。それに、物の焦げたやうな臭ひ、物の腐るやうな臭ひが、明るいわる黄ろい空気の中にそれとなく漂つて、そこを通るものは、誰でも鼻を掩はずにはゐられなかつた。

曾てはそこは隅田川のシインの中でもことにすぐれた場所として、いつも私の眼を楽ませた処であるのに……。帆の影、船の影、夜は浅草の賑はひの灯が水に落ちて、ぐるぐる廻る広告燈はあたりに美しく輝き、いかにも水の都会を思はせるやうなところであつたのに……。または初冬の凩の経つた日などには、水も澄めば空も澄んで、川一面に孕んだ帆ののぼつて行くさまは、何とも言はれない眺めであつたのに……。否、その枕橋の此方側から出る渡し舟——所謂花川戸にわたつて行く舟の中には、紺蛇の目の傘の意気な姿をなつかしんだことも尠くなかつたのに……。今は、その横川には、舟の半分焼けたのや、焦げた硝子戸や、板片や、手を延ばして尻を半ば見せてゐる死屍や、戸板の上に半分載つてゐる畳などが、淀んだ汚ない水の泡と一緒に混雑《ごたごた》とそこに浮んでゐるのを誰も眼にした。

『こゝは一番ひどかつたんだぞ！』

『ふむ……』

『何しろ、此処は源森橋の方から皆な逃げて来たところが、来て見ると、この札幌ビイルが焼けてゐて、何うしても通れない。それで皆なこの川にはまり込んだんだ！』

こんなことを歩きながら話して行く人足体の男もあつた。

かと思ふと、すぐ向うのところでは、

『見ろよ。馬もかうやつて焼けて死んでゐるが、犬も今度はえらい目に逢つたな！』

かういふ声がした。

其方を見た私はそこに一疋の赤斑の犬が、あちこちに火傷して、労れて、餓えて、もはや歩くことも出来ずに、ごろりと倒れてゐるのを見出した。人間でさへ、二日も食に有り附かないものがあつたといふのであるから、犬などは四日か五日にならうが、とてもそこらに食ふものを得る筈がないのであつた。それを思ふと、私は変な気がした。

しかしあの札幌ビイルの赤煉瓦の外廓は、いくらか焼け残つてゐたので、その涼しい影をもとめて、焼跡を歩いて来た人達は、皆な一しきりそこに立留つて休んで行つてゐた。

私も暫くそこで休んだ。河岸には例のビイルの空瓶が山のやうに積まれて、その向うに、吾妻橋の副橋——徒歩の人達が渡るためについ五六ケ月前に出来上つたあの副橋が、滅茶滅茶になつて、河の中に焼け落ちてゐた。川には舟も小蒸汽もモウタボウトも何もなく、岸に靡いてゐる柳も火に焦げて、錆色をした水がさびしくあさましく流れてゐるばかりであつた。そして焼野原の向うには、筑波の峰が青く染めたやうになつて聳えてゐるのが見えた。

五

其処まで来ても、私のたづねる家のあたりが焼けてゐるか何うかがまだわからなかつたが——否、そこで聞けば、無論焼けたか何うかぐらゐはわかるのであつたけれども、しかしそれを聞くのが何となく恐ろしくて、私はそのまゝその角を曲つて、

枕橋の方へと行つた。そこでも矢張ひとりづゝ焼け残りの橋を
辛うじて渡つて行つてゐるらしく、群集の一列に並んでゐるの
が、それとはつきり指さゝれて見えてゐた。
『源森橋の方が渡り好いや……』
かうそこらにゐる誰かが言つたので、私もその気になつて、
そつちの方へと真直に行つた。次第に状態の如何が私にも飲込
めて来た。その橋の所までも行かない中に、K町もS町もすつ
かり焼野原になつてゐるのがはつきりと見え出して来た。
予ねて期してゐたこととは言へ、いざそれに向つた時の心持
は、全く想像とは違つたものであつた。私の胸は夥しく踊つた。
いよいよ大事に向つたやうな気がした。生か？死か？　その死
屍を私は眼の前に見なければならないのか？　それともまた無
事で生きてゐて呉れる顔を見ることが出来るか、何うか。
ふと、私はそこに、K町に、かの女の妹夫婦が住んでゐたこ
とを思ひ起した。たつた一度行つたことがあるだけではあつた
けれど、それでも其路は、巷路はよく知つてゐる。そこには湯
屋があつた筈である。汚ない床屋があつた筈である。《さうだ
あそこに行つて見やう？　あそこに行つて見れば、大抵なこと
はわかる。それは、無論、焼けて了つてはゐるけれども、立退
先か何かが出てゐるかも知れない……》かう思ひながら、私は
一人々々人の渡るのを辛うじて待ちつけたといふやうに、せき
心になつて、ブラブラと危ない橋を向うへと渡つて行つた。
で、少し行つた通りを右に曲ると、そこに湯屋がある。その
二三軒先きに床屋がある。それについてまた左に曲る。右側の
四軒目——そこに私は避難したその妹夫婦の立退先を見出した。
一同無事と書いてある文字を見た時には、私はほつとした。涙
のこみ上げて来るのを感じた。

六

土手の上を歩いてゐると、向うからかねて知つてゐる中年増
のU子とK子とが、混雑《ごたごた》と人や車の通つてゐる中を歩いて来る
のを見た。二人とも浴衣がけで、姐さん冠りをして、草履をは
いてゐた。
私は立留つた。
U子の方が先に見附けた。
『まア、貴方……？』
『えらいことになつたね？　何うだつたね。それでも無事だつ
たかね？』
『まア、本当に……。』
私も女達も立留つた。
K子は寄つて来て、『御宅の方もひどいつていふぢやありま
せんか？　御無事で御座いますか？』
『難有う——それほどでもないよ』
『明治神宮が焼けて、瓦斯タンクが破裂したさうですね？』
『そんなことはありやしないよ』
『さうですか。それぢや、そんなこと皆なうそですね……』U

子はかう言つたが、『M家さんはIにゐらつしやいますが、もう御存じ?』

『さうだツてね。今、K町の妹の家に建札が出てゐたのでね? それで、いくらか安心したんだがね? これから行かうかと思ふんだが——?』

『M家さんも、矢張、私達と同じよ。何一つ出しやしないのよ。そして八時間も水に浸つてゐたんですよ』

『水ツて?』

『そら、そこ——』K子は土手の下を指して、『そこんところに、皆なして水に浸つてゐたんですよ。お話にも何にもなりやしないんですもの……ねえ、U子さん?』

『ふむ、そんなにひどかつたのかね? 八時間、水に? それで、誰も死んだものはなかつたかね?』

私は訊いた。

『それでも誰も死んだものツてきかないわね?』

『さうね? 死んだものはないやうね?』

『それは好かつたね? それで君方は何処にゐる?』

『私達? 百花園の中にゐますの……』

で、私達は別れた。私は一種の悲哀を感ぜずにはゐられなかつた。何も彼も焼けた。歓楽も悲哀も何も彼も焦土に帰した。

七

そこにはもはや狭い巷路も何もなかつた。五六軒つゞいて並んだ二階屋も何もなかつた。湯屋の煙突もなければ、今年から始めた大きな滝を仕かけた料理屋の赤い塔もなかつた。無論、角の球突室などは残つてゐやう筈がなかつた。あたりはすべて焼野原であつた。さつぱりとしてゐた。長く一直線に連つてゐる土手がすぐそこに見えた。

東京としての大きな『廃墟』もさることながら、私はその中に更に小さな私の『廃墟』を見たやうな気がした。私は何う言つて好いかわからないやうな気がした。私はそこを舞台に『女の留守の間』といふ作を書いたことがあつた。また『ある母の眼病』といふ短篇を書いたことがあつた。否、『九時すぎ』『うす月』『朝湯』『燈影』『恋ごゝろ』などすべて皆なそこに起つたことを書いたものであると言つて好かつた。私はそこに住んでゐる人達のことをかなりよく知つてゐた。そこに巴渦を巻いてゐるいろいろな人達の悲劇や喜劇をも知つてゐた。私はよくそこの狭い巷路を歩いた。ことに、思ひ出されるのは、今から十二三年も前に、まだそこらに田圃が残つてゐたり、池が残つてゐたりした時分に、おぼろ夜に梅をたづねて、夜おそくこつそりそこにやつて来た時のことであつた。その頃には此処等はまださびしかつた。藁葺の家の前に小さな行燈を出して客を待つてゐる家などもところどころにあつた。それは例の小唄にある葛西太郎やきつねけん時代とは余程賑やかになつてはゐたであらうけれども、それでも江戸時代の郊外の趣はまだ決して亡びてはゐなかつた。私はそこにあそびに来た人達が、夜ふけてから土手にのぼつて、大きな声で竹屋の渡しを呼んだ時分のことを想像した。対岸の山谷堀には、灯の影が多く水に落ちてゐて、猪牙やら伝馬やらが沢山にそこにかゝつてゐた時分のことを想像した。私は竹屋の渡しの少し此方の方から石段をだらだら下りたところにある角の家に住んでゐた女が、去年の冬病んで死んで行つたことなどをも頭に浮べた。《あの時死んで可哀相だと思つたが………あの病気でこの天災に逢つたら、それこそ何んなだつたらう? 一層惨めだつたらう。》こんなことをも私は思つた。

私はその焼跡の狭い通りを何とも言へない心持を抱いて往つたり来たりした。低徊俯仰容易に去ることが出来ないといふのは、大方かういふことを言ふのであらう。さつき見た妹夫婦の家の建札でその家族の無事なのとその避難してゐるところとを知ることが出来たので、それでいくらか安心したといふ故もあつたらうか、私の心は一種実感とは異つた『詩』に近いやうな心持で一杯になつてゐた。

私はその焼跡に行つて暫く立つてゐた。私は灰をかき起して見た。私は見馴れた茶碗の半分欠けて落ちてゐるのを見た。つかひ馴れた銅のバケツの焼けて壊れてゐるのを見た。銕瓶や銅壺のころがつてゐるのを見た。次第に私は堪らなくなつて来た。私は灰をかき起すのをやめてじつと立ち尽した。涙がほろほろと灰燼の上に落ちた。

(「新小説」大正13年3月号)

一事件

尾崎士郎

かういふ調子に自分をおびき出しておいて暗い所でぐさりと突き殺してしまふつもりではないのかしら、——と、夜警の当番が近づいてくるごとにそんな不安が雄作の頭にこびりついた。すぐ此の阪の下にあるY氏の家が村の在郷軍人と自警団の手によつて滅茶滅茶に破壊され、そして、Y氏夫妻は命からがら逃げ延びたといふ話を村の青年の一人から聞いたのは二日ほど前のことだつた。Y氏はその妻のK氏とともに日本の××運動の中心人物であつた。雄作は彼の学校時代からの友達である河野がY氏の家に出入りしてゐた関係からY氏の私生活については路傍の人であるよりも以上の智識を持つてゐた。そして近所でも氏の謹厳な生活振はさういふ種類の人々に珍しいものだとして噂せられてゐた。

だから、Y氏の家が村の人たちによつて破壊されたといふことは、彼にはちよつと想像の出来ないことだつた。さういふ兇暴な気持を誘ひだすまでの反感が村の人たちの胸に俄に湧き起つてくるといふことがありさうなことだといふ気がしなかつた。それだけに、雄作は一層自分の周囲に近づきつゝある危険を感じないでは居られなかつた。

「——何しろ出来るだけ外へ出ないやうになすつた方がいゝです。文士だとか画かきだとか言へばみんな社会主義者の一味徒党だと思つてゐる連中なんですからね——」

二三日前に彼のところへ、ひよつこり訪ねてきた高等視察が、帰りしなにかう言ひ捨てゝ帰つた言葉などが、そんな噂と関係して、またいろいろに考へられてくるのであつた。

夜中などぐつすり眠つてゐるときでさへ彼の耳はちよつとした物音をも聞き洩らさなくなつてゐた。風が吹きつけて微かな音が窓にがたりと聞えてもすぐに眼が醒めた。——彼はもう前のやうに平安な気持ちで夜警に出掛けることさへ出来なくなつてゐた。

自分の順番が廻つてくるごとに何とかうまい口実を見つけてはすつぽかしてしまはうかと思つたりしたがいざとなると、そんな馬鹿なことが、——といふ気にもなつたりして結局出かけてゆくのであつた。で、その夜も彼は九時を少し過ぎる頃から洋服に着替へて出掛けていつた。

夜警の詰所には、ちやうどその夜の番に当つた五六人の村の人たちが七輪の中に枯枝をくべて蚊遣りの代りにしながら寝転ろんでゐた。

「や、御苦労様です——」

彼が入つてゆくと一人の男が暗い小屋の隅からむくむくと起きあがつてかう言つた。老人らしい皺嗄れた声であつた。彼も軽くそれに応じながら入口に近い隅の方にあいてゐる腰掛けに腰を下ろした。小屋の前の道はM街道といつて右の阪をのぼり切つたところから下の方はもうS町の入口に通じてゐた。雨のあとで道は少しづゝ糠るんではゐたが時々鉄砲を担いだ兵卒が往つたり来たりする位のもので人通りといつては全くなかつた。空が曇つてゐる上に電燈がすつかり消えてゐるので四辺の闇は一層深く感ぜられた。

同じ村の中にもそれぞれの部落ごとに一つづゝ夜警の詰所があつた。それが交代に出ることになつてゐたので、ちやうど四日に一度位の割合ひで彼の順番が廻つてくることになつてゐた。——そして、当番は二組になつて一時間位の時間を置いては拍子木を打つて部落の家々を万遍なく廻るのであつた。村の人たちはみな善良であつた。二三軒の借家住ひをしてゐる勤め人のほかは大抵土着の百姓であつた。そしてさういふ勤人に対しては彼等は殊更遠慮するやうに見えた。

——いや、もう結構です。もうあとは私たちが廻りますからどうぞ帰つておやすみなすつて下さい——何時も一時か二時頃になると、彼等のうちの誰れかがきまつてさう言ふのであつた。

彼等は黙つて寝転ろんだり煙草を喫つたりしてゐた。小屋のトタン板には少しづつ微かな雨の音が聞こえはじめた。

「どうぞ此方へおはいりなすつて、——雨がかゝりますからね」最初彼に声をかけた年とつた男が眠むさうな声で呼びかけた。

「え、――」かう言つたゞけで彼は動かうとしなかつた。そのとき、急に闇の中から提灯が一つ近づいてきた。

「伝令です――」提灯を持つた男は小屋の前まで来ると立ちどまつた。軍服を着て竹槍を持つてゐた。そして、小屋の中をのぞくやうにして早口に饒舌つた。

「――K山の下でいま社会主義者三名を発見しました。一人はつかまりましたがあとの二人は逃げました。その服装は一人は袴を穿いて居り一人は在郷軍人の服装をしてゐました。終り。――これだけ、すぐにS町の自警団まで伝へるやうに伝令を派遣して下さい」

その男はかう言ひ捨てたまゝ、また泥濘の中を烈しい音を立て、もと来た道の方へ帰つていつた。奥の方で眠つてゐる者もみな起きあがつてきた。

一人の村の青年がS町へゆく伝令の役を負つて長い提灯をぶら下げながら雨の中を出かけていつた。――その頃からぽたりぽたりと落ちる大きな雨垂れの音が彼の胸に泌みついてきた。急にそはそはとした不安が雄作の頭の中で濃くなつたり薄くなつたりした。

「おい！　社会主義者だとよ――」

小屋の隅にうづくまるやうにして眠つてゐた一人の男が入口の方へ這ひ出てきた。提灯の光りで見るとその男は此阪の中腹にある瀬戸物屋の親父であつた。

「やつぱり此阪の下にゐやがつた何とかいふ男の一味の奴等だな。――何しろ社会主義者なんてふ奴等は無教育だから何を始めやがるかわかつたものでねえ」

彼にはそれがY氏のことを言つてゐるのにちがひないといふことがすぐにわかつた。さうしてことによると、かういふ人々の間にはもう自分のことまでがいろいろな風に取沙汰されてゐるのかも知れないといふ気がしたりした。

「どうして社会主義者はそんなことをするのかなあ――」

「そりやあ、お前、あいつ達は泥棒と同じことなんだから、人の家を焼いたり、金を盗んだりしてゆけばいゝと思つてゐるんさ」

瀬戸物屋の親父はマッチに火を点けながらかう言つた。

「何でもね。この前警察の旦那が俺の所へやつてきて、話していつたつけが、――日本には五人ばかり社会主義者の親玉がゐてな、その下に十人ばかりの番頭がゐやがるんだつてよ――こいつ達がみんな連絡をとつてゐやがるから敵はねえよ」

瀬戸物屋の親父はすぱすぱと煙草を喫つてしまふと勢ひよく煙管をはたいてそのまゝ、またごろりと横になつた。――

伝令に立つた若い男が帰つてきたのはそれから一時間ばかりも経つてからであつた。

「おい！　可笑しなことがあるもんぢやあねえか。向うへゆくとちやんと同じ話があるんだ。たゞ人数と場所が違ふだけさ。——誰れかゞ先廻りをして行つたわけでもなし、——」

その男は雨に濡れた合羽をはたきながら不審さうにかう言つた。そしてS町の方では十人あまりの社会主義者が、町の方へ逃げ込んできたといふ噂に脅やかされて消防隊が総出になつて警戒してゐるといふ話をしたりした。

雨は一層烈しくなつてきた。もう小屋の中にはところどころに雨洩りのするところが出来てゐた。

「仕方がねえな——こんな晩にはとても夜廻りなんぞ出来ねえから解散することにしべいや」

誰れかゞ半分冗談とも真面目ともつかない口のきゝ方でかういふと、瀬戸物屋の親父はむきになつて反対した。——

「おい！　阿呆言ふな。こんな晩が一番危いんぢやあねえか。——ひよつこり解散してしまつたあとで泥棒にでも入られる家が出来て見ろ。——」

その声には誰れも返事をしなかつた。みな暗い小屋の中にぢつとしてしやがんだり腰を掛けたりしたまゝ動かなかつた。入口にぶら下げた提灯の火がときどき消えかゝつてはまたほんのり、ぼやけたやうに薄明るくなるのであつた。

人のざわめきが不意に慌たゞしく聞えてきた。泥濘を踏みつける靴の音が入り乱れて近づいてきた。

「御苦労様です——」

その一隊が番小屋の前まで来たとき瀬戸物屋の親父が太い濁み声で中から叫びかけた。それは此村の在郷軍人団であつた。

「お気の毒ですが、すぐ警戒に出て下さい。社会主義者数名が此方面へ入り込んだ形跡があります。——」

四五人の軍服姿の男が手に手に仕込杖を突いたり、竹槍を持つたりしてずらりと小屋の前に並んでゐるのである。——ぼんやりと提灯の灯影の中にゆらいでゐるそれ等の顔の中には二三日前彼のところへやつてきた刑事の顔もあつた。——

「われ〳〵は此裏を警戒しますから、あなた方は此露路の入口を塞いでゐて下さい！」

在郷軍人の一隊はぞろ〳〵とまた雨の中を野原を突切つて部落の裏手にあたる窪地の方へ歩いていつた。

「それ見ろ！　俺の言つたとほりぢやねえか！」

瀬戸物屋の親父は、その背ろから聞えるやうに大きい声で言つた。

雄作の頭には、ふいとY氏の顔が浮かんできた。——ことによると、Y氏が逃げてゆく途中を襲ひかけられたのではないかしら、といふ気もしたが、Y氏の家が破壊されたのは二日も前の出来事なのだから真逆今になつてそんなことのありさうな筈もないとも思はれた。

雨の中を竹槍を握つて立つてゐるうちに彼は急にぞくぞくとするほどの寒気を感じてきた。瀬戸物屋の親父は雨の中を往つたり来たりしてゐた。

「おい！　静かに、静かに——いま源さんの家の犬が鳴いたやうな気がするが。――あの犬は人を見なけりや決して鳴かねえからな。どうも此裏手らしいぞ。」

彼の言つたとほりに犬の声はたしかに何処からか聞えてくるのであつた。

「おい、二手に別れよう。――誰れか一人此処に立つてゐて貰ふんだな。――」かう言ひ捨てたまゝ真先きに立つて走つていつた。伝令に行つた男も年寄りの百姓もみんな、ぞろぞろとそのあとから続いていつた。――で、彼は一人きりで露路の入口に立つてゐなければならなかつた。

彼は頭の中がもやもやとしてきた。もう今すぐにも此闇の中から誰れかの顔がぬつと現れてくるやうな気がした。若しそれがほんとうにY氏であつたらどうしよう。――

いろいろな考へが慌たゞしく彼の頭の中を駆け廻つた。いや、それよりも、いま裏の方へ廻つていつた在郷軍人の一隊が引返してきて、背ろから一突きにしてしまひさうな気もした。(それは全くありさうなことであつたから)――さう考へてくると、あゝいふ伝令の出所がみな自分を陥れるためにつくられたからくりのやうな気もするのであつた。――もういつそのことこのまゝ何も彼も捨てゝ、家へ逃げ帰つてしまはうか、といふ気にもなつた。

「――おい! 室田君! 俺だ! 俺だ。どうぞ助けてくれ。君の家の縁の下でもいゝから匿くまつてくれ」――細々とした声がいまにも闇の中から聞えてくるやうな気もした。さうして、雄作は地をえぐるやうに音を立てゝ降る雨の中に身体を晒しながら前屈みになつて立つてゐた。彼の右の手には雨に濡た竹槍がぎつしりと握られてゐた。不意にばさばさと木の間伝ひに何者かゞ忍び寄つてくるやうな気配がした。彼は木の下に身体をぴつたりと屈がませて息を殺してゐた。

さつきの若い男が退儀さうに竹槍を引きづりながら彼のしやがんでゐるすぐ前を通つて番小屋の方へ歩いていつたのであつた。


その次の日、彼は午近くになつてから起きた。まだ前の夜の疲れが頭の何処かに残つてゐるのがはつきりとわかつた。

空はすつかり晴れてゐた。ときどき東京市内で工兵隊が焼け残つた建物を爆破する音がどしんどしんと微かな地響を伝へてきた。

しかし、その音にも、もうすつかり馴れついてしまつてゐた。微かな余震がときどき硝子窓をぴり〳〵と動かしたりしたけれどもそれも唯、――また来たな、と思ふだけであつた。

彼は眠れるだけ眠つたやうな気がした。しかし飯を喰べてしまつてからでもまだ頭の中には滓が離れないでこびりついてゐるやうな気持がしてならなかつた。

背ろの森には蟬がまだしきりに鳴いてゐた。しかし、その声にも、もう夏のやうな生々とした力強さはなくなつてゐた。晴れわたつた空には何時ものやうに藍色に澄んだ雲が浮かんでゐる。——いままで圧へつけられてゐたやうな悲しさが一度に胸の中にひろがつてくるやうな気がした。地震以来、郷里の山形県へ帰したまゝになつてゐる妻の美須子のことなぞも、きれぎれの不安の中に雑つて思ひ出されてくるのであつた。そして一人きりで飯を炊いたり、掃除をしたりすることは、かういふときには一層彼の生活を侘びしく暗いものにするやうな気がするのであつた。

それに、自分が、さまざまな危険の中にとりかこまれてゐるといふ意識がだんだん明瞭りしてきた。このまゝ、こつそり殺されてでもしてしまつたらどうしよう、と思ふともう一時も早く汽車へ乗つて何処かへ落ち延びてしまつた方がいゝやうな気がした。そして、それは実際ありさうなことであつた。——この世の中といふものが、もうすつかり変つてしまつて自分たちの住むべき地上ではなくなつてしまつてゐるといふやうな感じもした。これからさきの生活なぞといふことについては彼には丸切り何の当もつかないのであつた。そんなことを考へたりする気力も無くなつてゐた。

その日の二時少し過ぎであつた。——草蛙穿きで麻の白ズボンの上にワイシヤツも着ないでメリヤスのシヤツの上から古ぼけたアルパカの上着を羽織つた河野が、太い青竹をつきながらやつてきた。

「——大変だつたね」

河野は黙つてその儘土間へ入つて来て、隅の方に置いてあつた椅子に腰をかけた。河野の顔を見ると雄作は急に胸の中が明るく豁らけてきたやうな気がした。

河野は家の中をきよろきよろ見廻してゐたが、急に彼の方を向いて愛想笑ひをしながら、

「此位なら大丈夫だね。——壁が落ちただけぢやないか！　僕の家なんか非道いよ。丸潰れだ！」

彼は燃えさしのバットを勢ひよく土間へ投げ捨てながら言つた。それから彼等はひとしきり地震当時の話なぞをしたり、知友の噂なぞについて彼等がお互に聞き噛つてゐることを語り合つたりした。

「さうすると、大抵生きてゐるらしいね。AだけはY町に住んでゐたんだから多分やられたらうと思つてゐたが、一昨日ひよつこりやつてきたよ。此分でいつたら死んだ者なんか一人だつてゐないね」

「——かうなると反つてあつけないやうな気がするね」

雄作もこんな軽口を平気で言ひ合ふことが出来るやうな気持ちになつてゐた。

「ところで、ね、君——僕は今夜、品川のKのところまで行つて、それから芝浦から出る軍艦で清水港まで行つてしまふつもりなんだ」

かう言つてから河野は急に声をひそめた。

「実はね。僕のところへスパイがやつてきたんだ。以前僕がYのところへ出入りしてゐたものだからね。ことによるとYのと

ころから昔僕の出した手紙か何かゞ押収されたんぢやないかと思ふがね。――それで、もうこんなときだから何をやられるかわからないからね。僕は早速逃げ出すことにきめたんだ」

さう言へば彼はシヤツの着替へでも入つてゐるらしい小さな風呂敷包を腰のところにぶら下げてゐた。

「そりやいゝさ」――雄作も何気なしにかう答へたのであつたが、そのとき不意に、いまにとんでもないことが出来上るぞ、といふ気持ちが胸の底の方から針で刺すやうにのぼつてきた。

「――それにね、実は水島がやられたんだよ」

「えつ！　水島が？」

雄作は不意に背ろから誰れかに突き飛ばされたやうな気がした。

「あゝ水島がね。×××へ連れてゆかれたんだよ。一昨日だつたがね。昨日まで待つて帰つて来れば大丈夫だと思つてゐたんだが、まだ今日になつても帰つて来ないからね。どうしたらうかと思つてゐるんだ」

四辺はもうすつかり暗くなつてゐた。雄作は思ひ出したやうに河野の言葉の途切れるのを待つて土間の壁に沿つて置かれてあつた茶棚の上から蠟燭の袋をとりだした。マツチを擦つて火を点けると暗い中から急に河野の蒼く燻ぶつたやうな顔が浮き上つてきた。

と、雄作の胸にはじつと抑さへつけてゐた鋭い不安がすうつと上の方をかすめて通つた。

暗い戸のすき間なぞから幾つもの凄い眼が室の中をそつと覗いてゐるやうな気がした。

何時の間にか河野が誰かに尾行せられてゐて一歩でも外へ出ればすぐにも検束されるやうな準備が出来てゐるやうな気もした。この附近を歩いてゐる河野の顔が近在の人々の眼に異様なものとして映ることも考へられることであつた。第一、房々と背ろに垂れ下つた長い髪と、妙に底光りのする窪んだ眼だけでも彼を普通の人間だと思はせないにきまつてゐたから。――

「遅くなつたからね。――僕は出かけることにしよう」

お茶をがぶがぶと飲んでしまふと急に時間の経つたのが気になつたやうに慌てゝ立ちあがるのであつた。雄作は黙つて彼の胸のあたりを見詰めてゐた。――（いや、待ちたまへ。もうとても遅いから今夜は泊つてゆきたまへな）、――さういふ言葉が咽喉元までこみあげてきてゐるのをどうすることも出来なかつた。そして、河野も雄作の唇から洩れるであらうその言葉を安心しきつて期待してゐるやうな感じがした。

「大分暗くなつたやうだね――」河野は立ちあがつたまゝ、まだもぢもぢしてゐた。

「あゝ、しかし品川ならこのすぐ先きだからね。線路伝ひにゆけば一時間とかからないよ」――

「さうだね」

河野は呻めくやうにかう言つた。雄作は黙つてゐた。河野は、あきらめたやうに、こんどは慌てゝ上着を着直したり、草鞋の紐を締め直したりした。

　夕方から曇りだした空は夜になつてから一層湿つぽくなつてきた。――外へ出ると雨気を含んだ冷めたい風が頬に感じられた。

「駅の方まで送つてゆかう――」

「いや、一人でい丶よ。――君は出ない方がい丶だらう」

　ずんずん先きに立つて阪をのぼりかけた雄作のあとから河野が大きく声をかけた。その声は、――何といふ貴様は意気地無しだ。自分の生命を守るためには貴様は平気で友を売る男だらう――と、たしかにさう思つてゐるにちがひない河野の気持ちをそのま丶敲きつけられたやうな響を持つてゐた。そして、自分だけでつくりあげた河野のさういふ気持ちに対して雄作は心の中で応答しながら歩いてゐた。

　――そのとほりだ。俺は全く意気地無しだ。だから、もう俺なんぞを友だちだとは思はないでくれ。そのかはり俺はもう決して大きな顔をしてのこのこと君たちの前へ出てゆかないから――。

　阪をのぼり切ると道は少し平坦になつたが両側が田圃になつてゐるので、風が急に冷めたくなつてきたやうな気がした。

　河野は二つ三つ立て続けにむせんだやうな咳をした。

「風邪をひいたんぢやあないかね？」

「い丶や、何でも無いよ」

　河野はかう言つてから、ちよつと間を置いて、

「暗くて遣り切れないね。何処かに提灯を売つてゐるやうな店は無いかね――」

「さあ――」

　と、雄作も立ち停つたが此あたりにそんな店のある筈もなかつた。よし、あつたところでもう商売なぞしてゐる筈もなかつた。泥濘のかたまりがまだところどころに小さい溝をつくつてゐるので此処まで歩いてきただけで河野はもう草鞋をすつかり泥まみれにしてゐた。

「仕方がないね。ぢやあ、急がないんなら僕のところに泊つたらどうかね。そして朝になつてから早く出掛けるさ」

「あ丶、――さうして貰へばい丶んだがね」

　河野は雄作の気持をさぐるやうに静かな調子で言つた。へんにぎごちない重苦しいものが雄作の胸の上に覆ひかぶさつてゐた。そして彼はまた先きに立つて阪の方へ歩き出した。


――


　阪の上まで来ると長い提灯が二つ彼等の方へ近づいてきた。

「室田さんですか！」

　凜とした声がひゞいた。雄作は首にぞくつとする寒さを感じた。そして立どまつて彼の前に現れた顔を見詰めてゐた。

「――いま、あなたのところへお伺ひしたんです。実は今日の夕方、あなたのところにお客様があつたさうですが――そのことで一寸お伺ひしたいんですがね」

それは二三日前に彼のところにやつて来た刑事であつた。——雄作は不意に胸元をつかみあげて古池の中へ身体だけ投げ込まれたやうな感じがした。

「え、——」そして、微かにかう答へただけであつた。

「とにかく一度お宅までお伴しませう」

その声は命令するやうに響いた。

「あゝさうですか。ついさつき出たばかりだもんですからね。友達を送つて駅の方まで行きかけたんですが、道があまり悪いのでまた引返へしたんです」

雄作は慌てゝこれだけ附け加へたが、刑事は黙つて歩き出した。そして、もう一人の刑事らしい男に小さい声で何事か囁いてゐた。阪の上までくるとその男は軍隊式に挙手の敬礼をして左手の闇の中へ消えていつた。

「危険ですね。こんな時刻に外出するのは最も危険ですよ——」

刑事はかう言ひ捨てたまゝ雄作の家の方へ下りていつた。河野は黙つて俯むきながら歩いてゐた。下唇をぢつと噛みしめてゐる彼の歯が少しづゝがた〳〵顫へてゐるのを雄作は見逃さなかつた。

彼の家の前には黒い人の影が犬のやうにむく〳〵動いてゐた。そして提灯の光りを見ると急に彼等の方に近づいてきた。

「——御苦労でした」刑事は微かに聞きとれない位の声でかう言つた。——その一人はたしかに昨夜夜警の詰所で一所になつた瀬戸物屋の親父であつた。彼等が家を出たあとで入れ違ひに此処へやつてきてゐるものらしかつた。薄い提灯の光りで刑事の横顔が闇の中に浮きあがつて見えた。

雄作は急に眼が眩むやうな気がして涙がひとりでににぢんできた。

（大正13年4月、高陽社刊『創作春秋』）

父を売る子

牧野信一

彼は、自分の父親を取りいれた短篇小説を続けて二つ書いた。

或る事情で、或日彼は父と口論した。その口論の余勢と余憤とで、彼はそれ迄思ひ惑ふてゐたところの父を取り入れた第一の短篇を書いたのだ。その小説が偶然、父の眼に触れた。父親は憤怒のあまり、

「もう一生彼奴とは口を利かない。――俺が死ぬ時は、病院で他人の看護で死ぬ」と顔を赤くして怒鳴つたさうだ。だから彼は、それを聞いて以来、往来で父の姿を見かけると慌てゝ踵を回らせた。彼等はひとつの小さな町に住みながら、父と母と彼と夫々別々の家に住んでゐた。

それ故彼は、もう父親には破れかぶれになつてゐたから第二の短篇は易々と書いてのけた。その上、今も彼が二ケ月ばかり前から書きかけてゐるのは、またも父親を取り入れたものだつた。それが若し滞りなく出来あがつたら、それに彼は「父を売る子」と称ふ題名を付ける気でゐる。――次の話は彼が未だその第一の短篇を書かなかつた頃のことである。

一

その晩も彼と父とは、酒を酌み交しながら呑気な雑談に耽つてゐた。晩春の宵で、静かな波の響きが、一寸話が止絶れると微かに聞えた。――父の妾の家の二階だつた。

「貴様の子供はいつ生れるんだ?」

忘れツぽさを衒つて、父は彼にそんなことを訊ねた。二人とも、もうイイ加減酔つて、口角をそろへて親類の悪口を云ひ合つてゐたが一寸止絶《とぎ》れたところだつた。

「六月ださうだ。」と彼も父の態度を模倣してわざと空々しく呟いた。

「いよいよ親父になるのか、貴様が!」

父はさう云ふと、傍の女を顧て仰山に哄笑した。

「そして――」と彼は云つた。この阿父さんは……と云ふのは具合が悪かつたのだ、眼だけで父を指摘して、

「いよいよお祖父《ぢい》さんになるんだよ。」と云つた。

「ばかア――」

でれでれした太い声でさう云つた父は、云ひ終つてもあぐりと口を開けた儘、笑い顔で彼と女とを等分に眺めた。

「貴様は幾つだ?」

「二十七だ。」

「未だ二十七か。」

「阿父さんは空つとぼけるから厭になつちまふ。」

「だが、二十七は……一寸早えな！」

「僕も内心大いに参つてゐる。」彼はさう云つて、安ツぽく首を縮めてにやにやと如何にも愚かし気な苦笑を浮べた。

「尤も貴様が生れた時は、俺は何でも二十……」

「え、、と？」

彼は、眼をつむつて額を天井に向けた。五十一から二十七を引くと幾つ残るか？を考へたのだが容易にその答へが見出せなかつた。

「二十……二三だらうよ。」

「随分早えな！　ハツハツハ。」

彼は、今更の如く軽い心易さを覚へて、音声だけ景気好く笑つた。——尤も斯ういふ調子にならなければ、この家の変に乱れた空気に調和しないので彼は殊更に甘い粗暴を振舞つてゐるのだつた。親爺はともかく伜の態度が、それにしても過ぎたることを思ふと、これは決して他人には見せられない光景だ——と彼は思ふのだつた。初めのうちは彼達の対談をはたの女達も不思議さうに眺めたが、今では逆に慣々しくなつてゐた。おそらく彼の母は、他所で彼等が斯んな振舞ひをしてゐるとは想ひも及ばなかつたに違ひない。

「この頃俺は毎晩毎晩酒にばかし酔つてゐて自分の仕事は何もしない。これぢやどうもいけない。皆なは俺が東京に居るうちはとても仕様のない暮しばかりしてゐたやうに思つてゐるが、この頃みたいに斯んなにだらしがなくはなかつた。第一酒などをそんなに飲まなかつた——。」

ふと彼はそんなことを口走つた。少々怪しくなつて来たぞ——彼は自分をさう思つた。

「皆な親爺が悪いから、といふわけかね。止せよう。」

「阿父さんも仲々厭味を云ふことが上手になつた。」

頭の鈍い父を息子は、こ、でさもさも可笑しさうにゲラゲラと笑つた。

「だつて——」と父は笑ひが止まると、一寸白々し気に云つた。

「貴様は今は仕事がないんぢやないか。夏あたりから例の会社に出る筈なんだから、まアもう暫く遊べ〳〵。」

「あ、、さうだね。」と彼は軽く点頭いた。彼が心では、どんなことに没頭してゐるのか？まして文学に思ひを馳せてゐるなんてことは父は少しも知らなかつた。——下らねえ月給取りなんて止せ止せ、それより近く俺が材木会社を初める筈だから、そこに勤めろ——常々父はさう云つて、そんなことでは励まされない彼を励ました。いろいろ奔走もしてゐるらしかつたが、彼は父の仕事は解りもせず、寧ろ信用してゐなかつたので、上の空で聞き流すだけだつた。

「今日は珍らしくお客がないね。」と彼は女に訊ねた。会社に関係する人々が大概この家に出入してゐた。さういふ相談をするには、どうしても斯ういふ家を持つてゐないと都合が悪い——父は彼の母によくそんなことを話して、嫉妬深い母親の心を返つて苛立せて閉口することが多かつた。

「いゝえ、もうさきまで三人いらしたんですよ。」と云つて女は含み笑ひをもらした。「若旦那がいらつしやるといふことを聞いて皆さんお帰りになつちやつたんです。」

「若旦那、男前をあげたぞ。」

父はさう云つて彼をからかつた。五六日前彼は、母と細君に煽動されて、酒の勢ひで来客中のこの家に呶鳴り込んだのだ。

「此間はね。」と彼はテレ臭さうに、女に弁解した。「ありやア大芝居なんだ。……だつて阿母と周子の奴が煩くてやり切れなかつたんだもの……。」

「お前えの女房もおつに気取つてやがるね。俺、嫌ひだア！」

父は、彼の母のことは既にのけ者にして云つた。

「俺も嫌ひになつたア。」と彼も云つた。「鼻が低くて、眼がまがつてゐる！」

「口が達者で、お上品振りだ。」

そこに二人坐つてゐる若い藝妓達が、口をそろへて「ほんとに此間は、随分妾達も怖かつたわ。」——「若旦那は、お口は拙いけれどどこかお強いところがあるわね。」

彼女達が軽蔑してさう云つたのも知らず彼は、これは俺の威厳を認めたに違ひない——と早合点して、一寸好い気持になつて、

「ハツハツハ。」と鷹揚な作り声で笑つた。そして痩軀を延し、胸を拡げて
「おい、お酌をしろう。」と眼をかすめて命令した。尚も自分の身柄も打ち忘れて、太ツ腹の男らしさを装ひ、

「うむ、お前達は仲々別嬪だな。」などお神楽の役者のやうな見得を切つて点頭いた。

「ひとつ取り持つてやらうか。」彼の父は、彼の馬鹿さ加減に擽られて堪らぬらしく、失笑をおさへて彼を煽てた。「ほんとうだよ。女房なんてにこびりついてゐるのは……」

「駄目？」と彼は、皮肉なつもりの眼を挙げて、にやりと父の眼を視あげた。さういふ言葉を父に吐かせてやらうと思つてゐたのだ。

「親に意見か！」

父は、ペロリと舌を出して平手でポンと額を叩いた。——彼は、厭な気がして憤《ぶ》ツと横を向いた。すると、眼眦が薄ら甘く熱くなるのを感じた。

「親爺は……親爺は……。」この俺の酔ひ振りがいけないんだ、これが失策のもとなんだ——さう気附けば気附く程、彼の上づツた酔の愚かな感傷はゼンマイ仕掛けのやうに無神経にとびあがつた。

「親爺は馬鹿だア！」

女は、居たゝまれなさうな格構で凝と膝を視詰めた。

「俺は親爺の真似はしねえぞう。」と彼は更に口を歪めて叫んだ。だが、さう云ふと同時に心の隅が極めて静かに——おツと、これは云ひ過ぎた。御免々々、あつぱれな口は利けぬ、——な

どと呟きながら、そしてたゞイイ加減に——まア、いいさい、さ——と誰の為ともなく吻ツとした。

「おい、よせ〳〵、解つてる〳〵。」彼の父は手を挙げて彼を制した。

「解つてゐればこそ、か。」彼は自分でもわけの解らぬ独言を、憎々しく洩した。——父は一寸、心から気持の悪さうな表情をした。

だが直ぐに気持を取り直して、話頭を転じさせるやうに
「貴様の子、俺の孫には、何といふ名前をつけようかね。」と云つた。彼は、救はれた気がしたには違ひなかつたが、そんなに想像を楽しむと云つた風な言葉を、嘗て父の口から聞いた試しがなかつたので、擽つたく情けなかつた。で、ぶつきら棒に
「だつて男か女かも解らないし——。」と手前勝手な不平顔を示した。

「多分男だよ。尤も俺は両方考へてゐる。」

彼の心は、容易くほぐれた。

「嘘だア！」彼は、女が親しい友達に厭がらせでも云ふやうに、狡猾にへつらつた。

「いゝえ、此間のうちからいつもそんなことを云つてゐらつしやるんですよ。」と女が傍から加勢して、一寸彼の父をテレさせた。

「何でも家《うち》ぢや長男には英の字をつけなければいけないんだつてさ。」父は、軽く慌てゝ、それでもう孫を男と決めて、ごまかさうと試みた。

「阿父さんはしきたりが大嫌ひなんでせう。」

「此頃、少し俺もかつぎ家になつた。」

「第一阿父さんや僕は、長男だが英ぢやないぜ。」

「英の字をつけないと碌な者にならないんだつてさ。」さう云つて彼の父は、彼の顔を見た。——そして二人は思はず噴き出した。

「さう云つて見れば弟の方が僕より質が好ささうだね、学校なども何時も優等で——。」

「さうだなア、ともかく今度は間違ひなく英の字を付けようぜ。」

「さう仕ようかね。」彼もその方が好ささうな気がした。「おぢいさんの名前は悦太郎英福《ヒデトミ》だね。」

「悦太郎か！」彼の父は久し振りで自分の父親の名前を聞いたといふ風に斯う繰り返したが、直ぐに妙なセヽラ笑ひを浮べた。

「おぢいさんは、どうだつたの、僕にはとても優しかつたが——。」彼は、そんな出たらめな質問を発した。

「俺とはとてもお派が合はなかつた。」

「ぢや品行方正なんだらう。」

「臆病で、ケチ臭さかつた。」

「その前は作兵衛英清だね。」

「うむ、さうだ。」

「作兵衛英清を、阿父さんは知つてるの？」

「知らない。」

「作兵衛英清は少しは偉かつたんぢやないの？」

「どうだか……」話が少し抽象的になつてくると、源は自分にあるくせに彼の父は直ぐに退屈な顔をした。彼の母が、よく意味あり気な夢の話などをすると返事もしなかつた。その点彼はいくらか母に近かつた
「だつて僕の幼い時分は、正月などにはきつとおぢいさんが、僕達を作兵衛英清の懸物の前に坐らせてお辞儀をさせたぜ。」

「チヨツ、下らねえ。」

「英清の前は――。」

「よくお前えはそんなことを知つてるな。」

　彼は得意気に
「定左衛門英経。」と云つた。

「ふゝん――。どうでもいゝや。作兵衛英清は何でも下ツ端の剣術使ひだとよ。」

「それぢや英の字もあんまり当にならない――となるかね。」

彼は、父があまり好い気な冷笑をして独り好がり過ぎる気がしたので、その初めの提言をからかつてやつた。

「まア、いゝさ。そんな夢みたいな話は止さうぜ。」父の酔は、がつくりと一段高まつた。「そこへ行くと俺は偉いぞう。」

「そこへ行くと――とは怪しい言葉だ。」彼も次第に酔ひが増して、しみつたれの酔つぱらひらしく言葉尻にからまつた。

「いや俺は日本人たア量見が違ふんだ。頭が世界的なんだ。それを……だ。貴様の阿母の兄貴なんて、第一俺を馬鹿にしてゐる。俺はお稲荷様見たいな位ひは無いよ、だが大礼服の金ピカや勲章が何でえ、△△サーヴアントぢやないか、えゝ、おい……だからだ……」

「僕はまた、さういふ世界的は滑稽に思ふよ。金ピカだつて奇麗だから、無いよりはいゝと思ふね、月給取を軽蔑したり、何とかサーヴァントだとか何とか、何だつていゝぢやないか……と、そんなことは云ふものゝ、僕も何も保守的な若者のつもりぢやありませんぜ。」

「俺ア、肚は社会主義だア。」

「どうも阿父さんの肚は小さいやうだ。」

「いや、貴様よりは大きい。」

「比較して僕は云つたんぢやない、批評したのさ。」

「あゝもう俺は解らん〳〵。――だからだね、いや、だからも何もないが、さういふわけでさ、俺は家《うち》のつながりは皆な虫が好かない。俺が死んだつて泣く奴なんてあるまいよ。たゞ、だね、貴様も馬鹿でさ、俺よりまた馬鹿だから、俺が死んで困るのは貴様だけだぞ。」

「いくら酔つたつてそんな下手なことを云はれちや閉口だ。気が遠くなる。」

「それが馬鹿だ、といふんだ。」

「あゝ、気分が少し暗くなつた。」

「気分とは何だい。貴様の頭の提燈か？」

「うん、提燈だ。」

「提燈とは驚いた。不景気な奴だな！サーチライトにしろ。」

「さうはいかない、生れつきだもの。」

さう決め込んでしまふのも因循すぎるか？彼は斯んな冗談にふとこだはつて見ると、生れつきなんていふ言葉を用ひたことが、そして若しほんとにそんな気を持つたら大変だ――と思つた。

「ところで、もう一遍子供の名前だがね。」と彼の父は、傍のつまらなさうな女に酌をされながら酔つた体をゆり起した。

「俺の名前の雄をとつて英雄《ヒデヲ》としようか？男だつたら。」

「英雄《エイユウ》と称ふ普通名詞があるんで弱る。」

「ぢや、お前の一《イチ》を取つて英一とするか？だがそれじや弟の英二郎と音《オン》がつくからな？」

「雄《ユウ》を取るのと一《イチ》を取るのと、どつちが縁ぎが好いだらう？」

「さて、さうなると？」さう云つて彼の父は余程問題を考へるやうに首をかしげた。彼も、何か漠然と考へた。酔つた頭が、風船のやうにふわふわと揺いでゐるのを微かに感じた。

「それはさうと、今晩はどう？帰る？」彼は、いつもの通りこの夜も母の手前を慮つて父親を伴れ帰す目的で此処に来たことを思ひ出した。

父は、居眠りをしてゐた。彼は、父が孫の名前を案じてゐるのかと思つてゐたが、父は慌て丶眼を開くと
「どつちが好いだらうな？だが、まアそのことは考へて置かうよ。」と呟いた。

「いや、もうそのことぢやないんだよ。――今晩家に帰るか、帰らないかといふこと。」

「今晩は遊んでしまはうや、い丶よ、気になんてしないだつて！」彼の態度が生温いのを悟つて、父はさう云つた。

「さうしようか、しら。」

「さう〱、家に帰るのは閉口だ。」

「俺も一寸今日は……」

その時父の傍の女が、何か用あり気に席を離れて階下へ降りて行つたのに彼は気附くと、その後ろ姿を見送つてから
「あんな女何処が好いんだらう。」と云つた。

「あれは少々抜作だ。加《おま》けに面も随分振つてゐるね。」父は大きな声で笑つた。斯う云ふもの丶云ひ方も、斯うあくどく繰り返しては愛嬌にもならない、厭味だ――と彼は思つて、自分にもさういふ癖があつていつか友達から大いに非難されたことのあるのを思ひ出した。

「阿母は偽善者だ。」

「阿母さんは、阿父さんのことを口先ばかりの強がりで、心は針目度のやうだと云つてゐたよ。」

「これから出掛けて、飲まう。」

「うむ、出掛けよう。」と彼も変に力を込めて云ひ放つた。父が先に立つて此方を甘やかすのに乗ずると、後になつて蔭で面白がつて彼の行為を吹聴することがあるので、彼はそれを一寸

憂慮した。
「だが、今日のことは阿母さんには黙つてゐてお呉れ。」彼は低い声で頼んだ。
「誰が喋るものか、馬鹿野郎！」父は怒鳴つてふらふらと立ちあがつた。

二

　庭の奥の竹藪で、時折眼白が癇高く囀つてゐた。周子は縁側の日向で、十日ばかし前からやつと歩き始めた子供の守をしてゐた。梅の花びらが散りこぼれてくると、子供はいかにも不思議さうに凝と立ち止まつて眼を視張つてゐた。周子はその態をしげしげと打ち眺めて
「この子は屹度悧口な子供に違ひない。」と呟いた。そして思はず苦笑を洩した。何故なら彼女はさう思つた時すぐに――少くともこの子の父や祖父よりは――といふ比較が浮んだからだつた。
　彼女の夫は次の間の四畳半に引き籠つて、机の前で何やらごそごそと書物の音をたてたり、何か小声でぶつぶつと呟いたりしてゐた。彼はもう四五日前から、子供とも細君ともろくろく口を利かず自分の部屋にばかりもぐつてゐた。彼女は、彼が何をしてゐるのか無頓着だつた。この頃はあまり夜おそく帰ることもなく、酒に酔ひもしないので、清々とい丶位ひにしか思つてゐなかつた。
　暫くすると四畳半で
「え丶ツ、くそツ！」と彼が何か疳癪を起したらしく、どんと机を叩くや、びらびらと紙を引き裂くのが聞えた。そして彼は
「とても駄目だ。」と独り言ちながら、唐紙を開けてひよろ〱と縁側へ出て来た。
「どうなすつたの？顔色が悪いわ。」彼があまり浮かぬ顔をしてゐるので、周子はお世辞を云つた。
「顔色が悪い？　さういふ不安を与へるのは止して呉れ。さういふことを聞くと俺は何よりも悄気てしまふ。」彼は軽く見得を切つてイヤに重々しく呟いた。周子は笑ひ出したかつたが、彼の様子が案外真面目らしいので努めて遠慮した。
「悪いと云つたつて種々あるわよ。変に顔色がまつ赤なのよ。」
「英雄《ヒデヲ》のやうか」彼は気拙さうに笑つて、子供を抱きあげた。
「何か書いてらつしやるの？」
　彼はうなづいただけで、横を向いた。その意味あり気な様子が、周子はまた可笑しかつた。それにしても此間うちから厭に不機嫌で、莫迦々々しい我儘を振舞つては、机にばかり噛りついてゐるが、一体斯んな男が何んなことを考へたり、何んなことを書いたりするんだらう……さう思ふと彼女は、どうせ碌なことではあるまいといふ気がすればする程、間の抜けた彼の顔に好奇心を持つた。すると彼女は、一寸彼を嘲弄して見たい悪戯心が起つて
「創作なの？」と訊いた。

周子は彼がおそろしく厭な顔をするだらうと予期してゐたにも係はらず、彼は、おとなしく、そして心細気にうなづいた。

「小説——と云つてしまふのは、おそらく狡猾で、下品なまねだらうが……」彼は聞手に頓着なく、あかくなつて独りごとを始めた。「俺は此間うちからいろいろ自分の家《うち》のことを考へてゐたんだ。親父のこと、阿母のこと、自分のこと、そして英雄《ヒデヲ》のこと……」

「あなたでも英雄《ヒデヲ》のことなんて考へることがあるの？」

「黙れ！　考へると云つたつて……」と彼は険しく細君を退けたが、今自分が云つたやうに重々しくは、家のことだつて親父のことだつて阿母のことだつて……そんなに考へてゐるわけでもない——といふ気がしたが
「主に親父のこと……」と附け足した。「そして到頭やりきれなくなつた。」

「何が？」

「貴様とは考へることの立場が別なんだから余計なことは訊くな——今、清々としてゐるところなんだ、やりきれなくなつて止めたので——。」

「……。」周子は、ぽかんとしてゐた。

彼は、さう云つたもの丶、浅猿しい自分の思索を観て、醜さに堪えられなかつた。たとえ周子の前にしろ、うつかり斯んな口を利いて、己が心の邪まな片鱗を見透されはしなかつたらうか、など丶いふ気がして更に邪まな自己嫌悪に陥つた。……あ丶、自家のことなんて書かうとする不量見は止さう〳〵……彼は、さう心に誓つた。今迄彼は、稀に小説を書いたが、それは主に幻想的なお伽噺とか、抒情的な恋愛の思ひ出とかばかりだつた。だが此頃それには熱情が持てなくなつた。

それならば止めたらよからう——彼は、斯う新しい「熱情」を斥けた。

「ちよつと家へ行つて来ようかな。」

「どつちの家？」周子は立所に聞返した。彼が出掛ける時には、周子は必ずさういふ問ひを発するのだつた。そして若し彼が、親父の方だ——と云はうものなら、彼女はさながら夫の悪友を想像するやうに顔を顰めるのだつた。尤も彼が、出掛けるといふ時の目当は、大概父親の方だつた。

「阿母さんに一寸用があるんだ。」

「嘘、嘘。」と周子は笑つた。この邪推深さは酷く彼の気に喰はなかつたが、事実はうまく云ひあてられたので
「嘘とは何だ。」とあべこべに如何にも無礼を詰るやうに叱つた。いや、阿母のところにも一寸寄るかも知れない——など、自分に弁明しながら。

「今日これから、あたしお雛様の支度をするんですが、手伝つて呉れない？」

「あ丶お節句だね、もう。」

彼は、嘘を塗抹した引け目を感じてゐたところなので、周子から見ると案外朗らかな返事を発した。「男の子なんだからお

雛様なんておかしいぢやないか。」

「あたしよ〳〵。」

「ふざけるない。子供がることはみつともねえぞ。」

「あなたに買つて貰ひはしないから余計なお世話よ。」

斯んな無神経な手合にかゝつては此方がやり切れない――彼は自分の鈍感も忘れて、愚かな力を忍ばせた。斯ういふきつかけで喧嘩をすることは、もう彼はあきてゐた。その代り肚で一層軽蔑するぞ――と決めた。これがまた彼の狡さで、ほんとは彼女の言葉を最初にきいた時は、雛節句の宵の女々しい花やかさに一寸憧れたのだつた。

「ぢや御馳走を拵へるのか?」

「お客様も二人ある筈よ。だけど肝心のお雛様が、とても貧弱であたしはがつかりしてゐるの。」

「お雛様なんて紙ので沢山だ。――それぢや阿父さんと僕もお客に招ばれようか」

「お父さんは真平――。白状すると、怒つちや厭ですよ……、あなたもその晩は居ない方が好いんだが……。」

「ハツハツハ……そんなことぢや俺は怒りはしないよ。その代り俺、あさつては昼間から阿父さんのところへ行くぞ。」

英雄《ヒデヲ》はいつの間にか彼女の膝に眠つてゐた。

「ちよつと行つて来るよ。」

「また始まつた。」

彼は、何か口実を設けて出掛けよう、と考へた。

「あゝ今日は珍らしく気持がさつぱりとした。」彼は、そんなことを云つて蒼い空を見あげた。「テニスに行かうかな。」

「テニスなら行つてらつしやいよ。」

「ぢや行つて来るよ。」

彼は、しめたと思つて立ちあがつた。

「シヤツがもう乾いてゐますよ。」

「今日は、ラケツトの袋の中にパンツも容れて持つて行く。」

「怪しい〳〵。」と周子は云つた。コートに着物を着換へる場所がないので、いつも彼は家から外套の下に支度をして、行くのだつた。――彼は、思はず度胆《どぎも》を抜かれて
「そんなら着て行かうよ。」とふくれて云つた。海岸の××といふ料理屋に東京のお客と一処に来てゐるんだが、その人にお前を紹介したいから――といふ意味の使ひを彼はうけてゐたのだ。彼は、十日ばかり前父と一処の席で出会つた若いトン子と称ふ藝者が好きになつて、またトン子に会へると思つて内心大いに喜んでゐたのだつた。そして斯ういふ機会の来るのを待つてゐたのだ。

彼は、破れかぶれな気で、細君からパンツとシヤツを受け取ると、情けなく、手早くそれを身に纏ふた。

「ジヤケツ?それとも外套?」

「和服の外套にしようかしら。」

細君は笑つて相手にしなかつた。彼は本気で云つたのだ。

彼は、頭がぽつとした。ズツクの靴を穿いて庭に飛び降りる

と、物置から自転車を引き出した。そして往来に出ると、ヒラリと自転車に飛び乗つて真ツ直ぐな道を煙りのやうに素早く走つた。この儘、海岸の料理屋へ行くことを思ひ切つたのである。

三

最近彼は、また書きかけた小説「父を売る子」を書き始めた。一度不仲になつた父との関係が偶然の機会で、もとに戻つた。現在の感情だけに支配されてゐる此頃の彼は、もう「父を売る子」を書きつゞける元気がなくなつた。此間彼が出京する時の彼と父とは、この小説の第一節と殆ど同じ場面を演じて別れたのだ。「父を売る子」が書きつゞけられないので、出京後彼は、題は考へずにこの小説を書き始めたのである。三つの家のことを夫々書かうと思つたのだつた。そしてこれももつと長くなるのだ。

この小説の第二節の半ばまで、漫然と書いて、これからもつと鋭く父の事を書かうとして、彼はペンを置いた。三月の初旬の月の好い晩だつた。前の晩友達と飲み過して、気持も落着かなかつた。

彼は、その晩父の訃報に接した。

脳溢血で、五十三歳の父は突然死んだ。

「父を売る子」は勿論、この生温い小説すら彼には続ける力が消えた。

「父のことは、もう書けさうもない。」彼はさう思つた。「張り合ひがない。」

「此頃君は事務、怠慢か？さつぱり訪問に出かけないね。」

最近雑誌をやり始めた彼に、友達が云つた。

「何となく気おくれがするんだ。」

「はツはツハ、道理で此頃は酔ツぱらつても唱歌を歌はないと思つた。」

「うむ、さう云へばさうだ。」

「独り静かに酔ひ給へ、夜。それが一番君がフア、ザアの冥福を祈ることになる。」

親切な友達は彼にさう云つて呉れた。彼は慌てゝ手を振つた。

「いや、御免だ〳〵。もう二三日経てば屹度元気を出すよ。他合もないんだ。俺なんて――。」

「父親小説は、もうお終ひか？」

「うむ、お終ひだ。」

彼は、尤もらしく顔を顰めて、うなつた。

それで彼は、この題の考へてない小説に、「父を売る子」を奪つてつけることにした。

もう直ぐに父の四十九日の命日が来る。彼は、またあの厭な親族達に会ふことを思ふと辟易したが、此度は急に一家の、主人公になつたのだから、ひとつ大いに威厳を示してやらうなどゝ思ひ、その日に云ふべき言葉の腹案と態度のことを今から夢想してゐる。（十三年四月）

（「新潮」大正13年5月号）

一つの脳髄

小林秀雄

　雪空の下を寒い風が吹いた。枯れかゝつた香附子が、処々《ところどころ》に密生した砂丘の上に、小さな小屋がある。黒いタールを塗つたトタン屋根が蓋をした様に乗つかつて居た。其処で船の切符を売る。未だ新しい青い竹竿が、小屋に縛り付けてあつて、其の先で乗船場心太丸と染め抜いた赤旗が翻つて居た。竹竿は、風で動く毎にトタン屋根の庇を厭な音を立てゝ擦つた。四拾五銭で切符を買つた。黒い爪の延びた薄穢い少年の手が小さく切り開いた窓口から出て、四角な紙片れと穴のあいた白銅をコトンと置くと又引込んだ。砂丘を下りると砂鉄の多い浜と黝い海が見える。心太丸らしい発動機船が鼠色のペンキの剝げかゝつた横腹を不安気に上下させ乍ら浮いて居た。汀には船を待つらしい五六人の人が寒む相に佇んで居た。波の襞は厚い板ガラスの断面の様にもり上つては痛《ひど》い音を立てて崩れた。白い泡がスーッと滑らかに砂地を滑つて上つて来ると、貝殻の層に到して急に炭酸水が沸騰する様な音に変つた。それが無数の形の異つた貝殻の一つ一つ異つた慄へを感じさした。私は茫然《ぼんやり》と波の運動を眺めて居る中に妙な圧迫を感じ初めた。帽子をとると指を髪の中に差し込んで乱暴に頭を掻いて見た。何んだか頭の内側が痒い様な気がした。腫物が脳に出来る病気がある相だ。自分のにもそんなものが何処かに出来かゝつて居るのではないかしら――。痛いのはいゝとして頭の中が痒くなつては堪らないと思つた。

「出ますから乗つて下さい」と船頭が命令する様に怒鳴つた。

　波を利用して船を押し出すと船頭は舟に飛び乗つた。海水に濡れた部分が半分色の変つた足から、白く乾いた舟板の上に冷た相な雫がポタポタと滴る。ふと見ると脛に一尺許りの痛《ひど》い紫色の疵跡がついて居る。それが痛々しい、厭な気を起させた。心太丸に近づくと船頭は熊手の様なものを彼向に引つかけた。真鍮の推進機と吃水線を塗つたペンキの赤い色とが水を透して美しく見えた。腹と腹とを近づけた二つの船の間で波が重相ないゝ音を立てて鳴つた。

　私は船室に下りないで船べりに駒下駄を並べてその上に腰を下した。ガラス窓を嵌め込んだ、交番の様なものが取つて付けた様に船の中程に立つて居る。屋根にヒョロ長い煙出しがある。交番の中で鐘が鳴つた。ゴト〳〵と機械の音が下からすると、煙出しから二つ三つの煙の輪が勢ひよく飛び出して灰色の空に消えた。そのまゝ静かになる。ガラス窓が開いて青い服を着た男が首を出して煙草を喫つた。

漕ぎ戻つて行く私達を乗せて来た和船が小さく見える。音の聞えない白い波の飛沫が砂鉄の敷き詰めた渚にパッパッと上つた。漁夫が数珠繋ぎになつて担いで行く褐色の地引網が砂丘の下を這つて行く。船は動き出すと無暗に振動した。而も波があるわけではない。自分の機械でガタ〳〵慄えて居るのだ。ずゐ分気の利かない話だと思つた。大島通ひの汽船が可成近い処を追ひ越して通つた。太《ふと》い汽笛を鳴らした。欄干に目白押しに並んでこちらを見下して居る旅客の間から、黄色いものがスーッと海に落ちた。誰か蜜柑を落したのだ。横波を喰つた心太丸は身体を曲げてガタ〳〵慄え乍ら進んだ。岬《はな》を一つ廻ると山がすぐ海に迫つて来る。前の年の九月の地震で山崩れがあつたらしく、何の山も赤い、生々しい山肌を露はして居た。黄色い地層は脂肪の塊の様に見えた。或る所では船頭の足の疵を思はせる様な紫の縞が織り込まれてゐた。この不気味な赤い縞は、雪空と黒耀石の様に漆黒な山影の海との間に挟まつてズル〳〵と後方《うしろ》へずれて行つた。

船の作る波が流氷の様に青白く光つて海面に拡がつた。突然、その海の底に棲んで居る魚の凍つた様な肌が、生臭い匂ひと一緒に脳髄に冷りと触れた。私は身慄ひした。

幾時の間にか先刻《さつき》の青服の男が、交番から首を出して居た。男は雪空を見上げて何か云つた。船の上には誰も居ない、寒いので船室に下りて居るのだらう。私も急に寒くなつた。それに頭痛がして来たので中へ這入ることにした。砂鉄のパラ〳〵落ちる駒下駄を抱へて、急な踏段を下つた。莚を敷いた、薄暗い船室がある。周囲に船に酔つた時の用意らしく、十五六の瀬戸引の洗面器がづらりと掛けてあつた。それが、船の振動で姦しい音を立てゝ居た。顔色の悪い、繃帯をした腕を首から吊した若者が石炭酸の匂ひをさせて胡坐をかいて居た。その匂ひが、船室を非常に不潔な様に思はせた。傍に、父親らしい痩せた爺さんが、指先きに皆穴があいた手袋で、鉄火鉢の辺《へり》につかまつて居る。申し合はせた様に膝頭を抱へた二人連の洋服の男、一人は大きな写真機を肩から下げて居る、一人は洗面器と洗面器の間隙に頭を靠せて口を開けて居る。それから、柳行李の上に俯伏した四十位の女、——これらの人々が、皆醜い奇妙な置物の様に黙つて、船の振動でガタ〳〵慄ふて居るのだ。自分の身体も勿論、彼等と同じリズムで慄えなければならない。それが堪らなかつた。然し自分だけ慄えない方法は如何しても発見出来なかつた。丁度坐つた尻の下にピストンを仕掛けられた様だつた。袂から敷島を一本捜り出して、火を点けようとすると、手が慄えるので、煙草の先きがサク〳〵と灰の中にさゝる。不機嫌な顔をして、口を窄めて煙を吹き出した。すると意外にも煙はポッポッポッと輪を拵らへて勢よく飛び出した。いくら静かに吹き出さうとしても、ポッポッポッと輪になつてしまふ。私は少し元気付いた。そして、交番の屋根の本物の煙出しを思ひ浮べ乍ら、煙草の遊戯を繰返した。一本喫ひ終ると、急いで煙草入を出して見たが、あと一本しか残つて居ない。而も包紙が破れて居て空気が洩つた。そこへ唾をつけると折れてしまつた。

船の振動がバッタリと止む。人間は、洗面器と一緒に静まり返つた。船の水を切る音が、鮮やかに響いた。

小締んまりとした、湖水の様な入江に、鰹船や、白ッちやけた和船が、雑然と、然し如何にも静かに浮いて居た。M港の町は、震災当時の火事で、すつかり焼けて了つて居た。粛索とした正面の山の斜面に、黄色いバラックが処々《ところどころ》にかぢり付いて居た。火事の灰で鉄の錆の様に染つた汀を、清澄な水が浸して居た。子供が大勢、船から炭俵を下してゐる。それが、震災後の此の町の生活の苦しさを思はせた。

私は、湯ケ原まで自動車に乗つた。焼け残つた電柱や、自動車を見送る煤けた様な少年が、セルロイドの窓を横切つた。峠を越すと道は海に沿ふて緩やかなカーブを作る。雪空の圧迫に堪へ兼ねた様な、薄穢い漁夫の家が、道の右側に連続してゐる。門口に置かれた菰には、牡蠣らしい貝殻が一つ一つ憂鬱な空の色を映して鈍く光つてゐた。過ぎて行く荷車や、犬や、通行人や色々のものが次々に眼に飛込んで来た。疲れた頭が見まい見まいとすればする程、眼玉は反逆した。荷車の輪と一緒にグルリ〳〵廻つてゐる藁の切れ、車を引いた男の顔から鉢巻の格好まで見てしまふ。電柱が通ると落書や広告を読む。私は苛々して非常な努力で四角なセルロイドから目を離した。

私と向ひ合せに車掌が坐つてゐた。目尻が少し下つて頬骨の高い、子供の様な顔が、出来たての霜焼けの様に真赤だ。よく冬、畠で働いてゐる百姓娘にこんな赤い顔をしてゐるのがあると思った。それが襟と袖口に緑色の縁をとつた、カーキ色の兵隊服を着てゐる。ロシアの兵隊のおもちやといふ様な感じがした。

行手を見ると、往来に馬の尻がつき出してゐる。自動車がそれをスレ〳〵に追ひ越すと、ガタンとひどい音を立てゝ止つた。馬が後ずさりをして衝突したのだ。車掌は首からぶら下げた小さな鞄をヒョイと後に廻すと、周章てゝ飛び下りた。蹄鉄の音と一緒に車掌の詫まるらしい言葉と男の胴満声が聞えた。

「ヤイ、ヤイ、車を見ねえか」、運転手が窓から乗り出して怒鳴つた。蒼い顔に近眼鏡をかけてゐる。やがて、曲つた泥除をガタ〳〵さしてゐた車掌が車内に這入つて来た。

「大体馬を往来におッ放しておく法があるもんか」運転手は冷淡な調子で云つた。

「往来におッ放して置く法はない」と車掌は同じ事を呟いた。まだ昂奮してゐるらしかつた。

盲縞の上被布でぶく〳〵と着膨れた、汚いおかみさんが、自動車を呼び止めた。

「ジン公。めしあ未だだろ、これを持つてつて食つて来な」おかみさんは、左手で抱へた大きな御鉢を、車掌の方へ差し出した。母親なのだ。車掌は、私の顔を偸み見て迷惑相に顔を顰めた。

「いんだよ」

「い丶から食つてきなよ、さあ」

母親と一緒に立つてゐた、車掌とよく似た、十位の女の子が、皹の切れた手で信玄袋をさげて乗つて来た。

「学校まで丶いんだよ」、女の子は嗄れた声を出した。茶ッぽいグル／＼巻の髪に花簪をチョコンとさしてゐる。

兄貴は黙つて外方《そっぽ》を向いた。

自動車は動き出した。母親は、お鉢を抱えて、未練らしく、何やら云ひ乍らついて来たが、直ぐ後になつた。車掌は何んだか悄気てゐた。

額の無暗に広い、目の細い女中が給仕をした。その馬鹿馬鹿しい善良な顔が私を悩ました。食慾は無かつたし、話すのも億劫な気がして、何んとなく不機嫌な顔をしてゐた私の傍で、女は一人でよく喋つた。私は、女のだ丶つ広いおでこの内側に駝鳥の卵の様な、黄色い、イヤにツル／＼した脳髄が入つてゐる事を想像した。女の喋る言葉が、次々にその中で製造されてゐると思ふと滑稽な気がした。然し、知らぬ間に私は、地震で何処の温泉は湯が増えたとか、減つたとか云ふ話に、骨を折つて調子を合はせてゐた。

一人になるとホッとした。私は一閑張の机に肱をついて、机の上に映つた電燈の姿を茫然《ぼんやり》眺めてゐた。気持の悪い倦怠を感じた。丁度、非常に空腹な癖に胸が焼けて何も食べられないと云ふ様な生理現象が頭の中で起つてゐた。

女中は床を敷きに来ると、「おやすみなさい」と丁寧にお辞儀をして障子を閉めた。――駝鳥の卵が眠る――私はもう滑稽な気はしなかつた。廊下を遠ざかつて行く草履の音を聞いた。――俺の脳髄を出して見たら如何んなに醜い格好をしてゐるだらう――湯を使ふ音が、廊下が喇叭の様な塩梅になつて時々朗かに響いた。それもやがて止絶えた。私は原稿用紙を拡げた。

三年前父が死んで間もなく、母が咯血した。私は、母の病気の心配、自分の痛い神経衰弱、或る女との関係、家の物質上の不如意、等の事で困憊してゐた。私はその当時の事を書きたいと思つた。然し書き出して見ると自分が物事を判然《はっきり》と視てゐない事に驚いた。外界と区切りをつけた幕の中で憂鬱を振り廻してゐる自分の姿に腹を立て丶は失敗した。自分だけで呑み込んでゐる切れ切れの夢の様な断片が出来上ると破り捨てた。

母は鎌倉に転地してゐたので、私は毎日七里ケ浜に散歩に行つた。其処に呼吸器病の療養所が二つ建つてゐる。ガラス障子の嵌つた、細長い棟が幾つも並行して砂丘の腹にへばり附いてゐた。前の年の冬の曇つた日だつた。懐手をして浜をブラ／＼してゐた。（天気のい丶日は太陽の反射で散歩は直ぐ疲れてしまふので曇つてゐた方がよかつた。）過酸化水素水の茶色の空壜がよく砂の上に目についた。病院のガラス障子の線が白く光つてゐた。そのガラスの嵌つた細長い箱に閉ぢ込められた病人が、海の広い空気に、子供が乳首に吸ひ付く様に吸ひ付いてゐる。――空気の断面が一人の病人の喉からは入つて先で二つに分れる突起を無数に造つてザラ〳〵してゐる。――こんな事を考へ乍らブラ〳〵してゐた。其時、灰色の海面にポッカリとスベ〳〵した頭を出してゐる黄色い石を見た。帰つても妙にその石が頭についた。私は自分の憂鬱の正体を発見したと思つた。友達が遊びに来た時、友達と一緒にその石を見るのが何となくイヤで避けて通つた。そんな記憶が浮んだ。

　知らぬ間に私は原稿用紙の上に未だ蝕ばまれた穴の数まで覚えてゐる石の格好を幾つも書いてゐた。そして今では神経病時代の其麼経験をたはいもない事として眺められるだけにはなつてゐると思つた。

　地震で建付の悪くなつた障子が柱との間に細長い三角形を黒く造つてゐる。其処から静かさがガスの様に這入つて来た。室の空気の密度が濃くなつて行く様な気がした。私は机の上の懐中時計を耳に当て丶、その単調な音で、静寂からくる圧迫に僅に堪へ乍ら凝つと前の壁を視詰めてゐた。と、急にドキリとした。立ち上らうとしてハッと浮かした腰を下ろした。鎌倉の家で、夜、壁を舐めた事があつた。それを思ひだした。

「もう舐めないぞ」と冗談の様に呟やこうとしたが声が出なかつた。私は何んとなく切ない、真面目な気持ちでぢつと坐つてゐた。

　床に横になると、舌の上にヂアールの白い塊を二つ乗せた。私はもうカルモチンでは眠れなかつた。二月程前、この薬を飲み過ぎて、翌朝縁側から足を踏み外づして落ちた事があつた。友達の兄の医者の処へ行つて目の覚める薬を呉れと云ふと薄荷の様な水薬を呉れた。医者は「そんなものはもう止め給へ。心臓を悪くする。眠らせたり、覚ましたり、君はまるで自分の頭を玩弄《おもちゃ》にしてゐるんだね」と云つた。

　然し仕方がない――俺の頭よ。許して呉れ――私は薬で苦くなつた口で呟やいた。

　――何んだか雨垂れの様な音がした。……

　翌日は雪だつた。目を覚ました時は竭んでゐたが、空は未だ降りた相に曇つてゐた。

　私は湯槽に寝そべつてゐた。風呂場のガラスの窓越しに、雪に覆はれた電線が、重相に弛んでゐる。雀が来てとまつた。雪がパッと散つて黒い被覆線が露はれた。雀はゴム鞠の様に膨らんでゐた。温泉の白い湯気が時々電線と雀を茫《ぼや》けさせた。私は、透明の湯を透して赤く血の色の浮んだ自分の体を見た。それから湯の面に突き出た憂鬱な頭の格好を意識した。それは、やつとヂアールの毒から解放されて頑《かたくな》に沈黙してゐた。私は、後頭部を湯につけた。然し頭は湯の温か味を反撥した。何が起るか解らない、と云ふ様な不安がした。

(兎も角、これを東京まで静かに運んで行かなければならない。然し帰つた処で……だが、今夜又今処に寝るのは堪らないからな)ヤイ〳〵云つて旅行に出て来た癖に、もう帰つて来たのかと家で云はれるのを考へた。(馬鹿、そんな事は如何でもいゝんだ――熱海へでも行くかな、行つたつてロクな事はないぞ――それとも……)私は、苛々して来た。

(静かに、静かに)私は、注意深く、労《いた》はる様に頭を湯槽の辺《へり》に乗せた。

歩いて、真鶴まで行く積りで早めに宿を出た。昨日の自動車が往来に止つてゐた。兵隊服の車掌は私を見ると乗れと云つた。

「早過ぎる様ぢやありませんか」

「早過ぎはしません」車掌はかじかんだ様な手で緑色の袖口を捲つて大きな腕時計を見た。松葉杖をついた男が横から覗き込んで、車掌のに劣らない様な自分の安時計の蓋をパタンと開けた。そして

「四十分進んでる」と云つた。

「船場の時計だから合つてます。進んでたつて船は船場の時計で出るんだからね」車掌は子供が癇癪を起した様な顔をした。船は陸を一と足離れゝばお終ひなのだとか、彼方で三十分や、四十分間がなくては駄目だとか、と早口に喋つた。喋り乍ら唾をジク〳〵口の両端に出した。

私は黙つて歩き出した。

平地の雪は殆ど融けてゐたが、盆地を取り囲んだ山々は真白に染まつてゐた。それが山を非常に高い様に思はせた。街道の側に澄んだ小川が流れてゐる。雪融けの水でシットリ濡れた岩を鶺鴒が小さい黄色い弧を作つてピョイ〳〵渡つてゐた。機械で木を切る音が透明な空気の中に響いた。鋸屑の小山に斑らに雪が消え残つてゐた。新鮮な木の香がした。其の何時にないすがすがしさが自分に如何してもそぐはない気がした。その癖すがすがしさは感じてゐた。丁度自分の脳髄をガラス張りの飾り箱に入れて、毀れるか毀れるかと思ひ乍ら捧げて行く様な気持ちだつた。然しいつの間にか、それは毀れてゐた。そして重い石塊に代つてゐた。

峠の下で自動車が私を追ひ越した。下ると松葉杖の男が立つてゐた。「とうとう歩きましたね」。男は私に声を掛けた。「船は出ちやつたんですよ。車掌の奴、あれから飯を食ひやがつたんです」。そして忌々し相に皺を額に造つた。

(此の男は何を云つてゐるんだらう――)、私は一寸の間、間抜けた様子で男の顔を眺めてゐた。(はゝあ、成程、俺は此処で苦笑といふ奴をすればいゝのか)私は、信玄袋を担いで来た赤帽の様に肩の上に乗つかつた石塊を振つた。

次の船は仲々出ない。私は赤い錆の様な汀に添ふて歩いた。下駄の歯が柔かい砂地に喰ひ込む毎に海水が下から静かに滲んだ。足元を見詰めて歩いて行く私の目にはそれは脳髄から滲み出る水の様に思はれた。狭い浜の汀は、やがて尽きた。私は引き返へ相と思つて振り返つた。と、砂地に一列に続いた下駄の跡が目に映つた。私はそれを脳髄についた下駄の跡と一つ一つ符合させる様に眺めた。私はもう一歩も踏み出す事が出来なかつた。そのまゝ丁度傍にあつた岩にへたばつた――。

松葉杖の男が私の下駄の跡を辿つてヒョコ〳〵と此方《こちら》にやつて来るのが小さく見える。

私は、その虫の様な姿を何か有難いものゝ様に見守った。

（大正十三年六月十日）

（「青銅時代」大正13年7月号）

罹災者

水上瀧太郎

祖国生命保険株式会社の市内支店の次席大田原三造は、大地震の時、最も危い目にあひながら、命拾ひをした一人である。

其の日は、大口の契約をまとめようと苦心して居る部下の外交員牛島明六の応援の為めに、浅草方面に出かけた。牛島は二流会社をあつちこつち飛廻つたすれつからしで、悪辣なうできだつたが、殊に誰の紹介も無く未知の人にぶつかつて勧誘する飛び込みの名人として聞えて居た。今度もいきなり正面からぶつかつて、一にも押二にも押で、しつつこく勧誘したのであつた。相手と云ふのは、先代は有名な高利貸で一生金をためる事ばかりを楽しみにして死んだ後を継いだ二代目の、世間には知れて居ない三四の会社の重役の肩書を持つて遊び暮らして居る人間だつた。最初はなか〳〵うむと云はなかつたのを、もう一息といふ所迄進んだ折柄、他の会社の邪魔が入つて話がもつれてしまつた。生憎競争者の方は第一流の会社で、資産も信用も比べものにならないから、黙つて居ては完全に横取りされさうな形勢となつたので、牛島は支店長の応援を求めたのであつた。

　支店長の栗本といふのは、多年外交員として鳴らしたあげく抜擢されたのだが、金銭上兎角の評判の絶えない、人望の無い男だつた。しかし、いざとなると力強い働手なので、斯ういふ場合には、殊に信頼された。ところが、其の日は丸ノ内の本店に幹部の会議があつて出席しなければならないので、三造が代理を命ぜられたのであつた。

　三造とても二十年間保険会社に勤続し、外交員としての経験もあるにはあるのだが、此の方面では余り美事な成績を挙げた事は無く、おまけに此のところ数年は本店の経理課で内勤専門だつた為め、自然と気持も弱くなり、自分が行つたところで如何なるものでもあるまいと、内々は考へて居た。けれども、凄い手腕は持ちながら評判のおもはしく無い支店長の欠点を補ふ為めに、此の春選ばれて次席となつた事に対しても、何とかして責任を果し度いといふ熱はあつた。「人格者」といふ多少軽蔑の意味を含むほめ言葉を社内では一身に引受けて居る三造を、牛島のやうな肌合の男は、勿論馬鹿にして居たが、それでも急を要するはめになつて居るので、支店長の都合のつく日迄待つよりは、兎も角先手を打つ方がよからうと云ふので、二人は連立つて会社を出たのであつた。

　九月に入つたといふのに変に蒸暑い日で、電車に乗つてからも、三造は汚れた夏帽子をとつてはしきりに額の汗を拭いた。隣に並んで腰かけて居る牛島は、外交員の常として、比較にならない程身奇麗にして居た。同じ麦藁帽子でも、それは八月になつてから二つめのを買つたので未だ真新しく、雪白の胴衣の胸には太い金鎖をからませ、折目のくつきりした細縞の洋袴の足を西洋人風に組んで、水色の絹の靴下に白靴といつたこしらへで、アルパカの上衣の胸をあけ、指輪の光る手を動かして扇子をつかつて居た。

「どうも悪い相手だね。」

　三造は心にかゝる競争会社の事を考へて居たので、自分の使命の結果を悪い方に想像して居た。

　牛島は一寸解せない顔をしたが、直ぐにわかつて、

「なあに驚く事はありませんよ。一流会社だなんて云ふと偉らさうだが、実は御大名商売なんだから、外交員だつてなまじつか学校なんか出たぼんくらばかりですぜ。保険料こそ安いかしらないが、うちの方が配当はいゝんですからね。」

　意気地の無い三造を励ますやうに強気を見せた。

「しかしね、大田原さん、あなたと打合せて置かなければならない事があるんです、それはね………」

　狡猾な微笑を浮べながら、半開きの扇子を口にあてゝ声を低くした。

「実は先方には、是非ともうちの会社につけて貰はなくちやあ面目が立たないから、今日はわざ〳〵支店長が御願に来る筈だと云つてあるんだから、その積りで居て下さい。つまらない事

のやうだけれど、これで支店長が遥々出かけて来たつて云ふと、矢張り向ふの気持が違ひますよ。感じがね。」

「だつて僕の名刺には、東京支店次長つて、ちやあんと肩書が入つてゐるよ。」

些か侮辱された感もあつて、三造はまぎらかしに額の汗を拭いた。

「なあに名刺なんか出さない方が、かへつて重味があつてい丶んです。私が支店長々々つて呼ぶから、ふん〳〵返事をしてくれりやあ、それで通るんだ。此の口がまとまつて御覧なさいな、年末の賞与が大分違ふんだから。助けて下さいよ。その代り御礼はたんまりしますからね。」

つぼめた扇で三造の肩を叩いて笑つた。

電車を降りて、先に立つ牛島の後からついて行くと、間も無く大きなお寺の裏手にあたる意外に閑静な所に、目差す家はあつた。堂々たる石柱の門の前に、栗色に塗つた自動車がとまつて居た。

玄関に取次に出た女中は、此の頃度々やつて来る牛島の顔を知つて居た。

「大将は御在宅ですか。昨日電話で申上げて置いた通り、うちの支店長が御挨拶に伺ひましたつて云つて下さい。」

馴々しい口をきく牛島の後に立つて居る三造は、支店長と云はれたので、すつかり気臆がして、平生から余りみなりを構はない方なので、汚れの目立つ白洋袴が気になつて為方が無かつた。

「一寸お待ち下さいまし。」

と云つて引込んだ女中は、又直ぐに現はれて、主人は丁度出かけるところではあるが、折角の御越だから一寸御目にかかる、まあ上つて呉れと云ふ口上を述べた。

二人が通されたのは椅子卓子を置いた日本座敷で、目の前の狭いながらに手の込んだ庭の池に、美事な蘭虫が泳いで居た。

直ぐさま主人が出て来た。でつぷり肥つた四十前後の好男子で、最近流行の少しにやけた好みの洋服で、見るから遊び好きらしい様子に見えた。

「やあ、御待たせしました。生憎野暮用で一寸出かけなければならないのですが、折角支店長さんが御見えになつたと云ふので…………」

快活を売物にして居るやうな態度で、慇懃に挨拶をする牛島に言葉をかけてから、始めて三造の方に向直つた。

「これがうちの支店長で。」

何か言はうと思ひながら椅子を離れて立上つた三造よりも先に、牛島がひきあはせた。

「さあ、まあ御かけ下さい。どうも今年は暑ござんすなあ。」

団扇を勧めながら主人も腰を下ろした。三造は一番口不調法なので、額の汗を拭きながら、何とかうまい事を云ひ度いと思つたが、直ぐさま商売の話をするのも面白く無いと思つたので、

「実に立派な金魚ですなあ。」

とさも感嘆したといふ様子でほめた。大きな獅子頭の金色にぴか〳〵光るやつには、ほんとに驚嘆したのだつた。

「はゝゝゝ」

別段可笑しくもないのに、主人は両肩を上下にゆすつて笑つたが、その時女中が運んで来たお茶をぐつと飲むと、

「牛島さん、此の暑いところをわざ〳〵支店長さんが御見えになつたのに、甚だなんだけれど、只今申上げたやうな次第で、もう時間も迫つて居るので………」

一寸時計を引出して見た。

「今日は失礼させて頂くとして、その代り過日来の御話は半分承知といふ事にきめませう。半分と云ふと可笑しいが、君の方に五万円、東京生命の方に五万円、双方に花を持たせて土附かず引分といふさばきにしやうぢやありませんか。」

「そりやあいけません。毎々申上る通り私の方が先口で、東京生命の方はいはゞ割込んで来たんですから、今度は最初御願ひした通り、手前の方に是非共十万円頂かせて下さらなくつちやあ………」

牛島はさも不平らしく、強い語調で言ひ張らうとした。

「まあ其処んところは我慢したまへ。大体吾々風情には五万円一口でも負担が重過るんだが、君の熱心に感じて顔を立てやうと云ふのだから、そこを酌んで呉れなくては困る。それに、いづれは又何とかする積りなんだから。」

先方の方がかへつてなだめるやうな態度で、

「支店長さん、どうも此の牛島君の熱心には感心させられました。その結果たうとう口説き落されてしまつたんです。」

と三造の方にも愛嬌を見せたが、又しても時計を出して見て、

「どうも申訳ありませんが、既に少々約束の時間に遅れましたから失礼させて頂きます。」

さも忙しい人間なんだと云ふ事を見せ度いらしく、勢よく椅子を押除けて立上ると、主人の方が先に頭を下げた。

「では御免下さい。診査の方は明朝十時から十一時迄の間ときめて置きませう。失礼。」

さう云ひ捨てゝ歩き出した。

三造と牛島も誘はれるやうにその後にくつついて玄関に出た。

「どうも失礼しました。御免下さい。」

もう一度帽子をとつて挨拶して、運転手のうや〳〵しく扉をあけたところへ飛込むやうに乗込むと、自動車は烈しい音を立てながら、滑かに動き出した。

「いや、どうも御苦労さまでした。おかげでもう大丈夫です。」

かくし切れない喜びを見せて、牛島は三造の前に頭を下げた。

「しかし、折角の十万円が東京生命に半分とられたのは残念だなあ。」

「なんの、そこは拙者の腕のふるひどころです、いつたん契約するときまれば、あとはわけなしです。明日の朝医者を連れて行つて、向ふがなんと云はうとも、きつと十万円にして見せます、かりにも祖国の牛島だ、東京生命の奴なんかと五分五分の

相撲がとれるもんか。大まけにまけても七分三分迄で、それ以上は譲りはしません。」

　すつかり昂奮してしまつた牛島は、自分のうでを見せた満足を、それに対する多分の報酬が近日懐に入る予想で、自ら顔面筋肉も緊張してゐた。

　これに反して三造は、まるつきり気が滅入つてしまつた。牛島の話では、思はぬ強敵が現はれた為め、此の契約を承諾させるのは大仕事で、その為めにわざ〳〵応援を頼むのだと云ふ事だつたから、自分の外交手腕には自信が無いにも拘らず、兎に角全力を尽して責務を果さなければならないと考へて居た。どういふ風に説得してやらうか、寧ろ理窟張つた事は云はずに、最初から頭を下げて拝み倒してやらうかと、昨夜は寝床に入つても、其の事ばかり考へて、なか〳〵寝つかれなかつた。拝み倒しは自分の柄に無い事だが、柄に無い事さへ敢てやるのが即ち自分の職分に忠実なる所以なのだと思つた。何にしてもいろ〳〵心配して、成功しなかつた時の不面目なども念頭を去らずに彼を悩ました。

　それなのに、いざ行つて見ると、先方はさも待つて居たやうな無雑作な態度で、此方には一言も口をきかせずに、さつさと解決してしまつた。保険金額が拾万円で無い事を牛島は残念がつて居るけれど、五万でも壹万でも随分少くないのを、何の苦も無く取る事が出来たのだから、支店長に対しても、本店の重役に対しても、自慢の出来る結果なのだ。しかし、折角いき込んで行つた三造が、一言も筋道の立つた口をきく幾会をつかまへる事も出来ないで、まるつきり木偶の坊に等しかつた場面を想ひ起すと、すつかり不愉快になつてしまふのであつた。殊に、たつた一言挨拶のかはりに云つた言葉が、池の金魚をほめた事だつたのが、羞しくて堪らなかつた。彼は、当の契約者の何不自由の無いらしい生活や、妙に世間馴れた風を見せ度がる様子や、さては余りに悠々と泳ぎ廻つて居た金魚迄引くるめて想ひ起して、浮かない心持を消す事が出来なかつた。

「大田原さん、前祝ひに一杯差上げ度いんですがなあ。」

　過ぎた事を繰返して考へながら歩いて居る三造を振かへつて、牛島は足を停めた。

「僕は社に帰らなければならない。月始は忙しいんだ。先月の締切の成績も未だはつきりわからないし。」

「いゝぢやありませんか。若し話が手軽に片づかなかつたとしたら、斯う早くは引上げられやあしないんだから。」

　牛島は金鎖を引張り出して、大型の金時計の蓋をぱちんと開けた。

「それにもう十一時過ぎましたぜ。どうせ昼飯を喰はなければならないんでせう。そんなら大金か金田にでも行かうぢやありませんか。」

「いや、さうはして居られないんだよ。」

　とは云つたが三造も時計を出して見て、誘はれさうになつて居た。その様子を見てとつた牛島は、

「では手軽に済ませませう。」

と云ひながら、いきなり先に立つてさつさと歩き出した。

細い路地をぬけて、愈々人ごみの活動小屋の間を通つて池のふちから十二階を仰ぎ見た時、幾年間ついぞ此方の方面に来た事の無い三造の目には、重くるしい空に間抜な形をして聳えて居る高塔が、ひどく珍しい景色に映つた。

「何処に行くんです。御大層なところはいやだぜ。」

先に行く牛島に追ついて声をかけると、此の方は土地馴れた顔付で得意らしく、

「天ぷらでも喰べやうかと思つたけれど、そいつも少し暑苦し過るから、大金に行かうと思ふんです。」

「そりやあいかんよ。靴をぬいで上り込んで、しかも君の御相手では、とても今日中には社に帰れなくなつてしまふ。僕は其処いらの天ぷら屋で結構だ。」

目の前に在る小料理天ぷらと書いた大看板を出した家を指さして、三造は再び立どまつた。

「駄目ですよ。こんなところの物なんか喰へるもんですか。天ぷらなら天ぷらで、おつに喰はせるうちを知つてるんです。」

「僕は迅速第一だ。其処の腰かけで天丼でも喰へばいゝ。どうしても二時迄には社に帰らなければならない用事があるんだから。」

いつたんつかまへたら放しさうも無い牛島の様子に少し怖気づいて、田舎者相手の安料理屋の前で、三造は動かなくなつてしまつた。

「どうも大田原さんにあつちやあかなはない。」

野暮な奴だと云ひ度さうな、さげすんだ笑を見せながら、為方が無いとあきらめて、自分が先に立つて其の安料理屋の暖簾をくぐつた。

「いらつしやい、おあがんなさい。」

腹に力を入れて、無理に鼻にかけた声で迎へる女中は、二階へ上れと云つたけれど、二人は土間の卓子に向合つて腰かけた。むうつと鼻をつくいきれの中で、煮詰つた油の匂が重く漂つて居た。

「何に致しませう。」

「僕は天丼だ。」

女中の問に、三造は躊躇しずに答へた。

「いけませんよ、天丼なんか。姐さん、兎に角お刺身とお椀で一本つけて来ておくれ。」

牛島が傍から打消した。

註文したものが来て、盃を取ると、三造は香をかいだ丈で陶然としてしまつた。分量は極く少いのだが、毎晩一本のおしきせをゆる〳〵なめて楽しむのが唯一の贅沢で、其の外には茶屋酒を飲む事も知らず、芝居や寄席に行く事も無く、貯へた金で確実な株を買ふのが生涯の目的のやうな三造だつた。酒には強い牛島に勧められ、たゝみかけて飲まされると、たゞさへ暑い日の正午の事とて、すつかり酔が顔に出て、流れる汗は拭いて

も拭いても又流れた。近所の玉乗や見世物小屋から聞えて来る楽隊の騒々しい音響も、絶間無く耳の底を掻き乱すのであつた。

「もういけないよ。これから社に出るんだから。姐さん天井を一つ大急ぎで持つて来て呉れ。」

自分もいゝ機嫌になつた牛島が、外交員としての手腕が如何に勝れて居るかといふ事を、遠廻しに聞かせながら、しつつこく強ひる盃を拒んで、三造は勝手に註文した。

「まだ一本位いゝぢやありませんか。何しろ貴方をわづらはした甲斐があつて、もう拾万円は確実なんだ。考へて見れば此の商売程ぼろいものはありませんや。」

「しかし僕なんか何の応援にもなりはしなかつたぜ。君の話ではひどく手ごわい相手らしく思はれたが、行つて見るとまるで、向うから飛込んで来たやうなものだつたぢやあないか。」

「其処が貴方のおかげだつていふんだ。人間てものは変なもので、これで支店長がわざ〳〵来たとなると、さうむざとは断れなくなるんですよ。あいつ随分強硬に云ふ事をきかなかつたんだが、僕も此のまゝ引込んでは名折れになるつて尻をまくつてやつたし、最後には支店長を連れて来て、それでもいけなければ支店長の面前で切腹だつてね、一寸脅してやつたのさ。はゝゝゝゝ」

周囲の人が一斉に振かへつて見る程気持よささうな高笑をして椅子の背にもたれかゝつた時、突然物凄い音がして大地が震ひ出した。と思ふひまも無かつた。安普請の天ぷら屋は、組合せた材木と材木とのきしめく中で、今にも崩れさうに見えたのである。皿小鉢の壊れる響、人々の叫喚――浮腰になつて卓子につかまつて居た三造が、必死の気力を出した時、頭の上から天井がもろに落ちて来た。

重たい力で頭と背中をぶんなぐられ、目が眩んで昏倒しさうになつたが、三造は崩れ落ちた家の外にころがり出て居る自分に気が付いた。もう其の時は、其処いらは芝居、活動写真、飲食店其他人の集る場所の立並ぶ一区廓の事なので、獣のやうに悲鳴をあげて往来になだれ出る人数でいつぱいだつた。三造は押倒されさうになりながらも、牛島の生死が気にかゝつて、今つぶれた天ぷら屋の屋根の下の僅かの隙間から匐ひ出して来る人を一人々々注意してゐたが、遂に牛島は出て来なかつた。轟といふ遠鳴につゞいて、ゆりかへしの来る度に、彼は心が寒くなり、今度こそは自分もやられるのではないかと思ふと、俄かに怖気づいて、人波に押されながら馳出した。

何処だか知らないが、無数の人で埋まつて居る空地迄逃延びた時、彼は始めて今の今迄大空に聳えて居た十二階が何時の間にか見えなくなつたのを知つた。丁度其の塔の下にあつた天ぷら屋は、崩れ落ちる煉瓦に打たれてつぶれたのだ。同じ家に居た人が何人死んだらうと思ふと、自分の幸運が沁々感じられた。

下敷になつても助かるかもしれないと思ふ心地もあつた。自分が椅子をはなれた時、向側に中腰になつてゐた牛島の、一瞬間に酔のさめたこわばつた顔が、目の前にはつきり浮んで来た。

その為めにも、自分が助かつたといふ安心は一層強められた。何かに打たれた頭が痛んで、時々気が遠くなるやうにも思はれたが、牛島の事、会社の事、此処からは二里余もある下渋谷の我家の事、それからそれと不安の念の起るのも、兎に角命は無事だといふ事で押伏せて、遠方にあがる火事の黒烟をのぞみながら、彼は呆然として何時迄も、佇んでゐた。

自分が次席として机を据ゑて居た日本橋の支店は焼けてしまつたけれど、我家も、丸ノ内の本店も無事だつた。百数十人の社員の中で、焼出されは三分の一以上に達したが、死者は牛島明六一人だつた。三造は其の日の事を考へれば考へる程、九死に一生を得た震感と幸福感に打たれるのであつた。

日がたつても、九月一日の朝から晩迄の事が、はつきりと目に浮んで来る。寧ろ日がたてばたつ程、すべての景色が色彩を加へて展開されるのであつた。逢ふ人毎に、遭難の日の一部始終を事細かに話すのが何よりの慰楽だつた。元来口数の少ない方だつたのが、地震の話となると、人の話を奪つても自分が中心になつて話し度がつた。自分程危険な目にあつた者は無いと云ふ事が、密かに彼のほこるところだつた。他の人は早く昂奮状態から覚めたけれど、彼は其の日と同じ緊張した心持を持続けた。

一時は、どの位の死亡者で、どの位の保険金を支払はなければならないか見当もつかなかつたので、政府の補助を受けなければなるまいかなどゝ、社長も支配人も公然口にして悲観して居たが、会社の損害は存外少なく、横浜の支店と市内の日本橋支店とが焼けたけれど、これは借家の事だから大した事では無く、同業会社の中でも至極く運がいゝ方だつた。

三造の家は瓦や壁が落ちたばかりで、それも借家の身分だから際立つた損とては何も無かつた。重ね重ねの幸に、命拾ひの嬉しさで夢中になつてゐる彼は、一層有頂天になつてしまつた。罹災者の誰を見ても、うるさい程同情した。電車が復旧しないので、毎日朝も夕方もてく〳〵一里半の道を歩いて、丸ノ内の本店と我家との間を往来するのも苦にならなかつた。

彼の下役の小沼新次郎は焼出されの一人だつた。夜学の商業学校を出たばかりで、会社では薄給だつたが、小間物屋をして居た父親の残した金で築地の方に貸家を建て、最近には、又其の貸家を担保に金を借りて、郊外の新開地にも二三軒新しい普請をして、暮らしにはちつとも困らなかつた。四十近い身でありながら、ひどくおしやれで、生活は月々懐に入る家賃で十分だつたから、月給は全部身につける物の為めに費されるのであつた。洋服は何時も形の崩れないのを着て、あきるとそれを売払つて新型の物をあつらへる。襯衣、襟飾、襟飾洋針、指輪、腕時計——何から何迄会社員には珍しい贅沢をし、男ぶりはよくなかつたが、ほつそりした色白で、一筋も乱れない頭髪の手入迄行届いて居るので、月並な洒落ではあるが、社内では「木戸郎さん」と呼んで居た。気の弱い好人物で、仕事の手腕は無かつたけれど、身なりの潔癖なのと同じく、投げやりにはして置かない几帳面な執務振だつた。

その小沼は、生活の資源だつた築地の持家を焼かれ、大事の衣類も残らず灰にしてしまつた。九月一日に着てゐた薄色の縞セルの上衣に白い洋袴の一着が、今では泥まみれになつて居たが、その外には着るものもなく、てか〳〵光らして居た頭髪も乱れ放題に乱れ、薄青く剃あとの目立つたすべつこい頬辺にもまばらに髯が延びて、以前あんまり手入れがよすぎた為め、うす汚なさは一際目立つた。

九死に一生を得た大田原三造は、何時迄も其の日の昂奮から覚めないのに、小沼新次郎はすつかり悄気てしまつて、これは其の日の悲嘆から浮び上らないのであつた。陰鬱な顔色をして、誰とも口もきかず、机にむかつてゐてもぼんやり考へ沈んで、為かけた仕事を忘れて居る事もあつた。平生群をぬいて立派な身なりをしてゐたのが多少の嫉妬を買ひ、あの「木戸郎さん」かと軽蔑されて居た位だから、お互に焼出された仲間うちでも、何と無くいゝ気味だと思はれ易い傾があつて、愈々一人で暗い姿をして居たが、三造丈は机を並べて居る関係もあり、殊に自分は危ない命を助かり、家も無事だつた幸とひきくらべて、心から同情の念に堪へなかつた。親切な言葉をかけられても、さも鬱陶しさうな風に見えるのも構はず、閑さへあれば三造の方から話しかけた。

「小沼君、君は何処か悪いんぢやあないんですか。ひどく元気が無いぢやあないか。」

「えゝ神経衰弱らしいんです。」

「そりやあいけないなあ、しかし何時迄もくよ〳〵して居ても為方が無い。大に元気を出してやるんですねえ。人間の運はわかりませんよ。現に僕なんか彼の日牛島君の応援で浅草に行つて、牛島先生は拾万円の契約が出来たと云つて成金気分になる、僕は一文にもならないのを悲観して居たところが、一時間たつかたゝないうちにあの珍事で、得意になつてゐた牛島君は死んでしまふし、僕の方は不思議の命を拾つた。これで又、どんな思ひもよらないいゝ事が起るかわかりやあしない。もう斯うなれば人間はお互に助け合つて、自然に対抗する気分になる外無いね。金なんかあつたつて無くたつて同じだ。僕はつく〴〵さう思つた。君の事にして見ても、なまじ家作なんか持つてるのがいけないんだ。借家ならそんな心配も無い。道具だつて、着物だつて、現代の人間は無駄に持ち過ぎて居る。吾々のやうな貧乏暮しのうちでも、小皿だとか茶碗だとかいふものは、ろくに使ひもしない余分のやつが多過る。茶碗一つ、西洋皿一枚で、何でも喰べる事にしたつて、決して不便は無いんだ。今度といふ今度は、僕は根本的に悟つた。着のみ着のまゝで、一切無駄無しにやつて行く。結句其の方が気楽ですよ。」

すつかり楽観論者になつてしまつた三造は、話が適切に相手を慰める言葉でないのにも頓着無く、一人で面白さうに喋るのであつた。さういふ時、小沼は最初こそ真面目に聞いてゐるけれど何時の間にか自分は自分で、何か外の事を考へ耽るのであつた。

三造は口先ばかりで無く、実行にも駆られて行つた。小使や集金人の可哀さうなのが、バラック住居をしてゐたりすると、無理にも見舞金を握らせなければ納まらなかつた。だから小沼の意気地無く打撃に打負かされたのを見ると、何とかして救つてやり度くて堪らなかつた。此間迄、夫婦と子供と三人ともに、着飾つては日曜毎に出歩いて居た小沼一家が、着のみ着のまゝで市外の親類の厄介になつて居ると聞くと、先づ自分の単衣物と兵児帯を小沼に与へ、決してい丶顔をしない妻を強ひて小沼の妻君の為めに女物をやれと迫つた。

「あたしなんか何も他人様に差上るやうなものなんか有りませんわ。ふだんから人並の風をした事も無いんですもの。」

「なあに寝衣の古でい丶んだよ。焼け出されたんだもの、襦袢一枚だつて有難がるに違ひ無いや。」

「まさか着古した寝衣もあげられやしないぢやありませんか。」

「かまふもんか。此の際の事だもの。」

「なんぼ此の際だつて。」

い丶物をやるのは惜しいし、洗ひざらした物ではみつともないと、どつちみち根本は物惜みの心の強い妻を無理に頷かせて、肌につける物迄一通り取揃へ、小沼のうちの子供は女で、自分のところは男の子なのだが、当座の間に合せだからと云ふので、紺飛白の筒袖も一枚まぜた。その風呂敷包を小沼に渡した時、ついぞ知らなかつた喜びを感じた。

「君のやうな衣裳持で聞えた人に、こんな物を上るのは羞しいと女房は云つたけれど、此の際そんな事を云つてる時では無いから、寝衣がはりに着て呉れ給へ。」

「有難う御座います。非常に助かります。」

小沼は涙ぐんだ目で風呂敷包を見守つた。

「実に私なんか考が間違つて居ました。生来変に潔癖で、まづ衣裳道楽とでも云ふのでせうか、自分ばかりで無く、女房にも子供にも不相応ななりをさせなければ承知出来なかつたのですが、そんな物は何にもなりませんでした。銀行に貯金でもする事か、指輪や時計のやうな無駄なものを沢山買つたりなんかして。しかし今度ですつかり懲りました。もうなりふりなんかにかまつて居る場合ではありません。」

珍しく感激して、幾度も礼を云つて其の包を抱いて帰つた。

東京は当分復旧の見込は無く、或は本拠を大阪にでも移さなければなるまいと悲観されて居たのが、人間の気力はめきめき回復して来て、会社の仕事も存外景気は悪くなかつた。三造は、地震や火事に苦しめられても、又い丶目が出る事もあると云つた通り、此の復興の気運が新しい幸福をもたらすに違ひ無いと、愈々楽観論を口にしてゐたが、それにひきかへて小沼の方は、益々元気が無くなり、時折は人前での吐息を漏らす事さへあつた。

「いかんねえ君は。慢性神経衰弱に罹つたのではないか。」

三造は心から心配して、幾度となく訊くのであつた。

「実は少々困つた事がありまして………」と言葉を濁して、なか〳〵実を吐かなかつたが、さうなると一倍熱心に相談に乗り度がる相手にほだされて、たうとう口を切つた。

それは以前からの築地の家作を抵当に入れて、先年新しく郊外に家を建てたが、その金を貸して呉れた人も今度は全焼けで、此の場合多少まとまつた金で無くては一生浮かばれない羽目に陥つて居て、小沼に対して頻に返金を迫つて来る。勿論約束は月賦で返す事になつて居て、今迄にも月々きまつた額を入れて来たので、あとは千五百円ばかり残つて居るのだが、もと〳〵築地の方の貸家から上る家賃の中から払つて行く予算だつたから、焼払はれた今日となつては、当分かへす途が無い。ところへ先方は地震の大災厄をいひたてにして、どうでも一時に全部返済して呉れと迫つて来る。其の相手と云ふのが、死んだおやぢの問屋筋に当る人なので、実際窮境に陥つて居るのを知つては、何とかして先方の云ふ儘にしてやり度いと思ふが、さて思ふ半分も始末がつかないのだと云ふ話だつた。

「意気地の無い事ですけれど、此の事が気になつて夜もろく〳〵寝られませんし、会社に出て居ても申訳の無い事ですが仕事も満足には手につかないのです。たつた一つの解決法は、市外の方の家作を売つてしまふ外無いのですが、さうすると私は一生人間並の暮しは出来なくなつてしまふのです。」

今にも泣出しさうな顔をして、勢の無い声で話したのである。

「ふうむ、それは困つたなあ。」

三造はすつかり同情して、自分の預金が丁度千六百円ばかり銀行にあるのを想ひ起しながら、いつそいつをそつくり此の男に貸してやらうかとも思つたが、自分にとつても大金なので、心の中で自身を叱りつけ、口に出す事はあやふく差控へた。

或日曜の午後、妻が子供を連れて買物に出た留守番を三造が引受けて、狭いながらもすつかり秋の色になつた庭の草花の手入れをして居るところへ、珍しくも小沼がたづねて来た。一人で寂しがつて居た所だし、適度の運動をした後の快活な気持で、喜んで迎へ入れた。小沼は三造に貰つた時候違ひの単衣物を着て居たが、それが又三造には少なからぬ満足を与へた。彼は自分の温い心持を、完全に他人が受入れて呉れた事を認めたのであつた。

差向ひで、大体は三造一人で喋つてゐたが、話は矢張り震災の外には出なかつた。前の日会社の帰りに、自分が危ない命を助かつた浅草に行つて見た話で夢中だつた。殊に牛島の保険勧誘の応援に行つた金持の家の焼跡で、其処の主人に出あつた時の光景は、話してゐる自分の眼前に彷彿として来るのであつた。何の苦労もしずに親譲りの財産を受継いで、さも世の中が面白くて堪らなさうに暮して居た人も、すつかり悄気て、土方のやうな格好で、焼跡の片づけを手伝つて居た。

「やあ、祖国生命の支店長さんでしたね。いやはや御覧の通りむざんにやられてしまひました。」

三造の挨拶に答へて、とつてつけたやうに笑つたが、其の笑にはさつぱり力が無かつた。

「へえ、、あの牛島君がやられましたつて。手前共の帰りに。気の毒な事をしましたなあ。」

驚く相手に、その日の光景を、三造は又細かに話して聞かせた。此の家の木口をえらんだ建物も、手の届いた庭も、すべてが灰と瓦礫だつた。立派な蘭虫の泳いで居た池の三和土は割れて、一滴の水も無かつた。

「あの美事な金魚も死んだのですか。」

此の前訪問した時、たつた一言金魚をほめた丈だつた自分の気の利かないていたらくさへ、今では軽いをかしみをもつて追想する事が出来た。

「金魚？　大方からからあげにでもなつたでせう。」

主人は又力の無い声で笑つた。

三造はその会話迄まぜて小沼に話して聞かせたのである。

とかくして居るうちに、向の丘の火薬庫の森も薄暗くなる頃、妻と子供は帰つて来た。小沼はあらためて妻君にむかつて、自分や女房子供迄衣類を分けて貰つた礼を繰返して、やがて帰ると云ひ出したが、三造は引留めて放さなかつた。

「何も無いけれど飯を喰つて行つて呉れ給へ。」

帰る帰るといひながらうぢうぢして居るうちに、小沼は結局尻を落ちつけてしまつた。つましい暮しに馴れ切つて、少しでもきばらなくてはならない客来を嫌ふ妻は、不平な顔つきをあからさまに、近所の魚屋に走つて行つた。

「ほんとに何も無いんですよ。此の際お互に節約しなければならないからねえ。」

その実平日よりも奮発した膳の上に満足して、三造は大好物の盃を取上げた。

もとより酒の量は少ないのだし、小沼と来ては殆んど一滴も飲めないのであつたが、客をだしに使つて二本目の徳利をねだる頃は、三造は全く酔つて、一切の邪念が無くなつてしまつた。又しても地震の日の遭難談を繰返し始めた。

小沼は何か用あり気な、落つかない素振を見せて居たが、ふと三造が話止んだ時、更に行儀よく膝を正して、思ひ決したやうな、しかし物静かな態度で切出した。

「甚だ厚かましい事で、平素一方ならぬ御引立を受けて居る身で、こんな事は御願出来る筈では無いのですが、どうにも致方がありませんので………」

薄着の肌寒さうな姿ながら、半巾を出して額を拭いた。

「先日も御耳に入れた事ですが、あの家作の一件でして、実際申兼る事とは思ひますけれど、何とか御願ひ出来ないもので御座いませうか。」

い、気持で、稍眠気を催して居た三造も、胡坐の膝を坐り直して固くなつた。彼は自分が密かに恐れてゐた事が、身に迫つて来たのを知つた。

「私が金を借りました人には、おやぢの代からお世話になつて居りますし、さりとて此処で残つた方の家を手放しては、私共親子は衣食の途が無くなります。築地の方もゆくゆくは、今ある方の貸家の家賃を貯へて建直さうと思つて居りましたが、万一此の際どうにも方法が立たなければ、それも出来ない相談で………」

何時もとは違つて、余程決心して来たらしく、力の籠つた口ぶりに、三造は最初からおされ気味で、到底拒み切れないやうな予感が強かつた。

「それで、一体いくらあれば済むんです。」

成るたけ弱味は見せまいとして、さも事なげに訊いて見た。

「過日も御話したと思ひますが、只今一千五百円残つて居りますので、先方では何とかしてこれを一時に返して呉れと云つて参るのです。」

「ふうむ、千五百円。」

断らうか、断るまいか、せめて半分位なら融通してやつてもいゝのだがと、とつさの間にいろいろの事を考へた。

「それ丈あれば私共一家は助かります。」

小沼はほりつめた気にゆるみが来たか、しよんぼりとうつむいて嘆息した。相手のみじめな様子を見ると、三造にはむらむらと優者の感が湧いて来た。あの時若し自分が死んで居たらどうだらう。若し命は助かつたにしても、此の家が焼けたとしたらどうだらう。その損害は千や二千の金には比べられない。さういふ考が浮んで来ると、覚めかゝつた酔が又発して来て、三造の心は弱くなつた。

「外にはどうしても融通の途が御座いませんものですから、ついこんな詰らない事を申上げてしまつて………」

「いや、私だつて御承知の通り別段貯へのある身分でもないが、千円や千五百円の事ならどうにかならぬ事もないのです。」

その実千六百円あるかないかの預金だつたが、どうしても此の場合ゆつたりした心持を示し度かつた。

「よござんす。僕がその金を貸してあげませう。」

自分でもひやりと感じながら、勢に乗つてきつぱりと云つてしまつた。

「なあに此の際の事だ。お互に助け合つてこそ人間なんだ。」

「有難う御座ります。」

小沼は畳の上に両手をついて低頭した。その芝居めいた場面も三造には嬉しかつた。

けれども、小沼が幾度も礼を云つて帰つた後で、三造はひどく後悔した。ありあまる収入でも無く、永年足り無い勝の生活の中で、倹約が生んだ貯金を、たとへ一時の事にしても残らず他人に貸してやる約束をしたのは軽はずみ過ぎた。どうも自分は思慮が足り無い、こんな事では世の中は渡れない、と寂しい心持でいつぱいになつて居る処へ、台所で後片づけをして居た妻がやつて来た。

「あなた小沼さんにお金でも貸してやるんぢやないんですか。」

妙に緊張した顔付で身近に迫つて来た。

「あんまり可哀さうだから、少しばかり融通してやらうかと思ふんだ。こんな大事変の時にはお互様だよ。」

妻の抗議は最も怖れて居たところだつた。狭い家の中で低い声で話して居ても大概の用件は察しがつく上に、小沼は玄関でも亦叮嚀過る感謝を示して行つたので、たゞさへ察しのよすぎる妻は、残らず感付いたに違ひ無い。無理にもひけめは見せ度くないと思つて、なんのこんな些細の事と云はんばかりの態度をしたけれど、妻の方は真剣だつた。

「そんな事を云つて、うちだつて苦しい経済なんぢやありませんか。なんぼ人様が困つて居るからつて、ありもしないお金をおいそれと貸してやるなんて、あんまり人が好過ぎますよ。」

「しかしね、ふだんとは違ふんだ。災難にあつた人を、災難に合は無い者が助けるのは此の際当りまへだよ。それでなくては社会はなり立つて行かないんだ。」

「社会だかなんだか知りませんけれど、いつたいいくら貸して呉れつて云ふんです。」

「え、千五百円ばかりつて云ふんだがね。」

「まあ、そんなに沢山なんですか。それを貴方は承知なすつたんですつて。」

妻は顔色から声迄ヒステリックになつて詰寄つた。

「出来る事なら此の際なんとかしてやり度いからねえ。小沼も可哀さうだよ、震災前迄は相当に暮らして居たんだから。」

三造は酔も覚め切つて、自分の口約束を後悔して居る矢先に、妻ははげしい権幕なので、すつかり閉口してしまつた。

「なんですつて。相当の暮らしをして居た人だから可哀さうだつて云ふんですか。小沼さんとこなんか身分不相応な贅沢をして居たんぢやありませんか。下役の癖に社長さんとこの園遊会なんかに行つて見ると、あすこの奥さん程贅沢な人なんて一人もありやあしません。何処の重役の奥さんかと思ふやうな風をしてゐるし、小沼さんだつて男の癖に指輪なんかぴかぴかさせ、娘さんといへばまるで半玉のやうなりさせてゐて、とてもうちなんかとは違ふ遣口なんです。心懸さへよければ、こんな時にだつて困らない位のお金はたまつて居る筈なんです。それよりも倹約々々で、着度い物も着ず、見度いものも見ず、ろくすつぽおいしい物も喰べないで居る私達の方が、どの位可哀さうだかしれやあしない。やつとの思ひで少しづゝでもお金を残して居るのは、こんなに他人に迷惑をかけるやうな、みつともない真似をしたくないからなんでせう。それだつていふのに、あなたつていふ人は………」

口惜しさに涙ぐんで、咽喉がつまつて口がきけなくなつてしまつた。三造は一言も無く、一々詰問される事が尤もに思はれ、頭から降参してしまつた。妻は何時迄も甲高い声で怒つてゐたが、次の間で机にむかつてゐた男の子が、心配と好奇心とでいつぱいになつて、何気ないふりをしながら入つて来たので、やうやく心を抑へつけて、

「あなたは地震の時頭を打つたつて云つてらつしやつたが、それ以来脳が変なんぢやあないんですか。」

と捨せりふを残して台所に引上げた。

妻の抗議があつたからと云つて、今更取消す事も出来ないし、その上翌日会社で顔を合せると、小沼は又しても平身低頭して感謝するので、三造は逃れる途がなくなつてしまひ、たうとう預金を引出して、千五百円を小沼の手に渡した。

「お返しする方法は、毎月の給料の半分位は必ず差上る積りですが、利息のところは如何致しませうか。」

いひにくさうに云ふ小沼に対し、こゝ迄来てはあく迄も自分の厚意を大きく深くする外に立場もないので、

「なあに君と僕との間で利息なんかいりませんよ。たゞ毎月一定額宛返して下されればそれでいゝんです。」

と答へた。

「これで全部借金を返してしまへば、先方も私共も大助かりです。これからは心を入替へて倹約して、二度とこんな御迷惑を人様におかけしないやうに努めます。」

幾度となく繰返して誓つて、その札束を懐に納めた。

日がたつに連れて、小沼の元気も次第に回復して来た。地震で受けた恐怖の念もうすらいで来たのであらうが、三造は自分の厚意で彼が窮境を脱した安心の為めに、めきめき気力がついて来たのだと思つた。

「近頃は大分血色もよくなつたやうだが、神経衰弱もなほりましたか。」

「えゝ、大分よくなつたやうですが、未だ十分眠られません。」

さう云ふ返事をきくと、三造の心の底には物足りない感があつた。

「えゝ、貴方のおかげで難関を切抜けましたので、すつかり安心して体の具合もよくなりました。」

と、答へて貰ひ度いのであつた。但し相手の返答が如何であらうとも、確に自分のなさけで同僚を救つたのだと彼は信じて居た。貯金の殆ど全部を貸してしまつた事を妻の前で白状して、前にも増して怒られ罵られ、しまひには泣出された時さへ、その場では閉口しきつても、やがて又いゝ事をしたといふ満足が、もくもく頭を持上げて来るのであつた。

けれども、流石に三造もぎよつとしたのは、其の月の月給日に、人目の無い所で小沼に呼止められ、会社の名前の入つて居る封筒に納めたものを渡された時だつた。

「あんまり少しづゝで御羞しいんですが、どうも物入りが多くてやり切れないものですから………」

いひにくさうに言葉を切つて、

「せめて月給の半分位づゝはお返しし度いと思つて居ましたけれど、追々寒さに向ふ支度もありますし、何時迄も親類のうちに厄介にもなつて居られないので、築地のもとの所にバラックでも建てやうかとも考へますし、御迷惑ついでと云つては申訳

ありませんが、御厚意に甘えさして頂いて………」

くどくどと弁解しながら、しきりに頭を下げた。

「いゝえ、君の苦しい事は知つてるんだし、僕の方も差当つて金の入る事も無いのだから、そんな心配には及びません。」

といひ捨てゝ、無雑作に封筒を衣嚢に突込んで、さつさと其の場を切上げてしまつた。

人の居ない所で開けて見ると、中には十円札が一枚と五円札が一枚はいつて居た。一千五百円の札束を渡した日に、小沼はどうにかして毎月の給料の半分宛はかへす積りだと云つたが、それは苦しいに違ひないとしても、まさかに十五円とは思はなかつた。此の勘定で行くと、全部皆済となる迄には八年の歳月がかゝる事になる。おまけにこんな半端な金だと、つい使つてしまふ気になるものだから、うつかりすると無駄に費消してしまはないとも限らない。さう考へると、千五百円の金は貸したのでは無く、全然やつてしまつたのと同じ結果になりはしないかと思はれて、胸が重苦しくなつた。

きちがひ染みた残暑の後で、追々寒さが加つて来る頃、小沼の築地のバラツクが出来上つた。彼はすつかり元気がよくなつた。同時に、みなりは一切新調づくめで、以前の「木戸郎さん」として復活した。鶯茶の中折帽、それよりも稍薄色の背広、ぴつたりと体に喰ひつくやうな型の紫紺に近い派手な色気の外套を着て、細身の散歩杖を腕にひつかけて来た時は、会社の者は一斉に目を瞠つた。以前は以前として、地震以後は一張羅の汚れ切つた夏服で通勤し、不精髯を延ばし、頭ももぢやもぢやに乱れて居たのが、俄かに服装をとゝのへ、髪は油でかためてかつきりと分け、もともと色の白い頬辺に剃あとの青々としたのがあらはれたので、忽ち物好きな連中の嘲笑の的になつてしまつた。

「何しろ親子三人で親類の家に厄介になつて居ては、先方に対しても着物をこしらへるなんて贅沢らしい真似は出来ないから我慢して居ましたけれど、やつとの事でバラツクながら住居も出来るし、此の頃の涼しさに夏服でも居られませんから………」

彼は真顔で弁解して、

「此の散歩杖は、これは罹災者に下さつた恩賜金で買つたのです。何か記念になる物と思ひましてね。」

唐草の金具のついた杖を人々に見せた。

その様子を見た三造は、不尠不愉快だつた。彼は自分自身、今年は冬服を新調しなければならない筈だつたのだが、着物どころの騒ぎではないと遠慮して、本来は古着屋におろしてしまふ積りの毛は擦り切れ、色は変つた一着で押通す覚悟を定めたのに、焼出されて金の融通を頼みに来た小沼に、派手な好みの真新しい衣類を見せつけられては、流石にいゝ気持はしなかつた。何か皮肉な事を云つてやり度い気もしたが、それも柄に無いので、口に出す適当な言葉も見つからなかつた。しかし思ひ切つて、

「小沼さん、もう衣裳道楽はやめると云つて居たが、矢張りさうも行かなくなりましたね。」

と云つてやつた。

「はゝゝゝ、矢張り性質ですなあ。汚ないなりをして居ると気が滅入つてしかたが無いのです。たうとう月賦で註文しました。しかし以前のやうな事はしない積りです。此の一着で何処にでも押出す考へです。」

小沼も頭に手をやつて、恐縮した様子を見せたが、しかも新調の衣類を身に着けた嬉しさはかくし切れなかつた。三造は苦い顔をして話を打切つた。みじめな罹災者として同情して居た時のやうな、温い気持は持てなくなつた。あざむかれたといふ気持さへ消す事が出来なかつた。

年の暮近くなつて、三造の身にとつて困つた事が出来たのは、彼が多年の間にやうやく貯蓄した金で買つた株券の値が地震の為めに下つたばかりで無く、どの会社も下半期の配当は落ちさうだし、その上に未払込の分に対して早晩払込が来るらしい予測が、新聞などにあらはれて来た事だつた。紡績会社と砂糖会社は工場が倒潰し、東洋一の宴会場だと称してゐた帝国会館は、新築間も無くの美麗を極めた建物が物の用に立たなくなつた。三造としても、或は払込を徴される事がありはしないかと思つた事もあつたのだが、震災直後の人の心には、此の打撃を受けた株主達に、更に払込を強要する事は出来ないといふ考が共通だつたので、何れ来るには来るにしても、当分は大丈夫だと云ふ肚があつた。財界の知名の人の意見も、大体さう云ふ風に発表されて居た。もとより沢山の株数では無いのだけれど、運悪くどれもこれも一時にやつて来て、一株について十二円五十銭宛の払込は、三造にとつては一大事だつた。彼はそれらの会社の重役会で大凡払込の事実が内定した事を新聞で見た時は、其の新聞を持つ手が震へた。此の年末に手に入る筈の賞与金をすつかり払込に廻しても、まだまだ足り無い事を想像すると、今の処銀行には百円あるかなしかで、その外に手近に融通の途を求めれば、自分が契約して居る保険の証券を担保にして借入れるばかりだが、それとてもたかゞ知れて居る。万一地震のあふりを喰つて、年末賞与が無くなるか、減るかすると、愈々収支の差が大きくなる。まさかそんな事はあるまいと思ふが、重役の肚の中は察しがつかない。あゝか斯うかと考へると、自然と落ちて行くのは小沼に貸した金の事だつた。あれさへあればと考へると、此の際小沼が何とか心配して呉れてもいゝ筈だと思はれる。何もない、何もないと云ひながら、バラックも建て、月賦にしろ洋服も外套もこしらへたところを見ると、自分にはかくして居ながら、多少の蓄財があつたのではあるまいか。それでなければ何処かに融通を仰ぐ途があるのでは無いだらうか。いろんな邪推を廻して居るうちに、彼は不図不愉快な想像に到達した。それは、此の間千五百円貸して呉れと云つたが、実はそれ程は要らないので、そのうち一部は小沼自身が一時の用に立てゝ居るのではないかと云ふ事だつた。幾度も此の卑しい疑を打消さうと努めながら、完全に心を洗ふ事は不可能だつた。

段々期日が迫るにつれて、三造の頭には払込金の調達の外には何も浮ばなくなつてしまつた。それは来年早々の事だつたが、生れてから大金を持つた事も無いかはりに、借金をした覚えの無い彼には、よそから金を借りるといふ丈で、既に一大事だつたから、やがて迎へる正月もたゞ忌々しいばかりだつた。親類も縁者も余裕のある生活をして居る者は一人も無く、友達の中には出世したのもあるにはあるが、平生親しいつきあひをしてゐる訳でも無いから、突然金策などは依頼出来ないし、彼の性質から云つても、こだわりなく頼む事は想ひも及ばなかつた。いろいろに想ひ悩んだあげく、以前の同僚で今は或銀行の貸附係をしてゐる男の事を思ひ出した。その男に頼んで、株券を担保に借りる以外には方法が無かつた。丁度小沼に貸した位の金額で、あれとこれとの違ふのは、向ふは無利息なのに、此方はどうしても一割は仕払はなければならない事だ。三造はすつかり馬鹿々々しくなつて、快活な心持を失つた。

休日の午後、久々でたづねる以前の同僚に、手土産をとゝのへて、いざ出かけやうとするところに小沼夫婦が娘を連れてやつて来た。

「お出かけですか。」

「いゝえ、一寸人を訪ねる用事があるんだけれど、まあ上つて下さい。」

妻にも祕しかくした用件だから、まさかに金策に出かけるのだとも云へなかつたが、余り洒落た服装をしてゐる此の客に対しては、づけづけと真実の事が云つてやり度かつた。何時こしらへたのか、小沼は厚手の二重廻をぬぐと、役者でも着さうなお召縮緬の重着で、茶がかつた無地に縫紋の羽織を着てゐるし、妻君も金紗づくめで、大丸髷に結ひ、娘には洋服を着せてゐた。三造は苛立たしいやうな心持に苦しみながら、自分の妻の思惑を怖れてゐた。

「今日は御礼に参上しましたので。」

と小沼は改まつた態度で、九月の事変以来一方ならぬ世話になつたおかげで、どうする様もなかつた難関を切抜け、仮の住居も出来上り、親子とも衣食住の心配の無くなつた事を繰返して感謝した。

「御覧の通り、やうやく人中に出られる着物の一枚宛もこしらへる事が出来ましたのは、あなたの御かげだと申して、家内も一度御礼に上らなくては気が済まないと云ふものですから、一家総出で御邪魔しました次第です。」

といふ後について、妻君も亦妙にねばり強い語調で、同じやうな事を述べた。

三造の妻がふだん着のまゝのひけ目を見せながらお茶を運んで来ると、もう一度づゝ御礼の口上が繰返された。

「ほんとに其の節は着物から襦袢迄も頂戴致しまして、大助かりで御座いました。」

と小沼の妻君がいふのに対し

「どう致しまして、着古しなんか差上てかへつて失礼で御座いました。」

と三造の妻も何気なく答へはしたものゝ、云ふ可からざる侮辱を受けたやうな感じが、むらむら起つた。その当時はどんな古い物でも、粗末な物でも調法だつたに違ひ無い事などは考へられないで、自分なんかついぞ手を通した事も無い服装をしてゐる目の前の妻君を見ると、あんな物を贈つた自分を、さぞかしさげすんで居る事だらうと邪推されるのである。自分のやつた古物なんか、くるくるまるめて捨てゝしまつたのではないかなどゝ、理窟もなく考へられて、羞しいやうな口惜しいやうな感情で胸がいつぱいになりながら、相手の頭の物から衣類一切に、悪意の籠つた視線を集中してゐた。

小沼はつとめて話材を提供しやうとして、今更らしく震災当時火の手に追はれて逃迷つた話や、東京の復興の速かな事などを口にしたが、三造夫婦はいかに努めても返事をするのさへ気が重くなり、座敷の空気は長座するのに堪へ切れなかつた。

「どうも御出かけのところを飛んだお邪魔を致しました。」

小沼夫婦は一寸目くばせをして座蒲団をすべり下りた。

「まあいゝぢやありませんか。用事と云つたつて大した用事でも無いんです。」

「いえ、又ゆつくり御邪魔させて頂きます。今日久しぶりで麻布の明治座にでも行つて見やうかと思ひまして。」

「さうですか、それぢやあ御引とめしてはかへつて御迷惑だ。」

三造は益々不機嫌になつてしまつた。

客の帰つた後で、夫婦は互に不満足な顔を見合せた。当の相手が居なくなると、夫は妻に対して多少のひけめを感じ、妻は夫に対して憤慨の念に堪へられなかつた。

「まあ、なんて人達でせう。借金を返すからつて他人にお金を借りて置きながら、あのなりは何んでせう。他所行の着物を買ふお金があるなら、第一にこつちの借金を返すのが当前ですわ。あんな人達のいふ事だから、ほんとに先の借金を返したかどうだかわかりやあしない。あなたなんかお人好だから屹度だまかされて居るのに違ひないわ。」

妻は血走つたやうな眼付をして早口に罵つた。

「まさか、さうでもあるまいよ。小沼つて男は悪気は無いんだけれど、あゝ云つた性分なんだ。」

「いくら性分だつて余り馬鹿にしてゐるぢやありませんか、悪気が無い悪気が無いつて、世間の人はあなたなんかとは違ふんですからね。あなたはほんとに此の頃頭が悪いんですよ。」

三造はさかんにいひまくられて、返す言葉もなく口をつぐんだ。

「では一寸行つて来るよ。」

彼は逃出すやうに土産物の風呂敷包をかゝへて立上つた。

「ほんとにしつかりなさらないと、今にどんな目にあはされるかわかりませんよ。」

まだ癇癪が納まらないで、玄関に送り出してからも、妻は口汚なく罵つてゐた。

往来に出て三造はほつとした。十二月だといふのに、日ざしの暖い午後で、道を行く人の数も少なくなかつた。着飾つた小沼夫婦が娘を間にはさんで、芝居を見に行く姿を想像すると、金策に行く自分の馬鹿々々しさが一層はつきりした。

「いつそ自分も全焼にあつた方がしあはせだつたかもしれない。」

と脱線した事を考へた時、牛島と一緒に浅草で死んでゐる自分の事迄想像した。

「馬鹿な。」

打消すやうに頭を振つて、しかし力無く歩き出した。（大正十三年六月二十二日）

（「新潮」大正13年7月号）

舞子

久米正雄

京阪の方を題材に取つた小説を書かうと思つて、舞子の浜へ来た。宿は大阪の友人が、M――と云ふ家に取つて置いて呉れた。が、今が書き入れ時の、避暑客が一ぱいなので、部屋は玄関と階段に近い、行燈部屋みたいなものきり開いてゐなかつた。私は仕方なしに其処へ入つた。部屋の隅には、妙に白つぽい屛風などが、二三帳置かれてあつて、恐らく平常は使はないらしい、陰気な湿つぽさが漂つてゐたが、海から玄関口へ吹き貫きの風通しは、却つて佳いらしかつた。其方が気も楽でよかつた。

舞子は私は初めてだが、土地は兼ねて想像して居たのと、大して違はなかつた。

「明石ちよいと出れやアネヱ、明石ちよいと出れやア、舞子の浜よ。向うに見ゆるは淡路島。……」一と昔前に流行つた、あの簡単な唄の文句が、実によく代表して居るとさへ思つた。たゞ稍々違つたのは、白砂の洲がもつと広くて、海浜直接に松原が拡がつてゐるのだと思つたら、海浜には街道と別荘其他があり、背には鉄道線路を負ふて、全く公園らしい一帯をなして居る点だつた。けれども松の蟠屈した姿は、なか〳〵よかつた。余り烈日では困るだらうけれど、清々しい朝の日の翻れや、月影が下の砂地へ印する蛇形は、松が古いだけに、漢詩などで馴れてはゐながら、異状な美しさだつた。

例に依つて私は仕事が出来なかつた。で、よく海岸を一巡したり、松の間を縫つたりして、ボンヤリ考へ暮す事が多かつた。

或る晩、宵の八時頃、一人つきりの夕飯を済ませた私は、又散歩に出かけた。実は湯に入りたかつたのだけれど、幾ら待つて居ても空かないのに、少し業を煮やした気味もあつた。何でも宿では忙がしい上に、今日は内務省の官吏が、県の土木課の連中に案内されて、自動車でやつて来たらしかつた。

私は愛用の両切巻煙草を、三本だけ懐中にして、ぶらりと松原の方へ出た。煙草三本喫む間、散歩しようと云ふ積りか、この散歩の間は、三本位で適当だらうと思つた為だつた。一本の火は、部屋を出る時既に点けた。私は適度に甘いヴアージニアを、舌の中途で味ひながら、先づ道を西へぶら〳〵下つて行つた。

久しぶりで、家庭を離れた気持は、宿の居馴れない心地と相俟つて、何となく味気ない、淋しい感傷を胸に起させて居た。久しぶりで、独身時代に帰つたやうな、心安さもないではなかつたが、矢つ張りかうして遠い避暑地の海岸を歩いて居ると、漫ろな思慕に似た情緒が、古びた星菫味をさへ帯びて、起つて来るのを否み得なかつた。——空には、十二三日頃の月が、瀬戸内の微風の中に、洗はれた如く懸つて居た。それは此の別荘続きの端にある、浅青い塗り色の六角塔めいた、支那の富豪のヴイラを仄白く照らし出して居た。松は黒く、しんと影を洩らして居た。あゝ月夜、もてあそぶべき指もがな、強く吸ふべき唇もがな、と云ふ、吉井勇の勇敢なる名歌が、もうそんな年齢でもないのにと云ふ苦笑と一緒に、思ひ出されるやうな宵だつた。併し確に、私は何か女ツ気が欲しかつたのだ。そゞろに人を恋ひ渡つてゐたのだ。

私は私の居る部屋続きの、二つ隔てた向ふの端に、仲居と一緒に来て居る、京都の若い藝者の事を、何となく念頭に上せてゐた。その女は打見た所十九か二十位の、小柄に整つた姿の美人で、前を七三に割つては居るが、一見して玄人と分るやうな、古風めいた束髪の結びやうをしてゐた。彼女はよく、庭から海辺へ出る道なので、私の部屋の前を原稿紙などで散らかつた机のあたりへ、不思議さうに目をやり乍ら通つた。此方が会釈でもしろ、直ぐ礼を返したげな、親しげな微笑みを湛へてゐた事もあつた。一体に、滞在客同志は、時日も永いせいもあり、子供たちが橋渡しとなつたりして、みんな親しくなつてゐるらしかつた。まだ話し合はせないのは私だけだつた。で、同宿の彼女たちが、さうした様子を見せるのは、別に意味なく自然な事だつた。が、私の方から進んで、話しかけると云ふ程の気にはなれなかつた。まだ、一応の好奇心に似たものを、索いたといふに過ぎなかつた。

「……向うの端に居る人、あれは藝子はんだね。」私は夕飯の時に、話題もなかつたので、そんな風に女中に聞いて見る位のものだつた。

「へえさうだん。仲居はんと一緒に来てまんのや。」

「旦那は一緒ぢやないのかい。」

「旦那はんはまだ見へしめへん。来やしめへんのやらう。とうから二人つきりで居やはるんだつせ。」

女中はそんな風に答へた。

「さうかい。そいつは無駄だねえ。」

「京都はずつとお暑いよつてなア何も無駄な事あれしめへん。」

私はその生真面目な返事を聞きながら、旦那なしで来て居るとすれば、京都でも相応な藝者に違ひないと思つた。

其宵、私が散歩に出る前に、彼女が散歩に出たのを、私はそれとなく知つて居た。そして、前にも云つた通り、私は彼女の跡を追ふて、戸外へ出たのではなかつたが、かうして出て見ると、松原の何処かで、彼女と偶然会ふなども、悪くはないと思つた。別に話かけたり、会釈したりしなくてもい、が、、行きずりにだけでも、老松の下で出会いたい気がした。求めるともなく、私は街道を歩きながら、棚一つ隔てた松原の中の、白い人影を探してゐた。

と、ふいに後ろから、街道を通りがかりに、急ぎ足に近づいて来る、人の足音がした。私は振り返つた。

「鳥渡お聞きしますが、――」

其人たちは私が振り向くと、充分近づいて立停りながら、鳥渡妙な口調でさう云つた。見ると、労働者風のシヤツ一枚の男が、二人前後して立つて居た。

「鳥渡お聞きしますが、」と其中の身体の小さい方の一人が、繰返して云つた。何処かの訛りらしく、「彼処は飯屋でせうか。」

と、彼は私たちの泊つて居る、宿の灯を指した。其処は今日の内務省役人の為か、まだ台所に灯を漲らして、何か廚理して居るやうだつた。

「え？」

私は飯屋と云はれたのと、妙な訛りとで初め分らなかつた。感じでは、料理屋と云ふやうな事ではないかとは思つたが。

と、彼等は更に叮嚀に云ひ直した。

「飯を売る所ではないでせうか。――私たちは朝鮮人で、初めて此辺へ来たものですから、何も分らないんですが。」

「え？」

私は思はず更に訊き直して了つた。

「朝鮮人ですが。――」

暗の中の男は更に声を大きくして、答へた。その調子には、一種の必死の嘆願に似た、響を帯びてゐた。咄嗟に私は、ヘンに胸を打たれた。自ら、先廻りをして、朝鮮人と真向から名乗る彼らの心持に。――恐らく彼れは、度々さう名乗つてか、らなかつた為に、不審げな眼で見られ、烏散臭げに相手にされなかつたのであらう。それで、今では遮二無二に、先づさう云つて、凡ゆる人に接するやうに、止むを得ずなつて来たのだらう。「朝鮮人ですが。」――さう繰り返して、私を納得させるやうに云つた言葉は、少しの憤りを含んでゐると云ふよりは、事実諦めの哀調を確に帯びてゐた。

私はその気配を感ずると共に、震災後、何となく此人たちに対して、済まない事をしたやうな感情を持つて居たので、水を浴びせられたやうな緊張で、態度を改めた。

「あゝさうですか。」私は向ふの気持を害ねないやうに叮嚀に云つた。「彼処は料理屋もやつてゐるやうですが、主に旅館ですから、駄目かも知れません、もう少し先へ行つて御覧なさい。僕も昨日来たばかりで、よくは知らないんですが、もつと先へ行くと、在るやうに思ひますから。……」

「旅館?さうですか。もつと先ですか。」

よく見ると、成程、シヤツを着、白い半股引を穿いてゐるが、シヤツは帯なしにぶくりと着て、帽子さへ被つて居ない。

「よくは分りませんが、……」

「さうですか。どうも難有う。」

彼等は、松の陰の暗から、途切れた月光の縞の中へ出て、少し疲れて居るらしく、よた〳〵と向うへ歩み去つた。月の光に顕れたり、陰れたりしながら。

私はその亡国民の、漂泊の後ろ姿を、永い間見送りながら、彼らの為に、温い飯を供給する家が、自分の示した先の方に、早くある事を願つた。何だか曖昧ながら、さう教へた自分に、責任があるのを感じながら。……そして何だか、彼らに飯を売る家が、急にありさうもなく、今晩中彼らは、疲れた足を引擦つて、私を恨みながら、彷徨ふて行きさうな気がした。先の方へ行けば、昼間は茶店みたいなものが、在るやうに思つて居たが、夜、気味の悪い彼らに、果して飯を食はせたりするであらうか。いつそ僕が宿に話して、彼らに何とかして飯を食はせてやればよかつた。さうしてやつた方が、寧ろ私の心持上での責任に軽かつた、とも思つた。

が、彼らはもう行つて了つたのだ。事実上、もう関はりないのだ。私はホツと息を深くついて、すつかり胸の塊りを吐き出して了ふと、又ぶら〳〵歩き出した。

月光と松影とが、相変らず眼の前にあつた。あるかない海風だが、耳を澄ますと中空に、コーツと澄んだ籟声があるやうな気がした。チリ、、チヨン、チリ、、チヨン、……と松の中から、遊動円木か鞦韆の環の鳴る音が、鳥の啼くやうに聞えて来た。それが又再び私の胸に、仄かな情緒を誘き出した。

私は柵を跨いで、園内に入つた。そしてひよつとすると彼女が、その運動木に戯れてゐはしまいかと、其方の方へ松の影を拾つて行つた。

それ等の運動木は、松原の中ほどの、やゝ広い空地に、白く立つてゐた。近づくに連れて、私はその遊戯者が彼女でないのを知つた。それだけに私は楽な気持で、ずつと近寄つて行くと、付近の木のベンチを一つ選んで、見物するともなく腰を下ろした。そして二本目の巻煙草に火を点じた。持つて出たマッチが、相憎一本きりなかつたので、消えないやうに注意しなければならなかつた。

見ると、それは三人の青年だつた。学生ではないらしいが、青年には違ひなかつた。彼らの中二人は、向ひ合つて一つの鞦韆に乗り、共同で腰を浮かし乍ら、動かし合つてゐた。が、其共同動作は、余りうまくは行かなかつた。もう一人は立つて見囃してゐた。

と、暫らくさうしてゐる所へ、向うの松の間から、一人の女の姿らしいものが、月の光に陰顕しながら白くちら〳〵と現はれて来た。それも、どうも彼女ではないらしかつた。が、別な、恐らくは土地の、若い女には違ひなかつた。

娘は運動具の傍を、ぶら〳〵通りかゝりながら、鳥渡立佇つて、若者たちの鞦韆ぶりを、見てゐたらしかつた。が、やがて、つと彼女はもう一つの、別な鞦韆の方へ近寄ると、それへ乗つた。そして見る〳〵間に、チリ〳〵チリ〳〵と金具を鳴らしながら、それを高く揺り出した。チリ〳〵チリ〳〵……音は益々四辺に響き、彼女の白い姿は、支へ木の左右へ、交互に高く上り下りした、それが月光を出たり入つたりして、袂の捲き上るのさへ鮮に見えた。

三人の若者たちは、気を呑まれたやうに、黙つてそれを見てゐた。向き合つて乗つた二人も、もう、自然の勢だけで、さう高くなく揺られてゐた。と、見てゐた一人が、

「おい〳〵、しつかりやんなはれ、そこの女子に敗けまつせ。」

といふやうな事を云つた。そして無意味な笑ひ声を立てた。

娘の方でも、其時はもう振幅の絶頂に達したと見えて、自然にそれが狭まるのを待つてゐた。彼女も其、反響の言葉を聞いたに違ひなかつた。

「ほんならもう一度。しつかりせんなはれ。」

「あかん。――あの女子はんと一緒にやつたら、よう振れんのやけんどなァ。……」

若者たちはそんな事を云ひ合つた。

娘はやゝ揺れが静まると、木上からぽんと見事に飛び下りた。そして、其余勢で、二三歩ふら〳〵と前へ駈けると、其儘ばた〳〵〳〵と小走りに走つて、ぢつと遠くの松の影の濃い方へ、駈け去るのが鳥の羽叩きのやうに見えた。そして適宜な辺で立停ると、黄色い声で、何とかは――んと、恐らくは居もしない仲間の友人の、名らしいものを呼ぶのが聞えた。

私は微苦笑した。何だか、恐らく彼女がそんな動作をした胸の心持を、私は余りにはつきり分るやうな気がしたからだ。私自身それと同じやうなものを感じてゐたからだ。

私は又立上つて歩き出した。一段低くなつたやうな、松の蟠屈した根の露はな所を通つて園を東の方へと深く行つた。

と、今度は中央部に、音楽堂めいた四阿が、灯火に明るく照

らされてゐるのを発見した。私はそれにも近づいて見る気になつた。間がよければ、一と休みする考へだつた。がずつと近づいて、横から窺いて見ると、其処の中央に置いた木卓を囲んで、置かれてある周囲のベンチには、二人の労働者風のシヤツを着た男が、仰向に寝転んでゐた。其上を、徒らに明るく屋根裏からの、燭光の強い電燈が照らしてゐた。

私は鳥渡恐怖に似たものを感じて、其儘寄らずに歩き出す外なかつた。もう彼女には此の松原で、会へないに違ひない。もう帰つて了つたであらう。さうはつきりは感じなかつたが、淡い失望の気持がそこにあつた。そして猶も暗い松原の里の方へと足を向けた。

暫らく行くに連れて、何故か街道の灯火も、だん／＼尠くなり、松の樹数も細かになつて、影暗さが増して来た。と、其中にも、矢張り真中頃の黒い影が重なつたあたりに、今度は一つ日本風の四阿らしいものが、寂然《せきぜん》と置かれてあるのを見出した。今度こそ休まうと思つて、私は近づいて行つた。

と、そこへ四五間ほどの距離に近づいた時、私の足は急にぴたりと止まつた。深閑とした、暗の影が重なり合つた四阿の中に、何者かを発見したからだつた。それらの人影は黒かつた。そして何の音を立てず、動きもせずに、其処に坐つてゐた。たゞ気配でそれが分る程だつた。それも一人ではなかつた。明に男女だつた。思はず暗を透すと、二人の影は、並んでゐるのか、腰かけてゐるのか、兎に角二三尺位しか離れないで、ぢつと息をも潜ませたやうに、闇の中に座つてゐる。……女の姿らしいものを見た時に私ははつとした。咄嗟に彼女だと直覚した。その透して見えた髪容に、見覚えがあつた。

さう思つた瞬間、私は歩き出してゐた。そして四阿の横を、四五間離れて、素通りした。二人は、私が通る間も、私語一つしなかつた。私の眼から陰れ了せて、潜みに潜んでやり過ごす積りか、身動きさへしないやうだつた。

四阿を離れると、私は後をも見ずに、ずつと松の間を先まで行つた。普通の松原のやうになつてゐる所まで来ると、初めて立停つて、足を休めた。そして残つてゐる筈の、三本目の煙草を探つた。それはあつたが、今度は燐寸が切れてゐた。

チェッ！何だか、そんな気持になつた。そして淋しくなつて、ゆつくり／＼歩みを回《かへ》し初めた。何だか満ち足りないやうな、裏切られたやうな、併し、微かな苦笑を禁じ得ないやうな、甘苦い気分だつた。是が当然だ。是以上、お前は何を求めて居たんだい？さう自問すると、自づと苦笑が唇辺に浮んだ。

併し、もう帰りには、居ないだらう、さう思つた。誰が？四阿の男女が。

ところが、又、其処まで来ると、私は彼等が、元のやうに腰かけてゐるのを、やゝ呆れ気味に発見せざるを得なかつた。

念の為にと思つて、今度は近々と、四阿から二間ほどの所を、ぶらり／＼と通つてやつた。が、彼らは矢つ張り前と同じやうに、息を潜めて、只黙りに黙つたまゝ、しんと暗の中に坐りこくつてゐた。

可怪しな奴等だ。こんな事を気にする俺も俺だが、黙りこくつてぢつとして居る奴等も奴等だ。——私はわざと中へ入つて行つて、「鳥渡矢礼。貴方がたは燐寸をお持ちぢやございませんか。」と、云つてやらうと思つたが、思つただけで、そんな事は出来なかつた。

彼らはとう〳〵、私がすつかり通り過ぎて、聴覚圏内を出るまで、何も云はず、何の音をもさせなかつた。

私はヘンな気持で、足を早めて戻つて来た。と、今度は必然に、又例の明るい洋風四阿の前まで来た。そして、其処では、光景が、前とすつかり変つてゐるのに吃驚して眼を瞬つた。

見ると、其処の卓子の上では、妙な晩餐が初まつてゐるではないか。

労働者と見える人達は、四人になつてゐた。そして其人達の囲んだ卓の上には、新聞紙の真ん中に、木皮包みの飯が、其儘一と塊に盛られてあつて、其処からは湯気さへ立つてゐるやうに見えた。其傍には福神漬か、茄子漬か、奈良漬か分らないが、何だかさうした黒いものが、もう一と塊小さく置いてあつた。其上、卓子の角の所に、一本ビール瓶が立てゝあつた。

一人は其飯の塊の一端を、手摑みで握り取つて、頬張つてゐた。一人は、ビール瓶を取つて、喇叭飲みに二三口飲むと、次の男に手渡しした。その男も口をもぐ〳〵させてゐた。そして最後のもう一人は、短い、——さうだ。決して長くはなかつた。——鉈豆煙管を出して、さもうまさうに煙草を吸つてゐた。

私は其光景を、一瞬に嬉しく見て取つて、そして長くは見て居てはいけないと思つた。彼らの貴重なる営みを、そんな興味で見ては、すまぬと思つた。が、さう思つて、見て見ぬやうに通り過ぎやうと思つた時、ふともう一物、私の目を引いたものがあつた。それは、ベンチの上に置かれた、一つの朝鮮笠だつた。かうして内地へ来てゐても、彼らが矢つ張り手放し兼ねて、持つてゐたのであらう所の、黒い漆塗の笠だつた。

さうか！彼らか！さう思つて見直すと、先刻私に飯屋を訊ねた、小柄なシヤツを帯なしに着た男らしいのが、今、飯を頬張つて、其後《あと》の手を新聞紙に擦つてゐる！さうか！そんなら彼らは、あれから殆ど直ぐに、然るべき「飯屋」を見つけて、飯を包んで買つて来、ビールを一本購つて、——まさかにあの内味は水ではあるまい。——そして此処で、謂はゞ草上晩餐会を開いてゐるのだ。恐らくは彼らは、今夜を此処の涼しい四阿で、蚊に攻められながらも寝明かして、下の関の方へ、故郷の方へ行くのだらう。それにしても、よく飯屋があつてよかつた。何処の飯屋だか知らぬが、よく快く彼らに売つて呉れた！

私はさう思ふと、自分の責任が完全に果されたのを感ずると共に、非常な嬉しさを覚えた。そして咄嗟に決心して、彼らの居る方へ、四阿の方へ近づいて行つた。

つか〳〵近づく足音に、彼らは驚いて、怪訝さうな目を上げた。隅にぐつたり坐つてゐた一人は、少し起き上るやうにした。

其瞬間、私は鳥渡悄気《しょうげ》たけれども、直ちに笑顔を取直して、そして出来るだけ他意ない事を表明しながら、帽子に手をかけた。

「済みませんが、煙草の火をお持ちでせうか。」

私は出来るだけはつきりと、分るやうに云ひ出した。

朝鮮人たちは寧ろきよとんとした、彼らの緊張からやつと回つたらしかつた。そして其中の一人、――一番日に焦げて、年上らしくみえた。――が。

「あります。」

と云つて、普通の燐寸を差出して呉れた。

「難有う。どうも済みません。」

私をそれを受取ると、幾らか救はれるやうな気になりながら、何とはなしに顫への来る手で、一本の無駄をせず火を点じ終つた。私自身、非常に緊張し、興奮してゐるのを感じた。

が、彼らは、まだ固くなつてゐた。そして何となく、警戒し合つてゐるやうだつた。

矢つ張り、俺が此処へ入つて来た事は間違つてゐた。俺の喜びを、彼らに伝へようと、軽率にもツカ〱闖入して来たのは、間違へだつた。私は咄嗟に又さう思つた。そして彼らに、よく飯が直ぐ見付かつた喜びを、云はうと思つた事を思ひ断つた。何だかそんな事を、突然云ひ出さうとした自分が、妙に恥ぢらはれた。私は何故ともなく顔を、すつかり熱く赤くした。

「難有う。済みませんでした。」

再び、私は退き気味にさう云ふと、叮嚀にお辞儀までして、後をも見ずに早足に去つた。恐らくは再び、「何だい、あの野郎は？急に入つて来やがつて。」と云ふやうな事を云合ひながら、彼らだけに立帰つた安堵で、互に飯を一ぱいに頬張り、交みにビールを飲み廻し初めたであらう所の、彼らを後ろに見ずに残し乍ら。……

チリ〱ツチヤン、……チリ〱ツチヤン、……遊動円木か鞦韆かに、又しても誰か乗つてゐるのを、もう見向きもしなかつた。もう彼女の事などは、考へもしなかつた。

家の切れ目まで来ると、浩蕩たる瀬戸内の海面一ぱいに、淡路をも消して、月が広く照り亘つてゐた。

（大正十三年八月）

（「改造」大正13年9月号）

職工と微笑

――詳くは微笑を恐怖するセルロイド職工――

松永延造

序言

私は当時、単なる失職者に過ぎなかつた。とは云へ、私自身とは全体何んな特質を持つた個体であつたのか？　物の順序として、先づ其れから語り出されねばならない。

別段大きな特質を持たぬといふ点が私の特質であつた故に、私は私自身に就いて、其れ程長い説明を此処で試みやうとは思はない。正直と簡単とを尊重して、私は次の事丈を読者に告げ得れば、もうそれで満足である。

私は一時、小学校の教員であつた。そして直きに免職となつて了ふ事が出来た。何故免職となり得たか？　日本語の発音及び文典の改良策に就いてと、それから小児遊園地の設計に就て校長と少し許り論争した結果、私自身が何かしら『思想』と言つたやうなものを所持してゐる事が発見されて了つたからである。実に其の思想がいけなかつた。多くもない私の特性のホンの一部がいけなかつたのである。断つて置くが、私は何んな場合でも過激を遠慮する内気な人間の部類に属し、却つて年老ひた校長の方が進取的な気質に満ちて『堕落しても好いから、新しいもの！』と云ふ希求を旗印しに立てゝゐたのであつた。従つて、此の場合では、世間に好くある新旧思想の衝突と云つたやうなものが恰度逆の状態で醸成されたのである。

少し冗長になるが、それを我慢して話すならば、校長は恐ろしいエスペランチストで、幼稚園の生徒へ向つて迄、此の世界語の注入に熱心したのである。光を受け入れる若芽のやうな学童たちは珍らしいものに対して覚えが早かつた。彼等は花や樹の葉の事、又『嬉しい嬉しい。』なぞと云ふ事を皆エスペラントで話し初めた。そして皆が

『ボー、ボー』と叫んだ。

此の『ボー』が校長に取つては悪かつた。彼も私が免職になつてから直き、矢張り同じ運命になつて了つたのである。

そんな事は何方でも構ひはしない。話したいのは、もつと別の点である。私は一体それから何うしたのか？勿論喰ふに困りはしなかつた。否、寧ろ充分な閑暇を利用して、少しばかり学問を初めさへしたのである。さうして、一年許りの内には、三流文士として、四流の雑誌へ、小さな創作を掲げて貰へる程に出世をした。

私の創作が勝れたものか、それとも、極く平凡なものか、を私自身も未だ判定する事が出来なかつた。そして勿論多くの一

流批評家は私の作に目を通しては呉れなかつたのである。彼等は悪いものには注意しなかつた。そして恐らく良いものも同じ運命にあつた。

私は試みに、私の作風の一例を此処に引き出して見やう。


……………………………………

其の人が通過した跡

其の人は自分の母親を連れて歩いてゐた。彼の足は真直ぐで、母の背は曲りかけてゐた。彼は少しもクタビレないけれど、然も母親のクタビレたのを察する事が出来た。

『心が行き違き、他の心を察する事』之がその人の特性だつたのである。

『お母さん。私は一度丈貴方を自動車に乗せて上げたいと思ひます。』と子は云つた。

『お前は私がクタビレたと思つて、そんな風に云つて呉れるが、私は未だ歩けますよ。それにお前の足は大変活潑で、もつと地面を踏みたがつてゐますよ。本当に若い中は高い山なぞを見ると、直ぐそれへ登つた所を想像する程だもの、然し年をとると、そこを越さずに、向うへ行ける道はないかと探すやうになるのだね。』と母が微笑むで答へた。

けれども其の人は自動車を呼むで、それから運転手に訊いた。

『B迄行くのですが、車の何方側へ多く日が当りますか。』

『右側ですよ。』と運転手が答へた。

『では、お母さん。私が右側へ座ります。お母さんは日影にお出でなさい。』

之は暑い日の出来事であつた。眠相であつた運転手は不図目を上げて、幾らか恨めし相に青年とその母を見やつた。彼は吐息を一つすると、直ぐ車を動かし初めた。走つて居る間中、運転手は故郷へ置いて来た自分の母親の事を、あれから之と懐ひ続けるのであつた。十日程前、手紙で母親を騙し、十円の金を送らせて、全く無益な酒色の為めに費して了つた事が、彼自身にも口惜しくて、彼は思ふさま大きく警笛を響かせた。それから、態と行路を替へて、廻り道をし、車上の老いた人へ日光を当てゝやらうかとさへ考へたが、不意に眼へ一杯の涙をためて了つたのであつた。

親と子は車を降り去つた。残つた運転手は郵便局へ入つて、母へ宛てた為替を組むだ。それに添へて、『お母さん、丈夫かね。日中だけは畑へ出ず、体を大切にして下さい。』と下手な文字をも書きつらねた。

田舎で、息子の手紙と、いくらかの金を受けとつた母親の喜びは何んな風であつたか？まして、それが一度も子供から親切にされた覚えのない母親であつて見れば、尚更の事である。

母親はよろけ乍ら、隣家の方へ駈けて行つた。然し、此の喜びを、さうたやすく他人に打ち明けてはなるまい、と思つたか、再び我が家へ走つて来て、声を上げて、息子の簡単な手紙を読むだ。声の終りの方は小鳥のそれのやうに顫へた。人が文字以外の文字を読むのは実にそんな時である。簡単は立派な複雑になり、ほんの西瓜の見張り小屋のやうな文章が、何だか有難く宏壮なお寺様のやうになつて了ふのである。

母親は誰かしらに此の喜びを分け与へねば、自分の体がたまらないやうな気がして来た。それで又家を出て見ると、彼の女が貸した金を仲々返して呉れない男の何人目かの子が、直ぐその弟を背負ふた儘、転んで了つて、重い負担のために、起き上る事も出来ず、藻掻いてゐるのに、行き会つた。母親は急いで、子供を抱き起し、『可哀相に……』と繰返した。

『之は利息だよ。』と子供は帯の間から十銭の紙幣を二枚出した。

老いた女は少し顔を赤くして考へた。お金が哀れな人の所へ行つて、利子と云ふものを盗むで帰つて来ると……

『そのお金は少いけれど、お前のお父さんと、お母さんが、暑い日中、畑へ出て、働いて出来たのだね。それは暑さの籠つたお金だね。あゝ暑い日中丈は畑へ出ぬやうに……』と老いた人は独語とも祈りとも判明しない言葉を、天に向き、又地に向いて呟いた。

それから彼女は二十銭を可愛い子供に与へ、子供はその半分で果物を買ひ、半分で鉛筆のやうな品を求めた。

さつき迄意地悪くしてゐた子供は大変に嬉し相に飛び立つた。さうして、自分の家の鳩へ、他所の犬をけしかけるのをやめた。

子供は何かしら三つ許りの歌を一緒に混ぜて歌ひ乍ら、庭に落ちてゐる鳩の抜け羽を拾つて遊むだ。

『斯んなにして、毎日羽をためたら、今に妹の枕が出来やうか？』と子供は母と覚しき女性に尋ねた。

『丹精にしてゐれば、出来相もないと思はれた色々の事さへ、思ひがけぬ程早く出来るものだ。』と母らしい人は答へた。

此の有様を巣の入口で眺めて居たのは年をとつた一羽の鳩であつた。

鳩……この小さい脳髄は何を考へて居たであらう。鳩は何度か首を傾け、あたりに犬の居ないのを確めて後、恐らく次のやうに鳴いた。

『自分が惜しく思はれる品を、思ひ切つて人に与へても、その品を人が、自分と同じやうに大切にしてゐるのを知るのは、何とも云へない喜びである。』

我々は思ひ出す。自動車へ乗つた、さきの母子は、唯街路の一角を通つたに過ぎなかつた。けれども、その影は運転手の手紙と共に、田舎へ走り、老いた農民のもとに居り、転んで起きられぬ子供のそば近く歩み、鳩の巣のほとりに、思ひ深くもたゞずむだのである。至極あたり前の深切、一寸した思ひやりも、それが命を持つて居る故に、水の輪のやうに、動いて他の方へ行くのは面白い事である。

……………………………

読者は倦怠したであらうか？振り返つて云ふが、私の小品と云ふのは以上の如きもので代表されるのであつた。それは簡単で、従つて未熟であらうか？私が教員時代に学童へ向つて熱心に話した訓話の痕跡が取り切れて居ないと、読者は叱責するであらうか。

それは何うでも好い。話は実に之からなのである。

機縁とは何であるか？何処が初まりで、何処が終りなのであらうか。私には何も分らないが、或る雨の日に、ある濡れた青年が、私を訪ねて来たのは確かな事実である。

彼は幾分か私を尊敬する風であつたが、さうかと云つて彼自身の傲慢を強ひて隠す程でもなかつた。彼は概して陰鬱であり、時に不思議な嘲りに似た笑ひを洩らした。彼は一個の労働者であると告白したが、そんな低い階級に似ず、恐らく私も及ばぬ知見を持つてゐた。低いものが高いものを持つ……之は一種の害に似たものではあるまいか？

彼は自身が経験した或る事件に就て、一つの伝記風な小説を書きかけてゐる事、それを順々に見て貰ひ、批評して貰ひたい事を私に告げた。

『私が何んな奴だか、今に皆別つて来ます。すつかり分つて了ひます。』と少し気味悪い動作の青年は悲し相に舌をふるはした。

軈て私は何を見、さうして驚いたか？

私の嘗て知らない不思議な世界が此処から開け初めた。青年の文章は暗い光とでも云ふものを以て私の胸を照らした。此処には『神聖なものへの反抗』があり、私の心の中には見出せない複雑な考へがあつた。

『悪』それが主位を占め、そして君臨する所の精神を、私は単なる心理学的興味からでなしに、もつと異様な驚きと嘆きとで見入つた。私はそれに引つけられ、又蹴はなされた。それにも拘らず、私は彼の青年へ何処迄も接触して行かうとする勇気の為めに立ち上つた。あゝ此の青年が何んなに私の平安な生活を破壊して呉れたか？それは後に皆明白となるであらう。

彼の青年は確かに私達とは別な性質を到る所で発露した。たとへば、彼は面識なき牛肉の配達夫へ、いきなり声を掛ける事が出来た。

『お前は、自分の配達してるものが喰ひたくはないかい？』と彼は対手の肩をたゝいた。

配達夫も亦、この行為をいぶからなかつた。尤もそれが彼等の礼儀なのである。

『喰ひたくもなるさ。けれど、私の厭に思ふのは、自分の飢ゑてゐる事ぢやないよ。自分が何かを人に与へ得ぬ事だ。』と配達夫は答へると、黒い表紙の書物で、青年の肩を打ち返した。その書物は聖書だつたのである。

『ウム、そんな事もあるな。たしかにある。私の知つてる貧乏な雇人は、ある大尽の家の子に、一銭を握らせて、大きな声で嬉しがり乍ら飛んで帰つて来た事がある。奴は善い行ひをしたのか……それとも復讐をしたのか……自分でも別らないのだ。唯、俺は与へたぞ、与へたぞと叫び乍ら、地面へ、へたばつて了やがつた。』と青年は厭な表情をして答へるのであつた。

と思ふと、青年は全く未知な他の労働者に肩を打たれる事がある。

『ヤイ、何をボンヤリしてるんだ。貴様、自分で立つてるのか?それともそこに落つこちてやがるのか?』と未知の男は叫むだ。それが矢張り礼にかなつてゐるやうでもあつた。

『落ちてゐるんだとも。だが、そりや、上つちまふより安全なんだぜ。』と我が青年は答へた。

『洒落やがんない。俺が分らないのか。今俺の友達の奴はな。蒸し釜の蓋のネジがゆるんだんで、それを締め直しに、大きな釜の蓋の上へ登つたんだ。それから、ネジを締めたんだ。すると、ネジの奴、金が古くなつてゐるんで、ポキンと頭がモゲやがつたんだ。おい。こつちをちやんと向かねいかい。それで、釜と蓋との間から、蒸気が噴き出して来てな。その力で他のネジも皆一遍に頭がモゲて、パーンと云ふと思ふと、もう工場中は湯気で真白に曇つちやつたんだ。すると、上の方でポーンと云ふんだ。ハツと思つて見ると、屋根が吹き飛んで、大きな穴から青空が見えるぢやないか。そして、あゝ、眼をつぶつて呉れ!俺の友達の奴……まるで吹き矢の矢のやうに、その穴から、空へと吹きつ飛ばされやがつた。急いで外へ出て見ると、俺のすぐ前へ、ドサンと肉体が落ちて、弾みもしないで、タヽキへのさばりやがつた。グサツと音がしたんだ。おい。こつちを向けい!友達はそれでも死ねないで唸りやがつた。「苦しい、苦しい、」と叫びやがつた。当り前よ苦しくない訳が何処にあるんだい。』酔ひ痴れた未知の人は、さうして自分の道を歩いて行つて了つた。

青年は暗い顔になつて呟いた。

『人がそんな風に鞠のやうになつて好いのか?人が?』

けれども読者よ。人は色々な他のものになる虞れがある。現に此青年も何かしら他の玄怪な存在になりかけてゐるのであつた。それを証明するため、私は彼の自伝をこゝに掲げたく思ふ。

次の章に於て、今後『私』と云ふのは、実に『彼』の事なのである。もしくは『何時か善良に帰る悪しき霊』の事なのである。

………………………

玩弄さるゝ美

一番初めに云つて置きたいのは、私が物質上の貧困者であるに拘らず、贅沢過ぎる心を持つてゐるといふ悪い惨めな点である。斯んな外部条件中に投げ出された斯んな霊と云ふものが、何んな変化を取つて行くか。

単に空虚な妄想を追ふ事の他に、私はもつと現実に接近した慰安を求め得なかつたであらうか。人々は次の言葉を何と思ふか。

妄想と現実との中間に座つて蠢めく私は、確かに又、仮定と実際とを折衷しつゝ、何かしら、諦め深い、そして優雅を通り越して、児戯に近附く類の慰安で自分を飾り得たと思つてゐた。

例へば、何んな紙――物理的に汚れて鼠色になつたのでも、化学的変化の為めに黄褐色になつたのでも構ひはしない――でも自分の手に入つて来ると、私は其れからエジプトのスフインクスを切り抜き出したものである。成程、自分の前には平面なスフインクスが幾匹か現れて来る、之は物質に形を借りてゐる。唯平面である点に、多量な妄想と空想が盛られてゐるのである。私は何うかせめてバスレリーフとしてのスフインクスをセルロイドからでも刻み出したい。それは此の惨めで汚い貧困に聊かでも敵対する心の贅沢である。

『厭な人間だ！』私の聴き手は、斯う私を舌打ちで鞭打つだらう。けれど、私は一人の病み患ふ子供の様なものである。肉を蠟にして燃しながら、空想の焰の糧にする程、静かに座つてゐるのが持ち前の人間である。斯んな男に附き纏ふ貧困こそは悪性のものに相違ない。賭博者、ピストル丈を商売道具にする男、単純な無頼漢、彼等に絡はる貧困の方が、まだまだ私の類よりは光明を持つてゐる様である。

宜敷い。私は独りで居やう。昔式の巡邏兵が持つ蠟燭の灯の廻りを黒い程赤いガラスが護る様に、兎も角も、私の四壁は他人から隔てられてゐる。私は此処で昔の朝鮮人でもした様な骨董的な空想を現実と妄想との中間的濃度を持つものとして味はう。

例へば、此の室の床が斜めに傾いてゐるとすれば、それは悪い建築法の為めではなく、此処の地盤が、雪の為めに清透となつたアペニン山脈中のある山腹に位すると考へて置かう。此の壁が破れてゐる事には唯古典的な風雅丈を見出さう。人々はモーゼの書いた文書が破れてゐなければ、立派ではないと云ふであらう。時と云ふ風雲は唯一の装飾法を知つてゐる。それは物を少し許り破る事で、全体をメツキするのである。此の方法は私に依つて『支那式美術』と呼ばれてゐた。何となれば、支那はその建国が古過ぎて、物を凝集する焦点を通過して了つたと云ふ様な点からではなく、あの国のものは凡て不足と欠乏で飾られてゐるからである。彼の国で多過ぎるのは唯料理の数丈ではないだらうか。

『之は厭な云ひ廻しだ。』と聴き手は私の鬱陶しい衒気を瓦斯の様に嫌ふに極まつてゐる。其れに何の無理があらう。私も自分自身が随分厭なのだ。

それにも拘らず、いや、寧ろ、一層図々しく、私はウツラ〳〵と考へ続ける。何を？凡て外国の骨董品の事をである。メソポタミヤ人は三千年前に何んな頰髯の生やし方をしてゐたか？斯んな考古学は厭世の一種であつて、自分の汚さに困じ果てた人の息抜きに過ぎないのではあるが……

『私はもつと隅の多い室に住みたい。暗さは之で恰度好いから……』そして空想の中に於てゞはあるが、華麗な伊太利風な模様のある厚い布で白い光を屈折させ、銅の武具とか、古い為めに暗くなつてゐる酒の壜とか、アラビヤ人のかつぎとかで、色んな色の影を造つて見るのである。私は菱形の盆を大きくしたやうな寝台に平臥して、金縁の附いた天鵝絨の布団を鼻の下迄引張るのである。斯うするとまるで孔子の髯の様に長く、黒い布が私の足に達するであらう。

いや構はない。もつと妄想——即ち思想の膿を分泌せよ！

支那風な瑪瑙の象眼に、西欧風な金銀の浮彫りを施した一つ小箱には、自分の眼底迄が黒い瞳の闇を透して写り相な磨きが掛けてある。その中には暗所に生活した為めに、肉体力の弱り切つた子供の様に見える所の、或る秘密なミニエチユアを二枚合せにして蔵してゐる。それは海の中にある極楽の様に冷や冷やとした画であるが、見てゐると記憶が乱れ切つて了ふ様に、四ツの焦点が注意を掻きむしる。自分が橋を渡つてゐるのだと思はせて置き乍ら、実は泳がせてゐると云つた様な訳の分らぬ画、私の言葉が人々に分らぬ程、比喩に満ちた画だ。之より分らぬものが又とあらうか。恐らく此の画には本質的な価値はないのである。唯何も分らぬ点が人々をして価値あるもの丶如くに眩視せしめるのである。斯んな例は世の中に沢山ある。

偖て、聴き手よ。貴方方が若しも犯罪心理学者であり、美と罪悪との不可思議微妙な関係に就て研究しつ丶あるならば、私が上来書き来つた所の文体を検査した時、必ずやその筆者が幾分か悪人であらねばならぬと云ふ推定を下す事が出来る筈である。

何故と云ふに、骨董屋の店頭を見る時のやうな、まがひものらしい美（それは本統の美ではあるまい。）の併列と云ひ、その間をつなぐ幾分か意地の悪い暗怪と云ひ、之等は皆人間の悪心から流れ出す所の夢に他ならないからである。此の文体に表れた所は何等自然的な皮膚を恵まれてゐないボール紙へ塗つた胡粉のやうな痛々しい化粧丈ではないか。

あ丶さう云ふ類の化粧を以つてのみ悪心を抱くものは生活する。その化粧は彼が書く文章の上へも行き亘る。『何んな種類の殺人が、一番藝術的であるか？』と云ふやうな云ひ廻しに於て、彼は最も悪いものを優雅に見せやうとする。或ひは又、暗怪と虚言との中に、彼の理想（即ち人を殺す事）をうまく嵌め込んで、

『おい、君はB市の市長が床の上で死んだと思つてゐるから、お芽出度いね。ウム、秘密を知つてゐるのは私丈だよ。実はね。実は、R公園でグザツとやられたのさ。お供のやつが大急ぎでその死体を家へ運むで了つたんだ。それで……つまり……床の上……と云ふ事になるんだ。いや、検べてみると病気で死んだ積りになつてゐる有名な人々が、随分非業な最後をやつてゐるのさ。』

斯んな虚言程無気味なものがあらうか。斯んな虚言を吐く男の眼は何んなに上釣り且つ濁りつ丶光つてゐることであらうか。

真に私自身も亦此の男の如くであらうか。お丶、私は常に殺人の秘密な意図で心を波打たせてゐる。私が殺してやらうと思つてゐる或る人間の眼が、泥の中や水の上へ浮むで腐つたやう

に赤くなつてゐるのを見る事がしば〳〵ある。けれど私は臆病な空想勝な燻ぶり返つた一人のセルロイド職工に過ぎない。

支那人　鮑吉

尊いものは稀である、と哲学者は云つてゐる。成程、其れに間違ひはない様だ。あつたとしても取り立て丶騒ぐ必要もありはしまい。如何にも、尊いものは稀である。だが、稀なものが必ずしも尊くはない。

その証拠として、私は今でも明瞭に思ひ出し得る一友人の日常に就て語らう。私は実を云ふと、自分自身を語る目算なのだが、その目的の為めに、却つて斯んな廻り道を取らねばならないのを悲しく思ふ。彼の事を話して置かぬと、私の話が出て来ない。だから、彼と云ふのは煙火の口火に過ぎないのだが、実はもつと濡れて湿気の多い所のある男である。

『彼とは何んな男だ?』

世界には塵芥と同じ数丈の謎がある。一日中、人と会話しないでゐてさへ『何?』が私の心の中で醗酵してゐる。

『彼?何?』それを簡単に之から話さう。

私は一時自分が犬殺しをしてゐた事を全然忘却してゐた。其れを悲しく想起せしめたのは支那人の鮑吉である。そして、彼は私が犬殺し屋であつたのを知ると、大変に悲嘆して私から段々遠退いた。其れは極めて自然の成り行きである。何故なら、彼は恐ろしい人間嫌ひで、その代りに、動物植物の異常な偏愛者であつたのである。然し、鉱物は彼の注意を少しも惹くことが出来なかつた。奇妙である。

彼は竹が一番好きである。『竹と竹、コチコチ当る音、宜敷い。』と彼は好く云ふのである。『竹の挨拶』と彼は其れを呼ぶ。『世界で一番美しいものは何か。』と私が尋ねた時にも、彼は躊躇なしに答へた。

『雲雀!雲雀、天の息を飲む。』

彼は自ら飼つてゐる雲雀を朝早く空へ放ち、其れが帰つて来て、彼の手の甲へ乗る時、嘴の先に附いてゐる『天の気』――それは何かしら分子の様なもの――を自分の鼻孔へ吸ひ込むのである。何たる厭な形式であらう。然も此の形式を彼は仙人風に尊重し、何か魂の薬になる事だとさへ信じてゐるのであつた。

彼は又、日本人趣味を多分に持つてゐて色の殆どない様な朝顔、昼顔、芍薬、実につまらない断腸花、合歓、日々艸、なぞを、崇め奉つて、その花や葉つ葉を甞めて渋い顔をしたりする。彼は花を見ては好く感奮するが、然も実を云ふと彼の霊は蓮根から出る糸の様に、冷たい、柔かい、青い、植物臭いもの、又ある種の虫の体臭も混入し、眠つた爬虫類の様にソツケなく、もし、何か光が出るとすれば、それは夜光虫のと同じで、水の中にある様なものでなくてはならない。それ程彼は沈み勝ちで、何だか、夜陰の川をゆつくりと流れる浮燈籠の様でもあつた。

要するに、彼は一番真面目に生きてゐると信じ乍ら、然もやつてゐる事が皆遊戯なのを知らぬ人間である。例へば、彼は蟻を夢中で見詰める。その夢中な有様は少し狂気を交へてゐる。何も知らない蟻の方では、力一杯に腐つた蛙の子を運むでゐる。『お丶、何て一生懸命、可愛がつてやらねば……』彼は涙ぐむで、蛙の腐肉を蟻の穴へと手伝つて運むでやる。けれど、若し、街頭で子を背負ひ乍ら車の後押しをしてゐる人間の女を見るならば、彼は眉をひそめて、態と眼を閉じて了ふ。『耐らない、汚い。』のである。彼は病気で歩けない雨蛙は好きであるが、本当の病人——私——なぞをあまり好かない。『此の蛙、風邪引いてゐる。お湯飲まして、寝かしてやる。』之が彼の持ち前である。

或る男が、生きた竹を切つてゐるのを見掛けた時、彼は額の上の方迄、眉毛を持つて行つて了つた。実際、彼の眉毛は好く動く。そして、普段でも、眼から二寸は離れてゐるが、驚いたり、怒つたりする時は三寸五分位に隔たる。もつと驚いたら、後頭部の方へと廻つて行つて了ひ相な気さへする。西洋人は怒る時眼を瞠つて、隠れてゐた白眼迄をも現すのであるが、支那人は主に、顔面へ既に現れてゐるものを、頭巾を冠つた頭部の方へ隠すのである。改めて云ふが、彼は正直に怒つて了つたのである。『それ、いけない。』

それにも拘らず、竹屋の前を通る時、死んで竿になつて了つてゐる竹が、亡霊の様に立つてゐるのを見掛けたとて、彼は何とも思ひはしないのである。『貴方、西瓜の果、食べる?』と掌へ乗せた黒い粒を私にすゝめる丈である。

私は考へた。何故彼は人間の私よりも病気の蛙を愛し、人間の奴隷よりも動く蟻に熱中するのか。又切り掛けの竹を憐れがるのに、切られて了つた竹を恐れぬのか。

最初の方の疑問は直きと解決される機会に到着した。彼が二寸方形位の写真のファインダーを、自分で造つて持つてゐる事から、私は気附いたのであるが、彼は自然大の自然物よりも、此のファインダーの擦り硝子へ映る小さい影像の方に何れ程愛着してゐるか分らない。

『あ丶、煙突からパーと煙出る。煙草よりもつと、もつと小さい。それ可愛い。』

此処に於て、私は判定する。小さくなくては彼の愛を買ふ事が出来ない。蛙は人間を縮小したものとして彼の眼に映ずるらしい。

之は勿論全体を蔽ふ解決ではない。然し、重要な部分の様ではあるまいか。

次が、竹の生死問題である。彼れは切られる竹を惜しむのに、死んで行く人を祝福する厭世家である。此の矛盾の為めに、私は彼の魂を握る事が出来ない。其処で直接彼に質問して見た。『何故、生きてゐる竹を切る時は、眉毛動かすか。そして何故死んだ竹が並んむでゐても眉毛、其儘か?』

『何も不思議ない。死んだ竹、もう竹でない。石と同じ物質!』

此の答へを聞いて、私は呆然として了つたのである。

彼が小さい物を愛する所から、私は彼を『玩具人』と呼ばうと思つてゐる。そして、凡て死骸を蔑視する点に於ては、彼を『蒙古の回々教徒』若しくは『神代に於ける日本の神々』と呼むで居るのである。

考へ直して見れば、彼も大変可哀想な人間である。私は彼の造つた汚いフアインダーを借りて、彼の姿を覗いた事がある。彼の丈は高いが、弱い樹の様である。それより露西亜のボルヅオイとか云ふ犬が一層彼に似てゐる様に思はれる。その犬の敏捷な点がではない……眠相にしてゐる姿勢丈がである。

彼は外れた方向へ走る歪むだ球である。少し藪睨みで、その上愛の筒口が違ふ方を向いてゐる。彼は人間を忌避し恐怖する。彼はあらゆる人間が意地悪く、拳で彼の腹を覘つてゐると想像する。彼はブツ〳〵と呟き乍ら、花と虫とへ行く。そして春になつても尚、蓮根の様に冷たい穴だらけの魂を抱いてゐるらしい。彼の魂は彼の肉体よりも先へ年とつてゐる。千年も生きて了つて、もう仕方なくなつてゐる山椒魚が黒く湿気た落ち葉の堆積の下に、うづくまつて、五分若しくは十分間に一度づゝ呼吸してゐる有様に似てゐるのである。

犬殺しの考へ

一寸した遠慮から、私は変態的な心理を持つ鮑吉を自分の友であると云つたが、実は、彼こそ私の友であると同時に、私の本統の父であつたのを告白せねばならぬ。耻かしいけれども私はある靴直しの娘と此の変妙な支那人との間に出来た混血児なのである。だが私の心が曲つて了つた一番初めの原因は父の血のみに帰さる可きでない。私が道を歩く度に、近所の子供から侮辱され、石を投げられ、時にはつめられたりした事が皆重要な元素であつた。彼等は何時でも私を憎み乍ら注視してゐた。そして私の汚い日本服の下に支那風な胴着をでも見やうものなら、彼等は犬のやうに吠えたてゝ、私の耻を路の真中へと曝け出した。

『お父さん。私ばかりを皆がいじめる。私許りを見詰めてゐる。露路から抜けやうとすると待ち伏せをしてゐるし、大通りを歩くと皆が二階の窓から眺めて、唾で丸めた紙を投げるのです。』私は斯んなふうに子供らしい嘆きを洩した。けれども私を愛さぬ父は彼自身の少年時代が矢張り之と同じだつたと答へた。そんな嘆きは段々と凝集して大きい塊りになつて行き、あゝ遂に全然別のものへと変態して了つたのであつた。

誰に向けられるのでもない漠然とした怨恨の情と、縁の下の蔓のやうにいじけた僻みの根性とが、私の心を両方から閉ざす二つの扉となつたのは極めて自然である。斯んな説明は誰も陳腐であるとして排斥する程、私の心の変化は普通の成り行である。

だが、私が十九才程に生長した時、一つの出来事が起つて、其れが他の出来事をさそつた。私の父は重い病気の後に死んだ。母は既に約束してあつた男と早速何処かへ逃げ行つて了つた。

遠く出稼ぎに出て居た私が駈け附けた時には、薄馬鹿の妹が小さく暗い家に足を投げ出して、何か考へ事をしてゐるのを見た丈であつた。考へ事と云つても別段分別の籠つたものではない。唯ウツラ〳〵として時間のたつのを待つてゐた迄なのである。私も妹と一緒にウツラ〳〵となつて行つた。何故か此の時私は自分が一年間でも故意に、犬殺しを家業にして来た事を深く後悔する事が出来た。私は泣いて妹に抱きついたが、妹は黙つて足を投げ出してゐた。

『お前は奉公に行けるかい?私も之から何かの職人になるから……』と私は兄らしい情をこめて囁いた。

『犬ころしは止すの?』と無邪気な妹が尋ねた。彼の女は丁度その時十七才であつたが、知慧は大変に遅れてゐて読書も算術も出来ない低能児であつた。それにも拘らず、彼の女の体はもはや大人並の生理状態を持つてゐたのである。スペインの闘牛士のやうに美しい私は答へた。

『犬ころし?ウムそれはもう止さう。お父さんもいやがつてゐたからね。けれどだね。私は時々思ふのだ。世間は態とムシヤクシヤ腹を立てさせて、一人の人間をもうすつかり自暴自棄にさせ、終ひには残忍にさせる。そして、その残忍を何かしら世間の為めに有効に使はうとする。世間は残忍をも遊ばしては置かない。斯うして意故地な犬殺しが出来上る。気狂ひ犬の数が減つて、齧まれる人々が少くなる。うまいやり方ではないか。』

妹はノロく笑つた。二人は父の死亡と母の遁走を一通り悲しむと、もう直ぐそれを忘れる事が出来た。いや結局此の方が好いやうにさへ思はれたのは何う云う訳だつたであらう。

離散して了ふ事、かたがついて了ふ事、私はそれを喜むだ。が、勿論悪魔の心を以つてゞはない。あの恐ろしい諦めを持つた印度の王子は彼の家系が散り失せるのを何んなに喜むだかを考へて貰ひ度い。彼は妃を尼にさせた。息子を独身の沙門にさせた。さうして汚辱が清め洗はれたのである。此の虚無的な精神は悪のみの加担者ではない。私が一家の飛散を快く思つたのも、寧ろ半分は善良な心からであり、汚穢を葬る必要からであつた。私はその頃、決して子を造るまいと心を決めてゐた程であつた。私は生前の父が母を始終流産させてゐるのを見た。五人の子が流れ去つたのを、私は大河を見る時のやうにサツパリとした心で眺めやつたものである。

『流れて行け、流れて行け。その方が何んなに仕合せだらう。』

その頃から私は水と生命との密接な関係を科学的にではなく、例の藝術的幻影として屢ば直観した。泡を吹く夕方の沼の泥に赤く腐つた生物の眼を見出したのは一度や二度ではない。霧が晴れかけてゐる河の水面に、真青な怨めしさうな眼を見附けるのも造作ない事であつた。私はスペインの闘牛士のやうに道楽半分の残忍性を以つて云つた。『お、あれは人間の眼だ。今に私の手で殺される人間の眼だ。』

此の予感は寂滅的思想で沈められた私の心へ、よく浮び上る所の恐怖であつた。私は既に犬を殺しつけて居た。さうして、彼等の怨念は決して死後迄存続するものでないのを好く確かめてゐた。けれどむしろ彼等の死前に於て、怨念の予覚が私の心へ喰ひ入つて来る事は度々あつた。例へば私が仕事に出やうとして長靴を穿きかけてゐると、足が急にしびれて、靴へ密着して了ふ事なぞがその証拠である。私は靄の多い朝なぞ、随分と犬が死の予覚のために苦しがつて鳴くのを聴いた。次手に云つて置くが、犬は豚よりも死を厭ふし、殺される時の苦痛が大きいやうである。ある土人が犬を殺しては喰ふのを見かねて、彼へ豚を代りに喰ふやうにと命令を下した西洋人は好い分別を持つてゐる。豚を殺すのも犬を殺すのも同じ殺生だと考へてはならない。世の中には決して同じものはないのである。

犬を殺すのも、人を殺すのも同じ殺生だ。私は時々斯う叫むでは、それが誤つた意見なのを悲しむだ。さうして水の上の眼、泥の中の眼を掻き消す事に努力したのであつた。

けれども私は何うしてもあの疑ひを捨て去る事が不可能であつた。あの疑ひ?さうである。父は本統に床の上で自然に死んで呉れたのであらうか?おゝ私は此の上もなく惨めな人間ではないか。実際は床の上で胃癌の為めに死んだB市長の事を、公園で刺客にやられたのだと吹聴したのは確かに此の私であつた。その時は自分が虚を吐いてゐるなと云ふ一種の悲しく又喜ばしい意識を失つては居なかつた。おゝ、あのイラ〳〵とした口惜しいやうな歯痒いやうな然も体をじつとしてはゐられないやうな虚言の快楽、私は確かにそれを享楽してゐたのである。所が今度何うであつたらう。母とその情夫とに向けられた疑惑の根は決して虚構の快楽から生え上つては居なかつた。困つた、と私は自分の額ひを打つては何度かたじろいだ事であらう。之は殺人事件を仮想しては楽しむ私の悪癖が一層増悪して来た結果に他ならないと云ふ決断を私は何んなに要求したか?然も要求したにとゞまつた。悲しい事に疑念は子を産み、蔓を伸ばすのを止めなかつた。

その頃、私は又奇怪な話しに遭遇した。

『お前は知つてゐるかね?スピノザは肺病で死んだことになつてゐるが、実はアムステルダムの一医師に殺されたんだよ、デクインシーと云ふ人が其れを検べて、自分の著書へ公然と発表してゐるんだから、間違ひはないのさ。それからカント……あの大カントも例の散歩の道で殺されかけたのだぜ。刺客はジットト大哲人の瘠せた猫背をうかがつたのだ。けれどその時ふと刺客は思ひついたんだ。之はいけない。あの老人は、沢山の罪を背負つてゐる。若し自分が殺すと、真逆様に地獄へ墜ちて行つて了ふ。之はいけない。それで刺客はドン〳〵駈け出して了つたのだ。そして老哲人の身代りに、可愛い幼子をふんづらまへたのだ……』

『うむそれで何うした?』と私は暗い好奇心を以つて前へ乗り出し、話し手の手首をシビレよとばかりに握りしめた。話し手は一寸たぢろいた。

『それで……之から育つ果実のやうに生き〳〵としてゐて可

愛い幼な子の肉をぶちやぶり、小さい霊を天へ送つたんだ。刺客はもう感奮して声を立てゝ泣いたんだ。之であの霊は天国へ行けると云つてね。』

『その刺客の心理が不明瞭だ、』と私は云つた。

『不明瞭にきまつてゐる。是非不明瞭でなくてはならないんだ』話し手はそれで立ち去つて行つた。

私の疑念は増悪して病気になつて行きさうであつた。私は話し手のあとを秘かに追つて行つた。彼は夜の細い道を右へ左へ折れた。

『おゝ、お前未だ私を追跡するか？執拗い男だな。』話し手は無気味に云ひ放つて、うしろから歩みよる私を忌み嫌つた。

『話して呉れ！何う云ふ訳なんだか。』と私は急に弱り切つて、萎れながら口を開いた。

『何を？』

『何うして老人の身代りに幼児がなつたのか。又何故その方が好いのか、と云ふ事だ。』

『もう好い加減に許して呉れよ。お前。その代り、此の本をやるから……』彼はデキンシーの本と云ふものを私の手の上へ乗せた。

話し手と別れて帰つて来た時、私はその本を読む勇気も出ない程労れ果てゝ居た。(次手に云ふが、私は珍しく病的に利巧で、英語は、シエークスピヤを巫術的に理解する程、直角を以つて会得してゐたのである。それから私は父の住む土地では犬殺しを働く事が出来ぬ程、教養のある友を持つてゐたのである。)

私はどうしてもデクインシーの著書を読む事が出来なかつた。そして何故だか別らないが、本の表紙にあの話し手の体臭がこびりついてゐるやうに思へて、態々近くの河へ、橋の上から本を投げ捨てゝ了つたのである。

私は時々発作的に悶えた。妹は足を投げ出して上眼でそれを見てゐた。

『兄さん。私がゐていけないなら、奉公に出るよ。奉公によ。』妹は眼に涙をためて足をいじつてゐた。

あゝ闘牛士の様に道楽の混つた犬殺し、不当な社会へ対する『復讐の代償』として、あの可愛らしいテリヤとセツターの混血児を殺す青年、之は確かに悪い、そして非常に悪いものに相違なかつた。

手妻の卵

犬殺しを廃してから、私の収入は全く絶えて了つた。私は時とすると、もう一度帽子を真深く冠る此の商売へ入らうかと思つた。けれど結局他の考へが優越した。私は妹を奉公に出した。彼の女の行つた先は郊外にあるやれ果てた病院であつた。恐らく彼の女は、その病院の洗濯婦と、院長の宅の飯炊とを兼ねねばならなかつたのである。此の激務に堪へる事の出来る女は白痴か、さもなくば異常に体力の大きいものではなくてはならなかつたので、院長は妹の白痴である事を少しも気に掛けぬ所か、むしろ其れを幸ひにしてゐるらしかつた。私は妹の給料に就て、何の要求もしなかつたが、それにも拘らず、院長は六ケ月分の給料を前払ひにしてやつても好いと申し出して呉れた。私は七円の六倍即ち四十二円を痩せこけた院長の手から受け取ると、妹の為めに幾枚かの着替を買ひと丶のへ、新らしい行李をも担ぎ込むだ。

『では、働いてお呉れ。』私は涙をこぼして低能な妹を見やつた。妹はもう子供のやうに泣いた。

本統に斯んな哀れな娘は生きてゐない方がよい。何うかして早く死んで了ふ方法はないであらうか、と私は可愛さ余つて呟いた。妹は続けざまに泣いた。私が病院の裏口を出ると、追ひかけてかじりついた。私は妹を抱き上げて門の中へ入れねばならなかつた。けれど私が逃げ出すや否や、異常に太つてゐる妹の腕はもう私の首へからんでゐた。私はぞつとなつた。その腕をもぎ離すと、今度は地面へ座つて、私の足へからみついた。私が構はずに歩き出すと、彼の女は平気で引き擦られて来た。私は又妹を抱いて病院の門へ入れた。

『許して呉れ。』と私は泣いた。

『ア、兄さん。』と妹は口を開いたま丶涙を落した。

私は妹の執愛の深さを無気味に思つて、『死んで呉れると好い。』と呟き乍ら大急ぎで妹から別れ去つた。

四十二円の金は二十一円丈私の手に残つてゐたが、私はそれを少しづ丶喰ひ減らして行つた。最後の一円丈が軽い財布の底に見出された時、私は思ひ切つて一つの商買を初めねばならなくなつた。その商買は犬殺しよりも少し勝つてゐるやうに考へられはしたもの丶、決して正当なものと云ふ丈の価値はなかつた。

『大きい悪事よりも、小さい悪事を…』と私は云ひつ丶、知り合ひの卵屋へ走り込んだ。私は其処で非常にまけて貰つて七十銭丈青島卵を買ひ入れた。古くなつてゐる為めに表面が象牙のやうに光沢を持つて了つた三十五の鶏卵を私は悪い巧みを抱きつ丶見入つた。何故私はそんなにイジけた質なのだらう。

『この光沢がいけないんだ……』

残りの三十銭は一体何の為めに費されたであらう。私は薬種屋へ行つて三種の薬品を買ひ入れた。それらを上手に調合し薄い溶液にしたものへ、光沢のある鶏卵を浸すと、一時間程でツヤ消しが完了した。

『ハ丶丶、之で宜敷い。』と私は大哲カントのやうに独語した。お丶何と云ふ好い器量の卵達であらう。プラチノマツトの印画紙のやうな肌は、もう近在から出る地卵とそつくりであつた。

軈て私は若い農夫のやうな出で立ちをした。そして父の土地から遠くさすらつて、他の都市へと行つた。

郊外には主人が留守で、美しく若い夫人丈が淋しく子供に添乳なぞをしてゐる家が多い。私はそんな家の扉口へ立つと、大きな笊の上を蔽つた手拭ひを取り去り、丸顔の少女のやうな鶏卵を主婦達に見せびらかした。

『おかみさん！。地卵を買つてくんなんねえか。新らしいだよ。皆生まれた日が鉛筆で印してあるだが、』と私は実直に云つた。

『いやだ。いらないよ。』と若い女は答へるのが普通であつた。

『でも此の上皮の工合を見て呉んろ。新らしいだよ。俺の爺さんが道楽に鶏を飼つてるだからな。餌代丈になりや好いだよ。安くしとくだ。店で買へば七銭から八銭迄するだ。俺あ五銭で置いてくだ。』

夫人は何気なく起き上つた。そして卵の肌へ手を触れて見た。彼の女は自分の可愛い子がもう卵を食べてもよい程に育つたのをつく〴〵と感ずるらしく、思ひやりの深い眼で眠つてゐる幼子の方を見やつたりした。

斯うして卵は直きにかたがついて了ふのであつた。私は時々自分の身をツメつて叫むだ。

『あゝ罪だ。罪だ。あの卵の中、三分の一はもう腐敗してゐるだらうに………』

けれど私は何うしてもやめられなかつた。それで、一日に五十個以上は売らないと云ふ戒律を立てゝ、此の商売を続けて行くのであつた。そして悲しい事に、新らしい悪事が何でもない習慣に変じて行つた。

初めが終

あゝ此の商売を何処迄も続けて行けたなら、私は何んなに都合よく暮せたらう。けれども例の通り遂に一つの支障が起つた。私は一人の美しい娘に見惚れて了つた。それ丈の事である。だが何と云ふ美しい娘であつたらう。それを何う説明してよいかゞ分らないので私は苦しい。あの洗はれたやうな娘はいつも苦しさうに肩で息をする癖があるが、決して妊娠をしてゐるのではなかつた。いや彼の女程に純真な処女が又とあつて好いものだらうか。序でに云ひたすことだが私自身が大変に毛の薄い男であつた為か、私は毛の多い女を此の上もなく好むだ。そして丁度その娘ときては髪の毛が沢山で長かつた。その癖、うす鬚なぞは一寸も生えてゐなかつた。（実を云ふと鬚が生えて居ても毛の多い女の方が私は好きである。）つまらなくとも聞いて下さい。

私は此の娘を毎日見てゐないと悩ましい気持になつた。私は娘の居る都市から他の都市へと移る勇気がなくなつて了つた。私は到頭一つの場所へ居据るやうにさせられた。

何うしたらあの娘と関係をつけることが出来るだらう。それを思ひ廻らしては一日一日が早くのろく過ぎた。郊外の大部分はもう卵を売り歩いて了つた。あんな卵を二度繰返して買つて呉れる主婦は決してないであらう。

私は考へ労れてはあの娘を見に行つた。私はその時出来る丈上品な身なりをして、汚い卵屋とは似ても似つかぬしとやかな大学生風な青年になりすました。そんな事は私の得手なのである。

娘は私が毎日彼の女の家の廻りをまはるので、もう好く私を記憶し、注意してゐた。彼の女は私を悪い人間だとは疑つてゐないらしかつた。何故ならば、彼の女は私の事を母親へ告げないでゐるのが明かだつた。（娘と云ふものは自分の好かない気味悪い男の事は直ぐ母親に告げて助けを乞ふのが常である。）娘は段々と私がしたひ寄つて行くのを待つてゐるやうになつた。私が出掛けて行く時間を遅らすと、彼の女は心配して外の生け垣へもたれて立つてゐたりした。けれど私が近づくと彼の女は未だ恐れてゐるやうに庭の中へ逃げ込むで、樹の葉の間から私を窺つた。娘の息がはずむでゐる事は、彼の女の眼が落ち着いてゐない事で直ぐ推察されるのであつた。

『おゝあの娘は私を思つてゐて呉れるのだ。何て世間は上手に出来てゐるのだらう。私達はもう思ひ合つてゐるのだ。』

斯う云ふ野合の楽しみときては人生の中で最も大きいものに相違ない。自分の友人の妹とか、主人の娘とか、召使ひとか云つたふうな女たちとの恋は未だ中々本統の恋と名附ける事は出来ない。そんなのはむしろいたづらな機会が生むだ無意志的な退屈しのぎに過ぎまい。

娘の方でも私に焦れてゐる。二人が我慢して、眼を見交してゐる。之は実に胸がつまる程嬉しい事件ではないか。何うしたらあの娘と関係出来るか？その謀みで私は夢中になり初めてゐた。大胆にやり過ぎれば娘を怖やかして了ふ。小胆にしてゐれば、何時迄もあの娘を手に入れる道がない。だのに娘はもう待ちぬいてゐる。手に入れて呉れと嘆願してゐる。そして運命もそれを要求してゐる。神も微笑み乍ら見て見ぬふりをしてゐる。私は何うしても思ひ切つてやり遂げねばならないのだ。さう思ふのは何と嬉しい事ではないか。やり遂げれば成功するにきまつてゐるのだ。

『畜生め！』と私はこみ上げるむづ痒さを押してこらへた。もう嬉しくつてたまらなかつた。それが悪いと誰が云はう。

『よし今日こそは思ひ切つてやり遂げよう。』私は誰もがするやうに、手紙をかいた。それを一寸嘗めて、大きな秘密のやうに業々しく胸へ抱き込むと、私は又娘の家へ近寄つた。娘はオド〱と慌てゝ、おくれ毛をかき上げたり、帯の形をなほすやうに、うしろへ手を廻したりするのが見えた。あゝ若しも私を嫌つてゐるなら何うしてあんな風にする事が出来やう。娘は私を盗み見ては、少しばかり恐ろしさうに天をふり仰いだり、地面の草を摘む真似をしたりした。然も草の方へは気が行つて居ないので、その茎を指でつまむでも、摘み上げる迄には行かなかつた。もう娘は慌て返つてゐた。草を手ばなすと、今度は庭の樹の幹へ顔を押しつけて、じつと私を見た。私は此処で微笑むで見せやうかと思つたが、用心深くそれを控える必要を感ずると、態々悲しさうにうなだれて、生け垣の前を通り過ぎた。それから又、もう本統に恋の悩みで面やつれてゐるやうに弱々しく歩み返し、吐息をついて生垣の前へ戻ると、そこに転がつてゐた五寸位直径のある石の下へ手紙をはさむで、一寸娘へ哀願するやうな一瞥を投げ、思ひ切つたやうに立ち上つて、早足に其処を遠ざかつた。私はそつと振り向いて見た。娘はじつと私を見送つて、小さい門の所に立つて居た。けれども未だ手紙を石の下から出す勇気は起つてゐぬらしかつた。何でも彼の女は胸をワク〳〵とさせて思案してゐるらしかつた。

『さうだ。私の姿が見える間、娘は決して手紙を取り上げはしまい。明日が楽しみだ。明日だ。明日行つて見ると、もう石の下には何もない。唯娘の眼がユツタリと頷づいてゐるのだ。おゝ之はもうたまらぬ事だ。』

私はクス〳〵と笑つたり、又深い理由のない憂ひに沈むだりして一夜を明かした。それから何時もの時刻に娘の家へ近附いた。娘はいくら見ても居なかつた。悲しい落胆の予感が私の心臓を痛くしめくゝつた。何うしたのだらう。私は夢中になつて生け垣の中をのぞいた。それから石を上げて見た。

『アツ!』と私は早くも本式に落胆した。石の下には未だその儘で手紙が残つてゐた。悲哀と私一流の怨恨とが一時に私の意識を占領した。

私は手紙をやぶり捨てるために、それを指の先でつまみ上げた。あゝその時、実にその時である。私は烈しい心の動乱を覚えて、手紙をグツト胸の上へ抱き〆めた。鼓動は騒いだ。吐息が洩れた。あゝ実に之は何たる不可思議であらう。私は手紙の表面へ『悲しいお嬢さん』と書いたのを記憶してゐる。だのに、今私が抱いてゐる手紙の表面にはそれらの字が消えて真白くなつてゐるのだ。硫酸が何時作用したと人は思ふか。

『何て、うまい事だ。』と私は擽たさうに微笑した。その手紙は確かに娘からの返事であつた。何と書いてあつたか?私はもう忘れて了つた。けれど何でも、もう嬉しくて寒気がするやうな、有難い言葉が三つも四つも続け様に繋がつてゐたに相違ない、私は見えない娘へ何回もお礼を云つて、生け垣を去つた。半町も歩いて振り返つて見ると、今迄姿を表さなかつた娘が門の前へ淋しい水の精かなぞのやうに立つてゐるのが分つた。私は夢中になつて、そのやさしい姿の方へ舞ひ戻らうとした。娘は近寄る私を恐怖するやうに家の中へ逃げ込むだ。

『この位で丁度よいのだ。之が一番楽しい所なのだ。』と私は微笑むで呟くと、思ひ返して、その時、宿にしてゐたある西洋人の家のキツチエンの屋根裏へと戻つて行つた。今日の楽しみが斯うして終りかけると、私はもう明日の楽しみを夢みる事に精を出し初めた。その時である。私が私服巡査につらまつて了つたのは………

けれど、くりかへして云ふ。私は斯うしてつらまつて了つたのである。何んな手掛りで捕へられたかは私自身にも分らなかつたが……

新聞は私を嘲罵した。それで妹が世話になつてゐる病院の院長に迄も知れ渡つたのである。其れが又私の仕合せの端緒となつたのは何よりも不思議ではないか。刑を済ました私は院長に引き取られた。とは云へ何も病院内の職務に服さねばならぬ義務も課せられなかつた。遊むでゐる苦しさから逃れるために、私はギブス繃帯掛かりの役を与へて貰ふやうに懇請した。それから平和な月日が無為と無事とをもたらしたのである。

　あの娘は何うなつたと誰か尋ねて呉れないだらうか。あゝ時間程いけないものが又とあらうか。私は口惜しさと悲しさに身を刺された。私が刑を済まして後、あの生け垣を再び訪れた時娘はもう生きてゐては呉れなかつたのである。聴けば肺病が重くなつて急に死へ急いだと云ふ事であつた。さう云へば、私が通ひつめた頃も透きとほるやうに白い肌がいくらか不健全に見えてゐたのであつた。

　あの娘を殺したのは此の私ではなからうか。又しても暗怪な疑念が私の心に蔽ひかぶさつた。肺病には興奮や心配や落胆や悲哀が一番悪く影響するのを私は知つてゐた。私は彼の女を徒らに興奮させた。手紙を呉れた日から不意にたづねて行かなくなつた為め、娘は何んなに気をもんだであらう。泣く為めに熱が出る。熱のために咳が出る。咳くたびに命が縮むで行つたのだ。私は何と云ふ悪いいたづらをして了つた事であらう。あんな楽しみさへ殺人の一種であつたのか？そして、それは何と云ふ殺人であつたらう。（おゝ余りな事だ。）

　私は愛らしい娘を殺した。愛らしいので殺して了つた。此の考へが私の恋愛をさらに燃え上らせた。私は陰鬱に笑つた『愛が死と結びついた所に、何だか至上の強さがあるやうではないか。それは強い。そして緊密である。』

紫の室

何故院長は罪深い私を養つて呉れるのであらう。思つて見るにそれは彼が犯罪心理学や法医学の研究家であつたからであらう。彼は私を利用して博士論文でも書かうと云ふのではないだらうか。事実、彼はたえず私の挙動を看視し、又私を心理検査にかけ、あるひは感想を尋ねた。第三の場合に於ては、利巧な私は充分に自分の罪悪を犯す心理状態や制しきれない獣的な悪意、本能としての残忍性の発作なぞを説明してやつた。

　院長は感極まつてそれを聞いてゐた。彼の顔は段々低くなつて、しまひには机へ顎がついて了ふ程になつた。彼は私を実際よりも以上な大悪人と推断して了つて、私を尊敬した。彼はまるで遠ざかるやうな態度で益す私に近づいた。彼の眼は何時も『お前は偉い男だ。』と云ふやうな讃嘆の色で光つてゐた。ある時はまるで私を崇拝さへしてゐたやうであつた。勿論皆馬鹿な事である。

『お前は何うしてそんな綺麗な顔をしてゐるんだ。悪い奴と云ふものは大概頭蓋が曲つてゐたり、顔が横の方へひねくれて、歯が大きくて長く、眼球が上釣つて、ドロンと濁つてゐながら、然も何となくギロ〳〵してゐるものなんだがなあ……』と彼は或る夕方嘆息して云つた。

『先生は色魔に就て何うお考へですか？』と私は初めた。『気性の悪い奴でも何処へ行つても女に好かれて了ふやうな男がありますが、それは何故でせう。』

『女にはそれ自身で悪を好む性向があるからだらう。』

『それに違ひありませんが……然しその思想に依りますと女があまり可哀想ですね。何にせよ、悪が美と結合してゐる事は一つの微妙な不可思議です。そして悪心と美貌とを持つたもの、仕合せつたら……それは比べるものがありませんね。女達は丁度それを愛慕します。女を得るには釣り道具も何も要らないんですからなあ。』

『成程……』と院長は気味悪相に顎を机へ押しつけて了つた。

『私の考へに依るとですね。強大な悪はそれ自身で病的なものです。しかし、或る程度の悪になりますと、それは生存上必須の要件なのですね。それで自然は斯う云ふ健康な正規的な悪を保存し絶滅させないために、随分と骨折つてゐると云ふ事が分ります。優秀な理性が一番遺伝しにくいものだと云ふ事実を先生は何う思ひますか。』

私達は斯んな風に話したものである。私は先生の好い伴侶であり、思想上の相談役であつた。院長は私に感化されないやうにと思つて、随分努力もし、体や頭を洗つたりしてゐた。けれども私の説明をその儘論文の中へ書き込むのは偽りのない所であつた。

私はそれでも好い周囲を恵まれてから、段々と怨恨や不満を抑制するやうに努力し初めて居た。悪い心が起ると、静かに書見などをして気を散らす方法を覚えるに至つた。私は自然に自分の幸福を感ずるやうになり、古い悪事を想起する事で心を痛めるやうにもなつた。自分が精神上の片輪であると云ふ意識が眼覚めてからは、何うかしてその片輪を治さうとする欲求で心を一杯にしてゐた。だが一体何が結果であつたらう。

此処に又いけない支障が起つて来た。私はあるアバずれな婦人病患者に思ひを掛けられ初めた。女の愛欲が私の心に響くとその反応が浅間しく私を焼いた。私は恋を感じ初めた。それに伴随して残忍な気持がたえず行き来するのは一体何う云ふ訳であつたらう。私はその年上の女が憎いやうに思はれ、それをいじめてやらうとする欲望で一杯になつて居た。私は興奮すると直ぐ残忍になつた。その年上の女ばかりではない、院長の令嬢も私を大分好いてゐるのが私の心へ響いてゐた。彼の女が色眼を呉れる事、肱を触れる事等が私に可笑しく思はれた。けれど彼の女は未だ耐へる力を失つてはゐなかつたらしく、又私が罪人である事や妹が白痴であることから私を恐れ嫌つてゐる風でもあつた。

『低能は筋を引くものだ。』彼の女が斯んな風に考へてゐるのは私にも充分分つてゐた。彼の女は風のない静かな夕暮なぞには妄想の深みへ入つて、自身の胎内に低能な児が哺くまれてゐる有様なぞを見て驚いたりするらしかつた。彼の女は或る時私と一緒に病院の標本室へ入つて見た事がある。アルコール漬になつた長い男性の脛なぞが白くフヤけて、壜の底へ足の毛が抜けてたまつてゐるのが私を大変不愉快にした。それから或る無頭児の壜詰めの前迄行くと、令嬢の顔が不意に歪むのを私は早くも発見した。

『畜生！この女は低能児をはらむ恐ろしさを又しても妄想して悩むでゐる。』と私は腹の中で叱言を洩らさねばならなかつた。

二人の女性が私を注視してゐるために、私は何時も気が落ち着かなくなり、勢い挙動も荒く見えるやうになつた。勿論注意深い院長は私が心を労らせてゐる事を見て取らずには置かなかつた。

『私が外囲が心へ及ぼす効果と云ふものに就て、大きな興味を持つてゐるのだ。何うだね。お前はあの紫の室で少し暮して見ないか。きつとお前の心がよくなるから。』善良な院長は浮かぬ顔をして斯んな風にすゝめた。紫の室と云ふのはヒステリー患者を治すために院長が業々造つたものであつて、その中央に小さな噴水の出来てゐる静かな落ち着のある室であつた。四方の壁も寝台の足もその他の装飾も全部紫色を以つて塗られてあつた。

私は元来紫色が大変にきらひであつたから、此のすゝめを何うかして逃れやうと思案した。

『先生は紫色が人間の悪心を矯正するとお考へなのですか？』

『さあ……少くとも橙色よりはね……』

『子供の中に黒い部屋で育ちますと、その黒がしん迄泌み込みます。けれど大人になつて紫の部屋に入つても、黒の上へ紫はそまらないでせう。』と私は沈むで答へた。

『しかし、まあ、入つて見なさい。何か効果があるかも知れないから………』

以上の会話はまるで虚言のやうに態とらしく見えるかも知れない。けれど全部事実であり、院長の呑気に近い優雅を証拠立てる好い材料の一つであらう。人々は如何に思ふか。世間の学者達は熱心に悪人を矯正しやうとして考へ、骨を折つてゐる。然も紫色の室以上のものを設計し得ないのは大きな悲しみではなからうか。

私は何時も思つてゐる。『幼いものをつまづかすのは、老人の足を切り取るよりも、もつと悪い事だ。』と、紫色の室が役に立つのは、其処へ入るものゝ頭蓋骨が未だ小さく柔軟な場合である。

私は紫色の室内に眠つて深い悲しみに閉された。私はもう駄目である。此の静寂が身に泌みて痛い。私はしまひに耐へ切れなくなつて深い理由もなく増大する涙の粒を落した。

夜の戯れ

多くの病気に向つて、紫色が好い影響を働く事を、英国のスノーデン博士が考へてゐた。そして主唱者の墜りやすい通弊として、彼もその影響の効果を過大視してゐたやうである。我が院長に至つてはまるで誇大が狂的に迄進むで、私を嫌ひな色でせめさいなんだ。彼は私の悪心を紫色で包み隠さうとしたのである。けれど彼は本統にそんな馬鹿気た望みを三分でも持ち続け得たであらうか？私には何うしても院長の心持を洞察する事が不可能であつた。

私は不眠癖に苦しめられ乍ら、毎夜を紫色の室で大人しくしてゐた。同じ色の絹で蔽はれた燈光が、同じ色に見える音のない小噴水の水やしぶきを柔らかく照した。何一つ落ちてゐない床の上の広い淋しさが、真夜中になると一層広がつた。私は何うかして眠らうと願つてあの観無量寿経の中にある一つの静視法、即ち落ちる日輪から水晶の幻影を生み出す事を考へ耽るのであつた。だが、話したいのは更に別の事である。

その時であつた。実に、実に物静かな空気が鼓膜に感じない先に、皮膚へ感じる程度の振動を起したので、私は忽ち我に帰つて耳を立てた。

足音である。人の来るけはひである。室外の廊下に思ひ余つて、誰かゞ立ちすくむ様子らしい。だが、事件はもつと別の事である。

誰であらう。女であらうか？女ならば誰であらうか？之が私の無言の質問であつた。

『あれかも知れない……』と私が推定した当の人物は矢張り女性であつた。彼の女は何時も私の眼に何物かを読まうとして焦燥してゐるのが分つてゐた。私が一寸戯れにやさしい顔をすると、向うは却つて真面目に怯えたりした事もあるその女と云ふのは独身の看護婦長であり、女の癖に極く慎ましい方であつた、従つて幾らか物識りのやうに見えた。彼の女は何うかして私の口に『恋愛』と云ふ言葉を上させやうとして骨を折り、色々の導火線へ火をつけて見てゐたのである。彼の女は胸の中で『私達はもう恋を仄かに感じ合つてゐるのだ。唯お互ひに内気だから打ち明けずにゐるのだわ。』と云ふ一人定めの思想を抱いてゐるのが確かであつた。女は早く私から『甘い苦しみ』と云ふ奴を打ち明けて貰はうとしてもう夢中になつてゐた。始終自分の服装を替へたり、歩きつきを誇張したり、つまらない事に驚きの声を発して見たり、フンフンと鼻を鳴らしたり、一人で海岸へ行くと云つたり、森へ行くと云つて出掛けなかつたり、態々犬を私のそばへ連れて来たり、鸚鵡にものを云はせて見たり、風呂に入つて香水をつけて来たり、腕をまくつてモク毛を口先で吹いたり、子供の時に出来たと云ふ小さく愛らしい腫物の痕を見せたり、生ぶ毛の話をしたり、或はもつと精神的な方へ材料を代へて、ラフアエルの運命の三女神中何れが魅惑的かと尋ね、ゲーテの艶福を評したり、態と椅子をガタ〳〵させ乍らベトーヴエンが悲劇的な男である理由を聞いたり、（その癖答へなぞは聞いてはゐない。）その他あらゆる誘惑の機会を造り出さうとしてゐたのである。さうだ。下らない事の極みである。

『さうだ。あの女に相違ない……』此の考へは私に取つて甚だしく不愉快ではなかつた。唯もう少しあの女が美しければ好いのだが、と云ふ嘆きがなかつたならば……

扉の外には頻りに空気が動き、又留つた。若しあの女ならば出来る丈からかつてやらうと云ふ悪心から、私は寝たふりをして声なぞは決してかけてやらなかつた。けれど年がさの女は大胆である。苦しい胸を打ち明けるために、此の離れて静かな室が最適なのを知るのであらう。そつと扉を動かして、中の様子を窺ふのが私の背中へ感ぜられた。私は寝返りを打つ事も出来ず、息苦しい気分になつて、顔を皺めた。私はもう戦ひに敗けたやうであつた。

足音は静かに室内へと移つた。そして私の寝台へ向つてゆつくりと進むで来た。私は心を締められるやうに緊張した。そして名状しがたい畏怖の念でガバと起き上つた。振り返つて、足音の主を見詰めた時、私は到頭、

『アッ！』と云ふ声を絞り出した。足音の主は四囲を見廻し、私の叫びが決して遠い室々へ迄は達かぬのを推察した。

そして

『静かに……』と手で制した。『驚くことはない、驚く事は……』けれどその声は少し慌た気味であり、自ら怯えてゐるやうであつた。一体何事であつたのか？

其処に立つてゐるのは確かに院長であつた。然も平常の院長ではない。それが私を怯やかした大きな原因であつた。彼は異人風の寝巻を長々と着、房を垂らし、それから哲学者が冠り相な夜帽を戴いてゐた。私は斯んな院長の姿を見るのは実に初めてゞあつた。それ許りなら未だ何でもない。彼は片手に大きな壺を抱いて何時もは青い顔を真紅にし、私を睨つと見下してゐたのである。この妙な行動の半分が狂気から出来てゐないと誰が云ひ得やう。

『何うなさつたのです先生……』と私は呆気に取られつゝ小声で云つた。小声にである。

『いや……』と院長は口を尖らして呟くと、抱へてゐた壺をゆつくりと床へ下し、再び私を柔和に打ち眺めたのである。

『その壺は……』と私は段々声を細めた。

『何でもない……』と院長は自分の身体で壺を隠すやうにした。

『院長さん。貴方は私を何うかなさらうと云ふんですね……』私は怖え乍ら辛うじて之丈を早口に云ひ終つた。けれど未だ何も云はない様な気がしたので、もう一度少し声を力づけて、

『院長さん！貴方は私を殺す気ぢやないんですか？』と本統の所を口走つた。私は本統に死の予覚に打たれたのである。

『お前の言葉は何時も誇張的で困るよ。私は本統に誤解されるのが苦しいのだ。』院長は之丈云ふと歩き労れた旅人のやうに寝台へと崩れかゝつて来た。私は一層心を緊縮させて、院長がブカ〳〵に緩い寝巻の下から毒薬でも出しはしないかと眼を張つた。あゝ、此の紫色の室は他の人の居る室から遥かに隔つてゐる。私はそれを何より恐れた。そして院長が私を此の室へ寝るやうにさせたのは矢張り未知の目的の為めであつた事も察せられた。だが問題はそんな点にはないのである。

『しまつた！』と私は歯を喰ひしばつた。私は一つの兇器をも此処へ運むではゐなかつたのである。いや、慌てた私は咄嗟に

何も考へたのではなかつた。

『それは確かに……』と院長は案外打ち萎れて何事かを語り出した。『確かにだね。二人の人間がずつと他の目から隔離された所で一緒に居るとだね。相手に何か害を加へてやらうなんて心を起し易いものなんだ。他の多くの眼からの隔離、それは実に驚く可き恐る可き悪化を齎らし易いものだ。』

『それで……』と私は力を入れた。

『いや、お前はいけない。殺すとか、殺されるとか、そんな動詞を容易く使ふのは好い事ではない。』

『さうです。そして云ふのではなく、その行為を実行するのは更に悪い事です。』と私は少し巫山戯て云つた。何故なら私は院長の挙動に何の悪意も見えないのが分つて来たからである。

沈黙が続いた。院長は堪へがた相に、頭を拳で叩きつゝ、室内を立つて歩いた。私も静かに口を閉して、院長が何んな風な事をするかを注目した。勿論、息のつまる注目である。

『……私は……』と彼は聽て思ひ余るものゝ如くに口走つた。

『私は此の頃、悪い悲痛に取りつかれてゐる。お前にそれを察して貰ひたいのだ。』

私は不思議に感じた。斯んな老人と云ふものは、決して若い者へ自分の弱身は表はさないのが普通であるのに、何うして彼は斯んなに老人的高慢心をなくして了つたのであらう。

『ね、お前、私は妙な癖に落ちてゐる。一つの悔恨を想起すると、直ぐそれに関聯して他の悔恨が、又それに引つかゝつて、更に古い悔恨が出て来る。斯うして三分の間に一生の悔恨が塊りになつて私の心を押したふし、何が何だか分らない総括的なつまり象徴的な悲痛であたりが真つ暗になつて了ふのだ。』

私は以上の言葉に正直な注意を向けた。そして院長が少しも偽りを云つてゐるのではないと云ふ直覚で院長へ同情した。然し不思議ではないか。何故院長は不信用な私へ向つて斯かる懺悔を敢てするのか？

私は一つの推定法を知つてゐる。若し女が自分の悲しみや苦しみを一人の男へ訴へる場合がありとすれば、その悲苦が何んな種類のものであらうと、結局彼の女自身の恋愛を打ち明けてゐるのだ。

若しも院長が女性であつたなら、彼は明かに私へ恋を打ち明けてゐる事になる。彼は静かに足を忍ばせて私一人の居る室へ来た。そして、誰も聞かぬ所で、私に彼自身の悲しみを話してゐるではないか？

私には分らなかつた。分る訳がない。

『先生は私にその悲しみを打ち明ける為めに、私を此の室へ眠らせたのですね。それが本統の目的で、私の頭を平静にさせるのなんか、二の次若しくは三の次なんですね。』私は快活に笑つた。

『いや、さう思はれては困る……』と痩せた老人は皺だらけな笑ひ方をした。そして泣き相に興奮して私を見詰めた。それらは皆決して尋常ではなかつた。何かしら秘密が影を造つて、我々の間を暗くしてゐた。

『それは……お前は可愛らしい。それに相違ない……』と聽て彼は独語する如くに云ひ捨てた。『けれど、お前が可愛らしいから、私が悲しみを訴へると思ひ取つては困る。私は色々のものを恐れるが、その中でも一番誤解を恐れるのだ。』此の言葉は私を一驚させた。他の目がない所で、一人の相手に悲しみを打ち明けるのは、恋を打ち明けるのと同じだと云ふ推定法を此の老人も心得てゐたのである。

『奇態ですな……』と私は一人で云つた。

『全く、奇態と云つても……まあ好いだらう……それに近い。』と院長は無茶苦茶に答へた。彼は又慌て出してゐたのである。

『例へば此の壺だが……』と老人は稍悲壮な表情になつた。私も昵つと壺を眺めた。私の興味は俄かに動いた。何故なら私は骨董品が大好きであり、その為めに段々と奥深く入つて、斯う云ふ趣味が矢張り悪と同じであり、又此の趣味が私の悪心から出てゐることを悟るやうにさへなつたのである。(之は一般の骨董品愛好家には当て嵌まらぬ説であるが、私に丈は適切なものであり、又私自身が経験から割り出した思想なのであるから、私丈には間違ひでない。モルヒネ中毒者や変態性欲家、精神病者、悪人それらの人は主に小さく細かい部分的な人工美を愛する傾向があり、愛情の広い人、ゆつくりと落ち着いた博識の哲学者、農夫、健康の人等は遠く広く、や、粗雑な広角的な自然美を愛する性情を持つと云ふ点は私が態々主張する迄もなく一般の事実である。たとへ時々例外はあつても、その為めに如上の通則が全然破れる事は出来ないであらう。もう一度云ふ。悪人は近視眼であるが、その眼球はアナスチグマツトレンズのやうにシヤープである。善人は遠視眼である。それで、遠くの地平とか天空とか云ふ大まかなものをデテール抜きにしてぼんやりと鈍感に眺めやるのである。そして之等の規則は半分許り真実である。)

『此の壺を何う思ふ……』と老人は首を下へ向け、背を縮めて貧相に尋ねた。

『奇態な壺ですな。』と私は改めて検べた。高さ二尺程の素焼である。其の他の何者でもない。

『此の唐草文をお前は何う思ふ。』

『それは飛鳥朝の時代のものですか?』私は此の方面には少し暗かつた。

『之はアラビヤ文様だ……』

『先生はそんな事迄知つて居るのですか。』

『検べれば分る。分らないものだつて、分つて来るさ。覚えて置きなさい。今に色々の事が分つて来るから。』

『ですが、之には支那文様の趣きがないとは云へませんね。』

『それは寧ろ支那がアラビヤの感化を受けたのだらう。』

院長は壺に就ての説教でもう夢中になつて来た。私は此の老人の心持が殆ど解せなくなつた。何うして彼はそんなに夢中にならねばいけないのであらうか。彼は何でも、自分の家の庭で之を掘り出したと云つてゐる。そして、彼が之を黙つて自分の手に入れて了つた事を誰一人知つてゐないと云つてゐる。然も此の二尺程の器の中には人骨が入つてゐる。彼は臆病な手つきで、それを拾ひ出して私に見せたのである。

最後に彼は思ひ出して云つた。

『もう時間が過ぎた。』さうして壺を抱へると、悲痛な足どりをして紫色の室を去つて行つて了つたのである。

私は独になつてから一層興奮した。眠れぬ眼を大きく開くと、沈思しつゝ室を歩いた。

『さうだ。あの壺には何の訳もないのだ。院長は恋を打ち明けそこなつたら、あの壺でも見せて、それを室へ忍び寄つた理由にしやうと用心して来たのだ。』此の考察は正しい如くに見えた。何故なら、彼は帰りしなに斯う云つたからである。

『……此の壺は秘密にして蔵つてあるんだ。それでないと警察へ取り上げられて了ふんだ。人の骨が入つてゐるんだからね。それで誰にも見せないんだが、まあ、お前に丈はな……』

私はそんな壺を見せて貰へる程に、院長から好意を持たれてゐるのが、矢張り厭であつた。壺の中の人骨を見た事、院長が室へ侵入した事、之等の不快な事実が私を粗暴へと導かずには置かなかつた。

『畜生！私は……あの婦人病患者と関係してやらう。』腹立ちまぎれに、そう決心したのは其の夜の明け方であつた。私は割合臆病な人間であつたので、私が一つの悪事を働く前には、必ずそれを起させる誘導的な凶事が先駆せねばならなかつたのである。院長に心を乱された事が私を再び悪い人間へと追ひやつて行つたのである。考へれば、皆壺の骨に根本の罪が秘むのであつた。

木偶と流動

私は其の後も出来る丈心を平静にして、むしろ陰鬱な日を過した。其の間に起つた不慮な事件は幾つかを数へ出す事が出来る。けれど一番大きな二つを選ぶならば院長の急死と、院長の子息の怪我であつた。斯う並べると人間は全くヒ弱い構造を持つたものだと云ふ考へで悲しまされやう。だが其れに間違ひがあらうか。大体を話せば子息の方は今迄何処かの水産講習所や臨海実験場へ行つて居たのであるが、最近に海岸の漁師達と知り合ひになつて、彼等が漁に出る時、その舟へ同伴させて貰つたのが悪かつたのである。此の漁師達が或る魚の大きい群を見出した時、他の側に居た漁船も其れを見附けたので、両方の漁師は到頭舟を接して殴り合ひを初めるに至つたのである。院長の子息は一緒になつて、殴つたり殴られたりしたが、終ひに肋骨を打たれて気絶したのだと云はれてゐる。斯う書いて来ると人間が全く木偶のやうに思へてならぬではないか。実際人間は振り子の調子につれて、カタ〳〵と動きパタリと倒れる木偶のやうではないか。私は自分が以前あの例の娘を見初めて通ひつくした頃もそんな考へに苦しめられたものである。私が歩いて行くと、娘の方も表れる。私が近附くと向うが隠れ、私が遠のくと向うがパタ〳〵とついて来たのではないか。

『畜生。』此の頃でも私は自分を木偶以上に進歩させたとは思へない。現にあの婦人病患者がパタ〳〵パタとやつて来る。私はそれが心に響く。ガタ〳〵と動く漁師の喧嘩場が眼の前に浮き上がる。愛するために近づき合ひ、争ふために吸引し合ふ其れ等の事象は意識もなにも伴つては居ない自然現象のやうではないか。

若い人達が内省的な心理学をきらつて、唯表面の変化丈を観察し、検定する事で、外面的心理学を樹立させやうといきまくのはきつと彼等も私と同じやうな『木偶感』に縛されてゐるからであらう。一切の形容詞を抜き去り、出来る丈動詞を多く使つて日記を書き、或ひは小説のやうなものを書かうとする人があれば、彼も又『木偶感』に憑かれてゐる事が直ぐ分る筈である。

院長は、バタ〳〵と死んでしまつた。その場景は唯スクリーンの上の映画に過ぎない。うしろへ廻つても霊なぞを踏みつぶすやうな危険もなにもありはしない。之は何だか厭な事実ではないか。ふり返つて見ると、残つたのは莫大な借財丈であつた。肋骨の折れた子息は寝台の上で落ち着いては居られなかつた。彼は振り子のやうに寝返りを打つた。令嬢は兄を気づかつたり、私を懐つたりして唯廊下を足音で響かせてゐた。

『何がバタ〳〵だ。畜生共！』と私は時々独語せねばならなかつた。

病院は愈よ維持の困難を感じてゐた。院長はあんなに大きな借財をして居乍ら、何うしてあんなに呑気にしてゐたか？此の点は私の大きな疑問となつて残つた。ことによつたら彼は自殺して了つたのではなからうか？此の疑念は死を残忍視する私にとつて当然のものであらねばならぬ。

私は病院に飼はれてゐた間中遊び通した訳ではなかつた。へり下つた心で受け附け掛りもし、薬局へ入つては坐薬をねつたり、消毒ガーゼを造つたりして働いてゐたのである。けれど院長が死んで、子息が暗い顔をしてゐるのを見ると、もはや私が此処に留まる事はよくないやうに思はれた。気の利いた私は半分無断で病院を去つた。そして子息は大変にこの事を喜んでゐたと推察した。

三ケ月後、私は到頭あの婦人病患者――もう治つてゐるが――と関係して了つた。けれど、それと同時に、女の妹とも関係する事が出来るやうになつたのは何と云ふ厭な廻り合せだらう。

其の初め終りを話すのは私に取つて愉快であるが、此の事件を引き起す為めに、用ひられた所の計略は何も私の独創ではない。私は少し許り知り合になつた或る男から教示された通りを応用した迄なのである。

私は妹の方を一目見ると、それが姉の方より、遥かに私の慾を吸引するのを知つた。それで姉なぞの事は忘れて、妹の方へ夢中になつて了つた。私は例によつてパタ〳〵と行つたり来たりした。生け垣も垣の傍の石も前の女の場合と同じやうな状態であつた。

『生け垣が似てゐるのは好いとして、おゝ何故石迄がそこに転がつてゐるのだ！』私は恐怖もし憤怒もした。自然が余り趣向をかへて呉れない事が私の怨恨をかり立てた。

『畜生め！お能の舞台みたいに、何時でも何時でも松の樹がありやがる！』

私は石と生け垣の為めに今度の恋愛を尠からず破壊された。以前にはこの上もなく懐かしかつた其れ等のものが、今ではもううるさいやうな気がしてならなかつたのである。けれど斯んな小さい事を気にするのは私の方が悪いのである。何故ならば、郊外なぞに立つてゐる家々は初めから皆双子同志のやうに似てゐるのだ……

或る暗い夜、悪い運命の橋が筋交ひに十字を切る所の私の室から、私と云ふ一つの蠟燭が消えたとする。だが、私は死んだものであらうか。思つて見て貰ひ度い。私は橋を何の方角に向つて走つたか？運河の真中を、時計台の鐘が十二時を打つ時、その音の余波で動いて行く一つの舟で、灯が消えたなら、何が起つたのであるかを考へよ。死ではない。唯、死に似た様な強さの情事が想起されぬであらうか？

暗い水面へと続く、黒い大きな石段の様で、私の罪悪は何時初まつたかが分明してゐない。下の半分は寧ろ影に過ぎない。そして水の様に冷かなのである。残りの半分は、前の半分の影で出来、過去に依つて漸く色附けられる無色の現在、それが私の持つ現在であつた。昔の劇場が今牢獄に変更されたとすれば、それが私の心なのである。

いや、私はもつと燈火の届く所迄這ひ出して、聴き手に顔を視せやう。私は斯んな醜い人間である。だが、彼の女等は恐ろしく美しかつた。実際、彼の女等の為めに、大理石さへが愛嬌を見せて凹む程であつた。誇張ではない。私は石の笑靨を経験した。私は元石の様な冷たい人間だつたのである。私の心はもうアカンザスの様にフワ〳〵と浮いて来た。私の周囲はナポリの暖風が漲つて来た。スリツパから飛び出した足の様に、私の気持はスガスガした。だが、それもほんの一時である。

考へ度くない幾つかの事を、私は話さねばならない。

彼の女等の顔は何んなであつたか？それは美しかつた。だが別れて来ると何うも思ひ出せない様な顔であつた。彼の女等は何んの特長も消し去つた美しさで輝やく。彼の女等は鏡の様に光つて然も『無』なるものであつた、私が彼の女等に近附いたとせよ。私は唯私を見るのに過ぎなかつたかも知れなかつた。然も此処に二つの恋愛が成り立つたのを思へば、鏡は何かしら性を持つてゐたのである。

あゝ彼の女等の顔には変化がない。余り定まつてゐる整ひの為めに、忘れられ易いのだ。定住は無に似てゐる。それは涅槃の心境が清透である事からも証明されやう。雪が積もり過ぎたとせよ。もはや写真機を持つて出掛ける必要はなくなる。後ろも前も一色の平坦！何方へでも、坐つて居る所から、レンズを勝手に向けるが好い。一と云ふ字が撮影されやう。それだ！彼の女等はその一なのである。後ろ姿も横姿も見て廻る必要はない。山や森はポンペイの市街の様に下層に隠されて了つたのである。

だから本統の彼の女等を知らうと云ふには、何でも骨を折つて、廻旋階段を降りて行かねばならない。其処に初めて廃墟の様な彼の女等の冷たい心が見出されるのである。彼の女等は精緻の替りに純野を持つ埃及彫刻と丁度反対のものであつた。仕掛けの細かい贋造紙幣印刷機と同じで、結果を見ない間は精巧な一つの価値で輝くのが彼の女等であつた。

愚昧の過剰から、私は彼の女等の頬へ、非現実的、骨董的な磨きを掛けて、自分丈の置場にしやうと試みたが、花瓶には罅が入つて了つたのである。もう之等二人は私につまらないものであつた。私にはそれが口惜しくてならなかつたが、人の力で何うとも治す術は見つからなかつたではないか。

『女は矢張り詰らないものだ！』

私は段々女等から遠ざかつた。それもこれも私が『木偶』だからなのか？私は振子の響に合してカタ〳〵と場所を変へて行くパンチと云ふ人形に過ぎぬのか。

私はぼんやり街を歩いた。そして少しばかり知り合ひの人に会つた。

『君！』と彼は私を怖やかした。

『君は未だ健康なの？』と私は不健全な問を発した。

『私はある理学者の弟子になつたがね。お蔭で随分達者過ぎるよ。ウムそれに、近頃面白い事があつたのだ。私の体はその儘で磁石の働きをするんだ。面白いぢやないか。私の腕に依つて磁針の方角を変化させることが出来るのだ。何でも両腕が恰度両極になつてゐるんだ。いや足の方にも同じ性能があるんだ。試験をした理学者も驚いてゐたよ。私位ゐ強い磁力を持つた男は少い相だ。ね君。人間は一様でない、と云ふのが私の持論なんだ。』

知り合ひの男は何でも斯んな風に話した。私はもつと細かい点をもう記憶してゐない。私が知つてゐるのは唯自分の淋しさ丈であつた。私は海岸を歩き乍ら涙をこぼした。それから暗憺たる夜空を眺めた。遠くに火事が起つてゐるらしく、空の一点丈が赤く色づいてゐた。

『別々のものが一つに見える。姉と妹とは段々似て来る。此の頃では嫉妬の喧嘩もしない。却つて彼の女等は二人で慰め合ひ、二人で心を合せて私を恨むでゐるのだ。別々のものが一つになつたのだ。』

私は向う見ずに歩いた。と云ふよりは足に体が引きずられ、体が足に引きずられて行つたのである。

暗の中には一人の知り合ひが立つて考へてゐた。そして何時

もの通り、私をさぐるやうな目つきで近づいて来ると
『君のパタ〳〵は何うなつてゐる？』と問ひつめた。知り合ひの眼には悲痛な色があつた。

『依然としてパタ〳〵だ。』と私はうなだれて答へた。

『あゝ悲しい事ではないか。それは現象自身がパタ〳〵なのではない。君の心！それが大変傷ついてゐるから起るのだ。同情、……君分るかね、同情だよ、同情を以つて朝顔の蔓を見てやり給へ。蔓の先にはカタツムリのと同じ眼があるのさへ分るだらう。パタ〳〵は同情の欠けた所に直ぐ起つて来る一つの破壊的な渦流なのさ。それは恐ろしい。人間がベルトやシヤフトや電球のフイラメントやセルロイドの切り屑に見えてよいものだらうか。』

『私を此の上苦しめるのか？』私は夢中になつてその暗怪な知り合ひに歯向つた。勿論唯斯う書き流すと、その知り合ひはダイモンのやうなものに思ひ取られ勝ちであるが、実は私の周囲には私を戒めるある免職教員が実在したのである。それは事実に於てはもつと自然的に私の前へ表れて来るのであるが。私は彼を恐怖する余り、闇の中で彼の声を不意に聞くやうな錯覚的な記憶丈より他に何ももたないのであつた。

『君は冷静なのでない、苛酷なのだ。君は自然主義の小説家のやうに唯一面的に苛酷なのだ。老子のやうに柔しく広く無関心なのではない。獄吏のやうに首切り台の音丈を音楽だと主張してゐるのだ。悲しいではないか。パタ〳〵は狂気の一歩前なのだよ。おゝ、そしてあの火事を見たまへ。病院の方ではないか。』

『さうだ。』私は労れて答へた。何をさうだと答へたのか？勿論両方の話し、即ち私が何うしても苛酷な事と、火事の方角が病院の近くである事の二つに対してである。

罪は常に他の罪から起る

急に新らしい事件である。

火事！そして燃え上つてゐる。病院が焼けて倒れる。それが何よりも明るい事実であつた。

それは未だ良い。悪いのはもう一つの事であつた。火元が厳密に検べられた時、私の妹丈が怖えて答へを曇らした。あゝ、そして、何たる運命の狂ひであるか。妹の行李が荷造り迄されて、病院から遠い物置に隠してあつた事実が発見されると、眼の早い警官達は、妹に放火の疑ひをかけた。

『妹！お前がやつたのか？そして、昼間の中に自分の行李を焼けない所へ持つて行つて置いたのか？おゝ、それが低能の証拠なのだ！何よりの印なのだ。』

私は悲愁と絶望と低能な妹の代りに受けねばならぬ責任感とで体を折られるやうなつらい思ひを味はつた。

『兄さん。仕事がつらくてね。病院を焼いたら家へ帰れるかと思つて……』

『それが低能な女の考へなのだ、世間に好くある例の一つなの

だ。』全く読者よ。低能な女は他の低能な女の精神をまるで模倣でもしてゐるやうではないか？一ケ月新聞を読み続けた人は必ず如上の実例を二つ三つは見掛けるに相違ない。然も何うであらう。妹は全く独創的に此の犯罪を犯したのである。之が白痴に取つて最大の発明なのか？そして、馬鈴薯からは馬鈴薯が出来ると云ふ悲しい事実を語つてゐるのであるか？

妹の裁判は大変に厳しかつた。そして精神鑑定係りと呼ばるゝ白痴に近い医師は彼の女が白痴と見做さる可きでない事を主張した。（之は東京から遠い地方の事である。東京の裁判所では多くの医学博士が何かしらをしてゐて、犯人が白痴であるか何うかを、色々と相談する。そして、彼等は博士なのである。）

妹は九年の懲役と極つた。

私は何んなに陰鬱な日を送つたらう。そして何んなに妹のための罪亡ぼしとして、善良な仕事と行為とを望むだであらう。此の悲しい動機に依つて、私は徐々に正しい道を踏む事が出来さうになつて来た。

そして私は正直な人間に改まつたか？

否又しても大きな障碍は持ち来された。

火事の際に焼け死んだ看護婦長の黒焦になつた屍体を何時迄も記憶から除く事の出来ない私に取つて、婦長の実弟である若い薬剤師と時々顔を合せるのは随分とつらい刑罰であつた。私は彼を見ると釘附けにされたやうに血が凍り、冷たい沼の底へ落ちて行くやうな慚愧の念でなやまされた。ある時の如きは、狂気になつたやうに、その弟へ縋り附いて、私は地面に座つた儘、許しを乞うた事もあつたのである。

『あの娘の責任は全部私にあるのです。あれを怨まずに、私を罰して下さい。私を……』

『いや、人を怨む必要はないのです。犯罪は常に一種の過失ですもの。』諦め深い若い薬剤師は人なつこく私を慰撫した。

『けれど、貴方は内心で思つてゐらつしやる、他の事を！他の事を！』

『いゝえ、之丈です。貴方の妹は寧ろ罪がなさ過ぎた。それが今度の過失の原因なのです。』

『貴方は何かしら私と別の考へ方をしてゐますね？』

『さうです。探索してゐる内に、段々と真相が別つて来たのです。』

『真相？』私は直立して斯う叫んだ。

『さうです。もつと検べたら、一層真実となる所の真相です。え？之は可笑しいです。いや、此処に何か秘密が隠れて居さうではないでせうか。……妹さんは単に仕事がつらい丈で火を附けたのでせうか。ではないでせうか。妹さんは力の沢山ある、そして労働をいとはない質の女であつたのを私はよく知つてゐます。それが急にナゲヤリな気を出し、仕事をなまけ出したので、私も実は不思議に思つてゐたのですが、すると間もなく、あんな大事をやつてしまつたんです。』と薬剤師は声をひそめた。

『何故妹は放火の以前、ナマケだしたのでせう。病気か、過労かに依るのでせうか？』

『其処です。勿論労れてゐるやうではあつたが、病気とは見えませんでした。此の機会に貴方へ話して置きますが、妹さんは恋——たしかに恋のやうなものをしてゐたと推定せねばなりませんよ。』

『それは過ちでせう。第一相手になる男がないでせう。』

『いや、男は意地の汚いものです。そして恐らく女だつてね……』

『では妹は恋の懊悩のために、仕事をナマけてゐたのですね。』

『恐らくさうです。』

『相手は……妹の相手は一体誰なんですか。』

『私は断言しますが……それは院長と、それから次には院長の子息ですよ。』

『え？　院長の子息！　そして院長も？』

『私は此の眼で見たんですからね。』

『何を……いまはしい事をですか？』

『妹さんは紫色の室で寝た事があるんですよ。』

『え。あの小さい噴水のある室？』

『ハヽヽ、院長の大好きな室なんだ。あの室へ入つて助かつた女はないんだからな。』

『そして、院長の死んだ後には、その子息があの室を使つたのですか？』

『それは見違けてないのですが。他の場所で、二人の立つて居る所を私は一寸見掛けたのです。そして私は二人の間に何かしら恋愛の火花が行交うてゐるのを感じたんです。勿論その時は感じた丈なんですが……』

『では……あとで、もつと委しく判明したと仰言るんですね。』

『不幸な事に、その通りなんです。』

『何を見たんです。云つて下さい。何うか遠慮なしに……』

『貴方！紫色の室の直ぐ隣りは未だ人の入つた事もない不用の室ですが、知つて居ますか。あの室は全く何の目的もなしに空いてゐるんです。貴方の妹さんはあの室を一週間に一度丈掃除するのですが、それに掛る時間は何時も二十分なんです。薬局の前を通つて行つて、又帰つて来ると二十分丈何時も過ぎるんです。それが或時、三十分たつても帰つて来ないんです。（私はその時或る薬を煮てゐて、時計に注意してゐたんですがね。）可笑しいな、と私は考へました。一寸した戯れの心から、私はあの不用の室へ様子を見に行つたんです。すると何うでせう。扉がしまつてゐて、私が押しても引いても動かないんですね。はゝあ之は中から鍵がかけてある、そして、鍵がその儘、鍵穴へ嵌つてゐる、と私は感づきました。そして室を掃除するのに、鍵を掛けると云ふのは何より理に合はない話しではありませんか？』

『妹は……中に居つたのですか？　泣いてゞもゐたんですか？』兄である私は当然他人よりも熱心になつて訊ねた。

『私は悪い所へ来て了つたと思ひました。唯それ丈です。勿論、ハタキの音も何も聞えませんでした。それから、ずつと後になつて私は妹さんに鍵を持つてゐるのかと尋ねて見たんです。答へは私の予想通り、若い主人が持つてゐるのだと云ふことでした。私は単なる興味丈で、さう云ふ事を探るのは罪だと思ひましてね、その先を突き詰めて聞くのを態と避けたのですが、今になつて見ると、もつと深く知つて置けばよかつたと悔ゐてゐるのです。と云ふのは………』と薬剤師は悲しげに、私の方へ顔を寄せた。

『先へ伺つて置きたいのですが、あの放火と、恋愛とには、何か関係があるのでせうか?』私は斯う念を入れた。

『あるからこそ、お話ししてるんです。』

『では、何故、判決以前に知らして呉れないんです。』

『その頃はね、何しろ、姉の非業な最後のために、私も反省や洞察の力を全然失つて了つてゐたし、未だ、本統の急所は気附かずにゐたものですからね。』

『さうです。貴方の姉さんの死の事を考へると、私はもう肋骨を引きはがされるやうなんです。』と私は下を向いて呟いた。

『油で黒くなつて、眼球から湯気の立つてゐた有様を私は何うしても忘れ去れないんです。』薬剤師は涙をためて私を怨めし相に睨め、それから又思ひ出して続けた。

『もう云ひますまいね。貴方も私も不快になる丈ですから。………いや、それより、あの院長の子息が大変好色な事は死んだ姉からもよく聞きました。姉へも妙な話を持ち掛けたんだ相ですからね。それから、貴方も姉に云ひ寄つた事があるさうですね。姉は貴方を讃めてゐましたよ。』

『それは何かの間違ひでせう。貴方の姉さんは私にそれとなく何かを仰言つたり、手紙を呉れたりしましたがね。未だ何でもなかつたんです。私から云ひ寄るなんて、そんな事はありませんでした。………』私は黒焦げの女を思ひ出しつゝ、気味悪く否定した。

　会話は長く続けられた。そして何でも一番の罪は院長の息子にあるらしいと云ふ判定に到着した。一部の噂に依ると、息子は父の残した大きな借財の始末に窮し果てゝゐたのである。そして院長の死後急に寂れ出した大きな病院の維持も覚つかなくなつてゐたらしい。『焼けて了つた方が結局利益になる。保険金が入れば、それで他の小さい事業に移れる訳だ。』と云ふ考へは当然息子の頭の中を往来したのであらう。けれども自分で放火すれば陰謀は直ぐ発覚して了ふに相違ない。色仕掛けで心を捕へて、白痴の娘を利用しやうと云ふ悪辣な考案が何うして続いて起らずにゐるだらうか。

『それなんです。』と薬剤師は恐ろしい形相をして云ひよどんだ。

『確かですか?』

『恐らく之より確なことはない筈だ。貴方が女から生れたと云ふ事より、もつと確かだ。分りますか?然も貴方が女から生れかかつてゐる所を誰も見たのではないんです。』

『それで息子の罪については、何の証拠もないと云ふのですか?』

『少しはあるんです。妹さんは時々独り言を云ふ癖があるでせう。或る時、洗濯物を抱へた儘で「貴方、貴方、貴方!」と口走つてゐたんです。誰だつて、自分の事を貴方なんて云ひはしませんからね。』

『それは証拠とは云へませんね。』と私は薬剤師を少し疑つた。けれども、私は妹が院長の息子のために貞操を傷けられ、その上、詐欺的犯罪の犠牲となつて獄舎へ迄も引かれたのだと云ふ漠然とした観念を植ゑつけられずにはゐなかつた。

怨恨と憤怒とは再び私の心を領した。薬剤師と心を組むで、色々の噂や、息子の様子を探れば探る程、疑ひは真実と代つて行つた。

残忍な内謀は日に日に私の心の中で育つて行つた。読者は忘れたであらうか?私は一時自暴自棄と意故地とから、犬殺しにさへ進むでなつた、暗怪な青年である。

私は殺人を夢み、又妄想し、遂に意図し、企画し初めたのである。刃物は用意され、逃げる道が地図の上に探された。

ある人は私の愚を詰つて云ふであらう。何故お前は真の犯人たる院長の息子を其の筋へ訴へないのか?と。

けれど、それは私にとつては無駄事としか思はれない。起訴した処で、我々が敗けるのは初めから判明してゐるのではないか。

息子は妹を強いて姦したと云ふのではない。又放火を教唆したとしても、その証拠は上つてゐない。それに裁判官達にも名誉と云ふものが必要である。そして之は真理を葬ることに慣れた一地方に起つた事である。間違つた判決をその儘で通すのが、彼等に取つて最も利益であるのは判り過ぎてゐるではないか。それが彼等の妻子を安全に暮させる最上の方法である。それが彼等の鬚に滋養をつけ、一層上方へ伸び上げるやうにする最適の方法なのである。裁判長の鬚は後ろからでも見える——之が此の地方での最も誇る可き名物だつたのである。裁判長は神経衰弱に落ちて、カルシユームを含むカルピスと精力素と云ふ薬と、ヘモグロピンとヴイタモーゲンとを服用し、その上にビフステキを食べるのだが、其れが皆鬚になつて了ふのである。

朝鮮人を憐む支那人

何うして忘れ得やう。そして何を忘れよと云ふのであるか。いや、反対に、私は記憶のあらゆる粒を一時に思ひ浮べるのだ。私は歯がみをし、骨が響きを発する程に腕を振り、又、眼前の物体は何に限らず蹴返した。あの沈着で陰鬱で痩薄な院長、彼が恐らく病的に迄も進むでゐる色魔であつたことを、私は今漸くにハツキリと思ひ当る。私が紫色の室に休むでゐた時も、記憶力の鈍い院長は誰か女性を閉じ込めてあるやうに錯覚して、私のもとへ忍むで来たのかも知れなかつた。あの赤くなつた顔、私に媚びを作る猫のやうに光つた眼なぞが、一時に私の頭の中を這ひ廻つた。おゝ、そして院長の子息も斯んな卑しい気質を残らず遺伝してゐたのである。妹は何と云ふ哀れな娘であつたらう。彼の女は二人の乞食の恥を、一人で受けたやうなものではないか。

それだのに、私の復讐心は何故もつと強烈に燃え上らないのか?私は実に自分が中気病みでゞもあるかの如く、町や室中をよろめき歩いた。けれど、何時迄待つても妄想が実行に変化する機会を捕へ得なかつたのは一体何故なのであらうか。私は自分に聞いて見てゐる。勇気!それから真心!この二つが欠けた所に、興味中心の残忍性丈が狂ひ廻つてゐるのではないのか?そして私は遂に心の弱い青年——悩む事を知つて、切り抜ける事を悟れぬ愚かな男に過ぎなかつたのであらうか。

興味から来る残忍!それは多くの殺人者に取つて必須の要件である。けれど、私の場合では、その興味を求める願望が本能的と云へる程には狂暴でなかつたに相違ない。

『駄目なのか?本統に実行出来ないのか?』私は自分の胸を棒で打つては斯ふ問ひ続けたのである。

私は実に、斯んな工合であつた。自分を嘲ける悪魔の声が、自分の心の中で聞え初めた時、私は何んなに絶望して床の砂を嘗めたであらう。悪人ぶると云ふことを誇る程、私は未だ幼稚で善良であつたのか?殺人の妄想は単に脆弱な心の強がりであつたのか?曲つた心の敗け惜しみに過ぎなかつたのか?之が問題なのであつた。と云つても、私は何一つ弁解しやうとは思はない。自分はやはり、結局、こんな工合で中気病みを続けた丈なのである。

その頃、私は自ら進むで、ある免職になつた小学教員と知り合ひになつた。事の初まりは、私が彼の落した財布を送り届けてやつたと云ふ些末な点に過ぎない。けれども、私達は直ぐ親しく語り、連れ合つて散歩する迄に友誼を進める事が出来たのであつた。

或る日——二人は約束に依つて、裁判所の前で出会ひ、此の町で起つた一つの大きな事件——朝鮮人の十三人斬り——に関する裁判を傍聴した。その小学教員は『社会から不当な取り扱ひを受けた哀れな男が、如何に彼自身も亦社会を不当に取り扱ふか。』と云ふ事の実例を求めるため、私は又私の流儀で、十三人の人を斬るには何んな決意と勇気とを要するかを知るために、耳を澄ましたのである。

約めて云つて了へば斯うである。哀れな被告、高と云ふ名の朝鮮人は、裁判長のやさしい質問に対し、陰気に答へるのであつた。

『私は馬鹿者です。何故この日本へやつて来たのか?それが分らないのです。いや分つてゐる。故郷で義理の兄にえらく侮辱され、蹴飛ばされたんです。その有様を、私の恋してゐる女が見て笑つたのです。それで日本が大変恋しくなつて、そこへ行つたら、お金にもなり、やさしい人が待つてゐて呉れるやうに思へて、それで跣足になる程貧乏しながら、このお国へ渡つて来たのです。それから六神丸と云ふ薬と翡翠とを行商して日を暮し、もつと悪い事もしながら、夜学で法律普通科を半分やりました。電車の車掌になつてからは、日本人の女工を妻に貰ひましたが、その女は私の子を姙むで呉れないのです。「何うか一人丈でも好いから生むで呉れ。」と願つても、女は唯笑つてゐて、やはり生むでは呉れないのです。私はそれが不思議で困りました。きつと私を愛してゐないのだと気づくと淋しくて、又帰郷したくなりました。斯んなつらい思ひをしながら、私は妻の兄夫婦と一軒の家を借り、半分づゝ使つて、半分づゝ家賃を払つてゐました。所が義理の兄は子供が二人もあると云ふ口実で、段々室を大きく使ひ、台所も自分等丈で使ふやうにシキリをして了ふし、私が寝てゐると、態とまたいで便所へ行き来し、その上、私の妻へ一人の男の子を抱いて寝かせ、私は戸棚を開けて、それへ二本の足を突込むで寝なければならない程、場所をふさげられました。そんな事を忍べば忍ぶ程、兄夫婦やその子は私を馬鹿扱ひにし、嘲け笑ひ、私が卸した許りの手拭ひで泥の手をふいたり、私の茶碗へつぶした南京虫を一杯入れたり、六神丸を無断で売つて、その金を使つて了つたり、私が買つた炭を平気で盗み、その度に私へ悪口をつくのです。兇行の前の日、兄の妻が私の金だらひへ穴を明けて、知らぬふりでゐるから我慢出来ないで、二言三言云ひ争ひをしたが、その事を兄へ云ひつけたと見えて、兄は醤油の壜で私の頭をなぐつたのです。血と醤油とに染つて私は眼を開く事も出来ずに、唯暴れてゐると、兄の妻は口惜しまぎれに、私の急所をつかむだので、私は気絶して了つたんです。あゝその時です。私に水を呉れたのは私の妻だつたんです。お前はお前丈は私の味方なのかと云つて私は妻に泣き縋りました。妻は姉の毛を引張つて、後ろ倒しにしてやつた事を涙乍らに語りました。私はその涙を見たばかりで一切の立腹をこらへやうと決心しました。皆から憎まれてゐる時、たつた一人の者に愛された気持を誰か知つてゐる人はありませんか。おゝ……』と彼は手ばなしで泣いた。

その時、傍聴席の一角からも細い女の歔欷が聞えて来たので、その方を見ると、高の妻らしい貧乏な女が顔も脹れ上つて泣いてゐたのを私達は知つた。

『それからY署へ連れて行かれたが、巡査たちが皆兄の方を信用し、私を危険人物のやうに睨め廻すんです。疑ひ深い沢山の眼に取りかこまれて、私は又頼り所のない淋しさと憤怒とを感ぜずにはゐられませんでした。兄は「あの金ダラヒは元私のものので、高は勝手に彼の名をペンキで書いて、自分のものだと云ひ張るんです。」と誠らしく訴へました。警部は直ぐその言葉を信用して了つて、はては多くの巡査や、集つて来た車掌迄が、さんざん私を嘲笑したんです。いくら私が異国のものだと云つて、之はあんまりひどい。ひどすぎます。私は眼がつぶれたやうに悲しくなり、そこいらが真暗になつて了ふ程、恥辱を感じました。なんぼ朝鮮人だつて、心と云ふものを持つてゐます。

何方を見ても真暗で、自分の本統の心持や、正直な考へを聴いて呉れる人がないのを知る時、人は無人島へ行つたよりつらくなつて了ひます。無人島に着いた男は王者のやうに自由です。けれど此処では……闇にとりまかれた盲目で跛の奴隷が見出される丈です。信頼してゐた警官たちまで、こんなに私を憎み、私を疑ひ、卑怯な片手落ちをして少しも自ら耻ぢないんです。此の上は自分の憤りの治る迄人を殺し、自分も地獄へ落ちて、新らしい世界に住まうと云ふ心が起きずにはゐられないではありませんか。おゝそれが何故無理なんです。いゝえ、私はもう決心しました。私は刀を磨ぎ初めました。すると、隣りの親切な老人が、「高さんは遠い所から来てゐて淋しいんだもの何事も公平にし、喧嘩の元を引き起さないやうに……」と兄の妻へ話してゐるのが聞えました。あゝその時、私は何んなに刀を磨ぐのを控へ、感謝の心を以つて怒りを飲み込み、こらへ、しのんだでせう。私の妻も声を立てゝ泣いて居りました』

高は途切れ途切れに以上のやうな告白を語り明したのである。傍聴席の妻女は到頭狂的に泣き出して、誰かの注意で外へ押し出された。

小学教員は沈むだ顔になつて私とは別の事を考へ続けてゐた。『あゝ』と私は体をふるはし、自分のと他人のとを一緒に混ぜた涙をためて独語した。それから（後になつて考へて見ると）私は夢中で駈け出したに相違ない。朝鮮人の妻に追ひついた私は、彼の女の恐れるのをも構はず、彼の女の肩を撫で、髪についてゐた藁屑をつまみ取つてやつた。

『何すんの？』女性は私を怪しみ訝つた。

『無理はない。貴方も私も疑ひ深くなつてゐる。お互ひに殻を背負つてゐる。私が恐く見えても、あゝそれは構はない。我々はセンチメンタルな事はきらひなのだ。だのに私は此の通りなんだ。』さう云ふと私は真赤な眼から大粒の涙をふり落し、醜て、男らしくない挙動を耻ぢるやうに、女性の前から姿を消し、溝の中へ持ち合した四十銭を捨てゝ了つた。

朝鮮人、支那人、それから彼等に似た日本人、可哀想な彼等の中に、此の私も一員として加つてゐる。それが事実でないと誰が云はう。私は自ら痛みつゝ又彼等を痛み恐れむだ。あの一人の朝鮮人に、私の運命の半分がつながつてゐる。私を見やうと思へば、彼を見るが好い。若し私が彼であつたら、私は彼のなした通りをせねばならなかつたであらう。いや、聖者と呼ばるゝ特別の人を除いたあらゆる普通の人なら、彼の如き境遇の中で、その徳と智慧とを安全に保つ事は六ケ敷いであらう。

彼は悪い男である。それに何の間違ひがあらう。けれど私は余りに好く知つてゐる。他の事を、他の事を、斯んな種類の悪は自身で自然に湧き起る力のないことを！之は善を隔たる一歩のものであることを！

復讐の代償

未だ何かゞ続いてゐる。

私の所へ不愉快な手紙が達いてゐる。それは例の哀れな姉妹からであつた。彼等は初めの中こそアバズレであつたが、今ではまるで継子のやうに言葉も少くなつて了つてゐたのである。男を知つてから縮み上つて大人しくなる女は決して少くない。私のある知り合ひは電車の中である女と近づきになつた。二人は図々しく郊外の畑道を歩いた。男は好い気になつて女と関係し、それから小使ひを呉れとせがむだ。女は一円丈呉れて、あとはお前と一緒に連れ添ふてからやると云つた。男は承知しないでもつと出せとせがんだ。すると女は怒つて男の襟をつかみ、ふり廻し、『私を唯の女と思つてるのか?』とおどした。男も黙つてゐなかつた。『この畜生!』と怒鳴ると女の首を絞めた。女は手を合せて拝み、それからは大変に大人しく何でも男の云ふ事に従つた。何か新らしい事を教へると女は男を尊敬するやうになるのである。

それだから、あのアバズレ共が今になつて何れ程私から新らしい世界を見せられ、そこへ導かれたかは云ふ迄もないであらう。

来た手紙には斯う書いてあつた。

『……本統に私達は生きてゐたくありません。生きてゐたつて、生きてゐる気持がしてゐませんわ。』私は口惜しさうにそれを破きすてた。

又その次に姉丈が一人で手紙を寄越した。

『……貴方は何んと云ふ方でせう。愛する印だと云つて私の腕へSと云ふ形の傷をおつけになりましたね。そして、ああ何と云ふ事でせう。妹の腕を見たら……そこにも矢張り、Nと云ふ傷がありましたわ。私は貴方の心持が分らないで泣いて居ります。』之が新らしい教への一つである。

又その次に妹の方がサッサとよこした。

『……私丈を連れて逃げて下さい。私は怨むでゐますよ。』

それから別々に沢山来た。又一緒に書いても来た。もう無茶苦茶に書いてあつたり、丁寧に考へて書いてあつたりした。大概は馬鹿な事が云はれ、時には利巧な事も云はれてあつた。無為に然も急速に時がたつて、又手紙が来た。

『……貴方は何故何うにかして下さらないのです。私達は之から何うなりますのでせう。あゝ、困ります。

今日或る人が噺した事を聴いて、私達はふるへました。それは斯うで御座います。

去る十二日、身元不明の妊娠女の溺死体が石油庫の前の川へ流れて参りますと、続いて又異つた妊娠女の死体が出て参りました。一方は初めから浮いてゐました。もう一つの方は呼ばれたやうに底から出て来て、浮いてる方のそばへ行きました。すると両方の鼻から血が出たと云ふ事でした。あとで検べたら、二人は同じ模様の長襦袢を着てゐました。二人は姉と妹であつたのです。姉は妊娠四ケ月妹は五ケ月であつた相です。妹の方が一ケ月先へ妊娠してゐたのです。あゝ、貴方は何う云ふお積りなのですか。分りません。私達は泣いて居ります。斯の人々のやうになつたら何うしませう。そして、斯の人々のやうになるのは随分たやすい事ですわ。二人で心を痛めて居りますわ。あゝお怨み申します。』

まづい文章ではあるが思つてゐる事の十分の一位は表現出来てゐる。二人はそんな話をきいて悲しみのあまり手紙を書いたのであらう。そして可哀相に文章にはその悲しみさへよくは表れてゐないのである。

その又次には妹がよこした。

『……姉はあんな病気をしたのですもの。そんな心配はありません。きつとまだ出来ては居りませんでせう。又そんな事未だきいても見ません。けれど私は丁度年も宜敷く、丈夫な身ですもの、今度こそは妊娠だと思ひます。あゝ、あなたは何うして下さいますか。此の前のやうに間違ひであつたら好いと思つてゐますが。今度は何うしても間違ひではありません。何うしてもさうのやうです。怨みます。もう死んで了ひます。早く来て下さい。私丈と逃げて下さい。』

姉の方は姉の方でやつてゐた。

『……貴方はあんまりです。私は川へ入つて死んで了ひます。妹と一緒に死にます。あの此の間あつた話のやうに……

妹は毎日吐いてゐます。あれは妊娠したのです。けれど貴方の子ではありません。あれはまだ他に古い馴染を持つてゐます。貴方はそれを信じないのですか。』

未だ未だ手紙は来ては破かれ、捨てられた。

『畜生！』と私は独りで怒鳴つた。『手前達二人に情死なぞ出来るものか？お互ひに殺しつこをしても自分丈は救はれやうとしてゐる癖に、二人で川へなぞ入れるものかい、馬鹿！手前等は引き潮の時に潮干狩りでもしやがれ。二人で引かき合へ。喰ひつき合へ。だが何うして一緒に姉妹心中なんかゞ出来るもんかい。』あゝ之は何と云ふ無慈悲であつたらう。

妹の冤罪で憤怒し狂乱してゐる私の心は全く悪辣になつた。そして結局私は自分でそれを悲しみ、泣き、悔ゐ、又怒つた。は何も悲しまず、悔ゐないのと同じであつた。そして時には、自分と自分の周囲とを忘却するために、憎むでゐる女等のもとに走つては、獣の如きことを繰返した。女等はその度に思ひ出して私を怨み、時には柔かな手で私の頰を打つた。何故か私は「打て、もつと打て！」と叫びつゝ、少しも抵抗しなかつた。それは相手を憐愍するから起る忍耐ではなく、あゝ実に、聴く人があらば聴いて貰ひたい、実に、それは、自分から自分を侮辱し軽蔑する自棄と放胆とから生じた忍耐であつた。

では之が一切であつたか。之が起つた事の凡てゞあつたか。いや、之からが本統の話しになるのである。

云ひ遅れて了つたが、私は病院に寄食してゐた頃、カリエス患者のコルセツトを造るため、セルロイドを取り扱ふ事に習熟したので、その後も、あるセルロイド工場へ入つて生活費を得てゐたのである。

そして、他を罰してやるためには、自分を出来る丈正しく保たねばならないと云ふ考へで、自分を鞭打つた。けれども之が私に取つて、無効なる痛みに過ぎなかつたのは、何と云ふ悲しさであつたらう。

正直に云つて了ふ。一つの憤激を抱いた人間は、却つてその憤激のために堕落しやすいものである。あゝ、私は何れ程心の平静を望むだ事であらう。此の憤怒！この怨恨がいけないんだ、と叫むでは、自分の爪で自分の胸を掻きむしつた。之は何と云ふ矛盾した心理であらうか。憤激があればこそ罰を謀むのであり、罰を謀むから、正しい心を欲するのであるのに、正しい心を持つには、憤激それ自身がいけないのである。

『えい！何たる苦しみの醜ごつこだ！』何度繰返しても、それは実に同じであつた。

然し私は心を取り直した。《少くともさう思はれる。》同じ工場に通ふ老ひた職工が火傷のために休職し、喰ふにも困つてゐるのを聞くと、私は深甚な同情のやうなものに刺戟され、そして、露店を出してセルロイドの櫛やシヤボン入れや、その他の小さい道具を小売りし、儲けた利益丈をその老人と家族へ恵むでやらうと云ふ企画で私を喜ばした。

実際、私はその企画を実行する勇気を持つ事が出来た。ほんの宵の中丈露店を開くのではあるが、痕物なぞを安く割引して売るために、客の数は思つたよりも多かつた。そこ迄は実によく行つたのである。だが、その先は何と云ふ悲惨であらう。

私は薄暗い燈火を前にして、地面の上に座つてゐ乍ら、眼前に蹲踞むで、櫛を漁つてゐる美しい若い女性を横目で見た。彼の女は強ひて落ち着を見せやうとするために、却つて慌てゝゐるやうな風があつた。そして、私の眼から隠れて、一本の櫛を盗み取り相にする所を私は直覚した。勿論その時に、私が眼を正面へ向けたならば、女性は罪を犯し得なかつたに相違ない。けれど意地の悪くなつてゐる私は、自然にさうする事を耐へて了つた。

『待てよ。あの女は盗まうとしてゐる。だが私の注意を恐れて、躊躇してゐる。悪い女め！私が何も知らないと思つてゐるのか？私がお前を罪に落してやらうとして、態と見ぬふりをしてゐるのが分らないのか？』

之は何よりも悪い思想である。盗む機会を態と与へてやる人は、恐らくその機会に引き入れられて、盗みを行ふ人よりも有罪であるに違ひない。

私の不注意と無関心とを覘つてゐた娘は、不意に一本の櫛を抜き取つて、袖の下へ隠した、立ち上ると、今度は袂の中へ押し込むで、急いで闇の濃い方へ消え去らうとした。

痛々しい生活に疲れて、何の慰みもない私は、此の時久しぶりに淋しい微笑を洩らしたのである。それは何とも云へぬ意地悪い、悪魔的な笑ひであつた。私は網を掛けて太つた鴨を捕へた百姓と同じ心持になつて立ち上つた。

私は或る露路で女性の後ろ姿に追ひついた。

『へゝゝゝへゝゝゝ』と私は唯笑つて跡に従つた。けれど、『貴方は盗むだね。』と難詰する事を何故か控えて了つた。此の忍耐が何よりも悪かつたのである。私は何も弁解しまい。私には実を云ふと私の心理がよく分らない。痛み――何か漠然とした痛みがあつた丈なのである。

娘は一寸振り返つた。彼の女は確かに驚いた如く見えた。見えたと云つても、其処は全く闇の中だつたので、或ひは彼の女は私を見なかつたかも知れない。又私を見たとしても、之がセルロイドやエボナイトの商人だとは感附かなかつたかも知れないのである。

私は忍耐した。それは実に悪性の忍耐であつた。露店の方を捨てゝ置く訳に行かないのを感附いた私は、盗人の娘から分れると直ぐ道を取つて返した。ところが、半ば迄帰つて来ると一つの悪心が明瞭にカマ首を持ち上げて来たのを、私は闇の中に見附けた。

『店は何うでもなれ！私は面白い事の方へ行くんだ！』

私は再び娘を追つた。そして何処迄も声を掛けずに跡をつけた。娘は一つの家の前に止まり、中へ入らうとして、一寸注意深さうに後ろを見た。その時である！

『お嬢さん。へゝゝゝ』と私は闇から首を伸ばした。娘は血が凍つたやうに直立した。そして、何処からか漂ふて来る極く僅かな燈火で私の顔を見入つた。彼の女は初めワク〳〵と唇を動かして何か云ひ出さうとするやうであつたが、不図思ひ返したやうに恐る恐る袂から例の櫛をそつと出して、今度は力強く私へ突きつけた。

『そんなもの、地面へお捨てなさい。へゝ、そんなもの入りません。へゝゝ』と私は低い劬るやうな声で呟いた。それが却つて娘を恐怖させ戦慄させたらしかつた。彼の女は唖のやうに唯オゝゝと口走つた。事に依つたら本統の唖かも知れなかつたのである。

『お嬢さんの名は？』と私は試しに尋ねた。

『ミサ……』と女性は服従的に答へた。

おゝ此の女性は本当の悪人ではない。彼の女はすつかり恐怖してゐる。そして私を巡査と同じやうに尊敬してゐる、人が悪事を後悔した瞬間程屈従的な心に変ずるものはない。そんな時には弱い子供に打たれても、打ち返す力さへ出ないのである。

『之、貴方の家？』私は少し威嚇的に訊ねた。

『ええ……』

『あしたの晩、こゝへ忍むで来るから会つて下さいね。私は貴方を美しいと思つてるんです。』私はやさしく、大人しく頼んだ。

女性の顔は再び変つた。彼の女はヨロけながら後じさりをした。困惑と絶望とが体中に見えた。

『あゝ……それは……』

『いけないと云ふんですか？』

『でも……』

『あの事……あの事が世間へ知れたら困りますよ。分つてますね。』

『分つてます。さ。之お返ししますわ。許して下さいましね。』

娘は初めて涙を落した。

『それは入りません。そのハンケチを下さい。』私は斯う云つて、女性の手にあるハンケチを取り上げた。『では、きつと私に会つて下さいね。私はもう、貴方に恋して了つてゐるんです。』

女性は私を昵と見詰めた。そして恐怖しながらも、私の顔が嫌ひでないのを感じた如くに見受けられた。彼の女は少しの間、目を閉じて考へ続け、驪て、黙つて家へ入らうとした。

『あしたの晩の八時！間違ひなくね。それでないと世間へ知れますからね。』

『え！考へときますわ。』

『今、承知して下さい！』

『では、八時！』

娘は家へ逃げて行つた。私は疲れて淋し相に店の方へ帰つた。

あゝ何と云ふ悲しい陰惨な計略！

私は闇を歩き乍ら、自分を憐愍して、女のやうに泣いた。本統に電柱へ縋つて嘆いたのであつた。

全体之は何であるか？私は何を悩み、何を為しつゝあつたか？

私には全く反省力が欠けてゐるのか？

否、私は自分の心の闇を見詰めるのが恐ろしいのであつた。然もそれは結局発かれずに済まされないではないか？

私は静かに注意力を集め、見る可きものを指摘せねばならない。分つてゐる。私が本来望むでゐるのは女性を虐待する事ではなかつたではないか。妹のための復讐！それが初めでもあり、終りでもある唯一のそして重要な予定ではなかつたか？

皆分つて了つてゐる。今更弁解は一切不要であらう。分つてゐる。実に、人々よ。鬱積せる復讐心、満たさるゝ事なき一つの願望、それが目的の道を閉ざされた時には、必ず曲つた方向へ外れて行かねばならない。

精神分析家はそんな傾向から来る悪い行為を『復讐の代償』と呼ぶが好い。私は実に新しい女の相手へ向つて無意識的に『代償』を実行したに相違ないではないか。自分の苦悩を軽減するために、他人の苦悩するさまを見て楽しむとは……あゝ、それは虎にも獅子にも具はつてゐない特異なる残忍性の発露である。私が男らしくなく泣き崩れ、何処にも救ひを見出せない闇の中を這ひ廻つたのは、以上の事に気附いたからであつた。

蛇と鰐と狐とを混ぜ合して煮ても、私の心よりひどい濁りは浮いて来まい。

今、今ならば何うにか直せさうである。早く、早く、私はあの娘にもう一度会つて、私の悪い謀みを詫びやう。あゝ彼の女は何んなに眠れぬ時間を持ち扱ひ、悔恨と困惑とで懊悩してゐる事であらう。彼の女は罠へ落ちた兎よりも、もつと憐れ深く悶えてゐるに相違ないのであつた。
『復讐の代償』……そんな卑怯な陰惨なものがあつて好いだらうか？実にもう何の弁解も入りはしない。唯一つ云つて置かう。弱い心とは卑怯と同じものを意味すのである。

悪心の中に包まれ育つ善心

闇は限りなく濃くなつて、気体でなく、固体——油じみた古い布団のやうに私を圧した。眠らうとしても心の静かにならない哀れさ。髪の毛の生え目は一つ一つに痛み、眼や鼻は硫黄の煙りで害されたやうに渋く充血した。

道を曲げてはいけない！一つの目的を明確に意識せねばならない！復讐の相手の顔から眼を外らしてはいけない！

正直な心、曲らぬ心、何故それをはつきりと保ち得ないのか？

けれど軈て私は熱つぽい眠りに墜ちて行つた。夢は再び私を悲しく覚醒させた。何でも太つて赧い顔の男が私に斯う話したのである。

「兄弟を殺しても、御免なさいと云やあ、それで済むだ時代があつたさ。時代、時代がね。」

それから想起し得ない混乱の後に、私の亡父が表れ、暗快な舌を以つて呟いた。

『帽子を盗むでも、首を切つても、同じ位の罪しか感ぜぬ人間もあつた。それから、それで好い時代もあつた。時代も。』

私は恐怖する。之等の夢の示現は何を意味してゐるのか？私は心の奥底から後悔してゐない為めに、斯んな荒れた考を夢みるであらうか？

私には分らない。あまり信用のおけぬ潜在意識下に何か私の顕在意識と異つた思想が埋没されてゐて、それが浅間しくも夢の姿で現れて来るのか？私は根からの悪人なのか？それとも、之は何か心の狂ひに過ぎぬのか？

『楽しい場合にも、苦しい場合にも、お前達は互ひに人と人との間の深い縁を感じあへよ。楽しい場合には、それに依つて楽しみが倍になるし、苦しい場合には、その苦しみが和らげられるのではないか。』

私は此の頃強く痛く如上の言葉の正しさを感じてゐるのだ。それは簡単な教へである。

『愛してやれよ。』と云ふ声が上から聞え、
『愛して下さい。』と云ふ声が下に聞えてゐるではないか。

私が火傷した老職工の家族を助けてやらうと考へ、又それを実行して来たのは一体何故であり、何の目的であつたか？之をも『復讐の代償』と呼び捨てる無慈悲な人が何処にゐるだらう。あゝ之が自暴自棄から起つた業とらしい忍苦だと誰が判断するか？

おゝ、眼にはつきりと見えて来る。老人は爛れた神経の尖に熱した針の苦痛を味つて、床の上を転がり廻つてゐる。幼い子供は恐ろしがつて南京鼠のやうに怯え、慌て、這ひ廻つてゐる。

一番小さい子丈が平気で、お椀へ一杯砂を盛り上げて、何の真似か知らぬが、小さい手を合せて拝むでゐる。

之は何でもない事だと、耳で聴いた人は云ふであらう。だが眼で見たものが、此の哀れな生きものたちへ『復讐の代償』を試みる勇気があらうか？『愛してやつて呉れよ。』その言葉は誰の口から出やうとも、此の場合に当て嵌つた真実ではないか？

一日二円を儲けた人が、一円を割りさいて与へやうと思ふのは此のやうな時である。

『その品はあの人にやつて下さい。』

『その本をあの子に教へてやつて下さい。』

『その楽しい歌をあの子に唱はして下さい。』

皆は斯う願はねばならない。あゝ、それは本能によつても、思想によつても、当然なことではないか。もう分り過ぎた事である。

私は本当に心が片輪なのではなかつた。唯時々片輪になるに過ぎない。私には正しい事物が好く分るのだ。だのに、あの少女を、あの正直さうな初心な盗人の処女を何うして罠へ引き入れ得るか？

私には時々悪魔が取りつくのか？幼い時に正しい愛で養育されなかつた事、思春期に於ける修養を欠いた事、この二つは悪魔の大好物である。私は不当な変態心理の父母を持たねばならなかつた。私は悪い友の中でばかり遊むだ。善良なものを見ぬために、不良を当り前と思ひ込むだ。それが今頃になつて漸く分つて来たのである。

誰か私を縛る縄を解いて呉れ、耳へ詰つてゐる砂を掘り出して呉れ、魚の鱗のやうな曇りを私の白内障のやうな眼から取り去つて呉れ。

おゝ、それ丈ではない。早く、早く、今の内、あしたではもう遅い。今直ぐ、何処かに縄でつるされて唸つてゐる継子を下へ下してやつて呉れ、焼火箸を継母の手から取り去つて呉れ。きびし過ぎる親と、無関心過ぎる親とを集め、私を実例にして何か恐ろしい事を講話してやつて呉れ。虐待される幼児達を悪い親の手から離して、情深い師匠の下に置いて呉れ。

それが済むだら、子供達の偏屈と意地悪とを矯正してやつて呉れ、幼芽の中は樫でさへ好くしなふ。それが肝心な所である。

柔和な話を聞かせ、さらに、柔和な行為を現実で見せてやり、何を模倣す可きか、よりも、之を模倣せよ、之を習慣にせよ、と教へてやつて呉れ。此の模倣、この習慣からこそ将来、何をなす可きか、を知る健全な思慮は生れ出づるのである。車を正しく走らすために、軌道を与へる事、之が何よりも初めの仕事である。

いや、然し、再び、私は私の事を考へる可きであつた。夜中でも構はない。私はあの免職教員へ悉くあつた事、之から起りさうな事を話し、愬へ、懺悔しやう。神を知らぬ私は、唯、あの教員に『許して下さい。』と願つて伏し倒れやう。そして、一切の始末をつけて貰はねばいけないのだ。私は気の替り易い悪人である。今正直にしてゐても、あしたは盗みを平気でしてゐるかも知れない様な、そんな頼りにならぬ罪人である。『善い事をしやうとして、悪い事へ導かれる男』それが私と云ふ人間である。

ことによつたら、例の『復讐』をも、《卑怯からでなく、勇気と仁愛とから》断念せねばなるまい。あゝ、そして、それも善い事なのだと大勢の人が話してゐる。

斯くて私は夜中に雨をついて免職教員を訪ね、謝罪す可き点を謝罪し、頼む可き事をすつかり頼むだ。

翌日の夜になると、教員は私の代理として、あの盗みをした処女の家の近くへ出掛けて行つた。処女は約束を守つて、八時になると家から出て来、待つてゐる教員を私と間違へて怯えた。柔和な教員は一切の事情を上手に分り好く話してやり、彼の女の心を真黒にしてゐる色々の心配と当惑を拭ひ去つてやつた。さうすると女は一層自分の心をハツキリ見る事が出来、更に強い悔恨を発見し、自責に気附いて、新らしい涙を降らせた。

親切な教員は私の元へ戻つて来て、起つた事の凡てを話し、その上それらを記録に書きとゞめて、私に与へた。『聞き流すと云ふのは好い事でない。貴方は此の記録を時々読み返して、自分を善くするやうに努めなくては……』

教員はその後、五回ばかり、例の処女と面会した。そして記録はその度に増補されたのである。

……………

盗みをした処女に就ての記録

此処では教員が幾らか観念化して書きとゞめた所の、哀れな処女の経歴を掲げさせて貰ひたい。

『……私《処女自身》は考へて弁解致すのではありませんが、それでも之丈は申し上げたいのです。私は初めから悪い人間では御座いませんでした。誰だつて、さうで御座いませう。悪につけ、善につけ、それを段々と強くして行くためには相当の時間が必要なのは何より明らかで御座います。悪行さへ、幾らか習熟を要すると云ふ事は、少くとも私の場合では真実で御座いました。或る人は申します、悪行をなすには放任で足り、善行をなすには教育が必要だと云ふ風にね。けれど、悪行をすゝめる養成所と云つたやうなものが、此の世には沢山あるので御座います。皆包まず、お話し致しませう。実は斯う云ふ訳なのです。

私の真の母親が私を妊娠して居りました頃、私の父と云ふのは何か商買の上で大きな損を招いて、母を置き去つたまま、何処かへ出奔して了つたのです。残された母は妊婦預り所へ泣き入つて、絶望と悲愁の中に、私を生み落したので御座いました。それから私は炭屋へ貰はれて行き、其処から又或る煙草屋へ遣られた相でした。所が物心のつく頃になると、私は場末の或る小さい小鳥屋の子になつて居りました。私は殆ど本能的に哀れな生物を愛する事が好きで御座いました。細かい粟粒を赤い嘴で嚙むで、皮丈を吐きすてる紅雀や、大豆程の卵を生むでは一生懸命に孵すカナリヤの母親なぞを可愛がつて眺めますのは、私の一番大きい楽しみでもあり、淋しい時の慰めでもありました。

それから鳥達の個々に就て、その性質を看察し、それをよく飲み込むでやるのは、私に取つて何んなに大きな仕事で御座いましたらう。小鳥の心配、不満、恐怖、安心、満足、そんな気持を察してやり、それ〴〵適当な取り扱ひをしてやるには本統に熟練と愛情とが必要なのでした。

或る鳥は羽が絹のやうに美しいのに、唯もう粟と水と丈で満足して居りました。「まあ何うして、味のない水と穀類と丈が、あんなに美しい生命に変るのだらう。」と私は好く思ひ、嘆息しました。又或る鳥は意地の悪い顔をしてゐるのに、牛乳をかけた御飯でないと食べず、他のは棒の形に固めたスリ餌でないと不満な様子を致しました。「何て贅沢な鳥達だらう。山に居た頃は何うして暮してゐたの。」と私はフザけて笑つた事も御座います。

斯んなにして十八になる迄、淋しく暮して来た私は、偶然な機会から、本統の父親に見出され、その方へ引き取られる手筈になりました。私は何んなに喜むだでせう。之から今迄知らなかつた愛情の国に住めるのだと思ふと心も落ち着きませんでした。移つて行つた父の家には、もう一羽の紅雀も居ては呉れませんでしたが、その代りに私の実母ではない若い母親が待つて居りました。そして小鳥たちを見失つて、唯の雀をでも見るのをせめてもの楽しみにして、天を見送つてゐる私へ向つては、「お前のやうに小さい生きものを可愛がつたり、恋しがつたりする娘はないよ。きつとお前は石女だらう。」と申しました。それはもう詰らない云ひ伝へに過ぎませんね。いゝえ、お話はもつと別の事で御座いましたつけ。（けれど私は石女かも知れませんわ。）

一緒に住むで見ると、私の父と申すのは、本統に悪い人でした。あゝ、もし、父さへ善良な気質を見せて呉れたなら、私は何もあの復讐の心を抱くやうにはならなかつた筈ですのに……。いえ、復讐と申すのは、あの事なのです。妊娠中の母を捨てゝ、音信もしなかつた不親切、私はその事から、父を怨み初めるやうになつたのでした。父さへ母を捨てなかつたなら、母だつて私を妊婦預り所へ置き去りにして、行衛不明にはならなかつたで御座いませう。母は唯、父の真似をしたのだ、それで私は孤児になつたのだ、と斯んな風に感じたのでした。考へれば、私が小鳥屋へ貰はれて行つたのは、斯んな父の手で育てられるより、幸福でした。一羽の無心な小鳥が悪いそして凡庸な教育者よりも善い事を教へて呉れると云ふのは、もう本統のお話しですもの。だのに、私は矢張り、変化を望み、新らしい世界にあくがれました。孤児である事を悲しむ余り、幸福な身無し児であるよりも、不幸でも親のある児を、一層幸福なものと考へました。之は一寸妙な考へ方で御座いますが、貴方が若し孤児であるなら、直ぐと同感して下されるやうな分りきつた心持なのです。

父は中途から彼の家庭へ入り込んで来た私を愛しては呉れませんでした。少し位かばつて呉れても、憎まれてゐると思ひ取るのが、不遇な娘の持ち前なのですもの。私は始終父に憎まれてゐるのだと判断しましたが、思へば、それが過ちの初めでした。

私は父へ向つて軽い憤りを感じました。何故小鳥屋に満足して暮してゐた娘を、こんな所へ引張つて来たのか？貴方の仕打と貴方の心持とが一寸も私には理解出来ない。

理解が出来ない。――そしてお互ひが段々高慢に自分の立場丈を守るやうになつて参りました。然も之は愛着で離れ難い肉親の間に起た事なのです。あゝ、もつと急いで話しませう。

一番悪い悲しい事実は父が大勢の気味悪い男達を集めて、私の家で開く賭博で御座いました。之が初まると私は直ぐ小鳥たちの事を思ひ出して泣きました。直ぐにも喧嘩し相な人が、その心をじつとこらへ、話し一つせずに、眼を赤くして時間を過してゐるその有様、私は自分迄息がつまつて、身動きも出来ぬやうでした。之は何と云ふ物凄い殺気だつた静粛でせう。聽てシク〱と泣く細い声なぞが聞える頃、静かに一人づゝ、二十分丈時間を置いては帰つて行つて了ふのです。一人残つた父へ私は縋りつきました。「何うか、それ丈はやめて下さい。」私は涙を飲むで愬へました。賭博が悪いものだと云ふハツキリした思想からではなく、あの二十分間ごとに一人づゝ帰つて行く人たちの淋しく絶望した、殺気だつた顔が恐くて仕方がなかつたからです。何か復讐のやうなものが起りはしないか？私はそれを何より心配致しました。父は此の道の名人で、一回損をすると、四回は得をしました。そして、一回丈する損も、何だか態々やる計略らしかつたのです。

父は何故かその時大変に不快な顔をして居りましたが、いきなり、私を蹴倒して、肩へ痣をこさへる程強く、室の隅へ打ちつけました。

私は処女の身体と云ふものを大変大切にする質だつたので、恐ろしい悲愁の中にも、実に明かな激怒を感じたので御座います。

「覚えてお出でなさい！」と私は倒れた儘で申しました。

三日目の晩、父の元へは又しても暗怪な男たちが猫脊をして集つて来ました。彼等は燈火の光を厭相に眉へ皺を寄せて見やり、又独り言を呟いて、静かに！と注意されたりしました。皆が皆背光性の虫か長い魚の様でした。

「覚えてお出でなさい！」私はその言葉を考へ続けて居りました。私は思ひ切つて外へ飛び出し、夜更の町を通つて、警察へ此の事を訴へました。大勢の人は巧みに逃れましたが、父丈は酔つてゐた為めに捕へられて了ひました。

斯んな忌はしい事件が起つて後、若い母親の機嫌は大変嶮しくなりました。「お前は父親を罪人にした不孝者だ。何して此の仕損じを償ふか。」と私は責められました。そして私の良心も堪へられぬやうな手痛い傷を受けて悩み初めてゐたのです。私は真にあの罪の憎む可き事を考へて警察へ訴へたのか？それとも父へ向つて母と自分との受けた侮辱を復報するためであつたか？それが混乱した頭には分りませんでした。

その中に父が監獄から帰つて来て、大きい荒立つた声で申しました。

「娘！貴様に今日からバクチのやり方を教へてやるぞ！馬鹿！お父さんに勝てる迄修業するんだ。さあ、やれ、斯うするんだ！」

私は泣いて謝罪しましたが、気の荒立つた父は何うしても肯きませんでした。監獄へ行く前よりも一層多くの悪辣と薄情とが父の心を横行して居りました。

父を懲役人にした事の悔恨は益す私の胸に響きました。そして何が善で何が悪かも分らなくなつて、唯済まないと云ふ心持で一杯になりました。私が父の命に服従し、父の荒立つた心を少しでも慰め、又鎮めやうとしたのは実にその為めだつたのです。

私はおハナを習ひました。肩を打たれ乍ら色々の秘術を教授されました。あゝ細い事は申せません。私は唯上手になつて了つたんです。男の中へ入つて一度敗れば二度勝つやうになつて了つたのです。

あゝ父は私にいやらしい事を云ひつけたのです。「帳場へ坐つたら、若い女はなる可く膝を崩せ！」、と云ふのがそれなんで御座います。さうすると若い男たちの注意力が二つに割れて分れて了ふ、勝負に必要な思はくや相手の持つてゐる札の種類を皆忘れて了ふ、と云ふのが父の考へなので御座いました。

私は悲しくて泣いてゐると、何時も後ろから蹴られました。そして、或る夕方、私の家へ隣りから飛んで来たハンケチを、私が拾つて返さうとしました時、継母が「一寸お待ち、」と云つてそれを取り上げると、又父が私を蹴りました。

「私は鞠ぢやないんだよ！」と私は悪い女のやうに憤りました。

「人間だつたら、人間なみになれ。あすこにもう一つ干してあるハンケチを取つて来て見ろ！」

私はこの時、自暴自棄な気持になつて、隣家の様子を伺ひました。そして、あゝ何を致したでせう。ハンケチを盗み取つて来ると、それを旗のやうに振つて父親に見せびらかし、それから母親の頭へフワリと冠せると、狂的な笑ひ方をして、その場へ倒れ、足で壁をたゝいたので御座いました。

父は腹の底から出て来るやうな深い笑い方を致しました。カツギを冠つた母は何だか踊りの手拍子のやうな事をして見せました。

それは滑稽で御座いました。けれど之が滑稽であつて宜いのでせうか。

「悲しいな、悲しいな、小鳥は何処へ行つた。」私は斯う思つて外の空を眺め、もう自分が大変に悪い女になつてゐるのを悲傷し、せめてもの罪滅ぼしに遊むでゐる小雀へ米を投げてやりました。

けれど、もう駄目だつたのです。鏡を見ても、耻かしい気も起らなくなりました。「なあに、仕たい事は何んでもするが好い、それから仕たくない事もどん〱とするが好い。」私はそんな風に叫むだので御座います。

私は二度上手に物を盗みました。そして三度目に、未だ手馴れぬため、あのセルロイドの櫛を取り損つて了つたのです。お許し下さい。お許し下さい。私には皆分るのです。柔しく色々と教へて頂いて、又智慧の光が私には見えそめて来ました。私は悪い女で御座います。私の悔ゐは本統に強く湧き起つて居ります。あゝ、嵐の中の若木のやうに、私の心で、そして体で、こんなに悶えてゐるので御座います。あの若い商人の方が許して下さると仰言るので、私は余計につらく、身がいたくてなりません。』

哀れにも虐待された処女は斯う物語つて涙を拭いた。

小鳥を愛撫することで、薄倖の中にも、或る静かな慰安を感じ、それによつて、強い僻みから逃れて来た美しい霊が、急に陰惨で極悪な境へ迷ひ込み、四囲に漂ふ闇黒のために霊の表面を汚染されると云ふのは何と痛む可き事実であらう。然し、幸ひな事に、汚染されたのはホンの表面丈に過ぎないと云ふ新らしい発見が私《教員》を何よりも強く勇気づけた。私はよく考へたのちに、処女へ向つて慰安になるやうな次の言葉を与へたのである。

『余り心配なさいますな。心は労れ過ぎると又分別を取逃すおそれがありますからね。今は寧ろ安心するやうに努め、之から来る幸福をお考へなさい。それが直ぐ来ないでも遠くに見えると云ふ事は、すでに幸福の一種ではありませんか。きつと、貴方は善くなれます。そんなに貴方の心は美しいですもの。

盗みと一口に云へば、人々は何んな盗みをも一様に思ひ取り、其れは悪い事だと、顔を反けますが、人の心が複雑であればある程、盗みの種類も多く、又差等がなければなりません。

私は斯う云ふ話を聞きました。一人の有名な画工が、一人の熱心な弟子を持つてゐましてね。或る時、二人して同一の林檎を写生したのです。すると、師匠の方のは発色が鮮かで、本統の果実のやうに出来たのに、弟子の方のは色を余り重ねたので濁つて汚くなつたのです。それで師匠は一寸した軽蔑を以つて、弟子の画を批評したんですね。弟子は傲慢な質と見えて、カツと顔を赤くしたんです。師匠は生意気な弟子を睨めると、「君の絵より、その顔面の朱の方が発色が好いぢやないか?」と申しました。それは本統に同情の欠けた言葉に違ひありません。弟子は立ち上つて申しました。「先生は何か秘密な高価な絵の具を使ふのです。それを私に教へないんです。」

「馬鹿な!もつと技巧を練りなさい。すると絵の具が云ふ事を聞いて呉れるやうになるんだ。ブラツシユへ入れる指先の力の工合で発色が異つて来るのだ。」師匠は斯う云つて、手を洗ふために画室を去りました。独りになつた弟子は、いきなり師匠の絵の具箱の所へ飛んで行つて、林檎の赤い色を表すために使つたギヤランスフオンセと云ふ絵の具のチユーブを握り締めてね、中の絵の具を二寸も押し出して、やり場に困つたものだから、自分の口の中へとナスリつけて了つたんです。

貴方、分りますか？之だつて立派に盗みの一種です。けれども、此の盗みの原因を考へて同情のある許しを与へると云ふ事は我々に何れ程必要だかを知つてゐねばなりません。

此の弟子の心には先づ第一に嫉妬、それから疑念、それから憎悪、怨恨等が渦を巻いてゐたのです。そして重に嫉妬が原因となつて盗みをして了つたのです。当の絵の具が欲しいのではない、先生と同じ技能が欲しいのに、やはり行為の上に表れて来た事を見ると、絵の具を盗むでゐるんです。人間と云ふものは無形な事を有形にして表す傾向を持つてゐます。彼等は具体的に事を為す性質に災ひされてゐるのですね。

分つてゐます。貴方が盗みをするやうになつたのも生来の本能からではないのです。何か無形な怨恨が形の上に表れて来たのに過ぎないと私は解釈してゐますさあ！未来を余り心配しないでね。臆病にならずに、正しい方へと歩き返して下さい。

自分の罪や過失を思ひ出す程つらい事はないけれど、又、之からが正しくならうとする勇気を見出す程晴々したものはありません。

貴方は悪いお父さんに対抗し、悪くなつて行く所を見せつけて、競争し、復讐しやうと云ふやうな心持を抱いたんでせう。いえ、さうハツキリと意識せぬ迄も、矢張り、そんな傾向を取つてゐたらしいではありませんか。

卑屈と戦ふに卑屈を以つてするならば、善良なものゝ方が敗北するのは当然です。貴方は敗けました。そしてそれこそ貴方の心の奥にある善良を証して余りあるものと云へませう。』

『何んなに仰言つて下さつても。私は盗人より以上のものでも、以下のものでもありません。もう普通の、何の理屈も弁解も入用でない盗人です。私はあの櫛が唯欲しう御座いました。そして取つて了つたのですもの。あゝ、けれど…』

女性は此処迄語ると、急に驚いたやうに調子を変へ、そして口早に叫むだ。

『あゝ、あの子が悪いんです。あの子が私に取りついてゐるんです。』

『誰、誰の事を云つてるのですか？』

『隣りの子！あの可哀想な子は走る事の出来ないナマコのやうな畸型児で両手の指が三本宛しきやないんですもの。涎や目脂をたらし、アア、アアと丈は云へますけれど、その他の事は何も分らないんです。何時も臥るか柱によりかゝるかしてゐて、私を見ると、息を切らせ乍ら、這ひ寄つて来るんです。そして三本丈の指で私をツメるんですわ。』

『其れは夢で見た事のやうですね。』

『いゝえ、本統なのです。あの骨なしみたいな、癩病みたいな顔の子が、私は初め恐くていやでね、それから、今度は好く見るともう可哀さうに思へましてね。夜いつ迄も眠れないと、その子の事が幻に浮むで私ハツキリとは分らないけれどその為めに、初めての盗みを思い立ちましたやうですわ。小さい泥の人形を私は夜店から取つて来て、そして、恐ろしいものを捨てるやうに、隣りの子へ投げつけたんです。けれど、今の私は自分の為めに櫛を盗まねばならぬやうな心掛けになつて了つてゐるのでした。いえあの三本指の子に罪を押しつけやうとするのではありませんけれどね、あゝ私は自分で自分の考へが分らないのです。唯、あの子のむくんだ醜い姿、それから、その子と遊ぶ腫物で毛の抜けた盲ら犬の姿、そんなものが、毒のやうに私の体に泌み込んで離れないんですわ。私は伝染して了つたのです。其れ等のものへ同情してゐるんでなくて、もう一緒に捲き込まれて了つてゐるんですわ。それにねえ、懺悔しにくい事ですけれど、あの畸型児の父に当る人が、……』此処で女性は又言葉を切り、体をよろめかして、私の肩に頬を当てた。

私はその話の先を続けるやうにとは促さなかつた――何故なら、彼の女は恐らくもう処女ではないと云ふ直覚が悲しくも私の脳裡を掠めたからである。私は心を変へて斯う効つた。

『私は貴方をもう一度丈小鳥の間に住まはせて上げたく思ひます。貴方さへよかつたら、お父さんと相談して上げてもかまひません。』

『……畸型の子の父親は……小刀を持つてます。そして、あの若い商人の方は……私の落ち度を堅く握つてゐらつしやるんですわ。』女性は私の言葉とは掛け離れたある恐ろしい妄想に耽けつてゐるらしく、眼を上釣らせて、黒い天空の一点を見つめた。

他人の楽しみ

幾月かゞ風や雨と一緒に過ぎた。そして風や雨は、私の心の中にある悪辣な部分丈を洗ひ去り、従つて善良な部分を明瞭に表面へ洗ひ出して呉れたやうに思へるのであつた。

私は刃を以ってする復讐を断念する為めに、何度か、あの免職教員の親切な助言を煩はした。そして、兎も角も、口頭で怨みを返し、反省を促すために、院長の子息に面会する機会を探した。

子息は彼自身が私の妹を愛してゐた事、愛してゐた許りでなく、もつと深い関係に迄も入つて行つた事、それは重に彼の女の正直と低能へ向けられた同情に起因する事、院長の方は決して妹を自由にした証拠及び噂さのない事等を、悩ましげに頭をおさへて物語り、それから、もう一つ思ひ掛けぬ驚きを次のやうな言葉で私に与へた。

『父は貴方に骨の壺を見せたと云ひますが、それは真実ですか？さうです。父は貴方へ向つて何か秘密なそして重要な事を打ち明けたかつたんです。けれど、その目的を思ひ切つて決行する勇気がなかつたらしいんです。死に際に、その秘密のホンの端緒丈を私に洩らしかけたが、直き息が苦しく詰まつてね。話が途切れ途切れになつたものだから、私にも好く判断がつかないんですけれど、何でも、貴方は私共の身内なんだらうと私は思ひますね。えゝ、それ丈はもう確かなのです。父はそれを貴方に打ち明けたくて、あの骨の壺迄も貴方に示したに相違ありません。』

『では、あの骨は誰れのだと仰言るんですか?』私は疑念で顔を曇らした。

『勿論、あの頭蓋は女性のものですよ。今度の火事で、なくなつて了つたが、実に惜しい事をしました。あれは何でも異常に美麗だつた女性の骨です。私は三度も取り出して見たけれど、何時も、あの端麗な骨相によつて、それが生きてゐた日の好く均斉のとれた美貌をも思ひやる事が出来ました。』

『では、その女性の顔と私の顔とが似てゐるとでも仰言つたんですか――院長さんが――』

『まづ、そんな訳になるでせう。いや、さうだ。さうだ。それに違ひない。あの女性こそ貴方の母親だつたんではないでせうか。勿論、よくは私にも分らないが……』

『造り事はおよしなさい。それは空想の過剰から来たものに過ぎない。私に云はせれば、斯うです。院長はあの骨が生きてゐた頃、それを愛してゐたに相違ない。所が、その女の顔が私と似てゐたのに気附いて、妙な追想に耽り、私をも愛着するやうになつたんです。唯それ丈です。私が紫の室に臥てゐた時、そこへきた院長の挙動や眼附でもつて、以上の推察を下し得るんです。』

『いや、事件はもつと複雑に違ひない。あの骨の女性は父とその兄との共有物、もしくは互ひに争奪しあつた宝石だつたんです。此の事は父が前にも三度程打ち明けたのだから、疑ひない話です。それで父の兄は極く秘密に女を殺したんですね。それも父の話の様子で大概推察されるんですが。貴方分りますか?』

『私は何も信じません。好い加減な芝居をかく事はお止しなさい。私は唯、貴方の反省を促すんです。』斯んな風に話は再び当の問題へ戻つて行つて了つたのである。

それから間もなく私を何より不快にしたのは、院長の子息が可成りな金子を持つて上海へ渡つて了つた事件であつた。けれど、私は最早、その跡を追ふまいと諦めた。又追ふにしても、それ丈の金が懐ろにはなかつたのである。私は再び憤怒に似たあるものを感じ、自分の不甲斐なさを悔ゐ初めた。ハムレツト風な憂悶は絶えず私の前額を蔽ひ、眼の光りを曇らせた。

『妹よ。許して呉れ!あゝ私が悪い。そして周囲が悪いのだ。空間も時間も皆間違つてゐるのだ。』

私は斯う呟きながら、不図ある一点を注視した。あゝ、そして私は自分の悪い疑念を鞭打つた。

私は何を見たのか?骨の壺に刻まれたアラビヤ文様の幻影で

あるか?或ひはある美女の幽霊であるか?それである、一人の美しく若い処女――それがあの免職教員と睦まじく肩を並べ、向うの方へと曲つて行くのである。

あれは盗みをした可愛い娘ではないか?何故今頃、教員に用があつて、面会するのか?何故二人はあんなに楽しさうなのか?

あゝ、そして私は何んなに惨めに沈みかへり、妹を手元から失ひ、敵をこの街から逃して了つたか?私の慰安は一体何処にあるのか?前に関係した二人の姉妹も絶交を申し出し、そして、行衛をくらまして了つてゐる。あゝせめて、あの妹娘の方丈でも、私の傍らに居たら……

だのに、彼処を見よ。若い教員、そして新鮮な美女!二人は一緒に巣を造る二羽の小鳥のやうに見えてゐる。おゝ、あれは教誨する師と、懺悔する教へ子の姿ではない。たしかに無い。

嫉妬?それに似たものが暗い雲のやうに私の心を埋めた。私は勢ひづいて二人の影を追ひ駈け、そして二人の間へと、無遠慮に割り込んで行つた。

処女はいじけた小鳥のやうに顫へた。そして教員は?彼は沈鬱な表情で私を見上げた。私は男の方へは注意せず、女の方を真正面から眤と見てやつた。彼の女は消え易い雪の様に素直で臆病であつた。何うして斯んな大人し気な女が盗みを働いたか?それは一つの大きな疑問である。

『ミサ子さん!』と私は馴れ馴れしく云つてやつた。『ミサ子さんとは、何て好い名だらう。あの晩に教はつた名ですね。』

教員は険悪な風向きを見て取ると、私を慰撫するやうに口を入れた。

『あゝ、心は微妙な丈に、又毀れ易いものです。さあ、此の娘さんの心を掻き乱さないやうに、二人で愛して上げねばいけない。』

『二人で愛する?』と私は眼を赤く怒らして、教員の前に立ち塞がつた。けれど、不意に自ら耻ぢると、主人に会つた犬のやうに、私は大人しい表情に戻り、それから静かに処女の方を振り返つた。

あゝ、その時である。その処女が私を強い恋着の眼で見つめて居たやうに思ひ取れたのは……けれど私はそれを気にしなかつた。いや、自分の見ちがひ、もしくは思ひちがひであると信じて了つた。

私は落ちついて、別れの言葉を告げ、二人をうしろにして、他の路を取つた。淋しい心から、頼り所のない気持が湧き上つて、斯う私に問ふやうであつた。

『何うしたのだ。あれは、あの女性は誰れが初めに見つけたのだ。え?返辞をして呉れよ。誰れでも好いから、私に話して呉れよ。私はあんまり強い淋しさに打たれてゐるのだ。』

崖上の愛

私の怨敵は何処へ隠れたか?

斯う叫むで闇の中を見詰める時、何かに悶えて泣き悲しむ院長の息子の幻を透かして、もう一つ他の形が見えて来るのは何故か？

私は恐れる——強烈な淋しさが凝集して、私の心の中で一つの形を取ると、それがミサ子の羞かみ怯える姿になつてゐるのである。

私は苦しがつて長い釘を柱へ打ち込み乍ら、困つた、困つたと云ふ嗟嘆を繰り返した。

けれども、結果は何うなつて行つたか？もう急いで早く語つて了ひたい。

先づ私は我慢が出来なかつた。その為めに心が紛乱し、得体のしれぬ憎悪、嫉妬、侮蔑のやうな感情が荒立つ儘に委された。そして到頭私はミサ子の家の近くへ迄、悪い霊に誘引されて、足を運むだのである。

二三夜は無駄に過ぎたが、四日目の闇夜、私は外出する彼の女を堅く捕へた。

尋常でない畏怖の表情を以つて女性は昵と私を見つめ、そして私の眼の中に麻酔薬のやうなものを感じて昏倒しかけた。『いけません！それは、あゝ私には堅い約束があるんです。どうぞ、許して下さい。私は貴方のお情けに縋つてお頼み申すのです。あの約束が……』女性は顫へた声で囁いた。

早く話して了ふ。私は女性の倒れかゝる体を腕でさゝへ、彼の女の顔の上へ、自分の顔を持つて行つた。羞恥と恐怖のために燃える女性の頬から、カツ気が湯気のやうに上り、私の頸の両脇へと分れて行つた。

何故、女性が私の恋愛を拒まなかつたかと云ふに、之には二つの理由があるらしい。一つは私が無条件で彼の女の気に入つた事である。もう一つは、私が彼の女の罪を許し、又私の悪い謀み——即ち、彼の女の罪を云ひ掛かりに恋愛を遂げやうとした事——を後悔して、改心してゐると云ふ話を教員から聞いてゐたからである。

『改心さへすれば、その人は洗はれたやうに奇麗になる。』と云ふ思想を彼の女は、自分自身から推し量つて、私の上に迄及ぼしたらしく思はれる。

斯様にして、私は悪い謀みに依つたならば恐らく却つて失敗したかも知れぬ情事に、造作なく成功して了つたのである。之は何事であらう。然も私には純真な恋慕の情と云ふものが全く欠けてゐるではないか！嫉妬のやうなもの、怨嗟のやうなもの漠然とした復讐のやうなもの、それからあの柔和な教員の早手廻しに対する見せしめのやうなもの、之等が私の恋愛を形成する主要な元素であるとすれば、私はあの改心した美しい処女を、再び闇の底へ引き戻し、『悪の教育』を施してゐる事になるのである。

何うするのが最良の方法なのか？私にはもうそれが分らない。唯斯んな恐ろしさが悉く事実であるのを認め得る丈である。

三度目に女性と密会した時、彼の女は最早何も恐怖しない程に進むで了つて居た。其れに何で無理があらう。彼の女は盗みを為し得る程の女性なのだ。それに私を心から慕つてゐるのではないか。

『貴方は、あの初めての晩、私を厭がつて、何だか他に約束があるつて云ひましたね。約束とは何ですか？云つて下さい。貴方はあの教員と何か云ひ交したんですか？』私は断崖の上に立つ所の亡びかけた森の中へ入ると、彼の女を詰問した。

『許して下さい！』

矢張りさうであつた。彼の女は近い内に、再び小鳥屋へ引き取られ、それから教員と結婚する約束になつてゐたのである。

『けれどねえ。あの方は私を本統に愛してゐるんぢやないんですわ。唯私を哀れに思つて下さるんです。皆、義侠心から出た事なんですわ。それから、貴方は貴方で……私を矢張り愛して下さらないんですもの。私分つて居ります。貴方は唯邪魔がなさりたいんですわ。』

『お、…』と私は自分とそして彼の女に驚きの目を向けた。

『邪魔？』と私は繰返した。

『さうですわ。だから、貴方は私と斯んな関係になつて居ても、結婚はして下さらないんです。いえ、却つて、あの先生の方へ思ひ返してお嫁に行けと仰言るんですわ。あゝ、私は何て気の弱い女でせう。落ち度《ど》……あの落ち度のために、あの落ち度以来私気がひるんでゐるんですわ。私は何うしても貴方に抗ふ事が出来ませんでした。そして、今では……一生でも貴方と一緒に居たいと云ふ儚い願ひで一杯なので御座います。』彼の女は涙を袖に受けて泣き続けた。

『では私が勝つたのですね。』私は自分で斯う云つて、その残忍な言葉に自分から恐怖した。

『勝つた？何に？誰れに？私に？あの方に？』と逆上した彼の女は早口に叫むだ。

『けれど、あの教員には私も大変恩になつてゐる。私は貴方をあの人から盗み取るやうな不義理は出来ないんです。』

『不義理？出来ない？それでは、何故、何故、斯んな事をなすつたんですか？』

『許して下さい。私は何うしても我慢が出来なかつたんです。許して下さい。そして、あの人の所へ行つて下さい。何も彼も秘密にして……』

『私は、斯うなるのを予期して、もう早くから諦めてゐました。貴方はもう私を嫌つてお出なんです。皆察しがつきますわ。貴方は三度目に会つた時、もう私に厭きてゐるんですね。何て悲しい、けれども吹き出したいやうな可笑しさでせう。斯んな事がさう方々にあるとは思へませんわ。』

『貴方はもつと素直な花嫁になつて下さい。私が邪魔をしやうが、すまいが、何うせ貴方は初めから処女と云ふ訳ではし……』

『何です？聞えませんでした。も一度、も一度、云つて下さい。』彼の女は私の胸に喰ひついて来た。そして、私の顔を昵と窺つた。闇が濃く流れて、何も見えはしなかつた。

私は厭きて了つたのである。
彼の女は諦めてゐて、それを恨まずに唯泣いたのである。
お、何たる奇怪な夜であつたらう。

恐るべき微笑

狂暴な悔恨が再び私の胸を喰ひ破り、肋骨を痛めつけずにはゐなかつた。何う云ふ風に彼の女へ謝罪す可きか？何んな風に教員へ弁解す可きか？それとも、一層何も云はず、一切を秘密に付し、私丈他の都市へ去るのが、皆の幸福となりはしないか？

私は出来る丈善い行ひをしやうとして、然も斯んな恐ろしい罠へ落ち込むで了つてゐる。脳髄は腐敗して了つたやうに、もう役に立たず、思考力を集注しやうとすると、軽い眩暈が起つて来る丈であつた。

けれど、そのような懊悩は一ケ月位で消散し初めた。そして、私の眼前には時間につれて色々の事件が生起した。ミサ子は約束通り教員と結婚し、悪い父親とは金銭を与へて縁を切つた。若い二人は大変睦まじく日を過してゐるやうであつたが、何故か急に転居して、居所が不明になつた。私はその頃遠慮して教員を訪ねた事もなかつたのである。

転居と同時に、ミサ子の行衛が不明になつた事、誰かゞ、何処かの停車場で、彼の女を見掛けた事、彼の女は汽車の中に眠つてゐて、下車す可き駅を乗り越してゐた事、なぞが噂された。私は淋しい悔恨の生活を続けつゝ、それらの話に可成りな注意を払ひ、興味以外の同情を以つて物を見るやうに心を落ちつけてゐたのである。

俄然、もつと大きな破壊が起つて来た。

私は考へる事が出来ない。けれど、起つた事は凡て悲しい事実なのである。

ミサ子は森のある断崖から、何丈か下の砂路へ飛び降りて、自殺を計つたのであつた。

彼の女は死に切れないで、病院へ連れて来られた。けれど大きい怪我――肋骨が破れたらしい――は、もはや彼の女を三日と此の世に置く事を許さなかつた。

教員は何時もの柔和な言葉つきで、彼の女の死ぬ前に一度丈会つてやつて呉れと私に嘆願した。

『何故です？』と私は恐怖してたじろいだ。

『今度の事件は少しばかり貴方にも関係があるやうに思へますし、屹度ミサ子は貴方に会ひたがつてゐるに相違ないのです。』

之等の言葉の中には一つの怨恨も憤怒も含まれてゐなかつた。それどころか、教員の眼の中には、澄むだ涙が湧き起つて来て、私に憐れみを乞ふてゐる如くにさへ見えた。私は顫へて彼の肩に靠れ、進まぬ足で病院に向つた。それから？

『さ、貴方の待つてゐる人が来たよ。ミサ子！』と教員は悲愁の限りを尽して云つた。けれども人事不省に落ちてゐるらしい女性は眼を開く事が出来なかつた。之は何たる急激な変化であらう。

教員は深い嘆息と共に、私の方を顧み、そして世にも哀れな面持で、語り継ぐのであつた。

『聞いて下さい。お丶見て下さい。この凄じい痩せ方を!家を出る時、たつた一円八十銭しか持つて居なかつたミサ子は、それを全部出して、汽車の切符を買つて了つたのです。何故汽車へ乗つたか?何処かへ逃げる積りだつたのか?さうではない。唯進退谷つて、もう行き場がなくなつたのです。世界は斯んなに広いのに……罪と痛みに追はれる者は、その中に安心して住む所を見出し得ないのです。可哀相なミサ子!お前は何処か遠い停車場迄用もないのに乗り越しをして了つた。それから、きつと歩いて息を切つて、再び此の街へ帰つて来たのだ。お前はそんなに無駄な骨折をしながら、迷つて泣き暮したのだ。きつと野原や知らぬ家の物置やに眠らねばならなかつたらう。あ丶誰れが云ふか——野原に寝る少女は不良だと!いや、その少女を野へ眠らせるやうにする私達の方が……私の方が……何んなに不良だらうか!見てやつて下さい。見て……。僅かな日の中に、ミサ子は斯んなに痩せ細つて、年を取つて了つた。悩みで痩せ、それから断食で細つたのだ。何処かの泉で飲むだ水は、皆涙になつて了つたんだ。斯んなに眉毛が取れて了つて、そして、恐しい事に、髪の毛があんなに抜けて落ちる。

断食……ミサ子は業と食べずに居たに相違ない。死なうと思つて断食し、死なうと思つて歩き廻つたのです。そんな悲惨な事があつて好いものだらうか?然も、此処にある。此処に厳として存在する之は何ですか?

私は何うすれば好い?ミサ子は私の家へ来るより、残酷な父の元にあつた方が幸ひだつた。父の家にゐるよりも、あの小鳥屋の店にゐた方が仕合せだつた。取り返しのつかない事ですが、私は交ひの紅雀を斯うして病室へ運んで来ました。来るには来た!だがもう見て呉れる眼が閉されて了つてゐる。』

気が附かずに居たが、窓際には小鳥の籠がかけてあつたやうである。ハツキリは分らぬが、何でも、あの小鳥の鳴き声——節の終りの所で、物問ふ様に、調子を上げるその声が、恰度、悲愁を持つた懺悔の聖歌の如く、私の耳へ幽かに入つて来るやうであつた。

だが、その事ではない。鳥の声なぞは何でもない。私は、もう言葉が出ない。何んな風に云ひ表はさう。戦慄なぞと云ふ文字さへ、一つの弱々しい遊戯としか感ぜられぬではないか。恐怖、驚愕、そんな文字が何か?私の心持の何十分の一が、それに依つて伝へられやう。

駄目である!私は歯痒くてならない。

聴き手よ。貴下は竜巻を見た覚えがあるか?黒い煤のやうな雲が、地面の直ぐ上に迄降りて来て、砂が一本の筒のやうに上へ吸ひ上げられ、其処に迷つてゐた幼児が帯を持ち上げられたやうに、空中へ飛ぶ様を見なかつたか?或ひは大きな塔が割れて、その裂け目から、青と赤との焔が出る所を見なかつたか?

或ひは、さうだ！重い馬力車に老いた女が轢き殺されて、貴方の眼前で血を鼻と眼とから流し乍ら、見る間に生から死へと急転する顔面の凄じい色を目撃した覚えはないか？

　そんな時の恐怖や驚愕や戦慄に数倍した渦乱のやうな激動を、私は身体の凡てゞ感じたのであつた。

　何と云ふ凄惨な有様。そして、之が私と密接な関係を結むでゐる。それが恐ろしくなくて好いであらうか！

　床の上へ落ちてゐる毛の一本さへが、私の爛れた心を針のやうに刺す。そして、何万本と云ふ髪の毛が――全く光沢を失つて、ミイラのそれのやうに、ベツドから垂れ下つてゐる。私は血が凍り、唇や鼻や眼の球が冷たくなつて行くのを感じた。

『ミサ子さん！』私は思ひ切つて絞り出すやうな声をして彼の女を呼むだ。あゝ実にその時、その瞬間、ミサ子の眼は静かに開かれ、そして私の方へと柔和な視線が流れた。それは見る間に、物凄い絶望の色を示したと思ふと、又静かな物柔かさに戻つて行つた。此の微細な雲行！

　おゝ、彼の女はその時、笑つた、笑つたのである。微笑むだのである。奇蹟のやうに、神秘に、不思議に、意味深く、淋しく、柔しく、純真に、後悔してゐるやうに、（そして何よりも明かな証明だ。）深く深く私を愛してゐるやうに……

『ミサ子さん！』私はよろめいて彼の女の方へ進むで行つたが、又厳粛な心に釘付けされて、その儘真直ぐに立ちすくむだ。

　軈て静かな微笑は消えて行く煙のやうに、彼の女の痛ましい顔面の上を去つた。再び眼は閉じられ、苦し相に顎を動かしてする呼吸のみが聞き取れた。淋しく、哀れ深く……

『可愛想に、貴方の声を好く覚えて居て、あんなに柔しく微笑むだのです。』教員は手を顔に当て、我慢しきれない泣き声を圧へた。『之で、もう直き死が来るでせう。安心して死ねるでせう。』

『許して下さい。』と私は顫へて彼の女に縋らうとし、又教員に寄り附かうとした。けれど私の足は堅く釘附けにされ、私の腕は縛られてゐるやうに動かなくなつた。

　それから何うして、其処を逃れ出したのか、私はもう語る事が出来ない。唯明白なのは私が駈けて、そしてあの断崖の近くへ迄行きついた事実丈である。私は風で揺れ廻る長い草の中に身をひれ伏し、雲が低く動く空へ声を放つて泣いた。心は狂ひ、苦しみ、鞭打たれた。眼は何か黒い流れや斑紋を幻覚し、あらゆる血管を後悔の蛆が游ぐのを知覚した。

　微笑！それが恐ろしいのである。何んな怒りの形相が私をそんなに迄身顫ひさせ得るだらうか？誠実な微笑！私の体は痛み、私の身は皮を剝がれた蛇のやうに藻掻いてゐる。その微笑！一番純真なものが、私の汚れた行為に対して報ゐられてゐる。あゝ、その一瞬の微笑に一生の生命が賭けられてゐる。そんなにも価値の重い深遠な荘重な戒めが何処に又とあらうか？

『私は後悔してゐます。けれど心の底から貴方を愛してゐます。』と語りさうな微笑！私は今後何うしてそれに報ゐる事が出来るであらう。いや、何も考へられない。そしてもう何も出来ない。彼の女は最早死んでゐるではないか？私は何かしやうとして動いてゐる。けれど、一切はもう遅れてゐる。晩過ぎる、それ丈が漸く分る丈なのだ。

私は風に揺れる草の中に転むで何者かに許しを乞ふた。皮を剝がれた罪深い蛇のやうに、自分の浅間しい体に驚いては、天に向つて悲愁と痛恨の叫びを投げた。あゝ眼球を繰り抜いて投げだしても間に会はないではないか。

『微笑！許して呉れ。ミサ子の霊よ。ミサ子の口元よ。許して呉れ。まざまざと眼に見えて来る。私の脳髄に鋳附けられたその微笑！一番優しいもの、恐ろしさ！』

けれども声は甲斐なく消え、風は凪ぎ、そして、あの闇、始終その中で私が悪事を働いたあの闇が、私の火傷したやうに脹れた肉体と精神の上へ蔽ひかぶさるのであつた。それは実に並ならぬ、世の常ならぬ陰さであつた。

《退職教員の附記》

哀れなセルロイド職工の手記は此処で終つて了つてゐる。けれど私は何う説明したら好いのであらう――事件は複雑で、その上に私の心は鎮まつて呉れない。自分丈にはスツカリと分つてゐる事が、いざ説明し、弁明し、闡明しやうとすると、皆漠然として了ひ、私はもう物語りの端緒が見附からなくなる。私は長い時間かゝらねば話し尽せない事件を、まるで絵図のやうに一度に展開したいので、却つて混乱へと落ちるのである。

何故、ミサ子は死なねばならなかつたのか？之が一番初めの、そして一番六ケ敷い問題である。人が他人の心を悉く知る事の出来ない限り、此の問題に正確な解釈を下さうとするのが既に誤謬の初めではなからうか？

けれど、黙つてはゐられないのだ。もうミサ子は死んでゐる。彼の女の口の代りに、誰かゞ正当な弁明をしてやらねばならない。それは何より明かな事である。

彼の女の死に場所は我々が王冠の森と呼ぶ木立のある断崖であつた事を人々は記憶してゐるであらう。其処で今度は何故彼の女があんな不都合な場所を選むだかと問ふて見ねばならない。実を云ふと、私は未だ新しい悲愁に眼を蔽はれてゐて、考へる力、理性を適当に働かす力を恢復してはゐないのだが、それでも、夢の中であつた事を思ひ出すやうに仄かな幽かな――云はばまるで暗示のやうな解答を捕へる事が出来る。

彼の女に取つて、あの断崖は懐かしい思ひ出の場所であり、恐ろしい罪を想起させる刑場でもあつたらしい。そして、私は確かに二度迄も彼の女の口から洩れかゝる懺悔の言葉によつて、それを直覚してゐたのであつた。それ丈は今斯うしてゐて、思ひ出し得る間違ひのない記憶である。いや何たる忌はしい記憶であらう。

それから何うしたか？語る可きもつと重要な事はないのか？あり過ぎる。それで困つてゐるのである。私はもつと前の、もつと古い記憶から辿り直さねばいけないのだ。いや、説明の出来ない沢山の事が、語るのがつらい色々の事が何うして、そんなに私の心の中に蠢動するのであらう。

事の初めは何であつたか？私の母とミサ子との気持ちが合はなかつたのを先づ思ひ出せ。それである。原因と名附けられるのは確かにそれであらうか？いや、之は大きい原因ではない。けれど斯んな工合であつた——即ち、ミサ子と私の母とは大きい喧嘩をしたのだ。いや、さうではない。その事にも既に原因があつた。私よ、驚くな、皆云つて了ふ。私はミサ子と結婚する以前に、彼の女を妻のやうにもてなした覚えは確かにない。確言する。それから、彼の女が櫛を盗むだ時、彼の女は我々の知らない特別の週間の中に居たのである。だのに、何うしたのか。それを云ふのがつらいのである。彼の女は私と四ケ月同棲した時、姙娠六ケ月位になつてゐたではないか！之が潔癖な昔堅気な、そして士族の娘であつた私の母を此の上もなく不快にし、喧嘩の素を造つたのである。元より、私は三つ許した次手に、四つでも五つでもミサ子の過失を許さうと心掛けてゐたのであるが、母はもう到頭我慢がし切れなくなり、自分から自分に敗けて怒りを発して了つたのである。

『お前……』と母は私を蔭へ呼むで尋ねた。『お前、結婚前にも、その覚えがあるのですか？』辛い質問！そして痛い思ひ出が此処から初まる！

あゝ、私は何と云ふ機智と奇才のない鈍物であつたらう。『い、え、』と云ふ正直相な答へより他には、一寸好い思ひ附きもなかつたのである。私が悪い、もうそれに相違ない。ミサ子を許さうと心掛けてゐるなら、何故、あらゆる点に心を細かく働かして、許すための計らひをするやうに努力出来ないのか？私は自分を叱り、自分を嚙み破つてゐるのだ。

俄然、ミサ子は家出して了つた。それも夜中にである。勿論彼の女は私の室に臥なかつた。私は十二時頃一度目覚めて、泣いてゐる彼の女を台所迄呼びに行つた。すると驚いた事に、彼の女はそこの板の間に自分丈の布団を布いて臥てゐたのである。顔は蒼白になり、息づかひが荒く、何か強い苦痛を耐へてゐるやうに、額へ水を浴びたと思はれる程汗をかいてゐるのであつた。おゝ私はもう此の先を話せない。

『畳の方へお行き、私は何とも思つてはゐないよ。母の事は許して呉れてね、さあ、冷えない方へ……』やつと私は囁いたのである。

『私を女中以上に取扱つてはいけません……あゝ身分が違ふ……私は悪い所から出て来た女です……』彼の女は悲しさで歯を喰ひしばり、漸くに之丈を口走つて眼を閉じて了つた。

『その儘で沢山だ！構はないが好い！』他の室で、未だ覚めてゐたらしい母が口を入れた。私は母親に大変孝行な質——自分で云ふのは可笑しいが、何んな曲つた事でも母の命令なら従ふやうに生れついた男——であつた。それも、此の場合では大きな過誤の一つとなつたのである。そして私は私の心を嚙むでゐるのだ。

私は労れ切つて、悪い夢の中に一夜を明した。次の朝、母より先へ眼を覚ますと、私はミサ子の代りに戸を明けてやつた。明るく流れ込んだ光線は一切を明白に指し示した。あゝミサ子はもう私の家の、私の妻ではなかつたのである。

母は幾らか後悔しつゝ、尚怒りを止めなかつた。『何処迄人に世話をかけるのだ。もう捨てゝ置くが好い！あれはお前、不良な上に不良な少女だよ。改心と懺悔を売物にし、家出をおどかしに使ふ、そんな少女なんだよ。』

それから、母は大変不安な焦燥を示しつゝ殆ど狂的――そんな例を私は未だ私の母に於て見た覚えがない――と思はれる迄、身を取り乱して、大きい小さい荷物を片附け出したのである。それは何のためか私の解釈に苦しむ所であつた。母は斯んな忌はしい方角の家は捨てゝ新らしい幸福な所へ住み替へ、悪い思ひ出を一切打ち消したいと丈語るのであつた。私は何も分らずに、其の命令を受け入れねばならなかつた。庭に植ゑてある色々の草花を鉢へ移したり、ミサ子の下駄を取り上げて見たりして、私はいくらでも尽きずに出て来る悲しみを泣く事が出来た。

警察の方へは早速ミサ子の捜索願ひを出した。

移転をしてから十五日――あゝ何と云ふ空漠とした、然も紛乱した心持の十五日であつたらう――が過ぎた時である。警察官が突然私を訪ねて来た。


『おゝミサ子は何処に居りましたか？』私は恋しい女性の居所を知る事さへ、いやその歩いた道を知る事さへ、胸の裂けさうな喜びであつた。

『いや、その事ではないのです。実は伺ひたい点があるのです。そのミサ子と云ふ方――即ち貴方の妻――は姙娠して居つたでせうな。』

『はい、現在姙娠してゐるのです。』

『実は申し上げにくいが、以前貴方の棲むで居た家の縁の下にですね、女の――若い女の衣服で包むだ、胎児の屍骸が隠してあつて、それが匂ひ出した為め、近所の大騒ぎになつてゐるんです。』

おゝ、之が本統の事であらうか？ミサ子は家出したのである……家出……家出と犯罪……そして転居……転居と犯罪……警察官の嫌疑は当然であつた。

ミサ子はその行衛を見附けられなかつた。そして、彼の女が居たと叫ばれた時には、もう元通りの彼の女ではなかつたであらう。何んなに私の記憶が乱れやうと、それ丈は確かな点である。

彼の女は横つて居た。彼の女は肋骨を砕いてゐた。そして、そして何か？そして、もう姙娠もしてゐなかつたのである。この事が死の重大な原因であつたのか？何？いや原因ではない。寧ろ結果と云ふ可きであらう。実に、実に悲しむ可く痛ましい結果。結果として表れた事実なのではないか。困惑すべき結果、そして陰惨すぎる事実！

『お母さん。貴方は知つてゐたんですか。』私は斯う尋ねて眼を閉じ、何事かを祈つた。

『知らない。知らない。この事はすべて秘密だらけです……第一、全体、それは誰の子なのです？』

私は息が詰まつた。誰の子？神よ、貴方は私に子を授けて下さつた。それだのに、私はそれを受け取れなかつた。何故か？一寸した行き掛かり――一寸した不注意――一寸した愛の不足！あゝそれは原因でもあり、結果でもあるのだ。

下さるものを拒むだのが間違ひの原因であつた。いや原因はもつと前にある。之は寧ろもう結果に近い一つの過失ではなかつたか？

私は明晰には考へられない。何故なら……いや何故ならではない。之は何かしらあのセルロイド職工に、又あの断崖に関係してゐたに相違ない。私が悲しい足取りで、あの職工を呼びに行き、彼にミサ子の死に際を見せてやり、又ミサ子の霊へ一つの重要なそして最後の思ひ出を土産として持たせてやつたのも、実に、私が、そんな漠然とした関係を直覚したからであつた。

私は何うしやう。又分らなくなつてゐる。ミサ子は私を恨めし相に睨めた。

そしてセルロイド職工を微笑みを以つて眺めた。そして誰れが彼の女を殺したのであらう。

一体之は何であり、何の結果であるか？


私は義侠心から彼の女を愛したと思はれてゐる。そしてあの職工は唯淋しさから、或ひは戯れに類する嫉妬から彼の女を愛したと思はれてゐる。そしてその内何方が正しいか？いや、正しくなくとも、何方が正しさに近いか？分りはしない。唯ミサ子の心は何かしら独自のそして特殊の判断を下してゐた。いや判断ではない。思慮ではない。生れつきの本能……生れる前からの縁……それに依つて彼の女はセルロイド職工を選むだ。縁は合つてゐたのか？子が神から授けられた。彼の女はあの青年を心の底から愛してゐた。それにも拘らず彼の女は私の妻であり、姑女の怒りを我慢する嫁であつた。子供は育つて行つた。遠慮なく育つて行つた。縁、あの青年とあの少女には縁が……深い縁が定められてゐたやうではないか？あゝ皆之が死の原因である。いや、むしろ、結果、色々の事の結果、そして、死の前提であつた。

私は一時に思ひ出す。そして一度に悲しみがこみ上げる。私の親切の不足――一寸した心の労れ。――実に一夜の間丈に過ぎぬ愛情のゆるみ――その痛い思ひ出が私を責めさいなむで、夜も私を眠らせて呉れない。そして、ミサ子の幻は何度も現れて、あの職工を許してやれ、彼の女が許してゐる如く一緒に許してやつて呉れ、彼の女を愛する代りに、彼を愛してやつて呉れ、と訴たへるのである。それはもう本統である。

私の生活が斯んなに破壊されても、それを怨むのは喜ばしい事ではないのであらう。ミサ子の幻は私に正当な処世法を教へてゐるのが確実である。幻の教訓……それは既に紛乱の元である。私の友達は鞭を持つて来て、あの職工を打たうとしてゐる。けれど、鞭の音はそもそも何を意味するか?

懲罰?……懲罰ならば痛みを以つてしてはいけない。

訓戒?……訓戒ならば痣を造る必要はない。

復讐?……復讐ならば——いや復讐でも、やはりもつと柔しくしてやらねばいけない。復讐を復讐でないものに変化させ、羽化させねばならない。毛虫は美しい蝶とならねばならない。之が昔からの言葉である。

あゝ私は之から何うして生きて行く積りであらう。それは分らないが、鞭丈は何処かへ捨て了ふ可きである。手ブラで歩いて行け。鎧を着てはいけないのだ。それ丈が兎に角分つて来てゐる。そうだ忍耐である。

それから未だ考へる可き重要な点が残つてゐる。何んなにしても、あの悪い職工を、もつと善良な方へ歩かしてやりたい事、その為には何んなに困難な施設をも怠つてはならぬと云ふ事である。

早く絶望し易い人はもう断言し宣伝してゐる。あんな根からの悪人の改良を無駄に続けるよりも、新マルサス主義にでも改宗して了へ!と。

それも一理であらう。けれど我々の勇気と智見をためす為めに、もう一つの積極的な道が開けてゐるのを何故見ないか?

我々は立つて、そして叫ぶ。

何を絶望するのか、諸君。我々の仕事は無駄ではない。唯眼に見えて効果が顕れない丈で、少しづつ潜在的な力が出来て来てゐるのである。諸君は雨だれを倫理学的に観察した事があるか。私は知つてゐる。あの雨だれを見て貰ひたい。それは立派な透明な球の粒である。全くそれに相違ない。そして地へ向つて走る前に、生命あるものゝ如く顫へ出す、其れが走る力の養成される有様である。それは走る運動そのものではないが、然もそれに持続した力である。進行の前の足踏である。顕著な運動ではないが、非常に重要な力の養成である。

諸君は如何に思ふか。我々の運動が顕著でない時が、即ち我々の力を養成する好機である。効果が目に見えないでも、之は重要な一つの過程である。当にせねばならぬ行為である。

強盗が六人の人を殺し、悪い親が幼児を鉄槌でなぐり殺しても、悪い女が継子を天井から縛つて吊し、その下で、もう一人の貰ひ子へ焼火箸を当てゝ、肉の煙を立たせても、サデイズムの男が女の指を切つて食べ、学生が親友をバットで打ちころし、兄妹が通じて畸型児を出来したと云ふやうな事件の傍らにあつても、我々は一生懸命に我々の顕著でない仕事に努力しやう。真心と知慧とを一に合せ、何よりも倦む事を恐れつゝ進むで行かう。

おゝ私はもう一つの考へ——考へと云ふよりは妄想を抱いて悩むでゐる。あの職工は今こそ真に後悔してゐるであらう。ミサ子の与へた命賭けの微笑が、針のやうに強く彼の肉と心臓とを刺してゐる。けれど一年二年とたつ内に、こんな強い刺戟に対する良心の反応さへ徐々に消え去つて行くであらう。その時更に彼を善導する為めの新らしい、そして強い——強過ぎる程でなくてはいけない——刺戟を持続的に与へるのが何より必要である。あの命賭けの微笑と力に於て均しい程の誠実で真剣で絶対的な、そんな立派な刺戟が発明され得ないだらうか？何か好い工夫はないか。荘厳な詩句、悲壮な曲、犠牲的な聖者の行為、雷鳴、嵐、高山の空気、恐ろしい程深い淵、茂つて暗い大きい森、それらのものに依つて、もしくはそれらのもの丶微妙な綜合に依つて何か善をすゝめる強い刺戟を創出する可能がないであらうか？

強い悪人に対しては、唯強い善導が必要である。

お丶之は余り妄想が過ぎたかも知れない。けれど此の妄想を実際に使用し得る迄に工夫し、発明するのが何うして我々の役目以外の事であると云はれやう。

だが此処には何がある？今の私は余りに強い紛乱の中に落ちてゐて何も分らない。唯予想する。さうだ未来に於て、再び道は開けるであらう。忍耐せよ。何故にとは問ふな。唯真直ぐに信じ、熱心に忍耐を実行して行くのである。そして此の事が私を勇気づける唯一の力となるに相違ない。斯んなに迄忍耐するからには、何か人間の本性の中に、きつと善いものが秘むでゐるのだ。あ丶それを堅く予期せよ。外部に疑ひが起つたら、眼を閉じて内部を見よ。

一通り悲しみが過ぎたら、必ず又直ぐに私自身を創造する、そして善の名誉のために働く力が湧き上るであらう。斯くて今迄よりも一層多く哀れな人を劬り、又出来る丈は慰藉を与へたいと云ふ嬉しい希望で心が一杯になるであらう。私は私の心を見詰め、そして命ずる——

一般の人を高い程度に導けよ。そして悪人達をも除外するな。否一層彼等の為めに力をつくせ。それが私の肉と霊の課業である。

考へて見ると、私は善い事をしたいと願ひつ丶、未だ未だ悪い事をし続けてゐたではないか。色々の小さい喜ばしい願ひは破れ毀れた。そして一つ丈大きい苦しい願ひが残つたのである。『もつと善くなりたい。そして善くしてやりたい。』

願はくば此の大きい社会をして、自由な朋友の美しい会館たらしめよ。それ自身に於て会議場であらしめよ。何の宗旨にも頼らぬ神殿であり、寺院であらしめよ。さらにそれ自身に於て有益な学校であらしめよ。

私は私自身の大きい困惑と悩乱——然し他から見ればホンの些末な私人的な困惑と悩乱——を片手で圧へ、そして残りの片手を上げつ丶叫ぶ。

……悪はより悪い悪を誘出する、だが絶望するな。善はより善い善を創出する。そして、せねばならないのだ……と。

之で宜敷い！凡ては語られたのである。だが其れは無秩序な舌、戸惑ふた記憶力、紛乱せる思考力を以つてゞある。あ丶何が語られたと云ふのか？私は未だ何も語らない気がするではないか！唯錯倒と紛雑とが叫ばれたに過ぎない――そして此の錯倒と紛雑の中心をなすものは『私が彼の女を殺した。斯くも陰惨な外囲の中で、殊に美しく愛らしかつた私の妻を殺した……』と云ふ浅間しい観念である。私は何うしよう。之から何うして暮して行かう。凡ての騒がしい事件は過ぎた。時間が私の熱い血を冷しつゝある。今にもつと本統の事が分つて来る。そして本統に静かな悲しみが目醒めて来るのもその時であらう。

（「中央公論」大正13年9月号）

混乱の巷（一幕）

佐野袈裟美

人物

学生
会社員
米屋
乾物屋
ブリキ屋
床屋
魚屋
労働者
教授
在郷軍人
小僧
青年団員
画家
看護婦

女　優
教授の妻
朝鮮人男
朝鮮人女

時

一九二三年九月四日の夜。

場　所

東京場末。

街道は下手から斜に舞台を横切り、真中より少しく上手によつたところで、奥へ折れ、更にずつと奥手で上手へ折れてゐる。下手よりには、九月一日の大地震の際に石の塀が往来の方へ倒れたのが、そのまゝになつてゐる。それにつゞいてちよつとした門構への家の板塀が往来に添つて奥へ折れ曲つてめぐらされてある。その奥には街道に向つて魚屋がある。上手の前には細い路地への入口があつて、それから街道に添つて米屋、ブリキ屋、床屋、乾物屋などがずつと軒を並べてゐるのが見える。然し店は皆雨戸が閉されてゐる。どの家も地震の為めに瓦が落ちたり壁へ亀裂が入つたりしてゐる。

学生、会社員、米屋、乾物屋、ブリキ屋、床屋、魚屋、労働者などのいろいろな服装をした一団が、竹槍棍棒などを持つたり日本刀を腰に差したりして、街道の曲り角のところに両側に分れて立つてゐる。なかには道の端におかれてある腰掛けに腰をかけてゐるのもある。高張提灯が塀のところに立てられたり、丸い大きな提灯が軒先につるされたりしてある。二三の人は手に提灯をぶらさげてゐる。学生は街道の真中に立つてゐる。私立大学の角力か柔道の選手といつたやうな大きながつしりとした体格をしてゐるので、一番目立つて見える。

会社員　一体、鮮人が、放火したり、爆弾を投げたり、井戸へ毒薬を入れたりするといふんだが——実際そんな悪いことをしたものかね。

魚屋　そりや、全くしたんですとも。あの一日の大地震があると、すぐ二三百人の鮮人が幾手にも分れて放火して歩いたので、東京があんな大火になつたんだつていふからね。あの日の三四時頃から夜へかけて何かの爆発するやうな大きな音が随分したがありやみんな鮮人が爆弾を投げた音なんださうだ。鮮人をつかまへて見ると大概綿と石油を持つてゐたさうだからね。己は昨日向島の方から来た男に聞いたんだが、寺島や亀戸辺では、在郷軍人や青年団につかまつて、随分沢山の××が殺されたつてことだ。

ブリキ屋　上野の広小路でも、二日に妊娠んでゐるやうな恰好をして歩いてゐる朝鮮の女がゐたんで、引つつかまへてしらべて見たら、爆弾を入れてゐたつていふからな。

乾物屋　江戸川の辺でも、二人の男と一人の女の朝鮮人が、新聞紙へ火をかけて家の中へ投げ込んで歩いたつてことだ。そこで、自警団の連中がすぐ追つかけて行つて、二人の男を叩き殺してしまひ、女の方はドブの中へ逃げ込んだのを引きづり出して警察へ引き渡したさうだ。

会社員　なる程、そんな噂はいくらも聞いたさ。だが、実際に朝鮮人がそんな悪いことをしてゐるところを直接見たつて者に、まだ一人もでつくはさないつてのはどうも変だな。皆さんのうちで直接見た方があるかね？　米屋さん、君はどうだね？
米屋　己もまだ見やしませんよ。だけれど、朝鮮人が火をつけたり、いろ〳〵な悪いことをしたつてなア本当でせうよ。随分あちらでもこちらでもつかまへられて殺されてゐるんだからね。
会社員　そりや、随分殺されたつてことは事実だらうよ。だが、みんな地震や火事で気が顚倒させられてしまつて気狂ひのやうになつてゐたんだからね——罪のない者まで、無茶苦茶に殺してゐやしないかと思ふんだ。
米屋　一体朝鮮人は何だつてそんな悪いことをするんだらうな。日本人に何の怨みがあるんだ？　こんな際に火をつけたり爆弾を投げたりするなんて——
床屋　あいつ等は日本人をありがたがらなくちやならないんだ。あいつ等の国を日本人が治めてやつてゐるんだからな。あいつ等だけでは国が乱脈になつて、どうすることも出来ないでゐたんぢやないか。それで日本人が行つて平和に治めてやるやうになつてから、あいつ等はどれだけ幸福になつたかしれやしないんだ。
労働者　床屋さん、お前さんも随分自分勝手な理屈を捏ね上げたものだね。まるで日本の政治家の口振りをそつくりだ。
床屋　何に——己のいふことが間違つてゐるつてえのか。
労働者　朝鮮人にして見れば、まだ言ひ分があるさ。日本人になんか治めてもらうのは、ちつともありがたくないんだよ。
床屋　何をべら棒な——あいつ等には国を治める力なんかないんだ。日本におとなしく服従してゐるのが、あいつ等にとつて幸福なんだ。第一、日本が統治するやうになつてから、朝鮮はだん〳〵文明になつて来てゐるぢやないか。それを見たつて分ることだ。
労働者　朝鮮人にすれば、それを文明だなどと、どうして思ふことが出来るものか。朝鮮人にとつては日本人に治められてゐることが決して幸福ぢやないんだよ。
床屋　あいつ等は増長しやがるんだ。何だかだと言つて騒ぎ廻りやがる。生意気なことぬかしやがりヤ、やつつけてしまやいいんだ。
学生　さうだ——やつつけてしまうに限るんだ。
会社員　なかには今度の朝鮮人の暴行云々は、皆事実無根で、単なる流言蜚語に過ぎないつて主張してゐる人もあるんだからね。さういやどうも変に思はれるところの随分あるこたアあるね。
学生　事実無根だつて——流言蜚語だつて——誰がそんなこと言つたんですね？
会社員　（板塀の家を指差して）此処の大学の先生が言つてゐるんだがね。
学生　何をあいつが知つてゐるものか。あいつは大分危険思想にかぶれか、つてゐるんだ。どうもこの頃雑誌へなんか書くことが穏当ぢやない。あんな奴を大学の教授にしておくつてことがあるものか。実にけしからんことだ。学生に及ぼす悪い影響のことを考へるとこのまゝうつちつやちやおかれない。あいつをどうしても大学から放逐してしまふ運動をする必要がある。
床屋　それに、第一何だつて夜警に出ないんだ——町内の者がみんなかうして出てゐるのに。
ブリキ屋　さうだ、出ないつて法はねえや。大学の先生だからつて、この町内に住んでゐるからにやア、みんなと同じやうにしなくちやならねえ筈だ。
学生　そりや、さうとも、先生ちつとお高くとまつてゐるんだな。なに構ふこたアありやしない——誰か呼びに行つて引つ張り出して来るとい、。
乾物屋　本当に黙つてゐると癖になる——呼びに行つて来ようぢやないか。
床屋　ぢや——乾物屋さんとブリキ屋さんで、呼びに行つて来て下さいよ。
ブリキ屋　よし来た——さ、行かう。
（乾物屋とブリキ屋、教授の門の中へ入つて行く。）
乾物屋の声　先生——今晩は。夜警に出ていただきたいんですが……
教授の声　僕も出なくちやならないですかね。
乾物屋の声　え、やつぱり出ていただかなくては——
教授の声　さうですか——それなら出ませう。
（しばらくして、乾物屋、ブリキ屋、つづいて教授、出て来る。教授は三十二三である。）
教授　皆さん今晩は。
会社員等三四人の者　今晩は。
教授　僕は夜警をする必要もないと思つたから、出なかつたんです。
学生　必要がないつてことはないでせう——こんな混乱の際に、どんなことが起るか分りやしませんからね。
床屋　この上火事が起つちや大変だし、泥棒だつてこれから殖えることだらうし、それに第一朝鮮人の騒ぎがあるんですからね——警戒をしなくてい、つてことがあるもんですか。
教授　火事や泥棒なら、めい〳〵気をつけたらい、ぢやないですかね。かうして街道へ出て、たゞわい〳〵騒いでゐたところが、大した効果のあるものぢやない。それから、朝鮮人が乱暴なことをするつて噂さが大袈裟にふれ廻はされてゐるが、ありやどうしても本当とは思はれないね。いくら朝鮮人が日本人を怨んでゐるからつて、こんな天災の起つた非常の際に、何でそんな無茶なことをしたりなんかするものか。地震が起るとすぐ朝鮮人が放火して歩いたので、東京があの大火になつたのだなどと馬鹿気切つたことを言ひふらしてゐる者があるが、あんな全く予期しなく突発した事変に際してどうしてさうして団体的な組織的な活動が、そんなに敏活に出来るものか。考へて見ても分ることぢやないかね。――みんないゝ加減な流言なのさ。そんな他愛もない噂さを本気になつて信ずる方が、よつぽど常識がないと言はなくちやならない。だが、あの流言が、またたく間にひろまつてしまつたのには、全く驚くの外ないね。どうも何かの目的の為めにか、故意に組織的な宣伝的な方法でひろめたらしい形跡があるのは変だよ。それを在郷軍人や青年団の連中が、お先棒になつて一廉《かど》いゝことでもする気になつて、さもまことしやかに下らない流言をふれまはして歩いたんだからな。いやはや、全くあきれてしまはずにはゐられないよ。

学生　（居丈高になつて）何に――朝鮮人が暴行を働いたつてことが嘘だつて――よくもそんな独断がいへたもんだ。確実な証拠がちやんと挙つてゐるんだ。いくら否定しようと思つたつて駄目だよ。西洋の新しい本なんか読んで、それにかぶれて妙に新しがつて見たがる学者なんかに、何が分るものか。大きな目をあいてよく見るがいゝ。

教授　（ぢつと学生の顔を蔑むやうに見て）君は学生だね――それでゐて理性的な判断を下すことが出来ないなんて――よつぽど頭の働きが悪いと見える。君も時代錯誤的な人間の一人なんだね。

学生　（怒つて）馬鹿いふない。何が時代錯誤だ。君のやうな危険思想にかぶれた新しがりやこそ、社会に害毒を流してゐるんだ。この際いゝ気になつて不穏なことをぬかしやがりや、朝鮮人と同じやうにやつつけられてしまうぜ。己は老婆心から、あらかじめ君に忠告しておくがね。

教授　（冷かに）そんな威《おど》し文句に我輩が辟易《へきえき》すると思つてゐるのか。

（下手から在郷軍人が、在郷軍人会と書いた提灯をつけて、自転車に乗つて出て来る。）

在郷軍人　（叫ぶ）皆さん、大変です。戦闘の準備をして下さい。（街道の曲り角のところへ来て、自転車から降りる。）武装した朝鮮人が八十人ばかり自動車に乗つて、こちらへ襲撃して来るさうですから――

床屋　や、そいつア大変だぞ、とてもこればかりの人数ぢやかなやしない。見つからないやうに隠れてゐて、通り過ごさせてしまうんだね。

学生　卑怯なことといふな。朝鮮人が幾人来ようと、それが何だ。己はこの日本刀でみんなたゝき斬つてやる。（腰に差してゐる日本刀をすらりと抜く。）

在郷軍人　しつかり奮闘して下さい――頼みますよ。（自転車に乗つて下手へ引き返して行く。）

乾物屋　米屋さん、己たちアこんな棒切れしか持つてゐないんだから、隠れてゐる方がいゝぜ。

米屋　さうだな、折角と地震の時、助かつておきながら、今更命をとられるのは馬鹿々々しいね。床屋さん、どうしたらい、だらう？

床屋　から元気出して威張つて見たところが仕方がねえや。己アやつぱり命が惜しいよ。とてもかなひつこないいんだから見つからないやうなところへ隠れ込んでゐるのが上分別さ。

魚屋　さうだ〳〵。賛成。

教授と学生をのこして、他は皆あわて、路地や板塀の内側へ逃げ込む。しばらく沈黙がつづく。

学生　（ひとり語に）八十人襲撃して来たなんてこたア嘘だらうよ。

小僧下手からかけて来る。

小僧　大変な騒ぎですよ——電車通りの方は。今も二つの自動車で朝鮮人がお巡りさんに護送されて来たんですがね。すると、みんなでそれを取り囲んで——お巡りさんがいくら呶鳴つて止めようとしたつてきくことぢやありやしない——自動車から朝鮮人を引きづりおろして、まるで気狂ひのやうになつて無茶苦茶に殴ぐるやら、蹴るやら、突くやら斬るやらするんだもの——とても恐くつて見てゐられないから逃げて来た。

教授　（憤慨して）さうかね——それはどうも困つたものだな。本当に仕様がありやしない。

学生　それや、本当か——そいつア面白い。大にやるがい、。さうだ、いよ〳〵血の時代が来たのだ。臆病な奴ア引つ込んでゐろ。己達がみんな片つけてやる。よし、来るなら来い、何十人でも来い——片つ端から皆た、き斬つてやるからこの日本刀の切れ味を味ひたいつてのか。己の腕はうなつてゐる。斬つて斬つて斬りまくつてやりたいんだ。まだ己は一人も朝鮮人を斬らないんだからな——全く不名誉な至りだ。あいつらは柄《がら》にもなく独立運動だなどとぬかしやがつて、日本に反逆しやがる。何があいつ等に出来るものか。日本の災難につけ込んで、けちないたづらをしやがつて。——一体この頃は新しい思想にかぶれた奴どもが、朝鮮人の肩をもつたりするからいけないいんだ。民族自決だのとぬかしやがるが——自分で自分の国を治めることの出来ないやうな無智な無力な民族は、他の強国の保護をうけるのが当り前だ。日本は飽く迄も朝鮮に対して武断的な政治を行つて、反逆分子を一掃してしまうことに努めなくちやいけない。寛大になんかしておいたら、日本の将来の禍がきつと其処からかもされるにきまつてゐる。徹底的に抑へつけておくに限るんだ。

（在郷軍人が下手から、また自転車でやつて来る。）

在郷軍人　（自転車から降りて）さき程の報告は間違ひでありましたから——訂正します。朝鮮人が自動車で襲撃して来たつてのは全く嘘で、朝鮮人が警察の自動車で護送されて来たのを、どうした間違ひでかあやまり伝へられるやうになつたのだつてことが、漸く分りました。だから——皆さん御安心なさい。

（さつき隠れた人達が、どや〳〵と出て来る。）

床屋　何んだ——馬鹿にしてゐやがる。

米屋　皆さん御安心なさいもないもんだ。

労働者　何だつてそんな報告をするんだ。事実をちやんと確かめてつからにしたらい丶ぢやないか。い丶加減なことを言ひふらしてもらつちや困るぜ――全く。面白がつて出たらめな報告をして歩いたりしやがると承知しないぞ。

在郷軍人　全くすみませんでした。この先からさういふ報告が来たもんですから、そのま丶信じてしまつてふれ廻つたんです。今後はこんな間違ひのないやうに気をつけます。

労働者　一体、今まで一度だつて確実な報告の伝へられたつてことがないぢやないか。

乾物屋　さういへばさうだな。全く何が何だか訳が分りやしない。まるつきり狐につままれたやうなことばかりだ。

労働者　（在郷軍人に）い丶加減な事をふれ廻はして歩くにも程があるぜ。いくらやくざな頭でもちつたア働かせろ――嘘か本当かをちやんと確かめてつから伝達するがい丶や。

在郷軍人　私は向うから伝へられて来るしらせをそのまま取り次いでゐただけなんですから――

労働者　阿呆め！

在郷軍人　（怒って）何が阿呆だ。

労働者　阿呆だから阿呆だつていふんだ。

在郷軍人　こいつめ、おとなしく出てゐりやい丶気になりやがつて――生意気なことぬかしやがる。（自転車を板塀のところへ寄せかけておいて）喧嘩をふつかけるつもりなんだな――

労働者　さうだとも――このでくのぼうめ！　己の腕は鉄できたへたんだぞ。貴様のやうな在郷軍人であらうが、たかが商人ふぜいの青瓢簞とは人間がちがはア。どれ一つ――己の鉄の腕をお見舞申してやるか。

在郷軍人　何を――

（労働者の拳がたちまち在郷軍人の横顔へ飛んで行く。在郷軍人も負けてはゐないで労働者に武者振りつく。二人はしばらく殴り合つたりとつ組み合つたりしてゐるが、やがて労働者は在郷軍人をうち倒してその上に馬乗りになつてポカ〳〵殴ぐる。「もうよせよ。」などと言つて、二三人の者が中へ入つて引き分ける。在郷軍人は立ち上つて、気まり悪さうにほこりを払ふ。）

労働者　くやしかつたら出直して来い。

在郷軍人　覚えてゐやがれ。

労働者　覚えてゐるとも。トンコ野郎！

（在郷軍人はすつかりしをれ込んでしまつて、自転車に乗つてこそ〳〵と上手から去つて行く。）

乾物屋　またあんまりい丶加減な出たらめばかり言ひふらして歩くから悪いや。

教授　（激した口調で）みんなとはうもない出たらめな流言なのだ。それを民衆はそのま丶すつかり真《ま》にしてしまつたのだ。そして朝鮮人とさへ見れば無茶苦茶に暴虐な仕打をするんだからな――あんまり馬鹿々々しくつて、腹を立てたらいいのか、哀れんだらい丶のか――全くその無智と惨虐とを見せつけられる方が堪つたものぢやありやしない。

会社員　群衆心理つて恐しいものですね。

教授　全く思ひがけもないやうな恐しい結果を生み出すことになるんだからね。或る刺戟を受ければ、忽ちそれに反応して、何をしでかすことやら訳が分りやしない。民衆は実に単純なのだ、どんな宣伝にでもすぐのせられる。さうして盲滅法に衝き進んで行く。自分で自分が何をしてゐるのかも分らないでゐるのだ。全くの盲動だ。何の反省するところもなく行動するのだ。（だん〴〵熱して）どんな暴虐なことでも平気でやつてのけるのだ。民衆は自分の手で自分の頭をくゝるやうなことをして、何か名誉ないゝ事でもしたやうに思つてゐるんだから、やり切れやしない。もう少しは社会の事情を理解してゐさうなものなのに——実際は何にも分つてゐないんだから驚く。我輩もこれ迄は民衆に対して可なり信頼の心をよせてゐたのだが、今度はすつかり裏切られてしまつたやうな感じがする。だが、これは果して民衆が悪いのだらうか。いや、さうぢやない。民衆を無智なまゝに取りのこして、いつ迄も自覚せしめないやうな方針をとつて来たこれ迄の教育に罪を帰せなくちやならないんだ。実際、子供の時からたゝき込まれて来た軍国主義的な教育が、民衆の心を潜勢的に支配してゐるので、何か社会的な事変が起ると、それが忽ち爆発して、今度のやうな残虐なことが行はれるやうになるのだ。民衆の中には、あらゆる社会進化の芽生を絶つてしまつて、旧い制度と文化を擁護する為めに、支配階級の手によつてそつと火薬がおかれてあつたのだ。その火薬へ何処から出たともなく迅速に拡がつて来た流言が火を点《つ》けたのだからたまりやしない。民衆は忽ち反動的に爆発してしまつた。要するに民衆はいつもいゝやうに翻弄されてゐるのだ。支配階級にあやつられていゝ気になつて踊つたり跳ねたりしてゐるのだ。そして現代の社会のあらゆる悪を助長させてゐるのだ。何といふ愚かしいことだ。民衆はいつになつたらこの無智から覚めるのだ——

学生　（教授の前へつか〴〵と行つて、いかにも癪にさはつてゐるやうに）およしなさい。僕達は君の演説を聞きに此処へ集つてゐるんぢやないんだ。なんだつてまたそんな演説なんかしだしたんです。今迄やつと我慢して聞いてゐたが、もう我慢が出来やしない。君のいふことは嘘だ。君こそ民衆の煽動者だ。民衆をどうしようといふんですか。何処へつれて行かうといふんですか。君などに指導される民衆こそいゝ馬鹿を見ますよ。君は民衆に不満を懐《いだ》かせようとしてゐるのだ。現在の社会を呪はせようとしてゐるのだ。それは民衆にとつて決して幸福なことになりやしない。民衆の心は現在の日本の国家が目ざすところへ統一されてゐさへすればいゝのだ。この統一を破らうとして、民衆の心に危険思想を注ぎ込まうとする君は、民衆の敵でなくて何だ。

（青年団員、青年団と書いた提灯をさげて上手から来る。）

教授　（学生の挑戦に応ずるやうな態度をとつて）我輩は真理を説い

てゐるのだ。ところが君は、その真理を踏みにじらうとするんだな。

学生　踏みにじるとも――暴力にうつたへてもた丶きつぶしてやる。真理とでも何とでも勝手な名前をつけるがい丶。そんな名前におどかされやしない。

教授　我輩も真理の為めには飽く迄も戦つて見せる。

青年団員　喧嘩なんかよさうぢやありませんか。今そんな口論をしてゐる場合ぢやないですからね。

（其時、髪を長くしてルバシカを着た青年が、下手から来て、黙って人々の間を通つて行き過ぎやうとする。）

ブリキ屋　おや、其処へ行く奴ア変だぞ――鮮人ぢやねえか。

魚屋　さうだ、鮮人だ。

（魚屋は駆つけて行つて、いきなり青年の頭を後から、持つてゐる棍棒で殴りつける。青年は昏倒する。皆そのまはりに集る。）

乾物屋　こりや朝鮮人ぢやないぜ、どうも日本人のやうだ。

魚屋　（びつくりして）え、鮮人ぢやねえのか。また何だつてそんな変なもの着てゐやがるんだ。

床屋　日本人のやうだけれど、髪を長くして、そんなルバシカとかなんとかつてものを着たりしてゐやがるんだから、やつぱり社会主義者かなんかなんだらう。一体社会主義者が朝鮮人を煽動して今度の暴行をさせたんだつていふからな。そんな奴ア生かしちやおけねえ。構ふこたアねえ――そいつが生きてゐるやうならとどめを刺して殺してやるがい丶や。

米屋　おや、こりや小間物屋の二階にゐる絵書きさんだ――気の毒なことしてしまつたなア。本当に死んでしまつたのかね？

乾物屋　画家か――そいつアどうも……

魚屋　（すつかりしをれ込んで）困つたな――とんでもねえことしてしまつて、どうしたらいいだらう？

会社員　早く医者のところへかついで行つたらい丶ぢやないか。

魚屋　ぢや、ブリキ屋さん、一つ手伝つてくれねえか。あんまり気早にやつつけたんだ――大変な間違ひをしてしまつたな。まだ死んぢやゐねえやうだね。気絶しただけならい丶がな……

ブリキ屋　よし来た――ぢや、になつて行かう。

教授　（憤って）まるで気狂ひの沙汰だ。

（魚屋とブリキ屋、画家を頭と足とになつて下手から去つて行く。）

学生　（愉快さうに笑つて）ハ、ア……魚屋の大将、江戸つ子式に、馬鹿に気早に殴りつけてしまつたものだね。実に滑稽だつたな――日本人だつて聞いて、大将のびつくりした時ア。

（上手から白い服を着た看護婦がやつて来る。）

米屋　そら朝鮮人の女が来た。

看護婦　私が朝鮮人だつて？――よく大きな目をあいて御覧よ。

乾物屋　（からかつて）朝鮮人でないつてことを何で証明するつもりだね？

看護婦　一目見ただけで分りさうなものね。私は看護婦なんですよ。
米屋　爆弾でも隠して持つてゐやしないか。
看護婦　何を言つてゐるのよ。
乾物屋　兎に角、裸になつて見な。
看護婦　（怒つて）人を馬鹿にしてゐるわ。
乾物屋　からだを検査しないうちは、此処を通すことが出来ない。（両手をのばして看護婦の胸の乳房のある辺をさぐらうとする。）
看護婦　およしよ。何をするの。
乾物屋　其処に二つあるぞ。何だかふつくりとした変な物が――
（一同笑ふ。教授だけはむづかしい顔をしてゐる）
看護婦　お前さん達は、一体此処で何をしてゐるの、女をからかひに出てゐるの。
床屋　まア、さう怒るもんぢやないよ――別嬪さん。
看護婦　（床屋の方を見て、少し顔をやはらげて）女だと思つてみんな馬鹿にするからさ。
床屋　別に馬鹿にするつて訳ではないんだよ。それといふのもつまりお前さんが別嬪さんだからだアね。みんなに好かれたんだから仕方がねえさ。ま、そんな怒つた顔するもんぢやないよ。折角の別嬪さんも台無しになつてしまはアね。
看護婦　（笑ひながら皮肉な調子で）へえ。本当に私を別嬪だと思ふの――え、お前さん？
床屋　思ふとも――お前さんは全く素敵な別嬪だよ。
看護婦　全く素敵な別嬪だつて――ま、そんなに誇張して言つてもらはなくてもいゝわ。私しやお世辞なんか言つてもらつたつて、うれしがるやうな女ぢやないからね。でも、これでちつたア男をひきつけるところはあると思つてゐるのよ。まんざら己惚れでもないでせう――さう思つたつて。
乾物屋　お前さんにや全く男をひきつけるところがあるよ。己なんか一目見てもうすつかり惚れ込んでしまつた。お前さんさへ承諾してくれりや今すぐからでも女房にしたいんだがなア――うちの今のか、あなんか早速追ひ出してしまつて。
看護婦　お前さんの職業は何に？
乾物屋　乾物屋さ。
看護婦　店屋のお神さんになるの――そして幾人も子供を産ませられて――そのお守で一生を終つてしまはなくちやならないなんて――ふん、厭なことだ。私しや一人の男の占有物になんかなりたくないのよ。一人の男のものになれば奴隷にされてしまはなくてはならないんだからね。全く馬鹿々々しいわ。私は誰のものにもならないでゐるの――いつまでも、そのかはり私の好きな男なら、誰にでもこの身体をまかせるわ――その時々にね。このうちにも私の好きな男がゐるかもしれないわ――でも、今は駄目、ぢや、皆さん、左様なら――助平さん達。だけれどね、あんまり女をからかつたりしちや駄目よ――本当に。あたり前の女ならびつくりするわ――こんな助平たらしい荒くれ男に取りかこまれたりしちや。私のやうに男に接しつけてゐて、どの男も女にかけてはみんな甘いもんだつてことを、ちやんと知り抜いてゐる女にとつては、どんなことされたつて呑んでか〻つてゐるから何でもないけれどね。さ、さ、お前さん達も、阿呆見たやうに大道へ出てうろ〳〵してゐないで、うちへ帰つて淋しがつてゐるお神さんでも抱いておやりよ。（さつさと下手から去つて行く。）

乾物屋　畜生！　己達アすつかりまゐらされてしまつたな——いやはや。

床屋　全く己達よりや上手《うはて》だよ。

（一同笑ふ）

青年団員　今聞いたんだが——亀戸か何処かで、社会主義者が幾人も軍隊の手で殺されたつてことですぜ。

学生　（日本刀を鞘におさめながら）さうかい——そいつア痛快だな。

床屋　今度の震災の混乱に乗じて、朝鮮人がいろ〳〵な悪いことをしたのは、社会主義者が煽動したんだつていふからな——そんな奴等みんな殺してしまうとい〻んだ。

青年団員　（露地の方を指差して）この裏のところにも、社会主義者が二三人で一軒うちをかりて住んでゐるんですがね。この連中はどうしたもんでせう。このま〻放つておくつてことは甚だ危険に思はれるんですがね——われ〳〵自警団が今のうちに何とか処分してしまつた方がよくはないでせうか。

学生　社会主義者がこの辺にゐるのかね——それなら勿論やつけてしまはなくちや。

労働者　ま、諸君、まつてくれ。己は社会主義者に大分知り合ひがあつて彼等がふだん言つてゐることも聞いて知つてゐる。兎に角、社会主義者は、現在のやうな不平等な社会を葬り去つてしまつて、もつとすべての人が平等に幸福になれるやうな社会を生み出す為めに努力してゐるんだから——こんな際に放火したり爆弾を投げたりするなんてそんな無意味ないたづらをする筈がありやしない。民衆の反感を買うやうなことをして、どうして社会主義が実現されるものか。社会主義者はそんなこと位はちやんと心得てゐる筈だ。だから、己にはどうしてもがてんが行かないんだ——社会主義者が朝鮮人を煽動したんだなんてことは。こりや、どうしても反対派の宣伝に違ひないんだ。つまり社会主義に対して民衆に反感を懐かせようとして策略上からつくり出した噂さに違ひないと己は睨んでゐるんだ。だから、諸君、事の真相が明らかになる迄は、軽挙盲動するやうなことだけは慎しんでもらひたいんだ。

床屋　おい、君社会主義者を弁護したつて駄目だよ。あいつ等はいつも悪いことをたくらんでゐるんだからな。あいつ等は、日本つて国を亡ぼしてしまはうとしてゐるんだ。社会主義者なんて一人もゐなくなるやうに、この際徹底的にやつつけてしまふがい〻んだ。

学生　社会主義者は国賊だ。現在の国家を顚覆しようとしてゐるんだからな。どうしたつて日本の国体とは相容れない主義なんだ。今のうちに何とかしてしまはなくつちや、だん〳〵はびこつて行つて始末に負へなくなるにきまつてゐる。諸君！　賢明なる諸君！　だによつてだ――この際大に奮起してもらひたいんだ。

青年団員　では、諸君、其処にゐる社会主義者をこれから襲撃しようぢやないか。

労働者　（憤激して）いや、己は反対だ。そんなことはさせねえ。君たちがそんな無茶なことをするなら、己は君たちを敵にしてあく迄も闘つて見せるぞ。社会主義者がどんな悪いことを君たちにしたんだ？　単なる噂や、つまらない奴の煽動に乗つて軽はづみなことをしたりすると、後になつてきつと悔いる時が来るぞ。

教授　さうだ、諸君、軽はづみなことをしちやいけない。事件の真相を見きはめてつから、適当な手段を選んで事に処さなくてはいけない。慎重に、飽く迄も慎重にし給へ。こんな混乱した際には、得て馬鹿気切つた間違ひを引き起し易いものだ。我輩は諸君に切に勧告する――冷静になり給へと。

学生　朝鮮人や社会主義者の肩を持つ奴は、己達の敵だ。やつぱり国賊の仲間だ。そんな奴の言ふことを聞いてゐられるかい。襲撃だ！　さ、諸君、突撃しよう。

床屋　賛成！

会社員　ま、待ち給へ。乱暴なことしちやいけない。

学生　何を言つてやがるんだ。弱虫め！　己達のすることを止める気なら止めて見ろ！

（女優下手から来る。）

女優　（教授に）あら、先生――しばらく。先生のおうちでは皆さん別にお怪我もございませんでしたか。大変なことになりましたわねえ。

教授　や、これは――僕のところはみな無事でした。

（一同、女優の方へすつかり気をとられてしまつてゐる。）

乾物屋　何だね――あの女は？

会社員　女優だよ。

米屋　へえ、女優！

女優　先生までも夜警に出てゐらつしやるんですか――まア、大変ですねえ――

教授　全く下らないことですよ。みんな大事変の為めに頭が混乱させられてしまつて、まるで常軌を逸してしまつてゐるんですからね。厄介ですよ。御覧の通りの騒ぎです。本当にどうなることだか――

女優　私のやうな商売はこれで暫くあがつたりですわね。みんな劇場が焼けてしまつて――

教授　ま、さうでせうな。今のところ見当がつきませんね。

女優　私もう東京がいやになりましたわ。女中が恐いから田舎へ帰るつて、今朝言ひ出しましてね、どうしてもきかないんですの。仕方がないから帰してしまひましたわ。電燈もつかないし、水道も瓦斯も出ないし、本当に困つてしまひますわね。今も蠟燭を買ひに来たんですけれど、売れ切れてしまつてないんですの。この先の荒物店へ行つたら、どうかと思ふんですけれどね。

教授　やつぱり、もうないでせう。

女優　さうでせうか。……人間のつくり上げた文明もはかないものですね――自然の破壊力の前にはひとたまりもないんですからね。

教授　天災から来たことは、どうとも仕方がありませんがね。人間てものの無智で残忍なのには、全く今度は愛想がつきましたよ。

（朝鮮人の男と女の二人づれが、下手からおど〳〵した様子をしてやつて来る。）

米屋　や、今度こそ本当の朝鮮人だぞ。

床屋　（朝鮮人の前に立ちふさがつて）お前達は朝鮮人だね？

朝鮮人の男　（青くなつてふるへながら）え、さうです。

青年団員　何処から来た？

朝鮮人の男　私達はこのぢき先の横町の小川つてうちの二階を借りてゐたんですが、其処のお神さんが自警団に、朝鮮人なんかおいといちやいけないつて、ひどく脅迫されるんです。それで、私達にしばらく落ちつくまで何処かへ行つてゐてくれるやうにつてことなので、仕方がなしに今出て来たのです。

青年団員　これから何処へ行くつもりなんだ？

朝鮮人の男　これから郊外の方にゐる友達のところへでもたよつて行かうかと思つてゐるのですけれど……

床屋　お前達は何か悪いことをしたんだらう？

朝鮮人の男　何にも悪いことなんかしません。

床屋　嘘いへ。地震の日に火をつけて歩いたらう？

朝鮮人の男　そんなことは決してしやしません。

床屋　でも、お前達の仲間がやつて歩いたんだ。それを知らないつてことはないだらう？

朝鮮人の男　ちつとも知りません。

床屋　お前達は一体何なのだ――兄妹《きやうだい》なのか――それとも夫婦なのか。

朝鮮人の男　私達は兄妹《きやうだい》なのです。そして私は明治大学の学生です。妹は音楽学校へ行つてゐるんです。

学生　君たちは朝鮮の独立を叫んで、日本に反逆しようとしてゐるんだらうな？

朝鮮人の男　い丶え、そんなことは決してしません。

学生　どうだか分るものか。よしんば、今してゐないにしても、そのうちにはきつと独立運動に加はるやうになるにきまつてゐるんだ。

（ブリキ屋と魚屋、下手から帰つて来る。）

ブリキ屋　なんだ鮮人か。今度は本物だな。どうしたつてんだ。何かぐづ〳〵言つてゐやがるのか。

魚屋　さつきは日本人を鮮人と間違へてとんだへまをしちやつ

たが、今度は大丈夫だな。あの絵書きは気絶しただけですんだからよかつたやうなもの丶、殺しでもして見ろ大変なことになつたんだ。こんな間違ひを引き起したのも、もとはといへばみんな鮮人のせいなんだ。

乾物屋　（朝鮮人の女に）お前さんはいくつだね？

朝鮮人の女　（おど〳〵して）わたし、二十。

米屋　（乾物屋に）おい、また助平根性出しやがるんだな。

乾物屋　ま、この女をよく見ろよ――朝鮮人だつてなか〳〵可愛いところがあるぢやねえか、ちと勿体ないな――こんなに若いんだもの……何とかして……己に任せてくれないかな、この女だけは。

学生　駄目だよ――そんなこたア。君は妾にでもしておきたいつてんだらう――ふん、冗談ぢやないぜ。

床屋　（朝鮮人に）お前達が実際に悪いことをしたか、しないかを此処ではつきり確かめるつてことは出来つこないんだ――何んにも証拠つてないんだからな。だが、お前達の仲間は兎に角悪いことをしたんだ。己達日本人の側から見ればお前達はみんな同じ朝鮮人なんだ――だから、己達は誰れ彼れの差別なく朝鮮人はみんな共犯者と見なすんだ。

朝鮮人の男　（急に反抗的になつて）そんな無茶なことつてありません。

床屋　何を――生意気な。（朝鮮人の男の頬を殴ぐりつける。）

教授　（前へ進み出て荒々しく）よし給へ――何でそんな乱暴なことをするんだね。

学生　さつきから己はやつとこらへて来たんだ。もう己の腹の虫はこのまゝぢやをさまりやしないぞ。この教授こそ日本帝国を滅亡せしめようとしてゐる国賊なんだ。こんな奴を生かしておいてたまるものか。

教授　（あざ笑つて）ふん、暴力で我輩をへこまさうてんだな。君たちの暴力を我輩が恐れてゐると思ふのか。我輩の信念は断乎として君たちと相容れない。君たちの間違つた愛国心、君たちの間違つた帝国主義に我輩はあく迄も反対する。君たちは社会の進化の車を逆にまはさうとしてゐる最も愚劣な人間なんだ。人間の屑だ。いや、人間ぢやない――獣《けもの》物だ。なる程、君たちの暴力は、我輩を斃すことが出来るかもしれない。だが、真理の道をふさぐことは出来やしないぞ。真理が最後の勝利を得る時がきつと来るに違ひない。君たちは馬鹿な行為のありつたけをつくすがいゝ。実際に亡び行く者は真理を擁護する我輩ではなくつて、真理に盲目的に反抗してゐる君たちなんだ。

（教授の妻、門の中から出て来る。）

教授の妻　あなた、よして下さいよ――そんなこと。

教授　（妻の方を見て）よさない――我輩は断じてよさない。さ、君たちが馬鹿な真似をして、この朝鮮人に迫害を加へようとするなら、我輩の目の黒いうちは、どんなことがあつてもさせやしないから……

学生　大きく出やがつたな。先づこの教授を片づけてしまはうぢやないか。さ、諸君、手をかしてくれ。国賊め！

（学生は教授を突き仆す。床屋、ブリキ屋、青年団員、魚屋などが仆れた教授を取り巻いて、蹴る竹槍で突く、棍棒でなぐるして大騒ぎとなる。）

教授の妻　（気狂ひのやうになつて叫ぶ）皆さん、助けてやつて下さい。いけません、いけません。

（女優と小僧はびつくりして下手から逃げて行く。）

会社員　（朝鮮人に）今のうちに早く逃げてしまひなさい。

（朝鮮人の男と女は、上手の方からとつとと逃げて行く。会社員も露地の中へ入つてしまふ。）

労働者　（教授を取り巻いて暴行を加へてゐる人々の二三人の頭を、後から、手に持つてゐるステツキで殴りつけながら呶鳴る）よせ。馬鹿ども――何しやがるんだ。

（労働者の勢ひに恐れをなして、人々は教授のところを離れて、わきへ飛び退く。教授の妻、仆れてゐる教授のところへ行つて、膝をついて抱きつく。教授の額からは血が流れてゐる。労働者も教授に近よつて、教授を抱き上げようとするが、教授の頸は力なくぐつたりと垂れる。）

労働者　（教授を再び地の上におろして）あ、もう駄目です。

（教授の妻、ワッと泣き出す。）

――幕――

（「文藝戦線」大正13年9月号）

牢獄の半日

葉山嘉樹

一

――一九二三年、九月一日、私は名古屋刑務所へ入つてゐた。

監獄の昼飯は早い。十一時には、もう舌なめずりをして、きまり切つて監獄の飯の少ないことを、心の底で泌み泌み情けなく感じてゐる時分だ。

私はその日の日記にかう書いてゐる。

――昨夜、可なり暴化た。夜中に蚊帳戸から、雨が吹き込んだので硝子戸を閉めた。朝になると、畑で秋の虫が――しめたしめた――と鳴いてゐた。全く秋々して来た。夏中一つも実らなかつた南瓜が、その発育不充分な、他の十分の一もないやうな小さな葉を、青々と茂らせて、それにふさはしい朝顔位の花を沢山つけて、せい一杯の努力をしてゐる。もう九月だのに。種の保存本能！　私は高い窓の鉄棒に掴まりながら、何とも云へない気持で南瓜畑を眺めてゐた。

小さな、細目に決り切つてゐるあの南瓜でも私達に較べると実に羨しい。

マルクスに依ると、風力が誰に属すべきであるか、といふ問題が、昔どこかの国で、学者たちに依つて真面目に論議されたさうだ。私は、光線は誰に属すべきものかと云ふ問題の方が、監獄にあつては、現在でも適切な命題と考へる。

小さな葉、可愛らしい花、それは朝日を一面に受けて輝きわたつてゐるではないか。

総べてのものは、よりよく生きやうとする。ブルヂヨアープロレタリア――

私はプロレタリアとして、よりよく生きるために、乃至はプロレタリアを失くするための運動のために、牢獄にある。

風と、光とは私から奪はれてゐる。

いつも空腹である。

顔は監獄色と称する土色である。

心は真紅の焔を吐く。

昼過――監獄の飯は早いのだ――強震あり。全被告、声を合せ、涙を垂れて、開扉を頼んだが、看守はいつも頻繁に巡るのに、今は更に姿を見せない。私は扉に打つ衝つて。私の体を一つのハムマーの如くにして、私は隣房との境の板壁に打つ衝つた。私は死にたくなかつたのだ。死ぬのなら、重たい屋根に押しつぶされる前に、扉と討死しやうと考へた。

私は怒号した。ハムマーの如く打つ衝つた。私は両足を揃へて、板壁を蹴つた。私の体は投げ倒された。板壁は断末魔の胸のやうに震へ戦いた。その間にも私は寸刻も早く看守が来て、――何故乱暴するか――と咎めるのを待つた。が、誰も来なかつた。

私はヘトヘトになつて板壁を蹴つてゐる時は、房と房との天井際の板壁の間に、嵌め込まれてある電球を遮るための板硝子が落ちて来た。私は左の足でそれを蹴上げた。足の甲からはさッと鮮血が迸つた。

――占めた！――

私は鮮血の滴る足を、食事窓から報知木の代りに突き出した。そしてそれを振つた。これも効力がなかつた。血は冷たい叩きの上へ振り落された。

私は誰も来ないのに、さういつまでも、血の出る足を振り廻してゐる訳にも行かなかつた。止むなく足を引つ込めた。そして傷口を水で洗つた。溝の中にゐる虫のやうな、白い神経が見えた。骨も見えた。何しろ硝子板を粉々に蹴飛ばしたんだから、砕屑でも入つてたら大変だ。そこで私は叮嚀に傷口を拡げて、水で奇麗に洗つた。手拭で力委せに縛つた。

応急手当が終ると、――私は船乗りだつたから、負傷に対する応急手当は馴れてゐた――今度は、鉄窓から、小さな南瓜畑を越して、も一つ煉瓦塀を越して、監獄の事務所に向つて弾劾演説を初めた。

――俺たちは、被告だが死刑囚ぢやない。俺たちの刑の最大限度は二ケ年だ。それも未だ決定されてゐるんぢやない。よしんば死刑になるかも分らない犯罪にしても、判決の下るまでは、天災を口実として死刑にすることは、甚だ以て怪しからん。

――

と言ふ風なことを怒鳴つてゐると、塀の向ふから、そうだ、そうだ、と怒鳴りかへすものがあつた。

――占めた――と私は考へた。

あらゆる監房からは、元気のいい声や、既に嗄れた声や、中には全く泣声でもつて、常人が監獄以外では聞くことの能きない感じを、声の爆弾として打ち放つた。

これ等の声の雑踏の中に、赤煉瓦を越えて向ふの側から、一つの演説が初められた。

――諸君、善良なる諸君！　われわれは今、刑務所当局に対して交渉中である！　同志諸君の貴重なる生命が、腐敗した缶詰の内部に、死を待つために故意に閉幽されてあると云ふ事実に対して、山田常夫君と、波田きし子女史とは所長に只今交渉中である。又一方吾人は、社会的にも輿論を喚起する積である。同志諸君、諸君も内部に於て、屈する処なく、××することを希望する！

演説が終ると、獄舎内と外から一斉に、どつと歓声が上つた。

私は何だか涙ぐましい気持になつた。数ケ月の間、私の声帯は殆んど運動する機会がなかつた。又同様に鼓膜も、極めて些細な震動しかしなかつた。空気――風――と光線とは誰の所有に属するかは、多分、典獄か検事局かに属するんだらう――知らなかつたが、私達の所有は断乎として禁じられてゐた。

それが今、声帯は躍動し、鼓膜は裂ける許りに、同志の言葉に震へ騒いでゐる。

――此上に、無限に高い空と、突つかかつて来さうな壁の代りに、屋根や木々や、野原やの――遥かなる視野――があればなあ、と私は淋しい気持になつた。

陰鬱の直線の生活！　監獄には曲線がない。煉瓦！　獄舎！　監守の顔！　塀！　窓！

窓によつて限られたる四角な空！

夜になると浅い眠りに、捕縛される時の夢を見る。眠りが覚めると、監獄の中に寝てるくせに、――まあよかつた――と思ふ。引つ張られる時より引つ張られてからは、どんなに楽なものか。

私は窓から、外を眺めて絶えず声帯の運動をやつてゐた。それは震動が止んでから三時間も経つた午後の三時頃であつた。

――オイと、扉の方から呼ぶ。

――何だ！　私は答へる。

――暴れちやいかんぢやないか

――馬鹿野郎！　暴れて悪けれや何故外へ出さないんだ！

――出す必要がないから出さないんだ。

――何故必要がないんだ。

——此通り何でもないつてことが分つてるから出さないんだ。

——手前は何だ？　鯰か、それとも大森博士か、一体手前は何だ。

——俺は看守長だ。

——面白い。

私はそこで窓から扉の方へ行つて、赤く染つた手拭で巻いた足を、食事窓から突き出した。

——手前は看守長だと云ふんなら、手前は言つた言葉に対して責任を持つだらうな。

——勿論だ。

——手前は地震が何のことなく無事に終ると云ふことが、予め分つてたと言つたな。

——言つたよ。

——手前は地震学を誰から教はつた。鯰からか？　それとも発明したのか？

——そんなことは言ふ必要はないぢやないか。たゞ事実が証明してるぢやないか。

——よろしい。予め無事に収る地震の分つてる奴等が、慌て、逃げ出す必要があつて、生命が危険だと案じる俺達が、密閉されてる必要の、その必要のわけを聞かうぢやないか。

——誰が遁げ出したんだ。

——手前等、皆だ。

——誰がそれを見た？

——ハハ、、、。私は笑ひ出した。涙は雨洩のやうに私の頬を伝ひ初めた。私は頸から上が火の塊になつたやうに応じた。憤怒！

私は傷いた足で、看守長の睾丸を全身の力を罩めて蹴上げた。が、食事窓がそれを妨げた。足は膝から先が飛び上つたゞけで、看守のズボンに微に触れた丈けだつた。

——何をする。

——扉を開けろ！

——必要がない。

——必要を知らせてやらあ。

——覚えてろ！

——忘れろつたつて忘れられるかい。鯰野郎！　出直せ！

——……

——……私は顔中を眼にして、彼奴を睨んだ。

看守長は慌てゝ出て行つた。

私は足を出したまゝ、上体を仰向けに投げ出した。右の足は覗き窓の処に宛てゝ。

涙は一度堰を切ると、迚も止るものぢやない。私は見つともないほど顔中が涙で湿れてしまつた。

私が仰向けになるとすぐ、四五人の看守が来た。今度の看守長は、いつも典獄代理をする男だ。

——波田君、どうだね君、困るぢやないか。

——困るかい。君の方ぢや僕を殺してしまつたつて、何のこともないぢやないか。面倒くさかつたらやつちまふんだね。

——そんなに君昂奮しちや困るよ。

——俺は物を言ふのがもううるさくなつた。その足を怪我してるんだから、医者を連れて来て、治療さして呉れよ。それもいやなら、それでもいいがね。

——どうしたんです。足は。

——御覧の通りです。血です。

——オイ、医務室へ行つて医師に直ぐ来て貰へ！　そして薬箱をもつてついて来い。

看守長は、お伴の看守に命令した。

——あゝ、それから、面会の人が来てますからね。治療が済んだら出て下さい。

僕が黙つたので彼等は去つた。

——今日は土曜ぢやないか、それにどうして午後面会を許すんだらう。誰が来てるんだらう。二人だけは分つたが、演説をやつたのは誰だつたらう。それにしても、もう夕食にならうとするのに、何だつて今日は面会を許すんだらう。

私は堪らなく待ち遠しくなつた。

足は痛みを覚える。

一舎の方でも盛んに騒いでゐる。監獄も始末がつかなくなつたんだ。たしかに出さなかつたことは監獄の失敗だつた。そのために、あんなに騒がれても、どうもよくしないんだ。

やがて医者が来た。

監房の扉を開けた。私は飛び出してやらうかと考へたが止めた。足が具合が悪いんだ。

医者は、私の監房に腰を下した。縛へてある手拭を除《と》りながら、

——どうしたんだ。

——傷をしたんだよ。

——それや分つてるさ。だがどうしてやつたかと訊いてるんだ。

——君たちが逃げてる間の出来事なんだ。

——逃げた間とは。

——避難したことさ。

——その間にどうしてさ。

——監房が、硝子を俺の足に打つ衝けたんだよ。

——硝子なんかどうして入れといたんだ。

——それやお前の方の勝手で入れたんぢやないか。

——……

医者は傷口に、過酸化水素を落した。白い泡が立つた。

——あゝ、電灯の。漸く奴には分つたんだ。

——あれが落ちる程揺つたかなあ。

医者は感に堪えた風に云つて、足の手当をした。

医者の足の手当をし初めると、私は何だか大変淋しくなつた。心細くなつた。

朝は（チキシヨウ）と云つて起される。

（土瓶出せ）と怒鳴る。

（差入れのある者は報知木を出せ）

――ないものは涎を出せ――と、私は怒鳴りかへす。

糞、小便は、長さ五寸、巾二寸五分位の穴から、巌丈な花崗岩を透して、おかはに垂れる。

監獄で私達を保護するものは、私達を放り込んだ人間以外にはないんだ。そこの様子はトルコの宮廷以上だ。

私の入つてる間に、一人首を吊つて死んだ。

監獄に放り込まれるやうな、社会運動をしてるのは、陽気なことぢやないんです。

ヘイ。

私は、どちらかと云へば、元気な方ですがね。いつも景気のいい気持許りでもないんです。ヘイ。

監獄がどの位、いけすかねえ処だか。

丁度私と同志十一人と放り込んだ、その密告をやつた奴を、公判廷で私が蹴飛ばした時のこつた。検事が保釈をとり消す、と云つてると、弁護士から聞かされた時だ。

――俺はとんでもねえことをやつたわい。と私は後悔したもんだ。私にとつては、スパイを蹴飛ばしたのは悪くはないんだが、監獄に又候一日を経たぬ中、放り込まれることが、善くないんだ。

読者諸君、いいと思ふことでも、余り生一本にやるのは考へものですぜ。損得を考へられなくなるまで追ひつめられた奴の中で、性分を持つた奴がやる丈けのもんですて。

監獄に放り込まれる。此事自体からして、余り褒めた気持のいい話ぢやない。そこへ持つて来て、子供二人と、老母と、嬶と、これ丈けの人間が、私を、此私を、一本の杖にして追つてるんです。

手負ひ猪です。

医者が手当をして呉れると、私は面接所に行つた。わざと、下駄を叩きへ打つつけるんだ。共犯は喜ぶ。私も嬉しい。

――しつかりやらうぜ。

――痛快だね。

なんて云つて眼と顔を見合せます。相手は眼より外の処は見えません。眼も一つ丈けです。

命がけの時に、痛快だなんてのは、全く沙汰の限りです。常識を外れちやいけない。ところが、

――理屈は夫れでもいいか知れないが、監獄ぢや理屈は通らないぜ。オイ、――なんです。

監獄で考へる程、勿論、世の中は、いいものでもないし、又娑婆へ出て考へる程、勿論、監獄は、「楽に食へていい処」でもない。一口に云へば、社会と云ふ監獄の中の、刑務所と云ふ小さい監獄です。

二

私は面接室へ行つた。

ブリキ屋の山田君と、嬶と、子供とが来てゐた。

——地震の時、事務所の看守長は、皆庭へ飛び出して避難したよ。

ブリキ屋君が報告した。

——果して。と私は云つた。

詰り、私たちが、いくら暴れても怒鳴つても、文句を言ひに来なかつた筈だ。誰も獄舎には居なかつたんだ。

あれで獄舎が壊れる。何百人かの被告は、ペシヤンコになる。食糧がそれだけ助かる。安穏になる。警察の手がいらなくなる。それで世の中が平和になる。うまいもんだ。

チベツトには、月を追つかけて、断崖から落つこつて死んだ人間がある。と云ふことを聞いた。

日本では、囚人や社会主義者、無政府主義者を、地震に委せるんだね。地震で時の破れを押し止めるんだ。

ジヤツクか！ ノート！

赤ん坊の手を捩るのは、雑作もねえこつた。お前は一人前の大人だ。な。おまけに高利で貸した血の出るやうな金で、食ひ肥つた立派な人だ。こんな赤ん坊を引裂かうが、ひねりつぶさうが、叩き殺さうが、そんなこたあ、お前には雑作なくできるこつた。お前には権力つてものがあるんだ。搾取機関と、補助機関があるんだ。お前たちは、ありとあらゆるものを、自分の手先に使ひ、それを利用することが能きる。たとへばだ。ほんとうは俺たちと兄弟なんだが、それに、ほんの「ポツチリ」目腐金をくれてやつて、お前の方の「目明し」に使ふことが能きる。捕吏にもな。スパイにな。

お前は、俺達の仲間の間へ、そいつ等を螩虫が腹ん中へ這入るやうにして棲はせて置くんだ。俺達の仲間はひどい貧乏なんだ。だから、目腐金へでも飛びつく者が出来るんだ。不所存者がな。

お前は、俺達を、一様に搾取する丈けで倦き足りないで、そう云ふ風にして、個々の俺達の仲間までも堕落させるんだ。

フン！ 捩れ。押しひしやげ。やるがいゝや。捩れるときは捩るもんだ。そうそういつまでも、機会と云ふものがお前を待つては居ないだらうぜ。お前が、此地上のあらゆる赤ん坊を、悉く吸ひ尽して終はうと云ふ決心は、全く見事なもんだ。

だが、お前は其赤ん坊を殺し尽さない前に、いゝかい。誰がどうしないでも、独りでにお前の頭には白髪が殖《ふ》えて来るんだ。腰が曲つて来るんだ。目が霞み初めるんだ。皺だらけの、血にまみれた手で、そこで八釜しく、泣き立てゝゐる赤ん坊の首筋を擱まうとしても、その手さへ動かなくなるんだ。お前が殺し切れなかつた赤ん坊は、益々お前の廻りで殖えて行くだらう。益々騒がしく泣き立てるだらう。ハツハツハツハハ。

赤ん坊が全つ切り大きくならないとしても、お前は年をとるんだよ。ヘツヘツ。

お前は背中に止つた虱が取りたいだらう。そいつを、赤ん坊を引き裂いたやうに、最後の思ひ出として捻りつぶしたいだらう。そいつも六ケ敷くなるんだ。悶え初めるだらう。

お前は、肥つてゐて、元気で、兇暴で、断乎として殺戮を恣にしてゐた時の快さを思ひ出すだらう。それに今はどうだ。虱はおろかお前の大小便さへも自由にならないんだ。血を飲みすぎたんで中風になつたんだ。お前が踏みつけてるものは、無数の赤ん坊の代りとお前自身の汚物だ。そこは無数の赤ん坊の放り込まれた、お前の今まで楽しんでゐた墓場の、腐屍の臭よりも、もつと臭く、もつと湿つぽく、もつと陰気だらうよ。

だが、未だお前は若い。未だお前は六十までには十年ある。い丶かい。未だお前は生れてから五十にしかならないんだ。ただ、お前のその骨に内攻した梅毒がそれ以上進行しないつてことになれば、未だ未だ大丈夫だ。

お前の手、腕、は益々錬はれて来た。お前の足は素晴らしいもんだ。お前の逞しい胸。牛でさへ引き裂く、その広い肩、その外観によつて、内部にあるお前自身の病毒は完全に蔽ひかくされてゐる。

お前が夜更けて、独りその内身の病毒、骨がらみの梅毒について、治療法を考へ、膏薬を張り、神々を祈願し、嘆いてゐることは、未だ極めて少数の赤ん坊より外知らないんだ。

だから、今、お前はその実際の力も、虚勢も、傭兵をも動員して、殺戮本能を満足さすんだ。それはお前にとつてはい丶ことなんだ。お前にとつて、それは此上もなく美しいことなんだ。お前の道徳だ。だからお前にとつてはそうであるより外に仕方のない運命なんだ。

犬は犬の道徳を守る。気に入つたやうにやつて行く。お前もやつてのけろ！

お前はその立派な、見かけの体軀をもつて、その大きな轢殺車を曳いて行く！

未成年者や児童は安価な搾取材料だ！

お前の轢殺車の道に横はるもの一切、農村は蹂られ、都市は破壊され、山野は裸にむしられ、あらゆる赤ん坊は其下敷きとなつて、血を噴き出す。肉は飛び散る。お前はそれ等の血と肉とを、バケツト、コンベーヤーで、運び上げ、啜り啖ひ、轢殺車は地響きを立てながら地上を席捲する。

斯くて、地上には無限に肥つた一人の成人と、蒼空まで聳える轢殺車一台とが残るのか。

そうだらうか！

そうだとするとお前は困る。もう啖ふべき赤ん坊が無くなつたぢやないか。

だが、その前に、お前は年をとる。太り過ぎた轢殺車がお前の手に合はなくなる。お前が作つた車、お前に奉仕した車が、終に、車までがおまへの意のま丶にはならなくなつてしまふんだ。

だが、今は一切がお前のものだ。お前は未だ若い。英国を歩いてゐた時、ロシアを歩いてゐた時分は大分疲れてゐたやうに見えたが、海を渡つて来てからは見違へたやうだ。

る。

「ここ」には赤ん坊が無数にゐる。安価な搾取材料は群れてゐる。

サア！　巨人よ！

轢殺車を曳いて通れ！　ここでは一切がお前を歓迎してゐるんだ。喜べ此上もない音楽の諧調――飢に泣く赤ん坊の声、砕ける肉の響、流れる血潮のどよめき。

此上もない絵画の色――山の屍、川の血、砕けたる骨の浜辺。

彫塑の妙――生への執着の数万の、デツド、マスク！

宏壮なビルデングは空に向つて声高らかに勝利を唄ふ。地下室の赤ん坊の墳墓は、窓から青白い呪を吐く。

サア！　行け！　一切を蹂して！

ブルジヨアジーの巨人！

私は、面会の帰りに、叩きの廊下に坐り込んだ。

――典獄に会はせろ。

誰が何と云つても私は動かなかつた。

――宇都の宮ぢやないが、吊天井の下に誰が藻潜り込む奴があるかい。お前たちは逃げたんぢやないか。死刑の宣告受けてない以上、どうしても俺は入らない。

私は頑張つた。

（「文藝戦線」大正13年10月号）

頭ならびに腹

横光利一

真昼である。特別急行列車は満員のまま全速力で馳けてゐた。沿線の小駅は石のやうに黙殺された。

とにかく、かう云ふ現象の中で、その詰め込まれた列車の乗客中に一人の横着さうな子僧が混つてゐた。彼はいかにも一人前の顔をして一席を占めると、手拭で鉢巻をし始めた。それから、窓枠を両手で叩きながら大声で唄ひ出した。

『うちの嬶ア

福《ふうく》ぢやア

ヨイヨイ、

福は福ぢやが、

お多福ぢや

ヨイヨイ。』

人々は笑ひ出した。しかし、彼の歌ふ様子には周囲の人々の顔色には少しも頓着せぬ熱心さが大胆不敵に籠つてゐた。

『寒い寒いと

云《ゆ》たとて寒い。

何が寒かろ。

やれ寒い。

ヨイヨイ。』

彼は頭を振り出した。声はだんだんと大きくなつた。彼のその意気込みから察すると、恐らく目的地まで到着するその間に、自分の知つてゐる限りの唄を尽く唄ひ尽さうとしてゐるかのやうであつた。歌は次ぎ次ぎにと彼の口から休みなく変へられていつた。やがて、周囲の人々は、今は早やその傍若無人な子僧の歌を誰も相手にしなくなつて来た。さうして、車内は再びどこも退窟と眠気のために疲れていつた。

そのとき、突然列車は停車した。暫く車内の人々は黙つてゐた。と、俄に彼等は騒ぎ立つた。

『どうした！』

『何んだ！』

『衝突か！』

人々の手から新聞紙が滑り落ちた。無数の頭が位置を乱して動揺めき出した。

『どこだ！』

『何んだ！』

『どこだ！』

動かぬ列車の横腹には、野の中に、名も知れぬ寒駅がぼんやりと横たはつてゐた。勿論、其処は止るべからざる所である。

暫くすると一人の車掌が各車の口に現れた。

『皆さん、此の列車はもうここより進みません。』

人々は息を抜かれたやうに黙つてゐた。

『H、K間の線路に故障が起りました。』

『車掌！』

『どうしたッ。』

『皆さん、この列車はもうここより進みません、』

『金を返せッ。』

『H、K間の線路に故障が起りました。』

『通過はいつだ？』

『皆さん、此の列車はもうここより進みません。』

車掌は人形のやうに各室を平然として通り抜けた。人々は車掌を送つてプラットホームへ溢れ出た。彼等は駅員の姿と見ると、忽ちそれを巻き包んで押し襲せた。数箇の集団が声をあげてあちらこちらに渦巻いた。しかし、駅員らの誰もが、彼らの続出する質問に一人として答へ得るものがなかつた。ただ彼らの答へはかうであつた。

『電線さへ不通です。』

一切が不明であつた。そこで、彼ら集団の最後の不平はいかに一切が不明であるとは云へ、故障線の恢復する可き時間の予測さへ推断し得ぬと云ふ道断さは不埒である、と迫り出した。けれ共一切は不明であつた。いかんともすることが出来なかつた。従つて、一切の者は不運であつた。さうして、この運命観が宙に迷つた人々の頭の中を流れ出すと、彼等集団は初めて波のやうに崩れ出した。喧騒は呟きとなつた。苦笑となつた。間もなく彼らは呆然となつて了つた。しかし、彼らの賃金の返済されるのは定つてゐた。畢竟彼らの一様に受ける損失は半日の空費であつた。尚ほ引き返す半日を合せて一日の空費となつた。そこで、此の方針を失つた集団の各自とる可き方法は、時間と金銭との目算の上自然三つに分かれねばならなかつた。一つはその当地で宿泊するか、一つはその車内で開通の時間を待つか、他は出発点へ引き返すべきかいづれであるか。やがて、荷物は各車の入口から降ろされ出した。人波はプラットから野の中へ拡り出した。動かぬ者は酒を飲んだ。菓子を食べた。女達はただ人々の顔色をぼんやりと眺めてゐた。

　所がかの子僧の歌は、空虚《から》になつた列車の中からまたまた勢ひ好く聞え出した。

『何んぢや
　此の野郎
　柳の毛虫
　払ひ落せば
　またたかる、
　チヨイチヨイ、』

　彼はその眼前の椿事は物ともせず、恰も窓から覗いた空の雲の塊りに噛みつくやうに、口をぱくぱくやりながら。その時である。崩れ出した人波の中へ大きな一つの卓子が運ばれた。そこで三人の駅員は次のやうな報告をし始めた。

『皆さん。お急ぎのお方はここへ切符をお出し下さい。S駅まで引き返す列車が参ります。お急ぎのお方はその列車でS駅からT線を迂廻して下さい。』

　さて、切符を出すものは？と群集は鳴りをひそめて互に人々の顔を窺ひ出した。何ぜなら、故障線の列車はいつ動き出すか分らなつた。従つて迂廻線の列車とどちらが早く目的地に到着するか分らなかつた。

　さて？
　さて？
　さて？

　一人の乗客は切符を持つて卓子の前へ動き出した。駅員はその男の切符に検印を済ますと更に群衆の顔を見た。が、卓子を巻き包んでそれを見守つてゐる群衆の頭は動かなかつた。

　さて？
　さて？
　さて？

　暫くすると、また一人ぢくぢくと動き出した。だが、群衆の頭は依然として動かなかつた。そのとき、彼らの中に全身の感覚を張り詰めさせて今迄の様子を眺めてゐた肥大な一人の紳士が混つてゐた。彼の腹は巨万の富と一世の自信とを抱蔵してゐるかのごとく素晴らしく大きく前に突き出てゐて、一条の金の鎖が腹の下から祭壇の幢幡のやうに光つてゐた。

彼はその不可思議な魅力を持つた腹を揺り動かしながら群衆の前へ出た。さうして彼は切符を卓子の上へ差し出しながらにやにや無気味な薄笑ひを洩して云つた。
『こりや、こつちの方が人気があるわい。』
すると、今迄静つてゐた群衆の頭は、俄に卓子をめがけて旋風のやうに揺らぎ出した。卓子が傾いた。『押すな！　押すな！』無数の腕が曲つた林のやうに。尽くの頭は太つた腹に巻き込まれて盛り上つた。
聽て、迂廻線へ戻る列車の到着したのはそれから間もなくのことであつた。群衆はその新しい列車の中へ殺到した。満載された人の頭が太つた腹を包んで発車した。跡には、踏み蹂じられた果実の皮が濡れてゐた。風は野の中から静まつた寒駅の桂をそよそよとかすめてゐた。
すると、空虚になつて停つてゐる急行列車の窓から、ひよつこりと鉢巻頭が現れた。それは一人取り残されたかの子僧であつた。彼はいつの間にか静まり返つて閑々としてゐるプラットを見ると、
『をツ。』と云つた。
しかし、彼は直ぐまた頭を振り出した。
『汽車は、
出るでん出るえ、
煙は、のん残るえ、
残る煙は
しやん癪の種
癪の種。』
歌は瓢々として続いていつた。振られる鉢巻の下では、白と黒との眼玉が振り子のやうに。
それから暫くしたときであつた。一人の駅員が線路を飛び越えて最初の確実な報告を齎した。
『皆さん、H、K間の土砂崩壊の故障線は開通いたしました。皆さん、H、K間の……』
しかし、乗客の頭はただ一つ鉢巻の頭であつた。しかし、急行列車は烏合の乗合馬車のやうに停車してゐることが出来なかつた。車掌の笛は鳴り響いた。列車は目的地へ向つて空虚のまま全速力で馳け出した。
子僧は？意気揚々と窓枠を叩きながら。一人白と黒との眼玉を振り子のやうに振りながら。
『ア——
梅よ、
桜よ、
桃よ、
牡丹よ
さうは
一人で
持ち切れぬ
ヨイヨイ。』

（「文藝時代」大正13年10月号）

をさなものがたり（抄）

島崎藤村

林檎《りんご》

太郎よ。お前は今、田舎の方で毎日元気よく働いて居ますか。父さんの側《そば》には次郎や三郎や末子《すゑこ》がお前の噂をしながら暮して居ることを思出して見て下さい。お前から来る手紙を読むのを、家中《うちぢう》みんな楽みにして居ることを思出して見て下さい。

どれ、父さんはこれからいろいろ胸に浮んで来ることをお前達のために書きつけて見ようと思ひます。

父さんは、今お前達に聞かせたいと思ふ独逸《どいつ》の方のお伽話《とぎばなし》を一つ思出しました。先づそのお話から始めませう。それから他《ほか》のお話に移りませう。

三人の兄弟《きやうだい》の子供がありました。兄の子供は林檎《りんご》を一つ持つて居ましたが、弟にそれを呉《く》れたらどんなにか喜ぶだらうと思ひまして、弟のところへ持つて行つてやりました。ところが弟の子供はまた、小さな妹にそれを呉れたらどんなにか喜ぶだらうと思ひまして、兄さんから頂いたのを妹のところへ持つて行つてやりました。さうしましたら、小さな妹は自分でそれを食べてしまはずに、「わたしはこれを母さんにあげませう。」さう言ひまして、その一つの林檎を母さんのところへ持つて行つてあげました。

子供等の母さんは大層よろこびまして、自分の女の児《こ》を抱きしめながら、

「神さまは、お前達と一所に居て下さる。」

と言ひましたさうです。

なんと、親子や兄弟がこんなこころもちで互《たがひ》に暮せたら、どんなに幸福でせう。

瓜と茄子

瓜と茄子が台所で涼んで居ました。この瓜と茄子は台所の桶の中で、半分水につかりながら涼んで居ましたが、いかにも仲よく見えました。

そこは銀座の方にあつた吉村《よしむら》の小父《をぢ》さんの家《うち》の台所でした。父さんが東京に出てから、少年の身を寄せて居たのも、その小父さんの家《うち》でした。尤《もつと》も、東京に出たばかりの時は高瀬の伯母さんの家《うち》から学校へ通ひましたが、一年ばかりたつと伯母さん達は木曾福島の方へ家中《うちぢう》で帰つて行きました。それから父さんはずつと、吉村さんの家《うち》にお世話になつて居たのです。

この父さんは国に居る頃から茄子が大好きでした。茄子のこ

となら、煮ても、焼いても、漬けても好きでしたが、殊にそれを味噌汁《おみおつけ》にしたのは父さんの好きなものでした。

その話を台所に涼んで居る茄子にしましたら、茄子もよろこびまして、

「どうです、東京へ来てから、すこしは修業が出来ましたか。瓜さんとわたしの居るところで、ちと話して行つて下さい。」

とその茄子が言ひました。

その時、父さんはいろいろな話をしました。また父さんは高瀬《たかせ》の伯母さんの家《うち》の方に居る時分のことでしたが、よく鼻液《はな》が出てこまりました。それを両方の袖口で拭き拭きしたものですから、いつでも父さんの着物には鼻液《はな》が干乾びついて光つて居ました。それればかりでなく、着物の胸のあたりもよく汚したものです。伯母さんはそれを見て、食事の時に茶碗を胸に当てることは止《よ》せと言ひましたが、自然とついた癖は止《よ》さうと思つても容易に直りませんでした。いつの間にか父さんの茶碗は胸のところに当つて居ました。そこで伯母さんが父さんのために、ブリキの前掛といふのを考へ出したのです。四角に切つたブリキの片《きれ》に紐を着けまして、御飯の度にそれを父さんに掛けさせることにしたのです。このブリキの前掛には父さんも弱りました。伯母さんの家にお客さまでもあつて、みんな一緒に御飯を食べる時に、そのブリキを自分の首に掛けるほど、きまりの悪いことはありませんでした。でも、そのお蔭で、カチリと茶碗の音のする度に、自分でも気がついて、次第に着物を汚さないやうになつたのです。

「ブリキの前掛とはめづらしい。」

と瓜は父さんの話を聴いた後で笑ひました。

「お蔭で、わたしまで楽しい時を送りました。もつともつと修業をして下さい。そして大きくなつて下さい。お前さんの好きな味噌汁《おみおつけ》でも、なんでも、どつさり御馳走しますよ。」

と茄子も言ひました。

ドンの鳴《な》るまで

どれ、一つドンのお話をしませう。あのドンは父さんが泰明《たいめい》小学《せうがく》の方でお昼のお弁当をつかふ時分から、教室に居てよく聞いた音でした。

ドンはお昼の来るたびに東京のまん中で鳴りますが、その鉄砲は誰にでも見えるやうなところに据ゑてありませんから、「お前さんがドンですか」と言つて呉れる人はめつたにありませんでした。

しかしドンはそんなことに頓着なしで、隠れたところで毎日よく働きました。時計の針が丁度十二時を指す頃になりますと、ドンは一発、

「只今、お昼です。」

と東京中の人に正しい時を知らせます。

ドンはこんなによく働きましても、その割合に褒めて呉れる人がありません。それを仲好《なかよ》しの古い時計がもどかしく思ひま

して、

「ドンさん、東京の人はお前さんを忘れて居るのぢやありますまいか。こんなにお前さんが精出して働いて居るのに、みんな当り前のやうな顔をして居ますよ。お昼が来れば、お前さんが唯鳴《ただな》るもののやうに思つて居る人もありますよ。ほんとに、縁の下の力持とは、お前さんのことです。」

「そんなことは奈何でもいいことです。」とドンが答へました。「私は人に見せびらかすために働いて居るのではありません。虚栄《みえ》に鳴るのでもありません。」

その時、時計の言ふには、「お前さんの言ふ通りでせう。しかし、あの鶏《にはとり》を御覧なさい。鶏はお前さんのやうに無愛想ではない。朝になると何度も何度も鳴いて、「もう夜が明けたぞ」とか、「そろそろ起きてもいいぞ」とか言ひます。それからあのお寺の鐘を御覧なさい。お寺の鐘もお前さんのやうに無愛想ではない。夕方にでもなると余計に好《い》い声で、「そろそろ日が暮れます」とか、「もう灯火《あかり》をつけても好《い》い頃です」とか言ひます。それに捨鐘といふものがあつて、「これはおまけです」と言ひながら、余分な鐘の音まで聞かせます。あの鶏やお寺の鐘が人に好《す》かれるのは、さういふ愛想の好《い》いところが有るからではありませんか。そこへ行くと、お前さんの唯一発、「お昼です」――ほんとにお前さんのはあつけない。だから粗末にされるのではないかと思ひますよ。」

「そりや私には鶏のやうな歌はありません。お寺の鐘のやうな音楽もありません。」とドンが答へました。

「どうでせう、お前さんが一日休んで見たら。」とまた時計が言ひました。「さうしたらみんなお前さんを忘れて居たと気がつきはしますまいか。もつとお前さんのことを思ひ出して呉れるやうに成りはしますまいか。」

ドンは時計の言ふことを聞いて笑ひ出しました。「そんな馬鹿なことが出来るものですか。もう何年もこのかた、斯うして私は鳴つて居ます。一日でも鳴らなければ私は気がすみません。東京のやうな大きな都には、いろいろな音や響きがあつていい筈です。及ばずながら私もその仲間《なかま》入《いり》をして居るのです。私は無愛想かも知れませんが、もし私が休みでもしたら、どうしてみんなが正しい時といふものを知りませう。」

さう言ひながら、ドンが時計の顔を見て居りますうちに、時計の針はだんだんお昼の方へ近くなつて行きました。ドンはもうお話するのをよしまして、黙つて時計の顔を見て居ましたが、丁度長い針と短い針とが十二時のところに重なり合つた頃を見計らひまして、

「ドン」

と一つ鳴りました。

それドンが鳴つた、と諸方の家の時計が合図の音でも聞きつけたやうに、あつちでもこつちでもチンチン鳴り出しました。遠いところや近いところにある工場の笛まで、それに調子を合はせて、高く東京の空に鳴り渡りました。

狆《ちん》の話

吉村の小父さんのお家には、マルといふ犬が飼はれて居ました。マルは普通の犬とちがひ、狆《ちん》の仲間でした。

このマルは体格《なり》も小さく、頭から目の上あたりまで白い毛の長く垂れさがつた顔付からして滑稽な犬ではありましたが、なかなか賢いものでした。それに子供が好きで、呼べば直《す》ぐ父さんの膝の上へも来ましたし、頭の毛を振つたり尻毛《しりげ》を振つたりしながら父さんの周囲《まはり》を踊つて歩いたものです。

「この犬には人間の言葉が解りますよ。」

と言つて小母さんも笑つたことがありますが、それほど人に慣れて居ました。父さんが小母さん達の側《そば》で何かお話でもして居ますと、マルもそこへ来て、みんなの顔を見比べながら首をすこし傾《かし》げては聞いて居ました。このマルに物を呉れる時の家《うち》の人の言葉――お預け、ぐるりと廻つて、お忍びで、その他の言葉なぞをマルはよく暗記して居まして、それを間違へたこともありませんでした。あまりお預けの長い時は、マルは後脚《あとあし》で立ちあがつて、二本の前脚でチンチンをして見せて、「随分長いお預けですねえ」と言つた顔付をします。まだそれでもお預けだと言はれる時には、マルは畳の上に頭を押しつけ、そこにあるお煎餅やパンのすぐ側まで自分の鼻を持つて行きまして、お許しの出るまで待つて居ます。これほど聞分けの好《い》い犬でしたから、誰か表の方に人の足音でもすると、真先にそれを聞きつけて飛んで行くのはマルでした。それがお客さまであるか、家のものであるか、マルはもう足音でちやんと聞き知つて居ました。

小父さんやお婆さんは時々このマルに行水をつかはせました。毛が汚れてきたなくなるものですから、嫌がるやつを無理に盥に入れて、石鹼《しやぼん》をつけてごしごし洗つてやりますと、マルは鼻をクンクンいはせながら鳴き騒ぎました。濡れた時のマルはずつと小さく見えました。その時には眼もあらはれました。マルはもう毛の乾くのを待つて居られないといふ風に、家中《うちぢう》を馳けずり廻つて、小さなからだを行く先にこすりつけ、ごろごろ部屋のなかを転がつて歩きました。どうかすると、その濡れた毛を人の前でぶるぶるさせて、無遠慮な雫《しづく》を飛ばしてよこすことがありました。まあ、さういふ時の犬の心持を言つて見れば、

「濡れた着物を着て居るのは、誰でもたまりませんからね。」

さう言ひながら転がつて歩いたらうかと思ひます。

長いもの

長いもの。武居《たけゐ》先生の風邪《かぜ》。

武居先生は十四の歳に風邪を引いたさうですが、それが七十まで抜けなかつたと言ひますよ。この武居先生は吉村の小父さんの親戚にあたる年とつた漢学者でした。父さんも小学時代に、武居先生に就いて「詩経」の素読などを受けたことがありました。

愚かな馬の話

良寛上人《りやうくわんしやうにん》は越後《ゑちご》の国の出雲崎《いづもざき》といふところに生まれた人でした。髪を剃つてお寺に入つたのは十八歳だといひますが、それから七十五歳のおぢいさんに成るまで生きて居た名高い坊さんでした。

この良寛上人は世にもめづらしいほど子供の好きな人でした。ほんとに、子供のお友達になりに生まれて来たやうな人で、行く先で男の児や女の児と一緒になつて遊びました。「良寛さま、お遊びなさいな」と子供が言へば、上人はさういふ子供を相手に「隠れんぼ」などをして、日の暮れるのも忘れるくらゐの人でした。

この子供好きな良寛上人が越後の国の三島郡《みしまぐん》といふところにある村で亡くなつた時は子供の世界は火の消えたやうに成りました。七十になつて「オハジキ」をしたり、手毬をついたりしたほどの上人ですから、どうしてあの上人が達者な時分には「隠れんぼ」どころかずゐぶん思ひ切つた子供らしい遊びをして幼いものを悦ばせました。

上人はよく死んだものの真似などをして、路傍《みちばた》に横になつて居たこともありました。それを見ると子供等は大よろこびで、その上から草をかける、木の葉をかける、しまひに木の葉や草で上人を埋めてしまつて、笑ひ楽しんだこともありました。そんないたづらをする子供等が木の葉や草を集めて運んで来る間でも、上人は静かに路傍《みちばた》に横になりながら、子供等の為ることを楽しむやうな人でした。どうかすると、その死んだ振りをして居る上人の鼻をつまみに来るやうな、そんな悪ふざけをする子供があつても、それでも腹を立てませんでした。それほど上人は子供を愛しました。

良寛上人が亡くなりましてから、がつかりしたのは子供等でした。あんな好《い》いお友達が居なくなつたものですから、にはかにさびしく思つたのです。丁度、村はづれの百姓の家に飼はれて居る馬がありました。その馬は鳴き声からして愚かな馬で、あたりまへの馬のやうに「ヒーン」とは鳴けないくらゐのものでした。

「アーン」

その愚かな馬の鳴声を聞いたばかりでも、子供等は吹き出してしまひました。

不思議にもその「アーン」が子供等の気に入りました。どうかすると馬は途方もない大きな声を出します。遠いところに居る子供等までその声を聞きつけまして、馬を見にやつて来ます。その馬は愚かなものではありましたが、温順《おとな》しくていつの間にか子供の遊び相手になりました。それに小さな馬の割合には、力もありまして、子供を背中に乗せてはよくそこいらを楽しさうに歩き廻りました。どうかすると、いたづらな子供等が馬の尻尾などを引張り廻しても、馬は反《かへ》つてそれを嬉しさうにして、大きな円い眼のふちへ皺をよせて笑ひました。馬が妙な声を出すのはあれは好い心持だからでした。もつともつと子供のいたづらを所望するのでした。

「まあ、あの馬の鳴声は、嬉しくてあんな声を出すんだらうか。それとも何か不足であんな声を出すんだらうか。」

と村の人達は言ひ合ひまして馬の「アーン」を聞く度に笑ひました。

　正月の六日は亡くなつた良寛上人の命日にあたりました。その日が来ると村の人達は上人の好きなものを思ひ思ひに仏さまへ上げました。そして、あれほど子供の好きな上人のことですから、みんなと遊んで下すつた時と同じやうに、面白い笠をかぶり、杖をつき、乞食坊主のやうなかまはない服装《なり》をして、きつと命日には諸方《はうばう》の家へ来て下さるだらうと言ひました。あの上人の形見の品として、立派な字で書いた歌の掛物を大切にして居る家では、せめて私共《わたくしども》の門口にはお立ち下さるだらうと言ひました。いや他の家へはお寄りにならなくとも、あの子供好きな上人が手製の毬を大切にして居る私共へはお見えになるだらうと言ふものもありました。

　その命日の夕方に、村の子供等は例の愚かな馬の居る百姓家を見に行つて、びつくりしました。何故かといひますに、そんなきたない馬小屋の中に居るものでも仏さまの思召《おぼしめし》に叶ふたかして、馬の頭からは御光がさして居ましたから。

　その時になつて子供等はあの良寛上人が亡くなつた後まで自分等を愛して居て下さることを知りました。あの上人の来て下さるといふ家は、形見の歌の掛物を大切にして居る家でもなく、上人が手製の毬を大切にして居る家でもなく、矢張り子供の好きなものの居る貧しい馬小屋の門口だといふことを知りました。

蟬の羽織

　生まれたばかりの青い蟬が父さんの方へ這つて来ました。

「オヤ、好い羽織を着ましたね。」

と父さんが言ひましたら、蟬は殻から出たばかりのやうな子供でして、

「ええ、わたしどもも夏の支度です。」

と蟬が答へました。

　父さんもびつくりしました。蟬の子供が着て居る青い羽織は、翡翠《ひすゐ》といふ珠の色にも譬へたいやうな美しいものでしたから。

「わたしはまだ、そんな美しいものを見たことがありませんよ。」

と父さんが褒めましたら、蟬も夢からさめたばかりのやうな静かな眼付をして、薄い透きとほるやうな羽織を涼しさうに着ながら、父さんの前を這ひ廻つて見せました。その蟬はまだ高い声で鳴くことも知らず、樹と樹の間を飛び廻ることも知らず、遠い先の方の夢でも見て居るやうな幼いものでした。

　父さんは二度びつくりしました。その青白い蟬の羽は、僅か一晩ばかりの中に、普通の親蟬と同じやうな黒ずんだ色に変りかけて行きましたから。

その時、父さんもさう思ひました。蟬には青年の時といふものも無いのかしらと思ひました。あの蟬達は、子供から直ぐに大人に飛ぶのかしらと思ひました。

蟹の子供

蟹の子供は幼少《ちひさ》くて、遊びたいさかりでした。そこは隅田川の水のついて来る岸の石垣のところでしたから、その石垣の下に出ては遊びました。はじめのうちは一段か二段ぐらゐしか石垣を登れませんでしたが、一段登り、二段登りするうちに、だんだん高いところへ登つて行つて遊ぶことが出来るやうになりました。蟹の子供はうれしくて、その度に、

「母さん、母さん。」

と言つては石垣の下の方に居る親蟹を呼びました。

蟹の子供は一度石垣を登ることを覚えてから、どうかして一番上まで登りたいと思ひました。時には、石垣の中ほどから滑り落ちて眼を廻すやうなこともありました。それでも一度覚えたことを忘れないで、その石垣につかまりつかまり、もつと高く、もつと高くと登つて見たいと思ひました。この幼少《ちひさ》な蟹の子供が、漸くのことで一番上の石垣のところまで登りついた時の歓びは、譬へやうもありませんでした。両方のハサミを高くさしあげてよろこびました。それから、石垣の下の方に居る親蟹を見て斯《か》う声をかけました。

「母さん、御覧なさい、とう〳〵一番上まで登つて来てしまひましたよ。」

同じく

「母さん、何かおもしろさうなものが石垣の上の方からさがつて来ましたよ。」

と蟹の子供が親蟹のところへ告げに来ました。

親蟹が石垣の間から出て見ますと、成程、子供の云ふ通りでした。小さな黒い炭が石垣の上の方からぶらさがつて来て居ました。それが上つたり下つたりして居ました。

「あれ、あんなおもしろさうなものが上つたり下つたりして居ますよ。」

と蟹の子供が言ひました。

その時、親蟹は何か思ひついたやうに小さな炭のかたまりを眺めまして、

「その黒いものに触るのはお止し。この川に居るダボハゼの子供を御覧なさい、紅い美しい虫が来てはうまいことを言つて誘ふものですから、みんなそのために釣られて行つてしまひますよ。あのダボハゼの子供は母さんの言ふことを聞かないからですよ。」

と言ひきかせました。すると蟹の子供が言ふには、

「母さん、ダボハゼの子供と私達とは違ひますよ。あんなダボハゼの子供が欺されるやうな紅い美しい虫とは違ひますよ。そこへ下つて来て居るのは、ただの黒い炭ぢやありませんか。」

「いえ、きつと是が皆さんのよく言ふ「誘惑」といふものですよ。「誘惑」は紅くて美しいにかぎつたことはありませんよ。」と言つて親蟹がとめましたが、蟹の子供は聞き入れようともしませんでした。

「母さん、私はまだ子供ですもの――こんな石垣の間にばかり引込んでは居られませんもの――私だつて、おもしろいことをして遊びたいんですもの。」

と蟹の子供が言ひました。

この蟹の子供が石垣の間から見て居ますと、その黒いものはなんにも恐いやうなものではありませんでした。唯の小さな炭のかたまりでした。それが自分の鼻の先で、さもおもしろさうに上つたり下つたりして居るのでした。蟹の子供は遊びたいさかりでしたから、それを見るとたまらなくなりました。丁度ぶらんこでもするやうに両方のハサミに力を入れて、その黒いものにつかまりました。

親蟹が驚いて自分の子供を抱き止めようとした時は、もう間に合ひませんでした。

「あれ、あれ」と親蟹が言つて居る間に、蟹の子供は炭のかたまりと一緒に岸の上の方へ釣られて行つてしまひました。

西瓜の昼寝

西瓜ぐらゐそこいらにごろごろして、昼寝をすることの好きなものもありません。

小父さんのお家の土蔵の前のところには、裏の廂間《ひあはひ》の方から好い風の来る狭い板の間がありました。その板の間に西瓜が昼寝をして居ました。父さんが土蔵の階段の方へ登らうとして、西瓜の上を跨いで通りますと、まだそれでも西瓜は知らずに寝て居ました。

こんなにごろごろ昼寝をすることの好きな西瓜でも、家中で縁側にでも集まつて一日の疲れを忘れようとする時には、みんなのものに取つての親しみの深いお友達でした。見かけによらない淡桃色の心臓の持主で、おいしい御馳走をして呉れるのも、あの西瓜でした。

（大正13年1月、研究社刊）

炎の大帝都

宮崎一雨

一

屋内中《をくないぢゆう》に怪　火焔《かわいくわえん》

大震火災《だいしんくわさい》に乗《じよう》じて時任博士《ときたふはかせ》の大発明《だいはつめい》の図面《づめん》を盗《ぬす》んだ籠原学士《かごはらがくし》は、その図面《づめん》に不審《ふしん》の点《てん》があるので、博士《はかせ》の令嬢時子《れいぢやうときこ》を欺《あざむ》いて誘《さそ》ひ出《だ》し一室《いつしつ》に檻禁《かんきん》してその秘密《ひみつ》を云《い》はせようとした。

勇《いさ》ましくも男《を》々しい時子《ときこ》は死《し》すとも之《これ》に従《したが》ふ様《やう》な少女《せうぢよ》ではなかつた。父《ちゝ》の大発明《だいはつめい》の秘密《ひみつ》を護《まも》り悪学士《あくがくし》に一泡吹《あわふ》かせようとした。闇夜《あんや》に響《ひゞ》く怪《あや》しの物音《ものおと》！

さては籠原悪学士《かごはらあくがくし》は、その悪智恵《わるぢゑ》を働《はたら》かせた科学応用《くわがくおうよう》の奸手《かんしゆ》段《だん》で、自分《じぶん》に危害《きがい》を与《あた》へようとするのか、父《ちゝ》の大発明《だいはつめい》を擁護《ようご》する事《こと》も出来《でき》ず、非業《ひごふ》の死《し》を遂《と》げた母《はゝ》の復讐《ふくしふ》をする事《こと》も能《あた》はず、自分《じぶん》はこゝで憎《にく》むべき大悪人《だいあくにん》の手《て》に殪《たふ》れるのかと、地下室内《ちかしつない》の時任理《ときたふり》学博士《がくはかせ》令嬢時子《れいぢやうときこ》は覚悟《かくご》の臍《ほぞ》を極《き》めました。

断続《だんぞく》して響《ひゞ》く物音《ものおと》は、容易《ようい》に終《をは》りになりません。

時《とき》がたつに連《つ》れ、男《を》々しい時子《ときこ》の勇気《ゆうき》は、又《また》もや恢復《くわいふく》して来《き》ました。

『どうせ殺《ころ》されるのなら、此儘手《このまゝて》を束《つか》ねて死《し》を待《ま》つてゐることはないわ、出来《でき》るだけ勇気《ゆうき》を振《ふる》ひ、やれるところ迄《まで》やつて見《み》るわ、い、わ〳〵、此方《こつち》にも覚悟《かくご》があるわ』

屹《きつ》と立《た》ち上《あが》つた時子《ときこ》は、宵《よひ》に喰《た》べた箱弁当《はこべんたう》の空箱《あきばこ》を手《て》に取《と》り、その怪音《かいおん》の響《ひゞ》く片隅《かたすみ》へと手探《てさぐ》りに忍《しの》び寄《よ》りました。

『何《なん》か、こゝへ仕掛《しか》けをしたならば、それを奪《うば》ひ取《と》つてやるわ。若《も》し又何者《またなにもの》かゞ這入《はひ》つて来《き》たならば、一打《ひとうち》に打《う》つてやるわ。女《をんな》だつて一心《いつしん》になつたなら、なんだつて出来《でき》ないことは無《な》い。あゝ、お母様《かあさま》、わたしの身《み》を守《まも》つて下《くだ》さいまし、時子《ときこ》は誓《ちか》つてお母様《かあさま》の御無念《ごむねん》を霽《はら》して上《あ》げますよ』

心《こゝろ》の内《うち》に念《ねん》じながら、身構《みがま》へした時子《ときこ》、少女《せうぢよ》でも一生懸命《しやうけんめい》になれば、なか〳〵以《もつ》て侮《あなど》り難《がた》いものです。

怪音《くわいおん》は大分大《だいぶおほ》きく、大部近《だいぶちか》くなつて来《き》ました。どうやらそれは壁《かべ》を破《やぶ》つてゐるのらしいのです。

『何《なに》をするのか、誰《だれ》が来《く》るのか？』

手《て》ぐすね引《ひ》いて待《ま》つてゐる時子《ときこ》の眼《め》に、やがて表《おもて》からさす燈《あか》火《り》の火《ひ》が映《うつ》りました。

『さア、何《なん》でも』

眼《め》を見張《みは》る途端《とたん》、壁《かべ》はバッサリ中《なか》へ落《お》ちました。透《とう》して見《み》れば二尺《しやく》四方《はう》に近《ちか》い大穴《おほあな》が開《あ》いたのです。

『お嬢《ぢやう》さん！』

低《ひく》いが力強《ちからづよ》い声《こゑ》。だが誰《だれ》だか、其《そ》の声音《こわね》に覚《おぼ》えがありません。

時子《ときこ》は黙《だま》つて様子《やうす》を窺《うかゞ》つてゐました。

『お嬢《ぢやう》さん、時子嬢《ときこぢやう》！』

外《そと》からは又小声《またこごゑ》で呼《よ》びました。

時子《ときこ》はまだ黙《だま》つてゐました。

『お嬢様《ぢやうさま》、時子様《ときこさま》！』

今度《こんど》は優《やさ》しい女《をんな》の声《こゑ》！

『マア、さう云《い》ふのは、さいぢやないの？』

時子《ときこ》は、我《わ》れと我耳《わがみゝ》を疑《うたが》ふかのやうに叫《さけ》びました。

『ハイ、さうでございますよ』

『マア、さいやかい――マア、わたし、夢《ゆめ》ぢやないか知《し》ら
……』と、時子《ときこ》は独言《ひとりごと》。

『夢《ゆめ》ぢやありません。夢《ゆめ》ぢやありません。こゝから、早《はや》く、早《はや》く』

今度《こんど》は先刻《さつき》の男《をとこ》の声《こゑ》がしました。

『ア、、あたし…………』

時子《ときこ》は余《あま》りに意外《いぐわい》に、ブル〳〵と震《ふる》へ出しました。悪学士《あくがくし》が自分《じぶん》に危害《きがい》を加《くは》へようとして、何《なに》かしてゐるのだらうと、既《すで》に死《し》を覚悟《かくご》してゐたところ、其《そ》の怪響《くわいきやう》は、思《おも》ひも寄《よ》らぬ助《たす》けの響《ひゞ》きであつたらしいのです。否《いな》、慥《たし》かに助《たす》けの音楽《おんがく》だつたのです。

さいとは一体何者《いつたいなにもの》なのでせう？

二

『サア、早《はや》く〳〵』

外《そと》からは、もう忙《せは》しく催促《さいそく》です。

『えゝ〳〵』

頷《うなづ》く間《ま》も疾《と》し遅《おそ》しと、時子《ときこ》は其《そ》の狭《せま》い穴《あな》から潜《もぐ》り出《で》ました。

『マア、さいや！』

『お嬢様《ぢやうさま》！』

外《そと》にゐたのも、丁度時子《ちやうどときこ》と同《おな》い年《どし》か一《ひと》つも上《うへ》の少女《せうぢよ》、二人《ふたり》は犇《ひし》と手《て》に手《て》を取《と》りかはしました。

『そんな事《こと》は跡《あと》でいゝ、早《はや》く、早《はや》く逃《に》げなければ駄目《だめ》です』

そこにゐた青年《せいねん》が云《い》ひました。

『ハイ』

時子《ときこ》は、其《そ》の青年《せいねん》に覚《おぼ》えはありませんが、兎《と》も角斯《かくか》う答《こた》へました。

『お嬢様《ぢやうさま》、サア一刻《いつこく》を争《あらそ》ふ場合《ばあひ》ですわ、早《はや》く逃《に》げませう。籠原《かごはら》が気《き》が付《つ》くと大変《たいへん》ですわ、詳《くは》しいお話《はなし》は駈《か》けながら致《いた》しませう』

外《そと》の少女《せうぢよ》は言葉《ことば》忙《せわ》しく云《い》ひました。

『えゝ』

『サア行《ゆ》きませう』

青年《せいねん》の声《こゑ》と共《とも》に三人《にん》は、淋《さび》しい郊外《かうぐわい》の道《みち》を足《あし》に任《まか》せて走《はし》りました。

　気《き》が付《つ》かずにゐましたが、此様《このやう》な事《こと》をしてゐる内《うち》に、意外《いぐわい》に時間《じかん》が移《うつ》つたと見《み》え、早《は》や太陽《たいやう》はほの〴〵と東《ひがし》の空《そら》を紅《くれなゐ》に染《そ》め、程《ほど》なく其《そ》の姿《すがた》を現《あら》はさうとしつゝありました。

　淋《さび》しい道《みち》も遂《つひ》に尽《つ》き、大分《だいぶ》人家《じんか》が見《み》えて来《き》ました。近《ちか》くの工《こう》場《ば》へでも通《かよ》ふ者《もの》の家《いへ》と見《み》え、早《は》や起《お》きいでて、朝《あさ》の仕度《したく》に掛《かゝ》つてゐます。

『お嬢《ぢやう》さん、もう大丈夫《だいぢやうぶ》です！』

　ホツト一息《ひといき》、始《はじ》めて青年《せいねん》は立《た》ち止《どま》りました。

『あゝ苦《くる》しかつた！』

　さいと云《い》ふ少女《せうぢよ》も胸《むね》を撫《な》でおろしました。

『さいや、お前無事《まへぶじ》だつたのね、そして、あたしを救《すく》つてお呉《く》れだつたのね、マア、有難《ありがた》う、だけど、何《なに》から話《はな》したらいいか、何《なに》から聞《き》いたらいゝか、あたし、薩張分《さつぱりわか》らないことよ』

　時子《ときこ》は嬉《うれ》し涙《なみだ》に暮《く》れました。

『それは、わたしだつて、お嬢様《ぢやうさま》』

　さいも涙《なみだ》に噎《む》せびました。

　さいと云《い》ふのは、漢字《かんじ》で書《か》けば、才《さい》です。才子《さいこ》といふ名《な》です。時任博士《ときたふはかせ》邸《てい》の小間使《こまづかひ》で、時子《ときこ》とは常《つね》から非常《ひじやう》に仲《なか》がよく、主《しゆ》従《じゆう》と云《い》ふよりも、姉妹《しまい》と云《い》つたはうがいゝ位《くらゐ》の間柄《あひだがら》なのでありました。

『一体《いつたい》お前《まへ》どうしてゐたの、よく無事《ぶじ》でゐたことね』

『ハイ』

『わたし、あの日《ひ》、あの騒《さわ》ぎでせう、地震《ぢしん》でソレと云《い》つて飛《と》び出《だ》すと、もう近所《きんじよ》から火事《くわじ》が出《で》たので、何《なに》も彼《か》も其儘《そのまゝ》で、漸《やう》く、お母様《かあさま》と逃《に》げ出《だ》したのよ。逃《に》げながらも、お前《まへ》の事《こと》が気《き》になつて気《き》になつて…………』

　時子《ときこ》は当時《たうじ》を追想《つゐさう》して、今更《いまさら》のやうに身《み》を震《ふる》はしました。

『それは、わたしだつてお嬢様《ぢやうさま》…………』

　才子《さいこ》も声《こゑ》を震《ふる》はせました。

『それでね、あたし…………』

　時子《ときこ》は今迄《いままで》の一伍一什《いちぶしじふ》を手短《てみじ》かに語《かた》り、

『それにしても、何《ど》うして、あたしの難儀《なんぎ》を救《すく》つて呉《く》れることが出来《でき》たの。そして、此《こ》の方《かた》はどなた？』

　時子《ときこ》は青年《せいねん》を顧《かへり》みました。

三

『ア、お嬢様《ぢやうさま》、これが何時《いつ》でもお話《はなし》しました兄《あに》でございますよ』

『マア兄《にい》さん、さう』

　時子《ときこ》は珍《めづ》らしさうに、繁々《しげ〴〵》と青年《せいねん》を眺《なが》めました。

『丁度《ちやうど》ね、お嬢様《じやうさま》…………』

　才子《さいこ》は言葉《ことば》を改《あらた》めて語《かた》り出《だ》しました。彼女《かのぢよ》は震災《しんさい》の時《とき》、辛《から》くも遁《のが》れて大井《おほゐ》の家《いへ》に帰《かへ》つたこと、時子《ときこ》一家《いつか》の事《こと》を案《あん》じて、其後《そのご》心当《こころあた》りを捜《さが》し廻《まは》つた事《こと》から、兄《あに》の一男《かずを》も共々《とも〴〵》捜査《そうさ》に手《て》を尽《つく》してゐたところ、図《はか》らずも一昨夜《いつさくや》日比谷《ひゞや》公園《こうゑん》で、時子《ときこ》に似《に》た少女《せうぢよ》に出逢《であ》つたので、言葉《ことば》を掛《か》けようと思《おも》つてゐる内《うち》に、一人《ひとり》の男《をとこ》、即《すなは》ちそれは平吉《へいきち》だが、その男《をとこ》が出《で》て来《き》て声《こゑ》を掛《か》けたので、密《ひそ》かに様子《やうす》を窺《うかゞ》つてゐると、何《なん》となく仔細《しさい》ありげに見受《みう》けられた。それゆゑ密《そつ》と跡《あと》を付《つ》けて来《き》たところ、怪《あや》しい一《ひと》つ家《や》に入《はひ》つたので、尚《なほ》も潜《ひそ》んで様子《やうす》を窺《うかゞ》ふと、予《か》ねて噂《うはさ》に聞《き》いてゐた籠原学士《かごはらがくし》らしい者《もの》に幽囚《いうしう》されたらしい様子《やうす》なので、早速家《さつそくうち》に飛《と》んで帰《かへ》り、兄妹《きやうだい》力《から》を合《あは》せて、地下室《ちかしつ》を破《やぶ》つたのだと物語《ものがた》りました。

『マア、さう、有難《ありがた》う』

時子《ときこ》は只管感謝《ひたすらかんしや》しました。

『時《とき》にお嬢《ぢやう》さん、此上《このうへ》は早速警察《さつそくけいさつ》へ訴《うつた》へ出《で》て、あの悪党学士《あくたうがくし》を捕縛《ほばく》して貰《もら》はうではありませんか』

才子《さいこ》の兄《あに》の一男《かずを》は進《すゝ》み出《で》て云《い》ひました。

『えゝ、あたし、警察《けいさつ》へ引渡《ひきわた》したのでは、煮《に》えくり返《かへ》る胸《むね》が治《をさ》まらないんですけれど其方《そのはう》が早手廻《はやてまは》しね、愚図々々《ぐづ〳〵》してゐて逃《に》げられては却《かへ》つて残念《ざんねん》ですから、さうしませうよ』

時子《ときこ》も同意《どうい》しました。

『それでは一刻《こく》も早《はや》いはうが宜《よ》いです』

『さうねえ』

『愚図々々《ぐづ〳〵》してゐると、何《なに》しろあゝいふ悪党《あくたう》ですから、お嬢《ぢやう》さんが逃《に》げたと知《し》る、とすぐ応急《おうきふ》の策《さく》を取《と》るでせうから、油断《ゆだん》は出来《でき》んです』

『さうねえ』

『早《はや》く警察《けいさつ》へ訴《うつた》へませう。警察《けいさつ》はすぐ其処《そこ》ですから』

三人《にん》は又韋駄天走《またゐだてんばし》り、間《ま》もなく近《ちか》くの警察《けいさつ》へ飛《と》び込《こ》んで、一《いち》伍一什《ぶしじふ》を訴《うつた》へて出《で》ました。

『さうか、それは大事件《だいじけん》だ、すぐ出掛《でか》けませう』

警察《けいさつ》でも容易《ようい》ならぬ事件《じけん》だと思《おも》つたので、まだ朝早《あさはや》かつたので、署長《しよちやう》は出勤《しゆつきん》してゐませんでしたが、当直《たうちよく》の者《もの》が取計《とりはか》らひ、署長《しよちやう》のところへ急報《きふはう》すると同時《どうじ》に、一方《ぱう》では出動《しゆつどう》の仕度《したく》を整《とゝの》へ、自動車《じどうしや》の用意《ようい》をしました。

『サア、貴方達《あなたたち》もお乗《の》りなさい。』

頗《すこぶ》る融通《ゆうづう》の利《き》く警官《けいくわん》と見《み》え、係長《かゝりちやう》の警部補《けいぶほ》が時子達《ときこたち》をさしまねきました。

『有難《ありがた》うございます』

三人《にん》は大喜《おほよろこ》び、勇《いさ》んで其《そ》の自動車《じどうしや》へ載《の》せて貰《もら》ひました。

『もう大丈夫《だいぢやうぶ》です。斯《か》う早《はや》く事《こと》が運《はこ》べば、如何《いか》に籠原学士《かごはらがくし》が大《だい》悪人《あくにん》でも、まだ逃《に》げ去《さ》る余裕《よゆう》はありやしません、袋《ふくろ》の鼠《ねずみ》です』

と、一男《かずを》は欣々《きん〳〵》として云《い》ひました。

『お嬢様《ぢやうさま》、もう安心《あんしん》ですよ』と、才子《さいこ》も合槌《あひづち》を打《う》ちました。

『マア嬉《うれ》しい、あたし嬉《うれ》しいわ』

時子《ときこ》も隠《かく》し切《き》れぬ喜《よろこ》びの色《いろ》を、顔《かほ》一杯《ぱい》に湛《たゝ》へてゐます。喜《よろこ》び勇《いさ》む三人《にん》を乗《の》せた自動車《じどうしや》は朝風《あさかぜ》を衝《つ》いて、郊外《かうぐわい》の道《みち》を驀地《まつしぐら》！

四

一《ひと》つ家《や》はやがて三人《にん》の目《め》の前《まへ》に現《あらは》れました。それこそ遺恨骨《ゐこんほね》に徹《てつ》してゐる悪学士《あくがくし》籠原《かごはら》の隠《かく》れ家《が》です、

『あれ〳〵、あの家《いへ》がさうです』

時子《ときこ》は警部補《けいぶほ》に差《さ》し示《しめ》しました。

『フム、あれは元氷屋《もとこほりや》がゐた家《うち》ですよ。其後住《そののちすま》つてゐる者《もの》は何《なに》者《もの》とも知《し》れなかつたが、兎《と》も角怪《かくあや》しいと内々《ない〳〵》目《め》を付《つ》けてゐたのですが、それ程《ほど》の大悪事《だいあくじ》を為《す》る者《もの》だとも思《おも》つてゐなかつたです。宜《よろ》しい、たつた今《いま》、其《そ》の悪人《あくにん》を引括《ひつくゝ》つてしまひませう。』

警部補《けいぶほ》は二台《だい》の自動車《じどうしや》を、表《おもて》と裏《うら》とに分《わ》け、自分《じぶん》は三人等《さんにんら》と共《とも》に表《おもて》の方《はう》に向《むか》ひました。

電光石火《でんくわうせつくわ》の如《ごと》く自動車《じどうしや》を乗《の》り付《つ》けるや否《いな》や、ヒラリと飛《と》び降《お》りた警部補《けいぶほ》。

『サア』

三人《にん》に目配《めくば》せすると共《とも》に、猛然屋内《まうぜんをくない》に躍《をど》り込《こ》みました。

『時子嬢《ときこぢやう》、気《き》をお付《つ》けなさい。悪学士《あくがくし》は拳銃《ピストル》ぐらゐ発射《はつしや》するかも知《し》れません。』と、一男《かずを》は注意《ちうい》しました。

『えゝ』

三人《さんにん》は互《たがひ》に用心《ようじん》しながら、続《つゞ》いて之《こ》れも屋内《をくない》に飛《と》び込《こ》みました。

籠原学士《かごはらがくし》や平吉《へいきち》は、立《た》ち現《あらは》れて烈《はげ》しく抵抗《ていかう》する事《こと》だらうと、思《おも》つてゐると予期《よき》に反《はん》して音《おと》も沙汰《さた》もありません。

『オヤ、変《へん》だぞ』

さして広《ひろ》くもない家《いへ》、忽《たちま》ちの中《うち》に、間《ま》毎《ごと》々〳〵を残《のこ》らず調《しら》べましたが、悪人共《あくにんども》は何処《どこ》にも潜《ひそ》んでゐません。

『しまつたツ、もう風《かぜ》を喰《くら》つて逃《に》げたのだ』

警部補《けいぶほ》は口惜《くや》しがつて地団駄《ぢだんだ》を踏《ふ》んでゐます。

裏《うら》から廻《まは》つた一隊《いつたい》の警官《けいくわん》もドン〳〵と混《こ》み入《い》つて来《き》ましたが、無論獲物《むろんえもの》はなんにもありません。

『残念《ざんねん》だ』

『残念《ざんねん》ですな』

『残念《ざんねん》だわ』

『癪《しやく》ですわ』

人々《ひと〴〵》は皆歯《みなは》を噛《か》みしめて口惜《くや》しがつたが追《お》ひ付《つ》きません。

悪事《あくじ》に掛《か》けては抜目《ぬけめ》のない籠原悪学士《かごはらあくがくし》は、早《はや》くも時子《ときこ》が地下《ちか》室《しつ》を抜《ぬ》け出《だ》したのを知《し》るや、こは一大事《だいじ》と、万事《ばんじ》を棄《す》て置《お》いて姿《すがた》を眩《くら》ましたものと見《み》えます。

『お前達《まへたち》は手《て》を分《わ》けて捜《さが》して見《み》ろ、まださう遠《とほ》くは行《ゆ》くまい』

警部補《けいぶほ》は早速部下《さつそくぶか》に命令《めいれい》しました。

『承知《しようち》しました』

刑事達《けいじたち》は八方《ぱう》に散《ち》りました。

『兎《と》も角家内《かくやない》を調《しら》べよう』

警部補《けいぶほ》は隈《くま》なく屋内《をくない》の調査《てうさ》に掛《かゝ》りました。

『其《そ》の怪《あや》しい装置《さうち》のしてある地下室《ちかしつ》へ通《つう》ずる床板《とこいた》と云《い》ふのはどれですか？』と、警部補《けいぶほ》は訊《たづ》ねました。

『それは此辺《このへん》です』

時子《ときこ》は床《ゆか》を指《さ》しました、
警部補《けいぶほ》は其上《そのうへ》を足《あし》でドン〳〵踏《ふ》んで見《み》ました。

『どうも何《なん》ともないな。先刻刑事共《さつきけいじども》が、貴方達《あなたたち》の破壊《はくわい》したと云《い》ふところから、地下室内《ちかしつない》に潜《もぐ》り入《い》つて見《み》たが、天井《てんじやう》には異状《いじやう》があるとは思《おも》へなかつたさうだ』

警部補《けいぶほ》は小首《こくび》を捻《ひね》りました。

『何《なん》でも此辺《このへん》の柱《はしら》に何《なに》か仕《し》掛けがあるんですわ、何処《どこ》かをどうかすると開《あ》くんですわ』

『ハ、ア左様《さう》か』

警部補《けいぶほ》は矢鱈無性《やたらむしやう》に柱《はしら》を撫《な》で廻《まは》してゐましたが、なか〳〵分《わか》りません。

『不思議《ふしぎ》だな』

途方《とはう》に暮《く》れながら、ふと其下《そのした》を見《み》ると、柱《はしら》の蔭《かげ》に何《なに》やら石油《せきゆ》の空缶《あきくわん》のやうな物《もの》が置《お》いてあります。

『何《なん》だ、これは？』

何心《なにごころ》なく靴《くつ》でポンと蹴《け》ると、凄《すさま》じい音《おと》と共《とも》にボーッと、恐《おそ》ろしい火焔《くわえん》が噴《ふ》き出《だ》しました。

『ヤ、ツ』

警部補《けいぶほ》は驚《おどろ》いて横飛《よこと》びに飛《と》び退《の》きました。

凄《すさま》じい火焔《くわえん》は、アツと云《い》ふ間《ま》にもう室内《しつない》一杯《ぱい》に拡《ひろ》がりました。

『ヒエーツ』

時子《ときこ》の一行《いつかう》も悲鳴《ひめい》と共《とも》に飛《と》び出《だ》しました。

あゝ、又《また》しても悪学士《あくがくし》の悪手段《あくしゆだん》！　奇怪《きくわい》な此《こ》の火焔《くわえん》の正体《しやうたい》と、其納《そのをさま》りは？

怪支那《くわいしな》人《じん》の大発明《だいはつめい》

一

恨《うら》み重《かさ》なる籠原悪学士《かごはらあくがくし》に、今度《こんど》こそ辛《から》き目《め》を見《み》せて呉《く》れよう、勢《いきほ》ひ込《こ》んで時子《ときこ》が、その品川《しながは》の隠《かく》れ家《が》へ踏《ふ》み込《こ》んで見《み》ると、悪《あく》事《じ》に掛《か》けては抜目《ぬけめ》のない学士《がくし》は、早《は》や風《かぜ》を喰《くら》つて逃《に》げたあと、お負《ま》けに奇怪《きくわい》な石油鑵《せきいうくわん》のやうなものから火《ひ》を噴《ふ》きだして、家《いへ》一面《めん》は火焔《くわえん》に包《つゝ》まれました。

『アツ残念《ざんねん》！』

『口惜《くや》しいわ！』

時子《ときこ》を始《はじ》め、才子《さいこ》も一男《かずを》も、警官達《けいくわんたち》も、歯《は》ぎしりして口惜《くや》しがつたが、もうどうにもならないのでした。

一行《かう》はすご〳〵と一先《ま》づ警察《けいさつ》へ引《ひ》き上《あ》げ、時子《ときこ》は今迄《いままで》の一伍《いちぶ》一什《しじふ》を話《はな》してから、才子兄妹《さいこきやうだい》と一緒《しよ》に彼《かれ》の住居《すまゐ》へ戻《もど》りました。

『口惜《くや》しいわねえ』

『どうしませう？』善後策《ぜんごさく》を相談《さうだん》しました。

『何《なに》しろ、奸智《かんち》に長《た》けた籠原学士《かごはらがくし》の事《こと》ですから、これは容易《ようい》な事《こと》では在家《ありか》は分《わか》りませんね、だけど……』

一男《かずを》が云《い》ひだしました。

『だけど？』

時子《ときこ》は其後《そのあと》を催促《さいそく》しました。

『だけど、学士《がくし》の目的《もくてき》は、耐寒耐熱動力無制限《たいかんたいねつどうりよくむせいげん》の飛行機《ひかうき》の秘密《ひみつ》を盗《ぬす》まうといふのですから、何処《どこ》かでそれを製作《せいさく》し、自分《じぶん》の物《もの》として発表《はつぺう》するのでせうから、其《そ》の発表《はつぺう》をさへ待《ま》つてゐればい丶わけではありますがね……』

『え丶』

『だけど、それをベン〳〵と待《ま》つてゐるわけには行《ゆ》かず、第《だい》一それには心配《しんぱい》な事《こと》もありますからなア』と、一男《かずを》は小首《こくび》を傾《かたむ》けました。

『えツ、心配《しんぱい》とは？』と、時子《ときこ》は急《いそ》いで問《と》ひ返《かへ》しました。

『さうやつて、いつまでも待《ま》つてゐて、学士《がくし》の発表《はつぺう》を待《ま》つてそこへ押《お》し掛《か》けて行《い》つてつかまへ、どうせ四の五のと云《い》ふでせうが、それを押《おさ》へ付《つ》けてしまへば、それでもい丶やうなもの丶、何《なに》をいふにもあの悪党《あくたう》の事《こと》ですから、自分《じぶん》が実際《じつさい》に機体《きたい》を製作《せいさく》せず、其《そ》の秘密《ひみつ》だけを外国《ぐわいこく》へ売《う》りでもされると大変《たいへん》です。それだと待《ま》ちぼうけを食《く》います、それが心配《しんぱい》なのです』と、一男《かずを》は頻《しき》りに気遣《きづか》つてゐます。

『それなら大丈夫《だいぢやうぶ》よ、其《そ》の点《てん》なら大丈夫《だいぢやうぶ》だわ』

今度《こんど》は時子《ときこ》が安心《あんしん》して云《い》ひました。

『えツ、どうしてです？』

『ホントに大丈夫《だいぢやうぶ》ですか？』

兄妹《きやうだい》は一度《ど》に問《と》ひ返《かへ》しました。

『それは大丈夫《だいぢやうぶ》だわ、あの慾張《よくば》りの籠原《かごはら》ですもの、お父様《とうさん》の発《はつ》明《めい》を、自分《じぶん》の発明《はつめい》のやうな顔《かほ》をして、さん〴〵名《な》を売《う》つて、それから其《そ》の秘密《ひみつ》を外国《ぐわいこく》に売《う》れば売《う》るんですわ、いきなり売《う》りやしないわ』

『ですがね、自分《じぶん》の悪事《あくじ》が分《わか》つてゐるんですから、なんぼなんでも、理学士《りがくし》籠原《かごはら》なにがし発明《はつめい》と云《い》やしますまいと思《おも》ふんです』

『い丶え、籠原《かごはら》なにがしと云《い》はなくたつて、名《な》は何《なん》とでも偽名《ぎめい》するに違《ちが》ひないわ、兎《と》も角《かく》実物《じつぶつ》を造《つく》つた上《うへ》でなければ、其《そ》の構《こう》造《ざう》の秘密《ひみつ》だつて高《たか》く売《う》れないから、きつと先《さ》きに自分《じぶん》で造《つく》つて験《ため》して見《み》るに違《ちが》ひないわ』

時子《ときこ》は力説《りきせつ》しました。

『成程《なるほど》さうですね』

一男《かずを》も漸《やうや》く之《こ》れに服《ふく》しました。

『けれどお嬢《ぢやう》さん』

と、其時才子《そのときさいこ》が口《くち》をだしました。

『ナアニ！』

『さうやつて籠原《かごはら》の在家《ありか》の分《わか》るのを待《ま》つてゐると一緒に、此方《こつち》でも、其《そ》の飛行機《ひかうき》を拵《こし》へちやどうでせう？』

『エツ、飛行機《ひかうき》を？』

『え丶、お父様《とうさま》の代《かは》りに、お嬢《ぢやう》さんが其《そ》の飛行機《ひかうき》を』

才子《さいこ》はきつと時子《ときこ》の顔《かほ》を見《み》ました。

二

『ア、さうよツ。才子《さいこ》、うまい事《こと》を考《かんが》へて呉《く》れたわね、籠原《かごはら》の悪策《あくさく》の裏《うら》を掻《か》いて、早《はや》く此方《こつち》で発表《はつぺう》してしまひませう』

時子《ときこ》は大《おほ》いに喜《よろこ》びました。

『併《しか》しお嬢《ぢやう》さん、あなたは其《そ》の構造《こうざう》の秘密《ひみつ》を御存《ごぞん》じなのですか？』と、一男《かずを》が心配《しんぱい》して訊《たづ》ねました。

『詳《くは》しいことは知《し》らないわ、だけど、お父様《とうさん》が研究《けんきう》しておいでの時《とき》に折《をり》々それを見《み》たことがあるから、多分出来《たぶんでき》るだらうと思《おも》ふんだわ』『出来《でき》るとい丶ですがね』『出来《でき》ますとも、きつとあたし拵《こしら》へて見《み》せるわ、あなた達《たち》も手伝《てつだ》つて頂戴《ちやうだい》！』

『え丶、それは手伝《てつだ》ひますとも』『さうすれば大丈夫《だいぢやうぶ》よ。精神《せいしん》一到何事《たうなにごと》か成《な》らざらんやだわ』

時子《ときこ》は決然《けつぜん》として云《い》ひました。

これで相談《だん》はすつかり一決《けつ》しました。此方《こつち》で早《はや》く飛行機《ひかうき》を拵《こしら》へて、それを世界《せかい》に発表《はつぺう》さへしてしまへば、跡《あと》から籠原学士《かごはらがくし》が同《おな》じ様《やう》なものを拵《こしら》へても、別《べつ》に自慢《じまん》にもならない事《こと》だからと云《い》ふので、それからと云《い》ふものは、時子《ときこ》は才子《さいこ》兄妹《きやうだい》を相手《あひて》に、朝《あさ》早《はや》くから、夜遅《よるおそ》くまで、盛《さか》んに飛行機《ひかうき》の製作《せいさく》に従事《じふじ》しました。

素《もと》より飛行機《ひかうき》を製作《せいさく》するには、大変《たいへん》なお金《かね》が要《い》ります。殊《こと》に従来《じうらい》の物《もの》と違《ちが》つて、特別《とくべつ》な新発明《しんはつめい》に係《かゝ》るもの、第《だい》一時任博士《ときたふはかせ》ならいざ知《し》らず、それから研究《けんきう》を続《つゞ》けて、どうにか物《もの》にしようと云《い》ふ時子《ときこ》の事《こと》ですから、度々《たび〳〵》拵《こしら》へ損《そん》じもあらうといふわけで、容易《ようい》な事《こと》ではありません。

併《しか》し時子《ときこ》の此《こ》の熱心《ねつしん》は、親類《しんるゐ》を始《はじ》め、博士《はかせ》の多《おほ》くの門弟達《もんていたち》の同情《どうじやう》を大《おほい》に得《え》ました。博士夫人《はかせふじん》の横死《わうし》を悼《いた》み、籠原学士《かごはらがくし》の悪逆《あくぎやく》を憎《にく》み、博士《はかせ》の行方不明《ゆくへふめい》を憂《うれ》ひてゐる其《そ》の人々《ひと〳〵》は、此《こ》の時子《ときこ》の健気《けなげ》な決心《けつしん》を酷《ひど》く喜《よろこ》びました。そして大帝都《だいていと》が炎《ほのほ》に包《つゝ》まれ、殆《ほとん》ど壊滅《くわいめつ》に及《およ》んだ時《とき》から日《ひ》も大分《だいぶ》たち、恐《おそ》ろしい勢《いきほ》ひで復興《ふくこう》の途《と》に就《つ》いてゐる時《とき》とて、何《いづ》れも振《ふる》ひ立《た》つて、資金《しきん》を寄《よ》せたので、時子《ときこ》は職工《しよくこう》も大勢使《おほぜいつか》ひ、研究《けんきう》を進《すゝ》める事《こと》が出来《でき》たのでありました。

『此《こ》の調子《てうし》なら、もう大丈夫《だいぢやうぶ》よ、今《いま》にきつと出来《でき》るわ』

時子《ときこ》は喜《よろこ》び勇《いさ》むのでありました。

『さうでございますわね、あ丶嬉《うれ》しい』

才子《さいこ》も、時子《ときこ》の研究《けんきう》が一《ひと》つ進《すゝ》む毎《ごと》に、斯《か》う云《い》つては喜《よろこ》びました。

勿論此《もちろんこ》の事業《じげふ》は、関係者《くわんけいしや》だけで堅《かた》く秘密《ひみつ》を守《まも》り、一切世間《さいせけん》へ発表《はつぺう》しなかつたのですが、いつの間《ま》にか、それが商売柄《しやうばいがら》とは云《い》ひながら、早《はや》くも新聞記者《しんぶんきしや》の耳《みゝ》へ這入《はひ》つたやうです。

或日《あるひ》、突然我国《とつぜんわがくに》でも一二を争《あらそ》ふ大新聞《だいしんぶん》の××新聞《しんぶん》の若《わか》い記者《きしや》がせか〳〵とやつて来《き》ました。

『時任時子嬢《ときたふときこぢやう》にお目《め》に掛《かゝ》りたい』

と云《い》ふので、油染《あぶらじ》みた仕事着《しごとぎ》のま丶で、時子《ときこ》は之《こ》れを迎《むか》へました。

時候《じこう》の挨拶《あいさつ》も何《なに》もない、お忙《いそが》しいところをと、記者《きしや》は挨拶《あいさつ》したかと思《おも》ふと、もう用向《ようむき》を問《と》ふのでした。

『さてお嬢《ぢやう》さん、突然《とつぜん》ですが、時任博士《ときたふはかせ》の御研究中《ごけんきうちう》だつた耐寒《たいかん》耐熱動力無制限機《たいねつどうりよくむせいげんき》をお嬢《ぢやう》さんが代《かは》つて御研究中《ごけんきうちう》ださうに聞《き》き及《およ》びましたが、其事《そのこと》に就《つ》き詳細《しやうさい》を伺《うかゞ》ひたいと思《おも》つてお邪魔《じやま》に上《あが》りましたのですが……』

斯《か》う云《ゐ》はれて、時子《ときこ》はハツとしました。内分《ないく》の内《うち》にやつてしまはうと思《おも》つた事《こと》を、まだ途中《とちう》で新聞《しんぶん》へ発表《はつぺう》されては困《こま》ると、少《すく》なからず弱《よわ》つたのであります。

『いえ、別《べつ》にさういふわけではないのですが……』

言葉《ことば》を濁《にご》したが、そんな事《こと》で中々《なかく》引込《ひつこ》むんでは記者先生《きしやせんせい》世渡《よわた》りは出来《でき》ない。

『ハ、ア、成程《なるほど》』

澄《すま》した顔《かほ》で手帳《てちやう》などだしてゐます、ハ、ア成程《なるほど》もないものです。

三

時子《ときこ》も仕方《しかた》がないので、当《あた》らずさはらずの事《こと》を話《はな》して置《お》かうと思《おも》ひました。

『別《べつ》に、父《ちゝ》の研究《けんきう》を続《つゞ》けて、大変珍《たいへんめづ》らしいものを拵《こしら》へようと云《い》ふわけでもありません、たゞ御承知《ごしようち》の通《とほ》り、父《ちゝ》は行方不明《ゆくへふめい》母《はゝ》は横死《わうし》いたしましたので、親戚《しんせき》の者《もの》などが心配《しんぱい》して呉《く》れまして、私《わたし》に飛行機《ひかうき》の工場《こうぢやう》でも建《た》てろと其《そ》の準備《じゆんび》をして呉《く》れましたので、何《なに》も分《わか》らずにやつてゐるやうな次第《しだい》で、別《べつ》に目新《めあたら》しい事《こと》もございません』

時子《ときこ》は言葉《ことば》を濁《にご》しました。

『ですが、お父様《とうさん》のおやり掛《か》けの事《こと》も無論《むろん》御研究《ごけんきう》なのでせうな？』

『いえ、中々《なかく》其様《そのやう》なむづかしい事《こと》は私《わたし》には分《わか》りません、たゞもう技師《ぎし》任《まか》せでやつて居《を》ります』

『さうですか、併《しか》し愈《いよい》よ新機軸《しんきぢく》を出《だ》した飛行機《ひかうき》が出来上《できあが》れば御《ご》発表《はつぺう》になるのでせうな？』

『それは無論《むろん》ですが、そんな大《たい》した物《もの》は拵《こしら》へて居《を》りませんから、大丈夫《だいぢやうぶ》でございます。』

時子嬢《ときこぢやう》は笑《わら》ひました。

『どうでせう、御製作《ごせいさく》のところを見《み》せて頂《いたゞ》けませんか』

どうにかして物《もの》にしたいと思《おも》つてゐるのです。

『それは御案内《ごあんない》いたしますとも。ですが、有《あ》りふれた物《もの》を拵《こしら》へて居《を》るのですから、新発明《しんはつめい》だなどとお書《か》きになつては困《こま》ります』

どうせ素人《しろうと》が見《み》たつて分《わか》りつこないのですから、時子《ときこ》は平気《へいき》で参観《さんくわん》をば承知《しようち》しました。

若《わか》い記者先生《きしやせんせい》、工場内《こうぢやうない》を見《み》て歩《ある》きましたが、やがて又《また》そゝくさと栗鼠《りす》のやうに帰《かへ》つて行《い》つてしまひました。

『どこで聞《き》いて来《き》たんでせう、別《べつ》に秘密《ひみつ》にして置《お》くわけでもないけれど、出来《でき》もしない内《うち》から、ヤイく云《い》はれちや困《こま》るわ』

時子《ときこ》は才子《さいこ》を顧《かへり》みました。

『えゝ、さうですわ、此事《このこと》が籠原学士《かごはらがくし》の耳《みゝ》へでも這入《はひ》るとあゝ云《い》ふ悪人《あくにん》ですから、どんな事《こと》を計《はか》るかも知《し》れませんわ、それが心配《しんぱい》ですわねえ』と、才子《さいこ》は眉《まゆ》をひそめました。

『マア、それは用心《ようじん》さへしてゐればいゝけれど……』

時子《ときこ》も別《べつ》にそれ程《ほど》な重大《ぢうだい》な事《こと》にも思《おも》つてゐませんでしたが、

才子《さいこ》が何気《なにげ》なく云《い》つた、此《こ》の籠原学士《かごはらがくし》が、心配《しんぱい》だと云《い》つた事《こと》は、やがてそれが事実《じじつ》となつて現《あらは》れようとは、時子《ときこ》は少《すこ》しも察《さつ》しなかつたのでありました。

其日《そのひ》の××新聞《しんぶん》の夕刊《ゆふかん》には早《はや》い〳〵、もう先刻《さつき》の事《こと》が大々的《だい〳〵てき》に書《か》いてあります。

『才子《さいこ》やつぱり出《で》たわ』

時子《ときこ》は苦笑《にがわらひ》をしました。

『さうですかお嬢《ぢやう》さん』

読《よ》んで見《み》ると、地震以来《ぢしんいらい》、消息《せうそく》が分《わか》らなくなつた時任博士《ときたふはかせ》の大発明《だいはつめい》に係《かゝ》る耐寒耐熱動力無制限《たいかんたいねつどうりよくむせいげん》の飛行機《ひかうき》を完成《くわんせい》させる為《ため》、其《そ》の令嬢《れいぢやう》の時子《ときこ》が、奮然《ふんぜん》立《た》つて大工場《だいこうぢやう》を起《おこ》し、目下《もくか》製作中《せいさくちう》であると大々的《だい〳〵てき》に書《か》いてありました。それに続《つゞ》いて工場《こうぢやう》の参観記《さんくわんき》と時子嬢《ときこぢやう》の談話《だんわ》とが別項《べつかう》になつて掲《あ》げられてゐました。時子嬢《ときこぢやう》の談話《だんわ》としては、こんな事《こと》が書《か》いてあるのでした。

右《みぎ》に就《つい》て時子嬢《ときこぢやう》は語《かた》る『別《べつ》に父《ちゝ》の発明《はつめい》を受《う》け継《つ》いでどうの斯《か》うのと大《たい》した事《こと》を計画《けいくわく》したわけではありません。親戚《しんせき》達《たち》の勧《すゝ》めに従《したが》つて、たゞ有《あ》り触《ふ》れた飛行機《ひかうき》をそれも技師任《ぎしまか》せで製作《せいさく》してゐるに過《す》ぎません、新発明《しんはつめい》だなどと発表《はつぺう》されては困《こま》ります』云々《うんぬん》と謙遜《けんそん》してゐた。

斯《か》うしてある。成程《なるほど》これは正直《しやうぢき》な記事《きじ》で文句《もんく》を云《い》ふ事《こと》は出来《でき》ません。しかし、よしんば有《あ》りの儘《まゝ》でも少々《せう〳〵》は迷惑《めいわく》です。

『困《こま》つたわね？』

時子嬢《ときこぢやう》は又苦笑《またにがわらひ》しました。

四

此《こ》の記事《きじ》が出《で》るや否《いな》や、其日《そのひ》の夕方《ゆふがた》から、時子《ときこ》は新聞記者攻《しんぶんきしやぜ》め、あとからあとから各社《かくしや》からやつて来《き》ます。

時子《ときこ》は、どれにも是《こ》れにも、只有《たゞあ》り触《ふ》れた飛行機《ひかうき》だと云《い》つて居《を》りました。しかし此事《このこと》は、外字新聞《ぐわいじしんぶん》の記者《きしや》の手《て》に依《よ》つて海外《かいぐわい》まで、電報《でんぱう》が打《う》たれたやうでありました。

『大変《たいへん》な事《こと》になつてしまつたわね？』

又々《また〳〵》苦笑《くせう》しないわけには行《ゆ》きませんでした。それから十日《か》ばかり立《た》つて、或《あ》る朝《あさ》一男《かずを》青年《せいねん》が、顔《かほ》の色《いろ》を変《か》へ、新聞《しんぶん》を鷲摑《わしづかみ》にして、時子《ときこ》の部屋《へや》へ飛《と》び込《こ》んで来《き》ました。

『お嬢《ぢやう》さん、大変《たいへん》です、一大事《だいじ》です』

目《め》の色《いろ》まで変《かは》つてゐます。

『どうしたの一男《かずを》さん？』

『どうしたのどころぢやありません、これを御覧《ごらん》なさい』

と差《さ》し出《だ》した新聞《しんぶん》。

『何《なに》が出《で》てゐるの！』

開《あ》けて見《み》ると、紐育電報《ニユーヨークでんぱう》が社会面《しやくわいめん》の記事《きじ》になつて現《あらは》れてゐるのです。

当市《たうし》（紐育《ニユーヨーク》）在住《ざいぢう》の支那《しな》人《じん》張遠外《ちやうゑんぐわい》は、今回偉大《こんくわいゐだい》な発明《はつめい》をして発表《はつぺう》した。それは耐寒耐熱《たいかんたいねつ》の上《うへ》、動力《どうりよく》が無制限《むせいげん》だといふ未曾有《みぞう》の新飛行機《しんひかうき》である。右張氏《みぎちやうし》は此《こ》の機体完成《きたいくわんせい》を待《ま》ち、一挙《きよ》に南極《なんきよく》を探検《たんけん》する旨《むね》発表《はつぺう》した。一般《ぱん》の文化遅々《ぶんくわちゝ》として、

就中《たかんづく》航空事業《かうくうじげふ》の振《ふる》はない支那人《しなじん》としては、驚嘆《きやうたん》に値《あた》ひする
発明《はつめい》で、欧米人《おうべいじん》は鼻毛《はなげ》を抜《ぬ》かれた気味《きみ》だと大評判《だいひやうばん》である。

と、云《い》ふのが其《そ》の記事《きじ》の大体《だいたい》でありました。

『ねえ、お嬢《ぢやう》さん』

『マア』

暫《しばら》くは時子《ときこ》は、呆然《ばうぜん》として口《くち》を利《き》く事《こと》も出来《でき》ませんでした。

一男《かずを》は一膝《ひざ》進《すゝ》めました。

『お嬢《ぢやう》さん、あなた此《こ》の記事《きじ》をどう御覧《ごらん》になりました？』

きつと眼《め》を据《す》ゑて、睨《にら》める様《やう》に一男《かずを》は時子《ときこ》を凝視《ぎようし》しました。

『どうと云《い》つて？』

時子《ときこ》は、存外落《ぞんぐわいお》ち付《つ》いて問《と》ひ返《かへ》しました。

『いゝや、此《こ》の発明《はつめい》したといふ人間《にんげん》を、此《こ》の支那人《しなじん》を』

一男《かずを》は尚《なほ》も急《せ》き込《こ》みました。

『これが籠原《かごはら》よ』

時子《ときこ》は平然《へいぜん》と云《い》ひました。

『えゝえゝツ、お嬢《ぢやう》さんもさう察《さつ》したんですか、僕《ぼく》も、僕《ぼく》も……！』

一男《かずを》はブル〳〵と震《ふる》へて、昂奮《かうふん》し切《き》つてゐました。

『あたし、新聞《しんぶん》を見《み》ると同時《どうじ》に察《さつ》したわ』

『そ、そ、それで？』

『あたし、すぐ渡米《とべい》の用意《ようい》をするわ』

決断力《けつだんりよく》の早《はや》い時子《ときこ》、少女《せうぢよ》に似気《にげ》なき男々《をゝ》しい時子《ときこ》、早《は》やツト立《た》ち上《あが》りました。

此《こ》の怪支那人《くわいしなじん》は、果《はた》して憎《にく》むべき籠原《かごはら》なのでせうか？　又時《またとき》子《こ》が渡米《とべい》の途中《とちう》、何等《なんら》の変事《へんじ》も起《おこ》らないでせうか？

（つゞく）

（「少女倶楽部」大正13年5・6月号）

「鬼が来た」

江口　渙

昔、印度《インド》の乾陀羅《けんだら》といふ国に、旅役者を渡世にしてゐる人達がありました。やはり、いまの日本の旅役者と同じやうにいつも田舎の町から町、村から村へと芝居を打つて歩いては、いくらかのお金を儲けて、それでくらしを立ててゐるのでした。

或時のことです。一つこんどは思ひ切つて人の行かない田舎へ行つて、一儲けしようぢやないかといふことに話がきまりました。

それには毘我羅《びがら》といふ町が、一番いゝといふ事になりました。なぜなら毘我羅は婆羅新山《はらしんざん》といふ大きな山の向うにある、いかにも都から遠くはなれた田舎町である上に、途中の山路《やまみち》が険しいので、芝居などは今までに、たゞの一度も行つた事のないといふみんなにとつては誂向《あつらへむ》きの処だからです。

十人の役者たちは長い旅を続けた後、明日はいよいよ婆羅新山を越えて目ざす毘我羅へ着けるといふ処まで漕ぎつけました。ところが道のりの都合上、その晩は、あいにくどうしても山の中で野宿をしなければならなくなりました。それには誰もが全く困りました。なぜなら婆羅新山はたゞに山が大きくつて嶮しいからばかりでなく怖ろしい鬼が沢山に棲んでゐるといふので、昔から誰にもいやがられてゐる山だからです。

「ほんたうに鬼がゐるんだらうか。」

かう思つたゞけでも、みんなはたまらない程怖ろしい気持がしました。

だが、村から遠くはなれた山の中で、日が暮れた以上、もうどうする事も出来ません。仕方なしに大きな岩の蔭になつてゐる洞穴《ほらあな》を見附けて、とにかくそこで一晩夜を明かす事にきめました。そして、脊中の荷物をおろすと早速野宿の仕度にかかりました。むろん、野宿の仕度といつたところで、そんな人達の事ですから至極簡単なのです。たゞ、御飯の用意をする事と、一晩焚きつづけるだけの焚木を集めて来ればよいのですから。

みんなは鬼がこはいのと、山の夜風が寒いのとで、その晩は殊に盛んに火を焚きました。そして、ぐるりとそれを取り囲んであたりながら、何とかして心を紛らはさうとしては、お互に出来るだけ面白さうな話をしたり、大きな声で歌を唄つたりしました。

だが、やはり今にも鬼が山奥から出て来さうで、こはくつてこはくつてたまりません。

「若しほんたうに鬼が出て来たら、一体どうするのが一番いゝだらう。」

一番年上の役者が、焚火にあたりながらかう云つてみんなの顔を見廻しました。

「みんなが一緒に遁げるか、力を合せて鬼と戦ふか、それとも誰か一人を贈物として鬼にやつて、それでもつて他の人達の生命を勘弁して貰ふか、まあこの三つに一つしかないね。」

二番目に歳とつた役者が、直ぐかう返事をしました。

「だがね。みんな一しよに遁げたところで、いづれ誰かは喰はれるんだ。又、いかに力を合せて戦つたところで吾々役者なんかの力では到底鬼にかなひつこはないよ。」

「むろん、そんな事はわかつてゐるさ。」

「そんならば一層のこと、最初から誰かが一人鬼の餌食になつて、それでもつて他の人達の生命を許して貰ふより外に仕様がないぢやないか。」

「まあ。さうだね。」

「ぢや、今から鬼の餌食になる人をきめて置かうぢやないか。この中で誰かさういふ奇特の人はないかね。」

一番年上の役者が又みんなの顔を見廻しました。しかしさすがに誰一人としてそんな事を引き受けるやうな物好きもゐないと見えて、あたりはしばらくしいんと静まり返つてゐました。

そのうちに一番年の若い役者が、突然大きな声でかう云ひました。

「ぢや、一つ思ひ切つて俺がなつてやらうか。」

みんなは驚いてその男の顔を見ました。

「ほんたうかい。」

「ほんたうさ。だがね。若しも運悪く鬼が出て来たら、きつと俺がみんなの身代りになつてやる代りに、若し鬼が出て来なくつて無事に生きてゐたら明日俺にうんとお礼をよこすんだぜ。つまり毘我羅で儲けた金を、みんな俺にくれるんだ。いいか。きつとだぜ。」

若い男はきつぱりとかう云つて、改めてみんなの返事を求めました。

つまりその男にとつては、鬼に喰はれるか、大金持になるかといふ、その同じ事が、他の人達にとつては生命を助けて貰ふか、一文なしになるかといふ事になるわけです。それにはみんなもちよつと困りました。しかし場合が場合であるだけに、とう〳〵承知してしまひました。

「その代り、若しも鬼が出て来ても、一向身代りにならずにみんなと一緒にお前までが遁げ出した場合はどうする。逆にこつちへ罰金をよこすか。」

「大丈夫。誰が逃げたりなんかするもんか。そんな事があつたら、何でもやるよ。」

「ぢや、毘我羅でみんなが儲けたのと、同じだけの罰金を出すか。」

「むろん、出すとも。」

若い男は又きつぱりと答へました。そして、いかにも人をばかにしたやうに、にやり〳〵と笑ひながら、焚火を囲んでゐるみんなの顔をぐるりと一通り見渡しました。

「気の毒だが、今夜の賭けは俺の勝だね。お蔭で寝てゐても明日からはひとりでに大金持になれるんだ。さう思ふと実に愉快だな。まさかこんな山の中でこんな金儲けにぶつからうとは、今が今まで夢にも思つてゐなかつたのに。」

かう云つたその男の顔には、いつかもうすつかり金持になつてしまつたかのやうな得意の色がむき出しに輝いてゐました。


何はともあれ、話がはつきりかうきまりましたので、みんなは始めて安神《あんしん》しました。そして、鬼の事は一切その若い男に委《まか》せて置いて、銘々自分の荷物を枕にして、相変らず焚火を円く囲んだまま、ごろりと横になつたと思ふと、誰もよくよく疲れてゐたものと見えて、直ぐさまぐつすり寝込んでしまひました。ただ、その若い男だけは、しばらくの間一人ぽつねんと、あぐらをかいて、焚火の中にしきりに木の枝をくべてゐました。

「大丈夫。鬼なんか出て来るものか。第一、そんな変なものがこの世の中に住んでゐてたまるものか。地獄や何かぢやあるまいし。」

自分ながらはつきりさう思つてゐればこそ、さつきあんな大胆な約束も出来たのです。

ところがみんなが寝てしまつた後になつても、かうしてたつた一人で起きてゐますと、何となく次第次第に、心細くも、また、不気味にもなつて来ました。何しろあたりはひどい深山です。そつと頭を上げて上を見ますと、眼の前の闇の中には深さの知れないやうな大きな森が、一面に山を埋めて黒く茂つてゐます。その森の奥からは、谷川の響と風の音との中に混つて、時々怖ろしい猛獣の声さへも聞えて来るではありませんか。

「こんな処でこんな夜中に、鬼がほんたうに出て来たらどうしよう。」

かう思つたら、自分ながらもう到底居ても立つてもゐられない程、俄かに怖ろしくなつて来ました。

だが、さつきあれ程きつぱり約束した手前、まさかこのまま、みんなを捨ててむやみに遁げたり隠れたりする訳にも行きません。「ほんたうにどうしたらいゝだらう。」と、いろいろ考へたあげく、ふと素敵にいい事を思ひつきました。

「よし。一つあいつを出して着てやらう。」

かう云つたと思ふと、その男は手早く自分の荷物をほどきまして、中から大きな鬼のお面と鬼の衣装とを取り出しました。どつちも無論、芝居をする時に使ふので、わざわざ持つて来たものなのです。

「こいつを冠つてこいつを着てゐりや、いくら鬼が出て来たところで大丈夫だ。俺だけはきつと自分の仲間と思つて喰べたりなんかしないだらうから。」

こんな独りごとを云ひながら、早速そのお面を冠つて衣装をきますと、又前のやうに焚火の前へ坐りました。するとこんどは自分ながらうまうまと鬼の仲間になりすましたやうな気持にさへもなつて行つて、やつとほんたうに安神しました。

だが、一旦安神して心がゆるむと、朝からの疲れが一度に出て来たものか、その男もそのまま岩にもたれながら思はずぐつすり寝込んでしまひました。大きな鬼のお面を冠り、鬼の衣装をつけたまんま。


更けわたつた山の夜風が、あまりに寒々と身にしむので、一番年をとつた役者が、ふと眼を醒ましました。そして、何の気なしにぼんやりとあたりの様子を見てゐましたが、やがて燃え残つた焚火越しに直ぐ眼の前の岩を眺めますと、突然何ともかとも云へない程に、全く声も出ない位に、びつくりさせられてしまひました。なぜなら大きな大きな鬼が一匹その岩にもたれて、こつちの様子をしきりに伺つてゐるからです。

「鬼だ。鬼だ、鬼が来たあ。」

今にもくびり殺されでもするやうな怖ろしい声を振り絞つて、いきなり大きく呶鳴りますと、直ぐさま死に物ぐるひで飛び起きて、そのまま一目散に麓《ふもと》の方へ馳け出しました。

「何。鬼が来たつて。どこにゐる。どこに。」

「やあ。ゐる。ゐる。ほんたうにゐる。鬼だ。鬼が来たあ。」

けたたましい叫び声に呼びさまされて、思はず跳ね起きた他の人達は、岩にもたれてこつちを向いてゐる鬼のお面を見付けますと、やはり同じ事を口走りながら、まるで気でも狂つたやうに、あたふたと一気に揃つて遁げ出しました。


一番後に残されたのは、鬼の面を冠つて寝てゐたその若い男でした。思はずぐつすりと寝込んだ矢先をいきなり「鬼が来たあ」といふ怖ろしい叫び声に呼びさまされて、やはりみんなと同じやうに腰がぬけないばかり驚きました。だがどうしたのか眼をあけていかにあたりを見廻してもどこにも鬼の姿などは見えません。それでもみんながあんまり死に物狂ひに遁げ出すので、すつかり度胆をぬかれたその男は多分どこからか鬼がやつて来るのだらうと思ひまして、跳ね起きると、そのままやはり一目散に遁げ出しました。

むろん、怖ろしさで無我夢中になつてゐるので、自分が鬼のお面を冠つて鬼の衣装をつけたまま寝てゐた事などはすつかり忘れてしまつてゐました。その上、自分の変な姿のせいでみんなが遁げ出すのだといふ事などにも、少しも気がつきませんでした。で思はず知らず自分もその変な姿のままみんなの後を追つかけ追つかけて、一心不乱に麓へ向つて走つたのです。

だからいよいよもつてたまりません。鬼のお面を冠つて衣装をつけたその男が、後から走れば走る程みんなは尚更生命からがら遁げ出します。そして、みんなが遁げれば遁げる程、その男も後から鬼が来るのかと思つては無我夢中に走りました。

「鬼だ。鬼だ。鬼が来たあ。鬼が来た。」

今にも殺されさうな声でもつて叫びながら、皆は、たうとう夜の明けるまで、走り通しに走りました。

やがて夜が明けてから、やつとの事で、今まで鬼だと思つてゐたのは、同じ仲間の若い男だとわかつた時には、みんなはほんたうに怒りました。そして、その男が、鬼が来たら後に残つて喰べられるといふ約束にそむいて、みんなと一緒に逃げたといふので昨夜の後の約束通り、たうとうあべこべに罰金をとりました。（一三・三・二八）

（「赤い鳥」大正13年7月号）

青い時計

上司小剣

一

P子のおうちには、青い時計がありました。四角な青い時計でありました。文字盤はもちろん、ふつうの時計と同じでありますが、まはりを青いガラスで造つてあつて、内部《なか》に機械のタクチクと動いてゐるのが、透いて見えてゐます。二寸四方ぐらゐの真四角な、可愛らしい時計であります。

P子はこの時計がいつ頃から自分のうちにあるのやら知りません。おそらく自分より前に生れた時計だらうと思つてをります。P子は今年十四になります。時計は十五ぐらゐかも知れません。この青い時計はいつの間にか、P子の時計のやうになつて、いつもP子の机の上に載つてをります。P子は勉強に飽いてお手玉でも取つてみたい、兄さんとテニスでもやつてみたいと思ふ時、この時計がなまけずに、タクチクと時を刻んでゐるのを見て、なに時計に負けてはと、……元気を出して、勉強をつゞけます。

二

この春頃から、この青い時計の工合がわるくなりました。時計屋へ二三度も修繕にやりましたが、どうもうまくなほりません。

「もうこの時計も年をとつて、お婆さんになつたから、体が弱つたのだらう。」と、お母さんは笑ひ〳〵言ひました。

「嘘、お母さん、この時計、そんなに年寄りぢやなくツてよ。わたしの姉さんで、まだ十五ぢやありませんか。」と、P子は不平らしく言ひました。お母さんはまた笑つて、

「Pちやん、時計の十五は大変ですよ、人間の五十ぐらゐです。」と言ひながら、工合のわるくなつた時計を手に取つて振つてみると、今まで止まつてゐたのが、タクチク動き出しました。

「動き出しても、すぐ止つてよ、よツぽど体をわるくしたのね。」と、P子は痛ましさうな顔をして言ひました。ところが、いつも五分か十分ぐらゐ針を運ぶと止まつてしまふのが、今日はどうしたことか十五分、二十分と止まらずに動いてゐます。これは不思議だと、P子は瞬きもせずに青い時計を見詰めてゐました。根気よく、じツと膝に手をおいて。

三十分経つても一時間経つても、時計は止まりませんでした。これはをかしい、変だと思ひながら、P子は喜んでをりました。しかし、今に止まるか、今に止まるかと、おツかなびつくりでゐる心持ちは実にいやなもので、はら〳〵して、いくたびか胸を撫でつゝ、P子はその日を暮らしました。しかし、時計は夜になつても、タクチクと動いてをりました。その夜P子は、時計がまた止まつて悲しんだり無事に動いてゐて喜んだりする夢を三度も見ました。しまひには、時計が美しいお嬢さんの姿をして、長い袖の着物に、立派な帯を締め、首は時計ですから頭髪《かみ》も結はずに、P子の枕頭へ来て、「お蔭さまで助かりました。あなたのお母さんに一つ振つていたゞいたのが、時計屋の修繕よりもよく利いて、生命を助かりました。お蔭さまで有りがたう存じます。」と両手を支へてお礼を言つた夢をみました。

朝、眼をさますと、青い時計は、元気よくタクチクと動いてをります。P子はもう大丈夫だと思ひました。

「お母さんが、ちよツと振つたら、時計の病気がすつかりなほりました。どんな時計屋さんだつて、お母さんには敵はないでせう。わたしは日本一の時計のお医者さまです。」とお母さんは、お鼻を高くして言ひました。

三

時計の病気がなほると、今度はP子が病気になりました。これはどうも、お母さんがちよツと振つてなほすといふわけに行きませんので、方々のお医者さまに診てもらひましたが、いづれも肋膜炎に、肺尖カタルといふことで、X光線をかけると、

肺のさきのとがつたところが、真ッ黒になつてゐるといふことでありました。お母さんは心配して、お医者さまと相談の上、海岸に小さな家を買つて、P子と二人でそこに住んで、新しく清らかな海風の吹くところで、ゆっくりP子に養生をさせようとしました。さびしい土地で、家と言つては、その別荘風のが一軒あるばかり、近所はと言へば、どッちへも一丁や二丁行かなければなりません。静かだが、少し気味もわるい。

しかし、こんなところへわざ〳〵目ざして来る泥棒はないし、通りがかりのものとては一人も見かけないから、用心はいゝといふことでした。けれどもP子は夜眼をさますと、風の音にも胸をドキ〳〵させて、「おゝいやだこんなとこ。」と、口のうちで言つてゐましたが、しかし、朝になると、晴れ〴〵とした天地の清々しさは、とても東京の街の中では味はふことが出来ないので、やッぱりいゝところだ、病気のなほるまでこゝにゐようと思ひました。

そんなところですから、着物や道具もあまり持つて来ませんでしたが、あの青い時計だけは、ちやんとP子について来て、床の間のちがひ棚の上で、毎日毎夜、タクチクと働いてをりました。さうしてP子とお母さんとに、正しい時間を知らしてをりました。

ある日、P子が、お母さんに連れられて、その別荘から、ステーシヨンまで半里、ステーシヨンから汽車で一時間ほどかゝる同じ海岸つゞきの砂地の上に建つてゐる呼吸器の病院へ、注射に行つての帰りがけ、その日は殊にP子の気分がよかつたので、ステーシヨンに近い懇意な家へ寄つて、夜おそくまで、蓄音機なんぞを聴かしてもらつて、十二時近く人力車に乗つて帰つて来ましたが、家の内へ入つてみますと、室《へや》といふ室《へや》が皆取り散らかつて、泥足の痕がベタ〳〵ついてゐます。電燈のないところなので、石油ランプの光に映し出されるその光景は、物凄いものでありました。

「おやッ、泥棒が入つたんだよ。」と、お母さんは物凄いやうな声で呼びました。P子は胸がドキンとして、熱が忽ち三度ぐらゐのぼつたやうな気がしました。

まだ泥棒がその辺《へん》にゐるやうな気がしてビク〳〵しながら調べてみますと、便所の掃除口から入つたのでありました。盗まれたものは何もない。室《へや》は取り散らかつてゐるけれど、無くなつたものはない。それが不思議でありました。

「あらッ、時計がない。」

暫らくしてから、P子はさう言ひました。ちがひ棚の上の青い小さな時計がなくなつてゐます。盗難品は結局その一つとわかりました。

「まアよかつた。」と、お母さんは言ひましたが、P子は何を盗まれたよりも、青い時計が惜しまれました。惜しいといふよりは、可哀さうなのであります。大病をしてせつかくなほつた末、こゝまで自分について来て、こゝで、自分と永久に別れてしまつたのが。今頃はどこでタクチクと時を刻んでゐるであらうかと思ふと、涙がはら〳〵とこぼれて来ました。
二三日のうちに、家の方から書生を一人、早速よこしてもらひましたので、もう泥棒はこはくなくなりましたが、P子は毎日〳〵、青い時計のことばかりを考へて、悲しんでをりました。お母さんが東京へいらつしたついでに最新流行の小さないゝ時計を買つて来て、ちがひ棚の上へ載せましたが、P子はそんなものよりも、前の青い時計がなつかしくて、今ごろどこにどうしてゐるだらう。あの朝ねぢを巻いてやつたのが、永久の別れであつた。……さう思つて涙ぐんでをりました。

（「赤い鳥」大正13年8月号）

注文の多い料理店

宮沢賢治

二人の若い紳士が、すつかりイギリスの兵隊のかたちをして、ぴか〳〵する鉄砲をかついで、白熊のやうな犬を二疋《ひき》つれて、だいぶ山奥の、木の葉のかさ〳〵したとこを、こんなことを云ひながら、あるいてをりました。

「ぜんたい、こゝらの山は怪しからんね。鳥も獣も一疋も居やがらん。なんでも構はないから、早くタンタアーンと、やつて見たいもんだなあ。」

「鹿の黄いろな横つ腹なんぞに、二三発お見舞もうしたら、ずゐぶん痛快だらうねえ。くる〳〵まはつて、それからどたつと倒れるだらうねえ。」

それはだいぶの山奥でした。案内してきた専門の鉄砲打ちも、ちよつとまごついて、どこかへ行つてしまつたくらゐの山奥でした。

それに、あんまり山が物凄いので、その白熊のやうな犬が、二疋《ひき》いつしよにめまひを起して、しばらく吠《うな》つて、それから泡を吐いて死んでしまひました。

「じつにぼくは、二千四百円の損害だ」と一人の紳士が、その犬の眼ぶたを、ちよつとかへしてみて言ひました。

「ぼくは二千八百円の損害だ。」と、もひとりが、くやしさうに、あたまをまげて言ひました。

　はじめの紳士は、すこし顔いろを悪くして、ぢつと、もひとりの紳士の、顔つきを見ながら云ひました。

「ぼくはもう戻らうとおもふ。」

「さあ、ぼくもちやうど寒くはなつたし腹は空いてきたし戻らうとおもふ。」

「そいぢや、これで切りあげやう。なあに戻りに、昨日の宿屋で、山鳥を拾円も買つて帰ればい丶。」

「兎もでてゐたねえ。さうすれば結局おんなじこつた。では帰らうぢやないか」

　ところがどうも困つたことは、どつちへ行けば戻れるのか、いつかう見当がつかなくなつてゐました。

　風がどうと吹いてきて、草はざわざわ、木の葉はかさかさ、木はごとんごとんと鳴りました。

「どうも腹が空《す》いた。さつきから横つ腹が痛くてたまらないんだ。」

「ぼくもさうだ。もうあんまりあるきたくないな。」

「あるきたくないよ。あ丶困つたなあ、何かたべたいなあ。」

「喰べたいもんだなあ」

　二人の紳士は、ざわざわ鳴るす丶きの中で、こんなことを云ひました。

　その時ふとうしろを見ますと、立派な一軒の西洋造りの家《うち》がありました。

　そして玄関には

RESTAURANT
西洋料理店
WILDCAT HOUSE
山　猫　軒

といふ札がでてゐました。

「君、ちやうどい丶。こ丶はこれでなかなか開けてるんだ。入らうぢやないか」

「おや、こんなとこにおかしいね。しかしとにかく何か食事ができるんだらう」

「もちろんできるさ。看板にさう書いてあるぢやないか」

「はいらうぢやないか。ぼくはもう何か喰べたくて倒れさうなんだ。」

二人は玄関に立ちました。玄関は白い瀬戸の煉瓦で組んで、実に立派なもんです。

そして硝子の開き戸がたつて、そこに金文字でかう書いてありました。

「どなたもどうかお入りください。決してご遠慮はありません」

二人はそこで、ひどくよろこんで言ひました。

「こいつはどうだ、やつぱり世の中はうまくできてるねえ、けふ一日なんぎしたけれど、こんどはこんないゝこともある。このうちは料理店だけれどもたゞでご馳走するんだぜ。」

「どうもさうらしい。決してご遠慮はありませんといふのはその意味だ。」

二人は戸を押して、なかへ入りました。そこはすぐ廊下になつてゐました。その硝子戸の裏側には、金文字でかうなつてゐました。

「ことに肥《ふと》つたお方や若いお方は、大歓迎いたします」

二人は大歓迎といふので、もう大よろこびです。

「君、ぼくらは大歓迎にあたつてゐるのだ。」

「ぼくらは両方兼ねてるから」

ずんずん廊下を進んで行きますと、こんどは水いろのペンキ塗りの扉がありました。

「どうも変な家《うち》だ。どうしてこんなにたくさん戸があるのだらう。」

「これはロシア式だ。寒いとこや山の中はみんなかうさ。」

そして二人はその扉をあけやうとしますと、上に黄いろな字でかう書いてありました。

「当軒は注文の多い料理店ですからどうかそこはご承知ください」

「なかなかはやつてるんだ。こんな山の中で。」

「それあさうだ。見たまへ、東京の大きな料理屋だつて大通りにはすくないだらう」

二人は云ひながら、その扉をあけました。するとその裏側に、

「注文はずゐぶん多いでせうがどうか一々こらえて下さい。」

「これはぜんたいどういふんだ。」ひとりの紳士は顔をしかめました。

「うん、これはきつと注文があまり多くて支度が手間取るけれどもごめん下さいと斯ういふことだ。」

「さうだらう。早くどこか室《へや》の中にはいりたいもんだな。」

「そしてテーブルに座りたいもんだな。」

ところがどうもうるさいことは、また扉《と》が一つありました。そしてそのわきに鏡がかゝつて、その下には長い柄のついたブラシが置いてあつたのです。

扉には赤い字で、

「お客さまがた、こゝで髪をきちんとして、それからはきもの、泥を落してください。」と書いてありました。

「これはどうも尤もだ。僕もさつき玄関で、山のなかだとおもつて見くびつたんだよ」

「作法の厳しい家だ。きつとよほど偉い人たちが、たびたび来るんだ。」

そこで二人は、きれいに髪をけづつて、靴の泥を落しました。

そしたら、どうです。ブラシを板の上に置くや否や、そいつがぼうつとかすんで無くなつて、風がどうつと室の中に入つてきました。

二人はびつくりして、互によりそつて、扉をがたんと開けて、次の室へ入つて行きました。早く何か暖いものでもたべて、元気をつけて置かないと、もう途方もないことになつてしまふと、二人とも思つたのでした。

扉の内側に、また変なことが書いてありました。

「鉄砲と弾丸をこゝへ置いてください。」

見るとすぐ横に黒い台がありました。

「なるほど、鉄砲を持つてものを食ふといふ法はない。」

「いや、よほど偉いひとが始終来てゐるんだ。」

二人は鉄砲をはづし、帯皮を解いて、それを台の上に置きました。

また黒い扉がありました。

「どうか帽子と外套と靴をおとり下さい。」

「どうだ、とるか。」

「仕方ない、とらう。たしかによつぽどえらいひとなんだ。奥に来てゐるのは」

二人は帽子とオーバコートを釘にかけ、靴をぬいでぺたぺたあるいて扉の中にはいりました。

扉の裏側には、

「ネクタイピン、カフスボタン、眼鏡、財布、その他金物類、ことに尖つたものは、みんなこゝに置いてください」

と書いてありました。扉のすぐ横には黒塗りの立派な金庫も、ちやんと口を開けて置いてありました。鍵まで添へてあつたのです。

「はゝあ、何かの料理に電気をつかふと見えるね。金気のものはあぶない。ことに尖つたものはあぶないと斯う云ふんだらう。」

「さうだらう。して見ると勘定は帰りにこゝで払ふのだらうか。」

「どうもさうらしい。」

「さうだ。きつと。」

二人はめがねをはづしたり、カフスボタンをとつたり、みんな金庫の中に入れて、ぱちんと錠をかけました。

すこし行きますとまた扉があつて、その前に硝子の壺が一つありました。扉には斯う書いてありました。

「壺のなかのクリームを顔や手足にすつかり塗つてください。」

みるとたしかに壺のなかのものは牛乳のクリームでした。

「クリームをぬれといふのはどういふんだ。」

「これはね、外がひじやうに寒いだらう。室のなかがあんまり暖いとひびがきれるから、その予防なんだ。どうも奥には、よほどえらいひとがきてゐる。こんなとこで、案外ぼくらは、貴族とちかづきになるかも知れないよ。」

二人は壺のクリームを、顔に塗つて手に塗つてそれから靴下をぬいで足に塗りました。それでもまだ残つてゐましたから、それは二人ともめいめいこつそり顔へ塗るふりをしながら喰べました。

それから大急ぎで扉をあけますと、その裏側には、

「クリームをよく塗りましたか、耳にもよく塗りましたか、」

と書いてあつて、ちいさなクリームの壺がこゝにも置いてありました。

「さうさう、ぼくは耳には塗らなかつた。あぶなく耳にひゞを切らすとこだつた。こゝの主人はじつに用意周到だね。」

「あゝ、細かいとこまでよく気がつくよ。ところでぼくは早く何か喰べたいんだが、どうも斯うどこまでも廊下ぢや仕方ないね。」

するとすぐその前に次の戸がありました。

「料理はもうすぐできます。

十五分とお待たせはいたしません。

すぐたべられます。

早くあなたの頭に瓶の中の香水をよく振りかけてください。」

そして戸の前には金ピカの香水の瓶が置いてありました。

二人はその香水を、頭へぱちやぱちや振りかけました。

ところがその香水は、どうも酢のやうな匂がするのでした。

「この香水はへんに酢くさい。どうしたんだらう。」

「まちがへたんだ。下女が風邪でも引いてまちがへて入れたんだ。」

二人は扉をあけて中にはいりました。

扉の裏側には、大きな字で斯う書いてありました。

「いろいろ注文が多くてうるさかつたでせう。お気の毒でした。

もうこれだけです。どうかからだ中に、壺の中の塩をたくさんよくもみ込んでください。」

なるほど立派な青い瀬戸の塩壺は置いてありましたが、こんどといふこんどは二人ともぎよつとしてお互にクリームをたくさん塗つた顔を見合せました。

「どうもおかしいぜ。」

「ぼくもおかしいとおもふ。」

「沢山の注文といふのは、向ふがこつちへ注文してるんだよ。」

「だからさ、西洋料理店といふのは、ぼくの考へるところでは、西洋料理を、来た人にたべさせるのではなくて、来た人を西洋

料理にして、食べてやる家とかういふことなんだ。これは、その、つ、つ、つ、つまり、ぼ、ぼ、ぼくらが……。」がたがたがたがた、ふるえだしてもうものが言へませんでした。

「その、ぼ、ぼくらが、……うわあ。」がたがたがたがたふるえだして、もうものが言へませんでした。

「遁げ……。」がたがたしながら一人の紳士はうしろの戸《と》を押さうとしましたが、どうです、戸はもう一分も動きませんでした。

奥の方にはまだ一枚扉があつて、大きなかぎ穴が二つつき、銀いろのホークとナイフの形が切りだしてあつて、

「いや、わざわざご苦労です。

大へん結構にできました。

さあさあおなかにおはいりください。」

と書いてありました。おまけにかぎ穴からはきよろきよろ二つの青い眼玉がこつちをのぞいてゐます。

「うわあ。」がたがたがたがた。

「うわあ。」がたがたがたがた。

ふたりは泣き出しました。

すると戸の中では、こそこそこんなことを云つてゐます。

「だめだよ。もう気がついたよ。塩をもみこまないやうだよ。」

「あたりまへさ。親分の書きやうがまづいんだ。あすこへ、いろいろ注文が多くてうるさかつたでせう、お気の毒でしたなんて、間抜けたことを書いたもんだ。」

「どつちでもいゝよ。どうせぼくらには、骨も分けて呉れやしないんだ。」

「それはさうだ。けれどももしこゝへあいつらがはいつて来なかつたら、それはぼくらの責任だぜ。」

「呼ばうか、呼ばう。おい、お客さん方、早くいらつしやい。いらつしやい。いらつしやい。お皿も洗つてありますし、菜つ葉ももうよく塩でもんで置きました。あとはあなたがたと、菜つ葉をうまくとりあはせて、まつ白なお皿にのせる丈《だ》けです。はやくいらつしやい。」

「へい、いらつしやい、いらつしやい。それともサラドはお嫌ひですか。そんならこれを火を起してフライにしてあげませうか。とにかくはやくいらつしやい。」

二人はあんまり心を痛めたために、顔がまるでくしやくしやの紙屑のやうになり、お互にその顔を見合せ、ぶるぶるふるえ、声もなく泣きました。

中ではふつふつとわらつてまた叫んでゐます。

「いらつしやい、いらつしやい。そんなに泣いては折角のクリームが流れるぢやありませんか。へい、たゞいま。ぢきもつてまゐります。さあ、早くいらつしやい。」

「早くいらつしやい。親方がもうナフキンをかけて、ナイフをもつて、舌なめずりして、お客さま方を待つてゐられます。」

二人は泣いて泣いて泣いて泣いて泣きました。

そのときうしろからいきなり、

「わん、わん、ぐわあ。」といふ声がして、あの白熊のやうな犬が二疋、扉をつきやぶつて室の中に飛び込んできました。鍵穴の眼玉はたちまちなくなり、犬どもはうううとうなつてしばらく室の中をくるくる廻つてゐましたが、また一声「わん。」と高く吠えて、いきなり次の扉に飛びつきました。戸はがたりとひらき、犬どもは吸ひ込まれるやうに飛んで行きました。

その扉の向ふのまつくらやみのなかで、

「にやあお、くわあ、ごろごろ。」といふ声がして、それからがさがさ鳴りました。

室はけむりのやうに消え、二人は寒さにぶるぶるふるえて、草の中に立つてゐました。

見ると、上着や靴や財布やネクタイピンは、あつちの枝にぶらさがつたり、こつちの根もとにちらばつたりしてゐます。風がどうと吹いてきて、草はざわざわ、木の葉はかさかさ、木はごとんごとんと鳴りました。

犬がふうとうなつて戻つてきました。

そしてうしろからは、

「旦那あ、旦那あ、」と叫ぶものがあります。

二人は俄かに元気がついて

「おゝい、おゝい、こゝだぞ、早く来い。」と叫びました。

簑帽子をかぶつた専門の猟師が、草をざわざわ分けてやつてきました。

そこで二人はやつと安心しました。

そして猟師のもつてきた団子をたべ、途中で十円だけ山鳥を買つて東京に帰りました。

しかし、さつき一ぺん紙くづのやうになつた二人の顔だけは、東京に帰つても、お湯にはいつても、もうもとのとほりになほりませんでした。

（大正13年12月、杜陵出版部刊）

評論

評論
随筆
記録
ルポルタージュ

前進すべき文藝

――震災後文藝の一側面観――

川路柳虹

一

さきごろ、地震の際には文藝の無力を感じたとか、或は藝術はかういふ非常時に遭遇したとて何の影響もないとか、さういふ種の論議が吾々の前で闘はされた。そしてこの度の震災によつて文藝は転向するであらうといふ予測をなすものと、地震は地震藝術は藝術で、文藝は従前と同じき歩をつゞけるであらうとする者と、簡単に言へば、この天災を文藝に関聯して考ふる人と然らざる人との二派を生じた。然し私の見るところを以てすればこの命題の解決は甚だ容易であるやうに思ふ。何となればいづれの予測にしろ、それをなす人は藝術の士である。藝術家としての主観の上からの観測としてはこれを是とするも、否とするも、それはその人がしかく感ずるといふことを何よりの根拠としての立論である。しかし藝術そのものを吾々人間の生活活動の一部と観じるものにとつては藝術が時の支配をうけぬといふ理由もなく、またこれだけの事象に対して無覚でありうる理由もないやうに感ぜられる。藝術があの非常時の瞬間には生活にとつて一つの贅物であると感じたことを告白した作家もあるがしかしこれは余りに分り切つたことで、もしかゝる非常時に役立つものを第一義とするなら、人間の文化も無くむろん藝術も生存しえない。藝術は部分的に実生活に役立つものではなく、全体的に人間の向上する文化に協力する一つの生活活動である。この場合非常時に役立つか否かといふことは何ら藝術価値の標準にはなりえない。否かゝる意味に藝術を考へてゐるものこそ吾々の生活圏外に藝術を置いてゐたものである。藝術を吾々の生活々動と切り離して神のものと祭り上げてゐる人々にとつては夫れは藝術は藝術、事変は事変であらう。しかし藝術そのものを先づ一つの社会的存在として観ぜよ、藝術家を一個の人間として、社会の一員として考へよ、そこに吾々の思考の対象となる藝術そのものはやはり吾々の生きた生活々動の一部としての存在よりないではないか。そして吾々の全生活圏が経済的に社会的に激動をうけてゐるたゞ中にあつて藝術は永遠不変なりといふ豪語を敢てしうるものがあるであらうか。主観的に一人の作家が自己の藝術は（といふより藝術の価値は）不変なりとか、自己の藝術は無力なりとか感じることは自由である。しかしそれがこの「時」の変化を無視した理論の上に立つならば夫れは明らかに誤謬である。もしこの事変が何らか自己の藝術制作の態度に、もしくは内容に、或る思考を与へるものと感じ乍ら、しかも自己の藝術の価値は不変なりと感じるならば夫れはむしろ藝術家としての正しい信念の上に立つものである。併し藝術そのものを絶対不変なりと思考する人々は窮極に於て藝術の進化を信ぜぬ人である。「藝術」と「時」を別に、「藝術」と「生活」を無関心に考ふる人で、夫れは恐ろしき迷妄と言はねばならぬ。夫れ故この天災を機として起るべき社会的転向が人間心理に無関心でない限りに於て、人生そのものを対象とする文藝が何らかの影響をうくべきは寧当然至極であると見ねばならぬ。もしその影響について無関心なる人々は恐らく次の時代に於ては用もなき徒輩と化し去るであらう、藝術はいかなる時に於ても不変なりと観じてゐる人々は、今は既に失はれてゐるものをもなほ且つ自己の幻影によつて在るものと思惟してゐる人である。そしていつまでも「今在る」と信じてゐる中に「時」は遠慮なくその人々を置きざりにしてゆくであらう。

藝術は由来予言的、先見的使命をもつてゐる。それは偉大な藝術ほど、その包容する世界が広く且つ深く、既に来らんとする次の時代の種子を底に蔵してゐるからである。藝術が「時」を超越すると考へられたり、藝術家は時流に超然たりといふことも、それは積極的な意味に於てのみ然るので未来への飛翔を望み乍ら併もその住する環境が余りにその理念を遠ざかつてゐるがためである。たゞかく言へば、人は私が嚮に説いた如く社会的の変動が藝術をも転向さすといふ説と矛盾するではないかといふかも知れぬが、しかし或る藝術的能才《タレント》をもつ一人の藝術家の敏感はかゝる眼前の社会的影響の中には既に一歩先んじた世界を予測してゐるものである。藝術が時に動かさるゝといふことは一面「時」に敏感なる藝術家がその動きゆく時の一部を捕捉してゐると見ることが出来る。即ち先駆者の仕事はすべてそれなのである。そして、たゞ大衆のみその跡を趁ふのである。多くの藝術的群集、鑑賞者の多くは一人の天才が深く鋭く潜入した内観の世界を或る時を経て、漸くにして解説し闡明しうるものである。それ故人々にとつて「有りうべからざる」が如く思はれることを既に「有りうべきこと、」信ずる能力こそ藝術の天才が所有するところのものである。かくて藝術の進化はいつも不断にかゝる能力の上に築かれてゆくのである。従つて藝術の廃頽はこの進化の能力の杜絶されようとするほど無気力な状態になつた時に現はれるのである。

二

欧羅巴にて於て、「戦前《アヴンラゲエル》」といふ言葉と「戦後《アプレラゲエル》」といふ言葉ほどこの世界大戦を中心にして対比的に語らるゝ言葉はないさうである。それは時間にして僅か四年ではあるが、この四年は一世紀よりも有力にあらゆる事物を変化させたからである。戦前と戦後の隔りは、この四ケ年の戦争といふ大事件を中へ置いたが為に全く劃世紀的に人々の思考を生活を一変させたのである。この事実は直ちにとつて我が震災と一切の生活との関係へもつてくるのは早計であらうが、しかもか丶ること丶は反対に全然無関係であるとは誰しも断言しえぬところであらう。遠い欧羅巴の戦争の余波は決して吾国にも無関係ではなかつた事実から考へて見ても、この自国の災害がたとへ一部にしろ、その波及する局面が吾が社会生活の全面に向つて及ぶべきは吾々の容易く考へうる処である。たゞそのいかに及ぶかといふこと、、いかなる程度に及ぶかといふことはそれは尚ほ進行しつ丶ある過程に於て何人も断言しえぬ処であるが、たとへ徐々にせよ、日々の事象は種々に動揺しつ丶ある。この中にあつては吾々の関与する文藝がいかなる方向へ赴くかといふことは多くの人々にとつて興味ある問題であらねばならぬ。

曩にも言つた如く、この事変は藝術にとつて無関心なりとする人々は今更問はない。然し何らかの意味に於て藝術の態度の上に影響ありと見る人々は、その採るべき方向について考ふる処あるべきである。たゞこの場合傍観的に火事見物でもするやうに文藝の風向きがどう変るであらうかと観測したとてそれは無益である。何となれば吾々は吾々自身少くともこの動きつ丶ある時代にあつて絶えず動かされつ丶あるからである。藝術がこの事変に無関心だとみる人は恐らく何の感動をもこの事実から学びえぬ人々であらう。併しこの事変によつて何らか感動を受けた人々はむしろ積極的に自ら藝術上の態度の上に更新を期すべきが至当である。「どうなるか」と思案するより、「かくならしめよう」と庶幾するところに転向の精神は生ずるのである。

吾々はいつも「い丶気」になる事を戒めねばならぬ。「い丶気」になつてゐる間に眼前の機会は失はれるのである。文藝はいかなる時代にも「これでよい」と感じられてゐるものではない、藝術の努力は無限の完成へ向つての精進である。「足るを知る」のでなく「飽くことを知らぬ」精神なのである。「充分《アッセ》」でなく「まだ《アンコール》」なのである。この意味から考へると吾々は現在の文壇が、尠くともこの震災当時迄の文壇が可成り「い丶気」になつた人々のみの集合であつたやうにも思はれる。吾々はよく「行き詰つた」とか「惰気に充ちた」とかいふ言葉をきいた。事実、文壇の多くの作品——夫れは主として小説に限られてゐるが——に対するとき吾々は最近それらの作品の質がどれほど進歩し、またその作品に見出す種々な要素がどれ位の変化を示してゐるかといふことを検覈する時、寧ろ、これらの言葉通りの非難を肯定せねばならぬやうに感じてゐた。

三

我国の文壇で最近の十年間は可成変動のあつた期間である。而して文藝の作品の中で最も目覚しい発達をしたのは恐らく小説であらう。自然主義といふ運動によつて口火を切られた文藝上の自覚はこの十年に於て多様な姿に分裂した。事実、自然主義は、日本にあつては単なる文藝作品の形式的変化を示したといふだけに止らずそれ以上の役目を果したのである。即ち自然主義以前の文壇には作家が確固たる人生観照の態度を意識してはゐなかつた。この意識に始めて目覚ましめたものが自然主義で、この意味より観ずれば、自然主義は観照上の啓蒙運動とも見られるし、又その感動を与へた局面の大且つ深かつた点に於てむしろその主義の本質たる客観主義とは反対の主観的感情的側面をも有してゐたのである。当時の青年にとつては自然主義より与へられた心意は全く感激に充ちたものであつたことを今日容易に想起しえられる。と同時にその思想の具体化された作品たる小説に於ても、吾々はその結果の上に感受するものは自然主義の本旨とする現実の科学的観察ではなくて、むしろ単純な現実事象から語らるゝ一人の作家の人生観、乃至趣味に過ぎないもの、方に多く接してきた。例を挙げるなら花袋氏にしろ白鳥氏にしろ、氏らに最も欠如したものはゾラに見、ゴンクールらに見るやうな現実の科学的観察で、この点より言へば主義には全く反対の夏目漱石氏の一二の作品（例せば、「行人」の如き「門」の如き）作品がその現実観察の基調をより多く科学的態度の上に置いてゐることを自分は感じるものである。即ち花袋氏、白鳥氏らの自然主義はむしろその作品から、作家の人生観や趣味をたゞ単純な現実事象を借りた叙述の中に発見するものである。尤もこの二氏は同様の立場からは言へない。花袋氏の殉情的側面に対すれば白鳥氏はより多く傍観的科学的冷然さはもつてゐる。そしてその観照の視点に対しても私は白鳥氏の方により多く鋭さを発見する。けれど結局両氏に欠如したものは「科学」で、この意味からいふなら日本に於ける自然主義はその本来の意義から言つて殆ど一人の代表的作家を有たぬとも言へる。がしかし夫れは今問はない、たゞこの自然主義がその帰結をいかになしたかといふことを考へて見たい。

自然主義が文壇に起した波紋は先づ凡べての作家に現実そのものへの復帰を教へたことである。併もこの現実そのものは単に醜悪と倦怠と無味の現実である。我自然主義によつて現実なりと言つて投げ出されたものは単に灰色一色の現実であつた。この反動として当然そこに求められたものはもつと多彩な、醜の中にも美ある、倦怠の中にも華やぎある現実である。それは作家の空想によつて描き出された架空の世界を伴つてゐるかも知れぬ。しかし作家は一つの醜悪と見らるゝ現実世界を知りしかもそこに体験する感覚の世界に一つの感激を求め、享楽を求め美を求めることは出来たのである。即ち一度自然主義によつて吾らの倫理観の根底を覆されたものにとつては反道徳的な世界にこそ却つて真を見、又美をも新しく発見しえたのである。永井荷風氏や谷崎潤一郎氏の作品が示す享楽的、悪魔的唯美主義は、尠くとも吾々の一色に、ともすれば一つの観念をもつて眺めようとした灰色の現実主義に対して、もつと豊富な感覚世界の実在を示したのである。幻想を描いても、そこに吾らの感覚としての実在性を示し、空想を描いてもそこに何らか吾らの心理的欲求を示す態度にそれらは充分現実的な根拠をもつてゐた。それ故自然主義によつて現実的知覚を教えられた読者にとつてそれらは十分非架空的であり、しかも単調無味でない世界を提供して貰つたわけである。かくて自然主義と唯美主義の対立はやがて文壇に大きい自由を作つた。

四

一言にしていふと、自然主義の牙城が、尠くとも思想的には対蹠すべき主観的な享楽主義の勃興によつて揺ぎ出したことは一面文藝の上に主観の尊重すべき権威を示し、文藝の境界の自由を示唆したやうなものである。主観の力を現実の上に置くことを忘れた人々にとつて自然主義は一つのよい啓蒙であつた。けれども主観の一切を抑圧して客観事象にのみ即することを教へられた人々がどこ迄もその域内に閉居することを欣んだであらうか。加之その所謂現実があらゆる行手を立ち塞がれたやうな灰色の単調無味の世界である場合、そこに籠居することを強いられた人が果して満足するであらうか。吾々はいづこにか飛翔すべき自由を常に欲求してゐる。かくの如き世界が到底吾々を永く引きとめうる理由はない。かくて主観の解放は再び文藝を明るみへ連れ出した。これに代つたものは曩に挙げた唯美主義的傾向もその一つであると共に、はじめ「白樺」によつた故有島武郎、武者小路実篤氏らを中心とする一種の人道主義的理想主義的傾向も即ち夫れであつた。と同時に自然主義直系の現実的思想は自然主義の如き一定の人生観照の方式を排した、もつと明るく、もつと自由な又機智を蔵した現実的観照を示すべき菊池寛、久米正雄或は上司小剣諸氏の如き一種の新写実主義の作品をも生んだ。そしてこの傾向にある作品が現在迄その数に於ては最も多いのである。それと島崎藤村氏の如き真摯な藝術家によつて同じ現実探求の作乍ら人間性に徹した深い洞察と豊富な情操によつて描かれた作品や、志賀直哉、里見弴諸氏の如き鐫鋭な心理解剖と洗練された行文をもつ作品によつて文壇は確かに自然主義の劃一的方式から完全に脱出した。そして唯美的傾向の作品も更に芥川龍之介、佐藤春夫諸氏の如き卓越した気稟をもつ作家によつて更に多彩に、更に多角に新境地を開拓して行つた。そしてこれらの種々な傾向の総和がとりも直さず現在の文壇を形成したのである。

私はこの現在の文壇を只無条件で否定し去るほど夫れらに対する鑑賞をおろそかにしないつもりである。自然主義以来の十年間はたしかに我が文運の高隆を極めた時代でその効績は何にも増して散文の発達の上に、小説壇の活躍の上にあることを首肯するものである。詩歌も批評もこの小説壇の成長に比して多大の遜色あることは事実の上から否みえないところである。けれどもこの隆盛な状態を極めた文壇の作品も最近に到つて皆殆んど行き尽すべき処へ到達して行つた形が見える。云はゞ凡てが或る頂点を過ぎて、その眼ざす方向はすべて瑣末な趣味もしくば技巧の味ひにのみ集中してゆく傾向を見る。私は凡ての藝術が或る点に於て好尚《グウ》の世界、興趣《ファンテンジー》の世界に赴くことは否定はせぬ。藝術が藝術自身の味に到達することは当然である。けれどもそれが藝術本来の使命たる「人生のため」の意義を全然閑却してたゞ一つの作品が「いかにうまく描かれてゐるか」といふやうな、本質の問題を問はずに漫然たる手法上の価値批判を重んじようとする傾向に対しては、私が曩に「あまりいゝ気になつてゐる」ことを感じせしめたような精神の遅緩を思はすのである。これは作品夫れ自身からのみではない。例へば「新潮」誌上に掲げられる小説家諸氏の創作合評等に現はるゝ、言動に見るも夫れらの問題となるものがあまりに本質を離れた瑣末の問題に集中されてゐることを感ずる。一言にして云はゞいづれの傾向も最初の華々しさと生気とを失つて一種のトリヴィアリスムに堕さうとしてゐることを感じるのである。その結果は又再び文藝を一種の方式や典型の中に閉ぢ込め、「藝術は藝術のため」の主張を肯定せしめるやうな態度に終らしめることを感じる。即ち作品がたゞつつましやかに額縁の中に収まつて、その作品からこの生きた「生活」自身に働きかける熱も力も感情も失つたやうな生気のない残骸となつて終ふことを感ぜしめる。しかもこの状態を作家が甘んじて「玉は砕けず」となし、「藝術の価値は絶対不変」と豪語するに至るなら、それは正に三省すべき状態と言はねばならぬ。いつの世にも藝術のデカダンスはこの無気力の末梢主義に胚胎するからである。

五

もし現在の小説が今迄に羸ちえた観照上の効績とも思ふものを挙げるなら、それは心理描写の進歩といふことで一言に尽きる。文藝の進化は一面表現の進化である。単純な説話がやがて一個の心理解剖となり、一個の筋が多様な実在の変態《モディフィカシオン》に分化する行程に吾々は文藝がその表現の進化を中心にして発展しつつあることを感じる。即ち文藝がその取材の範囲が拡張されたり未知の経験が表白されたりすることも一つの発達には違ひない。しかしそれは文藝の外延的発達であつて、文藝自身の価値はそこにはない。もしこの外延的発達に重きを置くなら、それは何ら作者の個性を問はずとも単に奇矯な伝奇小説、探偵物語さへも立派に文学的価値を保有しうるであらう。玆に於て吾々は一つの作品に対しても、その作品の表現を通じて一個の作者の世界、即ち作家の主観の活動の如何に到達せねばならぬ。この主観の鋭鈍は観照の態度を左右し、表現の新旧を差別せしめるからである。文藝の本質はいつもこゝにある。表現が生きてゐることは主観の生きてゐる証拠である。嘗て自然主義は主観を屈従せしめることを主張したが、併しそれはたゞ表現の主観的態度を客観の位置に転置するに止り、それが作品としての効果にやはり作者自身の観照を離れて価値はなかつた。今日吾々が白鳥氏や花袋氏の作を他の群小自然主義者の作品と色別しうるのもその為めである。たゞこの主観の廃頽無気力を生じる時、文藝の最も活力ある側面は自然失はれてたゞトリヴィアルな、生活力と分離した残骸となるのである。一言にして云へば吾々が一種の巧緻や魅惑を感じながらも、それが吾々の内在生活を豊富にし力づけ、向上せしめるやうな活きた力が働かない以上、所詮それらを読むことが一つの倦怠となり、暇つぶしとなることを感じるやうになるわけである。私が現在の多くの作品の価値を充分認め乍らも、それらが既に吾々の進展すべき生活に何の示唆も与へぬほど無気力な状態を観取する時、袂を分たねばならぬことを感じる。文藝の先見的予言的使命は畢竟か丶る無気力の生活からは生れない。先づ何より作家がこの生き動く生活を自己の内在生活の中に包容し、消化して後はじめてその作品も一つの血となり肉となつて有機的に吾らの生活に働きかけるのである。それは単に思想として移入されてゐるのでは足りない。作家は尠くとも思想を作品の中で「生活する」態度をもつてゐねばならないのである。これを又たゞ情操の上に齎らすなら単に一個のセンチメンタリズムになり終るであらう。かくて藝術は一つの行動となり、藝術の作品に内在する力は同様に生活の上にも一つの行動となりうる力をもつに到るであらう。吾々が欧洲最近の藝術運動を見て感じるものは既に藝術が一つの生活行動と化して生活と藝術の間のこと更らしい分離をみないことである。未来派の作家はその思惟する思想をそのまゝ自己の生活とし藝術としてゐる。表現主義の作家が絶対主観の権威を強調することも既に作品を自我と分離して吾々の享楽や、よそよそしい鑑賞の対象としてゐない態度を示してゐる。かくの如きは単に一例に過ぎぬが要はかゝる思考が単に一つの智識として作者に意識されてゐるのでなく既に自己の貴重な生活行動となつてゐるところに価値があるのである。吾々は今迄に智識としてはいろ〳〵の思想を受け取つた。しかしそれは唯単に一つの移入に止つてそれを一つの行動としてその上に自己の生活を活かす作家を見ない。この震災は何にも増して吾々の心理を生活の焦点に迄結びつけた。藝術が生活に必要なものであるなら先づ吾々のこの生ける行動夫れ自身と同じ力をもつて吾々を撃つやうなものでなくてはならぬ。そのためには吾々はもつと高くもつとふかい主観の高揚された文藝に俟たねばならぬ。意気沈滞した日常茶飯事の叙述報告からは明日の文藝はうまれてこないことを信じる。

六

凡そ文藝は生活と共に、否生活より一歩早く前進せねばならぬ。今日「有りうべからざること」に思はれてゐることを既に「ありうべきこと」と信じる能力こそ藝術にある。世界戦争の数年以前に欧洲の藝術は既に根底から一つの大革命を行つたではないか。後期印象主義の美術が成した一大破壊一大更新は一つの戦争の予言と見えるではないか。ロマン・ロランがヂヤンクリストフの言葉をかりて語らしめた精神の一大転換時も既にその予言を完うしたではないか。この吾らの生活の変動期を単に無為に考へてゐるならばそれは一つの禍である。それ故私は別な意味に於て散文の無為沈滞が永ければ永いほどむしろ「詩」が此の機運にとつて代つて、永らく隠忍した主観の自由な叫びをもつと高く深く強調すべきであることを信じてゐる。

と同時に広義の「詩」がむしろ一切の散文藝術を牽制する役目を果す処まで向上せねばならぬことを感じてゐる。かゝる意味の「詩」こそいつの時代にも新しき主観の生々躍々たる発露に俟つものであるからである。

（一二、一二、三）

（「新潮」大正13年1月号）

戦争文藝と震後の文学

千葉亀雄

一

藝術それ自身は、どこまでもインタアナルなものであるといふ公理は、当然に、それが次ぎ次ぎに起るエキスタアナルなもののために、容易に変型され顚覆されぬものだ、また容易に、変型されてはならぬものだといふことを結論する。藝術はそれほど本質的なもので、それに藝術の尊とさがあるのだといふ規範も成り立つのである。已にそうであるとすれば、大自然の突然な発動に過ぎないところの、刹那の地震や火事やの衝動の為めに、わが国の藝術相が、にわかにどうにか変つて行くものでないとの論理も自然と立派に成り立つであらう。まして地震や火事そのものは、その発生の原理において、人生活動と何等の有機的交渉を持たないものであることからも、なほ、以上の理論は立派に推し進められるであらう。

それにかゝわらず、わが国の文壇は、この震火災を転廻点として、何等かの変つた思想、変つた傾向が現はれるだらう。何か知ら、思ひも掛けないやうな奇蹟があらわれて来るだらうといふ待ちもうけが、多くか、少なくか、誰れの網膜にも漠然と掩ひかゝつて居るやうに見える。それは何故であらう。

　それはかうである。なるほど藝術そのものは、本質としてインタアナルなものではあるが、そのインタアナルなものを作り上げる与料は、どうしてもエキスタアナルなものから獲られねばならない。要するに藝術といふものはどこまで行つても、エキスタアナルなものの内的もしくは主観的生命の、演繹であり、討検であり、冥想であるに過ぎない。それを離れて藝術の存在がないのである。これは誰も知る常識である、だから、藝術人が内面人であることのためには、どうしたつて一面に外面人でなければならない。で、たとへ地震や火事が、人間の心的活動と大した有機的交渉を持たない自然力であるにしても、その活動の結果が与へた大きな人心の衝動に対して、そしてその衝動から来る社会もしくは経済上の大きなエキスタアナルな変動に対して、藝術家が、その内面省察と分析を持ち得ないといふ筈がない。そこに今までとは全く角面を異にしたところの、ちがつた藝術が生れるだらうと期待されるのである。

二

　けれども、それは一つの常識に過ぎない。断定はよほど考へた上でなければゆるし得ない程度のものである。

　それを何故とならば、なるほどこの未曾有の大災が、わが国民衆に与へた恐怖感と衝動は非常に大きかつた。いな、その恐怖感と衝動のみならず、有形無形の経済生活上に与へた壊滅の足跡もまことに莫大なるものであつた。そこでそれを藝術の上に移すとしたならば、第一の事実から帰納されるものは、自然力の無窮に対照したところの人間力の微少であり、そこから底知れない運命観の藝術や、信仰に喘ぐ他力的の藝術が生れるであらう。けれどもかういふ性質のものは、今始まつたことではない。古い昔から已にたんのうするほどある。そして、それは、人間力の万能を信じ始めつゝある現代人から見て、殆んど世紀おくれと考へられる程度のものである。

　第二のものは、経済生活に打ちのめされた民衆は、その心的機能にありて必然に何等か新らしい衝動に芽ぐまれつゝある。新らしい藝術が、それを捉へよといふのである。次には、新らしく建て直されやうとする社会生活は、その新らしい組織の中に、当然新らしい機能を孕んで来る筈だ。それを捉へよといふのである。これは一寸考へれば在り得るやうにも考へられるが、さて事実の上にふりかへつて見て、実在の経路が、どれほどその予想を裏書きするかは疑問である。それは重にわが国民性の本質にやどるものだからである。

　それはわが国民衆の生活そのものが、元来においてあまり思索的生活の上に立たなかつたことから来る。もつと言葉を換へて言へば、民衆が自己の生活に意識を持たず、たゞ他力によつて押し流されて来たことにある。そういふ地震前の生活が、震後にあつても、どれほど改造されるかは疑問であり、或は多少の修正を経たにしても、やはり大体において、前世紀の延長に過ぎないもののやうに見えるからである。

三

大災後の首都民のいとなみは、復旧であつては決してならぬ。それは断じて復興でなければならぬ。復旧ならば、すべての下品な、もしくは功利的な、もしくは頽廃した旧世紀の藝術の復活も、もとより充分にゆるされ得る。が、もしそれが復興であるならば、以上に挙げたやうなすべての間違つた藝術は、悉く焦土の中へ埋められて、新らしい永遠の生命を持つもののみが新たに産出されて来なければならぬ。しかし其の復興を目ざす民衆が、どれほどそうした藝術を目標とし、その産出に情熱を持つて居るかは疑はしい。それは昨今諸方に流行して居るバラック藝術が、何等の批判なしに、藝術の名で享け入れられて居るのでもわかるではないか。また目下の民衆の読み物としては、一口に娯楽ものと呼ばれる程度のものが、羽の生えたやうに売れて行く。これもまた一種のバラック藝術である。それを善意に解釈するものは、かういふ。生活の負担と、復興の重荷に課税されて居る民衆が、高尚な藝術などを読むのは骨が折れる。肩が張る。勢ひ慰楽を求めるために、また生活の艱みを消散するために、安易な娯楽物に走るのであると。こゝに重大な錯感がある。

四

純真な、もしくは高尚な藝術をもつて、肩が張り、骨が折れると考へるところに、藝術に対する不純と低化がある。少くとも、功利藝術でなければ、ほんとうの藝術でないと考へるところに、救はれない堕落がある。どんなに善意に解釈しても、バラック藝術は、通俗化した功利藝術に過ぎない。或は一時の忘我の材料とはなるであらう。が、後にのこつて彼等の精神を高め或ははぐくむ純真な芽はそこに何ものも残されぬのである。然るに純真のすぐれた藝術は、決して表看板に娯楽や功利の効能を並べない。それにかゝわらず、その内容においては、無上の娯楽と、無上の功利を読み見る人の上に与へるばかりでない。なほ更に進んで、彼等の魂を高め、聖化する点において無上の価値を含んで居るのである。だから、もしそれが、真に醇化され、藝術の純真に理解された民衆であるならば、彼等は目下のやうな苦悩の生活においてすらも、いな、かうした苦悩の生活であればあるほど、なほとその藝術の求めを、そうした純真の藝術の上に置くべきであらう。この差別が少しも理解されず、一夜造りのバラック藝術が本当の民衆藝術でありとし、それが少しも怪しまれずに、永遠の藝術相であると予想することを一向不思議と感ぜられぬところに、批判のないわが現代民衆生活の一面を暴露してゐる。それは丁度、若い女性の化粧を悪魔視し、脚絆ゲエトルや、玄米飯、くわん詰めの災時生活を、永遠の生活として規範づけやうとするのと同一の錯誤である。

だから、かうした批判を持たない民衆生活にあつて、震災前のやうな、酸敗したわが国の藝術が、一向抗議されずに横行して居たのは少しの不思議もない。また、この大災によつてすらも、その一点では、大した修正をされずに居る民衆によつて、そうした藝術が、少しも角目を立てられずに、相変らず大手を振つて、横行して居る現状も少しも怪しむに足らぬ。何となれば、いかに大災の損害が大きかつたにしても、その大きかつたエキスタアナルなものも、大して民衆の藝術心を刺戟せず、従つて藝術家は、民衆の内部から大した新しい衝動と抗議を享け入れることが出来なかつたからである。

五

次に大災後の民衆の藝術心はどうであるにせよ、民衆生活を統合するところの、大災後の社会層はどうなるであらうか。人は災後における人心の緊張とか、生活の能率高上とかを数へるのであるが、それもどれほどのものであるか疑はしい。たとへばそんな現象が多少起つたにしても、やはり向後の社会組織は、震災前のわが国の社会と大した違ひが無く、むしろ前者の延長に過ぎないもののやうに考へられる。むしろ資本蓄積の急務が震災前以上に考へられる上から、資本増積の手段と組織とは、政府その他によつて、震災前以上に保護され、扶助されるであらう。また民衆の消費をそそるやうな生産組織は、相応に大つぴらにばつこして来るであらう。或は国家の富といふ標準から、それを擁護する為の反動団体も盛に現はれて、資本制度の批判者に、震前にもまさる圧迫をあたへる場合も想像されぬではない。もとより一方にデモクラシイの精神が、わづかに皮下線的ではあるが民衆の心裡に吹き込まれて居るから、政治や、経済や、社会制度の上やに、民衆の幸福を基調とする関心が、多少なりとも漸次に増進されて来るであらうことも考へられるしとりわけ普通選挙の実施が、どれほどかまで、社会を民衆のものだと意識する観念を指示するであらうが、またそれがどれほどまで効果を収めるかは、一に民衆の批判力が、この上どれほど進化するかを見てからの事でなければならぬ。

けれども、それは決して、大災後に始めて起つた現象ではない。かうした社会現実は、どこの国にも止み得ない必然の生命の流れであつたのだ。たゞわが国はこの大災によつて、その現実が今まで隠れて居た形をはつきりと見せられたか、或は一時的に畸形にひん曲げられたかに過ぎないので、どちらにした処、汪々たる大河の流れが、一時淀んで見たり、涸れて見たりする程度の変化に過ぎない。所詮は行くところまで行きつかねばならぬものである。もし藝術の中に取り扱つて、生きた生命を与へる向後の作物があるならば、恐らくこの種のものではあるまいか。また藝術として最も興味の多い題材も、こういふ視野にあるのではあるまいか。人生を平面に、据え置きに眺めずに、立体的に人生を考察する作家にとつて、かゝる社会人生の内的討検こそは、始めてその藝術家の、生きる情熱に燃える標章を示すものでなければならない。

六

恋愛は藝術の題材として、もつとも永遠性を帯びたものであるけれども、その恋愛の相そのものは、また絶えず時代思想によつて修正されることを免かれない、わが現代藝術の頽廃して居るといふ解説は、その思想が、古いところにそのまゝに停滞し、停滞するが故に、少しの進化も与へられないといふ意義に外ならない。時代の進出が、やがて社会と人類と、人間心的機能の進出と歩調をひとしくするものだと考へるものにとつては停滞するといふ思想は殆んど予期されない。然るに彼等がそういふものを、傾向文藝だと一口にけなす蒙味はどこから来るか。いわゆる傾向文藝とは、単にそのエキスタアナルな映像の一時性だけを、好奇の心理から眺めて描いたものに過ぎないのだ。広く、深い省察の眼を凝せば、変り行く人間性と時代の交渉には、取りはなすことの出来ない必然の永遠性がある。つまり変るといふことに一つのリズムがある。そこに統一された自然の永遠性が認識されるのである。傾向ではない、必然なのだ。然るにたゞ停滞して居る。その省察が、時代によつて少しも鋭化されないから、この必然がつかめない。こゝにわが文壇の頽廃がある。

そこでこの頽廃性がどこから来るかとなれば、それは藝術家自己に、自己の生活に対する批評を持たないことから来る。たゞ、自分の産み出すものを万能と信じて、それを客観して省察することを肯てしない。元来藝術家の作物は、当然自己の実生活から生れて来るものである故に、彼等は自己の生活を、絶えず新らしい省察で鞭たねばならないのに、その精進と鞭打が彼等にはおそろしいほど怠られて居る。さらば自己の生活を鞭つとは何か。それはその省察を、自己の生活から出立さして、更にそれを自己を環る社会へ、また社会から、さらに時代までにその透視の眼をみはることでなければならない。しかしかうした注意深い心的精進から生れた藝術を、われ等は今までどこに求められるであらう。

七

われ等はこの一事に想ひいたつて、世界大戦以後の世界文壇を管見することを禁じ得ないのである。単に私だけの考へによれば、長い間、世間で考へられた戦争文学といふものは、少くとも世界大戦によつて、全く予定された観念を改造されたと思ふ。少なくとも世界戦争の前において、すぐれた戦争文藝として目ざされた定義は、その勇ましく高調した諧調によつて、国民、或は人類の愛国心を皷吹するやうなものでなければならぬと考へられて居た。どこから見てもそれは一つの功利文藝に過ぎないものであつた。つまりどんな意味から見ても、戦争謳歌の進撃歌でなければならなかつた。

然るに世界戦争後の戦争文学は、その様式において、精神において、すつかり伝統を破壊し、もしくは正面から伝統を反撃して了つた。それは先づ戦争を真向から否定して、人類愛の福音をひろく宣伝した。そこでは戦争がひき起す莫大な禍を数へ立てて、暴慾な君主の野心を抗撃した。またさらに世界が呼び起したところの、社会の混乱と争闘に喘ぎつゝある多数民衆の苦悩を描き出した。かくして戦争文藝が捉へる視野は無限に広く、その表現の文字には、世界十七億の民衆の脉搏が一様に深刻に波うつて居た。

戦争は、天災に比べてもつともつと深刻である。天災の深刻は結果の深刻である。意志と動機を持たないからである。人間は戦ふことが誤まつて居ると感ずる知識がある。避ければ避けられない禍ではない。それにもかゝわらず戦ふところに、動機と結果を併せての深刻がある。それを生むものが、もともと人間心理だけからである。戦争文藝が、天災に比べて、より多く藝術の題材となり得る理由がまたそこにある。

いやしくも現代の世界に生きて、自己の生活を厳粛に批判しやうとするものにとつて、どうしてあの大戦と、大戦から生れて来た社会動乱に眼をつぶる事が出来やうか。故に大戦後の社会状態を批判することは、直ちに現代に生きる自己を批判することである。自己の国家を静観することは、また直ちに世界を静観することでなければならない。これほど現代は世界人類の密接が、有機的になつて来たのである。だから、彼等の藝術の中で、Our Country といふ場合には必らず明白に他国の存在を意識して始めて云ふのである。わが国の文藝には、或は日本よ！と、第二人称によびかける場合は稀にある。が、日本はいふやうに、第三人称で自国を呼ぶ場合が少ない。自国といふ意識すらも、かき起されることが稀薄な証拠である。批判は対立によつて産れる。自己のない所には批判も無い。

八

世界大戦が終つてからもう七年目である。そして広い意味で戦争小説と呼ばるべきものが今でも大へん出る。そこには中々にすぐれた作物が多い。そこには何よりも、戦後社会の深刻相がまざまざと浮んで居る。直ちに苦悶そのものの姿である。いや、それ等の作物の主人公は、病的なほどまでに、深刻な自己意識にさいなまれて、自分のやり場の処置にさへ行き悩んで居る。そこに動きのつかない近代人の神経過敏があり、またそこにいたましく行き届いた文明批評がある。

アンリ・バルビユスの「光」や、ブラスコ・イバニエスの「女の敵」から、ロマン・ロオランの「コラス・ブルニコン」に来ればその主人公はもつと近代的になる。またセルマ・ラゲルレエフの「棄てられ人」や、シイ、ワツセンマンの「世界の幻想」へ来ればその世界は更に一層複雑になる。またイタリイの、ボルチエゼの「ルウベ」、を読んで、メレヂコフスキイの、

「十二月十四日」や、アンドレイエフの戦争当時の作物から、アレキセイ・トルストイの「悩みの道」へまで辿つて来れば、南欧人と北欧人の胸にひとしく押し寄せるところの、近代世界革命の悩みの波が、緯度の差別なしに均等であることがつくづくとうかがわれる。

彼等はみな、この世に生きる自己の何ものであるかを意識の底に掘り下げやうとして、社会と、環境と、時代の相を飽かずさがし廻る。たとへばアレキセイ・トルストイは、その「悩みの道」の巻頭において、一九二四年のペテルスブルグの頽廃した文明をかう描いて居る。

九

ペテルスブルグは、すべての他の都市のように、それ自身の生活を生きた。そして非常な無理をしてゐて、悩んで居た。一つの中心勢力が、この都市の動きを導かうとするのであるが、この勢力は、「この都の魂」と呼ばれるかも知れないところのものと、何一つ共通なものを持たない。だからその勢力が、秩序と、安寧と、合宜を創造しやうと試みると、都市の魂がすぐその勢力を破壊しやうと試みる。かくして破壊の気分があらゆるものにあつた。……そこでは愛とか、好い健全な感情とかは、全く平凡なものに堕し、時代後れになつた時代であつた。何人も愛さない、凡てが渇いて居た。彼等は毒をかわれたもののやうに、彼等の臓腑を割くであらうところの、どんな苛辣なものをも握もうとするのであつた。

娘達は、彼等の潔白をいつわつて忠実な夫と結婚した。破壊が良い趣味だと考へられ、神経衰弱が、醇化のしるしだとして主張された。こういふことは、何一つの理由がなくて、偶然に文壇に名声を占めたところの、新らしい藝術家によつて教へられるものであつた。民衆は、無感覚と思はれるのがいやに、持ちもしない罪悪や悪徳をわざとひけらかすのであつた。墓場のやうな空気がどこにも漲ぎつた、そして悪魔的な好奇心で使ひつくされたやうな戦慄する婦人の肉体を身近くに接するやうな感じが、この頃の詩歌の哀調であつた。そこに死と肉慾のみがある――そこに、それを予言したところの人々があつた。そして新らしい、何とも得体のわからないものが、あらゆる割け目を通して這ひ込んで来た。

「悩みの道」は、かうした舞台の上から生れ出て来る。

一〇

震災や火災は前にものべたやうに、大戦のやうな深刻な動揺を与へるものではない。またこの後のわが首都民衆心理が、われ等の予言したやうになるものかどうかそれもわからない。またそれがどうならうとて、藝術人が直接にそれに交渉を持たぬのであるが、たゞわが国の既成藝術人の何よりの禍が、藝術家が一番大切な自己生活の批判を持たないことにあつたことは、少しも時代の進潮とつり合はないところの、頽廃した藝術を制作しつゞけたことによつても証拠立てられた。藝術家が正しく鋭い自己批判を持つことによつて、社会人は、始めて正しい生活の目標を与へられる。

たとひ地震とか、火事とか云つて見ても、それも永劫の地球の流れから眺めれば、ほんの流星の流れた位ゐに過ぎない。宇宙永遠の生命を省察すべき藝術家が、何もこれ位ゐの天変地異に、大あわてに惶てて、地震文学や、復興藝術などを制作する必要はない。たゞ自己の生活といふものを振りかへつて、生活批判の足代をつくることが一番大切なのである。思ふにアレキセイ・トルストイが眺めた一九一四年のペテルスブルグの空気は、また均しく、わが藝術界の近年にも幅広く漲ぎつて居たものだ。だから今日の藝術家は、地震と火災があつて、始めてその態度をかへるのではない。震災前紀の廃頽が、偶然に破壊されてもよい危機に瀕して居たのだから、今まそれを考へて新らしい途に転廻せねばならぬといふのである。そしてそれでこそそこに災後の首都民に与へる、力強い藝術が生れて来るであらう。そして首都民の生活を注意深く凝視しつゞける処に、またすぐれた人生的、時代的な作物も生れるであらう。首都の民衆は、みな復興の営なみに悩んで居る。世界のすぐれた藝術家は、みな世界復興の営なみに悩んで居る。わが藝術家はそのためにすらも更に新らしい自己の発見までにその歩調を取もどさねばならない。思へば震災前の藝術はあまりにイイジイでのほほんであつた。

なほエッチ・ジイ・ウエルスの「神の如き人」のやうなもの、また彼の作物を通ずるところの、科学を中心とした藝術が将来の文壇に地位を占むべき有力な分子であることを考へるのであるが、それは別の場合に考へて見やうと思ふ。

(「早稲田文学」大正13年1月号)

都会的恐怖

佐藤春夫

「自動車横行時代ですつて？　さ？　横行と言へるか知ら——今の東京ぐらゐでは。もつとも地震以来よほど沢山になつたやうですね。だが、こんなことぢやない。まだまだ！　それこそ本当に横行する時代が来るやうな気がしますよ。

「僕はよく空想して、おぞ毛をふるふ事だが、今に、いつか、歩行してゐる人間なら轢き殺してもいい。仕方がない。自己の庭園以外の場所を歩行によつて通行しなければならないやうな者は人間として認めない。たとひ認めるにしても、そんな人間が轢き殺されることは公衆を本位とする社会では、やむを得ない犠牲だといふやうな理屈が出来て来る。さうしてただ、運転者が歩行する者を轢き殺した場合には規則として、必ず規定のハガキにその旨を記入して報告しなければならない。その為めにそんなハガキが印刷されて郵便局で売つてゐる。場所、性別、推定年齢、其他参考、といふやうな項目になつてゐる。尤も、犬の場合ならば、場所とただ犬とだけ書いてその他の記入は必要ない事になる。どうして犬まで報告するかといふと、犬と人間とはどつちが不注意のために余計死ぬかといふ統計学上の必要からである。……

「まさかそんなことはあるまいといふのですか？　さうまさか、とは思ひますね。しかし、まさかと思ふやうな時代がどんどん人類の歴史には出現してゐるでせう。僕の空想だつて、ユートピアが出現するよりは出現しやすい事ですからね。いや、その萌芽ぐらゐならすでに出来てゐると云つていいのです。アメリカの或る雑誌には、日本の地震の記事の序に「この地震を以て死傷したものはアメリカ諸地方に於て一ケ年に自動車事故によつて生ずる死傷人命ぐらゐにしかすぎない。」（！）と記してあつたさうぢやありませんか。尤も、僕がそんなことを読んだのはすこぶる与太な雑誌だから、やつぱり与太だつたかも知れないが、本当のやうな気持ぐらゐはするぢやありませんか。だが、そんな真偽保証の限りでない話は別としても、現に上海の租界では自動車で轢かれた人間があると、第一にその轢かれた人間が、行通の邪魔をしたといふ廉で銀五弗の罰金をとられるといふことです。罰金を取るよりは罰金を取らない方がおだやかだといふ事になると、僕の空想などは甘いもので、僕のいふやうな時代にでもならうものなら轢き殺された人間の遺族は死体処分料としてなにがしかの金を徴収されないとも限らない。

さういふ時代がくると、その他いろ〳〵な社会状態も甚だしく変化して居る。空気と日光とが一リツトルいくらといふ価で売られる。嘘ではない——これだつても既に萌芽を示してゐる。現に、我々は安全な飲料水のために料金を仕払ふ。（これが文明だ！　昔の哲人とやらに見せてやりたいものだ）又、現にフランスの法律では家をつくつて部屋に窓を設けるためには、その大きさによつて税金がかかるといふことを聞いたやうに思ふ。これなどは既に空気と日光とを売つてゐるといふことにもなる

………

ユートピアを描いた人は古来幾人もある。僕はその反対のものを一ぺん書いてみたいやうな気がする。

（「中央公論」大正13年5月号）

『立体派・未来派・表現派』（抄）

一氏義良

三、未来派から抽象派へ

1　立体派と未来派

凡そ「藝術」は、表現としては様式である。——絵画においては形と色とである。故に、直接の問題として、表現せらるべき様式、もしくは形体が重点として見られ得ることは当然であらう。しかし結局は、表現のための様式で、表現内容からの必然としての形体であらねばならぬのだ。——しかるに、ピカソは、主として形体のための形体にかゝづらつた。表現様式そのものとしての「藝術」をあまりに重大視してゐる。もとより、かれの表現形式、すなはち立体的傾向の、広義のピカシズムは、現代的精神の要部ともいふべき現実主義と主観主義に根柢づけられて、伝統を破壊し、かつ内容と合致せる形体を発見するこ

とにあつたのだが、しかしピカソにとつては、表現せらるべき思想内容そのものは、大してかれの対像ではないのだ。思索および反省からの思想的充実もしくは深度はかれに必らずしも問題ではなかつた。むしろ、かれは、かれに最も手近にして、親しみと新らしみとのある、したがつて現代人としての共鳴性の多い、ギーター、道化役者、果物皿などをば、新らしい題材のコンヴエンシヨンとして表現するにすぎなかつた。したがつてかれには、それらのギーターや道化役者を、思想的に主観化しようとするのではなくて、たゞ、形体的に主観化し、解析し、再構したのみであつた。マチスにいたつては、ほとんどたゞ様式の一面たる色彩にのみかまけて、色彩感覚（それもカンデインスキーとは全く異つた意味で）のための色彩を、形式的に研究し、かつそれに陶酔してゐるだけであつた。新印象派――点描派の仕事に至つては一層然りで、それにはピカソだけの主観の強調も、マチスだけの感覚の陶酔もなかつたのである。スーラ、シニヤツク等には、現代「藝術」の最もエツセンシヤルなものである現実主義――主観主義、それの発現である「直感」の意味をさへも閑却してゐたのだ。たゞしかし、セザンヌに至つてはさうでなかつた。「藝術」の土台であるところのセザンヌにおいては、形式のための形式などを、考へてはゐなかつた。かれはたゞ、あの強くて重みのある主観をば表現すべき必然的の様式として、あの立体的な表現をなしたのである。かれには様式と内容とが厳に密着してゐた。様式のための様式では決してなかつた。いな、内容のための様式といつてもよいほどに、内容から、思想から発してゐるのだ。故にある意味において、かれには必然で必至であつた表現が、マチス、ピカソに至つては、ことに立体派においては、その本来の内容的意義から分離してさへも、形式を追及したかの観がある。もちろん、そこにこの派が開展せしめてくれた「藝術」上の新様式は、空前なもので且つ現代藝術の一つの主要な土台ではあるが、とにかく立体派は現代「藝術」を形式の一面から、かれらにおいて達し得る程度にまでつきつめて行つたものである。けれども、依然として内容の問題は新らしく残る。ことに現代を背景として見る時、様式にもまして、根柢の根柢となるべき本質を有するものは、実に現代人の生活から来る内容――思想と体験との問題であらねばならぬ。即ちこゝに、「藝術」上の未来派、抽象派、そして表現派を見るに至つたのである。

　未来派は、立体派と同じやうに現代精神から出発する。けれども、立体派のやうに、外象と主観との交渉において視感とその表現とを革命しようとする如き様式よりも、現代人の精神――むしろ気分《スチンムング》から、厳密に主観の内容そのものから、出発する。されば立体派は形体から出発して形体を破壊した主観を以て形体を支配しようとするに対し、未来派は気分から出発して形体を新しく構成し、主観を以て形体を創造しようとするのである、そして更に抽象派に至つては、気分――もしくは直感の表現のみが藝術であるとなし、その直感に対して、外象もしくは形体に全く関係なき表現様式のシムボルを与へようとするものである。故に立体派は客観の主観的表現であり、未来派は主観の客観的表現であつたもの、抽象派においては主観の主観的表現となり、こゝに「藝術」は厳密に主観化され、一切の主観ならざるものは悉く析出除去せられて、主観のみがそこに昇華された一元的元素となつて残留するのだ。——此の故に未来派は立体派に対して、それの形式方面に執するを補つて内容方面から発足すると見なくてはならぬ。そしてそれは抽象派および表現派のあるものに対して、おのづから過渡的の地位にあり、むしろ立体的形式要素と相待つて、表現派以後の新興藝術——および将来の藝術Xに流れ入るものと見るべきだ。しかし現代の一切は交錯し、紛糾し、複雑してゐる。未来派は未来派自身で立つてゐるのではない。立体派も抽象派も、表現派も、互に包含しあつてゐるのはいふまでもない。

2　未来派の発生

　未来派は表現形式から出発せずして表現内容から出発する。内容といふよりも、爆発的な「気分《スチンムング》」を動機として発生する。この点において最もユニークな立場に立つ。ゴツホとセザンヌとは動機がパツシヨネートな点において似てゐるけれど、セザンヌは従来の「藝術」に即した、新しいクラシシズムをさへ唱へた。ゴッホは、狂暴なかれ自身であつたのみだ。かれの現代的自覚とその発想と、その社会的宣伝とは見ることができない。——しかるに未来派は、始めから、あらゆる意味において現代的だ、現代の暴風だ。かれらの思想内容は自己内心に立籠る、従来のすべての「藝術」家の態度を脱して、直に外部に、他人に、社会に突進する。社会性を帯びた「藝術」及び「藝術」運動といふものは、実に未来派をもつて嚆矢とし、且つもつともはげしい運動と見るべきであつた。

　されば未来派は最初から戦争である、戦争挑発である、宣伝戦である、「未来派」をもつて戦争の具とし、そこから「藝術」を戦場としてかれ等は突進する。そしてかれらはあらゆる一切の過去と伝統とを破壊し、ふみにじり、そしてかれら自身の急行列車を、装甲自動車を、疾走せしめようとする。そこには絶えざる破壊と同時に絶えざる創造がある、創造の連続的突進がある。そこにはセザンヌの一所に停滞し、一物に凝視する、静的なコンテムプレーションはない、ピカソの考察しては積み上げ積みくづす、停止と躍進との「豹変」はない。未来派はたゞ疾走する、疾走する。——しかも未来派の運動を理解するためには、それが背景をなしてゐる現代精神と、それのイタリー的地位、むしろイタリー人の気質との、必然的必至的なあらはれであることを語らなくてはならぬ。殊にイタリー人の仕事であること、これが未来派のキーノートだ。

　十九世紀末、二十世紀初頭における、ブルジョア社会組織がかもし出した不合理不自然なる社会状態、ことに国際関係とその不安とについてはこゝにいふまでもない。沈滞し、だらけきつた世紀末的の人間生活には、たゞ悪魔が爪をといでゐるやうな軍国主義の跋扈跳梁と、それを背景にしたブルジョア外交家と資本家との暗中飛躍とがあるばかりであつた。さうしたヨーロッパにおいて、前世紀なかばにガリバルヂーによつてやつと統一されたばかりのイタリーは、まだ建設の途上に動揺してゐた。殊にパン・ジヤーマニズムの悪霊《ポツセツシヨン》につかれてゐたチユートン人種は——ドイツを背後にひかえたオーストリーは、異民族たるイタリー人に対して、北方から容赦なく圧迫を加へてゐた。イタリーは自己存立上やむなくこれ等の二国と屈辱的の同盟をさへ締結して、この二国および禍乱の源となつてゐたバルカン諸国に対して備へざるを得なかつたのだ。しかも、ラテイン民族として、むしろフランスに連繋し、ドイツ系とは和することを得なかつたかれら、ローマ帝国以来の国家的自負心を有して、これを実現しえざる懊悩と焦燥とに苦しんでゐたかれら、そしてまた生来の南国熱狂児であるかれらが、欧洲大戦前のます〳〵迫逼し来る状態において、いかなる気分をいだき、いかなる態度に生きてゐたかは想像にあまりある。かくて、ダンテを出し、ガリバルヂーを出したイタリーは、現代においてダヌンチオを出し、またフアツシスチによつて一種の帝国主義に立てこもつてゐるのだ。それと同じイタリーの現在を「藝術」に表出した、必然かつ当然のものが、未来派であつたのだ。されば未来派の運動は、はじめ「藝術」のみの運動ではなかつた。むしろ「藝術」背景の運動であつた、「藝術」動機の運動であつた、また「藝術」をかれらの主張宣伝の具とする運動でもあつたのだ。そしてかれらの表現形式としては、最初は劇と詩とをとつた。のちにかれらの主張に共鳴するものとして、絵画の人々も馳せ参じたのである。そして未来派の中心となり、主唱者となり、宣伝者となつた働き手はいふまでもなくマリネツチその人であつたのだ。さればマリネツチは直接絵画、彫刻の運動と製作にはたづさはらなかつたけれど、かれを語ることはやがて未来派精神の、すくなくとも発端と経過とを語ることであらねばならぬ。

3　マリネツチの運動

フイリツプ・マリネツチは純粋のイタリー人として一八七八年、エジプトのアレキサンドリアに生れ、そこのジエスイツト派の大学を卒業した。のちフランスに来り、ソルボンヌ大学で法学博士の学位を得てゐるほどな、かれは教養と才気とのあるブルジョアの一人である。殊にかれは大工場を所有して、つねにそこから多額の利益をあげてゐる。かれが、身を挺して宣伝と運動とにたづさはり得るのも、かうした資力と、かうした社会的地位とがあるからである。かれは若くから多藝の人であつたので、殊に劇と詩とでは未来派運動以前にいろんなものを発表してゐる。——かうした純粋イタリー・タイプの男らしい男マリネツチは、健全な体軀と聡明な理知と、そして激しい感情とをもつたしつかりした、しかしブルジョア気質の男であるのだ。さうしたかれは、当時何に最も動かされたのが機会になつたものかは知らないが、一九〇九年の二月二十日、パリの新聞紙「ル・フイガロ」[1]においてかれの署名をした第一回の未来派宣言書を発表した。それは十一ケ条よりなり、『過去崇拝やアカデミーの暴虐や、現代の文学を苦しめる卑しい金づくに対するわれ／＼の反逆の口火であつた。[2]』この点においてあきらかに最初から、マリネツチはいはゆる「過去派」を撃破すると同時に「未来派」を建設することをモツトーとした。そして過去派たるところのアカデミズムの「藝術」や、「藝術」を堕落せしめるところのコムマーシヤリズムに挑戦した。かれにとつては伝統の破壊！　前進！　それが生活態度であり、「藝術」態度であつたのだ。そしてかれらの「藝術」内容は、従来のものと明かに異つてゐた。かれらの「藝術」表現は『世界の唯一の衛生なる戦争を、軍国主義を、愛国主義を、無政府主義者の破壊的行動を、人を殺すところの麗しき観念を、しかして婦人の軽蔑を讃美せんとす[3]』と宣言書にある、その積極的突撃行動の鼓吹であり、宣伝であり、言葉と文字とによる戦闘開始であつたのだ。だから未来派の「藝術」はその出発点においてすでに従来の「藝術」の一切を否定する、ふみにじる。まことらしさと論理と練習と技巧とからなる過去の「藝術」をば叩き破つて、全く新らしいかれらの「藝術」を創造しようとしたのであるが、しかもその「藝術」は、もとより従来の理想主義、情緒主義なる、ブルジヨアに奉仕する享楽と耽美と陶酔と、そして現実逃避とのための道具としてではなくて、むしろ「戦闘精神」を「藝術」の名で行かうとするものに外ならなかつた。即ち未来派の「藝術」なるものは、少くとも最初においては「闘争」そのものであつた。だからかれらは『闘争を外にしては、もはや美は存在しない。攻撃的な性質をもたないやうな傑作はない』と叫んで突進したのだ。それからのちの未来派は、マリネツチを中心にして、藝術に、宣伝に、実行に、突進と熱狂と疾走と迫撃との暴風的行動に出でたのであつた。すなはち、その年の四月には、マリネツチによつて第二回の宣言書が発表された。そしてその時すでに「藝術」が、「藝術」から「宣伝」へ、「実行」へ突進しようとしてゐた。見苦しい中風症の屈辱国民イタリー人に向つて、『戦争こそ唯一の生きる理由《レーソン・ド・ヴイブル》である。戦争だ！』とけしかけたものが、間もないミラノにおける夜の会合では、国家の威光が第一であること、三国同盟に反対することを声明し、『吾々の最初の未来派の結論！　戦争万歳！　オーストリアをやつつけろ！』とどなつて、かれはあきらかに敵を指した。そしてこのためにマリネツチは一時検束されたほどに、またこの事が国の内外をあげて大問題となつたほどに、かれらの戦闘精神が激昂したと同時に、それがイタリー人に与へたセンセーシヨンは決して小さくなかつたのだ。こゝにおいて最初は「藝術」の仮面にかくれてゐた運動も、ほとんど赤裸々にまつたく政治化された。けれどもかれらは手段としての、――むしろ生活表現の様式としての「藝術」を忘れなかつたのみならず、「藝術」こそ唯一の戦闘であるとさへも思つたのだ。されば翌年の暮にはボロニアで盛大なる未来派の音楽会があり、翌一九一〇年の二月にはミラノにおいて第一回未来派絵画展覧会が開かれるに至つた。この時以来、造形藝術の上に未来派が具体化されたのだ。ボツチヨニーとカルラとルツソロとバルラとセヴエリニと、のちまで未来派画家の中堅になつて行つたところの五人によつて、未来派画家宣言書が発表された。ついでその三月にはトリノで第三の夜の会が開かれ、こゝでは聴集と未来派の人たちとの間に戦場のやうな暴状を呈し、拳固がとび、杖がふりまはされ、拘引、検束――大へんな騒ぎであつた。ついで、四月には前の美術家宣言を補ふ第二回の宣言書が発表される一方で、宣伝と争闘との会合はそこでもこゝでもくりかへされた。宣言書も、あとからあとを追つて続々出て来た。そしてそれは、「藝術」の宣伝であることにおいて、イタリーを奮起せしめ、軍事と産業とにめざめた新生の国家を形成しようとする煽動の檄文を意味し、また国内の過去派への攻撃文であり、永遠の敵オーストリアに対する挑戦状であつたのだ。『オーストリアに対するわれ〳〵の嫌忌、熱狂的な戦争の期待、パン・ジヤーマニズムを抑圧せんとするわれ〳〵の意志、これこそ未来派定理の必然的帰結である』[4]とかれらはさけんでゐる。この疾風迅雷的の、急進愛国運動は、穏健と隠忍とにあつたイタリー当局の最も気に病むところで、つひにその年主将マリネツチは風俗壊乱の名のもとに二ケ月の入獄を命ぜられた。けれどもその位なことで辟易するかれらではなかつた。官憲の圧迫と干渉とが加はれば加はるだけにかれらの突進と攻撃とははげしくなつた。一九一一年に入つても、イタリーの諸都市で、またパリで、マリネツチその他による諸種の宣言と宣伝とが、大小の渦をまきおこしては、ひろがつて行つた。三国同盟とパン・ジヤーマニズムの攻撃、未来派的熱狂による新国家主義の高調――それが、イタリーをやき、同系統なるフランスをやき、今や飛火してロンドンに移つた。――ロンドン人は眉をひそめて、しかし驚愕して、白熱したヤンガー・イタリアンの火の玉を眺めやつた。

一九一一年九月、トリポリの戦争がはじまつた。もとより未来派の人々は、『世界の唯一の衛生であり、たゞ一つの教育的道徳である』この戦争に、直ちに馳せ参じた。そしてこの間マリネツチは有名な「戦争記」を書いた。

これを一期として未来派の宣伝の内容と方向とがやゝ異なつて来た。かれらの戦闘主義は、時事問題から、イタリア主義から、「藝術」を通しての、過去派に対する一般的な抗争、および未来派的新創造のための突進といふ、超国家運動になつて行つた。したがつて、トリポリ戦後におけるマリネツチとその一派とは、ほとんど純粋に「藝術」に即して、その世界的エキステンシヨンに転向してゐる。即ち一九一二年二月、ボツチヨニー、カルラ、ルツソロ、セヴエリニの四名は、パリにおける第一回の展覧会を開き、みづから『ミケランゼロから今日までに行はれたイタリー藝術の発表中、もつとも重要なものだと確言しうる』と銘を打つた。その翌月はこれをもつてロンドンに押し寄せた。ついで、あのにくむべきパン・ジヤーマニズムの本拠ベルリンに砲座を据ゑた。ミユンヘンへも、ライプチヒへも、ドレスデンへも、ハンブルグへも、ウインへも、ブタペストへも、チユニスへも、アムステルダムへも、ヘーグへも、——かうして一九一二年には、未来派の「藝術」運動はすでにヨーロッパの主要部を征服してしまつたのだ。

この年の未来派婦人宣言書、未来派彫刻家宣言書、殊にマリネツチの「未来派自由語の宣言」、および翌年における女流詩人サンポアンの『楽欲は力である。』——『藝術と戦争とは肉慾の偉大な表現であり、楽欲は藝術と戦争との花である。かたよつて精神的な人民または淫楽一方な人民は、ともに同一な欠陥即ち不姙を免れ得ない[5]』との揚言などは、未来派運動についで重要な意義を有するが、更にその五月にマリネツチの発表した宣言書は、かれと未来派とが、最初の混沌と不純と未熟とから生長して、醇化と円熟とにおける突進に意識が伴なひ、または破壊に建設が相待つやうになつたことを示す。即ち、安逸無為な生活の恐怖や、危険に対する愛好やの、本能的気分、愛国主義が変更して、一国民の商工業もしくは藝術上の共同責任の、英雄的な理想化された情熱となつたこと、そして戦争の概念も変更してそれは一国民の力の必要といふことになつたことを、比較的理性の判断のある、そして落ちついた口調で語ることができるやうになつた。

かくして一九一四年が来た。その六月のセルビヤ暗殺事件が来た。七——八月の大戦の端緒が来た。——大戦！ 待ちに待つた大戦！ イタリーの、殊に未来派の奮起、驀進すべき時機！ パン・ジヤーマニズムのメネースと戦ふべき時機！ 未来派の人々は怒髪をさか立て、血にもえた！ しばらく「藝術」のための対外運動に忙殺されて、来るべき山雨を待つてゐたかれらに、雄々しくも未来派的な颱風時代がやつて来たのだ。マリネツチは直ちに、三国同盟の破毀と対独墺宣戦とのために狂奔した。そのためにかれらの一味は数回の示威運動を行ひ、拘引もされた、牢獄にも投ぜられた。『かくて一九一四年の後半期はほとんどすべての藝術運動にさゝげる力をあげて、オーストリーとドイツとを征服するために、かの祖国が不当にも不合理にも結んでゐた三国同盟を破壊して直ちに聯合国に参加すべきを主張した[6]』——つひに翌一九一五年の五月以後、イタリーは参戦した。かれらのにくむべきチユートン民族に対して、長い〳〵隠忍の砲火は開かれたのだ。——

こゝに、未来派はまつたく戦争の渦中に投ぜられてしまつた。未来派が「藝術」をとほすことの生《なま》ぬるさともどかしさとにあせつてゐた「生の表現」は、つひに〳〵、直接行動によつて、「藝術」を待つことなしに、生そのものへ、生の戦争化そのものへ密合することができたのだ。こゝにおいて未来派の主張は、人生から特別に遊離されて置かれた、ブルジヨア享楽の具たる

「藝術」ではなくて、「生」であつた、「人間生活」であつた、「現実主義」の「個人主義化」、「主観主義化」――それの現実生活そのものへの突進、合致、現実を生活することが人生であることの最も端的な明瞭な実行と例証――未来派はつひに欧洲大戦によつてそのアルチマにまで達した。そして、そこには「人生」のみがあつて、「藝術」はない、最も白熱し、充足し、遊離すべき何物もないやうになつた純粋の人間生活には、「藝術」が介在すべき存在意義を失ふことを、こゝに明々白地に未来派は欧洲大戦において例示したのだ。

大戦が終つてのちの未来派、――もとよりそれは存在する。ブルジヨア社会が永続する限り、そして未来派がブルジヨア社会の急進分子の一形式にすぎざるに限り、未来派は継続する。要するにマリネツチ等は急進的ブルジヨアであり、一種のフアツシストであり、や、新らしいタイプのダヌンチオであるのだ。

4　イタリー的激情

未来派は現代イタリーを出発点とする一種の革新運動で、その「藝術」表現は突進的現代思想の一面を具体化する。――くはしくは、欧洲大戦前における努張状態――殊に圧迫勢力の中間に介在した爆発性のイタリー国民の、対内的刺戟および対他的示威の運動が、「藝術」の様式により、或はよらずして起つたもので、数年ののちには開展して未来主義藝術の表現と、それの世界的宣伝運動とになつて行つた。その時、未来派の藝術は、その本来の革新性と、これが「藝術」表現における特別なる発想および形式とのために、未来派的新要素を「藝術」に附与した。そしてその要素は欧洲大戦に前後する現代的突進性、爆裂性――革命精神の一面を適切に具体化してゐる。そしてそれは現実主義の思想的徹底の一面であり、「藝術」の主観主義化の過渡における、躍進的一階段である。こゝに未来派藝術の意義がある。しかしまた未来派は、たゞ革命的爆発精神の表現であつて、主観の思想内容の充実でも創造でもない。かつその革命精神は、マリネツチを中心とする時、あるひは国家主義的であり、軍国主義的であり、殊にブルジヨア心理に即してゐる点において、今日の「藝術」の土台ではあるが、今日の「藝術」そのものではない。

未来派の思想と表現とを語るには、マリネツチのそれと、また主として劇、詩、論文、殊に諸種の宣言書にわたらなくてはならないが、こゝには限られたる範囲内において主として絵画および彫刻の、概括的に見た未来派および未来派的表現を対像とする。それにしても、未来派が運動であること、主義であること、主張であることを見逃すわけに行かない。従来のいづれの藝術運動においても、未来派ほどに運動であり、主義であり、主張であつたものはない。イギリスにおけるロゼツチ、バーン・ジヨーンス等のプレ・ラフアエリツトの運動も、足なみを揃へた結果ではあつたが、もとよりこんなに確然たる主義主張において運動と宣伝とを行つたものではない。クールベーも一人で威張つてゐた前期プロ作家にすぎない。印象派も、かれらのセオリーも運動もなかつた。たゞゾラ等が太鼓をたゝいたにすぎなかつた。新印象派は理論に出発して理論に終つたが、しかももとより運動でさへなかつた。「野獣群《ル・フォーヴ》」はグループであつて主義的結社でない。立体派にもまた試作の発表こそ盛に行はれたれ、かつ二三の理論の発表はあつたれ、運動らしい運動すらしたことはない。たゞ、表現派初期の一つなる新セゼツシヨン運動もしくは「デア・シユツルム」[7]の運動のごときは、未来派のそれにや、近いものがあつたけれど、しかし到底未来派の比ではない。未来派は宣伝と運動そのものであるかのごとくさへ見える。爆裂弾の如く、旋風のごとく、到るところで暴れ狂つてはセンセーシヨンをひきおこす。そしてヨーロッパ全土を、世界を、積極的に征服しようとさへする。「藝術」そのもの、「藝術」内容そのものよりも、宣伝と運動とが主である。否、未来派的の宣伝と運動とこそは、未来派であり、未来派の表現であり、したがつて未来派藝術の内容でもあるのだ。いな、かれらにとつては、生活そのものが、未来派であり、表現であり、未来派藝術であるのだ。かれらは、健全なる未来派的地盤——過去派を駆逐して、現代的大商工業と軍国主義との基礎の上に立てた、清新にして溌溂たる国家の上にのみ、「藝術」は存在するとする、いな、「生活」が存在するとする。故にかれらにとつては「藝術」と共に「藝術」以前、——上層建築と共にその基礎工事の革命と完成とを意図するのだ。だからこの基礎的革命こそ、かれらにとつては「藝術」以上の「藝術」であり、現代人にとつての「生活」そのものだとする。だからかれらはまた、『未来派にとつては藝術だけが目的ではない、政治も軍事も実業もすべてを未来派化することが急務だ』と叫ぶ。未来派的の革命運動、それがかれらの第一目的であり、その精神を表現したものをかれらは「藝術」とよぶ。見よ！　いかに「藝術」が、ブルジヨア社会の建設した「藝術」の本体そのものから追ひ出されて、ブルジヨアの最もきらふところの、革命と伝統破壊と情緒否定との「悪魔」が、「藝術」の殻の中へ突入して来たかを！　『闘争を外にして、美は存在しない！』とかれらはいふ。何といふ、おそろしい、——少くとも文化主義者等をふるひ上らせる言葉であらう。『えせ文明とあやまつた教養と、腐つた社会主義者と、頭の固い官僚と、他国民をいぢめる侵略主義者と、——さういふものに反抗せよ、さういふものを征服せよ！』かれらはさうわめくのだ。——これが唯一の衛生だとさへ叫ぶのだ。『われら、美術館を、図書館を破壊し、道学主義と婦人主義とすべての筒井順慶主義的ならびに功利主義的怯懦と戦はんとす[8]』と揚言する。そこに本来の何の美が、美術が、藝術が存在しうることぞ！

　けれども、未来派の現代意識は、すくなくともその出発点において、フアツシスチのそれと大差はない。かれらは国家としてのイタリーを擁護する。かれらはコスモポリタンでなく、インターナシヨナリストでなく、厳に国家に執着する。むしろ民族に執着する。イタリーのためといふこと、イタリーの改造といふこと、それがかれらにとつていつも第一前提である。そしてイタリー主義のためにかれらは一方に現代の科学と科学的精神とを謳歌すると共に、大生産事業と軍国主義とを鼓吹する。イタリーを建設するものは、産業と軍隊とである。観世物的巡礼地として、法王庁の所在地としてのイタリーから脱却して、現代国家としてのイタリーを実現することだとする。——そしてマリネツチは一個のブルジョアで、大工場の所有者なのだ、だからかれらはこれ以上の社会意識に目ざめて、世界的、もしくは人類的見地から、経済、国際等の諸問題に面接しようとはしない。国内に対してはかれらは徹底的改造主義者ではあるが、その組織をどうしようといふ革命主義者ではない。国外に対しては圧迫者に対する抗争に全力をつくせど、国際問題の真相に触れようとするものでない。こゝに未来派の態度の根柢における矛盾と不徹底さとがある。即ちかれらは「藝術」家であるよりもはるかに実行家であるにかゝはらず、そして国家の現実問題に対しては熱狂するにかゝはらず、人間生活の第一義に徹して、真の現代意識、革命精神にめざめようとはしない。だから、ひとたび国外へ出でると未来派の藝術は「藝術のための藝術」となつてしまふ。その間に必らずしも本質の差があるといふのではないが、かれらは国内において「藝術」によつて国民を煽動し挑発するもの、国外においては「藝術至上主義」(限定された意味での)者となり、階級闘争、世界主義、もしくは人類主義の運動などゝは相関せざる、一見、極めて卑怯な狡猾な態度にかくれてゐる。こゝにかれらの国内的にファッシスチと共通な点があり、したがつて国外的には「藝術」のみの運動となる所以があるのだ。——

しかし以上は戦前におけるイタリー未来派の運動についてゞあつて、未来派はもとより変動する、いな疾走する。戦前の未来派が今日のそれではあり得ない。殊にイタリーは揺籃地でこそあつたれ、未来派的気運と要素とは現代人の中に瀰漫してゐる。したがつて個性的、地理的、時代的に色彩づけられ、個々づけられてゐるのだ。マリネツチ一派の主義と主張と内容とをもつて、いはゆる未来派の思想と表現とを概括しうるものではない。殊に未来派が、上にのべた諸要素と共に含んでゐた科学的精神、革命と突撃との精神などの、現代的スチンムングは、現代人を刺戟する興奮剤として、最も意義と価値とのあるものと言はねばならない。

5　未来派の特色と傾向

未来派の「藝術」家はアクシヨニストである。未来派の「藝術」内容は、ダイナミズムである。未来派の「藝術」表現の主な特色は、記憶心象の直感的ぶちまけである。そしてそこに同時性と同存性との原理がある。——(こゝにいふ未来派はイタリー的未来派のみではない。未来派および未来派傾向を概括する。)

十九世紀末の人間生活には、ブルジヨア社会組織の当然的経過として、多量のデカダン分子を含んだ。そしてそれは二十世紀にも流入して、現在にもいちじるしい。しかし現代は、デカダンの時代であるよりもレヴオリユーシヨンの時代である、アクシヨンの時代である。われらはすでに陶酔から覚めてゐる、体験によつて鍛へられてゐる。破壊と建設との真意義に徹底しようとしてゐる。われらは積極的だ、行動に生活する。われらは現代の不合理と不自然とを痛感する、そして痛感は直ちに行動にうつる。――こゝにアクシヨニストの面目がある。そしてこゝにイタリー未来派の奮起した面目がある。そしてまた現代人が未来派に最も切実に共鳴する所以があるのだ。かくしてイタリーは燃えた、ラテイン民族は燃えた。欧洲大戦が実現された。激しく戦はれた。国と国とが相撃つた。――裏面における資本主義のからくりと、アングロサクソン、チユートン、ラテイン、スラヴ四民族の搏撃の有意義さ、無意義さは別として、こゝに世界そのものがアクシヨニストとなつた前後の、悲壮な、しかし止むをえない現象を、われらはわれら自身で体験した。――このアクシヨニストとして最初にあらはれたのがイタリーの未来派であつたのだ。かれらの、ラテイン民族らしいクリエチヴな敏感は、まづ「世界」を、「かれら」を、直感した。そしてかれら自身をアクシヨニストとして、表現したのだ。そこに未来派の「藝術」がうまれた。

されば未来派の「藝術」は「こぶし」であつた。力であつた、精神内容の動力化であつた。即ちダイナミスチツクな表現であつたのだ。思ふに現代人ほど偉大に、力を体験し痛感した、――いな力を創造し駆使してゐる人間はないであらう。われらは汽罐車の力と、それが蒸気を噴き出して息づく表現と、水力発電所における落下する水の勢力とその変化と、あのおそろしい変圧器の物凄さと――機械工場と製鉄所と――そしてそれを創造し駆使しつゝ、ある人間のエネルギーとを、まざ〳〵と痛感し、体験する。そして、直感に敏にして激情し易きイタリー人はそれを最も端的強烈に、生活に表現し、それを「藝術」に表現したのだ、だから未来派の藝術は力の最高表現である爆音と閃電とであつたのだ。「こぶし」であつたのだ。「こぶし」化された精神現象であつたのだ。ダイナミズムそのものであつたのだ。故に未来派は本来、形体ではない、形体にとらへられない。具体は、普通にいふシムボリズムとしてさへも形体にたよらない。かれらは、かれらの表現のかならずしも頼るところではない。かれらには、「こぶし」すらないのだ。たゞ「こぶし」が突進する、そのスチンムングの発動があるだけだ。アクシヨニストのもつ、ダイナミスチツクな心そのものを、端的卒直にぶつつけること、それが未来派的表現の第一義だ。主観的なスチンムングをぶつつけて見せることだ。だからそこにはスチンムング――突進激発する気分があるだけだ。それは必らずしも自覚的意識がともなはない、理性の批判と規整とを待つものではない。だから思想的内容を問題としない。メタフイジツクとセオリーと土台と、コンテムプレーシヨンと、さういふものはどうでもよい。たゞエネルギーだ、爆発だ、ダイナミズムだ。——したがつてその表現も、形式を予想しない。立体派のやうに、表現形式そのものを考慮しない。未来派は密切にスチンムングに即する。それが赤い血の気分であつたならば、頸動脈を切つて、赤い血をそこの壁にぶつかけてもよいのだ。太陽をのむことであつたならば、その気分を何うにかして表現するだけである。——だから未来派には、スチンムングと、それの必然的な表現、むしろ主観内容のおのづからなる迸出が存在するだけだ。

さうした未来派の表現を、美学や論理学やエモーシヨナリズムで批判しようとすることは、資本主義経済学をもつて、マルクス以後の社会主義経済思想を批判するよりも、もつと〳〵見当違ひなリヂキユラスなことだ。未来派は美学をふみにじる。一切の論理を、一切のメタフイジツクを、一切のセンチメンタリズムを、エモーシヨナリズムを、路傍の溝鼠のやうに踏みにじつて突進する。かれらの前には一切の伝統と教養とが無視される。さういふものにかゝづらふことを時代錯誤の馬鹿者だとする。だからかれらには、かれらの心の疾走と突撃と爆発と、飛躍とがあるばかりだ。さうしたものゝ混乱せる直感的表現があるばかりだ。

けれどもそこに未来派の特質が、すくなくとも第三者の眼に見られないではない。即ち未来派においては、そのスチンムングと表現とが、最も密接に合致するのだ。まづかれらの現代人として、殊にダイナミツクなアクシヨニストとして感知するものは、現代的精神において存在するものである。ミレーの敬虔な農夫でも、コローの情趣ある森でもない。マネーのゆつたりしたカフエーでもなければ、セザンヌの樹立やピカソの静物、ギーターでさへもないのだ。かれらは急行列車を痛感する、市街の雑閙を痛感する。疾駆する騎士を、踊り狂ふ大群集を、そしてブルジヨアの大建築に殺到するプロレタリアの革命軍を痛感するのだ。それこそほんとうに未来派的だ、アクシヨンだ、ダイナミズムだ。そしてかれらはこの痛感をば、内的省察によつて飽和させたり、ブルジヨア・カルトにて調理したり、あるひはドイツ哲学によつて整頓させたりはしないで、端的に卒直に、痛感そのものを外部に表出するのだ。——こゝに、未来派の藝術が現実主義への徹底であると共に、主観主義化の徹底であるのだ。主観のスチンムングその儘の灼熱した熔鉄の迸出だ。雲間にひらめく電光の表現だ。

こゝに未来派の、美学を超越した美学？　一種の表現のセオリーがある。それは絶対に伝統の無視、制約と法則との無視——人間の勝手につくつたカテゴリーとセオリーと価値とを無視して、かれ自身のスチンムングに生きるために、それからの最も必然的な表現をするといふだけである。そのためにかれらは伝統を駆使する。ラフアエルもダヴインチも、レムブラントもセザンヌも印象派の見方も、新印象派の点描法も、ピカソの立体主義も、何でもかんでも、かれらは、木片やぼろきいれや鉱力板や靴下や、藁屑や電線や、そこいらのものを何でも取つて来て、描きこみ、ほりつけ、くゝりつけ、貼りつけるのと同じやうに駆使するのだ。すべては材料だ、かれらのスチンムングに最も合致せる必然的表現のためにすべての物をかれらは駆使する。そこにはすでに絵画と彫刻と、油絵と水彩と、レリーフとバレリーフとの名称さへも無視されてゐるのだ。たゞ表現があるだけだ、形成的藝術表現があるだけだ。——これが総括しての未来派セオリーである。

　そしてもとよりかれらは誰れよりも現代的精神に生きるのだから、その表現の題材とスチンムングと手法とが最も現代的であることはいふまでもない。だからかれらの表現、殊に儀式において最も立体派と共通する。しかし立体派はセオリーに終始する。立体派はセザンヌとエキゾチシズムとに出発して、未来派の精神とモデル脱出とから解体と再構とに徹底しようとするセオリーをたどる。未来派はかれらのスチンムングからのみ出発する。そしてその表現に立体派を駆使し、もしくはたま〳〵かれらの表現の混乱さが立体派の或るものに共通するのだ。だから未来派はピカソその他のセオリストを否定しつゝ、そのミーネ《様子または態度》[9]に近よるといはれる。[10] けれども、未来派にとつては、その手法が未来派的であり、また立体派的であるといふやうなことは第二次的のことであるのだ。それよりもかれらは、ダイナミズムとそれの表現とに主としてかゝづらふのだ。

6　未来派の瞬間性、同時性、同存性

たゞ未来派のセオリー（?）として見のがし得ないことは、記憶心象の表現と、その様式としての同存性と同時性との原理である。これこそ最も未来派的の表現方法で、未来派にとつては最も必然必至なことであると共に、現代藝術の様式に対して、最も多くの附与をしたものであるのだ。——

　立体派は外象を立体として見る、構造として見る、固定として、その特殊性の概念化を見る。そして、これを要素に分解し、また立体的構造に再建する。さればそこに同時性、同存性が表現されても、それらは個々的に存在する個立の構造たるを失はない。形体からの藝術表現の当然の行き道である。しかるに未来派は、かれらの心象から出発する。疾駆する心象を表現しようとする。故にそこには一切が連続する、そして瞬間は瞬間を追つて変幻する。だから未来派には、この心象をいかにして表現すべきかの問題が生ずる。立体派は形体が先入となり表現様式が移行した。だから客体の主観化が態度づけられた。しかるに未来派は心象が主である、それの発想が表現であるのだ。だから主観の賦形的表現が態度づけられる。ところで未来派における心象——スチンムングは疾走である、瞬間が瞬間を追ふ心象である。だから、立体派が形体の元素をとらへて表現しようとしたやうに、未来派が心象の元素——瞬間をとらへて表現するためには、特殊の表現法を発見しなくてはならなかつた。瞬

間連続の心象をいかにして、たゞ一個の瞬間のみしかもたない形成藝術の上に表現すべきか？　これは従来の人の考へ得なかつた、そして現代人にとつては最も有意味なことであつた。もとより、従来だとても、瞬間連続——疾走、疾駆等の表現に特殊の手法が往々用ひられぬではなかつたが、それには現代的意義が伴つてゐない。即ち現代人は、疾駆そのもの、生活をしてゐる。瞬間連続を意識して生きてゐるのだ。すべての現代現象はダイナミツクだといひうると共に、瞬間連続——モーメンタリスチツクであるのだ。飛行機の如く、自働車の如く、急行列車の如く、電信電話の如く、刹那刹那が意義をもつて過ぎて行く。このダイナミツクな、モーメントを、われらはいかにして表現すべきか。これが第一の問題だ。そこで未来派は、走り行く馬の足が四本でなくて二十本だと見る。カンデインスキーは未来派の初期において、疾駆する馬と騎者とを、このモーメントにおいてつかみ、馬の顔と頸と、前趾とを疾走的輪廓において、写真でなくてスチンムングで表現した。そして後趾と騎者とは、実形をはなれたスチンムングのみの抽象的表現をなした。(こゝに同時に、のちに述べる抽象派の発端をも含む) 瞬間的心象の把捉それは未来派セオリーの要所の第一段である。

しかるに、われらの瞬間は、意義のある一瞬間だけをもつのではない。更にその連続する瞬間は有機的構成的意義において、瞬間の集積、——むしろ瞬間の連続の各モーメントが意義をもつのだ。こゝにおいてわれらには、一個の分離された瞬間のみならず、瞬間の連続もしくは構成的に存在意義をもつところの幾つもの瞬間の表現を必要とする。しかもそれがわれらの心象の実際として、主観により選択される。すべての心象づけられたものは同一強度において心象づけられてはゐない。心象内容に主観的な強弱がある。だから表現においては強度の心象の再現を見るのだ。——ここにわれらに記憶心象とそれの同時的同存的表現が未来派第二段の問題として考察せられる。記憶心象とは瞬間連続の心象において記憶せられてゐる心象である。そしてわれらの表現はこの記憶心象による外はないのだ。いかなる瞬間描写にたけたる印象派の画家でも、瞬間に飛び去る心象を、その現前において活動写真機式に表現することは、絶対に不可能だ。しかもわれらの心象は、印象派的写実主義者の心象とは異なつて、客観のありのまゝではなくて、主観の心象であり、スチンムングであること、人間として当然である。そしてスチンムングの内容は記憶の堆積である。しかも記憶には強弱の度がある。故にスチンムングとしての記憶心象の表現は、強度の記憶事項——記憶瞬間の個立的各分子の表現であらねばならぬのだ。だからこゝにルツソロが「急行列車」を表現しようとする。かれのスチンムングは「急行列車」の感じだ。かれはこれを記憶心象から表現する。それ以外に表現のしようがないから。しかるに記憶心象は、かれに汽罐車の光りと煙とが水平線と四十五度以上の鋭角を以て傾くことを表現させる。また魚骨形にとんで行く、列車の灯を表現させる。しかるにかれはまた、違つた場合に心象づけられた、急行列車のスチンムングと合致する、走る汽車から見た市街の屋根と、そこの煙突の煙との斜なる変歪を思ひ出してこれを表現する。こゝにおいてかれの「急行列車」は少くとも二つ以上の記憶心象が一つのスチンムングの表現として同一画面に表現せられるのだ。しかし記憶心象はこれのみに止まらない。われらの意識内部の事実、すなはち記憶心象においては、空間的と時間的とのきはめて複雑紛糾した貯蔵がある。そしてそれはあるスチンムングにおいて、外象とは関係のないところの、記憶心象の雑貨店として、無秩序に無整理に展開——表現せられるのが当然である。われらの心象は、決して従来の画家の描いたやうに、規整せられ、まとめられたところのきちんとしたブルジヨア的のお行儀のよいものではないのが事実だ。たとへば同じくルツソロの表現において、「或る夜の思ひ出」と題するものは、かれが或る夜あるカフエーにおいて、或る女の横顔を見たこと、それにチヤームされて、じつとその女の正面の顔を見つめたこと、その女と酒をのんだこと、向ふの方ではいろんな男や女やが入り交つてゐたこと、そして夜あけ頃に自分の帰つて行く、とぼ〳〵とした黒い影、丁度その時太陽がいで、、二人の労働者が仕事に行く、馬車馬も通る——それだけのことが、ごた〳〵とかれの記憶心象からスチンムングとなつて表現された。その時かれは従来の理性や情緒や技巧による選択、ことに時間的および空間的の伝統的整理を加へようとはせずして、かれの心象の儘を一つの画面へ端的卒直に表現しようとする。故にそこには一つの狭くるしい画面の中へ、女の横向きになつた上半身、正面の顔、杯、きやしやな手先、入り乱れた男女、黒い人影、小さい二つの人影、太陽、駈け行く馬車馬、——さういふものを、一所くたに、時間も空間もかまはずにぶちまける。かうしてかれのスチンムングは表現されるのだ。そしてまた、かうしてのみ、かれの未来派的表現は必然性を帯び得るのだ。そこには空間も時間も制約しない、また外象的のリアリズムも制約しない、たゞわれらの心的現象——記憶心象のスチンムングが、表現において必然で必至であるだけさらけ出され、ぶちまけられてゐるのだ。

——これが未来派である。すくなくとも未来派的表現の主要なる部分であるところの、記憶心象の表現と、その同時性同存性の原理なのである。要するに未来派は、虚構しない、空想しない。と同時に、いはゆるリアリズムにも即かない。かれらは現実主義に立脚すると共に、現実を以て厳に主観内部のことゝする、そして現実を主観主義化することに徹底する。こゝにおいてかれらの心象が貯蔵する主観——スチンムングその物が、瞬間的断片となつてをどり出す。をどり出しては重畳し、交錯し、堆積する。ある最近の心象の上に、過去のいつかの心象がのつかることもある。実在したことにかれの想像が結びつくこともある。二三の、或は数十の、数百の、記憶心象が、スチンムングとなつて雑然と群がるのだ。しかしまたあるひは、たゞ一つの、または二三の記憶心象のみが、簡単なスチンムングとなつて表現せられることもあり得るのだ。すべては主観的である、個性的である。未来派的の瞬間である、瞬間の瞬間的追随である。今日は昨日を飛躍する。明日は今日を飛躍する。連続の飛躍、不断の交錯――それが未来派だ。だから未来派は立体派の如く統一しない、概念化しない、系体化しない。意味づけない。雑然たるものは雑然と、渾然たるものは渾然と、簡単なものは簡単に、たゞわれらのスチンムングの端的卒直なぶちまけがあるだけだ。それ〴〵の記憶心象は断片であり一部であり偏頗である。それが思ひ〳〵に結合したり分離したりする。そして集団となり、構成する片つ端から変化して行く、流動して行く。流れ行くスチンムング――記憶心象の断片の雑然たる集合――それが未来派の「藝術」的表現である。――だから、一寸見ると未来派の「藝術」は最も奇異であり、異端であり、脱線であり、過激であり、アナーキーであるやうに思はれるが、決してさうではない。未来派は驚異であり、戦闘であり、突進であるのは事実だ。したがつて激動であり、躍動であり、燃焼である場合が多い。それにしても未来派は異常事の表現でなくてむしろ平凡だ、日常事だ。たゞ当然のことが当然に、凡人のスチンムングが凡人のスチンムングとして表現されてゐるのだ。ゴッホの狂暴、ゴーガンの幻想、ルソーのユートピヤ、セザンヌの凝視であるを要せない。急行列車、踊り場、汽車の出発、離別、革命の光景、市街の一部、カフエーの思ひ出――それらのスチンムングだ、気分もしくは衝動の端的卒直なる外的発想だ。未来派はたゞそれだけだ。

だから「藝術」は、未来派に至つてはじめて本当に、生活へ、現実へ、主観へと突進して行く、合一して行く。「藝術」は未来派に至つて、ほとんど主観主義化に徹底しようとしてゐるのだ。――けれども、未来派はまだ、形体によらなければ表現しえないやうに、すくなくとも最初において思つてゐた。それを突破して、ほんとうに形体をふみにじり去つたところ、そこに抽象派の「表現」があらはれる。

7　抽象派の表現

抽象派に至つて、いはゆる「藝術」はすでにほとんど解体する。そこに「藝術」の先天的約束と思はれてゐた形体は、立体派によつての如く木つ葉微塵に解体され、散らばされ、また再構された程度においてゞはなくて、抽象派によつて「藝術」の形体そのものをも抹殺し去られてしまつたのだ。しかもまたそれこそ、未来派が、(および立体派が)当然到達しなくてはならない一つの結論であるのだ。何となれば、未来派は初めから形体を軽視する。無視しないまでも、形体をば表現の道具とする。表現の手段としてのみ形体の意義をみとめる。しかも一方において形体は、立体派によつて解体せられ、そして視覚の制約を無視し、主観的表現の再構の道具としてのみ価値づけられるに至つた。こゝにおいて主観――これのみが現実であるところの、そして現代人にとつて表現価値を有するところの主観内部の意義——未来派におけるスチンムング——の表現のみが、「藝術」としてわれらにのこされた最後の唯一のものとなつた。他のことばでいへば、これがわれらの「藝術」のエッセンスである「直感」であり、表現価値であるのだ。しかるにさうした主観内容の心象は、抽象派に至つてその表現において必らずしも形体をとるを要せない。いな、われらの視覚に制約されてゐる形体はすでに立体派によつて崩壊せられたのだ。われらにはすでにわれらの主観内容を表現すべき形体すらないといつてよいのだ。未来派的表現——それがこの表現に最も端的卒直な形象による表現法ではあるかも知れないが、しかもわれらの主観は徹底的にこれを追ひつめて行くと形体を以ては到底表現されない筈だ。主観のスチンムング——感情の躍動には形体はないはづだ。たとへば、或る女性から深く印象づけられたとする。しかしそれは女の全部からではない。記憶心象として真に残るのは、その女の特色的心象としての頭の輪廓とか、眼とか、口とか、——しかもそれは輪廓のある線の感じであつたり、眼のあるチヤームであつたりするのだ。その線やそのチヤームは、写実的表現では到底あらはし得ない。何となればそれは女の顔の線や眼やそのものではなくて、それからのエネルギーによつて衝動せられたわれらの個性的な、絶対にユーニツクなスチンムングであるのだ。われらは何うしてこれを表現しようか？——形体ではどうしても駄目だ、形体によればよるほど、われらのスチンムングは稀薄になる、うそになる。ラフアエルやボツチチエリーの時にはあれがあの人たちのスチンムングであり、従つてあゝした表現が当然であり、必然であつたかも知れないが、われらにはもう駄目だ。セザンヌやマチスやはもとより、ピカソの表現を以てしても、このわれらのスチンムング、——感じ、気分、内からつき出るところの衝動を端的に卒直に、スチンムングその物として表現することはとてもできない。——そこに抽象的《スーブン・チスム》が発端する。形体ではない、形体を否定する、形体を排斥する。スチンムングその物の躍如だ、抽象的なぶちまけだ。われらの感じ、衝動には形はない筈だ。ない形を無理に賦与することが根本的の間違ひだ。われらの女性を思ふ感じがどす黒かつたらどす黒く、赤かつたら赤く、電光的なら電光的に、雲形なら雲形に、ただぶちまけることだ。それが、形体を否定した新しい形体だ、リズムを絶したリズムだ。真に実在するもの、真に表現しなくてはならないものは、——直感は、スチンムングは、結局たゞさうした直接表現による外はないのだ。——そこにわれらはカンデインスキー、其の他の抽象的表現を見るのである。——抽象的表現に至つて、われらの「藝術」の表現動機と表現様式とはとにかく徹底する。そして同時に、今一歩にして「藝術」その物の本質が自己解体をしようとするのだ。たゞ、エッセンスとして、そこに直感がのこる、スチンムングが残る。

　但し、カンデインスキーの抽象主義は、必らずしも上の理論から来たものではない。むしろかれはかれ自身のもつと根柢的なセオリーをもつ。それは精神的諧調主義[11]とかれのよぶもので、われらのこゝに語る以外の形而上学から来てゐる。即ちかれは、現代の科学万能主義は、既に発生してしまつた現在――むしろ過去を研究し規整することができても、発生しようとするもの、即ち未来に対して何のかゝはるところがない、のみならず、科学はたゞ事象の物質的方面――表皮的現実のみに即して、その根柢に触れ、且つ洞見するものではない。根柢とは何ぞ？　それは精神の世界である。精神の世界こそ、すべての本体であるのだ。そして精神の世界とは要するに心霊《ガイスト》の世界である。しかもそれは神秘だ、われらの実験的、もしくは理性的意識を以ては知ることはできない、全然別事に属する。しかもそれは一切の根柢である。そしてたゞわれらは感情を通してのみ、そしてそれによつて物象の外部から内部を感ずることによつてのみ、この精神の世界を感知し、かつ表現することができるのだ。そしてわれらはこれを「藝術」とよぶのだ。――メーテルリンクの表徴した世界、それの如きをかれは「精神闡明の藝術」とよぶ。『未来の精神に属するものは、感情においてのみ実現せられ能ふ。そしてこの感情には藝術家のタレントのみがその道である。[12]』以上においてかれが、科学主義を全部的に肯定せざるのみか、むしろ精神主義をより真実なものとなし、更にそれを神秘主義にまで持つて行くことが知られる。そして「藝術」は感情によるこの神秘の闡明であることをいふ。この場合、かれの真実世界は「精神的諧調」の世界であり、かつかゝる精神的諧調は抽象的な方法によらなくては、純粋に表現することはできないとする。音楽は即ちこの好例である。絵画もまた、純粋なる肉体的印象を与へるところの色彩感覚でなくてはならない。それは形体や形体のもつ意味ではなくて、色彩からの刺戟が人間に及ぼすところの物理学的手段によつて、人間に精神的直観を与へるといふことであらねばならぬ。――これがかれの「藝術」の原理であり、したがつてこれを色彩感覚的抽象主義とよばれ、また色彩による抽象音楽だといはれるのだ。かれはこゝから出発して、『色彩のハーモニーのみが、人の心霊にひゞきを伝へるものであらねばならぬ。そしてこれが内的必須性[13]の主要原理の一つである[14]』となし、形体および色彩に関するかれ一流の研究をなしてゐるが、要するにかれは神秘的精神主義者であり、同時に藝術至上主義者である点において、根柢的に現代意識にめざめてゐるといふことはできない。だからかれは科学を排斥しながら、肉体的刺戟を高調し、むしろそれのみにかゝづらひ、そして色彩に関するかれ一流の科学的方式を立てたりなどしてゐるのだ。そしていかに直感と科学と藝術との三つが、新しき現実主義と主観主義との上に立つて、おの〳〵の職分を批判せられねばならぬか、そしてその背景として、いかなる現代人の精神が働かねばならないかといふ最も大切なることにおいて、非現代的の立場にある。――けれども、かれが形体的表現を否定して、抽象藝術の一路を開拓したことは、未来派および立体派に対して一結論を与へたものとして見なくてはならぬ。

ヴッシリー・カンデインスキーは一八六六年にモスカウで生れた。かれがミユンヘンへやつて来て画をかき始めたのは三十歳の時である。しかしかれは一九〇一年の頃にはまだ純然たる写実主義者であつた。けれどもかれは始めからデテイルを細写したり、一部分の興味にとらはれたりすることはなかつた。ごく大づかみに物の面を抹《なす》りつけてゐるだけであつた。一九〇三年の頃から、輪廓によつて明暗を対照させるところの木版画風の試みをやり出した。それはかれの特色となつて一九〇七年までつゞいた。しかるに一九〇八年になると、すでにかれの、形体の主観化――否定的傾向がよほど明かになつて来た。「青い山」「イムプロヴイゼーション」[15]（即興）一――一三と次第にこれがいちじるしくなつてゐる。殊にその一三――一八（一九一〇）では、すつかり形体が無視されかけてゐるのだ。かくして有名な「叙事詩」[16]（一九一二）と題する、馬と騎士とに至つて、かれの一時期を劃し、その以後は抽象へ、抽象へと向つてゐるのである。――ロシヤ革命がおこるや、かれもまたロシヤに帰つて、そこの「藝術」革命に参したが、今はドイツ、ロシヤの各地において、新「藝術」の運動に忙殺されてゐる。

四、ダヾイズムの発生

　ダヾは欧洲大戦から発生した最も意義ある現象の一つである。大戦の発散したガスであると共に、現代人の生活の自爆であり、「藝術」そのもの、自滅であるのだ。ダヾにいたつて、「藝術」は、ほとんどまつたくそれ自身を破壊する。未来派の疾風的迫撃はすでに二十世紀初頭の険悪なるアトモスフエアを示した。そして表現派は一方において主観主義の攻勢的態度を押し進めた。――そこに欧洲大戦の時代が来る。その時、未来派はすでにイタリーを離れて、「藝術」のアナーキズムを以て抽象へと徹底しかけてゐた。そこにカンデインスキーの色彩感覚主義がある。しかしカンデインスキーはアナーキストであるべく、一種の理想主義的タイプをもつ。かれは「精神」と「神秘」と「美」とを信ずる。つまりは過去の人だ。たゞしかし、「藝術」の抽象化――われらのスチンムングの非形似的なぶちまけ――直感の一元的表出は現代人の急進する、そのすがたであらねばならなかつた。――その時また表現派は、主観の表出――意力の高調に徹底して、「藝術」内質の爆烈と、爆烈後の炸弾のめちやくちやな破壊そのものに向つてゐた。マイドナーとヴスケと、シヤガールと、かれらはかうして「藝術」を「戦争」に、「革命」に接近せしめ、合体せしめた。けれどもそれらはしかし大戦以前の発生物の突進であつたのだ。しかるにダヾは、大戦中に、大戦そのものゝ中から発散したガス体だ。ラテイン民族の未来派的気分と、チユートン民族の表現派的気分とが、面接して迫撃し摩擦してゐる、そこから発散したのだ。かれらの意識は未来派と表現派との上に立つ。しかもそれらの「戦争」化は、積極的直接行動は、たゞ惨憺たる修羅場を現出して、われも人も、怖ろしくも、酸鼻極まる破壊と傷害と殺戮の渦の中へ巻きこまれるにすぎなかつた。未来派の爆発！　表現派の積極行動！　それはいかに恐ろしく、かつ愚かしいことであるぞ！　何よりも、われ自身にとつてそれがいかに馬鹿馬鹿しい、かつ戦慄すべきことであるか。殺し合ひ！　しかも殺すこと、殺されること、の外にかれらの運命はなかつたのだ。かれらがいかなる心的状態にあつたかは想像するにかたくない。だから戦地からは、こそ〳〵と人魂のやうに脱走する幾人があつたのは当然だ。おそらくそれらの多くは暗から暗へ、銃殺の運命にあつたのだらう。

ある日――それは一九一七年のこと、中立国スイスのチューリツヒに、戦地を脱走した七人の反逆者があつた。その中には、かつて立体派に、また未来派に名をつらねてゐたピカビアがあつた。トリスタンツアーラも居つた。かれらは戦地から脱出した人魂の気分――極端なる厭世思想と極端なる自暴自棄、極端なるアナーキーの心においてあつた。かれらはたゞ、生ける屍であり、青白い魂でもあつた。生でも死でもない、たゞほうけ立つた、戦地からのガス体であつた。かれらは一切の人間味を亡つた、乾き切つた声を嗄がらして、意味のない言葉をわめいた。機関銃のやうに無限にパチ〳〵〳〵と、砲声のやうにウオーと吼えた。そしてそれに和してブリキ罐をたゝいた、床板をふみならした。そして涙を流し、血を吐き、抱き合つては旋風のやうにぐる〳〵と狂ひまはつた。――これがかれらの表現であつたのだ。生きてゐることそのことの、よろこびであり、悲しみであり、驚きであつた。いや、さういふ気持からも超越した、もつとデスペレートな、もつとアナーキスチツクな、ものであつた。かれらにはすでに歓ぶべく笑がなかつた、泣くべく涙がなかつた。たゞめちやくちやに狂ふこと、わめくこと、それだけが生存であつたのだ。――こゝにダヾが発生した。しかし、ダヾは戦地のガスであつたと共に、一九一七年代の世界のガスであつた。世界はその時すでにダヾになりかけてゐた。一切の失望、一切のデスペレーシヨン――おそろしい戦争の渦だけが全世界を荒れ狂つてゐるだけであつた。すべての人間は――日本人とアメリカ人とをのぞいて――自暴自棄の淵にあつたのだ。

ダヾはかうして生れた。革命と、建設と、将来への希望へと、積極的な主観の建設へと、表現派がドイツからヴアージン・ソイルのロシアへ流れ込んで、そしてそこにこそ新しい「藝術」の世界を建設しようとしてゐるやうに、ダヾはスイスの七人の反逆者から、全世界の反逆者へ、ペツシミストへ、ニヒリストへと流れて、自暴自棄の毒ガスで世界を掩はうとさへしてゐるのだ。ダヾは今や、あの行きつまりつゝあるドイツにもある、フアツシストに押へつけられたイタリーにもある。資本主義に魔酔かけられて、労働者すら眠りつゝあるアメリカにもさかえる。そして変態国日本にもちよつと飛んで来たのだ。

けれども、ダヾはイズムではない。ダヾの人々はイストではない。ダヾは一種のガス体だ。本来の形はあるやうでないものだ。ダヾには主張がない、主義がない。たゞあるものはめちやくちや、自己破壊と自己消滅との輓歌だけである。みづからを打ち破り、引き裂き、たゝきこはすことの響であり、リズムであり、すがたであるのだ。「生」の執着であり、同時にデスペレートであるのだ。そこに現代人はまたダヾに誘惑され、共鳴させられる多くの共通点があるのだ。現代がすでにダヾ的の気分にあるからだ。

けれども、ダヾはたゞ破壊のための破壊である。何物の「存在」でも「価値」でも「建設」でもない。建設のための破壊でもないのだ。未来派の革命的意識をあざ笑ひ、表現派の主観的積極主義をいやしむ。たゞ一切を虚無と観じるのだ。けれどもかれらは永遠性のニルヴナを考へようとしない。この点においで現世的であり、現在的であり、現在におけるかれ自身そのもののゝみにかまける。こゝにかれらは社会意識に無頓着である。かれらは極端なるエゴイストである。そして現世的エゴイストとして、それのデスペレーターとして、ダヾはデカダンである。ダヾこそは現代「藝術」における最もデカダン的なものである。だからダヾは初めから、プロレタリヤの中から新しく生れ出でた気分ではなくて、世紀末のデカダンの残影である。十九世紀末から現代にまで残つて来た、遊蕩的、もしくは逃避的な、エゴイスチツクなデカダン分子が、戦争の鎔炉の中で、他の現代的要素と共に白熱化せられて、それにゐたゝまらずして気化して脱出した前世紀の遺物なのだ。主観的な、意力的な、現代人の新精神とは到底同居することのできない過去のものなのだ。だからダヾの気分の中にはデカダン的自暴自棄がやゝもすれば貴族趣味となる。アリストクラチツク・アナーキズムは、たしかにダヾの一面である。かれらは積極的行動にいでゝ、新興プロレタリアと共に進出する勇気と意識とを欠く。いな、かれらはさういふことに興味と同感とをもつよりも、もつと自暴自棄であり、かれ自身と人間と世界とを軽蔑し、どうにもしやうのないものと見限つてゐる。それよりも、かれ自身のデカダンに陶酔し、生でも死でもないかれみづからのために、刹那的の享楽を追及して居ればそれでよいのだ。この故にかれらは哲学や宗教や神や理想や、さういふものを考へやうとしないのはもとより、科学をも理性をも希望をも意識をも、くだらないものとけなすのだ。たゞかれらには、本能がある。本能こそかれらの生活であり、「生」そのものであるのだ。食ふこと、飲むこと、異性との交渉、——そしてそれらに充足を感じた時、わめき吼え、そして疲れて深い眠りに陥ること。それだけだ。それだけこそ生きてゐることだとするのだ。絶対に刹那の本能のみに生きてゐるかれら自身であるのだ。この点においてかれらはデスペレートの背景をもち、アリストクラチツク・アナーキズムのデカダンであれど、何等の伝統にも支配されず、道徳にも拘束されないのだ。昨日も明日も考へない本能の生存のみを、かれらに見る。

しかしそこにこそ、われらはダヾの現代性を見ねばならぬ。ダヾは、刹那的本能の生活と表現とである。そしてそれは未来派と表現派との徹底でもあるのだ。未来派の純粋直感の徹底と、表現派の主観高調の徹底とに、やがて直感の主観的徹底――そこから刹那的本能のみのための生活と表現とを結論せねばならないはづだ。人間生活は、したがつてわれらの意識内容は、主観は、刹那的本能欲の生活そのもの、その生活への一元化そのことであらねばならないのだ。カンデインスキーと、アーキペンコと、パウル・クレーとは、すでにそれを示唆してゐるのだ。けれども、ダヾにいたつてはもつと純粋に徹底して刹那的本能の直感に生きる。ピカビアとツアーラと、その他すべてのダヾの、これへの徹底ぶりを見よ！　そして刹那的本能の生活、純粋直感の表現は、やがて人間に蟻と蜂と獣物との、あの鋭敏にして透徹せる、本能性の発揮と、それの正確さとを附与する。ダヾは破滅であり、虚無であるが、しかしその表現としての純粋直感は、最も高度における現代人の生活の直感化であり、原理化であるのだ。ダヾはその本質においてわれらのものであるより、過去のものだ、建設でなくて破壊だ、革命でなくて消滅だ。けれどもかれらのもつた刹那的本能からの直感性こそは、最も純粋なる現代人意識の醇化であり、現代人を示唆し指導する藝術内容そのものであるのだ。――

最後に一言する。

この小著は、腹案としては第四、五編に力点を置いて、少くとも三分の二のページをこれにさくつもりであつた。ところがそれでは、とても一千ページでも足りないので、ページ数の都合上、やむを得ず、後半は大速力で駈けぬけてしまつた。今校正に際してこれを読むと、残念である。しかし、言ひたいことは殆ど言ひつくしてあるから、新興現代藝術の精しい解説は最近に書くまで保留する。

（大正13年5月、アルス刊）

注　［1］Le Figaro　［2］マリネツチのことば（神原泰氏訳）　［3］神原泰氏訳　［4］神原泰氏訳より　［5］神原泰氏訳による　［6］神原泰氏「新しき時代の精神に送る」一〇四ページ　［7］Der Sturm　［8］神原泰氏訳　［9］Miene　［10］Maxderi 等　［11］Spiritual Harmonism　［12］Kandinsky : Das Geistige in der Kunst　［13］Die innere Notwendigkeit　［14］Kandinsky　［15］Improvisation　［16］Lyrisches

散文藝術の位置

広津和郎

▽

地震前のことは非常に遠いやうな気がするが、併し里見弴君と菊池寛君とが藝術の内容と表現との問題で論争したのは、指折り数へて見れば、それ程前の事ではなかつたやうに思ふ。

あの論戦はなかなか面白かつたが、どうやら勝負のつかない中に、両方で中止してしまつた観があつた。もう少し両君が続けてくれた方が、我々には一層面白かつたわけだが、併し両君の立場立場に立つて見れば、物分れになるのが、当然のやうにも考へられる。

併し両君のあの論戦は、稍々闇の中の竹刀と云ふ感じがないことはなかつた。両方の竹刀が割合にぶつからない感じがあつた。それは『藝術』の中から特に両君の従事してゐる散文藝術と云ふものを抜き出して、その専門の藝術の種類について論じなかつたためではないかと思ふ。何故かと云ふと、唯一般藝術と云つただけでは、余りに空漠としてゐて、掴みどころがないからである。

自分が今更こんな風に意見を挟むのは、少々時候外れの嫌ひがないこともないが、併し最近——と云つても、二三ケ月前だが、里見君の女性改造の講演会の講演筆記を読んだら、里見君が相変らずこの問題を問題にしてゐるので、この分では自分がそれについて何か云ふのも、それ程遅過ぎるわけではなささうな気がして来た次第なのである。

里見君はその講演の中で、藝術の人生的価値乃至人生的功利が、必ずしも藝術と一致しないと云ふ事を説明するために、宇治の平等院の鳳凰堂をその例に持出してゐた。鳳凰堂の翼《ヰング》は、その中を人が通れない位ゐ、低くて小さい。併しそれは鳳凰堂の建築藝術の上から云へば、抜きさしならないもので、たとひそれが功利的価値に於いては如何に低くとも、そんな事はあの建物の藝術的価値を少しでも害けるものとはならない。——里見君の云ふ意味はさういふ意味だつた。言葉は無論違ふが、意味はさういふ意味だつたと信ずる。

里見君のこの説は確に正しい。自分はそれに決して異存を述べようとは思はない。鳳凰堂全体の美の調和の上から、それの功利的な便利を捨てて、翼《ヰング》を低く小さくして、立派な藝術を作り上げたと云ふ事は、愉快な話であるし、無論それを非難する理由は少しもない。

だが、それ故に藝術の人生的価値が軽く見られていいかどうかと云ふことになると、自分には疑問が湧くし、又里見君のそれだけの説明では納得出来ないのである。

つまり一口に云ふと、宇治の鳳凰堂のその例で、近代の散文藝術の説明とするわけには、自分には行かないのである。

▽

故有島武郎氏が、嘗て自分との論争の場合に、藝術家を三段の種類に分けて、次のやうな説明をしたことがあつた。つまり第一段の藝術家は、自己の藝術といふものに没頭し切つてゐて、余念のない人である。武郎氏の説によると、これは最も尊敬すべき藝術家、つまり純粋の藝術家なのである。（その例に武郎氏は泉鏡花氏を挙げられた）第二段の藝術家は自己の生活とその周囲とに常に関心なくしては生きられない人である。そして第三段の藝術家は御都合主義の人で、日和見的な、妥協的な人である。

無論正確に云へば、この第三段の藝術家は別に論ずる必要がないから、除外するのが正当である。云ふまでもなく、かういふ人は厳密な意味で藝術家ではないからである。

そこで第一段の自己の藝術に没頭し切つてゐる藝術家と、第二段の自己の生活とその周囲とに関心なくして生きられない藝術家との二種類になる。

この二種類の藝術家の区別には、自分は別段何の異存もない。だが、この二種類の藝術家の価値を説かうとする時、武郎氏と自分との意見は南と北と程の相違を来したのである。

この事は自分は嘗て一度書いた事がある。藝術家として又思想家としての武郎氏を徹底的に批評すると同時に、氏と藝術及び思想についての根本的の論争をしようと思つて、その序論として氏のこの藝術家の二種の分類を批評しかけたのだが、氏が『当分自分は誰の批評にも答へないつもりだ』と宣言されたので、自分は急にそれを書きつづけるの興味を失つて、たうとう序論だけで止めてしまつた。

併しその序論の中に、氏のこの二種の藝術家の分類については既に自分は意見を述べてゐるので、ここではそれを再び繰返すことになるわけである。

武郎氏はさうした分類を藝術家の中に作つた上で、氏自身は『残念乍ら、自分は第二段の藝術家である。今に自分は修養を積んで、第一段の藝術家になり得る時が来るかも知れないが、今のところ自分は、自分が第一段の藝術家になれてゐるとは思ふわけに行かない』といふ意味の事を云つた。つまり氏は自己の藝術に没頭し切れる人ではなくして、常に自己の生活とその周囲を関心なくしては生きられない人――人生に悩みつづけてゐる人であつた事を、氏はみづから認めてゐたのである。

その点には自分はやはり異存はない。実際武郎氏は自己の生活とその周囲とに関心なくしては生きられない人であつたし、氏自身もその事をよく知つてゐたといふ事が氏のこの言葉によつてもよく解る。

だが、氏が氏の所謂第一段の藝術家が、一番純粋な、尊敬すべき藝術家で、第二段の藝術家が、それよりも低いものであると解釈し、氏自身がその第二段の藝術家である事をみづから卑下してゐるのが、自分には不賛成なのである。

これも藝術と云ふ言葉を余り漠然と使ひ過ぎてゐることの弊であると自分は思ふ。

▽

そこで藝術と云ふ一般的な言葉を、もう少し細かに区分けするの必要が生じて来る。音楽、美術、詩、散文……さうした種類に区分けする必要が生じて来る。

さうした上で、一番重要な事は、音楽、美術、詩、散文が共に藝術ではあるが、その一つ一つが各々の特色を持つてゐて、その間に価値の高下があると云ふ妄念を捨てることである。それ等はみな各々独立した存在を主張する価値のあるもので、散文が言葉でもなければ、美術が詩歌でもない。それ等は互に代りをつとめるわけには行かないところの、それぞれ独立した藝術上の元素なのである。

そしてそれ等の藝術上の元素を一々説明するのは、この小感想の目的ではないから止めるが、それ等の中で散文藝術——特に我々が小説家であるから、小説藝術と云ふ言葉を使つてもいい。尠くとも、散文藝術と云ふ言葉の意味を、我々の専門であるところの小説を主にしたものと此処では取つて貰ふ方が、後の説明に便利である。——と云ふものは、一番人生に直接に近い性質を持つてゐるといふ事だけは、云つて置かなければならない。

これを武郎氏の藝術家の種類別に持つて行つて説明すると、一層明かになるが、武郎氏の所謂第一段の藝術家——自己の藝術に没頭し切つて、他に余念のない藝術家と云ふものは、音楽、美術、詩の世界に於いては、あり得ても、散文藝術の世界に於いてはあり得ないものである。最も近代になるに従つて、音楽、美術、詩の世界でも、人生的要素を益々求めて来る傾向はあるが、併しそれは比較的と云ふ程度のものであるから、ここでは問題にしない事にする。近代の散文藝術と云ふものは、自己の生活とその周囲とに関心を持たずに生きられないところから生れたものであり、それ故に我々に呼びかけるところの価値を持つてゐるものである。云ひ換へれば、武郎氏の所謂第二の藝術家の手によつて、初めて近代の散文藝術が生れてゐるのである。

これは例を引くまでもないだらうが、近代の散文藝術の巨匠達、トルストイ、ストリンドベルヒ、ドストイェフスキイ等の一人として、自己の生活とその周囲とに関心なくして生きられた人間はゐない。いや、自己の生活とその周囲とに余りにも関心なくして生きられなかつたところに、彼等の力強い散文藝術が生れたのである。そして自己の生活とその周囲に関心なくして生きられなかつたといふ事は、取りも直さず、武郎氏の所謂第二段の藝術家である。

そして散文藝術といふものは、つまりさういふ種類のものであり、さういふ種類のものである事を、恥ぢも卑下もする事は少しも要らない、いや、さういふ種類のものであることを寧ろ誇つてもいいところのものである。

それだのに武郎氏は、自身が第二段の藝術家であつて、第一段の藝術家であり得ない事を、悲しみなげいてゐる。――これは藝術といふ漠然とした言葉に氏が眩惑されてしまつたところから来てゐるに違ひない。我々が今携つてゐるところの散文藝術と云ふものについて、氏がよく考へて見なかつたところから来てゐるに相違ない。

氏の説のやうに、第一段の藝術家に第二段の藝術家がなり得ない事を悲しまなければならなかつたとしたら、トルストイ、ドストイェフスキイ、ストリンドベルヒ等が、我が泉鏡花氏になれない事を悲しまなければならない事になるだらう。――これは少々品のない物の云ひ方ではあるが、一寸こんな物の云ひ方をして見たい気にもなつて来る。

▽

扨て、自分のこの小論の最初の目的では、里見弴君と菊池寛君との藝術の内容と表現との論争にも、一寸言葉を挟んで見るつもりでゐたんだが、両君の論争の文章が今手許にないので、両君の云つた言葉を正しく引用する事が出来ないから、不用意なことを云ふ事は止めにするが、――唯自分のうろ覚えの記憶では、里見君の内容即表現論は、つまり藝術の表現上の問題であつて、菊池君の内容尊重論は、藝術の種類、即ち散文藝術の性質の闡明にあつたやうだつた。この二つに分けて論じなければならない問題を、混同して論じたところに、両君の竹刀が稍々闇の中の竹刀だつたといふ感じが湧くのだらうと思ふ。――表現即内容と云ふ事が、藝術表現上の定理であると同時に、散文藝術が人生的内容をもつて始めて生れると云ふ事も亦藝術の種類別上の原則である。

▽

そこで、自分は最後に一寸この感想の標題について一言するが、『散文藝術の位置』と云ふ標題は、この不用意な文章の標題としては、少々大袈裟過ぎた嫌ひがないでもない。藝術上に於ける散文藝術の位置を述べるには、もう少し研究的に説く方が本当だつたかも知れない。――だが、今はその暇がないが、いつかその余裕が出て来ることと思ふ。

結局、一口に云へば、沢山の藝術の種類の中で、散文藝術は、直ぐ人生の隣りにゐるものである。右隣りには、詩、美術、音楽といふやうに、いろいろの藝術が並んでゐるが、左隣りは直ぐ人生である。――そして人生の直ぐ隣りと云ふ事が、認識不足の美学者などに云はせると、それ故散文藝術は藝術として最も不純なものであるやうに解釈するが、併し人生と直ぐ隣り合せだといふところに、散文藝術の一番純粋の特色があるのであつて、それは不純でも何でもない、さういふ種類のものであり、それ以外のものでないと云ふ純粋さを持つてゐるものなのである。言葉が一番純粋な藝術だといふ説などは、随分世に流布されてゐるが、これも藝術にいろいろの種類があり、その種類にそれぞれその性質があるといふ事を考へた事のない、認識不足の美学者の囈語である。

併しかうした囈語は、うつかりすると散文藝術家の中からも聞くことがある。——そこで散文藝術といふものが、他に類のない、人生と隣り合せに位置を占めてゐる、非常に愉快な、純粋な藝術であるといふ事を、一寸一言したくなつたわけである。

(八月二十二日)

(「新潮」大正13年9月号)

種蒔き雑記

金子洋文

平沢君の靴

一

九月三日の夜。

平沢君が夜警から帰つて来たのは十時近い刻限であつた。そして暫く休んで話してゐるところへ正服巡査が五六人来た。

『済まんが一寸警察まで来て下さい。』

『はい。』

と、彼は静かに答へて立ち上ると、おとなしくついて行つた。

二

四日の朝。

自分は三四人の巡査が荷車に石油と薪を積んでひいて行くの

と出遭つた。その内友人の丸山君を通じて顔馴染の清一巡査がゐたので二人は言葉を交はした。

『石油と薪を積んで何処へ行くのです。』

『殺した人間を焼きに行くのだよ。』

『殺した人間……。』

『昨夜《ゆうべ》は人殺しで徹夜までさせられちやつた。三百二十人も殺した。外国人が亀戸管内に視察に来るので、今日急いで焼いてしまふのだよ。』

『皆鮮人ですか。』

『いや、中には七八人社会主義者もはいつてゐるよ。』

『主義者も……。』

『つくぐ巡査の商売が厭になつた。』

『そんなに大勢の人間を何処で殺したんです。』

『小松川へ行く方だ。』

自分の胸の内は前夜拘引された平沢君のことで一つぱいだつた。主義者が七八人も殺されてゐるなら平沢君もその内にはいつてゐるやうな気がした。

自分は清一巡査からきいた場所に足を運びながら、また考へなほした。

平沢君は平素から警察から睨まれてゐる。しかし震災後平沢君は懸命に友人のつぶれた家の片付に手伝つたり、浅草の煙草専売局で不明となつた友人の義妹を探しまはつたり、町内の夜警に出たりしてゐる。それに巡査と一緒に出て行つた時も、おとなしくついて行つたし、万事要領のいゝ男だから、めつたなことはあるまい。殺された七八人の主義者の中には平沢君ははいつてゐまい――さうであつてくれゝばいゝな、と自分は考へたりした。

清一巡査に教へられた場所に行つた時、自分は大勢の町内の人々が、とりぐの顔をして立つてゐるのを見た。そこは大島町八丁目の大島鋳物工場横の蓮田を埋立てた場所であつた。そこに二三百人の鮮人、支那人らしい死骸が投げ出されてゐた。

自分は一眼見てその凄惨な有様に度胆をぬかれてしまつた。自分の眼はどす黒い血の色や、灰色の死人の顔を見て、一時にくらむやうな気がした。涙が出て仕方がなかつた。

自分は平沢君は殺されてしまつた、と考へた。自分はその悲惨な場面をながく見つめてゐることが出来なかつた。

その時私はいつも平沢君のはいてゐた一足の靴が寂しさうに地上にころげてゐるのを見た。

『平沢君は殺された。』

自分はかう信じてしまつた。

三

その日のことを自分は平沢君の細君に話さなかつた。

翌日の正午頃。自分は細君と相談して、手拭、紙など持つて警察署に出掛けて行つた。

自分は亀戸署の高木高等係と会つた。が高木氏の言ふことは意外であつた。

『平沢君は三日の晩に帰へしたよ。』

自分はその答へに対して何事も返へす言葉がなかつた。今は一点疑ひを入れる余地がなかつた。自分は無言で呪はしい警察の門を出た。（主として八島京一氏の供述によつてしるす）

三日間の平沢君の行動

九月一日一時半頃。平沢君は倒壊した自分の前を声をかけて通つた。それからすぐ引返して来て三時頃まで金品取出しに手伝つてくれました。

二日午前八時頃自分は平沢君の宅を訪ね、同道で夕方まで妹をたづねまはりました。上野の西郷銅像前で斎藤敏雄君に会ひました。

その夜、平沢君宅前の城東電車道に蒲団など持ち出して夜宿しました。隣家の浅野氏その他近所の人々も一緒であつたのです。

三日は朝から夕方まで潰れた自分の家の荷物引出しに手伝つてくれました。夕食後夜警に出て九時半頃帰宅してそのまゝ正服巡査達に連れて行かれたのです。その時は警官も平沢も至極温順でした。

そんなわけで平沢君が不穏な演説をしたといふ言ひ分は全く出鱈目です。自分と一緒でない時間は、妻君や隣家の浅野氏などよく知つてゐる筈です。（正岡高一氏の供述から。聴取人、弁護士、松谷与二郎、山崎今朝弥）

騎兵第十三聯隊の紙片
（川合義虎君の死とお母さん）

一

九月一日の朝。

（労働組合）編輯のために山岸さんと一緒に麻布新堀町に出掛けたのですが、山岸さんが無事帰つたのに義虎は夜になつても帰つて来ないのです。私と定子（義虎の妹）は真赤な東京の空を眺めながら（義虎は死んだのぢやないかしら）と、思ひながら、恐しい一夜を明かしたのです。

翌日の正午頃義虎が無事に帰つて来た時の私等親娘の欣びはどんなであつたでせう。そして義虎が、上野附近の潰れた家の下から、三人の幼児を救ひ出して（五歳に三歳に生れて間もない赤坊の三人、お母さんだけは何うしても救ひ出すことが出来ず、悲鳴をきゝながら火に追ひかけられて逃げのびたそうです）上野まで逃げのびた話をきいた時、私は全く感動してしまひました。そしてミルクまで買つて赤坊に与へた。あの子の優しい心がうれしくて〳〵涙が出て仕方がありませんでした。

義虎は全く親切なやさしい心を持つた子供であつたのです。それを何故おかみでは殺さなければならなかつたのでせう。義虎は三人の幼児を救ひました。それだのにおかみの手で殺されました。私は口惜しくて仕方がありません。

二

義虎が亀戸署に連れて行かれたのは三日夜の十時過ぎでした。五日朝に私等親娘は故郷の新潟に帰りましたが、義虎のことが気になつて〳〵仕方がないので二十一日故郷を去つて東京へ出て来ました。

三日ほどたつて私は亀戸署の高等係に面会するため出かけて行きました。

高等係の室には顔を知つてゐる安島、北見その他の刑事がゐて、肉鍋や酒罎が用意されてゐました。そして私が義虎の安否をたづねると、北見刑事が、

『義虎は八日に帰したよ。』

『義虎は小使を持つてゐた筈ですが、何うなつてゐるか御存じありませんか。』

するとゝ突然安島刑事が私に向つて言つたのです。

『俺の嬶になれ。』

『あなた達は義虎の行衛を知つてゐるのでせう。知らせて下さい。』

『義虎は今頃大杉の処へ行つて相談でもしてゐるだらう。』

と空嘯いてゐる安島の放言を聞いて私は何うしてい丶かわかりませんでした。私の胸は悲しみと、たよりなさで一つぱいでした。私は獣のやうなそれ等の人々を憎々しく思ひながら、そのま丶亀戸署を出ました。

三

それから二日おいて警視庁の大西高等係が私の家にやつて来ました。

『川合は何うした。』

『あなたこそ知つてゐるでせう。』

『俺は川合達を引張つて行つたのでないからわからない。』

その後亀戸署の小林、稲垣両刑事が来ました。

『まだ川合から何の沙汰もないか。』

『ありません、かくさないで知らせて下さい。』

『僕達にはわからない、田舎でもまはり歩いてゐるだらう。』

その後大西が白々しい顔をして二度ばかりやつて来ました。もうその時は義虎達が殺されたといふ噂が私の耳へもはいつてゐたので、私は大西の顔を見る度に無念でなりませんでした。自分等の手で義虎達を殺しておきながら、よく図々しく私の所へなど来られたものだ。露ほどの情もない鬼のやうな人達だと思ひました。

四

亀戸事件が新聞に発表された前日、私は亀戸署に出頭を命ぜられたのです。そして署長から義虎が殺されたことを申渡された時、私の心はまるで狂つてしまひました。私は泣きながら署長に喰つてか丶りました。

『幾度も〳〵義虎の行先をたづねたのに何故嘘ばつかり言つて騙してゐたのですか。』

『この際だから、何分…………今言つた通りだ。』

『義虎が殺された上は私は生きてゐる望みがありません。今日は私もおかみの手で殺してもらひませう。』

『罪もない者を殺すわけにはいかない。』

『私の子はどんな罪で殺されたのです。どんな罪で…………。』

　署長は答へませんでした。私は声をあげて泣きくづれてしまつたのです。

『義虎を殺したのは誰ですか。』

『名は判らないが騎兵第十三聯隊の人だ。そこへ行けば殺した人が判る筈だ。』

　そして私が忘れないやうに、紙片に「第十三聯隊」とかいて渡してよこしました。

『死体は渡してあげる。』

『したいとは何のことですか。』

『骨のことだ。』

　私はこれ以上きいてゐることが出来ませんでした。何もかも悲しく辛らく、この世が真暗闇のやうに思はれました。私は（第十三聯隊）と書いた紙片を、ぎつしり掌中に握りしめて、泣きながら亀戸署を出ました。（主として川合たま氏の供述からしるす）

拘引されるまでの川合君の行動

　九月一日の朝、川合君は山岸君と一緒に、雑誌（労働組合）編輯のため麻布新堀町にある労働組合社に出かけて行つた。地震後二人は急いで自家へ引返したが途中混雑のため二人はいつかはなれ〴〵になつてしまつた。

　川合君は上野方面に進路をとつた。が上野附近の倒潰した家の下から（助けてくれ）と女の悲鳴が聞えて来るので駈け寄つたが、子供三人だけ助けることが出来たが、火のために母親を助けてゐる暇がなかつた。そのまゝ子供を背負つて上野公園まで逃げのびた。そして途中ミルク三箇とビスケットを買つて幼児等に与へた。（その内一箇だけは自家に持ち帰つて今も残つてゐる）

　その夜は幼児三名と上野の森であかしたが母親や妹のことが心配なので翌朝附近の避難民に事情を打ちあけて幼児の保護をたのみ、幼児のとりすがるのを涙ながら振りはなして正午頃自家に戻つて来た。

　その夜夜警に出たが鮮人と間違はれて自警団らしいものに殴打され、亀戸署に検束されたが翌日（三日）帰つて来た。そして殴られたゝめ胸が痛いと言つてゐた。

　午前中私の家で色々な手伝へをし、午後、友人の宅を見舞ひ、午後五時頃自宅へ帰つて頭痛すると言つて横になつてゐた。十時頃山岸、鈴木君等と交代して夜警に出かけやうとした時、どか〳〵と検束隊が押かけて来た。

「貴様は誰かッ。」

「川合義虎です。」同君はおだやかに答へた。

「皆警察へ来い。行かぬかッ。」

かくして、山岸実司、鈴木直一、川合義虎、近藤広造、加藤高寿、北島吉蔵の六君が検束せられて行つた。（川崎甚一氏の供述から。聴取人、弁護士、布施辰治、黒田寿男）

おとなしい鈴木直一さん
（検束に来た人々）

鈴木さんは十二年の五月茨城のある炭坑から上京して八月十日頃まで私宅にゐました。

温順な人で私達に親切にしてくれましたし、田舎から出たばかりなので東京に少しも馴れてゐませんでした。だから騒いだり、乱暴するやうなことは絶対ありません。

地震の日午後四時頃鈴木さんは心配して私の出先をたづねてくれました。そしてその夜は私達と一緒に平井方に泊り、蒲団や米を肩にのせて運んでくれました。

二日は鮮人の騒ぎで鈴木さんは一睡もせず夜警に出ました。

三日も夜警に出ました。そして山岸さんと二人で交代に帰つて来たところへ検束隊がどかどかとはいつて来たのです。蜂須賀、北見両刑事、巡査部長、外に巡査数名です。土足のまゝで二階へ上りこんで皆をたゝきおこしました。そして六人を連れて行つたのです。

私の家にゐたゝめに（私の家は南葛労働組合の本部であつたのです）何も罪のない鈴木さんまで殺されたかと思ふと気の毒でなりません。（川合たま氏の供述から。取聴人、弁護士、田坂貞雄、吉田三市郎）

鮮人へ同情して
（山岸、近藤両君の追懐）

一

九月一日山岸実司君は雑誌編輯のため川合君と一緒に麻布に出かけ地震に会つた。のがれてその日の午後四時頃吾嬬町の川崎甚一方に着いた。

二日は方々の友を見舞ひ、帰つて倒壊した川崎宅の荷物片付けに手伝つた。

三日も同じ。そしてその夜拘引されたのである。

山岸実司君は至極活潑な人であるが情にもあつい人である。決して乱暴するやうな人ではなかつた。

二

近藤君は九月一日午後四時頃川崎君の所にやつて来て九時頃までゐた。その夜は勤務先の藤崎石鹼工場に行つて泊つた。

二日は川崎方の荷物片付けに手伝ひその夜はそこへ泊つた。

三日も同じ。午後一時頃工場に行き三時頃帰つて来た。そして夕食をすまして工場の帰途川合方に寄つたゝめに不運にも殺されてしまつた。

近藤君は一度自警団から殺されかけて藤崎の工場主から助け

られた。それは鮮人虐殺を目撃して同情の言葉を発した、めであつた。（佐々木節氏の供述から。取聴人、細野三千雄、三輪寿壮）

北島君と蜂須賀刑事

一

八月三十一日夕刻、亀戸町広瀬自転車製作所では突然全職工の半数以上の百八十名を解雇する旨発表された。

解雇された人々は工場内に集つて相談した。多くの人の希望は賃率を下げられても働きたいとのことであつた。その交渉委員に国府庄作、北島吉蔵、私の三人が選まれた。

九月一日三人は大手町の技師長（吉川時蔵）宅に出掛けて行つた。そこで社長と会つた。そして二人の対談が過ぎて私が社長と交渉してゐる時に例の地震が来た。

『来て下さい。』と言ふ声が二階からきこえて来た。北島君はすぐ駈けあがつて行つた。そこで暫く手伝つてから北島君は亀戸に引返した。

工場の倉庫がつぶれてその余波で近所の家も半潰れになつた。人々は工場前の赤門寺の境内に避難してゐた。そして北島君や女の人達が甲斐〳〵しく炊き出しに取りかゝつてゐた。北島君や杉浦君が工場と交渉して避難民に炊き出しすることを承諾させたのであつた。

二

私は北島君が蜂須賀高等係と言ひ争ひをしたといふことをきいた。蜂須賀は警戒のため前日から広瀬工場に来てゐたが地震と一緒に赤門寺の境内に逃げて、何もせずに呆然としてゐたのであつた。北島君は大事な時に傍観してゐる彼の無能と無誠実を責めたらしかつた。その怨恨のために彼はむざ〳〵殺されたのかも知れない。

殺された噂をきいたのは五日であつた。しかしその時は何うしても信ずることが出来なかつた。が、九月八日天神橋通りの小島一郎さんに行つた時、世間話のうちに、

『この間の晩、第一小学校で朝鮮人が軍隊の手で殺されてゐたが、なに、行つて見たら朝鮮人でなくて日本人なのに驚いちやつた。傍にゐた巡査がね、こいつら六人は皆社会主義者で充分調べた結果やつつけたのだ。と言ふのさ、全くぞつとしたよ。』

と言ふのを聞いて、自分は北島君は本当に殺されたのだと思つた。

十月十五日夕刻、私は工場長に会見して北島君の手当を交渉した。社長の妻は言つた。

『九月の五日にね、蜂須賀といふ刑事が来てね、北島は四日の晩にやつつけたから手当はやる必要はない。もう交渉にも来ない。と小声で主人に話して行きました。』

私は心の内で（畜生ツ）と思つた。（主として庵沢義夫氏の供

述からしるす）

附記。地震当時に於ける北島君の行動は炊き出しのため一緒に働いた一婦人が川崎甚一君に言つた一言でいきてゐます。（北島さんが殺される位なら世の中の善い人は皆殺されねばなりませんでせう）

夫の残して行つた賃金
（加藤高寿君の妻女と二刑事）

一

加藤が検束された翌日（四日）私は亀戸署を訪ねました。警察署にはいる前安島高等係とばつたり会つたので私はすぐたづねました。

『加藤が何処にゐるでせうか。』

『本庁（警視庁）へ行つて居る。』

『本庁ですつて、本庁は焼失してなくなつてゐるではありませんか。』

『いや、たしかに本庁に行つてる筈だ。』

と、彼は苦しさうに言ひすてたまゝさつさと行つてしまひました。

私はそのまゝ帰宅しました。当時はまだ警察の内外は非常に雑沓してゐたので、安島の出鱈目な返事をきいて、警察へはいつて行く気がしなくなつたのです。そこで私は翌日の五日再び亀戸署をたづねて行きました。

刑事の室へはいつて行つた時安島は眠つてゐました。私は彼をおこして訊ねました。

『好加減なことを言はず正直に教へて下さい。加藤は何処にゐます。警視庁は焼けてゐるではありませんか。』

『お前達は平素《ふだん》俺達が訪ねて行くとい、顔をしないからこんなことになつたのだ。』

安島は寝ぼけた眼を開いて突然こんなことを言ひ出しました。が、加藤は組合員でしたが、組合の方へも不出席勝で私の宅に刑事など一度も来たことがなかつたのです。二言、三言交はした後で、

『免倒なことはきかないでくれ。』と言ひ残してさつさと室を出て行きました。私は呆然として暫くの間椅子に腰かけてゐましたが、六時を過ぎた頃一人の刑事がはいつて来て、今のところ返事の仕様がないから、帰つてくれと言ふのでした。

二十七日、加藤の郷里から電報が来て、すぐ帰つて来いと言つて来たので私は罹災者の旅行証明書をもらふために亀戸署に出かけて行きました。峰須賀高等係に会つて加藤のことをたづねると、

『三日の晩に検束して来たがその晩のうちに帰してしまつたよ。平沢計七と一緒に大阪に行つてるとのことだ。』との返事です。

『寒くなつたから着物を差入れさして下さい。』

『僕が加藤君を見た時は、外套を着てゐたやうだつたから寒い筈はないよ。そんなに加藤のことばかり心配してないで、別の亭主をもつたら何うだ。いくらでも代りを世話してやるよ。』

『それ所ではありません。』

『あゝ、加藤君が帰つて来るんだつたけな、うつかりしてゐた。加藤君が帰つたら僕は叱られるだらう。』と笑ひ出したので、私はもうそのことにふれず罹災者の証明書をもらひ（加藤の居所がわかつたら、私が郷里に帰つたと言つてください）とたのんで帰りました。

加藤が殺されたことを知つたのは十月十日に、東京朝日記者の千輝克巳さんが宇都宮まで私を訪ねて来た時でした。

十月十五日、私は加藤が生前勤めてゐた大正鉄板鉱金合資会社に賃金の残りをとりに行きました。事務所の人から、

『加藤さんは口数の少ない温厚な人であつた。勤めて以来無欠勤でこゝの模範職工でしたがね。え、え、性行の点ならいつでも私の方で証明してあげますよ。』とやさしく言はれた時、私の胸は一つぱいでした。私は加藤が生前働いた賃金を堅く手に握りしめ泣きながら工場を去りました。（加藤高寿君の妻女たみさんの供述からしるす）

拘引されるまでの加藤君の行動

八月三十一日夜勤から帰つて九月一日震災当時まで臥床してゐた。震災のため家屋がつぶれ夫婦はその下敷きとなつたが漸くはひ出して生命は助かつた。その日は潰れた家から荷物を引出し、また近所へ見舞ひに行つて過ごし、夜前の空地で川合君の母や妹と一緒にあかした。

二日は終日荷物の引き出しにかゝり夜は夜警に出かけて行つた。

三日跡片付けをなし、近所の知人を見舞ひ、他所の跡片付けに手伝つた。私が川合さんの家に避難したので加藤は夜具類を持つて来た。夜警の交代あるまで加藤は階下の四畳半に臥してゐたが、十時近く人々と一緒に拘引されて行つた。（加藤君の妻女の供述から。聴取人、弁護士、片山、三輪寿壮、細野三千雄）

骨

（吉村光治君の実兄と森亀戸署長）

一

九月十五日頃光治が殺されたらしい風説を聞いた。十月十日いよ〳〵それが事実となつて新聞に発表されたので私は亀戸警察に出かけて署長にその実否をたゞねた。

『事実です。遺族の方がわからないので今迄通知しなかつたのです。』

そんな馬鹿なことはない、と私は言つた。巡査が光治の家や私の家を知つてゐる筈だ。それに拘引された後も若い者だと物騒だと言ふので父が三度まで来てゐる。そして一度目と三度目には（帰した。途中でうろ〳〵してゐるだらう）鼻先であしら

はれ、二度目の時は怒鳴りつけられて帰つて来てゐる。――私はこのことを話して処置の不当を署長に向つてなぢつた。

『殺したのは私の責任です。巡査にさう言はせたのも私の命令です。』と署長は泣かんばかりに詫びた。

『骨は何うしてくれる。』と私は言つた。

『骨は荒川放水路の四ツ木橋の少し下流で焼いたから自由にひろつて下さい。』

『あすこには機関銃が据付けてあつて朝鮮人が数百人殺されたことは周知のことだから誰の骨かわかるものですか。』

明日（十一日）午前九時まで署に来てくれ、その場所へ案内するからと言ふので、その日は別れた。

二

私は労働組合の者ではないが、他の殺された人の遺骨のことも考へられたので南葛労働組合の本部に出掛けて行つた。そして翌日皆で警察署に骨拾ひに行くことにした。

翌日は無駄であつた。今骨のことで本庁に聞きに行つてゐる。明日（十三日）来いとのことであつた。

皆は力ぬけがして引かへした。どうせわからない骨を拾つてみたところで仕方がないとあきらめたのだ。

それから後私は警察から光治の徽章と帽子をさげてもらつた。徽章と言ふのは震災当時光治等が災害事故防止調査会といふものをおこして、道案内、配水、夜警に働いた章である。弟光治の骨は荒川辺の寒い風に今でもさらされてゐることだらう。（南吉一氏の供述より、聴取人、東海林民蔵）

鮮人とあやまられて
（殺された佐藤欣治君）

九月二日私達は災害防止調査会といふものを組織して、給水、道案内、夜警等に尽力した。佐藤欣治君もその内の一人であつた。

佐藤君が鮮人と見違はれて（佐藤君は色白く丈高く一見鮮人に見違はれ易い）拘引されたことをきいたのは九月三日の午後であつた。

私達は配給米の交渉で役場へ行く途中、香取神社境内の軍隊の本部に寄つて見た。すると佐藤君が多数の鮮人と一緒に縛られてゐた。

私達はすぐ軍隊に対して佐藤君のことを話した。すると役場から証明を持つて来ると釈放するといふ。そこで役場へ行くと、証明がなくたつて君達が証明すりや充分ぢやないか、との答へだ。その意味を伝へて軍隊と再交渉すると、今調べ中だ、わかつたらすぐ帰へすと言ふので私達は安心して帰つた。

が、佐藤君は遂に帰つて来なかつた。光治の二人を心配して亀戸署に文をやつたが、駄目だつた。そしてやがて新聞に発表になつたのである。亀戸署長は革命歌をうたつたり、乱暴して殺されたと言つてゐるが、そんな馬鹿なことがあるべき筈がな

い。詭弁に過ぎない。光治も佐藤君もそんな馬鹿なことをする人間ではない。（南喜一、南巌両氏の供述から。聴取人、牧野充安）

地獄の亀戸署

一

九月十八日芝浦に荷揚の仕事があることがわかつたので、失業者救済の意味で総同盟で掲示することにした。その掲示文を相談するために出井君に行く途中で亀戸十三間通りで安島刑事と会つた。そのことを話した同刑事も結構なことだと賛成された。

（会員にして職を求むるものは三田四国町労働総同盟本部に来れ成るべく朝六時半まで、南葛労働会本部）

かうした掲示文を川合君の門前と葬儀屋の横へ（承諾を得て）はつた。

用事から帰つて来る途中湯屋の前で蜂須賀刑事に会つた。

『今君を探してゐた所だ。川合の門前にはつた掲示を軍隊から注意された。君に少し聞きたいことがあるから署まで来てくれ。』

私は署へ同行した。掲示については安島刑事の同意を得たことを話した。暫く待つてゐるところへ安島と北見の両刑事が帰つて来た。

両刑事とも酔つぱらつてゐた。蜂須賀はそこへはいつて来た警部に向つて（冷酒《ひや》があるがのまないか）と言つた。その警部はよろこんで飲んだ。

安島と北見は私に向つて言つた。

『貴様等は平常資本主義が悪いとか革命とか言つてゐるが、こんな時にやらなけりや駄目ぢやないか。』

そこへ伊藤巡査部長が（お手伝えせうか）と言つて五六人の制服巡査を連れてはいつて来た。

『こいつは誰だ。』

『此奴は共産党の残党だ。』と安島が答へるや否や伊藤は突然私の左の頬を殴りつけた。

『今度のことは貴様等の仕事だらう。俺は今度焼出されてプロになつた。プロとプロと力競べをやらう。』と、矢鱈に打ちつゞけた。

『藤沼は南葛労働会の理事だから折檻せぬが好いだらう。』と傍にゐた稲垣刑事が注意したが、伊藤は、

『こんな奴が理事だから碌なことが出来ぬ。』と言つてまた殴つた。そしてついて来た五六人の制服巡査も手伝つて私を腰掛から突き倒した。

私の口から血がながれて来た。

『こゝでやつては仕様がない。彼方へ持つて行つてくれ。』と、安島が二度ばかり言つた。

『大丈夫だ。外にも一人待たしてある。』
それから私は外へ引張り出された。

井戸から水をくみあげるポンプの音が、先づ私の耳にはいつて来た。そして暫くたつてから、私は横はつてゐる上から水をぶつかけられてゐた。

私はまだ充分正気づいてゐなかつた。ひどく大勢の手足で殴られたり蹴られたりしたことは覚えてゐるが、その他のことはまるで不明であつた。そのまゝ私は留置場に運ばれて行つた。

留置場にゐる間私はいろ〳〵物凄いことをきいた。平沢、久保寺が殺された事も、村田が銃剣で両手をさゝれた事もきいた。床板には柔道の先生が刺殺された時の跡が歴然と残つてゐた。

十月十三日頃署長に呼び出された。
『病気で欠勤してゐたので何も知らなかつたが、何うしてこゝへ来た。』非常に丁寧にたづねられた。私は事情を話した。

その翌日私は漸く地獄の亀戸署を解放された。（藤沼栄四郎氏（四十三才）の供述から。聴取人、弁護士、細野三千雄、三輪寿壮）

二

身の危険を感じたので、私は九月三日亀戸署に保護を願ひ出でた。自分のゐた室は奥二階の広い室で、行つた当日は二十人位全部鮮人の人であつたが、四日ぞく〳〵増して忽ち百十名以上の大人数になり足を伸ばすことさへ出来なくなつた。

四日の朝便所に行つたら、入口の所に兵士が立番をしてゐて其処に七八人の死骸や○○○○○○○に莚をかけてあつた。また横手の演武場には血をあびた鮮人が三百人位縛されてゐたし、その外の軒下に五六十人の支那人が悲しさうな顔をして座つてゐた。

四日夜は凄惨と不安にみちてゐた。銃声がぽん〳〵聞えて翌朝つゞいた。しんとして物音一つ聞えない。たゞ一人の鮮人が哀しい声をあげて泣いてゐた。
『自分が殺されるのは国に妻子をおいて来た罪だらうか、私の貯金は何うなるだらう。』

この怨言は寂しく、悲しく、聞くに忍びがたいものであつた。

翌日立番の巡査が言つた。
『昨夕は鮮人十六名日本人七八名殺された。鮮人ばかり殺すのでない。悪いことをすれば日本人も殺す。おとなしくしてゐて悪いことをしなければ殺されないぞ。』

その時子と私は（南葛労働組合の川合）と言ふ言葉をきゝつけた。三人ばかりの巡査が立話をしてゐるのだ。（やられたな）と私は急に自分の身がおそろしくなつた。

五日便所へ行く道で日本人らしい三十五六才の男が二人裸にされて手を縛されてゐるのを見た。一人は頭に傷があり、一人は半死半生の状態であつた。

その夜また数十人殺された。銃と剣で。

『いやな音だね、ズブゥと言ふよ。』

窓からのぞいて見た老巡査が妙なアクセントで他の二人の巡査に話してゐた。(立花春吉氏の供述より。松谷法律事務所に於て)

(「種蒔く人」大正13年1月臨時増刊号)

他界の大杉君に送る書

戸川秋骨

大杉君、私が貴下と室を同くして言葉を交へたのは確か只一度であつたと記憶します。只一度でありはしましたが、貴下の個性は深い印象を私の脳裏に刻みつけました。そして何かにつけて貴下の事が考へ出されてなりませんでした。貴下には警官も感服して居ました。私はそれを二三の方面の警官達から直接に聞かされて居ました。婦人にももて、警官にも感心された貴下は随分幸福な人だなと、私は密かに羨ましく思つて居ました。私はそれから物好きの本性をあらはして、貴下と私の親しくして居る友人の家で偶然に邂逅して、その席へ随行の刑事の人をも招いて、貴下にいろ〳〵な事を伺つて見たいと切に願つて居ました。もつとも此れは出来ない相談です、貴下が私の友人の許へ度々来られたとしても、私は滅多に人を訪問する事のない方ですから、それが約束でもしての事ならばですが、偶然と落合はうと言ふのでは、先づ有りうべからざる事です。が、絶無とも言はれないのです。私は密かにそんな折のある事を楽しみにして居ました。そして貴下に奇問を呈して、その時の貴下がどんな顔をするかを想像したりして、独りで面白がつて居たのでした。素よりそんな事は世の公事に関する次第ではありません、全く私の好事癖デイレツタントの悪戯に過ぎません。併し私一個には可なり興味のある事であつたのです。ですがそれはもう絶対に出来なくなつたので、何だか惜しい事をしたやうに思はれてなりません。

　重ねて言ひますが、貴下はどうも幸運な方です。兵隊に殺されたと言へば不幸のやうですが、あれが一段と貴下の名を高くしたではありませんか。気の毒な甘粕とかいふ人、

。

その上これは貴下のためではない、地震のお蔭ですが、世間は余程社会主義の説いて居る政治に近くなつて来て居るではありませんか。世間は社会主義といふ名称を恐れながら、その実に就いては随喜して居ます、随分変なものですネ。もつとも貴下は社会主義者ではなくて、無政府主義者なのださうですネ。私には主義なんて事は皆目解りませんが、この二つの主義は全く反対なもの丶やうに心得て居ます。然るに世間では主義者とか一口に言ひ棄て丶、両者を同じものにして居るやうではありませんか。たゞ両主義に属する方々のやり方もよく似て居るので、私の如きものも些か区別がつけかねはしますが。まアそんな事は兎に角として、貴下は幸福な人であつたと思ひます。甚だ失礼な言ひ方ですが、貴下は殺された方が余程得であつたと思ひます、

。

それにつけてもお気の毒なのは貴下の甥御の事です、その御両親の事です。どうもあれは初めから殺害する考であつたと外思はれません、素人考から言へば。何故かなれば最初貴下が子供だけは帰してと頼まれた時、甘粕といふ人は承知しなかつたさうではありませんか。貴下方を殺害後、普通の殺人の場合のやうに、証拠湮滅に骨を折つて居る処を見ると、始めから子供もなきものにしなければならないと云ふ考で、同伴を強いたのではありませんか。それでなければ足手纏の子供と一緒に連れて行く筈はないのです。併し私共素人の――普通人の――考から言へばさうですが、或は陸軍の軍人といふ特別な豪い考をもつた人の頭では、さうは考へられなかつたのかも知れません。陸軍は教育でも裁判でも別になつて居ますから。或は病気も別なのではないかとさへ察しられます、特別に陸軍の病院、海軍の病院と云ふのがある狭い町に対立してあるのを以て見ますと。まア全くその辺の事になると私共の見当はつけかねます。が、いづれにしても少年は可哀さうな事をしました。若し私の子にあんな事があつたら、私は化けて出て陸軍を取り殺します。天拝山の菅丞相のやうに雷となつて、「梨壺、梅壺」さては「紫宸殿、弘徽殿」ではない、三宅坂辺に火焔となつて狂ひ廻つて見せます。それにしても甘粕と云ふ人は随分卑怯な人ですネ。始めは如何にも男らしいやうに見せかけて居ましたが、今となつてはそんな命令は出さなかつたと頑張つて居るさうです。万

一命令は出さなかつたとしても、その責任は負つたら良さそうなものではありませんか。田夫野人の場合でもさうするのが当然です。その上あの人は、他人の子をつかまへて、誰れか貰ひ人はないかと尋ねたとか云ふ事ですが、戯談じやない、犬や猫の子じやあるまいし、やり場に困ると云つて、他人の子をそんなに簡単に片付けられてたまるものですか。この一言を以ても——果して左様言つたとすれば——無きものにする意のあつた事は、確かではありませんか。それを今更ら知らぬなど云ふ態度と比べると、

。もつとも事があんな複雑に縺れて来ると、いろ〳〵なボロも出ますし、様々な情状も察して見なければなりますまい。落着いて考へて見れば、あの大尉も実に気の毒な人です。私は貴下の甥御を気の毒に思ひますが、あの大尉もそれに次で気の毒だと思ひます。さうです、出来るならば、減刑になるやうにして上げたいと思ひます。恐らく貴下もあんな一軍人の行為を根にもつやうなケチな人ではありますまい。

さらに併し私は貴下の事から、不幸な人が出来た事を悲しみます。それは下級の憲兵諸氏です、この人々こそ実に天を仰いでも地に伏しても、右を見ても左を見ても、浮ばれない人々です。

。位置が上になるだけその便宜がありませう。国家のためにしたのだとか、立派な人物であるとか、人格があるとか、さも事々しく囃し立てられます。そんな事は三文の値もない事ではありますが、兎に角人気にはなります。独り兵士諸氏に至つては、模範兵であつたとか、何とか、水死の女をつかまへて美人だと云つた風の、通り一片の御座なりか何かで片付けられて居ます。考へても解らうではありませんか、だれが可愛らしい少年を、すき好んで殺す奴があるものですか。或は家へ入つた泥坊が、衣類を盗み出したが、子供のだけは置いて行つたといふ話を聞いた事があります。或は子供の着物は値にならないからであつたかも知れませんが、まアそれが人情です、どんな悪党でも子供には勝てません。それを模範兵たる諸氏が何んで好んで殺す筈があるものですか。そんな事は素より問題とするに足りません、陸軍は万事普通人と考を異にするのだといふ規定でもない以上は。私は兵士諸君が少年を殺害する時の事を想つて見ては戦慄します、時々はそれが為めに悪夢に襲はれます。少年を殺す事の残虐なるは言ふまでもありませんが、

。私の悪夢に襲はれるのは少年のためではありません。兵士諸君のためです。

その心持を想像して見て、何とも言へない心持になり、それが夢の世界までつゞいて来るのです。その時の諸君の心持はどんなであつたでせう。時があんな騒がしい折で、人の心が顚倒して居た時でしたから、それでも幾分か

はその恐ろしい気分も紛らはされはしたでせうが、決して普通の心では出来なかつたでせう。

。ふとそんな事を考へて枕につくと、私はその悪夢に襲はれるのです。焼跡の廃墟のやうな荒涼たる処を、私の心はわけもなく只かけ廻るのです。が、兵士諸君はこれ程の苦しい事をして、さてその上は恩賞にでも与る事かと思ふと、これは又意外にも重き罪科に問はれ下獄の身となつたのです。どうも浮ぶ瀬がないではありませんか。而も世間からは何とも言はれません、勿論あまり賞めて貰へません。一体どうしたら良いのでせう。

其処で私は貴下にこの書面を差上げて御願ひをするのです。前にも度々申す通り、貴下は幸福な人です。御自身ではどう御考か知りませんが、私は固くさうだと思つて居ます。

。その上この度の事で、記憶されると考へます。で、貴下が、一つあの貴下の事から不慮の不幸に陥つた兵士諸君のために命乞をして下さる事を、私は貴下に御願するのです。大尉に対しても同様な事を望むのですが、これにはそれ〴〵相当な連中があつて、後援をして居ります、その上いづれ豪い某博士とか、国士とか云つたやうな人が出て来て、大尉の豪い人である事を遺憾なく説いてくれる事と思ひますから、大して心配は要らないと考へます。只兵士諸君の事に至つては甚だ心細い次第ですから、特に貴下を御煩はしするのです。

これも甚だ失礼な臆断ですが、どうも貴下は極楽におゐでの方とも思はれません、多分地獄におゐでの事と存じます。もつとも天の判断は解りませんから、或は極楽に居られるのかも知れませんが、極楽なんか貴下はお嫌ひと察します。よし極楽へ送つてやると言はれても、貴下には御免を蒙られる方かと存じますから、先づ地獄の方と極めてかゝるのですが、人を殺した連中もどうも極楽へ行けるとは思へません。さうなると第一あの連中が困るだらうと思ひます。娑婆でもさうでしたが、

。その上位の貴下の前に連中が出て行くのは甚だ不面目な事でもありませう。娑婆だから軍人で御座いで、世間とは別の取扱ひで——中世紀の僧侶のやうに——威張つて通つても行けますが、地獄へ行つてはさうは行きますまい。其処で私の御願といふ事になるのですが、それは恁うなのです。一つ貴下からお閻魔様に願つていたゞいて、その兵士諸君の減刑をして頂きたいのです、なるべくなら兵士諸君は、無罪にして上げて貰ひたいのです。娑婆の事を地獄の神様に頼んだつて駄目だと仰有るかも知れませんが、お閻魔様は地獄の神様と云ふよりも、裁判の神様だと聞いて居ますから、この御願はさう見当違とも思はれません。よしお閻魔様が何であるにしても、他界の一大勢力であるには相違ありませんから、この位の事は何とかならうではありませんか。併し他界の王であるから、他界の事

は自由になるが、娑婆の事はどうもなるまいと仰有るならば、それは是非もありません。それでも娑婆のもの丶祈願に依つて他界の霊の浮ばれる例もあると聞て居ますから、他界からも骨折つていたゞいたら、娑婆の事も動かされない筈はないと思ひます。私はどうも兵士諸君が気の毒でなりませんから、是非この事を御願ひ致すのです。

　又甘粕といふ人の事もです、なるべくは貴下の居られる処へ行つて、不面目な目に遇はないやうにさして上げたいと思ひます。どうか一つ御考を願ひます。初めにも一寸申しましたが、嘗て警視庁に検挙された所謂主義者の多数が喧騒を極めて、警官も困りぬいた時、貴下が来て一言で、一同を静粛にさしたと、さる警官が貴下に敬服してさう言つた事もありましたが、どうかその呼吸で地獄でも一つ腕をふるつて下さいませんか。

だか何だか私には解りませんが、その間の犠牲になつた不幸な人を助けて上げたいと私は切に念ずる次第ですし、またさうするのが人道の上から見ても、貴下方の主旨であるとも考へられるのです。貴下のなくなられた事は如何にも世の損失かも知れません、併し死んでも生きて居る以上の働きは出来ませう。正しく陸軍には殆んど致命的な痛手を与へました。又貴下一身の事に至つては、私は飽まで祝着申上げます。

　野枝さんの事はいろ〳〵承はつては居ますが、御目にかゝつた事もありませんから、別に何とも申上げません、宜しく御伝声を願ひます。随分失礼な事を申上げたやうですが、少しも悪意あつての事ではありませんから、お許し下さい。

（「随筆」大正13年1月号）

時論

甘粕公判廷に現れたる驚くべき謬論

千虎俚人
古川学人

甘粕事件の公判の模様を各種の新聞記事で読んで最も驚いたことが三つある。

一は甘粕大尉自身が毫も良心に恥ぢる所なしと公言して居る事である。人を殺して良心に耻ぢないといふのは、矢張り大杉の一族を殺したことを内心奉公の一種と信じて居るのか、又は結局の責任は実は自分にはないんだと自認して居るが為めなのか、孰れにしても見逃し難い点である。大尉は「自分は何物にか弄ばれて居る様な気がする」とも言つたさうだが、之れが果して何を意味するか、弁護士諸氏の追窮せなかつたのは残念千万であつた。夫れは兎もあれ、大尉は部下の為に寛典を願つて責任を一身に負はんとしながら、チヨイ〳〵意味深長の言辞を弄して自家心底の衷情を他に愬へんとする様に見へる。男らしさを衒はんとつとめて実は案外正直なところもあるやうだ。篤実な生れつきであり乍ら、所謂軍人型になり了うすにはまだ修練の足りない人なのだらう。要するに彼は善にも悪にも案外弱い平凡な男ではなからうか。が、とにかく公判廷で堂々と「良心に耻ぢる所なし」と放言せしめて誰も深く咎めなかつたのは、種々の意味に於て大に注意すべき事柄であると思ふ。

二は弁護士の多数が非常時に於ける殺人を少くとも道徳的に肯定せることである。之にも我々は一驚を喫せしめられた。大杉を不逞兇暴の悪人と信じ之を活かして置いては国家の為にならぬと一図に思ひ込んだ純な心持には、同情を寄せる丈けの値打はある。之が教養の足りない市井の誰彼の所為なら、固より酌量を求むるの理由とはならう。併し甘粕氏は憲兵大尉だ。それでも動機の純を挙げて強て寛典を求むるの理由とするの結果は、あゝした場合に於ける殺人の道徳的肯定とならざるを得まいではなからうか。弁護士だからとて商略の為め大事な道義的判断を枉げてはいけまい。斯の点以外に酌量要求の好理由を見出し得なかつたとすれば、彼等は余り有能といへない。若し彼等が衷心斯く信じたとせば、我々は彼等の良心の健在を疑はざるを得ぬ。猶この点は同じく検察官にもあてはまることを注意しておく。

三は所謂軍隊精神と良心の自由との関係に付ての重大な誤解が法廷内に漲つて居ることである。弁護士諸氏は異口同音に云ふ。下官が上官の命令の当否を判断する様では、軍隊精神は根本から破壊される。全然盲目的に上司の指呼に服従する様でなくては、軍隊といふものは立ち行かぬと。尤も這の論は三上等兵の無罪を主張する為に述べられたのではあるが、その命令関係を否認する甘粕大尉の弁護人も、命令とあれば絶対に従はねばならぬものだとする根本思想には反対して居ぬやうだ。而して之に対する内外の評論の調子に照して見るに、世人一般も亦之を深く怪まぬ様に思はれる。併し我々は玆処に大なる疑問を有するものである。

上《かみ》の命ずる所下《しも》之に従ふと云ふ原則に依て社会の秩序を立てた専制時代はいざ知らず、今日開明の昭代に在ては、服従はどこまでも良心の自由なる了解の上に基かねばならぬ。この新しき原則に遵ふ限りに於て、国家的秩序は立派に立つて行き得るのである。而してこの根本原則に対しては、軍隊と雖も決して特別な例外を為すものでない。

只軍隊に於て特別なのは、事の性質上、他の場合に於けるが如く良心自由の抗弁に対して直接の機会を与へ得ぬことである。であるから、外観上命令服従の関係がギゴチなく定められてあるのだが、之とても軍隊は斯くせざれば其の本来の仕事は有効に行はれぬものだといふことが了得されて居るからのことだ。従つて軍隊に於てはこの服従関係を十分に立てゝ行く為には右の特別の性質を予め十分に了解せしむることが必要である。凡そ特別の負担に対しては何事にあれ常に完全な了解あるを必要とする。況んや軍隊に於けるそれは殊に著しき制限拘束を要求するものなるに於てをや。

斯く考へると、世上一般の考と僕の立場とは、軍隊に在て命令服従の関係が儼然として確立せざる可らずとする点に於ては一致するも、其の基礎として命令の内容に関する完全なる了解あるを要する点に於て全く正反対になる。命令服従の関係が大切だから平素《ふだん》から盲従を強いて行かうと云ふのは断じて現代の真要求乃至真趨勢に伴ふものではないと信ずる。斯う云ふ流儀を今なほ固守するのが、軍隊が動もすれば時勢を無視すと忌まれ又軍隊精神が社会の進運に逆行すと識らるゝ所以ではあるまいか。若し夫れ短見なる一部の軍人が軍隊に於ける盲目的服従の呈示する外観的成功を誇り、此の流儀を社会一般(ことに国民教育)に及ぼさんと企つるものあるに至つては実に沙汰の限りである。

孰れにしても右の如き風潮は心ある者の大に阻止抗争せねばならぬ所であるのに、如何に弁護に利用する為とはいへ、之を容認し之を支持するが如き説を立つるのは僕の大に意外とする所であつた。弁護士諸氏にも反省して貰ひたいが、特に読者諸君の一考を煩したいと思ふ。

以上はたゞ新聞記事を読んでの感想である。新聞が事実を正確に報道したかどうかは保証の限りでない。いづれ判決もきまつたら一切の経過がもつとはツきりするだらうから、其際重ねてまた論ずるの機会があらう。(一九二三・一一・二五、千虎

狸人）

無題録

○

地震で家根の瓦が落ちた。落ちる際にトタンの雨樋をこわした。家根屋を呼んでも時節柄中々来ないから、先づ以て錻力屋に雨樋を直さした。やがて瓦屋が来た。所が家根に登る梯子をかけて折角直した樋をまた滅茶々々にした。困るとあつさり叱《こ》言《ごと》を云つたら家根屋は樋の事まで構つて居れるもんかと蔭口を言つてゐたさうだ。之は僕の知人の話である。

一つの家でも満足に之をつくる為には瓦屋もブリキ屋も必要だ。而して両者同一の目的に円満な協同を欠くこと概ね斯の如し。是れ我々の飛んでもない所で飛んでもない迷惑を蒙る所以。調和せる協同のない所に決して事効の挙る道理はない。

僕は協同を欠如せる最も適切な例として我国のお役所を挙げねばならぬのを遺憾とする。之をまた家に譬へる。家根屋とブリキ屋と幸に協同しても、大工と左官とは別々の途を行く。家の構造と壁の色とは伝来の仕来り以外に一歩も出でないではないか。大工と庭師との間に何等の打合なきは勿論だが、同じ大工の仕事にしてからが、多くの家は人間の住むべき纏つた家ではなくて雑然たる部屋々々の機械的集合たるを常とする。家の建築に現れた有機的調諧の欠如がそも〳〵国民性の一特質と見へて、之が社会のあらゆる方面に現れるのだから堪らない。

ことにお役所の仕事になると、調和を欠くの結果は啻に或る処に重複し或る処に足らないといふ不都合を来すばかりでは済まず、動もすると彼此衝突して無益に精力を浪費し、更に仕事の停頓渋滞をさへ来すに至るのである。此間の救護事業の運びでも十二分に苦い経験を嘗めた筈だから、も少しこの通弊から醒めてもいゝではないか。

この際ことに此の苦言を僕は復興審議会の老人方に捧げたい。

○

此間上海から帰つた人の話に、彼地では税金が馬鹿に安くて生活の便宜が馬鹿に整つて居ると云ふ。道路のいゝのは勿論のこと、而かも郊外にドン〳〵之を拡張して熱鬧の巷から離れて住まんと欲する者に完全な満足を与へて居る。病院だ、図書館だ、公園だ、音楽堂だ、果ては競馬場まで金に飽かして作つて尚ほ財政に余裕ありと聞いては、嘘の様だが能く其のわけを聞いて見ると少しも怪むに足らない。そは軍備といふ者に少しも金が要らないからである。

国防は大事だ。軍備を相当に整へて置く為に金を惜んでならぬことは固より云ふまでもない。只若し軍備と云ふ者に金が掛らなかつたから如何に少額の税金で過分の享楽が出来るものかと云ふ事だけは知つて置く必要がある。軍備の国家財政に加ふる圧迫は、安月給取りの放蕩が其の家庭経済に及ぼす脅威以上に大きいものなることは、多弁を要せずして明白な事実だ。

軍備がないとて上海の住民は毫末も不安を感ぜぬ。今日まで随分永い間東洋多難の変局に際会して上海住民は殆んど嘗て侵略的脅威に悩んだことはない。之も疑ない事実だ。が、之を引援して我国の軍備問題に比論するは固より誤りだ。併し之れ丈けのことは云へる。若し我国で軍備に相当の斧鉞を加ふることが出来るものなら、震災復興の予算位の金を作り出すことは造作もないことだと。否、震災復興の資金の如きは、此際実は軍備縮少の途に依るの外之を得る途はないのではないかと。但し之は仮定の話である。之れ程重大な復興計画の遂行に就て、今日まで誰も軍備縮少に資金を求むべしとの論を立てた人のない所を見ると、軍備は之れ以上縮少の出来ぬものかも知れぬ。審議会に於ける江木千之老の如きは、国防を忽にするの虞があるから斯んなに復興計画に金を使つては可けぬとさへ仰せられた。あの老人は決して変な頭の持主ではあるまい。

或人曰く、過大な軍備に財政を滅茶滅茶にされた今日の日本は、唯さへ行詰つて居るのに、更に復興の為めに巨額の資金の出やう道理がない。幸にして世界各国の同情翕然として我国に集つた所から、当局は渡りに船と之にすがつて外債を募らうと内密に当つて見たが、先方は開き直つて申す様、貴国の様に無暴な大陸軍を擁する国へは険呑で此上金の融通は出来ませぬ、強てと仰れば一割位の利息なら御相談もしませうと。内地でこそ一割は何でもないか知らぬが、西洋の財界では無類の高利だ。斯んな高利の金を借りたとあつては一般外債は暴落する、我が財政的信用は俄然として墜つるに極つて居る。詰り外債も結局出来ない相談となり了つたのだ。於是復興も復旧と変じ、百年の大計も惜気もなく棒に振らるゝの段取となつたのである云々と。

要するに国防は大事だ。今日の陸軍を尨大だなどゝ云ふのは以ての外の不心得だ。道路も狭くて我慢すべく、港湾などは贅沢の話だ。家もバラックで結構、この次ぎの地震火事のことなどを考へては戦争は出来ぬ。三十万の家屋が灰燼となり、十数万の生霊が無慚に死んでも、今日の軍備を日本帝国の飾りにして置くの気強きに換へられぬ。斯くして今日の国民は、有らゆる希望と有らゆる幸福とを抛擲して浮雲の如き虚誇の前に途を譲るべく余儀なくされて居る。歎かはしいことである。

○

復興審議会の老人連の計画縮少要求が乱暴極まるものたるは言ふを俟たない。夫にも拘らず所謂閣内委員は深く之を争はずして其修正に盲従せんとして居る。一体にどの内閣でも、閣員は衆議院あたりの討議に於ては理窟のある批判に対してゞも可なり強く横車を押すの例なるに、先輩老人連の前に出るとロクな口も利かぬを常とする。此点に於て今の内閣のみを責むることは出来ない。

その結果は斯うなる。表面的にも内実的にも図られなければならぬのは国利民福だ。差し詰め民衆の苦悩を癒やすことだ。従つて本来適当な対策を樹てる為には第一着に民衆の要求が聴かれねばならぬのに、政府の復興計劃なるものは、実は此点に於ても十分の用意に出でたものとは云へぬ様に思ふ。それでも兎に角専門家を多く集めて攻究を尽したものだけに民衆要求の要点を外づれては居ない。然るに之が審議会の老人連の手に掛ると、彼等の出来心でメチヤ〳〵にされて仕舞つた。恰度民衆の苦痛は腹の病に原因があるとて政府といふ町医が腸胃の薬を盛つたのに、元老の大家連は民衆と全然没交渉であり乍ら勝手に其の苦痛の原因は脳に在りときめ、強て脳の薬を盛れと政府に迫る。政府は之を聴かない訳に行かず、さればとて良心を偽つて全然之に盲従するわけにも行かずとて、結局双方の顔を立てると称して腹の薬と脳の薬と半分づゝ盛ることにする。新に出来上る復興計画は即ち斯の如きもので民衆の要求を裏切るや勿論である。

復興計劃の是非得失を論ずるのは実は予輩の目的ではない。日本の政界は今仍ほ頑迷な老人が跋扈し、其の出来心や思ひ附に由て勝手に左右されて居ると云ふ奇怪な事実に読者の注意を喚起したい為に之を書いて居るのだ。政府は勿論、在野党でも苟くも政権に有り附かんとする以上、思ひの儘に其の経綸を実行することは許されない。先輩老人の善意悪意の干渉には一言半句も反抗することは出来ないことになつて居る。何故斯うなつたかの研究はこゝに略するが、此の奇怪な現象の実在することだけは明白にしておきたい。

今日の政治家が斯うした状態を異とせずして而して政権に有りつかんとして居る以上、我々がいろ〳〵智慧を絞つて献策しても駄目だ。良い事は必ず老人連の故障なしに行はれると限らないからである。独り良い事が行はれないばかりでなく、どんな下らない問題でも老人連の興味を惹く事柄は其時々の大問題となる。どんな大問題でも老人連の視聴を外づれて居ると、新聞にすら書かれない。斯くして今日我国の政治といふものは、条理の軌道の上に安定して居ない。何時何事を老人連がいひ出すか分らないから、政府は毎日の天気を心配する様に彼等の鼻息を窺ふに忙しく、政党は万一を恐れて予め詳細な政綱を発表することを躊躇する。政令の朝三暮四なる所以も茲にあり、政党の綱領の空漠を極むる所以も茲にある。

昨今新政党問題の行きなやんで居るのも予輩は一の重なる原因を矢張りこゝに認むるものである。新政党の樹立に付て一番困るのは党首問題だ。人或は曰ふ。犬養と加藤と両立せずんば之を元老格の顧問に据え、党の幹部は委員制にして可なりでないかと。又曰ふ。幹部を委員制にするは寧ろ決を衆議に秉るの政党本来の精神に合するではないかと。然り、理窟は正に斯の通りだ。併し幹部を委員制にし決を衆議にとつては、政綱は予め確定して仕舞ふ。後に至つて融通は利かない。老人連の其時々の思ひ付と撥を合はして行く余地はなくなる。そこで所謂政界の玄人は、誰が何と云つても今日日本の政界で本当に政権に有りつかうといふには、幹部組織は所謂総裁専制に限ると嘯いて居る。なんだかんだ議論に花を咲かしても、落ち付く所は総裁の方針に任せるといふのが、例へば政友会の在来のやり方ではないか。政党が本来最もデモクラチックであるべくして、独り我国に於て極端にデスポチックな専制組織を採るのは、畢竟之が為に外ならない。而して問題を画に戻して考へて見る。新政党樹立の本当の目的が近き将来に於ける政権の獲得である以上、事実上＝名義はどうでも＝専制的党首を要するは勿論であつて、犬養甘じて加藤に附くか加藤心から犬養の指命を奉ずるかの解決が六つかしい限り、結局不成立に了るべきは当然である。併し之を両者雅量の欠乏に帰してはいけない。新政党の成立を不可能ならしめる殆んど唯一の原因は、我国政状の変態的たる所に在る。元老連の跋扈を黙過して居る以上、どんな雅量に富む政治家が起つても各派の大同団結は困難であるのだ。

然らばこの変態的政状を打破するの途はないか。ある。そは本誌が多年説き来つた如く、政党が在来の伝統的勢力に阿附して楽に政権に有り附かうとする陋態を距り、背水の陣を布いて其の勢力の根拠を民衆の道徳的信望に置くに至ること是だ。今日の政治家が本当に民衆の道義的支持を得る様になるまでは、彼等は恐らく老人の俄儘な干渉を抑うることが出来ぬだらう。而して予輩は近く実現すべき普通選挙制の採用が実に政治家にこの方向転換の好機会を与ふものなることを一言しておく。

（「中央公論」大正13年1月号）

（以上古川学人）

獄中を顧みつゝ

堺　利彦

肉体連結の感

『大杉がやられた！』『野枝も魔子もやられた！』
『南葛で川合等が七八人やられた！』
『福田狂二の処でも二三人やられた！』
『水沼もやられた！』『××もやられた！』『××もやられた！』

こういふような報導がとぎれ〳〵に、飛ぶような勢ひで我々の監房内に伝はつたのは、九月の二十日頃ででもあつたらうか。私は初めて第一の報導、『大杉がやられた』といふ報導に接した時、いきなりうしろから頭を三つ四つ、樫の木の棍棒か何かで続けさまにどやしつけられたような打撃を感じた。

二三日の中に、矛盾した幾つもの報導を整理して考へて見ると、大ぶん風説の誤謬があるらしいといふ事も分つたが、それにしても、大杉君夫婦のやられた事と、川合君外数名のやられた事とだけは正に確実だと思はれた。そして、どんな理由で、どんな風にやられたのか、内容の細目が一さい分らないので、不安の感じは一層強かつた。喩へて見れば、まつくらがりの中に幽かな光がさして、幾つかの血にまみれた屍体が重なりあつてゐるのが、チラ〳〵見えたり隠れたりすると云つたような心持であつた。

南葛の犠牲者の中、私の善く知つてゐるのは川合君だけであつたが、あの頼もしい若者が、何等かの事情の下に健気にも自ら進んで死地に就いたのであらうか、あの有望な青年が、何等かの暴力の下にむざ〳〵と叩きつけられたのであらうかと考へると、実に我身を切られる思ひがした。現に南葛組合に於ける川合君の相棒とも云ふべき働き手の渡辺政之助君は、我々の共犯としてこゝに来てゐる。我々は皆な互ひに、直接あるひは間接に連結した肉体だと考へる事が出来る。川合君以外の犠牲者と雖も、よし個人的の交はりはないにしても、肉体連結の道理は同じ事である。労働運動の有力な一部が亡ぼされる事は、我々として直ちに自己の肉体を切り取られる事を意味する。殊にそれが平生から親しんでゐた者、望を嘱してゐた者となると、其の感じが極めて深くなるのである。

大杉君に至つては肉体連結の感じが又た一層深い。但し卒直に云ふと、私は近年、大杉君と余り善い交はりではなかつた。主義の争ひ、態度の差異、それから生じた種々なる個人的の反感、凡人にも英雄にも免かれがたい幾多の弱点が我々の間に暴露されてゐた。然し今この大変の報道の前に、そんな事が何だらう。大杉君と私との交りは殆んど廿年の歴史を持つてゐる。而も其の歴史が、或る時は我々をして義兄弟ともならしめた。或時は獄友ともならしめた。狭い友人知人の間に於いても、広い社会公衆の前に於いても、二人の関係は既に切つても切れないものになつてゐた。仲違ひが生ずれば生ずるほど、我々の関係は寧ろ逆に緊密となるような感じもしてゐた。大杉君と私との間に於ける、主義の争ひ、態度の差異、それは確かに拭ひ去る事の出来ないものであつた。けれども、少し広い意味から云ひ、少し遠い眼から見る時に、我々の肉体的連結を否定する事がどうして出来よう。『大杉がやられた』のは即ち私がやられたのである。少なくとも、私の肉体の一部がやられたのである。

斯くて私は、此の大変の報道に接して、事情も原因も分らないながらに、それを直ちに自分の身の上の出来事と感覚した。まつくらがりの中に転がつて見える数個の屍体の中、其の一つは兎にかく自分のであるかの如くに感じた。

何とも仕方がない

それから余ほど立つて漸く接見禁止が解け、諸方からの手紙を受取ると、それの殆んど総てに共通な挨拶が一つある。お前は幸運な男だ。外に居れば確かにやられてゐたのだ。此の前、大逆事件の時もそうであつた。何が幸ひになるか分らぬものだ。凡そこういふ意味が、或は隠微に、或は遠廻しに書いてある。

其の中、最も明白に書いてあつたのは今村力三郎君の手紙であつた。曰く『千葉の既決で幸徳との同伴を免かれ、今度の未決で大杉との相棒を逃れたりとせば』云々。又た信州からの或る手紙には、『独り先生は共産党事件とやらに甘かされなかつたのは実に不可思議の運命……人間万事塞翁の馬とは此事ならん』とあつた。『甘かされる』とは多分、信州の方言だらうとは思つたが、其の意味は分らなかつた。何しろこんなわけで、成ほど自分は幸運なのだらうかとも思つたが、同時に又、其の幸運が此うえいつまで続くものかという不安を感ぜずには居られなかつた。

年末に保釈で帰つてから、『信州の方言』の意味も分り、その外いろ〳〵の委しい話を聞いて見ると、又大ぶん違つた感銘も受けた。内容の分らぬ時は分らぬで一層の不安を感ずると思つたが、分つて見ると又その分つた所で一層の恐ろしさを感ずるのであつた。そして新たに会ふ人の殆んど総てが、矢張り獄中で受取つた手紙と同じ挨拶を繰返すので、何だか自分の生きてゐるのが不思議なような気持もした。

山川均君が獄中によこした手紙に非常に面白いユモラスな一節がある。『今春は当分静養の目的で帰郷すると、間もなく老兄等の事件が起つたのですが、何様新聞の騒ぎが大きく、小生の如きも、東京電話では東京で検挙されて居り、岡山の新聞では郷里に潜伏中を逮捕され、大阪電話では今東京に護送中とい ふ始末、小生は検挙される心当りもなく、又現に本人は茲にかうして居るとは信じてゐるもの丶、あまり評判が高いので、本人の意識は一番あてにならぬといふ兼ての老兄の教の如く、或は逮捕護送されたのが本統で、茲に居るのは小生の抜殻かも知れず、その辺を確かめかた〴〵、殊に老兄等の上も案じられるので、早速帰京して見ましたが、……』

小さんの得意の落語の一つに、自分の酔つぱらつて行倒れになつた屍体を引取りに行くといふ話がある。私は山川君の手紙を読みながら、それを思ひだしてツイ吹きだしたりした事だが、今度は私自身が本人と抜殻との関係を疑はねばならぬハメになつて来た。

正月早々、私は大阪まで保養旅行を試みたが、其汽車中で小カバンから取りだして見た近著の英文雑誌には、Comrade Sakay Murdered（『同志堺の虐殺』）と題した一篇の評論文が載つてゐた。それに依ると、震災の時、私は一度、監獄から解放されたが、再びそこに連れ帰られる途中で、逃亡を企てたといふ理由に依り射殺されたと云ふのである。リーブクネヒト、ロザ・ルクセンブルクまで引合に出して論じてあるので、私としては誠に光栄の至りであるけれども、ずいぶん変な気持がせぬではなかつた。勿論これは、当時おびたゞしくあつたといふ『流言飛語』の一つが、どうかして伝はつたものであらうが、『流言飛語』の底に何程かの事実の種がなかつたとも限らない。そして今後又、どんな事が起らぬとも限らない。何しろ恐ろしい事である。

斯様にして、私は自らの生きてゐる事を不思議がるような変な気持でゐると、多くの親しい人々が今後の事について様々と私に注意してくれる。第一、呉々も用心せよ。勿論わたしは用心する。出来るだけ用心する。然し、我々には今、言論の自由もない、団結の自由もない、自ら防衛すべき武器もない、種々の防衛設備を為すべき自由もなければ財力もない。大臣も殺され、富豪も殺され、その外、有らゆる人間が場合に依つては総て危険に晒されてゐる今の世の中に於いて、我々の如き者が生命の安全を期しようとしても、それは出来ないのが当然である。出来るだけの用心はするが、それから先は何んとも仕方がない。

或人は又こう云つて呉れる。どうせお前の命はモウ疾くにから投げだしてあるのだ。既に幾度も死にはぐつた以上、今の命は全くのモウケ物だ。其の積りでシツカリやれ。如何にも其の通りである。只だ人間といふ奴は、強い生存欲の本能を持つてゐるので、幾度死にはぐつても、幾ら年を取つても、生きてゐる事が厭にならないのに困る。と云つて、其の生存本能が有効に敵を拒いで呉れるわけでもないのだから、結局は矢張り、何とも仕方がないといふ所に安心しておくより外に仕方がない。これが私の心理的現状である。

（私は今、自分の一身に関するだけの事しか云ひ得ない。我々の運動に関する態度とか方針とかいふような事については、もすこし善く世間の事情を知つてからでないと、見当がつかない。私は只、我々の運動の歴史的必然性を確信してゐるので、運動が如何に絶望的に見える場合があつても、それは皆な一時的の反動現象に過ぎないと目する。一時的の運命や、個々人の運命は、運動全体の終局の運命に比べる時、大した問題とするには足りない筈である。）

共産党事件、消化不良その他

『泰山が鳴動して鼠が一疋飛びだした』といふ、我々の共産党事件については、いづれ新聞紙が報道してくれるだらう。私は只だ成るべく早く裁判を片づけて、成るべく早く刑の執行を受けたいと思つてゐる。そして『秘密結社』などといふものゝ再び必要でないように、『我々の公然政党』を出現させたいものだと考へてゐる。政府としても、もう其の辺までくらいは気がつきそうなものだ。

私の今度の入獄は、六月の五日から十二月の廿四日まで、六個月と廿日ばかりの未決拘留生活であつた。其の前の千葉行の時からは既に十三年ばかりを隔てゝゐるので、大ぶん珍らしい気持がしたが、少し慣れて見ると殆んど昔しに変る所はなかつた。その獄中生活の様子を今から逐一書きつけるほどの熱心はない。（我々の獄中生活の委しい記事は、大杉君の『自叙伝』の中にもあり、私の旧著『楽天囚人』の中にもある。）

多くの人々は私の年齢を考へて、『老体』の安否を気遣つてくれたが、そこは御方便なもので、別だん老も感ずるほどの事は殆んど一つも無かつた。只だ私の一番困つたのは消化不良の持病であつた。人は皆な腹が減つて困ると云ふのに、私は腹の減らないに困つた。『人生に苦労只ひとつ腹の減らぬ事』など、口ずさんだりして、静坐深呼吸もやつて見る、室内運動も色々やつて見る、後にはタカヂヤスターゼ、ラクトスターゼも毎日服用する、朝と晩はパンを買つて貰ふ事にする、有らゆる方法を講じて見たが、依然として効果は無かつた。それでも、秘結や下痢が甚だしきに至らず、兎にかく病気といふほどのものには一度も罹らずに済んだのは、矢張りそれだけ効果があつたのであらう。

寒さに対しては初から大いに恐れを成してゐたが、年を越さない中に出たので、それも大した問題にならなかつた。只どてらを着て毛布にくるまり、その上を一枚蒲団の柏餅にして寝ると、寝返りも容易には出来ないほど窮屈で、脊骨が痛くて堪らなかつた。それだけはさすがに年のセイだと思つた。

永いあいだ独りで寂しいだらうと、よく見舞を云はれるが、本を読むといふ有りがたい事がある以上、其の点は決して大した苦痛でない。尤も私は、室内に絵葉書展覧会を開いた事もあり、猫の写真を毎日板壁に立てかけて置いた事もある。私は又、三体詩や唐詩選を繰返し繰返し吟誦してゐた。それには腹ごなしといふ意味もあつたが、矢張り寂しさを紛らす一つの方法でもあつた。

それから寝る時間が毎ばん十一時間ばかりもあるので、寝が余るのに閉口した。それで夜中に目をさましてモジ〳〵してゐる時、様々の事を考へて見る。昔し千葉でそういふ度毎に、フランス語で一から百まで云つて見る事にしてゐたのを思ひ出して、今度もそれをやりかけて見たが、一《アン》、二《デユウ》、三《トロア》、四《カトル》でもう行き詰まつてしまつた。三乗の九々を覚えてゐるかどうかと思つてやつて見ると、二二が八、三三が廿七、四々六十四とスラ〳〵出る。八々五百十二の所でチョットまごついたが、九々七百廿九まで兎にかく首尾よく及第した。代数の公式を考へて見たが、$(a+b)^2=a^2+2ab+b^2$ $(a+b)^3=a^3+3a^2b+3ab^2+a^3$ $(a+b)^4={}^4a+$……あとはモウ忘れてゐた。

ハンガ・ストライキ

我々の共犯は皆な元気であつた。共犯以外にも社会主義者、労働運動者の誰彼が来てゐて、皆な元気にしてゐた。そして若い人達は折々看守君と衝突したりして面白がつてゐた。尤も、たまには痛い目を見せられた事もあるらしかつた。

或時、市川正一君が少し本気に看守君と衝突して、とう〳〵懲罰監に入れられた。すると、其の同じ第四監に居た吾党の連中が憤慨して、ハンガ・ストライキ（絶食同盟）をやりだした。第四監の階下にある第八監の連中も応援した。ストライキは僅かに一日で勝利に帰し、市川君は無事に元の監房へ返された。皆は万歳を唱へてそれを迎へた。私等数人は第五監に居たので、此ストライキに加はるの光栄を有しなかつた。

川崎憲二郎君の死

共犯の中、只ひとり川崎憲二郎君（本名悦行）が病身であつた。彼は茨城の炭坑に行つて胸の病を獲て戻つてゐた所を捕へられたのであつた。

地震前の病監にはいつて居り、地震後は大変よくなつたと云つて私等の第五監に来てゐたが、程なく又わるくなつて更に病監にはいつてゐた。そして十一月十二日、遂にそこで死んだ。私はこんな言葉を並べて見た。

又一つ蕾が落ちた。
大きくふくらんで、
頼もしく見えてゐた其の蕾が。

戦ひの虜となつて、
赤茶けた着物を着て、
病監の一室で寂しく死んだ。

一人の獄友、
最も親しかつた一人の同志は、
僅かに最後の一二言を交はした。

三人の獄友、
男女三人の親しかつた同志は、
只その青白く眠つた顔だけ見た。

他の廿人あまりの、
獄友、戦友、同志は、
只その知らせを聞いて、
それぐ〵の室で吐息をついた。

あゝあの義憤に燃えてゐた心よ、
竹の様に真直ぐかつた心よ、
雪の様に真白かつた心よ、
強く堅く鋭く勇ましかつたあの心よ。

そして同時に、
あの云ふに云はれぬほど可愛らしかつた、
幽かなエクボさへ浮かんでゐた、
いつも人なつこげにほゝえんでゐた、
大きな蕾のようにふくらんでゐた、
あの顔よ。

私は此の病監について思ひだす事がある。昔し赤旗事件か何かの時、運動場への行き道か戻り道かに、第八監の入口の石段の上に立つて、ツイ其の前の病監を望みながら、『いつかあそこで死ぬるのかなア』と、山川君に話した事がある。『かしこにて死なん身かな、と語りつゝ、見れば懐かし病監の窓』『病監はさすがに人の家に似たり、花園近く窓低くして』などいふ歌に似たものを作つたのは、其の時の事であつた。それで今度も山川君に手紙を出して、『いよ〳〵本当に川崎君があそこで死んだ』と云つてやつた。

十一月廿五日の歌

今日はいつよりも賑に聞えた。
夜あけの窓の雀の声が、
目出たい獄中の誕生日よ、

思ひだす、昔し母が、
めざし鰯の膾をそえて、
よく拵へてくれたあづきめし。

其の懐かしいあづきめしを
今は妻と娘が運んで来て、
箱弁当にして差入れて呉れた。

鯵の膾が飛びあがるほど旨かつた、
鯛の味噌漬が震ひつくほど旨かつた、
大きな樽柿と栗のきんとん、
これが又気の遠くなるほど旨かつた。

お、何と目出たい獄中の誕生日よ、
可憐な幸運な堺老人よ、
満五十三歳の禿頭病の親爺よ。
去年の今日は盲腸炎で死にかゝつて、
森ケ崎の病院に寝てゐた。
好しさらば来年の今日は、――
鬼が笑つてる。

人類学的智識注入の効果

安成貞雄君が、私に少しばかり人類学の智識を注入してやりたいといふ兼ねての親切心からして、今度の入獄を機会に、先づそれに関する平易の英文書を三冊ばかり差入れて呉れた。

私は有りがたくそれを落手して早速読了したが、大して新智識を得たとも思はなかつた。只だ其の中の一冊が可なり新らしい出版であつたので、母権制に関する最近の研究の程度が、別だん是といふほど変つたものでないといふ事実を知り得て安心したに過ぎなかつた。

最初、私は『差入禁止』の為、自分の蔵書を取寄せて読む事が出来ないので、丸善に注文して一冊の独逸書を購求した。社会主義関係の本を注文するのは多少面倒と思つたから、少し縁の遠い両性関係の研究書を指定して置いた所、指定の本は品切れで、幾分それに関係のある、ヴントの『民族心理学』を届けてよこした。これは偶然にも安成君の親切な希望と一致したわけであつた。それで私は其の本に依つて、安成君の注入より遥か以上に、人類学的智識を得た。然し実を云ふと、私に取つては、其の本は独逸語の稽古の為にはなつたけれども、智識としては矢張り大して有りがたいものではなかつた。何しろヴントと云へばエライ筈の大学者であり、又この『民族心理学』は此の方面に於ける有名な著述であるらしいのだが、私に取つては、多くのブルジョア学書と同じように、寧ろ読み損の感じがするのであつた。

それから又暫らくして、安成君は更に京都の丸善支店から『上古の文明《アーリー・シヴイリゼーション》』と題する大冊の英文書を送つてくれた。私は重ね〳〵の厚意を感謝しつゝ、今度こそは必ず多くの利益を得るだらうといふ希望で、熱心に読み進んだ所が、結果は相変らずで、ヴントよりも一層気の抜けたビールであつた。

尤も、人類学といふものは大体がそんなものなのかも知れない。私などには味の分らない性質のものなのかも知れない。然し其の私でも、曾てモルガンの『太古の社会《エンシエント・ソサイチー》』と、エンゲルスの『家族、私有財産、及び国家の起原』とを読んで、歴史以前の人間社会に対し初めて夜が明けたように目を開かせられた事がある。安成君に対しては、折角の親切に背き、折角の厚意を無にするような申分で、何んとも恐縮の至りであるが、モルガンとエンゲルスとに依つて開かせられた私の目は、ヴントその外、近来の諸学者に依つて更に広く開かせられる余地がないと見える。それは丁度、一たびマルクスに依つて開かれた目が、他の幾多のブルジョア学者に依つて更に広く開かせられる余地がないと同じ訳だと思はれる。

安成君が若し単なる物識り的の人類学者を以て任ずるならば、若しくば只だ幅の広いだけの雑学者を以て任ずるならば、私は何も云ふ事はない。然しながら、若し安成君が社会主義的思想家として、兼ねて人類学に専門的興味を持つてゐるのだとするならば、君が其の一般的思想と、特殊的研究との間に、どういふ調和を保つてゐるかを私は問ひたい。私としては、これが真に君の厚意に酬いる所以だと信じてゐる。

ベーベルの獄中生活

私の獄中で読んだ本にベーベルの自伝があつた。ベーベルの伝記は即ち独逸社会党の歴史である。独逸でビスマークが社会主義鎮圧法を出した前後の有様は、日本に於ける過激法案の成行と余ほど善く似た所がある。最初、ビスマークの提出した露骨な野蛮な特別法案は、さすがにブルジョア急進主義者の反対する所となつたが、間もなくヘーデル、ノビリングといふ二人の馬鹿者がカイゼル狙撃を企てたので、ビスマークは直ちに其事件を利用して、首尾よく其の法案を通過させたのであつた。然し私は今、その事を語らうとするのではない。私が今こゝに特別の興味を持つのは、ベーベルの獄中生活の話である。

一八七二年から七四年まで、ベーベルはフーベルツブルグの要塞に禁錮されてゐた。其の獄中生活の様子は大ぶん日本と違つてゐる。私は特に其の違つた点に興味を持ちつゝ熱心にそれを読んだ。先づベーベルは入獄の荷物の中に、或る同志から『監房の伴侶』として贈られた大きな鳥籠を持つてゐた。それには雄のカナリヤが一疋はいつてゐたが、後にベーベルが獄中で相手の雌を入れてやつたので、子を産み孫を産んで遂に一大家族になつたとある。

日本では勿論そんな真似は出来ない。私共は只だ毎日、監獄の構内に住んでゐる鳩と雀を見るに過ぎなかつた。或る人達は態と窓から飯の残りを撒きちらして、彼等の多数を窓近くに集めて楽しんだりしてゐた。或る人達は又、鳩がキッスをすると云つては、大騒ぎをして見物してゐた。私共の窓の外には大抵どこでも檜の木が立つてゐたが、其の檜の木には大抵いつでも雀がとまつてゐた。殊に朝晩は其鳴声が賑かで愉快だつた。夏の頃には、雀と一緒に起き、雀と一緒に寝るのが普通だつた。そんなわけだから、若し室内に鳥籠があつて、カナリヤが居たりしたら、どんなに楽しみな事だらうかと、私はベーベルを読みながら其の想像に耽つてゐた。

ベーベルは室代及び掃除賃として毎月五ターレル（七八円）払つてゐた。『国家は監房すら只では貸さない』と彼はそこに書き添へてゐるが、此の点は日本から見ると、如何にもおかしく感じられる。彼は又、近くの村の宿屋から食事を取寄せてゐた。此の点は、あちらの既決と、こちらの未決と似たものだと考へれば分る。彼は毎朝七時に起きて廊下に出る。同時に掃除人が来て室内を掃除する。その間に彼は他の囚人等と共に廊下で食事をする。囚人中には此の時間に将棊をさして遊ぶ者もある。八時から十時までは監房に閉ぢこめられる。十時から十二時までは散歩。十二時から三時（夏は四時）まで又閉ぢこめられる。それから又二時間散歩。五時又は六時から翌朝まで又閉ぢこめ。夜は十時まで点火を許されるので、彼は主として其の時間を読書に費した。何といふラクな監獄だらう。一日二回、二時間づゝの散歩と、一日一回、十分もしくは十五分の運動とは、比べ物にならない。

而もベーベルは又、同囚のリーブクネヒトと共に、運動場の片隅の荒地を少し借り受けて、そこにラヂースといふ野菜を栽培した。そして何んでもドッサリ肥料をやらねばならぬと云ふので、二人が臭いのを我慢して肥壺から肥を汲み取つてそれを担ぎ、リーブクネヒトが先に立ち、ベーベルが後に立つて、エッチラ、オッチラ運んだといふ話が、誠に面白おかしく記してある。所が、其ラヂースは芽を吹き、茎を延ばして、大へん善く育つには育つたが、どうしたものか実がならない。二人は毎日散歩に出る度ごとに、其の初なりの実を一番に見つけだす競争をしてゐたが、それはとうとう無駄であつた。監視人の説に依れば、余り多く肥料をやりすぎたからであつた。

私は野菜をいぢつたり、草花を世話したりする事が好で、草取りなど最も得意なのだが、若し獄中でそんな事をさせて呉れたら、どんなに嬉しいだらう。ベーベル、リーブクネヒトの野菜作りは、たとひ実なしの失敗を演じたにしても、私を羨ましがらせること夥たゞしい。

リーブクネヒトは又、毎日午前八時から十時まで、ベーベルに英語と仏語とを教へる為、ベーベルの室に行く事を許されてゐた。語学の稽古もやるにはやつただらうが、二人は主として其の時間を政治上の論議に費してゐた。これも随分うらやましい事だ。

二人は又、大の茶好きであつたが、ベーベルは毎晩室内でソツト茶を湧かして飲んでゐた。勿論、室内で茶を湧かす事は火の用心の為め禁ぜられてゐたのだが、そういふ規則は只だ破る為の規則であつた。それで彼は茶を湧かす道具を内証で調へ、夜になつて看守が近くに居なくなると、直ぐに茶を湧かすのであつた。彼は又、其の茶を隣室のリーブクネヒトにも飲ませてゐた。彼は運動場から長い棒を持込んで来て、其の棒の先に紐をつけて網を拵へ、其の網の中に茶のコツプを入れ、それをうしろの窓から差出して隣室の窓に届かせるのであつた。彼等は其の同じ方法で新聞の交換をもやつてゐた。

ベーベルが此の獄中で多くの読書をした事が書いてあるが、其の点では我々も可なりの事をしてゐるから、別だん羨ましくはない。然し最後に最も羨ましい事が今一つある。それは面会だ。二人の細君達はそれ〳〵の子供を連れて、三四週間に一回づゝ面会に来た。細君達の住所は要塞から大ぶん離れてゐたので、彼等は三日間通用の往復切符で汽車に乗つてやつて来た。そして其の切符の通用期限（即ち三日間）だけ滞在するのであつた。彼等は午前十時半から午後の七時まで御亭主の室内に居る事を許され、散歩も一緒にするのであつた。何といふ愉快な事だらう。我々は市谷で、被告人として毎日一回の面会は許される事になつてゐたけれども、（接見禁止の解除された後は）、其の面会といふのは、狭い窮屈な箱の中で、硝子窓を隔てゝ、ホンの五分間ばかり、看守の面前で話す事を許されるに過ぎない。それが禁錮になれば一個月に一回、懲役になれば二個月に一回。嬉しい、楽しいと云ふよりも、寧ろ辛い、苦しい、自烈たいと云ふ感じの方が強くなる場合がある。ベーベルは後に、フーベルツブルクからツウイカウの監獄に移された時、そこでは一個月に一回、一時間づゝ役人の面前で会はされると云ふので、彼は妻と申合せて、そんな不愉快な面会の為に遠方から態々来るものは無いと云つて、一度きりでやめてしまつた。よしや役人の面前でも、一時間の面会なら、我々から見れば、それでも随分うらやましいわけなのだが。

それから今一つ特に我々の羨ましいのは、ベーベルが獄中で寒さの苦痛を知らなかつたらしい事である。フーベルツベルクの記事の中には、冬とか寒さとかいふ事が一つも書いてない。暖室の設備などの事も書いてない。只だ後にケーニヒスタインの獄に移された時の記事の中に、こういふ一節がある『室内には大きな煉瓦の暖炉があつた。春先の好い気候ではあつたけれども、まだ室内は可なり寒かつたので、日々宛てがわれる僅か五ポンドの石炭は、直ぐに其の大きな暖炉の中に呑まれてしまつた。それで私は寒い目を見まいとするには、自費で石炭を買はねばならなかつた』何といふラクな監獄だ。然し苟くも人間たる以上、如何に囚人とは云へ、其の位の事は当り前だらうぢやないか。寒さが刑罰の最大要素の一つになるとは、随分けしからん話だと思ふ。

地震の来た時

あの地震の時、私は室の隅の流し元で昼食後の茶碗を洗つてゐた。グラ〳〵とやつて来たので、ビツクリして立ちあがつたが、立つて居てはフラ〳〵するし、坐るのは何んだか怖いし、これは余つぽどひどい、潰れるかも知れん、こゝでムザ〳〵押し殺される運命かなアと云つたような、悲痛な思ひを頭の中にヒラ〳〵と往来させながら、中腰になつて片隅の蒲団の上に両手をかけてゐたように思ふ。若しそこを人が見たら随分をかしな様子振だつたらうと思ふ。それからフト思ひついて、(なぜモツト早く直ぐに思ひつかなかつたか、おかしい様だが)、『開けろ！開けろ！』と怒鳴りはじめた。同時に、或は其の以前から、外の室内からも盛んに怒鳴る声が聞えた。

やがて担当の看守さんが大急ぎで扉をあけてくれた。直ぐに廊下に飛びだして、チヨツト助かつたような気がした。然し、こゝに出たからつて安全なわけでもないと、私は独り言を云つた事を覚えてゐる。そうする中に、担当さんは各室の扉を開け終つて、最後に廊下の戸を押しあけた。我々はドヤ〳〵と皆な一斉に裏の空地に飛び出した。九監ある中で、我々の第五監が一番早く出たのだつた。それは主として担当さんの決断の為だつたと、皆が大変に感謝してゐた。私は空地に飛び出してから気がついて見ると、右の手にシツカリと布巾をつかんでゐた。

外の人々の話を聞くと、或人は蒲団をかぶつて見たが、そんな真似をして死んだのでは跡で見ともないと考へて、小机に向つて本を開いたと云ふのもある。或人は扉を蹴つたり怒鳴つたりしても、担当さんが中々あけて呉れないので、切り落しになつてゐる石造の便所の中にしゃがんで見たが、どうも頭まで隠れそうにないので、机を持つて来て其の前に据えたと云ふのもある。

第一夜は、高塀越しに真赤な空を眺めながら、不安と恐怖……………とのゴツチヤまぜの気持で、皆が一睡もせずに芝原の上で喋りつゞけた。第二夜は一同手錠をはめられ、兵士の銃剣の影を見ながら、同じ芝原の上に寝た。第三夜は矢張り手錠のまゝで、監内の廊下に寝せられた。あとは元の通り、それ〴〵の監房に入れられた。余震の度ごとの厭な気持たらなかつた。兎にかく皆々生命に別条だけは無かつた。もうあの時の話はすまい。

禁烟のおみやげ

今度の市ケ谷行の、第一の私のおみやげは煙草をやめた事だ。私には随分永い、そして恐ろしい失敗だらけの、禁烟の歴史がある。私は十八歳ごろからそろ〳〵煙草を吸ひはじめて、廿七八歳ごろには、もう指先の震へるほど中毒現象を呈してゐた。そのころ私は、境遇変遷の種々なる事情の下に於いて、従来の放縦な生活から一転して漸く少し克己的な生活に入りかけてゐた。従つて私は禁烟を思ひ立つた。然しそれは容易な事でなかつた。二三年の間、私は絶えず禁烟と其の失敗とを繰返してゐた。自分の意志の弱さがつく〴〵情けないものに思はれたが、それでゐてどうする事も出来なかつた。

そうする中に、私の初めての子が二つで死んだ。脳膜炎だつた。それが大ぶん私の心にこたえた。せめて之を機会に禁烟を成功させようと考へた。そして成功した。それが私の三十歳の時だつた。つまり私の禁烟は死んだ子の記念であつた。

それから十年あまり、私は奇麗に煙草を飲まぬ人になつてゐた。或時、私は『予の禁烟の歴史』といふ一文を書いて何かに載せた事がある。実は大ぶん得意であつた。

所が或時、ツイ戯むれに、友人の持つてゐる巻煙草を一本取つて吸つて見た。それが決して戯むれでなかつた。私は脆くも再び煙草を吸ふ人になつた。勿論、初めの中は只だ折々吸つて見るといふだけの事で、何処までも『戯むれ』だと思つてゐたが、実際にはもういつの間にか、全く十余年前に跡戻りしてゐるのであつた。然しそれでもまだ一二年の間は、前の成功の自信があるので、ナアニいよ〳〵となればいつでもやめると、そう思つて慰めてゐた。細君のヒステリイ封じと交換なら何時でもピツタリやめる、などと放言した事もあつたが、固より両方とも出来ずじまいであつた。――所が、段々不安を感ずる事が強くなつて来て、もういよ〳〵本気にやめねばならぬと考へた時、其の自分の決心がもう既に、此の悪習慣の前に全く無効である事を発見した。

それからと云ふもの、私は又しばらく、禁烟と其の失敗との繰返しを続けてゐた。毎年の年末にはいつでも、来年一月一日からは必ずと考へてゐた。然しお歳暮かお年玉かに敷島の一箱も到来すれば、脆くも其の決心は破れるのであつた。我ながら何んとも云はれぬ情けなさを感じながら、それをどうする事も出来なかつた。

或時こういふ恥かしい事があつた。或る遠い地方から上京して、初めて私を来訪した客人が、私の煙草を吸つてゐるのを不思議そうに眺めて、『先生は煙草をあがるのですか』と私に聞いた。私はドキリと胸にこたえたけれども、仕方がないので有りのまゝを答へると、『そうですか』と、深く其の人は嘆息して斯う云つた。実は、私も大の煙草のみで御座いましたが、先年、先生の『禁烟の歴史』を拝見してから、フツツリとやめたので御座いますと。顔からは火が出た。脇の下には冷汗が流れた。

然しそれでも私の烟草はやまなかつた。私にはもう禁烟の勇気が出なくなつた。毎日々々、敷島か朝日を三つ以上も煙にしてゐた。右手にペンを持ち、左手に巻煙草を持たなくては、原稿が書けぬほどの習癖になつてしまつた。胃も頭もそれが為に悪くなる事が明らかに感じられてゐた。従つて自分の弱さを浅ましく感ずる事は、矢張り毎日毎晩でありながら、それでゐてどうする事も出来なかつた。随分いやな苦しい思ひを続けてゐた。そして只だ折々考へてゐた。若し今度牢にはいる事があつたら、其の時にこそ機会を捕へよう。それより外に望みがないと。

こういふ永い歴史の後に、私の今度の機会は遂に来たのだ。私は市ケ谷に居る間、幾度も〳〵、幾度も〳〵、特に此の事を考へて楽しみにしてゐた。全くこれが今度の、第一の私のおみやげである。何も手柄のない身に、只これだけが一つの小いさな手柄だと感じてゐる。若し又しても私がこれに失敗するような事があつたら、それこそ私はあんまりの腑甲斐なしになる。どうぞ神様、助けて下さい。

酒と煙草の色々

去年の暮、帰宅の当坐、共犯の徳田球一君が私の家に宿つてゐた。私は、煙草の方は右に記す通りのわけだが、酒の方は(今では)穴がちやめねばならぬほどの害毒を感じないので、チビ〳〵一合ばかりの晩酌をやる習慣を続けてゐる。所が徳田君は、元来だいぶんいける方で、従つて私の煙草に於けると同じく、禁酒と其の失敗とを繰返すといふ趣きであつたが、矢張り今度を機会にして、いよ〳〵本当に禁酒する事になつた。然るに私にチビ〳〵と面前でやられては、さすがに喉がグビ〳〵鳴るのであつた。そこで彼は其の悶えを胡魔化す為に、頻りに煙草をスパ〳〵と吹かしてゐる。私としては、目の前でスパ〳〵やられては避易するといふほどの未練でもないが、それでもどうかすると、好い香りがプーンと鼻にはいつて来て、一種のひもじさを感ずる事が無いでもない。此ところ双方いぢめあひ、困らせあひ、厭がらせあひの、可なり滑稽な場面であつた。

煙草については、吾党の本尊マルクスが種々の逸話を残すほどの好きであつたが、晩年には幾度も医者から禁烟命令を受けてゐたらしい。彼は又、ライン州生れとして酒の味をも解してゐたと云ふが、其の方では害になるほど耽るような事はなかつたらしい。

酒煙草については、ずいぶん思ひがけない弱点(もしくは謂ゆる人間味)を、種々の人の上に発見する場合がある。これも私が今度の獄中で読んだ『大愚良寛』(相馬御風著)に依ると、良寛は世を棄て尽した乞食僧として、誠に面白い徹底味を示してゐるが、それでゐて矢張り酒と煙草が好きだつた。折々保護者の家から贈られる、米や味噌や梅干の間に、煙草の一包みがはいつてゐる事があつた。彼は又、乞食や労働者の群に入つて、幾許かの銭を出しあはせて酒を買ひ、皆と一緒に飲む事を楽しみとしてゐた。

一体に近来の若い者には酒を飲まない人が多い。これは私等の年齢階級の者から見ると、誠に感心な事と思はれる。然し其の理由が果してどこに在るのかは、十分ハツキリと分らない。煙草の方は今の若い者の方が余計に吸つてゐるかとも思はれる。

謎の往復

与謝野寛君からの葉書に、『謹呈戯作一首』と題して、『行半逢孤寺、令戸開口看、山山重畳下、両犬対而言』とある。サア分らない。幾度読み返して見ても分らない。暇つぶしの為には誠に好い問題を出されたわけだが、実は分らないのが不愉快でたまらない。大ぶん煩悶して物の小一時間も過した後、フト『山山重畳』から嗅ぎつけた。その時、私は丁度『三体詩』を読んでゐたのだが、其の中に『山上有山帰不得』といふ句があつて、それは『出』の字の謎であつた。そこで『山山重畳』も同じく『出』の字である事に気がついた。すると直ぐに又、『両犬』と『言』とが『獄』の字である事に気がついた。そこまで行くと、直ぐに又、第一句が『待』であり、第二句が『君』である事が分つた。

そこで一つ、こちらも負けぬ気になつて、『一字伽藍聳、幾人乗与還、只是二文字、牛角自直垂』といふ返事を出した。与謝野君が此の苦しい謎を解いてくれたかどうかは、まだ聞かない。私の心では、『ウキヨこいし』と読んで貰ふ積りだつた。『こいし』は即ち『二つもじ、牛の角もじ、直ぐなもじ』である！

（附記。書きたくて書けない事もあり、書けそうに思はれてゐて、ペンを取つて見ると纏まりのつかない事もあり、一応は書いて見たが、思ひ返してヤメにした事もあり、色々でどうも全体の配合が面白く行かない。自分にも甚だ不愉快だが、平に御許しを願ふ。昨年末、改造社から自働車でバラックの東京を見物させて貰つたが、それも見物しぱなしになつてしまつた。何しろ久しく別世界に閉ぢこめられてゐると、真人間の一人前には容易に戻れない。（堺生。）

（『改造』大正13年2月号）

ふもれすく

辻 潤

題だけは例によつて甚だ気が利き過ぎてゐるが内容が果してそれに伴なふかどうかはみなまで書いてしまはない限り見当はつきかねる。

だが、この題を見てスグさまドヴォルシヤックを連想してくれるやうな読者なら先づ頼もしい、でなければクワイトゐんでふわらん。

僕は至つてみすぼらしくも、をかし気な一匹の驢馬を伴侶に出《で》鱈目《たらめ》な人生の行路を独りとぼ〳〵と極めて無目的に歩いてゐる人間。

鈍感で道草を食ふことの好きな僕の馬は時々嬉しくも悲しい不思議な声を出しては啼くが僕が饒舌《しやべ》ることも、その調子と声《こは》色《いろ》に於て僕の伴侶のそれとさして大差はあるまい。

真面目と尤《もつと》もらしさと、ヱラさうなこと、さては又華々しいこと——すべてさう云ふ向きのことの好きな人間は始めから僕の書くものなどは読まない方が得だらう。

人間はさま〴〵な不幸や、悲惨事に出遇ふと気が変になつたり、自殺をしたり、暴飲家になつたり、精神が麻痺したり色々とするものだ。そこで、僕などはまだ自殺をやらない代りに何時の間にかダダイストなどと云ふ妙な者になつてしまつたのだ。これからまたどんな風に変るか先きのことなど墓場へ突き当る以外には一寸わかりさうにもない。

ダダイストと云ふ奴は兎角ダダ的に文句を云ふことがなによりも嫌ひなのだ、つまり一呼吸の間に矛盾した同時性が含まれてゐると云ふやうなこともその条件の一つだが、元来ダダにとつては一切があるせんすなのだから従つていか程センチメンタルでもかまはないのだ。メンタルとまちがへては困るよ。

一九二三年の夏、僕は昨年来からある若い女と同棲、×××の結果、精神も肉体も甚だしい困憊《こんぱい》状態に置かれて今迄に覚えのない位な弱り方をした。それで毎日煙草を吹かしては寝ころんでゐた。興味索然と、甚だミサントロープになり、一切が癪にさはつて犬が可愛らしく思はれたりした。友達などが偶々《たま〳〵》訪ねて来てくれたりすると非常に失礼をいたしたりした。

こんな風で九月一日の地震がなかつたら、僕は「巻き忘れた時計のゼンマイが停止する」やうな自滅の仕方をしてゐたのかも知れなかつた。地震の御蔭で僕は壊滅しさうになつてゐた意識を取りかへすことが出来たのだと自分では信じてゐる。

裸形のまま夢中で風呂屋を飛び出して、風呂屋の前で異様な男女のハダカダンスを一踊りして、それでもまだ羞恥（ダダはシウチで一杯だ）に引き戻されて、慌てて衣物を取り出してK町のとある路次の突き当りにある自分の巣まで飛びかへつて来るまでの間には久しぶりながらクラシックサンマァンに襲はれて閉口した。

　幸ひ老母も子供もK女も無事だつたが家は表現派のやうに潰れてキュウビズムの化物のやうな形をしてゐた。西側にあつた僕の二階のゴロネ部屋の窓からいつも眺めては楽しんでゐた大きな梧桐《あをぎり》と小さいトタン張りの平屋がなかつたら勿論ダダイズムになつてゐたのは必定であつた。

　それから約十日程は野天生活をして、多摩川湯へはいりに行つた。

　少しばかりの蔵書に執着はあつたが、僕が自分勝手に「永遠の女性」と命名してゐる人の影像と手紙と彼女の残して行つてくれた短刀を取り出すことが出来たから、その他になんの残り惜しさも感じなかつた。

　いのちあつての物種！――僕は無意識ながらこの平凡極まる文句を毎日幾度か御経のやうにとなへては暮らした。この上一切が灰燼になつたら同気相求める人達と一緒に旅藝人の一団でも組織して全国を巡業してまはるのも一興だなどと真実考へに耽けつてもみたりした。

　不幸にしてK町は火災を免れたが、それでも地震の被害はかなり甚大だつた。僕の知つてゐた模範青年の妹が潰されたり、親友の女工が焼け死んだりした。

僕は季節外れの震災談をしようとしてゐるのではないが序《ついで》に一寸思ひ出してゐるばかりなのだ。

　さうだ、僕はこの雑誌の編輯者から伊藤野枝さんの「おもひで」と云ふ題を与へられてゐたのだつた。伊藤野枝とも、N子とも、野枝君とも云はないで僕は野枝さんと云ふ。なぜなら、僕の親愛なるまこと君《くん》が彼女――即ちまこと君の母である伊藤野枝君を常にさう呼んでゐるからなのだ。

　僕が野枝さんのことに就てなにか書くのはこれが恐らく始めてだ。これまでも度々方々から彼女に就てなにか書けと云ふ註文は受けたが、一度も書かなかつた。なにも僕はもつたいぶつてゐた訳でもなんでもなかつたのだ。唯だ書く興味が起らなかつたばかりなのだ。去年も「怪象《くわいしやう》」で大杉君が自叙伝の一節として例の葉山事件を書いた時、それに対して神近君が痛烈な反駁をした事があつたが、その時も僕に両方の批判役としてなにか書いてほしいと云ふことだつたが、僕には到底そんな藝は出来ないので御免蒙つた次第だつた。

　僕はそも〳〵事件の当初からいち早く逃げ出して、あるお寺の一室に立て籠り、沈黙三昧に耽けつて出来るだけ世間と交渉を断絶した。勿論、新聞雑誌の類さへ一切見ず、友人達からも自分の行方を晦《くら》ましてゐた、だから、その後、大杉君等の生活の上にどんな事が起つて、どんな風な経過を取つてゐたかと云ふやうなことに就て僕は一切知りもせず、また知りたいとも思はなかつた。僕はひたすら自分のことにのみ没頭してゐた。僕が一管の尺八を携へて流浪の旅に出たなどと噂されたのもその時分の事だつた。

　さて、十日の野天生活は僕に改めていい教訓を与へてくれた。超人哲学詩人は嘗て「お前の運命を愛せ」と云つたが僕もそれに似通つた深い感じをさせられながら、夜警と云ふものに出たりなどした。

　友達のこともかなり心配になつたが、K女の御腹のふくれてゐることは更に厄介な種であつた。僕は彼女を時々フクレタリヤと呼んでゐた。フクレタリヤに野天生活をさせることは衛生にとつてあまり好ましいことではないが、入るべき家がなければ致仕方《いたしかた》がない。

　K女を一時彼女の里へ預けることにきめ、老母と子供とをK町からあまり遠くないB町の妹のところへ預けて僕等は出発したのであつた。

　途中の話は略すが、名古屋でK女を汽車へ乗せて僕は一人だけ残り、それから二三日して大阪へ下車し、其処で取りあへず金策にとりかかつて一週間程くらした。

　夕方道頓堀を歩いてゐる時に、僕は始めてアノ号外を見た。地震とは全然異なつた強いショックが僕の脳裡をかすめて走つた。それから僕は何気ない顔付をして俗謡のある一節を口吟みながら朦朧とした意識に包まれて夕闇の中を歩き続けてゐた。

　妹の家に預けてあるまこと君のことを考へて僕は途方にくれた。

　それから新聞を見ることが恐ろしく不愉快になりだした。だから不愉快になりたい時はいつでも新聞を見ることにきめた。

　四国のY港にはダダの新吉が病んでゐる。僕はあながち彼の病気を見舞ふためではないが、しばらくY港で暮らす決心がついたのでY港へやつて来た。

　Y港にはS氏と云ふモンスタアのやうなディレッタントがゐて僕にわがままをさせてくれると云ふので、僕は行く気になつたのだ。

　Y港へ来ると、早速九州の新聞社の支局の記者が来て、「大杉他二名」に対する感想を話してもらいたいと云つた。

　僕はどう云つていいかわからないので当惑してしまつた。

　――僕はこの際なにも云ふ気がしませんがあなたも御職しやう柄でおいでのことですから、御推察の上、よろしいやうにお書き下さい――

　と云つた。

　すると、僕が野枝さんに対して「愛情の念が交《こもごも》起つたりしたと云ふやうな記事があくる日の新聞に出た。

　僕はそれをみてやはり記者と云ふものは中々うまいことを書くものだと思つて感心したりした。

　その前には又野枝さんが二人の子供まである僕を棄てて大杉君のところに走つたのはよほどの事情があつたらしいと書いた新聞を僕は見た。

　僕はその記者をよほどの心理学者だと思つたりした。

野枝さんは僕と約六年たらず生活して二人の子を生んだ。だから、新聞では僕のことを「野枝の先夫」だとか「亭主」だとか書くが如何にもそれに相異なからう。だが、僕のレェゾン・デェトルが野枝さんの先夫でのみあるやうな、又恰《あた》かも僕がこの人生に生れて来たことは伊藤野枝なる女によつて有名になりその女からふられることを天職としてひきさがるやうなことを云はれると僕だとて時に癪にさはることがある。

　癪にさはると云へば往来を歩いてゐる人間のツラでさへさはらないのは先づ稀れである。それを一々気にしてゐたら、一生癪にさはることを天職にして暮らさなければならなくなるだらう。感情の満足を徹底させれば、殺すか、殺されることか、――それ以外に出る場合は恐らく少ないであらう。

　だから、僕などはダダイストに何時の間にかなつて癪にさはるひまがあれば好きな本の一頁《ページ》でもよけいに読むか、うまい酒の一杯でもよけいに呑む心掛をしてゐるのだ。なんと素晴らしくも便利な心掛けではあるまいか。僕の思想や感情の出発点に対して全然無智な猫杓子共《ねこしやくしども》は自分のことを棚へあげて時々知つたか振りの批評がましいことをやるが甚だヘソ茶でもあり、気の毒でもある。

　僕は君達の生活に指一本でも差さうとは云はないのだ。よけいなおせツかいはしてもらひたくないものだ。

　野枝さんと僕が始めて馴れ染めてからのおもひでを十年あまりも昔にかへつてやることになると中々小説にしてもながくなるが今は断片に留めて置く。原稿商売をしてゐればこそ、こんなことも書かなければならないのかと考へると、まことに先き立つものはイヤ気ばかりだ。

　野枝さんは十八でU女学校の五年生だつたが、僕は十ちがひの二十八でその前からそこで英語の先生に雇はれてゐた。

　野枝さんは学生として模範的ぢやなかつた。だから成績も中位で、学校で教へることなどは全体頭から軽蔑してゐるらしかつた。それで女の先生達などからは一般に評判がわるく、生徒間にもあまり人気はなかつたやうだつた。

　顔もたいして美人と云ふ方ではなく、色が浅黒く、服装はいつも薄汚なく、女のみだしなみを人並以上に欠いてゐた彼女はどこからみても恋愛の相手には不向きだつた。

　僕をU女学校に世話をしてくれたその時の五年を受け持つてゐたN君と僕とは、しかし彼女の天才的方面を認めてひそかに感服してゐたものであつた。

　若《も》し僕が野枝さんに惚れたとしたら彼女の文学的才能と彼女の野性的な美しさに牽《ひ》きつけられたからであつた。

　恋愛は複雑微妙だから、それを方程式にして示すことは出来ないが、今考へると僕等のその時の恋愛は左程ロマンティックなものでもなく、又純な自然なものでもなかつたやうだ。

　それどころではなく僕はその頃、Y――のある酒屋の娘さんに惚れてゐたのだ。そしてその娘さんも僕にかなり惚れてゐた。僕はその人に手紙を書くことをこよなき喜びとしてゐた。至極江戸前の女で、緋鹿《ひか》の子《こ》の手柄をかけていいわたに結つた、黒ヱリをかけた下町ツ子のチヤキ〳〵だつた。鏡花の愛読者で、その人との恋の方が遥かにロマンティツクなものなのだつた、この人の話をしてゐると、野枝さんの方が御留守になるから、残念ながら割愛して他日の機会に譲るが、兎に角、僕はその人とたしかに恋をしてゐたのだ。だから、僕はたうとうその人の手を握ることをさへしないで別れてしまつた。僕はその人のことを考へてその人を幸福にしてやる自身を持たなかつたのだ。

僕は野枝さんから惚れられてゐたと云つた方が適切だつたかも知れない。眉目シユウレイとまではいかないまでも、女学校の若き独身の英語の教師などと云ふものは兎角、危険な境遇に置かれがちだ。

元来がフェミニストで武者小路君はだしのイディアリストである僕は女を尊敬しては馬鹿をみる質《たち》の人間なのである。従つてまた生れながらの恋愛家でもあるのだ。

女の家が貧乏な為めに、叔父さんのサシガネで、ある金持の病身の息子と強制的に婚約をさせられ、その男の家から学費を出してもらつて女学校に通つて、卒業後の暁はその家に嫁ぐべき運命を持つてゐた女。自分の才能を自覚してそれを埋没しなければならない羽目に落ち入つてゐた女。恋愛ぬきの結婚。

卒業して国へ帰へつて半月も経たないうちに飛び出して来た野枝さんは僕のところへやつて来て身のふり方を相談した。

野枝さんが窮鳥でないまでも若い女からさう云ふ話を持ち込まれた僕はスゲなく跳ねつけるわけにはいかなかつた。

親友のNや、教頭のSに相談してひとまづ野枝さんを教頭のところへ預けることにきめたが、その時は校長始めみんなが僕等の間に既に関係が成立してゐたものと信じてゐたらしかつた。そして、野枝さんの出奔は予め僕との合意の上でやつたことのやうに考へてゐるらしかつた。

国の親が捜索願を出したり、婚約の男が怒つて野枝さんを追ひかけて上京すると云ふやうなことが伝へられた。

一番神経を痛めたのは勿論校長で、若《も》し僕があくまで野枝さんの味方になつて尽くす気なら、学校をやめてからやつてもらひたいと早速切り出して来た。如何にも尤《もつと》も千万なことだと思つて早速学校をやめることにした。

かう簡単にやツつけては味もソツケもないが、実のところ僕はこんなつまらぬ話はあまりやりたくないのだ。

高々三十や四十の安月給をもらつて貧弱な私立女学校の教師をやつて、おふくろと妹とを養つてゐた僕は学校をやめればスグト困るにはきまつた話なのだ。僕はだがその頃もうつく〴〵教師がイヤだつたのだ。僕はこれでも人生の苦労は少年時代からかなりやつてきてゐるのだ。十三四の頃「徒然草」を愛読して既に厭世を志した程に、僕の境遇はよくなかつたのだ、僕の頭は由来、甚だメタフィジカルに出来あがつてゐる。だから満足に赤門式な教育を受けてゐたら、今頃は至極ボンクラなプロフェッサアかなにかになつてゐたのかも知れない。だが、

through thick and thin の御蔭で、そんな者にはならずにすんだのだ。そのかはりかなりわがままな人間を生きて来た。

十九から私塾の教師に雇はれて、二十に小学校の専科教師になつて幾年か暮らしてゐる間に僕の青春は干涸《ひから》びかけてしまつた。二十三や四でもう先きの年功加俸だのなにかの計算をして暮らしてゐるやうな馬鹿の仲間入をしてゐたら、人間もたいていやりきれたものではない。いくらか気持の延々《のび〳〵》した私立女学校へやつて来たが、一年とは続かずたうとう野枝さんと云ふ甚だ土臭い襟アカ娘のために所謂生活を棒にふつてしまつたのだ。

無謀と云へば随分無謀な話だ。しかしこの辺がいい足の洗ひ時だと考へたのだ。それに僕はそれまでに一度も真剣な態度で恋愛などと云ふものをやつたことはなかつたのだ。さうして自分の年齢《とし》を考へてみた。三十歳に手が届きさうになつてゐた。

一切が意識的であつた。愚劣で、単調なケチ〳〵した環境に永らく圧迫されて鬱結してゐた感情が時を得て一時に爆発したに過ぎなかつたのだ。自分はその時、思ふ存分に自分の感情の満足を貪り味はうとしたのであつた。それには洗練された都会育ちの下町娘よりも、熊襲《くまそ》の血脈をひいてゐる九州の野性的な女の方が遥かに好適であつた。

僕はその頃、染井に住んでゐた。僕は少年の時分から、染井が好きだツたので、一度住んで見たいと兼々思つてゐたのだが、その時それを実行してゐたのであつた。山の手線が出来始めた頃で、染井から僕は上野の桜木町まで通つてゐたのであつた。僕のオヤヂは染井で死んだのだ。だから、今でも其処にオヤヂの墓地がある。森の中の、崖の上の見晴しのいい家であつた。田圃には家が殆んどなかつた、あれから王子の方へ行くヴァレーは僕が好んでよく散歩したところだつたが、今は駄目だ。日暮里も僕がゐた十七八の頃は中々よかつたものだ。すべてもう駄目になつてしまつた。全体、誰れがそんな風にしてしまつたのか、何故そんな風になつてしまつたのか？　僕は東京の郊外のことを一寸話してゐるのだ。染井の森で僕は野枝さんと生れて始めての熱烈な恋愛生活をやつたのだ。遺憾なきまでに徹底させた。昼夜の別なく情炎の中に浸つた。始めて自分を生きた。あの時、僕が情死してゐたら、如何に幸福であり得たことか！　それを考へると、僕は唯だ野枝さんに感謝するのみだ。そんなことを永久に続けようなどと云ふ考へがそも〳〵のまちがひなのだ。

結婚は恋愛の墓場——旧い文句だが如何にもその通り、恋愛の結末は情熱の最高調に於て男女相抱いて死することにあるのみ。グヅ〳〵と生きて、子供など生れたら勿論それはザッツオールだ。だが、人間よほど幸運に生れない限り、一生の中にそんな恋愛をすることは稀れだ。甚だしきは恋愛のレの字も知らずに死ぬ劣等人種の方が世間にはザラだ。

僕は幸ひにして今なほ恋愛を続けてゐる、恐らく、この恋愛は僕の生きてゐる限り続くであらう。野枝さんの場合に於ける が如き蕪雑《ぶざつ》にして不自然なものではなく、僕の思想や感情がやうやく円熟しかけて来てからの恋愛なのだから、遥かに高貴でもあり、純一でもある。そればかりか僕は更に若くして豊満なる肉体の所有者から愛せられてゐる。彼女は僕の為めに一生を犠牲に供する覚悟でゐる。それを考へると、僕は無一物の放浪児ではあるが一面中々の幸運児でもあるのである。故に僕は進んで一代の風雲児をあまり羨望しようとはしないのだ。

　腹が減つては恋愛も一向ふるはなくなる。パンと酒なければ恋また冷やかなりと羅馬《ローマ》のホラチゥスは多分云つた筈だが、金の切れ目が縁の切れ目なることは豈唯《あにただ》に売女にのみ限つたものではない。

　無産者の教師が学校をやめたらスグト食へなくなる。教師をしてゐてさへ、母子三人ではあまり贅沢な生活どころか、普通のくらしだツて出来はしない。だから、僕は内職に夜学を教へたり、家庭教師に雇はれたりしてゐた。——ほんの僅かの銭のために！

　僕は子供の時から文学は好きだツた。しかし文学者として立つ才能を所有してゐると云ふやうな自信は薬にしたくも持ち合はせてゐなかつた。のみならず文学は職業とすべきものではないと考へてゐたから、僕はそれを単に自分の道楽の如く見做してゐたのである。しかし、又道楽によつて生活することが、若《も》し出来たとすればこれ程結構なことはないと考えてもゐた。

　とりあへず手近な翻訳から始めて、暗中模索的に文学によつて飯を食ふ方法を講じようとしてみた。当時の文学に対する智識は充分あつたが、文壇に対するそれは全然ゼロであつた。

　全体僕の最初の動機は野枝さんと恋愛をやる為めではなく、彼女の持つてゐる才能を充分にヱヂユケートする為めなのであつた。それはかりにも教師と名が付いた職業に従事してゐた僕にその位な心掛はあるのが当然な筈である。で、それが出来れば僕が生活を棒にふつたことはあまり無意義にはならないことだなどと甚だおめでたい考へを漠然と抱いてゐたのだ。

　キリスト教とソシァリズムを一応パスして当時、ショウペンハウエルと仏蘭西《フランス》のデカダン詩人とに影響せられてゐた僕は自然派の人の中では泡鳴が一番好きで、スバルの連中が一番自分に近いやうな気がしてゐた。しかしその連中の誰れをもパアソナリイには知らなかつた。

　僕の友達で文学をやつてゐる人間は一人もなかつた。勿論当時の大家には全然知己もなく、早稲田派でも、赤門派でもなんでもない僕は直接にも間接にも文士らしい人物は一人も知らなかつた。自分はひそかに尊敬してゐた人もあつたが、その人に手紙を出したこともなく、訪問をしようとする気も起らなかつた。

　大杉君が「近代思想」を始め、平塚らいてう氏が「青鞜」をやつてゐた。僕は新聞の記事によつてらいてう氏にインテレストを持ち「青鞜」を読んで、頼もしく思つた。

　野枝さんにすすめてらいてう氏を訪問させて相談させてみることを考へた。

社会主義が高等不良少年の集団なら、高等不良少女の集団は「青鞜」であつた。少なくとも世間の色眼鏡にはさう映じたに相異ない。自然主義、デカダン、ニヒリズム——すべて舶来の近代思想など云ふものにロクなものはない。しかし、日本固有の思想は全体どんなものか知らないが、泡鳴流の説なら僕も泡鳴が好きだつたから賛成してやつてもいいが、凡そ思想などと云ふやうなものはみんな舶来のやうな気がしてならない。印度や支那の思想を日本から引き抜いたら、果してどんなものが残るのだらう。しかし、凡そ思想と云つたつて特別それが珍重されるべきものではなく、同じ人間の頭から生れて来たのだから、早い晩いを論じて優劣などを争ふのは馬鹿気てゐる。いくら借り物だらうが、よければ少しも恥かしがらずどし／＼と自分のものにして利用したらばいいのだ。なにも遠慮することはいらない。滑稽なのは昔し借りた物を如何にも祖先伝来であるかの如き顔をして臆面もなく振りまはしてゐる馬鹿がゐることだ。そしてそれより遥かにすぐれて進んだ物を見せつけられてもそれを借りることを恥辱であるかの如く、又なにか恐ろしく危険でもあるかの如く考へてゐる。自分には祖先伝来の二本の足があるから、危険な電車や、自働車には乗らないと云つて威張つてゐるのと少しも変りはありはしない。電気にしろ、機械にしろ、薬品にしろみんな危険と云へば危険でないものは一つもない。だが、それに対する精確な智識と取扱ひ方を知つてゐさへすれば少しも危険でもなんでもないだらうぢやないか？

野枝さんはらいてう氏の同情と理解によつて「青鞜」社員になつて働らいた。僕も時々らいてう氏を尋ねるやうになつた。さうして随分と厄介をかけたやうだ。それから、当時社内の「おばさん」と云はれてゐた保持《ほじ》白雨氏、小林の可津ちやん、荒木の郁さん、紅吉などと云ふ連中とも知り合つた。

新らしい女は吉原へおいらんを買ひに行き五色の酒を呑んで怪気焔を吐き、同性恋愛の争奪をやり、若き燕を至るところで拵らへると云ふやうな評判によつてのみ世間へ紹介された。自然主義が出歯亀《でばかめ》によつて代表されたのと少しも変りはなかつたのである。だが、昔キリスト教が魔法使と誤られて虐殺されたことを考へるとそんなことはなんでもないことなのかも知れぬ。近い話が大杉君だが、今でも社会主義と云へばやたらと巡査とケンカをしたり、金持をユスツテ歩く壮士かゴロツキの類だと考へてゐる連中がゐるのだから助からない。中には社会主義者だと称して、そんなことばかりやつて歩いてゐる人間もあるのかも知れないが、それよりも堂々と尤《もつと》もらしい大看板を掲げてヒドイことをやつてゐる奴が腐る程あるのではないか。金さへ出せば大ベラボーの売薬の広告をでさへ第一流の新聞が掲載する世の中なのだ。

僕の文壇へのデビユウは「天才論」の翻訳だつたが、「天才論」は御承知の通り文学書ではない。ただその書物が面白かつたので教師をやつてゐる間に少しばかり訳して置いたのだが、それをとりあへず纏めて金に換へようとしたのであつた。

僅か今から十年も前だが、その頃のことを考へてみると、文藝がたしかに一般的になつたものだ、民衆化されたとでも云ふのか、当時の出版屋がロンブロゾオの名前を知らなかつたのも無理はない。僕のそのホンヤク書の出版が如何に困難なものであつたか、如何にバカ気た努力をその為めに費やしたかは序文にも一寸書いて置いた通りだが、今でもあの本が数十版を重ねて愛読されてゐることを考へると僕も些さか心が慰められる。

或る時、私は翻訳中のテキスト——即ち英訳の、'Man of Genius' を本郷の郁文堂に預けて落語を聴きに行つたことがあつた。その時、僕は本箱も蔵書も殆んど売り尽して僅かに字書一二冊とそのホンヤク中のテキストとを座右に置いて暮らしてゐた時なので、それ程、困つてゐながら、なぜ落語などを聴きに行きたがつたのか？

染井の森から御苦労にもなけなしの金をこしらへて神田の立花亭のヒル席に出かけたものだ。

馬楽《ばらく》と、焉馬《えんば》と、小せんの三人会があつたのだ。この三人はその後、吉井勇氏によつて甚だ有名になッたが、その中のヱン馬のみが存在して、後の二人は過去の人になつてしまつた。その時が馬楽のフイナレだつたのだ。ヱン馬と云つてはわからない人があるかも知れないが今の金原亭馬生その人が即ち当時のヱン馬だつたのである。その時聴いた「あくび」と「伊勢屋」と、「まはし」とは今でもハツキリと記憶に浮んで来る、ひどい工面をして出かけただけの甲斐があつた、またそれだけ身を入れて聴いたのでもあつたらう。

ながい間、それから色々な安ホンヤクをやつては暮らした、泡鳴の仕事の手伝ひなどもやつた。どうして暮らして来たか今でも不思議な位なのである。

野枝さんはそのうち「動揺」と云ふながい小説を書いて有名になつた。僕の長男が彼女の御腹にゐる時で、木村荘太とのイキサツを書いたもので、荘太君はその時「牽引」と云ふやはりながい小説を書いた。荘太君のその時の鼻息はすばらしいもので、その中で僕は頭から軽蔑されてゐるのだ。僕はその時も、野枝さんの気持を尊重して別れてもいいと云つたのだが、野枝さんがイヤだと云ふのでやめにしたのであつた。

染井からあまり遠くない滝の川の中里と云ふところに福田英子と云ふをばさんが住んでゐた。昔、大井憲太郎と云々のあつた人で自分も昔の新し女だと云ふところから「青鞜」に好意を持つてゐたらしかつた。恰度その時分、仏蘭西《フランス》で勉強して日本の社会問題を研究に来たとか称する支那人が英子さんを通じて日本の新しい婦人運動者に遇ひたいと云ふので会見を申し込んで来たので、一日その中里の福田英子さんのところで遇ふことにした。日本語がよくわからず英語のわかる人を連れて来てくれる方が都合がよいと云ふので僕が一緒に行くことになつた。

僕はその時、始めて渡辺政太郎氏に会つたのである。渡辺君は今は故人だが、例の伊豆の山中で凍死した久板君などと親友で、旧い社会主義者の間にあつてはかなり人望のあつた人であつた。渡辺君は死ぬ前には「白山聖人」などと云はれた位な人格者であつたが、僕はその時から非常に仲がよくなつた。

渡辺君はその時分、思想の上では急進的なつまりアナァキストであるらしかつた。僕は渡辺君が何主義者であるか、そんなことは問題ではなかつた。僕は渡辺君が好きで、渡辺君を尊敬してゐた。

その後、大杉君を僕等に紹介したのもやはりその渡辺君であつた。

渡辺君は僕の子供を僕等以上の愛を持つて可愛がつてくれた。僕の親愛なるまこと君は今でもそれを明らかに記憶してその叔父さんをなつかしんでゐるのである。

「或る百姓の家」の著者江渡狄嶺《えわたりてきれい》君を僕に紹介してくれたのもその渡辺君であつた。

狄嶺氏とはしばらく音信消息を断絶してゐるが、僕は江渡君のやうな人が存在してゐることをひそかに心強く感じてゐるのである。僕が氏を信じてゐる如く、氏も亦必ず僕のことを信じてゐてくれることと自分は堅く信じてゐる。僕は時々ひどくミサントロープになるが、さう云ふ時は必ず僕は江渡君や渡辺君のことを思ひ出すのである。

野枝さんはそのうちゴルドマンの「婦人解放の悲劇」その他の論文をホンヤクしてひどくゴルドマンの思想に影響されて、やがて自から日本のゴルドマンたらんとする程の熱情を示して来た。大杉君との間に生れたヱマちやんは、即ちゴルドマンのヱマからしかく名付けられたものなのである。

平塚らいてう氏がヱレンケイならば、野枝さんはゴルドマンである。

野枝さんが「青鞜」を一人で編輯することになつて、僕は小石川の指《さし》ケ谷町《やちやう》に住んでゐた。

野枝さんは至極有名になつて、僕は一向ふるはない生活をして、碌々と暮らしてゐた。殊に中村孤月君などと云ふ「新しい女の箱屋」とまで云はれた位に、野枝さんを崇拝する人さへ出て来た。

野枝さんのやうな天才が僕のやうな男と同棲してその天分を充分に延ばすことの出来ないのは甚だケシカランと云ふやうな輿論がいつの間にか僕等の周囲に出来あがつてゐた。

その頃、みんな人は成長したがつてゐた。「あの人はかなり成長した」とか、「私は成長する為めに沈潜する」とか妙な言葉が流行してゐた。

野枝さんはメキ〳〵と成長して来た。

僕とわかれるべき雰囲気が充分造られてゐたのだ。そこへ大杉君が現はれて来た。一代の風雲児が現はれて来た。とても耐《たま》つたものではない。

先日「中央公論」を一寸見たら春夫が僕を引合に出してゐた。ラフォグかなにかの短篇の一節を訳して僕がきかせた時の気持を想像して書いたのだが、あれはたしかに記憶にある、聡明な春夫の御推察通りであるがあの大杉君の「死灰《しくわい》の中《なか》より」はたしかに僕をして大杉君に対するそれ以前の気持を変化させたものであつた。あの中ではたしかに大杉君は僕を頭から踏みつけてゐる。充分な優越的自覚のもとに書いてゐることは一目瞭然である。それにも拘らず、僕は兎角、引合に出される時は、大杉君を蔭でホメてゐるやうに書かれる。だが、それは随分とイヤ味な話である。僕は別段、改まつて大杉君をホメたことはない、唯だ悪く云はなかつた位な程度である。僕のやうなダダイストにでも相応のヴァニチイはある。それは唯だしかし世間に対するそれではなく、僕自身に対してのみのそれである。自分はいつでも自分を凝視《みつ》めて自分を愛してゐる、自分に恥かしいやうなことは出来ないだけの虚栄心を自分に対して持つてゐる。唯だそれのみ。若《も》し僕にモラルがあるならば又唯だそれのみ。世間を審判官にして争ふ程、未だ僕は自分自身を軽蔑したことは一度もないのである。

　同棲してから約六年、僕等の結婚生活は甚だ弛緩してきた。加ふるに僕はわがままで無能でとても一家の主人たるだけの資格のない人間になつてしまつた。酒の味を次第に覚えた。野枝さんの従妹《いとこ》に惚れたりした。従妹は野枝さんが僕に対して冷淡だと云ふ理由から僕に同情して僕の身のまはりの世話をしてくれた。野枝さんはその頃いつも外出して、多忙であつた。

　屢々《しばしば》別居の話が出た。僕とその従妹との間柄を野枝さんに感づかれて一悶着起したこともあつた。野枝さんは早速それを小説に書いた。野枝さんは恐ろしいヤキモチ屋であつた。

　同棲数年の間、僕は唯だ一度外泊したことがあるばかりであつた、まるで今思ふと嘘のやうな話である。別れるまで殆んどケンカ口論のやうなことをやつたこともなかつた。がしかし、唯だ一度、酒の瓶を彼女の額に投げつけたことがあつた。更に僕は別れる一週間程前に僕を明白に欺いた事実を知つて、彼女を足蹴《あしげ》にして擲《なぐ》つた。前後、唯だ二回である。別れる当日は御《お》相互《たがひ》に静かにして幸福を祈りながら別れた。野枝さんはさすが女で、眼に一杯涙をうかめてゐた。時にまこと君三歳。

　大杉君も「死灰の中より」にたしか書いてゐる筈だが、野枝君が大杉君のところへつ走つた理由の一つとして、社会運動に対する熱情のないことを慊《あき》たらず、エゴィストで冷淡だなどとなにかに書いたこともあつたやうだ。渡良瀬川の鉱毒地に対する村民の執着――見す〳〵餓死を待つてその地に踏み止まらうとする決心、――それを或時、渡辺君が来て悲愴な調子で話したことがあつたが、それを聴いてゐた野枝さんが恐ろしくそれに感激したことがあつた。僕はその時の野枝さんの態度が少し可笑《をか》しかつたので、後で彼女を嗤《わら》つたのだが、それがいたく野枝さんの御機嫌を損じて、つまり彼女の自尊心を多大に傷けたことになつた。僕は渡辺君を尊敬してゐたから渡辺君がそれを話す時にはひそかな敬意を払つて聴いてゐたが、また実際、渡辺君の話しには実感と誠意とが充分に籠つてゐたからとても嗤《わら》ふどころの話ではないが、それに対して何の智識もなく、自分の子供の世話さへ満足に出来ない女が、同じやうな態度で興奮したことが僕を可笑しがらせたのであつた。しかし、渡辺君のこの時のシンシヤアな話し振りが彼女を心の底から動かしたのかも知れない。さうだとすれば、僕は人間の心の底に宿つてゐるヒュウマニテイの精神を嗤《わら》つたことになるので、如何にも自分のヱゴイストであり、浮薄でもあることを恥ぢ入る次第である。

その時の僕は社会問題どころではなかつた。自分の始末さへ出来ず、自分の不心得から、母親や、子供や妹やその他の人々に心配をかけたり、迷惑をさせたりして暮らしてゐたのだが、かたはら僕の人生に対するハッキリしたポーズが出来かけてゐたのでもあつた。自分の問題として、人類の問題として社会を考へてその改革や、改善のために尽すことの出来る人はまつたく偉大で、ヱライ人だ。

僕はこれまで度々小説のモデルになつたりダシに使はれたりしてゐるが、未だ一回たりともモデル料にありついたことがない程、不しあはせな人間である。

野枝さんのことや、だが、僕のことやそんな類のことが知りたい人は、僕のこんなつまらぬ話など読むよりも、立派な藝術品になつてゐるそれ等の創作を読まれた方が遥かに興味がある。

生田春月君の「相寄る魂」、宮島資夫の「仮想者の恋」、野上弥生女史の「或る女」、大杉君の「死灰の中より」、谷崎潤一郎作「鮫人」――その他まだ色々とある。

僕の生活はまことに浮遊で自分では生れてからまだなに一つ社会のためにも、人類のためにも尽したことがない位にバイ菌でもあるが、僕の存在の理由はだが、それ等の傑作を供給したことによつても稍《いさ》さか意義がありさうでもある。また三面種を供給して世人をしばしの退屈から脱却せしめる点に於てもあまり無意味でもなささうだ。なにも大日本帝国に生れたからと云つて、朝から晩まで青筋を立て、シカメツラをしてなん等生産にもならないやかましい議論をして、暮らさなけりやならないと云ふ義務もあるまい。偶《たま》には僕のやうな厄介な人間一匹位にムダ飯を食はして置いたとて、天下国家のさして害にはなるまい。

僕は絶学無為の閑道人《ひまだうじん》で、ただフラリ〳〵として懐中にバクダン一個持つてゐるわけでもないから、警察の諸君も御心配は御無用だ。この上、誰れかのやうにアマカされたりしては、それこそやりきれたものぢやない。

全体、神経が過敏すぎる。恐迫観念が強すぎる、洒落やユウモアのわからない野蛮人に遇つては助からない。文化は三千年程、逆戻りだ。それも性からの原始人ならば獅子や虎と同じに相手が出来るが、なまじ妙な教育とかなんとか云ふものがあり過ぎるので始末がわるい。

豚に真珠と云ふこともあるが、野蛮人に刃物と云ふこともある。社会主義と云ふものがどんなに立派なイズムだか知らないが、それをふりまはす人間は必ずしも立派な物ぢやない。仏や耶蘇の教義だつて同じことだ、仏教やヤソ教の歴史を考へても見るがいい、神様をダシに使つて殺人をやつた野蛮人がどれ程ゐたか？——

　野枝さんや大杉君の死に就て僕はなんにも云ひたくはない——あの日に僕のK町の家を尋ねてくれたのださうだが、それはK町に大杉君の弟さんがゐたから、その序《ついで》によつたのでもあらう。

　野枝さんは殺される少し以前に、アルスから出た大杉君と共訳のファーブルの自然科学をまこと君に送つてくれた。それが、野枝さんのまこと君に対する最後の贈り物で、片見になつたわけだ。

　僕はこの数年、つまり野枝さんとわかれてから、まつたく、わかれてからと云ふよりは解放されてからと云つた方が適切かも知れない——御存知のやうなボヘエムになつてしまつた。心機一転して、僕自分にかへり、僕の気儘に生きて来た。しかし、事ある毎にいつも引合に出されるのは借金がいつまでたつても抜けきれない感がある。恐らく死ぬまでまた幾度となく、更に死んでからも引合に出されることだらう。無法庵はこないだもまた十八番の因縁をもつて法とするとヱラさうなことを云つて訣別の辞を残したが、まつたく因縁づくと云ふものはどうも致《いた》仕《し》方《かた》がない——あきらめるより致《いたし》仕方《かた》はない。

　僕はおふくろとまこと君とを弟や妹とに託して殆んど家を外にして漂泊して歩いていまでもゐる。現に四国の港に流れついて、またこれから何処へ行つてやらうかなどと現に考へてゐる——だから、僕の留守に度々野枝さんはまこと君に遇ひに来たさうだ。しかも、下谷にゐる時などは僕と同棲中、僕のおふくろから少しばかり習ひ覚えた三絃を御供《おとも》つきで復習に来たなどと云ふ珍談もある。僕のおふくろでも弟でも妹でもみんな野枝さんが好きなやうだつた。ただまこと君だけはあまり野枝さんを好いてはゐないやうだ。

　大杉君が子供が好きだと云ふことは先輩諸君もアチコチで書いてゐられるやうだが、まこと君は大杉ヤのをぢさん——とまこと君はいつでも大杉君のことを呼んでゐたが——に連れられて屢々《しばしば》鎌倉や葉山や、小田原や方々につれて行かれたやうだ。しかし、幸ひにしてこんどだけは僕の家が潰れて引つ越してしまつたので、まこと君は大杉ヤのをぢさんに連れて行かれず、そのかはり気の毒な宗一《むねかず》君が身代りになつたやうなわけで、これを考へると僕は宗一君は知らないが、どうもやはりまこと君と同じやうに、少しも区別がつかずに宗一君のことを聯想するやうになつて、従つて、宗一君のおかあさんのことが考へられて、野枝さんのことが考へられて、——僕は思はず、無意識に哀れな僕の伴侶の驢馬君のケツを思ひ切りヒツパタイて些さか心やりとするのだが、ポケツトにピストルを入れて文学をやるルウマニアのトリストラム・ツアラアのことを考へても見るのである。

　まことに植木鉢はいつバルコニイから頭上に落ちて来まいものでもないこの人生に於て今夜、カフヱーの女給さんにやるチツプが一銭もないことを徒らに下宿の二階で冥想するハンス・アルブも随分と馬鹿ではあるが、親愛なるまこと君と、上総の海岸にゐる流二君のことを徒らに考へて阿呆らしき原稿を書いてゐる僕の如きオヤヂも随分と唐変木《たうへんぼく》ではある。

　流二君はまこと君に二歳の弟にして、野枝さんかつて大杉君と一緒に馳け落して、困りぬいた揚句、乳児の流二君を上総の海岸にオイテキボリをくはしたのであつた。

　幸運なる流二君は親切にも無教育な養父母の手に養はれて目下プロレタ生活修業中であるが、上総ナマリのテコヘンなるアクセントにはさすがの僕も時々閉口するのである。しかし、流二君は恐ろしく可愛がられてゐる、わがまま放題に育てられてゐる、――それ以上を望むことは僕の如き人間の要求する方がまちがひである。流二君、願くば素的なダダになれ!!

　僕角帯をしめ、野枝さん丸髷に赤き手柄をかけ黒襟の衣物を着し、三味線をひき、怪し気なる唄をうたつたが、一躍して婦人解放運動者となり、アナアキストとなつて一代の風雲児と稀有なる天災の最中、悲劇的の最期を遂げたるはまことに悲惨である。惜しむべきである、悲しむべきである。更に恐ろしいことである。御話にならぬ出来事である。開いた口が塞がらぬ程に馬鹿気たことである。

　同じ軍人でもネルソンもあればモルトケもゐれば、乃木大将のやうな人もある、かと思ふとアマカスとかマメカスとか云ふやうな軍人もゐる。児《じ》来也《らいや》もドロボーなら、石川五衛門もドロボーである、ネズミ小僧や、イカケの松君もドロボーである、ナポレオンなどは偉大なる火事場ドロボーださうである。かと思ふと戦争中に兵隊に送る鑵詰の中に石を入れたりなどするドロボーもゐるさうである。同じドロボーも随分と色々あるものだ。だから十束一からげにされてはどんな人間でもやりきれない。鮮人が放火人で、社会主義がバクダンでボルシエビキが宣伝ビラで、無政府主義が暗殺で、資本家が搾取でプロレタリヤが正直で、唯物史観がマルクスで進化論が猿で、大本教が御《お》筆《ふで》先《さ》きで、正にあるべき筈なのが大地震だつたりしては、一切は鮒が源五郎で、元結《もとゆひ》は文七であるよりは以上に耐らない、迷惑至極な道理である。

　耶蘇は小便をしても手を洗はなかつたり、酒を呑んだり、淫売と交際したり、漁師と友達だつたり、したと云ふことであるが、僕も実に交遊天下に普《あま》ねく、虫の好く人間ならその境遇と職業と主義と人格と才能と美醜と賢愚と貧富とヱトセトラの如何を論ぜずに友達になる。だから、僕の交遊の種類はまことに千差万別で、僕はどうやら社会上の職業は文士であるやうではあるが、文士や藝術家以外に職人、役者、商人、相場師、落語家、娼婦、社会主義、船乗り、アナキスト、坊主、女工、藝者、――その他なんでもござれである。

　たとへ文士や藝術家や、学者や社会主義だらうがなんだらうが虫の好かない奴は大キライである。自分と精神的生活の色彩が似てるだけさう云ふ連中にヨケイ嫌ひな人間がゐるやうだ。

殺された高尾の平公などは僅か二三度遇つたきりだが随分好きな人間だつたから、葬式にも出かけたのだ。僕は彼と社会主義の話なんか一度もしたことはなかつた。彼は全体、ボルなのだかアナなのだか、なんなのだか僕は未だに一向知らない。知る必用もない。ただ僕は平公と云ふ人間が好きだつた。

またパンタライの黒瀬春吉の如きは十年来僕の浅草放浪時代からの親友だが、彼はある主義者に云はせるとスパイなのださうだが、スパイかアマイか僕は一度も彼をなめてみたことはないが、彼奴《きやつ》はこんどの地震で潰されて死にはしないかと僕は時々心配してゐる。バンタラと云ふ名も僕が命名してやつたので千束町にゐたへイタイ虎などと同様——僕にはありがたい友達なのである。デクインシイが倫敦《ロンドン》で餓死しかけた時、彼を救つたのは少女の淫売婦であつたことは僕の名訳「阿片溺愛者の告白」を読んだ諸君は夙《つと》に御存知の筈だが、僕が千束町流浪時代に、僕に酒を呑ましてくれたり、飯を食はしてくれたり、小遣銭をくれたりしたのはやはり私娼や、バク徒や役者やその他異体の知れぬ人達であつたのだ。僕の親類にも岩崎家に関係があつたり、数万の財産を持つてゐる人間もなくはないが、そんな時には一向御役には立たないのである。

しかし、日本もかなり文化したのだから、僕のやうなスカラア・ジプシイの思想と藝術を尊重して仏蘭西《フランス》に洋行でもさせてくれる粋狂な金持の二三人位はそろ〳〵出て来てもよささうなものだ。僕は決して遠慮や、辞退はしないつもりだから安心してもらひたい。僕は又ダダイストで社会主義でも、無政府主義でもなんでもないから、洋行させてもらつた返礼にプロレタリヤを煽動したりなにかはやらないからこの点も安心してくれ給へ。

野枝さんは子供の時に良家の子女として教育され、もつとすなほに円満に、いぢめられずに育つて来たら、もつと充分に彼女の才能を延ばすことが出来たのかも知れなかつた。もつと、落ちついて勉強したのかも知れなかつた。不幸にして変則な生活を送り、甚だ変則に有名になつて、浅薄なヴァニテイの犠牲になり、煽《おだ》てあげられて、向ふ見ずになつた。強情で、ナキ虫で、クヤシがりで、ヤキモチ屋で、ダラシがなく、経済的観念が欠乏して、野性的であつた。——野枝さん！

しかし、僕は野枝さんが好きだつた。野枝さんの生んだまこと君は更に野枝さんよりも好きである。野枝さんにどんな欠点があらうと、彼女の本質を僕は愛してゐた。先輩馬場孤蝶氏は大杉君を「よき人なりし」と云つてゐるが、僕も彼女を「よき人なりし」野枝さんと云ひたい。僕には野枝さんの悪口を云ふ資格はない。

大杉君もかなりオシヤレだつたやうだが、野枝さんも、いつの間にかオシヤレになつてゐた。元来、さうであつたかも知れなかつたが、僕と一緒になりたての頃はさうでもなかつたやうだ。だが女は本来オシヤレであるべきが至当なのかも知れぬ、しかし御化粧などはあまり性来上手な方ではなかつた。

僕のおふくろが世話をやいて、妙な趣味を野枝さんに注入したので、変に垢ぬけがして三味線などひき始めたが、それがオシヤレ教育の因をなしたのかも知れなかつた。

だが、文明とか文化とか云ふのはオシヤレの異名に過ぎない。オシヤレ本能をぬきにして文明は成立しないだらう。僕も精神的にはかなりオシヤレで贅沢なつもりでゐる。仏蘭西《フランス》のデカダン等はみな〳〵然りであつた。

ブルジョア文化だか、なに文化だか知らぬが、兎に角、人間が進化すると云ふのはオシヤレになると云ふことに過ぎない。いくらブルジョア文化に反対するプロレタ文化だつてみんなが青服を着て得意になると云ふことばかりぢやあるまい。みんなが、人間がみんな一様に贅沢な、文化的な生活をしなくてはならないと云ふことなのぢやあるまいか？

今の資本家など称する輩《やから》はだが、たいてい財力を握つてゐる野蛮人に過ぎないやうな観がある。金ピカ崇拝の劣等動物で、藝術だの学問などの趣味のわかる人間は殆んど皆無と云つていい位である。だから、かれらがこしらへてゐる都会を先づ見るがいい、——如何にゴミタメの如く、小汚なくメリケン町の場末の如く、殺風景であるか！

自分はすき好んで放浪してゐる訳ではない。僕をして尻を落ち付けさせてくれる程気持のいいところがないからなのだ。恐らく贅沢でわがままな僕を満足させてくれるやうな処は何処へ行つたツてないのかも知れない。イヂ〳〵コセ〳〵と変に固苦しく、生活を心の底からエンジョイすることを知らず、自分の感情を思ふ存分に托する歌一ツだに持たず狭い自分達の箱の中で御相互《おたがひ》に角つき合ひ眼くぢらを立て、低能児をやたらに生産し、金力と腕力とを自慢にする他になに一ツ能がなく、他人の生活をやたらに干渉し、自分の人生観がなく、弱い者を苛め、無智で厚顔で粗野で数へ立てればまことに言語道断である。

野村隈畔《のむらわいはん》君や、有島武郎さんが心中した気持は察するにあまりがある。僕は不幸心中の相手がないのでノメ〳〵とダダイストになつて臆面もなくノサバリかへつてゐる。僕は自分の生き方がいいかわるいかは知らないがこれ以外に今のところ生きるせんすべを知らないのだ。

野枝さんのおもひでを書くつもりであまり書けなかつた。始めからあまり気が乗らなかつたのだ。それに自分は発端から克明に物語る田舎者のやうな話し方は至極不得手だ、のみならず来時の道はなるべく忘却することに努めてゐる。努めずとも、飲酒の習癖がひとりでに忘却させてくれる。楽しい過去なら努めて思ひ出しもしよう。

未練がなかつたなどとエラさうなことは云はない。だが、周囲の状態がもう少しどうにかなツてゐたら、あの時の僕等はお相互《たがひ》にみんなもツと気持をわるくせずにつまらぬ感情を乱費せずにすんだでもあらう。（一九二三年、十一月四国Y港にて）

（「婦人公論」大正13年2月号）

集団バラックの生活記録

——風紀、衛生、人道上の大問題として当局及び江湖諸彦に愬ふ——

竹内大三位

一　どん底に蠢爾《うごめ》く者

新聞紙を一通り見て了ふと少し眠む気を覚えるので有つた。立春も早く過ぎて、丁度其日は雨水《うすゐ》で有つた。長屋は何《ど》の棟《むね》もどの棟も皆静かで、朝の炊事頃の賑やかさと言ふよりは騒がしさを、けろりかんと忘れてる風《ふう》で、日は暖かに差して、極上等の梅見日和《ひより》だつた。もう恁《こ》うして春になつた。大震大火以来何時《いつ》の間にか半年を経過した。

机上の一輪生けにはフリイジヤーがゆかしく匂ふ、美しい其の葉の緑よ、美しい其の花の白よ、そして其の姿の可憐さよ。と、今日まで見た事の無い物かなどの様に、むさぼり眺め入る彼の心も、その間は穏やかに無邪気で有つた。老父の筐の、古代七宝の一輪生けは、貰つてから既に三十年近く、彼と共に海外にまで数度の長旅もして、地震に逢つて、火事に逢つて、何《い》時何所《つどこ》でかも知れない負傷して。呉れた老父も永眠して。重ね重ねの紀念品と成つた。松も昔のと歌つた古人はいざ知らず、自分には大事なお友達である、小瓶若し霊有らば聞け、汝を限り無く愛する者いま汝の前に在り、と生活の敗残者たる彼は感慨に耽つて居た。

その一輪生けには例年きまつた様に水仙を挿して正月の始めを飾り、寝乍ら其匂ひに浸つて本を読んだりした。そして飽くまで眺めた後がフリイジヤーに生け代えて、その大同小異をも喜んだ。が、大震火災後の此の正月は、水仙どころでは無く、第一花瓶を置く場所をさへ知らなかつた。また花瓶も何所ぞの隅に詰め込まれて居たのを、一月末に九段バラックの棟割り長屋へ這入り――それも頼みに頼んでやつと入れて貰つたのである――二月半から少し心も落ち付いて、何所をどうして出て来たか、思ひ出深い小花瓶が、今左様《さう》して彼の机上に飾られて有つた。南面してる入口の障子上半全部――下半はトタン板を張つてある――一杯に日光が差して、公園では風無きに桜が散るかと思はれるほどの暖かさである。軍用堅パンの空箱《あきばこ》を其のまゝ応用した、手製長火鉢の湯沸かしに、湯気がむんむと揚がつて、急須を採る彼の袂の風にもフリイジヤーが幽かに匂ふ。やさしい花よ。淑雅な匂ひよ。

それにしても今年は水仙が見ず仕舞ひであらう、惜しいことだ、世界第一とかいふバイオリンの名手を、聞き洩らす事よりも残り多い事に彼は思つた。

それにしても為まじきものは貧乏である、銭さへ有れば小さつぱりした郊外の二室位は借りて居たらうものを。と言つて現代の社会は兎角貧富の差の甚だしく成る様に、不合理だらけに組織されてるので、それを年内や来年中にどうこう改めるといふわけにも行かない。普通選挙さへ出来て居ない日本に、あいにく大地震が有るんだから困つたものである。などと彼は彼自身の欠点や不運を忘れて、現代社会にばかりに罪を着せたりして居た。

　長閑に耽ける空想を、軽く破るものは隣家で内職の製本の紙折り、両手で何十枚かを取つて板の上に尻を揃へるらしい洋紙の音である。隣家と言つたとて紙より薄いトタン板一枚の仕切りに過ぎないから、壁一重の隣室といふものよりも未だ手近く物音が聞える。娘が懐中時計の竜頭を巻く音までハツキリ聞えるのだから、此方《こちら》もうつかりした事は言へない。

　尾籠《びろう》な話だが屁まで聞えるのである。屁も嗅ぎ合ふ夫婦の中といふ俗諺は、是れまでたゞ滑稽にのみ聞いてゐたが、こうして嗅ぎ合ふ事から聞き合ふ事までも余儀無くせねばならぬ仮小屋の狭きに住んで見ると、つくづく悲惨な俗諺であると思つた。笑ひ事では無かつた。

　全然人間の住めない所に住んで居るのである。某華族とか某富豪とかいふ者の自動車小舎、厩舎、犬小屋よりも粗末な住居である事はいふまでも無い。五十四郡の領主とも有らう御身が犬の如き畜生を羨み給ふ事かと、女丈夫政岡が熱い涙を零す一くさりは、芝居にも義太夫にも見聞して、名人上手には彼も幾度か泣かされた覚えも有る。それが今日、文化の声高き聖代に、誰有らう彼れ自身、畜生の犬や馬を羨まねばならぬ境遇に居た。それはどう考へて見ても動かすべからざる事実で有つた。肯定せねばならぬ実在であつた。

　彼は九段のバラックへ這入るまで救はれて居た——といふを比較的穏健とすべき事実が其所に存在する事は、口惜しくても恥かしくても如何《どう》とも出来ない——Mといふ華族の軒下を、もう往つて下さいと、追ひ出される時、それは正月が目の前にある師走の二十八日で有つた、彼は其邸の門の側の自動車小舎へ置いて貰ひたいと願つて許されなかつたのである。厩舎と等しい自動車小舎に住むをさへ許されないなどは、一寸嘘の様にも聞える話だが、口惜しくとも彼れ自身に在つた事実で有る。事実畜生よりも情ない今日の彼れで有つた。

　九段の集団バラックには獣穴式と鳥巣式との二通りの家が有つた、彼の這入つたのは鳥の方で、獣のやうに暗くは無いが、寒くてどうにもならぬ。暖い獣穴式の家でもM華族の自動車小舎より寒い事は言ふまでも無かつた。

　昔支那の詩人が猿を檻から放してやる時の詩に『汝を放つ千山万水の身』と有つた様に覚えてるが、今は動物園の獅子の檻よりも狭い家——どうしても家とは言へないものである、人が住むなら家と言ふべき様に見えて、真実《ほんとう》は一種の箱、又は一種の檻、或は一種の納屋即ち物置小屋とでも言ふを穏当とするであらう——の内に猿に劣らう筈の無い五尺何寸の身が、目に見えぬ鎖で繋がれて居る。こんな狭苦しい檻の中に誰が居たいものか、半日住むのも迷惑だが、繋がれてるからどうにも出て行けない。白銀の鎖や黄金の鎖で、十重二十重に縛られてるから足も腰も立たない。暮秋の野末に泣く虫ぢやないが、何時の間にか、もう働くべき手足が捥《も》ぎ取られてあつた。から身動きも出来ないで、どん底に蠢めく人か獣か一寸わからぬ者共の、多数の末路は即ち獣穴的か鳥巣的の箱入りであつた。

　バラックは隣家の屁まで聞きわける

二　燈火を持たぬ家庭

そんなに言つたつて彼などは未だ〳〵善い方で有つた。本所の或る小さい集団バラックでは、場末の夜の露店で使ふ臭いアセチリンガスや、石油の火屋無しランプをくすぼらしてるのが有る、蠟燭を上古の様に、ほんの台所の取片付や寝床の整理などの間だけ使用して、あとは燈火を持たぬ者が有り、甚だしいのは全然無燈火の家屋も四五軒有つた。其家の人達は梟《ふくろう》の様に暗夜に物が見えるわけでも無い事は勿論である。而《そ》して其の家は、一頃簑虫小屋と言はれた、簑虫の着物の様に不揃ひで穢《きたな》く簑虫の着物よりは遥かに寒い、小鳥の巣よりも寒いものに出来て居るのである。それで彼等居住者が小鳥の毛の様に軽い暖い衣服を着て居ない事は、又勿論だが、一坪につき千円からかけた、風雨は愚か、外からは針一本這入る穴も無い立派な御殿に、厚さ凡そ一吋も有るほどな氈子《だんつう》を敷いて、電気ストーブまで据付けてある室に寝る華族などいふ人達は、小鳥の着物を何枚も合はせて、軽い柔かい暖かい羽蒲団を着て休むのだから世の中は不思議に出来て居る。恵まれない事の余りに甚だしい友達よ。樺太では夜具が凍るといふのを誰しも一応は承知出来ない様に、人一倍熱い涙をこぼす君達の涙が大寒の此頃の夜更けには、直ぐ凍ることを、内閣の各大臣も、枢密院の諸公も一人として知る者が無いのである。

燭の蠟涙が一滴ほたりと落ちた様に、その熱い涙も直ぐに水晶の鋲釘《べうくぎ》の頭を木枕に止めるのである。常に湿気に満ちてるその床下は、夜昼共に凍てゝ居る事が多かつた。それがつひ五六寸の下に過ぎなかつた。

無燈火の寒い寂しい悲しい家の人達は、多くは信仰も無かつた。従つて些かにても慰むすべを知らなかつた。本所安田邸跡のバラックに居る五歳の小供の唄ふ『青い目玉の人形は、アメリカ産《うま》れのセルロイド、横浜港に着いた時、迷子に成つたら何んとせう』といふ歌を聞いた事があつたが、その無燈火の家庭から、こうしたいたいけな悲歌をも聞く事で有らうと考へたりした。

然し九段のバラックとても無燈火と異る所は殆んど無い位、まあ月夜ほどの明かるさに過ぎなかつた、燈火が有るといふだけの話で、何んの仕事も出来ないのは無燈火と選ばなかつた。即ち二戸に対して十燭が一燈つゝ備へ付けられてある。十燭と言つても電燈会社は真実の十燭光を送電せないで、精々七燭位なものである。それが甲乙両戸の中間屋根裏の、高さ凡そ七尺ほどの所に笠無しで吊されてある。元来天井の無い小屋だからトタンの屋根裏は濃鼠色の上に黒く煤気て居る、それに笠の無い七燭は火屋が塵まみれだから五燭光位に減じて、平均八尺以上の高所に在るのに四壁が亦ドス黒いトタン板だから、其電燈の光りが蓆の上に達する所は漸く三燭位なもので、星月夜よりは少しは善からうかと思はれるに過ぎない。

此暗い燈火の下に、衿も裾も揃はぬ、不秩序に垢づき破れた着物を重ね、怪しげな襟巻や奇しき頭巾に、蓬頭乱髪の奇怪な人が居るわけだが、全市の集団バラツク生活は大小百二十ケ所八万五千人を二月末に於て算し、其内の稍や半数は病人で、二千人以上の不具癈疾者が居る。そうした薄暗がりに蠢ごめいて居るのである。

勿論新聞紙も読めない、急ぎのハガキが来ても少し細《こま》かく書いたのは矢張りいけない、強いて読めば目が痛く成る。だから女の縫ひ物、編み物を始め、内職だの夜業だのといふものは全然出来ない。無理に為れば甚だしく疲労すると共に眼病に罹るのである。大震以来今日までに、大方の小供等は近眼となつて居る。故に四五年後から六七年の間は、徴兵検査に際して東京市の壮丁には、著しく近視眼を増して来るであらう。平常敏感な陸軍当局が、其所へ気の付かないのも可笑しいが直接の責任者たる市の当局は不親切か怠慢か無能か浅学か、衛生思想の殆んど絶無ででも有るかに見えるのは驚くべきである。欧米では近年『健康第一』の標語さへ行はれて、衛生上の用意設備は到れり尽せりであるのに、ビックフアイブの一たる日本国の首都では、悲惨な元始人類的生活を、偖ても久しく続けて居るのが何万人といふ。

十月頃から新年へかけて二月までは、夜が永くて困るのである。日が短くて何事も出来ないのである。から何人も夜業を為る、貧乏人は尚更為る、為《せ》ねばならぬのである。左様に夜業を為《し》ても未だ夜が永過ぎて、朝は早く目が醒めたりして夜永を持て余す人も少く無いのであるに、その日の短い真最中、その永い夜を半年の久しきに亘つて、生活難の貧乏人に、働いてはいけない、と仕事の手を緘鎖するに至つては、如何に不生産的なるかは、不衛生と相対して最早問題外である。そんなにして居ても復興は急ぐといふので有らうか、当局者の復興計画や帝都計営方針が、まだ確定せぬ今日は、そんなに市民が働いては困るといふのであらうか、既に食料品を配給してやつてあるからそんなに働くなといふのであらうか。

戸外は寒いから多くは室内に居る、その室内の不潔さは又話の外である。煮炊きも多くは室内だから七輪の団扇バタ〳〵で蓆の上も棚の上も灰だらけである、夜具から出る塵も衣服から出る塵も、粉炭を長火鉢へ流し込んで朦々と立ち上がる黒烟りも、蓆の其の一目毎に何千百、毛布の裏表などは申すまでも無く、久しい間の分が皆喰ひ込んで潜んでゐる塵も、行李を出すとか、固くなつてる蒲団を敷くとか、人が歩くとかのドタンバタンで、それ等種々様々の塵が春の霞の様に或は降り、秋の霧の様に或は上がり、それに加ふるに炭火から上がる有毒な炭酸ガスやら、鰯を焼く匂ひやら、漬物を出す糠味噌の臭みやら、小供の有るのは便器《おまる》が其辺に在つての悪臭やら、一上一下の塵と塵との間を、臭気も毒ガスも一張一縮して縦横上下に渦く所は、丁度風の落葉とその落葉より生ずる風とが両々相乱れ撲つが如きものである。その塵に無数の黴菌が培養されて居やうと思へば兎ても猛烈な光景である。その証拠として、障子の桟は二三日にして約四五ミリメートルの塵を積み上げ、白綿ネルの夜具の衿は五日を待たず毎度結構な鼠色に染められる。更に鼻の穴に至つては一日に何度でも指さへ入れて見れば必ず黒く成つて居る。剰さへバラックの半数は終日日光の差さないものなのである。又況んやバラックの小供等は、一升に対し塵を匙に半杯位混じつて居る餡の饅頭やきんつばや乃至は砂糖、黄粉、福神漬、味噌、塩の類及び職工が麻紐を口で嘗《なめ》ては切り〳〵した飴玉なども喰ふのであるから、不衛生は通り越して死なないのが不思議なわけである。

それのみならず閑居して閑談に耽ける。無駄話にはあまり善い話が無くて間食といふ不衛生が伴ふ、塩煎餅とか煎り立て豌豆とか不消化至極なお茶うけを四五歳の小供にまで平気で喰べさせる。又毎晩酒に酔つた人が必ず何人か有つた、それが馬鹿な事を声高に言ふ、長屋の妻君達や小供等は面白がつて聞く、益々猥褻な言葉を連発する。猥褻な歌を唄ふ。聞くまいとする人々までが聞かされて仕舞ふ。六七軒先きの事でも家が小さいから、近く手に取る様に聞える。之れが十二三歳から十六七歳まで位な少年少女等に甚だ善くない感化を及ぼす事は言ふまでも無い。彼の直ぐ近所にも猥褻語を口癖の様に連発する小供が居る、其母も亦時々言ふ。

此猥褻語猥褻歌も手伝つて、永夜の早寝は少年少女をして早くも性的に目覚めしむるのは、如何とも仕様のない困つた問題で有つた。三つには狭い室内に五人も六人もが一緒に寝て居ることが、身体の接触其他に依つて性的に或る徴発《ちやうはつ》を余儀無くされるのである。遂には自瀆といふ様な不自然にして最奇怪、最害毒の罪悪が行はれる様にもなるのである。身体がそれ程労れてゐないのに夜が永いから、夜明け前に目が覚める、起床には未だ早いのに床中では為すべき事も無いのが、性に目覚めかゝつた少年少女の好奇心から病的に走るに不思議は無い。

それ位の事は市の当局者にもわかつて善い筈なのである。日本にも近年性に関する雑誌まで出来て、随分斯うした様な事は注意して呉れる様に思ふが、前の市長は医者で、今の市長は其の部下であるやうに聞くに係はらず、事実衛生上の注意の足らないのは少々情無い。一体東京市ほど不衛生に出来てる所は世界の文明国の何所に在らうか。他国の街路は水で洗はれ雑巾で拭かれて鏡の如く美しいのに、東京ばかりは晴天には砂塵を吹き上げ、市民は丁度灰神楽の中を泳いで歩き、其塵を喉が痛いほど吸つて、その反対に雨が降れば泥深くして鮹が居そうである、路か泥田かわからぬ所を軽業師が綱渡りでもする様に平気で歩き廻はるだけの度胸と訓練が必要である。その泥路を馳駆する自動車が用捨無く泥を跳ね飛ばして、往来の人の着物を汚す。それは痰唾を無遠慮に吐き散らした泥であり、又夜は畜類で無くとも放尿した泥である事は改めて申すまでもない。到る所の堀川には腐つた泥汁を湛えて、夏は甚だしく悪臭を放ち、電車の中は砂塵が舞ひ上がり、共同便所は殆ど悉く不潔を極めて居り、銭湯は最初から濁つて居り、殊に市の公設浴場が一層不潔である。又極少数貴族富豪の外の家は皆空気の流通が悪く日光の射入が不充分である。それなのに一般におすわりをするから足部の発育不充分の影響として、男も女も概して外出嫌ひが多く、遠足や旅行の趣味に乏しい。たまに山間や海浜の温泉にでも行けば、美食して寐転んで居る、然らずんば婦女子と共に骨牌遊び位に耽る。宿を出て山に滝を見るとか、川に魚を釣るとか小船を漕ぐとか、運動を競ひ、屋外の遊戯に汗を出すなどは好まない。紳士とか貴族とか言つても室内に閑居して不善に近づくのが滔々皆然りと言つた風である。

それで運動不足と過食から胃病が起り、山海の鮮気を捨てゝ室内の汚気ばかり呼吸するから肺病に罹り、不品行病なども湧いて来る。オリンピツクの競技に世界の檜舞台で、あんな悲惨な結果を見ても未だ出来過ぎた好果と言ひたい。それは一般人も悪いであらうけれども、先づ市当局者の不親切を攻めねばならぬ。何所を眺めて見ても悪い方へは都合善く行ける様に出来て居るにかゝはらず、衛生的とか更に積極的に健康増進などの善い方面に行くには、何等の設備も勧誘も無いからである。

運動場でも音楽会でも水泳場でも絵画館でも、図書館、講演会、博物館、公園、動植物園と数へ来つて無いものだらけ足らぬものだらけ不完全だらけである。斯うして不衛生不完全だらけな東京に、就中不衛生不完全に出来てるのは市で世話して居る集団バラツクである。そのバラツクには身も心も傷ついた多数無告の良民が居る。

大震大火のため大負傷の姿となつた市民に対して、当局其後の施設待遇は、正になま殺しにして居るのだから溜まらない。住むべき家が無いと言つて家を建てやうにも、復興局で都市計画を定めないから家の建てやうが無い、建つべき家も建てらるべき土地も半年後の今日尚ほ且つ宙に浮動して居るからである。家が出来なければ会社も商店も工場も営業が出来ない、営業が出来なければ店員も職工も失業又は半失業の形である。収入は減つても衣食の費用は中々減らない、のみならず反対に罹災のための家具や衣類を、気候とその日〳〵は否応なしに補充せしめやうとする。神経衰弱も起る筈である。曾てロンドンが大火にやられた時、その二十日程後にはもう一般の復興計画を発表したといふに比べて其違ひの余り大きいのに驚かされる。

五燭で宵寐夜中に腹が減り

三　五方トタンの小屋

『九尺二間の棟割長屋……』など俗謡にも聞いて居たが、又そんな所へ這入つてどん底生活者の友となり師となつてどうこうして居る知友も有つたので、彼も一度は這入つて見やうかと唯だ物好きに青瓢箪《へうたん》をでも貰ふやうに左様思つた事も無いではなかつた、が、今日現在九尺二間に這入つて仕舞つて居るのを思ふと、其れが堕落か向上か幸か不幸かは別の問題として、唯だ何とは無しの悲みに陥ることを禁じ得なかつた。

この九尺二間は八戸で一棟なのが三列又は五列並んで招魂社前広場の、南側と北側に細長く、九段の坂の上り口『別格官幣靖国神社』の石の大杭から、神社境内前通路まで三百メートルほどの間に続いて居る。

棟と棟との間は横には背中合はせの所はほんの二尺しか空いてゐないが、向ひ合ふ所は七八尺あけて、中央に細い下水溝がある。すると一軒の小屋の前には凡そ三尺何寸巾で九尺の空地があるが、之れが盥や竈やビール箱石油箱炭俵四斗樽などの置場であつて、尚ほ且つ炊事場であり洗濯場であり朝は洗面場である事は勿論だが、正午から夕方へかけては菜を洗ふのも此所、魚の鱗を取るのも此処、娘が髪を梳くのも此所、するめ烏賊や飯櫃も左の箱の上に乾され、便器《おまる》や草箒塵取器のやうなものも右側の屑捨バケツの傍に置かれる。中央の溝の上には流し台流しを架して釜の尻を磨き、バケツや洗面器も置いてゐるから人の通らうといふ場所は甚だ狭く、混然雑然たる僅か一二尺の間を、豆腐屋、八百屋、魚屋などが物を担いで売りに来る。

又屋根から屋根へ竿を架け檐《のき》から檐へ縄を張渡してシヤツや腰巻やおしめの様な小さな洗濯物を乾す、一寸万国旗を聯ねたやうだ。それに両側から二三尺の庇を焼トタンの手製で出してるのが多く、それは棚の様に低いから山高帽では通られないとか、屋内も暗いとかいふ欠点も有れど、一面に於て黴《か》びた餅を干したり、ピタンコの坐蒲団も脹らましたりするに丁度都合が善い。雨上がりは下駄やゴム靴などは無論洗つて此所へ乾す。

耐震耐火として鉄骨鉄筋コンクリートの家の善い事は言ふまでもないが、彼等の九尺二間は木筋金属製であるから火事も安心である、畳も無ければ天井も無いから夜具でもの外は殆ど焚える物が無い。地震にしても太古の民族が地震に驚かなかつたに、倒れる心配も有るまいし有つても死ぬ様な事が無い。まことに安全結構な住居である。彼等は斯る善き住居を呉れた当局者に深く感謝すると同時に、草を敷き寐の露営に野末の星を仰ぐ事は、鳥の巣や獣の穴以上に震火に安全である事を教えて進ぜ度く思つた。地震や火事は毎日有るのでも無い、けれども二六時中絶え間無く彼等の身を囲り攻むる寒気と病気とは野末の露営を何十日も何百日も許すものでは無かつた。も少し地震と火事の心配な家が善い。

上と前後左右との五方がトタン板で出来て居る、床は勿論隙だらけの屑板の上に、極めて粗末な畳表の髯付きが唯だ一枚敷いて有る。四畳半一室と台所道具や炭薪の置場とも下駄の抜き場とも置場とも玄関とも兼ねて三尺に六尺の土間が有り、三尺四方の板敷で台所のつもりで造つたものかとも思はれるものがある。両便所が無い押入れも無い棚も無い、雨戸が無い、庇が無い天井が無い、無い物だらけである。一種皮肉な風流がある。

言ふまでも無く椽の下は吹き抜けで、四方八方隙だらけの、屋根のトタン板はなまこに出来てるから、其の波状が棟木に当る所、波峰と波谷に依つて直経二三吋の半月形の空気抜きが、前方に四十幾つ、後方に四十幾の合せて九十個に近いものがある。総て空気の流通の善さと言つたら少し誇大だが鳥籠のやうだ。其所へ持つて行つて金属製の家だからその冷える事といつたら話は無い。毎年夏千何百貫の氷で室内を冷涼にするといふカフエーライオンの納涼会は今年一つ九段バラックで開かせたい。

被服廠の焼跡を本所くんだりまで視察とやらに行く事が、山の手の奥様お嬢様間に一時流行した程だから、日比谷公園や芝公園へ、散歩がてら好奇心も手伝つて、バラック見物に行く人も随分多かつた。が、そんな人達は集団バラックの外側を廻つたり、中央を通り抜けたり、一二軒内を窺《のぞ》き込む、と内から厭な顔の視線に追はれ、其辺の居住者からも同様まごついてるだけに変に眺められるので、其れ位で視察を切り上げて去るのが普通で有つた。親しく小屋の内へ這入り、ほこりだらけの茶碗から水の杯も貰つて飲む勇気を持合はす者は甚だ少い。況んや二三軒に就いて其の衛生状態や教育風紀などの状態を、親しく観察して行く者は殆んど無いと言つて善い位、お役人様などが調査に行つたとて中々真実の事は聞かさない。だから知つて居らねばならぬ筈の人達でも案外真相はわからぬらしい、から玆に些か詳記して置く。

日比谷公園、芝離宮、宮城前、青山の神宮外苑、芝公園、上野公園、浅草公園、九段、被服廠、安田邸、深川公園など数へて総計百二十幾つ。収容人員始めは十五万と言つたが二月末には八万五千と統計された。彼らの居住する九段は比較的遅れて出来ただけ、内最も優秀な建築で有つた事を此辺で承知して置いて貰はねばならぬ。

入口六尺は戸である、板戸もあるが彼らのは下半分はトタン張りで、上部が紙だつた。其の戸が開閉毎にガタピシヤ、ギクシャクしてたてつけの悪い事は申すまでも無いとして、庇が無いために紙の下半が雨毎に濡れる、風が有れば直ぐ破れる、風が無くても二三度雨に打たれゝば矢張り破れるのには閉口の外は無かつた。その破れから空ビン買ひなどが怪しげな眼で窺き込むのには毎度不快千万で有つた。長屋の障子に破れないのは極めて稀で、何かの包み紙や古新聞を汚く張り継いで松下の禅尼を驚かす様なものばかりが多かつた。後方は六尺幅四尺五寸の窓、乏れも板戸のと一枚だけ板戸のと二枚共障子のと三通り有つたが、彼らのは障子を裏表の両方から、障子紙、厚い西洋紙、古新聞紙の三通りで混ぜ張つた所を更に雨の跡が幾つも付き、雨で破れが幾つも出来て居た有様は正に乞食小屋此所に在りの金看板に等しいものであつた。之れが北風の雨天には全部濡れる、吹き込む、流れ込むのであつた。

それに天井が無いために毎朝屋内で雨が降つた、霜や雪で冷え切つてるトタン屋根に、人体の温度から水蒸気が凝結して、それがベタ〳〵落ちるのである。落下する場所は大体一定してゐるが、毎朝必ずしも確定して居ない、時には女の衿頸へでも食事中の鍋の内へでもバタ〳〵と多量に這入つて来た。一回に凡そ杯に小一杯なのが三分間五分間十分間と間を置いて稍や三十分以上一時間位は続く。その間は畳半枚位なのが二三ケ所は使へないのである。始めての人は誰でも一寸吃驚《びつくり》して、一寸眉を顰《ひそ》める。彼の妻は殊に之れを厭がつたものだ。しかし馴れて見れば、乞食三日すりやの例へのやうに何んとも無かつた。が一層馴れると其れは言ひ知れぬ寂びしい音で有つた。深夜の芭蕉の雨の様に細かい音で無く、百一発の弔砲のやうな太い悲しみを含んだ音でも無かつた。

内で降りや額《ひたひ》の下も雨曇り

四　道傍の砂利に寐て

集団バラックの生活を写す前に、彼らがバラックへ這入るまでの道筋を簡単に少しばかり記せねばならぬ。

忘れもせぬ九月一日、正午に近い大地震が、ドドド、ガラ〳〵〳〵グラ〳〵〳〵と来た時、彼らは玄関の三畳まで出て家からは出られなかつた、門まで四間ほどの間が隣家の屋根瓦の落ちるを恐れたからである。若し家が潰れたら死なゝい迄も傷位は免れなかつた所だ。二千五百八十何年以来の地震国で、世界の一等国で、文化の声高き今日まで、陛下の御膝もとの東京でさへ、地震に対する設備は何んにも出来て居なかつたのだから、不思議な話であり又恥かしい話であつた。大臣とか政党首領とかいつて肩で風を切つて歩く人達は一層恥かしいわけなのだがその当時は何んな顔をして居たか。之れだけの事でゞも内閣も市役所も総辞職の価は充分なのだが、日本では責任内閣は毎度無責任内閣で、官公吏などは何時もヅウ〳〵しく鉄面皮で不得要領であれば先づ勤まると言つた風だ、それが人間の道に逆《そむ》かうとも正義で無からうとも、一向おかまひ無しである、即ち世界の各国いづれへ行つても鼻つまみな人達が日本では悧巧な官吏として賞められる。

第一震が終つてから門前へ出たが、僅二三間幅の街路の上に電線が今にも切れ相にゆらいで、絶間無き地震の不安を目前に啓示して居るので、小半丁先きの南条先生前庭へ逃げ込んだ。其所は鉄筋コンクリートの扉《へい》が道に倒れて、百坪位な小奇麗な芝の植込みが、丁度避難者を待迎顔であつた。

その庭へ這入る前、丁度其所に悲泣して居た女の、通行中その扉に打たれて重傷を受け、歩行もならなくて唯だ悲泣して居たのを、彼の性質として見過す事は出来ず、抱き起して小一丁後方の野田医院まで引きずる様にして連れて行つた、女は若い美しい盲であつた。気の毒でならなかつた。それから、先づ格構な避難所を得たと見て取つた彼は、彼の隣家の渡辺医師が臨月の妻と五歳と三歳の二幼児を残して大学病院へ研究に行つて居る、その三人を彼と彼の妻とで手を取り連れて行つたのである。其時始めて老先生の顔を見た、仏教の畑では有名な先輩で彼が近所へ来てから七年も経つてるのにまだ知らなかつたのである。羅漢の様な老先生は石の羅漢の様に一言も曰はなかつた。

南条邸から三四軒西へ出れば其所は麹町六丁目から市ケ谷見附へ出る大通りであつた。其れへ行つたり、自宅の門前まで行つたり、更に六丁目に停まつて居た空電車を窺いたり、自宅の座敷や台所も一寸見たりして、地震のあひま〳〵を危険を冒し乍ら色々に視察して、追々に近所の模様やら銀座や丸の内辺の惨状なども聞いた。それを女達にも聞かして警戒注意した。その内渡辺医師も帰つて来たので、本郷神田辺の混乱状態が略ぼ推察された。さアもう一刻もぢつとして居られなくなつた、夫婦で自宅へ取つて返し、飯を一杯半ほど玄関に腰かけながら喰ふといふよりは咽へ詰め込み、手廻はりの大切な品をカバンに入れて携えた。妻君は衣類の方を布呂敷包みにした。買ひ立ての舶来レースのカーテンにも何かゞ包まれてグイと無残に縛られたりした、一刻も争つて手早くして、大通りを市ケ谷の方へ小一丁行つた所に、左は南条邸を十倍したほどの松平伯爵邸、その向ひに五六百坪の空地があり、空地の前の道傍に砂利が八坪ほど積んで有つたので、その上を今夜の宿と定めた。夥しい人達が、見た様な顔の人達が矢張り其辺へ段々避難して来た。鍋や米の有る者無い者、漬物桶まで携えた者、ほんの現金と楽器だけらしい者、千態万状、其辺は勿論、何所も皆鼎の沸くが如き混雑で有つた。

一先づ本陣を其所に定めて、重ねて自宅から荷物を運び、或は市内各区の模様を聞き、或は六七丁先きへ来て居る猛火の模様を視察し、更に落ち延びて行くべき最安全の地を物色したりして居る内に何時日が暮れたか、何時夜が明けたか殆んど係はり知らなかつた。食事なども勿論めちや〳〵で、郷国の名物黒部水瓜の四五貫もある大物四個を、咽の乾く度切割いては顔も名も知らぬ人達にも分けて快喫した。それでも三十分間位は砂利の上に寝た。蚤が沢山砂利に居ると女や小供が言つたが彼は蚤どころでは無かつた。

新聞の号外は待てども〳〵来なかつた。火の模様も死傷の数も水や飯の事も知らせて呉る者は無かつた、一一自分で行つて見聞して来るより外は無かつた。市役所区役所巡査消防など凡そ役人じみた者は皆一時に全滅した様な姿だつた。新聞号外は実に待遠しかつた。

二日の正午には一旦火事が兵隊に消し止められたので、町内の人人は夫れ〳〵自宅へ荷物を運び返した。喜び乍らつぶやき乍ら。

勿論彼も運び返した。其時家中を見廻はつたが惨澹たる状態で、壁落ち障子倒れ、棚や机の上の彫刻の美人も花の瓶も倒れ傷つき、酒もソースも川と流れてビンの破片八方に飛び、殆んど手の付け様がない。

猫も不安を感ずるらしく特殊の哀調で啼き乍ら其の混雑の間を妻の裾にもつれつゝ訴え願ふ事頻りである。鶏は鶏で二羽が二尺とも離れないで、声高に屡々不安を訴えては油断無く警戒して居る。それは真の我児で有るかの様に不憫至極なもので有つた。猫にも鶏にも抱き上げてキッスしてやりたい様にも思はれるので有つた――昨夕砂利の上へは二つの行李へ別々に入れて、猫も鶏も連れて行つた、行李へ入れたいものは外に沢山有つたのだが、飼ひ馴れた生き物は情として捨てられなかつたからだつた――猫も鶏も旧居へ帰つた事を喜びながら尚ほ甚だしく不安の姿で有つた、其点は少しも人間と変りは無かつた、寧ろ人間より以上に敏感であるかに見えた。人間が若し鳥や獣の言葉がわかつたら、その言葉を稍や完全なものに制定して、鳥獣を適度に教育したら、為めに受ける人間の利益は多大で有らう、と考へるだけの余裕は最早彼に出来て居た。

一旦焼残された家が二日の午後二時頃又火が出た、二ヶ所から火を付けたといふので、それ又逃げるんだと上を下の騒ぎと成つた、労れ切つた身体で亦復た家財を砂利の上へ運んだ、此度は雄鶏は狂気の如く逃げ廻はるのでどうしても捕へ兼ねた、その内火が近づくので不憫だが見捨てた。

砂利の上の行李の中では猫が彼等の声を聞く毎に不安を訴へて泣き止まなかつた、食物を与へても喰はなかつた、少々うるさいのと彼等を離れて何所へも行きはすまいと思はれたので、妻の不賛成に係らず彼は出して膝へ取つた、が何時か居なかつた、自宅へ帰つたかなと危んだ。一二時間の後にはその自宅は猛火の中に包まれて仕舞つた、多分台所か椽の下などで焼死んだらう。

夜の八時頃だつた、丸七年住み馴れた宅の焼けるのを近く彼は眺めて居たい、満天の火粉の中を鶏の狂ひ飛ぶ悲壮な光景を頭に描かれたりした。

三毛の猫は四年前大地震で東京市の水道が七日間断水した時四五ヶ月の小猫で有つたのが何時からか彼の台所へ来て、そのまゝ飼はれたもので有つた。以来凡そ四回に十匹ほど児を産んで、其の度毎に色々の世話を焼かせたものだつたが、今度また大地震で断水で何所かへ行つて帰らない。

猫を飼ふ時三年でも四年でも年季を切つて飼へば猫は其の年限りで何所へか出て行くものだと老婆が言つた、三毛は余り度々子を産むので彼は戯談半分に、お前は来年は何所へでも行つて呉と言つた、其時猫は無言で謹聴して居た事が一年前にあるのを彼は思ひ出して不憫がつた。一ヶ月ばかりは妻は毎日のやうに猫の話を為た、猫の声さへすれば夜中でも起きて出て見た。捨猫でも迷子猫でも寒風に二三十分間も晒され乍ら、呼び寄せて喰ひ物を与へた。それ等の猫は恐る／＼寄つて来て喰つて去つた。

四十万戸九分は焼けるをたゞ眺め

五　笠置山の雨路凌ぎ

間も無く知つた染物屋の紹介で向ひの松平伯爵邸自動車小屋前へ荷物を入れた、それは砂利の方よりは火難にも盗難にも比較的安全で有つた。邸内は見るが内に人と荷物の山を築いて、甚だしい混雑で有つた。兎角する内もう砂利の辺には人が居なく成つた、皆四ツ谷見付、市ケ谷の士官学校、招魂社などへ逃げたのである。火が漸次に近づいて最早半丁と無い辺まで来た時、松平邸でも人は多く逃げ去つた、ほんの貴重品だけを身に付けて折角出したピヤノなども捨てゝ行つた。此邸の伯爵も郡部の親戚へ避難された。数万円の書画古器物も後醍醐天皇が先祖に賜はつた薄墨の綸旨《りんし》など多数の家宝はそのまゝ捨てられて居た。

夜の十時十一時頃には松平邸へも火粉は雨の様に降つて来た、火の粉の下に端坐して野狐禅も一寸試みたが、少しも落付かないで死を目前にした様な不快をさへ感じた。さア逃げませうと皆を誘つた時は広い〳〵邸内に人といふのは殆ど彼等だけだつた。

彼の旧門前宅に三年前から居た大山君と、震災同時に知り合つて直ぐ親友に成つて、その兄の月川君が平河町で早く既に焼け出されて家族五人で、弟の所へ避難して来て居たのと合して八人を、砂利の上へ誘ひ松平邸へ誘つたので有つたが、此二家族を三度誘つて市ケ谷方面へ逃げた。その途中大山夫人から渡辺医師の小供の五歳の方を預けられた。預ける渡辺君、預かつた大山君、それを更に預ける、預かる大山君も彼も随分無理な橋を渡つて居る。彼は預つて仕舞つてから直ぐ馬鹿な心配の種を蒔いたと気付くので有つたが矢は既に弦を離れた、如何にもならぬ、頼れゝば何でも引受けるのが彼の病気で有つた。

その小供が邪魔に成つて困り切つた、殆ど泣かされた。取り散らされた悪路が更にポンプの水管の洩りに濡れて、不快千万な間を、右手にカバンとステツキを持ち、左手に小供の手を引き、背には火の粉の雨を負ふて走ると、一足毎に息が切れて蒲柳の質の彼は幾度か倒れさうに思つた。胸は不安と恐怖を伴ふ不快感に満ちて、もうどうでも成れといふ気に成り、その泥路の真中に火の粉を浴びつゝ坐らうとさへ為《し》た。でも妻は一足先きに走つて居るので其れに引かれて走つた。

見付近く来て身の置所を尋ねたが其所も此所も不安であり危険である。勿論其辺に人も居ない。その内大山君月川君にも離れて居る事に気が付くと一層不快でならなかつた。

市ケ谷見付の堤の桜の下に妻と他《ひと》の小供とカバンを置いたが其辺も余り安心出来ぬ所だつたか人は甚だ稀だつた。

此日午後やつと手に入れた手伝人《てつだひにん》と共に夜具を取るべく再び松平邸へ引返した。火の粉は一層激しく降つて居る、それは悲痛な壮美で有つた。天は真紅に金粉を散らし、地には伯爵の大きな邸宅が真黒に黙して居て、今にも破烈しさうに思はれた、火の粉は足下へバタ〳〵落ちて来る、夜具の上へも落ちる、それを踏み消し帽子で殴り消して、大山君の来るのを待つた。が中々来ない。来ない心算《つもり》の人を待ち乍ら火の粉を消して居ると、風向きが少しづゝ変はり、間もなく火も亦工兵隊に依つて略ぼ消し止められた。それで始めて大山君が来た。結局こう成つた上は此所が一番安全で有らうと議一決、亦復たカバン小供を携えて松平邸へ逆戻つた。それは午前二時頃だつた。他の人達もぼち〳〵戻つて来た。

地上は小砂利を薄く布いて有つたので皆其の上へ蒲団を敷いて寐た。彼だけは正面玄関の石畳の上に蒲団を敷いて寐た。一時間ほど経て小雨が降つた、人の二三が石畳へ来た、彼も夜具を二尺ほど内へ入れ、端坐して神仏に祈るでも無く霊異をおろがむ太古の人の様な心で黙して居た。直ぐ労れで昏倒するかのやうに寝た。

三日朝、其辺に人の二十も居たらうか賢さうな顔は一つも無かつた。玄関の戸を開いて内に這入るを許された時、始めて蘇生の思ひを為た。許す人も嬉しさうだつた。

松平邸へ辷り込んだ罹災者は四五日の内に二百名近くまで増加した。結構な御殿に罹災者の荷物の汚いのが遠慮しい〳〵運び込まれた。彼は最初の一人として多数者の為め色々世話をしたので自然世話係りとなり、仇名村長さんで通つた。

伯爵家では随分親切にして呉た。五日目十日目位には、米、牛肉、菓子なんど度々貰つた。それは実に嬉しいものだつた。

十月末米国大使の帰国に際し罹災者として大使に感謝状及び花束贈呈すべく、九段や日比谷の主任を誘ひ相共に発起人として全市の重なるバラック四十余ケ所の人々と共に其それを実行した、大使は深く喜びバルコニーに出て感激に満ちた答辞を述べた、そして大使の出発を万歳裡に送つた。でも其頃はまだ一点も米国の寄贈品を貰つて居なかつた。彼としては此挙は当局に対する催促であつた。次で罹災外国人のために慰安会を開き罹災支那人の死傷者にも弔慰の方法を取りなど六七ケ条の計画を立てゝ、バラック村長会議を骨打つて召集附議したが、当局者は『他《ひと》の畑へ生意気な』とやうに喜ばぬし種々邪魔が這入つて、村長会議三四回で彼は気を腐らして抛棄《うつちゃ》つた。

十一月も過ぎて十二月に這入る頃残る者は七八戸卅人位に減少した。郷国へ帰つた者、郡部へ室借りした者、焼跡へバラックを建てた者など皆四方へ散つて行つた。

伯爵家ではモウ行つて呉る事を希望するのが稍や露骨に成つた、無理からぬ次第と知つても彼等には中々行先が見当らなかつた。でも二週間後の師走廿日には一同退散と申合せた。師走廿五日に成つても行先の無い者は彼と大山と月川だけだつた。伯爵家からは廿八日迄に必ず出て呉、行先無い者は自動車小屋へ這入つて呉と申渡された。大山月川は渋谷の方へ行く事と成り、彼は自動車小屋へ這入る事ときめた。それが廿七日夜遅くお前一人なら邸外へ出て呉と懇談された。始め助けて貰つてるからには情として其れは承知せざるを得なかつた、そして命の瀬戸際で他人の子を預かつた様に、廿八日限りで大山等と一緒に出る事まで強ひられるま丶に約束した。正月を前にして明日中に家を尋ね当てねばならぬから其れは非常な無理だつた。彼は自分を感服したり冷笑したりした。さして行く笠置の山の御歌を想ふたりした。

行先を尋ねて見ると少し当てにした家は皆だめだつた。伯爵邸内には家令以下の家が五六戸と無関係者に家賃を取つて貸してある家が五六戸と有つた。暫時それ等の何れかへ収容して貰ふ事も、屋賃の取る取らぬに係はらず面白く無さ相なのを思つたりして不快に堪えなんだ。でも背水の陣は一生懸命に尋ねて、近い元園町に四畳半一室と、九段バラックに独身青年と同居で一戸を借り得た。

都落ちの平氏の如く腹で泣き

六　焼藷屋の玄関物置

十一月始めから罹災失業の彼の所へ老婆が一人居候に来て居た。九段へは其の老婆をやり、彼夫婦は元園町に寐る事として荷物を分けた。

元園町の家は路次を這入つて二軒目の焼藷屋で、彼が多年取付けの米屋の裏口に対して居た、藷は女房の内職として最近始めたらしく、主人は洋服仕立職だつた。六尺四方の土間の内一尺は下駄箱兼用の板敷が在るのに、直径三尺位な新式軽便と肩書するらしいブリキ製の藷焼竈が二つ有つたから、外套の裾がすれ〳〵に人が出入りし、下駄の二三足も有れば後から来た者は、足唯だ一本の入れ場も無い位狭い玄関に隣る、北向の汚い暗い古い天井の低い四畳半が、彼の辛うじて借り得た大切な室で有つた。が、押入れも床も無かつた。箪笥二つ本箱一つ机一つ、夜具三包み行李四つ米一俵炭一俵を持込んで見ると、此室はもう猫の児の坐る席も無さそうに見えた、普通の四畳半より狭かつた。

それを兎にも角にも積上げ片寄せて、其所に寝起き為やうといふのだから大変である。まるで八畳室で二間鎗を使ふやうな始末だ、箪笥の上へ夜具を上げ、承塵と箪笥へ六つ折り屏風を棚に掛けて、其上へ帽子箱の様な軽い物を載せるなど、苦心惨憺して天井に届くまで積んでも、寝るだけの畳一枚ほどがあかなかつた。けれども越し得る筈の無い大晦日を越す様に、兎にも角にも彼等は其夜其室に寝た。

明くる朝は早く起きて凡そ十一二丁を九段まで飯食ひに行くので有つた。此室には火一粒水一滴も無い、無論炊事は無《せ》ぬ約束だつたけれども、顔も洗はずに此室を朝毎に出て行く事は愉快なもので無かつた。殊に此附近は米屋でも八百屋でも魚屋でも皆彼の家へ通帳で御用聞きに来たし、其他も大方の店では顔を知つて居るので、褞袍《どてら》の上へ時代遅れの古まんとを着て寝ぼけ面で通る事は、女で無くても嫌で有つた、が妻は不運とあきらめて居るらしく彼の考へた程不平がましいことは言はなかつた。一つは老婆が妻の関係者で有つたからといふ事も有つたらうか。之れも松平家に対して余計な義理立てを為し、無理に男を通すからだと妻は解釈して居た。時々知人に逢つては妻も時々きまりが悪かつたであらう、屢々にして其不快らしい顔を見て慰むすべも知らなかつた彼は、こんな罪な事をする者は自分で無い松平家でも無い、為政者の罪だ現代社会の罪だと考へて、僅かに不平をやるより外は無かつた。彼は九月二日三日頃の『身の置所の心配』を四ケ月後に再び繰り返して居るので有つた。

顔を洗へないばかりか、此家では夜中小便に行くさへ困難を感じた、彼の室の隣の六畳には、簞笥や長火鉢や何かの在るのに三つの床を敷いて一家五人の者が寝て居る。其の間を通らねば便所へ行かれなかつた。誰かの枕を蹴らない様に誰かの夜具を踏まない様にと、一足一足、抜き足差し足うかゞひ寄る事芝居で見る太閤記十段目の光秀宜しくで有らねばならなかつた。時々は夜具の裾を踏み枕にも触れねば如何しても通れない事も有つた、気の小さい処女などには、とんだ安宅の関で一寸通れさうにも無い。

斯うして此室を通る前に戸を三遍開けて三遍閉ぢて、又戸の開閉で此室を椽へ出て始めて便所の戸を開ける、とギイーと大きな音が吃驚させる。其の便所は甚だ不潔で、手洗水も到底使ふ気には成れなかつた。彼の室は独立させて使ふなら物置きより外は無いので、それを無理に寐起きしてゐるから窮窟は当然であつた。こんな所に半月以上寝起きした。

此家では朝寝なので毎朝玄関のがたぴしの厄介千万な戸を開けるのは彼等の仕事であつた。彼等が七時に出て行くと、此家の女房は八時に起きて十時頃竈へ火が這入るらしく、その烟は濃厚に彼等の室に溜つて正午頃には畳の上まで一杯に詰まつて居た。それを久しく知らなかつた為め、自慢の簞笥がスツカリ煤気て仕舞つた、妻は其れを惜がつた、彼は火事で焼いたと思へば何んでも無からうと慰めたが、妻は労苦した火の中から出したのだから一層惜しいと言つた。そしてナゼ完全な行先きの定まらぬ前に松平家を出たかと言はんとするものゝ如く見えた。しかし彼は男だけに其れも此れも余震の一種としてあきらめて居た、あきらめて居るより外は無かつた。西を向いても東を見ても不快なものばかりの中に彼は甚だしく健康を害して居たから、簞笥の善悪よりも彼の生命を問題にして居た。生命よりも死の前後始末を考へさせられて居た。彼は斯うして重ね〳〵の不運、不快から、軽症微患から、結局底知らずの死の谷へ落ちて行くものと考へさせられたからである。

立ち乍ら眠る夜瀛の小半月

七　九段仮屋ホの卅六

彼等の寝具や机などを元園町へ贈ると同時に、茶棚、長火鉢其他の台所用品、米や漬物などの外に、老婆が寒く無い様にと粗品だが上下六枚の新らしい夜具を九段へ運んだ。行き着いたバラツクは、この卅六号といふので、北側の一番後列に当る西の端の八軒長屋で、東から二番目の一仕切りだつた。

来て見て可也に驚かされた。大抵覚悟して来たけれども、余り非道いには閉口の外無く、手入れして直す事位は承知の儀、合点の筈だが一寸手の付け様が無かつた。妻は苦笑を見せた切り物も言はぬ。

入口の戸は戸締りが無い、下半はトタンの焼板に上半は濃黄色のザラ紙を乱暴に当て、破れは二重三重に色紙短冊を張つた上へ雨の跡が四重五重に地図を画いて居る。その上まだ御叮嚀に六七ケ所破れてゐる。トタン板は凸凹《でこぼこ》で継合はせ目は口を開いて居り、最下部に在る六寸程の腰板まで念入りに三分四分位の隙が三四所出来てる。戸の柱へ当る所は上で一寸五分位あいて、柱は鉋かけずだから時々刺《とげ》が差さる。

敷居の下は外で一二寸内で二三寸隙いてゐるので可也善い風が這入るばかりか、雨の日は水が流れ込んだ。昨年のまだ暑い頃造つた仮小屋だから、尤と言へば尤な訳だが、日本は常夏の国でもないと愚痴も出る、或は此辺がバラツクのバラツクらしい所かとも考へられぬでも無いが、ほんの数時間の休憩所や数日間の仮寝の山小屋類とも少からず違はねばならぬ筈だ、それを夏の姿で霜にも雪にも、小寒大寒余寒までを越させる当局者の大胆不敵な乱暴は驚くの外ない。

庇は唯だ四五寸で、無いといふを穏当とするの有様だつた。家と直角に降つて呉ない事を普通とする雨は、入口の戸の紙を大半濡して時々破るのが毎度の事だつた。それが垂れ下がり流れ込んで或家は椽の下に溜まり或家は椽の下から小川を造つて流れ出た。彼等の小屋では炭や漬物桶の下に周囲三尺位の凹みが在つたのへ雨水が一二升も溜つた、それを塵取りと草箒で掃き上げては取り掃き上げては取りして十遍程に取り尽した。跡は深さが四五寸あつた。更に新聞紙に入れて湿気を取つたりするのが屢々だつた。僅か籐の寝椅子一つ這入らぬ位な所に、下駄脱ぎの凸凹《でこぼこ》と共に山あり川あり湖水ありで、苦笑された。

電車路などは砂塵濛々とあがる快晴続きでも、長屋の前は何時も泥深くて下駄が穿けないから高足駄を用ゐたが玄関の凸凹で内へ這入つてから転ぶ事がちよい〳〵有つた。

床は地上一尺二寸浅草や本所辺のに比べて結構であるだけ素晴らしい寒風が床下から出て、足や手は骨まで冷え切つた。隙間の多いほど寒いほど上等のバラツクと大工が思つて建てたらしい。

凡そ一週間程に亘つて彼は隙間々々に新聞紙を張つた、それは数へて七十余ケ所も有つた。後方の窓の障子は一層非道かつた。それを開閉出来ない様に十何枚の新聞紙でスツカリ張て仕舞つた。それでも未だ深夜に障子がガタ〳〵動いて何所からか寒気が差し込んだ。風が生きてるのか障子が生きてるのか抑も寒気は悪魔なのかと自分の貧乏を泣いた。寒さは左程で無い日でも雨の夜などのわびしさは彼等に於て殆ど話は無かつた。昔西行法師が陸奥へ旅した際『風荒き柴のいほりは常よりもねさめぞ物は悲しかりけり』と歌つた事などを思つて彼の寝覚めは一層悲しかつた。バラツクへ来て当坐十日ほどは寒くて殆ど眠られないから、老婆は夜具の外に毛布を二つ折りにして頭を包んだ。

　塵取りへ箒で雨を取つて捨て

　そんなにしてあらゆる隙間を防ぎ止めたけれども、まだ〳〵夜になると奇寒骨を刺す。之れはトタン板が冷えるからで有らうと、今度はトタン全部四壁悉く新聞紙を張つた。それを床上七尺以上にまで張る事は、何んの経験も道具も無い彼には非常な骨折りで有つた。額に油汗をにじませ乍ら手先は真黒にして顔も着物も汚してる事が何日も続いて漸く出来た。出来上つて見ると何んだか貧乏たらしく乞食小屋じみて、薄暗い小屋の内を一層薄暗いものに為た、そして其の糊が乾いても如何程も暖かに成つたとは思はれなかつた。で、紙の一重よりは二重は暖かい道理、それに室内を明るくしたいと考へて、西洋紙の白いのを再び全体に亘つて其の上に張つた。之れも随分厄介な作業だつた、手の届かぬ所は例に依つて積み夜具に登つては危く倒れんとし、長年持古した茶棚や空箱応用の長火鉢を踏み台にしては、潰れるか〳〵とハラハラし乍ら辛うじて張つた。然し張り終つて見ると流石に明るく美しく成つた。幾分冷たい感じは免れなかつたが日を経て卵黄色と成るを予想され、一方乞食小屋じみた物汚さが大に減じた事を、労力だけの価は有つたとして彼等は喜んだ。それにトタン板の冷えを稍や免た事を近所の人までも祝福して呉た。其れは獣王の獅子が十尺位な檻へ入れられて居たら、冬の日の光りを受けて日和ぼつこに四肢を延ばし、短い日脚が直きに落ちて行くまでの小一時間に過ぎない暖かさ快さを、其の身体の為めに祝福して居ると五十歩百歩であらう事を考へては、彼自身の生活は勿論現代社会をも呪ひたくさへ思はれた。が妻は単に機嫌善く檻の獅子と同様に無邪気で有つた。

　金属製の家は一変して紙の家と成つたわけだが、紙と言つても火事の心配も無かつた。其れをつく〳〵見れば如何にも下手な張り方がして有つた、皺の無い所も無いのだが或所は地球儀の如くエベレストやアルプスの大山脈を走らせ、或所はトタン板が少女の乳房の如く膨《ふく》れて居たり、又或所は深さ八分巾二尺長さ四尺の空隙を紙とトタンの間に造つて居た。更に十何本かの柱や腕木のやうな物は鉋かゝらずで紙に包まれてダブ〳〵して居たり、又他の柱などは訳のわからぬ汚い物が付いたまゝ露出されて、巾一二寸又は四寸位の太い汚い線が、汚い屋根裏や汚い承塵から一直線に床へ下がつて居た。

　柱や承塵などは内へ出て居るので、九尺二間と言はれても室内は決して九尺二間で無かつた。後方の窓も障子が二枚なら六尺と言ひたいが、左の上と右の下が一寸程づゝ隙くゆがみを別にしても、中央は馬追虫の背中の様に障子が三四寸重なり合ふて窓巾も五尺四寸位しか無い。そんな風だから外法《そとのり》だけは九尺二間かと思へば、それも危い、唯だ此八軒長屋が二間巾十二間ある位は確とも考へられるが、こんなバラックの事だから一尺や二尺は保証も出来ない。況んや基礎工事も地ならしも無いのだから、床にも高い低いあり、承塵や柱にも太い細いあり、一本の承塵一本の柱にも細い所と太い所とあり、一つの室内でも真中が低くて四隅が高い。彼の机の上の鉛筆は毎度左方へ走り出して、長火鉢といふプールへ夏の水泳連《かつぱれん》の様に直ぐ飛び込む。若し震災前の様に猫が猫板の上に居たら、其の度吃驚して居るであらう。彼等が東側へ置いた僅か三つ重ねて簞笥で下は二寸も空けてあるのに上部は物尺《ものさし》が落ちないまでに拝んで仕舞ふ、一面から言へばバラックは直線の並行しない世界である。彼等の室の北西隅は三尺有る筈だが二尺六七寸の本箱が這入らぬので北西隅は夜具を積んで東北の多分むつかしからうと思つた所へ本箱がすつくり這入つたは却つて驚かされた。凡そ家とし言へばピサの斜塔でも直線が基本として建築されてるのにバラックでは。

八　惨憺たる防寒作業

直線が並行したで不思議がり

古新聞紙を二三枚宛重ねて床へ敷き詰めた、それには夜具でも机でも行李でも簞笥でもの悉くを動かさねばならぬので、非常に厄介な事で有つた。邪魔な物は一寸屋外へ出せば善さ相なものだが、前は女の帯程な狭い通路だから出せない、後方は此長屋だけが幸に二拾坪ほどの空地が在つたけれども、其所は雨の日の水溜りで、晴天の日でも泥々して居たから矢張りいけない。仕方ないから総て室内でやると、丁度細い口のビンの底で人形や手毬が出来てるビン細工といふ物でも造るやうに馬鹿々々しいものであつた。それを了つてから更に又その上へ渋紙を敷いた、それは六畳間一杯に出来て居たのを一畳半だけ折り曲げてから、三尺敷いては茶棚を運び、五尺敷いては夜具を移して、最後に柱や腕木の八ケ所ばかりは三四寸づゝ剪で切り込ませるまで、それはしんき臭いビン細工で有つた。それへ以前から在つた胡蓙も敷いて行く事は勿論で有つた。で少からず暖かに成つた、坐つて話して居ても腰の冷え方が違ふと妻は彼に話した、大分違ふことは彼にもわかつた。気分だけでも可也暖かゝつた。之れまでの粗悪な胡蓙を隙だらけな板敷の上へ、たつた一枚置いただけでは、笊《ざる》の上に坐つてると似たものだから寒いのが当然だつた。

既に隙間の張りふさぎから四壁の紙張りと、床に新聞と渋紙を入れたので三大防寒事業が終つたが、まだ戸障子の破れや椽の下や天井が残つて居た。

椽の下には薪だのコークスの箱だの梅干や味噌の大樽だのを収容して、成るだけ風の流通を妨げたつもりで有つたが、針ほどの穴からでも棒ほどに出て来る寒風に対しては、それは何の違ひも有るもので無かつた。之等集団バラックの百軒に二三軒位は何所かで見る様に、土間にも板を敷き椽の下も板で塞げば善いのだが、それは多くは戸主が大工か又は親戚に大工を持つ人達の家の事で、普通人としては板も無いし道具も無いし、大工に高い賃銀を支払ふとしても中々来て呉ないし、何所に居るものかさへわからぬ大工を、しかも来て呉るか呉ぬかさへわからぬのに尋ね廻はる様な面倒は一寸出来なかつた。一番簡単で誰にでも出来るのは、ボール紙を切つて釘で打ち止める事だつたが、それでは薪其他の出し入れに困ると、色々考へた末、えゝまゝよと当意即妙式に新聞紙の暖簾を裾長に土間へ垂れた、不完全だが其れでも椽の下は塞ぎ得た、その紙暖簾が一両日で破れゝば一両日で取り換えて、破れ新聞紙は毎朝竈の炊き付けとした、如何にも乞食じみて情ないが事実それが一番手軽に済んだ。それで寒い〳〵一月を通した。二月に這入つて板を得た、でも大工を雇はねば出来ない事なので、板のまゝ兎に角当てがつて風の流通を閉塞して居た。で一層暖かに成つた。

次いで汚い桃茶色の破れ障子を奇麗に張り換えた、其の夜にも雨が降れば下半は濡れて破れるのだが『やがて死ぬけしきは見えず蟬の声』で、明日の事は明日に委せて、明るく気持ち善く成つた事を喜んだ、勿論幾分暖かくも成つたのである。

入口の戸と柱の間に上部一寸五分ほど隙くのは、ボール紙を切つて当てがつてピンで圧へ止めた、それは度々落ちた、落ちる度直したり取換えたりした。戸の下の敷居の下へはコークスの焚き殻を拾つて来て詰めた、それで、どうやら風は止め得た様だが少し強い雨には若干の水の流れ入る事は免れ得なかつた。

こうして凡そ一ケ月ほどの間に防寒作業はロビンソンの無人島経営の様に、毎日々々少しづゝ歩を進めて、漸次に設備やら施設やらが出来て、大層暖かく成つたが一番大事な所で有り乍ら如何にもならないものは天井だつた。一日に米俵の炭を焚いても夜深くなれば家は水の様に冷えた。それに左右の両隣りは両戸共不完全な厚紙の天井が有つたから、両隣りの屋根裏にも在る半月形八九十個の風通しまでが、彼の家の温気を奪ひ去るので、同時に冷気を吹き入れるので、或は彼の長屋八軒分六百何十戸の半月風通しが皆彼れの一室に向つて働いたらうから、如何とも手の着けやうが無かつた。

まだ台所の板敷は水切り台の様に三四寸巾の小板を三分五厘置きに並べて有つたので其所からも風が出た、何の意味で其の様に造つてあるかはわからなかつた。更に其れよりも沢山の寒風を吐くものは柱や腕木の下の横が塞いで無かつたのである、巾二三寸で長さ一尺二尺三尺以上なのが合計九つ有つた。其れらも新聞紙なり、ボール紙なり、板屑なり、拾つて来た焼けトタンなどで、色々に苦心して閉塞し得た頃には、天井も出来た。尤も張れば後から直ぐ破れたり、塞いで間も無く鼠や何かの響きに傾いたり、閉塞と云つても不完全至極な閉塞だから依然として風は通したのだが風穴が甚だ少く成つた事は争はれぬ。

奇抜なのは四枚の障子である、此障子の上下左右から風が這入つた、戸の上から風が這入るなど一寸普通の人にはわからない、況んや戸の下即ち戸と敷居の溝との間から風が這入るなどは、集団バラツクにして始めて見る光景である、障子は左右の親骨二本で走つて居て、腰板の下一分位は隙いて明りがしてゐる。上も亦同様である。

まだ此外に此小屋へ風の這入る所は沢山有つた。後方窓の戸などは二重にも三重にも紙張りして絶対的に風は通さぬ筈だけれども幾日かの後には其れが怪しくなる。水の力が石を切るやうに、糊や紙の力は風の力の敵で無かつた、日ねもす夜もすがら戸をかさこそ言はして居る内に、風は遂に糊の間を潜つて笛を吹く、雨の脚は屋根のトタンに太鼓を打ちながら紙をすつかり濡らす、とやがて障子は舌を出す、紙の裾が跳ね上がる、舌が踊る裾が舞ふ、笛である。太鼓である。

関東小大名の高頭《たかかしら》たる松平大和守の御殿に置いて貫つた頃はそんな舞楽は夢にも知らなかつた。それは坪一千円からの建築これは坪二十円位のバラックの棟割長屋、正に月と鼈《すつぽん》である。

加賀国の山奥から出て来た金沢なまりの大工が天井を造る時彼も手伝ひを仰せ付けられた、次手に節穴に紙を貼つて上へ揚げたりした、が四五日すると針で止め忘れた板が四枚プロペラの如く曲り返り、其他の板も思ひ〳〵に反り返つてすなほなのは一枚も無かつた。バラックは板までが凹凸である。

防寒作業は之れで一通り出来たわけだが、凡そ木だらうと金だらうと苟も物の接合点には必ず隙が有つて其所から風が這入り、日本国の大寒は之れだけ冷えるぞ、いゝかわかつたかと念に念を押させる様に出来て居る。バラックだから如何にも仕方が無かつた。

　　バラックは余震大方知らぬなり

九　濁川の鮒同様な塵

たつた四畳半が一室だけなら、掃くにも世話が無くて、嘸ぞ小奇麗に、片付いてるだらうと考へる人も多いのだが、事実は甚だしい間違ひであつた。

五室一軒の家で出るだけの塵は、家族の人数が減らない限り一室一軒の家へも出るから、一室としては五倍の塵が出ると見て大差無い、それが十倍十五倍の塵が出るから驚くの外は無い。

自分の小屋へ彼が初めて這入つて見た時、一隅に夜具と通草《あけび》のバスケットが在つた、唯だそれだけの外に物も無くて、ガランとして薄暗く、幽かに塵の匂ひがして屋根裏に若干の蜘蛛の巣の煤か塵に太つたのが僅かにゆらいで居た。克く見廻はして始めて玄関に箒一本傘一本などを認めた。炊事道具も無く火鉢も無かつた。これで風邪にも罹らずに居る人なら一寸変つて居るとも考へられた。蓋し、過去百有余日が間はその手箒で、正四角のその室を丸く掃く事が三日に一度位も有つたであらうか。彼が箒を持つに及んで、掃いても掃いても掃き切れない沢山の塵が砂烟りを上げて出て鯨波《とき》の声を挙げぬばかりのすさまじさで有つた。所に依つては一二分も積んで居り、所に依つては敷物の中まで沁み込んで居た。であるから少し塵の出方が少くなつたと思はれるまでには、毎日十回以上も掃くことが半月以上も続いての後で有つた。

先住者武崎巡査部長といふのが十日ほどしか住まず、妻君の腰が冷えるとかで本郷辺へ行つて仕舞ひ、其弟の市役所へ勤めるといふ三十歳位な男が、夜だけ此所へ寝に来たので有つた。

新築の小屋で然もたつた一人の人さへ碌々内に居ない住居で塵がそんなに出やう筈は有るべくも無いが、鼠が暴れるのか風が持て来るのか、砂塵の為めに室内のあらゆる箇所が悉く鼠色で有つた。そうで無いものがたま／＼有れば其れは煤けて狐色であつた、鳶色で有つた。それならば巴里といふ花の都で一時大流行の衣服の地色なのだが、其の不気味さは洒落どころでは無かつた。

彼は此室へ這入ると一旦脱いだ帽子と外套を再び身に着けて箒を持つたのである。一箒二箒三箒四箒すればもう鼠色の塵が濛々として立ち上がり息もつまるやうで有つた。掃いても掃いても出る塵に負けないで何度も／＼掃けば、冷え切つた手が遂に痛くなつた。それ位で切り上げたが、何度掃いたか覚えられなかつた。

掃くには随分掃いたのだが、何人前かの夜具や家具などが転がつて在るので、隅から隅まで清める事は出来なかつた。まだ／＼払塵《はたき》のかけ所や箒の入れ所も有つたが、塵の乱舞も程度と思つて善い加減に切り上げた。それに先住者の荷物に手を触れる事も出来なかつた、から後《あと》は追ひ／＼に掃き出さうと一旦長火鉢の前へ座つた。そして灰を掻きならすと其の灰からも塵が立ち登る。五分間たつかたゝぬに最早茶棚の上が霜のやうに白い。

餅で済ます夕食の用意をし乍ら、まだ見ぬ先住者の帰宅を待つ。彼等が此日来る事は承知で有らうけれど、彼等の荷物が先住者より多いので、遠慮すべきを逆まに巾を利かす様に見える事を、相済まぬ様にも思はれたりして居た。

逢つて見た武崎青年は温厚な人で彼は好都合だつた。満洲の各地で零下三十度位な寒さに馴れてるといふ立派な体格の男だつた。威張るけしきは少しも無いのみか反つて遠慮風なので、彼等は気の毒に思ひ、さア火鉢の傍へ、さア餅を一つ茶も熱い所と出来るだけ親切にした。

が老婆は無頓着に数日の後には早く行つて欲しい様な事を口外した。尤も一両日中には出る事を事務所から彼等は聞いて居た。で老婆は青年に喜ばれなかつた。

寒いから火鉢へどし／＼炭を入れる、自然灰を掻く、一方に又煮物の七輪を団扇でバタ／＼煽ぐから之れも灰が立つ。煽がない時でも入口の戸を一寸開けると冷い風がサツと来て、牡丹雪でも降つた様に真白な灰を一室一杯に撒く。

先住者時代の塵は胡蓙の目へ喰ひ込んで居て其下の板も鉋《かんな》無しだから、其のザラ／＼の膚へ又数千万の塵が這入つて居た、こんなわけだから胡蓙の上だけ掃くには何度掃いたつて塵が泉の如く湧き出る筈だつた。

　　バラツクは客が外套を脱がぬなり

十　お濠より汚い浴槽

先住者武崎君は通草《あけび》籠一つ持つて一月の七日に去つたが二三日中に取りに来る筈の夜具などは一月経つても二月経つても取りに来なかつた。狭くて困つてる四畳半は其のため半以上を塞がれ、其所へは手も付けられない事が掃除其他に甚だしい苦痛だつた。

残つた四畳に老婆と老婆の客とが泊つた。一月十二日には客が去つたので彼夫婦も泊つた、半月が間寒い朝夕を元園町から通つたので有つた。九段に居続けて見ると、手廻りの物が元園町なため甚だしく不自由だつた。で、ぽつ〳〵一二点づゝ運んだが、其の手数厄介不自由は神経衰弱を増させるには充分だつた。四畳に老婆と三人の起臥も頗る窮窟なものだつた。

朝起床すれば夜具をたゝむで高く積み上げ、寝衣を抜いで和服に着換える、外出するには洋服に着換えて、帰つて来て和服と成つて、夜は又褞袍《どてら》に成つて夜具を延べて其の中へもぐり込む。これだけでも稍や十回の脱いだり着たりが彼の身体一つに有る。小一里も歩いて来た時の靴下やヅボン下などは、ポウと烟の如く塵の出るのが目に見える事もあつた。古着だから多く出るのでも有つたが、どうしてこんなに塵といふものが何所からでも沢山に出るのが不思議な位だつた、一枚の着物が全く着古されるまでに何十億の塵が出るのかと考へて、塵の這入る筈も無い袂に袂糞の溜る事や、三尺四方の大便所が二三日掃かないと鼠色の綿と成つて、沢山の塵が溜る奇怪ささへあるに、西洋人に言はせれば木綿織物は毛織に比べて何十分の一何百分の一しか塵が出ないと羨んで居る。蓋し衣服も机も雀も人間も遂には塵と成つて終るので、大地は塵の大集団である。地に最も近いごみ溜、ごみ溜に最も近い集団バラックに塵の多いは寧ろ当然の事で、其所に住む市民も亦市民中の屑即ちどん底へ落ちてる袂糞に外ならなかつた。紅塵万丈の都会といふが其の都会人は農、樵、漁などに比べて汚い人ばかりだつた、都会の人は心の汚さを蔽はんが為めに、シルクの帽子エナメルの靴、髪に油顔に白粉を塗つたに相違無かつた。

夫婦と老婆の出す塵の外に、冷たい風が電車道から砂ほこりを吹き込んで来た、金《かね》が敵の世の中と言へども、金のため命を取られたものは百人に一人位も有るものが無いものか。バラックの世界では塵が敵である、百人が九十九人までは塵のため命を取られて居る。唯だそれが一寸気付かれないだけの事である。気付かない様に当局者といふ者が教へて居るからに過ぎない。

長屋の人達は多くは其小屋前で炊事をする、それより外に場所が無いからだが、其の竈の烟と煤と灰とを、例の軒下のなまこトタンの半円形何十個の穴から吹き込む、向三軒両隣の分が風の都合で二三軒分は屹度這入つて来る、天井の無い彼の家では烟の中から綿雪の白いのと黒いのが雑つて降つた、黒い方は新聞紙が焚き付けと成つた分である。北風以外の日は無風で必ず毎日這入つて来た、閉口の外無い来客であつた。

それ以外に於ても色々塵が立つので机の上や茶棚の上などは毎度白かつた、洟《はな》をかめば黒かつた。頭も塵だらけ衿頸も塵だらけ。殊に手の届かぬ箪笥の上や、其の上の包み夜具の上などは十日ほどすると払塵《はたき》のかけ様も無く手の付け様も無く、見たばかりでもぞつとした。為めに彼は室内で帽子を被つて居る事を屢々した、バラックでは室内でも外套を着たまゝ、帽子も着たまゝなのが礼儀に叶つてると彼は考へて居たからだ、が妻は其れを不平がましく抗議し遂に頼むやうにして取り去るので有つた『それでは家で無い様な気がしますから……』といふ。余りみぢめな住居を辛うじて忘れてゐるに其んな姿で坐られては、一層不快に思ひ起こされるからで有つた。

新聞紙の報ずる統計に依れば、今年は寒冒が非常に多く血膜炎が多くチブスが多く、小供にはヂフテリヤが多いといふ、皆寒気と砂塵のために起る病気であつた。然るに此の集団バラックに附属した東京市の公設浴場は、頗る不完全不清潔且つ不親切なものだつた、色々の方法で注意する人達も有つたが遂に改まるべくも見えなかつた。

殆んど毎日十人位の女や小供が辷つて転んだ、コロリバタリと倒れて持つて居た桶の水を他人にかけたりして危いのであつた。浴槽の内も外も膝頭が触れるとべとりとぬめつて不気味であつた。それで彼等は成るたけ早く行くので有つたか、蓋を取つて直ぐでも湯が濁つて居た、そして時々は前日の汚れ湯が半分以上も煮返されたかの如く甚だしい悪臭を放つた。寒い夜更けに場末の路次など通る時、湯屋の捨湯の匂ひが足下の小溝から来る事がある、それの稍や強烈なのである。湯から上がつてから手拭を四五遍洗はねば其の臭気は毎度取れなかつた。それから人の垢が木から出る油に凝るとでもいふのか、夏のお濠の青みどろの様な塊りが幾つも浮き沈みして居る。或日は一尺以上の糸が垢に太つて毛糸二筋ほどにも成つて游弋してゐたり。或日は水を入れて掻き廻はすと男とも女ともわからぬ毛が沢山に出て来た。或日は黒い細かい塵が白いタオルを鼠に染めた。悪臭に多少こそあれ悪臭の無い日は無かつた。岡湯でさへ頭を洗はれない汚さの事が度々有つた。岡湯の甚だ少い時も多かつたが、其んな時は水垢のやうな物が艾《もぐさ》の如く繭の如く底に動いて居て汲む勇気は如何しても出ない。従つて水を使へば従つて嚏《くさめ》が出た。風邪をひいた。

尤もバラックの人達も不作法で有つた。が其の不作法を戒め取締る方法はいくらでも有るのに、そんな事はせずして、不親切に応ぜなかつたりけんつく喰はせたりした。取りわけ教育の無い女と見られたら叱り飛ばしたりした。でも新村入りの彼としては当分沈黙を守るより外無かつた、が十日廿日と通ふ内にバラックの人全体が浴場に対して甚だ不平で有る事が充分わかつた。が皆は其時ブウ〳〵言ふだけで一骨折つて清潔にしてやらうとする親切が無かつた、彼は先づ新聞に投書して訴へた、それに対する市社会局の答は『そんな事は無い筈である、皆が喜んでゐるやうに聞いてゐる、尚ほ注意させる』とあつた。其後四五日は少し善かつた、が又元の通りに返つた。で或日は番台へ注意した、或日はバラック事務所へ注意した、再び新聞に投書した。でも旧態依然で有つたが、二月末日から薬湯に改めた。成る程薬湯なら濁りも臭気も誤間化し得る。考へたものだ。

其頃は東京で天然痘が流行したので、バラックなど老幼一人残らず強制的に種痘せしめたのだが、其瘡《かさ》の痒《かゆ》さを大人《おとな》でさへ痒くのだから痒かずに居られる小供も無かつた。中には瘡を痒き落して尚ほ浴槽内で痒いて居る小供も少からず有つた。彼亦夜中袖に引きかかつて痛く落ちた瘡の跡を、頗る気にし乍ら入湯するので有つたから濁つた腐敗した湯は恐ろしかつた、と言つて這入らずに居られぬほど毎日塵にまみれた。止むを得ずんば水で洗ひ拭ふのだが、水では垢は落ちないし又余りに寒いし、蒲柳の彼には水浴するは好んで病気に罹るやうなものだつたから其れは出来なかつた。

それにバラックでは鉋のかからぬ柱や板である上に、やれ棚を造る、それ釘を打てなどと馴れない事を為るため小傷の絶間が無かつた、傷口へ悪臭の浴場では丹毒といふ特に恐ろしい病気を気づかはずに居られなかつた。自分が左様《そう》なら一般の人も左様と考へて柄に無い憎まれ役を勤めたので有つたが、多少の甲斐は有つた。それに貧民共は安値で入れてやるのだから遠慮勝ちで居れ、と言はぬばかりの傲慢の態度や、岡湯の欠乏を訴へる時など従来乱暴に怒鳴り返したりしたのが少しづつ改まつて来た。脱衣場が何時も塵だらけで足の裏が不気味千万だつたのも亦いくらか善く成つた。

元来ならば一般銭湯の模範たるべき、市の公設浴場が之れの時、之れの所で之れなのであるから一等国の首都も有つたものでない。千九百廿四年の今日伝染病流行の防止に汚水垂らして居るなどは世界に対して不面目千万な次第だが、其原因は当局の浅学無能怠慢にあるらしい。

バラックは小傷の絶え間無いくらし

十一　元日は煤掃後午睡

長い旅路に唯だ一夜の旅籠屋でも、這入つて泊る以上は直ぐに其家の方角、非常口、便所、電話口など聞いて置くべき事があるのに、年越を鼻の先にして廿九日に這入つた元園町の家の狭い暗いごみ臭い中に、主婦の外は家族の顔も知らず、便所も台所も知らずに寝た。明くる朝は未だ家人の起きぬ内、矢張り便所も台所も知らずに家を出た。一夜の眠りにも未だ労れの取れ切らぬ身体を、刃の様な冷たい風に吹かれて霜踏み乍ら歩くと『槽手《かこ》の腕《かひな》のかよはさに浮世の海を恨みわび』などいふ句を思ひ出したりして捨鉢気味にも成るのを、咳が頻りに出て苦しかつた。

九段まで近途すれば十丁に足らぬ所だが、千坪二千坪の大邸宅の焼跡が幾つも有つた。噴水独り空しく枯古松の枝に注いで氷柱を垂れてる庭の跡もある。雑木林の中に稲荷と見える赤の鳥居の小祠が残つてゐるのも有る、十万廿万四十万八十万と大金をかけた家も此通りと切実に思はせる。今更『富貴浮雲の如し』や『地に宝を貯ふる勿れ』でもあるまいが、事実此通りなのを白骨のお文の様にあはれに目の前にまざ〳〵と見つゝ行つた。

それを毎朝見て又毎夜月明から星明かりに見て、殊に夜は怪しげな人や犬にも逢ふて、都遠き村里の冬枯の岡を越す心地がして、決して東京の真中に居るとは思はれなかつた。

三十三十一日の両日に元園町の宿は少し片附いたが、九段の方は相変らずで心も身も落付かない。同居者武崎君の顔さへ能くも覚えぬ内に年越の夜と成つた。僭越な様だつたが、非道い破れや隙間に紙張りしたりして様々の準備設備に十時過ぎてから夫婦で買物に出た、内とても寒いのだが外は寒くてどうにも成らぬ風だつた、須田町で暖かい物を喰つたが矢張り寒くてどうにもならなかつた。九段へ帰つて明日の雑煮を整へたが一向大晦日らしい気持もせねば、百八梵鐘が間も無く鳴つて明ければ正月元日などゝは尚ほ以て思はれない。何か急がはしい様で馬鹿々々しい様で、寂しい様で、唯だ吹く風のみがべらぼうに寒かつた。老婆が夜中に凍死しはせぬかと心配もした、で毛布を又二枚渡したが其時は既に元日へ這入つて居た。考へて見れば元旦早々の問題が死で有つた。それに対する同情であつた。

松など立てゝる家は百軒に一軒も無かつた。稀に有つても遠慮勝ちに門内玄関傍に小さかつた、正月らしい気分せぬ事は市民一般であるらしい。でも晴天無風おだやかな日和だつた。八時半に元園町を出て何を考へる間も無く九段へ来た、顔を洗つても若水を汲んだ気もせず、雑煮で腹は拵へたが屠蘇《とそ》は勿論酒さへ無かつた。賀客の来る筈も無く年賀に行くべき先も無かつた。明治神宮は是非と思つてゐたが其れも二日にやつと参拝出来た。元日は十足程歩んで招魂社で済ませた。

雑煮を喰べ乍ら若干《いくらか》の余裕を以つて小屋の内を見廻はすと、屋根裏にまだ蜘蛛の巣が沢山有る、風を防ぐにのみ急いで気付かなかつたのである、で食後勇ましい姿で煤払を為た。顔や手が汚れたから直ぐ又湯屋へ行つた。それから床屋へ行くつもりだつたが甚だしく労れてるので、髭面のまゝ夜具をかぶつて寝た。身体も労れてるが気苦労は更に大きかつた。目覚めたのが午後三時頃で、もう夕方近い景色だつた、火鉢一つを頼りに身動きも取れないので、やつと編物か何か仕て居た妻や老婆にも気の毒だから、大急ぎて蒲団を片附け火鉢を元の位置へ直し、茶を一碗啜つてるともう日暮に近く、暗い狭い汚い新家庭は一種言ひ知れぬ寒さに満ちてゐた、妻の顔と老婆の顔もたゞ寂しかつた。ずつと話は絶えてゐた。

彼が少年時代故郷に於ての大晦日元日二日などいかめしい礼式が有つて、士農商工の屏風は例年広間へ飾られ、其前に三宝が二つ、真中に小松を立て米榧勝栗結昆布などが入れられた。小供の室には天神様の幅の前に鏡餅や昆布や蜜柑や白柿などが置かれた、皆でそれに礼拝をした、雑煮の終る頃から賀客は日の暮れる迄続いた、台所だけの賀客も沢山有つた。従つて神聖な元日には滅多に笑ふ事さへ謹んだ、一家謹厳高尚な気風の中に鉢の梅が馨り籠の鶯も鳴いた、都会に比べて質素だらうが優美なものだつた。

それをだらしないにも程の有つたもの、髭剃らずに元旦から午睡する煤掃きする。屠蘇酒も無ければ鏡餅も無い。言語道断と思ひ乍らも仕方が無かつた。東京市が重傷で彼は赤貧で住居が乞食小屋では、鏡餅は貰つても飾る所が無い。仏壇も無い神棚も無い、謹厳なりし父は昨夏永眠したばかりであるだけに申訳の無い様な気もする。

元日が果して善き日であり幸福なるべき日であるならば、貧乏人の労れた者は湯へ這入つて寝るが何よりの楽みであり喜びである。三月に這入つて或る長閑なる戸外で長屋の妻君達の話に『夏になつたら午睡しませうね』と言つたのを彼は聞いた事が有つた、どん底の悲惨な人々が顔剃る暇も無く休憩に安眠に急ぐのは頗る自然な事で、一寸変に思はれたら思ふ人が悪い。平常心身過労な人には『寝正月』ほど善い正月は無い。

斯くて寂しいつまらない三ケ日は矢の如く過ぎ去つた。

　バラックの元旦湯だけは入りぬ髭未だ
　元日は煤掃きの後ひるねなり

十二　四畳に二家族同居

九尺二間と言つても正味は四畳半一室に過ぎない、それに二家族の夜具なり鍋釜なり炭薪なりが這入らうか。早い話が四畳半に寝床を二つ敷けば、其の室に夜具以外何物も無くても、もう夜具と夜具とが相触れずには済まぬ。それを二家族と言へば少くも四人、多くは五六人である、箪笥もあらう味噌もあらう雨具も有らう竈も有らう。半数は椽の下か棚の上にでも乗らねばならぬと何人も考へる、が集団バラックには此の一室に二家族の居住が少からず有るから驚く。又一家族だが六七人が一室に居るのも少くない。

彼の近所の婆さんと娘の家は、若い夫婦の一家族が同居して居た、又近所の或る家は夫婦に娘二人と小供三人の合計七人だつた。これに大きな長火鉢も有るといふ箪笥もあるといふ、勿論釜や鍋の台所道具もあるであらうから如何して寝てゐるか一寸見当が付かぬ。

一月の二十日近く老婆が去つて彼等は夫婦きりだつたが、間も無く元園町の荷物を九段へ取り寄せた為め、一人が起きて便所へ行くとか、一人が早起きするとかには夜具の裾か袖を踏まずに行く事は出来なかつた。妻君を十時に寝させて彼が心静かに長文の手紙を田舎の姉に書く時などは、坐蒲団は高く棚へ上げて、妻君の寝床の裾が彼に坐蒲団の代りを仕てゐた。即ち一人が寝れば他は坐る席も無いのであつた。

それなのに二夫婦に小供など一緒に四畳半に住めやうか、八畳間で二間鎗を振り廻はす藝当を通り越して、一昔某の源水といふ独楽廻はしとか、歯科医其所退けの居合抜きとかが、六尺豊の長刀をヤツと掛声諸共、奇蹟的に抜いて御覧に入れる手品の様な類である。彼は毎朝毎晩の寝床の始末にさへ、甚だしい厄介さを感ぜずには居られなかつた。妻が夜床を敷く時は彼は必ず其の十五分間ほどを雨にも雪にも招魂社へ参詣した、中門は勿論、神苑まで垣に鎖されて、千本堅魚《かつを》木の下の暗に火が二つだけ見えた、顧ると世界第一の大鳥居の傍に大村益次郎が毅然として立つて居た。彼は其等を毎晩見た、それは毎晩些少の変化も無い静物だつた。たゞ月は毎晩変つた、星も少しづゝ変るのがわかつた。彼は見乍ら何か考へた。考へつゝ寒さに逃げ帰るのであつた。

朝の臥床取片附は彼が其任に当つた。妻君は其時戸外で炊事をやつてゐるのが規則のやうに成つた。どうしても二人は居られなかつた。従つて二家族の者や七人の者に衷心同情を禁じ得なかつた。彼の隣家の小供は――まさか娘や老夫婦でもあるまい――毎晩必ず二三度は境のトタン板を足や頭かで打つ、静かな夜更けなど可也善い音がする。そのトタン板が凸凹《でこぼこ》なのだから――或は絶えず打たれるから凸凹に成つたのかも知れない――ドンと当ればドンボコンバカンと一蹴にして二三音を発する事も珍らしくない、田舎の楽隊のやう賑やかで、京都智恩院の鶯張り廊下と共に建築上の名所とするに善い。それも狭い所に沢山の人が寝るからである。

彼の知つた某伯爵は夫婦に若夫婦と幼児が二人の六人だから九段のバラックなら四畳半一室へ寝起きするわけだが、三千坪といふ広い邸内に三百枚といふ夥しい畳を敷き、六尺七尺九尺の広い廊下や椽が又百数十間それに附随して居る。従つて一年に精々二度位しか使はぬ大広間がある、二年に一度も使はぬ室もある。其大広間も使はなくても立派に済むので有つて、新参の下男など稀に奥へ呼ばれると、戻り道は屹度迷ひ子に成つた。奥女中からけんつくを喰つたり、家令家扶から眉を顰められたりする。それで若夫婦と小供は別の洋館に居るのだから、結局その広い〳〵家は伯爵唯だ二人が住むためのものに過ぎぬ。市民は住宅が無いため営業が出来ずに泣いて居る昨年の十二月に、伯爵家へ逃げ込んで居た九月以来の罹災者を皆出して仕舞つたといふ。

こうして一小室に多人数が、魚河岸へ着いた鮪《まぐろ》の様にゴロゴロと無造作に、一つ夜具を引張り合ひては濁川の鮒の様に、塵を吸ひ吸ふて塵に酔ひ乍ら寝入つて仕舞ふ。之れが衛生上に善からう筈はなく、百の病患も此所から出発してゐるのである。之れを密に窺き見て、気の毒に思ふのは、三千大千世界に唯だ天の月ばかりである。

その月をガラス戸越しに賞め乍ら、北海の珍味は蟹とやら雲《う》丹《に》とやら、南洋の美果はマンゴーとかマンガスチンとか、仏国のポートワイン英国のココアなどあらゆる美味珍饌に舌鼓を打つてる人が皇室の藩屏とある。

床一つ敷けば坐席の無いお家

十三　雨の日の穴熊生活

情ない集団バラックの生活でも晴天続きで凪が無くて、月の善い夕方などは自ら悲惨を忘れて居る何時間かゞ有るのである。檻の猿が空腹時に梨の一個を与へられて、殆んど一切を忘れて快喫してるやうなものであらう。『結構なバラック日和ですな』『好い具合に旦那様日和です』などいふ様な挨拶をかはし合ふ人達の顔の軽き喜びの微笑は、寧ろ悲劇に属すべきものであつた。

善ければ善いにつけ悪ければ悪いにつけ人は昔を思ふ。反対に雨の日となると一層な悲哀に沈む。震災前の彼の庭を憶ふ、庭の無花果を憶ふ。仲善く其葉蔭を散歩する純白な鶏の二羽を憶ふ。無邪気なりし仔猫を憶ふ。明日は他《ひと》に呉てやる小猫に虫が居そうだとセメン円を飲ませた事もある。泥棒猫に嚙まれた跡が膿んでデルマートルを散布してからデルマと名に呼んだ小猫も有つた。など思ひ思ふて軽き哀愁を眉間に湛えるのは彼ばかりで無かつた。妻君の方は何時までも猫の事を言つた。月の宵、星の夜更けにも猫の声が何所からか聞えると、直ぐ内の三毛《みいや》はどうしましたらうと言つてあはれがつた。それは愛した三毛猫をあはれむと同時に自己をもあはれむものなので、良人を悲み自分を悲む賤の苧手巻くりかへし、昔を今になす由の無い事はわかり切つて居ても矢張り出る人間の愚痴言で有つた。

雨といふ自然の大なる手の圧迫には如何する事も出来ず、バラックの人達は殆んど皆純然たる穴熊の生活に変はる。

窓や入口を堅く〆切つて、唯だ雨水の吹き込む事ばかりを恐れながら、薄暗い箱とも穴とも言ふべきものゝ中に、何事も為さず唯だ無駄話位をして、時間の経過するのを待ち、晴天の来るのを待つより外は無かつた。そんな時殊にあはれなのは小供で有つた、元気の無い顔をして本も読まず歌も唄はず、物の隅などに小さくうづくまつて居た。丁度軒先へ出した籠の目白に氷雨が降りかゝる様な姿に見えた。

言ふまでも無く前の入口も後の窓も板戸なので、締切らねば雨が這入るし締切つて仕舞へば暗くて新聞紙一枚見られない。夜に成つての電燈は両戸へ分けて五燭宛、塵まみれの火屋を通して胡蘆の上まで来る所は精々二燭位、昼の暗さと先づ似たものである、矢張り衣服のほころび一つ縫へない。その代り塵が目立たなくて善いと言へば善いに相違ないが、痒きを痒いて指先で捫《ひね》る虱取りは出来ても指に摘まんで真の虱か塵かゞわからない。暗くて何も出来ないと言ひつゝ何事も為ずにも居にくいから何か為る、目ばかりで無く他にも悪影響を及ぼす、それが後日医薬を必要とする事も知らぬでなくて知りつゝやつて行く。陰鬱な空気の中に塵や有毒ガスを呼吸しながら為る話の半分は相も変らぬ震災当時の自分や親戚や被服廠や浅草公園やの惨話のくり返へし、近来は屋主の兇暴も少し出て須田町裏通りの路次で六畳一室の家が月卅円、三崎町で四畳半と三畳が二十五円と例を挙げてその不当を攻撃し、平常でさへ亭主にけんつく喰はすを何とも思はぬ長屋の女房などに何かしら心がいら〳〵するので相手の出様に依つて勘癪《かんしやく》を起して擲《なぐ》り飛ばし兼ねまじき者も、青ざめた元気の無い顔の中に一つ位混つてゐる。

　多くは陰鬱と寒気に気がいぢけてゐて、何時頃からの事か、何を為んとの心も起らず、火鉢にばかり嚙ぢり着いて、炭火ばかり掻き廻はすから頭は灰で白く成つてる。

　小人閑居して、何所かの小屋ではパチリ〳〵骨牌遊びをやつて居り、何所かの小屋では新宿へ遊びに行つた時女に持てた話で笑はせて居る。何所かの小屋では神田のバーで教はつて来たといふ下劣な俗曲を歌ふ。それらの席に少年少女の混じつて居る事は言ふまでも無い。雨の日は仕事に出ない労働者の小屋では毎度そんな事で、夕方から酒宴などが始まる。大きなだみ声で猥褻な歌を唄ふ、時には猥褻語を連発して機関銃の如く続く、恐らくそんな席にも子供や娘は居るであらう。居ないにしても其の大声は附近十戸から二十戸位までには聞えるのである。厭々乍ら聞かされて行く、馬方三吉が泣く〳〵歌唄ふやうなものかと苦笑されたりした。

　彼は雨の日何を仕て居たか、朝から火鉢と差し向ひで、火を上手におこし、餅を上手に焼いて、それをあべ川にして見たりしるこにして見たり、紅茶を出して見たりチヨコレートを嘗めて見たり、絶え間無く飲んで喰つて、慢性胃病の彼としては当然といへば当然なのだが、腹一杯といふ慾求を満足させては胃を虐待して居た。その満腹が甚だしく脳に悪影響有る事を彼は充分に知つて居て偖て改める事も中止する事も出来なかつた。

　胃の為めに記憶の悪い穴熊は快晴の梅日和と成つても、日向ぼつこをするか靖国神社の境内を散歩する位が精々で、何事を為すの勇気も無かつた、既に善事をさへ為すに懶《ものう》しと言つた格構に老け込んで居た、いぢけて居た。胃病も神経衰弱も彼に有つては二十年以来のもので有らうが、昨年十月十一月十二月の毎夜、寒い夜風に吹かれ乍ら夜警の任に当つて熱い饂飩《うどん》を喰つたので、新年以来極度に歯を害して前歯七八本の外は殆んど全滅したので一層胃を悪くして居た。

　彼の友人某がホの卅六をヲの卅六と聞き違へて、御免と一声開けた戸の内は暗く爺さんが一人変な顔して熊の様な格構で居たといふのだが、愛国婦人会其他から貰つた不揃ひな着物をごて〳〵重ねて、腰巻きの様な襟巻をしめ、新聞紙で鼻をかむのであらう薄汚い髭面に、目ばかり光らせて大形の縕袍を頭から着て居た相だが、それはやがて彼にも当てはまる形容だつた。

　五軒先きの子が泣き止まぬ夜寒なり

十四　物売物買巡査救世軍

華族一人の邸宅よりも狭い程な土地に、其の両側に鮨詰と成つて帯の如く五百戸が居流れて、内に無垢の罹災民が二千五百数十名住んで人間の生活とは名ばかりの、どん底に蠢めいて居る。

其所へ色々の物売りが来る。様々な物買ひが来る。巡査が戸口調査に来る、医者が種痘に出て来いと呼び出しに来る。区役所か市の社会局から赤児が無いかと聞きに来る。救世軍からは今晩の音楽会を聞きに来いと知らせて来る。何者とも一向わけの分からぬ人までが、何か不得要領の事の調査らしいのに来て行く。皷を打つて来る者。笛を吹いて来る者。太鼓を叩いて来る者。それは千種万別である。

之等が十人の内九人まで長屋の小屋々々を無断で開ける、開けてぬッと顔出して始めて

『おかみさん今日は何か買はないかね、善いのが有るよ』何の事か一向にわからぬ、之れが魚屋と後に知れた。

『此方は何名です』顔を見れば何所かの小役人で有るらしい。『抽籤でバケツと着物を上げますから、三時前に救世軍へ来て下さい』善く見れば屑屋でも営業するらしい男。

『こちらに病人は居ないかね』之れは医者の代診か薬局で有らう。

『佐藤さんでしたね』『違ひます』『では佐藤は前居たのですね』『違ひます』『此所はヌの十六号ですね』『表札の通りヌの十六号の清浦です』『あなたは何時来ました』『昨年末です』『そうですかお邪魔致しました』こんな風でフイと来てフイと去る、何者が何所から何の為めに来たのか一向わからぬ。其の服装と大きな台帳とは可也立派だが、お頭と台帳の内容が可也お粗末らしい。表札の通りかと聞けば一言で尽きてる事なのだから、洋服も和服も無教育面も生意気顔も、皆無断で戸をグッと開け、顔をヌッと出すのだから内に居る者は少からず面喰らふ。中には御叮嚀に土間まで這入り込んで、

『御免下さい、優秀品の文化納豆でございます、今日は特別に勉強して有りますから、御買下さい』顔は小売店の御用聞きに似て服装は学生である。

斯うして稀に聞く、御免なさいの声も入口を開放してからの事で、開けない先きに言はず、家人の許諾を待つてから開けるなどは薬にしたくも無い。尤も開けないで御免と言つたのでは向三軒両隣と自分の家との何れに向つて言つてるかゞ一寸分らなくもあらう。

多少教育でも有る人なら尚ほ更だが、無教育な御用聞きなどにしても、少しは考へて貰ひたい、如何に集団バラックでも余りに見くびつて居るではないか。

彼等の内には従来五室六室位の門構への家に居た者も有らう。今日バラック長屋に住んで見れば、応接室にも台所にも、居間にも寝室にも、食堂にも書斎にも、化粧室にも仕事場にも、天にも地にもタツタ一室で、押入れも無い、便所も無い、物置きも無いのである。だから時と場合に依つては、着物や勝手道具が足の踏み入れ場も無いまでに撒き散らされて居る。それ程まで丶無くとも食事中だつたり、食後の喰ひ残された椀や皿が散らかつて居たり、或は女が片膚抜いでふくら乳あらはに化粧して居る事もある、其所を無断で引き開けて、余り人相の善くも無い顔を突き出されて溜らうか。

女として他人に見せとも無い簞笥の中を広げて居る事もある。中には善過ぎて見せたく無い物もある、粗末過ぎて見せたく無いものもある。稀には殼空《からあ》きのため見せたく無いのも有らう。それを突然戸を開けてジロリと睨み廻はされたのでは実際やり切れない。

それが洋服でも着て光つた靴穿いて、少しは物の道理がわかり相な人程物言ひが横柄《わうへい》で無警告襲撃の手荒な状態なんだから世の中は逆《さかさ》までである。

物売は五月蠅い程沢山に来る、豆腐屋ばかりも五六人来る、小商人等は番町辺なら十二三軒ほど廻はる距離で、此所のバラツク五百戸は殆んど全部廻はり得るのだから、買手が纏まつて居て呉て甚だ都合の善い次第である。プウ〱と豆腐の笛吹けば、婆さん妻君、娘。少年と、一度に四五人は容器を出して、此方へ一丁此方へ二丁、此所へがんも三つ私は揚げが四つよなど、一時に来るから随分世話が省ける。

八百屋が来る、煮豆屋が来る、魚屋が来る。皆二三人は来るのである。下駄屋、納豆売り、空ビン買ひ、有名な何某屋の海苔大安売、干鰯《めざし》と鶏卵。七色とうがらし。飴屋も来る。花屋も来る。下町や河向ひは死人が多かつたか花は可也に売れるであらうが、九段では家具をさへ相当に持出してるのが少くないのだから、それに仏壇も神棚も無い小さな仮小屋だから花は僅しか売れない。

汚い万国旗の下へ来る之等沢山の人達の中で比較的親切で叮寧なのは巡査で有つた。近年一しほ親切になつた様で、殊に麹町警察では理解の有るのが多いとも思はれた。親切で有るべく考へられて居て反つて不快に感ぜざるを得なかつたのは救世軍で有つた。

音楽会だから聞きに来いと知らせて来たので、ベトウベンのソナタとか歌劇のカルメンとか、其他無邪気軽快な有りふれた所を賑やかに、長屋の妻君や少年を喜ばす事かと考へ、曩に故ブース大将の髯深い暖か味の溢れる肖像を嬉しく見た彼が行くと、救世軍々歌や神の讃美歌が大部分に聞かされ、其他には日本人に殆んど無意味なやうなものを若干聞かされて失望した。司会者は黄色の皮膚を白色ならしめやうと苦心する者の如く、聴衆へ屢々合唱を強ひ、拍手を要請した、彼も亦ハレルヤ〱と幼稚園の生徒の如く何度も合唱させられた。それは一種の侮辱のやうにも感じたが一面熱心と勇気の賞讃に価する司会者等は左様せねばならない様な立場に在るらしく思はれて、反つて無智にしてひがみ根性の多い貧民、教化するの困難を同情したりした。

彼は元来英国仏国は好きで米国の排日は悪辣極まる没道義として大の米国嫌ひで有つたが、大震災に対する米人の厚意を喜ばぬ訳にも行かず、殊にウツヅ大使にはすつかり感服し悉く感謝して居た。然るに好きな英国の好きなブースの救世軍には少からず予想を裏切られた。

彼の旧居が門内に引込んで居たゞけ、御用聞きが来ても勝手口で有つたゞけ、彼が善意の解釈を以て眺める時、種々雑多な物売り物買ひなどは多少の興味を以て観察された。

障子だけがさゞえの蓋の住居なり

十五　仮装行列百鬼夜行

バラックの人達は皆感心に朝が早いと賞められるが、其実は寒くて寝て居られないからで有つたとは上野池の端集団に於ける実話である。九段に於ても亦復た大体左様であつた。一つには電燈が暗いから夜永に宵寝するので早く目覚めるでもあらうが、兎に角皆感心に朝は早かつた。

神田の神保町小川町辺で朝の開店は大概九時であるのに、神田は愚か日比谷公園の三分一も売れない九段の小商店は、八時には大方店を開いて居た。で商ひが有ると言つても初年兵や田舎から来る貧乏な人達に、国旗の杯か被服廠跡猛火の錦絵を売る位なもので、それで無ければ同じバラックの人達を相手の十銭に十二個の精進揚げとか、労働者客に時々歌声を聞く蛤鍋かおでん燗酒か一寸一杯釜飯の類に過ぎない。斯うした小商店は両側で百五十軒ほどだらうが、それでも床屋が三軒絵ハガキ屋も三軒、小間物屋電気具屋牛肉屋湯屋酒屋と、大抵一通り有つて菓子屋などは十軒も有つたが、大方は屋賃や地代を払つて居ては引合はないものらしい。此商店側よりも裏通りの方が遥かに賑やかで、朝の一しきりは銀座通り以上と見られた。魚河岸を彷彿させるものが有つた。

狭い路次なのに長屋の人達は男女老幼殆んど全部が、顔を洗ふとか小便に行くとか、掃くとか拭くとか歯を磨くとか、飯を炊くとか菜を切るとか、水を汲むとか湯を捨てるとか、出たり這入つたり間誤ついたりに、豆腐屋が来る新聞配達が来る、郵便配達が来る。

一番早い人は四時に起きて炊事にかゝる。勿論夜明けにはまだ〳〵早いが大きな電燈がついてゐる。良人が電車々掌なのもある、娘の事務員が電車に乗るに困るからとて割引を利用して早く行くのもある。五時から六時半までの間が一番混雑する。互に顔を知り合ひ挨拶を為《し》合ふのも此時間で、昨夜の火事の噂するのも此時間で、昨日貰つた五もく鮨の礼言ふのも此時間である。由来貧民窟の女房達には不思議にエライのが多いものだが、それらが此時間に敏腕を振ひ雄弁を振るふ。而して其のエラさ加減を遺憾無く発揮する。

七八尺の間を置いて向き合つた長屋が凡そ三百何十メートルに続いて其中間に下水溝が在る。溝に跨つて四斗樽の天水桶が、約廿四メートル毎に六個づゝ在る。桶の間々に水のバケツや流しや足高流しなどが行列する。溝の左右三尺程づゝが炊事場洗面場で又一般人の通路で、尚ほ且つ焚き付けの木ツ端や鉋屑、或は残つた野菜を入れるビール箱石油箱炭俵などの置場である。其所を八百屋魚屋豆腐屋など荷物をかつぎ乍ら通る、その混雑は大したものである。但し人の往来で混雑する事は、大阪にも有る、上海《しやんはい》にもある、東京とても別に珍らしいのでは無いが、場所が集団バラックだから変つて居る、人がどん底生活者だから一寸他所に見られない仮装行列である、百鬼夜行の図である。

その着物の奇抜な事、小供の夜具を着て出る親爺もあれば、妻君の赤い腰紐で帯した若い亭主もある、洋服に足駄で顔洗つてるもあれば、和服に長靴で水汲みに行くもある。全然女の着物を着てる四十男もあれば、確か男物だなと見当の付く衣服の女房も居る。或る中婆さんは花嫁のやうな赤い美しいタオルを襟から肩に掛け、一本歯かと思ふ様な高足駄の大男もあれば、煎餅のやうなペタンコの低下駄で泥道を行く小女房もゐる。上より下着が二三寸長く出た裾の人などは幾らでもある。毎朝十時頃フロツクコートに山高帽子でキツドにエナメルの皮の靴光らせて出る男が、おん襤褸《ぼろ》の銘仙の縕袍で蓬頭乱髪のまゝ、青い顔に歯磨粉で口は蟹のやうに泡吹いてる所など百鬼の内の一怪たるに叛かないものである。毎日愛国婦人会へ編み物習ひに行く時は、真白に塗つて金時計を腕に飾り、貴族の令嬢とまでには行かずとも立派な紳士の娘さんと見えたのが、着物の尻を高くまくつて、下には色褪せた腰巻を見せ、寝乱髪に鉢巻してバケツと箒を両手に持つて行く所はアマゾンの様に勇ましくもあり又、ギリシアの何とかいふ女神が剣と計量器を両手に持つた図にも似る。而して其バケツが念入りにも女神の計量の様に高くさゝげられてるなど実際奇抜なものである。

但し爰に一つの秘密が有つて其のバケツの内に潜む。バケツとは何を入るるの具かと問ふを止めよ、之等のバケツは、時に其の朝の食膳に上ぼるべき豆腐の味噌汁が這入る、又時には雨風激しかりし前夜の尿が這入つて居る事もある。而して皮肉にも豆腐汁のバケツは美しいが洩る。尿のバケツは汚いが洩らない。バケツを高く捧げて行くは豆腐汁や菜の汁が這入つてる時、往来の人と擦れ違ひざまに塵の這入らん事を恐れるのである。

豆腐汁がバケツに這入つたつて禅寺や孤児院では時々見る所、酒瓶《しゆびん》の新らしいので酒の燗するよりも穏当らしく必ずしも珍としないが、尿の方は多少の説明を必要とする。其れは何の家でも共同便所へ行かねばならぬが、家に依つてはそれが一寸遠い――ほんの一寸だが家を数へて七八軒の先方である――寒いのに下駄まで穿いて家を出てわざ〳〵出掛けるのはおつくうである。その上雨とか風とか雪とかの夜は、外套や傘や高足駄をも必要とする。寒いのに其んな面倒な事も出来ない、出来ても一寸見当らないとか、強風で傘が差せないとか、足駄も歯が欠けてるとか緒が切れてるとか、入口の戸を開けばドツと吹込む雨が床の中まで這入るとか、其風が如何にもならぬほど寒いとか、種々様々の事情が因を為して、結局軽便を貴び不衛生を我慢して、朝鮮じみた土間の隅のバケツに尿を済ます。小供の有る家や病人の有る家などは実際それより外無いのも有ることは勿論である。而して翌朝それを捨てに行くと言つたやうな訳であつて、他人が一寸見てもバケツの内の液体がビールやら紅茶やら分からない。無論之れは極内々の話である。

数十の竈が皆盛んに烟を上げる、数十の七輪がパタ〳〵と団扇でやられる度に白い灰を上げ、中のコークスはパチ〳〵音を立て、之れも薪の竈に負けじと、焰を上げる烟を上げる。其の間を縫つて猫も杓子も顔を洗ふ、歯を磨く、小便に行く。娘も老爺も跛足《びつこ》の婆さんも、身体が半焼けの少年も、四五歳の幼年もひよろ〳〵と、行く、帰る、と混然雑然たる中を、豆フイである、納豆々々である。新聞配達である。何である蚊である。殊に足元のぬかる時などは非常な賑はひやら混雑やらである。到底他所には見られない。

バラックの鶴神楽の老妓とか

十六　便所を中心として

卑陋の段は御用捨、話は便所へ落として行く事に許して貰はねばならぬ。

彼等の長屋を去ること東へ四尺何寸にして三尺巾二間の便所が在る。それを小一大三に仕切つてある。其れは彼等の長屋八軒の共同便所で有つて、そんな便所が其所に七つ有る。即ち一棟の長屋に四つ一組の便所が附属して居るのである。而して七棟に対して水道が一つある。所に依つては九棟に対して一つである。平均八棟三百二十人に水道が一つで、便所は四十八人に四つである。

人間は上の口から入れるよりも下の口から出す方が液体としては多いものか知らねど、実際水道が少きに過ぎて便所は多過ぎてゐる。便所の多過ぎるのもいけないが、水道の少過ぎるのは更にいけない。甚だ悪い。便所は半分以下でも宜く水道は二倍してもまだ足らぬ。

便所の一戸に大小各一個は附物といふ考が従来頭に有るから、こんなに沢山作つたであらう、けれども三十二個の大小便所は如何に混雑する時でも、先づ三分の一客有るに過ぎない、日中は其の又半分位、夜も八時九時から先きは来る人は甚だ稀に成る。便所以外の放尿を恐れるにも程度がある。

水道は貧民窟などでは従来十戸十五戸に一つの共用栓を使つたのも少くなかつたからなのと、値段の有る水を沢山には使はせたく無いといふ考も手伝つたものらしいが、皆が食事は一緒だから、朝と夕方は中々混雑する。之れに反し便所の方は大体不定期であるから調節が取れて行くが、水道の共用栓なるものは従来とても相当混雑したので、貧民街の不潔は上水の不足が其の最大原因と見て決して差支無いのである。

斯く卑陋を厭《いと》はず詳記するのは、大国の首都ともあらうものが、衛生思想が如何にも幼稚で、衛生設備が如何にも不完全で衛生当局の無定見と怠慢とを誚《せ》めて市民に警告したいのである。到る所の濠や溝には腐つた水を湛えて、春夏秋は悪臭を放つ。夏は殊に堪え難き腐臭である。その臭水腐泥を街路の砂塵を防ぐ為めとは言ひ乍ら、街上に散布して巡査も咎めない。路次口では昼も放尿され、大路でも夜や雨天には放尿され、青啖は街路の真中で吐かれて居る。それが日に依つて乾き、風に依つて砂塵と共に舞ひ上がり、無数の黴菌を伴つて何人の庭へも飛び込み、幼少年の衣類に着き四肢に着き目や口へ這入る。こんなに非道い不衛生は世界の何所に在るのか。悪臭と病菌を盛んに散布させて居て防疫も殺菌も有つたもので無からう。

上水を惜むに至つては二等国三等国の人達にも恥かしい。愚昧も沙汰の限りである。丁度商店の客が少いからとて商品の仕入れを減少するの愚に辶《しんにう》かけて居る。上水を惜むのは一種の病菌養成である。それで無くてさへ汚気を呼吸し塵を被ぶる事、普通家屋の五六倍な集団バラックの棟割長屋住居に、十月末から四月始めまでは、水が兎角冷たくて使ひ切れないのに、霜焼けやらひゞやら、皸《あかぎれ》やらで水の使い難い事夥しいのに。

一寸した事だが寒い夜更けは植木の根や溝へ放尿したり或は小供などで隣家の前に垂れて来るもある。其辺の砂塵は衣服にも着く鍋へも入る。日光消毒のつもりで干してゐる夜具の衿へ、洗濯の腰巻の雫が落ちる。塵だらけの福神漬や、鼠糞も交じつて炊かれた飯、曰く何、曰く何と一一数へ切れない不潔千万なバラックに、上水が不足で如何するものか。百千の病は皆其所から出る。

折悪く水道栓が混雑するからツイうかうかと洗ふべき物を洗はないで済ませた時、三度洗ふべきものを一度で誤間化す、米研き桶一杯の水で茶碗の十個も洗ふ、などゝ粗略をした結果は食器にも衣巾にも塵が残る、残れば病菌培養所と成る、菌は身に付く腹へ這入る。街路から吹込む病菌と一緒に成つて如何なるかは言ふまでも無い、病人は次から次と絶間無くなる。

今日市中に施療とか無代診療とかの立派な看板が有るけれども、他方にどし／＼病人を製造して居ては罹災失業の窮民を、更に病に罹らせ苦めて、富者階級の贅沢者たる医師を一層肥して居るのである。罹災窮民の救済でなく医師の贅沢補助である。

其の施療も所に依り人に依り時に依つて色々で有らうけれど、罹災者側で実地見聞する所は甚だ不親切不徹底なものが多いのである。歯が悪くて歯医者に就けば単に歯を消毒して洗ふだけである。それが当局者の門前に居たのだから医者も治療も設備も模範的で無いにしても決して不完全粗末な誤間化しもので無い事を裏書きして居るものでは有るまいか。目が悪くて目医者に就けば三通りほどの液体で目を洗つて呉た。それは東京の真中の人が一番沢山に集まる公園での事だつた。一一其の病状や原因や経過に就いて詳細に尋ねるでも無ければ、周到な療養上の注意を与ふるでも無く、引続き来いなどゝは滅多に言はない、従つて根治的手術などは痴人の夢同様出来る相談では無かつた。一寸した病気にも機械が無い、薬品が無い。恐らく医者に其手腕も無かつたらう。普通の小医院で容易に出来る事でも直ぐに其れだつた。羊頭をかかげて狗肉を売つて居た。実際陸軍の看護卒が為る位か、看護婦産婆で出来るほどの事しか精々仕て呉れないので有つた。

大正も十何年、しかも此際の東京市にも日本国にも其んな馬鹿気た事に支出する経費は有るもので無い。剰へ医者は欠勤し乍ら出勤簿に捺印して給金を盗み、高価な薬品は故無く自宅へ持ち去り絶えず看護婦と戯謔《ふざ》けて居るといふ醜聞が盛んに伝へられた。丁度市役所の道路工事とか電車とか電燈とかガスとかいふものの様に、外国への聞えが恥かしかつた。単に一市民としてもである。

一方集団バラックの便所は甚だしい粗製濫造で有つた。それはいくら集団バラックにしてもチト非道過ぎて居た。内からの戸締りが出来無かつたから時々他人に開けられた。人が開けないまでも風が来て開けたり、風が開ければ必ず蝶番が外れて戸が地に倒れた。這入つて居たものは唯だ〳〵閉口する、若い女などは真赤に成る。そんな所へ通り合はしたものもきまりが悪い。凡そ汽車でも電車でも四輪又は六輪なのを、千円が普通の車を七百円で造るのだからとて三輪又は五輪に仕立てたやうな当局の仕方である。其の汽車か電車が直きに転覆したがるのは当然の話である。

便所は粗末な割合に掃除を行届いた、長屋各戸順番に毎日掃除するからであつた。が汲取人が中々来ない為め時々溢れるので、掃除には水を少く使ふやうにと貼札が出てる。水が少くては清潔は困難である。何故汲取人を呼ばないか一応は誰も思ふが、来ぬものは如何にもならなかつた。稀に来れば汲取口を閉さないで行くため、糞壺の中は極度に明るく、糞は積んで尻へ三四寸の所まで来る、尿は既に後方へ氾濫して居る。言語同断な次第だから、彼等の長屋では止むなく贈賄して汲取人に頼んで些か助かる様に成つた。

その便所の前から彼の隣家及び彼の家の背後へかけて雨さへ降れば一面の湖水と変つた、翌日は晴れても急に水は引かなかつた、で便所の前には煉瓦塀の砕魂四五個を飛ばして足場として在つた。これが枕言葉として万葉集に屢々見受ける岩橋で東京には小石川植物園の池に在る外滅多に見ぬ珍物である。黄金の花に対して昔の風流も対照である。

雨の日や雨の後は長屋の附近一帯に甚だしく泥濘《ぬかつ》た、其の所々に欠け煉瓦を拾つて来て敷き詰め、又は米俵など敷かれたが、それでも其辺を通る事は難渋且つ不快なものだつた。其れ位な事が不快なら貧民窟に住む資格が無いといふ人も有つたが集団バラックを直ちに貧民窟と定めて仕舞ふのも無理だし、汽車が走つても飛行機が翔つても、貧民窟だけは徳川封建の時のままで置くといふわけもあるまい。欧洲では鶏小舎から豚小屋に到るまで近年は頗る清潔なものに成つた、鶏も豚も元は清潔な所に居たので、不潔と成つたのは人間のお蔭である、から其れを清潔にするのが人間の義務であつた。便所などには坐つてサンドウヰツチを喰つて差支無い程清潔なのが今日は殆んど普通となつて居る。だから極東の一等国ではせめて貧民窟だけでも封建時代よりは少し善くせねばなるまい。

当局といふ人達の仕事には屢々にして此の様に逆まの結果を現はしてるのが有るのである。独り施療や公設浴場のみの事では無い。罹災者に対する救済物資の配給などでも、そんな風で、二三十日もすれば充分なのを二百日以上も乞食の真似をさせて、良民に懶怠の風を養成し、内実は過半は貰はなくて善い者が貰つて居り、三割位は規定上貰ふ事を許されない者が貰つたりして居た。そして一番大切な職業の紹介とか、副業の奨励とか、勤倹の美風養成とか、小資本の融通とか、公営住宅の建築とかいふやうな事は、殆んど忘れた様に顧ないし力を入れない。

だから市や警察の方で何んなに騒いでも、病菌の方ではどし〳〵繁殖して行く。チブスばかりも一月中に七百五十何人で昨年の三倍の多数を出して市民を驚かし、二月へ這入つてからは廿五日までに六百五十何人といふ更に驚くべき激増を示してゐるでは無いか。之れに対して当局は大慌てで蠅退治を企てた、人夫三百人に医者巡査市吏区吏と総かかりで、塵箱や便所に消毒剤を撒いてる。根本の不潔と不行届を忘れてそんな膏薬療治が何に成らう。いくらクレシンや石油乳剤を散布しても、一匹の蠅は一年で七千二百八十兆八百六十万五千六百八億余に増加する。それを何時までもチブスのペストのコレラのと、恥かしくも無く追つかけてゐる。宵の明星が夜明けの明星を恋する様なものだ、いくら焦れて逢はふと追つかけても顔の見られる筈は無い。曩には宮城前テント村の流行病が、宮城内の舎人数名に伝染したのも未だ忘れたではあるまいに。

蠅や蚊は協議の上で罷り出で

十七　大寒より恐い病気

引越しが終れば夕方で内へ坐れば暗くて寒くて悲しかつた。老婆が七輪の下を煽ぎ、妻が餅を出して居たのは、活動写真か何かで別の世界の事が見えて来る位に思はれながら、彼は人生を想ひ亡き父母を憶ひ田舎の姉妹の厚意を思ふにつけ、自分の腑甲斐なさに悲哀を感じて戦慄《ふるへ》て居た。

死は悲惨だが死よりも悲惨なものに、死を前にして如何にもならない断末魔がある。昔瀕死の重患者が如何しても死ぬのが厭だと言つた、親兄弟が傍から、どんなに言つても死なねばならぬのだから奇麗にあきらめて静かに神の国へ行けと言つた。然るに病人は如何にしても死なねばならぬと思ふと如何しても死ぬのが厭だと言つた惨話がある。彼は昨夏父の臨終に侍して、白骨のお文は尚ほ記憶に新たで有つた。然るに死よりも断末魔よりも更に悲惨なものを彼は目の前に見詰めて居た。

こんな事では結局自滅である、野たれ死である。と知りつゝ病膏肓《こうかう》に這入つて如何とも為し難いもの即ち其れである。或種の恋愛腐因縁の如く、二の足踏み〳〵深くなるのである。一度阿片を喫して止み難きが如く、一種のなぶり殺しを我れと我が身に加へるものである。然るに彼が今日のやうな生活を続けたのでは、栄養不良ばかりでも一年ならずして斃るべきは明白であつた。その間は真綿で頸といふやうな事で有つた。

昨日は小指一本を切取られ、今日は耳の半分を削り去られ、明日は足の親指の爪を剝ぎ奪られる次第。だが彼等どん底の人達は目に目立たない所でそんな風にやられて居た。粗食で不潔で、あらゆる方面から迫害と侮辱を受けて、何の慰藉も快楽も安心も無く、身体は日々に痩せ衰へ、其の精神も亦漸次衰弱して、元気が無くなる記憶力が減退する、歯も悪く目も悪く、一つの身体に沢山の色色な病が出て、兎角かうすれば善いと思つた事でも其れをやつて見る勇気も出ない。自分が正義で有り乍ら不道理な乱暴者に対してさへ、言ひ争ふ言葉が咽喉から出ない程貧して鈍する、唯だ口惜しい歯嚙み位はせぬでも無い、無念の涙位は落ちぬでも無い。が浅間しい淵の深みへ愈々益々這入つて行き消極的に考慮し退嬰的に行動する。

彼等は最早猫の口に在る鼠であつた。けれども猫は中々鼠を喰つて呉ない、鼠の逃げ隠れ出来ない壁の隅や、広場で其の鋭い歯から無傷のまゝ放して三尺五尺と走らせては、其の鋭い爪で上手に微傷で捕へる。而して又放しては逃がし、追ひ廻はしては口にふくみ爪で撫で、鼠の恐れ戦慄《おのゝく》のを喜んで抱き楽んで嘗《な》め、何時まで傷らしい物も付けず上手に手遊《おもちや》にして弄り、遂に根も気も尽きて精神が朦朧となり、身体も極度に労れて動けなくなる。が其れでも未だ鼠に息の根のあると認めると、今度は猫自らの手で押し動かし、爪を引きかけて投げ上げ、口に啣へて振り廻はし、其れを追ひ其れを爪割き、鼠が苦悶して少しでももがくのを更に強く爪割き深く嚙み、全く息の止まつた最後の最後に至つて猫は始めて、鼠を喰つて尻尾の半分も残さない。欠陥だらけの現代社会が彼等無告の貧民に対する殆んど悉くが之れに似て居た。殊に極東の半開国日本に於て著しく其んな傾向があり、日本でも首都に於て如実に痛切に、それを実現して、それは如何とも為し難き実在である事を彼は思つた。

彼は脳から肛門に至るまで目とか歯とか胃とか腸とか、数へて十指に余る病症の持ち主で有つた。が其れを如何手当てするといふだけの時間も金銭も無く、見す〱病患を重らせつゝ、富豪の馬や自動車よりも粗悪な小屋に、厳寒と毒菌とに苦めらて不快な悲惨な生活を続けねばならなかつた。彼等は万人平等の水や空気をさへ濁らして与へられ、区切つて少く与へられ、鳥や獣にさへ充分な日光までも不充分だつた。終日日光の差さぬ小屋は九段五百戸の内二百戸以上を占めた。

当局者の無能と悪徳の為め、粗悪を極めて殆ど水田の様な雨後の街路を、彼等は僅か何銭の電車賃さへ無い為め徒歩して甚だしく疲労し、悪路を不快がり其原因に立腹して、いら〱し乍ら道行く時、遊惰と乱倫に日を暮らす華族の自動車が風を切つて来て、彼等の鼻の頭に臭い屁を放り彼等の衣服から顔にまで汚泥を浴せて逃げ去る。彼等は之れに対して怒髪天を衝いても如何にもならぬし、家へ帰れば逆まに妻に怒られねばならなかつた。然し一面から考へて見れば汽車や電車に殺傷されないのがまだしも感謝すべきであつた。実際毎日何十人の市民が汽車や自動車に殺傷せられて居た。

斯うして奇怪千万な事が独り交通機関のみに有るのでなくて、各方面に沢山有つた。郵便局へ行けば郵便局は彼等を苦め、銀行へ行けば銀行は彼等を悶へしめた、華族や名士の名で出来る会社は彼の血を吸つても罪せられなかつた。或るものは彼等を泣かしめ、又或るものは彼等を悲ましめた。殊に日常食用品の高価暴利には、毎度彼等は多大の困難と迷惑と苦痛を感じて居た。

日本人の住宅はマッチ箱の如く粗末なるに於て世に有名で有つた。其の粗悪に甘んぜねばならぬ原因は大部分食用品の高価に在つた。日常食用品の日本ほど高価な国は亦世界の何所にも無かつた。国民は毎日孜々汲々として善く働き乍ら、唯だ食ふ事にばかり追はれて居た。

日本橋々下の水はロンドンに通ずれども、東京で一斤の食パンの価は丁度ロンドンの倍額である。世界の何れの大都市でも中央駅からは大体五十銭か一円出せば行かうとする所まで馬車でも自動車でも行つて呉る、けれども東京では其三倍四倍、時としては十倍も取られる事がある。パリーでもベルリンでもロンドンでも十銭か十五銭出せば、上等のコーヒーを飲んで設備至れり尽せりのカフエーに、軽便愉快な慰安を数時間享楽する事は出来るが、東京では粗悪なコーヒーに同額以上を貪り乍ら五分間も過ぎれば、何故菓子も注文せぬ何故料理も喰はぬ、喰はぬなら早く出て行け邪魔であると言はぬばかりの目で、ウエーターやウエートレスに見られる。牛肉だ牛乳だ鶏卵だ砂糖だ野菜だと言つても皆悉く日本が一番高価で、凡そ各国の二倍三倍である。それなのに収入の方は巡査と電車々掌で比べると、各国の二分の一、三分の一、四分の一に過ぎないのであるから市民が苦労に痩せるのも当然である。

一方に又無邪気高尚な娯楽機関は全然欠亡して居るのに、僅かに在る所の劇の類は、各国で五十銭から三円位で見られるものを、東京では五円十円十五円とべらばうな入場料を取る。可笑しいのは同じ人が舞台に立つて居るのに、欧洲の各都市では五十銭から三円位の入場料を、東京劇場では十五円取つた。

市民が段々痩せて青瓢箪に成つて、気を腐らして神経衰弱を起して、変な考へを持つやうになるのも一面無理からぬ事で有つた。それに随分非道い税金なども取られてるから為政者を憎悪した。それは実際誰れの罪といふよりは山師のやうな泥棒のやうな為政者が有るからで、或る大政党の如きは日本の多くの大会社を喰ひ物にして殻ばかりを国民の前に残して居た。国民はそれに相当の憤りを発し、相当の処分をするだけの気力も無かつた。明治天皇かん去りまして僅に十数年の間に日本は著しく、堕落して居た。

大震火災に際しても幾多の寄贈金品を分配するに当つて無数の奇怪事を見聞した。海外寄贈の物品などは僅に一小部分しか配給せられず、多くは行先も不明で或缶詰は市価の三四分の一で払ひ下げられ、間も無く市価で市場に現はれたりした。更に帝都の復興に関し五億十億の大金が支出される時、恐らくは砂利やガスや水道や電車以上の醜態を演出するのではあるまいか。

その悪徳に依つて富む者は益々富み栄えて不義の快楽に耽けり、正直なる貧者は更に削られ奪はれ盗まれて愈よ貧乏に陥り、泣くにも泣けないやうな姿で塗炭の苦みにのたうち廻はるのではあるまいか。

貧窮生活の中で一番恐いものは、虎狼よりも借金取りよりも雨漏りと寒さである。その大雨や大寒よりも恐ろしいのは病気である。粗食と不潔と苦悶が原因と成つて、湿気を寒気とが媒介と成つて。

雨の漏つたり吹込んだりには古新聞紙、雑巾、バケツ、破れ毛布等あらゆるものを使用して尚ほ室内で帽を被ぶり外套を着て居る。偶々来訪者が有れば、其の人も亦帽子外套のまはりに対座して、手袋のまゝの手を火鉢に翳し乍ら話したりする。考へて見れば随分悲惨な不快な生活である。貧民窟に喧嘩の多い原因も此の不快に出発する所が多いらしい。

寒気に至つては小屋が始めから寒い様に出来てるので、古新聞紙で張るだけ張るより外に施し様が無い。火鉢に炭を如何程入れても精々手と顔を暖めるに過ぎない、頸筋から全身に亘る冷却はどうにも出来ない。足は足袋が有つても無感覚に冷え切つて居る。そんな時は足袋のまゝ着物も着たまゝ、或時は外套をも重ねたまゝ夜具の中へ這入るのである。而してそれが衛生的で有るや否やは考へて見る暇も無いのである。

唯だ病気だけは泌々厭だから成るだけ罹らぬ様に、罹れば直ぐ往生出来る様にと其ればかり願つて居る。

簑虫のみのに能く似た住居なり

十八　救済物資の御配給

九段へ来てから色々の物を貰つた。或時は棟の代表が火消だるまといふものを配達して呉た、或時は近所の女房達に教へられてバケツ持つて総代の所へコークスを取りに行つた、或時は救世軍から貰ひに来いとの通知で抽籤で慰問袋があり鉛筆石鹼タオルが在つた。傷んだ毛布も一枚綿ネルの腰巻、兵隊の古洋服一着も総代が持て来て呉た。何所からかバケツも一個貰ふ。

内二点は一月中他は二月から三月三日までに受取つた。ナゼ二月三月の遅い時分に配給するのかナゼ一月にせぬ十二月にせぬ、何故十月九月にせぬのか、愚も甚だしい訳だが芝浦で寄贈品を沢山腐らせた様に、手が廻らなかつたのであらうか。

古洋服は畑を耕す時にと思つたが受取つて見ると、農耕にも一寸使へ相に見えなんだ。近所の女房達が抽籤で古浴衣を貰つて、洗ひ張つても到底も手が通せませんからマア雑巾ですと言つて居たのを思ひ合はす。当局者は屑屋へ出しても一銭二銭に買ふといふ腹らしいが、一銭や二銭の品の配給係に立派な役人は無用である。実際手の通せない衣服は衣服として無価値のものである。兎角当局は罹災民を貧民と見たがる、甚だしきは乞食と見たがる。それで自分は乞食にも恥づべき行為なのが多いのは以ての外である。

海外から寄贈物品の如き申訳だけに軍用堅パンか綿メリヤスシヤツ位を配給して、他は善過ぎると言つて商人に払下げて、其銭で必要品を求めて配給した相だが、お蔭で御用商人は払下げと売込みと二重に儲かつた。それでは各国寄贈者の同情を蹂躙したものでは有るまいか。其払下げの値や買入れの値が罹災者の気に喰はぬ値なのだから、何れ英米仏伊の寄贈者も七千万国民も気に喰はぬ値かと思はれる。

長屋の女房達は分配の任に当る事務所の小使とかバラック総代とかに対し、左も其の人から貰ふやうに叮寧に謝礼した、物を言はれる方も其の心で威張つた。而して与へる者も受ける者も其品が仏蘭西から来たか福岡県の農会から来たか北海道の婦人会から来たか、乃至は麹町区内の焼けない人達の同情に依るかは知りもせず聞かうともせず、従つて謝礼のハガキ一枚出さうとも思はず、後日其れ〴〵の地方に天災の有つた時金品の寄贈を忘れない様にと考へる者などは無論一人も無かつた。

係員には無教育とか貧乏とか女とか見れば随分横柄な口を利き乱暴な言葉で圧迫的に命令したり叱つたりしたのも有つた。それが御無理御尤様で泣き寝入られた、少し怜悧な者は幾何かの阿賭物を贈つて難を免れた。

市中で四畳半か六畳を十円廿円出して借るよりはと菓子箱か反物を贈る所へ贈つて一戸をバラックで借りた者も少くなかつた。従つて全然居住の資格無い者や罹災者で無いのまでが混つて居た。二人か三人の一家族で二戸借りてるのも有つた。

区役場の配給係に到つては寧ろ滑稽で有つた。白粉気の多い女には米の二升は三四升も与へ古浴衣も柄の善い所を選ばせ、普通人が行くと叱られる。火の傍へ寄せて居所を尋ねて揶揄つたりした。独り九段のみでないがバラックには十二階下を始め各所の巣を追はれて、又は窃《ひそか》に男を尋ねて来て居た淫売婦が少くなかつた。それに料理屋宿屋待合等の女中乃至娘の様な半淫売的なのが来ると、直ぐ何所のバラック何号に居ると聞いた。無論米塩の量が多かつた。

其辺の呼吸を呑み込んだ九段の一老婆は仲間の四五人から銭を集めて、三人の配給係に酒食を饗応し女まで世話した。後で警察へ招喚されて小ツ非道く叱られて泣いて謝罪して老婆も配給係も漸く許された事もある。配給の人達は毎晩のやうに酒を飲んで議論喧嘩して居たといふ。

長屋の女房達の話に依ると入口で帳簿に印押す人だけが善い人で他の六七人は皆我が物を呉る様に威張つたり、屁理窟を並べて無学な女をいぢめたりしたといふ。『どうせ私共は乞食のやうな者ですが全くの乞食でもありませんからせめてお宅の女中さん位な言葉に願ひませう、余り叱られると之れでも腹が立ちますから』と或る女房が言つたので係員一同沈黙したといふ話もある。無論係員中に女中など使つてる者もあるまいし、反対に其女房の方は震災前まで女中を使つたであらう。

バラックで係員に面白く無い噂は上野も日比谷も芝もで、上の好む所下之より甚だしきは無しの感があつた。或日九段事務所の小使が大阪へ行くから五銭でも十銭でもと餞別を求めて来た。近所の人に聞くと小使に特別の世話に成つた人が有る筈ですから其んな人達だけで善いのでせうに、といふ事で十銭宛出したが、彼等の向ひ長屋では卅銭宛、南側では五十銭宛出したといふ平均廿五銭と見ても百何十円に成る。三円五円で充分だらうにと彼が言つた折柄居合せた客が、他に一緒に成つて飲喰ひする者も有らうぢやないかと笑つた。

曩に事務所主任井上君が転任した時は何事も無かつた、が井上は米国大使に贈つた花束其他の費用に自費を出して居た。今度主任が去る時は又五六百円も集めるであらうか。救助を受ける罹災民から銭を取る事は少くとも問題であらねばならぬ。

そんな風で今日まで無給で世話して来てる棟代表とか総代とかには如何な謝礼を為るのか。二月末日には事務所主任から自治会は本日限り解散すと通知して来た、従つて代表総代の資格も消滅した。之れにこそは金品は贈るべきであらう。彼等が仄聞する所では事務所は新たに代表者を指名推選するといふ。即ち自治会の民選代議士会を一蹴して、勅選の特権階級を造るらしい。自治会を突然解散の権利は事務所に無い。指名の代表も亦住民の承知し難き事は勿論である。

先住者に一応の交渉も無く一室に二家族の同居を命ずる事など思ひ合せて見れば帝都の復興も遅れる筈である。市役所の頭にはまだ封建時代の春風が吹いて居る。然るにバラックの罹災民は失業やら疾病やらの中に大寒余寒で寒さに泣かされて居さる。

全世界からのを伴内ゴ配給

十九　一室二夫婦の迷惑

集団バラックには種々雑多な人が居た、可也理窟を並べる人も有つた、そんな人達や紹介名刺など持つて来る人には事務所は比較的寛大だつたが、一般に対する態度は決して親切で無かつた。寒い時分でも一時間二時間三時間位平気で人を待たせた。新聞紙にも三四度不平が出て居たが相変らずであつた。

二人三人位な少家族の小屋へは二三人位な少家族は同居を命じたが、前以て一応の照会さへ無くて命令強行された。けれども同居の許可証を貰つた方で、其の家を見るに及んで無理とわかり、有耶無耶の内に引込み去るのも少くなかつた。或者は実際這入り切れないのを知ると共に数日又は十数日間小供だけ位を預けて、程なく小供を引取りに来るのもあつた。

彼の室には先住者が去つて二ケ月以上も過ぎてるのにまだ其の夜具以下が残つて居た、彼の荷物は比較的多かつたから簞笥の上まで蒲団などを積み上げても、夜寝る場所は四尺数寸に六尺数寸しか残らなかつた。で一人が寝れば一人は坐る席も無いのに、突然それへ、夫婦に十三歳の児の一家族が同居許可証を貰つて尋ねて来た。彼は驚いて事務所へ行く、棟代表やバラック総代へも行つた。事務所主任は逢ふを避けて隣室で彼の言ふ所を聞いて居た、代表や総代は『石川さんは七人、後藤さんは九人居るから無理で置いて貰つてれば余り強い事も言へまい』規則としては四畳半は六人、六畳は八人で売店を営む筈だといふ。けれども彼は其れを無理として詳説した。

　七人九人といふのは不思議だつたから調べて見ると、成る程彼の隣家の石川は七人だが老主人は役所の小使として隔日に宿直した、娘二人も役所へ勤めた、あと五歳七歳十歳位の小供が三人、内一人は両親が本所辺に居るのを預かつてるのだが、朝娘等と前後して学校へ行けば、残るは老婆一人だつた。夜は同じ棟内に婿夫婦が三歳に当歳の子と居るのへ二人だけ泊りにやつた。そんならば大した事も無い筈である。九人の後藤といふのは三人しか居ないで他に時々藝妓して居る娘が泊つて行く位に過ぎなんだ、最初は九人居たから九人と貼り出して有つても九人は昨年九月の事で有つた。同時に神田区に米屋と自転車屋を二軒も新築の店を数ヶ月前から持ち乍ら、規則を無視して依然居住して居る一家族を発見した。

　彼は新来者に詳細な実情を告げて米屋を立退かせて其所へ這入るやう希望し且つ多少の尽力をも約束した。新来者は事務所で重ねて希望したが要領を得ない。で彼は新来者に之れ〳〵の手続で紹介状を貰つて之れ〳〵せよと教へた、新来者は其の通りした。すると直ぐ六畳間で待合の女一人居て其れも五六日中に去るといふ小屋へ這入る事が出来た。

　で届出や標札には五人六人七人と有つて事実二三人しか居ないのが殆んど過半数位あると思はれた。罹災者で無い友達に自分の名儀を貸してバラックへ入れたので、後に自分もバラックへ這入りたく成つたがと彼の妻へ内々で同居を願つて来た婦人も有つた。事務所に届けず本人同志の内約で人の変つてる小屋も有つて、事務所で発見をして立退かせたのも何軒か有つた。若し事務所から調べに来れば今日は二人ですが三人は一寸田舎へ行つたなど、お茶を濁すのが少くなかつた。

　昨年九月十月には実際四人五人六人居たが焼けた家の半数は建つた二月末までに追々に下町や郡部に散つた。散つて行かねば喰ふ事が出来なかつた。住居の悲惨はまだ第二第三だつた。

　彼の筋向ひに相沢といふ四十歳位の後家と十四歳位の娘が居た、それへ突然二十二歳と二十歳の若夫婦が同居して来た。此若夫婦が震前一戸を持つて居たらうか震前から夫婦であらうかと誰もが危ぶんだ。若夫婦は毎晩帰るのが十二時一時で朝は午後二時に起きるのが普通だつた。若い者が二人並んで寝た姿は娘に見せて善い図でも無く、客が来れば客も苦笑した。相生の松の若夫婦は毎晩仲善く騒ぐので、後家自身も不快だし年頃に近い娘の為めにも迷惑だつた。が其れを如何抗議するわけにも行かなかつた。若夫婦は益々大胆に、活動から帰つて来ては小猫か栗鼠の如く克く戯れて、翌朝は鼾声高く熟睡した。十四の娘はやいの〳〵も擦れつ縺れつも皆知つて居た。唯だ若夫婦が寝具や食器をだらしなく取り散らすのに時々注意を与へて後家さんは僅に胸中の不平を慰めた。

　同じ六人七人でも一家族で小供が三四人なら、安火を中心に一つ夜具を引張合つての雑魚寝といふ事も忍ばれやう。が夫婦二組となると、衣類寝具世帯道具が伴ふて室を狭ばめるのに、其の職業や顔の異るやうに其の性質も習慣も違はねばならぬから、仏教熱心家が父母の命日忌日などに一方で鰯や鰤などをちり〳〵焼かれたりしては、早寝朝寝の相違以上に迷惑する。兎と猿を同じ檻へ入れるやうなもので何時か何所ぞで衝突するより外はない。

凡そ四畳半には五尺の身体は一人より起臥出来ない事は、神田の下宿屋に書生さんを見るまでも無い。それも炊事抜きなのに、炊事の伴ふ三人四人五人が置かれる事は既に立派な人間虐待である。況んや二家族をや。昨年の九月十月ならば知らぬ事、当局者も何時までも玄米の握り飯を喰つてるでもあるまいに、半歳の後尚ほ震災直後の六人八人は這入るものでない。試に英人仏人米人の何れでもを、一家族三四人此の四畳半に住ませて見るが善い。何日居て何といふかを。思ひ半に過ぐるであらう。

一方に空けてある小屋は九段でも二十余戸を算する。前通りだから貸さぬといふが、東京は畳に於て焼けた四分の一しか回復して居ない時、救済の為めに救済すべき金で造つた家を建朽れに空けて置く理由は無い。本所とか深川とかには雨の日毎に水が這入るとかで住み手の無い集団バラックも有るやうに聞くが、何故そんなものを改善して困る人を収容しないのか。それでも家が足らねば差支の無い土地で新築するが善い、救護資金はまだ残つて居る筈。麹町区内有志が罹災者に寄附した六万何千円の内、牛ケ淵バラック中止の為め残つてる九千何百円もある。

一室二夫婦事に依り知り知らず

二十　余寒すぐ蝿蚊蚤虱

彼は田舎の姉達から郷国名物の寒小鯛や干鰯《めざし》を沢山に貰つたので、毎日のやうに魚を焼いて居たからでも有らう、大寒の最中から大形の蝿が羽を鳴らして音づれ来る事が屢々だつた。驚いて捕へんとすれど彼らの手に捕へらるべく蝿は余りに敏捷且つ強健だつた。一つには日当りも善かつたからには相違ないが、蝿といふ虫が何所にも居なければ来る筈はない、近頃に幾つか居たればこそ来たので、既に居た事が先づ問題である、四辺の不潔が問題である。

今日現在事実不潔である、けれども其れよりは昨年九月以来甚だしく不潔にして来たバラック一帯の地域には、便所は勿論、石の下にも木の根にも落葉の蔭にも砂の中にも、蚤、蝿、蚊以下不潔に集まる多数昆虫の卵と及び無数の黴菌が潜在するに相違ない。

既に大寒から蝿が横行する、立春雨水の候で地が湿ほひ木々の枝がしなやかに成る、続いて三月に這入れば啓蟄の候で土の中から穴の虫がそろ〳〵出て来る、となると其の先きが思ひやられる、豈夫れ春分清明穀雨を待たんやである。三月二日には四谷の某商店が新聞紙中に挿入して蚊帳色揚げ破損修繕の広告札を散布し、八日には日本の某大商店も蚊帳の広告を新聞紙上に出した。之等は今年は特に早いものと見て集団バラックの様な所だけを真先きに出したのかも知れぬが、其手廻はしの善い事は、文化的施設で毎度社会の進歩から尻をつゝかれてる市の当局達が爪の垢でも煎じて飲むに宜しい。

彼は二月の末に蚊を見た、其れは弱々しく飛んで居た、三月へ這入つてから蚊に似て蚊にあらざる小虫が二つばかり飛び行くのに逢つた。そして日本の飛行機よりは確かだなと思ひ乍ら彼は見送つて居た。

本所深川の或る所では従来桜が散ると間も無く蚊帳を吊らねばならなかつた、今年は果してどんなものか、恐らくは早まつても遅れるやうな事はあるまいと一般に予想されてゐる。更に日比谷は如何か九段は如何か、今後尚ほ若干の月日を余すから其の間当局者と居住民の努力如何に依つて大差を生ずるであらうけれども、兎に角昨年よりも早くて多い事だけは免れないであらう。芝公園芝離宮浅草公園などは九段や日比谷より更に早く更に多いであらう。其の何れにしても集団バラックでは比較的狭小の土地に、比較的多数の然も比較的不潔に無関心な下層民が、幾多の無理に無理を重ねて蠢めくやうに住んで居るのだから、必ず蚊や蠅が多く、その蚊や蠅に依つて伝染する幾多の悪い病症が盛んに出て来るであらう事は稍や明白である。要は特殊事情なる本年の蚊蠅増加率マイナス市当局の予防努力プラス市民の衛生注意、で差引決算の結果となる。

別に当局者も心配せねば新聞の漫画家も見のがしてる者に蚤がある。バラック居住者としては直接身に降りかゝる問題にして塵多いだけ心配に堪えない。何れ椽の下からも上がるであらう、天井からも下りて来るであらう、胡蓙の目からも産れるであらう、塵が綿の如く積んでる簞笥や本箱の間とか背後とかからは尚ほ沢山に隊を組んで出るであらう。其の程度は一寸分からぬけれども昨夏の彼の住宅よりは三十倍又は五十倍の多数を覚悟せねばなるまい。弱り目に祟り目である、貧に痩せて神経衰弱な人々へ、蠅と蚊と蚤の三者が揃つて敏腕を振るふ事縦横、可也辛辣な悪戯を始めて、夜は中々眠らせない以外に尚ほどんな事を仕出かすか。どん底の病人は之れからなぶり殺しに逢はふ、バラックは実にその俎である。

虱に至つては蚤よりも更に個人的で、其の人の充分なる注意に待つより外は無いが、新年早々虱征伐をやつてゐる老婆は集団バラックに於て決して珍らしくない、今や春の虱に羽が有るとさへ言はれる、其の春と成つて『着る物の縫ひ目〳〵に仔をひりて虱の神代始まりにけり』はバラックには何十人であるのである。東京市学務課が本年二月の調査に依れば、日本橋区の某小学校に於て五百五十人の生徒の内五十三人まで頭に虱を持つて居た、無論従来はそんな者は一人も居なかつたのである。

更に大問題の南京虫が居る。之れも時期を待つて多少は必ず出で来るに相違ない、まだ噂に上ぼらないのは偶に有つてもその人が内密に葬り去るのではあるまいか。長屋で天井伝ひに蔓延された日には大変である。バラック解散と共に全市に広がるで有らう事を恐れずには居られない。

その蠅蚊蚤虱南京虫よりも恐ろしいものは此夏のトタン屋根の暑さである。樺太のギリヤーク族が昆布といとう鱒の皮と木の葉木の皮で葺いた屋根に異ならぬ天井が有つたとて、如何ほどの違ひもすまい、庇の無い南面は矢張りトタン板だから随分きびしく焼ける事であらう。その苦熱に乗じて六足の先生達がどんなに活動する事か、世界名物の悪路は層一層の悪路として砂塵と黴菌を吹き贈るであらう。来る夏にどんな病気が流行するだらうと考へるだけでも寒けがする。

当局を蚊や黴菌は賞めて居り

二十一　妻の内職と華族様

九段へ起臥する前から知つて居た事だが、尚侯爵未亡人は昨年十一月から罹災婦人達に、その内職たるべき毛糸の編物を教授し、その編み上げるに従つて其の工賃をそれ〳〵に与へて居た。未亡人親ら其の任に当つて願つて来る者には誰にでも教へた。多数婦人の中には小娘も女学生らしいのも妻君も中老婆も有つたが、一と月とたゝない内にもう一日一円以上二円三円の働きをする女さへあるに至つた。場所が直ぐ隣りなだけ九段バラツクから習ひに行つてるのが少からず有つた。長屋の人達は善い事を教はつたり儲けさして貰つたりで大に喜んで居た。

彼が彼の妻に尚侯爵邸へ通学するやう勧めたのは、まだ下二番町の松平邸に居た頃であつた、が妻は行く気が無かつた。九段へ移り住んでから重ねてそれを勧めたが、矢張り行かうともしなかつた。彼がヒポコンデリーであるやうに妻も亦ヒステリーに罹つて居たらう。兎に角心も身も落ち付かないのであつたから、面倒なものを教はる気や、厄介な仕事に働く考が出なかつたのであるらしい。丁度彼が震災以来何の仕事も為ずに居たのと同じやうなわけであつた。

然るに隣家の娘二人と相知るに及んで二人が尚侯邸へ通ふ事も知り、更に尚邸では四五日後にミシン部が新たに設置される事を知り、直ちに願書を出して二月十四日から通学するやうに成つた。二人の娘も最早毛糸物着用の時季も過ぎたからとミシン部へ転じた、で三人毎日一緒に行つて見ると、バラツクから行つてる人が幾人も分かり、色々な人達とも口を利く結果、様々な浮世話を聞き、就中九段バラツクに於て隠れたる半面の出来事なども聞き知るやうに成つた。

尚侯未亡人は音楽や美術にも趣味を有する才人且つ美人であつた。こうして幾多の経費も時間も惜まず市民に良好の副業を習得させるその心懸けは真に敬服に価する。巨資を要し乍ら何程の事も出来ない或る婦人会などは顔色無いわけである。未亡人は曩に九段バラツクの五百戸に対し特に困窮せるものにとの条件付で三百枚の毛布を寄贈した筈だが、之れが九段の罹災民として貰つた毛布衣服夜具の最初のものであつた。それは昨年十月だが遅い遅い市当局の配給とは其の間に千里の差がある。斯くあつてこそ皇室の藩屛である。バラツクの人達は皆未亡人の賢明を侯爵家のために祝福して居る。

日米何とか会なるものが、肉飯幾皿でも十銭、それは米国々民の同情寄贈金に依るものだといふ看板を日比谷辺に立てたので、這入る人も可也多かつた、彼は三度まで這入つて見たが、毎度南京米の三角四角五角の磈りだらけな飯の上へ、黄色のどろ〳〵汁をかけて有るだけで、肉などは無く、申訳のやうに玉葱が時々あつた、とても不潔でまづくて喰へなかつた。従つて漸次客を減少し昨年末には其のテント店も消滅したやうだつたが、彼が最後に這入つた時などは、極度の不潔とだらしなさを見せ付けられて不快でならなかつた。其所の主任らしい人の談に依れば、此会の会長は水野子爵で福助が帝国ホテルでの舞踊会の収入全部も会へ寄附されたし、一方米国大使の希望に依り銭が無くなれば新たに日本で募集して、依然来年も継続すると言ふことだつた。

それから華族会館に在つて華族同情会が、綿ネルの襦袢を罹災者に分配した事と松平伯爵其他麴町区二三華族等が門内へ逃げ込んだ罹災者を充分の同情を以て迎へた事の外、今回の大震火災に当つて日本の華族達が仕た事は、彼としては見聞して居なかつた。

欧洲大戦に当つて英国の貴族が国民の前に示した立派な働きぶりと比べて、其所に百千里の差を認めねばならなかつた、英国の貴族は尊敬するだけの価値が有るから尊敬を受ける。けれども日本では其価値絶無にして尊敬を求めて居る、甚だしいのは強いて求めて止まない、それで欲望に添はない時は金力や権力を乱用して社会の秩序を紊乱することなど朝飯前なのが少くなかつた。中には貴族の名に依つて詐偽会社の発起人に連なり良民に迷惑の及ぶ事を知りつゝ平気なのも有つた。

彼の妻は三週間ほどしてシヤツやズボン下もどうにか縫へる様に成つた、そして僅か乍らも其工賃を貰つて来た。二人の娘は一週間ほどで止めた。間も無く他へ勤めた。

震災を後の後まで逃げて居り

二十二　泌々と貧乏を味ふ

彼は甚だしく貧乏だつた、震災前から失業者で有つたし、震災後未だ曾て仕事らしいものは為て居ないし、収入も無かつた。だから顧て過去半歳は如何して喰つて来たかは不思議にさへ思はれた。

それが二月へ這入つてからは湯銭や豆腐銭にさへ不足を訴へる事が屢々にして有つた。無論電車などは殆んど乗らないで多くは徒歩だつたから、吹き巻く破塵の狂風や自働車の跳ね飛ばす泥水には言ひやうの無い程難やまされて居た、其の度毎に砂利喰ふやうな当局者を憎み、傲慢無礼な富豪や貴族を憎んだりした。我輩に若し金が有つたら全市道路の鋪装を寄附する、品川千住間だけ鋪装しても市民はどの位助かるか知れぬ、と二十年来言ひ続けて来た彼だつた。

何度か工面しては質屋から銭を取つて来るのだつたが、其間何度か一文無しに成つて居た。二月廿日には又々一銭も無くなつた上に尚ほ且つ支払ひ残された電燈代が有つた。三月八日まで引続き無一文で有つた、其頃葱を五銭価買ふと十本程有つて二三日間の汁の身に成るのだが其れが買へず、平常は彼等の喰ふ物とも思はぬ程な十銭に十二個の精進揚などは喰ひたいと願つたが無論買へなかつた。湯にも這入れなかつた。髭も剃れなかつた。従来度々八百屋や豆腐屋から買つたのに、最近一向買はないのだから、勘の善い近所の者は大概想像も出来たであらう。それを恥かしいと思はぬでも無いが、それよりも爪に黒い垢が溜まり身体も垢だらけ、衣服も垢だらけ、髭鬚は延び放題に髪は蓬と乱れてるのが恥かしかつた。痔の悪い彼として便通後は大抵入浴するの習慣だつたが、それの出来ないのが多大の苦痛だつた。

更に一層の苦痛は砂糖の欠乏であつた、彼は毎日規則のやうに三四杯のココアか紅茶の濃厚なのを飲まねば居られなかつた。見舞に貰つたココアは有つたが、砂糖は屢々無かつた。粉ミルクの糖分稀薄なので間に合はせて見たが寂しい味であつた、悲しい心に成つた。大好物の菓子などは其のずつと前から品切れだつた。

彼が甘味を断たれる事は酒好きが酒を断たれると同じ苦痛だつた、彼は物の隅から湿気に流れたドロツプを少し発見して来て、それを摘まんでは苦い茶を啜つた、そして苦り切つて居たがそれも四五日で尽きて、後は唯だ苦い茶だけを啜つては溜らなく寂しかつた。二三日して米国の軍用ビスケツト二三片を発見した。無論糖分は無い、せめて支那のだと塩味が付いてるのだがなと残念がりつゝ一つ喰つて見たが矢張りいけない。ですぐ甲を脱いだ。止んぬる哉と長嘆息した。

それらの事は克己心さへ有れば如何にか切り抜けられる事で有つた。その辺まで窮乏すれば克己心の有り無しに関はらず、切り抜けられた形で有つた、が残念だつた。

困るのは電車に乗れない事だつた。停留所の五つや六つは無論歩いたが其れでも雨の日などは骨が折れた。砂塵の日、寒風の日に二十丁も三十丁も歩く事は苦痛且つ身体が疲労して馬鹿々々しかつた。

衣服が徒歩の為めに傷むのは又堪え難き苦痛の一つだつた、それは僅に火災から取り出した彼の一張羅で有つた。無論足袋も何ケ所か破れ、下駄も何ケ所か欠けた。

官署や会社などへ行く時は洋服を便利とする為め彼に唯一の洋服フロツクコートを着たが旧臘新調の品が二月には裾が切れて、質草と成るにさへ困難なものと成つた。

困るのは来客の時に出すべき茶の無い事だつた。客に依つては善い加減に誤間化したが客に依つては茶さへ出さぬといふ言ひわけにまごついた。冷遇すると思はれはせぬかと心苦しかつた。

更に困るのは友達と同行する時だつた。君だけ電車に乗り給へ僕は歩きますとも言へなかつた。とは言へ一緒に乗つてから、僕は電車賃は無いも変だし君が払つて呉も可笑なものだつた、

されば とて乗る前に今日は電車賃が無いのでも具合が善さ相でない。それが相手に依つて甚だむつかしい事だつた。郊外の五反田といふへ友達と一緒に行つた時なども悉く閉口した、途中で別れたりすると一里も二里も歩くのかなと考へさせられたりした。

質草も最早屑ばかりだし、そう〳〵頻繁に顔を出す事が質屋へも遠慮された、と言つて多年持つた品、殊には大震火災にも出した品を売る気にも成れなかつた。すまじきものは貧乏だつた。どうにもこうにも働かねばならぬといふ結論直ちに必要を痛切に察知し得たが、勤め口は中々ない、多分善いと思つた口までだめだつたし、健康はすぐれぬし、兎角引込思案に成つた。

食事に際しては一層困つた、屡々にして鍋の中へ入れる物が無かつた。

『ノー、ナツシング』妻の唇を洩るる音響の寂しさ。恥かしい話は小声で言つてもバラツクでは隣家へ聞へるので魚菜の事など常から『あれを斯うしませう、』などゝ話すのだが、こうもすべきあれさへ最早無かつたのである。直ぐ一二丁先の富士見町には金銭を湯水の如く使ふ人が毎晩何百人。一時間三円五円の自動車が約一万台は夜昼と無く全市を飛走つて居るのに、鍋へのノー、ナツシングは余りに情ないと涙もこぼれた、梅干唯だ一つで三杯半の飯も喰つたりした。

或時沢庵漬を切つて煮たら、煮ても〳〵柔かく成らぬので其半煮えの如きものを喰つた、で沢庵はふろふきに成らぬと友達に話した。わかり切つた話だ高野豆腐が絹漉しに成る筈も無いと友達は笑つた。けれども驚くべし喰ひ余つては煮返してると四五日目には柔らかな煮大根と成つた。

或日彼は牛込の飯屋で友達に天プラを馳走されたが烏賊のは歯が悪くて喰へなかつた事を話すと、妻は懐紙に包んで持つて来れば善かつたといふ。具合が悪いよと言へば妻は重ねて猫にやると言つて持つて来て呉れば善かつたといつた。妻は猫を羨んで猫たる事をも得なかつた。又或日妻が行つた先きで餅菓子が出て美味しかつたといふと彼は一つ持つて来れば善いにと言つた、皆様の見る前でそんな事出来ませんと言へば、彼は重ねて一寸喰べかけて懐紙へ入れゝば善かつたと言つた。彼は他《ひと》の喰ひ残りを得んと願つた、然しそれも許されなかつた。

三月八日に妻がミシンの工賃一円何十銭を貰つて来た、で葱や豆腐や久しぶりの豚肉も喰ひ浴場へも行つた。夜に成つて気が付くと最早電燈屋に支払ふべき半額も残つて居なかつた。彼等の喜び元気づいたのは僅に半日に過ぎなかつた。

大正十三年は何時までも寒く彼岸が近づいても零下三度何分を毎朝の様に示して居たが、それでも寒さには最早恐ろしくなかつた。と同時に貧苦はひし〳〵と身に迫つて来た。彼は風邪に罹ると共に歯も亦痛んで困つてるのに、妻も亦毎日のやうに腹痛で而して鼻から血を交へて悪臭の洟が出た。

集団バラックには失業者が多かつた、彼の長屋と向長屋の十六戸には七戸まで失業者だつた。失業者達の生活は彼程でなくても彼と略ぼ同じ傾に在るのが大部分だつた。又労働者にアブレといふ休業もあつて、働き乍ら甚だしい貧乏の人も有つたし、高利貸に苦められてる人も有つた。(終。一三、三、八)

奥様は其れを英語で平気なり

(「中央公論」大正13年5月号)

都市美論

佐藤功一

(一)

海外に遊んだ人の多くは、そこの古都市の美を口にするが、新しい市街の美を説く人は少い。同じ傾向から日本に於てもまた、人は第一に奈良京都の美を挙げる。私は此の事に就て決して異議をさし挟むものではない。併し乍ら、是等の都市が旅行者の情操を動かすところの動因は、主として歴史的回想であつて、一般施設の合理性や、線の変化や、立体の集合やから来る直観の美(当代文藝の雰囲気といふ点には暫く触れぬ事として)ではない。即ち古都の美は、一般都市美を論ずるに当つては特殊の範疇に属するものである事を心にとめて置かねばならぬ。

それにまた、年代を経た都市である丈けにその名所旧蹟と伴つて、其処には、永い間人間の手のはいらなかつた「自然」のこれを補ふのものが甚だ多い。

京都の美の如きは、それから歴史的の背景を取去つたならば殆んど詰らぬもので、単なる田舎の集りに過ぎぬといつてよい。周囲の山々の美しさを説く人もあらうが、併しあの位の風景は到る処に存在する。特に俯瞰の美のない事もないが、これに伴つて自ら気宇の宏大を欠く。朝鮮の京城がまたそうであるが、周囲の山々は京都よりは遥かに美しい。

(二)

壮観な趣を与へる都市は、平原から段々と高く盛り上つた都市にある。乍併斯ういふ都市は世界に於て極めて少く、且つ近代都市としては総ての点に於て不便多く其発達は困難である。私は玆には主として平原都市を挙げる事とする。

多くの封建都市は発生上所謂 The city crown で、中央に高く群を抜いて立てる宮城を核心として、其周囲に群がる聚落から成立つてゐる。欧洲の古いカセドラル・タウンに於ては其中央クラオンは大寺がこれを形造る。最も早く発達した北欧の商業都市、ニーデルランド地方の是等の都市には、核心として市庁《タウンホール》が高く聳えてゐる。これは中世紀の都市の独立と殷富とを反映する。市庁に附属して鐘塔 (Beffroi) を建立することは憲法に依つて与へられた重要の特権であつた。堅固な構造に成る鐘塔の下部の室は間々記録所として用ゐられた。ブルジス市の鐘塔は高さ三百五十二呎を算し、この種の塔中最も画趣に富むものの一で、附近数哩の地方の目標となつて居る。此の塔に就てはロングフエローが次の如く歌つた。

“In the Market-place of Bruges.
　Staud the leltry old and blown;
Thrice consumed and thrice rebuilded,
　Still it watches O'er the town.”

是等の市庁は都市の中心広場に面して建ち、広場の周りには取引所、銀行、商業会議所、各商業組合の建物が並らび、広場は市場として用ゐられ、所謂シビック・センターを形造るものである。

(三)

東京の丸の内附近を人はシビック・センターといふが、東京にはシビック・センターはないといつてよい。其処に宮城の周りに諸官庁が並んで居ても、それは帝都としての中枢区域であつて、東京市民のシビック・センターではない。だゞ僅かに東京市庁と商業会議所とが一方に遍在して居るに過ぎない。

乍併、平原都市東京の偉観は実は此所に集中せられて居るといつてもよい。殊に馬場先から宮城の眺め、左に二重橋と右に本丸の櫓を臨んで、其間に連らなつた森の茂みの上に、碧瓦の隠見する景観の美は誰しも口にする所である。私はそれにもまして三宅坂の眺めを喜ぶ。それは桜田門の見付から始まる。幾段にも引かれた穏かな水平線の上に、高く腕を突出してゐる松樹、それ等の緑と白壁との反映、一文字に引幕を引いたやうな此塗壁の尽きる所、そこから青芝の土堤が緩く高まつて、其上の石垣から正門の屋根が覗く。振天府のあたりは土堤の一角がずつと前に突き出して、頂上の石垣の上にむつくりと盛り上つた森の繁み、其の石垣の上に長い列を作つた木柵が全体の調子を引き締める。此のはつきりした画面が緑の濠の水に遥に倒影を作つて、その向ふに三宅坂が、歩を運ぶにつれて段々とフイルムを展開する。併し実をいふと此の濠の風情は寧ろ上から見下ろした方がよい。半蔵門前の堤上に立つて直下の眺め、浮島のやうに汀に密叢した樹々の、水に差しでた枝振りは、春の若葉によく秋の紅葉によい。翡翠のやうな水の色に是等の樹々が黒い蔭を宿して、そこには水禽の群れが小波を漂はし、折々飛び立つては白い翼を見せて居る。中景の松の間に見える裁判所の赤い壁もよく、これと濠を挟んで旧参謀本部の碧い屋根もよい。惜しいかなあの高い海軍無線電信の三本のポールが近来此の風景を破つて了つた。であるから此の景色を眺め乍ら道を下つて行く観者は、ポールの見えなくなるまではたゞ、濠と、土堤と其後ろの森だけに見入るがよい。此の見下ろしは行くに従つて漸次に開展し、行くこと一町にしてポールと旧参謀本部とは前景の柳に隠れて、眼下遥かに裁判所と司法省の建物が目に映じ、其上に振天府の森の影がうづくまる。更に進むに従て柳の幹の間を縫ふて遠景は右へ〳〵と前進する。衛戍病院の前まで来ると司法省は真正面になつて濠は其の前池のやうに見える。そして塔のスカイラインがすつきりと目立つて右手の森と反映する。坂を下るに従つて司法省はまた漸次に柳の枝に隠れ、寺内伯銅像前の角では全く眼界から没し、土堤の曲りで濠も小さく限られて見える。これから下に降る際には人々は左手に後ろを振り返らなければならない。こゝに来ると池の明るさと土堤の柔かさと森の黒さとがまた凝と人の心を牽き付ける。

(四)

乍併此美観にも、実は土堤の奥深く其処に陛下の宮殿のましますといふ事が潜在的に強く働いてゐる事を忘れてはならぬ。それにまた、譬へ古く江戸の建設者が、此処を吾々の信ずるよりも遥かに意識して計画して居るとしても、今日に於ては「自然」の成長の下に大きな影響を受けて居る。であるから一般都市美を論ずるに当つてはまた例外とせねばならぬ事勿論である。

大阪中の島公園、北浜から難波橋を渡り乍ら、そこの左右の眺めはまたなく美しいものである。左手の広場の水に近く、コンクリートを以て平たく固めた築《エンバンクメント》堤の上には、曳き舟の綱を肩にした船頭が通り。それと生垣を隔てた低い樹木の向ふ砂地の清らかな運動場には、児童が遊戯に余念もない。此処は洪水の折には水に漬かつても差支ないやうに設計されて居り、緑の木立を通して、一段高まつた所には、赤煉瓦の公会堂、其背後の白い図書館、高くスカイラインを破つて抽んでた市庁舎の塔など、悉く人工を以て作り上げられた線の変化と立体の集合から成る美だ。橋の右手に低く突き出した島の尖端にも棄て難い趣があり、難波橋がまた相応に意匠を凝らされたものである。建築的デテールに就ては多少の申分こそあれ、これこそ真に都市の美観である事を何人にも頷かしめる。朝の靄によく、昼の光によく、夜の灯によい。洵に世界に於ける都市の美観の一である。私は此の全体のプランを立てた技術家の手腕に敬服するものである。其処には何等の歴史的回想もなく、何等の伝説をも容れずに、自由の計画を表現することが出来た。また河や地勢を利用してはゐるが、自然の姿其儘から来る美と、これに伴ふ聯想を主としては居ない。

乍併、それは都市の美ではあるが街衢の美ではない。半分は「自然」を取入れて居る事を否む事は出来ない。私は先づ主として総てが殆ど人間の手に依つてなされる街衢の美を説かうとするのである。

（五）

都市の美は庭園の美と同じく、形式的、規則的のものと、不定形的、不規則的のものとに分つ事が出来る。確かにオクスフオードやローテムブルヒのやうな直線も直角も対称もないやうな都市に我々は美を感ずると同時に、パリやナンシーやコツペンハーゲンのやうな都市の、其真直ぐな街路、四角な広場やスカイラインの均整な外観を有する規則的な部分からも美を感ぜしめられる。前者の美は自然に発達したやうな古都市に存し、後者の美は新しく計画されたる都市に存する。古の全く無意識的に従はれた伝習の影響の下に出来上つた美的な都市の成長は自然の成長と比較される。譬へそれ等の都市の建設者が今日迄吾々が信じて居たよりも遥かに意識して計画したとしても、この比較に於て全くは覆はれ得ない程多くの点で一致して居る。勿論技術家は彼の豊富な記憶から引き出して古都の美しい市街の図面を、恰も風景画を製作するやうに描き出す事が出来る。然し乍ら一都市の建設は未だ斯くの如き図面の製作を以て行はれてはならない。仮令この技術家にこの仕事の有ゆる細部を指図する事が出来るとしても、現代の要求条件は彼のプロポーシヨンの多くを覆へして現実の彼の理想図とは遥かに隔つたものにしてしまう。」と英国の都市学者レーモンド・アンウィンは述べて居る。

田舎は神これを作り都市は人これを作る、といふ句がある。都市の真乎の美は、其の隅々まで、あらゆる人間の知識と人間の意思に依て有機的に作り上げられたものでなければならぬ。勿論公園や逍遥道や一般住宅地の計画には、寧ろ天然物を多く取入れて不定形に作る事を妨げない。且つ其の方が、強く定形的に作られる商業街と対比して反映の美をなすものである。商業地の街衢に街路樹などの天然物があしらはれるけれども、それは余りに引き締められた建築観を柔げる為めに点景として置かれたものに過ぎないのである。私は寧ろ或る街衢には何等の天然物を入るゝ事はなく、幾何学的堆体の集団のみに依つて美をなさしむる部分の存する事を希望するものである。

私は是等の複雑なる都市美の中で、先づ専ら人間の手に依つてなされる建築的な美に就て述べやうとするものである。

（六）

昔は東京の名所は上野と浅草とであつた。今日ではどんな田舎の青年に聞いても、恐らく三越と丸ビルと答へるであらう。といふ事は享楽の巷としての都市に対する人々の考が一般に変つて来たといふ事を示すものである。即ち日本人も段々と近代的の都市観を持つやうになつて来た事を物語るものである。「自然」が多量に入り込んで居る都会の風景よりも、田舎と全く異つた人工的の都市建築観を喜ぶやうになつて来た事を証拠立てるものである。それはインフォーマルからフォーマルへ、ウンレーゲルメーチヒからレーゲルメーチヒへ、不定形的から形式的へ、不規則的から規則的へ進んで来たといふ事である。

併し震災前の東京に於て、真に定形的、規則的な都市の美観を持つた処が何処にあつたであらうか。それは私の最も嫌ひな言葉ではあるが、東京の中流民の間に近年「銀ぶら」といふ言葉が流行した。それは私のいふ街衢の美を味はんが為めの憧憬を以て銀座に遊ぶといふ言葉である。事実、震災前の東京に於て、斯の如き街巷として私の頭に浮ぶところのものは、纔かに尾張町の交叉点位のものである。しかもそれは人も知る如く外国の都市に比して甚だ貧弱なものである。広場も狭く、交通も不便で、其四隅がまた各自思ひ〳〵に建てた貧弱な安建築から成り、何等東洋に於ける大都市の主要街巷としての称せらるべきものがなかつた。それでも先きの東京の中で眼に残る所のものはこんなものであつた。欧米各国到る所の都市に於ては、斯くの如き主要な交叉点には意を用ゐて居る。其の整頓と美観とは、都市自身の誇りの為めに、市民の教養と愉楽との為めに、都市計画上に於て極めて重要なものである事を知らねばならぬ。復興の帝都に於てはもつとも東洋第一の市街として耻ぢざるやうに、壮観な建築美を有する街巷が是非欲しいものである。在来の「がらくた」道具をぶちまけたやうな状態から一変して整然と計画せられたる広場が欲しいものである。

（七）

人は都市の美観といふと甚だ贅沢なもの丶やうに考へる。これは独り都市のみの問題でなく、美といふと金をかけて修飾するもの丶やうに考へる。併し機物の美の本質は修飾に基くものではない。修飾は時としては更に美を増さしめる手段ともなるが、併しそれは決して第一義のものではない。小にしては家具其他の日用品、大にしては家、更にこれを大にしては都市、是等の総てに於て、実利を犠牲に供して其美を求むる事の不可なるは誰しも知る所であるが、此の実利といふ考が単なる物的評価であつてはならぬ。そこには心的評価が当然入り来らねばならぬ。例へば街路を作る時、それが主として交通と保安のためのみとして考へられてはならぬと同時に、後からの附加ではなく全く同時に、其間に美の観念が入らねばならぬ。これを為すと為さゞるとに依つて、僅かの相違は、一方には甚だ好結果を齎らし、一方には極めて悪結果を来さすものである。殊に注意す可きは、街路は単に平面的にのみ考へられてはならぬ事である。それは一般建築と等し、立面的の考察を必要とする。平面的に路線を定むると同時に其両側に造営せらる可き建築物の形をも頭に置かなければならぬ。これを念頭に置いて計画する事が決して贅沢な事である可き筈がない。建築物の形を念頭に置いてプランを定むる事の必要は殊に広場を作ることに於て其の然る所以を覚える。更にこれを念頭におくときに、必ずしも街路の適当なる彎曲を訂正して直線となす必要はない。寧ろこれを利用して、其彎曲部に適当なる修正を行ひ、以てこれを街路の主要中心点たらしむべきである。例へば図に於て街路の彎曲せる其門面は、前後より視線の焦点となるものである。此の部分に適当なる建築的計画を行へば、ロンドン市のレゼント街に於ける通称クアドラントの如き美観を呈せしむる事が出来る。此所は名匠ノルマン・シヨウの手になつた傑作である。

第一図

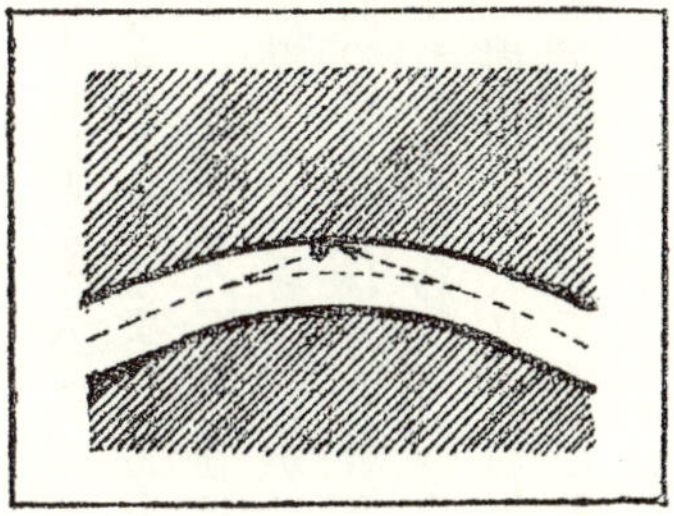

（八）

先きに私は三越のことを述べた。

三越は恐らく全国に響き渡つた東京の名所であらう。而も私は此度の大火以前に此の名所の本当の姿を見た人は極めて少い事と思ふ。私はあの屋内の殷賑をいつでも眼に浮べる事が出来る。三井銀行の方の広場から見た形も何時でも心に描くことが出来る。又遠く有楽橋方面から見た。あの豊富なスカイラインは今でも空に描くことすら出来る。乍併私は、三越の正面といふものを今度の大火後に於て初めて見る事が出来た。それ以前には、あの前を歩いて通つた時も、車上で通つた時も、私の眼に触れた所のものは、前方の街路樹と其の向ふに飾られた飾窓の美しさ丈けであつた。街が焼き払はれて後に初めて、其正面の全景を望む事が出来た。其処には高く壁面にヘルメスや鳳凰の青銅の装飾彫刻がついて居つた。其のファサードの全体、舗道から軒先に至るまで、其意匠はなか〳〵に思を凝らしたものであつた。私は嘗て図面に於て知つて居る筈であつたが、実は全く火災後に於て初めて気付いた事であつた。恐らく火災前に於て玆に気付かなかつたのは私一人だけではないであらう。此れに依て此れを観れば、其幅十五間位の道路にあつては、建物正面の全景は、街路の美観に殆ど関係のないものである。若し其処に街路樹がないか、或はなほ広い街路ならば別であるが、此の位の路幅にあつては殆ど美観に関係のない事を断言して差支ない。且つ在来の東京の街路のやうに、小さき間口を各自思ひ〳〵の意匠を以て建築しては、余りに市街の景観を複雑にするのみならず、斯くの如きは所謂中世紀都市であつて、モダーン、コンビニエンスを充分に取入れる事は不可能である。近代都市に於ては、一の街区は一の意匠を以て統一的になさるべきものである。新帝都の都市計画に於ても、此の意味に於ける街区の整理と、建築物法の制定と、統一的建築の促進に向ての政策とが重要な仕事をなすのである。一般街衢は以上述べた如く整然と統一せられ、然かも彎曲部とか交叉路とか広場とかの如き部分に特種の意匠が施されて、其所に統一と変化とが程よく案配せらる可きである。斯くの如くしてこそ市街は最もよく美観を発揮する。

（九）

伊太利に遊んだ人でベニスのサン・マルコ前のピアッツアを知らない人はあるまい。正面はサン・マルコ大寺で、三方はアーケードの附いた石造建物に依つて囲まれた広場である。それは相当に広い広場であるが、地上は悉く舗石を以て（大きく幾何的の模様を表はして）敷きつめられて、寸土も表はれて居らずまた何等の植物もない。こういふ状態であるから誰れが見ても、周囲の家を入れてその広場全体が一つの建築物であるといふ感が起る。此所に生ずる美は、如何なる部分と雖ども人間の手に依つてなされた建築線の美と、建築的立体の集合の美である。街衢の或る部分には常に斯ういふ所があつて欲しい。どこに行つても一様に街路樹に依つて縁どられた街観のみでは、真に厭き〳〵してしまう。そこにはどうしても企てられた変化が置かれねばならぬ。都市計画の標本としてよく引用される仏国ナンシー市の中心に二の広場がある。一はスタニスラスの広場と呼ばれ、他はカリエールの広場と呼ばれる。両者は美しい石造凱旋門に依つて別たれて、カリエールの方は或特種の形に刈込んだ街路樹で縁づけられてあるが、スタニスラスの方は樹木を用ゐず、また寸土も表出し居らぬやうに計画されてある。欧洲の都市と雖ども、巴里は別として、住宅地域でもなければ街路樹のある街路はごく少ない。東京の市街のやうに比較的狭い街路にも樹木を植えやうとする所は殆どない。概して西洋諸都市では、住宅地域にはこれを植へ商業地域には植へぬやうになつて居るのに、如何なる故か日本は全くこれと反対である。実は日本の都市に於ても、商業地域には成る可く街路樹をなくして、公園や逍遥路や住宅地やと反映を保たせる方が、美観上よい訳であるが、先にも述べた通り、街路樹に依つて、路行く人をして建築の上部に注意を引かしめず、建築物の上部は表面を簡単に消し得る事になり、経済上の利益あるが故に、商業地の左程広ろからぬ街路にすら、これを植へる事を否定せぬが、其の代り要所々々の或る部分には全くこれを植へる事なく、また寸土をも表出せしめず、全然建築的美観を発揮せしむる街衢の作られん事を、帝都の復興に当つて希望する事切なるものである。

（十）

私は今、復興の帝都の或る部分には、全然街路樹を廃す可しとした。而してなほ、斯くの如き街区の或る部分に建てられる建築に就て希望がある。それは其街衢の両側に建並らぶ建物の第一階に於て、歩道に接する部分をアーケードになさしむる事である。解り易くこれを図示すれば第二図の如くなさしむ可しといふのである。即ち此の如く連続したるアーチをアーケードと称し、此に依つて此処に廊下を形造り、人は一方に店舗（例へば図に於てアーケードの右手に並べる）を、一方にはアーチを隔てゝ街路を眺め乍ら通行し得るのである。アーケードは、是等の通行者をして、雨を避けしむるによく、また夏の直射の日光より遁れしむるによい。のみならず、これに依つて作られたる変化に富める投影は、建物に奥行と美観とを与へる。

第二図

先に述べた、サン・マルコのピアッツアの周囲の建物は総てこの式からなる。伊太利各都市のピアッツアには此の種の建築多く、ボロニヤ市の全部が此の建築から成り、瑞西ベルンの全市がまたこれから成る。近くは香港、コロンボに於て多く見られる。近代の代表的都市に於ては巴里のリポリ街に長く続いてこれを見受ける。其の起源は、古く希臘の市場なるアゴラや、羅馬の市場なるフォーラムの、其周囲をかこんで環らされたストアと呼ばれた廻廊に存する。勿論極く古代の是等の廻廊はアーケードではなくコロネードであつた。即ちアーケードの方は上部がアーチになつて居るが、コロネードの方は柱の上には平らに桁が渡されてゐる。羅馬に於ては既にアーケードが用ゐられる、そして其の東方植民地に於ては盛にこれが用ゐられたものであつた。街を行く人々をして彼の強烈なる直射の日光から避けさせるによいからである。

明治五年に政府の手に依て建築された銀座の建物の大部分には、街に面してコロネードが並んで居たといふ事である。それがいつの間にか段々と失はれて行つたのである。確かに震災前の銀座の家には、其の痕跡の認められるものがあつた。恐らくは建坪全部を室として使用せんが為めに、屋内に囲ひ込んでしまつたものであらう。何等の規定が設けられてなかつた為めに、最初の計画が根本からこはされてしまつたのは、返すぐ〵も惜しい事であつた。

（十一）

古代の都市に於ては、市民は主要建築を以て囲まれた中心広場に出て、神殿に詣で、ニウスを交換し、其日の事務を所理し取引を済ませ、市政演説を聞き、各種の競争をなし、入浴に身心を一掃して、エキセデレに腰をおろして街巷を眺めまはし、名士の立像や美しき記念柱やなどの間を逍遥するなど、その日その日の全体を其処で送るといふやうに、所謂フォラム生活をなしたものである。中世紀から文藝復興期の商業都市に於ては、フォーラムはピアッツアや市場《マーケット》に代つた。是等の周囲がどんなに美しい建物で取囲まれて居たかは、ベニスのピアッツアやブラッセルの市場が、今なほ昔のまゝにこれを物語る。現今に於てもなほ地方の小都市は此のプランの下におかれて居るが、大都市に於てはその活動の複雑は到底これを許さない。併し乍ら大体的に見て都市の中心は存在する。而して此の中心地の外に、なほ都市の状態に従て或数の小中心が存する。是等の部分には孰れも広場を作り、それ等の広場を特に他の街衢より抽でたるものに計画し、各街衢は各小中心広場の従体となり、斯くの如く其小中心広場を主体として形作られたる各図は、全体として都市の大中心地を主体として、そのもとに統一せらるゝ形式を有せしむる事は、都市の一般プランの上にも、ひいては美観の上にも極めて必要な事である。復興の帝都に於て、譬へ其大中心地に、墺国維納のリング附近の壮観は得られずとも、其小中心の或るものに英国倫敦のピカデリー・サーカス位のものは得たいものである。ピカデリー・サーカスは、世界第一の大都市の第一の目貫の場所である。私の此言を以て笑ふ可しとなす人もあらうが、私のいふ所は其の広さである。僅かにあれ丈けの広さで、他の都市のものに比して特に意匠された部分の少い、あんな広場ですらも、倫敦の市内《シテー》の如く狭い街路のみ続いた町に於ては、如何に重要なる意味をなすかを言はんが為めに、特に例として挙げたものである。

（十二）

広場は概して街路の交叉点に設けられるものであるが、必ずしもさうでなければならぬといふ事はない。直線をなせる街路の或る部分に於ても、交通上の緩和の為めにも美観のためにも設けられる場合がある。また同じ理由に依つて、先に挙げたる如き街路の彎曲せる部分にも第三図の如く設けられてよい。図に付せる矢の端の突き当る部分は、立体的に見て極めて好い景観を呈する。第四図、第五図は街路の分岐点に於ける広場である。第五図の中央に狭まれたる部分の如きは、市民の娯楽用に供する建物を、意匠をこらして建築するに最も適当なる位置である。巴里の大オペラ・ハウスの如きは恰度斯の如き位置に置かれてある第六図、第七図は、直線を以て交叉し難き街路を、広場に於て調節したる場合である。各一方の街路より矢の方向に之れに対する建築を望み得るを以て、適当なる考案を施せば、

第三図

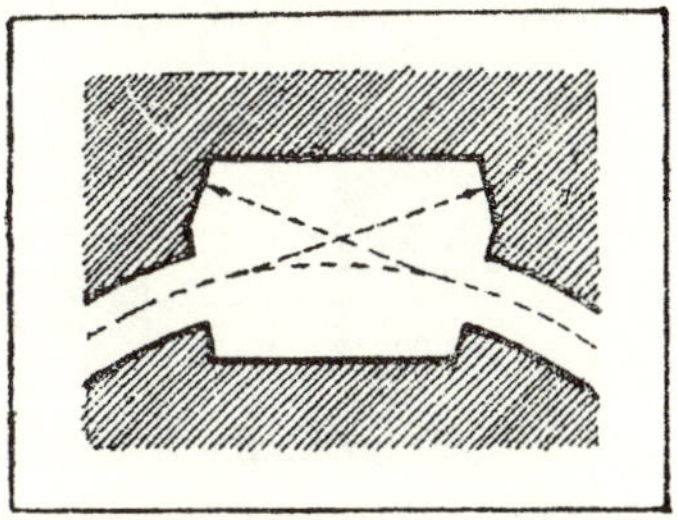

斯の如き広場は、直線を以て交叉する街路の広場よりも一層の美観を加へる。これを逆に、交通上大なる支障を来さゞる限りは広場は斯の如く計画する事が、美観上、策の得たるものであるといふ事も出来る。第八図はまた一直線に交叉せざる、しかも一方前後の街路の隔りの遠き場合に作らるゝ広場を示し、第九図は斜に交はるがしかも各一直線をなさざる街路の交叉点に於ける広場の所理を示したものである。これは第四図と等しく、街路に依て挟まるゝ地区に主要なる建築地を得る訳けで、是等の建築も当局者に於て造営するか、或は当局者の監督の下に相当なる経営者をして建築せしむる可きものである。（第三図より至第九図に至る七図は、Raymond Unwin 氏著 Town Planing Practice より借用）

（十三）

街路の美を如何なる部分に集中せしむ可きかに就ては既に述べた。

第四図

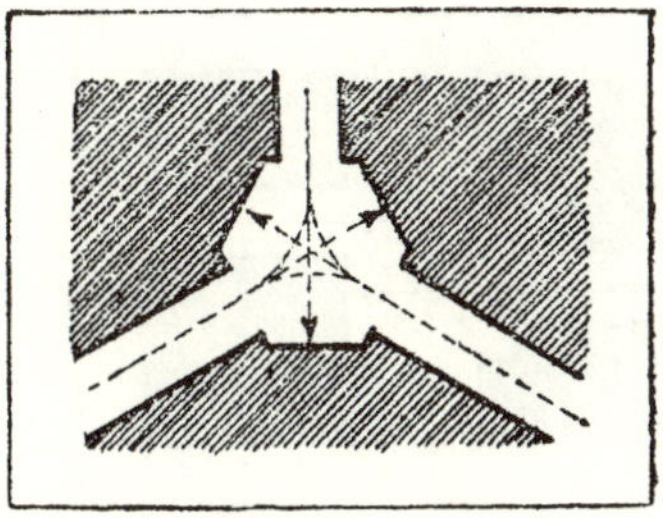

現に計画せられつゝある日本の各大都市の改造に就ては、その通や保安の条項の特に考慮を要するもの、多い為めに、美の方面は比較的閑却せられがちの状態にある。機物の美は実利を伴はねばならぬと同時に、実利が無意味に美を蹂躙してはならぬ。独逸の都市計画は大部分都市の美観と市民の愉楽に基いて居る。東京の復興計画は此点に留意せられん事を希望するものである。仙台に芭蕉ケ辻と称する名所がある。伝ふる所に依れば政宗に依つて作られたものであるとの事、主要街路大町と南町との交点であつて、其の四隅に対称的に、厳めしい白壁作りの二階建ての建物を建築したのである。日露戦争頃まではまだ残つて居つた。恐らく建築当時にあつては、丸の内ビルデングや郵船ビルデングにも比す可きものであつたらう。徳川時代に於ける街巷の美しい語草として伝へられて居る。政宗がどうして斯んな計画を思付いたものであるか、私の浅学は未だ支那に斯くの如きものあるを聞かない。恐らくは欧洲の当時の都市計画の影響を受けたものではあるまいか。帝都の復興には、是非共街巷の広場に於て斯の如き計画がなされねばならぬ。譬へ其所に適当に広場の設定がなされたりとて、其四周に建築せらるゝ家屋が、一定の規律の下に、美観上から統一が企てられるのでなければ、其効果の大部分を失ふものである。

復興評議会では、広場に就て相当の議論があり、広場設置の希望を決議して居る。事実如何なる程度に於てこれが実施せられるであらうか、若し万一、是等広場の設置が極めて小規模で

第五図

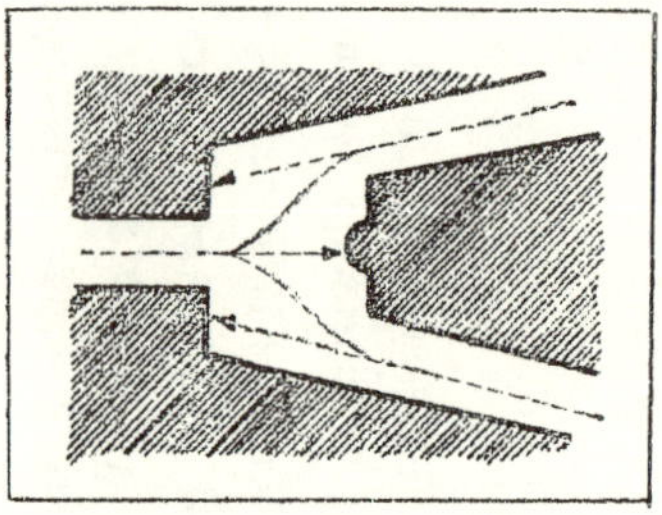

第七図

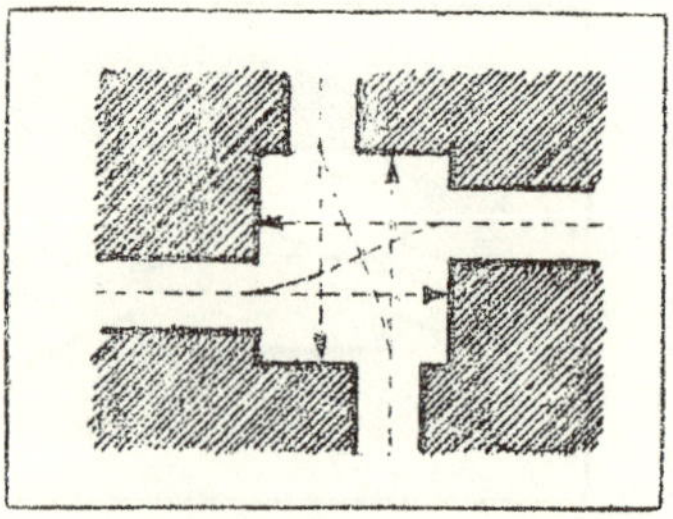

第六図

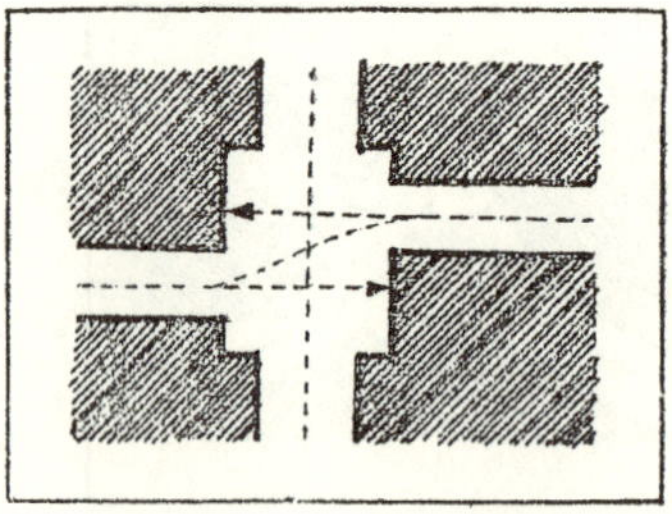

第八図

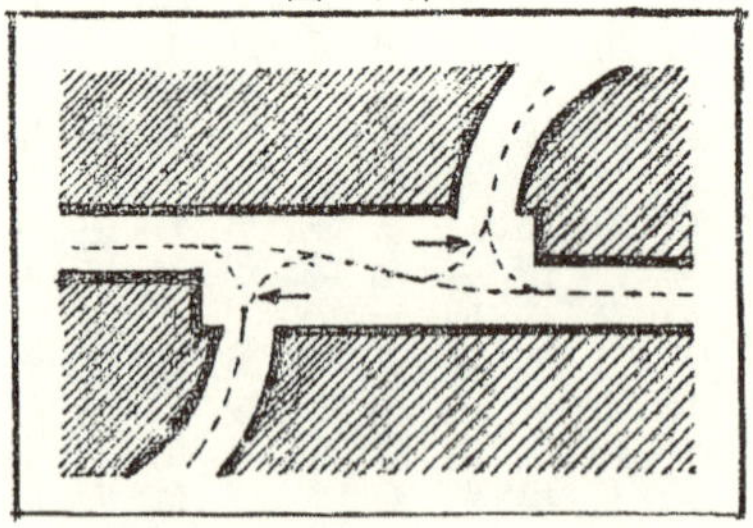

第九図

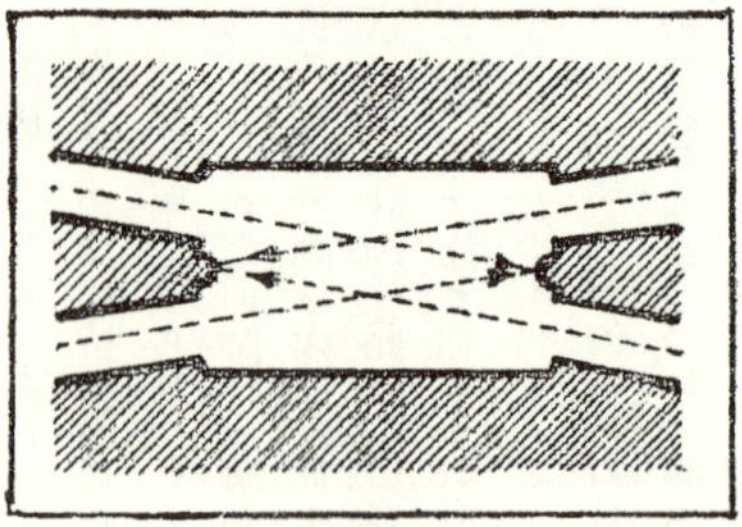

あるにしても、政宗の芭蕉が辻の如き計画は、広場ならざる主要の街巷にも、施さるゝに至らん事を、切に希望して止まざるものである。

（十四）

以上述べ来つたやうな、或る特種の街衢或は広場等を、美観上から建物の意匠を統一させやうとする場合には、政府が其部に美観地区の指定さへすれば、容易にこれを実現し得るやうに市街地建築物法の第十五条に規定してある。今其の条文を摘録すれば、

主務大臣は美観地区を指定し其地区内に於ける建築物の構造設備又は敷地に関し美観上必要なる規定を設くる事を得

と斯うである。此の度の復興帝都には、当然此の地区の指定があるべき筈である。在来の東京にはまだ此の指定が出来てゐなかつた。又市街地建築物法施行令の美観地区の章の中には四つの条文があるが、其の内の重なるものは左の二条である。

地方長官は美観地区内に建築する建築物の意匠に関する設計にして環境の風致を害し又は街

衢の体裁を損すと認るときは其設計の変更を命する事を得

　地方長官美観上必要ありと認むるときは美観地区内に一定の区域を指定し其区域内の建築物の高、軒高又は外壁の材料及主色を指定する事を得

即ち、美観地区の指定さへ主務大臣に依つてなされゝば、地方長官は玆に掲げた丈けの権限を有するのであるから、述べ来つた私の希望は大体に於て出来る訳であり。なほ先きに掲げた市街地建築物法第十五条に依て、主務大臣は、如何やうとも其地区内に於ける建築物に対して規定を新に設ける事が出来るのである。

　若しまた、特殊建築会社の如きものゝ手に依て、かゝる地区の建築が統一的に行はれるならば、問題は更に円滑に解決し得、且つ建築会社も亦これに依て利益を得る事尠くないのを信じて疑はない。

（十五）

　湛へられた清冽の水ほど人の心を澄ませるものはない。滑らかに動いてゐる水ほど人の心を柔げるものはない。勢鋭く噴出する水ほど心に潑溂たる快感を起させるものはない。霧となつて飛散する水沫ほど心を軽くするものはない。跳噴の余勢、散じては霧に虹を宿し、球と凝つては盤に落ちて蓄水の面を打ち、溢れては滑かに盤縁をなめて第二の水盤に注ぐ。此の魔術的光景は、如何に幾何学的階調を主とした是等の広場にふさはしいか。噴泉の美は、これを木立の間に眺めるよりも、甃や舗石にたゝまれた大地に、石や煉瓦の建物を背景として観るによい。世界に名ある噴泉の多くは洵に斯くの如き位置にあり、世界に名ある広場は殆ど斯くの如き噴泉を有して居る。倫敦より巴里に移つて噴泉の美観に驚く人は、更に羅馬に遊んで其驚きを深くする。都市の広場には噴泉は欠く可らざるものである。殊に暑い国に於て其の然る所以を覚へる。

　日本の都市には、もつと広場が欲しいと同時に、もつと豊かに水を出す噴泉が欲しい。若し水道の水をこれに需用する事を惜しむ人があらば、それは真に都市生活を知らない人である。仮りに一歩を譲つて、飲料用にすら不足勝ちな水道を斯くの如きものに用ゐてはならぬとして、東京には関口の滝に落して居る如き不用な水の多量がある。飲料水でないのだから、少し位不衛生の水でも差支ない。京都でも大阪でも水には不足のない筈である。

　広場の噴泉の意匠は大体に於て建築的形態をとり、これに人像や動物の形をあしらつたものがよい。噴泉の大さと水量とは広場の大さに比例して作らねばならぬ。小さきに過ぎるよりは寧ろ大なるに過ぎた方がよい。

　昼の賑ひにふさはしいのみならず、夜間人定つて、電燈の下に水滴を聞き飛沫を眺めるによい。

(十六)

私共の少年時代の小学読本には、東京の繁華を説くに、電線は蜘蛛の網の如くとあつた。それは当時にあつてこそ物珍らしかつたに相違ない。併し今日に於ては、甚だ笑ふ可き語であることは誰しも知る所である。此の蜘蛛の網の如き電線と、至る所に無作法に突立つて居る電柱には、市民は甚だ苦しめられて居る。これ等は速かに地下線に改めらるゝ必要がある。同時に各種の地下埋設物は大暗渠の中に整理せられなければならぬ。電線は蜘蛛の網の如くと形容した記者も、今日の地下埋設物の状態を「もぐら」の巣の如くとは形容しはせまい。しかも大小の鉄管と地下電線との不規則に地下を走れる事、正に「もぐら」の巣の如くであり、道路局が路面を整理し舗装せる上を、後から後から掘り起して行くを見ては、殊に其感を深くする。伝うるところに依れば、此の整理には巨額の金額を要するとの事である。恐らくは市民の最も苦痛とする所、しかも今にして何等かの方法の施される事なければ、悔を百年の後に残すであらう。若し経費の都合上如何ともす可らずとしても、設定せらるゝ美観地区に於ては、速かに此の整理が実行せらねばならぬ。

　更に私をして一般都市としての理想をいはしむれば、電車は総て架空線を廃して地下線式に、若しこれが不可能ならば、或種のものを地下電車に改め、他を自動車を以て代らしむる事、若し街路を走る自動車の総てを、不愉快な音響を発せぬ電気自働車になす事が出来れば、また更にこれに過ぐるものはない。

　斯くの如くして整理せられたる路面を、土瀝青を以て舗装し、夜間交通の少き時刻に於て清浄にこれを水洗し、戦前の伯林市のものゝやうに、晴天になほ鏡の如く人馬の影を垂直に路面に投映する事が出来たならば、どんなに美しい事であらうか。整理と清浄とは都市美観の重要なる要素である。

(十七)

　現行の市街地建築物施行令には、建築物の高さの最大限度が規定されて居る。人間の心理は、是等の規定の設けられる以前には、それほど高いものを建てやうと考へてゐなくとも、斯くの如き最大限度が規定せらるゝと、玆に其限度迄悉く室を取り得るやうに建築を企図するものである。従て都市の建築物は漸次に上部を平らに切られた箱形のものになりつゝある。

　断面の三角形をなせる屋根は、雨多き地方に於て、大造に依つてこれを防がんとして、必然的に発したものである。又断面の穹形をなせる屋根は、泥を以て屋頂を覆はんとして必然的に生じたものである。是等の屋根の形が人をして一種の情感を起さしむるは、全く伝統的観念より来るものであつて、現在の進歩したる構造の下にありては、必ずしもこれを固守す可きものではない。屋上は使用に耐え得るやうにし、また展望を恣にし得るやうになす可きである。

　然し乍ら必ずしも、壁頂を一文字に胸壁《パラペット》を以てめぐらし、建築の外観を箱形ならしむる事を要しない。要しないのみならず、壁の上部が街路より望み得る建物にあつては、上空に向つて突出せる塔、其他の附加物の設けられる方が、建物の外観に変化を有しめ、街衢に一層の美観を与へるものである。

聞く所によれば、当局者は此度の震災に鑑み、特種の建築を除きて、市街地建築物の高さの最大限度を多少縮小せんとする意向を有すとの事である。これに対して敢て異論を挿むものではないが、同時に或種の条件の下に、塔其他の屋上突出物の高さに対して、一層の除外例の設けられん事を希望するのは、今日迄の状態に照らして大に意義ある可きものであらう。

（十八）

先きに主張せる如き、概して純建築的の美観を主とせる地区と相待つて、「自然」の風致豊かな、住宅地、公園、逍遥道、河畔等の対立あつてこそ、真の大都市の面目といふ可きであらう。住宅地は、商工業地域の平坦なるを要するのと異り、寧ろ多少の坂路を有する方が趣がある。そして其街路に接しては、樹木や芝生や花壇やに意を用ゐられる事を要する。我国の都市には公園が甚だ少い。もつと其所に多くの大小公園が設けられねばならぬ。そして或種の大公園の間には、並木の見事な逍遥大道の設けられる必要がある。河川の岸には所々に当然荷上場が設けられるであらうが、其の間々に、是等の混雑を隠くして美しい河畔園が作られねばならない。下水工事の完成と相待つて、河水が清められたら、隅田川とて決して捨てたものではない。そしてそれに架けられる橋はもつと美術的のものである事を要する。

純建築美を主とせる地域と、自然の風趣を主とする地域と、相伴つて大都市には、なほ地方に、蒸気立ち登り、空高く大起重機動き、鉄槌の音しきりに、熱火の赤く窓に映ぜる工場地の偉観のある可き筈である。工場建築の美化は近来頻に称へられ、且つ実現せられつゝある。更に地上の工作物一切の美化が行はれねばならぬ。教育に於て土木学と建築学との間の撤廃に先鞭を付けたのは、独逸に於ける最近の出来事である。都市全般の美化、これは洵に現代的精神の強き顕はれである。如何なる部分と雖も寸毫の不整頓、不合理、不快なる形態、不調和なる色彩を有せしめず、都市全体をして一の美術的建築物たらしめる事を要する。現代の都市に於ては、一切の工作物に対して美観に関する職制を設け、藝術的大分と教養を有する人士をしてこれに当らしめる事を必要とすとは、我輩の予ての持論である。

（十九）

私は余りに多く視官の美を説いた。都市の美に対しては、其所になほいふ可き聴官の美が存する。

カンパニーレから鳴り渡る組鐘の階調に、アベ・マリヤを称じつゝ、寺をのぞんで黙禱したのは、中世紀の伊太利市民の事である。ベッフロイから遥かに漂ふ鐘の響きに、町の広場を指して集まつたのは、復興期のニーデルランドの市民の事である。彼等が如何に町の誇りと歓びとを鐘の音と一緒にして感じたか。彼等にとつては此の鐘の音が、何物にも勝さる力強いそして美しい情緒を心に懐かせて呉れたものであつた。併し乍ら現代の大都市に於ては最早斯くの如き事は到底不可能の事に属する。無線電話《ラヂオ》の使用が行渡つて、街の角、家の中、いたるところに於て、都市の中心地で奏でられる音楽が聞き得るやうになつてゞなければ、現代の大都市に於て斯の如き事を望むのは最早不可能である。都市を音に依つて美化するものは、第一に公園地に設置せられる奏大楽堂《バンドスタンド》であらう。東京位の大都市に於ては少くとも三四ケ所の大奏楽堂が設けられねばならぬ。そして独逸あたりの都市のやうに、市には当時音楽隊が組織せられてあり、陸海軍の軍楽隊の派遣を乞ふ以外に、大演奏が可能になつて居て、毎週二三回は必ず演奏がなされるやうにならなければならぬ。戦前の独逸では斯ういふ事は盛であつた。殊にミユンヘン市の如きは最も力をこれに注いだもので、是等の都市の多くは、毎年夏季になると音楽のシーズンが始まる。此の季節には、これを聞きに集る外国人の数も相当多い。是等の都市では、夏の日は一人で数ケ所の演奏会を聞きに行かれる。場所は公園内の青葉の影とか、レスタウラントの庭内喫茶所の如き所で、人々は晩餐を取り乍ら、珈琲を飲み乍ら、紫煙をくゆらし乍ら、静にこれに聞入る事が出来るのである。日曜や祭日には、市民は家族をこぞつて公園に遊ぶ、そしてその帰りには、例のレスタウラントの屋外喫茶所で簡単な食事をとり乍ら、美妙な階音に聞きとれる。それは極めて平民的な事で、決して浪費的な事ではない。日本の都市も早く斯うならん事を希望する。坪内博士の主張されるページエントなどもまた盛になるとよい。

先きに私は、街路の交叉点に挟まれる主要部分に、市民娯楽用の美術的建築の建てられる事を望んだ。斯ういふ場所には市直営の演奏場《コンサートホール》なり劇場なりが設けられるとよい。又市民のために、美術館なり絵画館なりが設けられねばならぬ。是等もまた都市美の上に重要なものである。

（二十）

日本の都市に於ては、なす可き多くの事に追はれて、比較的是等の問題が閑却されて居る。併し美は都市にとつて重要なるものである。根本計画に於てこれを度外してはならぬ。美は後からの修飾であつてはならぬからである。アゼンスの全盛時にはアクロポリスの美観にこれつとめた。羅馬が盛であつた当時は市民は羅馬市の装飾に全力を尽くした。東洋の諸都市と雖どもまた同様である。伊太利を初めとして欧洲諸都市は中世紀の後半期から殷賑を増し来つて、市民は都市装飾に意を用ゐ始めた。文藝復興期に及んで益々此の傾向が高まつた。そして漸次に今日に至つたものである。しかも近代科学の勃興と経済の発達とは、都市の交通と保安と衛生とが重要視せらるゝに至つた。そして多くの都市学者は是等の条項を重しとして、比較的美観を度外視する傾向がある。そして其説く所に曰く、美観を重しとするは文藝復興時代の都市計画の事であると、其の誤れるやはまた甚だしいものである。

近代都市計画の本場である所の、戦前の独逸諸都市は極めて美観を重要して居た。是等諸都市は、公共藝術や街衢の壮麗を、恰も産業の資本の如く見て、市の美観を増すことは市の発展上欠く可らざる事として居たといつてよい。市民は演奏場、劇場、花園、美術館、博物館等に対する支出に不賛成を唱へぬのみならず、街路を飾り、銅像を建て、噴泉、時計塔の如きを増設する事に甚だ努力したものである。橋梁、停車場其他の公共建築物は、如何に小なるものと雖も悉く甚大の注意を以て意匠せられた美術的産物であつた。そして斯くの如くなす事に依つて、人口は増殖し商業は発展すると深く信じて居た。事実これに依つて、健全なる移住者を増し又観光客を引付けた。斯の如くにして都市は益々発展し、産業は殷盛となり、地価は上騰し、これに依つて市の収入は増加し、市民の税率は低下した。市中は整頓して如何にも裕寛で、且つ演劇演奏をはじめとしてあらゆる高尚な娯楽機関の備はれる為めに、これが観光客を歓ばしむるのみならず、市民に対して慰安を与へ同時に教化に役立つた。独逸の労働者の功程が一段抽んでてあつた原因の一つは、此の慰安の機関と精神的娯楽に基いて居つたといはれる。

都市の美観が、市民の慰安の上にも、健康の上にも、精神的向上の上にも、従て風紀の上にも、更に経済の上にも重要なるものである事に付ては、最早言を費やす必要はなかろう。

（二十一）

此の稿を終らうとする日の午後、日比谷の第一中学の前から凱旋道路を通つて二重橋外の宮城外苑に出て、恰度土堤を切りぬいた所の少し内から、夕日に輝く丸の内の大建築の集団を眺めて其壮観に魅せられた。こんな美観を今迄見落して居たのか、それとも今日は頭の具合でさうなのか、長く書斎に籠つて東京の市街の貧弱を心に描いてゐたためか、それともまた夕日が殊によかつたのか。最も近い位置にあるので特に抽でゝ見える郵船ビルデングを中心に、左右の海上ビルデングと丸の内ビルデングとが稍低く郵船の後ろに各其一隅を隠くして、次にまた其左右の興業銀行と三菱本社とが更に低く奥に一部隠れて、孰れも対角線《ダイヤゴメル》的に其角を見せてゐるから広がりも一層大きく見えた。郵船が淡樺に、丸ビルが淡紅に、三菱と海上とが白く、興業が淡褐に日に映じて、中央の郵船から左右へ稍正しく段形の、東洋風にZigguratを形造り、其間にまた色の階調も見せて、淡ぼかしの黒煙を背雲に、鱗雲の軽くたゞよつた空の下に広場の松の上遥かに浮び出てゐた。私は思はずも会心の笑みをもらした。たゞ慾をいへばも少し民族性の豊かな表現があると一層よいと思つた（併しそれは、いふ可くして行ふに難い事なのではあるが。）

桜田門から霞ケ関台の議院建築の眺めが、将来美しいものになるであらう。此の門と此の敷地の間には高低に於て六十尺の差がある。議院の表玄関から、まさに正しく東の見下ろしが桜田門に当り、其の延長がまた馬場先きに一致する。桜田門と議院とを結付けて霞ケ関離宮と陸軍省との間を貫通して大道路が設けられ、其両側に議官省が並ぶ計画になつてゐる。三宅坂の景観と相待つて此処にこそ真に帝都としての東京の壮観が望み得られるに相違ない。一日も早く其完成を見たいものである。

（大正十二年十一月二十六日記了）

（「中央公論」大正13年1月号）

福太郎と幸兵衛との復興対話

生方敏郎

福太郎　や、今日は。御隠居。

幸兵衛　よう、いらつしやい。

福太郎　まづ明けましてお目度うございます。

幸兵衛　別に今日ばかり目出たくはない。目出たいと思ふ時は何時だつて目出たいし、目出たくない時は何時だつて目出たくない。

福太郎　これは御挨拶で……。

幸兵衛　御挨拶でも何でもない。まあ、懸引なし本当のところがさうぢやあないか？　正月だつていやな事が有れば目出たくねえ、盆でも暮でも好い事が向いて来りやお目出たいに違ひなからう。

福太郎　そりや、まあ、さういつた様なものですが。

幸兵衛　ものですがではない。ものですなんだ。日頃はこせ〳〵してゐるくせに、お正月に成ると急に目出たい〳〵と世間の奴等は触れ廻るんだが、あれは全くの附け景気だ。目出たい事も何もないのにあんな事を云ひ合つてるんだ。本当に目出たい好い気持であつてみろ、何もそれをふれ廻るには当らない。内で炬燵にあたり乍ら居眠りでもしてりやいいんだ。この寒空にあちこち歩き廻つて風でも引き込んだ日には忽ち好い気持は何処かへ失くしちまつて、目出たくも何ともないものに成つまう。

福太郎　成ほど。してみますと、旦那は矢張お目出たいんで、つまり恁うしてお内にゐて炬燵で居眠りをなすてゐなさるところを伺ひますと。

幸兵衛　うん、こりや、貴様に一ぽんやられたな。

福太郎　やりますとも。御隠居。お宅なんかは全く吹く風枝を鳴らさずてえ文句通りですが、私共のバラツク正月と来たら吹く風は天井からも床下からもヒユー〳〵家中を鳴らし廻つてそりや賑やかなものです。

幸兵衛　そりや一層陽気でよからう。その音に浮かれて平生からお目出たい男に輪をかけてお目出たくなつて、御慶をふれ廻つてるのだらう。

福太郎　御冗談を仰言られちやあ困ります。隙間風の呻りなんか些とも陽気なことはありません。家にゐても寒くてやり切れないから、体を温めるために屠蘇を頂きます。冷たい屠蘇を飲むと体がブル〳〵とふるへますから、後で温いのをやります。さうしてゐる中に自然正月気分に成りますんで。唄の文句にもあります、寒さしのぎの茶碗酒てえなあ、こんなものかと思ひますよ。

幸兵衛　さうかい。それも全くバラツク生活のおかげだ。震災の賜物だ。有がたいと思ふがいい。

福太郎　いや、飛んだ賜物で。地震がなかつたとて、正月に成れば御酒ぐらゐは頂戴しますよ。

幸兵衛　だが、貴公の顔が今年の正月くらゐお目出たく見える正月は、之までにないよ。たしかにバラツク生活の賜物だ。

福太郎　また顔の棚おろしですか。

幸兵衛　棚おろしぢやない。貴公は自分の顔の価値を知らずにゐるものだから、顔の評判が出さへすれば直ぐ棚おろしをされてると思ふやうだが、そりや考えたくないといふものだ。貴公の顔付はたしかに礼讃を捧ぐ可き価値がある尊い顔だ。さういふ顔付を製作した父母の恩を厚く感謝しなさるがいい。身体髪膚之を父母に受く、といふがその身体の中でも顔は尤も大切な部分、家にたとへれば玄関、商店なら店先きだ。鼻や口はショウヰンドウみたいなものだ。特に貴公の顔なぞと来たら、福引付き売出しの当日のそれの如き、景気のいい顔面なんだ。

福太郎　へえ、矢つぱり他人が見ても、そんなに値打の有る顔でしたかね。

幸兵衛　といふと、自分では已にその真価を認めてゐたのか。

福太郎　そりや当り前の事ですよ。

幸兵衛　いかにも、鏡にうつして悲観する顔といふものは、世の中に一つも無い。貴公などさう思ふのも無理はない。さうして貴公の細君は何う考へてゐる。定めて満足してゐるだらうな。

福太郎　さあ、満足してるか何うか分りませんが、別に不足も云ひませんよ。

幸兵衛　何処の女房だつて亭主の顔の不足を云ふ者はない。それを云ふのは贅沢すぎる。それよりも女房は自分の容貌に対する不満を年中気にしてゐるものだから、着物とか髪の物とか、いささかなりともシヨウヰンドウの装飾と成る可きものを矢釜しく要求するのだ。それさへ十分に当てがつてやれば、家内安全だ。日本婦人が将来参政権を得るやうに成つての後も、女房が貴公の顔付にまで干渉する事はあるまいから、安心なさい。

福太郎　私は安心してゐますが、これでも女房は仲々安心しませんで困りますよ。

幸兵衛　何にかい。

福太郎　私にです。

幸兵衛　はてね。昔から人を見たら盗人と思へ、といふ言葉はあるが、貴公ばかりはそんな人間とは考へられなかつた。正直その物の様で、そうしてお目出たく出来てゐて、お愛嬌たつぷりで、その上何処やらバカげてゐてさ。併し同じバカげた顔付でも、役者のやうにのつぺりしてでもゐると、或はまた近頃流行の婦人関係が成立せんとも限らぬから、細君としては油断もなるまいが、貴公の様子と来たら、幸にして男子にも安心させまた不幸にして婦人にも安心させるといふ顔付だ。

福太郎　さうでせうか。女難の相はありませんかね。

幸兵衛　何う贔負目に見ても、今のところ、まづ女難はなさ相だね。

福太郎　易者は女難が有るといひましたよ。

幸兵衛　易者もたまにはお愛想を言ふのだよ。元来貴公の顔その物には女難はないが、将来それが出て来ないとは限らない。貴公は自分でお気づきか何うか知らんが、貴公の顔の真価はその名の通り福々しいことだ。いつ見てもにこ〳〵してゐる。お愛嬌たつぷりだ。心持も幾分お目出たく出来てゐる。いや、お目出たいと云つたとてバカにしたわけではないから、腹を立てなさんな。腹を立ててさへも貴公はにこ〳〵してゐる。軍人や巡査に成つても余り睨みのきく雑作ではない。だがにこ〳〵してゐるから、人に可愛がられる。いつも景気がよさ相に見えるので、人は本当に景気のいい人と誤認して貴公に対し油断する。城壁を構へず安心する。之れその顔の徳だ。

福太郎　へえ、顔にも徳なんてものがありますかね。

幸兵衛　あるとも、徳とは自らつとめずして天然自然に備はつた宝だ。山本伯は海軍軍人として棟梁たる可き面構へをして居り、後藤子爵は内務大臣として此火事跡のどさくさ紛れに際し活躍するには恰度いい顔付をして居るんだ。と云ふと何だか火事どろのやうに聞えて失礼だがの。権兵衛伯の面構へで呉服屋の番頭にでも雇はれた日には、如何に大勉強の廉売をやつても婦人の客は入らない。少しも繁昌する模様が見えない。たとへ其手腕があつても其徳の無い方面には成功せぬ。後藤子は山本伯より使ひ道が広いかの如くに見受けられるが、さう見るのは凡眼ぢや。

福太郎　へえ、何う見りや非凡眼で。

幸兵衛　何うつて、後藤子も矢張政治家以外に成功する人相でない。医者に成つても代脈先生程度の信用しか得られまいし、教育家としても村夫子、役者になつたら馬の脚ぢや。商人に仕立てゝも焼トタン板の鞘取で儲けて暴利令にふれ警察の大目玉を食ふ位がオチぢや。

福太郎　さうすると、山本さんも後藤さんも商人としては、私共以下ですね。

幸兵衛　まあ、そんなものだ。彼等も海軍商人政治商人と見れば、矢張一種の商人にちがひないが、市井普通の商人ではない。亡くなつた原敬といふ男の相には、火の玉と氷の塊の二面を備へてゐて世間を威嚇したが、とう〳〵兇刃で破られた。後藤の相には大風呂敷が其象徴として現はれてゐるから之は錐でもやられぬ。其の代り風に吹かれて行方不明に成る危さがある。又山本には重い砲車のやうな風格があるから、下り坂へかかつたが最後惨めなものぢや。がら〳〵と谷底へ落ち込まう。まあ、こんな塩梅に人は誰しも風格といふものを持つてゐる。人相はその風格の一部だ。

福太郎　そこで、御隠居さん。私の風格は福々しい事なんですね。にこ〳〵してゐて。

幸兵衛　さうだ。さうだ。人を安心させる徳を備へてゐるのだ。

福太郎　で、私は金持に成れるわけなんですね。

幸兵衛　ところが、さう簡単には行かぬ。

福太郎　をや〳〵、何だ、詰らない。御隠居さん、私をかつぐんですね。

幸兵衛　何で、私が貴公をかつぐものか、貴公は福々しくはあるが、福々しい者必ずしも金持には成れぬ。ただ金持と誤認される余徳がある。福々しくして他人から安心される。油断される。そこで自分が油断しなければ金も出来よう富も出来よう。しかし、自分も亦た安心する、油断する。だから、取つたり放したりぢや、拾つたり捨てたりぢや。

福太郎　それでは、とどの詰り元つこで、まことに詰りませんね。拾つたり捨てたりでは、拾ひ損といふものです。

幸兵衛　それは考へやうで何うとも云へる。拾ひ損でもあらうが、拾ひ得でもある。拾つた物をまた失へばこそ、貴公のやうに莞爾として笑を含んでゐられるのだが、拾つたものを拾つたなり何時までも放さないと、金持になれる代りには、そのにこ〳〵した福々しさが顔から失せる。金が溜つてみろ、心配に成る。そして心配の相が現はれて来る。貴公はバラツクで正月を迎へたりやこそにこ〳〵してゐるんだが、広い屋敷に住む金持はお正月でもさうにこ〳〵してゐない。貴公なんかは自分の家へ入つて来る客は皆な福の神に見えるだらう。入つて何か買つて行く。いくらか置いて行く。ところが金持の眼から見ると来る奴〳〵貧乏神に見えるんだ。新年でお目出度うてな事を云つて来る奴が、屹度何かしら持つて出て行く。持ち去らうと思つて入つて来る。だからバラックは福の神の寄つて来る宝船だし、山の手の大厦高楼は盗人と貧乏神に狙はれてるんだ。

福太郎　いや、そりや、御隠居さん、バラックにもずゐぶん泥棒が入りますよ。

幸兵衛　さうかの。もうバラックも泥棒に狙はれるやうに成りや一人前だ。蠅が砂糖の在るところを知つてゐるやうに、泥棒といふ奴は富の在《あ》り家《か》をよく知つてゐるものだ。もう泥棒が入るやうに成つたら、バラックも寒いの何のと不平を言ふな。一体泥棒は日本ぢうに何人ゐると思ふ。

福太郎　さう、何人居ますか、つひ交番で訊いた事もございません。ただで他人の物を自分の物にするといふ儲かる商売ですから、之で警察で捕まへさへしなければずゐぶん多いものでせうな。石川や浜の真砂はつきるとも、世に盗人の種はつきまじてえ歌があるぢやござんせんか。

幸兵衛　感心な事を知つてるな。しかし、それは盗人の種はつきまじといふ事さ。多いといふたとへではない。いや何んな物も瓢《ふくべ》に種は尽きないよ。盗人もつきねば岡ツ引もつきない。貧乏人もつきねば金持もつきない。金庫のある限りは金庫破りは存在する道理さ。ところで、何うだ。焼け残りの東京に家は何軒あると思ふ。二十万軒くらゐは有らう。また焼跡に出来たバラックが何万軒あると思ふ。此頃ぢうは毎日一日に五千とか六千とかのバラックが出来つつあるといふぢやないか。さうして盗人の数は何人だ。二十万人あると見ても一戸あたり一人しか入らない勘定だが、まさか二十万人の泥棒は東京にゐなからう。

福太郎　そんなにゐられて堪るものですか。

幸兵衛　泥棒なんて百軒に一軒も入りやしない。入つたところで火事みたいに洗ひざらひ持つて行くわけではなく、たか〳〵風呂敷に一しよひ持ち出す位のもんだ。それにしては、余り皆が騒ぎ過ぎるよ。

福太郎　騒ぎ過ぎるつて、旦那、泥棒に入られては余りいい心持はしませんからねえ。臆病な泥棒に成ると刃物をふり廻すから、けんのんでもありますよ。

幸兵衛　だが火事はもつとけんのんだ。そのくせ火事には皆が油断して一度に何軒も何十軒も平気で丸焼けに焼け出され乍ら、泥棒だと一軒入ると大さはぎをする。焼けるなら山ほど焼いても欲しくないが、盗まれる物は風呂敷に一つでも欲しい。と云つた考へ方なんだな。一般の人々は。

福太郎　火で焼くのも惜しいけれど、火の力ばかりは何とも手の下しやうがないからでござんせう。泥棒は後でふんじばつて来て牢へ入れる事も出来ませうが、火事を牢屋へ入れる事は出来ませんから、仕方なしに泣寝入りに成るのですよ。平気で誰も丸焼けに成る人間は有りますまいよ。

幸兵衛　さうか。若し火事を裁判する事が出来たら、検事は豪い求刑をするだらうなあ。

福太郎　裁判所まで連れてかない先に、皆で撲ち殺してしまうでせう。

幸兵衛　自警団がやつつけてくれるか。

福太郎　さうですよ。火事には焼かれた後の灰掻きやら後片附けやらに大きな暇と金とが入ることです。とても盗人に追銭どころの話ぢやありませんからね。

幸兵衛　ははは、怨み骨髄に徹したわけぢやな。

福太郎　さうでもありません。今頃に成つて愚痴がポツ〳〵出もしますが、あの当座は何となく綺麗さつぱりのやうな気がしましたよ。

幸兵衛　命ばかりはお助け〳〵といふ幕だつたんだからな。火も小さいと侮られて、煙草の火などは下駄で踏み消される奴だが、大火と成ると敬意を表して誰とて悪口はおろか愚痴さへ言ふ者がない。盗人も、同様小泥棒は憎みもし責めもするが、大泥棒は白昼自動車を駆つて大威張だ。弱い奴は犯した罪が無いのに濡衣を着せられてさん〴〵な目に会はされるが、景気のいい奴なら大抵の事が微罪不検挙で通る。呑舟の魚は網に入らずといふ奴だが、入らないのぢやあない入れると網を痛めるからだ。そこで震災後も相変らず雑魚ばかり捕つてゐる様だ。トタン板を十枚売つたとか鑵詰を一箱売つたとかいふのばかりつかまへてゐる。貴公のいふ浜の真砂だ。大きな岩は其儘にして置かれる。だがその大岩石も自然の力には敵はない。今度の様な地震が来ると、海底へ埋没して影も無くなる、と云つたもんだ。

福太郎　いや、あんな地震に度々来られちや堪りませんよ。岩ばかり持つてかれるなら構ひませんが、家でも人でも遠慮無くさらつて行きますからね。

幸兵衛　まあ、そんなものだ。自然の大破壊に矢鱈に来られちや堪らない。併しやはり時々は来て人々の惰眠を覚さんといかんよ。

福太郎　いえ、何といつても地震ばかりは、もう懲々です。真平です。何が恐ろしいつて、世の中にあんな恐ろしいものはありませんよ。あの時の事を思ふと屠蘇の酔も何も覚めてしまひます。

幸兵衛　ははは、よく〳〵恐かつたと見えるの。酒が醒めたら後からまた飲ませてやらう。お富士や。一本福さんに燗をつけて来なさい。そんなに地震がいやなら地震でなくもよい。地震ばかりが大変動ではない。世の中には眼に見えない地震がある。その眼に見えない地震は絶えず人に逼つてゐるが、人々はそれに気付かずにゐるんだ。

福太郎　目に見えない地震。へい、そんな不気味なものが有りますかね。

幸兵衛　ある。そいつは瓦を落したり家を潰したりする位の生やさしい事では治まらぬ。もつと豪い事をする。この世の中をぐるりと変へる。
福太郎　へええ。こいつあ初めて聞いた。そんな物騒なものが有りますかい。そうしてそれは何時頃来ます。
幸兵衛　いつ来ると、私にも時期をきつと予言する事は出来ないが、来るには屹度来る。太古、小亜細亜にノアといふ人の住んでゐたのを知つてるか。
福太郎　さつぱりそんなお方は存じませんね。矢張、西洋人ですか。
幸兵衛　西洋人でも東洋人でも、どつちでもよい。兎に角、昔さういふ人が有つた。此人が或時神のお告を得た。
福太郎　はてね。
幸兵衛　この後、四十日四十夜大雨が降り続く。そうして世界が大洪水に見舞はれる。何故かと云ふに、世界の人間が世に恐い者の在るのを忘れ、自分の知恵を頼んで文明を誇り余りに傲慢に成り過ぎてゐる。奢侈淫楽が其極度に達してゐるから、ここに一大鉄槌を下して警告してやらうといふ神様の計らひなんだ。
福太郎　恐ろしい陰謀をたくらみやがつたな。
幸兵衛　これ〳〵陰謀ではない。神の義憤ぢや。だがそこは流石に神さまだから徒に人類を苦しめて子孫を絶たうとはなさらない。ノアといふ正義の士が有つたから、此者に前以て夢の中で件の計画を啓示された。大きな箱船を作り其れを浮べて生命を全うせよと仰言るのだ。ノアはこりや大変な事に成つたわいと思つたから、この洪水襲来の報を毎日〳〵触れ廻つた。
福太郎　自動車に乗つて、メガホーンでね。
幸兵衛　バカ。その時分メガホーンも自動車も有るものか。
福太郎　ええ、こりや此地の話で。大阪からお米を積んで軍艦が二はい唯今芝浦へ着きました。とね。あのメガホーンの間抜けた声もあの時ばかりや嬉しかつた。さすがに畜生米搗みたいな名前をしてやがるだけあつて、権ちやんは米にかけちや抜かりはねえねな。と感心しましたよ。
幸兵衛　畜生とは何だ。気を付けて口を利きなさい。なるほどあの時の総理大臣閣下のお手並は見事だつた。だがノアの活動と来たらそんなどころのものぢやあない。毎日の様に口を酸くして洪水大警戒と触れ歩いた。けれども誰一人ノアの言ふ事を真面目で対手にする者が無い。
福太郎　そりや当り前ですよ。もう誰だつていい加減流言蜚語には手を焼いてますからね。女子供は早く逃がせ、警察は手薄だから有志の者はそれ〴〵自警してほしいと仰言る。よし来た、と江戸ツ児は早受合ひの、浮つかり其手に乗つて自警団を組織する、此地は皇国《みくに》のためと思つて竹槍さはぎをおつ初める、偖て其後、世の中は治まり何もかも忘れた時分に成つて、一寸来いを食ひ、数珠つなぎにされて検事局へ廻されたりするんぢや、全く以ていくら人民でもやり切れませんや。
幸兵衛　これ〳〵、誰もまだ前に其様な流言蜚語なぞをした者はない。全く寝耳に水だ。本当と思へば誰しも寝耳に水と驚くところだが、悲しい哉、人々は無明の闇より覚めなかつた。ノアの此警告に耳を貸す者が天下に一人もない。皆なノアを鼻であしらつた。ノアは何をたはごとを言ひ居る。憐れやノアは気が狂つた相な。彼もあんまり永いこと貧乏生活をするからだらう。貧乏のくせに子供ばかり拵へて、新婚以来十年の中にはや半ダアス生み付けた。一体あんなに子供ばかり製造して将来何うしておまんまを食べさせ何うして教育を授けるつもりか知らん。この頃は中学校も女学校も月謝は前金で一学期に五十円づつもふんだくられるから、六人一度に学校へ行き出したら親父が倒さに成つて働いても到底月謝の代も稼げまいに。やれ〳〵気の毒なものかな。それでノアもとう〳〵気がちがつた相な。と。

福太郎　へへえ、御隠居、そりや一たい何方の事です。

幸兵衛　ノアといふ聖人のことさ。

福太郎　よく似た話もあれば有るものですなあ。私も新婚以来十年の間に子供が半ダアス出来ました。

幸兵衛　やれ〳〵、出来も出来たものだ。それでは貴公が貧乏ばかりしてゐるのも無理はない。君達夫婦は何もしないで子供ばかり拵へてゐたものと見えるな。

福太郎　御冗談を仰言いまし。何処の世界に子供ばかりこしらへ様と志願して暮す人間が有るものですか。子供なんてものは、全く出物はれ物で知らねえ間に出来ちまうのでさ。

幸兵衛　しかし、よく生みも生んだぞ、まだ此先き何人くらゐ製造するつもりだい。誰にも遠慮するには及ばないから、どし〳〵製造するがいいよ。被服廠や何かで大分人減しがあつた後だから、これから皆で勉強して早く補充する事だ。

福太郎　いやもう子供にはおくびが出るほどあき〳〵しましたよ。私のところでは、この半ダアスこつきりで切り上げるつもりです。

富士子　何だか大変面白さうなお話ですね。さあ、お屠蘇はぬきにして直ぐにお熱いところをお一つ如何です。

福太郎　之は恐れ入りました。まだ此先き廻るところが何軒もあるのに、御隠居さんのお話が面白いものですから、つい長居をしすぎました。御酒はおあづけにしまして、一廻して参りませう。

富士子　何ですよ。今日に限つて、柄にも無い遠慮なんかなすつてさ。お婆さんのお酌ではお気に入りますまいが、さあ、お一つ。これでも昔は鶯泣かせた春もあつたんですからね。

福太郎　では遠慮なしに頂戴いたします。

富士子　本当に何にも有りませんよ。極り切つたお正月の物ですよ。

幸兵衛　これは北海道から到来の新数の子だ、これをやつてごらんなさい。鯡の腹には此通り沢山の卵が出来る。人間も之に肖《あやか》りたいといふので正月の肴の中には屹度之を用ひるのだが、鯡は魚の中の福太郎さんみたいなもの。とんと子福者のところが似てゐるよ。

福太郎　時に先刻の子福者のノアとかいふ人の話は何う成りました。

幸兵衛　お、、その事〳〵、何といふところまで話しましたかの。

福太郎　ノアが洪水が来るとふれ廻つても、誰一人信じるものなく却つてノアを狂人あつかひにした、といふところまで伺ひました。

幸兵衛　さう〳〵、そこでした。大森博士は地震学に貢献するところ頗る多く多大の報告書を英文や邦文でのこされたのだ相だが、博士がそんな豪い人だといふ事も死んでから聞いたのでは後の祭り、生きてる間に博士のいふ事が多く用ひられたら博士の方でも張合が出てもつと壮んに宣伝に励めたであらうが、世間で用ひないから博士も多く語らず、遂に折角世界の学界に貢献するところの多き博士の地震学も、日本の用には少しも立たないでしまつた。さてノアの昔話だが、ノアは決して博士でもなければ学者でもない、世界の洪水学に何等貢献した事のない男だが、宣伝の方には実によくつとめた。よく宣伝したが世間は少しも応じない、全く馬の耳に念仏と聞き流し対手にしなかつた。そうする中に雨は降り出した、四十日四十夜小止みなく降つた、大海の水を傾けたかの様に明けても暮れてもザア〳〵ザア〳〵雨の音だ。人足なぞ初めの中はいい事にしてサボつてゐたが、十日も降ると腹懸も股引も質屋へ預けねばならなく成る。縁日商人は愚痴の百万だらを並べて空ばかり怨めし相に眺めて暮す。その位の雨なら何時の代如何なる国にもある事で、小野の小町にも出来る藝当だが、神様のなされる事は之れくらゐでは治まらぬ。ザア〳〵ザア〳〵四十日四十夜、手放しで降りつづけた。水は世界に瀰漫して世界は水の下に入つた。山々峯々こと〴〵く水の下に埋もれた。さあ、そういふ時に成つたら人間は何うなる。と思ふ。

福太郎　軍艦でも商船でもありつたけの船に乗り込んだに極つてます。さうなりや郵船会社の海員だつて陸よりや船がいいと、サボタージユは直ぐおしまひで、儲けたのは重役でせう。こないだの火事なぞと来ちや、そんな生やさしいんぢやありませんでしたよ。船に乗りや船に火がうつつて足元から焰がもえ上るんですからね。

幸兵衛　まあ、ききなさい。その時分まだ世界の人は誰も船といふものを知らなかつた。何とも顚《か》んとも水に浮んで見える物とては、アララツト山と申す高山の絶頂とノアの作つた箱船ばかり、実に濁流滔々《たうたう》として何方を向いても水より外にはない。

福太郎　富士山や日本アルプスは何うしました。

幸兵衛　その時分まだ富士もアルプスも多分無かつたと見える。兎も角も世界の人は洪水のために一旦は死に絶えた。

福太郎　何だ。詰らない話ですなあ。

幸兵衛　詰つても詰らなくつても、事実此通りなら仕方がない。だが、安心しなさい。これは比譬談《たとへばなし》だ。目にこそ見えね、恁ういふ洪水は何度も来た。そして旧時代の人々、旧時代の文物典章ことごとく堙滅し、がらりと変つた新時代が来た。洪水の引いた後の荒野へバラックが建ちはじめるのは間も無くの事だ。何も顚も活き活きして来る。ゆで小豆が繁昌する、牛飯が盛んに売れる。それからだんだん天どんと成り饅どんと成り花柳界まで活気づいて来る。いつの新時代も皆此通りぢや。幕府といふ旧物が押し流された後へ出来た明治政府はバラック建てだつた。明治天皇は新時代の人として先頭にお立ちなされ、明治元年はゆであづきと牛飯の時代ぢや。

福太郎　へえぇ、皆さんが嘸かし腹を下した事でせうなあ。

幸兵衛　これは譬へ話だ。いかにも皆な腹を下した。腹を下して西郷隆盛も大久保利通も死んでしまつた。そこで明治十年以後が天どんと鰻どんの時代ぢや。

福太郎　へへえ、そうしますと二十年以後が一品料理の豚カツ時代といふわけですかね。

幸兵衛　いや冗談でなく一品料理だ。憲法発布議会召集保安条令、皆な一品料理の豚カツだ。と思へば間違ひなしさ。併し笑ひごとぢやないぞ。一品料理に舌鼓を打つた時代の人々にはまだまだバラック時代の活気が残つてゐたぞ。そこで、私のいふのは今度の震災も之を天の警告と見るならば、ただ焦土の上にバラックを建てそれでもうそれだけだと思つたら、間ちがひだといふのだ。ゆであづきを食つて天どんや牛めしを食つて、ただそれだけで復興気分に浸つたと心得たら了簡ちがひぢやというのだ。今度は偶ま震災と火災とがごつちやに成つて来て、思ふ存分破壊し去つたんだが、たとへ此大破壊——目に見えるところの大破壊が無かつたにせよ、目に見えぬ新時代は逼つてゐたのだ。何うあつても新時代の表現は打ちこはれねばならなかつた。そして何うあつても旧物は打ちこはれねばならなかつた。丁度其所へぶつつかつてゐたんだ。旧人は隠れ新人は生れ出でねばならないところ迄来てゐた。よいかね。けれども旧物が有つては邪魔に成つて、容易に新時代が生れにくい。然るに大災がそれを綺麗さつぱりにしてくれた。之は形の上ばかりと思つてはならぬ。心に於いてもその通りなんだ。たとへば貴公がバラック住居になる、すると心持まで前とは変つてくる。居は心を移すとは此の謂ひだ。

福太郎　飛んでもないところへ移したものだ。私はあきらめてはゐますが、成らうことなら焼けない前の方がよござんしたね。

幸兵衛　いいの悪いのつて言つたつてはじまらない。もう夙に焼けちまつて無いのだから。それを云ふのは死んだ子の年さ。

福太郎　私もさう思ふから黙つて寒いバラックに暖か相な顔をして座つてゐるのですよ。ただ痛快な事は今度はもう何んなにデカい地震が来ても大丈夫、ぺちやつと来たら下から屋根をぐいと差し上げてお目にかけやうと思ひましてね、私は時々寝てゐてトタン板の屋根裏を見乍ら、大地震め、もう一度来ねえかなあと言つてやるんですよ。そうしたら今度こそは御隠居の家は丸つぶれだね。もう一ぺん来た日にや山の手の家とて一たまりも有るまい。
幸兵衛　これ〳〵何を言ふかい。それが焼け出されのバラック根性といふ奴だ。自分さへ潰されねば他人は何うなつても構はぬといふ。
福太郎　いいえ、他人は何う成つてもいいつてえぢやありません。ただ一寸面白いだらうなんて考へましたんで。
幸兵衛　いやな奴。まだバラックにゐるからそんなバラック根性が出るんだが、本普請が出来上つてそれへ渡まししてみろ、ちやんと本普請らしい心持が生れて来る。
福太郎　それ迄お待ちなさいよ。
幸兵衛　まあ待つより外に仕方もない。待てば海路の日和ありだ。だん〳〵に本普請が出来たら人々の心持も改まらうが、今のところはまあ妙なものだな。こないだも方々歩いてみたがバラックの店は食物屋ばかしだ。ただし浅草だけは仏壇や位牌を売る店があつたのは、流石場所柄だと思つた。日比谷公園の中の食物店の多いことと云つたら、流石の私もあれには驚いたよ。
福太郎　全く何んなものでせうなあ。三文でも資本を持つた人間は皆な食物店をはじめます。そうして皆なそれが何うにか恁うにか利を得て生活が立つのだから不思議ぢやありませんか。あれで見ても実際江戸つ児は食ひしん坊だと思ひますね。
幸兵衛　復興は先づ食から初まるが順序だらうから、格別不思議はない。生活の根本は食物ぢや。次にはシヤツやオーバーセータアや股引足袋な。あんな店の多いこと、そこで初めて衣食足り、而して礼節を知るぢや。
福太郎　さうしてみると、礼節といふのは神楽坂や道玄坂で売つてる品物と見えますね。食物の次に繁昌するのは彼所らですからねえ。
幸兵衛　衣食足りて後に享楽を知る恋を知る、さて恋の中から礼節が生れて来る。
福太郎　こじ付けましたね。御隠居。
幸兵衛　何の之がこじつけなものか。礼節といふものは論語や孟子を幾ら読んだからとて決して生れるものではない。衣食足りて享楽を知り享楽足りて礼節を知るぢや。
福太郎　旦那。うそばつかり云つてらあ。
幸兵衛　うそなものか。大工さんの震災前の生活を見ろ。世間の不景気から仕事は少なく、賃銀も安いや。一日稼いでもいくらにも成らねえ。面白くもねえと思つて家に帰れば、女房も面白くなさ相な顔をしてゐる。そこで喧嘩だ。皿小鉢が飛んで破れて又損の上塗りだ。然るに震災後の彼等の生活ぶりを見ろ。大工さん〳〵で何処でも大工さんだ。手間代は高く成る仕事は殖える、どんぶりの中は銀貨と札でがちや〳〵だ。仕事を早く切り上げても誰も何とも文句の言ひ手はない。帰らうとすりや電車はべらぼうに込んでゐらあ。仕方がないから待つてゐる、ただ待つてもゐられねえからテント張りの天ぷら屋へ入つて一杯ひつかける、二杯ひつかけ三杯ひつかける。何うせひつかけ序でだてんで更にもう二三ばいひつかける。こんなでもう帰らう、家には女房が待つてらあ、と里心が付いてテント張を出ようとする時に、「いよう、熊兄い」と声をかける者があらあ。見りや屋根屋の蜂公だ。まんざら知らない顔でもなく、時々仕事場で顔のぶつかる事もある仲だ、「景気は何うだい」と来る。おつき合ひで又一ぱい飲む。之れ礼節の初まりだ。

福太郎　変な礼節も有つたものですねえ。

幸兵衛　なに少しも変なことはない。熊さんと蜂さん、何地らも元気よく仕事の話が出る。ます〳〵儲かり相な話なんで、前祝ひに之から神楽坂へくり込まないかと蜂さんが動議を呈出する。熊は一寸躊躇する、蜂さんは一人者だ。一人もので景気がよけりや藝者遊びも無理はない。併し俺には嚊もありがきもある。お多福にはちがひないが歴とした嚊左衛門尉の位に納つた女が俺を待つてゐる。折角だが蜂さん、今日はちつと都合が悪いんだ。留守に親類の奴が来て待つてゐる、と恁ふ断る。之れ妻に対する貞節の初まりだ。人倫の初まりぢや。

福太郎　私はさういふのは友達の交際を知らねえ奴だと思ひます。貞女は小学修身の本から教はつた事もありますが、貞男といふのは、ついぞ聞いた事がありません。

幸兵衛　それは誰もいふ事だ。蜂さんも矢張さういつて怒るんだ。親類の者なんか夜明けまででも何時まででも用があるなら勝手に待たしておけばいい。友だちが此通り誘ふのに、まさか義理を知らねえ熊さんでもあるめえと云はあ。今時ケチにして金をためる事は流行ないよ、火事に成りや何もかも灰になる世の中だ。と云ふ。さういはれてみると、成ほど蜂のいふ事がもつともだ。俺はまさか十両や十五両の端た金を惜しんで断るわけぢやねえけれど、と答へる、けれどつてそんなけれどは余計なけれどだ。おめえ嚊がおつかなくつて遊べねえんだらうと蜂公は図星を指すわ。嚊なんて何だ、ぐづ〳〵云つたら叩き出しちまひねえ、向ふが嚊左衛門の尉ならお前は亭主関白の位ぢやあねえか、と云ふ。蜂公の理屈は一々尤もなので熊は友情を重んじて神楽坂へ行く。之れ義の初まりだ。孟子に従へば之れ道の終り也だ。神楽坂へ出かける前に、熊兄いは既に仁義を身に体してゐる。

福太郎　御隠居、そりや面白い理屈ですねえ。私らも心ぢや常にそんな風に考へるんだが、口に出ません。女房から外で遊んで来るのは愛が無いからだわと云はれると、何うも一言も無いところですが、今日は早速家へ帰つたら、此道理をきかせてやりませう。

幸兵衛　蜂公の案内で熊は神楽坂の待合へ行つた。日頃此辺を根城にして遊んでゐたプチブルジヨアやサラリーマンが大災以来すつかり遠のき一時は火の消えた様であつた此土地も、今や漸く職人衆のバカ遊びの為めに復興気分に向ひつつある事とて、女中たちも二人を下に置かないもてなしぶり、おなじみはと問はれて誰もないと云へば、では若い綺麗なところを呼びませうとて女中は電話口へ立つ。座敷を見廻せば仲々洒落れた作りで三尺ばかりだが床の間も有る。熊さんは之まで他人に頼まれてならば、ずゐぶん立派な床の間をも作つた経験がないではないが、自分の住居には床の間はない。床の間の附いてる座敷で床柱を背中へ負ふて大胡座をかいて脇側にもたれた大尽ぶりは今夜が初めてだ。蜂は蜂で座敷を見廻し乍ら、仲々いい部屋ぢやねいか、床の間の壁を見ろ、孔雀だぜ、釣壁の方は小笠原と来りや本物だが、こりや根岸とは何うしたわけだ、などと商売柄、壁の方ばかり見てゐる。今晩は、と云つて入つて来た美形の水々しさ、とても新宿や品川の阿魔ッ子とは比べものに成らぬ。如何《いか》が、と云ひつつ媚を呈して徳利に手をかけられたから、熊は驚いて座り直して盃を出したが、持つ手がふるへてガチ〳〵鳴る。何うもこんな美人を自分如きが何とかするのは勿体なくて罰が当りはせぬかと思ひ、しきりに満腔の敬意を表する。これ享楽より礼節を知り併せて謙譲を学ぶものといふ可しぢや。君子は温良恭謙譲といふて、恭謙の心は尤も大切なものだが、近来君子と書いてきみこと訓むやうな世の中に成り、漢学復興を叫んでもアナクロニズムと嘲笑を估ふだけの時勢に於いて、熊さんと蜂公とが待合に入つて恭謙の心を起したりとはいかにも殊勝な話、商売違ひの官吏だつたら表彰される人物だぞ。

福太郎　ところでその熊さんはその後何う成りました。

幸兵衛　さあ、私もその先何う成つたか委しい事は知らぬが懐に金があり胸に恭謙の心を起した位だから、多分藝者からはいい旦那として迎へられ、お定りの夫婦約束でもすれば、それを実行するためには多勢子供のある女房を追ひ出し彼女を後妻に持つたかも知れぬ。さすれば信義に於いて欠くるところが無い。

福太郎　へへえ、私もちと熊さんに肖《あや》かりたいものですな。私も信義の至つて固い方ですから。

幸兵衛　左様、熊さんの其後の消息は知らないが、此所に焼け跡のガアドの下へゆで小豆の店を出して一儲けした男の話がある。

福太郎　へえ、又ゆで小豆ですか。

幸兵衛　さうだ。ゆで小豆も初めの程は盛んに売れたが、復興気分の勃興と共にだん〳〵売れ無く成つた。

福太郎　そいつは損をしたでせう。食物店もああ多くなると美人の姉妹軒とか何とか特別の景物が無いと誰も入りませんよ。

幸兵衛　ところが大ちがひ。大に儲けたところで小豆に見限りを付け牛めしをはじめた。

福太郎　また牛めしですか。それから一品料理のトンカツでせう。

幸兵衛　だまつて聞きなさい。何もさう食物ばかり商はんでも、儲かりさへすりや何をしてもよい。執鞭の吏といへども敢て辞せんやといふ意気組みだ。

福太郎　そいつは豪儀だが、それだけ聞いたのでは私には何の商売か分りません。

幸兵衛　分らないのも無理はない。執鞭の吏とは馬車別当だ。運送馬車を一台借りて来て乗合馬車と掲示して焼跡のほこり道を駆け廻りお客を乗せる。之にも大に当てた。儲けた金でトタン板を買ふ。朝に之を買つて夕に之を売れば死すとも可なり、の意気を以て之でまた儲けた。遂にボロ自動車を一台買ひ込んで乗合自動車屋を初め、又儲けた。万事其筆法で行つて益々儲けた。商売の形はさま〴〵に変るが道は一つ。ただ儲けさへすればよいと思つて大に儲けるが、運の強い時は致し方ないもので、暴利はむさぼれども警官の目には触れぬ。さうかうする中に世の中はだん〴〵元に戻り、以前に増して花やかな大都会が生れる。新橋や柳橋も復活して飲めや唄への不夜城を出現する。世の中は再び震災前の華美に幾層倍する華美な生活ぶりに戻る。玄米の味もバラックの寒さも忘れる時が来る。その時には此男がガードの下でゆで小豆を売つた昔を知る者もない。他人が之を知らざるのみならず当の自分さへ忘れてゐる。彼はその時分には幾つもの大会社の重役を兼ね大銀行を所有してゐる。彼が多額納税者として選ばれて貴族院に席を列するのも不思議ではない。彼は他の多くの大実業家に倣ひ年々多額の脱税をする。この意味から云へば多額納税議員といふよりも、むしろ多額脱税議員といふ方が至当なのであるが、何故か世間では彼を多額納税議員と呼ぶ。脱税が知れれば天下の罪人で、こんな不名誉はないが、それを敢て犯すところは男だ。又富豪なみに妾みたいな女を方々に置き其母親から飼猫までも世話するところは仁だ。景気のいい年には社員を殖して事業を拡げ不景気が来れば遠慮なく馘首する。そして失業した社員たちにつく〴〵浮世の苦労を味はせ、人格修養の時間と機会とを与へるとは、之れ智あり仁あるブルジョアのやり方だ。かく型の如く智仁勇の三徳を兼備した紳商と認められれば、勲章をも貰ひ又爵位をも授けられる。

福太郎　ゆで小豆屋も恐ろしい出世をしたものですねえ。私も一つその小豆屋にあやかりたいものですが、一たいその人は何のガアド下に店を出したのです。

幸兵衛　なあに、これは私の夢物語よ。そのゆで小豆屋が金持華族に列せられる時分には、また第二の大地震が来るのさ。

福太郎　へえ、又来るのですかい。地震の博士はもう当分の中決して大地震は来ないとか云つてた相ですぜ。

幸兵衛　さあ、それが少しも当に成らないんだ。学者は地震の後に成つてからいろ〳〵云ふのだからの。併し学者とて鯰の申し子ではあるまいし、そんな事が前から明確に知れるわけがなし、凡そ想像が付いたからとて、そんな事を云つても若し来なければ人騒がせになるし、何うも困るさ。併しゆで小豆屋が成金華族に列せられる頃に大地震が又来る事だけは事実だ。私は断言する。そして又火事だ、大火事だ、又ぞろ東京市は全滅だ。又ぞろ自警団騒ぎだ。又ぞろ被服廠だ。又ぞろ社会主義退治だ。

福太郎　それは又何うしたわけです。矢張何十年目かには同じやうな事が起らずにはゐないものですか。

幸兵衛　その予防がして無ければ起るだらうよ。冬に成つてレウマチの起る女がそれを療治しなければ又次の冬にもレウマチが起る。それと同じだ。東京市民は此大地震に会つても少しも懲りてゐないと見えて、少しもレウマチの療治をしないやうだ。之では又レウマチが起らうではないか。

福太郎　と申しますと。

幸兵衛　何も彼も前と同じだ。復興気分と云つても、それは革命気分ではなく、それは一切復旧気分だ。出来上つて見れば旧態依然たりだ。矢張慾の世の中だ。矢張金の世の中だ。矢張仁義礼智忠信孝悌の世の中だ。矢張地震地帯の上に累卵の危き都会を築くに過ぎない。福さん。貴公は雷の川柳を知らないか。

福太郎　そんな物騒なものは存じませんな。

幸兵衛　雷は鳴る時ばかり様が付く、といふのぢや。天地晦冥にして電光紫に初めは遠雷おどろ〳〵しく次第に近づいて殷々轟々天柱くだけ地維裂けんとす、と来れば「今日の雷様はずゐぶん烈しく鳴るねえ」「雷さまは落ちるだらうか」などと様づけにして話してゐるが、翌日には「何うだ、昨日の雷は大きかつたな」「お前、雷は嫌ひか、俺はあのごろ〳〵いふ音が大好きだ」などと鳴らぬ日は雷も呼び捨てにされる。地震も揺つた当座には遷都説まで出たが、余震がだん〳〵弱くなると鉄筋コンクリートの屋根をスレートぶきにするならば遷都しなくても宜からうといふ事に成り、その余震さへだん〳〵微弱に成り間遠《まどう》に成ると地震は左迄恐るに足らずただ火事の用心さへすればいい家屋も木造ならば十分だ、万一潰れても十軒に一人位しか死ぬものでない即ち五十人に一人くらゐの死人にすぎぬ、うんそれなら俺は大丈夫だ四十九人の生存者の中へ屹度入るだらう、といふ事に成る。

福太郎　では地震も揺る時ばかり様が付くの仲間ですね。

幸兵衛　地震も火事も戦争も、其間だけ敬意を表されるが、咽元過ぎれば忽ち忘れられる。地震当時、遷都論に次いでは大東京市の建設が叫ばれ、種々理想的な案も出たが、一月たち二月たつと、理想論は漸次に斥けられて俗論が勝を制して来た。大公園の大増設は渋々乍ら小公園を三三増設するに止められ、道路の四十間は三十間となり二十間となる様なわけだ。

福太郎　いつそ三尺幅以内に成ればいい。

幸兵衛　それはまた何故かね。

福太郎　電車や自動車が通らないから安全で宜うござんすよ。大地震は五六十年に一度か二度でせうが、自動車や電車におどかされる事は毎日ですからねえ。

幸兵衛　さうすると、駕籠にでも乗つてゆつくり歩かれていいかの。それぢや、復古気分といふものだ、あははハハ……。だが、矢張豪い人達が寄り集つて評議する事だから、東京市の復興も大方智仁勇の三徳でやつてくれるだらうと思はれるが、之が何より心配ぢや。

福太郎　さうして皆な華族さんに成りますか。

幸兵衛　後から手盛の八杯で侯爵に成るものも伯爵に成るものもあらう。それは結構ぢやが、地震地帯の此東京から都を他所へうつさずして、平気でここに再び都市を作り上げるところは勇と云はざるを得ぬ。遷都したなら従来の東京の地主は坪千円も五百円もする所謂土一升金一升の土地を荒野か畑にする他はないが、彼等地主に損をさせない為めに地震地帯を去らざるは仁ぢや、我身を殺して仁を為すところの沙汰か二百万の生霊を死地に陥れるを辞せずして地主を保護する仁政ぢや、さて数年若しくは数十年の後にまたも地震と火事とに襲はれて、焼け出されや死にぞこないの窮民が現はれた時に、飛行機が翔けり軍艦が動き食糧品を配給するやらバラツクを建てるやら失業者の職業紹介につとめるやら、今度と同じ事を繰り返してやるところは智に非ざれども又仁ぢや、その時流言蜚語を放つて国民の刃に血ぬらせドサクサ紛れに危険思想とやらを持つ者共を退治せんとするは愚に似たれども、その責任を何うか恁うか遁れて罪をこと〴〵く田舎自警団に負はせて白ばくれるところは智ぢや。この智仁勇三徳を具備する人達のこと故、将来何んな出世をなさるやら、凡知を以て計り知る可からずぢや。

富士子　熱くついたのを持つて参りましたよ。いかがですね。福さん。お重ねなすつて。おぢいさん、喋つてばかりゐてお酌を何うなされたのですよ。

福太郎　いや、もう十分頂戴しました。

幸兵衛　おゝ、さうだ。私は話にばかり気をとられて、酒をすつかり冷ましてしまつた。そつちの熱い方を貰はう。

富士子　奥さんはその後、お肥立はいかがです。お子さんたちも御丈夫ですか。

福太郎　ええ、皆達者です、病気をしない位が私共の取柄でせう。

富士子　なあに、あなたが一つ御奮発なされば、焼けた位直ぐ取り戻しますよ。さうして却つて焼けぶとりといふ事になりますよ。

福太郎　ええ、バラツクで皆さんがさういつてますよ。これからは一同臥薪嘗胆の覚悟で大に努力するんだつて。

幸兵衛　福太郎さん。臥薪と云へば、日本家屋はこと〴〵く薪の寄せ集めだから、何んな覚悟で寝ても、殊にバラツクなぞと来たら、臥薪に相違ないが、努力なんかはなさらぬがいゝ。

福太郎　努力はいけませんかな。ゆで小豆屋は努力しなかつたのですかね。

幸兵衛　ひどく小豆屋の話がお気に入つた様だね。小豆屋でも熊さんでも皆努力なんかしやしない。景気といふものが大きくしててくれたのさ。努力なんかして溜めた富は、それこそ、忽ち散つてしまふ、努力してもしないでもゆで小豆屋は金持華族に成る時が来れば成るのだが、併し又努力してもしないでも失くなる時は失くなる。こないだも美術家が来ての話だが、努力といふのは展覧会で画を売る時の景物だ相だ。すべて努力だの社会奉仕だのといふ文句は、商品の景物だ相だ。

福太郎　ええ、その点は私どももとてぬかりなくやつて居ります。冬の売出しに景品を添へるといへば、以前は何んなに少くてもライオンの袋入くらゐは差上げましたが、近頃は社会奉仕を景物にすることに成りまして、私共の仲間も大に経済してゐますよ。

幸兵衛　さうかい、皆さんが其調子でやつて下さると、我々老人も大いに安心するが、智仁勇でも仁義礼節でも社会奉仕でも、南無妙法蓮華経でも南むまみ陀仏でも、宗旨に依つてそれ〳〵景物の名前は違ふが、之を真正直にやられたら飛んだことに成る。貴公は夏の禹《う》王といふ名君を御存知ぢやらう。知らんかい。之は尭舜に次ぐ支那の明君賢王だが、まだ舜《しゆん》の下に使はれてゐた時分、支那に大洪水があつた。

福太郎　おや〳〵、また洪水ですかね。之は恐れ入りました。

幸兵衛　その時禹《う》は九州の水を治める為めに、南船北馬、九年の間家に帰らなかつた、といふのだ。その間自分の家の前を過ぎても立ち寄る暇が無かつたといふ事で、それも誰が為め、こと〳〵社会の為めぢや、恐らく彼は社会奉仕の元祖だらう。

福太郎　矢張元祖となると違つたものですな。

幸兵衛　実際だ。そこで一番迷惑した者は誰だと思ふ。

福太郎　誰だか分りませんな。そんなに豪い社会奉仕をされて迷惑する人が有りませうか。

幸兵衛　そりや大有りのこん〳〵ちきぢや。細君と子供たちよ。何しろ禹《う》が九年といふ間、更に家庭に寄りつかないんだから、第一に世間の人の口が煩さい。禹は内儀さんと喧嘩ばかりしてゐた相だ。それで官命をいい事にして家に寄りつかないんだ。それといふも結局細君がよくない人だからだ。けちん坊で嫉妬やきでおひきづりで向ふ気が強くて、とても始末におへない女だ。多妊であるので禹はとても応じきれないで逃げ出したといふ説も出で、大評判、しかし何れも細君を批難する説のみ多いのは極端に男尊女卑の国柄である支那のことだから云ふ迄もない。夫人に対する批難はやがて禹その人に寄する同情と変り、禹は遂に王位までも譲られるほどの人望を得た。だから社会奉仕も普通選挙も商売道具や景物くらゐの程度以上にやられると、恁ういふ犠牲者が出るからの。

福太郎　ははあ、普通選挙も景品に成りますか知ら。

幸兵衛　そりや成るとも大成りだ。景品にするなら今が其時節だ。ここを通りすぎていよ〳〵実施の暁には、何でもないものに成つてしまふから、景品にするなら今の中だ。政府でも政党でも鳴物入りで景品に使つてゐるのだから、商人ばかりが遠慮して之を捨てて置くにはあたらぬ。早速用ひなさい。けれどもいよ〳〵実施に成つた暁には、普通選挙には税がかかるぞ。

福太郎　へえ、そりや話がちがひませう。普選にや納税資格は無いので御ざんせうに。

幸兵衛　なに有るさ。以前こそただだつたんだ。ただどころか一票が幾らかづつには成つたんだ。一票が鰹節に成つたりメリンスの風呂敷に成つたり園遊会に成つたりよ、ところが今度若しいよ〳〵普選実施といふだんに成ると、あべこべに手銭手弁当で演説くらゐききに出かけずばなるまいよ。だからさ、之も商品に使はれてる今の中の方が結構なんだ。だが、その実施に成るのも時代の趨勢で、決して政治家どもの努力の結果でも何でもないんだよ。努力した奴らはむしろその反対派だ。時代の大勢に逆行する政治家の骨折りは、ずゐぶん大したもので憫然の至りさ。いよ〳〵実施となりや選挙権を人民諸君がルーブル紙幣をつかませられた様に思つて、ずゐぶん道傍へ捨てるだらうよ。その時に成つちや三文にもならない。まあ〳〵ガード下のゆで小豆屋ばかり羨まないで、焼跡相応な商ひをしなさい。貴公は人相がいいから繁昌するよ。浅草の観音さまへ行つて見たかい。

福太郎　へえ、こないだ参詣して参りましたが、盛んな人出で大繁昌でした。

幸兵衛　あれは焼けなかつたからといふので御利益があらたかだといふ評判に成つた相だな。

福太郎　そんな話です。

幸兵衛　それ見ろ、観音さまは賢いや。若し観音さまが社会奉仕をして、自分は焼けても浅草区は助け度いなんて云つて、自分が先きに焼けてその反対に浅草区が残つて見ろ、誰も参詣するものはありやしないから。それで見ても、人は本気で社会奉仕なんか分つちやゐないんだよ。本当の社会奉仕は大災当座二三日のことさ。これから一日々々と智仁勇の方へ復古してしまつたよ。

福太郎　だん〳〵苦しくなつて来るからでせう。

幸兵衛　さうさ、それ故智仁勇をふり廻して、苦しい世界を作らうといふ寸法なのさ。だが、矢張正月は何処かのんきらしい気がするのう。そこで私もお勅題に因んで一首やつたぞ。

福太郎　一つ伺ひたいものです。

幸兵衛　新年言志が題で、

　正月はやはり何やらお目出度し
　　酒でものんで　無駄話せん
　がきも来い婆さんも来い屠蘇くみて
　　生き残りたる春を祝はむ

は何うだ。

福太郎　うまく有りませんなあ。私にもそんな歌ならやれますよ。

　子供らが出来も出来たり半ダース
　　新婚以来十年の春

富士子　へえ、これは面白うございますね。この婆も一首よみましたよ。

　打ちそろひ　何はなくても屠蘇に餅
　　命冥加を祝ふ今日かな

さあ、もう一本あついのがつきました。

（「中央公論」大正13年1月号）

新帝都のスタイル

福永恭助

一　ビアード博士の美観論

◇震災当時は往来や庭先きにも臥し玄米の粥も有難く啜つた身だ、神楽坂や道玄坂の灯を見て一時は世にも美しい街だと眼に映りもしたが、時経るに従つて心にゆとりが出来てくると段々贅沢な気分も起きてきて、今日此頃になつて帝都復興問題がやかましく論ぜられるに連れて、都市の美観といふ事を人々が考へるやうになつたのは誠に尤もな話である。

◇あの事が起ると、世間では俗に「大風呂敷の後藤」と称へる処の、そしてその実ハンケチ位の大きさのケチな計画しか持ち合はせの無かつた、その後藤東京市政調査会長兼復興院総裁の招電で逸早く、遥々と焼野ケ原に馳せ参じた市政調査顧問のビアード博士は、帝都の尊厳及美観と云ふ事に就いて次のやうな意見を、会長を経て日本国民に披瀝したと云ふことである。

◇曰く『歴史の舞台は大西洋より太平洋に移りつゝあります、日本はこの舞台に於て立役を務めるでありませう。而して東京は多くの印象深い場面の舞台となるのでありませう。それ故に日本の帝都が帝都としての特異性を持たねばならぬ事は極めて重要な事柄であります。貧弱なる帝都は列強の間に伍して国家の威厳を傷けます』

◇又別に曰く『新帝都は如何なる価を払つても気品を備へることが必要である。而してその気品と、帝都としての特異性を表現する形式は、日本固有の美術と建築とに拠るべきである。日本の美術家と建築家とが日本の帝都を西洋風の設計と建築とを以て非凡なる品位を与へる点に於て欧米の美術家や建築家を凌駕し得べしとは信ぜられない。日本に於ける欧米の模倣の大部分は失敗にして滑稽であり帝都の権威を下降せしめまた外国旅行家に何等の興味をも与へざる結果となるだらう。今日の丸ノ内式は米国第三流の都市程度の品位しかない』と。さうして、その具体案として博士は左の四項を挙げて居られる。

一、凡ての新公共建築物に明白なる日本趣味を加味すること

二、凡ての新紀念碑を純日本式とし、西洋式なる石又は青銅紀念碑を断然排斥すること

三、術路及公園の設計に際しては旧東京の美観と品位とを出来得る限り保存すること

四、上記事項実行の為めに日本美術家及建築家を委員として任命すること

◇上品で而も堂々たる都を造ることに就てはもとより私は異論はない。而して又、都市計画に就ても、帝都復興に際しても心から東京のため帝都のためを思つて、該博な智識と豊富な経験とを提げて、助言者としての最善を尽して下すつたビアード博士に対しても私は厚き感謝の意を抱いて居る者である。が併し新帝都を所謂日本趣味で飾れといふ所の博士の所説に対しては今遽に賛意を表する事が出来ない。

二　西洋人の批評

◇日本の愛好者として知られて居る或米国人が持前のフランクネスを曝け出して云つた。

『私の可愛い日本よ！　お前は何だつて又そんなに私達の真似——而も下手な出来損ひの真似なんぞをしたがるのだ？　私は小泉八雲の本でかねがねあこがれて居たミカドの国を見物に来たのに、其処には最早私の望むものは一つも見られはしなかつた。猿真似の日本人よ！　お前達は何故《なぜ》又、アノ美しいキモノを捨てて、お前達のやうな足の短い胴長に少しも似合はない洋服なんぞを着《つ》けたがるのか？　欧洲の美術に革命を起さした雪舟や北斎の国の人が巴里指して東洋風でない絵の修業に出掛ける者何十人何百人といふのは、これは又どうした事か？　私の国でも二流三流所のビルデイングや、文化住宅といつては安つぽい洋風擬ひの建築を建てて喜んで居るお前達の気が知れない。自分自身の持物の美しさと価値を知らぬ今の日本人の情ないことよ！　私達はもう今日、日本へ来て見且学ぶべき何物をも見出さない！』

◇世の所謂国粋保存論者達よ、かう云ふ風の偽らざる西洋人の批評を聞いて『それ見たことか、貴様達のやうな外国かぶれの、西洋模倣屋の、その本家本元である処の西洋人こそ却つて此のやうに日本の西洋化を嘆いて居るぢやないか。西洋でも本当に日本の為めを思ふ人は日本の国粋を賞めて居るのだ！』などと見当違ひの結論を作り上げてはならない。暫時私達の言分に耳を傾け給へ。

◇一番先きに考へるべきことは新日本の理想は如何といふことだ。新日本人は、春の桜と秋の紅葉とさうしてフジヤマとヨシワラとゲイシヤ・ガールとミヤコ踊りとを見物に来る処の西洋人殊にお隣りの米国人の落して行く小金を目当《めあて》として東洋の隅に小さく生きて行くことを国是（？）とすべきや。それが為めには東洋趣味といはうか彼等の謂ふ所の日本式特異性なるものの極端なる発揮が極めて必要であつて、観光客の好奇心もそれによつて満たされ、従つて国に落ちる金高も大に増して来る理である。それとも又柄にも無い謀叛気を起して、泰西第一流所の文明国の行ふ所を我も行ひ而も尚彼等と伍して少しもひけをとらぬやうに、手つ取り早く云へば、テニス界の熊谷や球突きの山田浩二や洋画の藤田君の如き行き方に倣ふべきやと云ふのだ。

◇我尊敬すべきビアード博士が、たとへ日本の風物を愛好するの余とは云へ、其意見の中に「骨董品としての日本」を余り多く見て新日本の精神を深く了解されないやうな言葉を吐かれたことは残念の極みである。はじめから『日本の美術家と建築家とが日本の帝都を西洋風の設計と建築とを以て、非凡なる品位を与へる点に於て欧米の美術家や建築家を凌駕し得べしとは信ぜられない』と云つて博士は日本人の腕前を否定して掛つて居られるのではないか。

◇尤も、打眺めた処事実欧米殊にヤンキーの貧弱な模倣だらけな此国を見ては、日本贔屓の西洋人が右のやうに思ふのは一応も二応も無理からぬ話であるが、『欧米の美術家や建築家を凌駕し得べしとは到底信ぜられないから』といふ前提から出発して居る処の意見に賛成することは、たとへそれが真実国粋保存の意義に適つて居ても、又日本人にその能力のあるなしは別としても、吾々日本人の到底堪へられる処ではない。

◇詮じつめれば、彼等異人の眼には日本人はまだ小供なのだ。小供は小供らしくして其特異性を発揮して居れば大人に好かれるのである。処がだ、日本といふ其小供がどうあつても大人の真似がして見度くて堪らないのだから彼等から見て誠に始末に了へない。親父の帽子を被つてガバガバな靴をはいた態は滑稽にして失敗だと見へるかも知れない。併し小供本人はそれで居て仲々得意なのだからどうも致し方が無い。

◇その小供は物心が付いてから色々と大人の真似をして見た。政治に経済に教育に司法に軍事に。そして僅計りの取除《とりの》けを除いてそれ等の大部分が概ね成功をかち得たのだから決して笑ふ訳には行かない。私の専門の海軍に就ても、最初は英国から御雇ひ教師を招聘して、西洋の真似をして作つて見た日本海軍は、物の美事に支那もロシヤも打ち破つて仕舞つたのではないか。

◇其当時はまだ、立派な軍艦は国内では造る事が出来なくて外国殊に英国の造船所に注文するのが例になつて居たのだが、それが今日では扶桑、陸奥、伊勢、日向と云ふ具合に、凡て日本の技術家の設計と建築（?）とを以て造られつゝある計りでなく、遂には三大海軍国の一に位して、海軍休日《ネバーホリデー》の前の最後の大戦艦「長門」及「陸奥」は設計工事威容共世界に冠たる代物だと迄言はれたではないか！

◇最後に呉々もビアード博士に御断りして置くのは、新帝都建設に当つて、新都が外国旅行家に興味を与へるや否やと云ふ事を余り問題にすることを謹んで頂き度いと云ふ事である。申す迄も無く今日迄外国人の観光客が年々我国に落して行つた金額は相当の高に登つて居るであらう。併し外人の落して行く金で暮して行くために、外人の好尚に迎合するやうな都市を作れと云ふことを思はせるやうな御意見を採用するには古来日本人の頭《づ》は余りに高い。ジヤパン・トーリスト・ビユローの仕事やお寺のやうな奈良ホテルを建てて漫遊外人の意を迎へて居る鉄道省辺りの仕事を見て日本人全体の理想を曲解してはならぬ。而して又仮令日本の現状がその理想の半ばにも到達して居なくても。

◇要するに西洋人の批評といふものは一般に、己れを一段高い処に置いて——丁度大人が子供を見るやうな態度を以てなされた処のものであつて、せいぜい善意に解釈しても、日本をただ小さな可愛らしい国、自分達の好奇心や趣味を満足させて呉れる処の珍らしい国として残して置き度いと思つて居るに過ぎない。それは西洋人として誠に無理からぬ希望であり、尚又この程度の日本贔屓でも日本を理解する外人の少い今日では日本にとつて誠に有難い位の人達ではあるが、既に我国及国民を一段と見下げてなされて居る所の彼等の日本趣味保存論を聞いて百万の味方を得たやうに自惚れる所謂附の国粋論者こそは誠に以てお芽出度い限りと云はなければならない。

三　新日本の表現が第一

◇役者が西洋人である場合は勿論の事、たとへそれが日本人である場合でも、西洋に居て日本の芝居を見せつけられた時は誰しも一種いやな感じのするものである。それの原因は彼等の所謂日本風《ジャパニーズ・スタイル》と称する風俗から来るのであるが、西洋人の役者の場合には多くの日本人の生活に対する無智から、そして又日本人の演ずる場合には同じやうに無智な観衆の趣味に迎合するために故意《わざ》と仕向けられた結果、登場人物の風俗習慣は恐ろしく畸形的な日本の代表である。吾々日本人の今日の生活とは勿論似も付かぬ場面であるが、さりとて歌舞伎に現はれるやうなものとも違つて居て寧ろ吾々には支那の様式の濃厚な臭味がする処は、日本贔屓の西洋人が建てる日本風茶室《ジャパニーズティーハウス》と称する建築物とよく似て居る。

◇さて、舞台に於ける此風俗や装置が本物の日本とは似も付かないので、吾々日本人には物事を正当に表現して居ない処から来る一種いやな感じ——腹立たしいやうな心持ちがするものであるが、それで居て観客たる西洋人には拍手大喝采と来る程充分満足なのだから実に世の中は面白いものだ。

◇日本人としてこの変挺な気分を味ふ一番簡易な方法は、今は丸焼けとなつて仕舞つたから何とも取り返しが附か無いが、震災前ならば横浜は弁天町辺りの西洋人相手の店へ行つて見ることだ。Japanese silk store とか Japanese curious といふ看板のブラ下つて居る店には、勿論広重や歌麿やのイカサマ物も沢山並んで居るが、それよりも日本人の眼にも curious に感ぜられるのはキモノと称する西洋寝衣の出来損ひに「ヨコハマ絵」と称する珍妙なペンキ画である。

◇ビアード博士の謂ふ所の「日本趣味」がこのキモノやヨコハマ絵や乃至は奈良ホテル式建築物の程度のものであるかどうかは遂に私の知るを得なかつた処であるが、帝都復興に従事する官民諸君が若し、上記のやうな日本趣味を公共建築物にとり入れるのであつたならば、それは近代の堅実なる日本人の趣味の正当な表現としては余程懸け離れたものであることを忠告しなければならない。

◇彼等の「日本趣味」の多くは日本人にとつては実は支那趣

味であつて、日光の東照宮のやうなゴテゴテした装飾は簡明直截単純淡白を尚ぶところの吾々日本人の趣味とは本質に於て相容れない所のものであつて、其点で新時代の日本人は寧ろ泰西藝術の或物に多大の共鳴を感じて居はしまいか。

◇尚又復古的藝術の採用も此際断然と斥けるべきである。何となれば今日の日本人は最早昔の日本人とは違つて居るから、それに対してハラキリ時代以前の藝術を望むのは望む方が無理である許りでなく、強いてそれを表現しやうとすればそれは何等の誠意も認められない力の弱いものになつて仕舞ふ筈である。虚偽は常に藝術ではあり得ない。

◇復興の大業に当る諸君よ。諸君の藝術的標語は新日本の表現である。而してこれが表現に必要なるものは、たとへそれが泰西藝術の採用となつて表はれて来たとて諸君は毫も憚る処はない。その昔吾等の祖先が摸倣した支那の藝術が、今日となつて多くの日本愛好者を驚かして居るやうに、他日諸君の採用した泰西藝術が換骨奪胎して世界に誇るところのものとなつて顕はれ出た時に、諸君の子孫は諸君の達識と聡明に対して感謝の辞を惜しまないであらう。本質に於て特異性を持つ国民はやがては泰西美術をも日本化しないでは置かないから。

（十二年十二月五日）

（「中央公論」大正13年2月号）

市民の為に

柳田国男

窓を開けば淙々《そうそう》として年の瀬の音が響いて来る。此暮《このくれ》は話にならぬ不景気と伝へられるが、必ずしも市《いち》に立つ人の感想のみに依《よ》つて、時代の移り向ふ所を判断するわけには行《ゆ》かぬ。多くの不完全なる計画、又は不合理なる胸算用が、押詰まるに随《したが》うて愈《いよいよ》紛糾を加へ、未解決の苦悩を以《もつ》て慌しく歳《とし》の境を越えて行《ゆ》くことは、今や都市生活の久しい習癖と為《な》つて居《ゐ》るが、此《かく》の如《ごと》き促迫した世相の由《よ》つて来《きた》る所に就ては、夙《つと》に闡明《せんめい》せられねばならなかつた大《だい》なる疑ひがある。愛する内胞の為《ため》に彳立《ちよりつ》して、静かに観照すべき任に在る者が、相率《あひひき》ゐて各自の奔走を事とするのみならず、却《かへつ》て此《こ》の混乱と動顚《どうてん》との裡《うち》より、次の年の新幸福を見出《みいだ》さんとするが如き風あるは、恐らくは政治の一つの疾《やまひ》である。過日の同情週間の短い経験に於《おい》ても、既に吾人《ごじん》は若干の意外なる事実を収穫した。我邦《わがくに》の貧窮研究が、今尚甚《いまなほ》だしく進んで居《を》らぬことは其《その》一であつた。此方面の社会運動には、不必要なる分業制があつて之《これ》に携はる少数の篤志者は、甘んじて其活動の区域を狭隘《けふあい》にし、民衆と共に根本の理法を討究するの挙に出《いで》なかつた為《た》めに、外界多数の頼もしい手と心臓とは、今まで曾《かつ》て不幸なる友の為めに、動くべき機会を得なかつたことが発見せられたのである。所謂《いはゆる》街頭の景気不景気の如きは、未《いま》だ必ずしも此《こ》れ等《ら》厳粛なる社会事象を反映し得なかつたことが、之に由つて最も明白に証せられ、寧《むし》ろ軽佻《けいてう》なる中流消費者の歓呼に埋没して、耳を傾けられなかつた飢寒の声の、更に一層の痛ましさを想《おも》はしめる。最近経済界の一般の悲況に就ては、原因もあれば責《せめ》を帰すべき者もある。而《しか》も一たび其影響が弘《ひろ》く下層に及んだ以上は、之に伴うて世の中が寂しくなるのは、寧ろ自然の現象であつて、徒《いたづ》らに表面の粉飾《ふんしよく》を喜んで、反省改革の機会を遅延せしめんとするのは愚な話である。

食糧の市価が労力需要の減退にも頓着《とんちやく》せず、常に騰貴の傾向を示して居《ゐ》るのは痛心の至りである。殊に今年は霜雪早く臻《いた》り、頻々として火警《くわけい》がある。バラック数の減少は聊《いさゝ》かも市民住屋の改良を意味して居《を》らぬ。大震災以前に比べると、市の内外の建坪は大いに縮まり、人口だけは略《ほゞ》元の数に復した。粗造なる家屋の中に折重なつて、僅《わづか》に人いきれを以て炉火に代用して居《ゐ》る境遇の者が、果して悠揚として歳を送り、凞々《きゝ》として春を迎へることが出来るであらうか。考へて見ねばならぬと思ふ。殊に世上の注意を洩《も》れて居《ゐ》る一事は、今の東京の市民と称する者の大多数が、一代以内の来住者であることである。朝夕の電車や工場の中に於ても、耳にする所は郷音と土語であつて、首府は即《すなは》ち地方人を以て組織すと言ふも誇張でない。従つて短期間の生活の激変が、彼等にとつて一段の試練であることは言ふ迄《まで》も無く、其聯絡《れんらく》結合の疏鬆《そそう》であつて、自ら防禦《ぼうぎよ》するの術《すべ》未だ備はらざることも推測に余りがある。然《しか》るにも拘《かゝは》らず、地方に留《とゞま》つて地方の為に謀る諸君は、彼等が近く手を別《わか》ちたる子弟なることを忘却し、常に相対峙《あひたいじ》する競争者として、之を視《み》んとする傾きがある。復興の政策の唱へらるゝや、ともすれば国の恩恵の市民に偏重ならざるかを猜《うたが》ひ、之を嫉《ねた》まざる迄も大に警戒せんとして居《ゐ》る。取引行為は本来営利が目的であれば、我は乗じ他には乗ぜしめざらんとするも怪むに足らぬが、国家を一体として企画せらるべき問題に就ても、終始割拠《かつきよ》の態度を改めぬ者が多いのである。此の如き同情心の欠乏、又は異階級的感情には、恐らくは相応の理由があらう。例へば文化の中央集権、少数者が壟断《ろうだん》して居つた特殊の地位利益、乃至《ないし》は都市と云《い》ふ概念に代表せられて居た軽薄なる実業家の態度などが、何時《いつ》と無く固有の情愛を曇らせて居たことゝ思ふ。併《しか》しながら不幸なる多数の市民は決して之に与《あづか》らず、而も其苦痛は今や急いで救はねばならぬ点まで進んで来て居《を》るのである。

首府の機能は到底現在の儘《まゝ》では発揮せられない。其欠陥を発見し能《あた》はず、従つて事情を国内の同胞に説くことが出来なかつたのは、勿論《もちろん》政治家の誤りであるが、一方には又単に疎遠を理由として、此の如き困窮を看過し、救済の政策を冷淡に批判し、空《むな》しく勢ひの極まるを待つが如きは、断じて国を懐《おも》ふ者の道徳では無い。世界人類の平和は、呪符《じゆふ》を以て之を招致することは難い。必ずや国民相互の諒解《りやうかい》と協同を基とせねばならぬ。政党者流の、為にする所ある論争に超越して、今一段と広く高い見地から、来年は静かに国の経済政策を攻究して貰《もら》ひたいと思ふ。

(「東京朝日新聞」大正13年12月30日)

大正十二年を送りて 大正十三年を迎ふる辞

大正十二年を送りて 大正十三年を迎ふる辞

長田秀雄

「夢が浮世か、浮世が夢か……」と、私の愛好する壺坂霊験記の語りだしにあるが、実際、我々はこの大正十二年を送つて、恰かも、過ぎ去つた瞬間の悪夢のやうな印象を感じたのである。

念へば今年くらひあはたゞしく過ぎ去つた年はない。よく老人などが、年を重ねるに従つて、一年を短かく感じるやうになると云ふ。私たちにしても、まだ、世の中の実際を知らなかつた子供の頃のお正月の待遠しさを思ふと、この頃の月日の立つ早さには、打驚かされるのであるが、それにしても、今年くらひ早く過ぎさつた年は、稀である。

今にして顧みれば、一年三百六十五日がわづか、一瞬間の間に飛去つたやうな気がする。即ち、その一瞬間とは、あの大地震の時の事である。

既に過ぎ去つた大地震を今再び思出すのは、私としてもたへがたい気持ではあるが、この大正十二年と云ふ年が、あの大地震によつてのみ記念されてゐる以上、大正十二年を語れば、自然と、大地震に及ばざるを得ないのである。

此上もなく正確なやうで、実はきはめて不正確なのが我々の記憶である。仔細に考へてみれば、今年の初頭よりさまざまの事件があつたには違ひないが、すべての事件は事の大小となく、みな、あの大地震に吸収されてしまつて、我々の脳裡には、さらに姿を止めてゐないのである。

たゞ、一つ、今年初頭の事で、今でも鮮やかに、私の心に残つてゐる事がある。何新聞であつたかハツキリ覚えてゐないが、米国の電報として、今年はベーリング海峡を通る寒流の位置が変化してゐるやうだから、日本の北部には飢饉が襲ふだらうと云ふ学者の言を伝へてゐた事があつた。それから一月もたつてからであつたか、信州の諏訪湖の表面が例年全部氷つてしまふのに、今年は中央部に氷結しない部分がある。土地の故老たちは、諏訪湖が氷らない時には、何か凶変があると云つて恐れてゐると云ふ事が、やはり何新聞かに出てゐた。

一体一昨年あたりから、地震が頻々とあつたり、雨が多すぎたり酷寒酷暑が襲つてきたり、どうもわが日本の気候は順調ではなかつたやうだ——私はそれらの新聞記事をみて、ひよつとすると、何か天変地異があるのではないかと云ふ恐怖を心ひそかに抱いてゐたのであつた。

然し、大地震が来やうとは思はなかつた。もし、やつてくれば、大飢饉であらうと想像してゐた——然るに、突如として、大震一過、帝都を一片の焦土と化してしまつたのである。まことにはかり知られぬ天の命運ではないか。

魂も消ゆるばかりの不安恐怖に悩まされた数日は、いま、わが心に歴々として残つてゐる——かくして、私たちは、やうやく人らしい心持を回復してきた。

年の暮がせまつてくると一緒に、世間は段々静まつてきた。そして、大東京の街区には、隅から隅まで、釘を打つ丁々たる音、板をひく鋸の響がみちみちてゐるのである。

いま、暖かな南の窓の下に机を据えて、静かに黙想して居ると、冬の日射の光の内に、賑やかな東京造営の響が、夢のやうにきこえる。それをきくと、私の心は、自から和《なご》んでくるのである。

が、然し、あの凄惨な大地震の印象は、我々の心から去つてしまつたのではない。大震大火、鮮人虐殺と相つゞいて露はれた天変と、人心の惑乱とは、史上稀にみる処である——今にして思へば、あの震後の夜、空は怪しく晴れわたつて、仲秋の大月が異様に青ざめた光を投げてゐる時、処々に起る銃声をきゝながら、街路の上に野宿をした心持は戦慄なしには、どうしても心に浮んで来ないのである。——殊に全市を焼いた火焔の光が、天の一方に集積した怪奇な雲に音もなくうつゝてゐた光景は、私たちの魂にきざみつけられて、汚点の如く残つてゐるのである。

大正十二年はかくして大凶の内に過ぎてゆく。私たちは幸にして、生命も財産も全うし得たのである。そして、新らしく来るべき十三年を迎へんとしてゐる。

この頃私は燈下に坐して、幕末維新の歴史を読んでゐる。はからずも私は安政年度の大地震についてくはしく知る事が出来た。

安政の地震は、東京を破壊した事は、今度よりもはるかに大きかつたらしいが、火事はさほどではなかつた。

私が、今回の大震と比較して興味を感じたのは、地震前後の時世についてゞある。

安政の大震の時は、丁度、黒船が極東に隔絶して西洋の文化を知らなかつた日本に現はれて、天下を驚かした時である。尊王攘夷と佐幕の議論に世をあげて没頭してゐた時である。

クーデタァと暗殺とが、京都と江戸とを戦慄させてゐた。黒船と異人とは、凶禍をもたらす禽獣のやうに、嫌はれ恐れられてゐたのであつた。

今回の大震に際して、露国からわざ〳〵救済の材料を積んでやつてきたレニイン号を追帰した事なども思出されるのである。

大杉氏平沢氏等の横死、甘粕大尉の心事など、興味ふかく当時の幕府の役人、志士の行動と比較されるのである。かくして、暗憺たる空気の内に兎も角も時代の力は、あらゆる反抗を押破つて、王政維新の世を開いたのであつた。

我々は大正十三年を新らしく迎ふるにあたつて、封建時代を押破つた時代の力を痛切に考へさせられるのである。無論、今回の大震や、安政の大地震が、直接、時代の急激な推移に直接の関係はないかも知れない。が、然し古来の歴史を考へると、大地震、大飢饉と云ふやうな天変地妖の前後に、民心の覚醒が伴なつて起つてゐる事が多いのである。

これ迄、私たちは、感情の上では、現在の社会、都会の現勢などを、しらずしらず永久の相と思込んでゐた。大地震や、大飢饉くらひで、社会の組織が、あゝ云ふ風に乱れやうなどゝは少しも考へてゐなかつたのである。また、東京に、あんな歴史にもないやうな大火が、この防火設備のとゝのつた大正の今日起らうなどゝは、夢にも思つてゐなかつた。

然るに突如として我々の信念はくつがへされた。美くしい女の笑顔が、みるみる内に、髑髏に変じてしまつたやうな気がしたのである。

人生の悪夢に襲はれた私たちは、慄然として、何等成すところもなく、たゞ、立ちすくんでしまつた――人生の意識が、戦慄してゐる内に変つてしまつたのである。

人間は如何なる災難に会つても、決して希望と空想とを失はない者である。新らしく来る大正十三年を迎ふるにあたつて、私はやはりこの事を深かく感じてゐる。

私の希望と空想との内に現はれた大正十三年は、この大地震によつて、すつかり破壊されてしまつた過去の因襲たる明治以来の翻訳的文化から離れて、民族の独創を重んじた文化が生れるであらうと云ふ事である。

我々の踏む大地には、甘美な野菜と、美くしい植物とが繁茂してゐる。土に合ふ物はすべて生きるのである。

思想の曙光に明けんとする大正十三年

小川未明

大正十二年は、「大正大地震」によつて、永久に記憶されるでありませう。

さういふ意味からでなく、私は、もつと十二年が、私達にとつて意味深い年であつたと思ひます。それは、私達の真価を、真に見せてくれたからであります。

私達は、恐らく、いまゝで、自からを進歩した人間だと思つてゐたでせう。少なくも、事実に現はれた、人間よりは、進んだ、発達した人間であると思つてゐたにちがひない。事実に現はれた、私達兄弟は、あまりに野蛮であり、狂暴であり、無反省であつて、一種厭悪な感じすらさせるからであります。

私達は、庶民を見ること、さながら犬馬の如くであつた、過去の武力万能の時代を、決して、文化の進んだ時代と思ふことができない。たとへその時代に於ての至高の感激に対する犠牲的精神の如きは、実に美しかつたにちがひないが、同胞を見るに、斯の如き差別を設け他人の生命や、幸福や、平和を顧みなかつたのは、たしかに野蛮であつたといふことができるからであります。

その時代を顧みて、今日に至るとたしかに制度の上に革まるものが多かつた。そして、文化は促進された如くに見られた。このやうに、西欧の文明は、移植され、また学校は、諸処に数限りなく建設されて、これを見たゞけでも、凡そ、物質文化の一般を知ることができるからです。

私達は、斯の如くにして、自分達の思想も道徳も、生活も向上したと信じて来た。しかるにこの文化の爛熟期に当つて、かの大地震があつたのです。

大地震の結果は、何を生じたでせうか。持つてゐる物は、みんな失はれた。壮麗な街も倉の中にしまつてゐた財産も、ありとあらゆる形の上にあらはされたもの、即ち大東京、横浜に於ける物質文明は倒潰し、亀裂を生じたのであります。このことは、ちやうど、金持が、金を無くしたやうなものです。昨日までは、いかやうに沢山財産を所有してゐた金持でも、今日それを失くしてしまへば、もう金持ではないのであります。その者が、昔、一介の百姓であつたら、また、今日は、一介の百姓に過ぎなくなつたのです。もはや、彼には、誇る何ものもあるのでありません。

しかし、その男が、教養されてゐたなら、たとへ富は失つても、決して、それがつまらない人間ではなかつたでありませう。

私達は、一時、あの社会の混乱期に際して、みんなの取つた態度を何う見たであらうか？　それは、同胞のために、遺憾がなかつたらうか。果して、人類に対して、封建時代よりは、遥かに進んだ考へを実地に有してゐたゞらうか。そして、理性によつて、不安と迷妄とに、よく処すことができたであらうか。このことは、自警団事件、主義者虐殺、それらによつて、私達に非常に疑問を生ずるに至らしめたのです。

私達は、もつと私達兄弟に対して信じてはゐなかつたでせうか？　少なくも、これ程までに、惨虐なことが、私達兄弟の手によつて、もし一朝事変に遭遇して、精神が興奮したら、いつでもなされる恐れがあると、平常、互に顔を見合つて、笑つたり、語つたりする間に思つたでありませうか。私は、そのことを考へると、惑ふのあまり、奇異な感じにすら、捕へられるのであります。

けれど、それは、事実であつて、今や、これを疑ふ余地はない。私達の真価は、そこに止まつてゐたのです。たま〳〵震災によつて、暴露されたので、もし、震災がなかつたら、私達は依然、真価以上に自分達を信じてゐたことでありませう。が、危険も、またそのまゝ隠されることによつて、一層の危険があつたでせう。そしていつか、その機会がきたら、突発すべく、決して、永久に、暴露せずにゐることはなかつたでありませう。

震災は、私達に、未曾有の苛酷な犠牲を払はしたけれど、それがために、私達の持つ危険性を暴露して、私達に、反省の一日も早からしめることを得たのは、この点だけは喜ばなければならぬと思ひます。

過去五十年間の文化は、その施設に於て、つとめたと言はなければなりません。前にもいつたやうに、学校の数からいつても、驚くべきものがあります。そして、五十年の歳月は、短かいといふことはできない。それにかゝはらず、理性に於て、道徳に於て、思想に於て、たいした進歩を、その外的文化に比較して、見られなかつたのは、どうしたことか。何人も、先づ疑ひをこゝにかけなければなりますまい。

私は、五十年の文化は、たゞ資本主義的文化であつたがためと言ふことを憚かりません。即ち、物質中心の文化であり、模擬的文化であつたからです。

教育も、科学も、すべて、物質主義のための教育であり、科学であつて、それは、決して、人生や、正義を、対照としたものでなければ、悉く、功利主義に、その根柢を置いてゐたからであります。

真理と科学とは、人生のために、追究する性質のものですけれど、学校はこれを個人の利益を得るために教へてゐたところだつたのです。功利主義、個人主義、物質主義に、教育された人々が人類愛、人生愛に、欠如するのは、蓋し、怪むに足らない結果だつたのかも知れません。

資本主義制度の上に、立脚した、学校教育は、人生的、若しくは、人間的に、徹底したなら、成立し得るものでない。それは、根柢に矛盾を有するからです。けれど、もし、文化の精神が、人類の平和、幸福になかつたら、また、至善、至高の感激になかつたら、教育の第一義を忘却したものと言はねばならないのです。

かゝる間に、私達は、庶民階級の思想戦が、民衆感化につとめたことを記憶しなければなりません。言論に於て、藝術に於て、いまだ所期の目的に達するには、遠いとは、いへるけれど、反動的思想がやゝもすれば、暴威を肯定せんとする際に、真理に対して、常に、敬虔に其れと進行を共にしたのを記憶しなければなりません。

現政府は、今議会に、普選案を非常な決意にて上程するさうであります。こゝに至つたのは、必然の結果であります。そして、民衆の意志が、つひにこゝに至らしめたもので、今更通過するのを異としないのです。たゞこれによつて、民衆の自由、幸福がどれ程までに増進するか、こゝに言ふことはできませんが、人間平等の権利の主張が、民衆の理性に徹したゞけでも嬉しいのであります。

普選が、無産階級の解放運動から見ても、その過程であるといふ考察は、正しく当を得てゐるやうです。なぜなら、真理は、いつまでも停滞を意味するものではないからです。労働者が、真に、自己の解放を望むならば、一つの概念に、いつまでも囚へられてゐる筈はないからです。

政治を、常に、権力そのものと見て、政治の目的を、私達は考へずにはゐられないからです。暗流であつた無産階級の思想戦が、現実の表面に立つて、争はれるだけでも、無産階級は、階級戦に、有力な地歩を占領したといふことができるでありませう。

まさに、大正十三年は、堂々と表面に立つて、民衆の意志を表白する自由の第一年でなければなりません。

私達は、震災当時、いかに、一方あゝした誤解があつたにかゝはらず、一方には、少なからず、相互扶助の暖かなる感情に、相触れ合ふことができたか、これを見ても、人間相愛の目的が、決して空想に終らないことも信ずるものです。

私達は、各自の地位について、最善の努力を、新社会建設のために致さなければなりません。

藝術、思想にあつては、すべてが、人間が真生活を営まんとする運動のために、存在の意義あることを強く意識すべきです。庶民階級の思想、藝術家は、最も勇敢に、思想戦に於て、ブルジヨアに挑戦すべきです。

——一三、十一——

新しい芽

田山花袋

去年の後半期に起つた惨憺とした光景は、単に外面ばかりではなく、心の内部にも、さうした消長が、興廃が、絶えず繰返されつゝあることを私は考へて見た。「廃墟」は常に人間の心の内部にある。心理的にある。決して一時の出来事と言つて了ふことは出来なかつた。

　私は『再び草の野に』を書いた時分のことを頭に繰返した。また『廃駅』を書いた時分のことを、『新しい芽』を書いた時分のことを頭に繰返した。その時分は何故か『廃址』といふことが深く私を動かした。私の頭の前にあらゆるものの亡びてのみ行くのを注意して眺めた。

　何んな歓楽でも、何んな事業でも、また何んな努力でも、すべて時の間に過ぎ去つて了ふものであることを私は痛感した。私は大きな自然の中に置かれてゐる人間の位置の何んなに小さくあはれなものであるかを思はないわけには行かなかつた。そしてその中にも時は経過して行つた。いろいろな廃址——心の廃址が常に私の眼の前にあつた。あの天下を騒せた有島氏の事件なども矢張その廃址のひとつと言ふことは出来なかつたか。

　従つて私の今の考へでは、あの地震などもその時分から私の体と心との中にちやんと巣を食つてゐたのであるといふ気がした。否、更に一歩を進めて、あの地震の予言ぐらゐは出来たかも知れないといふやうな気がした。矢張、あれもこの大きな自然のリズムの一つであるといふ感じを私はつくづく深く味つた。

　尠くとも、あの地震の前と後とでは、心の持方が非常に違つた。その災厄に実際に遭遇したものは勿論、それを見ただけのものでも、いろいろな感じをそこから受けた。滅びるといふこと、原始的になるといふこと、得体《えたい》のわからない大きな不安な自然といふものに身を托してゐるといふこと、何うなるか知れないといふ恐怖、贅沢な生活と簡易な生活との区別——その他にも沢山に沢山にあつたであらうと思はれるが、兎に角そこから種々な感じを受けることは確かだ。それは人間だから、由来無意識に——成るたけ何も知らずに生きるやうに自然から拵へられてある人間だから、さういふこともぢきに忘れて了つて、また元の木阿弥に成るのはそれはわかり切つてゐるけれども、しかし、その前と後では、著しく真面目になつて来てゐるといふことは争はれない事実だ。

　私達はあの震災前の疲れた、爛れた気分を一掃しなければならない。中途半端のデカダンを捨てなければならない。虚栄と偽善とを排さなければならない。そしてこの大きな自然の中にぽつねんと置かれてある人間といふものについてもつと深く考へなければならない。更に言ひ換へれば、私達は一度壊れた「廃址」の中から更に新しい芽を求めなければならない。

　しかし、新しい芽は何うしてそこから萌え出して来るか。何うしてそこから生れ出して来るか。以前の古い衣や汚れた襦袢を脱ぎ捨てた新しい恋は、何ういふ形と何ういふ色彩と何ういふ感じとを持つて私達の前にあらはれて来るか。それははつきりとはわからないけれども、しかし私達はそれに向つて大きな期待を持たずにはゐられなかつた。大正も既に十二年を過ぎた。本当に新しい藝術が波を挙げ渦を巻いて来るのを待つのも、あながち空想とばかりは言はれまい。

自然に還れ

上司小剣

太陽のぐるりを、地球が一とまはりする所謂公転の一回を一年間とすることに、我々は教へ込まれて来た。さうしてそれを信じなければならないやうなことに余儀なくされてゐる。『さアこれで一とまはりしたぞ。』とでも言つて、地球がそこで一と休みするならば、正月とか新年とかいふことも、だいぶ意味のあるものになつて来るけれど、地球はそんなことに頓着しないで、正月も盆もなく、働きつづけて、頻りに『時』を製造してゐる。公転も私転もお休みなしのブツ通しだからえらい。……といふやうなこともまた、科学といふものが、我々に信じさせやうとしてゐる。

大正十二年を送つて大正十三年をこの島国の上に迎へたと言つても、大自然の上から見れば何んの区切りがあるわけでもない。……と、また分り切つたことを、仔細らしく考へたくなる。『公転によりて四季を生じ、私転によりて昼夜を作る』と教はつたのは小学校であつたか中学校であつたか、だいぶ前のことで忘れてしまつたが、しかし現代の科学はまだそれを変へないらしい。地球が円いなんて言つたとて、誰れも掌に載せてころがしてみたものはないから、ほんたうのことが分るものか、と疑ひ深く生み付けられた私は、子供の時さう考へて、今にまた地球は平ツたい、と教へてくれる先生が出て来さうに思はれてならなかつた。ところが今日まで無事に、地球は円いといふことで通つて来た。これから幾年つゞくか知らないが。……『日本は世界の東の端《はし》にある。だから極東といふのだ。太陽は東から出る。即ち日本は日出づる国だ。日の本《もと》だ。』と、教へたのは、地球が円い、と教へたのと同じ先生であつた。『先生、円いものがぐる〳〵廻はつてるのなら、どこが東やら西やら分らないぢやありませんか。』と、幼い頃の私の頭は、それがわからなくて、先生に問ふた。すると先生は、持つてゐた扇子をさつと拡げて、『これを地球とすれば、こゝが東で、日本だ。』とかなめのところを指さし、『小さくとも日本はえらい。世界のかなめなのだ。』と、にこ〳〵して言つた。

『先生、それぢや地球は円いんぢやなくて扇を開いた形をしてゐるのですか。』と問ふたのは私でなかつたが、先生はまたにつこりして、『理科の時間には地球が円くなるし、歴史の時間には地球が扇面の形になる。まことに重宝なものでなア。』と言ひ言ひ、扇をたゝんでポケットへ入れ、この扇子といふものも甚だ重宝なものだ。場合によつて形が変る。とでも言ひたげな顔をした。

丁度其の頃のことだ。私は人がお正月お正月と言つて騒ぎ立つて、お正月が来ると一つ年を取るのだと、嬉しさうに言ふものもあれば、厭《い》やさうに託《かこ》つものもあるので、何んでもこれは大晦日の晩から元日の朝へかけて、身体《からだ》が急に大きくなるのだと、思ひ込んでしまつた。そこで大晦日の晩に寝る前、柱へ身体《からだ》をおつ付けて突つ立ちつゝ、頭のてつぺんに当るところへ、白墨でしるしを附けておいた。さうして元日の朝、父が若水を汲む物音に眼をさまして、跳ね起きるなり、早速黒光りのする柱のところへ行つて、どれくらひ身の丈が伸びたかと、白墨のしるしのところで測つてみたが、一分一厘も伸びてはゐないで、大晦日其のまゝの旧《ふる》い身体《からだ》だ。なアんのことだと、私は失望もすれば、馬鹿々々しくなつて、全くお正月といふものを祝ふ意味がわからなくなつた。年が新らしくなつたと言つたつて、父も母も同じ顔、同じ様子をしてゐるではないか。何が新らしいのだ。何の為めに、表へ松を立てたり、大騒ぎをして去年のうちに餅を搗いたりしたのか、私には少しもそれがわからなかつた。しかし、若しやと思ふ心もあつて、元日のくるゝまで、私は幾度か黒光りのする柱の側へ寄つて、白墨のしるしと頭のてツぺんの高さとを比べたが、私の背丈は大晦日の晩と少しも変らなかつた。

なアんのことだ。これでは正月といふものを迎へる理由が少しも分らないと、私の子供心はまたさう思つた。昨日の自分と、今日の自分と少しも変つてゐないのに、何故に年が新らしくなるのか、不審にたへなかつた。これはいけない、白墨で引いた線を、誰れかゞいたづらに消して、低く下げて引いたのかも知れない。一寸ぐらゐ下へおろして引きなほしたにちがひない。父や母はまさかそんないたづらはすまいけれど、事によつたら下女の仕業《しわざ》であらう。あいつなか〳〵わるいやつだから、と私はさう考へて、今度はもう消されないやうに、其の黒光りのする柱の、私の頭のてツぺんと同じ高さのところへ、小刀で横に深く溝を刻り付けた。かうやつておけば、あの下女も、この深い溝を下へさげることは出来まい、ざまア見やがれと、得意になつたものゝ、新年はもう一年待たなければ来ない。昨日の大晦日にこの深い溝を柱に刻り付けておけば今日の元日に自分がどれだけ大きくなつたか、よく分つたのに、あたら下女のいたづらで、折角の計画を台なしにされてしまつた、残念なことだと、私はもう下女を悪者にきめてしまつて、ひとり奮慨してゐた。それほど私は人間といふものが、大晦日の晩から元日の朝へかけて、一度に少しづゝ大きくなつて、やがて大人になるものと思つて、固くそれを信じ切つてゐたのだ。低能児と言はうか何んと言はうか。しかし、老人が大晦日から元旦へかけて、一時に身体が萎びたり、皺が殖えたり、白髪になつたり、頭がテカ〳〵したりするものとは考へなかつた。

私の子供心のさうした愚かな考へは、其のまゝ其の年もつゞいたが、時々あの黒光りのする柱の側へ寄つて、自分の刻り付けた深い溝の線と丈くらべをしてゐるうちに、何んだか少し其の線よりは自分の身長《たけ》の方が高くなつて来たのを感じた。これはをかしいぞ、まだ正月にもならないのにと、首を傾けると、傾けたゞけ低くなつた頭のてツぺんが、丁度柱に刻りつけた溝のところに当つて、頭を真ツすぐにすると、てツぺんの方が少し溝よりも高くなる、若しや黒光りのする柱が土の中へズリ込んだのではないか。それとも、足元の板の間が少しせり上つたのではあるまいかとも思つたほどであつたが、古いけれども岩乗な家で、底洗《そこつ》磐根《いはね》に宮柱太しり立て、と言つた風な、大きな固い礎石の上に載つてゐる太い柱だ。今俄に地中へズリ込むわけがない。板の間とて鏡のやうに光つた厚い板で、寸分の狂ひさへ生じて居らぬ。いつだかの大地震に、あの大仏殿の大伽藍の山のやうな屋根の四隅の軒に吊るしてある半鐘よりも大きい風鈴が、これまでいかなる大風にも揺《うご》かなかつたといふのに、ゆら／＼と劇しく振られて、ガラン／＼と気味わるく鳴り響いたことがある。其の大地震にも、この家はビクともしなかつたといふのが、祖父の自慢として父から私へ伝はつてゐた。其の家の其の柱だもの、俄に狂ひを生ずるわけがない。これはどうしても、私の身体の方に狂ひが出来て、正月にもならぬうちに、丁度鶏が宵に時をつくるやうに、変則な伸びかたをしたのであらうと思つた。

　それから、其の年の秋頃まで、私は殆んど毎日其の柱の側へ寄つては、柱と丈くらべをしたが、一日や二日ではどうといふ変化もないけれど、一と月と経ち二た月と過ぐるうちには、いつか私の身長の伸び行くことが分る。これは妙な身体をもつたものだ。正月にもならぬのに大きくなるとは、不具《かたは》なのかとさう思つて、私はそれを恥づる心で父母にも告げなかつた。

　きちやうめんな母親、家をきれいに住むことの好きな母親、物に疵の附くことの嫌ひな母親は、立派な黒光りのする柱に、深い疵が横に附けられたのを発見して、苦い顔をしてゐたが、或る日私に向つて、『あの柱へ疵を附けたのはお前だらう』と言つた。私は其の時、母親に叱られるのを恐れて、『いゝえ。』と嘘を吐《つ》いた。母親は其の時それツ切り黙つてゐたが、二三日すると私を土蔵の中に連れて行つた。私がまた何か道具でも出すのを手伝はされることかと思つてゐると、母親はいつになくむづかしく怖い顔をして、土蔵の重い戸を内からゴロ／＼と締めてしまつた。これは変だぞと思ふ間もなく、私の方に向きなほつた母親は、物凄い顔をして、いつの間にか、短刀を抜き放ち、『さア、柱に疵を附けたのは、いたづらとして、あやまれば許すが、自分にしたことを、いゝえと嘘を吐いた卑劣さを許すわけには行かない。刺し殺してしまふ。』と沈痛に叫ぶのである。さうして私が泣いてあやまりながら、正月以来の苦心のほどを語ると、母親の恐ろしい顔は、忽ちにつこりとして優しい顔に変つて、人間といふものは、自然にじり／＼と大きくなるもの、お正月が来たとて、一足飛《そくと》びに伸びるものではない。お正月だとか、新年だとかいふことは、皆人間の戯れだ。といふことを、しみ／″＼教へてくれた。

　千九百二十三年を送つて、千九百二十四年を迎ふるにあたり、私はゆくりなくもお伽話をしてしまつた。――

　自然は私たちの優しい女である。其の優しく、えらい自然の生んだ愛子は、これまであまりに自然に対して我儘でありすぎた。自然にそむいて嘘を吐いたり、柱に疵を附けたりする不自然な生活をしすぎた。それだから、時々ひどく自然に叱られる。これからはもつと、自然の温かい懐《ふところ》に還《かへ》つた生活をしやうではないか。——これをこの新年のことばにしたい。

大正十二年を送りて新に大正十三年を迎ふるに当りて所感を誌す

近松秋江

社会の一隅にたゞ逸民として生活してゐる吾々にとつては、殊に、改暦に際して格別新なる感想とてもない。元禄の頃芭蕉は深川に苟めの草庵を結んでゐる時出火に遭つて、それから更に人生観が一変したと、自分でもいつてゐる。即ち現世を火宅と観じて爾後只管一処不住の生活をつゞけた。「翁絵詞伝」に、

ある年、庵の辺り近く火起りて、前後の家とも、めら〳〵と焼くるに、炎熾んに、遁るる方あらねば、前なる渚の潮の中にひたり、藻をかつぎ、煙りを凌ぎ、辛うじて免がれたまひて、いよ〳〵猶如火宅の理りを悟り、ひたすら無所住の思ひを定めたまひけるとなり、

と書してある。

これによつてみると、あの隠逸翁も深川で火事に遭つたのだ。雨と降り旋風と捲く火の子を遁るゝすべもなく、渚の潮水の中にひたり、藻を被いで煙を凌いだとは、丁度本所の被服廠の水溜に面を伏せて、から〴〵に危い命を全うしたと異らぬ運命であつた。

その翁は嘗て又、深川にゐる頃次のやうな句を吐いてゐる。

年の市線香買ひにいでばやな

年の市で表の通りは、いづれもお正月の支度の買ひ物に人が雑沓してゐる。年の瀬に立ちて世俗の人はみんな多忙を極めてゐるが、自分の如き生活にかゝづらひのない者は、歳末に当つても閑暇なものである。どれ、他に市に用事もないが、ひとつ町の賑はひを見かた〴〵線香でも買つて来ようか。

芭蕉のやうな世捨て人の心持ちには誰れでもがなりかねる。又凡ての人がさうであつた時には人間の社会は衰退してしまふかも知れぬが、しかし大正十二年の九月一日に突如として起つた大天変地異、現世地獄の苦しみを甞め、その修羅の惨状を面りに目撃した者は、人生観に大なる一転化を来す者も少くはなからう。最愛の父母、妻子を失ひ、杖柱と頼む一家のあるじに離れて路頭に迷ふ者、バラツクの掘り立てに打ち叩く彼等の鑿の音にも限り知られぬ哀音の籠るを聞かずや。仰いで天に訴ふるも、無情冷酷なる天は応へない。押し詰めて考へれば宇宙といふものが、既に極めて危かしいものである。地球自体が人類万物を載せたまゝ嘗て静止する時なく不断に動いてゐるのである。三界の火宅に坐して永遠の存在を頼りとするは愚かの至りである。

しかし、そんなことを思つて、現前の為すべき事を手を空しうしてゐては、一層人間の生活は惨めなものになつて来る。凝

つと、咽喉に詰まる涙を噛みしめて踴躍するのほかはないのである。失望、悲哀、落胆は恰も悪性の黴菌の如く不幸なる者の胸に喰ひ入らうとするのであるが、そいつを、飽くまで強力なる意思によつて抑へおさへして起つところに人間としての妙味もあるのである。

自然は盲目にして無意識であるが、その時としては極悪非道の悪魔であり、時としては慈母の如き愛を示すところに宇宙の矛盾があり又調和もある。今更めいた、甚だ幼稚な感懐であるが、異常なる天災に遭遇して、斯ういふことを改めて思つてみるのも強ち無用のことでもないであらう。何故に地上に美しい花が開くか、甘美なる果実、穀類、野菜等は育つか。科学者は其等の内具的原因乃至状態を分析し説明することは可能であるが、何故に地上にさういふ物が存在するかの、外的の根本の不思議は神のほか知るものはない。そのほか一つ〳〵、好い例を挙げていふまでもなく、いかに此の世界が完全に造られてゐるかといふことは――ほかに、より善き、これと類似の物と比較する術がないので、甚だ独断的ではあるが、――これを否む訳にはゆかないのである。欲をいへば限りがない、人間は悉く早逝せずして各々百歳の寿を保つことに定まつてゐるとしたら、どうであらう。すると百歳を超えても尚ほ生存を貪るであらう。概してこの世界は慈み深く造られてゐるものにちがひない。世界はそも〳〵誰れが造つたのであらう。それは分らない。察するところ偶然に出来た物に外ならぬ。しかし、その偶然は実に巧みな偶然であつたといはざるを得ぬ。造化の奇工といふのがそれである。大正十二年九月一日の地震にしても、これを、巨大なる地球の上から云へば、実に一小部分に突発した、わづかの海底の土地の陥落――地質学者の説を信用して――に過ぎないのである。その一小部分に住んでゐた者が、その為めにひどい辛い目に遭つたとしても、地球には何等の責任はない。彼は何処までも知らぬ顔をして澄ましたものである。愚かなる人間は、彼等の憐れなる智恵、小賢しさを余りに強く自信し過ぎて、いろ〳〵な危い藝当をその上に工んでゐた。それがそもそも今度の非道い目に遭つた原因である。人間が自分の力量の程度を慮らないで、大自然の力に反抗したり、又はあまりに自然の愛に甘え過ぎたりすると、今度のやうな飛んだ辛い目に遭ふのである。昔から戦争をするにも、なるべく身体の動作が自由に持扱はれる時期を待つた。戦争の如き破壊的行為には、時期を選ぶ要はないやうであるが、さうでないと思はれる。欧洲の大戦の進行について見てもさうである。賤ケ岳の戦争は、あの辺が雪の深い処なので、秀吉も勝家も早春雪の消える折を待つてゐた。いかほど耐震耐火などゝ人間の智恵を搾つても、自然の力に反抗することは愚かの至りである。且つ自然の愛を過信することも考へなければならぬ。

自然は人間に比べて遥に恒久不変の本性を具へてゐるものであるが、その気分《ムード》の変幻不測な点は人間以上に信頼出来ない。

いつの年末でも、歳旦でも、来年こそは今年こそはと思ふが、さて一年を通り越した後から回顧してみると、いつの年も大して変つたことはない。しかし、改暦に際してそんなことを思つて、多少心を新にするのもせぬより無益でもない。

大正十二年は忘れ難い悪い年であつたが、個々の場合に立ち入つてみれば、この年が一生忘れられない幸福な年であつた者もあるであらう。しかし、一般の日本人の歴史の上からいへば大正十二年は実に呪ふべき悪年であつた。よつて極めて通俗に考へて大正十三年は、もつと〳〵好い年であつてほしいものである。歳首に当つて将来の一年のことを思ふて志を一新するのは人間の行路に好ましいことである。

しかし、稚い空想に充ちた子供の時を過ぎてしまへば、お正月といふものは、そんなに、楽んで待つてゐたほど面白いものでもない。むしろ歳晩の市中の景気を見ながら、温い懐中にどつさりお金を持つて買ひ物をして歩く方が愉快である。けれども此の歳末年首は、例年のとほりにならぬ。が、それも為方のないこと、諦めて、やつぱり人間は前を見て進むのほかはない。

反省と希望

本間久雄

一九二三年の大震災が、吾国に取つて、未曾有の大惨事であつたことについては、今更こと〴〵しく云ふにも及ばない。物質上の損害は百億万円といふ大へんな額に上つたのは、まだしも再び得ることの出来ないさま〴〵の美術品、古書籍等、その他文化上の損失に至つては、到底測り知ることが出来ない。吾々は、物質上文化上のこの大損害を醸し出したこの一九二三年といふ年を、つひに涙なしに送ることが出来ないのである。

しかし、この大災厄は、これからの吾々の生活の改善、向上にひいては当来文化の復興に何等かの機縁として役立つことはないだらうか。

世間には、この大災厄を以て、一種の天譴だと説いた人もあつた。世間が余りに贅沢になり、虚偽になり、軽薄になつたので、天が大震災を捲きおこして誡めたのだといふのである。単に日本ばかりではなく、アメリカの一牧師は、日本が最近余り朝鮮を虐めてゐるので、神の怒りに触れたのだと大真面目で唱へ出したので、彼方《あちら》でも可なり問題になつたらしかつた。しかしかういふ天譴説は、云ふまでもなく所以《いはれ》のないことである。天災は、それ自らでは何等の意志を持たない自然の単なる偶発的悪戯である。この震災で生命を失つたり、財産を亡くしたりした人と、生き残つた人、及び比較的物質上の損害を蒙らなかつた人とを比較して、見ただけでも、このことはよく肯かれる。天譴を受けるに値する人間と、それを受けるに値しない人間とを誰れが区別することが出来やうぞ。天譴説などを、この場合、勿体らしく唱へるのは、時代錯誤的センチメンタリズムであるのは云ふまでもなく、生命財産を失つた同胞に対しても、僭越至極の沙汰であらう。

とは云へ、少くもその天譴的感情を単に自分だけの上に持つて来て、自己反省の資料とするのは、あながち咎むべきではない。自分がこれまで、一体どういふ生活をしてゐたか。どういふ生活態度で、その日〳〵を送つてゐたか、偽りの衣《ころも》を着てはゐなかつたか。文明といふ美名の下に、徒らなる文飾を施してはゐなかつたか。至純な人間性を暗ますところの虚偽と追従と軽薄との雰囲気の中に、吾れと吾が身を包んではゐなかつたか。突きつめた、真剣な態度で世に処するといふよりも、すべてにおいてイ・ジイ・ゴーイングな態度や気持ちではゐなかつたか。要するに、自然の残虐無慈悲な偶発的悪戯によつて、自分等これまで築いたことが、一朝にして壊滅に帰したとしても、何等の悔ひなくて、それを見守り得るやうな生活であつたかどうか。

　かういふさま〳〵な自己反省を、もしこの天災を機会に、吾々が試みるならば、そして、それによつて自分の生活改善、ひいては、将来の文化復興に何等か資することを得るならば、自然の偶発的悪戯である。天災そのものを、結果において吾々が最もよく善用したことになるのではあるまいか。

○

　坪内逍遥博士が、この大震災について当時の東京朝日に発表された十幾首の歌の中に

　心はたありし浄裸にかへるべき時は来にけり借衣《かりぎ》ぬがんかな

と云ふのがある。

一切の借衣《かりぎ》を脱いで、赤裸の自分となつて、新しく出直すことが、今日の場合最も必要であらう。一世紀も前にルソーが「自然にかへれ」といふことを言挙《ことあ》げして、文明の繁瑣と虚偽の衣を脱いで、人間の自然性に立ちかへらうとしたその生活態度は今日の場合においても、最も必要であらう。殊にあらゆる方面における文化復興乃至文化再建の今日においては、すべて新しい根本の立場から新しく出発することが何よりも大切であらう。

○

　由来、日本人は「諦め」の国民だといはれてゐる。宿命観《フェータリズム》を、世界中殊によく体得してゐる国民だと云はれてゐる。近代の日本文学に描かれた小乗仏教の人生観や寂滅為楽趣味などによると、或ひはさうかも知れない。しかし又一方から云ふと、日本人ほど、光明的で、生々潤達な国民はないと云はれる。そしてその例証としては、仏教渡来以前の、わが古代文学がよく引合に出される。芳賀矢一博士の『国民性十論』には、殊にこのことが力説高調してあつたと覚えてゐる。果してその何れであらうか。

　恐らく、その何れにもそれ〳〵の理由があらう。私は今こゝでその比較論を試みようとするのではない。たゞ、今日の場合わが国民の文化のあらゆる分野における復興期においては、少くも気分において、仏教渡来以前の光明的な原始的日本人にたちかへることが必要だと私は云ひたいのである。さういふことに語弊があらば、少くも吾々の日毎々々の生活を、意識的に享

楽する人生の熱愛者、人生の肯定者となることが必要だと、私は云ひたいのである。

私の尊崇する現代の思想家エレン・ケイは、この人生肯定の態度を次のやうに述べてゐる。

「真に人生の熱愛者となるのは、日毎々々、日の神と共に『けふの日こそ生命《いのち》なれ！』と喜び勇みつゝ起き出づることである。朝の光りに、立琴の弦の上の真珠の如きその日のもろもろの賜物を数へ見ることである。日の出から日の没入《いり》まで、いつも聖餐式に侍するやうな心持で、その日の力と甘さとを甘受することである。我等の神話中の古英雄が、蛇の洞穴に陥りても、尚、この世の讃美歌を歌つたやうに、いかなる場合にも、人生を讃美する讃美歌を歌ふことである。いづこいかなるところにも新しき生の芽ぐみつゝある日毎々々を享楽することである」

いかにも味ふべき言葉ではないか。「けふの日こそ生命《いのち》なれ！」といふことを深く自覚して、その日〳〵に、自分の力一ぱいの生き方をすることがとりも直さず、生活肯定者の生き方である。手のとゞかない、遠い、空のあなたに、常に理想の幻影をかゞけてゐる理想主義者は、かういふ生き方を、或ひは安価な楽天主義と云ふかも知れない。しかし本当に生活を愛し慈しむ人は、まづその日その時の刹那々々を、最も愛し慈しむ人でなければならない。そしてかういふ生活愛慕の一念は、殊に今日において、一層多く力説さるべきものであることは争はれない。といふのは、すべてを新しく建て直さうとしてゐる今日あらゆる分野においては、吾々の生活そのものを脅かし、吾々をして人生そのものを呪はしめるやうな困難事が一層多く瀕発するであらうからである。

しかし、転じて其日々々の生活を享楽するには、いかにすべきかといふ実行問題に移ると、そこには、細説を要すべきさま〴〵の複雑な問題が生じて来る。

しかし、これを一言で云へば、その日〳〵の生命《いのち》を力強く享楽するためには、何より先に、吾々の生活を美化しなければならないのであり、そして生活を美化するには何よりも先に吾々の労働を快楽化しなければならないといふことである。言葉を換へて云へば、吾々の日常の労働を快楽化することによつて、吾々の生活を美化し、吾々の生活を美化することによつて、吾々は最も力強く、最も美しく、その日〳〵の生命を感得し、体達し得るといふことである。（尤もこのことを明瞭にするためには更に進んで、いかにすれば、吾々の労働を快楽化し得るかといふ根本問題を攻究しなければならないのであるが、それは別の機会にゆづる。）

労働の快楽化、生活の美化――来るべき時代における生活態度の標語として、私は、この言葉の意味のひろく一般に徹底されることを希望する。

（「中央公論」大正13年1月号）

大震火災一周年に面して

大震災一周年の回顧

近松秋江

去年九月一日の大震災の丁度一周年が来た。

私どもは、不断から生きてゐるもの丶、一つの本能として、正直なところ、いかなる天災人為の災難に遭遇しても、それを、何とかして切り開いて向うへ出抜けようとする努力と才智とを、潜在的に具有してゐるのであるから、勿論そんな不慮の天災や人為の奇禍を歓迎するものでは、決して、ないが、しかし、一度びそんな場合に臨んだ時に、たゞ徒らに悲観し、失望し、落胆することは甚だ不可である。何とかして、その難境を突破するの気力が必要である。

けれども、又、同時にその難境を正視し、災害を災害のまゝ、一文半銭の掛値なく、割引きなく、事実を事実として男らしく認めることも亦た、窮境を脱するための勇気を振起する上からいつて、最も必要なことである。

私などは、去年の九月一日の大震災に遭遇して、あまりに冷酷無情なる大自然の破壊力に瞠然として驚駭し、又遭難横死者の言語に絶した酸鼻な運命に限りなき同情を表はしたのであつた。けれども、私の驚きやうは未だ十分でなかつたやうに思ふ。又、横死者諸霊の酸鼻なる運命と、それ等の遺族の心に対して寄する悲しい同情も未だ尚ほ十分に注ぎ足りなかつた憾みなきにあらずである。

軽薄なる、軟派の文筆生活者の中のある者には、震災直後に発表した、震災に対する態度、感想のうへで、あの人類史上稀有の悲惨事をば、殊更めかしく、強ゐて何でもない些細事であるかのやうに見て居らうとする者があつたやうであるが、私どもは、それは虚偽の見せかけであると共に、甚だ不純な、軽薄な性格の一端を悪く曝露したものであると思つて、頗る感心しなかつたのである。

勿論、同情や驚きを強ゐて誇張するのも不可であるが、自分だけが幸ひにして危険を免かれ得たからといつて、斯かる惨事を殊更に冷淡視して偉がつて居らうとするのは、甚だ感心せぬ。

もし昨年の震災の間際、無難であつたといへば、恐らく東京三百万人の中斯くいふ私自身などは最も完全に無難な人間の一人であつたことを疑はない。

東京郊外の東中野の私の家では、あの日も朝の内にもう風呂に水を一杯汲んで置いた。夏は大抵午前中に風呂水を汲んで置く。すると、あの大揺れが襲つて来た。私はあの時間に恰ど附近に外出して、幸に危険のない道を歩いてゐたが、急いで自宅へ帰つて見ると、家に一人ゐた妻は九ケ月の姙娠の身体をして隣家の小広い庭の植込の中に、隣家の妻君や女中や子供達とゝもに避難してゐた。私が、その時一緒に伴れて外を歩いてゐた、二十才になる田舎から預つてゐる娘とゝもに戻つて来たのを生垣の中から見ると、隣家の子供達は、恰も自分達のお父さんが帰つて来たやうにいつて力づいた。彼等の父は日本橋の方へ毎日出勤してゐるのであつた。十一二才になる隣家の長男は、

「あツ近松さんのおぢさんが戻つて来た。」と叫んだ。

彼等は、五才の女児と、女中と、母親と私の妻と女ばかりで、その中の一人だけが十一二才の長男で、男はそれだけであつた。しかも隣家の妻君は、これも臨月の大腹を抱いてゐて、地震後丁度七日目に出産したのであつた。そこへ私が外から駆け戻つたのであるから、誰れよりも一番にその十一二才の男の児が力づいた。

私は、外を歩いてゐて、あの大揺れの来た時、自宅は三間しかない、かなり丈夫に出来た平家の新築であるから、今歩いてゐる附近の家が瓦を滝の如く揺り落されたのみで、倒壊はしなかつたので、自分の家も倒れはしないであらうが、台所の棚などに可なり重量のある物を載せてゐる、それが運悪く妻の頭上に落ち、殊に平常でない身体をしてゐるので、もしや気絶などしてゐるやうなことはないだらうか。兎に角一刻も早く帰つて見ねば安心出来ぬので、歩いてゐて大揺れに遭つた地点から五六丁の道を急いで帰つた。しかし、平常神経の苛々してゐる自分にも係らず、自分はそんな場合には可成り明瞭な判断を以つて自省する癖もあるので、足を急がせながら、心の中に、

「なに、万一の事があつた場合慌て丶は倍々可けない。」と思ひ返し、自分の呼吸の苦しくない程度に道を急いだ。すると、稍々狭い道の、しかもガタ普請の二階長屋が一棟建つてゐて、その一戸には宿俥屋などのある家の前まで来た時、又二度めか三度目の大揺れがやつて来て、先に落ち残つてゐた瓦が又ガラ〳〵と落ちて来た。私達は、その家の前を駆け抜けた。

そして私は、腹の中では、絶えず思ひ、口に出しても、道を歩きながら数度感慨に耐えぬもの丶やうにいつた。

「この郊外ですら此の通りだから、下町の方ではさぞ大変だらうなあ。」と。

それから私は、生垣の外から、隣家の庭先の植込みの中に声のしてゐる方へ声を掛けて呼んだ。

「どうした？みんな何事もないか？……負傷《けが》はなかつたか？」

妻は植込みの中から返事した。

「え丶、身体は何ともありません。……家の中は大変ですよ。」

と、顔を顰めていつた。

「うむ、まあ、身体さへ皆な何事もなければ結構だ。」

十一二才の隣家の長男は、恰も自分の父に対するやうに、嬉しさうに私を見上げながら、

「おぢさん、僕は吃驚したよ。おぢさん、まだ大きいのが来るの?」と甘えるやうに訊いた。

「うむ、なに、もう、大丈夫だ。もう、そんな大きなのはありやしない。その植込みの中に休んでゐれば大丈夫だ。」

　私はつとめて頼母しさうなことをいつて、女子供を安心させやうとした。地の底の模様を見て来た訳ではないが、直覚的に、さつきの大揺れより、まだ大きい奴は、もう来さうに思はれなかつた。

　さういつてゐるところへ、またガタ〳〵ギイギイと可なり大きなのが揺れて来た。破壊された屋根から落ちかゝつてゐた瓦が、それとゝもに又ガラ〳〵と落ちて来た。隣の庭にある、セメントで固めた、金魚などを放してある一坪ばかりの池の水がダブついて、ぱしやり〳〵と飛び上がつた。

「おぢさん、危なうございますよ。こちらへお入んなさい。」

隣家の妻君がいつた。

　そこには二三間の高さの杉や松が立つてゐた。その下には涼しい蔭をつくつてゐて、根も張つてゐた。そこへ腰掛け台だの、茣蓙などを敷いてゐた。

「おい、火鉢の中に火はありはしなかつたか。」

　妻に訊ねた。

「無いでせうと思ふんです。」

「思ふんぢや駄目だ。ありはしないか。」

と、いつてゐたが、私は、又しては揺り返へしてくるので、すぐには自分の家の中へ入つてゆくのを控へてゐた。

「折角汲んでおいた風呂の水が揺れて、おほかた溢《こぼ》れてゐるか知れない。見てゐると、六尺くらゐ上に跳ね上がつた。上から落ちてくる煤や埃で、とても這入れやしない。」妻はこぼすやうにいつた。

「まあ、いゝさ。為方がなけりや水を汲みかえるのだ。」

　それから、揺れ返しの間を見て、私は急いで家の中に入つていつてみた。見ると畳の上は土足で歩いてもいゝやうに壁土や煤埃で、足の踏み込むところもなく、襖は倒れ、団扇の柄がそれに刺さゝつてゐる有様など、一種の凄惨味があつて、そんな軽微な惨状を見るにつけても、私は、又しては、

「こゝで斯様なだから、下町の方は、さぞ大変だらうなあ。」

と、心の中でも思ひ、口に出してもいつたりした。

　棚の上の重い瓶などは、どうだかと、先刻帰つて来ると一番先きに妻に訊ねると、

「さあ、きつと落ちてゐるでせう。何だか大変な音がして、もう家が潰れてしまつたかと思つた。」

「落ちたか。……為方がない。しかし、よく頭の上に落ちなかつたものだ。」

　私は、家の中へ入つて見ぬ先きは、もう、棚の上の物は悉く揺り落されてしまつてゐるものと思つてゐた。隣家の、六尺からある大きな書棚は前に倒れ伏し、その前にあつた、大きな瀬戸の火鉢は、幸に火はなかつたが、灰は畳の上に一杯溢れて、

見るから惨憺たる有様を呈してゐるのである。

　で、揺れ返へしを用心しい〳〵私は自分の家の中に入つてみると、これは不思議に、きつと落ちてゐると思つた台処の棚の上に載せてあつた四個の瓶は一つも落ちて居らず、右手の壁に沿ふて置いてあつた鼠入らずの台所戸棚も倒れて居らず、たゞその上に載せてあつた、目ざるに洗つて入れてあつた、日常用の瀬戸物の類が入れ物ごと落ちて皿や茶碗が少し破れてゐた。しかもその中に私自身の、不断用ゐる飯茶碗があつたが、それは、やゝ高価の品で、質が堅牢であつた為か、かすり傷一つついてゐないのも不思議であつた。八畳の座敷は、前いつたとほり狼藉たるもので、そこの廻縁に沿ふて障子の隅に置いてあつた裸の書棚は、平常からも重味の為に殆ど倒れさうになつてゐたが、それは真正面に東から西に向つて畳の上に倒れ伏してゐた。つい三四日前丸ビルの横浜草花会社の出店から、買つて来て机の上に飾つてゐた可憐な秋海棠の花は倒壊した書冊のために茎を根元から折られてゐた。私の後から家に入つて来た二十歳になる娘は、私と一緒にいつて、此の間丸ビルから自分で秋海棠を持つて来たのであつたが、それを見ると、

「あら、可愛さうに秋海棠が折れてしまつて。」

と慨いた。が、そんなことくらゐ、何でもないことが、段々九月一日から三日四日と日を経るにつれて分つて来た。

　八畳の座敷と四畳半の茶の室と、それから三畳の玄関であるが、三室の中で一番ひどかつたのは、此の三畳と玄関の辺であつた。玄関の壁は単に亀裂のみでなく、三尺ばかり、ぱつたり剝脱してゐて、入口の戸は、数日過ぎて修繕するまで締めることが出来なかつた。そして、三畳の楣間にあつた一間に一尺の棚には古い帝国文庫とか、新演藝など、いつたやうな古雑誌などを載せて置いたが、これ等は全部揺り落されてゐた。

　さういふ訳で、落ちて破損の憂ひのある台所の瓶などは一つも落ちて居らず、落ちて差支へのない書冊などが落ちたり、倒れたりしてゐるのも不思議であつた。それで気を留めて、よく考へてみると、この地震は、私の家の方位にすると、東西に渡した棚の物はいづれも落ちて居らず、南北になつた棚の物が悉く落ちて、書棚までも南北に置いてあつたのが西に向つて倒れてゐた次第であつた。それから私は、ふつと、便所の手洗鉢のことに気がついて、それはどうであつたかと、すぐ椽側に出ると太い杭の上に板を打付けて、その上に載せてあつた青磁の手洗鉢は、ちやうど擂鉢を伏せたやうに下の地上《じべた》に落ちて這伏さつてゐた。そこへは、遠うくから水の吸込むやうな鉢前を自弁で造るつもりでゐたのであつたが、一寸工夫を凝したいので、却つてそのまゝ拵へずにおいた。それゆゑその地上《ぢべた》には石ころ一つ置いてなかつた。私は縁側に立つて、手洗鉢が這伏つてゐるのを見るに、割れてはゐなさゝうであるが、縁《ふち》などは、必ず擂れて傷づいてゐるであらうと、定《き》めて、それを早速に取り起して、ぐるりと二三遍ふちを撫で廻はしてみたが、兎の毛ほどもざら〳〵になつてゐるところもない。その青磁は勿論新出来

の物であるが、直径尺五寸ばかりのもので、私の愛用してゐる物であつた。私は殆ど毎日、自分でその水を取り換へ、一日、何時誰れが来て、手水を使つても、清浄な水を波々と湛えて置かうとするのが、私の用意のあるところであつた。

その手水鉢も天佑でもあるか不思議に無事であつた。

暑い時分のことゝて火鉢には火の気は少なかつたが、一寸触つてみると、瀬戸の火鉢は熱かつた。火箸で探してみると、火種が幾らか残つてゐた。それで、その火鉢を抱へながらお勝手口から急いで外の井戸端に持ち出すとゝもに又一つ可なり大きな揺れがやつて来て、ガラ〳〵と頭の上から瓦が二三枚割れ落ちた。私はいそいでそれを避けながら、板塀の木戸から隣家の広い庭の方へ逃げ出して来た。

「危いですよ。」と、妻は植込みの蔭から呼んだ。「おぢさん危うございますよ。」と、隣家の妻君も共に声を掛けた。

私達はさうして二三時間ほど庭の植込みの中に不安の時刻を過してゐたが、そのうち段々揺り返へしも間遠うくなつてきたので、恐る〳〵又家の中へ這入つて来た。そして、ぶつ〳〵小言をいひ〳〵足の踏み込むところもないまでに壁土や煤埃や棚から落ちたり、倒れたりした物で狼藉とした座敷を形付にかゝつた。

それは、あの恐ろしい九月一日の午後三時四時の頃からであつたが、自分達が、さうして落ち散らかつた物を、それ〳〵元の場処に直したり、扭ぢれて立て付けの、どうしても直らなくなつた襖をいろ〳〵に持て余してゐたり、畳の上の泥を二度も三度も掃き出して、その後を濡れ雑巾を固く絞つて拭いたりしてゐる間にも、遠くの下町の方では、刻々に阿鼻叫喚の声が劇しくなつて、焦熱地獄の出現に迫まりつゝあつたのだ。

夜の物や行李などを重ねた押入れの中には壁や天井の泥土が一杯落ちて、とても急には手が付けられなかつた。

「まあ、このまゝに、そうつとして置くよりほか為方がありませんよ。どうせ今晩は蒲団など着ては寝てゐられないんですから。」妻はさういつてゐた。

「とても今日は風呂に入れませんなあ、折角朝から汲んでおいた水が煤で真黒です。どうしよう。」と、思案するやうにいつた。

「どれ。」といつて、私は風呂場にいつて、水を覗いてみると、なるほど煤や泥で水の上面がぎら〳〵光つてゐる。「これを落してしまつて新しく汲みかへやうぢやないか。」私は、もう大抵大揺れも来ないものと思つて、その晩も平常のとほり風呂に入つて、さつぱりした心持ちにならうと思つたのであつたが、妻は、

「今晩は火の気に気を付けなければ。もし又どんなことがあるかも知れん。」

「さうか、私はもう大丈夫だらうと思ふがなあ。」

「今晩だけは休みませう。……先刻あのひどいのが揺れた時に、その水が恐ろしいやうに飛び上つて、あすこら辺まで届いた。」

といつて、妻は天井の方を見上げた。

やがてひと丶ほり座敷も形付いて、倒れた書棚も起し、さしあたり、秩序もなく書籍を元のとほりに積み重ねた。

さうして少時寛いで、雑巾で拭いた畳の上に、猿股一つになつて趺坐をかいてゐるところへ、時々来訪する文学青年が生垣の外から、

「先生いかゞでした。別にお変りもありませんか。」

と、声を掛ながら、いつものとほり玄関先きの木戸から、すぐ庭の方に廻つて縁側の方に表はれた。

「いよう！……大変だつたね。難有う。私の処は御覧のとほり、先づ壁が少し傷んだくらゐのものです。君はあの時何処にゐたのです？」「私はあの時丁度麴町の方にゐました。麴町のオー女学校の校長を雑誌の用事で訪問しまして、そこを出て丁度三階の校舎の脇を通りかゝらうとするところへ、あの地震がやつて来て、校舎の下の高い石垣が崩れ掛けて、女学生が三人ばかり生埋めになりました。私も手伝つてそれを掘り返しました。掘り出してみると三人とももう死んでゐました。一人は虫の息くらゐはあつたやうですけれど、それも多分すぐ死んでしまつたでせう。」

私はそれを聞いて顔を顰めながら、

「はあ、さうかね。きつと、そんなのがまだ到る処に出来てゐることだらう。……まあ併しお互に無事で仕合でした。君のお家《うち》は？」

「え丶、ありがたう。それで、私も丶つと、そこにゐて手伝はうかと思つたのですけれど、自分の家の方が心配ですから麴町から線路を伝うて大急ぎで帰つて来ました。家《うち》では丁度お宅と同じやうに壁が少し崩れたくらゐのもので、皆な何事もありませんでした。」

お互にそんな話をして、無事を祝し合ひ、台所の上げ板の下に冷してをいたシトロンを抜かして渇いた咽を医した。

「そして、君はこれから又何処かへ行くのですか。」と、私は訊ねた。

「え丶、これから又小石川の方へ行つて来るつもりです。友達がどうしてゐますか、見て来ようと思つて。」青年は昂奮してゐるやうに頰を熱していつた。

「そりあ大変だなあ。」私は太息を吐くやうにいつた。思ふに彼は単純に友達の安否を憂へてゐるばかりでなく、大半弥次気分で、今まさに混雑を極めてゐる東京市の諸々方々を歩き廻つてみるつもりなのであらう。私自身も、いろ〳〵に東京市中の騒動してゐる有様を想像して見ないこともなかつたが、なんといつても、それはまだ九月一日の午前十一時五十八分を過ぎること、わづかに四時間で、それから三日四日を経過して、惨害のいよ〳〵劇甚なるを知るに至るまでは、災害が甚《ひど》いとは思ひながらも、それほどまでとは想像だに及ばなかつたのであつた。東京市外の郊外に住んでゐる者はそれもその筈。日本橋や京橋の中心に住んでゐる者も、夕方の五時六時頃までは、「なに大

丈夫だ。」と、思つてゐた者も多くあつたのだから。

　やがて、その青年が帰つて行くと、私は台所の隣の風呂場の方にやつて来て、

「どうだ、風呂の水を仕換へて、入らうぢやないか。もう、大抵大きい奴は来ないだらう。」といつた。すると妻は言下に、

「そんなことをして、万一火でも出したら、方々へ申訳けがないぢやありませんか。」

「さうか。」私は、不承無承に風呂を立てることを断念した。その時私は風呂に入つて昼間の汗を洗ひ流して、さつぱりした気持ちになりたいのも本当であつたが、又別の意味から、出来るだけ落着いた気持ちで、不安な災難に処してゐなければならないと思つたから、自分から先きに立つて、女共の気持ちを静めようとした。

　さうしてゐる間にも時々軽微な余震が脅かして来た。

　それより前、先刻外から駆けて帰つて、間もなく、家から少し出ていつた処にある高台の坂道の方に上つてゆき、そこから遠くの向うの方を見渡すと、戸塚の原から大久保新宿あたりの上空に当つて、昼間の明りのために火の色は見えぬが、二三ケ所に黒煙が立ち上つてゐるのが見えた。焚鐘はそちこちで消魂しく鳴つてゐた。しかし、後になつて東京市の大半を焼き尽してしまふやうな大火とは思はれなかつた。

　それから段々夕方になつてくるに従つて、西の方の空を見ると、まるで墨を流したやうな黒雲が低く空の一半を蔽ふて、今に雷雨でも襲ひさうなたゞならぬ様子である。それとゝもに東の方……東京市の下谷、浅草、本所方面の上空には、例の入道雲が、もく／＼として湧き上り、それが次第／＼に赤色に染まりつゝ大空に拡がつてゆくのが見えた。

　それでも、六時頃に、午前の中に注文をきゝに来た鶏屋が、竹の皮に包んだ鶏の肉を届けて来た。私共はそれを煮て、瓦の破片の落ちてくるのを用心しい／＼、蠟燭の明りでトタン屋根の下で井戸端で夕飯を食べた。試みに東中野のステーションの処までいつてみると、ボギイの電車が三台繋がつたまゝ、そこに停車してゐて、現業を停止した構内には夜の暗の加はるとゝもに、東京方面の空が左方の戸山の原の森の辺から右の方は中野の塔の山の森にかけて一面の火の海となつてゐた。以つてその火炎の広がりがどれほど大きいかを想像して、私は物凄いとも何ともいへない感じがした。

　自分の身辺は、まづそのとほり無事であつたが、私は永久にあの大惨事を忘れ得ぬであらう。そして十数万人の遭難横死者に無限の同情を寄せることを禁じ得ない。

汽車の窓から東京を眺めて　村松梢風

　私が乗つて来た夜行列車は、朝の五時に東京へはいつた。列車の窓から、夜が明けたばかりの街を見をろすと、雨の後で、街は一めんに朝霧に包まれてゐた。白い霧は、地面から屋根ま

で位の高さをどろどろと重たさうに流れてゐた。鉄道線路の近くの街路はビツシヨリと気持よく雨に濡れて、ところ〳〵に水溜りが輝き、電車線路が薄刃のやうに光りながら横たはつてゐた。もう電車が通ひ始めてゐた。朝早い勤め人や労働者が、手に手に雨具を持ちながら歩いてゐた。

空にはまだ雨雲の名残りがいつぱいに拡がつてゐたが、見てゐるうちに、段々高くへ昇つて行くやうだつた。雲の破れ目からは、海のやうな碧い色が現はれかけてゐた。

灰色の、低いトタン屋根の波が、眼の届く限り続いて見えた。眼界の一方は、芝公園から愛宕山一帯の丘陵によつて遮られた。其処には殊に濃い霧が掛つてゐて、霧の中から、山上の森が上半身だけを現はして、一列に長く長く続いてゐた。

七月初めから一と月以上照り続けた揚句に、やうやう此の雨を見たのだつた。万人の歓びと感謝の念とを私は想像した。此のバラツクの都会に住む人々が、トタン屋根をうつ劇しい雨の音を聴きながら、ゆうべはどんなに安らかな睡りをむさぼつたことだらうかなぞと考へて見た。私自身も、今日から直ぐに東京の街を飛び廻つて暮さなければならない身だ、が、此の雨ではあのひどかつた埃も当分は鎮まるだらう。泥濘だらうが何んだらうが、埃の立たぬ冷つこい往来を、重たい靴を履いて、ぴたりぴたりと歩ける愉快さを考へた。まことにあの何寸も積つてゐる埃の上を、ぽこり〳〵と抜き足で歩く程厭な気持は無いものである。何んといふ有難い雨だらう。

さう云へば、去年九月の震災以後、私は何遍此の汽車の窓から、東京の姿を迎へたり、見送つたりしたことだらう。震災後間も無い九月十月の頃は、此の辺には家らしい物はまだ立つてゐなかつた。焼こげた古トタンで囲つた哀れな鶏小屋のやうな物が転がつてゐて、其の中に人が住んでゐた。一めんの焦土だつた。汽車の窓から展望する人々は、誰れでも云ひやうのない悲痛な眼付きをして、其の光景を見るのだつた。まつたくそれは、何遍見ても、どう思ひ返しても、傷心の限りだつた。其の時分、正午の汽車で清水を発つと、秋の日脚の短く、東京へ着くと夜になるのだつた。が、夜になつても、東京には燈火が無かつた。曽ては宝石を鏤めた王冠のやうに美しく輝いた不夜城の都には、今では一点の燈火も見られなかつた。汽車は品川を離れると間もなく、其の深い暗黒の海の中へ吸ひ込まれるのだつた。誰れでも、何んとなく、魔界へ足を踏み入れるやうな、怖ろしさ不気味さに顫へずにはゐられなかつた。

日増しにバラツク建築が建つて行つた。正月頃になると、汽車の窓から見ても、あらかたトタン屋根で地面が覆はれるやうになつた。それと同時に、夜の燈火が少しづゝ復活して来た。

「帝都は復興しつゝある」

と人は言つた。そして、其の復興の力の強さを嘆賞したり、誇つたりするのだつた。が、私は、バラツク建築が建ち並ぶのを見ても、人々のやうに、東京が復興しつゝあるといふやうな気持にはなれなかつた。幾ら出来てもバラツクでは仕方がないと思つた。無論、何も無い時よりはそれでも明るい気持になつた。が、それは、復興を喜ぶまでの気持には達してゐなくて、強いて云へば、多くの人間が死なずにゐることが、それでわずかに確められたやうな気持がする位の程度だつた。

「バラツクが建つ間は復興ではない、バラツクが取り払はれるやうになつた時からが復興にはいるのだ」

と私は言つて見たりした。或る時、矢張り今日のやうに朝早く着いたところが、大雪で、無数のバラツクは、雪の中に埋まつてゐた。また或る時は、爛れるやうな熱い陽がバラツクのトタン屋根の上でギラ〳〵燃えてゐる時、喘ぎ〳〵走る汽車に乗つてはいつて来た。さういう時は殊に、此の東京が今や復興に向つて活動しつゝあるといふやうな晴れやかな気持にはなれなかつた。此の都会の生活の酸苦ばかりが考へられた。

併し、今朝の気分は、是までとは大変異つてゐた。トタン屋根だつて、かうしつとりと雨に濡れて見れば、相応に住み心地が良さゝうに見えた。四条派の絵のやうな愛宕山の遠景が、私の眼を愉しませた。僅か一日一夜の雨が、万人を苦熱の中から救つて呉れると同時に、人の心持をもかうまで変化させらるのかと思へば不思議なやうでもあるが、自然から虐げられゝば、ひた畏れにおのゝき、自然から恵まれゝば忽ち歓喜の声をあげて喜び勇む、嬰児のやうな人間なのだから仕方が無い。

去年のあの大地震の日から一週間位経つた時だつた。私は或る日、上野の西郷隆盛の銅像の辺りから、東京の焼跡を展望したことがあつた。建物が無くなつたので、全市の道路が網の目のやうに見渡せた。其の道路は何処も彼処も人や車で一抔になつてゐた。名状の出来ない混乱が渦を巻いてゐた。焼け残りの西洋建築の外廓だけが、処々にぽつり〳〵と立つてゐたが、其の他には家らしい形をした物も眼に入らなかつた。さうした焼跡を、黄色い埃が濛々と包んでゐた。「観音様は何処にあるんだらう」なぞと、私の近所で同じやうに見物してゐた人達が言つてゐたが、焼け残つたと云ふ浅草の観音堂も其のひどい埃に包まれて、辛うじて霞んで見えるくらゐなものだつた。さういふ光景を私は可成りの時間其処に立つて眺めてゐた。

「以前のやうな東京が建つだらうか、どうだらう――?」

と、私は、其の時考へてゐた。其の問題は、何人に取つても大問題だつた。遷都説といふやうなことも行はれて、真面目に考へられてゐた時だ。其の時の私の実感では、東京は再び建たないだらうと思つた。此の儘永遠に亡びてしまふかも知れないと思つた。三百年間日本の文化の中心となつて来て、そして吾々の生活を多年支配して来たところの此の東京といふ大都会と、それに伴つて生れて来たところのさま〴〵の文明とが、此の場限りに亡びてしまつて、やがては単なる歴史上の存在と化してしまふ、さういふ時節が来るかも知れないやうな気持がした。私は、完全に東京が滅亡してしまふことを想像して見た。そして、此の大都会の旧蹟はどう変化して行くだらうかと考へて見た。私は、百年の後に至つて、此の焼跡の大部分が田や畑となる光景を想像した。其の頃になつても、浅草の観音堂や、楼門や、五重の塔や、それから其の周囲に新らしく出来た小さな町だけは残るであらう。上野の山の下から、浅草へ通じるあの広い道路が五分の一位の幅に縮められて、其の代りに、両側の田畑には、春が来れば麦が緑に伸びたり、菜種の花が黄色く咲いたりして、遠国から来る旅人の眼を楽しませるに違ひない。其の時分になれば、現在の焼け残りの山の手の市街の大部分も亡びてしまふに相違ない。只わずかに、牛込や、小石川や、本郷や、それらの市街の一部分が立ちぐされのやうになつて残つて、往時の面影をとゞめるであらう。さうして他の丘陵や谷の大部分は、畑や林になつてしまふに違ひない。さうした廃駅と廃駅との間を、ガタクリ馬車が、ラツパを鳴らしながら走つてゐる――そんな光景を私は眼に描いた。

私の空想は、日本といふ国家の、現在及び将来の文化の程度や、人口の密度や、其の他いろ〳〵な必然的条件を無視したところの、取り留めもない空想であるには相違なかつた。それにも関はらず、其のとき私は十分の実感をもつて、自分の描いた想像の世界へはいり込むことが出来たのだつた。さうして私は、何故だか知らぬが大変いゝ気持になつた。東京が亡びて、云はゞ古への武蔵野に帰ることを想像したのだつたが、それには哀感よりも、歓びの感情の方が勝つてゐた。これは、私が真正の東京人でなく、田舎の生れで、東京に対して郷土的観念を有つてゐないことにも原因するが、併しそればかりではない。われわれ都会生活者が、都会の物質文明の中に埋没して、是れ無くては一日も過すことが出来ないやうな状態に陥つて居りながら、一方では、それと反対に自然に戻らうとする本能を有つてゐるからである。あの大災害に直面して、私と同じ様な感想を味はつた人も沢山あるであらう。

それから少し日が経つてからのこと、或る日私はお茶の水橋を渡つて駿河台辺を歩いてゐた。歩き乍ら、ヒヨイと眼を転ずると、其処から余り遠くない処に、非常に大きな坂がこちらを向いて付いてゐて、其処を人が上つたり下りたりしてゐるのが蟻のやうに小さく見えた。

「何坂だらう！」と私は驚いたやうな気持で其の大きな坂を眺めたのだつた。さうして、それが九段坂であることを自分で確め得る迄には一寸した時間を要したのだつた。

焼原になつて見ると、それ程四囲の形勢が変つて見えた。焼跡を歩いてゐると、思はぬ時に、眼の前に橋が現はれたり、丘陵が連なつてゐるのが見えたりした。友人の画家のM君は、「ねえ君、其処ら中に矢鱈に広重が顔を出してやがるんで厭になつちまふね」と、或る日一緒に歩いてゐながら私に向つてさう言つた。全く、あの殺風景、と云ふよりは酸鼻をきわめてゐる光景の中に、到る処に広重を発見するのは不思議と云ふばかりだつた。これに依つて考へても、近代の東京が、いかに自然から遠ざかつてゐたかといふことが分るのである。

地震も最早一年の過去の思ひ出となつた。バラツク建築が建ち並んで、武蔵野も広重も再び姿を潜してしまつた。勿論私はそれを悲むものではない。帝都が再興を遂げた暁には、あらゆる機械的文明が自然の片鱗をも征服し尽すであらうことを予期してゐるのである。さうして其の大きな機械の中で生活して行くことの快さをも私は想像してゐるのだ。自然に対する反逆は近代文明の一切であつて、そして人類の有つ宿命である。「自然に還れ」といふ叫びほど、無力な声は無いであらう。われ〳〵は、青草の露を離れて、燈火をさして群がり飛んで、命を一夜に縮める羽虫のやうなものである。

私は、復興した大東京の偉観を、列車の窓の外に描いて見た。空が紅く焼けて、地上には水晶を連ねたやうに、雲を凌ぐ建物が並んでゐる。劇場や、カフエーや、公園や、其処には花のやうな男女が、歓楽と刺戟を求めて遊び狂ふてゐる。飽き易く、そして忘れつぽい都会生活者は、大正十二年のあの怖ろしい自然の残虐については、遠い昔の物語を聞くほどの興味と実感を持つだけになつてゐるであらう――私はそんな事を考へて見た後で

「いつたいそれは何時の事だらう……」

と思つた。東京が完全に復興して、われわれがそんな華やかな都会生活に浸ることができる時分には、私などは既に髪が真つ白になり、或ひは腰がまがつて、人生の希望の全部を失つてしまつた後のことだかも知れない。さう思ふと情無くなつた。帝都の復興といふことが非常に遼遠な事のやうに思はれて来た。

其の辺のバラツク長屋では、もう雨戸を明けてゐる家もあれば、まだ閉め切つて寝てゐる家もあつた。れんじ窓の外へ草花の鉢を置いてある家や、小さな竹垣を結つて朝顔を這はせてある家などがあつた。と、或る一軒の家では、雨戸を繰り明けて鉄道線路の方へ向いた掛肘窓の側で、若い女が髪を結つてゐるのが見えた。寝まきの儘の絞り染めの浴衣の袖の端を頸筋の処で結び合はせ、両方の腕の肩のつけ根まで露はして、鏡の中を見てゐるらしい女の顔や腕の皮膚の色が、鈍い朝の光線で見るせいか、幽霊のやうに蒼ざめて見えた。

反対の側の窓の外には、新橋のステーシヨンの、焼け崩れた建物が、去年と同じ姿で残つてゐた。雨あがりの道路を、人や車が泥を撥ねながら通つてゐた。

写経供養

田中貢太郎

○入閣祝賀会の日

七月二十日のことであつた。その日は同県の先輩仙石貢君が加藤内閣の鉄道大臣となり、浜口雄幸君が同じく大蔵大臣となつたので、その祝賀会が在京の高知県人によつて催されることになり、私もその席に列なるべく四時の開会に遅れないやうにと出かけて行つた。

会場は上野の精養軒であつた。一ケ月ばかりの間に僅に一二

回小雨が降つたばかりで殆んど雨らしい雨の降らない炎天続きの街には、眼を刺すやうな陽の光が流れてゐた。私は最近護国寺前と東京駅の間を往来するやうになつた電車で池の端まで行つた。震災後の広小路附近は、松坂屋呉服店をはじめ、洋品店、雑貨店、菓子屋、西洋料理、肉屋、鳥屋、カフエーなどが、僅にトタン屋根の仮建築の軒を並べてゐて、ひどく貧弱なうへに、道路は大破損の所だけに申訳的な修繕を施してあるばかりで、焼け灰も砂塵もそのままにしてあるので、裾風のたびにそれが白くたつて、呼吸をすると火になつてそれに燃えつきそうに思はれた。

　精養軒の入口には『仙石浜口入閣祝賀会』と黒い地に白墨で書いた木札がかかつてゐた。この数年間毎年一回催してゐる県人会の会場が此所になつてゐるので、私達には親しみのある場所であつた。昨年の十一月にも震災後早早であつたが、知人の安否を知り、お互の無事を祝しあはふと云ふ意味から、やはり県人会の催しがあつたが、その日には見知りごしの大石保君の芝居のやうな遭難談を聞いた。それは九月一日のこと、大石君が大火の下を潜つて避難してゐると、一人の悪漢が来て隙を見て手提鞄をさらつて行つた。鞄の中には株券銀行の通帳をはじめ手許にあつた現金まで入れてあつた。ところで翌日になつて、被服廠跡の入口でその鞄を枕にして死んでゐる男があつた。警察の方では鞄の中の書類によつて、てつきり大石君が死んだものだとしてゐたが、それと判つたので鞄は無事に戻つて来た。悪漢は大石君の鞄を護つて斃れたやうなものであつた。

　不忍の池を眼下に見おろすやうになつたいつもの大広間には、もう三百に近い人が来てゐた。大広間の天井には其所此所に旋風器が舞ふてゐた。受附で菊の花にした造花の徽章をもらつて襟に著け、廊下の方から行つて見ると、知人の顔が彼方にも此方にも見える。俳句仲間の高畠千駄木君がゐる。高知新聞支局の栗尾蘭舟君がゐる。川田叱風君がゐる。その人達には二月に二度目の支那行きをやつて以来逢つてゐなかつたので、そんな挨拶をしながら外の方に眼をやつた。夕陽に染められた池は荷の葉に埋まつたやうになつて、その中に花らしいほの白い物が交つて見えた。

　京都府あたりの警察部長になつた川淵洽馬が来て挨拶をする。今度高知市から憲政会の候補者として選出せられた中谷貞頼君がゐて、

『暫くお眼にかからないやうですが、いつでしたか、ね、え、』

と云ふ。私は昨年の県人会に逢つたやうな気がするのであつた。

『去年の県人会でお眼にかゝつたやうですが、』

　大広間を横切つて向ふ側の廊下へ出ると、弘田東行君がゐる。前の満鉄理事で工学博士の国沢新兵衛君が来て、五月二十八日に老父を失つた私に見舞を云つてくれる。維新史料の岩崎鏡川君が来る。政友会の公認候補者として中谷君と選挙を争ふた沢田牛麿君が来る。土陽新聞支局の樋口寅正君が来る。

『もう浜口さんは、来てゐるだらうか、』

と傍で云ふ者があると、

『来ちよる、来ちよる、』

とむきだしのお国詞で返事をする者がある。私達の間で中田の親爺でとほつてゐる蠣殻町の紙問屋の主人が来て、大きな地声で、

『だれかをつたら、手を執つて画かしてもらうに、どもならん、やうよのかい画いた、』

と云つて、扇子で文字を画く真似をしたので皆がふきだした。私達も受附で会費を納めた後で、仙石と浜口に送るから画けと云つて、二枚の紙片にそれぞれ自分の名を画かされてゐた。

やがて余興の貞山の講釈があつて、記念の撮影になつたところで、主賓の仙石君と浜口君が姿をあらはして中央に腰をかけた。二人とも赤い花を胸に著けてゐた。仙石君は赤黒い顋のずつこけた奥行のある鋭い顔をしてをり、浜口君はでこぼこの見やうによつてはライオンのやうにも見え、又髑髏のやうにも見える顔をしてゐた。その仙石君は和服で、浜口君は黒い上著の洋服を著てゐた。

撮影が終つて食堂が開いた。右側の壁に沿うてしつらへた席が主賓席になつてゐて、その中央壁に沿うた方に末延道成君を間にして仙石君と浜口君とが坐り、その向ひちやうど末延君の前になつた所に旧藩主の山内侯爵が小ぢんまりと坐つてゐた。そして山内侯爵の右には浜口君と向きあつて次官の小野義一君が赤い鼻を見せ、その左側即ち仙石君の前には陸軍大将の由比光衛君が坐つてゐた。土方寧博士はその席の入口に近い所に壁の方を背にして白い頭を見せながら、さかんに気焰をあげてゐた。

私達の席はその主賓席に一方をくつつけるやうにして十並び位並んでゐた。それには牡丹とか百合とか云ふ名がついてゐた。私は牡丹と云ふ籤札を持つてゐたが、入口のとつつきの席に飲み仲間の弘田東行などがゐるので、席次にはかまはずにそれに腰をかけた。

教育家の川田正澂君が報告をすると、末延君が起つて挨拶をした。

『我が土佐から、二人も内閣枢要の地位に大臣を送つたことは、明治三十二年の板隈内閣に、板垣伯、林有造、大石正己の三氏を送つた以来のことで、土佐としては誠に欣快にたへぬところであります、何卒両君とも健康に注意せられて、シツカリ、ウントやつて戴きたいのであります、又来会の諸君も、今晩は政治談はぬきにして、土佐流にくつろいで戴きたい、』

末延君は土佐の長老であつた。彼の苦しさうな挨拶が終ると、山内侯爵が卓の端を押へて起つて、

『これから仙石鉄道大臣閣下、ならびに浜口大蔵大臣閣下の健康を祝するために、』と云つて来会者一同に起立を促して乾杯をした。乾杯が終ると仙石君が起つた。

『山内侯爵閣下ならびに先輩、友人諸君、』

と古稀の老人に珍らしい活気のある声で謝辞を述べてから、

『大隈内閣の時も、今回の、憲政会は誠に運がわるく、いつも国家の危急の時に内閣の重任を負はなければならない、シツカリやれとのお詞であるが先づ現今の国家の病患を治してからでないとシツカリ積極的に仕事をすることはできない。たとへば……』

と云ふまではよかつたが、その引例が長く、それが岐路にそれて行つたので、私達はぢりぢりして来た。私は自分の向ふにゐる弘川君がどんな顔をしてゐるだらうと思つて、ひよいと見ると、

『ウロぢや、ねや、』

と云つて皮肉な笑顔を持つて来た。すると私の左側にゐた森萍也君が風の吹くやうなあはただしい声で何か云ひだした。

『だ、だ、だつせんぢや、あ、あれや、たたまらん、たまらんよ、』

『別府丑太郎がをこるはずぢやア、』

と弘田君が又嘲る。仙石の演説はますます枝葉にわたつて行く。

『ちよつ、やめえと云はふか、』

弘田君なら云ひかねない。私は気が弱いから、

『そんなことを云ふもんぢやないぞ、そんなことを云ふなよ、』

となだめる。と、嘲つたやうな拍手が二ケ所から起つた。一つは弘田君で一つは背後の卓からであつたが、たぶんそれは尾崎吸江君あたりであつたらう。

そのうちにやつと仙石君の演説が終つた。と、

『浜口のおんちやんに、何か一つお願します、』

『浜口大蔵大臣に何か願ひます、』

と云ふ声が起つた。すると浜口君が起つた。仙石君の演説でざはめいてゐた席が急にひつそりとなつた。

『かつか、ならびに、せんぱい、いうじん、しよくん、』

それはがつしりした一語一句に力の入つた詞づかひであつた。電燈の光がその顔を黄ろく見せた。

『私は、あつちこつちの、祝賀会に、臨みましたが、今日の祝賀会くらい、私を感激せしめた会には、未だ嘗て、出席したことがありません、何かお話して、祝賀の辞にかへたいと思ひますが、万感胸にせまつて、申しあげることができません、私ももはや人生五十年の定命を過してをりますから、惜しい体ではありません、この上は浅学、短才、愚鈍に鞭打つて、諸君の期待に背かないやうに、国家のために尽したいと思ひます、』

浜口君の挨拶は短い、さうした席にふさはしいものであつた。

『さすがぢや、』

と弘田君が感心したやうに云つた。そして、仙石君の発声で来賓の健康を祝してから食堂を閉ぢたが、私は後へ残つてつまらない談話を交はすのが厭になつたので、すぐそこを出て帰りかけたが、池の端のバラックの夜の情景を見やうと思ひだした。

震災後東京市では、九段の靖国神社の境内、小石川の植物園、

青山の、明治神宮外苑、日比谷公園、芝公園、芝離宮、宮城前の広場及びこの池の端から上野の山内にかけて集団バラックを作つて罹災者を収容したが、そのうちで宮城前のバラックばかりは、皇室に遠慮をしたのかとうに取り払つて無くし、他はそのままになつてゐるのは吾れ人ともに知るところである。私は清水堂の前になつた石磴《いしだん》をおりて行つた。

暗いなかに白い浴衣がちらちらと往来した。石磴をおりて電車の線路を横切るともう不忍の池畔で、その路をまつすぐに行くと池の中の弁天堂に突きあたる。二棟になつた集団バラックと呼ばれてゐるトタン屋根の長屋は、その入口の左右に並んでゐた。その月の五日であつたか、大泉黒石君がフランスへ行くと云ふので、私達の間で送別会をしようとしたが、大泉君の外遊の噂は一二年前からのことで、行く行くと云ひながらちつとも行かない、今度も又宣伝であつたら、幹事になつた者が出席者にすまないことになるから、四五人で遠慮のない者だけで飯を喫はふと云ふことになり、中央公論社から滝田樗陰君と島中雄作君を出てもらひ、仲間の方からは生方敏郎君、村松梢風君、及び私の三人が出て、それで大泉君を呼んで、池の中の『笑福』と云ふ旗亭で飯餐を共にした。

その日は四時の会合と云ふことになつてゐたが、用達しをしてゐるうちに、もう約束の時間になりかけたので、急いで電車に乗つて、山下からおり汗みどろになつて歩いた。と、傍を駈けぬけて行く車があつて、その車の上から声をかける者があるので、ふと、見ると顔馴染のKさんと、云ふ姐さんが、孔雀羽をひろげたやうにして乗つてゐた。姐さんは涼しさうな声で、

『お先へ、』

と云つたなりに行つてしまつた。その姐さんはその日の席へ出てくれることになつてゐた。私は汗と埃とに、まみれて歩いてゐる自分を顧みて苦笑した。もう四時半になつてゐた。池の中の小さな太皷橋を渡りながら見ると、旗亭の水の上に突き出た隅の座敷の欄干の所に滝田君が立つてゐて扇をあげた。彼の車に乗つてゐた姐さんもその傍に笑つてゐた。

それは風の寒いやうに吹く日であつた。欄干の外には蓮の葉が大小の絹傘を風の煽りに任かしてゐた。その風に吹かれながら後から来る者を待つてゐると、生方君が猫背に胴を屈めてステツキを突き、とことこと彼の太皷橋を渡つて来た。島中君は白い洋服を着た体を鰻のやうにくねらして来た。

そうして来る者を待ちながら池畔にぐるりと建つたトタン長屋の方に眼をやると、池に背の方の小窓を見せた長屋の軒には、づうと一めんに襁褓を干し、それに交へて赤い褌をかけてあつたが、これが風のためにひらひらと翻つてゐた。

『襁褓が旗差物のやうに、へんぽんと翻つてますね、』

と私が云ふと、滝田君は『こんなバラックに住んで居ても、こんなに沢山に襁褓《おしめ》のある所を見ると盛んなる哉と云ふ感じがする』と云つた。生方君は長屋の中を覗いて来たと云つて、

『病人なんかが寝てゐるのは見てゐられないですね、』

と云つた。私はトタン長屋へ入りながら、その日に見た襤褸のことを頭に浮べてみた。

路の左側の路次に入らうとしたところで、その入口の水に寄つた方の建物の横に浴うて提燈が点いて人だかりがしてゐた。覗いて見るとそれは救世軍らしいもので、一人の女が中に立つて演説をやつてゐた。

『白粉をつけ、きれいな著物を着たところでなにになります、』

私はきつとその女弁士は、獅子つ鼻のおでこの女だらうと思ひながら路次の中へと入つた。

路次の左右は各戸の入口になつて、戸障子を開け放つた狭い家の中からは電燈が暑くるしく射してゐた。小供の泣声もしてゐた。チヤブ台を囲んで裸で飯を喫つてゐる所もあつた。蚊帳の中で仰向けになり、左の髄を立て、団扇を使つてゐる女もあつた。夫婦と二三人の小供とで寝そべつてゐる所もあつた。門口へ盥を出して湯を浴びてゐる者もあつた。もじりの襦袢を引かけてあがり框に腰をかけ、片手の団扇で足許をばたばたとやりながら向ふの家と話してゐる老人も見受けた。肴屋では若い男が台の上を洗つてゐた。雑貨を売つてゐる家ではお神さんが小供を裸の上におぶつて、蚊遣線香を焼いた火鉢を煽つてゐた。

私はそんな所を物珍しそうにゆつくりと見て歩くのは悪いと思つたので、足を止めずに歩いてた。そうして歩るいてゐる私の眼に、その長屋の軒下の其所此所に鉢に植えた朝顔や夕顔の蔓草のあるのが見へた。それは市から慫慂してバラツクの暑さを防ぐために、軒に這はして日除をこしらへさせやうとしてゐるものであつた。市ではその当時、トタン屋根に白や緑の液を塗つて陽光を防ぐことも慫慂してゐた。しかし、朝顔の蔓や夕顔の蔓は延びないので、新聞に投書してそれを嘲つたものがあつた。私はそうしてこのあたりを三十分ばかりも歩るいて帰つた。この不忍の池畔、観月橋の袂になつた所に、私の知人の加藤美命君がゐて、一昨年の博覧会以来、旅館をやり料理店になり、震災もうまく逃れて、非常に繁昌してゐたところで、五月になつて自分の家から火を失して隣家をあわせて焼いたうえに、火災保険の期限が二日前に切れてゐたので莫大な損害を蒙つた。この加藤君は賀川豊彦君や倉田百三君と比肩すべき人で、その編纂になつた『斯れだけは心得置くべし』と云ふ出版物は、所謂洛陽の紙価を高めたものであるが、その火災の後で、無名の端書が数通舞ひ込んで来て、それには火の始末に注意せよ、斯れだけはきつと心得置くべしと云ふやうなことを書いてあつたが、これも池の端のバラツク史に挿入すべき挿話の一つであらう。

○写経供養

今年の土用ほど雨のすくないことは珍らしかつた。七月は殆んど雨なしに暮れて、八月になつてやつと四日と六日にやや雨らしい雨が降つた。破損してゐる道路の沙塵に苦しめられてゐた者は、今度は泥濘に悩まねばならなかつた。

六日の夕刊の時事新報には、『悪道路名所調べ』と云ふ題で、雨の日の悪道路の見立て記事が載つてゐた。それによると銀座尾張町の電車停留場附近は大きな水溜になつてゐるので、尾張町の琵琶湖。万世橋から上野広小路にかけて、電車軌道の敷石花崗岩が飛びだしてゐるのに雨水が絡まつてゐるので、御成街道の耶馬渓。上野広小路の水溜に松坂屋呉服店のウインドーのテスリが浸るやうに見えるので、上野広小路の宮島。飯田町の電車交叉点の泥濘の中では、電車自動車自転車と目まぐるしく行き違ふので、親は児を顧るいとまなく、児は親をいたはる隙がないと云つて、飯田町交叉点の親不知。市ケ谷見附下の道路は自動車の通るたびにどんどんと鳴るので、鳴戸。四谷見附から塩町までには、砂塵の山が泥濘の中に散点してゐるので松島。御成門から愛宕町通りは、沙塵と焼土とが細長く道路と並行して積みあげたのに、松の植木や種種の盆栽が置いてあると云ふので橋立。御成門から三田へぬける芝山内の道路は、鉄管を埋めた後の赤土が地獄の血の池のやうにどろどろとなつてゐるので血の池。東京駅から数寄屋橋に至る間の道路は、馬の足跡位の凸凹がつらなつてゐるのに水が溜り、それが夜になると両側の電燈が一つ一つ映るので不知火。私はこの見立の中にお茶の水の見立ての無いのが瑕だと思つた。

七月の十八日の午后であつた。私は盂蘭盆の日の被服廠跡が焼香の人で雑踏したと云ふ新聞の記事を読んで、震災当時のことを今更のやうに思ひだして出かけて行つたが、行く路ついでにお茶の水を通つてみた。もつとも新橋大塚間を往来してゐる電車では時時通つてゐるが、徒歩で歩くのは今年になつてははじめてであつた。

水道橋の角の震災以来赤十字社の出張所になつてゐる建物を通つて、震災に破損した高い土塀に沿うてあがつて行くと、やはり時事新報であつたか『東京新名所お茶の水の砂漠』と云つてゐるとほり、泥沙が海岸の沙のやうに深く、電車のレールが埋まるほどになつてゐて、下駄で歩くとざくざくと音がする。自動車や自転車の轍の痕は網の目のやうに縦横に縺れあつてゐるのが見られる。風が吹くと灰汁のやうな煙が朦々と立つた。

その沙漠の道路へ持つて来て元町の辺から電車線路の修繕をしてゐるので、敷石を掘り起して積み重ねたり、セメント樽を置いたりして路を狭くしてゐるがために、自動車や荷馬車や人力車がたて込んでゐるのも不快であるが、まだ不快なのは右側の崖ぶちに震災の日の焼トタンと焼け灰を積んだままにしてあることであつた。その焼トタン焼け灰はお茶の水の橋の袂にまで続ひてゐた。

『もう一年が近くなつて、どうです、永田は悧巧な男のやうに聞いてゐたが、たゞ如才ない丈けで、仕事は一向出来んぢやありませんか。あの胡麻塩頭を変な恰好に刈つた鼻眼鏡の先生ならまさかこんなにほつたらかして置きませんよ』

滝田樗陰君と電車で一度通つた時、滝田君はこんなことを云つたが、なるほど吏青嵐君よりも和製ルーズ君の方がこんな始末位はとうにしてゐるだらうと思つた。

左は順天堂病院の仮入院室、仮診察室。もとの病院趾も師範学校跡もそのままになつてゐるのに暑い夕陽が射してゐた。顔をあげるとお茶の水橋の向ふ斜に、上層の焼ケ落ちたニコライ堂が震災当時そのままの姿をして立つてゐるのも佗しかつた。お茶の水橋を渡らうとして下流の方に眼をやると、橋の袂から教育博物館前の岸にかけて焼け灰焼け瓦の一大丘陵のつらなりが見えた。

私は駿河台下へ出、そこから電車に乗つて両国へ行き、両国橋の手前でおりた。橋の左の袂の小屋に二三人の者が赤錆の色をしたペンキを弄つてゐるのを見たが、それは橋を塗りかへてゐる者らしかつた。

神田川の向ふの川裾の土手の上にうつすらとした緑のあるのが珍らしかつた。それはそこの旗亭の庭に植ゑた柳であらう、黒いどろどろした河の水と銀鼠のトタン屋根のうねりとの他に何もない所には懐しいものであつた。

あげ潮になりかけた河には上流から風が吹いてゐた。私は橋を渡りながら昨年九月六日の日のことを思ひだした。私はその日になつて被服廠跡へと行つたが、その時その橋の袂に近い石垣の下の泥の上に、二三人の死人の火に焦げて黄ろくなつて引つかかつてゐるのを見たのであつた。

橋を渡つた所に交番があつて、そこの掲示板に翌日の両国の川開を知らしてあつた。私は数千の人畜を呑んでまだ久しくならない水の上に、さうした執著を持つてゐる人の心を不思議に思はずにはゐられなかつた。私は花火などをあげるより暗いたよりない水の上に点点と燈籠を流してやるべきであると思つた。

私は昨年の路を辿つて河岸ぶちを行つた。右側の角から五六軒のトタン屋根があつて、その次にすこし引込んで、右の柱に『両国憲兵分隊』、左の柱に『江東憲兵本部』の表札のかかつた所があり、その隣の焼ケ残りのセメントの高い塀の内の足場に、赤縁《へり》の帽子に白シヤツ、カーキ色のズボンを履いた男が十人ばかりゐて何かしてゐた。中には塀の上に腰をかけて此方に背を見せてゐる者もあつた。

荷馬車、自転車、荷物自動車などが眼まぐるしく行違つた。気がついて河縁の方を見ると、五六人の労働者が低く丸太を建て板を敷いて、後高の桟敷のやうな物をこしらへてゐた。私はすぐそれは花火を見る桟敷で、一人前三四十銭を取つて坐らせる所であらうと思つた。十人ばかりの少年が来て、もうその桟敷を伝うてゐた。

所所歯の抜けたやうになつてゐるが右側にはトタン屋根が並んでゐた。左側の昨年火を免かれた建物の一簇が来た。『東京電燈株式会社配電係出張所』と云ふやうな表札が見えた。右側の空地に五六本の焼け枯れの木のある所があつた。それは昨年私が休んでサイダーの空ビンに詰めてゐた水を飲んだ所である。左側の建物の端に『東京金物競売株式会社』とした所は、罹災者の一部が哀れな姿をして収容せられてゐた所であつた。

その並びが交番で、一緒に火を逃れた鈴懸の木が傍にあつた。そこに掘割があつて御蔵橋とした短い橋がかかつてゐる。左側は両国の汽車の線路の行詰であつた。橋の向ふの右側に広い焼跡が来て、通路の方に鉄条網を張り、その内に一所石を築いた丘があつた。丘の上には上の赤い下の白い陸軍の小旗が動いた。その丘の後は大きな池で、中に一つ島があつて葦草が生え、その先には樹木の茂つた丘があつた。その丘の樹の中には焼けて大半枯れたのに僅に小枝が出てゐるものもあつた。池は被服廠の旋風に捲きあげられた人が落ちて救かつた者もあつたと云ふ因縁を持つた池であつた。そこは安田善三郎君の邸宅であつた。池の中はうす鼠に澄んで淋しさうに空の色を映してゐた。その池の左の縁《へり》に紫陽花の紫の花が二つ三つ見えてゐた。すぐ通路に沿うた丘の左手には椶梠が一本あつて、長い手のやうな葉をばらばらとさしてゐた。

左側の河岸縁《ふち》にはトタン屋根の長屋があつて、古道具などを売つてゐる所があつた。左側の安田邸の隣にもトタン屋根の長屋があつて、其所には朝顔の鉢を置き、黄ろな花の咲いた夏菊の鉢を置き、まだ檜葉などを地べたに植ゑてあるのも見られた。

左側の長屋のはづれに公設市場の所在を記した標木が建つて左側に折れて行く路があつた。それが被服廠跡の一方の入口で左の方に近く洋館の焼残つて骸骨のやうに見えてゐるのは、安田の本家である。被服廠跡の入口になつたその路のはづれの左側にこれも被服廠跡の火に因縁のある巡査合宿所があつて、大半焼けてゐたやうに覚えてゐたが、その時見るときれいに修繕ができてゐた。

そのあたりから火に斃れた人達が魚かなんぞのやうに重つてゐた所であつた。入口の左側は公設市場で四棟の建物が並び右側は倉庫の棚で『逓信局本所倉庫』と云ふ表札がかゝつて、白の詰襟の番人が立つてゐた。私は公設市場の横手からトタン長屋の間を縫つて行つた。

そこは遭難者の霊堂の横であつた。堂は公設市場の建物の横を背後にして電車通りの方に向いてあつた。お盆にあげた花であらう夏菊やのぼり菖蒲の枯れかかつた花束が、その横の空地に積み重ねてあつた。そののぼり菖蒲の薄赤いインキのやうな花の色が眼に浸みるやうに思はれた。

堂の前にはぼつぼつ焼香してゐる者が見える。線香の匂が鼻につく。私も堂の前へと廻はつて行つた。堂の中には大震火災遭難者霊位とした文字が見え、外の右側の軒下には納骨堂とした表札が建ててゐた。そこにはかなり大きな銀杏の樹を植ゑてあつた。堂の四方には低い木棚をめぐらしてあつた。そして正面に賽銭箱を据ゑその右には四角なセメントの炉を置いてあつた。焼香者は賽銭をその箱に投げ、線香を炉に入れ、花をその左右に置いてある木の台の上にあげるのであつた。

茶の小さな碁盤縞になつた洋服を著た男が来て、その花の台の前にある高足の机に白い片をかけ、それの上に巻物を繰りひろげて、傍に立つてゐる女から何か聞いてゐたが、やがて帖面を取つてそれに記き入れ、その筆に女の手をかけさせて、巻物の赤い地紙の書きかけになつてゐる一つの文字を書かした。私は何か供養のために書いてゐるだらうと思つたが、どうした意味の文字であるか判らないので、傍へ行つて聞いた。

『書いてゐる字は何んですか、』

『阿弥陀経です、罹災者の遺族のかたに、一字づつ書いていただいてをります。』

洋服の男は僧侶であつた。彼は一方の手首に数珠をかけてゐた。

そこへ夫婦らしい二人伴がやつて来た。左の眼の飛び出たやうになつて見える田舎者らしい女は、供養を頼んで何人かの名を云つた。僧侶は帳面をもう持つてゐた。

『お神さんは何んと云ひます、』

『どうも旦那の名だけは知つてますが、さア、お神さんのは、』

『ぢや、そのお神さんと、まだ他に御家族がありましたか、』

『小供が三人ありましたが、それも名がどうも、』

『いや、よろしうございます、供養いたしまう、』

僧侶は又筆を女に持たして一字を書かした。僧侶の手許にはそのビラがあつた。僧侶はそれを傍に寄つて来る人に配つた。私もそれに手を出した。

無料納経供養

思ひ出すさへ恐しい、あの大震災がありましてから、はや一年になります「私共は幸ひ御聖徳のもとで平和な月日を送らして頂いて、惨害の地も日に日に復興してまゐります、それにひきかへ思ひ浮べるのは、亡くなられた幾十万の精霊であります、忘れんとしても忘れることができないのであります。この悲しみのうちに、せめては御仏の菩提と思ひまして、写経供養を企てたのであります、先日から各方面を廻つて居りますが、誠にいたわしい御遺族の方が涙の中に尊い一字づつをお書き下さいました、どうか御供養のために一字写経をお願ひいたします、皆様の御筆で出来あがつた経巻を納経いたしまして、末世でまで菩提を弔ふ計画でありますから、何卒御賛成下さいます様切に御懇願いたします、御遺族の住所不明で困つて居りますからどうぞ会の方へ御知らせ下さい、願ひます、
としたもので、それには東京市本郷区千駄木町五〇納経会としてあつた。私はそれにひととほり眼をとほしてから、思ひだして僧侶の方を見た。一人の若衆が供養の文字を自分ひとりで書くところであつた。
霊堂の前は右側に『仏教各宗聯合弔祭支部』とした札の建つたトタン屋根があつて、そこは仏教の儀式で遭難者の冥福を祈るやうにしてある所であらう、仏壇を設け、花を供へ、正面の大香炉には線香がくゆつてゐた。そこは焼香者が休憩できるやうに腰掛けも並べてあつた。霊堂の前にゐた彼の写経の僧侶はいつのまにかこの庭先へ高机を持つて来てゐた。

そこの先隣になつた所は燈籠や卒塔婆と共に花や線香を売つてゐる家で、その境に卒塔婆が林のやうに建ててあつた。燈籠や卒塔婆を売つてゐる家の先隣は、これ又花や線香を売つてゐる家で、その隣が又卒塔婆の林になつてゐる。左側はトタン屋根の塀になつてゐるが、その右側は花と線香を売る家と卒塔婆の林とが入れ交つて電車通まで続いてゐた。

私はうすれて熱のなくなつた夕陽の光を浴びて電車通へ出たが、電車には乗りたくないので厩橋の方へと歩いた。鰯の目刺を焦がしたやうに焦げてごぢやごぢやになつた人間の炭が一ぱいになつてゐた左側の溝には、平凡な汚水が流れて、この上にできたトタン屋根の長屋の何所かで、小供の『枯れすすき』を唄ふ声が聞ゑてゐた。

厩橋の手前の外手町の停留場まで行つたところで、吾妻橋の方から浅草公園へ行きたいと思ひだしたので、すこし行きかけたが、黒船町にゐる友人を引張りだして久しぶりに話をしようと思ひついた。私はすぐ後もどりして厩橋を渡り、友人の家へ行つてみたが、まだ勤め先から帰つてゐないと云ふので、ひとりで浅草公園へ行つて、飯を喫ひ、電気館へ入つて『樽屋おせん』を脚色した活動写真を見、ぶらりと広小路に出てみると、本所の方の空に赤いみづみづした月が出てゐた。私はその月を厩橋で見、それから高等師範の前で見たが、その時には横町に折れる塀の角の電柱があつて、その柱に釣した三角の広告燈の灯がその光にぼかされてゐた。その広告燈のガラスには『カフエーリリー』と云ふ文字が見えてゐた。

○芳原の池

被服廠跡に行つた翌日、即ち七月十九日、数日前から馬喰町の出版書肆へ顔を出さなくてはならないことがあるので、その日行くことにしたが、前日の被服廠跡の聯想から新芳原の廓内にある池の水に好奇心が動いてゐたから、そこへ廻つて行くことにして、朝早く家を出た。

田原町まで電車で行つて、そこからおりて歩いた。明治四十三年の大火後にできた建物とすこしもかはらないやうなトタン屋根の小家がもうずらりと建ち並んでゐたが、朝の遅いその町では、煙草屋か飯屋くらゐが店を張つてゐるくらゐで、そのあたりに多い小料理屋などは、早い家がやつと戸を開けたばかりのところであつた。

陽はまださすがに熱してゐなかつたが、炎天続きの町のほこりが足首にからまるやうで気味が悪かつた。路の左側に見覚えのある寺の花崗石の門とセメント塀とがそのまゝに残つてゐて、植木屋でも借りてゐるのか、門口一ぱいに樹や草花の鉢を並べてあるのが眼に注いた。

暫く行つたところで、路が狭くなつて、それがくるりと左に折れて来た。その折れた右側の曲りに新らしくこしらへた祠があつて、『野光地蔵』と記した文字が見えてゐた。私はそこから左に小さな路次をぬけて行つた。そこに大下水の汚い溝があつて、小さな橋がかゝつてゐた。

私はその橋を渡つて下水の向ふ縁から土手へと出た。土手の向ふ側の建物も明治四十三年の大火後の建物とあまり変らないやうにできてゐた。牛鍋、鳥鍋、桜鍋で朝がへりの客を呼ぶ小料理屋も。

廓内の入口の左角には、新らしく植ゑた見返り柳が緑の体をしんなりとさして、昨年の悲惨事はないもののやうにしてゐるが、大門に桜痴居士の紀念の文字のなくなつて居るのを見ると、恐ろしかつた彼の地震雲のことを思ひ出さずにはゐられなかつた。

門を入つてすぐ右側に眼をやる。八幡屋、山口巴屋、林屋、わかのや、みなとや、たけや。次に建築中としてある板囲ひは近半であるらしい。バラツク屋根のお茶屋はさすが哀れであつた。そこの左側にはバーなどが見える。

私は池に行くのでその通りを真直に行けばいい。次の町角からは左右にお茶屋がバラツク屋根を並べてゐた。私の眼はそれから角海老に行つた。表に面した方に透し格子の木柵をめぐらして、内には木を植ゑ石を置いてちよつと趣のある庭を設けてあつた。その庭の樹木の先にスリガラスの障子の入つた室室の格子が見えてゐた。右の方に寄つて小料理屋のやうな入口も見えた。その入口の右になつた植込の中には春日燈籠を置いてあつた。石の陰には桔梗などの草花を植ゑてあつた。

廓内にゐる若い女が三人五人と伴れだつて歩いて行くのが見られた。路の左側には交番もあつた。その交番のすぐ先の左側の小さな呉服店には、七八人の若い女が入つて各自に反物を見てゐた。もうこの里の風俗も昔とはだいぶんかはつてゐるらしい。

路の行詰に『三業取締所』の建物があつた。それを左にそれて曲つて行くと広場になつてそこに池があつた。池のぐるりには桜の稚木を植えてあつた。震災後ここへ来た時には、池を中心に焼死した数百人の男女の骨を池の縁に盛つて、祠を建て卒塔婆を建てゝ供養をしてゐたので、それはどんなになつてゐるだらうと思ひ思ひ池の縁へよつて行つた。焼け残つた池の中の橋はそのままになつてゐるが、他はもう何もかもきれいに片付いて、池の水はぐるりにしつらへた竹垣にまもられて静に眠つてゐるやうであつた。

そこへ水桶を天秤棒で担いだ男が来て、池の水を汲んで帰りかけた。私は傍へ行つて、

『ここにあつた、遭難した人の遺骨はどうなつたんでせう、』

と訊いてみたが、その男は知らなかつた。

『さア、どうですか、この頃来たものですから、』

池の右の方にはすこし遠のいてトタン屋根の裏口が並んでゐた。すこし樹を植ゑてテーブルを二つぐらゐ出してあるカフエーのやうな所があつた。私は腰をかけたいのでそこへと行つた。あかんぼを脊負つた小柄なお神さんらしい女が出て来た。そこは廓外に表口があつてバーをやつてゐた。私はソーダ水をも

らつて飲みながら、『池のふちにあつた、遭難者の骨はどうしたのでせう、』

とまたお神さんに訊いてみた。

『三輪の竜閑寺に持つてつてあるのですよ、近いうちに大きな石碑もできるのですよ』

お神さんはそれから池で死んだ廓内の女は八十人位で、後は附近の人であると云ふやうなことを云つた。この神さんは橋場で震災に逢つた者であつた。

『宮様のお屋敷の傍にゐたのですよ、』

お神さんはまたこんなことも云つた。そこに二人連の妓夫のやうな男が来て傍のテーブルに著いて、これもソーダ水を飲みはじめた。

女の群が池のまはりを歩きだした。私達の眼の前に石があつて、それに職人のやうな半纏を著た男がゐて煙草を喫んでゐたが、女の中では巻煙草を持つて来てその男から火を借りる者があつた。

『おいらも、あすこへ行つて煙草を飲んでゐやうか、』

と傍にゐる若い方の男が云つた。

『やつぱり人体を見て来らア、お前がいくらゐたつてだめだよ、』

と年とつた方が笑つた。私はお神さんに教へられて、そこの家の横を潜つて外へ出、教へられた路を行つて菊屋橋行の電車に乗り、乗りかへて浅草橋でおりた。


馬喰町二丁目の興文社はすぐであつた。そこはトタン屋根の店頭を土間にしてあつた。小僧の知らせによつて、石川寅吉君が二階からとんとんとおりて来た。

『今回は御無理なことをお願ひしてすみませんでした。今日はちよつとお礼にあがりました、』

私は用件をはたしてちよつと石川君と話した。テーブルの上には旋風器が動いてゐたがぢりぢりと暑かつた。

『今晩は川開ですよ、』

と石川君が云つた。何処も彼所も低いトタン屋根であるから、花火は何所からでも見えるだらうと思つた。

私はそれから本石町の至誠堂へ行つて、そこへの編輯室の二階で附近のトタン屋根の炎のやうにたちあがるほてりを見ながら花火の話をした。

『今年の花見は。何所からでも見えるね、』

私はそれから路で昼飯を喫つて日比谷のトタン長屋へと行つた、そこにも一面に襁褓が干してあつた。

築地の本願寺あたりでやつてゐるらしい托児所では二十人ばかりの小児が無心に遊んでゐた。ある長屋では蓄音器が義太夫節をゆるやかな旋律で唄ふてゐた。

私はそのかへりに電車に乗つたところで、二度ほど指が顋の髯にひつかかつた。私は帰るなり生へるにまかして十年間そのままにしてあつた髯を自分で剃つてしまつた。しかしそれには理屈も何もなかつた。

震災一年後の思出

宮地嘉六

私にはあの大震災の日の思ひ出よりも、九月九日の午後から王子署の檻房で十日間暮したその思ひ出の方が深い。そのことは、然し語るを避けたい。

もうあの大震災も昨年のことになつてしまつたのかとしみじみ思ふ。あの日は、地震前に少々雨が降つた。私は年来日記を廃して来たが、昨年の九月一日から二三日続けて日記らしいものを書いた。今、それを見ると別にくはしくも書いてゐない。

九月一日、強震、石燈籠倒る。裏の花畑へ遂に飛び出す。郵便局より帰りて、読みかけのマダムボアリーを読み始ると直ぐなり。半鐘鳴る。汽笛鳴る。街の彼方に煙の立ち上るが見ゆ――云々

全く私のゐる西ケ原郊外はさして被害はなかつた。お産をして間もない産婦と赤ん坊とが寝てゐる上に簞笥が倒れたとかさう云ふ近所の話しに心を痛ませ、病中の老父を家の中から肩にすがらせて空地の草原へつれ出してゐる、近隣の或る一家の様子を気の毒に眺めたくらゐだつた。夕方になるまで街の様子は分らなかつた。唯方々に煙が立ち上つてゐるので、火事が数ケ所に起つてゐるらしいと話し合つてゐたゞけである。日が暮れてから空の明るさがひどいので、小さな火事ではないと思ひ、田端道を通つて上野まで街の様子を見に行つて始めて驚いた――全山避難民を以つて埋まる。嵩張りたる荷物を背負ひて崖を攀ぢ上る男女老若の姿いたまし。綿の如く疲れて、広場にごろごろと重なり合ひ、うごめく無数の人影――云々と私はその夜のことを書いてゐる。その夜の帰りに谷中のとある塀に此の日の死傷者の数を報告した貼紙が新聞社の名で出されてゐるのを見て私はいよ〳〵驚いた。家へ帰つたのは深夜の三時だつた。

×

不幸な罹災者の中でいちばん私の心に傷みを覚えしめたのは吉原や州崎の遊女の身の上であつた。下谷や葭町や新橋や赤坂の藝者が焼け出されたと聞いても私は別段に哀れを催さなかつたが、吉原の遊女達が沢山焼死したと聞いて、心からいた〳〵しく思つた。秋雨のそぼ降る中に、頓生菩提、と書いた長い弔旗を立てた吉原の骨塚の写真を新聞で見た時私はしみ〴〵と底深い哀愁を覚えずにはゐられなかつた。頓生菩提、頓生菩提、私は此の仏語の意味を深くは知らないでも、此の文字にだけはセンチメンタルな無限の悲哀を感ぜずにゐられなかつた。然し吉原も一年たゝぬ間に復興した。震災で死んだ人達がいつの間にか皆甦つてでも来たかのやうに賑やかである。沢山の人である。私は敢て人道主義の上から公娼廃止論者にならうとは云はない。唯、遊女は此の世でいちばんいぢらしいと云ひたいだけだ。その実、私は遊女に愛されたと云ふ記憶をあまり持たないのであるが――近頃は夕方からよく吉原散歩に出かける。王子から三の輪行の電車で、そして三の輪から土堤を行けば納涼に

は私にはよい散歩だ。無論登楼するわけではない。あの版画のやうな引手茶屋の両側の夜景を見るのが好きだからである。淡紅色の手柄で、しやごまに結つた花魁の装ひもだん〲私はすきになつて来た——遊女は女性の中でいちばんいたはつてやらねばならぬやうな気がする。殊に震災後、私はさう思ふのである。頓生菩提。頓生菩提——

あそこは浅草の何と云ふ町だつたか私は覚えてゐたつもりで今思ひ出せない——王子署の第一号檻房から、御苦労ぢやつたとお礼を云はれて十日間の検束から放たれて帰宅してからだから、昨年の九月の末だつたであらう。或る日ふら〱と私は浅草の町を歩いてゐた。さすがに浅草である。もうバラックが七分通り立ちそろつてゐた。私は何の為めであつたか、多分其の時、小用を催したかして、大通りの裏手へ入つたが、一歩裏手へ入るとまだ目もあてられぬ災後の惨状をそのまゝ残してゐるのであつた。小用をたすつもりでお寺の焼跡の墓場を通りぬけようとすると、その墓場の中に焼けトタンを立てかけた非人小舎そのまゝの小舎があつて、その中に十八九の、色の白いきれいな娘が俯向いて唯一人お縫をしてゐるのであつた。私は小用どころでなく、非常に好い絵画をでも見た時のやうに見とれてしまつた。——私は今だに時々その娘の美しかつたことを思ひ出さずにはゐられない。

昨年の八月の末には群馬の山中の、法師温泉と云ふ温泉場で一週間ほど暮した。私には東京の大地震の記憶と此の法師温泉場で一週間ほど暮した思ひ出とはどうしても結びつくことになるのである。今年は渋川から沼田まで鉄道が開通したから昨年よりは便利がよい。それでも沼田から五六里の山路をガタ馬車か乗合自働車で行かねばならぬ。湯宿から二里半はどうしても徒歩でなければ行けない。沼田は奇才生方敏郎氏のお国であると聞いてゐるが、此所で私は二晩ほど旅館へ泊つて見たが、少しぼられた。旅館の隣は藝者屋で、旅館のかみさんの実家と云ふことを私は後になつて聞いたが、無論その時藝者などは呼ばなかつた。呼んだら、それこそいやと云ふほどぼられたかも知れない。旅館は土地で一流どころで、きれいで、眼下遥かに利根川を見せた眺望のよい部屋を与へてはくれたので、そのせい〱する眺望がすてがたくて、とう〱二晩泊つてしまつた。夜、戸外を義太夫が流して通つたので、呼んで貰つて部屋で一二段語らせた。五十あまりの東京者らしいお婆さんだつたが、なか〱声の好いつや語りで糸も達者であつた。私に何かやれるだらう、一つ聞かせてくれと云ふ。隣りの舞子が二三人遊びにやつて来る。宿のかみさんも聞きにやつて来た。私は思ひきつて三勝のさわりをやつた。それで、すつかり私は道楽者に見られてしまつたらしい。義太夫を呼んで三勝の一つもやれる人が隣の藝者を呼ばないのは少少義理が悪いやうな気がしたが然し目的地の法師温泉まで行かない間に、こんなところで、ぼられてはつまらないと、翌朝は逃げるやうにしてそこを立つたわけであつた。

三国峠の麓なる、その法師温泉まで行きつくのはたいへんだつた。然し行つた甲斐は充分あつた。実に豊富に湧いてゐる温泉である。透明無色の温泉で宿屋唯一軒きりで家と云ふ家はその宿屋とも三軒しかないところで、他の二軒の家は信濃川水力電気工事の鮮人の土工達の宿所にあてられてゐた。女の浴客には多少不安な思ひをさせたが、泉質のよいのと、安あがりと云ふ点ではちよつと類の少ないところで客はかなりこんでゐた。大抵の客は自炊であつたが、一日に一円そこ〳〵ですむのである。無論喰べ物は不便だ。豆腐だの、黄瓜だの、せい〴〵柳川なべか、鯉こくぐらいが関の山だつた。

私がその法師温泉場へ行つて三日ほどしてから、私の直ぐ隣室に男女二人づれの客が来た。女はどう見ても、くろうとらしいのであつた。男は三十四五のきやしな、それほど好男子ではないが女好きのする男に見えた。おかしなことには、その隣室の婦人は私と顔を会せるたびにへんな微笑を浮べるのだ。言葉の調子では東京者ではないらしい。はてな……と私は考へて見たが合点が行かぬ。どう考へても曽て見たやうな気がしないのである。すると夕方、私が二階の欄干によりかゝつてゐると、隣室の婦人も欄干へよりかゝつて此方を見てゐるのであつた。二十四五の丸顔の女である。中形浴衣に伊達巻をしめてゐる。『お隣の旦那。』彼女は突然私にかう呼びかけた。『旦那は沼田で△△館へお泊りになつた方でせう。』

『は、さうです。貴女は……』私もあいそよく問ひ返した。つれの男は浴場へ行つてゐなかつた。『旦那の三勝を聞きましたよ。』婦人は笑つた。

それで私には始めて読めたのである。沼田で私が泊つた旅館の隣の藝者だと云ふことが分つたのである。それからお互に心易くなつて、彼女の旦那とも心易くなつて一緒に花合せをして遊んだりしたものだ。男は沼田の歯医者だと云ふのだつた。一週間目には此の歯医者の妻君が焼いて此の温泉場へ押しかけて来て、大騒ぎが始まつたりした。私はそれから一日二日してそこを立つたが、東京へ帰ると二日目にあの大地震だつたのである。ところで一年後の今年の或る夕方私は彼女によく似た女を吉原の或る引手茶屋の前で見たのであつた。

ある婦人との対話

上司小剣

『もう一年になりました。』

『早いものです。』

『地球が太陽を一とまはりしたんですね。自分にもくる〳〵まはりながら、自分と同じやうにくる〳〵まはりつゝ自分の周囲を丁度自分が太陽の周囲をまはるやうにしてまはつてゐる月をおともに連れて。……』

『何んだかやゝこしいこと。もう一遍言つてごらんなさい。一と口に早く、三遍つゞけて。……』

『からかつちやいけません。天体の巧妙な組織……地上の人類生活にたとへてみたら、丁度無政府共産主義が最も完全に行はれてゐるやうな……其の天体の運行は、全く下界の人間の言葉ではうまく言ひまはしにくいほどですね。』

『わたしも、天文学の本はずゐぶん読みました。バリイの天界の話だの、太陽の話だの……だから、これでも恒星と惑星との区別や太陽系の八個の惑星の一つが地球だくらゐのことは知つてゐますよ。しかしあれはほんたうでせうか。いゝかげんな想像ぢやないでせうか。地球に起るすぐ足もとの地震すら予知することが出来ないで、何万マイル、何千万マイルから、何百兆マイルさきの、光といふもの、ほかにはまるで我々の世界と絶縁された宇宙のことが、そんなにハツキリわかるものでせうか。』

『それやわかりますね。自分のことはわからないでも、他人のことはわりあひによくわかるやうにね。……岡目八目といふことばもあるぢやありませんか。』

『ほゝゝゝ。妙なところへ岡目八目が出ましたね、碁をおうちになる?』

『碁は大きらひです。碁ばかりぢやない。勝負事はすべてきらひです。勝つのは気の毒だし、負けるのはいやだし。』

『ほゝゝゝ。今夜は月蝕ださうでございますね。』

『今夜ぢやありません。あしたの朝です。午前二時三十一分三秒から欠けはじめるのです。そして五時八分に欠けたまゝ西の空に沈んで行くのです。』

『そのとほりにまゐりますかね。』

『全く其のとほりに行きますよ。この前の月蝕の時は午後十一時何十何分何秒とかに欠けはじめるといふから、わたしは其の時刻にヴエランダへ出て、時計をもつてまん円い月を見つめながら、待ちかまへてゐたんです。スルと、其の時刻に一秒もたがはず、予定のとほり左の上の方(だツたと思ひます)から欠けはじめました。もつとも欠ける時刻が六秒ほど早やかつたやうでしたが、それはわたしの時計が、其の時それだけをくれてゐたことを、あとで発見しました。』

『それほど天のことがよくわかるのに、足もとの地震がどうしてわからないんでせう。』

『遠い〳〵天体の変化は一分一秒もまちがへずに予報することが出来るのに、現在自分の踏んでゐる地上のことや地中の変化はなか〳〵わからない。一分一秒どころか、朝降ると予報した雨が晩になつても降らなかつたり、晴れると言つたのが雨になつたり、わけても地震なんかはまるで予報が出来ないのは面白いですな。今わたしの手もとにある天文学の本は三四年前に出たものですが、今年の八月二十三日に火星が地球に最も接近するといふことを、ちやんと書いてゐます。それだのに、地上のことゝなると、今日の新聞にも明日の天気を正確には書き得ない。………とかう言つた話は、話としては至極面白いし、大向ふの喝采を得るのは、さういふ話に限るんで、さういふ話をのべつに喋舌る人が、世間の人気ものになるんです。しかし少し考へると、そんな話は場あたりだけで、一向内容がないんです。かうやつてゐるうちにも、この地球が若し、一分間一千マイルからの大速力をもつて、太陽の周囲をまはつて一年といふものを作つてゐる其の所謂公転を不意に中止して、突然太陽の中へ飛び込んでしまふといふやうなことがあるとしても、それは決して人間の智恵で予報が出来ないでせう。しかしそんなことは決してない。天体の運行はちやんときまりきつてゐて、絶対自由の中に節制があり紀律がある無政府主義だから、先きのこともちやんとわかるが、地上のことは出たらめと気まぐれが多いので、地震なんぞといふ大きまぐれに遭つちや、まるで駄目なんです。あれを鯰だと言つたのは、実に童話としての傑作ですね。』

『今仰ツしやつたやうに、この地球が太陽の中へ飛び込むやうなことがあつたら大変ですね。』

『大変も何もない。さうなれば、めでたくお陀仏です。発動機のとまつた飛行機どころぢやない。摂氏七千度といふ高熱の太陽の表面へ地球がぶつかるのは、ストーブへ芥子粒を投げ込んだやうなもので、じゆツともしゆツとも言はずに、大きな太陽から見れば耳かきいツぱいにも足らぬ液体になつてしまふでせう。』

『被服廠跡の惨事どころぢやありませんね。』

『ところがそんなことは決してない。地球は人間のやうに気ぐれでもなく、なまけものでもありませんからね。むやみに自転をなまけたり、公転を休んだりしませんよ。むちやくちやに、撒き散らしたやうに見えてゐても、天体には全部の活動と個々の活動とが、きはめて自由に、そして、気まぐれでなく行はれてゐる。圧迫なしに紀律がある。強制されずに、連繋して、平和な自由な集団生活が行はれる。個人と社会とが最も滑かに不即不離で行く。アナーキズムの極致は、天体がちやんと見せてゐる。』

『それは人体の細胞だつてさうでせう。天体の組織の縮図が人体の組織だとも言へるでせう。天体も人体も、それほどうまく運行をつゞけてゐるのに、人類の地球上に於ける生活だけが、さうは行かない。……それはどういふものでせうか。』

『研究も反省も足りないからでせう。人間といふものがいけないものであるがために。』

『地震なんかの起るのも?』

『地震は仕様がない。しかし、人間がもつとまじめに、研究し反省したら、去年ぐらゐの地震なら、笑ひながら、大地の揺ぐのを眺めてゐられたでせう。こんなことを言ふと怒られるかも知れないが、半ば以上、七分以上、或は八九分以上、若しくは九分九厘以上、去年の地震は、地震の実質よりも、災害を大きくしてしまひました。家を揺がしたのは自然の力だが、家を焼いたのは人間の作つた火です。冷酷に言へば自ら招いた禍です。今年の一月十五日の地震は、専門学者の説を別として、去年九月一日の地震とさうたいしてちがはなかつたでせう。あれが若し九月一日に来たら、だいぶ被害があつたにちがひない。それが殆んど東京を無害で済ませたのは、バラック建築が大部分であつたためでせう。即ち昨年九月一日以前は、バラックよりも弱い家に無理な住みかたをしてゐて、あの災害にかゝつたのでせう。』

『それはたしかにさうです。バラックか鉄筋コンクリートの堅固な建築か、この二つのいづれかで、都会を造つてゐたら、去年九月一日ぐらゐの地震なら、笑つて過すとまでには行かなくとも、殆んど無難に済ますことが出来るのですね。』

『もう少し自然に還へるか、もう少し自然に勝つか、どつちかであればいゝんですね。』

『これから東京の復興する姿は、もちろんあとの方でございませうね。自然に打ち勝つた建築なり設備で。……』

『さうです。バラックは地震に強い、……といふよりは、地震の方で眼中においてくれないから、バタ〳〵潰《つぶ》れもしないんですが、しかし、火事にかゝるとペラ〳〵とやられてしまふ。どうしても、火に燃えないで、地震に崩れない家が必要だと言へば、結論はわかりきつてゐますが、しかし自然に勝つと言つたつて、勝ちきれるものではない。全体現在の都会といふものは、古代の都市とちがつて、多くの人間の偶然な集合で、一貫した都市といふものゝ生命がない。活きた都市でなくて、家屋と道路との徒らな行列であります。こんなことでは、天災よりも、先づ人災でつぶれる。』

『ぢや、どうすればよろしいんでございますか。』

『もつとかう、自然と融和した、自然に抱かれたやうな都会を造るんですね。東京の地勢は殊にさうした都会の建設に向つてゐます。』

『行つたことはございませんが、話に聴いて居りますウインのやうな都会にするのが、東京には一番いゝんじやございますまいか。』

『さア、どうですかね。とにかく、ニユーヨークの安価な模造品を武蔵野の一角、江戸湾の畔りに据え付けたんじや困りますね。地震と火事はそれで防げるにしても。』

『わたし、去年の九月三日に、東京の大通りをずうツと歩きました。燃え残りの火焔に炙られながら。』

『さうでしたね、わたしも歩きましたよ。一緒に歩けば、今日の思ひ出もまた一そう深かつたでせう。』

『この夏、同じところをずうツと歩いてみて涙がこぼれました。』

『どういふ風の涙が?』

『バラックの中に、皆青いものを植えてゐるんですもの、猫の額のやうな庭でもあれば、その焦土の跡に。それもなければ植木鉢でね。……或る貧しいバラックでは、焼け跡から拾つて来たらしい甕のこわれたのに朝顔を植えて、可愛らしい花を咲かしてゐました。其の花を見て、わたし、涙をこぼさずにはゐられませんでした。』

『それです、それです、其の心が、自然と融和し、自然に抱かれた美しい都会を建設する心なのです。其の壊《こわ》れた甕には秋になつたら、菊の花が咲いてゐるでせう。きツと。』

大震回顧

長田秀雄

「もう、あれから、一年になる。」と、云ふと、少くとも、関東八州の人たちは、白痴か狂人でない限りは、みんな惨ましい顔付をして、うなづくであらう。

　誰、一人、あの時、あんな大きな天変があらうと思つてゐた者はなかつた。それもその筈である。欧州大戦以来、五大国の一つに列して、物質的にも、精神的にも、すつかりいい気持になつてゐた国民である。心に油断があつたのは云ふまでもない事である。

　午前十一時五十八分、丁度、私は上野の美術院の入口に立つてゐた。空気は熱を病んだやうに熱く湿つぽかつた。油のやうな汗が、私の額に流れてゐた。

　遠雷のやうな響が、何処からともなく響いてきた……「オヤ」、思つて、私は、聞耳をたてた。

　大地がゆらゆらとゆれた。影燈籠のやうにそこにゐた人たちが、動きまわつた。私は全身に響きわたるやうな震動を感じた。「地震だ」と思はず、私は口走つた。そして震動の大きさをはかるために、平生天井から下つた電燈を見る癖がついてゐたので、すぐ天井を眺めた。

　天井には電燈はなかつた。縦横に走しる太い梁《はり》が、物凄ごくきしめき動いてゐた。

　私は前後の思慮もなく、すぐ、会場から飛出した。

　会場の前の平地には、もう、一パイ人が立つてゐた。大地はおやみなく動いてゐる。あたり一面に植えた桜の若木が、一斉に戦慄してゐる。

　その内に震動が一際《きわ》烈しくなつてきた。私はどうしても立つてゐる事が出来なくて、そこに幾度かころがつた。朝から、雨気を持つた低い雲でおほはれてゐた空は、何時の間にか、すつかり晴れてしまつて、強烈な太陽の光が、くわつと照してゐた。会場の陰影も、桜の立木の陰影も、輝く大地の上で、ぶるぶると活動写真のやうに顫えてゐた。

　誰かが

「博物館」と、甲高い声を上げた。私はふと振返つて、博物館をみた。黒い古風な門の内の大玄関が、すつかり屋根から落ちた瓦や石塊に埋められて、何の事はない、古希臘の廃趾をみるやうな工合にみえた。

「これは大地震だ。」と、私はこれ迄感じた事のない大畏怖に襲はれながら考へた。私は東京がどんなに破壊されたか見たくなつた。そこで、すぐ、西郷氏の銅像の前へ行つた。

　まづ、広小路のあたりが存外、何ともなつてゐないのを見て、私は意外の感に打たれた。

見るみる内に、家からのがれた人たちが、本統に潮のやうにひたひたと上野の山へ向つて押しよせて来た。

遠く浅草の方から三筋か四筋火の手が上つた。その時、はじめて、私は十二階を見た。十二階は尖の折れた鎗のやうに、下の方だけ残つてゐた。

地鳴がしたかと思ふと、また地震が始まつた。土ほこりが朦々と市街の上をおほつて、その下から、蚊のなくやうな力のない人々のわめき声がきこゑてきた。この上、どう云ふ恐ろしい事が起るかも知れないと思つて、私は、桜の木にしつかりつかまつてゐた。全身からじつと汗が湧出して来た。

何処からともなく陰気な大ぜいの声で、「南無阿弥陀仏々々……」と唱へるのが、きこゑてきた。西郷氏の銅像は、地の底にめりこむやうな深刻な反響をたてゝ、前後に動いてゐた。

「あれが引くりかへつたら、さぞ人が死ぬだらう。」と歯を嚙みしめながら、前の鉄柵によつた大ぜいの人たちを眺めて私は、たゞ考へてゐた。

太陽が、土ほこりの内から、暗く赤ちやけた姿を現はしてゐた。

＊　＊　＊

夜になつた。凄いやうに晴れた空には、青い異様な月が出てゐた。そして、夜目にもハツキリ輝くやうな真白な雲が、斜めに空を走しつてゐた。

私たちは、家主の細川侯爵の好意で、広い芋畑に大きな天幕を張つて貰つて、その内に休んでゐた。全地は死んだやうに静かであつた。雑草の蔭ではキリギリスが何事もなかつたやうに鳴きしきつてゐた。

繁華な下町の方の空に、一つの異様な形の大雲が、凝乎つとかゝつてゐた。その大きな雲に仄《ぼう》つと火事の火が反射して、森の上、一体が、厭に赤く明るんでゐた。

五分十分おきに大地がゆれてきた。

「あの雲はどうしたんでせう。」

「さあ、何でも伊豆の大島が破裂したと云ひますから、その噴火の烟かも知れませんね。」

あとで考へると、途方もない事だが、その時は、それが別に可笑しくもなく受取れるやうな気持になつてゐた。

やれ、丸ビルが倒壊したの、伊豆全半島が陥没したのと云ふやうな流言が、何処からともなくつたはつてきた。

その時、私たちが見た異様な雲の大塊こそ、後で考へると、本所深川を焼いて、被服廠跡に三万の人を殺した大火の烟であつたのである。――私は今でも眼をつぶると、あの時の凄惨な雲の形をまざまざと思浮べる事が出来るのである。

＊　＊　＊

それから引つゞいて、朝鮮人の騒ぎがあつた。平生、我々の現在の生活を信じ切つてゐただけ、市民の不安恐怖は烈しかつた。黒コゲの死人や、武器を持つた狂暴な男たちの姿が、もう珍らしい物ではなく、この東京の普通の生活の内にある平凡事のやうに、少くともあの四五日は考へられた。

我々はあの大震につゞいて、革命の恐怖と不安とを味は、された。あゝ云ふ天変に会ふと、存外、人間は正直になるものだ。即ち、平生、潜在的に意識の下積にして忘れてゐた韓国併合の事実が、あの大地震と一緒に、新らしく国民の心にめざめたのではないか。あの時の不安が、単に関東八州だけでなく、殆んど全国的であつたと云ふ事実が、それを証拠だてるやうに私には思はれるのである。

＊　＊　＊

いま、丁度、一年たつて、あの頃を回顧してみると、我々は、たゞ、人間の生活の根強さに驚かされるばかりである。

六七十年の周期を以て必ず、大きな地震がおそつてくると云ふ学説が、あの大震によつて確められたために、東京遷都の説さへ起つた。事実あの惨状は、歴史あつて以来の出来事である。

然るに、この一年間に、殆んど全部の焼跡が、バラツクで埋められてしまつた。いかなる天変も、人間の力には及ばないやうにさへ私には思はれるのである。

旧東京の市街は、段々、欧風に化しつゝあつたとは云へ、まだまだ、到るところに大江戸の名残の姿が隠見してゐた。

いま、大震一過、悪魔の舌のやうな火焔になめつくされた焼跡のバラツクは、烈々たる九月の太陽に照らされて、この東京を、一個の幻影の都と化し去つた。トタン屋根の暑さは百度を越すとか、不衛生であるとか、その他、いろんな生活上の不便は、無論、あるに違ひないが、然し、見玉へ。奇抜な塗料と、軽快な建築とによつて、市街の面影は、全然一新したではないか。

カフヱも、商店も、劇場も学校も病院も役所も、みんな、以前、思ひも及ばなかつたやうな新しい様式のバラツク建になつてしまつた。その結果として、これ迄、久しい間の因襲に縛られてゐた繁褥な市民の生活は、驚く程、単純化されてきた。

市民生活ばかりではない。その生活を根とした政治も、教育も、藝術も——すべて、我々の周囲にあつた物は、みんな一新さるべき機会がきてゐるやうに私には思へるのである。

これから五年の間、市民はバラツク生活をつゞけて、それから、はじめて本建築に移るのだ。即ち、バラツクの生活は、彼等にとつて、一個の試練時代になる訳である。

東京はつねにわが国の文化の尖端だ。五年の試練時代を経て、わが東京の市民がつくりだす生活の様式は、やがて、新らしい日本の精神となるであらう。

欧羅巴は八年にわたる大戦争で、すつかり打砕かれてしまつた。しかも、その廃墟からさへ、新らしい文化の光は輝き出さうとしてゐるのである。

わが東京の大震の損害は大なりと云へども、独逸や、仏蘭西にくらべたらば、わづかに九牛の一毛にすぎないであらう。市民の力は、決して、あの大震くらいで打砕かれてはゐない、その証拠はわづか一年にして、とも角も、以前のとほり、この広い東京市が、バラックで埋まつたのを見ても分る筈である。

我々は、バラック五年の試練時代を無駄にすごしてはならない、形式は何と云つても内容の現はれである。バラック五年の試練をへて、新らしい心の市民が新らしい姿の大東京を造りあげる時を、今から私は指折かぞへて待つてゐる。

大震以来一年の間に、私は、人間の根強さを心に深く感じた。いま、涙ぐましい念《おもひ》を以つて、将来の新しい日本の文化のために合掌祈念するのである。


（「中央公論」大正13年9月号）

詩歌

詩
短歌
俳句

詩

阿毛久芳＝選

野口雨情

あの町この町

あの町この町
　日がくれる　日がくれる
今来たこの道
　帰りやんせ　帰りやんせ

お家《うち》がだんだん
　遠くなる　遠くなる
今来たこの道
　帰りやんせ　帰りやんせ

お空に夕《ゆふべ》の
　星が出る　星が出る
今来たこの道
　帰りやんせ　帰りやんせ

（「コドモノクニ」大正13年1月号）

ハブの港

磯の鵜《う》の鳥ヤ
　日暮れに帰る
波浮《はぶ》の港にや
　夕焼け小焼け
明日《あす》の日和《ひより》は
　ヤレ　ホンニサ　凪《なぎ》るやら

船もせかれりや
　出船の仕度
島の娘達ヤ
　御陣《ごぢん》家暮し
なじよな心で

ヤレ　ホンニサ　ゐるのやら

（「婦人世界」大正13年6月号）

山村暮鳥

赤い林檎（抄）

真赤な林檎をみてゐると
しみじみ自分が恥しくなる

○

ほら、ころがつたぞ
赤い林檎がころがつたぞ

○

林檎はどこにをかれても
うれしさうにまつ赤だ

○

ころころと
ころがされても
怒りはしない
うれしさに、いよいよ
　まつ赤に光りだす

○

たふとさはこの重みにあれ
林檎を掌《てのひら》に
　のせてながめる

○

こどもは林檎が好きだから
りんごもこどもがすきなんだ
必定《きっと》、さうだ

○

りんごはいい
たべなくつていい
たべられなくつていい
だが
たべられるところで
なほさらいいのだ
たべられるのにたべないで
ながめてゐるから
さらにさらにいいのだ

○

まつ赤な林檎をみてゐると
きまつて自分は
昵《じつ》としてゐられなくなる
林檎が残忍をよびおこすんだ
それこそ
美しいものの悪戯《いたずら》である

○

ふみつぶされたら
ふみつぶされたところで
光つてゐるだらう
　赤い林檎は

○

こどもはいふ
赤い林檎のゆめをみたと——
いいゆめをみたもんだな
ほんとにいい
いつまでも
いつまでも
わすれないがいいよ

大人《おとな》になつてしまへば
もう二どと
そんないい夢は見られないんだ

○

林檎のような
さびしがりはあるまい……
一つあつても
いくつも
いくつも
積み重ねられてあつても

○

おひるねしたからだよ
それで
坊やの頬つぺも
すこし赤くなつたの
きつと、さうだよ

○

いいお天気ですなあ
とでもいひたげな
これは

これは
夏冬
まつ赤な
日向の林檎である

（「日本詩人」大正13年2月号）

北原白秋

からたちの花《はな》

からたちの花《はな》が咲《さ》いたよ、
しろいしろい花《はな》が咲《さ》いたよ。

からたちのとげはいたいよ、
あをいあをい針《はり》のとげだよ。

からたちは畑《はた》の垣根《かきね》よ。
いつもいつも通《とほ》る道《みち》だよ。

からたちも秋《あき》はみのるよ、
まろいまろい金《きん》のたまだよ。

からたちのそばで泣《な》いたよ、
みんなみんなやさしかつたよ。

からたちの花《はな》が咲《さ》いたよ、
しろいしろい花《はな》が咲《さ》いたよ。

（「赤い鳥」大正13年7月号）

わたしが竹を

わたしが竹を愛するのは
陽のちらちらがうれしいのだ。
幽かなは竹、
親しいも竹、
なにかそこらのちらちらが、
蓼や蘩を涼しくする。

竹はいい、
篁はいい、
奥ぶかいゆゑ、
冷えるゆゑ、
なにかそこらのちらちらが、
蝶や小蟻を明るくする。

わたしが竹を愛するのは
このちらちらがうれしいのだ。

（「日光」大正13年10月号）

春朝

色鳥よ
よろこべよ、このあした、
ふくらむ花の
いろがきこゑる。

樹

白樺のはやしのなかに
胡桃《くるみ》の木ひとり老いたり。
花の青さや。

みしらぬはる

きりさめかかるからまつの
もえぎのめだちついばむか、
うぶげのことりねもほそく
みしらぬはるをみてなけり。

（「抒情詩」大正13年12月号）

加藤介春

春の夜の川

春の夜、
河原《かはら》の石が愛らしい子供の顔になり、
そこいらぢゆうに横たはり
そしてすや〳〵眠つてゐる。

春の夜――川のそこには
たくさんな魚の卵が孵《か》へるであらう。
愛らしい河原の石が
魚のあたまになるように思はれる。

小さい魚の子ではあるが、
風のようにすばやいやつで
葦《あし》の葉にとびあがり蓼の木をよぢ登《のぼ》る。

水のうへにはたくさんな魚があつまり
あをじろい月の光りを吸ふてゐる、
それがあのうつくしい銀の鱗になるらしい。

ふとれ〳〵
そして大きな魚になるが好い、
その小さい河原の石もずん〳〵ふとつて
大きなあたまになるが好い。

（「日本詩人」大正13年3月号）

憎む力

神よ、
わたしに彼女を憎《にく》むことを許し
憎む力を与へたまへ、
神よ、
わたしは彼女を赦《ゆる》さうと思ふてゐる、
がそのまへに憎まねばならない、
お丶憎むことなしに赦すといふ
それはおそろしい人間の虚偽ではないか、
神よ、
わたしは彼女を赦さうと思ふてゐる、
それ故にまづ憎まねばならない、
わたしにその憎む力を与へたまへ。

（「日本詩人」大正13年8月号）

萩原朔太郎

近日所感《きんじつしよかん》

朝鮮人《てうせんじん》あまた殺《ころ》され
その血《ち》百里《り》の間《あひだ》に連《つら》なれり
われ怒《いか》りて視《み》る、何《なん》の惨虐《さんぎやく》ぞ

（「現代」大正13年2月号）

猫の死骸

海綿《かいめん》のやうな景色《けしき》のなかで
しつとりと水気《すゐき》にふくらんでゐる。
どこにも人畜《じんちく》のすがたは見《み》えず
へんにかなしげなる水車《すゐしや》が泣《な》いてゐるやうす。
さうして朦朧《もうろう》とした柳《やなぎ》のかげから
やさしい待《まち》びとのすがたが見《み》えるよ。
うすい肩《かた》かけるからだをつつみ
びれいな瓦斯体《がすたい》の衣裳《いしやう》をひきづり
しづかに心霊《しんれい》のやうにさまよつてゐる
ああ　浦《うら》　さびしい女《をんな》！
「あなた　いつも遅《おそ》いのね」
ぼくらは過去《くわこ》もない未来《みらい》もない
さうして現実のものから消《き》えてしまつた。……
浦《うら》！
このへんてこに見《み》える景色《けしき》のなかへ
泥猫《どろねこ》の屍骸《しがい》を埋《うづ》めておやりよ

（「女性改造」大正13年8月号）

鴉

青や黄色のペンキに塗られて
まづしい出窓がならんでゐる。
むやみにごてごてと家根を張り出し
道路いちめん　積み重なつたガタ馬車なり。
どこにも人間の屑がむらがり
そいつが空腹の草履《ざうり》をひきづりあるいて
やたらにゴミタメの葱《ねぎ》を食ふではないか。
なんたる絶望の光景だろう
わたしは魚のやうにつめたくなつて
目からさうめんの涙をたらし
情慾のみたされない、いつでも陰気な悶えをかんずる。
ああ　この噛みついてくる蠍《さそり》のやうに
どこをまたどこへと暗愁はのたくり行くか。
みれば両替店の赤い窓から
病気のふくれあがつた顔がのぞいて
大きなパイプのやうに叫んでゐた。
「きたない鴉め！　あつちへ行け！」

（「改造」大正13年9月号）

室生犀星

ふるさと

けふ烈《はげ》しきこころをもて
ひとびとふるさとに行《ゆ》かむとす。

ひとびとふるさとを忘《わす》れ
永《なが》くふるさとを見《み》ず
また顧《か》へり見《み》ることなかりき。

みやこに地震《なゐ》ふり
こころ傷《いた》みてせんなし
いまだ青《あを》きふるさとを慕《した》ふ。

ふるさとに唾《つばき》せしこころ謝《あや》まり
ひたむきにひとびとふるさとを指《さ》す
まことわれら心《こころ》かわきて
あたゝかき夕餉《ゆふげ》の国《くに》に行《ゆ》かむかな。

（「婦人公論」大正13年2月号）

菊人形

どうしてこのやうな悲しい
世に菊人形などと言ふものがあるのか
その冷たい手と足とを見てゐると
この世の人ごころがひとりでに読まれてくるのに
そのはかない、たよりない気が沈んで映つてくるのに。

みんなはなぜ美しいものに見とれるこころを
このやうな菊人形にそそぐのか
紅い衣を着てゐるこの人形に
這ひあがる菊の葉なみもかれがれな世の秋に
人人は愉しんでそこを離れないのだ。

このやうな人形を作る人のこころになつて見たら
それはわたしがものしてゐる小説のやうに
もの憂いさぶしい心がひそんでゐるかも知れない。

（「女性」大正13年7月号）

深尾須磨子

復　讐

どこに捨てやうかと、
久しくもちあぐんだ魂のむくろを。
ここがよからうと、女は捨てた、
毛むくじやらの男の胸に。

何千年をつもつた腐葉土に、
しめりも、日あたりも、
風のながれも、
すべては育つものに上上だつた。
根づよくもたげかけてゐた復讐が、
竹の芽のやうに頭をつき出した、
そしてずんずんと、
空へ、空へ、のびていつた。

もうがらがらはいや、
お人形を頂戴、
もうお人形もあきました、
もつと何かあきぬものを頂戴。

手をもつて手に、目をもつて目に、
ああ、似て似もつかぬ愛の変化、
さて、甘い、つめたい尻目に、
女はしづかに凱歌をうたつた。

（「日本詩人」大正13年3月号）

堀口大學

砂の枕

砂の枕はくづれ易《やす》い
少女《をとめ》よ　お行儀よくしませう
沢山な星が見てゐますれば
あらはな膝はかくしませう

（「改造」大正13年1月号）

詩姿

水にうつつた月かげです
鏡の中の白ばらです
不在の女のにほひです
私の詩《うた》の姿です

（「中心」大正13年5月号）

震災詩集『災禍の上に』の扉に題す

やけあとに月が出て
やけあとに犬が吠え
やけあとに詩人等が
むくろをさらす
恥さらす

（「東邦藝術」大正13年12月号）

西條八十

歌留多の夜

「あまつかぜ、くものかよひぢ……」
読《よ》みかけて
急《きふ》に寂《さみ》しくなりました。

春《はる》の夜《よ》の襖《ふすま》にうつる
影法師《かげぼふし》
くつきり黒《くろ》い高島田《たかしまだ》。

ああ、いつの間《ま》に
わたくしも
大《おほ》きい娘《むすめ》になりました。

「少女《をとめ》のすがた」いつまでも
この我身《わがみ》にはとどまれと
心《こゝろ》の中《うち》で念《ねん》じつつ
歌留多《かるた》のあとを読《よ》みました

（「少女画報」大正13年1月号）

佐藤春夫

梨のはな

或る写真のうらに記された文字であると思へ

夕月夜の梨のはな
お前は白い。いた〳〵しい。
私をそぞろごころにする。
私をなみだもろくする。

（「女性改造」大正13年2月号）

願ひ

大ざつぱで無意味で
その場かぎりで
しかし本当の
飛びきりに本当の唄をひとつ
いつか書きたい。
神さまが雲をおつくりなされた気持が
今わかる。
おつかさんが
あの時　うたつてきかせたあの
子守唄を
そつくりそのまま思ひ出したい。
その唄は　きけば
おつかさんももう知らない
どうもでたらめにうたつたらしい。

どうかして生涯にうたひたい
空気のやうな唄を一つ
自由で目立たずに
人のあるかぎりあり
いきなり肺腑《はいふ》にながれ込んで
無駄だけはすぐ吐き出せる
さういふ唄をどうかして一つ……

（「女性」大正13年10月号）

福田正夫

裸の嬰児《こども》

僕の生命を見て呉れ給へ、
これは唯一つの裸かの嬰児《こども》だ、
生まれたまゝの姿で、
ぴよんぴよんと飛び上り、
鮮かな光と影の血汐を胸に燃え上らせる、

とほいどこからか乾いた砂地を踏んで来て、
今は黒い土の上で身ぶるひする。
焼けた灰の中から、
生命はころんところがり出した、
震ひつぶされた家の中から、
生命は嬰児となつて生声《うぶごゑ》をあげた、
日光は明るい、
その入浴は生命を暖く強くする。

（「日本詩人」大正13年1月号）

私は蹣跚《ある》く、私の都会を

中西悟堂

私は蹣跚《ある》く、私の都会を。
曲歪《ゆが》み　潰頽《くづを》れ　痙攣《ひきつ》つたその肖像《すがた》を弔問《とむら》ひに
復活《よみがへ》り　活動《はたら》き　反撥《はねかへ》りつつあるその顔貌《かを》を悦辞《よろこ》びに
私は逍往《たもとほ》る、私の都会を。
いまは焰 巷《ほのほのまち》の余燼《ほとぼり》も熄《さ》めて
意志《こころ》と計画《はからひ》に搏翼《はばた》く諸衢《やまた》
新生の熱情に軋鳴《きしめ》く都会
あゝ、私には懐 興《おもひなつか》しい揺籃の都会を
私は慰問使《なぐさめびと》のやうに
縦横《たてよこ》に　逍往《たもとほ》り　蹣跚《ある》く。

いまは白昼《まひる》。蒼空に懸るは正午の太陽
その温暖《あたたか》い憫慈《いつくしみ》の光熱の最中《もなか》に
私の都会は軋《きし》み律動する。

帝都よ、そして私の郷都《ふるさと》よ
いまや恐怖《おそれ》は去り　叫喚《をたけび》も消えて
慟哭の中から　灰燼の中から
戦慄《おののき》の追憶《おもひで》の中から
帝都よ。卿《をんみ》は深く神聖な黎明を花咲かせる
強く壮大な生命を旭昇《ひのぼ》らせる。
幾万の生贄《いけにへ》と焰供《そなへもの》の　腥悽《なまぐさ》い記憶を蹰《ふ》み
現世《ありのよ》の地獄の絵図を踏裂いて
帝都よ。卿《をんみ》は潮騒《しほざゐ》のやうに群 起《むらがりた》つ。
時は十二月、凜《はださむ》い寒天を劈《つんざ》いて
卿は勇敢に　復活《よみがへ》り
勝旗のごとく　海のほとりに翻る。

見よ、都会はいま
満身の撥力《ちから》に　肉顫《ししをき》へ
血管《ちのくだ》は漲り
犇めき犇めき生活する。
線路に、陸橋に、建築に　簇々《むらむら》と縞なす街衢《まちまち》
工業の烟は空を脅かし

店舗《みせみせ》は又もや華やぐ装束に哄笑《わら》ふ。
雑沓する巷区《ちまた》を見よ
災殃《わざはひ》に抵抗《はむか》ふ男性、そして毅《つよ》い婦人
彼等はいま　濤のごとく摺合《すれあ》ひ　動揺《どよ》めいて
都会の晴貌《はれのかほ》を築き、彩り、開拓する
そして都会の機関は健戦《たたかひ》に轟き
都会の意志《おもひ》は　凱歌に騒《さはだ》つ。
都会よ。ありし日の華粧《はでづくり》のごとく
現前《まのあたり》の汚穢《けがれ》と惨《むごい》 垢《あか》を払《ぬぐひ》 拭《をと》せよ
都会よ。ありし日の聖傲《おごり》のごとく
眼前《めのまへ》の屈辱《はじしめ》と嬲弄《なぶり》を蹂脚《ふみにぢ》れよ
ありし日の橋梁、高塔、摩天楼のごとく
蒼空を　烈彩《さきいろど》り、脅威《おびや》かし、麗《あでに》 嘯《うそぶ》けよ
ありし日の洪量のごとく、夥多のごとく
単純に総《ありとあ》るものを生存《いきなが》らへしめ、無盡の複数に競技《きほ》へよ
而かも、ありし日よりも更に美々しく、更に崇厳《けだか》く、更に快活
　に発育《おひた》てよ
栄光の女神の花環の裡《うち》に
壮麗《うる》はしき海湾の守護《まもり》の裡《うち》に
発育《おひた》ち　発育《おひた》てよ。
いまは白昼《まひる》。蒼空に君臨《のぞ》む正午の太陽
あゝその温光を浴び　渦《うづま》く塵煙の灼燿《かがよひ》を潜り
潮沫《しほなわ》なす力闘《たたかひ》の雑沓を潜り
私は蹣徉《ある》く、私の都会を。
熱望《のぞみ》に顫《みぶる》ひ　欣求《ごんぐ》に意《こころ》 鳴つて
いまは反撥《はねかへ》り　復活《よみがへ》りつつある私の郷都を
奨励使《はげましびと》のやうに　私は縦横《たてよこ》に逍往《たもとほ》る。

（一九二三・一二・三）

（「日本詩人」大正13年2月号）

『春と修羅』（抄）

宮沢賢治

春と修羅
(mental sketch modified)

心象のはいいろはがねから
あけびのつるはくもにからまり
のばらのやぶや腐植の温地
いちめんのいちめんの諂曲《てんごく》模様
（正午の管楽《くわんがく》よりもしげく
　琥珀のかけらがそそぐとき）
いかりのにがさまた青さ
四月の気層のひかりの底を
唾《つばき》し　はぎしりゆききする
おれはひとりの修羅なのだ
（風景はなみだにゆすれ）

砕ける雲の眼路《めぢ》をかぎり
　れいらうの天の海には
　　聖玻璃《せいはり》の風が行き交ひ
　ZYPRESSEN 春のいちれつ
　　くろぐろと光素《エーテル》を吸ひ
　　　その暗い脚並からは
　　　　天山の雪の稜さへひかるのに
　　　　（かげらふの波と白い偏光）
　　　　まことのことばはうしなはれ
　　　雲はちぎれてそらをとぶ
　　ああかがやきの四月の底を
　はぎしり燃えてゆききする
おれはひとりの修羅なのだ
（玉髄の雲がながれて
　どこで啼くその春の鳥）
日輪青くかげろへば
　　修羅は樹林に交響し
　　　陥りくらむ天の椀から
　　黒い木の群落が延び
　　　　その枝はかなしくしげり
　　　すべて二重の風景を
　　喪神の森の梢から
ひらめいてとびたつからす

　　　　（気層いよいよすみわたり
　　　　　ひのきもしんと天に立つころ）
草地の黄金をすぎてくるもの
ことなくひとのかたちのもの
けらをまとひおれを見るその農夫
ほんたうにおれが見えるのか
まばゆい気圏の海のそこに
（かなしみは青々ふかく）
ZYPRESSEN しづかにゆすれ
鳥はまた青ぞらを截る
（まことのことばはここになく
　修羅のなみだはつちにふる）

あたらしくそらに息つけば
ほの白く肺はちぢまり
（このからだそらのみぢんにちらばれ）
いてふのこずえまたひかり
ZYPRESSEN いよいよ黒く
雲の火ばなは降りそそぐ

岩手山

そらの散乱反射《さんらんはんしや》のなかに
古ぼけて黒くえぐるもの

ひかりの微塵系列《みぢんけいれつ》の底に
きたなくしろく澱《よど》むもの

高　原

海だべがど、おら、おもたれば
やつぱり光る山だたぢやい
ホウ
髪毛《かみけ》　風吹けば
鹿踊《しし》りだぢやい

原体剣舞連《はらたいけんばいれん》
(mental sketch modified)

dah-dah-dah-dah-dah-sko-dah-dah
こんや異装《いさう》のげん月のした
鶏《とり》の黒尾を頭巾《づきん》にかざり
片刃《かたは》の太刀をひらめかす
原体《はらたい》村の舞手《おどりこ》たちよ
鴇《とき》いろのはるの樹液《じゆえき》を
アルペン農の辛酸《しんさん》に投げ
生《せい》しののめの草いろの火を
高原の風とひかりにさゝげ
菩提樹皮《まだがは》と縄とをまとふ
気圏の戦士わが朋《とも》たちよ
青らみわたる顥気《かうき》をふかみ
楢と椈《ぶな》とのうれひをあつめ
蛇紋山地《じやもんさんち》に篝《かゞり》をかかげ
ひのきの髪をうちゆすり
まるめろの匂のそらに
あたらしい星雲を燃せ
dah-dah-sko-dah-dah
肌膚《きふ》を腐植と土にけづらせ
筋骨はつめたい炭酸に粗《あら》び
月月《つきづき》に日光と風とを焦慮し
敬虔に年を累《かさ》ねた師父《しふ》たちよ
こんや銀河と森とのまつり
准《じゆん》平原の天末線《てんまつせん》に
さらにも強く鼓を鳴らし
うす月の雲をどよませ
Ho! Ho! Ho!
　むかし達谷《たつた》の悪路王《あくろわう》
　まつくらくらの二里の洞《ほら》
　わたるは夢と黒夜神《こくやじん》
　首は刻まれ漬けられ
アンドロメダもかゞりにゆすれ
　青い仮面《めん》このこけおどし
　太刀を浴びてはいつぷかぷ

夜風の底の蜘蛛《くも》おどり
胃袋はいてぎつたぎた
dah-dah-dah-dah-dah-sko-dah-dah
さらにただしく刃《やいば》を合《あ》はせ
霹靂《へきれき》の青火をくだし
四方《しはう》の夜《よる》の鬼神《きじん》をまねき
樹液《じゆえき》もふるふこの夜《よ》さひとよ
赤ひたたれを地にひるがへし
雹雲《ひやううん》と風とをまつれ
dah-dah-dah-dahh
夜風《よかぜ》とどろきひのきはみだれ
月は射《ゐ》そそぐ銀の矢並
打つも果《は》てるも火花のいのち
太刀の軋《きし》りの消えぬひま
dah-dah-dah-dah-dah-sko-dah-dah
太刀は稲妻萱穂《いなづまかやぼ》のさやぎ
獅子の星座《せいざ》に散る火の雨の
消えてあとない天《あま》のがはら
打つも果てるもひとつのいのち
dah-dah-dah-dah-dah-sko-dah-dah

永訣の朝

けふのうちに
とほくへいつてしまふわたくしのいもうとよ
みぞれがふつておもてはへんにあかるいのだ
（あめゆじゆとてちてけんじや）
うすあかくいつさう陰惨《いんざん》な雲から
みぞれはびちよびちよふつてくる
（あめゆじゆとてちてけんじや）
青い蓴菜《じゆんさい》のもやうのついた
これらふたつのかけた陶椀《たうわん》に
おまへがたべるあめゆきをとらうとして
わたくしはまがつたてつぽうだまのやうに
このくらいみぞれのなかに飛びだした
（あめゆじゆとてちてけんじや）
蒼鉛《さうえん》いろの暗い雲から
みぞれはびちよびちよ沈んでくる
ああとし子
死ぬといふいまごろになつて
わたくしをいつしやうあかるくするために
こんなさつぱりした雪のひとわんを
おまへはわたくしにたのんだのだ
ありがたうわたくしのけなげないもうとよ
わたくしもまつすぐにすすんでいくから
（あめゆじゆとてちてけんじや）
はげしいはげしい熱やあえぎのあひだから

おまへはわたくしにたのんだのだ
　銀河や太陽、気圏などとよばれたせかいの
そらからおちた雪のさいごのひとわんを……
…ふたきれのみかげせきざいに
みぞれはさびしくたまつてゐる
わたくしはそのうへにあぶなくたち
雪と水とのまつしろな二《に》相系《さうけい》をたもち
すきとほるつめたい雫にみちた
このつややかな松のえだから
わたくしのやさしいいもうとの
さいごのたべものをもらつていかう
わたしたちがいつしよにそだつてきたあひだ
みなれたちやわんのこの藍のもやうにも
もうけふおまへはわかれてしまふ
(Ora Orade Shitori egumo)
ほんたうにけふおまへはわかれてしまふ
あああのとざされた病室の
くらいびやうぶやかやのなかに
やさしくあをじろく燃えてゐる
わたくしのけなげないもうとよ
この雪はどこをえらばうにも
あんまりどこもまつしろなのだ
あんなおそろしいみだれたそらから
このうつくしい雪がきたのだ
　（うまれでくるたて
　　こんどはこたにわりやのごとばかりで
　　くるしまなあよにうまれてくる）
おまへがたべるこのふたわんのゆきに
わたくしはいまこころからいのる
どうかこれが天上のアイスクリームになつて
おまへとみんなとに聖い資糧をもたらすやうに
わたくしのすべてのさいはひをかけてねがふ

無声慟哭

こんなにみんなにみまもられながら
おまへはまだここでくるしまなければならないか
ああ巨きな信のちからからことさらにはなれ
また純粋やちいさな徳性のかずをうしなひ
わたくしが青ぐらい修羅をあるいてゐるとき
おまへはじぶんにさだめられたみちを
ひとりさびしく往かうとするか
信仰を一つにするたつたひとりのみちづれのわたくしが
あかるくつめたい精進《しやうじん》のみちからかなしくつかれてゐて
毒草や蛍光菌のくらい野原をただよふとき
おまへはひとりどこへ行かうとするのだ
（おら、おかないふうしてらべ）

何といふあきらめたやうな悲痛なわらひやうをしながら
またわたくしのどんなちいさな表情も
けつして見遁さないやうにしながら
おまへはけなげに母に訊《き》くのだ
　（うんにや　ずゐぶん立派だぢやい
　けふはほんとに立派だぢやい）
ほんたうにさうだ
髪だつていつさうくろいし
まるでこどもの苹果の頬だ
どうかきれいな頬をして
あたらしく天にうまれてくれ
　《それでもからだくさえがべ？》
　《うんにや　いつかう》
ほんたうにそんなことはない
かへつてここはなつののはらの
ちいさな白い花の匂でいつぱいだから
ただわたくしはそれをいま言へないのだ
　（わたくしは修羅をあるいてゐるのだから）
わたくしのかなしさうな眼をしてゐるのは
わたくしのふたつのこころをみつめてゐるためだ
ああそんなに
かなしく眼をそらしてはいけない

註
※あめゆきとつてきてください
※あたしはあたしでひとりいきます
※またひとにうまれてくるときは
　こんなにじぶんのことばかりで
　くるしまないやうにうまれてきます
※あたしこわいふうをしてるでせう
※それでもわるいにほひでせう

冬と銀河ステーション

そらにはちりのやうに小鳥がとび
かげらふや青いギリシヤ文字は
せはしく野はらの雪に燃えます
パツセン大街道のひのきからは
凍つたしづくが燦々《さんさん》と降り
銀河ステーションの遠方シグナルも
けさはまつ赤《か》に澱んでゐます
川はどんどん氷《ザエ》を流してゐるのに
みんなは生《なま》ゴムの長靴をはき
狐や犬の毛皮を着て
陶器の露店をひやかしたり
ぶらさがつた章魚《たこ》を品さだめしたりする
あのにぎやかな土沢の冬の市日《いちび》です
（はんの木とまばゆい雲のアルコホル

あすこにやどりぎの黄金のゴールが
　さめざめとしてひかつてもいい）
あゝ　Josef Pasternack の指揮する
この冬の銀河軽便鉄道は
幾重のあえかな氷をくぐり
（でんしんばしらの赤い碍子と松の森）
にせものの金のメタルをぶらさげて
茶いろの瞳をりんと張り
つめたく青らむ天椀の下
うららかな雪の台地を急ぐもの
（窓のガラスの氷の羊歯は
　だんだん白い湯気にかはる）
パツセン大街道のひのきから
しづくは燃えていちめんに降り
はねあがる青い枝や
紅玉やトパースまたいろいろのスペクトルや
もうまるで市場のやうな盛んな取引です
（大正13年4月20日、関根書店刊）

杉よ！眼の男よ！

富岡　誠

『杉よ！
　眼の男よ！』と
俺は今、骸骨の前に起つて呼びかける。
彼は黙つてる。
彼は俺を見て、ニヤリ、ニタリと苦笑してゐる。
太い白眼の底一ぱいに、黒い熱涙を漂はして時々、海光のキラ
メキを放つて俺の顔を射る。
『何んだか長生きの出来さうにない輪劃の顔だなあ』
『それや――君
　――君だつて――
　さう見えるぜ』
『それで結構、
三十までは生き度くないんだから』
『そんなら――僕は
――僕は君より、もう長生きしてるぢやないか、ヒツ、ヒツ、
ヒツ』
ニヤリ、ニタリ、ニヤリと、
白眼が睨む。

『しまつた！
　　やられた！』
逃げやうと考へて俯向いたが
『何糞ツ』と、
今一度、見上ぐれば
これは又、食ひつき度い程
あはれをしのばせ
微笑まねど
惹き付けて離さぬ
彼の眼の底の力。

慈愛の眼、情熱の眼、
沈毅の眼、果断の眼、
全てが闘争の大器に盛られた
信念の眼。

眼だ！　光明だ！
固い信念の結晶だ、
強い放射線の輝きだ。
無論、烈しい熱が伴ひ湧く。
俺は眼光を畏れ、敬ひ尊ぶ。

彼に、
イロが出来たと聞く毎に
『またか！
　　アノ眼に参つたな』

女の魂を攫む眼、
より以上に男を迷はした眼の持主、
『杉よ！
　　眼の男よ！』

彼の眼光は太陽だ。
暖かくいつくしみて花を咲かす春の光、
燃え焦がし爛らす夏の輝き、
寂寥と悲哀とを抱き
脱がれて汚れを濯ぐ秋の照り、
万物を同色に化す冬の明り、
彼の眼は
太陽だつた。
遊星は為に吸ひつけられた。

日本一の眼！
世界に稀れな眼！
彼れの肉体が最後の一線に臨んだ刹那にも、

彼は瞑らなかつた。
彼の死には『瞑目』がない。
太陽だもの
永劫に眠らない。

逝く者は、あの通りだ――
そして
人間が人間を裁断する、
それは
自然に叛逆することだ。
怖ろしい物凄いことだ。
寂しい悲しい想ひだ。
何が生れるか知ら？

凄愴と哀愁とは隣人ではない。
煩悶が、
その純真な処女性を
いろいろの強権のために蹂躙されて孕み、
それでも月満ちてか、何も知らずに、
濁つたこの世に飛び出して来た
父無し双生児だ。

孤独の皿に盛られた
黒光りする血精に招かれて、
若人の血は沸ぎる、沸ぎる。
醱酵すれば何物をも破る。
死を賭しての行為に出会へば、
俺は、何時でも
無条件に、
頭を下げる。

親友、平公高尾はやられ、
畏友、武郎有島は自ら去る。
今又、
知己、先輩の
『杉』を失ふ――噫！

『俺』は生きてる。

――やる？
――やられる？
――自殺する？
自殺する為めに生れて、来たのか。
やられる為に生きてゐるのか。
病死する前に――
やられる先手に――

瞬間の自由！
刹那の歓喜！
それこそ黒い微笑、
二足の獣の誇り、
生の賜。

『杉よ！
眼の男！
更生の霊よ！』
大地は黒く汝のために香る。

——一九二三・一一・一〇——

（「労働運動」大正13年3月号）

安西冬衛

競売所のある風景

あそこではどんなものが売却されてゆくか
よごれた市松《ちえつく》の旗《ふらふ》が晩方古い鋪石《ぺえぶめんと》におろされると
椅子・卓《たあふる》・羅紗・魯西亜更紗の類・ミシン・剝げた印字機・壊
　れたビユッフエ等が
どこかへ運ばれてゆく
するといつも瘤を垂らした爺さんが出てきて
門をギーと閉める

だが　人生を売却して
売却してしまつたら
あの爺さんはどうするつもりなんだらう
そして門をだれがギーと閉めるのか
けふもおどけた貌をした不思議な楽器どもが沢山どこかへ搬ば
　れていつたが
一体しまひはどうなるんだらう

風景ももう青褪めて了つた。

（「亜」大正13年11月号）

埋れた帆船

農夫は凝乎とした冬の下で凍えた土をいぢつてゐる
すばらしく華麗な帆船を幻想《ゑが》きながら

だが私は哂へない
時代はいつもすばらしい龍骨を
とんでもない土の下に埋めてゐて
まるでちがつた他《ほか》の貌をしてゐるんだから
そしてそれをぼんやりした頬冠りで掘り起すのも

実はさういふ農夫なんだから

夜行列車

Vobis rem horribilem narrabo —— mihi pili inhorruerunt.

私は夜行列車の陰気なランプの下にお高祖頭巾の険しい婦人と
乗り合はせました。
あれは明治三十―四年、なんでももう年の暮で、汽車が両国へ
つくと不思議なことに其晩は俥が一台もゐない――

（「亜」大正13年12月号）

萩原恭次郎

愛に悲哀の薔薇なり

――君―　――酔つた脳漿に
――君―　――不均整な建築が
――君―　――建つてゐる

A――凍死する夜が何あんだい
B――死んだら骨が菓子になるよ
C――美しい墓場の下は遊園地だ

コノヨトオナジサカバモアツタラ

カツプヲタタキツケアツテ
ホヱヨウヨー　ホヱヨウヨー

今　オレは神聖な少女に薔薇を貰つて来た
酒場はウヰスキーのやうにふるえて
怒りつぽい度怯が跳ね上つてゐる

●●●ぴあのー●たんばりんも●女優も
――赤い色は薔薇と心臓だけだ
●金貨も……酒も…抱擁も……暗い花だ

A「何んでもないよ女子大学生」
B「みんな彼奴等若い身空で死ぬんだとさ」
C「すつぽりマントを冠つて接吻したつて」

闇ヂヤ紳士ダツテ
悪魔ト一緒ヂヤナイカー

憂鬱狂患者の描き切れない風景

赤い夕日の空に………巨大なビルデイングが建つて…………
………室内に和蘭陀の青い花……憂愁と香水が炎へ上る暮春
の酔つぱらい………憂鬱狂の頭が割れる

青いコーモリ傘が月をかくして
アメリカで青春男女が共鳴して縊死をする
巴里では老人の夫婦が共鳴して縊死をする
北京では少女と少女が共鳴して縊死をする

俺は櫛にした軒並みを

自動車で煙りをひつて逃げる
「狂笑する林檎」…「女の靴下」…「旋れる空」
高架鉄道の廻転

……窓の中のカルタとる男の眼―
赤い風船が墓場から突び出して
レオナルド・ダ・ビンチが巴里見物に出る日だ
日本大使館には日の丸の旗が立つてゐる

（「赤と黒号外」大正13年6月）

橋爪　健

娼婦型

無花果のすきな女は死んだ
熟《う》れただれた肉をしやぶつてゐるあの顔
口ばたが慎《つつま》しくよごれてゐた
伏眼《ふしめ》が何かをたくらんでゐた
たべ終るとただの女
あれにはいつもあの果《み》を喰べさせたい
その姿だけを一生
私はむしやむしやと喰べ暮さう

理想主義

あさましい女の残り香《が》ゆゑ
おれもこんな貸間の古畳に溺死した
あいつがおれの心臓をチヨコレエトとまちがへて
たべちらしたあとの銀紙の屑だ
誰かきてこの厄介な理想主義者を
さかな屋の裏の方へ掃きだしてくれ
そこには逞ましい獣がゐるし
晴晴《はればれ》とした死にざまがあるだらう

（「明星」大正13年7月号）

北川冬彦

落　日

前景は焼煉瓦の累積である
その向うに

とたん張りの建物が続いている
今白っぽい屋根の上で
落日が　赤黄ろく爛れている
俺が歩くと　落日は
屋根の上をころげるのである

時々
電信柱にひっかゝるが
一体どこまでついてくるのか

お、
落日は俺に執着を感じている

（「亜」大正13年12月号）

陰謀と術策の仮装行列

岡本　潤

夜半に眼を醒ます男の心臓は
まっくろに充血して火薬のようにふるえている
赤い闇の壁穴から
あらゆる陰謀と術策の仮装行列が
破れた脳髄の隙間へぞろぞろ這いこんでくる
白昼！
劇しい復讐の意志は虐殺されて×××雑沓の十字街に白い腹を曝した
動かなくなった瞳孔の上で●●●疲れた太陽がキリキリと旋廻した

遠い空に夜行列車の汽笛が鳴りわたる
墜落した飛行船が睫毛の尖端でブルブル悲鳴をあげている
トンネル長屋の奥で狼の慾望が狂いまわる
破れ布団の上に風船玉のような月が出た
煙突の中で赤児がしきりに泣きつづける

黄いろい女の貞操が
酒場で弦の切れたマンドリンを奏いている
黄いろい女の胸部には
湿ったダイナマイトが男を嘲っている
自動車に轢きつぶされた眼玉！
黒旗と白い墓標の交叉！
切断された電線――――十字街
空間に廻転する車体
群集　群集　群集　群集　群集！
投げる！　叫ぶ！　踊る！　逃げる！　滑走する！

白昼！
　劇しい復讐の意志は虐殺された！
×××××××！
あらゆる陰謀と術策の仮装行列がどこでも凱歌をあげて乱舞し
ている

（「ダムダム」大正13年10月号）

陀田堪助

●●●

明日のことを何びとが知ろう！
時間の展開は明日へ……
　明日へ…………
　　群衆を運ぶ

時間！
明日は今日のつながり
今日から生れてゆく
　連　続　!!
　　ダンマツマ！
誕　生　！
　キリストは十字架の
　　上に

アーメン！
　マリアは
　　私通をたのしんだ
　　　―地震の日に―

（「鎖」大正13年1月号）

金子みすゞ

大《たい》　漁《れふ》

朝焼《あさやけ》小《こ》焼《やけ》だ
大漁《たいれふ》だ
大羽《おほば》鰮《いわし》の
大漁《たいれふ》だ。
浜《はま》は祭《まつ》りの
やうだけど
海《うみ》のなかでは
何万《なんまん》の
鰮《いわし》のとむらひ
するだらう。

（「明星」大正13年8月号）

竹中　郁

海の子

海は絹リボンのやうに光つてゐる
子供は波止場がすきなんです
波止場は柔和な腕をさしのべて
子供の愛撫にまかせてゐます
子供はまいにち来るのです

海はしよつちうお伽噺をささやいてゐます
子供はいつしんにききいります
子供を喜ばすために
海は次から次へと新しいのをきかせます
子供はまいにち来るのです

お行儀のわるい靴のぬぎやう——
汽艇《ランチ》はいま着いたばかりです
子供はこれを見て笑ひます
たくさんの靴ですことね、坊つちやん——
子供はまいにち来るのです

檣《ほばしら》が千本も二千本も
まるで旗のお祭のやうです
子供はその旗の色を見てゐます
そしていつのまにか信号をおぼえてしまひます
子供はまいにち来るのです

お菓子のやうにきれいな船室《キャビン》
子供は汽船《ふね》にのりたくて仕様がないのです
船の窓からきこえる行進曲《マアチ》
子供はそれにつれて足拍子をとります
子供はまいにち来るのです

（「明星」大正13年8月号）

猫

猫は窮屈な膝をきらふ
わたしもあなたの
膝のやうにちつぽけな
たのしい恋の愛撫から
電光体のやうに脱《ぬ》けだそう

道化の唄

いつまで　こんな人前で
歌つてゐたつてしやうがない
手風琴がやぶれりや　たまらない

俺の地声ぢや　女らは
こちらを見向く筈がない
　白き西洋皿に書ける詩
すねた女の横向きの顔！
だが　たぶん　**ココロ**は**コチラ**にころがりつつ

（「羅針」大正13年12月号）

短歌

来嶋靖生＝選

○

岡　麓

九月一日途上

大地震はゆすりゆすれりわが家に帰らんとのみただに思へり

二日の夜は伏見宮御門前に露宿す

真夜中とおぼゆる頃に雨ふれり燃《も》えたてる火はそらをこがすも
真夜ふかく雨ふりいでてすべをなみ松の木蔭に我子《あこ》をかばへり
燃ゆる火のなかにとどろくものの音に夜ただおびえてをさな子はをり

我家焼けぬ

わが家の焼跡《やけあと》はまだ灰《はひ》あつしいづこよりかきこゆ蟋蟀のこゑ
わが家の焼けたる跡に立ちておもふ焼きてはすまぬものも焼きけり

三日夕発行所に着く

みちにして夕立雨《ゆふだつ》にぬるれどもをさなき子すら泣かずあゆめり
きその夜はみちの芝生にあかしけり畳《たたみ》のうへにこよひすわるも
今までは馴れて心にとめざりし朝ゆふ事《ごと》ぞみなありがたき

長女の避難さきを尋ぬ

みちのべの死骸《むくろ》をみてはまだあはぬわが子思ひて心せかるる

（「アララギ」大正13年2月号）

島木赤彦

○

大正十二年九月六日下町震災地を訪ふ

遠近の烟に空やにごるらし五日を経つつなほ燃ゆるもの
焼け跡をふみつつ人の群れゆけり生きたるものも生けりともなし
かくだにも道べにこやる亡きがらを取りてなげかむ人の子もなし

日本橋の下猶屍を収めず

濠川に火はのがれむと思はねどすべなかりけむあはれ人々
老母《おいはは》を車にのせてひく人の生きの力も尽きはてて見ゆ
大宮の芝生に群れて人臥《こや》れりこの世はいかになりはてぬらむ
大君の御濠に下《お》りて衣すすぐ己《おの》が身すらを夢と思はむ
埃《ほこり》づく芝生のうへにあはれなり日に照らされて人の眠れる
焼け舟に呼べど動かぬ猫の居り呼びつつ過ぐる人心あはれ

山の手

月よみののぼるを見れば家むらは焼けのこりつつともる灯《ひ》もなし

十月

焼け跡に霜ふるころとなりにけり心に沁みて澄む空のいろ
焼けあとに霜ふる見れば時は経ぬ夢のごとくも滅びはてにし
うち並ぶ仮家《かりや》の屋根の霜とけて滴りおつる光寂しも
壁土を手《た》ごしにはこぶはらからの結ひ垂り髪はなほあはれなり

高田浪吉隅田川に浸りてわづかに難を免る。
母と妹三人遂に行方を失ふ。

現《うつ》し世ははかなきものか燃ゆる火の火《ほ》なかにありて相見けりちふ
火の中に母と妹《いもと》を失ひてありけむものかその火のなかに
おのれさへ術なきものを火の中に母と妹をおきて思ひし

高田浪吉一家の仮小屋成る

きのふけふ仮家のうちに住みつきて寂しくあらむ亡き人のかず

（「アララギ」大正13年2月号）

平福百穂

○

大正十二年九月一日大震、上野公園にて

地震のむた土煙りせる下街はただにあやしく静けきに似たり
いく条《すぢ》か駅にあつまる軌道の上はしるものいまはみな止りたる
燃えあがる大き炎むらを立ちまもる人群れに交り黙にさぶしも
おし迫る炎をのがれなだれ寄するこの人浪よ家あらざらむ
下街の見亘すかぎりは今火なりとよもし大きく夜ならむとす

山の手沿線

あやしくも立ちとまり見つ燃えさかる炎むらの中に月のぼらむとす

草廬に帰著夜更けたり

家族《うから》みな恙なくして吾を待てり子らもめざめて喜ぶに似たり
ゆりかへすなゐを怖るる庭の上に握飯食うべて一夜あかせり
屋根瓦落ちたるさまはあきらけし月夜に映ゆる大き火明り
騒がしき噂さは起る今宵なほ二夜にかけて炎むら立ち見ゆ

災後旬日を経たり

ほのぐらき蠟燭の灯にこの夜ごろ心落ちゐて夕餉とるなり

横　浜

たまたまに過ぎつる街の焼あとのいよよ淋しく月日経にけり

高田浪吉を思ふ

大河をはさみうづまく火中《ほなか》にし生命たもちて一夜ありけむ

（「アララギ」大正13年2月号）

○

藤沢古実

鳴きつぐやなゐしきりなる草原にほそぼそこもる虫ごゑあはれ

九月二日夜岡麓大人邸焼けぬ

燃えせまるほのほの音にいにしへのたふときものし焼けうせんとす

昨日の火にのがれし家も今朝はなし焼け焦げて立つ庭松のかげ

九月四日本所に住む浪吉を気づかひ行く、途中浅草寺にて二首

焼け跡のちまたを遠く歩み来てしみじみあふぐ浅草のみ堂

ことごとく焼け亡びたる只だなかになほいましたまふ観世音菩薩

両側の家ことごとく焼けにけりただに流るる隅田川の水

目にふるるものみな焼けしものばかりしかばね浮ぶ大河のおもて

道々の人のしかばね数しれず回向の声を絶たず来にけり

本所へかよふ橋みな焼け落ちぬ焼けあとだにも見んよしのなき

神田明神焼跡の展望

大き都みわたす限り焼け亡びて夕べとなれど灯影さへなし

九月五日夕赤彦先生着京

大なゐの震れにまかせてありしとき有難きかなや君が見えこし

九月六日朝浪吉見ゆ

あひ逢ひて夢かとおもふ目はなみだ炎の中になほ生きてこし

浪吉の母妹三人不明なり

親も子も炎のなかの生き別れかなしきかなや行方しれずも

逃げのびむ力もつきて燃えせまる炎のなかに果てし子ろはや

あなあはれ火の中にして別れにしうからさがすと今日も行きにけり

藤子氏恙なし避難所を訪ひて

入つ日の光しみつく土明り救はれたりし命なりけり

浪吉発行所に避難して起居を共にす

秋すでに時雨ぞしげし子どもらの夜びえおそるる言のかなしさ

くさぐさの歌

冬ちかき寒さとおもへ二人ゐて心しづまる夜々の雨かも

たよるべき土たえまなく揺さぶれば住処《すみど》も知らずみな歎くなり

この秋は住む家焼けし人おほし寒さに向ふ昨日今日あはれ

そこばくの友にわけよと送りこし包のうへに泪こぼれつ

つぎつぎにとどく便りよ友どちの心ありがたく生くるこの頃

震後感

神田明神焼跡にて

おのづから身のいとしさや荒れ果てし土になきつぐこほろぎの声

焼け立てる大き銀杏の芽を吹かず頬白なきて秋暮れんとす

（「アララギ」大正13年2月号）

○

藤沢古実

大正十一年七月下旬　赤石山脈の連峰を登攀す。山中に露宿することと十日なりき。仙丈嶽山上眺望

小島なす山の峯々色さすや雲の海のうへ朝明けわたる
朝雲の八重雲垣をめぐらせる白根の山に光ながれつ
仙丈の山嶺をたかみ夕はやくかげる深谷《ふかだに》にもの音もなし

白根山中行

深山木の倒れ木おほき尾根づたひ人の入りけむあとさへもなし

白根山間ノ嶽頂ま近く到りて

山川のひびきも鳥の啼く声もつひに聞えず峯近みかも

三峰川源にて露宿のをりに

しののめの雲居しづもる深谷にこま鳥のこゑ沁みてひびかふ
駒鳥の声うちひびく青山の朝明けの雲をすがしとぞ思ふ

三峰川谿谷にて

岳樺のしげ木がなかにともしかも高根桜の花咲きにけり
白雲のはれゆくなべに仰がるる岩山の峰に夕日さすなり

塩見嶽山頂

常はただ遠しとあふぎし深山嶺の白雲の中に我は来にけり
夕暮れて寂しくもあるか国原をおほにおほへる雲の海の上

小河内山

山の上の偃松原《はひまつばら》をかすめ行く白雲はやし夕日照りつつ

小日影山上に露宿のをり

入つ日の光にじみて見る限り照りしづまれり黄金雲原

荒川嶽にて

山越しの嶺越しの雲のゆるやかに身にふるるこそゆゆしかりけれ

東嶽山頂

天づたふ日影はすめり山の上の岩群に風のとよもしにつつ

赤石山

天雲の白雲来りさはり行く山のいただきに立ちつつぞ思ふ
ひんがしに夕暮るる富士やわが立てる赤石山の陰のびにけり

赤石山下広河原にて

駒鳥の啼くこゑやみて夕ぐるる谷合ふかしたぎつ瀬の音

（「アララギ」大正13年9月号）

○

高田浪吉

大正十二年九月一日

人々のせむすべ知らに渡りゆく橋の上より火は燃ゆるなり
母うへよ火なかにありて病める娘《こ》をいたはりかねてともに死にけむ
人ごゑも絶えはてにけり家焼くる炎のなかに日は沈みつつ
いとけなき妹よ泣きて燃えあがる火なかに一人さまよひにけむ
目に見ゆるものみな火なり川にゐて暁《あけ》まちかぬるわがこころかな
まがつ火のみなぎりし夜や明けはてて向ひの川岸《かし》に人よぶこゑごゑ
道のべに火は残りをり朝ぼらけなにすがらむ人のこころよ

被服廠跡にて

焼原に重なり死ねる人を見て泣き悲しまむ声も起らず

たのめなきこの世のさまや人々の亡がら越えてやから探すも
亡がらを見るに術なきおもひすも歩みつづけてわがゐたりけり
焼け死にて人のかたちはわからねど妹どちか母かと思ふ
妻や子に似たるすがたと思へばか父は手づから水をそそぎぬ

災後数日経て

秋さりてけふふる雨に母上や妹どちはしとどなるべし
母上や妹のむくろのありどさへつひにわからず焼れたるらし
母上や妹どちも世にはなし日ごとに秋の寒さいたりぬ
数々の人死にゆける時の間を遠世の如く思ほゆるかな

亡き妹を懐ふ

行きかよふ人らのなかにまじらひて妹の姿見えてくるらし

（「アララギ」大正13年2月号）

○

築地藤子

九月一日横浜の我家にて

地震のなかに眠り居る子を抱き上げ歩むとすれば家はくづれつ
耳すませば此静けさや両肩に掛る柱をいかでか退《の》けむ
むせばしき壁土の中に息こらへ猶覚めずゐる吾子をささへつ
屋根の下の光ある方へ出でなむと膝を動かすに子は泣き出でぬ
隣人のわが名を呼ばふ声聞ゆ我は命を助かるべきか
這ひ出でて見れば目の前は平らなり見ゆるかぎりの家は壊れつ
なほ揺るる草原の上に両手つき有難しと御礼申す
日の照りのもとに揺れゐる土原にこらへし涙声に出でつる
つなみ来とたちまち伝ふる声ぞする今はた何を驚くべしや

本牧天徳寺の丘上に逃れ行き一日の夕まで居たり

山の上へ逃るる我は子を背負へりかへり見すれば家はすでに火なり
空おほふ煙の中を白々と鳩舞ひ上りまたまひ落つる

いち早き人は家にかへり飯など持ち来る。我ら未だ昼食も取らざりければ

見ず知らぬ人が飯食む即ち行き吾子に給へと頭を下げつ

夕ぐれ山を下りて母弟等と共になり草原の上に戸板もて雨露をしのぐ

広らなる火明りもややをさまりつ静かに昇る海の上の月
草原に危く立てるかり小舎に寝ねがてにするしはぶきの声
行きづりに小舎に言問《ことと》ふ声聞きけば夜更けてなほも家族《うから》尋ねる
草の上のかり小舎に降る秋の雨幼き子らもわびしげに居り
雨ふれば家に帰らなと泣く子をばなぐさめかねて皆黙しゐる
知る知らぬ人も嘆きを共にせり清水汲みつつ相ゆづるなり

やうやうにして東京へのがれ来る。十一日目なり

此朝《あした》窓吹く風も秋めきて単衣の袖の心もとなき

先生初め思ひの外の御同情を賜り感謝に堪へず

知る知らぬ人の情けのあまねきにかりそめならぬ生命なりけり
幸ありて生きし此身を憐れます人の情けをかねて思へや

草の上にて

道を行く人がになへるずゐきすら羨《とも》しとぞ見し我としもなく
まだ細き青葱の束をかかへ来て弟かこみ喜びあふも

山畑をあさり歩みて昼すぎぬ疲れかへりし弟あはれ
大き小さき十ばかりあるさや豆を珍味と言ひて母にまゐらす
古りにける茄子の漬ものありがたし人のなさけを思ひて食すも
らふそくをとぼすを惜しみ宵暗に行水しつつ月を恋ふるも

夫と子帰らず

いねがてに夜ぞら仰ぎて時立ちぬ祈るべき神もなしと思はむ
言葉なく立ち働けり今もかも愛し子かへる足音のせむ
まこと神は在しましけり愛し子は泥にもまみれずかへりこしはや
ゆかりなき吾に訴へて繰り言す夫失ひし人の妻はや

仮屋

目覚むれば雨はもり居り寝ねし子の蒲団の上にしたたりにつつ
焼あとに立ちならぶ札はあな悲し生死不明の幼子多き
ふるさとは焼野が原となりにけり生《しやう》ありとてもまたを見ざらむ
ならはざる遠路歩みつかれけむ貨車に座りて子は居眠るも
よるべなき憤しさよ品川は家並正しく人化粧らひたり

（「アララギ」大正13年2月号）

○

桂離宮の歌

中村憲吉

非常の簡樸にして、驚くべき藝術的苦心の加へられた宮である。もと豊公の命により智仁親王のために、小堀遠州が、費用、歳月、助言の三事を謝絶して数年の間一心傾倒して作れる宮と云ふ。その林泉殿亭の経営刻画のうちには、我等が先人の簡素なる日常生活の藝術化と、自然に対する深き愛著との、伝統的精神の生動せるを覗ふに足りる。蓋し予の歌詞の及ぶ所はその一端にも触れぬであらう。

あわただしき今の世に作《な》す物ならずいにしへの林泉《しま》の大き寂しさ
天然《てんねん》の深処《ふかど》のこゑを聞くごとし人のつくりし大林泉《おほしま》の宮に
林泉《しま》のうちは広くしづけし水ぎはの石に翡翠《かはせみ》下りて啼けども
林泉《しま》のなかに屋根の寂びたる殿造《とのづく》り桂の宮をたふとくなしつ
この林泉に寂びてたふとき殿づくり屋根しづかなれど高き床《ゆか》かも
殿づくりいみじく林泉にかなふべく専《もは》らたふとよく省《はぶ》きたり
桂川のながるる水を引きたらひこの森の宮に林泉はととのふ
小桂《をがつら》の宮のひさしは池に向けりまへ庭に樅の大木《たいぼく》ひとつ
住む宮をゆかしく為すに心を用ひ煩々《くだくだ》しきを省かざるなし
御書院《ごしよゐん》の南にひくき芝庭や日向になりて紅葉《もみぢ》の樹むら
垣のうちの庭にありながら池のなぎさ越ゆる木山《こやま》に旅する趣あり
木道出て池のなぎさなり打ち敷ける小石みな寂びて海べのごとし
池の向うに御殿見ゆれど林泉のなか此処はさながら寂しき海浜《うなはま》
浜みちと此処を見なして作りけむ道のそばなる砂雪隠《すなぜつゐん》の小屋《こや》
御民《みたみ》われも家をつくらば樹をうゑて斯くつつましき水の辺の家

（「アララギ」大正13年3月号）

○

中村憲吉

九月一日には正午ちかく、大阪でも微震を感じたが、それが関東地方に、有史以来の大惨災を起して居るとは誰人も想像しなかつた。只一時に帝都へ通ずる総ての通信機関が働かなくなつたので、人々はどうしたことかと深く怪しんだのみである。然し夜に入るも帝都は依然として、国内にその音信を伝へぬから、其処で初めて人々は不安の念に駆らるるに至つた。

み空かぜ夜に入るかぜは吹きつげど都のことをもたらす声なし
尋常《ただ》ならぬ都にかあらむ天《あめ》にかよふ無線電話《むせんでんわ》も言《こと》かよはなく
大きみの国のうれひの夜に入れり都のたより遂にきこえず
すでに聞けば富士山帯《ふじさんたい》に地震《なゐ》おこり土裂けて湯気を噴きてありてふ
みんなみの遠き島より呼ばしめし海底線《かいていせん》も伊豆に断れをり
みやこ辺へ言かよふべく海にくがに術《すべ》のつきつつ遂にさみしさ
国こぞり電話を呼べど亡びたりや大東京《だいとうきやう》の静かにありぬ
常はただ其処に思ひしすめらぎの国のみやこゆ言の通はぬ
ぬばたまの夜に入れども応《こた》へざる都は人のはた生きてありや

深更に至つて、始めて紀州潮岬無線電信局から、「大震猛火災、横浜全滅、東京倒壊炎上中」と、身の毛の慄然つやうな情報が、たつた一言入つて来たが、それもプッツリと断れて、後はもとの深い寂黙の世に帰つた。

国のいのちいまだ何処《どこ》かに保ちたらし都のたより夜ぶかくきこゆ
横浜が焼けほろぶとふこゑきこゆ夜ふかくして潮《しほ》の岬《さき》より
夜の更くる空のいづこゆかよひけむ世を驚かしただのひと言《こと》
夜ふかきこゑに悸《おび》ゆれ国のみやこ焼けほろびつと言のみじかさ
遠世《とほよ》よりかすかなる言《こと》を聞くごとし恐しきこゑに耳をうたがふ
国のうちに生きのこるこゑの一つあらし我が耳にひびき大きくきこゆ
日《ひ》の本《もと》に暗き夜きたり今日をもちて国のみやこは亡《な》くなりにけり

九月二日早朝、新聞社に至ると、何時の間にか断片的ではあるが、何れも悲惨を極めた大震災の情報が溜つて居た。

昨夜《よべ》の間《ま》に岩みづのごと滴《た》りたまれる災禍《まがつひ》のしらせ皆おそろしき
人みなは愚かなりける昨日《きそ》の日の昼餉《ひるげ》の飯《いひ》も知らず食みけむ

日々の新聞記事は大震災、人間の酸鼻の極を報じて余すなく、読むに耐へざるもののみである。

今日もまた日照りはあつし焼けつちの都にひとら蔭無《な》みにあらむ
朝あさの道に露けき鴨跖草《つきぐさ》やありがたく生くる我を思ふも

地上百首（抄）

土岐善麿

この大地《だいち》にわれは立てりとぞたのめしに立ちもあへぬか揺《ゆ》りくづれつつ
逃げまどふ焔の底にこれやこのわが肉身の顔をかぞへつ
そのひとみ親のすがたをはなたじとひた寄り仰ぐあはれ子らの眼
背丈にしあまる蒲団をかひばさみより添ふ子らのうなじを抱く
かき探る長櫃のなかの闇深くたちまちあかるく焔は近し
逃れないざとろうそくの灯に見廻はし欲しきものなしと思ひたるなり
妻子《つまこ》の手をひき急ぐ、病む母を背に負ひゆくにはぐれじとしつつ
横しぶく火の粉のながれ淀むまを片頬おさへつつ大路かけ過ぐる
いづくへ運びかゆかめこの焔に焼かれはつべき家財をすてつ
焔たちまち板戸にせまるくろ煙おもてあげあへずすべなし今は
危ふし今は逃れねと声かけて真闇をのぞくすでに影なし
遠くに近くに焔はいまはいちめんなりいづくに行くかこの八衢を
ふり仰ぐ空いちめんにどよめきつつ焔かたむき身は真下なる
われらが家あるひは焼けずのこるかとゐみかはしつも夜のあけゆくに
逃れ来て露にひれ伏す大地《おほづち》の底ゆりあげて揺《ゆ》りやまずいまだ
露芝にむくろのごとくうち倒れあえぐ嫗を助くるすべなし

ゆりやまぬ大地のうへのひとところいのちあづけて身動《みじろ》ぎをせず

×

斯く生きて人のちからを疑はずにいかにちさしと思ひ到れば

×

つぶれやの屋根ふみ越えてなまなましなきがら運ぶ肩に手にささへ

かい抱き孫は死なせじと死にましけむおもみ加はるつぶれやの下に

×

赤羽橋心光院に避難、流言頻りに来たる

戸ざしせぬ庫裡のひさしの星月夜どよめき近く夜はいまだ深し

ひそひそとをしへられたるあひことば暁闇におり立つわれは

誰れぞと呼べば闇深く近よる老僧、顔さしよせてパンくれにけり

八十隈にしのぶものなしひとすぢの自動車のひかり大地を照らす

ひたと、さわぎ静まる橋のかなた、かの追はれしは殺されにけむ

両岸よりひた投げに投ぐる礫《つぶて》のした沈みし男遂に浮び来ず

人の顔はづかにあかるくみえそめてはじめて深く息吸ひにけり

本堂のたほれ柱に腰するゐていまは家なしとおもふいとしさ

諸《もろ》の手をまろらにあはせくろごめの飯《いひ》をいただく心かしこみて

庭隅に妻はかがまりつちの鍋くろごめを炊《た》く朝はや暑し

しかすがに腹へるといひてくろごめの飯《いひ》ふくみつつ喉をとほらず

くろごめの飯うまく炊《た》くことすらに妻の涙をしのびかねたり

ひとすくひいただく飯《いひ》の掌《てのひら》に指につくさへさびしきものを

×

事あれと待ちたのしみしその事のこれにしもあるかせん術《すべ》を知らず

やけあとの地《ぢ》ざかひに張れるあかがねの綱《つな》さへいつか盗まれにけり

あへぎつつ逃るる路の炎天に水くれし子を忘るるなかれ

×

被服廠跡

折りかさなるむくろの下にひそやかに眼をあけにけむ人のいのちあはれ

つむじ風焔にむせて今ははや倒れたりけむひとりまたひとり

路ばたの溝のなかなるされかうべ黒黒と焦げて人顧みず

焼はらの窪みの湿りふみ越えてあやふく踏めり骨の堆《かき》みを

くろこげのむくろよく見ればよこ顔にいきのみの肉のすこしなほある

燃えさかる野天の竈の焔のなかかの腕はもよいつ迄も焼けず

投げ込むや筵のかばねもんどり打ちすなはちあらず焔のなかに

人やく煙のきはにかがまりて重油《あぶら》さしそそぐ大き鑵より

ひと堆《かき》み今えんえんと焼くむくろ焼きくづるれや焔もえさかる

焼きやきていまだ焼かれぬなき骸を運びくるかも焼原のかなた

（「改造」大正13年3月号）

桜（百三十九首）

岡本かの子

うつらうつらわが夢《ゆめ》むらく遠方《をちかた》の水晶山に散《ち》る桜花《さくらばな》。

さくら花咲きに咲きたり諸立《もろだ》ちの棕梠春光にかがやくかたへ。

この山の樹々のことごと芽ぐみたり桜のつぼみ稍《やや》やにゆるむ。

ひつそりと欅大門とざしありひつそりと桜咲きてあるかも。

丘の上の桜さく家の日あたりに啼きむつみ居る親豚子《おやぶたこ》豚《ぶた》。

ひともとの桜の幹につながれし若駒の眼のうるめる愛《かな》し。

淋しげに今年の春も咲くものか一樹《ひとき》は枯れしその傍《そば》の桜。
春されば桜さきけり花陰の淀《よど》の浮木《ふぼく》の苔も青めり。
ひえびえと咲きたわみたる桜花《はな》のしたひえびえとせまる肉体の感じ。
散りかかり散りかかれども棕梠の葉に散る桜花《はな》ふぶき溜るとはせず。
ならび咲く桜の吹雪ぽぷらあの若芽の枝の枝ごとにかかる。
わが庭の桜日和の真昼なれ贈りこしこれのつやつや林檎。
青森の林檎の箱ゆつやつやと取り出でてつきず桜花《はな》の樹のもと。
林檎むく幅広ないふまさやけく咲き満てる桜花《はな》の影うつしたり。
地震《なゐ》崩《くづ》れそのままなれや石崖に枝垂《しだ》れ桜は咲き枝垂れたり。
しんしんと桜花《さくら》かこめる夜の家突としてぴあの鳴りいでにけり。
しんしんと桜花《はな》ふかき奥にいつぽんの道とほりたりわれひとり行く。
せちに行けかし春は桜の樹下みちかなしめりともせちに行けかし。
さくら花ひたすらめづる片心せちに敵をおもひつつあり。
朝ざくら討《う》たば討たれんその時の臍《ほぞ》かためけりこの朝のさくら。
あだかたきうらみそねみの畜生が桜花《はな》見てありとわれに驚く。
わが婢《はした》なにおもふらん厨辺の桜花《はな》の樹のもとにあちらむき停《た》てり。
この朝の桜花《はな》の樹のもと小心の与作ものつと歩み出でたり。
わが幼稚《をさな》さひたはづかしし立ち優り咲き揃ひたる春花なれや。
咲きこもる桜花《はな》ふところゆ一ひらの白刃こぼれてわが夢さめぬ。
わがころも夜具に仕換へてつつましく掻《か》いい寝《ね》てけり月夜々ざくら。
角立《つのだ》ちのみじかきからに牛の角つのだち行けどふれずけり桜花《はな》に。
いみじくも枝垂るるさくら日の本の良子女王が素直《なほ》きおん眉。
可愛《かわゆ》しといふわが言《こと》の畏《かし》こけれ桜花《さくら》見ますかわが良子ひめ。

新しき家居の門に桜花《はな》咲けど夜を暗み提灯《ちやうちん》つけて出でけり。
桜花《はな》さける道は暗けど一しんに提灯ふりて歩みけるかも。
わが持てる提灯の炎《ほ》はとどかずて桜はただに闇に真白し。
いつぽんの桜すずしく野に樹てりほかにいつぽんの樹もあらぬ野に。
桜ばな暗夜に白くぼけてあり墨《すみ》色一色《いつしき》の藪《やぶ》のほとりに。
つぶらかにわが眼を張ればつぶつぶに光こまかき朝桜かも。
ひんがしの家《や》の白かべに八重ざくら淋漓と花のかげうつしたり。
さくら咲く丘のあなたの空の果て朝やけ雲の朱を湛えたり。
わだつみの豊旗雲のあかねいろ大和島根の春花に映ゆ。
久方の光のどけし桜ちるここの丘辺を過ぐる葬列。
ほそほそと雫したたる糸ざくら西洋婦人濡れてくぐるも。
糸桜ほそき腕がひしひしとわが真額をむちうちにけり。
わが家の遠つ代《よ》にひとり美しき娘ありしとふ雨夜夜ざくら。
真玉なす桜花《はな》のしづくに白黒のだんだら犬がぬれて停ちたり。
折々にしづくしたたる桜花《はな》のかげ女靴のあとのとびとびに残る。
ほそほそと桜花《はな》の奥より見えて来る灯にまさりたる淋しき灯なし。
桜花《はな》の奥なにたからかに語り来る人ありて姿なかなか見えず。
ねむたげな桜並木を一声の汽笛の音がつつ走りけり。
駅前の石炭の層にうらうらと桜花《はな》ちりかかる真昼なりけり。
自動車の太輪の砂塵もふもふとたちけむりつつ道の辺の桜。
真白なる鶏《くたかけ》ひとつ今朝みれば血に染みてあり桜花《はな》の樹のもと。
空高く桜咲けどもわがたどる一本の道は岩根こごしき。
さくらばな咲く春なれや偽もまことも来よやともに眺めな。

日の本の春のあめつち豪華なる桜花《さくら》の層をうち築きたり。
おのづから陰影《かげ》こそやどれ咲き満てる桜花《さくら》の層のこのもかのもに。
桜桜さくら描《か》かんとにほやかにぬばたまの墨をすり流したり。
桜桜さくら描《ゑが》きておみな子も金もふけんとおもひ立ちたり。
おみな子の金もふくるを笑はざれ日本《にっぽん》のさくら震後の桜。
日本《にっぽん》の震後のさくらいかならん色にさくやと待ちに待ちたり。
金ほしきおみなとなりて眺むれど桜の色は変らざりけり。
金ほしき今年の春のおのれかもいやうるはしと桜をば見つ。
このわれや金とり初めつ日の本の震後の桜花《はな》の真盛りの今日。
停電の電車のうちゆつくづくと都の桜花《はな》をながめたるかも。
桜さく頃ともなればわきてわが疲るる日こそ数は多けれ。
かろき疲れさくらさく椽にかりそめの綻もわがつくろはずけり。
しばたきうちしばだたき眼を病めるわれや桜をまともには見ず。
さくら花まぼしけれどもやはらかく春のこころに咲きとほりたり。
桜ばないのち一ぱいに咲くからに生命《いのち》をかけてわが眺めたり。
うちわたす桜の長道《ながて》はろばろとわがいのちをば放ちやりたり。
外《と》の面には桜盛るをわが瓶《へい》の室咲きの薔薇《ばら》ははやもしぼめり。
真黒くわれ動ざりあしたより桜花《はな》は窓辺に散りに散れども。
ひそかなる独言《ひとりごと》なれけふ聞きてあすは忘れよひともと桜。
遠稲妻そらのいづこぞうちひそみこの夜桜のもだし愛《かな》しも。
かきくもる大空のもとひそやかに息づきにつつこの丘の桜。
かそかなる遠雷を感じつつひつそりと桜さき続きたり。
なごやかに空くもりつつ咲き盛る桜を一日うち和《なご》めたり。

気難《むづ》かしきこの家の主人むづかしき顔しつつさくら移植《うつ》させて居り。
歌麿の遊女の襟の小桜がわが傘にとまり来にけり。
政信の遊女の袖に散るさくらいかなる風にかつ散りにけん。
うたかたの流れの岸に広重が現《うつつ》の桜花《はな》を描き重ねたり。
咲き倦みて白くふやけし桜花《はな》のいろ欠伸かみつつわが見やりたり。
道ばたの桜の太根《ふとね》玉葱《たまねぎ》を懇《ねもごろ》いだきわがいこひたり。
ほろほろと桜ちれども玉葱はむつつりとしてもの言はずけり。
何がなしかなしくなれりもの言はぬ玉葱に散り散り滑るさくら。
ここに散る桜は白し玉葱の薄茶の皮ゆ青芽のぞけり。
春浅しここの丘辺の裸木の桜並木を歩みつつかなし。
さくら木のその諸立ちのはだか木にこもらふ熱を感ぜざらめや。
松の葉の一葉《ひとは》一葉《ひとは》に濃《こま》やけく照る陽のひかり桜にも照る。
若竹のあさきみどりに山ざくら淡々と咲きて添ひ樹《た》てるかも。
桜花ちりて腐れりぬかるみに黒く腐れる椿がほとり。
地を撲ちて大輪つばき折々に落つるすなはち散り積むさくら。
大寺の庭に椿は敷き腐り木蓮の枝に散りかかる桜。
ぼたん桜ここだく樹てり尼たちが紐かけ渡し白衣干すかも。
鬱として曇天のしたに動かざり梢のさくら散り敷けるさくら。
どんよりと曇天に一樹立つさくら散るとしもなく散る花のあり。
一天は墨すり流し満山の桜のいろは気負ひたちたり。
見渡せば河しも遠し河しもの瀬々にうつれる春花のかげ。
急阪《きふはん》のいただき昏く濛々と桜のふぶき吹きとざしたり。
さやさやと竹さやぐからに出でて見ればしんと桜が咲き居たるかも。

塔の沢のいかもの店に女唐停ちその向《むか》つ峰《を》の桜花《はな》盛りなり。
いかものを女唐買ひたりその女唐箱根の桜花《はな》の下みちを行く。
わがままはやめなとぞおもへしかはあれ春さり来れば桜さきけり。
桜花《はな》の山は淡墨いろに暮れにけり大鴉《おほからす》一羽ひつそり帰る。
大暴風《おほあらし》うすずみ色の生壁にさくら許多《こゝだ》くたたきつけたり。
ここにして桜並木はつきにけり遠浪の音かそかにはする。
桜花《はな》の山うしろに高し見はるかす淡墨いろのたそがれの海。
いそがはしく吾を育ててわが母や長閑《のど》に桜も見で逝きませしか。
十年《とせ》まへの狂院のさくら狂人《きちがひ》のわれが見にける狂院のさくら。
狂人《きちがひ》のわれが見にける十年まへの真赤きさくら真黒きさくら。
狂人《きちがひ》よ狂人《きちがひ》よとてはやされき桜花《さくら》や云ひし人間《ひと》や笑ひし。
ふたたびは見る春無けん狂人《きちがひ》のわれに咲きける炎《ほのほ》の桜。
わが夫《つま》よ十年昔のきちがひのわが恐怖《おそれ》たる桜花《はな》あらぬ春。
ねむれねむれ子《こ》よ汝《な》が母がきちがひのむかし怖れし桜花《はな》あらぬ春。
人間の交友《まじわり》のはてはみな儚な桜見つつし行きがてぬかなし。
（来よと宣らせる佐藤春夫氏に厚く謝しつつ。）
花あかり厨にさせば生魚《なまさかな》鉢に三ぼん冴え光りたり。
生さかな光りて飛べりうす紅《べに》の桜の肌の澄みの冷たさ。　一三、春。

（「中央公論」大正13年4月号）

奥遠州　　釈　迢空

数多い馬塚の中に、ま新しい馬頭観音像の石塔婆の立つて居るのは、あはれである。又殆峠毎に旅死にの墓がある。中には、業病の姿を家から隠して、死ぬるまでの旅に出た人のなどもあると聞いた。

人も　馬も　道ゆきつかれ死ににけり。旅寝かさなるほどのかそけさ
道に死ぬる馬は、仏となりにけり。行きとどまらむ旅ならなくに
邑《むら》山の松の木《こ》むらに、日はあたり　ひそけきかもよ。旅びとの墓
ひそかなる心をもりて　をはりけむ。命のきはに、言ふこともなく
ゆきつきて　道にたふるる馬の子のかそけき墓は　草ごもり見ゆ

木地屋の家

うちわたす　大茅原となりにけり。茅の葉光る暑き風かも
鳥の声　遥かなるかも。山《さん》腹の午後の日ざしは　旅を倦ましむ
高く来て、音なき霧のうごき見つ。木《こ》むらにひゞく　われのしはぶき
薦《すゞ》深き山沢とほき見おろしに、轆轤　音して、家ちひさくあり
沢なかの木地屋《きぢや》の家に行くわれの　ひそけき歩みは　誰知らめやも
山々をわたりて、人は老いにけり。山のさびしさを　われに聞かせつ
夏やけの苗木の杉の　あか〳〵と　つゞく峰《を》の上《へ》ゆ　わがくだり来つ
山びとは、轆轤ひきつゝ、あやしまず。わがつく息の大きと息を

（「日光」大正13年4月号）

島山——壱岐にて——　釈　迢空

葛の花　ふみしだかれて、色あたらし。この山みちを行きし人あり
わがあとに　歩みゆるべすつゞき来る子にもの言へば、恥ぢてこたへず
この島に、われを見知れる人はあらず。やすしと思ふあゆみのさびしさ
ひとりある心ゆるびに、島山のさやけきに向きて、息づきにけり

もの言はぬ日のかさなれば　稀に言ふことば拙く　心足らふも
いまだ　わが　ものにさびしむさがやまず。沖の小島にひとり遊びて
蜑の家　隣すくなみ、あひむつみ湯をたてにけり。荒磯のうへに
蜑の子のむれにまじりて経なむと思ふ　はかなごゝろを叱り居にけり
蜑の子と　つひにまじらむ時はあらじ。若きはたちはむなしくありけり
蜑をのこのふるまひ見れば　さびしさよ。脛長々と　砂の上に居り
赤ふどしのまあたらしさよ。心いたみ　蜑の若子《わくご》を見まもりにけり
（「改造」大正13年11月号）

熊野歌　大正十二年八月作、船中より湯峯まで

川田　順

熊野灘船中

沖釣のあまの小舟の遠けども糸をかいたぐる手の動き見ゆ
あかあかと漁火《いさりび》もやし沖釣のあまの小舟ら闇のなかに浮く
わたの沖を大き船してゆくなべにあまの小舟ら見ればかなしも
夏の夜の星空のしたにひろごれる荒海の凪ぎは異にしありけり
舳さきに出で見らく飽かなく我が船いま漁火の群の真中を行くなり
出雲崎大島の辺に火をつらね鰯とる舟は夜もすがらならし
串本の港にゐしはしばらくのま深夜《ふかよ》の沖へと我が船出でゆく
みかへるや漁火の群さしいでの岬を黒みその陰になりぬ
岸の辺の潮騒さやにきこえつつ沖ゆく船の夜はふけにけり
星のゐる夜空ふけたり我が船の大き帆柱の揺れの真上に
ぬばたまの夜のくだちのながれ星ななめに黒き帆綱をすべる
夜のふけの沖のそぐへに低くゐる赤き星ありいのねらへぬに
船の舳に二十日あまりの月細く出でぬるやがてしらみけるかな
熊野の海朝明け来なり大船の梶取崎を波間に我が見る

瀞八丁の昼

向う岸にひたとまりゐる杉筏ながながしもよ岸なりに曲り
向うの筏とまりゐるやと思へれば少しづつ動く岩壁の前を
この淵の有り無しの浪かそけくも岩壁の根におと立てにつつ
岩壁にくつついてゐる躑躅の花ひた寄り見ればいまだ紅しも
ふかぶかと澄める青淵底さへや見えむとしつつ目守らへば見えぬ
透きとほり見ゆれどこれの深淵の底の深みはただに黒ずめる
赭黒き岩壁の根は水のなかに見えとほりたれふかぶかとはひり
見上ぐらく崖《きし》の高処《たかど》にうつそみの人すみてかなし声のきこえける
熊野川をここまでのぼる船のあれば帆布干すみゆ崖のうへの家に

瀞八丁の晩

ほのぐらき淵の岩壁ひたひたに水《み》つく際《きは》にし夕明り残る
岩のかげ筏師どもが腰にさすよきの刃《は》さきの光るたそがれ
きりぎしにひたよりに我が舟は行く岩のおもてに手は触れにつつ
我が舟について来にしをいつの間に榜ぎもどりけむその舟の見えぬ
榜ぎやむるすなはち舟は動かざり淵の真中に動かずゐるも
暮深き岩垣淵の奥処《おくど》にしとりこめられて舟のひそかなる
暮れはてし山のとかげの岩の上を踏めばいまだも日のぬくみあり
足曳の山あひの空にきらめく星影はにじみて淵のうへにある
むかつをのいただきの杉にさやりつつゆふべの星の二つきらめける
たそがれと暮れゆくこれの淵のうへにぼやけにじみて星の影はある

きらめける数は多けど淵のうへに影の映るは三つ四つの星
川ぐまの岩のはさまのたまり水ひた目守らへば星の影はある
足曳の山川の淵を夜榜ぐ舟櫓櫂《ろかい》のきしみ大きくはきこゆ
きりぎしの岩のしたにを著けむとし燈を寄せければ躑躅の花見ゆ
十津川の田戸のすみやき炭焼くと夜中もあぐる山のうへの煙
（「日光」大正13年4月号）

吉野山

木下利玄

大正七年四月、吉野山に遊ぶ。中千本のあたり已に葉桜なり。翌日雨。

汽車のろく裾山ぞひをゆくなべに手のとゞくところにも丹躑躅《につゝじ》咲ける（途上）
たそがれの村ゆ河原におり立てばひろ〴〵明るし早瀬のたぎち
葉ざくら雨やみ間をぐらく静かなり塔の尾陵の石段を上《のぼ》る（後醍醐天皇塔尾陵）
きよらかにみさゝぎどころうちしめれり葉桜雨のやみ間冷えつゝ
葉ざくらよ雨間の雫地をうてり花どき過ぎてかくはしづけき
よし野山花どきすぎし雨の日や南朝の跡さびれて残れる（懐古）
これやこの雲井の桜霧をふくみ五百枝《いほえ》の花の冷えびえ白し
よし野山青杉しみ立つ裏谷ゆ霧をむら濃《ご》に吹く嵐かも（裏谿濃霧）
みよしのゝうら谷さむく霧しまき繁《し》み立つ杉の梢《うれ》こぞり鳴る
み吉野の奥へこゝろざす岨さむみよこぎりあへず霧のしまきを
岨みちの蕨折りためゆきしかば手つめたしも山のさ霧に
路のべゆ木深《こぶか》く飛びし山の鳥しばらくきけど音もこそせね
（「日光」大正13年4月号）

葛飾抄

北原白秋

●

ひむがしに夕虹立ちぬさやさやし笠ふりむけよ早乙女《さうとめ》がとも

●

しきりなく寒けくあらし日向辺を過がふ雀の羽の音きけば
さびさびて今は音なき庭ながら夕さり来らし深う明るも
陽の光はや凝《こご》るらしほそり木の枯木の空の交らふ見れば

●

ほとほとに西日けうとくなりにけりみぞれがちなる蒲のむら立
赤金《しやくこん》の蒲の穂ずゑの陽が寒し泥亀牽きて子らは去りにし
高茎の蒲の穂立の寒けさよ日の夕光にのこされにけり

●

ほとほとに障子ゆるがす羽音かぜ雀なるらしかたぶき聴けば
たまたまは障子にやどる冬の日のほのぬくもらへそれもかげりぬ

●

枯芝におなじ翅いろのちひさ蝶すれすれに来寄る日のあたりあはれ
枯芝の冬の陽にゐる蜆蝶光らず久しふと離れたり

●

かさこそと掛稲《はき》の裾掻くあぜ雀陽のまだ残る穂をかぶりつつ
刈小田に落穂掻き掻くむら雀うしろ向けるは尾振りせはしも

●

霜さむき野田の畔木のうしろ風馬はかよへり尻に菰着て

●

池の面に空と破簀《やれず》のかげうつり光れども寒し見の暗《くら》み来ぬ

寄り寄りに雀すぼまる木の梢《うれ》も夕づき寒し早や焼けにつつ

はろばろし土手の薄の向ひ風鼻杭つよく牛は牽かれぬ

吹かれ来てうしろふりむく牽牛《ひきうし》の一眼《いちがん》光る穂薄の風

（「日光」大正13年8月号）

山荘の立秋

北原白秋

草の香

空は見て頭がちなる吾子《あこ》ひとり雑草《あらくさ》の香の照りのしつかさ

天ゆくと日はまだ闌《た》けず草ぶかにはづみこもらふをさな吾が子や

雑草《あらくさ》の花の盛りも長からじ垂髪《たりがみ》ゆすれをさな垂髪

草ぶかにはやる吾子《あこ》ゆゑすべはなし負けむ角力に父はころぶを

●

秋づけど草の香暑し子が髪の垂り美し《めぐ》よと愛《を》しみ刈り居る

●

草深野月押し照れり咲く花の今宵の蕾《ふふ》み満ちにけらしも

雑草《あらくさ》の花咲き煙《けぶ》る夕月夜まうらがなしも歩《ある》きて見れば（病後）

梟の羽の影さしぬ雑草《あらくさ》や繭たき月の光なるかも

●

りりとして鳴く虫の音は夏蕎麦の月の光に闌《た》けにたるらし

小閑

山に経る吾が幾秋ぞ目にとめて実のかなめなどしみみ見知りぬ

寒蟬

毬栗《いがぐり》の目につきそめて染《し》む声の寒蟬《かんぜみ》ならしつくつくと啼けり

山はまたつくつくほうし啼く声のまねくすずしき秋立ちにけり

茅蜩

いなのめに茅蜩《かなかな》啼けり子は覚めてすでにききゐつその茅蜩《かなかな》を

茅蜩《かなかな》の啼き出《づ》るきけば眉引の月の光し白らみたるらし

一つ啼く茅蜩《かなかな》ときくに音につぎてこもごもに啼く朝明《あさけ》の茅蜩《かなかな》

夜の明けを清《すが》し茅蜩《かなかな》音に湧くと吾が心神《こゝろど》よ揺りつゝ透る

童《わらはべ》のたまゆら寝覚あはれなり茅蜩《かなかな》の声はききてねむりし

向日葵

二階に臥《こや》りて久し向日葵の今は垂れたる蕋《うてな》のみ見ゆ

向日葵は蕋のみ黒し夕庭に子とかがみゐて蚋《ぶよ》を払へり

円かなる蕋の座ながら向日葵の花みな了へて西日暑かり

青萱

青萱に朝は流らふ日の光まだ小さき子のうつら蝶追ふ

青萱にやや暑からぬ日の光口ひらきつつも蜥蜴出て来て

庭の一隅

返り咲く黄の山吹のちひささよ地面《ぢべた》の照りにさし掩ふ見れば

白檀の土用芽のびぬかたへ乾す梅の赤きは塩にふき出《で》つ

雨の日

雨けぶる孟宗見れば昨《きそ》の夜の颱風のなごりけだしこもれり

孟宗のしだりいぶせくなりにけりしたべ払はむ雨のすき見て

●

柿の葉にふる雨見ればつぶら果のここだく青し濡れて頻吹《しぶ》けり

虫をきく

初夜後夜の虫の声こそあはれなれ時のうつりに代り澄みつつ

耳とめて幽かにきけや鳴く虫の一つ澄めるあればすだき満つるあり

一つゐてとほる虫あり月あかりすがしくやあらむ揺りつつ鳴けり

蔵経に月の光ぞ満ちにける一つ鳴き澄むこほろぎの声

青柿に灯かげとどけり啼く虫の声の一つに夜はさだまりぬ

竹林の書斎に病床を移して

秋づきて土に親しき木根立は見つつし涼し臥《こや》りつつ見む

おのづから親しくなりぬ日向辺の物のはしにも影は見えつつ

日おもての小竹《ささ》の靡きは明るけどしきりに涼し秋は来にけり

眺めつつ夕づきぬらむ竹の根の苧《からむし》の日ざしとみに移りぬ

臥《こや》りゐてつくづく久し萩の葉の露の一つに我目とまりぬ

白月天にあり

日中《ひなか》のみとわたる月の朧たさよきのふもけふも海は荒れつつ

八朔の浪の音とぞなりにけるおのづからにし秋は満ちなむ

夕　涼

竹の枝に馬追啼けり詩の選もほどほどにして湯をかからなむ

●

夕花のおしろい咲けば水うちてそこらいつぱいに虫の音湧き来も

若篠は露つきやすしかぎろひの夕《ゆふ》の乳《ち》くばる声ちかづきぬ

枇杷の枝に星の生《あ》れ待つ夕涼をほのかに覚むる吾子が声かも

あはあはし星の出を待つ夕ごころうらひもじもよこの揺りごころ

若篠に夕露ひかる星月夜保ち幽けく吾《あ》れもあらなむ

朝　涼

秋は早や小竹《ささ》の根かたに水引のつぶさに紅《あか》し咲きにけるかも

こぼれ陽に小蓼すずしき朝の間《ま》は茗荷も秋の香に立つらしき

前　藪

竹の苞《つと》しきり散らへり日向辺の音のかそけき家《や》のはひりかも

篁にそよぎ閑《しづ》けき日の光吾子《あこ》が昼寝《ひるい》の時ちかづきぬ

篁に深う明るは閑《しづ》けくて夕づく秋の日射なるらし

藪茗荷

葉茗荷に蠅のとまるは幽けかり日向近くもおもほえなくに

藪茗荷ほのかに咲けば寺の子の誘ふともなく吾子《あこ》も寄りつつ

莨　蒻

寺畑は夏もけうとし立ち茎の莨蒻の葉の張りて澄みつゝ

夕　凪

夏はまだ夕かげ永き柴の戸にねもごろふふむ蔦の花かも

病快し

ひもじくて臥《こや》り暑けき夕凪はとうすみの翅《はね》の来るもうれしき

火　星

夕かげの斜面の道ぞかびろけれ並らび駈けあがる我と妻と子と

この夜ごろひむがし親し大きけき赤き火星の近づきにけり

水うちて赤き火星を待つ夜さや大き椅子に父小さき椅子に吾子《あこ》

浪の音に妻と対《むか》ひぬかかる夜か星の幽《かそ》かに来《く》る小鳥あらむ

伝肇寺の立秋

朝光《あさかげ》のおもてに見れば山松や全《また》くしづけく秋めかしかも
朝光《あさかげ》よすずしとを見れ炒《い》る声の油蟬居ればにいにい蟬居り

小さき釣鐘は地上に据ゑたり、緋の射干咲けり

干射《ひあふぎ》の日射に隣る鐘の疣《いぼ》かがやき染《し》まず秋にはなりぬ

●

寺跡の老木の木槿咲き満ちぬかかる日射に地震《なゐ》はふるひし

旧暦七夕

浪の音昼は慣れたれうら美《ぐは》し星夜すがらに高うおもほゆ
天《あめ》の原広き夜頃もうら隠り我あわただし書きは継ぎつつ
砂まじり白きザボンの落花《おちばな》の雷管に似し星の夜し思ふ

午の庭にて

憤る裸の子なれ地面《ぢべた》に寝て日には眩《まぶ》しき目をほそめ居り

ある月夜

月よみの光にきけば蜂の子ろ吾が小竹群《さゝむら》に営みにけり
御堂跡にはやほろほろし白の胡麻月の光の射しにけるかも

月満つ

円けくて隈ある月の明るさよ今宵は小竹《さゝ》の揺るゝ秀《ほ》に見ゆ
月の路やや移るらし昨夜《よべ》よりはいくらか風も涼しとおもひぬ

（「日光」大正13年9月号）

出羽

古泉千樫

板谷峠

あかときと夜は明けきつつ大き谿の川瀬のたぎち遠白く見ゆ
あかときの峠の駅に水のめり越え来し山々靄こめむとす

茂吉を憶ふ

国原の青田の光さわやかに朝あけわたりて蔵王山《ざわうざん》見ゆ
青田のなかをゆたけくたぎつ最上川斎藤茂吉この国に生れし
上《かみ》の山《やま》の停車場すぎてほどもなし街道筋を人ひとり行く
汽車に沿ひて広き街道とほりたり子どもを乗せて馬の行く見ゆ

最上川

つゆばれの谿いできたる最上川にごりみなぎり海にそそぐも
この海の沖のすなどりをわが見むと最上川口舟出するかも
さみだれの最上くだりけむ大き鯉海に喘ぐを手に捕へたり
海の上にうちいでて見ればまともなる鳥海山《てうかいざん》にまひる日照れり

（「日光」大正13年9月号）

印旛沼の歌

前田夕暮

八月四日、印旛沼に遊ぶ、安食駅下車

沼近き小駅の昼のしづけさや駅長いでて道教へくれぬ
蓮の花もてるはだかの童子ゐて炎天の道にわれ等をみたり

印旛落《いんばおとし》の渡しを越ゆれば既に一面の蘆原なり

高蘆の直ぐ立つなかの通ひ路のかそかなりけり洋傘《かさ》つぼめゆく
高蘆のなかの通ひ路行きけば屋根くろくみゆ人棲むらしも
外壁にふれつつ蘆の一面に生えたる人の家裏のみゆ
高蘆は戸口に青くつづきたり童子ほそぼそといでて来しかも
高草の蘆間の路はほそぼそし葉ずれの音の遠きよりきこゆ

印旛沼堤防、既に秋をおぼゆ

高土手の斜面を吾はかけおりて蘆原のなかに入らむとするも
吹きなびく蘆原はろか一面の秋かぜのなかに駈け入りにけり

友の家——百日紅の巨木ありて枝頭ことごとくあかし

門《かど》ぐちのだらだら坂のうねりみちのぼればあかし百日紅のはな
風ふけばゆさりゆさりと大木の百日紅の花ゆれにけり
しろき服庭さきに見ゆ東京の客あるらしき百日紅の花

額白き若駒あり、座敷にあがりくること屢々なり

座敷の上仔馬あがりてうつとりと人をみてゐる額《ぬか》しろじろし
われら居る座敷をのぞく馬の顔ぬかしろじろとなつかしげなり
百日紅咲きしづもれる庭にゐて親馬仔馬よりそひにけり
厩にはぬかしろき馬二つゐて百日紅の花さかりなり
ねてあれば馬の足おときこゆなり軒下に来てうかがふならむ
朝風にたてがみ吹かせあし原をみわたしてゐる額《ぬか》しろき馬

我が子供馬に親しむ

子供なれば馬柵《ませ》をくぐりて真菰青くふみつつ馬と話はするも
子供なれば馬も親しみ深からし真菰たべさしみる眼やさしき
根もとあかくぬれたる朝の真菰草二つの馬にわけてたべさす
よりそへる親仔の馬の額《ぬか》しろしいづれが仔かと問うてゐるかも
うつとりと夕庭にゐる親馬の腹のしたくぐる家鴨子もあり

薄　暮

くど近く土間の風呂場の棚のうへかしはの鶏の卵ぬくめゐる
湯に入れば卵ぬくめゐる鶏の顔と我が顔と相対ひたるかも
風呂のうち顔あらひつつ我がそばの牝鶏の赤き眼をみてゐるも
風呂の湯のあきしを呼ばふ我が声のつつぬけて行くゆふべの土間を
ゆふべふかく風呂よりあがり庭もせに散りし真菰の香をかぎにけり
宵あさき厨の方にうつすらとランプつきたりにらの香のする
ねてゐれば軒下を行く鵞鳥の仔の頭のみみゆ夕風のなかを
見のかぎり吹きなびきたるあしの秀の夕照りあかく秋たちにけり
隣村へ我が子の着換借りに行きし下男《しもべ》帰らず軒下昏《くら》し
風ふくむ百日紅の枝の揺れの地につくばかりしだれてあかし

干潟の鯰つかみ

水涸れし出洲《でず》の蘆間の空堀にわれら鯰を手摑《たづか》みにけり
泥もろとも出洲《でず》になぐれば青鯰はつらつとしてはねをり草に
泥のなかひやりとさはる手ざはりの鯰ならむと手摑《たづか》みにけり
はつらつと鯰はねたれば友の顔泥まみれなり我が顔もまた
手摑みに摑みてかなし青鯰笊になぐれば腹しろく光る
青鯰手にさげもちて友も吾もみな裸身の夕冷えおぼゆ

我が子のシャツ

汗あえし我が子のシャツを洗ひたり我が子の汗のにほひかなしき
真菰青く風に吹かるるあしたなり我が子のシャツを干竿にほす

印旛落《いんばおとし》舟行

船底のわれらの姿ちさければ丈《たけ》なが蘆にかくろひにけり
日でりつづき水涸れたれば川岸の真菰の根あかくあらはれにけり
両岸の丈なが蘆の秀《ほ》のなびき青鷺一つあらはれにけり
秋ちかき土用日でりに沼底の草あらはれて泥のにほひ強し

乾あがりし泥底に我が降りたてば足うらあつし草の上にうつる
向うには水青々とたたへたり照りあつき土を我がふみゆくも

馬の通路

蘆原に馬おのづから行きかよひ路おのづからかそかなりけり
あさにけに馬のかよへる路なれば草低くしていろはあさけれ
いろうすき真菰の花はあはれなりぬかしろき馬にたべられにけり

朝畑

蘆原の路の馬柵《ませ》垣《かき》ほのあかく真菰の花は咲きなびきたり
一人一人低き馬柵《ませ》垣《かき》かいくぐり蘆原行けば露にぬれたり
畑土にぢかに触れつつ葉蔭なる西瓜を日向になほしてはやる
朝露にひいやりとしてぬれてゐる西瓜をかへす畠の土に
我が友がわきにかかへし大笊に投げ入れにけりもろこしをもぎて
蘆原の一本みちをしろじろと大根さげゆく友の頬かぶり

●

しなやかにあかき土用芽をのばしゐる楊の枝に啼くはほほじろ
刈干せる真菰のそばをとほりたり何かは知らず寂しさおぼゆ
土手下の菰刈男よばはれば顔赭らにもふりむきにけり

(「日光」大正13年9月号)

街かげ

三ケ島葭子

おほかたの昼餉どきかもかすかなる茶碗の音の隣より聞ゆ
高き家の瓦の屋根にさはりつつ木立の若葉すがしかりけり
葉にかかり残る雌蕊のすぢ長しつつじの花冠つつぬけに落つ
うそ寒く荒れをもよほす朝空にそよげる若葉硬ばりゆくらし
朝ぞらに欅若葉のひとところはつかに揺れて止みにけるかも
裏の家の高窓障子はづされて時計の見ゆる夏さりにけり
佇める我のそばまであさりこし雀にはかに飛び去りにけり
春の夜ははや明けにけり家近くさへづりしきる頬白のこゑ
わが裏の欅の梢かこの朝け頬白のきてさへづりゐるは
床のうちにただに聞きにしか頬白のさへづる今朝は雨晴れにけり
ゆるやかに正午の汽笛鳴りひびきしとしと雨の降りまさる音
すぢ目見えてますぐにこまかに降れる雨わが傘にだにさやるは惜しき
昨日《きぞ》の雨のうるほひふかく澄む空に若葉いちにちしづかなりけり
わがこころこのごろややにしづまれりおのが心にしか思ふなり
灯を消して眠るとすれば蠟燭のその灯の形暗の中に見ゆ
路地出でて八百屋の車にものを買ふ夕かたまけて雨止みにけり

(「日光」大正13年7月号)

帰省雑歌

原阿佐緒

あすのあさけわが遠く行きしまらくを見ざらむ海のけふ荒れて居り
夜行車にわが乗らむとて駅近き薬屋にもとむねむり薬を
ためらはず今はし行かな君が辺を遂に離れ来て空しさおぼゆ
両側の坐席に人のはや満てる小さき汽車に吾子と乗りけり
ふるさとの汽車にのりあへる人おほかた顔見知りゐても云ふしたしさ
わが村の村長もゐてポケツトより煙管の首を見せゐるをかしさ
朝の庭日の光さむく梅の花梢たかだかと咲きみてりけり

口笛を吹きつつ吾子が水を汲むつるべの音の寂し夕は
父上のみ墓にゆくとのぼりゆく栗の落葉にうづもれし道
線香に火をつけむとて杉の葉を土にかさねて燐寸すりにけり
涙ながれて父の墓辺にもの思ひぬ君とわが二人こゝに眠らく
手のとどく枝あまたあり枝垂桜ちる花もなく咲きおごり居り
乾土の掃ききよまれる寺庭の垣に咲きたわむれんげうの花
汗ばみてわがのぼりゆく墓地下の土手に咲きつづくかたくりの花
朝の間のゐろりべに寄り髪ごてを焼きつつ寂しふるさとの家に
ふるさとの人に遇ふせはしけさのいとまうら寂しみつ髪とりなづる
焼ごてをあつれば焦ぐる髪の匂ひ春の日向に薫ゆるさびしさ
窓あけて春日に浸り焼ごてを髪にあてつつひとりなりけり
川の辺の道をあやぶみわが俥吾子が押しつつよぎるなりけり
山裾に大きくまはりゐる水ぐるま捲きかへすしぶき日に光り見ゆ

（「日光」大正13年7月号）

乗鞍岳

窪田空穂

十二年八月、子を伴ひて乗鞍岳に登る。路は白骨温泉よりなり。森林帯長く、その尽くるところやがて頂上なり。日本アルプスの南のはてとて、山は全容をあらはせり。剣が峰、奥の院、四つ岳、摩利支天などの諸峰むらがり立ち、裾に草原を置き、中に池を抱けり。境清らに頂高く、身の高山にあるを忘れしむ。

草原

登《のぼ》りつかれ心《こゝろ》かすかなり雪渓《せつけい》は真白《ましろ》く広《ひろ》く目《め》をひきてなだる
乗鞍岳《のりくらたけ》いただきに来《く》れば五峰《いつみね》と分《わか》れむらがれり青空《あをそら》を背《せ》に
剣《けん》が峯《みね》しら岩《いは》のうへに立《た》てるひと姿《すがた》ちひさくて天《てん》に附《つ》くと見《み》し
摩利支天《まりしてん》と天《てん》とのあひだ押《お》しひらきあらはれいづる凝《こ》れるしら雲《くも》
時《とき》じくに雪《ゆき》おく山《やま》に草《くさ》の生《お》ひ花《はな》と咲《さ》きでぬ小《ち》さくしろき花《はな》
高山《たかやま》に咲《さ》きつづく草《くさ》のしろき花風《はなかぜ》にゆらぎていやかすかなり
登《のぼ》りつかれ青草《あをくさ》しけりしける草身《くさみ》をめぐる草《くさ》みな花《はな》もちぬ
道《みち》ゆくと岩《いは》に手《て》かくれば指《ゆび》にふれぬむらがり咲《さ》ける石楠《しやくなげ》の花《はな》
ここにして黄玉《きだま》こぼると檜葉《ひば》ざくらしげき蕾《つぼみ》の露《つゆ》にぬれし見《み》ぬ
黄《き》に照《て》れる深山金《みやまきん》ぽうげに山《やま》してさみしきに似《に》るこころ我《わ》がもつに
鈴《すゞ》のおと聞《きこ》えはじめて時経《ときふ》ればおとのかすかに人《ひと》あらはれず
摩利支天峰越《まりしてんみねこ》ゆる雲《くも》ふく風《かぜ》にちぎれてとびて消《き》えて見《み》えずも
岩《いは》かげに立《た》てる板小屋《いたこや》窓《まど》あらず暗《くら》きに住《す》みてをとこ火《ひ》を焚《た》く
山小屋《やまこや》に焚《た》く青松《あをまつ》のけぶる火《ひ》に我《われ》の寄《よ》りゆき手《て》をかざしたり

剣が峰

剣《けん》が峰《みね》わが踏《ふ》みのぼるましら岩照《いはて》る日《ひ》にひかり風寒《かぜさむ》く来《く》る
剣《けん》が峰岩《みねいは》しろく洒《さ》れて草生《くさお》ひずきはまるところ神《かみ》ひとりいます
高天《たかあめ》に水《みづ》たたへたり乗鞍岳《のりくらたけ》三つ立《た》つ峰《みね》のこのふところに
水《みづ》とほす日《ひ》かげに照《て》りて沈《しづ》く氷《ひ》の真青《まさを》くゆらぐ炎《ほのほ》とぞなる
乗鞍岳《のりくらたけ》いただきに立《た》てばこころかなし人《ひと》が住《す》む飛騨《ひだ》と信濃《しなの》の見《み》えたり
西《にし》の空日《そらひ》が入《い》る山《やま》とをさなきゆ暮《くれ》ごとに見《み》し乗鞍岳《のりくらたけ》かも
わが父《ちゝ》の遠《とほ》く望《のぞ》みて雨《あめ》の来《こ》む晴《は》れむとをしへし乗鞍岳《のりくらたけ》かも
大空《おほそら》の裾《すそ》べにしづむしら雲《くも》のそこにありてふ富士《ふじ》が根《ね》見《み》せず
去年《こぞ》いねし烏帽子《えぼうし》岳《たけ》みむ赤岳《あかたけ》をひと目《め》とおもへ動《うご》く雲去《くもさ》らず
四つ岳《たけ》の尾根《をね》に道《みち》みゆ雲《くも》のゐる飛騨《ひだ》の平湯《ひらゆ》へゆきぬべき道《みち》

（「短歌雑誌」大正13年5月号）

窪田空穂

○

九月一日の大震災に、我が家は幸にも被害をまぬかれぬ。あやぶまるる人は数多あれども、訪ひぬべきよすがもなし。二日、震動のおとろへしをたのみて、先づ神田猿楽町なる甥の家あとを見んものとゆく。

燃え残るほのほの原を行きもどり見れども分かず甥が家あたり
地はすべて赤き熾火《おき》なりこの下《した》に甥のありとも我がいかにせむ

帰途

焼け残り赤き火燃ゆる神保町三崎町ゆけど人ひとり見ず
焼け残るほのほのなかに路もとめゆきつつここをいづこと知らず

飯田橋のあたりに接待の水あり、被害者むらがりて飲む

水を見てよろめき寄れる老いし人手のわななきて茶碗の持てぬ
負へる子に水飲ませむとする女手のわななくにみなこぼしたり

火のなき方へと、人列なしてゆく

とぼとぼとのろのろとふらふらと来る人らひとみ据わりてただにけはしき
新聞紙腰にまとへるまはだかの女あゆめり眼に人を見ぬ

甥きたる

この家に落ちつきてゐればわが家もある心地すと甥のつぶやく
平気にも舞ふ蝶かなとさびしげに庭見る甥のつぶやきにけり
十夜《とよ》十日考へてのみゐたる甥ばらつく建てむといひ出せりけり

詞友西川友義君被服廠址にて死ねりときく

怪我したる父を背負ひて火の巷走れる西川を人のまた見ず
西川がくれたるものと棚にすゑし八つ鹿人形箱にしまひけり

二日の夜

蠟燭のをぐらきあかりとりかこみゐならべる子らものをしいはぬ
地震来ばだきだしやらむ今は寝よといへばうなづきわれ見る童
路のべの戸板の上に寝たる子の寝顔ほのじろし提灯の灯に
家の内のあかりは消せと鋭声《とごゑ》して暗き門《かど》より人いましむる
あかり消せる町は真暗なり鬨の声近く東の小路におこる

夜警はじまる

火あやふ夜《よる》も寝《ぬ》るなと乱れ打つ拍子木の音そこにかしこに
大雨にしとどに濡れて夜警よりわが子帰りぬしらしら明けを

夜は月さやかにいとどわびし

電灯のつかざる店にはだか火の蠟燭ともり通りに月照る
屋根がはら落ち残りては軒先にかかれる見せて月さやに照る
大き荷を背負へる母の袖とらへもの食ひつつも童小走しる

遠望して

大東京もゆるけむりの雲と凝り空にはびこりて三日をくづれず
大東京もゆるけむりの日の三日をくづれずあれど鳴る鐘のなき
神田区の家毎にゐる南京虫一つ残らじと笑ひてかなしき
あやしくも凝りてかがやくましら雲木に蟬なけど人の音はなき

震災のあとを見にと出づ

人間のなるらむ相《すがた》眼にし見む悲しみ聞けど見ずはあり難き

水道橋ほとり

深溝《ふかみぞ》におちいりて死ねる小き馬たてがみ燃えし面《つら》を空に向けて

お茶の水橋

妻も子も死ねり死ねりとひとりごち火を吐く橋板踏みて男ゆく

神田錦町あたり

石造の氷室くづれ溶け残る氷ひかれり焼原の上に
氷室にひろへる氷背おひては男うろつく雫垂らしつつ

京橋あたり

焼け残る洋館の前に犬あわて人来る毎に顔あふぎまはる

一石橋

一石橋《いちこくばし》石ばしの上ゆ見おろせば照る日あかるく川に人くさる
あふ向きて浮ぶは男うつ伏してしづむは女小さきはその子か
人の上とえやは思はむ親子《おやこ》三たり火に焼かれては川に身のくさる

丸の内

死ねる子を箱にをさめて親の名をねんごろに書きて路に棄ててあり
死ねる子を親の棄てたりみ濠ばた柳青くしてすずしきところ

時計台

時計台残りて高し十二時まへ二分にてとまるその大き針

被服廠址あたり

東京に地平線を見ぬここにして思ひかけねば見つつ驚く
焼瓦うち光りつつはるかなり列《れつ》なす人の小さくもぞ見ゆる
五重の塔焼原越しに立てる見つ何ぞやと我が怪みしかな
鉄橋の焼けとろけたり水にうかぶ一人一人《ひとりひとり》は嘆かずあらむ

見るにもまさりて聞くことの悲し。その片はしを、

川岸にただよひよれる死骸《しかばね》を手もてかき分け水を飲むひと
その水のいささを賜へむくいにはわが命もといひ寄る処女《をとめ》
輓ける車空《そら》にありと見正気づけば身は屋根の上にゐしといふひと
我が家の一人《ひとり》は残れと妻子《つまこ》すて突きさると火中《ほなか》に走せ入れるをとこ
一つ結飯《むすび》割りてやりたる若者と離れがたくもなりし人妻
焼原をたどるたどるもこや妻か子かとかがみて顔のぞくひと
梁《はり》の下《した》になれる娘の火中《ほなか》より助け呼ぶこゑを後も聞く親

（大正15年3月、紅玉堂刊『鏡葉』所収）

病床にて

与謝野晶子

悲しめば病を得ると云ふことに思ひいたらで人のあれかし
うす暗き病の洞にみづからの身を投げ入れてこし方と断つ
病にもうつし心よ無くならで身の苦しやと歎かれぞする
病して後の心の知りがたし思ひ入るなど言ふことも無き
氷をば枕に敷けど寒からず病むべかりけりもの思ふ人
病みてより夜と昼との連続のわづらはしけれ常闇となれ
いく人におのれ後れて歎くまに先立つ人となりぬべきかな
わが常の病室よりも昼明く夜の灯のくらし病院の閨
思へらく山に飽きたる人ならん廃墟の土に隣りて寝《ぬ》るは
焼跡の神田の町の病院のいと不思議なる朝ぼらけかな
われ病めば嗅げども触るる匂ひ無し秘密の花にあらぬ薔薇さへ
病院に移されてより病をばつゆもおもはず人を思へり
焼土をすこしならせる病室の前に歪める煉瓦の炉かな

目開けば先生ましぬこの庭に芍薬の芽を移さんがため

（「明星」大正13年6月号）

俳句

平井照敏＝選

ホトトギス巻頭句集

檀特の一と花咲きし蕾かな　東京　花蓑

団栗の葎に落ちてくゞる音　同

烏瓜水際に垂れしおどろかな　同

柳散るや風に後れて二葉三葉　同

丁寧に仏具を磨き日南ぼこ　同

山茶花や落花かゝりて花盛り　同

山茶花の囲りにこぼれ盛りかな　同

櫨紅葉尾花の中に枝別れ　同

（「ホトトギス」大正13年1月号）

短日の格子明りの帳場かな　丹波　泊雲

散り柳纜石のかくる程　同

秋雨や汽車藪を出て嵯峨の駅　同

枯蓮の葉くびたれ居り風のまゝ　同

靄中にうく日輪や花菜雨　同
こぼれ穂を捧げてもゆる穭かな　同
穐田や小草も萌えて真ツ青に　同
岩搏つてそろり辷りぬ朴一葉　同
（「ホトトギス」大正13年2月号）

茨の枝に頬白ふくるゝ粉雪かな　丹波　泊雲
寒雀干菜つゝくや尾羽しがみ　同
松ケ枝や枯蔓かゝるずた〳〵に　同
往来人皆背ぐゝまり枯野道　同
旭のつと池の薄氷さゞめける　同
堪へし露落ちてはねたる葉一片　同
桃の木に紙屑の穢や寒の雨　同
（「ホトトギス」大正13年3月号）

一文字の一と葉はね居る深雪かな　丹波　泊雲
石蕗咲くや葉をしりぞけて茎太に　同
薺摘むやうしろ荐りに塀雫　同
提灯に穂麦照らされ道左右　同
焼け雲の地にうつりつゝ夕吹雪　同
人が来てふためく鼠掛干菜　同
（「ホトトギス」大正13年4月号）

久方の雪嶺見えて霞みけり　東京　花蓑
春天や影を流して軽気球　同
野を焼くや棚曇りして二三日　同
水の上或は這うて陽炎へり　同
囀や天辺の日に翻へり　同
沈丁の下枝影して日闌けたり　同
雹はれて又蒼空や梅かをる　同
池波にひたぶる濡れて枝垂れ梅　同
（「ホトトギス」大正13年5月号）

崖腹に鶯の啼く干潟かな　東京　花蓑
白魚網はねこぼれたる一二ひき　同
白梅や蕊の黄解けて真つ盛り　同
渦巻のそちこちに立ち花吹雪　同
八重椿紅白の斑のみだりなる　同
落椿挟まるまゝに立て箒　同
白木蓮花に花影して白さ　同
ばら〳〵に咲いて辛夷の白さかな　同
小波や芽柳凪ぎし余り風　同
（「ホトトギス」大正13年6月号）

近くより鳴きはじめたる蛙かな　京都　王城
行く春や大原陵の御陵守　同
合羽着て愛宕戻りや花の雨　同
谷杉に桜明るし鞍馬寺　同
花篝燃えはじめたる水辺かな　同

寂光院
玉簾の滝水うけて寛かな　同

比叡三句

逝く春の戒壇院をめぐりけり　同
春惜む中堂の扉のほとりかな　同
横川道杉の落葉に埋れて　同
（「ホトトギス」大正13年7月号）

花茄子へ杓さしつけて一とためらひ　神戸　岩木躑躅
雨粒のたち来し池や水馬　同
水を打つ三寧坂を上りかけ　同
煎餅やる袂の下の鹿の子かな　同
餌を貰ふ親のうしろの鹿の子かな　同
鹿の子の睫毛に浮ける脱毛かな　同
河骨の花がをかしや夕立中　同
籐椅子にはや秋草をまのあたり　同
（「ホトトギス」大正13年8月号）

お命講か、はりなしや余所の寺　大阪　阿波野青畝
傘やでゞ虫の垣すれ出づる　同
幮の香や寝覚めあはせし声のして　同
蚊柱や吹き淩はれて余所にあり　同
蚊の柱ちりもおほせず二日月　同
吾妹子も乗せて漕出て浪すゞみ　同
網舟の波とうちあふ浮巣かな　同
月涼し鳥不宿の棘のかげ　同

註、言海に、トリトマラズには二種の樹名を挙げたれど、此句は食用にもなるタラノキ（桜又ハ楤）の事を指し、や、こしければ附記申置候。

夜の秋を小町寺よりあそび尼　在鞍馬　山口誓子
水亭の葭戸あやうきあらしかな　同
百姓の担へる銃や水喧嘩　同
鉾杉や天の真洞のはた、がみ　同
灯籠や月にも赭く鞍馬石　同
おでん屋の障子の隙《ひま》をのぞかれぬ　同
（「ホトトギス」大正13年9月号）

からくりの鉦うつ僧や閻魔堂　京都　川端茅舎
閻王や菎蒻そなふ山のごと　同
閻王の涎掛せる拝みけり　同
侍者恵信糞土の如く昼寝たり　同
塔頭の鐘まち〳〵や秋の雨　同
しぐる、や僧も嗜む実母散　同
（「ホトトギス」大正13年10月号）

夕月のたへにも繊き案山子かな　東京　水原秋桜子
たのしさはふえし蔵書にち、ろ虫　同
句修行の三十路に入りぬ獺祭忌　同
宵闇や通ひなれたる芋畑　同
鯊釣や友舟とほき澪標　同
暮潮の茶まとひぬ鯊の魚籠　同
（「ホトトギス」大正13年11月号）

やうやくに倦みし帰省や青葡萄　　同

（「ホトトギス」大正13年12月号）

『山廬集』（抄）　飯田蛇笏

大正十三年――七十句――

新年

繭玉　餅花や庵どつとゆる山颪
凧　紙鳶吹かれかはるや夕曇り

春

早春　早春の風邪や煎薬とつおひつ
早春の調度見かけぬ小窓越し
春あさき人の会釈や山畑
四月三日夜古奈屋旅館句会席上婢に題して
春の夜　春の夜やたゝみ馴れたる旅ごろも
東風　小野をやくをとこをみなや東風ぐもり
出代　出代りの泣くも笑ふもめづらしや
田畑を焼く　水辺草ほの〴〵燃ゆる野焼かな
芝焼のふみ消されたるけむり哉
花種蒔く　花の種まき終りたる如露かな
接木　畑中や接穂青める土の上
挿木　挿木舟はや夕焼けて浮びけり
涅槃会　人々の眼のなま〳〵し涅槃見る
仏生会　浴仏にたゞよひ浮ぶ茶杓かな
蚕　これやこのつむりめでたき野良蚕
虎杖　草むらや虎杖の葉の老けそめて
木瓜の花　一と叢の木瓜さきいでし葎かな
椿　折らんとすつばき葉がちや風の中
花　花さそふ月の嵐となりにけり
山ぞひや落花をふるふ小柴垣
ぬぎすてし人の温みや花衣
滝北君新居成れるに一句を乞はれて
一屋の月雪花や思ふべし
竹の秋　廬煙りや竹秋の葉のちり〴〵に

夏

涼しさ　門とぢて夜涼にはかや山住ひ
七夕　七夕の夜ぞ更けにけり几《オシマヅキ》
汗疹　たくましく婢の愁ひあるあせぼかな
天瓜粉　みめよくてにくらしき子や天瓜粉
袷　人なつくあはれ身にそふ袷かな
田植　かたよりて田歌にすさむ女房かな
遠のきて男ばかりの田植かな
早乙女や神の井をくむ二人づれ
蝿叩　とゝのへて打ち馴らしけり蝿叩

踊　もろともに露の身いとふ踊りかな
盂蘭盆会　盂蘭盆の出わびて仰ぐ雲や星
門火　送り火をはた〳〵とふむ妻子かな
蠅　訪客に又とぶ影や夜の蠅
蟻　山蟻のわくら葉あるく水底かな
覆盆子　いちごつむ籠や地靄のたちこめて
黴　愛着すうす黴みえし聖書かな
帽のかび拭ひすてたる懐紙かな

秋

秋　秋旅や日雨にぬれし檜笠
転寝や庭樹透く日の秋半ば
初秋　むら星にうす雲わたる初秋かな
鰯雲簀を透く秋のはじめかな
秋の空　雲あひの真砂の星や秋の空

自嘲

秋風　われを見る机上の筆や秋の風
扇置く　秋扇やつひ来なれたる庵の客
秋扇やさむくなりたる夜のあはれ
ことよせて唄かく秋の扇かな
団扇置く　古りゆがむ秋の団扇をもてあそぶ
障子洗ふ　障子貼る身をいとひつゝ日もすがら
ねんごろに妻子おもへり障子張り

燕帰る　ゆく雲にしばらくひそむ帰燕かな
鶺鴒　風さそふ落葉にとぶや石たゝき
蜻蛉　山風や棚田のやんま見えて消ゆ

甲子八月九日朝鮮の末吉休山君山廬をたづね来る

秋の蚕　たちつ居つ高麗人の見る秋蚕かな
草の花　花いそぐ秋は草々の夕日かな

冬

冬の夜　わが事に妻子をわびる冬夜かな
冬ぬくし　冬暖の笹とび生えて桃畑
冬晴　冬晴や担ひおきたる水一荷
霜　よく晴れて霜とけわたる垣間かな
雪　帰りつく身をよす軒や雪明り
新兵入営　なでさする豊頰もちて入営子
新暦売出　市人にまじりあるきぬ暦売り
風邪　昨今の風邪でありぬ作男
焚火　一と燃えに焚火煙とぶ棚田かな
冬籠　冬籠日あたりに臥て只夫婦

故破浪君の忌に参じて

破浪忌　破浪忌や花も供へず屛風立て
草枯　草枯や鯉にうつ餌の一とにぎり

（昭和7年12月、雲母社刊）

〔大正十三年〕

河東碧梧桐

大正十三年七月

壕の樋の口に朝から下りてをる雀
洗ひ物を出しそろへて山からの霧雨の来る
猫の日課のひる過ぎの我が椅子に寐る
崖に立つ桜並木のけふ蜩が来る

大正十三年八月

猫がかけてはいる桑畑の風つのる朝
簗番とけふも一ト時のすゞみして戻る

満洲雑詠

泳ぐ人影もない磯をあるいてしまふ
朝からの轍三筋四筋の引き残る汐
地ぼこりのする屋根にちよつと下りた雀
海沿ひの芝草に咲くつみためて行く花
蠅打の紐つけてけふ一ト日かけてゐた
街路樹に出した籐椅子の人の出て来ぬ
三つに切れた岬の禿山の我行きし山
夕べの風おちた満潮の膝まではいる
掘りすてた砂湯の穴を渡りては行く
川原に下りて水のある方へ行くよるの径
戸の外箒草に雀下りてゐるゆふべ
下通る私に鳴きさかつてゐた柳の雀らは飛ぶ
酒つくりの奥ある庭の牛も行き驢馬も行く
峠の高草の刈りひろげられてある休む

撫順にて

よべの雨の乾いた空車の日かげをあるく

露天掘り

歩道下りて行く石層の炭層の走り
花畑の種とる苣の四五本も花さく
穂蓼の中の水溜りの乾いた足跡をたどる
誰を待つトロの黍畑のはづれの二台

〔大正十三年〕

高浜虚子

早蕨を誰がもたらせし厨かな

（「ホトトギス」大正13年6月号）

蝙蝠や遅き子に立つ門の母
山荘や打水流る門の坂

（「ホトトギス」大正13年9月号）

萩愛でゝそゞろ歩きす松の間
山川の欺かるところに下り簗
蜻蛉のさらさら流れ止まらず
もてなしの女あるじや萩の花

（「ホトトギス」大正13年12月号）

震災雑詠

永田青嵐

避難者市役所内に充満す。妊婦数名あり。

市役所の庭に産れぬ露の秋

水道の水絶えて避難者皆梨を喰ひて渇を医す。

梨嚙り乍ら生死の巷行く

市役所の庭にテントを張りて事務を執る。

秋雨やテントの中の松の幹

秋雨やテントの外の鑵の殼

市中を巡視す。

秋風や家焼けたるに閉す門

浅草寺

天の川の下に残れる一寺かな

本所被服廠跡の死者三万七千余に及ぶ。

秋風や顔を背けて人不言

屍焼く煙や秋の江を隔つ

馬場先門内

勿体なや隣は月の二重橋

バラックの思はぬ方に月恋し

雨に飽き月に飽くなるテントかな

バラックに人生きて居る野分かな

露けしやテントの外の跛下駄

バラックに一幅かけぬ月の秋

松遠近菌の如きテントかな

バラックの人冷やかに月に対す

江東二区は行衛不明の人多し。

焼け死にし児とは思へど月の雲

迷子収容所

残る児に連れ帰る児に秋の風

災後人心荒ぶ

秋の風互に人を怖れけり

明月に激せる人の瞳かな

罹災者は多く山の手又は郡部に避難し或は故国に帰る。

子を連れて寄食する家の柿赤し

災後失職者多し。

秋風に人夫の顔の白さかな

震災を怖れて庭に寝る家多し。

庭に釣る蚊帳膨る、や萩の花

庭に寝て月孕む雲怖ろしき

蚊帳釣りて余震侮る女かな

市中雑観

行秋や止まりし儘の屋根時計

避難車に三味線積めり月の秋

露三日妻子に遇ひぬ増上寺

焼けて尚芽ぐむ力や棕梠の露

焦土の底行く月の隅田川

板買ふて釘が足らぬや小屋の秋

災後雑事

惰民とは無礼であらう新酒かな

災後何れの倶楽部も一品料理なり。

一品の料理に梨の奢りかな

夜警久しきに亘り漸く倦色あり。

行秋や夜警やめたる隣町

（「ホトトギス」大正13年2月号）

『雑草』（抄）

長谷川零余子

春

二月　如月や枯る丶ともなく松の老ゆ

春の宵　袂もたげて盃さしぬ宵の春

朧　朧の灯縫うて島々漕ぎぬけし

渓石歓迎句会

客待てば座広くともし宵朧

涅槃　木の枝に鳥ならび鳴く涅槃かな

物種　観世音を見て物種を買ひにけり

壺焼　壺焼や暮れ行く島を寝つ丶見る

草餅　草餅や知る寺を訪ふ道すがら

誰彼に句を聞かさばや草の餅

春風　本くる丶叔母今日も来ず春の風

春の雪　春雪の三輪にたま〳〵来し日かな

春の雨　春雨の池に鴛鴦見る御陵かな

青空や海の方晴れ春の雨

幾谷や家に埋りて春の雨

沼のほとりすぐに音あり春の雨

裾ぬれし人見すぼらし春の雨

氷解　船のゆき丶に解けて浮べる氷かな

帰雁　行くとなき雁いくつ見し夜船かな

鳥囀る　囀を舟に聞きゐる微笑かな

囀や大寺の壁に肖像画

柳　船に見る茶屋覚えあり垂柳

桃　桃を見て越す篠深き堤かな

椿　水窟の仏体暗し落椿

田川曲東上京

木の芽　又逢ふ日近かれ庭の木の芽ふく

蕗の薹　片親に育ちて悲し蕗の薹

菜の花　菜の花や大阪を見に京を発つ

（大正13年6月、枯野社刊）

解説・解題

亀井秀雄

編年体　大正文学全集　第十三巻　大正十三年　1924

平塚運一版画集『東京震災跡風景』・「お茶の水」（大正14年刊）

解説　大正十三（一九二四）年の文学

亀井秀雄

Ⅰ．「文学史」から離れて

これは誰でも同じだと思うが、私は数年前に出版された作品を読む。今年出版されたものであっても、数年前に発表された作品の再版や再々版の場合もある。そして言うまでもなく、今年新たに発表された作品も読んでいる。

一人々々のこのような読書体験を、もし全て寄せ集めることができるならば、文学史はまったく様相が変わって見えるだろう。ある年度に最もよく読まれた作品は、その年の新作とはかぎらないからである。もちろん全ての人の読書体験を総計することは、実際には出来るはずがない。しかし出版年鑑を調べてみれば、過去の作品の再版や新装版がいかに多いか、気がつくはずである。最近の文庫本は、古典化した作品を長期的に供給するというよりは、廉価普及版の性格が強いけれども、ともあれ文庫本の出版点数を見るだけでも、私の言う意味が分かってもらえると思う。

そもそも本書自体が、大正十三（一九二四）年の作品を集めたアンソロジーなのだが、読者のなかには、本書によって八十年も前の小説を「初めて」知り、新鮮な印象を受けた人も多いだろう。とすれば、その人にとって本書は、まさに今年の重要な読書経験を形づくることになるわけである。

一例を挙げるならば、明治十八（一八八五）年、坪内逍遥が『小説神髄』で、滝沢馬琴の『南総里見八犬伝』を取り上げ、登場人物を道徳の鋳型にはめ込んだため、生きた人間が描けていない、という意味の批判をした。このことは文学史的な事実としてよく知られている。この事実だけを中心に考えると、その時代すでに馬琴の『八犬伝』は若い世代の好みに合わない、廃れかけた物語だったように思い込みかねない。だが、実際は、依然として『八犬伝』の人気はたかく、様々な形で再版され、若い世代にも読まれていた。逍遥が『小説神髄』と並行して出した『当世書生気質』よりもはるかに読者層は広く、浸透度も深かったのである。

逍遥自身も、後に、『小説神髄』を書いた当時を次のように回想している。「馬琴崇拝は、その頃の作家間には、一般の事で（中略）、十七八年ころとなつては、既に織田純一郎氏の『花柳春話』や柴四郎氏の『佳人之奇遇』のやうな漢文くづし体の小説が行はれてをり、つゞいて『経国美談』のやうな新体の小説も出たが、それでも尚、一般には作家界の泰斗として馬琴の権威は決して衰へもせねば、疑はれもせないでゐた。（中略）つまり、私は、時尚の風波に漂はされてゐた木の葉舟の一つたるに過ぎないのであつた」（「曲亭馬琴」）。これは謙虚な言い方だが、決して誇張ではない。「木の葉舟の一つ」という点では、二葉亭四迷の『浮雲』も同様だった。ところが、通常の文学史は、『小説神髄』を近代的な文学観の初発と位置づけ、『浮雲』を最初の本格的な近代小説と評価するが、同じ時期にどれほど『八犬伝』が普及していたかについては書かない。その意味で文学史は、必ずしも文学享受の実態を語ってはいないのである。

II・かつての「大正十三年」

そういう見方をもって、大正十三（一九二四）年にもどってみよう。この年の六月、『文藝戦線』が創刊され、十月には『文藝時代』が創刊されている。前者は『種蒔く人』（大正十年二月創刊）に拠った、無産派系統の文学者が、再度、運動の拠点を作るために出した雑誌であり、後に、アナーキズムやダダイズムの人たちを分離して、マルクス主義の傾向を強めていった。『種蒔く人』は大正十二年九月の関東大震災のため、続刊の見通しが立たず、十三年の一月に、大震災の混乱のなかで殺された平沢計七たちを追悼し、官憲の暴虐を明らめようとする臨時増刊号「種蒔き雑記」を出しただけで、事実上廃刊状態に陥っていた。『文藝戦線』はその後身として発刊されたのである。

他方、『文藝時代』は、菊池寛の『文藝春秋』（大正十二年一月創刊）に拠っていた若い作家たちが、『文藝春秋』から自立する形で出した雑誌である。当時の代表的な評論家・千葉亀雄が、ジャーナリズムの反響を計算した話題の作り方と、「気分や、情調や、神経や、情緒」を重視する表現に注目して、「新感覚派の誕生」（十三年十一月、『世紀』）を書いた。ちょうどその頃、フランス新精神《レスプリ・ヌーヴォー》文学の担い手、ポオル・モオランの『夜ひらく』（堀口大學訳、同年七月）が紹介され、「僕の開いた口へ、咽喉の奥まで、ダリヤの花が一輪とびこんだ。花合戦。花園が空中に浮んで消えた。」という、シュル・レアリスチックな表現が関心を惹いていた。千葉亀雄はこれと、『文藝時代』の表現との類似に注目したのである。

続いて、『文藝時代』のメンバーの一人、片岡鉄兵が「若き読者に訴ふ」（同年十二月、『文藝時代』）を書き、創刊号に載った横光利一の『頭ならびに腹』の「真昼である。特別急行列車は満員のまま全速力で駆けてゐた。沿線の小駅は石のやうに黙殺された。」を取り上げて、これが如何に画期的な表現であるかを、力説した。このような、対象から受ける直接的な感覚、あるいは対象と一体化した感覚的印象の表現こそが「常識方法から遥かに飛躍した新しい感覚的方法」であり、「更につづいて来る生活の新しさを暗示する」。彼はそう評価したのである。こうして、「新感覚派」という流派名が生れた。

昭和の、特に初年代の文学の特徴を、まず大まかに前衛《アヴァン・ギャルド》の時代と捉え、その上で、プロレタリア文学からマルクス主義文学に到る「革命の文学」と、新感覚派の系統の「文学の革命」との対立を記述する。さらに、自然主義や私小説のリアリズム文学の流れを加えて、三派鼎立の時代とする。このような「文学史」的な視点から見れば、『文藝戦線』や『文藝時代』が創刊された大正十三年は、まさに昭和文学（または現代文学）の始点となる、画期的な年だったと言えるだろう。

横光利一（大正10年、名古屋にて）

また、昭和初年代は、改造社の『現代日本文学全集』全三八巻（大正十五年十一月より刊行）を皮切りとして、新潮社の『世界文学全集』全三八巻（昭和二年五月）、平凡社の『現代大衆文学全集』全四〇巻（同前）、春陽堂の『明治大正文学全集』全五〇巻（同前）と、『日本戯曲全集』全五〇巻（昭和三年三月）など、出版の資本主義的企業化による大量な読者層の創出が企てられた時代だった。ここから始まる文学読者の大衆化に対して、プロレタリア文学運動もまた「文学の大衆化」を迫られ、活発な大衆化論争を繰り広げる。その面から見ても、大正十三年は昭和文学の始点だったと言える。これらの全集は、出版社が大震災の大打撃から再生を賭けた企画であり、それによって出版企業の資本主義化が一挙に加速されたのであるが、その起点は大正十三年に求めることができるからである。

私はこのような見方に必ずしも反対ではない。むしろ「文学史」的に見る限り、妥当性は極めて高いと考えている。ただし、それはあくまでも「文学史」、つまり通時的に整理した場合であって、編年的に、つまり共時的に見た場合、また別な相が現われてくるだろう。

III・編年体の意味

では、なぜ私は「文学史」にこだわるのか。それは、次のような問題を含んでいるからにほかならない。

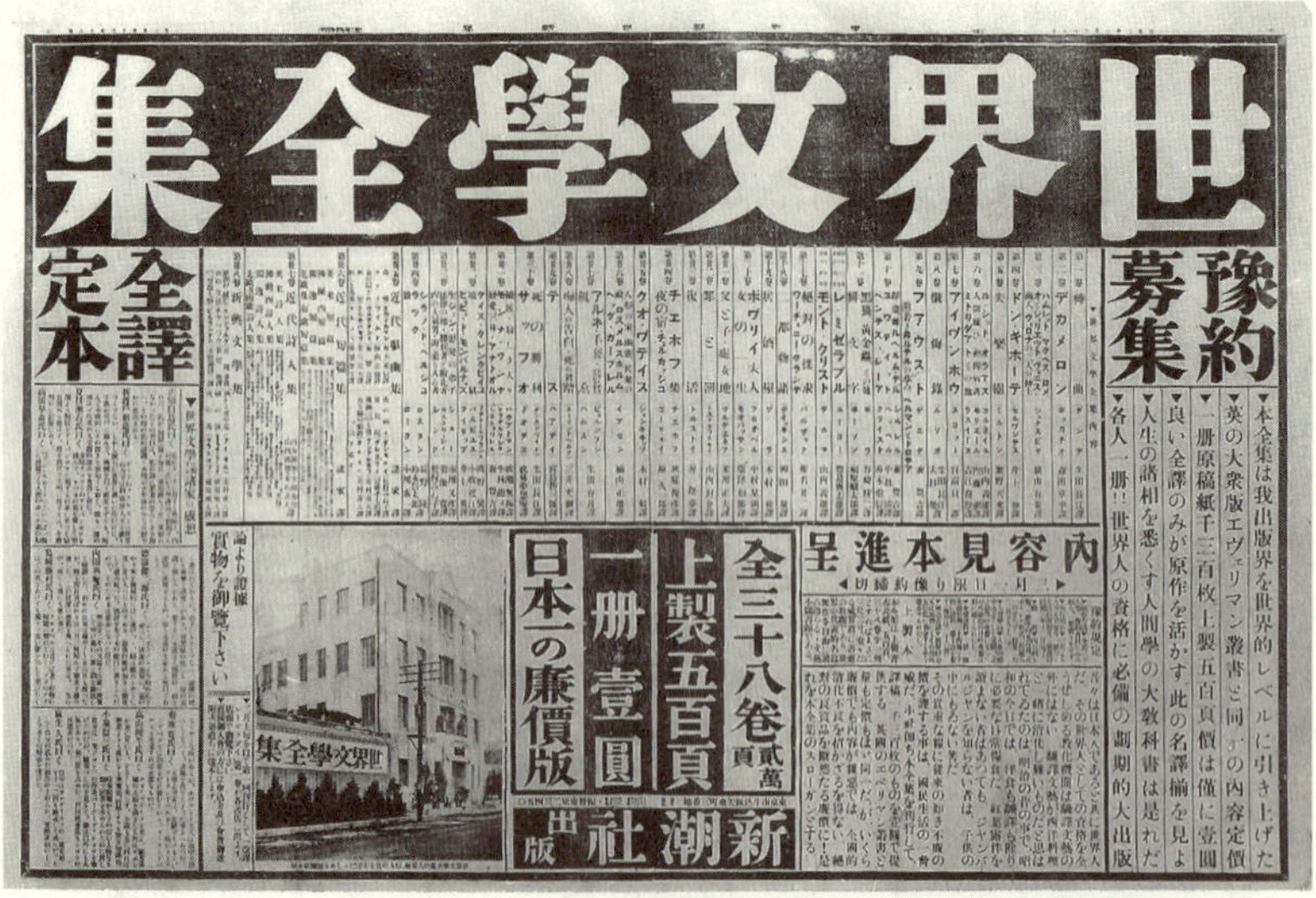

円本「世界文学全集」新聞広告（昭和2年1月）。新聞界初の2ページ広告

「時代《エポック》」という歴史学上の観念は、現在ごく普通に使われている。そのため、ほとんど誰も注意しないけれども、実は、ヨーロッパの近代に起こった「歴史学」が、それ以前の、中世に書かれた、キリスト教の教会史に対する批判を通して作ったものだったのである。教会の聖職者によって書かれた教会史は、千年《ミレニアム》を基準とし、それを十等分して世紀《センチユリイ》という単位に別け、さらにそれを十等分して、出来事を埋めてゆくやり方を取っていた。これを「年代記」と呼んだわけだが、現在私たちが使う歴史年表の精密なものを想像するならば、おおよその実態が見えてくるだろう。

当然のことながら、年次順に列挙された出来事は聖人の奇跡もあれば、王の事跡もあり、夜空に現われた不吉な前兆もあれば、戦争もあり、飢饉や流行病の災害も載っている。いわば挿話《エピソード》の羅列にすぎず、その挙げ方はほとんど恣意的であって、選択の基準が明らかでなく、前の出来事と後の出来事との因果関係が捉えられていない。近代の歴史学はその点を批判して、「歴史」とは断片的な事実の集積ではなく、出来事と出来事との有機的・内的な関連を「流れ」として記述することではないか、と考えた。つまり、ある時代の動向を決定づけた、主要な出来事を選んで、その原因または結果としての出来事を見出し、有機的に関連づけることである。また、そのようなやり方で、一時代の主要な傾向の始まりと、最盛期と、終焉とを捉えてみるならば、その始点と終点は必ずしも千年《ミレニアム》や世紀《センチユリイ》という区切りとは一致しない。その点に気がついたのである。

　教会史から世俗史への転換。歴史を書く権利の、教会権力から国民国家への移譲。このように始まった近代の歴史学は、千年《ミレニアム》や世紀《センチュリイ》という区分法を年代上の目安と使いながら、実際には時代《エポック》という区分を導入して、中世という時代《エポック》の特徴とは何か、近代という時代《エポック》の「本質」とは何か、それは何時から初まったか、などの追及を行なってきた。文化史における時代色、

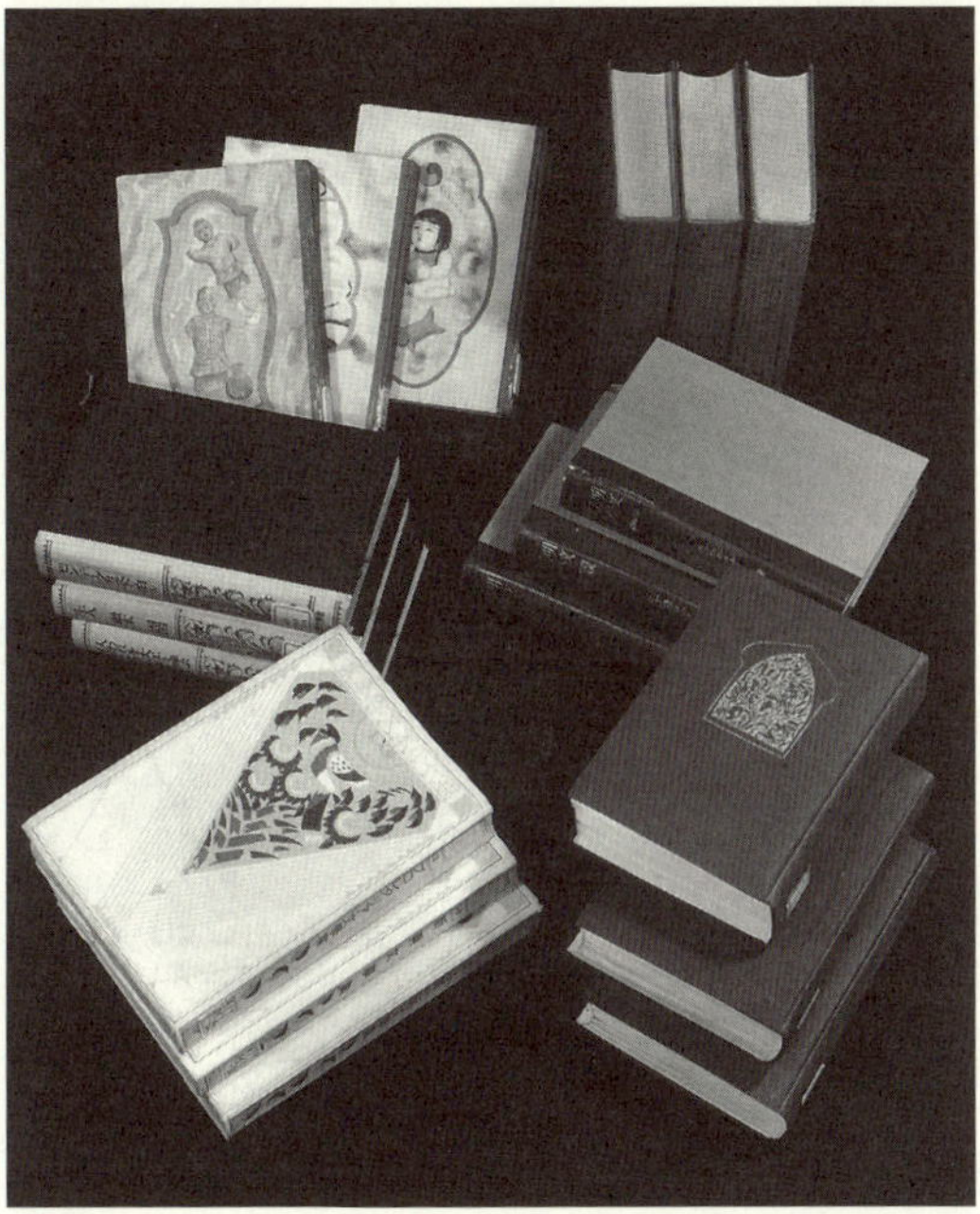

改造社「現代日本文学全集」をはじめとする「円本」

思想史における時代精神、経済史における生産力と生産関係、政治史における統治理念と権力形態など、テーマと方法は大きく異なるが、いずれも時代《エポック》という観念を前提としており、その点では変っていない。

　面白いことに、この観念はほとんど必ず、成長期、成熟期、停滞期（または衰退期）という生命サイクル的なイメージで語られ、そのなかに健康、爛熟、頽廃という一種の倫理的判断を含んでいることである。ここから生れる「変革」の法則は、次のような、生命の前進的な再生劇となるだろう。「ある時代《エポック》をまさにその時代《エポック》たらしめてきた内在的で、本質的な要素が生命的な潜勢力《ポテンシャリティ》を失い、行き詰まった時期には、それに取って変る勢力や世代が既に育っており、より進んだ理念をもって、前時代（前世代）の形骸化した殻を打ち破り、劇的に交替してゆくのだ」と。この再生劇のイメージには、前時代（前世代）を乗り超えながら継承するという、否定的発展の弁証法が含まれているわけだが、以上のことは、江戸期に関する通史や、幕末から近代誕生までの経過を描いた歴史書を手に取ってみれば、よく納得がゆくはずである。

　その点から見れば、編年体という編集方法は、歴史から年代記への逆行だと言えるかもしれない。しかし歴史学や、「歴史」という観念それ自体が、じつは近代の国民国家を観念的に補塡充実するためのイデオロギーなのであって、それに気がついた歴史家は何とか自分の責任を逃れるために悪あがきを重ねてい

る。この悪あがきを歴史家はポスト・モダンと呼び、その代表たるミシェル・フーコーは苦し紛れに「知の考古学」という方法を案出した。これは、ある時代における「知」の組織化と、次の時代の組織化との違いを、むしろ不連続の相から描き出す方法と言えるだろう。そのやり方に従うならば、例えば日本の文学の「起源」は、上代の記紀歌謡にまで遡って見出すべき／見出し得るものではないことになる。なぜなら、「明治における言説の再編成のなかで「文学」という観念が生まれ、この観念を上代の記紀歌謡にまで及ぼした結果、それらが「文学」として発見された。その意味では、発明された伝統《インベンテッド・トラディション》にすぎない。だから「文学」の起源は、明治の言説再編過程のなかにこそ求められるべきだ」と言えるからである。

大変に魅力的な考え方であるが、言説の再編成と新しい「知」の組織化という、時代論《エポック》的な視点を取っている点で、それは依然として歴史学という近代的な「知」の枠内に止まっているのではないか。それだけではなく、そもそも言説の再編成や、「知」の組織化を描き出す、その描き方自体が、「起源」発見に都合のよい資料をピックアップしたにすぎないのではないか。そういう疑問を避けることはできないだろう。編年体という編集の方針は、そういう弱点をも顕在化させてしまう方法なのである。

そんなわけで、私は徴候論的なやり方を採らなかった。私たちが昭和初年代を前衛《アヴァン・ギャルド》文学の時代と呼ぶ場合、その命名からも分かるように、ヨーロッパにおける前衛《アヴァン・ギャルド》文学の運動を念頭に置いているわけだが、それならば、なぜヨーロッパと日本との間に、「世界的同時性」とも言うべき共通の動きが生れたのか。「その理由は、ヨーロッパにおける世界戦争が既存の社会秩序の崩壊を惹き起こし、若い世代は実存的な生の不安や、既成権威への反抗や反逆に駆られて、芸術革命と社会変革を同時に目指す前衛《アヴァン・ギャルド》運動を興した。日本においては関東大震災が同様な社会的・精神的条件を生んだからにほかならない。そういう動きの徴候は、早くも大正十三年のダダイストやアナーキストの作品に見られる。」通常そのように説明されてきたし、かつて私自身もそれを前提として現代文学の初発を語ってきた。だから自己反省を含めて言うのであるが、この説明は、結果から遡って原因を見つけ出すという、あの歴史主義的なやり方の安易な適用でしかないのではないか。さらに言えば、ヨーロッパの動向を「一般史」として普遍化し、日本の現象をその「個別史」として整合させようとする、あの明治以来の近代主義的な思考を繰り返しているだけではないか。そのような説明方法を一概に迷妄と決めつけてしまうつもりはない。けれども、因果論的で、しかも西洋中心主義的に整理された「流れ」を中心化してしまうと、それ以外の作品を退屈な既成文学の産物として周辺に押しやり、無視することになる。結局は従来の文学史と同じく、存在しなかったのと同然な扱いになりかねない。そんな反省と疑問が、私に生れてきたのである。せっかく編年体の編集をする以上は、むしろそのような中心化の視点は一たん括弧に括って、脇に取り除けておく。その上で、この年に発表された作品は全て等価なものと見なし、その全体性を捉えてみる。その後に括弧を開いてみれば、中心化の視点と共に脇に除けておいた作品の新たな面が見えてくるだろう。そういう方針を私は採ることにしたのである。

それでは、関東大震災は、本当のところ、どんな状況を生んだのであろうか。その悲惨な混乱のなかで何が顕在化してきたのであろうか。

震災で倒壊した浅草の十二階（凌雲閣）

Ⅳ・視点（一）―「帝都」―

およそ以上が、小説や評論や記録を選ぶ、私の問題意識であり、関心だった。だが、この年に発表されたもの全てを、一巻に収めることはできない。この時期の文学動向に関して最も目配りの広い年表は、改造社の『現代日本文学大年表』（現代日本文学全集・別巻。昭和六年十二月）であるが、大正十三年に発表された作品は二〇〇篇を超える。同人雑誌に発表されたものを含めれば、さらに数十編が増えるだろう。評論や記録を加えれば、さらにまた数十編が増える。

それらを一巻に収めるには何らかの選択基準が必要となる。私はその基準を「震災」に置いてみた。震災は大正十二年の大きな事件であり、関連する作品はすでに第十二巻にも収められている。それにもかかわらず、あえて震災に焦点を合わせてみた理由は二つある。

その一つは、大正十三年に至っても震災はまだ生々しい現実であったが、一般の歴史記述にはそのイメージがほとんど見られないことである。大正十三年刊行と推定される『大正震火災木版画集』（画報社）に収められた、桐谷洗鱗の「臨時バラック（本所）」は、竹内大三位の『集団バラックの生活記録』が決して誇張ではない、悲惨な難民生活を伝えている。同じ版画集の川崎小虎「大震災后之和田倉門」は皇居の石垣が崩れ、橋

川崎小虎画「大震災后之和田倉門」

が歪んでいる光景を描き、平塚運一の版画集『東京震災跡風景』（『神戸版画の家』刊、大正十四年）の「お茶の水」を見れば、大正十四年九月に至っても、まだ神田川の崖くずれはそのまま放置されていたらしい。多分この版画集とは別なものであったと思われるが、彼は大正十三年、震災跡のスケッチをまとめた木版画を制作し、渋谷道玄坂の夜店で商っていた、という。夜はどこに寝たのだろうか。そんな心配が湧いてくるほどだが、ともあれ、そのように不如意な生活が続いているところへ、大正十三年一月にはまた激震が襲った。不衛生な被災者のバラック住宅街では腸チブスが流行り、いわば二次災害の形で多くの人命を奪ってゆく。人々は依然として地震に怯え、震災のなかに生きていたのである。

もう一つの理由は、以上のこととは矛盾するようだが、震災後四ヶ月で年が改まり、九月にはメモリアルな行事があり、いわば時間的な節目の意識をもって、人々が震災を回想し始めたことである。記憶《メモリ》を語ることには、一定の方向づけと整理が伴い、それが「共通体験」の形を作ってゆく。その初発の様相を知るために、『中央公論』一月号の特集「大正十三年を迎ふる辞」と、九月号の特集「大震火災一周年に面して」を採録しておいた。

この震災は東京と横浜を壊滅状態に陥れたが、被害を蒙ったのは、もちろんこの地域に限らない。南関東一帯に拡がっていた。ところが、災害の直接体験を伝える記憶語りの多くがほと

桐谷洗鱗画「臨時バラック（本所）」

んど東京に集中している。横浜の災害を伝える文学的な表現は、『大正十二年震災歌集 灰燼集』（古今書院、大正十三年五月）に幾つか見られるが、小説や随筆は東京に集中し、他県のものは見られないのである。

もちろんその理由は東京が政治・経済・文化の中心だったからであるが、当時、東京が帝都と呼ばれていたこととも、おそらく無関係ではなかった。帝都という言葉は、すでに『平家物語』に見られる。しかし、人々が「帝のいる都」としてだけではなく、むしろ「帝国の首都」の意味で使い始めたのは、日露戦争に勝って、「帝国」意識を強く抱くようになってからであった。その帝都が壊滅した。帝都の復興はどうあるべきか。そういう言葉が新聞に頻出し、帝都について語ることは日本について語ることであり、日本を語ることは帝都を語ることであるという潜在意識が拡がってゆく。東京の震災が、日本人の共有すべきトラウマと意識され始める。その意味で「帝都・東京」は一種のマジカル・ワードだったのである。

鉄道が不通となり、印刷の輪転機が動かず、新聞は発行されない。発行されても、容易に届かない。電話も通じない。ラジオ放送が一般化するのは大正十四年からのことであり、言うまでもなく携帯電話などという便利な通信手段はなかった。情報から遮断され、パニックに駆られた人々のなかを、流言蜚語が走り、危機的な噂が全国に拡がってゆく。東京の近県よりもさらに離れた地域の人たちは、肉親や知人の安否を気づかい、しかし確かな情報は得られず、被害地に駆けつける交通手段もなく、ただ危惧と不安に駆られて、噂に耳を傾けるしかなかった。震災の記憶の大半は「噂」の記憶だったが、記憶のなかで事実と「噂」が溶解し、それが記憶《メモリ》語りの形式と内容を形成してゆく。徳田秋聲の『不安のなかに』や、正宗白鳥の『他人の災難』、その他の回想記からその諸相を読み取ることができるだろう。

V．視点（二）―「雑居」―

恐ろしい災害のただなかで、情報から遮断され、肉親や知人との関係を寸断された人々をとらえた恐怖は、何であったのか。一口で言えば、それは「雑居」への恐怖だった、と私は思う。「雑居」問題は、明治以降の首都・東京を悩ませてきた問題だった。その一つは「内地雑居」の問題である。

よく知られているように、徳川幕府が欧米の諸国と条約を結んで日本を「開国」した時、外国人は幕府の指定する居留地に住まわせることにした。外国人が居留地の外へ出るには、特別の許可が必要だったのである。これは外国人と日本人が接触した際の混乱を防ぐためだったが、その半面、居留地内で外国人が起こした犯罪の裁判権は、その外国人が属する国家の領事に譲らざるを得なかった。これでは、日本人が被害者だった場合、その人の権利を守ってやることはできない。その上、貿易の関税率を定める権利も幕府は持ち得なかった。つまり、幕府の主権は居留地に及ばなかったわけで、そのような条約を不平等条約と呼んだのだが、明治の新政府はその条約を受け継がざるを得なかった。もし受け継がなかったならば、条約締結国は、新政府を正当な政権と認めることを拒否しただろう。この不平等条約を如何にして撤廃し、日本を完全な主権国家として認知させるか。これが新政府の大きな課題であり、政策の大半はそれを解決するためのものだったと言っても過言ではない。

ただし、不平等条約を撤廃し、居留地制度を止めるとすれば、外国人は日本国内のどこにでも居住できるようになる。そうなった時、どんな事態が発生するか。日本は国力に乏しく、被植民地的な状況が一挙に加速するかもしれない。日本人と外国人とのトラブルが各地に起こるだろう。予測できない事態に対する、このような危惧を、当時は「内地雑居問題」と呼び、盛んに論じ合った。特に議論が集中したのは、アジア系の人たちが大量に流入した場合の問題である。アジア諸国の下層民が安い労働力として流入し、日本の労働者の職を奪い、日本人の失業者が増えることにならないか。その時、治安はどうなるのか。それが危惧される、大きな課題だった。

須藤南翠の『新粧之佳人』（明治十九年）という政治小説によれば、国会開設後の東京は既に「市区の改正も成就し」て、整然と整備された道路の両側に広壮な建物が並び建ち、欧米人や「清国人」が店を開き、日本人のお邸《やしき》ではエチオピアの亡命者や清国の移民が働き、大英帝国の支配から逃れたアイルランド人が出入りする、そういう国際的な世界都市になっているはずであった。政治小説は、明治十四年に明治天皇が詔勅を発し、十年後に憲法を制定し国会を開設することを約束して以来、盛んに書かれるようになった物語である。そのなかに未来記小説と呼ばれるジャンルがあった。なぜ未来記と呼んだかと言えば、国会開設という近未来における日本の状態を想像し、その理想的なあり方を語っていたからである。『新粧之佳人』はその代表的なものであり、その他の未来記小説も、東京をロンドンやパリと並ぶ世界都市とする夢を語っている。それは同時に、外国人受け入れの理想的な状態を語ることでもあった。その意味で、『新粧之佳人』などの未来記小説は、世界都市の夢のなかに「内地雑居」の不安を解消する試みだったとも言えるだろう。

その「内地雑居論」と並行して議論された問題に、「貧富雑居論」がある。国会開設後の東京は既に「市区の改正も成就し」て、と『新粧之佳人』は描いていたが、「貧富雑居論」は、その市区改正の議論のなかから生れた言葉であって、コレラやチブスの流行を如何に防ぐかという衛生問題が、都市計画の緊急課題と認識されていたからである。日本は江戸時代の後期からコレラやチブスなどの伝染病に悩まされ、「外国の船がもたらした災厄だ」という理由で、排外的な攘夷感情の一因となっていた。明治維新以後も警戒心は残り、その上、維新後の東京は、もと武家屋敷だった広大なお邸《やしき》の周辺に、新たに地方から流入した下層労働者が貧民街を作り、雑然たる様相を呈していた。
「貧富雑居」とは、この無秩序な状態を指す。この不衛生な貧民街が伝染病の温床となっている。この「与論」にさらにリアリティを与えたのは、脚気だった。脚気は結核と並んで死亡率が高く、おまけに、この頃はまだ脚気の原因が分からず、マラリア性の伝染病と考えられていたからである。そのため、ますます伝染病の撲滅が急務とされ、「衛生」「清潔」が世界都市化のキーワードとなっていった。

　ここから「貧富分離」の市区改正論が生れ、明治十四年一月の東京府議会区会部会では、「此輩（貧民）ヲ散居セシムレバ虱ヲ衣服ノ所々ニ分ツカ如ク、……却ツテ蔓延モ計リ難シ、因テ此人種ハ朱引地（府内と府外の境界線）外ナトヘ送リ、都下ニ置ヌ様ノ注意」が必要だ、という恐るべき議論が行なわれた。この時議論の対象となったのは、神田橋本町であるが、ここは下谷万年町、芝新網町、四谷鮫ヶ橋町と共に、江戸時代以来の四大貧民街と見られていた。その地域がこの年の一月の大火でほとんど焼失してしまい、それを機に、区会部会の委員は「虱」の比喩をもって、いわば貧民の「駆除」を企てたのである。このような駆除論の背景には、不衛生＝伝染病＝伝染媒体という観念連合に基づく、排外的な警戒心の転移があったと言えるだろう。

　そういう感情を計算に入れてのことだったと思うが、当時の海軍軍医総監・高木兼寛《けんかん》は、都市衛生の問題を貧民問題と結びつけて、貧民散布論を唱えた（「裏屋ノ建設ハ衛生上及経済上ニ害アリ」明治十七年、「東京衛生事務ノ拡張ハ市区ノ改正ヲ要ス」明治十八年、『大日本私立衛生会雑誌』）。その趣旨は、東京の市区を現在の三分の一程度に縮小するならば、市街地の地価が高騰して税収が増える道理であるが、効果はそれだけでなく、「下等貧民ノ市内ノ住居ニ堪《た》ヘサルモノハ皆去テ田舎ニ赴《おもむ》クナルベシ」という、乱暴な意見だった。慈恵病院創立者の松山棟庵も、下等社会の裏店の不潔さや、彼らの無知が公衆衛生の障害であることを指摘し、「一般貧者ノ富ヲ致スノ前、富者ハ必ス貧者ト共ニ病鬼ノ侵ス所トナリ、其命ヲ墜《おと》スヤ必セリ」、「市場ノ中枢トナルヘキ部分ヲ予撰シテ、之ヲ東京ノ本地ト定メ、先ツ此部分内ヨリ漸次ニ下等社会ヲ駆出《ママ》スルヲ欲ス」と主張した（「衛生上東京市区改正ノ必要ヲ論ス」明治十八年、同前）。

　森鷗外は留学先のドイツで衛生学を学んできた軍医であり、この問題に無関心ではいられなかったのであろう、明治二十二年に帰国して、直ちに「市区改正ハ果シテ衛生上ノ問題ニ非《あら》サルカ」（『東京医事新誌』）を書き、右の議論を次のように批判している。「苟《いやしく》モ真成ニ公衆ノ衛生ヲ計ラント欲セバ、宜《よろし》ク貧人ヲ先ニシテ富人ヲ後ニスベシ。」、「貧人ヲ逐フテ彊域《きょういき》ノ外ニ出デシメンカ、是レ貧人ト倶《とも》ニ公衆ノ衛生ヲ窓外ニ抛《なげう》ツモノ」と。これは正当な批判であるが、しかしその後の彼の関心は「衛生」を主眼とする家屋論や市街地論へ移ってゆき、貧民の問題はその視野のなかに入っていなかった。

ただし、以上のような「雑居」問題は、大震災より四半世紀以上も前のことである。なぜ私が筆を費やしているのか、疑問に思う人もいるかもしれない。

しかし、日本の政府が諸外国との条約改正にまで漕ぎつけることができたのは、明治三十二年七月のことであり、翌年、全ての居留地が廃止され、「内地雑居」が始まったのである。危惧された「雑居」問題は起こらなかったが、東京の人口は膨張を続け、当局は「不断の歯痛」のような貧民問題に悩まされていた。中川清が『明治東京下層生活誌』（岩波文庫）に集めた、明治十九年から四十五年までのルポルタージュ、十四編を見るだけでも、その間の事情がよく分かるだろう。

貧民の「駆除」など、現実に出来るはずがない。政府の眼に、貧民街は伝染病の温床であるだけでなく、無産者《プロレタリアート》問題の温床と映り、明治三十三年三月、治安警察法を制定して「不穏な」政治集会やデモ行為に備えなければならなかった。その十年後の明治四十三年八月、韓国を併合して、韓国の国号を朝鮮と改める。その意味ではこの時から敗戦まで、日本人が言う「朝鮮」は、植民地的統治の共示的意味《コノテーション》を持つ言葉だった。――現在でもそのコノテーションの痕跡が完全に消えたとは言えない、――だからタテマエの上では、「朝鮮人」は同じ国民であり、人生の可能性を求めて自ら海を渡った人や、制度変化のために土地その他の生活手段を奪われた人や、学問や技術の習得を志してきた人が、東京に住むのは当たり前のことで、「雑居」ではなかったはずである。しかし現実には、「朝鮮人」（または「鮮人」）という言葉は被統治者のコノテーションを内包してしまった。それを他者に向けて発する「日本人」にとって、「鮮人」との共存は依然として「雑居」であり、その人たちが増えることは「雑居」状態の拡大であり、拡散だった。このように内容を変えながら、「雑居」問題は続いていたのである。

以上のような状況の変化に対して、東京は明治二十一年に作った東京市区改正条例で対応してきたが、長期的な展望に立つ総合的なプランがあったわけではない。近代都市計画の誕生、あるいは日本都市計画制度の確立と言われる都市計画法と、市街地建築物法が制定されたのは、大正八年のことであり、それは大震災が襲う、わずか数年前のことであった。

Ⅵ・流言蜚語と虐殺と文学

九月一日の大地震は帝都の幻想を打ち砕き、文字通り「貧富雑居」の状態に陥れた。そのパニックのなかで人々は助け合いの人情を知ったが、その半面、排他的で、攻撃的な感情に駆られてしまった。交通網や情報網が寸断され、恐怖と不安に怯える人たちのなかに、「朝鮮人が井戸に毒を投げ入れている」、「鮮人が放火を企てている」といった悪質な流言が走り、過剰防衛の意識に囚われて、自警団を組織し、「鮮人狩り」を始める人間が出てきた。「鮮人狩り」の噂もまた不安を掻きたてる原因となった。その「鮮人狩り」の現場を目撃した人もあり、死者を見て噂を信じた人もあり、噂だけを聞いて自分の震災体験の記憶に織り込んだ人もあり、本書によってその諸相を知ることができるだろう。

ただ、そもそもの流言がどこから出たのかは分からない。大正十二年九月二日、警視庁は「朝鮮人ヲ速カニ各署又ハ適当ナル場所ニ収容シ其身体ヲ保護検束スルコト」と、「保護」の名目で「朝鮮人」の総検束を開始している。憲法学者の上杉慎吉は、「九月二日から三日に亘り、震災地一帯に○○襲来放火暴行の訛伝謡言《ママ》が伝播し、人心極度の不安に陥り、関東全体を挙げて動乱の状況を呈するに至つたのは、主として警察官憲が自動車、ポスター、口達者の主張に依る大袈裟なる宣伝に由れることは、市民を挙げて目撃体験せる、疑うるべからざる事実である」(「警察官憲の明答を求む」、『国民新聞』大正十二年十月十四日夕刊)と指摘した。「流言」は、心ない人間が妄想に駆られて口走った言葉に、端を発したのかもしれない。だが、警察は明らかにそれを意図的に利用し、「鮮人」の隔離に乗り出したのである。

政府は九月二日に戒厳令を敷き、第一師団と近衛師団が亀戸方面の「治安」に当ったが、第一師団長は同日の「訓示」で、「鮮人ハ、必シモ不逞者ノミニアラズ之ヲ悪用セントスル日本人アルヲ忘ルベカラズ。宜シク此両者ヲ判断シ、適宜ノ指導ヲ必要トス」と言い、翌三日の「示達」では、「鮮人ハ、悉ク不逞ノ如ク宣伝セラレタルハ遺憾ナルモ、今ヤ漸ク、ソノ虚報ナルコトヲ徹底セラレタルガ如シ。尚今後、主義者ニ乗ゼラルルコトナク、人心ヲ安定セシムルコトニ努力ヲ望ム」と指示した。

二日の「訓示」における「悪用セントスル日本人」は、理論的には、「鮮人」についての流言蜚語や、「鮮人」に対する先入観を「悪用セントスル日本人」の意味を含むだろう。もしそうならば「鮮人狩り」に狂奔する人間の捜査に向わなければならない。だが実際には、三日の「主義者ニ乗ゼラルルコトナク」で分かるように、主義者を「(不逞鮮人を)悪用セントスル日本人」に同定して、「主義者狩り」に方針転換をしたのである。「主義者」は無政府主義者や社会主義者の略語であるが、時には労働組合運動の働き手や、無産者の側に立って発言する人たちも意味し、差別語的に用いられることが多かった。こうして、いわゆる亀戸事件が起こり、平沢計七たちは三日、警察の「主義者狩り」によって逮捕・拘束され、(幾つかの記録から判断すれば)四日の夜か、または五日の未明、軍隊の手で殺されてしまう。『種蒔く人』の臨時増刊「種蒔き雑記」は、この事件をいち早く取り上げた記念すべきドキュメントであるが、表紙に「この雑記の転載をゆるす」と附記してあった。事件をより広く伝えるために、著作権を放棄するという、その姿勢の点でも、これは記憶に価する。

このように凶悪な行為が、なぜ「鮮人」と「主義者」に対して集中したのか、よく分からない。そういう疑問を語った文章

東京日日新聞
焦土と化した丸の内（本社樓上から撮影）
一部壹 定價一錢
暴利者は處罰する 取締令を厲行して
夜間通行を禁止 午後九時より絶對に
樞府臨時會議
戒嚴地域を擴張
宮中親任式 法相院長總督
日銀總裁
可あいさうな鮮人を當局は保護する
誰何檢問に注意
驚くな、慌てるな 鮮人を迫害するな
流言を放った男
一般民衆の警戒無用
三井家でも五百万圓寄附
米國から十萬ドル

「朝鮮人迫害」を報じる「東京日日新聞」大正12年9月7日

を、最近私は眼にした。実際には「支那人狩り」もあったのであるが、そのことも含めて、「雑居」への違和感や警戒心や、排他・駆除の感情が、あの暴虐な行為に底流していた。私はそう考える。当時の人たちは、おそらく先に紹介したような事実をよく知らなかった。『文藝戦線』の同人だった佐野袈裟美は、「鮮人投毒」や「鮮人放火」は流言蜚語でしかない、という視点で『混乱の巷』を書いているが、むしろ多くの人は流言蜚語を事実と受け取り、「鮮人狩り」は自警団の行ったことと思い込んでいた。そのことは菊池寛の『震災余譚』や、志賀直哉の『震災見舞』から読み取ることができる。流言蜚語を簡単に信じてしまう心理の根底にもあの感情が潜んでいるのだが、それを自覚しないまま、「朝鮮人」への同情と負い目を表出したのが、久米正雄の『舞子』だろう。佐藤春夫がこの作品の「亡国民の漂泊の後姿」、「気味の悪い彼らに果たして飯を喰はせたりするであらうか」という表現を取り上げて、リアリティの乏しさと、「愚にもつかないセンチメンタリズム」を批判した（「文藝秋の夜長」、『報知新聞』大正十三年九月）。一面ではその通りなのだが、「朝鮮人」への同情を語りつつ、「亡国民」「気味の悪い彼ら」という蔑視や違和感を表出してしまう心理には眼をむけていない。佐藤春夫はその代わりに、「なるほどあの流言以来、朝鮮人を一般に気味悪く思ふことは事実である。しかし、金を支払つても一椀の飯をも拒むやうな、さういふ意地悪い乃至は徹底的にしつこい反感を、我々の民族は持てるやうな国民でないではないか」と語ってゆく。そういうところに、「朝鮮人」虐殺に関する日本の知識人のトラウマと、それに対する反作用の原型がよく現われていると言えるだろう。

「主義者狩り」の怯えを、尾崎士郎の『一事件』は語っているが、先に述べたような状況のなかに置いてみれば、白樺派の長与善郎が『或る社会主義者』というタイトルを用いたこと自体、一つの批評的な行為であると共に、一種のアリバイ提出でもあったことが分かる。彼は職工の主人公に、労働者が破壊的な行動に立ち上がる「夢」を見させ、結末では社会主義離れを語っている。「夢」のなかで労働者が掲げた「黒い旗」は、当時は、共産主義の「赤旗」に対抗する、無政府主義のシンボルだったが、作者はそのような形で、一職工の過激な「革命幻想」と、職工自身の現実の姿との落差を描いてみせたのである。

大正十二年九月十六日、無政府主義の指導者だった大杉栄は、妻の伊藤野枝、甥の宗一と、弟の家から帰る途中で、憲兵隊につかまり、その日のうちに三人は、憲兵大尉の甘粕正彦に扼殺されてしまった。憲兵隊は三人の遺体を、構内の古井戸に投げ込み、その上を煉瓦などで隠したが、十八日、『報知新聞』の夕刊に、大杉夫妻が憲兵隊に連行された旨の記事が出た。そのため、政府は隠し切ることはできないと判断し、二十一日、陸軍当局の談話の形で、「憲兵司令官と東京憲兵隊長を停職にし、甘粕大尉を軍法会議にかける」という意味のことを発表した。この談話記事は、なぜ処分を行なったか、まったく説明のない、不思議な記事だったが、社会主義や無政府主義の運動に関心を持つ人たちは、『報知新聞』のスクープと合わせて、大杉たちが「主義者狩り」の犠牲になったことを直観した、という。

甘粕大尉に関する新聞記事が解禁されたのは十月八日だったが、同時に次のような「警告」が新聞社に出された。「甘粕事件ニ関シ第二回被告調書中、森慶治郎陳述ノ『隊内ニテ主義者ヲヤツツケタ方ガイイトイフ話ハ毎日ノ様ニ云々《うんぬん》』、及該人《がいにん》訊問調書中、小山介蔵陳述ノ『一日夜云々』ヲ掲載シタル時ハ、場合ニヨリ禁止処分ニ附セラルル趣ニ付《つき》、左様《さよう》御了知相成度《あいなられたし》」(ルビ、句読点は亀井)。このような圧力があったことは、戦後明らかになったことであるが、これを見れば、憲兵隊もまた「主義者」の血に飢えていたのである。

ちなみに、犯人の甘粕大尉は第一師団軍法会議で懲役十年の判決を受けたが、刑期に達しない大正十五年十月に出獄し、のち満州に渡って、満州映画協会理事長となった。アメリカ映画『ラスト・エンペラー』を観た人は、坂本龍一が演ずる甘粕の姿を記憶しているだろう。他方、無政府主義の古田大次郎と和田久太郎は、大杉栄たちの虐殺に報復するため、震災時の戒厳司令官だった福田陸軍大将の暗殺を計画し、大正十三年九月一日、福田大将が震災一周年の記念行事で講演することを知り、和田が拳銃で狙ったが、不発だった。古田はその場で逮捕され、無期懲役の刑を受けた。古田は和田逮捕の報復のため、三日、本富士署に爆弾を投げ込んだが、これも不発だった。彼は十日に逮捕され、のち死刑に処せられた。『杉よ！眼の男よ！』の中浜哲（富岡誠）は、古田の同志であり、暗殺の武器を手に入れるため、古田と「朝鮮」に渡った。福田大将狙撃の前に、大阪の鐘紡本社で「リャク」（ロシアの無政府主義者・クロポトキンの『パンの略取』から生れた隠語で、活動資金調達のため金品の提供を強制すること）を試みて、逮捕され、のち死刑に処された。

Ⅶ・帝都復興論と反帝都

その意味でも大正十三年は依然として「不穏な」状況が続いていたのだが、もちろん人々は復興に向けて動き出し、再建される都市はどうあるべきか、議論が交わされていた。

ただし、この年は革命ソ連の指導者・レーニンの死（一月）が伝えられ、アメリカの排日移民法（四月）に対する抗議の声が挙がり、そして普選をめぐる議論が盛んに交わされ、文藝雑誌や総合雑誌における帝都復興論は必ずしも多くない。――「普選」とは、財産や性によって選挙権・被選挙権を制限する制限選挙に対して、全ての成人にそれらの権利を与える「普通選挙」の略語。当時の大日本帝国憲法は、一定の財産を持つ成人男子にしかそれらの権利を認めなかったが、その改正を求める声が高くなり、九月にその大綱が発表されて、いっそう議論が活発になったのである（法案の可決は大正十四年三月、しかしこの時可決されたのは、成人男子のみに選挙権と被選挙権を与える「制限選挙」法だった）。――ここでは、総合雑誌の帝都復興論を全て集めたが、先に紹介した世界都市の夢や、都市計画論の流れで見れば、「美観」が大きなテーマとなっていたことが分かるだろう。

ただ、生方《うぶかた》敏郎の『福太郎と幸兵衛との復興対話』のスタイルには驚いた人がいるかもしれない。福太郎「福」と幸兵衛の「幸」は、「幸福」を逆さにして、「復興」に掛けた洒落であり、二人の掛け合い漫才ふうな語り口で、復興問題を茶化しているからである。だが、本書を通観して気がついた人も多いと思うが、当時は震災、特に二次災害を、「人災」の視点からとらえて、行政の責任を問う発想がなく、バラック生活の不便をかこちながら、しかしプライバシーや人権の問題に及ぶ議論もなかった。田山花袋の「天譴説」（人間の驕りを戒めるために、天が下した処罰）が一定のリアリティをもって受け入れられ、本間久雄がそれに反撥しながらも、自然が下した鉄槌の意味を論じ、上司小剣が自然への回帰を説く、という具合に、現在では不思議に思えるほど教訓的に受け止めていた。そのことからも分かるように、当時は、被害の拡大を当局の不手際として批判する発想が希薄だったのである。

震災で都市機能は壊滅した。それが何時までも回復しないことを憂えた文章に、柳田国男の『市民の為に』がある。なぜ放置の状態が続いたのか。まことに逆説的なことだが、当時は電気・ガス・水道などの普及はまだそれほど進んでおらず、人々は井戸の水を汲み、コンロや竈《かまど》で炊飯をする生活には慣れていた。それだけに、「鮮人が井戸に毒を投げ入れた」という心ないデマが残酷な結果を生んでしまったわけだが、ともあれ、このライフ・スタイルを維持していたおかげで、都市機能の壊滅に何とか対応することができたのである。このように生きる人たちの不満が、人権思想や行政批判の回路を持たないとすれば、諷刺や笑いの方法を取るしかない。生方敏郎は大杉栄とも交際のあったジャーナリストで、洒脱な文章を得意としたが、彼の庶民感覚がここでは有効に機能していたと言えるだろう。

ところで、私は先に、近代都市の言説はほとんど常に未来記を含んでいることを指摘しておいた。この時期の一つの特徴は、生方のようなシニカルな復興論と並んで、反「帝都」的な未来記が現われてきたことである。ここでは佐藤春夫の『都会的恐怖』という小品しか紹介できなかったが、もちろんこれは大正十三年の東京を語ったものではない。「ユートピアを描いた人は古来幾人もある。僕はその反対のものを一ぺん書いてみたいやうな気がする」という意図を込めた、ネガテイヴな近未来の東京なのである。当時のダダイストやアナーキズム詩人、例えば陀田勘助や萩原恭次郎や岡本潤などの詩には、都会への嫌悪や、都市破壊を詠んだ作品が多いが、それは震災前の東京をイメージしたものではなく、震災による崩壊を詠んだものでもない。やがて再建されるかもしれない近未来の東京に対して攻撃的な感情をぶっつけた、反ユートピア的にネガテイヴな「帝都」像だったと見るべきだろう。

Ⅷ・「新しさ」の意味

村松梢風は『汽車の窓から東京を眺めて』のなかで、焼跡の視覚的な体験をこんなふうに語っている。「或る日私はお茶の水橋を渡つて駿河台辺を歩いてゐた。歩き乍ら、ヒヨイと眼を転ずると、其処から余り遠くない処に、非常に大きな坂がこちらを向いて付いてゐて、其処を人が上つたり下つたりしてゐるのが蟻のやうに小さく見えた。／「何坂だらう!」と私は驚いたやうな気持ちで其の大きな坂を眺めたのだつた。さうして、それが九段坂であることを自分で確かめ得る迄には一寸した時間を要したのだつた／焼原になつて見ると、それ程四囲の形勢が変つて見えた。焼跡を歩いてゐると、思はぬ時に、眼の前に橋が現はれたり、丘陵が連なつてゐるのが見えたりした」。

中野重治の自伝的な小説『むらぎも』に、主人公が、東京には坂ばかりで、山がないことに驚く場面がある。つまり、東京は割合に丘陵に恵まれた土地であり、もしこれが地方の町ならば、山は木々に蔽われた姿を残し、丘は手入れの行き届いた木立の公園として、市民の散策の場となり、川はたとえ護岸工事がしてあるにしても、両岸を並木が飾り、そうして昔のままのカーブを描いて流れているだろう。ところが、東京はどの丘陵も建物が頂上まで埋めつくしている。そのため、坂や崖に断片化されて、もはや丘や山としての景観はない。その間を流れる川には河川敷がなく、掘割りのなかを淀んだ水がゆるゆると動いている。そのことに、金沢の高等学校から来た主人公は驚いたのである。

　中野重治の主人公は大正十三年の四月、東京帝国大学に入った。見聞記と小説の違いはあるが、彼と村松梢風は同じ時期の東京を見ていたことになる。そして梢風のほうは、それまで視界を遮っていた建物が焼け落ちたため、駿河台から九段坂がすぐ眼の前に見え、「丘陵」が現われてきたことに驚いたのである。

柳田国男（大正13年ころ）

　このような「眼の衝撃」をどう受け止めるか。もし「新しい」表現の萌芽を大正十三年の文学に探すのならば、その受け止め方の多様性のなかに探し、位置づけるべきであろう。川路柳虹の『前進すべき文藝』は、それをヨーロッパにおける藝術動向と「世界的同時性」の文脈でとらえようとし、千葉亀雄の『戦争文藝と震後の文学』は、世界大戦の惨禍と震災とを短絡的に同一視してしまうことを警戒し、果たして「地震」という偶然・不測の事故が文学の事件となりうるか、という疑問を提出した。広津和郎の『散文藝術の位置』は、それを、既成の「美」や「藝術」観が相対化されてしまう事件に置き換えて、小説というジャンルを「散文」という枠組みでとらえ直そうとする試みだった、と言える。
　一寸《ちょっと》した偶然・不測の事故が、最先端の技術を駆使した機械の運行を狂わせる、いや、最先端の機械であればこそ、不測の小さな事故から受けるダメージは大きい。その機械の運行に安心しきっていた人間たちのパニックや、事故から逃れようとする付和雷同を、ただ一人超然として、頓着しなかった子供と対照させて、諷刺的に描き、大震災の混乱に対する批評的な寓意を語る。それが、横光利一の『頭ならびに腹』だった。千葉亀雄が新しい文学の誕生と、興奮したのも無理はない。ダダイズムなどの、従来の形式や秩序に対する反逆・破壊の表現活動は、高橋新吉の『ダダイスト新吉の詩』（大正十二年）などで既に始まり、ヨーロッパの前衛《アヴァン・ギャルド》運動の紹介も行なわれていたが、系統的で総合的な紹介は一氏義良の『立体派・未来派・表現派』を待たなければならなかった。ここではその全文を紹介できなかったが、「未来派の瞬間性、同時性、同存性」を見れば、横光利一がヒントを得たとは断言できないまでも、少なくとも千葉亀雄や片岡鉄兵の評価の枠組みを提供していただろうことは十分に推測できる。

それでは、若い世代の「新しさ」とは何だったのであろうか。小林秀雄の『一つの脳髄』は、震災の傷跡が残る湯ヶ原に出かけただけの単純な物語だが、「私」という私小説的な語り手にとって、外界はもはや安定した、客観的な描写の対象ではない。「厭な音」「不安気に」「痛い音」「厭な気を起させた」「不気味な」と、違和感の表出が繰り返されていることから分かるように、外界は物象自体の不快さをもって「私」を圧迫し、感受性の皮膜を押し破って、「脳髄」にまで迫ってくる。前世代の文学における「描写」は、自分の感受性に対する信頼と自負を拠り所としていたわけだが、ここではそれが崩れ、「脳髄」という、剥き出しに物象化された、知覚（認知）中枢が脅かされているのである。他方、牧野信一の『父を売る子』は小説を書くという行為自体への自意識過剰な反逆だったと言える。「父」の生き方に対する「子」の倫理的批判と自己主張、それに伴う父子の葛藤。これは後期の夏目漱石や、志賀直哉の主要なテーマであり、特に後者の場合、自伝的な性格が強かった。牧野信一は同じような構図を取りながら、もはや志賀のようなしかつめらしい書き方には耐えられない自意識が働いて、自伝小説に固有の倫理性をも破壊してしまった。小林の場合は、外界との「違和感」に正確な表現を与えようとするリゴリズムがあり、それが書く行為への倫理となっていたが、牧野はそういう規範《カノン》さえも崩してしまったのである。

同じような解体衝動は、葉山嘉樹の『牢獄の半日』における反逆的な饒舌にも見ることができる。いきなり読者に語りかけて、「です」「ます」体に移行したり、ブルジョアジーを「お前」という二人称に擬人化して、攻撃的な対話を強いたりするなど、一貫性を欠いた、破格な語り口によって、ロシアの文学理論家のバフチンが言う多声《ポリフォニック》的な文体を獲得している。松永延造の『職工と微笑』も破格な語り口を駆使しているが、より大きな特徴は、入れ子型の話法を用いて小説構造の可能性を拡げ、そのなかで善／悪に関する規範《カノン》の問い直しを試みたことであろう。一方では夢野久作に通じ、他方ではドストエフスキーに通ずる、多様な可能性を持つ、この画期的な小説が、現在はほとんど顧みられることがない。ここにも「文学史」の歪みが見られるのだが、本書のような企画であればこそ、それを紹介することが可能となったのである。

解題　亀井秀雄

凡例

一、本文テキストは、原則として初出誌紙を用いた。ただし編者の判断により、初刊本を用いることもある。

二、初出誌紙が総ルビであるときは、適宜取捨した。パラルビは、原則としてそのままとした。詩歌作品については、初出ルビをすべてそのままとした。

三、初出誌紙において、改行、句読点の脱落、脱字など、不明瞭なときは、後の異版を参看し、補訂した。

四、初刊本をテキストとするときは、初出誌紙を参看し、ルビを補うこともある。初出誌紙を採用するときは、後の異版によって、ルビを補うことをしない。

五、用字は原則として、新字、歴史的仮名遣いとする。仮名遣いは初出誌紙のままとした。

六、用字は「藝」のみを正字とした。また人名の場合、「龍」、「聲」など正字を使用することもある。

七、作品のなかには、今日からみて人権にかかわる差別的な表現が一部含まれている。しかし、作者の意図は差別を助長するものではないこと、作品の背景をなす状況を現わすための必要性、作品そのものの文学性、作者が故人であることを考慮し、初出表記のまま収録した。

〔小説・戯曲〕

逃れたる人々　藤森成吉

一九二四（大正十三）年一月一日発行「改造」第六巻第一号に発表。パラルビ。同年四月二十八日、玄文社刊『鳩を放つ』に収録。底本には初出誌。

他人の災難　正宗白鳥

一九二四（大正十三）年一月一日発行「中央公論」第三十九年第一号に発表。パラルビ。底本には初出誌。

或る社会主義者　長与善郎

一九二四（大正十三）年一月一日発行「中央公論」第三十九年第一号に発表。極少ルビ。底本には初出誌。

震災余譚　菊池寛

一九二四（大正十三）年一月一日発行「中央公論」第三十九年第一号に発表。ルビなし。同年九月五日、新潮社刊『時の氏神』に収録。底本には初出誌。

不安のなかに　徳田秋聲

一九二四（大正十三）年一月一日発行「中央公論」第三十九年第一号に発表。パラルビ。一九二八（昭和三）年十一月一日、改造社刊『徳田秋聲集』に収録。底本には初出誌。

指　広津和郎

一九二四（大正十三）年二月一日発行「改造」第六巻第二号に発表。少なめのパラルビ。底本には初出誌。

震災見舞（日記）　志賀直哉

一九二四（大正十三）年二月十日発行「新興」（創刊号）に発表。パラルビ。翌年四月二十日、改造社刊『雨蛙』に収録。底本には初出誌。

焼跡　田山花袋

一九二四（大正十三）年三月一日発行「新小説」第二十九年第三号に発表。極少ルビ。修訂を加えたのち、同年四月二十日、博文館刊『東京震災記』の第十一章〜第十六章として収録。底本には初出誌。

一事件　尾崎士郎

一九二四（大正十三）年四月二十八日、高陽社刊『創作春秋』に発表。ルビなし。底本には初刊本。

父を売る子　牧野信一

一九二四（大正十三）年五月一日発行「新潮」第四十巻第五号に発表。少なめのパラルビ。同年八月六日、新潮社刊『父を売る子』（新進作家叢書）に収録。底本には初出誌。

一つの脳髄　小林秀雄

一九二四（大正十三）年七月一日発行「青銅時代」第一巻第六号に発表。少なめのパラルビ。底本には初出誌。

罹災者　水上瀧太郎

一九二四（大正十三）年七月一日発行「新潮」第四十一号第一号に発表。ルビなし。一九二九（昭和四）年五月十五日、改造社刊『果樹』に収録。底本には初出誌。

舞子　久米正雄

一九二四（大正十三）年九月一日発行「改造」第六巻第九号に発表。極少ルビ。一九二七（昭和二）年八月三日、改造社刊『木靴』に収録。底本には初出誌。

職工と微笑—詳くは微笑を恐怖するセルロイド職工—　松永延造

一九二四（大正十三）年九月一日発行「中央公論」第三十九年第十号秋季大付録号に発表。パラルビ。一九二八（昭和三）年九月十七日、春陽堂刊『職工と微笑』に収録。底本には初出誌。

混乱の巻　佐野袈裟美

一九二四（大正十三）年九月一日発行「文藝戦線」第一巻第

四号に発表。パラルビ。底本には初出誌。

牢獄の半日　葉山嘉樹

一九二四（大正十三）年十月一日発行「文藝戦線」第一巻第五号に発表。ルビ一語のみ。一九二六（大正十五）年七月十八日、春陽堂刊『淫売婦』に収録。底本には初出誌。

頭ならびに腹　横光利一

一九二四（大正十三）年十月一日発行「文藝時代」第一巻第一号に発表。極少ルビ。翌年六月二十日、文藝日本社刊『無礼な街』に収録。底本には初出誌。

〔児童文学〕

をさなものがたり（抄）　島崎藤村

一九二四（大正十三）年一月五日、研究社刊『おさなものがたり』より「一　林檎」「四　瓜と茄子」「十八　ドンの鳴るまで」「十九　狆の話」「二十　長いもの」「三十三　愚かな馬の話」「四十八　蟬の羽織」「五十五　蟹の子供」「五十六　同じく」「五十九　西瓜の昼寝」を抄出。章番号は省略した。総ルビ。底本には初刊本を用いルビを取捨した。

炎の大帝都（抄）　宮崎一雨

一九二四（大正十三）年五月一日発行「少女倶楽部」第二巻第五号、六月一日同誌第二巻第六号に発表。総ルビ。一月一日発行同誌第二巻第一号からの連載。底本には初出誌。

「鬼が来た」　江口渙

一九二四（大正十三）年七月一日発行「赤い鳥」第十三巻第一号に発表。総ルビ。底本には初出誌を用いルビを取捨した。

青い時計　上司小剣

一九二四（大正十三）年八月一日発行「赤い鳥」第十三巻第二号に発表。総ルビ。底本には初出誌を用いルビを取捨した。

注文の多い料理店　宮沢賢治

一九二四（大正十三）年十二月一日、杜陵出版部刊『注文の多い料理店』に収録。総ルビ。底本には初刊本を用いルビを取捨した。

〔評論・記録〕

前進すべき文藝―震災後文藝の一側面観―　川路柳虹

一九二四（大正十三）年一月一日発行「新潮」第四十巻第一号に発表。パラルビ。底本には初出誌。

戦争文藝と震後の文学　千葉亀雄

一九二四（大正十三）年九月一日発行「早稲田文学」第二百十五号に発表。ルビなし。底本には初出誌。

都会的恐怖　佐藤春夫

一九二四（大正十三）年五月一日発行「中央公論」第三十九

年第五号に発表。ルビなし。翌々年十一月五日、新潮社刊『退屈読本』に収録。底本には初出誌。

立体派・未来派・表現派（抄）　一氏義良

一九二四（大正十三）年五月八日、アルス刊、パラルビ。底本には初刊本。

散文藝術の位置　広津和郎

一九二四（大正十三）年九月一日発行「新潮」第四十一巻第三号に発表。極少ルビ。底本には初出誌。

種蒔き雑記　金子洋文

一九二四（大正十三）年一月二十日、種蒔き社刊「種蒔き雑記」（「種蒔く人」一月臨時増刊号）に発表。少なめのパラルビ。底本には初出誌。

他界の大杉君に送る書　戸川秋骨

一九二四（大正十三）年一月一日発行「随筆」第二巻第二号に発表。ルビなし。底本には初出誌。文中に多く見られる空白は伏字である。

時論

（甘粕公判廷に現れたる驚くべき謬論）　千虎俚人

（無題録）　古川学人

一九二四（大正十三）年一月一日発行「中央公論」第三十九年第一号に発表。極少ルビ。底本には初出誌。

獄中を顧みつゝ　堺利彦

一九二四（大正十三）年二月一日発行「改造」第六巻第二号に発表。少なめのパラルビ。底本には初出誌。

ふもれすく　辻潤

一九二四（大正十三）年二月一日発行「婦人公論」第九巻第二号に発表。総ルビ。底本には初出誌を用いルビを取捨した。

集団バラックの生活記録　竹内大三位

一九二四（大正十三）年五月一日発行「中央公論」第三十九年第五号に発表。パラルビ。底本には初出誌。

都市美論　佐藤功一

一九二四（大正十三）年一月一日発行「中央公論」第三十九年第一号に発表。少なめのパラルビ。底本には初出誌。

福太郎と幸兵衛との復興対話　生方敏郎

一九二四（大正十三）年一月一日発行「中央公論」第三十九年第一号に発表。少なめのパラルビ。底本には初出誌。

新帝都のスタイル　福永恭助

一九二四（大正十三）年二月一日発行「中央公論」第三十九年第二号に発表。少なめのパラルビ。底本には初出誌。

市民の為に　柳田国男
一九二四（大正十三）年十二月三十日発行「東京朝日新聞」第一三八六〇号に無署名で発表。総ルビ。底本には初出紙を用いルビを取捨した。

大正十三年を迎ふる辞　長田秀雄　ほか
一九二四（大正十三）年一月一日発行「中央公論」第三十九年第一号に発表。パラルビ。底本には初出誌。

大震災一周年に面して　近松秋江　ほか
一九二四（大正十三）年九月一日発行「中央公論」第三十九年第十号に発表。パラルビ。底本には初出誌。

〔詩〕

あの町この町　ほか　野口雨情
あの町この町　一九二四（大正十三）年一月一日発行「コドモノクニ」第三巻第一号に発表。ハブの港　同年六月一日発行「婦人世界」第十九巻第六号に発表。

赤い林檎（抄）　山村暮鳥
赤い林檎（抄）　一九二四（大正十三）年二月一日発行「日本詩人」第四巻第二号に発表。

からたちの花　ほか　北原白秋
からたちの花　一九二四（大正十三）年七月一日発行「赤い鳥」第十三巻第一号に発表。わたしが竹を　同年十月一日発行「日光」第一巻第七号に発表。春潮・樹・みしらぬはる　同年十二月一日発行「抒情詩」第十三巻第十一号に発表。

春の夜の川　ほか　加藤介春
春の夜の川　一九二四（大正十三）年三月一日発行「日本詩人」第四巻第三号に発表。憎む力　同年八月一日発行「日本詩人」第四巻第八号に発表。

近日所感　ほか　萩原朔太郎
近日所感　一九二四（大正十三）年二月一日発行「現代」第五巻第二号に発表。猫の死骸　同年八月一日発行「女性改造」第三巻第八号に発表。鴉　同年九月一日発行「改造」第六巻第九号に発表。

ふるさと　ほか　室生犀星
ふるさと　一九二四（大正十三）年二月一日発行「婦人公論」第九巻第二号に発表。菊人形　同（大正十三）年七月一日発行「女性」第六巻第一号に発表。

復讐　深尾須磨子
復讐　一九二四（大正十三）年三月一日発行「日本詩人」第四巻第三号に発表。

砂の枕　ほか　堀口大學

砂の枕　一九二四（大正十三）年一月一日発行「改造」第六巻第一号に発表。　詩姿　同年五月一日発行「中心」第十巻第五号に発表。　震災詩集『災禍の上に』の扉に題す　同年十二月一日発行「東邦藝術」第一巻第二号に発表。

歌留多の夜　西條八十

歌留多の夜　一九二四（大正十三）年一月一日発行「少女画報」第十三巻第一号に発表。

梨のはな　ほか　佐藤春夫

梨のはな　一九二四（大正十三）年二月一日発行「女性改造」第三巻第二号に発表。　願ひ　同年十月一日発行「女性」第六巻第三号に発表。

裸の嬰児《こども》　福田正夫

裸の嬰児　一九二四（大正十三）年一月一日発行「日本詩人」第四巻第一号に発表。

私は蹣跚《ある》く、私の都会を　中西悟堂

私は蹣跚く、私の都会を　一九二四（大正十三）年二月一日発行「日本詩人」第四巻第二号に発表。

『春と修羅』（抄）　宮沢賢治

春と修羅・岩手山・高原・原体剣舞連《はらたいけんばいれん》・永訣の朝・無声慟哭・冬と銀河ステーション　一九二四（大正十三）年四月二十日、関根書店刊。

杉よ！眼の男よ！　富岡誠

杉よ！眼の男よ！　一九二四（大正十三）年三月一日発行「労働運動」第四巻第二号「大杉栄伊藤野枝追悼号」に発表。

競売所のある風景　ほか　安西冬衛

競売所のある風景　一九二四（大正十三）年十一月一日発行「亜」第一号に発表。　埋もれた帆船・夜行列車　同年十二月一日発行「亜」第二号に発表。

愛に悲哀の薔薇なり　ほか　萩原恭次郎

愛に悲哀の薔薇なり・憂鬱狂患者の描き切れない風景　一九二四（大正十三）年六月十五日発行「赤と黒号外」に発表。

娼婦型　ほか　橋爪健

娼婦型・理想主義　一九二四（大正十三）年七月一日発行「明星」第五巻第二号に発表。

落日　北川冬彦

落日　一九二四（大正十三）年十二月一日発行「亜」第二号に発表。

陰謀と術策の仮装行列　岡本潤

陰謀と術策の仮装行列　一九二四（大正十三）年十月一日発行「ダムダム」に発表。

●●●　陀田堪助

●●●　一九二四（大正十三）年一月一日発行「鎖」に発表。

大漁　金子みすゞ

大漁　一九二四（大正十三）年八月一日発行「明星」第五巻第三号に発表。

海の子　ほか　竹中郁

海の子　一九二四（大正十三）年八月一日発行「明星」第五巻第三号に発表。猫・道化の唄・白き西洋皿に書ける詩　同年十二月一日発行「羅針」第一号に発表。

〔短歌〕

○　岡麓

一九二四（大正十三）年二月一日発行「アララギ」第十七巻第二号に発表。

○　島木赤彦

一九二四（大正十三）年二月一日発行「アララギ」第十七巻第二号に発表。

○　平福百穂

一九二四（大正十三）年二月一日発行「アララギ」第十七巻第二号に発表。

○　高田波吉

一九二四（大正十三）年二月一日発行「アララギ」第十七巻第二号に発表。

○　藤沢古実

一九二四（大正十三）年二月一日発行「アララギ」第十七巻第二号に発表。

○　藤沢古実

一九二四（大正十三）年九月一日発行「アララギ」第十七巻第九号に発表。

○　築地藤子

一九二四（大正十三）年二月一日発行「アララギ」第十七巻第二号に発表。

○　中村憲吉

一九二四（大正十三）年三月一日発行「アララギ」第十七巻第三号に発表。

○　中村憲吉

一九二四（大正十三）年六月一日発行「アララギ」第十七巻

第六号に発表。

地上百首（抄）　土岐善麿
一九二四（大正十三）年三月一日発行「改造」第六巻第三号に発表。

桜（百三十九首）　岡本かの子
一九二四（大正十三）年四月一日発行「中央公論」第三十九年第四号に発表。

奥遠州　釈迢空
一九二四（大正十三）年四月一日発行「日光」第一巻第一号に発表。

島山――壱岐にて――　釈迢空
一九二四（大正十三）年十一月一日発行「改造」第六巻第十一号に発表。

熊野秋（抄）　川田順
一九二四（大正十三）年四月一日発行「日光」第一巻第一号に発表。

吉野山　木下利玄
一九二四（大正十三）年四月一日発行「日光」第一巻第一号に発表。

葛飾抄　北原白秋
一九二四（大正十三）年八月一日発行「日光」第一巻第五号に発表。

山荘の立秋　北原白秋
一九二四（大正十三）年九月一日発行「日光」第一巻第六号に発表。

出羽　古泉千樫
一九二四（大正十三）年九月一日発行「日光」第一巻第六号に発表。

印旛沼の歌　前田夕暮
一九二四（大正十三）年九月一日発行「日光」第一巻第六号に発表。

街かげ　三ケ島葭子
一九二四（大正十三）年七月一日発行「日光」第一巻第四号に発表。

帰省雑歌　原阿佐雄
一九二四（大正十三）年七月一日発行「日光」第一巻第四号に発表。

乗鞍岳　窪田空穂

一九二四（大正十三）年五月一日発行「短歌雑誌」第七巻第五号に発表。

○　窪田空穂

一九二六（大正十五）年三月五日、紅玉堂発行『鏡葉』に収録。

病床にて　与謝野晶子

一九二四（大正十三年）六月一日「明星」第六巻第二号に発表。

〔俳句〕

ホトトギス巻頭句集

一九二四（大正十三）年一月一日発行「ホトトギス」第二十七巻第四号（第三百二十九号）。同年二月一日発行同誌第二十七巻第五号（第三百三十号）。同年三月一日発行同誌第二十七巻第六号（第三百三十一号）。同年四月一日発行同誌第二十七巻第七号（第三百三十二号）。同年五月一日発行同誌第二十七巻第八号（第三百三十三号）。同年六月一日発行同誌第二十七巻第九号（第三百三十四号）。同年七月一日発行同誌第二十七巻第十号（第三百三十五号）。同年八月一日発行同誌第二十七巻第十一号（第三百三十六号）。同年九月一日発行同誌第二十七巻第十二号（第三百三十七号）。同年十月一日発行同誌第二十八巻第一号（第三百三十八号）。同年十一月一日発行同誌第二十八巻第二号（第三百三十九号）。同年十二月一日発行同誌第二十八巻第三号（第三百四十号）。

山廬集（抄）　飯田蛇笏

一九三二（昭和七）年十二月二十一日、雲母社発行。

〔大正十三年〕　河東碧梧桐

一九二四（大正十三）年十月十五日発行「碧」第十六号。

〔大正十三年〕　高浜虚子

一九二四（大正十三）年六月一日発行「ホトトギス」第二十七巻第九号（第三百三十四号）。同年九月一日発行同誌第二十七巻第十二号（第三百三十七号）。同年十二月一日発行同誌第二十八巻第三号（第三百四十号）。

震災雑詠　永田青嵐

一九二四（大正十三）年二月一日発行「ホトトギス」第二十七巻第五号（第三百三十号）。

雑草（抄）　長谷川零余子

一九二四（大正十三）年六月二十五日、枯野社発行。

著者略歴

安西冬衛―あんざい ふゆえ―一八九八・三・九〜一九六五・八・二四 詩人 奈良市出身 大阪府立堺中学校卒 『軍艦茉莉』『座せる闘牛士』

飯田蛇笏―いいだ だこつ―一八八五・四・二六〜一九六二・一〇・三 本名 飯田武治 俳人 山梨県出身 早稲田大学英文科卒 『山廬集』『山廬随筆』

一氏義良―いちうじ よしなが―一八八八・六・一一〜一九五二・二・二一 美術評論家 東京出身 早稲田大学英文科卒 『立体派・未来派・表現派』『エジプトの美術』『支那美術史』

生方敏郎―うぶかた としろう―一八八二・八・二四〜一九六九・八・六 随筆家・評論家 群馬県出身 早稲田大学英文科卒 『敏郎集』『明治大正見聞史』

江口 渙―えぐち かん―一八八七・七・二〇〜一九七五・一・一八 小説家・評論家・児童文学者・歌人・社会運動家 東京出身 東京帝国大学英文科卒 『労働者誘拐』『わが文学半生紀』

岡 麓―おか ふもと―一八七七・三・三〜一九五一・九・七 歌人・書家 東京出身 本名 岡三郎 東京府立一中中退 『庭苔』『岡麓全歌集』

岡本かの子―おかもと かのこ―一八八九・三・一〜一九三九・二・一八 本名 岡本カノ 小説家・歌人 東京出身 跡見女学校卒 『かろきねたみ』『老技抄』

岡本 潤―おかもと じゅん―一九〇一・七・五〜一九七八・二・一六 詩人 埼玉県出身 本名 岡本保太郎 東洋大学中退 『夜から朝へ』『襤褸の旗』『罰当りは生きてゐる』

小川未明―おがわ みめい―一八八二・四・七〜一九六一・五・一一 本名 小川健作 小説家・童話作家 新潟県出身 早稲田大学英文科卒 『赤い蠟燭と人魚』『野薔薇』

尾崎士郎―おざき しろう―一八九八・二・五〜一九六四・二・一九 小説家 愛知県出身 早稲田大学高等予科政治科中退 『人生劇場 青春篇』『篝火』

加藤介春―かとう　かいしゅん―一八八五・五・一六～一九四六・一二・一八　本名　加藤寿太郎　詩人　福岡県出身　早稲田大学英文科卒　『獄中哀歌』『梢を仰ぎて』『眼と眼』

金子みすゞ―かねこ　みすゞ―一九〇三・四・一一～一九三〇・三・一〇　詩人　山口県出身　郡立大津高等女学校卒

金子洋文―かねこ　ようぶん―一八九四・四・八～一九八五・三・二一　本名　金子吉太郎　小説家・劇作家・演出家　秋田県出身　秋田県立秋田工業卒　『投げ棄てられた指輪』『地獄』

上司小剣―かみつかさ　しょうけん―一八七四・一二・一五～一九四七・九・二　本名　上司延貴　小説家　奈良県出身　大阪予備学校中退　『鱧の皮』『父の婚礼』『U新聞年代記』

川路柳虹―かわじ　りゅうこう―一八八八・七・九～一九五九・四・一七　本名　川路誠　詩人・美術評論家　東京出身　東京美術学校（東京藝術大学）日本画科卒　『路傍の花』『波』

川田　順―かわた　じゅん―一八八二・一・一五～一九六六・一・二二　歌人　東京出身　東京帝国大学法科卒　『伎藝天』『山海経』『鷲』『国初聖蹟歌』

河東碧梧桐―かわひがし　へきごとう―一八七三・二・二六～一九三七・二・一　本名　河東秉五郎　俳人　愛媛県出身　仙台二高中退　『新傾向句集』『八年間』『三千里』

菊池　寛―きくち　かん―一八八八・一二・二六～一九四八・三・六　本名　菊池寛（ひろし）　小説家・劇作家　香川県出身　京都帝国大学英文科本科卒　『父帰る』『真珠夫人』『話の屑籠』

北川冬彦―きたがわ　ふゆひこ―一九〇〇・六・三～一九九〇・四・一二　詩人・翻訳家・映画批評家　本名　田畔忠彦　大津市出身　東京帝国大学法学部卒・仏文科中退　『戦争』A＝ブルトン『超現実主義宣言書』『現代映画論』

北原白秋―きたはら　はくしゅう―一八八五・一・二五～一九四二・一一・二　本名　北原隆吉　詩人・歌人　福岡県出身　早稲田大学英文科中退　『邪宗門』『桐の花』『雲母集』『雀の卵』

木下利玄―きのした　りげん―一八八六・一・一～一九二五・二・一五　本名　利玄（としはる）　歌人　岡山県出身　東京帝国大学国文科卒　『銀』『紅玉』『一路』

窪田空穂―くぼた　うつほ―一八七七・六・八～一九六七・四・一二　本名　窪田通治　歌人・国文学者　長野県出身　東京専門学校（早稲田大学）卒　『まひる野』『濁れる川』『鏡葉』

久米正雄―くめ　まさお―一八九一・一一・二三～一九五二・三・一　小説家・劇作家　長野県出身　東京帝国大学英文科卒　『父の死』『破船』『月よりの使者』

古泉千樫―こいずみ　ちかし―一八八六・九・二六～一九二七・八・一一　本名　古泉幾太郎　歌人　千葉県出身　千葉教員講習所卒　『川のほとり』『屋上の土』

小林秀雄―こばやし　ひでお―一九〇二・四・一一～一九八三・三・一　文藝評論家　東京出身　東京帝国大学仏文科卒　『私小説論』『ドストエフスキイの生活』『無常といふ事』『ゴッホの手紙』『本居宣長』

西條八十―さいじょう　やそ―一八九二・一・一五～一九七〇・八・一二　詩人　東京出身　早稲田大学英文科卒　『砂金』『西條八十童謡全集』『一握の玻璃』

堺　利彦―さかい　としひこ―一八七一・一一・二五～一九三三・一・二三　社会主義者・ジャーナリスト　福岡県出身　第一高等中学校中退　『売文集』『猫のあくび』『恐怖・闘争・歓喜』

佐藤春夫―さとう　はるお―一八九二・四・九～一九六四・五・六　詩人・小説家・評論家　和歌山県出身　慶応義塾大学文学部中退　『田園の憂鬱』『殉情詩集』『退屈読本』

佐野袈裟美―さの　けさみ―一八八六・二・二～一九四五・一一・一三　劇作家・評論家　長野県出身　早稲田大学英文科卒

志賀直哉―しが　なおや―一八八三・二・二〇～一九七一・一〇・二一　小説家　宮城県出身　東京帝国大学国文科中退　『大津順吉』『暗夜行路』

島木赤彦―しまき　あかひこ―一八七六・一二・一七～一九二六・三・二七　本名　久保田俊彦　歌人　長野県出身　長野尋常師範学校（信州大学）卒　『柿蔭集』『歌道小見』

島崎藤村―しまざき　とうそん―一八七二・二・一七～一九四三・八・二二　本名　島崎春樹　詩人・小説家　長野県出身　明治学院普通部本科卒　『若菜集』『破戒』『夜明け前』

釈　迢空―しゃくの　ちょうくう―一八八七・二・一一～一九五三・九・三　別名　折口信夫　国文学者・歌人・詩人　大阪府出身　国学院大学卒　『海やまのあひだ』『死者の書』

高田浪吉―たかだ　なみきち―一八九八・五・二七～一九六二・九・一九　歌人　東京出身　『川波』『砂浜』『堤防』『家並』『高草』『生存』

高浜虚子―たかはま　きょし―一八七四・二・二二～一九五九・

四・八　本名　高浜清　俳人・小説家　愛媛県出身　第三高等中学校、東京専門学校（早稲田大学）中退　『俳諧師』『柿二つ』『五百句』

竹中　郁―たけなか　いく―一九〇四・四・一〜一九八二・三・七　詩人　神戸市出身　本名　竹中育三郎　関西学院英文科卒　『象牙海岸』『署名』『動物磁気』

田中貢太郎―たなか　こうたろう―一八八〇・三・二〜一九四一・二・一　小説家・随筆家　高知県出身　『怪談全集』『奇談全集』『旋風時代』

田山花袋―たやま　かたい―一八七二・一二・一三〜一九三〇・五・一三　本名　田山録弥　小説家　栃木県出身　『蒲団』『田舎教師』『東京の三十年』

陀田勘助―だだ　かんすけ―一九〇二・一・一五〜一九三一・八・二二　詩人　栃木市出身　本名　山本忠平　開成中学夜間部に学ぶ　『陀田勘助詩集』

近松秋江―ちかまつ　しゅうこう―一八七六・五・四〜一九四四・四・二三　本名　徳田浩司　小説家　岡山県出身　東京専門学校（早稲田大学）英文科卒　『別れたる妻に送る手紙』『黒髪』

千葉亀雄―ちば　かめお―一八七八・九・二四〜一九三五・一〇・四　評論家・ジャーナリスト　山形県出身　東京専門学校（早稲田大学）中退　『新聞十六講』『異性を観る』『日本仇討物語』

築地藤子―つきじ　ふじこ―一八九六・九・二〜一九九三・六・六　歌人　横浜出身　本名　別所仲子　神奈川県立第一高女卒　『椰子の葉』

辻　潤―つじ　じゅん―一八八四・一〇・四〜一九四四・一一・二四　評論家　東京出身　自由英学舎に学ぶ　『浮浪漫語』『ですぺら』

戸川秋骨―とがわ　しゅうこつ―一八七〇・一二・一八〜一九三九・七・九　本名　明三　英文学者　評論家・翻訳家・随筆家　熊本県出身　東京帝国大学英文科選科修了　『変調論』『英文学覚帳』『自画像』

土岐善麿―とき　ぜんまろ―一八八五・六・八〜一九八〇・四・一五　別名　土岐哀果　歌人　東京出身　早稲田大学英文科卒　『NAKIWARAI』『土岐善麿歌集』

徳田秋聲―とくだ　しゅうせい―一八七一・一二・二三〜一九四三・一一・一八　本名　徳田末雄　小説家　石川県出身　第四高等中学（金沢大学）中退　『黴』『あらくれ』『仮装人物』『縮図』

富岡誠（中浜哲）―とみおか　まこと―一八九七・一・一～一九二六・一〇・一五　詩人・無政府主義者　福岡県出身　本名　富岡誓　早稲田大学中退　関東大震災後、テロ事件の責任者として処刑『中浜哲著作集』

中西悟堂―なかにし　ごどう―一八九五・一一・一六～一九八四・一二・一一　歌人・詩人・野鳥研究家　幼名　富嗣　金沢市出身『唱名』『東京市』『虫・鳥と生活する』

中村憲吉―なかむら　けんきち―一八八九・一・二五～一九三四・五・五　歌人　広島県出身　東京帝国大学法科卒『林泉集』『しがらみ』『軽雷集』

永田青嵐―ながた　せいらん―一八七六・七・二三～一九四三・九・一七　俳人・東京市長　兵庫県出身　本名　永田秀次郎　三高法学部卒『青嵐随筆』『永田青嵐句集』

長田秀雄―ながた　ひでお―一八八五・五・一三～一九四九・五・五　詩人・劇作家　東京出身　明治大学独文科卒『飢渇』『大仏開眼』

長与善郎―ながよ　よしろう―一八八八・八・六～一九六一・一〇・二九　小説家・劇作家　東京出身　東京帝国大学英文科中退『竹沢先生と云ふ人』『わが心の遍歴』

野口雨情―のぐち　うじょう―一八八二・五・二九～一九四五・一・二七　本名　野口栄吉　民謡・童謡詩人　茨城県出身　東京専門学校（早稲田大学）中退『船頭小唄』『波浮の港』『七つの子』『十五夜お月さん』

萩原恭次郎―はぎわら　きょうじろう―一八九九・五・二三～一九三八・一一・二二　詩人　群馬県出身　前橋中学卒『死刑宣告』『断片』『もうろくづきん』

萩原朔太郎―はぎわら　さくたろう―一八八六・一一・一～一九四二・五・一一　詩人　群馬県出身　五高、六高、慶応義塾大学中退『月に吠える』『青猫』

橋爪　健―はしづめ　けん―一九〇〇・二・二〇～一九六四・八・二〇　詩人・評論家・小説家　長野県出身　東京帝国大学法学部卒『午前の愛撫』『陣痛期の文藝』『文壇残酷物語』

長谷川零余子―はせがわ　れいよし―一八八六・五・二三～一九二八・七・二七　本名　富田諧三　俳人　長谷川かな女の夫　群馬県出身　東京帝国大学薬学科卒『雑草』『零余子句集』

葉山嘉樹―はやま　よしき―一八九四・三・一二～一九四五・一〇・一八　小説家　福岡県出身　早稲田大学高等予科文科中退『淫売婦』『海に生くる人々』『葉山嘉樹日記』

原阿佐緒―はら　あさお―一八八八・六・一〜一九六九・二・二一　本名　原あさを　歌人　宮城県出身　宮城県立高等女学校中退・日本女子美術学校（都立忍岡高校）入学　『涙痕』『白木槿』『死をみつめて』

平福百穂―ひらふく　ひゃくすい―一八七七・一二・二八〜一九三三・一〇・三〇　本名　平福貞蔵　歌人・画家　秋田県出身　東京美術学校（東京藝術大学）日本画科専科卒　『寒竹』

広津和郎―ひろつ　かずお―一八九一・一二・五〜一九六八・九・二一　小説家・評論家　東京出身　早稲田大学英文科卒　『神経病時代』『風雨強かるべし』『年月のあしおと』

深尾須磨子―ふかお　すまこ―一八八八・一一・一八〜一九七四・三・三一　詩人　兵庫県出身　京都菊花高女卒　『真紅の溜息』『呪詛』『君死にたまふことなかれ』

福田正夫―ふくだ　まさお―一八九三・三・二六〜一九五二・六・二六　詩人　神奈川県出身　東京高等師範学校体操科中退　『農民の言葉』『世界の魂』『船出の歌』『歎きの孔雀』

藤沢古実―ふじさわ　ふるみ―一八九七・二・二八〜一九六七・三・一五　別名　木曾馬吉　本名　藤沢実　歌人・彫刻家　長野県出身　東京美術学校彫刻科卒　歌集『国原』『赤彦遺言』

藤森成吉―ふじもり　せいきち―一八九二・八・二八〜一九七七・五・二六　小説家・劇作家　長野県出身　東京帝国大学独法科卒　『若き日の悩み』『何が彼女をそうさせたか？』『磔茂左衛門』『渡辺崋山』

堀口大學―ほりぐち　だいがく―一八九二・一・八〜一九八一・三・一五　詩人・翻訳家　東京出身　慶応義塾大学文学部予科卒　『月下の一群』『人間の歌』

本間久雄―ほんま　ひさお―一八八六・一〇・一一〜一九八一・六・一一　評論家・英文学者・日本近代文学研究家　山形県出身　早稲田大学英文科卒　『エレン・ケイ思想の真髄』『生活の藝術化』

前田夕暮―まえだ　ゆうぐれ―一八八三・七・二七〜一九五一・四・二〇　本名　前田洋造　歌人　神奈川県出身　中郡中学中退　『収穫』『生くる日に』『原生林』

牧野信一―まきの　しんいち―一八九六・一一・一二〜一九三六・三・二四　小説家　神奈川県出身　早稲田大学英文科卒　『父を売る子』『鬼涙村』

正宗白鳥―まさむね　はくちょう―一八七九・三・三〜一九六二・一〇・二八　本名　正宗忠夫　小説家・劇作家・文藝評論家　岡山県出身　東京専門学校（早稲田大学）英語専修科卒　同文学科卒

『何処へ』『毒婦のやうな女』『生まざりしならば』『今年の秋』

松永延造―まつなが　えんぞう―一八九五・四・二六～一九三八・一一・二〇　小説家・詩人　横浜市出身　横浜商業専科卒　『夢を喰ふ人』『横笛と時頼』『哀れな者』

三ケ島葭子―みかしま　よしこ―一八八六・八・七～一九二七・三・二六　本名　倉片よし　歌人　埼玉県出身　埼玉女子師範退学　『吾木香』

水上瀧太郎―みなかみ　たきたろう―一八八七・一二・六～一九四〇・三・二三　本名　阿部章蔵　小説家・評論家・劇作家　東京出身　慶応義塾大学理財科卒　『大阪の宿』『貝殻追放』

宮崎一雨―みやざき　いちう―一八八六・七・六～没年不明　児童文学者・ジャーナリスト　東京出身　本名　宮崎侃　東京外国語学校（東京外国語大学）卒　『日米未来戦』

宮沢賢治―みやざわ　けんじ―一八九六・八・二七～一九三三・九・二一　詩人・児童文学者　岩手県出身　盛岡高等農業高等学校卒　『春と修羅』『注文の多い料理店』『グスコーブリの伝記』

宮地嘉六―みやち　かろく―一八八四・六・一一～一九五八・四・一〇　小説家　佐賀県出身　早稲田大学聴講生　『煤煙の臭ひ』『或る職工の手記』『放浪者富蔵』

村松梢風―むらまつ　しょうふう―一八八九・九・二一～一九六一・二・一三　本名　村松義一　小説家　静岡県出身　慶応義塾理財科予科中退　『近世名匠伝』『本朝画人伝』『近世名勝負物語』

室生犀星―むろう　さいせい―一八八九・八・一～一九六二・三・二六　本名　室生照道　詩人・小説家　石川県出身　金沢高等小学校中退　『抒情小曲集』『性に眼覚める頃』『杏っ子』

柳田国男―やなぎた　くにお―一八七五・七・三一～一九六二・八・八　詩人・民俗学者　兵庫県出身　東京帝国大学法科大学政治科卒　『野辺のゆきゝ』『遠野物語』『雪国の春』『不幸なる藝術』

山村暮鳥―やまむら　ぼちょう―一八八四・一・一〇～一九二四・一二・八　本名　土田八九十　詩人　群馬県出身　聖三一神学校卒　『聖三稜玻璃』『風は草木にささやいた』『雲』

横光利一―よこみつ　りいち―一八九八・三・一七～一九四七・一二・三〇　小説家　福島県出身　早稲田大学高等予科中退　『御身』『日輪』『上海』『機械』『寝園』『旅愁』

与謝野晶子―よさの　あきこ―一八七八・一二・七～一九四二・五・二九　本名　与謝野しよう　歌人・詩人　与謝野寛の妻　大阪

府出身　堺女学校補習科卒　『みだれ髪』『君死にたまふこと勿れ』

編年体 大正文学全集
第十三巻 大正十三年
二〇〇三年一月二十五日第一版第一刷発行
著者代表——藤森成吉
編者——亀井秀雄
発行者——荒井秀夫
発行所——株式会社 ゆまに書房
東京都千代田区内神田二—七—六
郵便番号一〇一—〇〇四七
電話〇三—五二九六—〇四九一代表
振替〇〇一四〇—六—六三一六〇
印刷・製本——日本写真印刷株式会社
落丁・乱丁本はお取替いたします
定価はカバー・帯に表示してあります

ISBN4-89714-902-9 C0391